CORPUS AMBROSIANO-LITURGICUM

Herausgegeben von Odilo Heiming

III

DAS AMBROSIANISCHE SAKRAMENTAR D *3-3* AUS DEM MAILÄNDISCHEN METROPOLITANKAPITEL

Eine textkritische
und redaktionsgeschichtliche Untersuchung
der mailändischen Sakramentartradition
von
JUDITH FREI
Benediktinerin der Abtei Varensell

ASCHENDORFFSCHE VERLAGSBUCHHANDLUNG
MÜNSTER WESTFALEN

LITURGIEWISSENSCHAFTLICHE QUELLEN UND FORSCHUNGEN

BEGRÜNDET VON

DR. P. KUNIBERT MOHLBERG, BENEDIKTINER DER ABTEI MARIA LAACH

IN VERBINDUNG MIT

DR. JOHANNES QUASTEN, O. Ö. PROF. AN DER KATHOLISCHEN UNIVERSITÄT WASHINGTON
UND DR. P. HIERONYMUS FRANK, BENEDIKTINER DER ABTEI MARIA LAACH
HERAUSGEGEBEN VON
DR. P. ODILO HEIMING, BENEDIKTINER DER ABTEI MARIA LAACH

HEFT 56

VERÖFFENTLICHUNGEN DES ABT-HERWEGEN-INSTITUTS
MARIA LAACH

Gedruckt mit Unterstützung der Deutschen Forschungsgemeinschaft

Mit kirchlicher Druckerlaubnis
Nr. 305/6-3/74
Münster, den 12. Februar 1974
Dr. Spital, Generalvikar

ISBN 3-402-03840-4

ODILONI HEIMING

MONACHO LACENSI

GRATO ANIMO

VORWORT

Die mailändische oder ambrosianische Liturgie konnte sich als Eigen-
liturgie bis in unsere Tage erhalten. Umgeben vom Geltungsbereich der
römischen Liturgie, blieb so in Mailand ein Stück gallischer Liturgietradition
lebendig. Die liturgischen Quellen, namentlich der Sakramentare, reichen
meist nicht weiter als bis zur karolingischen Epoche mit ihrer weitgehenden
liturgischen Reformbewegung. Die altmailändische, d. h. vorkarolingische
Liturgie liegt für uns daher noch im dunkeln und kann nur teilweise rekonstruiert werden. Für die Erschließung der altmailändischen Liturgie hat die
Sakramentarhandschrift aus der Benediktinerabtei S. Simpliciano in Mailand
eine wichtige Funktion. Wie sich im Laufe der Untersuchungsarbeiten zeigte,
bezeugt die Handschrift eine eigene karolingische Redaktion des mailändischen Sakramentars, ist also nicht – wie bislang angenommen – das Ergebnis
einer sekundären Romanisierung der karolingischen Sakramentartradition,
wie wir sie aus den meisten Sakramentarhandschriften kennen.

Vorliegende Edition und Untersuchung der Handschrift wurden 1969
von der Theologischen Fakultät der Ludwig-Maximilians-Universität München als Dissertation angenommen. Von der inzwischen erschienenen Fach-
literatur, die nicht mehr berücksichtigt werden konnte, sei vor allem die
wichtige Arbeit von J. Deshusses genannt: „Le Sacramentaire Grégorien"
(Freiburg/Schweiz 1971).

Danken möchte ich zunächst meinen Eltern, die mein erstes Studium er-
möglichten. Mein weiteres Studium ab 1966 verdanke ich Frau Äbtissin
Juliana Tüte. In München nahm sich Herr Prof. Dr. Dr. Walter Dürig
meiner Arbeit an, dem ich an dieser Stelle meinen aufrichtigen Dank sage.

Meinen Mitschwestern im Varenseller Scriptorium danke ich für ihre stets
bereite Mithilfe, vor allem Frau Peregrina Merten, die mir von der Erstellung
des Manuskriptes an bis zum Lesen der Korrekturen mit Ausdauer und Sorg-
falt zur Seite stand. Ganz besonders danke ich P. Dr. Odilo Heiming, einem
der besten Kenner der ambrosianischen Liturgie, der mir diese so wichtige
und aufschlußreiche Edition überließ, die er selbst geplant hatte. Der Deutschen Forschungsgemeinschaft gilt mein Dank für den großzügigen Anteil bei
der Finanzierung der Drucklegung.

Abtei Varensell, am 21. März 1973

Judith Frei

INHALTSVERZEICHNIS

EINLEITUNG

Erster Teil

Dritter Teil

Die karolingische Redaktionsarbeit am ambrosianischen
Sakramentar

TEXT

QUELLEN- UND LITERATURVERZEICHNIS

1. Quellen[1]

* ANDRIEU, M., Les „Ordines Romani" du haut Moyen-âge I–V (Löwen 1931–1961).
BEROLDUS, Siehe unter MAGISTRETTI.
BORELLA, P., Il capitolare ed evangeliario ambrosiano di S. Giovanni Battista in Busto Arsizio (A 10 [1934] 210–232).
* BRIGHTMAN, F. E., Liturgies eastern and western I. Eastern liturgies (Oxford 1896, Neudr. 1967).
DE BRUYNE, D., Les notes liturgiques du codex Forojuliensis (RevBén 30 [1913] 208–218).
CAGIN, P., Codex Sacramentorum Bergomensis (Auctarium Solesmense, Series Liturgica I,I 1 [Solesmes 1900]).
— Le sacramentaire gélasien d'Angoulême (Angoulême o. J. [1918]).
Codex Diplomaticus Langobardorum, Historiae Patriae Monumenta XIII. Codex diplomaticus Langobardorum (Turin 1873).
DOLD, A., Le texte de la „Missa catechumenorum" du Cod. Sangall. 908 (RevBén 36 [1924] 307–316).
— GAMBER, K., Das Sakramentar von Monza (TuA 3. Beiheft [1957]).
— EIZENHÖFER, L., Das irische Palimpsestsakramentar im Clm 14429 der Staatsbibliothek München (TuA 53/54 [1964]).
EIZENHÖFER, L., Die Mone-Messen. Beigabe zu Mohlberg, Missale Gallicanum Vetus 61–91.
FEROTIN, M., Le Liber Ordinum en usage dans l'église wisigothique et mozarabe d'Espagne du Ve au XIe siècle (Paris 1904).
— Le Liber Mozarabicus Sacramentorum et les manuscrits mozarabes (Paris 1912).
* FRANZ, A., Die kirchlichen Benediktionen im Mittelalter I (Freiburg i. Br. 1909).
* HÄNGGI, A. – SCHÖNHERR, A., Sacramentarium Rhenaugiense. Handschrift Rh 30 der Zentralbibliothek Zürich (Freiburg/Schweiz 1970).
* HANSSENS, J. M., Institutiones Liturgicae de ritibus orientalibus III. De missa rituum orientalium (Rom 1932).
HEIMING, O., Das Sacramentarium Triplex. Die Handschrift C 43 der Zentralbibliothek Zürich I (LQF 49 [1968]).
— Das ambrosianische Sakramentar von Biasca. Die Handschrift Mailand Ambrosiana A 24 bis inf I (LQF 51 [1969]).
* KEHR, P. F., Italia Pontificia VI. Liguria sive Provincia Mediolanensis. Pars I. Lombardia (Berlin 1913), 94–97 (S. Simpliciano).
* KLAUSER, Th., Das römische Capitulare Evangeliorum. Texte und Untersuchungen zu seiner ältesten Geschichte (LQF 28 [1935]).
* LEROQUAIS, V., Les Sacramentaires et les Missels manuscrits des bibliothèques publiques de France I (Paris 1924).
LIETZMANN, H., Das Sacramentarium Gregorianum nach dem Aachener Urexemplar (LQ 3 [1921], Neudr. 1967).

---

[1] Die mit einem * bezeichneten Autoren werden ohne Angabe des Werkes zitiert.

Lowe, E. A., The Bobbio Missal (HBS 58 [1920]).

Magistretti, M., Beroldus sive Ecclesiae Ambrosianae Mediolanensis Kalendarium et Ordines saec. XII (Mailand 1894).

— Manuale Ambrosianum ex codice saec. XI olim in usum canonicae Vallis Travaliae I–II (Mailand 1895).

— Monneret de Villard, U., Liber Notitiae Sanctorum Mediolani manoscritto della biblioteca capitolare di Milano (Mailand 1917).

∗ Mansi, J. D., Sacrorum Conciliorum nova et amplissima collectio (Florenz 1759 ff.).

∗ Martene, E., De antiquis Ecclesiae ritibus I (Antwerpen ²1736).

∗ Misc. Mohlberg, Miscellanea Liturgica in honorem L. Cuniberti Mohlberg I–II (Rom 1948).

Mohlberg, K., Die älteste erreichbare Gestalt des Liber Sacramentorum anni circuli der römischen Kirche (Cod. Pad. D 47, fol 11^R–100^R) (LQ 11 [1927]).

— Das fränkische Sacramentarium Gelasianum in alamannischer Überlieferung (Codex Sangall. No. 348) (LQ 1/2 [1939]).

— Eizenhöfer, L. – Siffrin, P., Sacramentarium Veronense (Cod. Bibl. Capit. Veron. LXXXV [80]) (REDF 1 [1956]).

— — — Missale Francorum (Cod. Vat. Reg. lat. 237) (REDF 2 [1957]).

— — — Missale Gallicanum Vetus (Cod. Vat. Palat. lat. 493) (REDF 3 [1958]).

— Liber Sacramentorum Romanae Aeclesiae Ordinis anni circuli (Cod. Vat. Reg. lat. 316 / Paris Bibl. Nat. 7193, 41/56) (Sacramentarium Gelasianum) (REDF 4 [1960]).

— Missale Gothicum (Vat. Reg. lat. 317) (REDF 5 [1961]).

Morin, G., L'année liturgique à Aquilée antérieurement à l'époque carolingienne d'après le codex evangeliorum Rehdigeranus (RevBén 19 [1902] 1–12).

— Un système inédit de lectures liturgiques au usage en VIIe–VIIIe siècle dans une Église inconnue de Haute Italie (RevBén 20 [1903] 375–386).

Paredi, A., Il sacramentario di Ariberto (Monumenta Bergomensia 1: Misc. A. Bernareggi a cura di L. Cortesi [Bergamo 1958] 329–488).

— Sacramentarium Bergomense. Manoscritto del secolo IX della Biblioteca di S. Alessandro in Colonna in Bergamo (Monumenta Bergomensia 6 [Bergamo 1962]).

Pelt, J. B., Études sur la cathédrale de Metz. La Liturgie I. 51–112 (Le sacramentaire de Drogon [Metz 1937]).

∗ Quasten, J., Monumenta eucharistica et liturgica vetustissima (Bonn 1935–1937).

Richter, G. – Schönfelder, A., Sacramentarium Fuldense saeculi X. Cod. Theol. 231 der K. Universitätsbibliothek zu Göttingen (Quellen und Abhandlungen zur Geschichte der Abtei und der Diözese Fulda [Fulda 1912]).

Warner, G. F., The Stowe Missal (HBS 32 [1915]).

Wilmart, A., Le Comes de Murbach (RevBén 30 [1913] 25–69).

— Une exposition de la messe ambrosienne (JLw 2 [1922] 47–67).

Wilson, H. A., The Gregorian Sacramentary under Charles the Great (HBS 49 [1915]).

2. Literatur

Amiet, R., La tradition manuscrite du missel ambrosien (Scriptorium 14 [1960] 16–60).

Anderson, A. u. W. J., A sacramentary of the ambrosian rite (JThS 24 [1923] 326–330).

∗ Andrieu, M., Les messes des jeudis de carême et les anciens sacramentaires (RSR 9 [1929] 343–375).

— Les „Ordines Romani" du haut Moyen-âge I–V (Löwen 1931–1961).

ARSLAN, E., L'architettura romanica milanese, in: Storia di Milano III (Mailand 1954) 397–524.

BÄUMER, S., L'Histoire du Bréviaire I (Paris 1905).

BARONI, S. Simpliciano Abbazia Benedettina (Archivio Storico Lombardo 61 [1934] 1–121).

BIEHL, L., Das liturgische Gebet für Kaiser und Reich (Görresgesellschaft, Veröffentlichungen der Sektion für Rechts- und Staatsgeschichte 75 [Paderborn 1937]).

BOGNETTI, G. P., Il Messale e il Manuale Ambrosiano di Lodrino e la loro origine milanese (Sonderdruck aus: Il Bollettino Storico della Svizzera Italiana 24/1 [1949]).

BORELLA, P., Il capitolare ed evangeliario ambrosiano di S. Giovanni Battista in Busto Arsizio (A 10 [1934] 210–232).

— La solennità „In mediante die festo" (A 19 [1943] 61–66).

— Le litanie triduane ambrosiane (A 21 [1945] 40–50).

— I religiosi ed il rito ambrosiano (A 22 [1946] 131–137).

— I codici ambrosiano-monastici ed un prefazio inedito per la festa di S. Benedetto (A 23 [1947] 25–29).

— Influssi carolingi e monastici sul Messale Ambrosiano (Misc. Mohlberg I [1948] 73–115).

— Il rituale del messale di S. Simpliciano (A 25 [1949] 83–88).

— Le „Apologiae Sacerdotis" negli antichi messali ambrosiani (EL 63 [1949] 27–41).

— Introduzione del Simbolo nella messa ambrosiana (A 28 [1952] 38–42).

— La communione „extra missam" (A 29 [1953] 81–89).

— Il „Canon Missae" ambrosiano (A 30 [1954] 225–257).

— L'anno liturgico ambrosiano, in: RIGHETTI, Manuale di Storia Liturgica II (Mailand ²1955) 409–467.

— La Messa ambrosiana, in: RIGHETTI, Manuale di Storia Liturgica III (Mailand ²1956) 551–614.

— Il rito ambrosiano (Brescia 1964).

BOTTE, B., Le canon de la messe romaine. Edition critique, introduction et notes (Löwen 1935).

— MOHRMANN, Chr., L'Ordinaire de la Messe. Texte critique, traduction et études (Études liturgiques 2 [Löwen 1953]).

* BOURQUE, E., Étude sur les sacramentaires romains II,2 (Studi di Antichità Cristiana 25 [Rom 1958]).

DE BRUYNE, D., Les notes liturgiques du codex Forojuliensis (RevBén 30 [1913] 208–218).

CAGIN, P., L'Euchologie latine. Étudiée dans la tradition de ses formules et de ses formulaires II. L'Eucharistia, canon primitif de la messe ou formulaires essentiel et premier de toutes les liturgies (Scriptorium Solesmense 2 [Paris 1912]).

CAPELLE, B., L'„Ad te Domine" de la messe ambrosienne (RHE 33 [1937] 327–331; zitiert nach dem Abdruck in: Travaux Liturgiques III [1967] 475–479).

— Le rite de la fraction dans la messe romaine (RevBén 53 [1941] 5–40; zitiert nach dem Abdruck in: Travaux Liturgiques II [1962] 287–318).

— L'Introduction du Symbole à la messe (Mélanges de Ghellinck [1951] 1003–1007).

— Problèmes du „Communicantes" de la messe (RivLit 40 [1953] 187–195; zitiert nach dem Abdruck in: Travaux Liturgiques II [1962] 269–275).

— L'oraison „Haec commixtio et consecratio" de la messe romaine (Mélanges Andrieu [1956] 65–78).

CATTANEO, E., Il breviario ambrosiano. Note storiche ed illustrative (Mailand 1943).

CERIANI, A., Notitia liturgiae ambrosianae ante saeculum XI medium et eius concordia cum doctrina et canonibus oecumenici concilii Tridentini de ss. eucharistiae sacramento et de sacrificio missae (Mailand 1895; Abdruck in: Missale Ambrosianum Duplex 413 ff.).

— RATTI, A. – MAGISTRETTI, M., Missale Ambrosianum Duplex cum critico commentario continuo ex mss. schedis (Mailand 1913).

COEBERGH, C., Drie oude Anaphoren uit de Liturgie van Milaan (TL 21 [1941] 219–231; zitiert nach der Übersetzung in: A 29 [1953] 219–232).

DELISLE, L., Mémoire sur d'anciens sacramentaires (Paris 1886).

DESHUSSES, J., Le „supplément" au sacramentaire grégorien: Alcuin ou saint Benoît d'Aniane? (ALw 9 [1965] 48–71).

DOLD, A. – EIZENHÖFER, L., Das irische Palimpsestsakramentar im Clm 14429 der Staatsbibliothek München (TuA 53/54 [1964]).

* EBNER, A., Quellen und Forschungen zur Geschichte und Kunstgeschichte des Missale Romanum im Mittelalter. Iter Italicum (Freiburg i. Br. 1896).

EIZENHÖFER, L., Canon Missae Romanae (REDSS 1 [1954]).

— „Te igitur" und „Communicantes" im römischen Meßkanon (SE 8 [1956] 14–75).

— Das irische Palimpsestsakramentar. Siehe unter DOLD.

FRANK, H., Beobachtungen zur Geschichte des Meßkanons (ALw 1 [1950] 107–119).

FUMAGALLI, A., Delle Antichità langobardico-milanesi III. Saggio storico-critico sopra il rito ambrosiano (Mailand 1793).

GAMBER, K., Sakramentartypen (TuA 49/50 [1958]).

— Codices Liturgici Latini Antiquiores (Spicilegii Friburgensis Subsidia I [Freiburg/ Schweiz 1963, ²1968]).

GIULINI, G., Memorie spettanti alla storia, al governo ed alla descrizione della città e campagna di Milano I (Mailand ²1854).

GRÄF, H. J., Palmenweihe und Palmenprozession in der lateinischen Liturgie (Kaldenkirchen 1959).

* HANSSENS, J. M., Institutiones Liturgicae de ritibus orientalibus III. De missa rituum orientalium (Rom 1932).

HEIMING, O., Die Episteln der Montage, Dienstage, Mittwoche und Donnerstage der Mailänder Quadragesima (JLw 7 [1927] 141–144).

— Die Verehrung des hl. Benedikt im Mailändischen, in: Vir Dei Benedictus (Münster 1947) 262–275.

— Die mailändischen sieben Votivmessen für die einzelnen Tage der Woche und der Liber Sacramentorum des sel. Alkuin (Misc. Mohlberg II [1948] 317–339).

— Il lavoro di Maria Laach intorno al breviario ambrosiano (Archivio Ambrosiano 1 [1949] 48–58).

— Das mailändische Präfationale (ALw 1 [1950] 128–132).

— Ein „fusioniertes" Gregorianum und ein Ambrosiano-Benedictinum. Zwei Palimpsest-Sakramentare im British Museum Harleian 2510 (EL 64 [1950] 238–273).

— Aliturgische Fastenferien in Mailand (ALw 2 [1952] 44–60).

— Die ältesten ungedruckten Kalender der mailändischen Kirche (Colligere Fragmenta, Festschrift A. Dold [TuA 2. Beiheft (Beuron 1952)] 214–235).

— Ein benediktinisch-ambrosianisches Gebetbuch des frühen 11. Jahrhunderts (ALw 8 [1964] 325–435).

— Das Sacramentarium Triplex. Die Handschrift C 43 der Zentralbibliothek Zürich I (LQF 49 [1968]).

— Das ambrosianische Sakramentar von Biasca. Die Handschrift Mailand Ambrosiana A 24 bis inf I (LQF 51 [1969]).

HESBERT, R. J., L'„Antiphonale Missarum" de l'ancien rit bénéventain (EL 52 [1938] 28–66).

JUNGMANN, J. A., Missarum Sollemnia. Eine genetische Erklärung der römischen Messe I–II (Freiburg i. Br. ⁵1962).

* KLAUSER, Th., Das römische Capitulare Evangeliorum. Texte und Untersuchungen zu seiner ältesten Geschichte (LQF 28 [1935]).

MAGISTRETTI, M., La liturgia della Chiesa milanese nel secolo IV (Mailand 1899).

MARCORA, C., Il santorale ambrosiano, ricerche sulla formazione dagli inizi al secolo IX (Archivio Ambrosiano 5 [1953]).

MOCQUEREAU, A., in: PalMus V (1896) 60–66.

MONETA CAGLIO, E., Ad te Domine! (A 12 [1936] 207–213).

MORIN, G., L'antique solennité du Mediante die festo au XXVᵉ jour après Pâques (RevBén 6 [1889] 199–202).

— L'année liturgique à Aquilée antérieurement à l'époque carolingienne d'après le codex evangeliorum Rehdigeranus (RevBén 19 [1902] 1–12).

— Un système inédit de lectures liturgiques au usage en VIIᵉ–VIIIᵉ siècle dans une Église inconnue de Haute Italie (RevBén 20 [1903] 375–386).

PAREDI, A., I prefazi ambrosiani, Contributo alla storia della liturgia latina (Mailand 1937).

— Testi milanesi nel sacramentario leoniano (Studi in memoria di Angelo Mercati [Mailand 1956] 329–339).

— Le miniature del sacramentario di Ariberto (Studi in onore di Carlo Castiglioni [Mailand 1957] 699–717).

— Messali ambrosiani antichi (A 35 [1959] Suppl. [1]–[25]).

— Sacramentarium Bergomense. Manoscritto del secolo IX della Biblioteca di S. Alessandro in Colonna in Bergamo (Monumenta Bergomensia 6 [Bergamo 1962]).

RIGHETTI, M., Manuale di Storia Liturgica II–III (Mailand ²1955–1956).

SAVIO, F., Gli antichi Vescovi d'Italia. La Lombardia I (Florenz 1913).

SCHMIDT, H., Die Sonntage nach Pfingsten in den römischen Sakramentaren (Misc. Mohlberg I [1948] 451–493).

SCHUSTER, I., Liber Sacramentorum II (Rom/Turin 1920).

TELLENBACH, G., Römischer und christlicher Reichsgedanke in der Liturgie des frühen Mittelalters. (Sitzungsbericht der Heidelberger Akademie der Wissenschaften, phil.-hist. Klasse, Jahrg. 1934/35, I. Abhandlung [Heidelberg 1934]).

TURNER, D. H., The Prayer-Book of Archbishop Arnulph II of Milan (RevBén 70 [1960] 360–392).

VOGEL, C., La réforme liturgique sous Charlemagne, in: Karl d. Gr., hrsg. v. B. Bischoff. II. Das geistige Leben (Düsseldorf 1965).

WILMART, A., Le Comes de Murbach (RevBén 30 [1913] 25–69).

— Saint Ambroise et la légende dorée (EL 50 [1936] 169–206).

— Une exposition de la messe ambrosienne (JLw 2 [1922] 47–67).

ABKÜRZUNGSVERZEICHNIS

1. Zeitschriften und Sammelwerke

A	Ambrosius (Mailand)
ALw	Archiv für Liturgiewissenschaft (Regensburg)
CDL	Codex Diplomaticus Langobardorum (siehe Quellenverzeichnis)
CSEL	Corpus Scriptorum Ecclesiasticorum Latinorum (Wien)
DACL	Dictionnaire d'Archéologie Chrétienne et de Liturgie (Paris)
EL	Ephemerides Liturgicae (Rom)
HBS	Henry Bradshaw Society (London)
JLw	Jahrbuch für Liturgiewissenschaft (Münster i. W.)
JThS	The Journal of Theological Studies (London)
LNSM	Liber Notitiae Sanctorum Mediolani (ed. MAGISTRETTI, siehe Quellenverzeichnis)
LQ	Liturgiegeschichtliche Quellen (Münster i. W.)
LQF	Liturgiewissenschaftliche Quellen und Forschungen (Münster i. W.)
MG	Monumenta Germaniae (Berlin)
NTD	Neues Testament Deutsch (Göttingen)
PalMus	Paléographie Musicale (Tournai)
PG	Migne, Patrologia Graeca (Paris)
PL	Migne, Patrologia Latina (Paris)
REDF	Rerum Ecclesiasticarum Documenta, Series maior, Fontes (Rom)
REDSS	Rerum Ecclesiasticarum Documenta, Series minor, Subsidia Studiorum (Rom)
RevBén	Revue Bénédictine (Maredsous)
RHE	Revue d'Histoire Ecclésiastique (Löwen)
RivLit	Rivista Liturgica (Finalpia)
RSR	Revue des Sciences Religieuses (Straßburg-Paris)
SE	Sacris Erudiri (Steenbrugge)
TL	Tijdschrift voor Liturgie (Afflighem)
TuA	Texte und Arbeiten (Beuron)

2. Liturgische Quellen[2]

a) mailändische Quellen[3]

A	Mailand, Ambrosiana A 24 bis inf (Biasca, ed. HEIMING)
B	Bergamo, S. Alessandro in Colonna (ed. PAREDI)
C	Zürich, Zentralbibl. C 43 (Triplex, ed. HEIMING)
D	Ambrosiana A 24 inf (Lodrino)
E	Mailand, Ambrosiana Trotti 251
F	Mailand, Ambrosiana T 120 sup
G	Mailand, Metropolitankapitel D 3–1 (Armio)

---

[2] Zu den Editionen vgl. Quellenverzeichnis.
[3] Vgl. S. 4 ff.

H	Mailand, Metropolitankapitel D 3–2 (Sakr. des Heribert, ed. PAREDI)
J	Mailand, Metropolitankapitel D 3–3 (S. Simplician͡
K	Mailand, Kapitel von S. Ambrogio M 17
L	Monza, Kapitel F 2/102 (Venegono)
M	Vercelli, Kapitel 136
N	Mailand, Ambrosiana D 87 sup (Bedero)
O	Mailand, Ambrosiana I 127 sup
P	London, British Museum Harleian 2510
MA	Manuale Ambrosianum I–II (ed. MAGISTRETTI)

b) römische Quellen

Gel saec VIII	Gelasianum saeculi VIII
GeA	Paris, Bibl. Nat. lat. 816 (ed. CAGIN)
GeG	Paris, Bibl. Nat. lat. 12048
GeM	Monza, Kapitel F 1/101 (ed. DOLD-GAMBER)
GeB	Berlin, Staatsbibl. Phillipps 1667
GeR	Zürich, Zentralbibl. Rheinau 30 (ed. HÄNGGI-SCHÖNHERR)
GeS	Sang. 348 (ed. MOHLBERG)
GeV	Vat.Reg.lat. (ed. MOHLBERG)
GrA	Supplement des „Alkuin" (ed. WILSON)
GrF	Göttingen, Univ.Bibl. theol. 231 (ed. RICHTER-SCHÖNFELDER)
GrH	Sacr. Hadrianum (ed. LIETZMANN)
GrP	Padua, Bibl. Cap. D 47 (ed. MOHLBERG)
Ve	Verona, Bibl. Cap. LXXXV (ed. MOHLBERG)

c) gallische Quellen

CeS	Dublin, Royal Acad. D.II.3 (ed. WARNER)
GaB	Paris, Bibl. Nat. lat. 13246 (ed. LOWE)
GaF	Vat.Reg.lat. 257 (ed. MOHLBERG)
GaG	Vat.Reg.lat. 317 (ed. MOHLBERG)
GaV	Vat.Pal.lat. 493 (ed. MOHLBERG)
Mon	Clm 14429 (ed. DOLD-EIZENHÖFER)
MoO	Liber Ordinum (ed. FEROTIN)
MoS	Liber Mozarabicus Sacramentorum (ed. FEROTIN)

3. Sonstige Abkürzungen

PC	Post Communionem
SO	Super Oblata
SP	Super Populum
SS	Super Sindonem
UD	Uere Dignum

4. Siglen zur Bezeichnung der Formelherkunft[4]

—	gregorianische Tagesformel
+	gelasianische Tagesformel
□	gallikanische Tagesformel
o	mailändische Eigenformel

---

[4] Vgl. Anm. 102.

EDITIONSREGELN

I. Text

1. Rubriken werden auch dann groß geschrieben, wenn sie in der Hs mit Minuskeln angegeben sind.
2. Die Ellenbogenklammern (⟨ ⟩) kennzeichnen ergänzte Worte bzw. Wortteile, die eckigen Klammern ([ ]) überflüssige Buchstaben oder Wortteile. Nachgetragene Buchstaben, Wortteile oder Worte sind durch eckige Halbklammern (⌐ ⌐) hervorgehoben.
3. Über die Schreibvorgänge bei Korrekturen und Nachträgen gibt der Textapparat Auskunft. In einigen Fällen weist im Text ein Ausrufzeichen auf die Eigenart des Schreibers hin, z. B. SANCTAE (!) LUCAE (S. 369,13).
4. Als Interpunktionszeichen kommen der einfache Punkt und der Doppelpunkt in Verwendung. Nach dem Doppelpunkt (in der Hs durch einen Punkt mit darübergesetztem kommaförmigen Haken bezeichnet, vgl. S. 10) wird grundsätzlich groß weitergeschrieben, auch wenn dies nicht eindeutig aus der Hs hervorgeht. Ausnahmen bilden dabei die Konklusionen. Der Diagonalstrich zeigt den Folienwechsel an.
5. Abkürzungen wurden prinzipiell aufgelöst. Für NAT̄ (NATĀ 218R 238R, NATAL̄ 248R) steht NATALE (so in der Hs 233V 308R), für INFRAC̄ (INFRAC-TIŌ 318V) INFRACTIONE, wie es zweimal in der Hs ausgeschrieben ist (197R 334R).
   Bei den Datumsangaben steht der Monat im Ablativ (DIE ... MENSE 260V 271R), der Monatsname im Genitiv (IULII 282V). Die römischen Datumsangaben stehen im Akkusativ (IDUS 218R 229R 306V).
6. Die Lesungen sind mit Titel, eusebianischen Sektionszahlen und den Stellenangaben versehen, bei Verweisen auch mit dem Anfangstext, soweit er zitiert wird.

II. Textapparat

1. Der 1. Apparat unterrichtet über Art und Weise der Textkorrekturen und -nachträge sowie über Randbemerkungen. Da im edierten Text selbst nichts geändert wurde, sind Fehler allein im Apparat korrigiert. Der Schreibweise der Hs folgt – durch das Korrekturzeichen getrennt – die richtige Form. Ist die unrichtige Form auch in anderen Hss bezeugt, wird dies angegeben.
2. Abkürzungen: *a.* = auf; *a.Hd* = andere Hand; *a.* (*u., r., lk.*) *Rd* = am (unteren, rechten, linken) Rand; *a.Ras.(v.)* = auf Rasur (von); *angef.* = angefangen; *ausp.* = auspunktiert; *Buchst.* = Buchstabe(n); *eingef.* = eingefügt; *folg.* = folgend(e); *.gel.* = gelöscht; *hinzugef.* = hinzugefügt; *m.* = mit; *rad.* = radiert; *Ras.v.* = Rasur von; *u.* = und; *ü.* = über;

ü.d.Z. = über der Zeile; *v.d.Z.* = vor der Zeile; *wohl v.* = wohl von. Der Diagonalstrich zeigt den Zeilenwechsel an.

III. Variantenapparat

1. Die Siglen der Hss sind aus dem S. XXVIIIf. angegebenen Verzeichnis und dem Einlegeblatt zu ersehen. Nur für den Apparat, nicht für die Konkordanztabelle gelten die Siglen *Am S Ge Gr Ga.* Diese Gruppensiglen sind dort angegeben, wo alle mailändischen Hss (*Am*), alle mailändischen Hss außer *J*, oft auch *G* (*S*), alle in der Konkordanztabelle unter der betreffenden Nummer angegebenen gelasianischen (*Ge*), gregorianischen (*Gr*) oder gallischen (*Ga*) Hss die gleiche Schreibweise bezeugen.

2. Für die Textvarianten wurden vor allem die mailändischen Hss herangezogen. Die Reihenfolge der Hss richtet sich nach der Reihenfolge in der Konkordanztabelle. Berücksichtigt wurden für den Vergleich in erster Linie die Varianten in den Orationen gleicher Formulare. Dies gilt z. B. besonders für die Quadragesimalferien. Varianten rein orthographischer Art, Schreibversehen oder unbedeutende Varianten, sind nur dann aufgenommen, wenn sie in mehreren Hss vertreten sind. Das gleiche gilt für die zahlreichen Sinnfehler, vor allem in D, L und N. Rein intercessorische Einschübe und Abweichungen werden nicht erwähnt. Formeln, die erheblich abweichen und in der Konkordanztabelle im Kursivdruck notiert sind, wurden nicht in den Variantenapparat aufgenommen. Von GeS ist die Erstschrift notiert, die des Korrektors (GeSC) nur in Einzelfällen.
Ist eine Variante nur in einer oder auch in zwei Hss festzustellen, wird gelegentlich, vor allem wenn die Oration von vielen Hss bezeugt wird, nur die abweichende Hs angegeben, z. B. delictis] peccatis *O* (S. 184, 18); effudisti *J*] accepisti (S. 212, 7); agens] egit *GaF CeS* (S. 273, 3). Ist ein Wort oder eine Wortgruppe in J allein oder auch noch in weiteren Hss vertreten, sind nur diese Hss angeführt, z. B. et munde *Am* (S. 213, 6). Ähnlich ist angegeben, wenn ein Wort nur in ein oder zwei Hss fehlt, z. B. hac *om. GeS* (S. 207, 12).

3. Die Ausgangsworte sind von den Varianten durch eine eckige Klammer getrennt. Vor weiteren Varianten steht ein Diagonalstrich. Als Abkürzung ist das allgemein übliche *om.* = *omittit* (*unt*) gebraucht, bei Ausklammerung einer oder mehrerer Hss *exc.* = *excepto* (*is*). Ein Bindestrich zwischen zwei Worten besagt, daß der dazwischenliegende Text mit zur Variante gehört (z. B. S. 174, 13), bei Punkten wird der Text dagegen nicht berücksichtigt, da er in allen Hss gleich ist (z. B. S. 173, 29/30).

EINLEITUNG

ERSTER TEIL

DIE MAILÄNDISCHEN SAKRAMENTARHANDSCHRIFTEN
DES 9.–12. JAHRHUNDERTS

A. AUSWIRKUNG DER KAROLINGISCHEN LITURGIEREFORM
IN MAILAND

Wie sein Vater Pippin war Karl der Große bestrebt, die Einheit des
Reiches u. a. durch die Einheit in der Liturgie zu festigen. Auf Synoden und
Konzilien[5] wird gefordert, die Liturgie zu feiern „ut Romani faciunt",
„secundum ordinem et morem Romanae ecclesiae"[6]. Die Chronik von Mois-
sac (802) erinnert daran, daß Karl für alle Bischöfe seines Reiches angeordnet
hat, dem Ritus der römischen Kirche zu folgen[7].

Die liturgische Reformbewegung erfaßte auch Mailand. Eigene Anordnungen des fränkischen Hofes, den ambrosianischen Ritus zugunsten des
römischen aufzugeben, sind jedoch nicht bekannt. Die mailändische Kirche
und die mailändische Liturgie waren nicht in dem Maße vom Verfall be-
droht, wie dies anderswo der Fall war. Dies zeigt u. a. der Widerstand, der
Karl geleistet wurde. Weniger in aktiver Weise – die Förderer der Reform
waren z. T. keine geringeren als die Erzbischöfe selbst – als vielmehr passiv,
indem die Mailänder an ihren liturgischen Traditionen festhielten, zwar
römisch-fränkisches Liturgiegut aufnahmen, doch viel von dem alther-
gebrachten beibehielten. A. PAREDI charakterisiert daher das mailändische
Sakramentar der karolingischen Reform als einen Kompromiß[8]. Das Ent-
scheidende der liturgischen Reform in Mailand war nicht die Aufnahme
römischer Elemente, sondern die Reform und Neuredigierung des Vorhandenen, freilich in Verbindung mit einer gewissen Angleichung an den römischen Ritus.

Zu den Hauptinitiatoren der liturgischen Reform (und damit einer
„Romanisierung") zählten neben den Erzbischöfen vermutlich auch Mönche
aus dem römisch-fränkischen Bereich, die nach Mailand kamen. Zwei von
ihnen kennen wir mit Namen: Leutgar und Hildemar. Aus Corbie gerufen,
kamen sie 841 nach Brescia. Zuvor waren sie einige Zeit in Mailand gewesen[9].

---

[5] Konzil v. Frankfurt 794, Rispach 798, Freising und Salzburg 800, Mainz 813,
Aachen 836.

[6] C. VOGEL, La réforme liturgique sous Charlemagne, in: Karl d. Große, hrsg. v.
B. Bischoff, II (Düsseldorf 1965) 220.

[7] „Mandavit autem ut unusquisque episcopus in omni regno vel imperio suo ipsi
cum presbyteris suis officium sicut psallit Romana ecclesia facerent" (PL 98,1429).

[8] Sacramentarium Bergomense XVII.

[9] CDL 245.

1*

B. DIE TRADIERTEN HANDSCHRIFTEN

Die mailändische Sakramentartradition reicht nicht weiter als bis in das 9. Jh. Altmailändische Sakramentare aus vorhergehender Zeit – wenn man von einigen Fragmenten absieht – sind nicht erhalten. Die überlieferten Hss sind ausnahmslos das Ergebnis karolingischer Reformarbeit nach 800.

Zu den 13 ambrosianischen Sakramentaren des 9.–12. Jhs. kommen der ambrosianische Teil des sog. „Sacramentarium triplex", ein Palimpsest mit einem Sakramentarfragment (Sanktorale und Votivmessen), ein Fragment mit Totenmessen und das bescheidene Fragment eines Sakramentars, bestehend aus einem Doppelblatt mit Formularresten für den 3. Sonntag nach Ostern und für das Fest „Mediante die festo".

Die Hss wurden wiederholt beschrieben, so daß ich mich unter Hinweis auf die einschlägige Literatur (L. Delisle[10], A. Ebner[11], H. Leclercq[12], Kl. Gamber[13], E. Bourque[14], A. Paredi[15], R. Amiet[16] und O. Heiming[17]) mit einigen Bemerkungen begnügen kann. Die Siglierung wurde von O. Heiming[18] übernommen. Zur Orientierung sind die Siglen A. Cerianis[19] beigefügt, die bisher die geläufigen waren. Aus praktischen Gründen wurde in dieser Ausgabe auch dem Palimpsest Harleian 2510 ein Sigle (P) gegeben, ebenso den beiden Fragmenten (FrM und FrA).

1. A (A)   Biasca (Ambrosiana A 24 bis inf)[20]
2. B (Ber) Bergamo (Bergamo, S. Alessandro in Colonna)[21]

---

[10] Mémoire sur d'anciens sacramentaires, Extrait des Mémoires de l'Académie des Inscriptions et Belles-Lettres XXX,I (Paris 1886) 198–208.

[11] Quellen und Forschungen zur Geschichte und Kunstgeschichte des Missale Romanum im Mittelalter. Iter Italicum (Freiburg i. Br. 1896) 71–93.110.

[12] DACL XI,1 1086–1097.

[13] Sakramentartypen (TuA 49/50 [1958]) 120–123; ders., Codices Liturgici Latini Antiquiores (Spicilegii Friburgensis Subsidia I [Freiburg/Schweiz 1963]) 91–98.

[14] Étude sur les sacramentaires romains II,2 (Studi di Antichità Cristiana 25 [Rom 1958]) 424–436.

[15] Messali ambrosiani antichi (A 35 [1959] Suppl. [1]–[25]).

[16] La tradition manuscrite du missel ambrosien (Scriptorium 14 [1960] 16–60).

[17] In der Einleitung zur Edition des Biasca gibt Heiming eine Übersicht über die bisherigen Beschreibungen (Sakramentar von Biasca XXX–XXXIV).

[18] Sakramentar von Biasca XXXVIII–XXXIX.

[19] Notitia liturgiae ambrosianae ante saeculum XI medium (Mailand 1895) 1f. Zu dieser Untersuchung des ambrosianischen Meßordo diente Ceriani neben anderen Hss, vor allem neben A, der Text in J als Grundlage; ebenso zur späteren Edition des „Missale Ambrosianum Duplex", das er 1913, zusammen mit dem nachmaligen Papst Pius XI., A. Ratti, und M. Magistretti, herausgab.

[20] Landhandschrift aus dem Val Leventina (9. Jh.). Eine unvollständige, nie edierte Ausgabe wurde von A. Ceriani begonnen. Seit neuestem liegt die Edition vor von O. Heiming, Das ambrosianische Sakramentar von Biasca, Die Handschrift Mailand Ambrosiana A 24 bis inf, 1. Teil (LQF 51 [1969]).

[21] Ebenfalls aus dem 9. Jh. stammt das Bergomense, das für die Stadt Mailand geschrieben wurde. Die Hs wurde als erste der mailändischen Hss vollständig ediert, wenn auch die Arbeit von P. Cagin (Codex Sacramentorum Bergomensis [Auc-

3. C (Tripl)   Ambrosianische Vorlage des Triplex (Zürich, Zentralbibliothek C 43)[22]

4. D (C)   Lodrino, ursprünglich S. Stefano in Brolio in Mailand (Ambrosiana A 24 inf)[23]

5. E (B)   Stadt Mailand (Ambrosiana Trotti 251)

6. F (N)   Stadt Mailand (Ambrosiana T 120 sup)[24]

7. G (H)   Armio (Metropolitankapitel D 3–1)[25]

8. H (E)   Pontifikalsakramentar des Heribert (Metropolitankapitel D 3–2)[26]

9. J (G)   S. Simpliciano in Mailand (Metropolitankapitel D 3–3)

---

tarium Solesmense, Series Liturgica I,I 1, Solesmes 1900]) nicht den modernen Ansprüchen genügt. 1962 erschien von A. PAREDI eine weitaus bessere, wenn auch nicht voll zufriedenstellende Ausgabe: Sacramentarium Bergomense, Manoscritto del seculo IX della Biblioteca di S. Alessandro in Colonna in Bergamo (Monumenta Bergomensia 6 [Bergamo 1962]). Das Inhaltsverzeichnis und der Formelindex wurden gesondert von F. COMBALUZIER zusammengestellt und veröffentlicht (Sacramentaires de Bergame et d'Ariberto, Table des matières, Index des formules, Steenbrugge 1962).

[22] Dem Kompilator des für St. Gallen geschriebenen „Sacramentarium triplex" lag neben dem gelasianischen und gregorianischen Text ein ambrosianisches Sakramentar vor, das aus der Zeit um 1000 stammt. Bereits vor 200 Jahren wurde der Triplex von dem Abt von St. Blasien, M. GERBERT (1720–1793), veröffentlicht. Dieser edierte ihn 1776 unter dem Titel „Sacramentarium triplicis ritus" in den „Monumenta veteris Liturgiae Alemannicae, Pars I". In moderner Ausgabe liegt der Text seit 1968 vor in der Edition von O. HEIMING, Das Sacramentarium Triplex, Die Handschrift C 43 der Zentralbibliothek Zürich, 1. Teil (LQF 49 [1968]).

[23] Wie der Name sagt, wurde das Sakramentar in Lodrino (wie Biasca im Val Leventino gelegen) gebraucht. Es stammt jedoch aus der Kirche S. Stefano in Brolio zu Mailand. Eine kleine Monographie ist der Hs von G. P. BOGNETTI gewidmet: Il Messale e il Manuale Ambrosiano di Lodrino e la loro origine milanese (Il Bollettino Storico della Svizzera Italiana 24/1 [1949]).

[24] Nach O. HEIMING gehörte die Hs ehemals den Benediktinerinnen von S. Vincenzo in Città (Die mailändischen sieben Votivmessen für die einzelnen Tage der Woche und der Liber Sacramentorum des sel. Alkuin [Misc. Mohlberg II] 320).

[25] Die Hs aus Armio am Lago Maggiore ist leider sehr lückenhaft überliefert. Die erhaltenen 106 Folien geben das Bild einer äußerst interessanten Hs, auf deren Sonderstellung im Laufe dieser Untersuchung noch zurückzukommen ist. Nach den Angaben B. BISCHOFFS, die er mir am 29. Mai 1968 bestätigte, ist die Hs um die Wende des 9./10. Jhs. zu datieren. Gegen oder gegen Ende des 9. Jhs. zu datieren.

[26] Keine der Hss kann so exakt datiert werden wie das Pontifikalsakramentar des Erzbischofs Heribert (1018–1045). Die prächtig ausgestattete Hs wurde 1958 von A. PAREDI in der Festschrift für den Bergomenser Bischof A. Bernareggi ediert: Il sacramentario di Ariberto, Edizione del ms. D 3,2 della Biblioteca del Capitolo Metropolitano di Milano (Monumenta Bergomensia 1 [Bergamo 1958]). Auch zu dieser Hs veröffentlichte F. COMBALUZIER den Formelindex (vgl. Anm. 21). Kurz zuvor hatte Paredi eine Untersuchung über die Miniaturen des Sakramentars veröffentlicht: Le miniature del sacramentario di Ariberto, in: Studi in onore di C. Castiglioni (Mailand 1957) 699–717.

10. P   Palimpsestsakramentar aus S. Simpliciano (London, British Museum Harleian 2510) [27]
11. K (Sa) S. Ambrogio in Mailand (Kapitel von S. Ambrogio M 17)
12. L (Vn) Venegono (Monza, Kapitel F 2/102)
13. M (Vr) Stadt Mailand (Vercelli, Kapitel 136)
14. N (D)   S. Victor in Valtravaglia, ursprünglich Stadt Mailand (Ambrosiana D 87 sup)
15. O   Stadt Mailand (Ambrosiana I 127 sup)
16. FrM   Fragment mit Totenmessen aus S. Maurizio (Mailand, Staatsarchiv Cart. 439) [28]
17. FrA   Fragment mit Formularresten des 3. Sonntags nach Ostern und des Festes „Mediante die festo" (Ambrosiana A 24 bis inf) [29]

C. DAS SAKRAMENTAR D 3–3 AUS DEM MAILÄNDISCHEN METROPOLITANKAPITEL

I. Beschreibung

1. Einband

Der ursprüngliche Einband ist nicht erhalten. Wie aus einer Notiz auf der Innenseite des Deckels hervorgeht, wurde die Hs 1914 in der Ambrosiana restauriert. Unter dieser Notiz befindet sich ein Inventarstempel der Kapitelsbibliothek aus dem Jahre 1920. Der neue Einband besteht aus dunkelbraunen, starken Holzdeckeln und einem gleichfarbenen Lederrücken. Auf dem Rücken erhielten sich Reste eines Inventarschildes mit der Nummer „2D 3=3".

Eine Bleistiftnotiz am oberen Rand des Innendeckels bezieht sich auf den Inhalt der Hs und fragt: „Misto di Ambrosiano e Romano? gia nella Basilica di S. Simpliciano?". Unterhalb des Bibliotheksstempels ist – ebenfalls mit Bleistift – vermerkt: „= G = Ebner = Delisle 74f. 362", daneben mit Tinte: „II, D,3,3".

Auf dem ersten der drei eingehefteten Schutzblätter ist die Datierung B. Bischoffs angegeben: „ultimo quarto sec. IX giudizio prof. Bischoff".

---

[27] Von den Brüdern A. und W. J. Anderson wurde die Erstschrift des Palimpsestes Harleian 2510 als ambrosianisches Sakramentar erkannt: A sacramentary of the ambrosian rite (JThS 24 [1923] 326–330). P. Borella stellte die Herkunft aus der mailändischen Abtei S. Simpliciano fest (Influssi carolingi e monastici sul Messale Ambrosiano [Misc. Mohlberg I] 113). Aus einer Untersuchung O. Heimings geht hervor, daß es sich um zwei heterogene Sakramentare handelt, und zwar um ein Gregorianum und um ein ambrosianisches Sakramentar aus S. Simpliciano. Mit einer Einleitung edierte er die Formelindices beider Teile: Ein „fusioniertes" Gregorianum und ein Ambrosiano-Benedictinum, 2 Palimpsest-Sakramentare im British Museum Harleian 2510 (EL 64 [1950] 238–273).

[28] Die Edition des Fragments erfolgte von A. Paredi im Anschluß an die Edition des Bergomense (Sacramentarium Bergomense 367–378).

[29] Das Doppelblatt ist der Hs aus Biasca vorgeheftet. Es wurde von O. Heiming in der Einleitung zur Biasca-Ausgabe ediert (Sacramentar von Biasca LXVIII–LXIX).

2. Lagen und Folien

Die Hs ist am Anfang und Schluß defekt. Der Kustos der ersten vollständigen Lage gibt die Nummer VII an (fol 12^V). Von einer der ersten
sechs Lagen sind die inneren zwei Doppelfolien erhalten und der 7. Lage
vorgeheftet.

Der Kustos ist stets auf dem letzten Folium der Lage in der Mitte des
unteren Randes eingetragen. Die braune Zahl ist durch vier kurze rote
Striche nach rechts und links und nach oben und unten verziert. Insgesamt
sind 50 Lagen – durchwegs Quaternionen – gezählt, die von der 7. bis zur
50. Lage lückenlos sind.

Von der 51. und letzten erhaltenen Lage fehlt das äußere Doppelblatt. Es
kann daher nicht festgestellt werden, ob und wieviel weitere Lagen ursprünglich folgten. Da die letzten Folien der 50. Lage, ebenso wie die ersten Folien
zu Beginn der Hs, stark nachgedunkelt sind, war die Hs vermutlich geraume
Zeit ohne Einband und ohne die 51. Lage, die erst später wieder ihrer Hs
angeheftet wurde.

Die vorhandenen Lagen ergeben 362 Folien, die rechts oben mit arabischen Ziffern durchnumeriert sind. Gewöhnlich zählt man 20, in einigen
Lagen (27., 28. und 31.) 21 Zeilen. Durch Korrekturen und Nachträge erhöht
sich auf einigen Seiten die Zeilenzahl. Die Linien sind vorgezogen, bisweilen
so scharf, daß sie das Pergament durchschneiden. In gleicher Weise sind die
Spiegelgrenzen markiert.

Die Blattgröße ist offensichtlich nicht die ursprüngliche. Doch besitzt die
Hs auch bei einer Zugabe außergewöhnlich geringe Maße. Die Blattgröße
beträgt 155/158 × 210/217 mm, das Spiegelformat 110/115 × 152/158 mm.

3. Pergament und Tinte

Das Pergament ist im allgemeinen gut bearbeitet. Es ist meist dünn;
stärkere Blätter wurden vor allem für die oft gebrauchten Teile (Commune)
verwandt. Löcher im Material, die der Schreiber zu berücksichtigen hatte,
und einige Nähte deuten darauf hin, daß die Kirche, für die die Hs bestimmt
war, nicht mit allzu reichen Mitteln ausgestattet war.

Die ungewöhnlich starke Folienabnutzung, vor allem der Folien des Commune[30], zahlreiche Korrekturen und spätere Zusätze lassen darauf schließen,
daß die Hs lange, sicher bis ins 13. Jh., in Gebrauch war. Bereits während
dieser Zeit wurde die Hs teilweise beschädigt. So fehlt z. B. von fol 201 die
äußere untere Ecke. Die Formelüberschrift des Apostelcommune „ORĀTI ET
PRĒ IN N . . . " wurde in einer späteren, unbeholfenen Rustica ergänzt, und
zwar nicht „NATALE", sondern „NATALI" (auf fol 201^V folgt „UNIUS APOSTOLI").
Die ebenfalls beschädigte Lesung auf fol 201^V unten wurde dagegen nicht
ergänzt.

Die verwandte Tinte ist hell- bis dunkelbraun. In hellem Rot sind For-
mular- und Formelüberschriften, Akklamationen und Rubriken geschrieben.
Bei den Initialen wechselt die braune mit der roten Farbe ab. Im Meßkanon

---

[30] Vgl. Tafeln V und VI.

werden durch die rote Farbe die Einsetzungsworte hervorgehoben, ebenso im Supra quae die Worte „sanctum sacrificium inmaculatam hostiam" und die Konklusion des Supplices „per Christum dominum nostrum". In der Initiale des UD treten zum Braun und Rot violette, im T des Te igitur darüber hinaus dunkelgrüne Farbtöne.

4. Initialschmuck

Wie die meisten mailändischen Sakramentarhandschriften (die Prachthandschrift des Heribert bildet die bemerkenswerteste Ausnahme) ist J ohne Miniaturen. Der einzige Schmuck der Hs sind die zwei Initialen des UD und des Te igitur, die ein halbes bzw. ganzes Folium beanspruchen und mit einfacher Bandornamentik geschmückt sind[31]. Dem UD diente offensichtlich eine römische Hs als Vorlage, da die mailändischen Präfationen mit „Uere quia dignum" beginnen. Dennoch steht das „UD" in allen mailändischen Hss vor den Präfationen der einzelnen Formulare, soweit das Initium nicht ausgeschrieben ist[32].

5. Bemerkungen zur Paläographie

a) Schrift

Die Hs ist in einer gewöhnlichen karolingischen Minuskel geschrieben, die von einer einzigen Hand zu stammen scheint, wenn auch Duktus und Größe variieren.

Da die Form der einzelnen Buchstaben aus den beigegebenen Tafeln zu ersehen ist, soll nur einiges erwähnt werden:

g ist oben stets geschlossen, unten dagegen meist geöffnet. Die Oberlängen von b d h und l laufen in der Regel breit aus. s hat immer die lange Form, wenn es auch manchmal kaum größer als das r ist.

x hat einen langen dünnen Aufstrich.

y erhält zur Abhebung von dem r einen Punkt über der Gabel.

z ist über dem oberen Querbalken mit einem Schrägstrich angesetzt, der dem Buchstaben häufig die Form eines großen Sigmas gibt.

b) Ligaturen

Ligaturen sind fast ausschließlich bei st – und auch hier nur vereinzelt – zu beobachten. Zu den wenigen Verbindungen von a und e wird meist der Nachtrag des e Anlaß gewesen sein. Die Ligatur nt am Wortschluß ist fol 228V (facerent) zu beobachten.

c) Abkürzungen

Der Schreiber kennt Abkürzungen, bedient sich ihrer aber wenig und nicht systematisch. Besonders sind Abkürzungen in Überschriften[33] und – verständlicherweise – am Zeilenschluß anzutreffen.

---

[31] Vgl. Tafeln V und VI.
[32] Vgl. S. 29.
[33] Näheres zu den Abkürzungen der Formularüberschriften in den Editionsregeln (S. XXXf.).

Immer abgekürzt werden die Nomina sacra (ds̄ und dītas, dn̄s, īhs xp̄s, xp̄anus, sp̄s sc̄s, omp̄s und omp̄ns sem̄p ds̄). Der Plural spirituum sowie das Adjektiv spiritalis und das Adverb spiritaliter sind in der Regel ausgeschrieben. Mit einigen Ausnahmen ist quaesumus (qs̄) immer abgekürzt.

Die Endung -que ist durch einen einfachen Punkt hinter dem q (q·) abgekürzt. Dieser Punkt ist auch – neben dem Strichpunkt – nach dem b der Endung -bus zu beobachten (b· b;).

Die üblichen Kürzungen für per (p), prae und pre (p̄) und pro (p) sind bekannt, ebenso c̄ für con (nur selten), m̄ für -men- und t̄ für -ter-.

Abkürzung durch Suspension ist vor allem in den Konklusionen festzustellen, z. B. per quem maies̄, qui tecum uiuit et reḡ, una cum eō, quem laudant angł benedicunt arc̄h. Ebenso ist in den Initien der Evangelien regelmäßig abgekürzt: in illo temp̄ und häufig auch d.d.i.d.s. (dicebat dominus Iesus discipulis suis).

Im Text werden vereinzelt – meist am Zeilenschluß – Endungen abgekürzt. Zu jeder Endung sind einige Beispiele angeführt:

-et: praest& 57^V, mund& 62^R, purific& 132^R.

-it: dix̄ 142^V 147^R, praedix̄ 265^V.

-rum: ein großes R mit einem Schrägbalken wird mit dem rechten Bogen des vorausgehenden o verbunden: beato(rum) apostolo(rum) 106^V.

-unt: parauer̄ 78^V, promiser̄ 78^R, processer̄ 82^R.

-ur: angezeigt durch einen nach oben gewölbten Haken mit aufwärts gerichtetem Schlußstrich: destituat(ur) 65^V, meream(ur) 68^R, largiat(ur) 90^R.

-us: nur in einem Evangelienverweis feststellbar: agn' 122^R.

Die Abkürzung des Schluß-m geschieht durch einen meist waagerechten Strich über dem vorausgehenden Vokal.

Im Folgenden sind die (z. T. sehr selten) abgekürzten Wörter alphabetisch angegeben (bei einmaligem Vorkommen mit Stellenangabe): apostolus = apłs; autem = aut̄; confessoris = confes̄ 315^R; ecclesia = eccła (selten ecła, z. B. 287^R); episcopus = ep̄s; esse = ēē (auffallend ē& = esset 108^V); est = ē; fratres = frēs, fr̄s; gloria = gła (głatur); gratia = grā; imperatoribus = imp̄ribus 101^V; Israel = irł (irłitae); karissimi = km̄i; martyris = mar̄ 362^V; misericordia = mīa; nobis = nob̄; non = n̄; noster = nr̄; omnes, omnia = om̄s, om̄a; populo = ppło 261^V; praesta = p̄ra; presbyteris = prb̄is 101^V; qui = q (nur in Konklusionen, aber: numqd 90^V); quod = qd̄; quoniam = qm̄; saeculi = scłi; sanctifica = sc̄ifica; secundum = scd̄m; sunt = s̄ 241^R; uel = ł; uester = ur̄ (auffallend ist uēr 75^V); uobis = uob̄.

d) Akzente und Neumen

Akzente finden sich sporadisch im Evangelium des Fastensonntags „De Ceconato" (fol 55^V–57^R) und im Evangelium vom Fest der hll. Felix und Nabor (fol 280^R). Ein Zirkumflex findet sich auf sumpsêre (fol 103^V). Neumiert – wenn auch nicht vollständig – ist einzig die Präfation vom Fest des hl. Georg[34].

---

[34] Vgl. Tafel VII.

e) Interpunktion

Kürzere Sinnabschnitte werden durch Punkte auf halber Zeilenhöhe (·), häufiger durch den Punkt mit kurzem Schrägstrich nach rechts oben (⸴) geteilt, größere durch einen Punkt mit darüberstehendem kommaförmigen Haken markiert (⸵). Nach rechts geöffnet und mit einem langen Schrägstrich versehen ist das Häkchen beim Fragezeichen (.⸎).

f) Korrekturzeichen

Bei Nachträgen von erster Hand werden folgende Zeichen gebraucht: hđ – hp̄ (4R 16R 89V 246V); der Obelos ÷ (17R 23R 48V 123V); eine geschlängelte Linie mit je zwei Punkten oben und unten ∻ (68R 231V 255V) und ein liegender Halbkreis mit einem Punkt darüber ◡ (129V 182R 290V 298V 311V). Wörter über der Zeile sind meist ohne Zeichen. Teilweise ist das Wort und die entsprechende Satzstelle durch einen Punkt oder ein Kreuz bezeichnet. Dreimal finden sich Umstellungszeichen (S. 239,16 241,13 383,9).

6. Bemerkungen zur Orthographie

Die Orthographie ist im allgemeinen gut. Nachlässigkeiten zeigt der Schreiber vor allem durch das häufige Auslassen von Buchstaben, Silben und Wörtern. Einige Male wird bereits die Vorlage daran schuld sein. Zum großen Teil wurden die fehlenden Teile vom Schreiber selbst nachgetragen.

Orthographische Eigenheiten sind im allgemeinen nicht festzustellen. Häufig ist der Wechsel von ae und e. Von den einzelnen Stichworten sind vor allem unter d), e) und f) nicht alle Beispiele angegeben, sondern nur einige charakteristische. Tritt ein Wort in verschiedenen Formen auf, wird die Grundform angegeben. Mit einer eckigen Klammer ([]) sind Worte gekennzeichnet, die aus einer Lesung stammen, durch die Angabe des Folienwechsels aber in der Edition erscheinen.

a) Assimilation

ad- nicht assimiliert: adcurrens 335,21; adfigens 323,12; adfinemque 296,26; adfuisse 214,1; adfuturus 189,22 261,9 333,14 346,20; adgrauatur 391,6; adpone 392,8; adpraehendere 167,8 317,5 (*aber:* apprehendere 363,24); adquirere 183,12 195,8 . . . (*passim*); ad(t)quisitio 246,19 344,11; adscribi 423,27; adscripta 389,14 (*aber:* asscriptam 272,26); adsequi 170,11 255,17 261,6 333,23 (*aber:* assequi *passim*); adsertor 328,19 (*aber:* asserere 350,26); adsit 241,3 316,2 329,23 352,20; adstantibus 265,17 (*aber:* astare 197,27 380,7; asstantium 278,23; circumastantium 271,8); adstruebat 318,21; adsumpsit 422,20 (*aber:* assumere *passim*); adtende 385,2.4.18 405,17; adtribuant 423,8

con- nicht assimiliert: conlapsa 243,5; conlata 170,10 390,9 (*aber:* collata 225,9 242,6 337,5); conlaudare 308,18 (*aber:* collaudant 287,21); [conligationes 170,7]; conlocare 299,31 (*aber:* collocare *passim*); conluctationibus 318,11; conpetenter 177,14 (*aber:* competenter 172,5 198,19 305,21); conpetenti 189,21 (*aber:* competens 188,23 290,12 306,20); conpunctio 232,11 377,16; conpunctum 266,5 (*aber:* compunctus 310,24 385,13); conprehendere 323,17 (*aber:* comprehendere 222,16 269,14)

in- nicht assimiliert: inlabentes 423,17; inlaesus 182,18 188,29 194,14 209,13 318,2; inlata 422,1 (*aber:* illata 238,12 349,1); inlecebrae 177,16 198,21 361,2; inlicitus 189,18 195,5 209,6 (*aber:* illicitas 362,2); inluminare 167,6 194,9 379,13 (*aber:* illuminare *passim*); inluminatione 194,7 (*aber:* illuminatione 238,10); inluminator 167,20 178,25 (*aber:* illuminator 168,6); inlusio 204,11; inlustro 293,23 296,14 316,10.21 342,8 347,26 (*aber:* illustro 176,16 216,8 249,23 260,4 306,25; illustratio 239,27; illuxerit

414,11); inmaculatus 273,24 (*aber:* immaculatus 218,19 273,19); inmensus 173,11
180,17 188,26 190,18 206,12 210,9 212,1 268,8 308,20 345,12 357,12 (*aber:* immensus
210,9); inmergere 232,23 335,29; inmeritis 260,12; inminentem 398,16 (*aber:* immi-
nentem 186,16 261,26 356,23); inmoderatas 177,15 (*aber:* immoderatas 198,20);
inmortalis 247,28 422,6; inmortalitas 195,8 422,2 (*aber:* immortalitas 269,14 412,20);
inmundus 179,24 206,20 383,16 409,9; inmutari 328,18 (*aber:* [immutabitur 417,10]);
inradiare 335,13 (*aber:* irradiare 291,18.21); inretitus 344,16; inpende 225,15 396,23
(*aber:* impende *passim*); inpensius 318,8; inpetrare 187,26 418,4 (*aber:* impetrare *passim*); in primis 212,11 216,5 217,6 271,2.13; inprobis 266,1 (*aber:* improborum 395,18);
inpugnatores 393,12 (*aber:* impugnare 194,28; impugnationibus 388,23 394,21)
ob- nicht assimiliert: obpugnantibus 370,3
sub- nicht assimiliert: subcumbamur 366,17; subrogare 247,28 398,26; substentetur 195,7

b) Aspiration

Aspiration unterblieb: aud 209,14; exortationis 344,13 (*aber:* exhortatione 230,4);
osanna 204,7 270,21.22; ymnum 219,22 220,34 221,23 223,17 (*aber:* hymnum 205,3
217,3 293,8); Ypolitus 272,15; *h nachgetragen:* ⌜h⌝ortaris 172,16 (*aber:* hortaris 183,28)
Aspiration gegen die Regel: Im Anlaut: habundantia 377,3 (*aber:* abundare, abundantia
passim); hos 306,18; honeratur 335,28 (*aber:* exonerari 184,21). *Im Wort:* archana
239,11 306,19 (*1. Hd*) (*aber:* arcanum 171,22); cohercere 177,15 198,21; exhoramus
195,4 (*aber:* exorare *passim*); prehimus 284,4 (*aber:* preimus 284,12)
Hebräische Eigennamen: Habraham 215,10 273,23 414,6 (*aber:* Abraham *passim*);
Danihel 408,26; Helia 190,17; Hyericho 203,24; Loth 408,27; Michahel 368,8.10.14.
21.26 398,3; Rafahel 405,7

c) Konsonanten

b: b statt p: adobtiuę 165,19 (*aber:* adoptio 194,10 213,20 216,8 225,29 242,25); prin-
ci(p *aus* b)ibus 287,22 309,12
c: c statt g: acmina 412,20 (*aber:* agmina 268,11); neclexerunt 292,12 (*aber:* neglegere
266,3 286,12); *c statt q:* consecuntur 422,6 (*aber:* consequi *passim*); execuntur 220,27
(*aber:* exequi *und* exsequi *siehe unter s*); *c statt r:* accersiri 413,1; [*c eingeschoben:* uncxit
191,10]
d: d statt t: adquae] atque 366,7; deliquid 173,5 (*aber:* deliquit 385,12 411,2); reliquid
328,19; fedore 335,29
p: p statt b: optinere 171,20 315,8 366,19 (*aber:* obtinere *passim*); optulimus 281,27
(*aber:* obtulimus 373,8 384,7 388,16; obtulit 209,18); *p eingeschoben:* condempnare
208,2 [280,21]; condempnatio 380,2
s: s ausgefallen: exequi 169,25 173,34 . . . 13 x (*aber:* exsequi 171,20 196,24 . . . 8 x);
exul 343,8; exultatio *passim; s statt n:* cessentur 227,18
t: t statt d: atquisitio 344,11
u: u statt b: acerua 330,4 (*aber:* acerbus 335,24 344,11 348,27 356,23)
ci statt ti: Konsonantische Deklination: condicionis 197,4 406,16 (*aber:* conditionis 201,7);
internicionem 367,27; perniciem 399,2; porcionem 413,23 (*aber:* portionem 219,4
416,19); propitiacionis 398,12 (*aber:* propitiationis 399,8); ulcionem 184,2 (*aber:*
ultionem 215,24 411,19); *andere Wörter:* cercius 230,22 (*aber:* certius 242,27); praeciosus 284,9 363,13 367,21 (*aber:* pr(a)etiosus *passim*); saciamur 284,13 (*aber:* satiare
passim); Tyburcius 297,3 (*aber:* Tiburtius 296,26 297,7.10.29)
ti statt ci: capatior 172,13; efficatia 196,24 201,29; Mauritius 368,2 (*aber:* Mauricius
367,5.7.19.31); natalitia 284,2 352,5 (*aber:* natalicia *passim*); sotiata 300,3 (*aber:*
sociare *passim*)
Verdoppelung: l: sepelliatur 412,26; *m:* ammoueat 242,14; commitari 285,23 (*aber:*
comitari *passim*); assummere 243,16 403,21 (*aber:* assumere *passim*); summere 173,7

192,18 210,6 251,2 310,3.17 380,27 398,22 400,8 (*aber:* sumere *passim*); consummitur
353,21 (*aber:* consumatio 422,20; consumares 204,27); praesummimus 223,6 (*aber:*
praesumimus 174,4 238,17 266,1 278,21); *n:* concinnunt 336,28 (*aber:* concinunt
217,3 219,22 220,33 221,23 223,16); rennuit 359,1; *p:* reppellat 257,22 (*aber:* repellere
175,22 260,10 385,19); repperiens 326,17 (*aber:* reperire 332,11); *r:* corruscis 316,7
(*aber:* coruscans 318,16 325,1); *s:* asstantium 278,23 (*aber:* astare 197,27 380,7; circumastantium 271,8); asscripta 272,26; exposscere et poscentibus 368,5; sus-/scipias
272,22; *t:* committamur (*aber:* comitari *siehe unter* m)

Verdoppelung unterblieb: c: acommoda 260,4; *f:* aflictos 167,28 (*aber:* affligere *passim*);
l: aloquio 385,17 (*aber:* alloquio 344,13); solemnius 175,8; solemnitas 284,7 (*aber:*
sollemnis, sollemnitas *etc. passim*); tranquilitate 238,11 (*aber:* tranquillus, tranquillitas
passim); *m:* comendare 414,2 (*aber:* commendare *passim*); commissa defleam et postmodum non comittam 378,9; comiserunt 417,20; comissam 391,13; flamiuoma 325,5
(*aber:* flammeo 335,23); consumans 242,24 (*aber:* consummato 229,24; consum-
matio 231,1); sumus 205,20 273,24 324,2; sumitate 397,11 (*aber:* summus *passim*); *p:*
oportunus [361,19] 400,1; oportunitatis (= *S*) 320,15; *s:* asistere 388,4 398,4 (*aber:*
assistere 263,29 347,26 409,22); iusisti 268,8 (*aber:* iussisti *passim*); *t:* atritum 218,26
(*aber:* atteritur 406,12)

d) Vokale

ae (ę) statt e: prae statt pre: adpraehendat 167,8 317,5 (*aber:* apprehendere 363,24);
praemere 183,9 261,18 (*aber:* premat 411,17); [praessurae 373,19] (*aber:* compressa
393,14); praecari 10 x (*aber:* preceris 329,26; precator 290,17; precatio 301,2 353,24);
praeces 48 x (*aber:* preces 20 x); praetium 209,7 322,24; depraecari 8 x (*aber:* deprecari
6 x); depraecatio 255,1 268,25 346,18 368,15 (*aber:* deprecatio 289,10); *Wortstamm:*
caederet 330,3; caelebrare 235,20 256,21 278,26 287,9 291,12 292,4 296,4 326,21 334,7
346,5 348,5 349,12.22; caelebritas 308,4 349,16 365,7 (*aber:* celebrare *und* celebritas
passim); caeleri 233,3 (*aber:* celeri 402,17); caena 208,5.7.13 403,10 (*aber:* cena 209,1);
caenatum 209,24 273,5; fęcundis 400,4 (*aber:* fecundare 213,19 242,20 244,9; fecundissima 332,10; fecunditas 179,17 185,8 191,4 258,6 333,19 350,14); laetaniae *passim;*
Ablativ: lucae 224,3; luminae 176,15; progeniae 216,8 237,21; temperię 179,17 -ae
185,8; *Vokativ:* aeternae 165,13 183,7 244,25 290,10 398,16 -ę 260,13 270,15 278,4;
benignissimae 403,18; clementissimę 367,6; fulgidae 326,16; misericordissimae 403,18;
piissimae 414,4; sanctae 265,14 268,6 308,18 318,7 362,23 379,10 396,13 406,15 409,14
-ę 379,17; *Imperativ:* restituae 261,29; tribuę 292,6 400,1 -ae 398,19; *Adverb und Kon-*
junktion: adobtiuę 165,19; adquae 366,7; hodiae 292,8 413,16; namquae 288,20; praecipuae 323,9; secretae 275,7

ae statt oe: pr(a *gel.*) elia 296,15 (*aber:* proelium 326,18 327,14 349,8; proeliator 335,21
349,6)

e statt ae (ę): pre statt prae: pre 379,19; precauere 395,13; precipis 334,16 (*aber:* praeci-
pere *passim;* pręcoepit 367,29); preceptum 325,4 350,23 (*aber:* praeceptum *passim*);
preceptio 352,21 365,9 (*aber:* praeceptio 339,2); precipuus 316,4 (*aber:* praecipuus
passim); preclarus 165,8 318,2 (*aber:* praeclarus *passim*); predicat 346,3 (*aber:* praedicare
passim); predicatio 309,22 (*aber:* predicatio *passim*); PREFATIO 187,15 193,10 195,26
200,12 203,11 253,11.31 319,15 344,8 347,20 348,24 377,9 395,11 398,16 415,4 (*aber:*
PRAEFATIO *passim ca. 70 x*); preferente 370,5 (*aber:* praeferre 316,11 350,11); pre(h)-
imus 284,4.12 (*aber:* praeeunte 204,28 330,13); presens 321,12 401,22 (*aber:* praesens
passim); presentia 362,4 (*aber:* praesentia *passim*); presidium 318,12 338,7 (*aber:*
praesidium *passim*); prestare 210,14 289,22 317,15 331,1 366,10 386,22 395,4 404,18
423,17 (*aber:* praestare *passim*); pretiosus 312,10 326,1 335,17 (*aber:* praetiosus *passim*);
preueni 165,24 (*aber:* praeuenire *passim*); *Wortstamm:* adheserunt 419,5 (*aber:* adhęrere

402,20); inherere 170,24 183,23 186,25 225,18 279,18 344,16 (*aber:* inhaerere 253,6
332,7 372,17 382,19; inhẹrere 231,20 387,3); ceconato 191,2; obcecatione 214,14;
cecatus 339,15 (*aber:* caecitas 191,21 211,3; caecus *passim*); celestis 407,23 (*aber:* caelestis *passim*); celitus 325,6; circumsepta 367,25; septus 345,20; egro 266,2 (*aber:* aegris
409,21); egrotante 405,22 (*aber:* aegrotum 407,15); egritudo 199,20 404,10 407,3.7
(*aber:* aegritudine 409,23); eternus 209,27 317,11 (*aber:* aeternus *passim*); etate 325,3
(*aber:* aetas *passim*); ethera 316,13 (*aber:* aetherius 320,18 343,9); hereticus 214,3.7
328,17; inestimabilis 210,9.10 (*aber:* inaestimabilis 294,21 326,16); inlesus 209,13 318,2
(*aber:* inlaesus 182,18 188,29 194,14; laesus 384,16); letetur 258,6 (*aber:* laetari *passim*);
letificet 298,3 (*aber:* lẹtificet 293,11); meror 235,14 248,3; merentium 384,12 (*aber:*
mẹstificatos 385,1); pene 321,21 (*aber:* paene *passim*); querentibus 210,8 (*aber:* quaerere *passim*); quesumus 387,24 390,19 403,22 (*aber:* quaeso 378,16); sepius 304,3 (*aber:*
saepius 340,18; saepe 345,23); seuis 335,30; seuientes 423,14 (*aber:* saeuus, saeuiens,
saeuitia *passim*); tetre 379,13; teterrimo 197,23; *Eigennamen:* Cecilia 297,6 (*aber:* Caecilia *passim*); Bartholomeus 272,9; Matheus 272,10 CCII; Tahddeus 272,12; Iudaei
214,10; *Wortendung: I. Dekl. Akk. Pl. Neutr.:* superbe 329,24; *II. Dekl. Gen. Sing.:* agathe
315,25; aeterne 184,5 192,18.21 238,9 284,10 310,1 322,24 363,3 372,15 416,10 422,3;
antique 168,8; Babile 314,1.6.10.16 329,22; beate 423,16; caene 208,5 (*aber:* caenae
208,7); catholice 380,24; consuete 360,21; dicate 197,17; Cosme 272,7; florentissime 331,2; debite 311,15 328,19 366,6; hodierne 229,18 302,11 315,14; magne 336,9;
mundane 414,15; mystice 321,18; pape 317,2; patrie 325,1; perfidie 174,2; placite
318,1; pie 240,15 287,16 317,13 328,11; poene 380,2 416,10; pristine 406,19; pro-
misse 423,20; purificate 167,18; uere 245,2 276,20 (*aber:* uerae 277,5); *Dat.Sing.:*
custodie 335,29; humane 215,6; pie 209,17; preclare 273,17; *Nom.Plur.:* angelice
219,22; conlate 390,9; ipse 293,5; superne 221,22; [relique 292,23]

e statt oe: fedore 335,29

e und oe statt ae: penitens 173,7 402,11 403,9 (*aber:* paenitens 173,15 179,19 410,4.6);
penitentia 403,15; poenitentia 237,4 329,25 378,18 (*aber:* paenitentia 187,16 403,5
410,15). *Ein Korrektor löschte an einigen Stellen systematisch das a, z. B. fol 57*RV. *Fol
241ff. wurde ae gelöscht und e von anderer Hand auf die Rasur geschrieben.*

oe statt ae: moestorum 213,25 (*aber:* mẹstificatos 385,1); proemium 327,15 416,10
421,17 (*aber:* praemium *passim*)

oe statt e: coeperat 165,21; precoepit 367,29

ẹ: 123 x, meist bei der Wortendung, wenig in der Präposition oder im Stamm: adhẹrere 402,20;
cẹlestis 226,15; ẹterne 372,15; [ẹternum 185,20]; fẹcundis 400,4; hẹc 189,16; inẹstima-
bile 294,21; inhẹreant 387,3; inhẹrendo 231,20; lẹtania 234,2; lẹtemur 394,12
405,22; lẹtificet 293,11; mẹstificatos 385,1; prẹces 368,7; prẹcibus 400,21; prẹuale-
ant 197,5; sẹuientis 398,11; uitẹ 231,18

Die übrigen Vokale:

e statt i: aprelis 320,2; resedentes 390,3.10; consedentem 221,13 (*aber:* considere 230,29
320,20); sterelitas 333,18.19 (*aber:* sterilis 334,5)

i statt e: uegitas 401,23 (*aber:* uegetare *passim*); dimergat 385,11; praecipis(ti *gel.*)
182,4; praecipisti 211,6 (*aber:* praecepisti 174,9 181,27 199,17 243,19); redimisti
233,18 (*aber:* redemisti 267,19 403,20)

i statt a: uacuisti 225,2

e und i: elemosina 174,12 178,5 267,4 268,4.15 388,21 389,12.21 390,2.8; elimosina
196,21

o statt u: incolomitas 267,2 271,11 386,20 389,20 396,20 (*aber:* incolumitas 267,15;
incolumis 212,20 264,23); tonica 265,15; soboles 332,11; exoratos 424,7

u statt o: beatus 283,4

i statt y: hidria 180,19; martir 232,11 271,15 274,12 284,21.27 285,13.16 287,1.8 292,24 *(aber:* martyr *passim);* martirium 192,25 353,12 *(aber:* martyrium *passim);* misterium 180,14 206,11 207,5 229,2 252,2 259,24 298,24 331,3 334,7 342,11 373,7 423,12 *(aber:* mysterium *passim);* misticus 316,11 *(aber:* mysticus 222,15 239,14 321,18); azimis 262,2; presbiterii 378,4 *(aber:* presbyter 213,1 266,23); presbiteratus 380,18

i und u: Eufimia 365,1; Eufumia 274,13c 364,25.27 365,6.10

y statt i: hylari 344,15 *(aber:* hilari 367,31); mynisterium 340,9

y und i: inclyta 316,8 *(aber:* inclita 218,16 321,25 326,12 349,6); *Eigennamen:* Babilas 313,22.24 314,6.11.16 *(aber:* Babylas 314,1); Ciprian 364,2.4.11.15.18.22 *(aber:* Cyprian 272,2); Martirius 272,13 329,2 *(aber:* Martyrius 356,3.7.14 357,4); Tiburtius 296,26 297,7.10.29 *(aber:* Tyburcius 297,3); Xistus 272,13; Sixtus 351,2 *(aber:* Xystus 351,3.13.16.19.23; Simon 371,14 *(aber:* Symon 272,11 371,8.10 372,2)

e) Silbentrennung

Für die Untersuchung der Silbentrennung wurden auch die Lesungen mit herangezogen, da die Belegstellen mit Folien angegeben sind. Folgende Regeln lassen sich feststellen:

1. *Treffen zwei Vokale zusammen, wird entweder vor oder nach dem 2. Vokal getrennt, z. B.* cre/atori 355^R, glori/antem 114^V, hodi/erna 1^V, mori/endo 351^V *und* dia/bolo 351^V, ei/cient 127^V, perie/rat 154^V. *Doppelvokale werden gewöhnlich nicht getrennt, z.B.* cae/los 95^R, exau/di 169^V 352^V, lau/dis 347^V. *Ausnahmen:* exa/udi 169^V, insta/urata 347^V.

2. *Folgt auf einen Vokal ein Konsonant mit nachfolgendem Vokal, wird vor dem Konsonanten getrennt, z. B.* ado/rauerunt 1^R, Ale/xandri 302^R, exo/ratus 269^V, pla/catus 31^R *(einzige Ausnahme:* thes/auro 215^R). *Auf die Wortzusammensetzung wird dabei keine Rücksicht genommen:* a/bierunt 78^V, i/nitio 138^V, po/test 149^V 213^R, praete/ritis 66^V, re/demptorem 250^R, re/diret 109^V, si/cut 53^R 289^R *(einzige Ausnahme:* ad/esse 311^R).

3. *Treffen zwei Konsonanten zusammen, wird meist nach dem ersten getrennt, z. B.* aperuis/ti 1^V, asis/tit 339^R, aug/mentis 112^R, auc/tor 68^V, baptis/mo 121^R, conspec/tu 14^V, dis/cerent 130^R, nos/tram 157^R, sol/lemne 29^R, tem/poraliter 72^R. *Auf die Wortzusammensetzung wird dabei keine Rücksicht genommen, z. B.* des/cendi 94^V, praes/tare 345^R, pros/pexit 108^R, res/pices 173^V, tran/sire 92^V.

Nicht getrennt werden folgende Buchstabenverbindungen: bl, pl: z. B. pu/blico 230^V *und* re/pleti 84^V 330^V; *br, pr: z. B.* cele/bramus 355^R, He/bron 36^V, ru/brum 89^R *und* Ci/priani 209^V, pro/pria 331^V; *cr, gr: z. B.* laua/cri 63^V, mu/cronibus 312^R, sa/cramentum 103^V *und* di/gressi 280^V, mi/grauit 251^R; *dr, tr: z. B.* qua/draginta 13^V *und* pa/triae 25^V, pa/tris 142^R, pa/trociniis 239^R; *ph, th: z. B.* pro/phetas 236^V, pro/phetauit 79^V *und* ca/thecuminis 102^R.

Für gn gilt, daß bis fol 228^R die Buchstabenverbindung nicht getrennt wird (15 x), z. B. beni/gnus 176^V, di/gnanter 11^V, li/gnum 200^R, re/gno 228^R *(Ausnahme:* dig/nę 155^R). *Von fol 272^R bis 337^R wird 8 x nach g getrennt, z. B.* dig/naris 337^R, mag/nificus 313^R, reg/ni 272^R. *Auf fol 352^R (insi/gnitus) und 362^V (di/gnanter) ist wieder die gleiche Regel wie zu Anfang zu beachten.*

4. *Bei drei (und mehr) Konsonanten wird in der Regel nach dem ersten Buchstaben getrennt, z. B.* ab/stinere 96^V, af/fligendo 53^R, ec/clesia 100^V, pas/chale 112^R, sup/plices 351^V. *Nach der Wortzusammensetzung wird fol 99^R getrennt:* de/struit *(aber:* des/tructionem 336^V), *ebenso fol 83^R:* abs/cedat.

Nicht getrennt wird die Buchstabenverbindung mp, z. B. condemp/nari 89^V, praesump/ta 81^V, redemp/tione 60^R, sump/simus 216^R. *Ausnahme bildet die Verbindung mpl, da pl nicht getrennt wird (vgl. unter 3.), z. B.* exem/plis 214^V, im/plorare 59^V, tem/pli 185^V. *Ebenso wird ns nicht getrennt, z. B.* demons/trare 214^V, demons/tratur 226^R. *Auf die*

Wortzusammensetzung wird dabei keine Rücksicht genommen: cons/pectu 128ᵛ (*aber:* con/spectu 352ᵛ), cons/tantiam 107ᴿ.

f) Schreibversehen und verderbte Stellen

Haplographie: insti⟨tu⟩tum 171,11 *und* instiʳtuˡtis 195,15; uʳiˡuus 172,9; promissa⟨m⟩ mereamur 223,7; exitʳiˡum 234,28; copiosʳiˡus 239,11; nostri⟨s⟩ sensibus 257,17; na⟨ti⟩uitas 305,29 306,13 *und* naʳtiˡuitate 334,28; munim⟨in⟩e 315,21; docuʳiˡsti 340,4; uentri⟨s⟩ sui 350,20; auxiliʳiˡ 355,12; solem⟨n⟩itate 356,8; ᴘᴇᴛɪ⟨ᴛɪ⟩ᴏɴᴇ 377,2; plʳuˡuiale 399,16; ᴄᴜɪ⟨ᴜ⟩s 408,2; *i ausgefallen im Genitiv:* Laurenti 272,14; Uincenti 272,16

fehlende Buchstaben: acceʳnˡde 167,7; deliʳnˡquentium 173,27; quiʳeˡscebat 197,24; maʳnˡdatorum 200,24; tʳrˡibuas 208,6; succeʳnˡdit 243,16; conʳsˡtruere 263,12; o⟨b⟩uiae 293,7; poʳrˡtenta 349,3; a⟨d⟩uersa 394,17; exʳeˡquamur 395,19; aerʳiˡas 409,7; Habr⟨a⟩hae 414,6; pont⟨i⟩ficale 421,16; *fehlendes Schluß-m siehe unter 7a – Ablativ statt Akkusativ. Besonders fällt auf den letzten Seiten (Kranken- und Totenmessen) auf, daß bei dem Akkusativ von „anima" in 6 von 17 Fällen das Schluß-m ausfällt.*

fehlende Silben: sacrifi⟨ci⟩um 165,11; largiʳtiˡone 178,6; sub⟨si⟩dium 247,8; aeterʳneˡ 249,15; abunʳdanˡtia 279,27; bene⟨dice⟩re 292,9; ceʳleˡbramus 297,33 357,28; praeʳbeˡret 325,5; opiʳtuˡlante 341,19; sacriʳficiˡum 350,5; ʳfaˡmulum 382,23; sempiterʳnaˡ 417,7

fehlende Wörter: z. B. ⟨salutis⟩ nostrae causas 169,18; non solum ⟨cibum⟩ 176,1; conditionis ⟨humanae⟩ 201,7; offensa nostra ⟨per⟩ flagella cognoscimus 237,7; sed ⟨et⟩ plebs 273,15; protectionis tuae ⟨dona⟩ sentimus 325,28; beatissimorum ⟨apostolorum⟩ et martyrum 339,6; quae audire ⟨possis⟩ pro nobis 371,22. *Von den ca. 50 fehlenden, in der Edition ergänzten Wörtern fehlt allein 25 x die Konklusion* per, *z.B.* 168,26 170,15 187,26 215,28 248,19 255,3 258,20.27 259,9; *nur zweimal wurde sie ergänzt:* 278,27 287,10. *Rund 75 Wörter wurden vom Schreiber ergänzt, z. B.* insolentia ʳrefrenataˡ 177,16; ʳinˡ huius celebritate 206,26; saluas ʳomnesˡ 214,6; omps sempiterne ʳdeusˡ 240,6 260,17 302,15; unigenitoʳfilioˡ 244,25; utʳetˡ 262,23 291,11; ʳnostri Habrahęˡ 273,23; ʳuincebat per lignumˡ 281,5; animus ʳnonˡ concutitur 313,1; ʳnosˡ . . . laetificet 321, 11; ʳdeˡ . . . glorificatione 331,16; Dauidica ʳuoceˡ 336,24; ʳinˡ . . . sollemnitate 356,8; ʳteˡ protegente 382,12. *Teilweise sind die ergänzten Wörter sonst nicht belegt, z. B.:* ʳinˡ obseruatione purificas 171,19; ʳadˡ . . . imperium 197,30 (*A:* per . . . . imperium, *D:* per ü.d.Z.); creaturam ʳmysteriiˡ regenerationis 212,8; quos ʳaˡ perpetuae mortis eripuisti casibus 226,7

Dittographie: propitia[tia]tionis 192,25; Quod[od] 201,11; propi-/[pi]tius 236,26; praepa[pa]rauit 323,14; solemni[i] 330,6; uir[tute] tuo 361,3; terr[r]am 399,19; atra[s] securus 416,13

Überflüssige Buchstaben: desideria terrena[e] 225,16; qua[m]propter 297,28; martyr tua Agatha[e] 316,21; ad tua[m] praeconia . . . et laudem 362,16; reg[n]umque 393,3 *Angleichung an den Kontext:* nominis tui[s] 267,7; caelesti[a] gratia 299,29; proprii[s] corporis 369,22; indulgentia[e] tuae pietatis succurrat 389,16; *Angleichung an das nächste Verb* (?): poli[m] ingredi ualeat ianuas 316,8

Sinnverdrehungen und verderbte Stellen: Fideles tuos] tui . . . firmentur 171,5; fides ieiuniorum] ieiunantium 172,7; signantur] saginantur 175,5; abstinentiae . . . mereantur 188,6; et] ut 206,26 396,18; tranquillitatem] tranquillam 212,13; in quo tuo unigenitus tecum est substantia 229,18; ficiant] faciant 258,8; a misericordia] amiserim 266,7; Tahddeus 272,12; abire] habere 292,13; ut] et 297,33; gloria & regno] gloriae regno 303,6; annue] adiuua 308,1; satiamus] sentiamus 311,16; superexaltat] superexultat 326,11; sacrificante] sanctificante 334,18; gerimur] regimur 340,26; uerborumque] uerberumque 359,10; ᴇxᴜʟᴛᴀᴛɪᴏ] ᴇxᴀʟᴛᴀᴛɪᴏ s. ᴄʀᴜᴄɪs 363,5; con] non 377,12; a] et 381,6; H[osti]as tibi dne offerimus oblationes 384,1; castigatus] castigantis 385,10; placere] placare muneribus 386,4; [in]iusticiae ... iniquitas 394,27; perducere] producere 401,21; ad]ac 402,3; quod tuus esset tribuisti 402,6; honore] in horis 416,14

7. Bemerkungen zur Grammatik

Da es hier nur um die Hs D 3–3 geht, werden auch nur die grammatikalischen Eigenarten der Hs berücksichtigt, nicht aber die Besonderheiten, die allen Hss gemeinsam sind.

a) Nomen

Deklinationswechsel: Genitiv der konsonantischen Deklination: abbati⟨s⟩ 317,19 341,11 423,12.20.25; tui nomini^r s^1 276,23; perenni⟨s⟩ gaudii 323,3; regi⟨s⟩ celsitudine 231,23

Vokalwechsel bzw. Vokalausfall bei der konsonantischen Deklination: Nom.Sing.: tales 366,7; *Gen.Sing.:* intercessiones 335,12; Iohannes 306,19; *Dat.Sing.:* martyre 365,1; *Abl. Sing.:* omni genti 185,28; immolationi placari 191,17; *Nom.Pl.:* patroni martyris tui 314,13; *Akk.Pl.:* carnalis ... angustias 422,7; liquoris produceret 298,21; inter ... uarietatis 396,9; *Adjektiv: Akk.Sing.:* fideli 421,14; *Abl.Sing.:* corporale 168,27; inexpugnabile 369,23; paschale 225,2; quadragesimale 171,18; omne 406,18; *Gen.Pl.:* supplicantum 173,28

Kasuswechsel: Nominativ statt Genitiv: APOSTOLI FRATER 346,8; *statt Ablativ:* munus quo[d] ... purificationem ... imploremus 282,14–16; spiritu[s] ... armasti 327,12; caligo ... detersa 342,10; in commemoratio⟨ne⟩ 364,11; misericordiam t. qua[e] ... deprecamur 385,17

Genitiv statt Dativ: et corpori⟨bu⟩s ... et mentibus 199,11; supernis promissioni⟨bu⟩s reddat 253,17; offerimus preclare maiestati[s] 273,17; tuo nomini[s] 284,25; tuę pietati[s] ... praestet 307,27; *statt Akkusativ:* gloriae ... testantur 329,27; magnificentiae tuae ... adoramus 361,1; *statt Ablativ:* quibus obseruationi⟨bu⟩s 178,28; sanctis confessori^r bu^1s 275,20; deuicta mortis 416,11

Akkusativ statt Nominativ: anima[m] cruciatur 268,10; o magna clementia[m] 319,20; aspera[m] mors 323,15; adsit ... gratia[m] tua[m] 329,23; liberatum ... inhaereat 382,19; aegrotum praeualuit 407,15; *statt Genitiv:* omnia festa] festi paschalis introire misteria 207,5; ueritatem caelestis sacrificium] sacrificii exsequimur 210,21; *statt Dativ:* nos] nobis ... inpende 225,15; famulum tuum il. ... largire 382,18; *statt Ablativ:* cuius passione[m] redemptionem ... tribuisti 210,10; in ... humilitate[m] 226,6; in unitate[m] 238,21 242,23 280,10 376,6; cum odore[m] 268,16; secura tibi seruiat libertate[m] 269,3; perpetuo laetemur aspectu[m] 288,26; uisitatione[m] curari 316,12; mors ... lignum] ligno deducta 323,15; multum] multo latitantem puluerem] puluere dragmam inuenis 326,6; libera exerceat caritate[m] 329,20; compleatur effectu[m] 347,16; ferrea crate[s] liberatus 354,5; nulla promissa ... uinceretur 361,2; in ... profectu[m] 362,22; cum ... patrocinia 371,15; tua[m]que ... protectione 382,28; substantiam ... renouas sacramentum] sacramento 401,22; clementem ... gubernatione 402,7; oblatione[m] placaris 405,16; in cuius aduentu[m] 416,8; pro depositione[m] 422,10

Ablativ statt Nominativ: confessio[ne] recensita conferat 328,10; o quam ... misterio 342,11; *statt Genitiv:* cum ecclesiis] ecclesiae praecibus 235,5; *statt Akkusativ:* ad ... beatitudine⟨m⟩ 168,8; uirtute⟨m⟩ largiris 168,28; mente⟨m⟩ ... occidat 174,3; tribue ... effectu⟨m⟩ 181,3; praestas affectu⟨m⟩ 192,11; excita ... potentia⟨m⟩ tua⟨m⟩ 215,22; humana⟨m⟩ reduceret ad ... substantia⟨m⟩ 229,26; reserasti ... tranquilitate⟨m⟩ 238,11; iucunditate⟨m⟩ haurimus 251,3; corona⟨m⟩ largiaris 258,19; consubstantiale⟨m⟩ 269,20; in uita⟨m⟩ aeternam 275,9; loquela⟨m⟩ ... reddas 296,18;

benedictione⟨m⟩ percipiat 300,2; ad confessione⟨m⟩ ... est institutus 309,19; in genus humanu⟨m⟩ 323,12; proficiant ad medela⟨m⟩ 340,13; gloriam uidere caeleste⟨m⟩ 359,6; mortificatione⟨m⟩ ... portauit 369,16; exhibeamus seruitute⟨m⟩ 400,17; anima⟨m⟩ 404,13 412,5 422,15 423,21 424,5.7; ad omnia ... reparetur officio] officia 407,6 *Besonders zu erwähnen sind die Einsetzungen von Namen in einem falschen Kasus:* in sanctis tuis Uictorem Felicem et Fortunatum 327,9; intercedentibus sanctis tuis Uictor Felix et Fortunatus 327,18; in his ... beatissimorum mart. t. Geruasii et Protasii 330,22; intercedentibus beatis ... Symone[m] et Iuda[m] 372,2; interueniente euangelistae tuae Lucae 369,19

Numeruswechsel: haec ... exercere quod praecipis 257,18

Genuswechsel: in hac ... die quo 229,23; dispositionis antiqui 229,24; munera ha⟨e⟩c quae 267,14.20 268,7; effusio sanguinis ... factus est praeciosus 367,20; benedictio ... qui 369,6; SANCTAE LUCAE 369,13; euangelistae tuae Lucae 369,19; beatae euangelistę tui Lucae 370,8; quas] quos 402,9; famulum ... quam 416,9; animae ... liberati 422,5; patriarcharum tuarum 423,19

Zur Deklination von Eigennamen ist folgendes besonders zu erwähnen: Der Genitiv von Agnes *lautet immer* Agnetis (311,18.20 312,2.5.7.13), *der Ablativ* Agne (274,13). *Nicht dekliniert werden folgende Namen, die im Akkusativ stehen:* Danihel (408,26), Rafahel (405,7) *und* Susanna (408,25). *Der Genitiv von* Tobias *ist* Tobi (409,4), *der Akkusativ* Tobiam (405,6). *Der Akkusativ* Ierusalem (203,13.24) *ist ebenso wie der Akkusativ* Ierosolimam (204,27) *in allen Hss anzutreffen. Dasselbe gilt für den Akkusativ* Moysen (215,20) *und den Ablativ* Moyse (190,17).

b) Verbum

Tempuswechsel: Futur statt Konj.Präs.: purget semper et muniet] muniat 190,15; *Futur statt Präs.:* desines 354,21; *Präs. statt Perf.:* praeficit 307,14; *Pass.Präs. statt Konj.Imp.:* ostenderis 327,11

Moduswechsel: Imp. statt Inf.: et te placari uoluisti et nobis salutem ... restituae 261,28; *statt Konj.:* exaudi ut ... succurre 236,28; ut ... diffunde 240,3; ut ... concede 330,13; ut ... benedicas et ... dimittas et ... conserua 382,27; ut ... largire ... et ... infunde 414,22; *Konj. statt Ind.:* ut quae haberet gratiam ... haberet etiam 265,7; simul ... manifestat ... et ... det ... et ... praestet 311,11; laetetur 319,18; ut ... quae tibi sint placita ... exequamur 395,25; *Ind. statt Konj.:* mere⟨a⟩mur 367,18; largiᵣaᵗris 222,25; *Inf. statt Konj.:* da ... ut ... quaerere et ... inuenire 172,23; da ... ut ... diligere 177,10

Numerus- und Personenwechsel: (familia) ... nititur ... exsequamur 171,20; occurrens turba ... sternentes 203,24; prouenia[n]t nobis robur 184,21; populus t. qui ... abstinent ... ieiunent 190,3; (populus) ... percipiant 216,24; ORATIONES PERTINE⟨N⟩T 224,15; familiae ... renouati ... mereamur 237,21; plebs ... magnificet et ... mereamur 295,16; (martyres) ... gradere⟨n⟩tur 297,32; lampades ... emica⟨n⟩t 316,7; fruerentur ... et ... munire⟨n⟩tur 335,20; hostię ... existe⟨n⟩t 361,25

Neutrum im Plural: sacrificia ... permaneant et ... firme⟨n⟩tur 183,26 320,14; ieiunia ... praesteᵣnᵗt 192,26; munera ... quae et ... sint et ... redda⟨n⟩tur 288,16; munera ... opere⟨n⟩tur 365,25; ... si⟨n⟩t 367,20; natalicia celebra⟨n⟩tur 389,19; festa celebra⟨n⟩tur 389,28; ut ea quae ... gessit non ... parea⟨n⟩t sed ... adtribua⟨n⟩t 423,8

3. Pers.Sing. statt 2. Pers.Sing.: possit 409,7; donet 417,24

Genuswechsel: Pass. statt Aktiv: proficiamur 192,21 284,23 363,3; participemur 316,22; subcumbamur 366,17; *Akt. statt Pass.:* transferamus 225,13; interuentor efficiat 304,13; nos expiare facias 317,9; *Infinitiv des Deponens:* adiuuare 291,8; amplectere 292,3; largire 382,18

II. Lokalisierung und Datierung

1. Lokalisierung

Da bereits bekannt und erwiesen ist, daß die Hs aus S. Simpliciano stammt[35], sollen an dieser Stelle nur die Kriterien genannt werden, die auf die mailändische Abtei weisen.

Den ersten und deutlichsten Hinweis auf die Basilika des hl. Simplicianus geben die Namenslisten des Communicantes und des Libera. Nach dem Namen des hl. Julius schließen sich im Communicantes folgende Namen an: „Benedicti Sisinnii Martirii atque Alexandri" (Simplicianus wird von allen Hss in der Reihe der ersten mailändischen Bischöfe genannt). Auffälliger als der hl. Benedikt sind die drei Letztgenannten. Es handelt sich um drei Martyrer aus dem Nontal bei Trient, die 397 getötet wurden. Von ihnen berichtet Bischof Vigilius von Trient in einem Brief an Ambrosius[36]. Von Trient wurden die Reliquien der Heiligen nach Mailand überführt. Simplicianus, der Nachfolger des hl. Ambrosius auf dem Bischofsstuhl von Mailand[37], empfing sie mit großen Ehren und geleitete sie zur Basilika S. Mariae et SS. Virginum vor dem Comer Tor. Seit Simplicianus selbst hier beigesetzt wurde, trägt die Basilika den Namen des Heiligen[38]. Da in J außerdem der Name des hl. Simplicianus im Libera des Meßordo erwähnt wird („sanctis confessoribus tuis Ambrosio et Simpliciano atque Benedicto"), kann die Hs wohl eindeutig nach S. Simpliciano verwiesen werden.

Der Name des hl. Benedikt im Communicantes und im Libera deutet nicht nur auf die Basilika des hl. Simplicianus, sondern zugleich auf eine Benediktinerabtei. Ein Blick auf das Sanktorale bestärkt diesen Hinweis.

Das Fest des hl. Benedikt am 21. März ist in alle mailändischen Sakramentarhandschriften – soweit sie die Feste des März bringen – aufgenommen[39]. Das Formular ist eigenmailändisch, mit Ausnahme der Präfation der meisten Hss, die dem gelasianischen Formular des Benediktusfestes am 11. Juli entnommen ist. Eine ausführliche Eigenpräfation haben dagegen J P G und N. Von P. BORELLA wurde die Präfation im Zusammenhang mit Hinweisen auf weitere monastische Elemente in den ambrosianischen Sakramentaren ediert[40].

---

[35] BORELLA, Influssi carolingi e monastici sul Messale Ambrosiano, bes. 113f.

[36] PL 16,1024–1036.

[37] Simplicianus (geb. um 320) starb nach kurzer Amtszeit zwischen dem November 400 und Juni 401 (F. SAVIO, Gli antichi Vescovi d'Italia. La Lombardia I. Milano [Florenz 1913] 147).

[38] Die Kirche, deren Errichtung dem hl. Ambrosius zugeschrieben wird, wurde im 11. Jh. von schweren Bränden heimgesucht, dann aber wieder aufgebaut und 1246 oder 1248 neu konsekriert (E. ARSLAN, L'architettura romanica milanese, in: Storia di Milano III [Mailand 1954] 514).

[39] Nach O. HEIMING ist die Einführung des Benediktusfestes am 21. März den benediktinischen Männerabteien Mailands zu verdanken (Die Verehrung des hl. Benedikt im Mailändischen, in: Vir Dei Benedictus [Münster 1947] 266).

[40] P. BORELLA, I codici ambrosiano-monastici ed un prefazio inedito per la festa di S. Benedetto (A 23 [1947] 25–29).

Das Fest des hl. Benedikt am 11. Juli, das J allein bezeugt, schließt die Reihe der Kriterien, die für die Hs auf die Abtei S. Simpliciano in Mailand weisen.

Tatsächlich ist in Mailand schon früh eine Abtei mit dem Patrozinium des hl. Simplicianus bezeugt, die zu einem unbekannten Zeitpunkt an der gleichnamigen Basilika vor den Stadtmauern errichtet wurde. Zunächst unterstand das Kloster dem Monasterium „Sanctorum Martirum Protasii et Gervasii situm infra Civitate Mediolanium", wie die spätere Abtei S. Protaso ad monachos in der ersten urkundlichen Notiz von 870 genannt wird[41]. Im Zusammenhang mit der Abtei im Stadtinnern wird auch bald S. Simpliciano als bereits bestehend erwähnt. 881 gewährt Johannes VIII. dem Abt Hadericus, dem neben der Abtei der hll. Protasius und Gervasius die Abtei des hl. Simplicianus und das Xenodochium der hll. Cosmas und Damian unterstanden, das privilegium protectionis[42]. Nach S. Ambrogio, der ersten mailändischen Benediktinerabtei, die um 784 von Erzbischof Petrus gegründet wurde[43], war S. Simpliciano die bedeutendste Abtei Mailands.

2. Datierung

Bei den meisten mailändischen Sakramentaren läßt sich eine Datierung nur schwer vornehmen. Es gibt zu wenig Anhaltspunkte, die eine genaue Zeit oder auch nur einen Terminus post oder ante quem ermöglichen. Auch die Paläographie und die Kunstgeschichte[44] kann hier kein endgültiges Wort sprechen. Die Datierung schwankt daher um Jahrhunderte.

Auch bei dem Sakramentar von S. Simpliciano ist eine genaue Datierung nicht möglich. Kaum einem der Datierungsversuche in den verschiedenen Beschreibungen ist eine Begründung beigegeben. DELISLE gibt das 11. Jh.

---

[41] G. GIULINI, Memorie spettanti alla storia, il governo ed alla descrizione della città e campagna di Milano I (Mailand ²1854) 258.

[42] „Johannes VIII. omnibus episcopis et sacerdotibus seu clero ac populo s. Mediolanensis ecclesiae statuit, nulli umquam archiepiscoporum vel sacerdotum aut cuiuslibet ordinis clericorum s. Mediolanensis ecclesiae nec aliarum ecclesiarum esse licitum, Haderico presbytero et abbati monasteriorum ss. Gervasii et Protasii atque Simpliciani nec non xenodochii ss. Cosmae et Damiani q. dic. Romanorum aliquam infert calumniam aut beneficiis et patrimoniis eum privare, sed diebus vitae eius liceat ei sub apost. sedis tutamine cum propriis beneficiis et omnibus eius hominibus utriusque ordinis manere quietum atque securum" (P. F. KEHR, Italia Pontificia VI, Pars I, Lombardia [Berlin 1913] 95).

[43] Der erste Abt wurde noch von Petrus selbst bestimmt, wie aus der ersten Urkunde der Abtei von 784 hervorgeht: „ . . . Benedictus venerabilis presbiter et abbas monasterii, quem constituit sanctissimus vir domnus Petrus archiepiscopus sancte mediolanensis ecclesie sancti Ambrosii, in qua eius sanctum corpus requiescit, iuxta civitatem ac Mediolani" (CDL 112).

[44] Nach D. H. TURNER (The Prayer-Book of Archbishop Arnulph II of Milan [Rev Bén 70 (1960)] 364) gehört J in die Gruppe mailändischer Hss, deren Initialschmuck ottonisch beeinflußt ist und damit auf die Schule der Reichenau und des Eburnant weist.

an[45], EBNER nennt die Zeit der Hs „wohl noch s. XI"[46]. CERIANI[47] setzt die
Hs in das 10. Jh., PAREDI[48] entscheidet sich für das 11. Jh. Diese Zeit gibt
GAMBER 1958 in den „Sakramentartypen"[49] an, während er bereits in der
1. Auflage der „Codices Liturgici Latini Antiquiores" von 1963 die Datierung B. BISCHOFFS (9. Jh.) übernommen hat[50]. Diese Angabe bestätigte
mir Prof. Bischoff mündlich[51] und präsierte die Zeit näherhin auf das letzte
Viertel des 9. Jhs. Er hält jedoch auch das 3. Viertel für möglich.

Wenn für manche Hss der Modus und die Terminologie der Regenten-
erwähnung eine Datierungshilfe sein können, so trifft dies für J nicht zu. Die
Formulierungen in den Fastenlitaneien, Karfreitagsfürbitten, im Te igitur
und in der Votivmesse „Pro regibus" stammen aus verschiedenen Quellen
und wurden übernommen, ohne überkorrigiert und den Zeitverhältnissen
angepaßt zu werden[52].

Wenn die Heortologie auch nur geringe Hilfestellung bietet, so möchte ich
sie doch aufgreifen. Als ein Terminus ante quem kann die 2. Hälfte des
10. Jhs. genannt werden, in der die Translation des hl. Fidelis nach Como
stattfand[53]. Der Kult des hl. Fidelis wurde bald auch in Mailand verbreitet.
In den Sakramentaren erscheint der Name des Heiligen zunächst nur im
Formular der hll. Simon und Judas am 28. Oktober (C und K), dann auch
in der Formularüberschrift (D E F N). Im Biasca ist der Name im Formular
nachgetragen. In J wird der hl. Fidelis noch nicht genannt. Diese Tatsache
berechtigt m. E. dazu, das 11. Jh. und auch das späte 10. Jh. als Datierung
für J auszuschließen.

Zu welchem früheren Zeitpunkt ist nun die Hs anzusetzen? Da die Hs
selbst keine Auskunft gibt, ist das Urteil der Paläographie um so gewichtiger.
Von der Heortologie besteht tatsächlich kein Argument gegen die Datierung
von B. BISCHOFF. Das einzige Bedenken gegen eine Frühdatierung sehe ich
von der Geschichte der Abtei her. S. Simpliciano hat sicher schon vor 881
bestanden, da die Urkunde aus diesem Jahr keine Gründungsurkunde ist.
Es scheint aber fraglich, ob dies berechtigt, die Hs bereits in das 3. Viertel
des 9. Jhs., also vor 875 zu datieren. Da die Abtei S. Simpliciano zunächst
noch nicht unabhängig war, würde man vor 900 im Libera des Kanon neben
den Namen der hll. Simplicianus und Benedikt die Namen der hll. Protasius
und Gervasius erwarten, mit deren Abtei S. Simpliciano in der ersten Zeit
in Personalunion stand. Es scheint daher nicht angebracht, weit vor 900

---

[45] Mémoire sur d'anciens sacramentaires 204.
[46] Iter Italicum 91.
[47] Notitia liturgiae ambrosianae 2.
[48] Messali ambrosiani antichi [16].
[49] S. 122.
[50] Nr. 510.
[51] 29. Mai 1968.
[52] Vgl. S. 131 ff.
[53] Dazu O. HEIMING, Ein benediktinisch-ambrosianisches Gebetbuch des frühen
     11. Jahrhunderts (ALw 8 [1964]) 357 ff. Die Frage des Translationsjahres (964?)
     ist noch ungeklärt.

zurückzugehen. Wahrscheinlicher ist die Zeit um 900 und zu Beginn des 10. Jhs., als die Abtei schon geraume Zeit bestand.

III. Vorlage der Handschrift

J ist kein Einzelgänger. Eine weitere Hs vom gleichen Typ ist u. a. aus folgendem Faktum in J zu erschließen:

Mit fol 253ᴿ beginnt in J eine neue Lage (XXXVIIII). Auf die Postcommunio vom Fest des hl. Georg (die Formelüberschrift „Post Communionem" steht noch am Schluß der vorhergehenden Lage) folgt unmittelbar die „Epistula ad Galatas" für das Fest der Apostel Philippus und Jacobus am 1. Mai. Dazu der Verweis: „Require in sancti Iacobi" (Gal 1,11–19). An das ausgeschriebene Evangelium (Jo 14,1–13) schließen sich Präfation und Postcommunio[54]. Es fehlen also vor dem Epistelverweis Datum, Formularüberschrift und OSP und nach dem Evangelium die Gebete SS und SO, aber auch ein Verweis an ihrer Stelle.

Aus dem Fehlen der Gebete SS und SO zwischen Evangelium und Präfation kann nun auf einen Verweis geschlossen werden, der zusammen mit der Formularüberschrift und der SP ausgelassen wurde. Ein solcher Verweis am Formularbeginn findet sich in J z. B. am 21. Dezember, dem Fest des hl. Thomas: „Oratio Super Populum et Epistula et Super Sindonem require in unius apostoli".

Es ist nun zu fragen, auf welches andere Formular sich ein Verweis am 1. Mai beziehen könnte. Dazu sollen zunächst die Formulare des Apostelfestes in Biasca und im Gel saec VIII befragt werden.

Wie die meisten Apostelfeste ist das Fest der hll. Philippus und Jacobus karolingischen Ursprungs. Vom Gel saec VIII übernimmt Biasca bzw. der Redaktor dieses Sakramentartyps zwar Präfation und PC, nicht aber die drei ersten Orationen, da diese bereits für das mailändische Apostelcommune verwandt worden sind. Um eine Doppelung der Orationen zu vermeiden, weicht der Redaktor für die SP und SO auf das Formular im Gel saec VIII für das Fest des hl. Johannes ante Portam Latinam am 6. Mai aus[55]. Die SS findet sich im gelasianischen Formular für das Fest der hl. Felicitas[56]. Diese ersten drei Orationen des Festformulars in Biasca (831–833) kommen in J weder am Fest selbst (SS und SO wären in J sonst ausgeschrieben) noch an anderer Stelle vor. Daher ist ein Verweis auf sie in J nicht möglich.

Wie oben erwähnt, kennt Mailand die ersten drei Orationen des Gel saec VIII für das Apostelfest[57] in seinem Apostelcommune[58]. Will eine mailändische Hs für das Fest am 1. Mai die gelasianischen Orationen übernehmen, kann sie also verweisen. Da J keine Eigenorationen bietet, aber auch nicht den anderen mailändischen Hss folgt, kann man schließen, daß die Orationen des Gel saec VIII übernommen wurden. Dafür spricht, daß auch die Prä-

---

[54] Vgl. Tafel VII.
[55] GeS 753 754.
[56] GeV 1070, GeA 1508.
[57] GeS 731–733.
[58] J 720 715 721 (Formulare für einen bzw. mehrere Apostel).

fation und PC dem Gel saec VIII entnommen sind. In Analogie zu anderen Verweisen habe ich daher für den Formularanfang rekonstruiert: ⟨DIE I MENSE MAII SANCTORUM PHILIPPI ET IACOBI APOSTOLORUM ORATIO SUPER POPULUM. SUPER SINDONEM ET SUPER OBLATA REQUIRE IN APOSTOLORUM⟩.

Es bleibt die Frage, wie das Fehlen des Formularbeginns zu erklären ist. Fol 253ᴿ beginnt mit der Postcommunio des Festes vom 24. April. Der fragmentarische Zustand des anschließenden Formulars vom 1. Mai ist also nicht durch Fehlen von Folien in J zu erklären. Nur durch Abschreiben einer Vorlage kann das Versehen entstanden sein. Es wurde etwas ausgelassen, so daß das Formular vom 1. Mai erst mit der Epistel begann.

Was läßt sich nun für die Vorlage erschließen?

Bei einem Schreiber, der sich genau an seine Vorlage hält, ist folgendes leicht denkbar: bereits in der Vorlage fehlten diese Angaben; darüber hinaus möglicherweise noch ein Festformular, und zwar vom Fest der hll. Vitalis und Valeria am 28. April, das in Mailand gut bezeugt ist (es fehlt im Bergomense und Armio). Das Formular vom Fest der hll. Vitalis und Valeria, dazu Datum, Überschrift und Verweis auf das Apostelcommune für das Fest der hll. Philippus und Jacobus, könnten gut ein Doppelfolium füllen, das in der Vorlage abhanden gekommen war. Der Kopist sprang so, ohne es zu merken, von der Postcommunio des hl. Georg auf die Epistel des Apostelfestes.

Aus diesem Faktum ergibt sich nicht nur die Existenz einer Vorlage. Darüber hinaus läßt sich über den Typ dieser Vorlage etwas aussagen.

1. Da in J für das Apostelfest die Formularüberschrift und SP, ferner nach dem Evangelium die Gebete SS und SO fehlen, muß eine Vorlage vorhanden gewesen sein, deren Formular zu Beginn einen Verweis für diese Orationen enthielt. Der Formularanfang kam jedoch bereits in der Vorlage abhanden und ließ so in J zu Beginn des Formulars und nach dem Evangelium Lücken entstehen.

2. Aus der Annahme eines Verweises folgt, daß bereits die postulierte Vorlage das ganze Formular vom Gel saec VIII übernommen hat und nicht wie die übrigen mailändischen Sakramentarhandschriften für die ersten drei Orationen auf ein anderes gelasianisches Formular ausgewichen ist, um Doppelungen zu vermeiden.

3. Die Vorlage war wie J ein Ambrosianum. Nur als solches konnte es verweisen, und zwar auf das (mailändische) Apostelcommune, in dem die ersten drei Orationen des gelasianischen Apostelfestes vom 1. Mai Verwendung gefunden hatten.

4. Die Vorlage war also weder ein Gelasianum (das nicht verweisen kann, da es die Orationen nur am 1. Mai bringt), noch eine Hs wie die übrigen mailändischen Hss außer J, da diese für die ersten drei Orationen andere gelasianische Formeln einsetzen, für die ebenfalls nicht verwiesen werden kann.

5. Der Schreiber von J ist folglich nicht der Kompilator des Sakramentartyps „J". Es gibt eine „J-Tradition", die mindestens bis auf die Vorlage (J¹) zurückreicht.

Der Redaktor des J-Typs, der J-Redaktor, hebt sich also von dem Redaktor der Hss außer J (und Harleian 2510), dem „S(tadt)"-Redaktor ab, auf
den die Kathedral-Hss zurückgehen. Eine Sonderstellung nimmt die Hs von
Armio ein.

IV. Problematik der Handschrift

Das Sakramentar von S. Simpliciano wurde bisher am eingehendsten von
P. BORELLA untersucht. Er erwähnt die Hs nicht nur in zahlreichen Arbeiten,
sondern widmete ihr im Zusammenhang mit der Frage des römisch-mona-
stischen Einflusses auf die ambrosianische Liturgie wertvolle Einzelstudien[59].
In der Abhandlung Borellas über das Rituale folgt nach dem Hinweis auf
die spezielle Bedeutung der Hs für die ambrosianische Liturgie ein großes
Aber: „ . . . non bisogna dimenticare un grave suo difetto: quello di aver
mescolato spesso la tradizione ambrosiana con elementi romani. Erano i
monaci, che abitavano il monastero annesso alla Basilica, che, venendo talora
da monasteri d'oltr'Alpe, o ricevendo di là i nuovi libri diffusi dai Carolingi
nel territorio dell'impero franco, ne spulciavano qua e là formole, che poi
inserivano nei messali ambrosiani da essi usati"[60].
Zu Beginn dieser Arbeit nahm auch ich als selbstverständlich an, daß die
Hs aus S. Simpliciano das Ergebnis einer Romanisierung darstelle, die im
10./11. Jh. an einem ambrosianischen Sakramentar (vom S-Typ) vorgenommen wurde. Deshalb schien es mir vor allem wichtig, die historischen

---

[59] 1947 veröffentlichte BORELLA den Text der Präfation für das Fest des hl. Benedikt
am 21. März, ausgehend von den Hss J und G (I codici ambrosiano-monastici ed
un prefazio inedito per la festa di S. Benedetto 28). – In der Untersuchung über
„Influssi carolingi e monastici sul Messale Ambrosiano" (Misc. Mohlberg I 73–115)
geht Borella im gleichen Jahr auf den Inhalt der Hs ein. In 7 Punkten zählt er
römische Elemente auf, die aus römisch-fränkischen Büchern stammen. Im letzten
dieser Punkte geschah mit der Erwähnung von „una lunga serie die . . . benedizioni"
in J vermutlich eine Verwechslung mit Armio, ebenfalls aus dem Metropolitankapitel. G bringt im Anschluß an die Votivmessen zahlreiche Benediktionen, während J weniger als alle anderen Hss, nämlich nur eine Benediktion (Palmweihe) aufweist (vgl. dazu S. 44ff). Was bei Borella ein Versehen war, war es bei R. AMIET
nicht mehr, der mit der Aufzählung Borellas auch unbesehen den letzten Punkt
übernahm: „une longue série de messes votives, de bénédictions et de formules
rituelles provenant directement d'une exemplaire du Gélasien du VIIIe s." (La
tradition manuscrite du missel ambrosien 31). – Der Bußordo und das Kranken-
und Totenrituale in J sind Gegenstand eines Artikels im „Ambrosius" 1949. Borella
zeigt hier auf, daß dieses Rituale in J dem sog. „alkuinschen" Supplement zum
Gregorianum entnommen ist. Den Formelinitien aus J sind jeweils die Stellenangaben in mailändischen und römischen Büchern beigefügt (Il rituale del messale
di S. Simpliciano [A 25 (1949) 83–88]) ; zur Spendeformel der Krankenkommunion
siehe auch: La communione „extra missam" (A 29 [1953] 88). Für die Untersuchung der Oblationsgebete geht Borella offensichtlich von dem Text in J aus
(Le „Apologiae Sacerdotis" negli antichi messali ambrosiani [EL 63 (1949) 27–41]).
In seiner kritischen Ausgabe des Meßkanon sind die Varianten unserer Hs im
Apparat aufgenommen (Il „Canon Missae" ambrosiano [A 39 (1954) 225–257]).
[60] Il rituale del messale di S. Simpliciano 83.

Zusammenhänge aufzudecken, die den römischen Einfluß auf die ambrosianische Liturgie in dieser Zeit erklären. Wie kamen die Mönche der Abtei S. Simpliciano zu römisch-fränkischen Büchern, und was war ausschlaggebend für eine Romanisierung, für eine Entstehung eines sog. „ambrosianisch-benediktinischen" Sakramentars? Für die Untersuchung der Hs selbst meinte ich, den Akzent der Arbeit darauf legen zu sollen, durch Quellenscheidung die einzelnen römischen Elemente herauszukristallisieren, um feststellen zu können, wie tief die Romanisierung in die ambrosianische Liturgie eingegriffen habe. Weiter wäre u. a. die Frage zu beantworten gewesen, welches in den mailändischen Klöstern, speziell in S. Simpliciano, die „Grundliturgie" war, die römische oder die ambrosianische.

Je mehr ich mich indes mit der Hs befaßte und sie untersuchte, um so mehr erwiesen sich die übernommenen Voraussetzungen und Meinungen als unhaltbar. Durch die Feststellung, daß J kein Einzelgänger ist, sondern daß es eine J-Tradition gibt, vor allem durch die Feststellung, daß die „ambrosianische" Quelle von J keine S-Hs war, ferner durch die Untersuchung des Formelgutes, ergab sich eine völlig neue Problemstellung. Dies verlangte, Dinge in Frage zu stellen, die bislang gleichsam Axiome waren.

Eine der Zentralfragen, die sich stellen, ist: was ist „ambrosianische Tradition"? Wo manifestiert sie sich, und wo liegt der Maßstab für die Feststellung, ob und wieweit sich eine Hs von der ambrosianischen Liturgie entfernt und sie mit römischen Elementen durchsetzt ist?

Sicher ist es berechtigt, vom heutigen Standpunkt und dem vergangener Jahrhunderte die Liturgie, wie sie etwa in Biasca oder Bergamo greifbar ist, als „mailändisch" bzw. „ambrosianisch" zu definieren[61], da sich diese Liturgie in Mailand durchgesetzt hat. Es wäre aber m. E. verfehlt, wollte man diese Definition bereits auf die karolingische Epoche anwenden und von der romanisierten Liturgie der S-Redaktion bereits von „ambrosianischer Tradition" sprechen. In der karolingischen Reformzeit ist als ambrosianische Tradition vielmehr die altmailändische, vorkarolingische Sakramentartradition zu bezeichnen, die den Redaktoren vorlag. Was man heute als „sacramentaires purement ambrosiennes"[62] bezeichnet, ist genau genommen eine bestimmte Gruppe von Sakramentaren, deren Romanisierung der ambrosianischen Liturgie sich von der Romanisierung in J abhebt. Zweifellos enthält J weitaus mehr römische Elemente als die S-Hss, die in stärkerem Maß den Charakter der altmailändischen Liturgie wahren, soweit sich diese rekonstruieren läßt. Wenn man jedoch unvoreingenommen (d. h., ohne die S-Hss als Maßstab dessen zu nehmen, was ambrosianisch ist) die Hss untereinander und mit außermailändischen Quellen vergleicht, wird man feststellen können, daß J in manchem der altmailändisch-gallischen Liturgie nähersteht als die S-Hss. Damit jedoch ist deren „ambrosianisches Monopol" gebrochen.

---

[61] So bezeichnet schon der Kompilator des Triplex das mailändische Formular (der S-Vorlage) als „Missa ambrosiana".

[62] R. AMIET, La tradition manuscrite du missel ambrosien 30.

Diese Vorüberlegungen scheinen notwendig, um mein Abweichen von der geläufigen Auffassung von J zu rechtfertigen. Es wird von der Hs selbst und von dem Vergleich der Hss gefordert. In einer systematischen Untersuchung der redaktionellen Unterschiede zwischen den Sakramentartypen J und S – neben denen G eine besondere Beachtung zukommen muß – soll versucht werden, die Notwendigkeit einer neuen Sicht des Sakramentars von S. Simpliciano zu begründen.

Grundlage der Beweisführung ist zunächst ein detaillierter Vergleich beider Sakramentartypen[63]. Dabei geht es weniger um Textkritik als um die Formularstruktur; um Unterschiede und Übereinstimmungen im Formelbestand.

In dem dritten Hauptteil werden textkritische Untersuchungen und die Auswertung der vorausgehenden Konfrontation von J und S zur Klärung der Frage beitragen, ob und welche Folgerungen sich für eine neue Sicht der karolingischen Redaktionsarbeit am mailändischen Sakramentar und für die Möglichkeit einer Rekonstruktion altmailändischer Sakramentartradition ergeben.

---

[63] Als Arbeitsgrundlage dient neben J als S-Hs vor allem das Sakramentar von Biasca in der Ausgabe von O. HEIMING (Das ambrosianische Sakramentar von Biasca [1969]) und das Bergomense in der Ausgabe von A. PAREDI (Sacramentarium Bergomense [1962]). Die Siglierung der einzelnen mailändischen Hss ist aus S. 4 ff. zu ersehen. Zu den Sakramentarhandschriften kommt das Evangelienkapitular von Busto Arsizio (Busto) und das Evangeliar A 28 inf, die großenteils vorkarolingische Tradition wiedergeben. Als weitere ambrosianische Quelle ist das Manuale aus Valtravaglia des 11. Jhs. zu nennen (MA I und II), das in seinem Formelgut der S-Tradition folgt.

## ZWEITER TEIL

DAS SAKRAMENTAR VON S. SIMPLICIANO IN GEGENÜBER-STELLUNG MIT DEN ÜBRIGEN MAILÄNDISCHEN SAKRAMEN-TARHANDSCHRIFTEN

A. STRUKTUR UND KOMPOSITION

I. Aufbau

Im folgenden Aufriß werden die Strukturunterschiede zwischen J und den S-Hss deutlich. Innerhalb der S-Hss kann man wiederum, ausgehend von der verschiedenen Stellung von Wochenmessen und Oblationsgebeten, zwei Gruppen unterscheiden:

J	*ABDGL*	*EFHKMNO*
TEMPORALE	TEMPORALE u. Sanktorale	TEMPORALE u. Sanktorale
Dedicatio		
Oblationsgebete		Oblationsgebete
MISSA CANONICA	MISSA CANONICA	MISSA CANONICA
	Cotidianae	Cotidianae
7 Wochenmessen		7 Wochenmessen
Heiligencommune		
SANKTORALE	SANKTORALE (ab Gregor)	SANKTORALE (ab Gregor)
	Heiligencommune	Heiligencommune
	Dedicatio	Dedicatio
	7 Wochenmessen	
	Oblationsgebete	

1. Stellung des Kanon

In allen mailändischen Hss ist die Stellung des Kanon insofern gleich, als dieser sich als Kernstück in der Mitte der Hs findet. Stets ist er mit einer Missa cotidiana verbunden, die daher als „Missa canonica" bezeichnet wird. Die S-Hss bringen neben der Missa canonica noch weitere Missae cotidianae, die an den Sonntagen nach Pfingsten im Wechsel mit der Votivmesse für den Sonntag verwandt wurden[64]. Angeführt von der Missa canonica, stehen sie im Anschluß an den 1. Sonntag nach Pfingsten.

J bietet 25 Formulare für die nachpfingstlichen Sonntage und gibt daher außer der Missa canonica keine weiteren Cotidianae an. Die Missa canonica – der verschiedene Oblationsgebete vorausgehen – folgt dem Temporale, das mit dem Formular für die Dedicatio abschließt.

---

[64] Während es nur 6 Formulare gab, sind für jeden der Sonntage Epistel und Evangelium angegeben.

2. Temporale und Sanktorale

Die wichtigste Unterscheidung beider Redaktionen hinsichtlich der Struktur betrifft das Verhältnis des Temporale zum Sanktorale.

In den S-Hss ist das Temporale teilweise, d. h. von Advent bis ausschließlich Septuagesima, mit dem Sanktorale verbunden. Aber auch hier sind beide Proprien nicht völlig fusioniert. Es wechseln vielmehr Formulare von Heiligenfesten mit Formularen des Temporale ab. Dabei erstrecken sich die einzelnen Formulargruppen teilweise über einen größeren Zeitraum. So sind z. B. die Formulare für die Heiligenfeste von Martin bis zur Ordination des hl. Ambrosius zusammengefaßt, obwohl der Advent bereits mit dem 1. Sonntag nach Martin beginnt[65]. Das Formular des 1. Adventsonntags folgt erst nach der ersten Formulargruppe der Heiligenfeste.

Ein schematischer Überblick soll den Wechsel der Formulargruppen in S verdeutlichen.

SANKTORALE	TEMPORALE
Martin	
I. ↓	
Ord. S. Ambrosii	
	Advent
	II. ↓
	Fer. II post Natale Domini
Stephanus	
III. ↓	
Jacobus	
	Dominica post Natale Domini
	IV. ↓
	Dominicae post Epiphaniam
Sebastian	
V. ↓	
Agatha	
	Septuagesima
	VI. ↓
	Dominica I post Pentecosten

Nach den Cotidianae bzw. den 7 Wochenmessen wird in S das Sanktorale mit dem Fest des hl. Gregor fortgesetzt und bis zum Ende des Kirchenjahres zusammenhängend weitergeführt.

In J bilden beide Proprien für sich eine geschlossene Einheit. Das Temporale eröffnet die Hs. Es ist durch kein Heiligenfest – auch nicht durch die Heiligen der Weihnachtszeit – unterbrochen. Am meisten aber fällt in dem Aufbau der Hs die Stellung des Sanktorale auf, das erst nach dem Heiligen-

---

[65] Busto und A 28 inf beginnen mit dem 1. Adventsonntag. Die Heiligenfeste von Martin bis zur Ordination des hl. Ambrosius bilden den Abschluß des Sanktorale. Die Heiligenfeste der Weihnachtszeit und des Januar und Februar jedoch wechseln wie in den S-Hss mit dem Temporale ab.

commune folgt. Mit dieser Anordnung steht J nicht nur allein in der mailändischen, sondern auch in der außermailändischen Sakramentartradition. Für den Benutzer der Hs ergibt sich der praktische Vorteil, daß sich alle Communeteile in der Mitte der Hs finden, wo sie am leichtesten aufzuschlagen sind.

II. Redaktionelle Formelemente

Unter redaktionellen Formelementen sind hier formale Einzelheiten der Redaktionsarbeit zu verstehen, die charakteristisch sind für Hss der ambrosianischen Liturgie. Sie allein deuten manchmal darauf hin, daß der Schreiber bzw. Redaktor ein Mailänder war. Es ist auffallend, wie unter diesem Aspekt J mit den S-Hss übereinstimmt. Die karolingischen Redaktoren redigierten ihr Sakramentar bewußt für eine mailändische Kirche und paßten die übernommenen römischen Formulare und Perikopen den Erfordernissen der ambrosianischen Liturgiefeier an.

Im Folgenden seien einige Beispiele solcher Formelemente genannt:

1. Oratio Super Sindonem

Die Feier der ambrosianischen Liturgie kennt vor der Gabenbereitung ein eigenes Gebet, die „Oratio super Sindonem". Bei der Übernahme römischer Formulare wurde stets darauf geachtet, daß das Gebet ergänzt wurde, wenn das römische Formular nicht bereits zwei Gebete vor der SO bot. Formulare ohne SS finden sich in J nur an folgenden Heiligenfesten: Andreasoktav, Gregor, Natale S. Pauli, Papst Markus und Lukas.

2. Liturgische Einleitungsformel der Evangelienperikopen

Viele der Evangelienperikopen sind in J aus römischen Büchern übernommen (z. B. an den Quadragesimalferien und an den Sonntagen nach Pfingsten). Der Redaktor hat es aber nicht versäumt, diesen Perikopen eine mailändische Einleitungsformel zu geben. In den römischen Kapitularen lautet die stereotype Einleitungsformel für Perikopen mit Worten Jesu: „dixit Iesus discipulis suis". Die mailändischen Bücher dagegen beginnen: „dicebat dominus Iesus discipulis suis"[66]. Zu dem Unterschied im Tempus[67] tritt der Hoheitstitel „dominus"[68], der auch in Initien vor einem erzählenden Text hinzugefügt wird, z. B.: „perexit dominus Iesus in montem Oliueti"[69].

---

[66] In J sehr oft abgekürzt: „d.d.i.d.s.".

[67] Zweimal ist das Perfekt auch in J angegeben: „dixit dominus Iesus scribis" (Sabb. II in Quadragesima) und „dixit dominus Iesus pharisaeis" (Dom. post oct. Pentecosten).

[68] Er ist auch aus anderen oberitalienischen Evangeliaren bekannt, z. B. aus Cod. Forojuliensis (Cividale, Bibl. Cap. CXXXVIII, 6. Jh.) und Cod. Rehdigeranus (Breslau, Stadtbibl. R 169, 7. Jh.), beide aus dem Liturgiebereich von Aquileja (D. DE BRUYNE, Les notes liturgiques du codex Forojuliensis [RevBén 30 (1913)] 214).

[69] Sabb. III in Quadragesima.

Nur zweimal bringt J die Formel „dixit Iesus discipulis suis": am Donnerstag in der Osterwoche und in einer Wochenmesse, der Missa pro caritate[70].

3. Präfationseinleitung

Jeder Präfationstext nimmt den Text der letzten Akklamation im einleitenden Dialog „Dignum et iustum est" auf. In der römischen, gallikanischen[71] und mozarabischen Liturgie lauten die ersten Worte: „Vere dignum et iustum est". Die mailändische Liturgie bekräftigt die Akklamation der Gemeinde in folgender Weise: „Vere *quia* dignum et iustum est"[72]. Diese Überleitung läßt an die Liturgie der Ostkirche denken. In der Präfation der Apostolischen Konstitutionen hat die Partikel „ὡς" einen affektbetonten Akzent: „Ἄξιον ὡς ἀληθῶς καὶ δίκαιον"[73], ähnlich in der syrischen Jakobusliturgie[74] und in der byzantinischen Liturgie des hl. Basilius[75]. Die Chrysostomusliturgie beginnt wie die römische Liturgie: „Ἄξιον καὶ δίκαιον"[76], während die ägyptische Markusliturgie der mailändischen Liturgie entspricht: „Ἀληθῶς γὰρ ἄξιόν ἐστιν"[77].

In allen mailändischen Hss ist der Präfationsbeginn in der Missa canonica ausgeschrieben. Dieser Beginn gilt für alle Präfationen, auch wenn regelmäßig das römische Sigle UD vor dem Präfationstext steht und das Initium höchstens mit den letzten Worten angegeben ist. Dem Initiator von J diente dem Initialschmuck der Missa canonica ein römisches Buch als Vorlage[78]. Das römische UD hat in diesem Fall jedoch rein dekorative Funktion, da die anschließende mailändische Präfation mit Initium ausgeschrieben ist[79].

Neben der Präfation des Meßordinariums wird in den mailändischen Hss außer J der Präfationsbeginn nur am Ostersonntag (außer A und D) und am Gründonnerstag (BCHNO) bezeugt. Ausführlich ist auch die Präfation zur Ölweihe am Gründonnerstag (BCH) und zur Kerzenweihe am Karsamstag (BC) wiedergegeben.

Am häufigsten ist „Vere quia dignum" in J anzutreffen. Es findet sich zwar nicht am Gründonnerstag, wohl aber am Ostersonntag und in der

---

[70] Zum Vergleich sei eine der S-Hss genannt: im Bergomense findet sich die römische Einleitungsformel („dixit Iesus discipulis suis") 14mal. Römisch werden vor allem die Freitagsperikopen der Quadragesima und die Perikopen der 7 Wochenmessen eingeleitet.

[71] Zur Unterscheidung der „gallischen" und „gallikanischen" Liturgie soll die Definition von L. EIZENHÖFER gelten: „Unter ‚gallikanischer' Liturgie verstehen wir den einst in Gallien üblichen Zweig der ‚gallischen' Liturgiefamilie (d. h. der Liturgie des gesamten außerrömischen Abendlands seit dem 4. Jh.), zu der auch die altspanische und die irische Liturgie gehören" (Das irische Palimpsestsakramentar im Clm 14429 der Staatsbibliothek München 74*). Ergänzend ist zu sagen, daß natürlich auch die mailändische Liturgie zur gallischen Liturgiefamilie zählt.

[72] Die römischen und gallikanischen Bücher kennen diesen Beginn ausschließlich für die Präfation nach dem Exultet in der Osternacht (z. B. GeS 539, GaG 225, GaV 133), dessen Herkunfts- und Autorenfrage immer wieder diskutiert wird.

[73] BRIGHTMAN I 14.

[74] BRIGHTMAN I 50.   [76] BRIGHTMAN I 321.   [78] Vgl. Anm. 44.

[75] BRIGHTMAN I 322.   [77] BRIGHTMAN I 125.   [79] Vgl. Tafel V.

Missa canonica. Darüber hinaus sind die Präfation am Sonntag de Ceconato
(168) und 8 Präfationen des Sanktorale zu nennen: Martin (794), Nazarius
und Celsus (1055), Machabäer (1062), Laurentiusvigil (1077), Assumptio S.
Mariae (1100), Genesius (1105) und Passio des hl. Johannes Bapt. (1120)[80].

B. FORMELGUT

Der Vergleich geht von J aus. Die Reihenfolge der Vergleichspunkte
richtet sich also nach dem Aufbau von J: Temporale – Missa canonica –
Sanktorale. Die Untersuchung wurde auf diese Formulargruppen beschränkt,
weil ihre Aufschlüsselung die wichtigste Ausgangsbasis zur Untersuchung der
Redaktionsgeschichte darstellt. Auf einen Teil der Commune- und Votivmessen wird an anderer Stelle eingegangen. Im übrigen mag für diese Formulare neben den Konkordanztabellen vorerst der ausführliche Variantenapparat einen Einblick in das Verhältnis von J zu den anderen Hss geben.
Auch die Lesungen – die nur mit Stellenangaben notiert sind – können nur
in Ausnahmefällen berücksichtigt werden.

I. Temporale

Eine Übersicht[80a] faßt in chronologischer Anordnung die Festformulare
bzw. Formulargruppen zusammen. Die Tabelle soll zugleich veranschau-
lichen – dies kann natürlich nur in großen Umrissen geschehen –, auf welche
Herkunft, vorsichtiger: auf welchen überwiegenden Gesamtcharakter[81] (ambrosianisch oder römisch) die einzelnen Gruppen hindeuten. Die Formulare
sind so geordnet, daß Übereinstimmungen von J mit den S-Hss bzw. Abweichungen von ihnen sowie das Eigengut in J zu erkennen sind. Die Formulare, denen eine Zahl beigefügt ist, werden anschließend in gleicher Reihenfolge untersucht.

Da das Ziel dieser Darstellung nicht eine vollständige Heortologie ist[82],
geht die Untersuchung im allgemeinen nur auf den Formelbestand, nicht
aber auf geschichtliche Zusammenhänge ein. Formularen, die in J und in den
S-Hss gleich sind, wird daher weniger Beachtung geschenkt als den Differenzen.

---

[80] Interessant ist, daß die 6 letztgenannten Präfationen innerhalb eines Monats, vom
28. Juli bis 29. August, begegnen. Neben diesen 6 Festen weisen die 7 übrigen
Formulare dieser Zeit ein verkürztes Präfationsinitium mit dem römischen Sigle
UD auf.

[80a] S. 32/33.

[81] Durch eine runde Klammer wird auf römische Orationen der ambrosianischen
Formulare hingewiesen.

[82] Da die ersten Lagen der Hs fehlen, wird die Zeit von Advent bis Sexagesima – ausgenommen der Formulare von Epiphanie bis zu seiner Oktav – nicht berücksichtigt.

1. Die Lücke vor Epiphanie

Die Hs beginnt im Evangelium von Epiphanie und ist wieder defekt vom 2. Sonntag nach Epiphanie bis zum Evangelium von Quinquagesima. Ein Vergleich der Zeit von Advent bis zur Zeit nach Weihnachten, der Sonntage nach Epiphanie (außer dem ersten) und der ersten beiden Vorfastensonntage ist daher nicht möglich. Rückverweise werfen jedoch einiges Licht auf diese Zeit.

a) Das Evangelium des 1. Adventsonntags wird in der „Missa in tempore belli" genannt[83]. Zwar heißt es nur: „Require in dominica de aduentu", doch weist das angegebene Initium auf das Evangelium des 1. mailändischen Adventsonntags[84].

b) Für Epistel und Evangelium des 25. März ist vermerkt: „Require in dominica ante natale domini"[85]. Die gleiche Rubrik findet sich in G und N. Diese Bezeichnung des letzten Sonntags vor Weihnachten ist nicht mailändisch, sondern entspricht dem Sprachgebrauch des Gel saec VIII. Da es sich um ein Marienfest handelt, werden jedoch die mailändischen Lesungen des 6. Adventsonntags gemeint sein. Entsprechend lautet die Angabe in E, die auf die „Dom. VI de aduentu" verweist[86]. An diesem Sonntag wurde vor der karolingischen Reform in Mailand das einzige Marienfest gefeiert[87]. So schließt sich an das Formular für den 6. Advent eine Messe „ad sanctam Mariam"[88] mit den Lesungen Phil 4,4–9 und Lc 1,26–38[89].

c) Die mailändische Epistel in J für die „Dominica post natale domini" (Rom 8,3–11) verbürgt Notiz und entsprechendes Initium am Fest Purificatio[90].

d) Dagegen muß in J eine Epistel gegen die mailändisch-römische Lesung aus Tit 3,3–7[91] (bzw. 3,4–7) im Formular der Epiphanievigil verzeichnet gewesen sein. Am Fest der hll. Cantus, Cantianus, Cantianilla sowie der hll. Protus und Chrysogonus am 14. Juni ist als Initium 1 Cor 2,12 angegeben mit der Bemerkung: „Require in uigiliis epiphanie"[92].

Als Präfation für die Vigil ist in den S-Hss die Formel „Qui a puerperio"[93] überliefert. Diese Präfation hat J in dem Formular für die Oktav von Epiphanie eingesetzt, das im übrigen aus gelasianischen Orationen zusammengestellt ist. Hatte J im Vigilformular die Präfation nicht oder bringt er sie doppelt? Beides ist möglich.

---

[83] 1275 B.
[84] Mt 24,1(–42: A 52 B).
[85] 921 AB.
[86] Die übrigen Hss (A B D F M O) sind ohne Lesungen.
[87] P. Borella, Il rito ambrosiano 331 ff.
[88] Mit dieser Stationsangabe ist die alte Marienkirche „ad circulum" gemeint.
[89] A 82 BC.
[90] 901 A.
[91] A 182 A.
[92] 962 C.
[93] A 185.

ambrosianisch

Übereinstimmung	Abweichung	Eigengut in J
	Lücke[1]	
Epiphanie		
	(Dom. I p. Epiphaniam[2]	
	Lücke	
(Quinquagesima		
	(Dom. in caput Quadrag.[5]	
		(Orationes in Quadrag.[6]
Dominica I–IV in Quadragesima		
	(Ebdomada V[9] Dom. in Ramis Oliu.[10]	
	Caena Domini[13] Fer. VI in Parasceue[14] Vig. Paschae[15]	
Dominica Paschae		
	Octaua Paschae[16] Dom. I–V post Pascha[17]	
	Mediante die festo[19]	
(Ascensio[20]		
	(Dom. post Ascens.[21] (Dies I in Laetania[22]	
(Vig. et Dominica Pentecosten[23]		
	Dedicatio[27]	

römisch

Übereinstimmung	Abweichung	Eigengut in J
	Lücke[1]	
		Octaua Theophaniae[3]
	Lücke	
		Fer. IV – Sabb. infra Quinquagesima[4]
	Fer. ebd. I–IV[7]	
		Feriae VI[8]
	Fer. II–IV ebd. VI[11] Orationes ad uesp.[12]	
		Orationes in Pascha[18]
Vig. Ascensionis[20]		
Dies II in Laetania[22]	Dies III in Laetania[22]	Aliae de Laetania[22]
		Octaua Pentecosten[24]
	Dom. I post Pentec.[25]	
		Dominicae post oct. Pentecosten[26]

2. 1. Sonntag nach Epiphanie

In J ist nur das Formular für den 1. Sonntag nach Epiphanie erhalten.
Nach dem folgenden Oktavtag von Epiphanie ist eine zweite Lücke zu ver-
merken, die bis zum Sonntag Quinquagesima reicht.

Für fünf Sonntage werden in den S-Hss Lesungen angegeben. An Formularen bietet A mit den meisten S-Hss nur zwei, B und D fünf, jedoch verschieden zusammengesetzte Formulare. Der 2. Sonntag ist in allen Hss ganz
dem Gel saec VIII entnommen. Das 1. Sonntagsformular hat dagegen nur eine
Parallele im gelasianischen Tagesformular. Die SS ist in S der 1., in J der
2. Tagesoration im Gel saec VIII gleich.

3. Oktav von Epiphanie

Die Feier des Oktavtages übernahm der Redaktor aus römischem Bereich.
Ausdrücklich ist dies in der Überschrift („secundum Romanos") vermerkt.

Die ersten drei Orationen sind dem Tagesformular im Gel saec VIII entnommen. Da der Redaktor in dem gelasianischen Formular keine Präfation
vorfand, hilft er sich mit der mailändischen Präfation für die Vigil von
Epiphanie. Auf die römische PC von Epiphanie greift er vielleicht deshalb
zurück, weil Mailand die Oration, die das Gel saec VIII für den Oktavtag
angibt, bereits an Epiphanie bringt[94].

Bereits in A 28 inf ist der Oktavtag mit der Perikope Mt 4,13–17 notiert.
In den S-Hss findet er sich als Nachtrag von 1. Hand in M, N und O. Während M und O nur das häufig – auch in J – für diesen Tag bezeugte Evangelium Jo 1,29–34 aufweisen, bringt N ein vollständiges Formular, das jedoch in den Lesarten der Orationen eigene Wege geht, also unabhängig
von J ist.

Das Gedächtnis der Epiphanieoktav hat erst im Gel saec VIII, also
frühestens in der Mitte des 8. Jhs., ein Formular erhalten. Um so mehr er-
staunt die altlateinische Epistel in J, ein Cento aus den Jesajakapiteln 25,
1–52,13. Den Abschluß der Lesung bilden die Verse Is 12,3–5 in der Vulgata-
version. In nächster Nachbarschaft ist diese altlateinische Epistel in einem
Missale aus Bobbio (10./11. Jh.), D 84 inf der Ambrosiana, anzutreffen. Als
weitere Hss sind ein Sakramentar aus dem Corbie des 9. Jhs.[95] und als ältester
Zeuge das Lektionar von Murbach zu nennen[96].

4. Aschermittwoch und die drei folgenden Tage

Die mailändische Quadragesima beginnt – wie auch ursprünglich die
römische – mit dem Montag der 1. Fastenwoche. Erst der folgende Sonntag

---

[94] J 4.
[95] Paris, Bibl. Nat. lat. 12050 (LEROQUAIS I,25).
[96] Besançon, Bibl. Mun. 184. In der Einleitung zur Edition datiert A. WILMART den
Comes in das 8. Jh., weil das Kalendar der Hs dem Bestand des Gel saec VIII
entspricht, doch liegt ein altes römisches Lektionar zugrunde: „il est une adaption
de l'ancien lectionnaire romain au missel composé en France vers le milieu du
VIIIe siècle" (Le Comes de Murbach [RevBén 30 (1913)] 63).

(„Dominica in Samaritana") ist als 1. Fastensonntag bezeichnet. In J ist jedoch wie in Rom der Fastenbeginn auf den Aschermittwoch vorverlegt.

Das Formular des Mittwochs entspricht dem Gregorianum. Da die gregorianische Vorlage offenbar noch kein Donnerstags- (ebenso kein Samstags-) formular enthielt, wurden für das Donnerstagsformular die gregorianischen Orationen des Freitags vorgezogen[97]. Als SS dient die 1. Oration aus dem Tagesformular im Gel saec VIII. Da weder das Gel saec VIII noch das fränkisch-römische Präfationale eine Präfation für den Donnerstag bot, der Redaktor des Formulars aber nicht darauf verzichten wollte, nahm er die 2. gelasianische Tagesoration, fügte Einleitung und erweiterten Schluß hinzu und setzte sie als Präfation ein. Ähnlich verfuhr er am Samstag, an dem er die gleiche Situation vorfand. Hier stellte er nur die Anfangsworte der 2. gelasianischen Tagesoration um. In den übrigen Orationen des Freitags (dieser bleibt auch in J ohne Präfation) und des Samstags stimmt J mit dem Gel saec VIII überein[98].

5. „Dominica in caput Quadragesimae"

J stimmt mit S überein bis auf die SP. In J sind die beiden Eingangsorationen des Gel saec VIII vorangestellt, in S die gelasianische SP des vorhergehenden Freitags[99]. Die Lesungen sind die gleichen wie in Rom.

6. Orationenreihe vor dem Montag der 1. Fastenwoche

Nach der „Dominica in caput Quadragesimae", also vor Beginn der mailändischen Quadragesima, ist in J eine Orationenreihe mit 16 Orationen eingeschoben, die unter der Überschrift zusammengefaßt sind: „Orationes in quadragesima. ad missam siue ad uesperum. uigilia. quam etiam ad matutinum"[100]:

47	GrH 38,4 (*Dom. in Quadragesima*)
48	GrH 38,5 (*Dom. in Quadragesima*)
49 50 51 52	*außer J nicht belegt*
53	A 717 (*SS des 1. Bittags*)
54 55	*außer J nicht belegt*
56	Ve 522 (*Or. diurnae*)

---

[97] Die „Alia" PC des Donnerstags findet sich zwar auch als Schlußoration in den Gelasiana (dort am Sonntag Quinquagesima), doch weicht die Oration in J stark von der gelasianischen Form ab.

[98] Versehentlich wurde am Freitag die gelasianische SO („Praepara nos") mit der PC („Tribue nobis") vertauscht.

[99] GeS 265.

[100] Für jede Oration ist nur eine Parallele angegeben, und zwar die, mit der die Oration am meisten übereinstimmt. Weitere sind aus der Konkordanztabelle ersichtlich.

57   GeV 361 (*ad reconciliandum*)
58   GaF 141 (*Cotidiana*)
59   GaV 261 (*in Rogationibus*)
60   GeV 1283 (*Benedictiones super populum*)
61   A 301 (*Fer. III ebd. II*)
62   GeV 105 (*Dom. I in Quadragesima*)

Die Reihe ist nicht nur in dieser Zusammenstellung ohne Parallelen, sie weist auch Gebete auf, die bisher in keiner anderen – mailändischen oder außermailändischen – Quelle nachgewiesen werden konnten. Es ist unwahrscheinlich, daß der J-Redaktor die Reihe selbst zusammengestellt und sie zu Beginn der mailändischen Quadragesima eingefügt hat. Die Übernahme von römischen Formularen für die Quadragesimalferien (die in J mit dem Aschermittwoch beginnen) läßt eine zusätzliche Gebetssammlung als überflüssig, wenn nicht gar als sinnlos erscheinen. Daher ist die Orationenreihe als Ganzes zu dem ambrosianischen Eigengut des J-Redaktors zu rechnen.

7. Ferialtage der ersten vier Fastenwochen

a) Orationen

Die Formulare der mailändischen Quadragesimalferien stimmen in den ersten vier Wochen weitgehend mit dem Gregorianum überein. Bei dieser Romanisierung ist jedoch ein Unterschied zwischen J und den S-Hss festzustellen, den die folgende Tabelle verdeutlichen soll. Für beide Sakramentartypen sind die Parallelen im Hadrianum bzw. im Gel saec VIII (GeS) aufgezeichnet[101]. Der Tabelle ist ein schematischer Aufriß beigefügt, durch den die Unterschiede klarer hervortreten.

Die J-Formulare richten sich in den ersten vier Wochen – mit Ausnahme der SS vom Montag der 1. Fastenwoche und des gesamten Donnerstagsformulars der 3. Woche – ganz nach dem Gregorianum. Der Redaktor übernimmt dessen Orationen auch dann, wenn sich Überschneidungen mit anderen – mailändischen oder römischen – Formeln ergeben. In solchen Fällen weicht der S-Redaktor auf das Gel saec VIII oder auf andere gregorianische Orationen aus. Er tut dies zuweilen auch dann, wenn keine Doppelung vorliegt.

Von den 80 Orationen der 20 Formulare entsprechen J und S in 60 Formeln gemeinsam dem Gregorianum. Am römischen Quatembersamstag, also am Samstag der 1. Woche, hat J als OSP die erste gregorianische Meßoration, S die erste Oration des gregorianischen bzw. gelasianischen Gesamtformulars. Viermal bringt der S-Redaktor die gregorianische Formel eines anderen Tages, die meist identisch ist mit der gelasianischen Oration des betreffenden Tages. Siebenmal hat er die entsprechende Tagesformel des Gel saec VIII und dreimal die gelasianische Oration eines anderen Tages.

In den zwei Formularen, in denen J von der gregorianischen Vorlage abweicht, stimmt er mit dem Gel saec VIII und meist auch mit dem S-Redak-

---

[101] Formelnummern des Hadrianum nach Lietzmann, des Gel saec VIII nach der Ausgabe des GeS von Mohlberg.

	$\mathcal{J}$				S			
	SP	SS	SO	PC	SP	SS	SO	PC
I. Fer. II	39,1	280	39,2	39,3	39,1	280	39,2	39,3
III	40,1	40,4	40,2	40,3	40,1	40,4	40,2	40,3
IV	41,1	41,5	41,3	41,4	41,1	41,5	41,3	41,4
V	42,1	42,4	42,2	42,3	42,1	42,4	42,2	301
Sabb.	44,8	44,5	44,9	44,10	44,1	43,4	44,9	44,10
II. Fer. II	46,1	46,4	46,2	46,3	46,1	44,4	46,2	46,3
III	47,1	47,4	47,2	47,3	47,1	331	305	47,3
IV	48,1	48,4	48,2	48,3	48,1	340	48,2	48,3
V	49,1	49,4	49,2	49,3	49,4	49,1	49,2	49,3
Sabb.	51,1	51,4	51,2	51,3	51,1	51,4	51,2	51,3
III. Fer. II	53,1	53,4	53,2	53,3	53,1	362	53,2	53,3
III	54,1	54,4	54,2	54,3	54,1	53,4	54,2	54,3
IV	55,1	55,4	55,2	55,3	55,1	55,4	55,2	55,3
V	376	378	57,2	380	376	378	57,2	379
Sabb.	58,1	58,4	58,2	58,3	386	390	58,2	58,3
IV. Fer. II	60,1	60,4	60,2	60,3	60,1	60,4	60,2	400
III	61,1	61,4	61,2	61,3	61,4	467	61,2	61,3
IV	62,1	62,5	62,3	62,4	62,1	408	62,3	62,4
V	63,1	63,4	63,2	63,3	64,1	63,4	63,2	63,3
Sabb.	65,1	65,4	65,2	65,3	65,4	65,1	65,2	65,3

Schematisch ergibt sich folgendes Bild[102]:

```
I. — + — —    II. — — — —    I. — + — —    II. — = — —
   — — — —        — — — —        — — — —        — + × —
   — — — —        — — — —        — — — —        — × — —
   — — — —        — — ! — —      — — — +      — ! — ! — —
   — — — —        — — — —      (—)= — —        — — — —

III. — — — —  IV. — — — —  III. — + — —  IV. — — — +
   — — — —        — — — —        — = — —        — ! × — —
   — — — —        — — — —        — — — —        — + — —
   + + = +        — — — —        + + =(+)      = — — —
   — — — —        — — — —        + + — —      — ! — ! — —
```

---

[102] — gregorianische Tagesformel
= gregorianische Formel eines andern Tages
+ gelasianische Tagesformel
x gelasianische Formel eines andern Tages
() S hat eine andere Oration des römischen Tagesformulars als J
! S hat eine andere Stellung der Oration als J.

tor überein. Im ersten dieser beiden Formulare, am Montag der 1. Fastenwoche, steht an der Stelle der vierten gregorianischen Oration, die sonst für
die SS genommen ist, eine Oration, die sich bereits im Tagesformular des
GeV findet.

Am Donnerstag der 3. Woche weicht in beiden Redaktionen das ganze
Formular vom Gregorianum ab. In Rom wird an diesem 3. Donnerstag die
Statio in der Kirche der hll. Cosmas und Damian gefeiert. Als unter Gregor II. in der ersten Hälfte des 8. Jhs. in Rom die Donnerstage, die bis dahin
aliturgisch waren, mit Formularen ausgestattet wurden, nahm man für
diesen Donnerstag das alte Kirchweihformular für die Kirche, die den beiden
heiligen Ärzten geweiht war. Der Charakter des Formulars ist deutlich von
den Heiligen geprägt, die namentlich genannt werden. Da Mailand den
römischen Brauch der Stationsgottesdienste an den einzelnen Fastenferien
nicht kennt[103], kommt die Entlehnung des Formulars für den 3. Donnerstag
nicht in Frage. Ohne Beziehung auf die Stationskirche wäre das Formular
unverständlich gewesen. In J und S ist daher das Tagesformular des Gel
saec VIII übernommen, mit Ausnahme der SO, die dem folgenden Freitag
entlehnt ist. Aber auch an diesem Donnerstag ergibt sich ein redaktioneller
Unterschied. Als fünfte Oration wählt der S-Redaktor die PC, und nicht wie
J die SP des gelasianischen Formulars. (Diese Oration begegnete bereits in
dem gregorianischen Formular des Vortages.)

b) Präfationen

Die Präfationen der Ferialtage stimmen mit dem Präfationale des Supplements zum Hadrianum überein, wie das folgende Schema aufzeigt[104]:

	J	*S*		*J*	*S*
I. Fer. II	—	—	II.	—	—
III	=	=		—	o
IV	—	—		—	—
V	—	—		—	—
Sabb.	—	o		—	—
III. Fer. II	—	—	IV.	—	—
III	—	—		—	=
IV	—	—		—	—
V	—	—		—	—
Sabb.	—	—		—	—

Eine gemeinsame Ausnahme beider Redaktionen von der römischen Vorlage bildet die Präfation des ersten Dienstags. Da die römische Tagespräfa-

---

[103] Daher sind die römischen Formulare für die Fastenferien in Mailand ohne
Stationsangaben übernommen worden.

[104] — Tagespräfation des Präfationale
= römische Präfation eines anderen Tages
o mailändische Eigenpräfation.

tion eine Parallele zur mailändischen Präfation des vorhergehenden Sonntags darstellt, geben J und S die römische Präfation des gleichen Sonntags, und zwar in der Version des Supplements, wieder. Um Doppelungen zu vermeiden, weicht der S-Redaktor an zwei weiteren Tagen (Samstag der 1. und Dienstag der 2. Woche) auf eine mailändische Eigenpräfation[105] aus. Am Dienstag der 4. Woche setzt er die römische Präfation des vorausgehenden Sonntags ein.

8. Freitage der Quadragesima

Im Gegensatz zum S-Redaktor hat der J-Redaktor auch die Freitagsformulare (mit Präfationen) übernommen[106]. Nur zwei Formeln weichen ab, beide am 3. Freitag. Die gregorianische SO wurde in J (und S) als SO des Vortages verwandt, also an dem Donnerstag, der nach der Angabe im Gregorianum „ad sanctos Cosmam et Damianum" gefeiert wurde und in Mailand deshalb das gelasianische Tagesformular erhielt[107]. Anstelle der gregorianischen SO wiederholt J die gelasianische SO des Freitags nach Aschermittwoch[108]. Da die römische Präfation dieses Freitags die gleiche ist wie die der mailändischen „Dominica de Samaritana", übernimmt J vom 3., also vom vorhergehenden Sonntag die römische Präfation.

9. Die fünfte Fastenwoche

Nach der 4. Fastenwoche ist in J (weniger in S) eine deutliche Zäsur zu erkennen[109]. Bisher hat sich der J-Redaktor fast ausschließlich nach dem Gregorianum gerichtet. Um so schärfer hebt sich die 5. Woche ab. Eine Tabelle zeigt die Parallelen der einzelnen Formeln auf[110].

---

[105] J wird beide Präfationen in der 5. Woche bringen. Vgl. S. 43.

[106] Als Ausnahme der S-Hss kennt auch das Bergomense den gregorianischen Freitag. B weist jedoch keine Präfation auf, da dem Kompilator offenbar keine entsprechende Quelle zur Verfügung stand. Am Freitag der 4. Woche, der in B weitgehend lückenhaft ist, haben CAGIN und mit ihm PAREDI in ihrer Ausgabe das Formular nach J ergänzt. Es widerspricht jedoch dem Aufbau der übrigen Freitage in B, wenn in diesem Formular auch die Präfation ergänzt und ihr eine imaginäre Nummer (415) gegeben wird.

[107] Vgl. S. 38.

[108] B übernimmt die SO vom Tagesformular des Gel saec VIII.

[109] In S wird die Zäsur vor allem im Perikopensystem deutlich. In den ersten vier Wochen wird von Montag bis Donnerstag fortlaufend die Bergpredigt gelesen. Die 5. Woche dagegen hat eine aus den verschiedenen Evangelien zusammengestellte Perikopenreihe.

[110] — gregorianische Tagesoration
+ gelasianische Tagesoration
o mailändisches Eigengut
Bei Übereinstimmung mit der römischen Tagesoration ist nur die römische Formelnummer angegeben. Für die Parallelen der übrigen Orationen sind zusätzlich die Formulare angegeben, in denen sich die Orationen finden. Auf das „GR", das in J vor der betreffenden Oration steht, wird weiter unten eingegangen (S. 42).

		J	*JS*	*S*	
Fer. II		SP—+			GrH 67,1 GeS 433 (*JS = Fer.II ebd. I*)
			SP		GrH 66,1 GeS 427 (*Dom. de Passione*)
		SS			A 660 (*in Laetaniis*)
				SS	GrH 64,4 (*Fer. VI ebd. IV*)
			SO		GeV 111 (*Fer. II ebd. II*)
		UD			GrA 263 (*Fer. V ebd. I = J S*)
				UD	GeS 430 (*Dom. de Passione*)
	GR		PC—		GrH 67,3
Fer. III	GR		SP—+		GrH 68,1 GeS 438
		SS			GeV 110 (*Fer. II ebd. I*)
				SS+	GeS 439
		SO			GeV 250 (*Sabb. ebd. IV*)
				SO+—	GeS 440 GrH 68,2
		UD			A 303 (*Fer. III ebd. II*)
				UD	GeS 1135 (*Dom. XV p. Pentecosten*)
	GR		PC—+		GrH 68,3 GeS 441
Fer. IV	GR	SP—			GrH 69,4 (*S = Cotidiana*)
			SP+		GeS 447
		SS			cf. GrH 55,1 (*Fer. IV ebd. III = J S*)
				SS+—	GeS 443 GrH 69,1
		SO			Ve 582 (*Or. diurnae, S = in Laetaniis*)
				SO+—	GeS 445 GrH 69,2
			UD o		
	GR		PC—+		GrH 69,3 GeS 446
Fer. V	GR		SP—SS		GrH 70,4
			SP		GeS 444 (*Fer. IV ebd. V*)
		SS			Ve 436 (*Or. diurnae*)
			SO		Ve 606 (*Or. diurnae*)
			UD o		
	(GR)	PC—			GrH 70,3 (*J S = Missa can.*)
				PC	GeS 436 (*Fer. II ebd. V*)
Fer. VI		SP—			GrH 71,1
		SS—			GrH 71,4
		SO—			GrH 71,2
		UD—			GrA 269
		PC—			GrH 71,3
Sabb.	GR		SP+SS		GeS 458
			SP		GeV 287 (*ad caticumenum faciendum*)
		SS			cf. GrH 50,1 (*Fer. VI ebd. II = J S*)
		SO			GrH 58,4 (*Sabb. ebd. III*)
				SO o	
		UD			A 287 (*Sabb. ebd. I*)
				UD	GrA 269 (*Fer. VI ebd. V*)
	GR		PC+		GeS 461

a) Der Befund der Formulare

α) Orationen (außer Freitag)

In den Formularen von Montag bis Donnerstag sind in J SP und PC vom gregorianischen Tagesformular übernommen. Zum Teil gehen diese Orationen auch mit S (und dem Gel saec VIII) zusammen. Mit dem Tagesformular in S stimmen ferner die SO des Montags und des Donnerstags überein. Die übrigen Orationen sind meist in älteren römischen Büchern oder auch nur in S an anderer Stelle belegt. Teilweise weicht J stark von den Parallelen ab (z. B. 216, 231).

Für den Samstag bot die gregorianische Vorlage noch kein Formular[111]. Die erste und letzte Oration des Samstagsformulars in J (= SS und PC in S) wurde daher dem Tagesformular des Gel saec VIII entnommen. Die SS stimmt teilweise mit der 1. gregorianischen Oration des Freitagsformulars der 2. Woche überein, die SO findet sich ohne „per haec sacrificia" als römische SP des 3. Fastensonntags.

β) Präfationen (außer Freitag)

Die Präfation des Montags begegnete bereits am Donnerstag der 1. Woche, doch stammt J 208 nicht aus der gleichen Quelle wie J 81. Die übrigen Tage geben mailändische Eigenpräfationen wieder[112]. Diese sind auch in der S-Redaktion bezeugt, jedoch nur zum Teil in dieser Woche. Die Präfation des Dienstags („Qui ieiunia sacro instituto"[113]) bringt der S-Redaktor am Dienstag der 2. Fastenwoche statt der römischen Tagespräfation „Qui ob animarum medelam"[114] und die des Samstags („Qui misisti") am Samstag der 1. Fastenwoche statt der römischen Tagespräfation „Illuminator et redemptor animarum"[115]. Am Mittwoch und Donnerstag haben J und S die gleichen Eigenpräfationen.

---

[111] Wie oben (S. 35) schon erwähnt, hatte die gregorianische Vorlage bereits kein Formular für den Donnerstag und Samstag nach Aschermittwoch.

[112] A. Paredi, I prefazi ambrosiani (Mailand 1937) Nr. 184 170 110 169.

[113] Gegenüber den S-Hss (A 303) ist der Text in J ausführlicher. Er wiederholt den Gedanken, daß das von Gott aufgetragene Fasten den Gläubigen die erhoffte Befreiung von der Schuld bringe, dazu das Geschenk der Heilsgüter. Im folgenden Text sind die Varianten in J kursiv gedruckt, die des Biasca in Klammern gesetzt: „UD aeterne deus. qui ieiunia sacro instituto. exequi praecepisti: Ut per hanc abstinentiam sicut confidimus de tua misericordia. mereamur ueniam delictorum: *Concede quaesumus. ut semper auxilietur in hoc saeculo nobis fluctuantibus. quod tua medicina dictauit*: Tu enim solus deus abluis egritudines animarum. quae peccati uitio *detinentur* (inrogantur) et facis abstinentiam prodesse *corporibus. quam* (.quibus) fuerat *oblita* (obligata) praesumptio. *cuius reatus memores. per tuam misericordiam confidimus. quia et ueniam omnibus nobis largiris indignis. et prospera cuncta procedis.*"

[114] J 107. An diesem Dienstag hatte der S-Redaktor bereits als SS vom Gel saec VIII die Oration „Deus qui ob animarum medelam" (GeS 331) übernommen. Diese Oration diente dem Bearbeiter des fränkischen Präfationale als Grundlage für die Präfation des gleichen Tages. Eine solche Umwandlung von Orationen aus dem Gel saec VIII ist bei dem Kompilator noch öfters zu beobachten (Bourque II, 2 222).

[115] J 91. Die römische Präfation deckt sich mit der mailändischen Präfation für Quinquagesima (J 18).

γ) Freitagsformular

Unter den Formularen der 5. Woche fällt besonders das Formular des Freitags auf. In der gleichen Weise wie an den Ferialtagen der ersten vier Wochen gibt es die gregorianische Vorlage wieder. Auch die Präfation stimmt mit der römischen Tagespräfation überein.

b) Rückschluß auf die Vorlage

Die Übersicht über die Formulare der 5. Fastenwoche läßt den Unterschied zwischen dieser Woche und den vorhergehenden Wochen klar hervortreten. Dies führt zu der entscheidenden Frage, welche Quelle dem J-Redaktor vorlag.

In den ersten vier Wochen war die Vorlage ein Gregorianum, von dem der Redaktor nur selten abwich[116]. Für die 5. Woche scheidet das Gregorianum als Gesamtvorlage aus. Ebensowenig kommt ein Gelasianum in Frage.

Was konnte den J-Redaktor veranlassen, vom gregorianischen Schema abzuweichen? Mit seiner Vorlagentreue ist die Annahme unvereinbar, der Redaktor selbst hätte für diese Woche die Orationen zusammengestellt. In diesem Fall hätte er sicher auch ein Freitagsformular mitkomponiert. Es kann m. E. für die Sonderstellung der 5. Woche nur den einen Grund geben, daß dem Redaktor eine Quelle vorlag, die für ihn so bedeutend war, daß er ihr den Vorrang vor den römischen Quellen gab. Als diese nichtrömische Quelle vermute ich einen altmailändischen Wochenlibellus für die Fastenzeit. Diese Vermutung soll durch folgende Überlegungen erhärtet werden.

Übereinstimmungen mit gregorianischen bzw. gelasianischen Tagesformularen ergeben sich in der 5. Woche ausschließlich für SP und PC jedes Formulars. Die römischen Parallelen der übrigen Orationen sind in Formularen außerhalb der 5. Fastenwoche zu suchen. Ein Teil der Orationen bleibt ohne römische Parallelen und ist nur auf den mailändischen Raum beschränkt.

Den Orationen SP und PC ist – mit Ausnahme der SP des Montags (das „GR" der PC am Donnerstag wurde gelöscht) – in der Hs das Sigle „GR" hinzugefügt. Damit hebt der Redaktor diese Orationen hervor. Sie sind neu, gehören nicht zum ursprünglichen Formular. Sie sind römisch, für den Redaktor „gregorianisch", obwohl SP und PC des Samstagsformulars eindeutig dem Gel saec VIII entnommen sind[117].

Nicht römisch („gregorianisch") sind für den Redaktor die übrigen Orationen, d. h. SS und SO, die zusammen mit der Präfation den Kern eines altmailändischen „Kurzformulars" bilden, d. h. eines Formulars ohne PC, meist auch ohne SP. Durch römische Orationen als SP und PC wurden die Formulare im Zuge der karolingischen Reform- und Redaktionsarbeit „vervollständigt"[118].

---

[116] Vgl. Tabelle S. 37.
[117] Vgl. dazu Tafel I.
[118] Vgl. SS. 138 141 ff.

Präfationen (außer Freitag):

J	die J-Präfation in S	S in der 5. Woche
Fer. II	Fer. V ebd. I (= *GrA J*)	GeS 430 (*Dom. de Passione*)
III	Fer. III ebd. II	GeS 1135 (*Dom. XV p. Pent.*)
IV	= J	= J
V	= J	= J
Sabb.	Sabb. ebd. I	GrA 269 (*Fer. VI ebd. V*)

Von den fünf Präfationen ist eine – die des Montags – auch im außer-mailändischen Liturgiebereich bezeugt. Die übrigen Präfationen sind mailändische Eigenpräfationen. Die beiden Präfationen, die der S-Redaktor in den ersten Wochen anstatt der römischen Präfation einsetzt[119], kehren jetzt in J an den gleichen Wochentagen wie in S wieder, d. h. die S-Präfation des Dienstags der 2. Woche entspricht der Dienstagspräfation in J und die S-Präfation des Samstags der 1. Woche der Samstagspräfation in J.

Auch und gerade das gregorianische Tagesformular des Freitags läßt eine altmailändische Vorlage vermuten. Der Redaktor mußte an diesem Tag – er bringt ihn konsequent wie die übrigen Freitage der Quadragesima – auf das Gregorianum zurückgreifen, da ihm seine mailändische Vorlage kein Freitagsformular bot.

10. Palmsonntag

Die mailändischen Sakramentarhandschriften geben für den Palmsonntag zwei Meßformulare an, das erste vor der Palmweihe[120], das zweite „Postquam ueniunt ad ecclesiam". Da in beiden Redaktionen das zweite Formular gleich ist, wird im Folgenden nur auf das erste Formular und die anschließenden Weihegebete eingegangen.

a) Das Formular der ersten Messe

Ungewöhnlich ist die Eingangsliturgie in J. Nach der Formularüberschrift folgt:

Dominus uobiscum. R. Et cum spiritu tuo.
CANT ANTE EUANGELIUM. Leuaui oculos meos ad montes.
EUANGELIUM SECUNDUM IOHANNEM (Jo 12,12–13).

Es fehlt die Oration SP und es fehlt eine Epistel. In den S-Hss geht dem Johannesevangelium eine SP voraus. Auch die S-Hss sind also ohne Epistel.

Vor dem Evangelium fällt die Antiphon „Cant. ante Evangelium" auf. Sie ist in den Sakramentarhss jener Zeit nicht nur die einzige Antiphon in

---

[119] Vgl. S. 41.

[120] Die Überschrift lautet in J nur „Dominica in ramis oliuarum". In den S-Hss ist die Stationsangabe beigefügt „ad sanctum Laurentium". In Busto hört man von den Olivenzweigen erst in der Angabe für die zweite Perikope: „Dominica V in sancto Laurentio" und „Item in ramis oliuarum".

einem Meßformular, bemerkenswert ist auch der Terminus. Ein „Cant. ante Evangelium" ist der ambrosianischen Liturgie unbekannt. In der Quadragesima folgt zwar nach der Epistel statt des Allelujaverses ein Cantus, doch wird dieser nie als „Cantus ante Evangelium" bezeichnet. Selten, an einigen Herrenfesten, wird eine „Antiphona ante Evangelium" gesungen, die jedoch nicht vor dem 12. Jh. bezeugt ist[121]. Nach der Akklamation[122] „Dominus uobiscum", die offensichtlich die Liturgiefeier eröffnet, leitet die Antiphon sofort zum Evangelium über.

J ist ohne SP. Als SS ist die mailändische Oration „Da nobis quaesumus domine" angegeben.

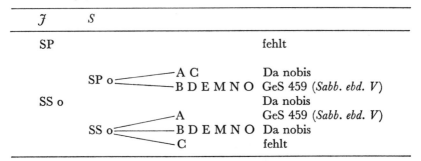

J	S		
SP			fehlt
SS o	SP o	A C	Da nobis
		B D E M N O	GeS 459 (*Sabb. ebd. V*)
			Da nobis
		A	GeS 459 (*Sabb. ebd. V*)
	SS o	B D E M N O	Da nobis
		C	fehlt

Die Oration „Da nobis" wird auch von den S-Hss bezeugt, jedoch nicht immer mit gleicher Funktion. Als SP ist sie in A und C angegeben, als SS in den übrigen S-Hss. Die gelasianische Oration „Deus qui iuste irasceris" bringt A als SS, andere S-Hss als SP. In der mailändischen Vorlage des Triplex wurde offensichtlich keine Oration ergänzt. Nur die mailändische Oration ist angegeben, hier vom Kompilator des C als „Oratio Super Populum" bezeichnet, während er sonst die mailändischen Formeltermini nicht mit übernimmt.

b) Die Weihegebete

An die 1. Messe schließt sich die Palmweihe. Das Gebet „Omnipotens genitor" hat J nur mit Biasca gemeinsam. Biasca bringt zudem die Benediktionsformel „Benedic domine quaesumus"[123], die wiederum in den übrigen S-Hss als einziges Weihegebet überliefert ist.

Als älteste außermailändische Quelle bezeugt das Sakramentar des Bischofs Drogo von Metz (826–855) die Oration „Omnipotens genitor", jedoch in stark gekürzter Form[124]. Da der Kompilator bekanntlich ambrosianisches

[121] BORELLA, Il rito ambrosiano 157.
[122] An Festen, in deren Formular eine „Antiphona ante Evangelium" notiert ist, folgt die Akklamation erst nach der Antiphon, vor dem Evangelium.
[123] A 420.
[124] „Omnipotens genitor, qui unigenitum tuum ab Hierico monteque Oliveti ad Hierusalem direxisti, cui mirabiliter occurens turba vestimenta sua sternentes, alii ramos de arboribus caedentes olivarum, alii palmas in manibus suis deferentes caelesti domino votorum obsequia ministrantes, da quaesumus, ut eorundem ob-

Gebetsgut übernommen hat[125], kann der verkürzten Oration im Metzer Sakramentar nicht ohne weiteres die Priorität zugesprochen werden. Die Formel ist zwar in das römisch-germanische Pontifikale des 10. Jhs. aufgenommen[126], wie P. BORELLA im Zusammenhang mit der Aufzählung nichtmailändischer Elemente in J und A richtig bemerkt[127], doch sagt dies nichts über die liturgische Provenienz der Formel aus. Um dem falschen Schluß vorzubeugen, allein „Benedic domine quaesumus" der S-Hss sei mailändisch, muß ergänzt werden, daß sich im gleichen Pontifikale ebenso die Benediktionsformel der S-Hss und die Präfation der 1. Messe, diese als einfaches Weihegebet, nachweisen lassen[128].

Zwischen Evangelium und Präfation der 1. Messe und der Oration „Omnipotens genitor" besteht ein enger Gedankenzusammenhang. Das kurze Evangelium stellt das Leitthema für Präfation und Oration: „Turba multa quae uenerat ad diem festum: Cum audissent quia uenit Iesus Ierosolimam. acceperunt ramos palmarum et processerunt obuiam ei. et clamabant: Osanna. benedictus qui uenit in nomine domini. rex Israel"[129]. Präfation und Oration übertragen die Vorgänge bei dem Einzug Jesu in Jerusalem („tria mysteria designantur") auf das religiös-sittliche Leben der Gläubigen und Katechumenen. Auch heute kann die Kirche den Herrn feiern und ihm entgegengehen. Für die Zugehörigkeit der Oration „Omnipotens genitor" zu Mailand spricht die Ähnlichkeit mit der vorhergehenden Präfation.

Präfation	*Oration*
credentium ei turba fidelissima deuotione uestimenta sua cum ramis oliuarum	cui mirabiliter occurrens turba uestimenta sua sternentes alii ramos de arboribus caedentes oliuarum
in uia sternebant Praesta quaesumus ut et nos 1. illi fidei uiam praeparemus	alii palmas in manibus suis deferentes ubi etiam tria mysteria designantur 1. Per uestimenta quidem fidei integritas designatur quod in mentes hominum credulas Christus suis gressibus incedere dignetur.
2. de qua remoto ‚lapide offensionis et petra scandali' (Is 8,14) frondea opera et iustitiae ramos uestigiis eius sternamus	2. In ramis oliuarum uiriditas sensuum. ueteris testamenti folia designantur seu liquore olei unguentum chrismatis ad purgandas animas per lauacrum designatur

sequiorum participes esse mereamur. Per eundem." (J. B. PELT, Études sur la cathédrale de Metz, La Liturgie I [Metz 1937] 68). In ausführlicher Form wird die Oration im Rituale von St. Florian wiedergegeben (FRANZ I 496 Anm.).

[125] P. BORELLA, Influssi carolingi e monastici sul Messale Ambrosiano 95.
[126] ANDRIEU V, 173 Nr. 25.
[127] I codici ambrosiano-monastici ed un prefazio inedito per la festa di S. Benedetto 27 und 28.
[128] ANDRIEU V, 169 Nr. 18 und 172 Nr. 22.
[129] Jo 12,12 f.

3. et usque ad	3. Per
palmam uictoriae	palmas uero uictoriam
pertingere mereamur.	credentibus constitutam decernimus.

Nach kurzer Überleitung („Pro qua re adnixis precibus humiliter deprecamur") wird dem Text der Oration eine Benediktionsformel angeschlossen,
die fast identisch ist mit dem zweiten Teil der Formel in den S-Hss „Benedic
domine quaesumus".

11. Montag bis Mittwoch der Karwoche

Die ersten drei Ferialtage der Karwoche stimmen in J und in den S-Hss[130]
wie in den ersten vier Wochen mit dem Gregorianum bzw. dem Präfationale
des Supplements überein. Auf die gregorianische Herkunft weist in J vor
jedem Formular das Sigle „GR". Wie die Orationen SP und PC der 5. Woche
sollen auch diese drei Tage als nichtmailändisch hervorgehoben werden.

12. Orationenreihe der Karwoche

Neben den gregorianischen Tagesformularen geben alle Hss eine römische
Orationenreihe „ad uesperum siue ad matutinum" für die Karwoche an.
Die Reihe umfaßt Orationen, die den gelasianischen Formularen vom Palmsonntag bis zum Mittwoch der Karwoche entstammen und nicht in die
(gregorianischen) Tagesformulare der mailändischen Hss aufgenommen
sind. Dazu kommen die ersten drei Orationen des gelasianischen Grün-
donnerstagsformulars[131].

J	JS	S	
	1.		GeS 468 (*Dom. ad palmas*)
	2.		GeS 478 (*Fer. III*)
	3.		GeS 481 (*Fer. IV*)
	4.		GeS 482 (*Fer. IV*)
	5.		GeS 485 (*Fer. IV*)
6.			GeS 486 (*Fer. V, JS = Vig. Paschae*)
7.		6.	GeS 487 (*Fer. V*)
8.		7.	GeS 488 (*Fer. V*)

Die Stellung der Reihe ist in beiden Redaktionen verschieden. Der J-
Redaktor bringt die Orationen zwischen dem Dienstags- und Mittwochs-
formular, der S-Redaktor am Karfreitag, nach den mailändischen Orationen
„ad uesperum" und vor den römischen Orationes solemnes.

---

[130] Der S-Redaktor weicht dreimal (SO und PC des Dienstags, SO des Mittwochs) auf
die Tagesformel des Gel saec VIII aus, um Doppelungen zu vermeiden.
[131] J gibt eine Oration mehr an: „Omnipotens sempiterne deus da qs uniuersis" (261).
Der S-Redaktor hat die Oration ausgelassen bzw. nicht übernommen, da sie im
Mailändischen als „Oratio ad matutinum" in der Osternacht stehen wird.

13. Gründonnerstag

a) Die Orationen SP bis SO

$\mathcal{J}$	S			
SP—+				GrH 77,1 GeS 514
	SP—+			GrH 77,1b GeS 514b
SS o				
			A	cf. 77,1a GeS 514a
	SS	—+B D E H M N O		GrH 77,1 GeS 514
SO □			D	GaG 214 (PC)
	SO—+			GrH 77,2 GeS 515

Die Orationen der S-Redaktion weisen deutlich auf ihre römische Herkunft. „Deus a quo et Iudas" (SS in den S-Hss, außer A) und „Ipse tibi quaesumus domine" (SO in den S-Hss, außer D) bilden die beiden ersten Orationen des gregorianischen Formulars und des gelasianischen Formulars der „Missa sero". Die SP „Concede nobis omnipotens deus"[132] ist identisch mit dem zweiten Teil der SS „Deus a quo et Iudas"[133]. Mit dem ersten Teil dieser Oration ist ebenfalls die SS des Biasca „Deus a quo Iudas" verwandt[134].

Der Triplex bringt für den Gründonnerstag nicht wie sonst ein gesondertes ambrosianisches Formular. Der Kompilator integrierte vielmehr die ambrosianischen Texte in die „Missa chrismalis". Vor den beiden ambrosianischen Präfationen (die erste ist die ambrosianische „Praefatio chrismae") und dem ambrosianischen Kanon stehen die Orationen aus der gelasianischen Ölweihmesse[135], denen als „Alia" die Orationen „Deus a quo et Iudas" und „Ipse tibi quaesumus domine"[136] folgen. Da diese beiden Orationen sowohl in der gelasianischen Spätmesse als auch in der Messe des Gregorianum und der mailändischen S-Hss stehen, bleibt unbestimmt, welcher Quelle der Kompilator des Triplex sie entnommen hat. Der Variantenbefund läßt allenfalls vermuten, daß beide Orationen in diesem Fall nicht aus dem GeS genommen sind, da die Konklusion „qui tecum" sich zwar in Mailand, in GrP und GrHO (für die 1. Oration auch in GeV) findet, nicht aber in den jüngeren Gelasiana. Sicher ist jedoch, daß im Triplex – und folglich in seiner mailändischen Vorlage – die SP der S-Hss „Concede nobis omnipotens deus" fehlt.

---

[132] B 482.

[133] B 483.

[134] „Deus a quo Iudas proditor reatus sui penam suscepit. et latro confessionis suae praemium sumpsit: Concede nobis pie peticionis effectum. ut misericordiae tue ueniam consequamur: qui tecum uiuit" (A 442). Die S-Hss außer A geben die Oration am Karfreitag als „Oratio ad uesperum" an (C 1234).

[135] C 1196 1197 1199.

[136] C 1198 1200.

In J ist die SP (außer dem Communicantes) die einzige römische Oration des Formulars. Die SS ist ohne Parallele, während sich die SO als PC im Missale Gothicum findet[137]. Als einzige S-Hs bezeugt D die Oration.

b) Der Kanon

Aufbau:

J	JS	S		
	UD	(Te igitur C E O)		
		(Memento C E O)		
Communicantes			GrH 77,3	
		Communicantes	GaV 84	GeV 370
	Tu nos domine			
		Hanc igitur	GaV 85	GeV 371
		Quam oblationem		
	Qui pridie			
	Mandans quoque			
	Haec facimus			
	Per quem haec			
	Ipsius praeceptum			
	Pater noster			

Der Kanontext enthält neben den Eigengebeten auch Orationen des gewöhnlichen Kanon, z. B. „Mandans quoque" und „Per quem haec omnia". Wie die S-Hss schreibt auch der J-Redaktor die Konsekrationsformel aus, obwohl er nicht wie die S-Hss nach „pateretur" einfügt: „hoc est hodierna die discumbens in medio discipulorum suorum"[138]. Außer den gemeinsamen Gebeten beider Redaktionen haben jedoch die S-Hss zusätzlich „Quam oblationem" und als Eigengebet für den Gründonnerstag „Hanc igitur". Noch weiter gehen C, E und O, die außerdem „Te igitur" und „Memento" einfügen[139]. In J vermerkte eine Hand des 13. Jhs. zwischen „Haec facimus" und „Per quem haec omnia" am Rand das (römische) Gebet „Unde et memores".

---

[137] Die Oration hat tatsächlich mehr den Charakter einer PC als einer SO: „ut sicut temporali cena tuae passionis reficimur. ita satiari mereamur aeterna" (J 271, GaG 214).

[138] A 448 (ebenso CDEHNO). In B und M fehlen die ersten beiden Worte. Die Einschaltung in GaV lautet: „hodierna die stans in medio discipulorum suorum" (86). Mit Ausnahme der ersten beiden Worte im Text des GaV scheint diese Einschaltung im gallischen Raum nicht auf den Gründonnerstag allein beschränkt gewesen zu sein. In dem 1964 von L. EIZENHÖFER veröffentlichten Palimpsestsakramentar Clm 14429 (um 650) wurde erstmals ein vollständiger gallikanischer Einsetzungsbericht bekannt. Der Text, der im Weihnachtsformular wiedergegeben ist, beginnt ähnlich wie in GaV: „pridie quam pro nostra omnium salute pateretur. stans in medio discipulorum suorum apostolorum" (Mon 15).

[139] E mit der Rubrik für den Kanon: „Secreta propria ipsius misse in cena domini".

Beide Redaktoren haben nach der Präfation ein römisches Communicantes aufgenommen. J richtet sich nach dem gregorianischen Text, S übernimmt die gelasianische Version. In J schließt sich an den Text („ . . . quo dominus noster Iesus Christus pro nobis est traditus. Sed et memoriam uenerantes") ohne Formelüberschrift die ambrosianische Oration „Tu nos domine"[140] und die Konsekrationsformel. Auch die S-Hss kennen diese Oration. Doch wird sie dort an den Festembolismus des Communicantes angehängt: „ . . . quo pro nobis traditus est dominus noster Iesus Christus: Tu nos domine participes filii tui . . ."[141]. An das Gebet schließt sich die Weiterführung des Communicantes mit einer vollständigen Diptychenliste.

Nach dem Paternoster und dem Embolismus folgen in J der Gruß „Pax et communicatio domini nostri Iesu sit semper uobiscum" und die Aufforderung zum Friedensgruß „Offerte uobis pacem". Für die römische Liturgie bestimmte bereits das GeV: „non dicis Pax Domini nec faciunt pacem"[142]. Mailand folgte spätestens im 12. Jh. der römischen Tradition. So schreibt Beroldus vor: „Missa vero ordine suo agatur, usque dum diaconus dicit: Offerte vobis pacem, et tamen non dicat, et archiepiscopus non det pacem ministris"[143]. In O – die Hs stammt ebenfalls aus dem 12. Jh. – steht nach dem Paternoster die Anweisung: „hic non dicitur Offerte uobis pacem". Ebenso ist in der gleichen Hs der Friedensgruß vor der Opferbereitung untersagt: „Hic non dicitur Kyr. nec pacem habete".

14. Karfreitag

In der mailändischen Sakramentartradition heben sich für den Karfreitag zwei liturgische Feiern ab. Die erste Feier „mane", nach der Terz, die zweite „ad uesperum". Da das Manuale von Valtravaglia ausführlich die Liturgie des Tages darstellt[144], soll es zum folgenden Vergleich mit herangezogen werden.

J	*S*	*MA II*
MANE		
Lesungen:		
Is (Si quis captivum)	fehlt in A B D M N E O = J	= J
—	—	Is (Ecce levo)
Mt 27,1–56	fehlt in A B D E M N O = J	= J

---

[140] Abgesehen von den Votivmessen sind in J alle Kanongebete nach der Präfation ohne Formelüberschrift. Einzige Ausnahme ist das Communicantes von Pfingsten. Auch das Gebet vor dem Paternoster am Gründonnerstag „Ipsius praeceptum est" ist nicht wie in den S-Hss als „Post Confractorium" bezeichnet.

[141] A 445.

[142] GeV 390.

[143] Beroldus 104.

[144] MA II 184–195, ähnlich bei Beroldus 105–108.

$\mathcal{J}$	S	$MA\ II$
Or.post Evangelium Largire sensibus	fehlt in A B D E M N O: Concede credentibus	Ds qui pro redempt.
Or.ad crucem[145]	Ds qui pro redempt.	
Kreuzverehrung: Ds qui humano Inmensa pietas	Inmensa pietas Ds qui unigeniti Ds qui humano (außer C)	= S = S = S [146]
AD UESPERUM *Lesungen:*		
—	—	Dan (Nabuchodonosor) *Or.* Largire sensibus
—	—	Dan (Nabuchodonosor) *Or.* Concede nobis (A 441)
Mt 27,57–61	fehlt in A B D E M N O = J	= J
Or. ad uesperum —	Ds a quo Iudas proditor Largire sensibus	—
Ds qui pro redempt. *Orationes Solemnes:* Oremus . . .	= J	= J

a) mane

Vom Gründonnerstag bis zum Karsamstag wird in Mailand fortlaufend die Passion nach Matthäus (von 26,17 bis 27,66) gelesen. Die Reihenfolge in J entspricht den Angaben in Busto und A 28 inf. Die Matthäuspassion ab 27,1 am Karfreitag ist auch sonst für Oberitalien bezeugt[147]. Die „Oratio post Evangelium" in J („Largire sensibus nostris") ist in den S-Hss als „Oratio ad uesperum" angegeben[148]. Von den S-Hss hat nur O eine Oration nach der Passion.

---

[145] BORELLA versteht dieses „ad" im Sinn von „ante" (Il rito ambrosiano 398). „Or. ad crucem" steht auch über den beiden einzigen Orationen, die G am 14. September angibt. In MA II 188 steht die Oration zwischen Passion und Kreuzverehrung.

[146] Aus MA II 189 geht hervor, daß die Oration nach der Kreuzverehrung gebetet wurde.

[147] Z. B. im Evangeliar C 39 inf (G. MORIN, Un système inédit de lectures liturgiques au usage en VIIe–VIIIe siècle dans une Église inconnue de Haute Italie [RevBén 20 (1903)] 378) und im Codex Rehdigeranus (DE BRUYNE, Les notes liturgiques du codex Forojuliensis 214).

[148] A 462.

An die Lesungen schließt sich die Kreuzverehrung. Die S-Hss weisen J gegenüber zusätzlich die Oration „Deus qui unigeniti" auf. Die gleiche Oration findet sich auch im Formular für das Fest der Exaltatio S. Crucis[149], das ganz dem Gel saec VIII entnommen ist. In Monza F I/101 ist diese Oration für die Kreuzverehrung am Gründonnerstag angegeben: „Or. eiusdem diei ad cruce⟨m⟩ adoranda⟨m⟩"[150].

b) ad uesperum

Der Fortsetzung in der Matthäuslesung gehen in MA II zwei alttestamentliche Lesungen aus dem Buch Daniel voraus, die der Sakramentartradition unbekannt sind.

Die erste der beiden „Orationes ad uesperum" in den S-Hss („Deus a quo Iudas proditor") begegnete bereits in A als SS des Gründonnerstags. Die zweite Oration („Largire sensibus nostris") bringt die J-Tradition als Oratio post Evangelium in der morgendlichen Liturgiefeier.

Ungewöhnlich ist in J Überschrift und Stellung der Oration „Deus qui pro redemptione".

Die Überschrift lautet: „Inc̄ or̄ fer̄ VI mane in paraseuen". Sie gibt als Zeitbestimmung „mane" an, findet sich jedoch nach der Evangelienperikope des Vespergottesdienstes. Wenn es sich um die Überschrift einer römischen Quelle handelte, träfe das „mane" für die feierlichen Fürbitten am Morgen zu[151]. Doch folgt als erstes Gebet, noch vor dem Einleitungsgebet der Fürbitten, „Oremus dilectissimi", die mailändische bzw. gallische Oration „Deus qui pro redemptione"[152], die nach der S-Tradition am Morgen vor der Kreuzverehrung gebetet wurde[153] („Or. ad crucem"). Einen Aufschluß über die Zuordnung der Überschrift bzw. der Oration „Deus qui pro redemptione" könnte die Zeile zwischen Überschrift und Oration geben, die frei ist, aber deutliche Zeichen einer Rasur roter Schrift trägt. Leider sind die Worte so gründlich entfernt, daß nichts mehr zu entziffern ist. Es ist jedoch in jedem Fall unwahrscheinlich, daß die Oration „Deus qui pro redemptione" von Anfang an als Einleitungsoration zu den Fürbitten gedacht war. Sie wird vielmehr einer nichtrömischen Quelle entstammen, vermutlich zusammen mit der vorausgehenden Überschrift „Inc̄ or̄ fer̄ VI mane in paraseuen". Eine eigene Überschrift für die Orationes solemnes ist aus folgender Beobachtung zu schließen. Die diakonale Aufforderung zum stillen Gebet nach der Gebetseinladung des Priesters findet sich in zwei nahezu identischen Rubriken, jedoch von verschiedenen Händen. Nach der Oration „Deus qui pro redemptione" heißt es: „Oremus dicit diaconus flectamus genua. postquam orauerit leuate uos" und nach der ersten Gebetseinladung: „Dicit diaconus. flectamus genua. et postquam orauerint. leuate uos". Für diese

---

[149] J 1128.

[150] GeM 282.

[151] Z. B. GeS 519: Orationes quę dicende sunt sexta feria maiore mane in Hierusalem.

[152] In GaG und GaV gehört das Gebet zu den „Orationes in Biduana". In GaG trägt es zudem die Überschrift „Oratio nunc ad nonam" (217).

[153] In A lautet die Einleitung der morgendlichen Liturgiefeier: „Feria VI in parasceue. Oratio ad crucem" (A 457).

zweite Rubrik, die an der sinngemäß richtigen Stelle steht, wurden für den Rubrikator zwei Zeilen freigelassen, die der Text auch fast ganz in Anspruch nimmt. Dagegen ist die erste Rubrik auf eine Zeile zusammengedrängt[154]. Diese Zeile war wohl ursprünglich für die Überschrift der feierlichen Fürbitten gedacht, wurde jedoch nicht mit deren Text ausgefüllt, weil die vorhergehende Oration („Deus qui pro redemptione") bereits eine Überschrift hatte. Diese sollte nun für die Orationes solemnes mitgelten.

15. Karsamstag

	J	*S*
Lesung	Mt 27,62–66	fehlt in A B D F N E M O = J
Or. post Evangelium: (*Or. ad Lectionem*)	O.s. ds qui in omnium	fehlt in A F N B C D E M O = J
Kerzen- und Feuerweihe:	—	fehlt (außer B C)
Or. per singulas lectiones:	+	+
Taufwasserweihe u. Taufe:	—	+
Missa in eccl. hiemali:	—	+ (außer H)
Missa in eccl. aestiva:	+	+

Die Matthäusperikope findet sich bereits in Busto und A 24 inf. In den S-Hss, die die Perikope nicht bringen, wird sie jedoch meist vorausgesetzt durch die Bezeichnung „ad lectionem" der folgenden Oration.

Die Weihe der Osterkerze und des Feuers ist von den Sakramentarhandschriften nur im Bergomense und in der mailändischen Vorlage des Triplex überliefert[155]. In N wird die Karsamstagsliturgie mit der Rubrik eingeleitet: „Post benedictionem cẹrei. Orationes per singulas lectiones". Den Grund für das Fehlen des Textes in den meisten Hss kann man aus Beroldus entnehmen. Noch im 12. Jh. wurde dem Diakon für die Weihe des Feuers und der Kerze und für das anschließende Exultet ein eigener Rotulus bereitgehalten[156].

An die sechs Lektionsgebete schließt sich in den S-Hss die Weihe des Taufwassers mit dem Taufritus[157]. Beides fehlt in J, vielleicht weil die Abteikirche von S. Simpliciano keine Taufkirche war.

Im Formular der Ostervigil findet sich in J die einzige Erwähnung der Kathedralkirche: „Item ad missa in ecclesia aestiua"[158]. Jedoch fehlt heute und in der folgenden Woche die erste Messe der S-Hss in der Winterkirche. Auch Busto kennt nur eine Messe „Post Fontem". Die angegebene Matthäusperikope (die gleiche wie in J) schließt sich unmittelbar an die Perikope des

---

[154] Siehe dazu Tafel III.

[155] B 522f., C 1257f.

[156] Beroldus 110.

[157] A 494–501.

[158] Die Messe in der Sommerkirche feiert der Erzbischof selbst. Nach dem Einzug kündet er dreimal den Freudenruf von der Auferstehung des Herrn, wie J überliefert: „Christus dominus resurrexit."

Morgens und bildet den Abschluß der zusammenhängenden Perikopen vom Gründonnerstag bis zur Ostervigil[159].

Obwohl die Überschrift des Meßformulars in J in die „Ecclesia aestiua" weist, gleicht das Formular jedoch nicht der 2. Messe in den S-Hss, die in dieser Kirche gefeiert wird. Der J-Redaktor folgt vielmehr einer anderen Tradition, die mit keinem der beiden Meßformulare in S ganz übereinstimmt.

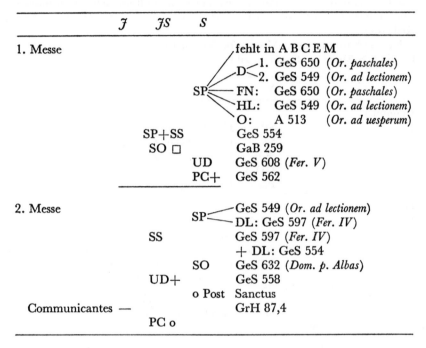

	J	*JS*	*S*	
1. Messe			fehlt in A B C E M	
			D ⟨ 1. GeS 650	(*Or. paschales*)
			2. GeS 549	(*Or. ad lectionem*)
		SP ⟨ FN:	GeS 650	(*Or. paschales*)
			HL:	GeS 549	(*Or. ad lectionem*)
			O:	A 513	(*Or. ad uesperum*)
	SP+SS		GeS 554	
	SO □		GaB 259	
		UD	GeS 608 (*Fer. V*)	
		PC+	GeS 562	
2. Messe			SP ⟨ GeS 549 (*Or. ad lectionem*)	
			DL: GeS 597 (*Fer. IV*)	
	SS		GeS 597 (*Fer. IV*)	
			+ DL: GeS 554	
		SO	GeS 632 (*Dom. p. Albas*)	
	UD+		GeS 558	
		o Post	Sanctus	
Communicantes —			GrH 87,4	
	PC o			

Zunächst fällt auf, daß in den ältesten Hss die SP fehlt. In den übrigen Hss wurde sie verschieden ergänzt. Zweifellos hatte der S-Redaktor selbst noch keine SP. Im 2. Formular haben die S-Hss ein gallisches Post Sanctus gewahrt, an das sich der Einsetzungsbericht schließt, während in J dem gregorianischen Communicantes sofort die PC folgt.

16. Osterwoche

Nach den S-Hss feierte man in der Osterwoche zwei Messen. Die erste in der Winterkirche für die Neophyten, die zweite in der Sommerkirche. J hat weder am Ostersonntag noch an einem Tag der Osterwoche zwei Meßformulare. Dies entspricht dem Fehlen der Taufvorbereitung in der Taufliturgie am Karsamstag. Busto gibt nur am Sonntag zwei Perikopen, B auch am Montag. Es ist möglich, daß es ehedem nur ein Formular für die Neu-

---

[159] fol 4R.

getauften gab, das für die ganze Woche galt. Dies vermutet P. Borella[160] unter Hinweis auf die gallikanischen Bücher[161].

Am Ostersonntag stimmt das Formular in J ganz mit dem 2. S-Formular überein. Es handelt sich ausschließlich um mailändische Orationen. S hat im Kanon ein Post Confractorium bewahrt, das gallikanische Parallelen hat[162]. Weist dies auf eine ursprünglich eigene Anaphora für den Ostersonntag? Aus diesem mailändischen Formular fällt freilich das römische Communicantes der S-Hss heraus, eine Hinzufügung der karolingischen Redaktion.

Für die Formulare von Montag bis Samstag in beiden Redaktionen, dazu für die 1. S-Messe am Sonntag, gibt folgende Tabelle eine Übersicht.

	J	*JS*	*S*	
Dominica				
1)			SP	GeS 643 (*Or. paschales*)
			SS	GeS 639 (*Or. paschales*)
			SO	GeS 556 (*Nocte sancta*)
			UD o	
			PC	GeS 564 (*Nocte sancta*)
Fer. II				
1)			SP +	GeS 585
			SS	GeS 612 (*Fer. V*)
			SO o	
			UD	GeS 668 (*Pascha annotina*)
			PC	GeS 660 (*Or. paschales*)
2)	SP			GaG 304 (*Fer. VI, J S = Vig. Paschae*)
			SP	GeS 602 (*Fer. VI*)
		SS o		
		SO o		
		UD o		
		PC –		GrH 89,6
Fer. III				
1)			SP +	GeS 587
			SS	GeS 615 (*Fer. VI*)
			SO +	GeS 747
			UD	GaV 190 (*Dom. Pascha*)
			PC	GeS 583 (*Fer. II*)

---

[160] Borella, Il rito ambrosiano 416.

[161] In GaG (S. 73) ist das Formular am Ostermontag überschrieben: „Missa matutinalis per totam pascha pro paruolis qui renati sunt. secunda feria". In GaV (S. 50) folgt nach dem Freitagsformular eine „Missa matutinalis per totam pascham pro paruolos, qui renati sunt, maturae dicenda".

[162] „Diuino magisterio edocti. et salutaribus monitis instituti audemus dicere: Pater noster qui es" (A 527). Vgl. GaG 155 und 517.

	J	JS	S	
2)	SP +			GeS 588
			SP □	GaB 282
		SS o		
		SO		GeS 598 (*Fer. IV*)
		UD o		
		PC +		GeS 592
Fer. IV				
1)		SS o SP		
			SS	GeS 628 (*Sabb.*)
			SO	GeS 667 (*Pascha annotina*)
			UD +	GeS 599
			PC	GeS 849 (*Oct. Pentecosten*)
2)	SP			GeS 615 (*Fer. VI*)
			SP +	GeS 596
			SS	GaV 189 (*Dom. Pascha*)
		SO o		
		UD o		
	PC			GeS 610 (*Fer. V*)
			PC +	GeS 601
Fer. V				
1)			SP +	GeS 605
			SS +	GeS 606
		SO +		GeS 607
		UD o		
		PC o		
2)		SP +		GeS 611
		SS		GeS 641 (*Or. paschales*)
			SO	GeS 653 (*Or. paschales*)
		UD		GeS 590 (*Fer. III*)
	PC			GeS 562 (*Dom. Pascha, S = Vig. Paschae*)
			PC +	GeS 610
Fer. VI				
1)			SP o	cf. GaV 210, GaG 292
			SS	GeS 642 (*Or. paschales*)
			SO +	GeS 616
			UD +	GeS 617
			PC	GeV 527 (*Or. paschales*)
2)		SP +		GeS 614
		SS o		
		SO		GrH 90,2 (*Fer. III*) ⎫
		UD		GeS 625 (*Sabb.*) ⎬ = G
		PC +		GeS 619 ⎭

J	JS	S	
Sabb.			
1)		SP	GeS 671 (*in paroechiis*)
		SS	GeS 664 (*ad compl. diebus fest.*)
		SO o	
		UD	GeS 674 (*in paroechiis*)
		PC	GeS 658 (*Or. paschales*)
2)	SP		GeS 621 (*Fer. VI, S = Fer. VI*)
		SP +	GeS 622 $G = S$
	SS o		
	SO		GeV 456 (*Vig. Paschae*)
	UD		GeS 617 (*Fer. VI, S = Fer. VI*) $G = J$
		UD o	
	PC +		GeS 627 $G = GeS\ 1254$

Bei einer näheren Untersuchung der Orationen und ihrer römischen Parallelen ergibt sich, ähnlich wie im Fastenlibellus der 5. Fastenwoche in J, daß Parallelen mit römischen Tagesformularen nur für SP und PC festzustellen sind. Beiden Redaktoren liegen gleiche mailändische Kurzformulare vor, die sie verschieden vervollständigen. SP und PC sind meist römischen Büchern entnommen, und zwar überwiegend den römischen Tagesformularen. Für einige der Formulare wählten die Redaktoren die gleiche römische Tagesformel, doch haben sie keine SP oder PC gegen die römische Tagesformel gemeinsam[163].

Von den 18 Orationen der Kurzformulare, d. h. der Formeln SS, SO und UD, sind 10 mailändisch und 6 stimmen mit römischen Formeln anderer Formulare überein. Die Präfation des Samstags in J (und G) begegnet im Freitagsformular des Gelasianum und der S-Hss. Während J (vor allem in der mailändischen Konklusion „Unde profusis gaudiis . . . ") mit G übereinstimmt, deckt sich die Präfation in S mit der gelasianischen Form. S bietet in der 2. Messe am Samstag eine Eigenpräfation. Die SO des Donnerstags entspricht in J der gelasianischen Tagesformel. In S befindet sich diese Oration bezeichnenderweise nicht im zweiten, sondern im ersten Meßformular[164]. Daher ist anzunehmen, daß die SO der (2.) S-Messe zum ursprünglichen Kurzformular gehört, in J aber aus unbekanntem Grund nicht übernommen wurde.

---

[163] Als eigener Sakramentartyp ist von hier ab die Hs von Armio zu nennen, deren Text am Freitag der Osterwoche beginnt. Die PC des Freitags ist wie in J und S dem gelasianisch-gregorianischen Tagesformular entnommen, die SP des Samstags wie in S dem Gel saec VIII. Als PC des Samstags gibt G eine Formel an, die das Gel saec VIII erst am 20. Sonntag nach Pfingsten bringen wird (GeS 1254), während J und S mit der gelasianisch-gregorianischen Tagesformel übereinstimmen. Wie J gibt auch G nur ein Formular in der Osterwoche an.

[164] Unter den Orationen des ersten Meßformulars in S für die Osteroktav finden sich nicht nur für SP und PC Parallelen in den römischen Tagesformularen, sondern

17. Die Sonntage nach Ostern

	J	*JS*	*S*	
Dom. I				
	SP			GeS 622 (*Sabb. in albis = S*) *G = J*
		SP +		GeS 630
		SS		GeS 623 (*Sabb. in albis*)
	SO +			GeS 632 (*S = Vig. Paschae*) *G = J*
			SO	GeS 916 (*Dom. V p. Pentecosten*)
		UD +		GeS 633
		PC +		GeS 636
Dom. II				
		SP o		
		SS +		GeS 687
		SO □		GaV 249
		UD o		
		PC +		GeS 691

} *Lücke in G*

	J	*JS*	*S*	
Dom. III				
		SP		GeS 726 (*Dom. IV p. Pentecosten*)
	SS			GeS 639 (*Or. paschales, S = Dom. Paschae, pro bapt.*)
			SS	GeS 749 (*Dom. V p. Pentecosten*)
	SO			GaV 254 (*ante Ascensa Dni, JS = Fer. IV ebd. III*)
			SO	GeS 689 (*Dom. II p. Pascha, J S = Fer. V ebd. III*)
		UD +		GeS 708
		PC +		GeS 709
Dom. IV				
		SP		GeS 705 (*Dom. III p. Pascha*)
	SS			GeS 688 (*Dom. II p. Pascha,* *G = J* *J S = Dom. III in Quadr.*)
			SS	GeS 312 (*Sabb. I in Quadr.*)
	SO			GeS 465 (*Dom. in palmis = JS*) *G = J*
			SO	GeS 707 (*Dom. III p. Pascha*)
		UD +		GeS 729
		PC +		GeS 730

} *Lücke in G*

auch für andere Orationen (SS des Donnerstags; neben der SO des Donnerstags die SO des Dienstags und Freitags, UD des Mittwochs und Freitags). Auch diese Formulare weisen mailändisches Eigengut auf (SP des Mittwochs – in J als SS des gleichen Tages – und Freitags, SO des Montags und Samstags, UD und PC des Donnerstags), dennoch wird auch die Zusammenstellung dieser Formulare das Ergebnis karolingischer Reformarbeit sein.

J	JS	S		

Dom. V

J	JS	S		
SP +			GeS 749 ($S = Dom.\ III\ p.$ *albas*)	
		SP	GaV 251 (*ante Ascensa Dni*)	
SS +			GeS 748 ($B = Or.\ matutin.$)	
		SS	Ve 480 (*Or. diurnae, mense Iulio*)	*G hat*
SO			GeS 689 (*Dom. II p. Pascha,* $S = Dom.\ III\ p.\ albas$)	*nur*
		SO	GeS 1025 (*Dom. XI p. Pentecosten*)	*Lesungen*
	UD +		GeS 751	
	PC +		GeS 752	

Von den Formularen verdient das Formular des 2. Sonntags – nur dieses ist in beiden Redaktionen gleich – besondere Beachtung. SP und UD sind die einzigen mailändischen Eigenorationen der Sonntage nach Ostern. SS und SO entsprechen der zweiten[165] bzw. vierten Oration der „Missa dominicalis post Pascha" im Gallicanum Vetus. Allein die PC hat eine Tagesparallele im Gel saec VIII. In den übrigen Formularen stimmen J und S mit der UD und PC der Tagesformulare im Gel saec VIII überein. Die anderen Orationen variieren meist in beiden Redaktionen. Soweit G nicht defekt ist, stimmen die Sonntagsformulare mit J überein. Am 5. Sonntag sind jedoch nur Lesungen verzeichnet.

18. Orationenreihe für die Osterzeit

Nach der „Dominica in albis depositis" folgt in J eine Orationenreihe mit der Rubrik „Item diuersas orationes in pascha quae pertinent ad missam siue ad uesperum uigilia matutinum. (Seu in albis)". Die Reihe setzt sich aus Orationen zusammen, die in den römischen Büchern als „Aliae orationes paschales" angegeben sind, jedoch nicht in der gleichen Reihenfolge. Fast alle der nichtaufgenommenen Orationen sind in mailändischen Formularen der nachösterlichen Zeit enthalten.

19. Mediante die festo

J und G geben nur die Evangelienperikope an. Beide verweisen dabei auf den Dienstag der 4. Fastenwoche[166], an dem das Evangelium in dem römischen Perikopensystem Aufnahme gefunden hat.

---

[165] Auch das Gel saec VIII hat diese Oration in das Tagesformular aufgenommen. In C fehlt die SS, ebenso die SP des 3. und 4. Sonntags.

[166] Daraus geht übrigens hervor, daß G wie J in der Quadragesima die römische Evangelienreihe und nicht wie S die Perikopenfolge aus der Bergpredigt hat.

Für das Fest „In mediante die festo" ist in allen oberitalienischen Evangeliaren, z. B. bereits im Codex Forojuliensis und im Codex Rehdigeranus, die Perikope Jo 7,14–31 angegeben. In der mozarabischen Liturgie wird mit dem gleichen Festtitel die Mitte der Quadragesima herausgehoben[167].

Die Orationen des S-Formulars sind gelasianischer Herkunft:

SP   GeS 665 (*Pascha annotina*)
SS   GeS 676 (*in paroechiis*)
SO   GeS 896 (*Dom. IIII p. Pentecosten*)
PC   GeS 675 (*in paroechiis*)

Die Präfation ist außerhalb Mailands erst im sog. „Alkuinschen" Supplement für den Dienstag der 4. Fastenwoche anzutreffen, an dem gleichen Tag also, an dem die römischen Evangeliare die Perikope Jo 7,14–31 verzeichnen. J gibt an diesem Dienstag die Präfation des Supplements an, während S die römische Präfation des vorhergehenden Sonntags einsetzt[168].

20. Ascensio

Die in beiden Redaktionen gleiche Vigilmesse ist dem Gel saec VIII entnommen. Armio kennt weder Formular noch Lesungen. Ebenso bringen Busto, A 28 inf und auch B noch keine Perikopen. Es besteht kein zwingender Grund dafür, eine vorkarolingische Vigilfeier mit eigenmailändischer Präfation anzunehmen[169]. Eine Änderung der Präfation des Ve durch die karolingische Redaktion in Mailand ist nicht ausgeschlossen[170].
Die SS der Festmesse in J findet sich als erste Oration im Gel saec VIII und als Vesperoration in S. Nur in Ve bezeugt ist dagegen die SS der S-Hss. Wie an Ostern gibt auch hier S das römische Communicantes an.

21. Sonntag nach Ascensio

Das Formular für den Sonntag nach Ascensio ist in beiden Redaktionen gleich bis auf die PC, die in J (und G) dem Tagesformular, in S dagegen dem Ascensioformular des Gel saec VIII[171] entnommen ist.

22. Bittage

Wie Gallien kennt Mailand drei Bittage. In Mailand liegen sie jedoch nicht vor Ascensio, sondern an den ersten drei Tagen der Woche vor Pfingsten.

---

[167] MoS 190. Vgl. dazu G. MORIN, L'antique solennité du Mediante die festo au XXVe jour après Pâques (RevBén 6 [1889] 199–202); C. CALLEWAERT, Les origines de la Mi-Carême (SE 1940, 595–596); P. BORELLA, La solennità „In mediante die festo" (A 19 [1943] 61–66).

[168] Vgl. S. 41.

[169] So PAREDI, Testi milanesi nel sacramentario leoniano (Misc. Mercati [Mailand 1956]) 330 f.

[170] Der mailändische Text „diabolum quem . . . per hominem subiugarat elideret" muß nicht als ein schwierigerer Text vor der Formulierung des Ve („diabolum . . . per hominem quem subiugarat elideret") die Priorität besitzen. In beiden Fällen muß „per hominem" als „per humanam naturam" verstanden werden.

[171] GeS 777.

Der Name dieser Tage lautet in den gallikanischen Sakramentaren „Rogationes", in den mailändischen Hss „Laetaniae". In J hört man zum erstenmal die Bezeichnung der „Laetania maior", so genannt im Gegensatz zu der römischen „Laetania S. Gregorii" am 25. April[172].

a) Die Litaneiorationen

Wie der Name „Laetaniae" sagt, liegt der Hauptakzent dieser Tage auf den Bittgängen. Täglich werden in einer bestimmten Reihenfolge die Kirchen außerhalb der Stadtmauern besucht. Auf dem Weg zu jeder Kirche werden Antiphonen und Responsorien gesungen, anschließend eine Litanei[173], die besonders die Heiligen der Kirche berücksichtigt, der man gerade entgegenzieht[174]. In der Kirche selbst wird ein Wortgottesdienst gefeiert. Auf die Oration folgt eine Epistel mit Cantus und eine Evangelienperikope. Von den Texten der Bittgänge sind in den S-Hss nur die Orationen[175], nicht aber die Lesungen angegeben. Das Fehlen der Litaneiorationen (in J und H) kann dadurch erklärt werden, daß für diese Orationen ein eigener Rotulus auf die Bittgänge mitgenommen wird. Der Rotularius trägt dem Erzbischof den Rotulus voran und legt ihn auf dem Altar jeder Kirche nieder[176]. Möglich ist jedoch auch, daß die Mönche der Abtei S. Simpliciano (deren Basilika die erste Stationskirche des ersten Tages war[177]) die Bittgänge nicht begleiteten.

Im Gegensatz zu den Meßorationen weisen die Litaneiorationen der S-Hss kaum römische Parallelen auf. Den ambrosianischen Gebeten des Mittwochs sind 11 Gebete der gregorianischen „Orationes pro peccatis"[178] zwischen den ebenfalls römischen Gebeten „Mentem familiae tuae"[179] in der Kirche des hl. Laurentius und „Miserere iam quaesumus"[180] in der Kirche Maria Beltrade eingefügt. Die gleichen 11 Orationen hat J als „Alias orationes pro peccatis" nach den Bittmessen aufgenommen. Die Hs von Armio bringt weder Litaneiorationen noch Meßformulare.

b) Die Meßformulare

	J	JS	S	
Fer. II		SP	GrH 100,7 (*25. April*)	
	SS		GrH 100,1 (*25. April, S = Or. X in die tertia*)	

---

[172] BEROLDUS 122.
[173] Die Texte sind von MAGISTRETTI ediert (MA II, 245–269).
[174] O. HEIMING, Ein benediktinisch-ambrosianisches Gebetbuch des frühen 11. Jahrhunderts 344.
[175] Am Montag sind es 12 Orationen (A 660–671), am Dienstag ebenfalls 12 (A 677–688) und am Mittwoch 11 (A 694–703, 715), zu denen 11 römische Orationen (A 704–714) kommen.
[176] BEROLDUS 119.
[177] HEIMING a. a. O. 346f.
[178] GrH 201,6–36.
[179] A 703, GrH 100,7 (25. April): „Ad sanctum Laurentium". In J SS des Montags.
[180] A 715, GrH 201,18. In J PC des Montags.

	J	*JS*	*S*		
			SS	GeV 1345	(*in tribulatione*)
		SO □		GaG 339	
		UD □		GaG 331	
	PC +			GeA 980	(*S = Or. XXII in die tertia*)
			PC	GeV 1344	(*in tribulatione*)
Fer. III		SP		GrH 100,2	(*25. April*)
		SS		GrH 100,3	(*25. April*)
		SO		GrH 100,8	(*25. April*)
		UD–		GrA 274	
		PC		GrH 100,9	(*25. April*)
Fer. IV		SP		GrH 100,4	(*25. April*)
	SS			GrH 100,5	(*25. April, S = Or. VII in die secunda*)
			SS	J 53	(*Or. quadragesimales*)
		SO		GeV 1366	(*in tribulatione*)
	UD–			GrA 274	
			UD	GeV 1365	(*in tribulatione*)
	PC			GeV 1359	(*in tribulatione*)
			PC	GeV 1352	(*in tribulatione*)

Das Formular des Dienstags setzt sich in beiden Redaktionen aus Orationen zusammen, die im Hadrianum (und seinem Supplement) und im Gel saec VIII für die Bittmesse am 25. April angegeben sind. Die Formulare der beiden anderen Tage sind weniger einheitlich. Auf einige dieser Gebete ist im Folgenden näher einzugehen, um die Abweichungen beider Redaktionen voneinander zu erklären.

α) Die SO und UD der Feria II

Wie aus der Übersicht hervorgeht, ist der überwiegende Teil der Meßorationen an allen drei Tagen römisch. Als einzige nichtrömische Formeln bleiben außer der SS des Mittwochs in S die SO und UD des Montags. Die SS des Mittwochs findet sich außerhalb der S-Hss nur in J unter der Orationenreihe zu Beginn der Quadragesima. Die SO und UD des ersten Tages sind gallischer Herkunft. Ihr ältestes Zeugnis findet sich im Missale Gothicum (die SO als Post Nomina der 3. und die Präfation als Immolatio der 1. Rogationsmesse). Die Formeln sind in beiden mailändischen Redaktionen überliefert, jedoch mit solch bemerkenswerten Varianten, daß sie eine detaillierte Untersuchung rechtfertigen.

Nach BORELLA ist die Präfation eine mailändische Eigenpräfation[181], die als solche vom Gothicum übernommen wurde. Die mailändische Provenienz der Präfation wie auch der SO stützt seine These, die mailändischen Bittage,

---

[181] Il rito ambrosiano 425.

deren Ursprung er im 5. Jh. vermutet[182], seien mit Fasten verbunden gewesen. Borella schreibt: „È un fatto che, lezioni, canti orazioni e prefazi di questo triduo, parlano evidentemente di digiuno già nei messali del secolo IX–X"[183]. Dem ist folgendes entgegenzuhalten: Gerade eine terminologische Untersuchung führt zu dem eindeutigen Resultat, daß der Liturgiebereich, dem die Gebete ursprünglich angehören, der des Gothicums und nicht der Mailands ist.

Zum Nachweis kann vor allem der Begriff des Fastens dienen. Von den insgesamt 71 Formeln der Litanei- und Meßorationen der drei Tage in Mailand sind es allein die SO und Präfation des Montags und die SS des S-Formulars am Mittwoch, die vom Fasten sprechen (die SS einmal, die SO zweimal und die Präfation gleich viermal!). Diese drei Orationen wurden bereits als die einzigen nichtrömischen Meßorationen bezeichnet. Die römischen Orationen und die mailändischen Litaneiorationen haben durchweg Bußcharakter, weisen aber weder den Begriff des „ieiunare" in irgendeiner Form und Derivation noch ein Synonym, wie „abstinere", „restringere" etc. auf[184].

Demgegenüber ist der Tenor der Orationen dieser Tage im Gothicum eindeutig, und zwar in jeder der 26 Orationen expressis verbis (54mal allein „ieiunare" und „ieiunium") vom Fasten bestimmt. Einige terminologische Parallelen lassen darüber hinaus die Einheit unserer beiden Formeln mit dem Gesamtzusammenhang der Rogationsformeln (man könnte für die Untersuchung auch die Orationen der Quadragesima mit hineinbeziehen) deutlich werden.

Zunächst folgt der Text der SO und der Präfation[185]. Von den Unterschieden beider Redaktionen wird weiter unten zu sprechen sein.

Ieiunantium dne qs supplicum uota propitius intuere: et munera praesentia sanctificans (perceptionem J S / per perceptionem GaG) eorum occulta cordis nostri remedia (tuae clarifica pietatis: J GaG / tua effice pietate. S) ut opera carnalia (nec J GaG / et S) fluxa non teneant. quos institutor ieiunii Christus reparauit redemptor: (per eundem. J GaG / qui tecum. S)
UD . . . (Te J GaG / Nos te S) in obseruatione ieiunii quaerere. qui es panis uerus et uiuus (qui de caelo descendis. J / de c. descendens S GaG) te itaque (humiliantes J S / humiliatis GaG) ieiunio (corpora J S / corporibus GaG) (mente J GaG / menteque S) famulantes deuota. per (huius sacrificii immolationem J S / hoc s. immolacione GaG[186])

---

[182] RIGHETTI II 452. Von Bischof Eusebius (449–465) heißt es: „composuit multos cantus ecclesie" (LNSM 120). Als Attila 452 Mailand verwüstet hatte, ordnete Eusebius den Neubau der Kathedrale an und – so folgert Borella – schuf wahrscheinlich Gebete, um Gottes Hilfe zu erflehen.

[183] Il rito ambrosiano 425.

[184] Die Oration „Omnipotens sempiterne deus qui nos castigando" der Litaneiorationen des Dienstags (A 685) ist der SO des Mittwochs in der 5. Fastenwoche in J ähnlich. Während es aber in J heißt: „qui nos per ieiunia castigando sanas", fehlen in der Bittagsoration die Worte „per ieiunia".

[185] Zu den Varianten weiterer nichtmailändischer Hss vgl. Variantenapparat zum Text.

[186] Anm. im Apparat zur Stelle: „hoc s. i.] hanc sacrificii immolacionem" (Mohlberg).

rogamus. ut humiliationem ieiunii huius. quam pro nostris reatibus in hac triduana obseruatione persoluimus. (ita intuearis J GaG / intuearis S) placatus. (ut J GaG / et S) a delictis ieiunantes (absoluas. J GaG / absoluens S) quos incontinentia (uotorum J / uorarum GaG / ciborum S) in prauitatis transgressionem inmersit: (per Christum. J GaG / eosdem continentia reuoces[187] ad salutem: quem laudant S).

Die Formeln in J stehen in ihrer Textüberlieferung zwischen dem Gothicum und den S-Hss. Dies läßt vermuten, daß die J-Version an die Form heranreicht, wie Mailand sie aus dem gallischen Liturgiebereich übernahm und weiter überlieferte[188]. Der S-Redaktor verbesserte die Orationen – und dies mit Recht.

Der Text der SO in J ist der Oration des Gothicum gleich bis auf die Unterlassung des „per", was auf Haplographie beim Abschreiben zurückgeführt werden kann. Die Konstruktion „occulta cordis nostri remedia tuae clarifica pietatis" (J GaG) und „occulta cordis nostri remedia tua effice pietate" (S) ist in beiden Versionen unklar[189]. Dagegen ist es eine eindeutig stilistische Korrektur, wenn in den S-Hss das „nec" im folgenden Satz zu „et" umgeändert wird.

Der zweite Teil der Präfation ist in den S-Hss stilistisch geglättet, der Schluß antithetisch erweitert. Eine Variante ist besonders aufschlußreich für die verschiedenen Tradierungsstufen der Präfation. Das Missale Gothicum hat den etwas ungewöhnlichen Ausdruck „incontinentia uorarum". Vermutlich durch ein Abschreibversehen wurde daraus in der Tradition, wie sie sich u. a. in J niederschlug, „uotorum"[190]. Dieser Sinnfehler ist in den S-Hss zu „ciborum" korrigiert.

Die Erwähnung des dreitägigen Fastens[191] findet sich nur in den Rogationsmessen des Gothicum, z. B. „triduani ieiunii finis" (338), „triduani huius ieiunium" (343), „dies ieiuniorum trino numero trinitate sacratae" (346), „ieiunium triduanae abstinenciae" (350). Häufig ist die Verbindung mit „humiliare", „humilitas", „humiliatio", z. B. „ieiunii humilitate prostrati" (333), „ieiunium triduana humiliacione institutum" (336), „ut humiliaremus animas nostras" (341). Gott selbst hat das Fasten angeordnet und den Menschen aufgetragen[192], z. B. „Deus cuius exemplo ieiunium institutum est" (332), „quae instituisti ieiunia" (341), „Deus auctor ieiunii, institutor abstinenciae" (350).

---

[187] BCDHLN lesen „reuocet".

[188] Um Mißverständnissen vorzubeugen, ist zu betonen, daß damit nicht gesagt werden soll und kann, das Missale Gothicum – der einzige um 700 fixierte Zeuge dieser Sakramentartradition – sei direkte Quelle des altmailändischen Sakramentars.

[189] Der Textsinn in GaG und J wird deutlicher durch die Änderung von „remedia" in „remedio", so bezeugt in GeM und GeR.

[190] „uotorum" findet sich auch in GeM. Eine vierte Variante weist GeR mit „uoluptatum" auf.

[191] J 420: „humiliationem ieiunii . . . in hac triduana obseruatione persoluimus".

[192] J 419: „institutor ieiunii".

Es spricht also mehr dafür, daß die beiden Formeln dem gallikanischen
Bereich entstammen als dem mailändischen, wenn sie auch schon in vorkarolingischer Zeit von Gallien übernommen wurden.

β) Die Präfationen des Dienstags und Mittwochs

Am Dienstag haben beide mailändischen Redaktionen die gleiche Präfation („Et maiestatem tuam suppliciter exorare"). E. Bourque nennt sie im
Zusammenhang mit den Präfationen, die das Supplement nur mit Mailand
gemeinsam hat, und schließt nicht aus, daß sich der fränkische Kompilator
einer mailändischen Quelle bedient hat[193]. Wie im Supplement ist in J als
Präfation für den Mittwoch „Ut quia tui est operis" angegeben.

Daß für die Bittage die Präfationen „Et maiestatem tuam suppliciter
exorare" und „Ut quia tui est operis" außerhalb Mailands erst im Supplement bezeugt sind, erklärt sich aus der Tatsache, daß die römische Liturgie
erst zu Anfang des 9. Jhs. den gallischen Brauch[194] der drei Rogationstage
vor Ascensio eingeführt hat. Das erste urkundliche Zeugnis über die allgemeine Einführung der Bittage findet sich im Liber Pontificalis, der sie
Papst Leo III. (795–816) zuschreibt[195]. Die Konzilien von Mainz (813) und
Aachen (836) verpflichten alle Christen zu ihrer Feier[196].

Das römische Meßformular für die „Litaniae minores", wie sie später auch
genannt wurden, war zunächst das gleiche wie für den 25. April, jedoch mit
der eigenen Präfation für den Dienstag und Mittwoch[197]. Später wurden für
die römischen Bücher an diesen beiden Tagen Vollformulare aus Orationen
anderer Formulare, meist der Quadragesima, zusammengestellt[198].

Die Gelasiana saec VIII bringen die Präfationen (J 425, 430) in zwei auf-
einanderfolgenden Formularen der Cotidianae, freilich in umgekehrter
Reihenfolge wie J sie angibt, d. h. die Präfation „Ut quia tui est operis" steht
an erster Stelle. Das wohl älteste Zeugnis bietet das Missale Francorum aus
der ersten Hälfte des 8. Jhs. Dort bilden beide Präfationen in der zweiten

---

[193] Bourque II,2 224.

[194] In einigen Junggelasiana (GeA GeR GeM) finden sich drei Rogationsformulare
gallischer Prägung.

[195] „Ipse vero a Deo protectus et praeclarus pontifex constituit ut ante tres dies ascensionis dominicae letaniae celebrarentur" (Duchesne II, 12).

[196] Konzil v. Mainz, c. 33: „Placuit nobis ut laetania maior observanda sit a cunctis
christianis tribus diebus" (Mansi 14,71); Konzil v. Aachen, c. 22: „De laetania
maiore atque de rogationibus ventilatum est; sed communi consensu ab omnibus
electum atque decretum iuxta morem Romanorum VII kal. Maii, illam cele-
brationem secundum consuetudinem nostrae ecclesiae non omittendam" (MG
Conc. aevi Karoli I, 710).

[197] In C schließen sich beide Präfationen an das Formular für den 25. April an mit
der Rubrik: „Feria III. Praefatio" und „Feria IIII. Praefatio" (1621f.). Für die
drei Tage vor Ascensio sind die ambrosianischen „Laetaniae" mit ihren Meß-
formularen angegeben. Der Kompilator war die römische Feier der Bittage vor
Ascensio so gewohnt, daß er die ambrosianischen Formulare um eine Woche vorzog.

[198] Im Fuldense ist für die Feria II auf die Laetania maior verwiesen. Für den Dienstag und Mittwoch sind Vollformulare angegeben (915–935).

Cotidiana eine Einheit[199]. Die Präfation beginnt: „Ut quia tui est operis"; die Reihenfolge beider Teile ist also die gleiche wie in den Gelasiana saec VIII.

Die Gemeinsamkeit des Supplements mit Mailand bezieht sich daher streng genommen nur auf die Festlegung der Präfationen auf die Bittage und auf die umgekehrte Reihenfolge gegenüber dem Gel saec VIII und vor allem GaF. Wer hat nun von wem diese Anordnung übernommen? Nimmt man mit Bourque für die Dienstagspräfation die mailändische Priorität an, wird man für die Mittwochspräfation kaum die J-Tradition übergehen können. Ein Schluß zugunsten der mailändischen Festlegung der Präfationen auf die Rogationsformulare gewinnt an Wahrscheinlichkeit nicht nur durch die mailändischen Vollformulare (den Präfationen des Supplements entsprechen keine Formulare der damaligen Sakramentare), sondern auch durch das höhere Alter der mailändischen Bittage. Wenn ihre Einführung in Mailand auch nicht exakt datiert werden kann, so halte ich doch – von den Formularen her gesehen – die Datierung Borellas in die Zeit des hl. Eusebius (5. Jh.)[200] zu früh und die Datierung Heimings in die Regierungszeit des Erzbischofs Odelbert (803–813)[201] zu spät. Gegen die Spätdatierung sprechen die zahlreichen mailändischen Eigenformeln der Litaneiorationen[202], ferner die eigene mailändische Stellung der Bittage in der Woche vor Pfingsten[203] und die Präsenz der Bittage in alten oberitalienischen Evangeliaren[204]. Bei seiner Datierung geht Heiming von den Stationskirchen aus, die z. T. nicht über die karolingische Zeit zurückweisen[205], konzidiert aber zugleich, daß eine Vermehrung der Stationskirchen unter Odelbert möglich ist. Da nun die Zahl der besuchten Kirchen nicht festgelegt ist, kann eine Kirche, die erst in karolingischer Zeit in den Zyklus der besuchten Kirchen aufgenommen wurde, nichts gegen ein höheres Alter der Bittgänge aussagen.

Der Hinweis Borellas auf die Bedrängnis durch Attila, die Eusebius zur Einführung der Bittage bewog[206], genügt m. E. andererseits nicht, um die

---

[199] GaF 136.

[200] Vgl. Anm. 182.

[201] Ein benediktinisch-ambrosianisches Gebetbuch des frühen 11. Jahrhunderts 344f.

[202] Unter den mailändischen Litaneiorationen fällt deutlich der Block römischer Orationen auf, die der Reihe des 3. Tages eingefügt sind und in J als eigene Reihe mit der römischen Herkunftsbezeichnung „pro peccatis" stehen (vgl. S. 60 und Anm. 175).

[203] Wenn die Einführung der Bittage eine Folge römischer Anordnungen war, so ist unverständlich, warum man die ausdrückliche Festlegung auf die drei Tage vor Ascensio (vgl. Anm. 195) unbeachtet ließ.

[204] Der Codex Forojuliensis gibt zwischen Ascensio und der „V Dom. post Pasca" drei Perikopen „in triduanas" an (de Bruyne, Les notes liturgiques du codex Forojuliensis 215). Die dritte Perikope stimmt mit der Mittwochsperikope in den S-Hss überein (Mt 15,32–38). Das Mittwochsevangelium in J (Mt 6,16–21) bezeugt das Evangeliar der Ambrosiana C 39 inf für den zweiten Tag „in letania" (G. Morin, Un système inédit de lectures liturgiques 277).

[205] Ein benediktinisch-ambrosianisches Gebetbuch des frühen 11. Jahrhunderts 344f.

[206] Vgl. Anm. 182.

Entstehung der Orationen in eine so frühe Zeit wie das 6. Jh. zu datieren. Ebensowenig kann die Präfation des Montags als Argument der Frühdatierung gelten. Wenn der Ursprung der Präfation – wie Borella vermutet – in Mailand läge, spräche sie in der Tat für das hohe Alter der Bittage[207], da sie folglich älter als das Missale Gothicum wäre. Diese Annahme der mailändischen Priorität konnte jedoch durch die textkritische Untersuchung der Präfation widerlegt werden.

Für die mailändischen Litaneiorationen wird eine zeitliche Fixierung nicht möglich sein. Nicht ausgeschlossen ist, daß die Orationen für die Bittgänge älter sind als eigene Meßformulare für die abschließende Eucharistiefeier. Möglich ist auch, daß zunächst nur ein einziges Rogationsformular für alle drei Tage galt und später auch die beiden anderen Tage Präfationen – die nicht über das 8. Jh. zurückweisen – erhielten, bis in der karolingischen Redaktion für jeden Tag ein vollständiges Formular zusammengestellt wurde.

Man wird gegen die Erwägung, der Kompilator des fränkischen Präfationale habe von der J-Tradition die Präfation für Dienstag und Mittwoch übernommen, vielleicht einwenden, sie sei bereits durch das Fehlen der Präfation „Ut quia tui est operis" in den S-Hss unhaltbar. Überdies sei die S-Präfation am Mittwoch („Tuam misericordiam implorantes") eine mailändische Eigenpräfation. Als solche wird sie von PAREDI angeführt[208], doch ist sie römischer Herkunft. Die oben angegebene Tabelle[209] zeigt, daß neben dem Gregorianum das GeV die zweite römische Quelle für die Formulare der Rogationsmessen bietet. Der Secreta des GeV, die als SO für den Mittwoch übernommen wurde, geht eine Oration voraus, die – mit einem neuen Initium versehen – zur Präfation der S-Hss wurde[210]. Für diese Präfation, die in Mailand nicht älter sein wird als die karolingische Zusammenstellung der Rogationsformulare aus Orationen des GeV und des Gregorianum, kann daher nicht eine mailändische Priorität gegenüber GeV erwiesen werden.

c) Sondergut in J

α) Die SS des Montags

Die römische Form der Oration und ihr Text als 10. Litaneioration des Mittwochs in den S-Hss lautet: „Mentem familiae tuae quaesumus domine intercedente beato Laurentio martyre tuo . . . ". Die SS in J stützt sich jedoch auf die Fürbitte eines Lokalheiligen von Mailand (und Como): „ . . . intercedente beato Carpofolo martire tuo . . . ". Gemeint ist der hl. Carpophorus, dessen Fest zusammen mit dem Fest des hl. Donatus am 7. August gefeiert wird.

Die kleine Carpophoruskirche in Mailand lag unweit der Basilika des hl. Simplicianus vor dem Comer Tor. Nach S. Simpliciano war die Kirche die

---

[207] Il rito ambrosiano 426.
[208] I prefazi ambrosiani 152.
[209] S. 60f.
[210] Die Identität beider Formeln nach den Initien zeigt eine Gegenüberstellung der Formel A 719 und GeV 1365, die ich mir hier ersparen kann.

zweite Station des ersten Bittags. Möglich ist, daß der liturgische Dienst den Mönchen der Abtei oblag. Nicht ausgeschlossen ist sogar, daß die Hs unter dieser Voraussetzung in der Carpophoruskirche gebraucht wurde.

β) Drei weitere Rogationsformulare

An die 3. Bittagsmesse schließen sich in J drei weitere Votivmessen. Die ersten beiden sind überschrieben „Item alia", die letzte „Item alia missa de laetania uel de quacumque tribulatione". Es sind reine Sakramentartexte, ohne Lesungen. Nur die 3. Messe hat eine Präfation. Die ersten beiden Formulare stimmen mit den Messen für die „Feria IIII" und „Feria V pro qualicumque tribulatione" des Gregorianum mixtum überein, die wiederum aus dem Gelasianum stammen. Das letzte Formular findet sich in GeA mit einer fast gleichen Rubrik wie in J: „Orationes de laetania uel de quacumque tribulatione".

23. Pfingsten

Die S-Hss schicken der Pfingstvigil fünf „Orationes per singulas lectiones" voraus, die wie die Lektionsorationen der Ostervigil gregorianisch-gelasianischer Herkunft sind [211]. In der Vigilmesse weist S gegenüber J ein Plus in dem römischen Hanc igitur auf [212]. Am Pfingstsonntag ist in den S-Hss wie an Ostern und seiner Oktav zusätzlich eine „Missa pro baptizatis" angegeben [213], die auch hier in J fehlt. Beide Redaktionen haben im Festformular das römische Communicantes, das in G fehlt.

24. Pfingstwoche

Im Gegensatz zu den S-Hss bezeugt J die Feier der Pfingstoktav. Die gelasianisch-gregorianischen Formulare erfordern einige Umstellungen und Ergänzungen, um jeder Messe eine SS zu geben. Eine Präfation haben nur die Formulare des Mittwochs und Donnerstags. Da der Donnerstag in den römischen Vorlagen noch kein Formular hatte, wurde in Mailand aus gelasianischen Pfingstorationen ein Formular zusammengestellt.

25. Der 1. Sonntag nach Pfingsten

Der Sonntag nach Pfingsten ist in Mailand (außer in der Hs von Armio) nicht wie im Gel saec VIII als Pfingstoktav bezeichnet, sondern wie im „Alkuinschen" Supplement als „Dominica post Pentecosten". Daß in J der Sonntag als Oktavtag verstanden wird, lassen nicht nur die Formulare für die Pfingstwoche vermuten, sondern auch die Zählung der folgenden Sonntage als „Dom. post octaua Pentecosten". Die gleiche Zählung der nachpfingstlichen Sonntage kennt G für das Perikopensystem.

---

[211] A 721–725.
[212] A 730.
[213] A 736–740.

5*

Die Formulare in J und S sind verschieden zusammengesetzt.

J	*JS*	*S*		
	SP—		GrA 168	⎫
SS—			GrH 118,1 (*J S = Fer. II ebd. IV*)	⎪
		SS	GeS 871 (*Dom. III p. Pentecosten*)	⎪
	SO—		GrA 168	⎪
UD+—			GeS 847 GrA 277 (*J S = Dom. de Trinitate*)	⎬ *G = J*
		UD	GeS 861 GrA 278 (*Dom. II p. Pentecosten*)	⎪
PC—			GrH 118,3 (*J S = Fer. II ebd. II*)	⎪
		PC—	GrA 168	⎭

Dem S-Formular lag offensichtlich das Formular des Supplements für den
1. Sonntag nach Pfingsten zugrunde[214]. Für die SS wurde auf das Formular
des 3. Sonntags nach Pfingsten im Gel saec VIII vorgegriffen. Die Präfation
ist dem 2. Sonntag nach Pfingsten der römischen Bücher entnommen. Die
Orationen in J entstammen dem Supplement und der „Dominica vacat"
des Gregorianum. Das gleiche Formular wie J überliefert G für den Sonntag,
der hier „Dominica octaua Pentecosten" genannt wird.

26. Die Sonntage nach Pfingsten

Nach der „Dominica prima post Pentecosten" beginnt in J mit der „Dominica I post octaua Pentecosten" eine Reihe von 24 Sonntagsformularen,
die unabhängig von der „Dominica prima post Pentecosten" gezählt werden.

Für die Sonntagsformulare im Gel saec VIII, im Paduanus und im Supplement stellt das GeV mit den 16 Messen „per dominicis diebus" des dritten
Buches und den Formularen des 6. Sonntags nach Ostern und des Sonntags
nach Ascensio[215] die Hauptquelle dar.

Mit diesen Sonntagsformularen hat J jedoch nichts zu tun. Er gibt eigene
Formulare an. Nur die Präfationen stimmen mit den römischen Quellen
überein, und zwar mit der Zählung des Supplements, wenn sich auch am
Anfang und Schluß der Reihe Verschiebungen und Abweichungen ergeben.

In folgender Tabelle geht es vor allem um die Feststellung, welchen Formularen die römischen Parallelen entnommen sind, da dies aus der Konkordanztabelle nicht ersichtlich ist. Zu einigen Sonntagen sind auch Parallelen
von römischen Cotidianae in G angegeben.

---

[214] Das Formular des gelasianischen Oktavtags ist in B und D für den 2. Sonntag
nach Pfingsten angegeben. B hat die Präfation (die gleiche wie im Sonntagsformular der 7 Wochenmessen) ausgelassen, ohne sie zu ersetzen. D setzt die
Präfation des 15. gelasianischen Sonntags ein. Die Reihenfolge der vier in B angegebenen Sonntage ist nach dem Gelasianum folgende: 2., 1., 3. und 4.

[215] Vgl. die ausführliche Tabelle bei H. Schmidt, Die Sonntage nach Pfingsten in den
römischen Sakramentaren (Misc. Mohlberg I) 480—493.

Dom. I	SP	GrH 34,1	(*Quinquagesima*)
	SS	GrH 37,4a	(*Fer. VI infra Quinquagesima*)
	SO	GrH 27,3	(*Yppapanti*)
	UD	GrA 278	(*Dom. II p. Pentecosten*)
	PC	GeS 862	(*Dom. II p. Pentecosten*)
Dom. II	SP	GrH 38,4	(*Dom. I in Quadragesima*)
	SS	GrH 38,5	(*Dom. I in Quadragesima*)
	SO	GrH 33,2	(*Sexagesima*)
	UD	GrA 278	(*Dom. III p. Pentecosten*)
	PC	GrH 39,3	(*Fer. II ebd. I*)
Dom. III	SP	GrH 39,4	(*Fer. II ebd. I*)
	SS	GeS 896	(*Dom. IV p. Pentecosten*)
	SO	GeS 860	(*Dom. II p. Pentecosten*)
	UD	GeS 917 a	(*Dom. V p. Pentecosten*)
	PC	GrH 40,3	(*Fer. III ebd. I*)
Dom. IV	SP	GrH 40,4	(*Fer. III ebd. I*)
	SS	GrH 41,1	(*Fer. IV ebd. I*)
	SO	GrH 40,2	(*Fer. III ebd. I*)
	UD	GrA 278	
	PC	GrH 41,4	(*Fer. IV ebd. I*)
Dom. V	SP	GrH 202,53	(*Or. cotidianae*)
	SS	GrH 202,54	(*Or. cotidianae*, GeS = *Dom. VI p. Pent.*)
	SO	GrH 39,2	(*Fer. II ebd. I*)
	UD	GrA 279	
	PC	GrH 33,3	(*Sexagesima*)
Dom. VI	SP	GrH 100,10	(*Laet. maior*)
	SS	GrH 33,1	(*Sexagesima*)
	SO	GrH 32,2	(*Septuagesima*)
	UD	GrA 280	
	PC	GrH 34,3	(*Quinquagesima*)
Dom. VII	SP	GrH 41,5	(*Fer. IV ebd. I*) G 77 (*Mis. s. Gregorii*)
	SS	GrH 43,1	(*Fer. VI ebd. I*)
	SO	GrH 41,3	(*Fer. IV ebd. I*)
	UD	GrA 280	
	PC	GrH 43,3	(*Fer. VI ebd. I*)
Dom. VIII	SP	GrH 43,4	(*Fer. VI ebd. I*)
	SS	GrH 44,4	(*Sabb. I*)
	SO	GrH 43,2	(*Fer. VI ebd. I*)
	UD	GrA 280	
	PC	GrH 48,3	(*Fer. IV ebd. II*)

Dom. IX	SP	GrH 44,6	(*Sabb. I*)	
	SS	GrH 44,7	(*Sabb. I*)	
	SO	GrH 46,2	(*Fer. II ebd. II*)	
	UD	GrA 281		
	PC	GrH 52,3	(*Dom. III*)	
Dom. X	SP	GrH 46,4	(*Fer. II ebd. II*)	
	SS	GrH 47,4	(*Fer. III ebd. II*)	
	SO	GrH 47,2	(*Fer. III ebd. II*)	
	UD	GrA 281		
	PC	GrH 53,3	(*Fer. II ebd. III*)	
Dom. XI	SP	GrH 48,4	(*Fer. IV ebd. II*)	G 76 (*Mis. s. Gregorii*)
	SS	GrH 50,4	(*Fer. VI ebd. II*)	
	SO	GrH 48,2	(*Fer. IV ebd. II*)	G 78 (*Mis. s. Gregorii*)
	UD	GrA 282		
	PC	GrH 55,3	(*Fer. IV ebd. III*)	G 79 (*Mis. s. Gregorii*)
Dom. XII	SP	GrH 51,4	(*Sabb. II*)	G 80 (*Alia Mis. Gregorii*)
	SS	GrH 54,3	(*Fer. III ebd. III*)	
	SO	GrH 50,2	(*Fer. VI ebd. II*)	
	UD	GrA 282		
	PC	GrH 57,3	(*Fer. VI ebd. III*)	
Dom. XIII	SP	GrH 55,4	(*Fer. IV ebd. III*)	
	SS	GrH 57,4	(*Fer. VI ebd. III*)	G 81 (*Alia Mis. Gregorii*)
	SO	GrH 51,2	(*Sabb. II*)	G 82 (*Alia Mis. Gregorii*)
	UD	GrA 283		
	PC	GrH 58,3	(*Sabb. III*)	G 83 (*Alia Mis. Gregorii*)
Dom. XIV	SP	GeS 1114	(*Dom. VIII p. Pentecosten*)	
	SS	GrH 60,4	(*Fer. II ebd. IV*)	
	SO	GrH 53,2	(*Fer. II ebd. III*)	
	UD	GrA 284		
	PC	GrH 59,3	(*Dom. IV*)	
Dom. XV	SP	GeS 1132	(*Dom. VIIII p. Pentecosten*)	
	SS	GeS 1173	(*Dom. XI p. Pentecosten*)	
	SO	GrH 54,2	(*Fer. III ebd. III*)	
	UD	GrA 285		
	PC	GrH 62,4	(*Fer. IV ebd. IV*)	
Dom. XVI	SP	GrH 64,4	(*Fer. VI ebd. IV*)	
	SS	GrH 66,1	(*Dom. de Passione*)	
	SO	GrH 55,2	(*Fer. IV ebd. III*)	
	UD	GrA 286		
	PC	GrH 66,3	(*Dom. de Passione*)	

Dom. XVII	SP	GrH 68,4	(*Fer. III ebd. V*)
	SS	GrH 89,9	(*Fer. II in albis*)
	SO	GrH 59,2	(*Dom. IV*)
	UD	GrA 286	
	PC	GrH 71,3	(*Fer. VI ebd. V*)

Dom. XVIII	SP	GrH 167,1	(*Dom. vacat Sept.*)
	SS	GrH 92,5	(*Fer. V in albis*)
	SO	GrH 64,2	(*Fer. VI ebd. IV*)
	UD	GrA 287	
	PC	GrH 75,3	(*Fer. III ebd. VI*)

Dom. XIX	SP	GrH 93,5	(*Fer. VI in albis*)
	SS	GrH 95,4	(*Dom. in albis*)
	SO	GrH 100,8	(*Laet. maior*)
	UD	GrA 288	
	PC	GeS 1237	(*Dom. vacat Sept.*)

Dom. XX	SP	GrH 100,5	(*Laet. maior*)
	SS	GeV 1147a	(*Or. de Adventum*)
	SO	GrH 113,2	(*Fer. II p. Pentecosten*)
	UD	GrA 288	
	PC	GrH 113,3	(*Fer. II p. Pentecosten*)

Dom. XXI	SP	GrH 188,1	(*Dom. III de Adv.*)
	SS	GrH 204,5	(*Or. vesp. seu mat.*)
	SO	GrH 163,2	(*Dom. mensis Sept.*) G 431
			(*II. Mis. pro pec.*)
	UD	GrA 289	
	PC	GrH 171,3	(*Calisti*)

Dom. XXII	SP	GrH 44,2	(*Sabb. I*)
	SS	GrH 44,5	(*Sabb. I*) G 426 (*I. Mis. pro pec.*)
	SO	GeS 1271	(*Dom. XXII p. Pent.*)
	UD	GrA 289	(*Dom. XXIII p. Pent.*)
	PC	GrH 132,3	(*Proc. et Martin.*) G 428
			(*I. Mis. pro pec.*)

Dom. XXIII	SP	GrH 44,3	(*Sabb. I*) G 429
			(*II. Mis. pro pec.*)
	SS	GrH 53,4	(*Fer. II ebd. III*) G 430
			(*II. Mis. pro pec.*)
	SO	GeS 1304	(*Dom. XXV p. Pent.*)
	UD	GrA 290	(*Dom. XXIIII p. Pent.*)
	PC	GrH 163,3	(*Dom. mensis Sept.*) G 432
			(*II. Mis. pro pec.*)

Dom. XXIV	SP	GrH 61,4	(*Fer. III ebd. IV*)	G 433
				(*III. Mis. pro pec.*)
	SS	GrH 100,3	(*Laet. maior*)	G 434
				(*III. Mis. pro pec.*)
	SO	GeS 1297	(*Dom. XXIIII p. Pent.*)	
	UD	GrA 290	(*Dom. XXV p. Pent.*)	
	PC	GrH 171,3	(*Calisti*)	

Wie aus der Übersicht hervorgeht, handelt es sich bei diesen Sonntagsformularen nicht um die Sonntagsformulare der römischen Sakramentare
(Paduanus, Gel saec VIII, Supplement), sondern um eine Zusammenstellung
von Orationen römischer Herkunft. Einige der Orationen sind nur in den
Gelasiana belegt. Den Hauptteil der Orationen stellt jedoch ein vorhadriani-
sches Gregorianum, und zwar sind die meisten Orationen den Formularen
der Quadragesima (ohne Donnerstage!) und der Osterwoche entnommen.
Dabei liegt der Reihenfolge der Orationen im wesentlichen eine chronologische Ordnung zugrunde.

Die Formularsammlung ist mit dem römischen Präfationale kombiniert,
dem gegenüber sich jedoch einige Abweichungen ergeben. Die im Supplement für den 1. Sonntag vorgesehene Präfation „Cuius est operis"[216] ist
ausgelassen, dafür sind die beiden folgenden Präfationen vorgezogen. Da für
den 3. Sonntag die Präfation des 5. Sonntags im Gel saec VIII gewählt
wurde, gleicht die Reihenfolge ab dem 4. Sonntag dem Supplement. Die vom
Supplement für den 22. Sonntag angegebene Präfation „Qui propterea iure
punis"[217] ist übergangen. An ihrer Stelle folgt sofort die Präfation des 23.
Sonntags im Supplement.

Die Formularsammlung ist nur in J bezeugt, doch war eine solche Zusammenstellung von römischen Orationen in Mailand nicht ganz unbekannt.
In G schließen sich an die mailändischen Cotidianae zwei Formulare mit der
Überschrift „Missa sancti Gregorii". Je drei Orationen dieser beiden Formulare finden sich in der 11. bzw. 13. Sonntagsmesse in J. Die vierte Oration ist
eine Parallele der SP in J am 7. bzw. am 12. Sonntag. Auch für die letzten
Sonntagsformulare finden sich Parallelen in G. Unter den Votivmessen sind
drei Formulare mit dem Titel zusammengefaßt „Incipit missa pro peccatis".
Im Gegensatz zur 2. und 3. Messe ist das erste Formular ohne SS. Die SO
der 1., die SO und PC der 3. Messe sind nicht in den Sonntagsformularen
enthalten, weisen jedoch auch auf gregorianische Herkunft[218].

27. Dedicatio

An die Sonntage nach Pfingsten schließen sich in J die „Orationes et
praeces in dedicatione"[219]. Das Fest der Dedicatio wurde in Mailand Mitte

---

[216] GrA 277.

[217] GrA 289.

[218] G 427 = GrH 128,2 (Petri), 435 = GrH 171,2 (Calisti), 436 = GrH 166,8
(Sabb. mensis Sept.).

[219] In den S-Hss folgt die Dedicatio erst nach dem Heiligencommune (vgl. S. 26).

Oktober gefeiert. Diese Festlegung des Festdatums wird Bischof Eusebius zugeschrieben[220], der 453 die von Attila zerstörte Kathedrale S. Thecla wieder errichtete[221].

Die Offiziumsorationen und die Formulare der 1. Messe sind größtenteils eigenmailändisch. Folgende Übersicht ist als Ergänzung und schematischer Aufriß zur Konkordanztabelle zu verstehen.

	$\mathcal{J}S$	$\mathcal{J}$	$\mathcal{J} + AG$	AG	$S(außer\ A)$
Orationes					
			1. GeV 704a	1.	
			2. GrH 195a	5.	
			3.	4.	
			4. GeV 689		SP
			5.	3.	
			6.	2.	
			7.		SS
Missa					
	SP				
	SS				
	SO GeV 703				
	UD				
	PC				
in anni-uersario (S: alia missa)		SP GrA 185		SP	
		SS GrA 186			
		SO GrA 186		SS	
		PC GrA 186			PC
			SO GeV 711		
			UD GeV 712		
			PC C 3192		
					SO Ve 309
					UD

---

[220] „hic eusebius ordinauit ciuibus in medio octubris festum dedicationis" (LNSM 120).
[221] BORELLA, Il rito ambrosiano 430.

II. Missa Canonica

Nach vorangestellten Oblationsgebeten[222] folgt ein zweiter Hauptteil der Hs: „In Christi nomine incipit Missa canonica". Von ihrem Text greife ich die wichtigsten Eigenlesarten in J heraus[223]. Zunächst folgt eine Übersicht über die Struktur des Ordo. Die arabischen Zahlen deuten auf nachfolgende Bemerkungen zu dem Punkt.

J	JS
Dominus vobiscum[1]	
	Gloria[2]
	Kyrieleison
Dominus vobiscum	
	Or. Super Populum
Dominus vobiscum	
Gal 6,7–10[3]	
Lc 17,3–10	
Dominus vobiscum	
Kyrieleison	
Pacem habete corrigite vos ad orationem[4]	
Ad te domine	
Dominus vobiscum	
	Or. Super Sindonem
Dominus vobiscum	
	Credo[2]
Dominus vobiscum	
	Or. Super Oblata

[222] Die Oblationsgebete sind in den einzelnen Hss verschieden zusammengestellt, so daß sie zu dem redaktionsgeschichtlichen Vergleich nichts aussagen können. Es handelt sich um private Priestergebete römisch-fränkischer Herkunft, wie P. Bo-RELLA in seiner Untersuchung feststellt (Le „Apologiae Sacerdotis" negli antichi messali ambrosiani 27). Fränkische Mönche mögen es auch gewesen sein, die diese oft recht subjektiven Gebete mit nach Mailand gebracht und dort bekanntgemacht haben. Ein Teil der Orationen wurde vielleicht erst in Mailand selbst formuliert. Die Tendenz und der Wunsch, persönliche und allgemeine Anliegen mit in das offizielle Gebet hineinzunehmen, führte auch in Mailand bisweilen zur Erweiterung der Mementogebete des Kanon. Beispiele dafür sind das Memento Vivorum in D und das Memento Mortuorum in F, H und in der Expositio Missae (Text siehe Anm. 289 S. 87).

[223] Über die Regentenfürbitte im Te igitur wird in anderem Zusammenhang gehandelt (S. 131 ff.). Die Heiligenlisten des Communicantes, Nobis quoque und Libera wurden bereits erwähnt (S. 18). Für die gemeinsamen mailändischen Eigenlesarten des Kanon sei auf den Variantenapparat (S. 270 ff.) und auf die schon genannte Untersuchung von BORELLA (II „Canon Missae" ambrosiano; vgl. Anm. 59) verwiesen.

J	*J S*
	Dialog und Präfation
	Te igitur
	Memento[5]
	Communicantes
	Hanc igitur
	Quam oblationem
	Qui pridie
	Mandans quoque
	Unde et memores
	Supra quae
	Supplices
	Memento[6] (außer G)
	Nobis quoque
	Per quem
	Commixtio[7] (außer G)
	Praeceptis
	Paternoster
	Libera nos
	Pax et communicatio
	Offerte vobis pacem
Dominus vobiscum	
	Or. Post Communionem
Dominus vobiscum	
Kyrieleison	
Benedicat et exaudiat nos deus	
Amen	
Procedamus cum pace	
In nomine Christi	

1. Akklamationen

Als einzige der mailändischen Hss überliefert J im Meßordo nicht nur Gebetsformeln, sondern auch – neben dem allgemein üblichen Präfationsdialog – alle Akklamationen.

In Mailand hat „Dominus vobiscum" über den Grußcharakter hinaus die Funktion einer Gebetseinleitung, die dem römischen „Oremus" entspricht. Der Ruf ist in Mailand daher weitaus häufiger anzutreffen als in der römischen Liturgie. Selbst Gloria und Credo werden durch „Dominus vobiscum" eingeleitet.

Der Schlußdialog der Eucharistiefeier ist der gleiche wie in Vesper und Laudes.

2. Gloria und Credo

Alle mailändischen Hss überliefern Gloria und Credo im Zusammenhang mit der Missa canonica. Verschieden ist jedoch die Integrierung in den

Meßordo. In G stehen Gloria und Credo vor den Meßtexten. In allen anderen Hss folgt das Credo der SS.

Während die S-Hss das Incipit der Missa canonica stets nach dem Gloria, also vor die SP setzen[224], läßt J den Ordo bereits mit dem Gloria beginnen. Für die liturgische Praxis ist die verschiedene Stellung des Gloria in den Hss belanglos. Sie zeigt jedoch, daß das Gloria noch nicht seit allzu langer Zeit in der Messe gesungen wurde. Der ursprüngliche Ort des Gloria, und zwar in einer längeren Form[225], war in Mailand am Schluß der Laudes[226]. Als erstes Zeugnis für seinen Gebrauch in der Eucharistiefeier kann ein vermutlich ambrosianisches Palimpsestfragment aus dem 7./8. Jh.[227] genannt werden. Das Faktum, daß das Gloria in allen Stadt- wie Landhandschriften in Verbindung mit dem Meßordo steht, läßt darauf schließen, daß der Hymnus in Mailand, früher als in Rom, allgemeines Priestergebet war[228].

Die Bezeichnung des Credo als „Symbolum dominica" (A) und „Symbolum dominicalem" (G), ferner seine Einordnung (in J mit der Rubrik „Sequitur Symbolum") in den Meßordo weisen darauf hin, daß in Mailand das Symbolum mindestens an jedem Sonntag gebetet wurde[229]. Seit wann das Credo in Mailand gebetet wird, ist nicht bekannt. In der fränkischen Kirche wurde es durch Karl den Großen angeordnet, um mit Nachdruck die wahre Lehre gegen die adoptianistische Irrlehre der spanischen Bischöfe Elipander und Felix zu bekennen[230].

Wie im Stowe-Missale folgte das Credo in der fränkischen Kirche seit seiner Einführung in der Palatina zu Aachen nach dem Evangelium[231]. In Mailand dagegen geht es unmittelbar dem Gabengebet voraus. Diese Stellung macht die Annahme BORELLAS fraglich, erst Erzbischof Petrus (784–803), der durch Alkuin in enger Beziehung zur fränkischen Liturgiereform stand und mit Paulinus von Aquileja, einem der Hauptbefürworter des Credo,

---

[224] Z. B. A: „Incipit laus angelorum. Gloria . . . Incipit missa canonica. Oratio Super Populum . . . ".

[225] E. CATTANEO, Il breviario ambrosiano (Mailand 1943) 186.

[226] BEROLDUS 44. In Gallien stand es dort nach den Laudate-Psalmen, zusammen mit dem Tedeum (S. BÄUMER, L'Histoire du Bréviaire I [Paris 1905] 217). Das Antiphonale von Bangor kennt es nicht nur in den Laudes, sondern auch zur Vesper (F. E. WARREN, The Bangor Antiphonarium [HBS 10 (1895)] 31).

[227] A. DOLD, Le texte de la „Missa catechumenorum" du Cod. Sangall. 908 (RevBén 36 [1924]) 310.

[228] Das Hadrianum bestimmt, daß das Gloria an Sonn- und Feiertagen vom Bischof gesungen wird (GrH 1,1–17). Im Ordo von St. Amand (9. Jh.) kommt der Weihetag des Priesters hinzu (ANDRIEU IV 285). Teilweise schon im 8. Jh. war das Gloria in der fränkischen Kirche für die Priestermesse gestattet, wie der Ordo XV berichtet (ANDRIEU III 121). Erst im 11. Jh. setzte sich der fränkische Brauch allgemein in der römischen Liturgie durch (JUNGMANN, Missarum Sollemnia I 457f.).

[229] Eine bemerkenswerte Variante weist J mit „creatorem" statt „factorem" auf. Dieser Terminus ist sonst in dem Text des Meßcredo unbekannt, wohl aber ist er üblich in der Explicatio Symboli des Katechumenenritus.

[230] JUNGMANN, Missarum Sollemnia I 600f.

[231] Ordo V: „Post lectum evangelium, candelae in loco suo extinguntur, et ab episcopo Credo in unum cantatur" (ANDRIEU II 218).

auf dem Konzil zu Frankfurt (794) war, habe das Credo in Mailand eingeführt[232]. Es wäre unverständlich, warum Petrus von der fränkischen
Kirche mit dem Text nicht auch die Stellung des Credo übernommen hätte.
Dazu kommt, daß es im Zusammenhang mit dem Meßordo aller mailändischen Hss steht, die sich damit deutlich von den römischen, auch den römisch-
fränkischen Büchern abheben. In der römischen Liturgie setzte sich das Credo
erst langsam durch[233]. Eher ist an einen orientalischen Einfluß zu denken,
der bestimmend auf die mailändische Liturgie einwirkte. In der orientalischen Liturgie, in der das Credo zur täglichen Eucharistiefeier gehört[234],
überwiegt die Stellung des Symbolums zwischen Friedensgruß und der Oratio
oblationis, wie z. B. in der byzantinischen Liturgie und in der griechischen
Markusliturgie[235]. Daß das Beten des Credo in einer westlichen Kirche nicht
zwingend mit der Liturgie der Palatina in kausalem Zusammenhang stehen
muß, zeigt überdies die beneventanische Liturgie. In Benevent wird das
Credo mit dem gleichen Text, den die fränkische Kirche betet, in einer Hs
des 8. Jhs. bezeugt[236].

3. Lesungen

Nur J gibt innerhalb der Missa canonica Lesungen an. Die Epistel (Gal
6,7–10) wird nach den S-Hss am 7. Sonntag nach Pfingsten gelesen, während
die Evangelienperikope (Lc 17,3–10) dem mailändischen und in dieser Vers-
auswahl auch dem römischen Perikopensystem unbekannt ist. Die S-Hss
weisen weder in der Missa canonica noch in den übrigen Cotidianae Lesungen
auf, da diese Formulare an den Sonntagen nach Pfingsten abwechselnd verwandt werden und jeder der Sonntage eigene Lesungen hat.

4. Dialog nach dem Evangelium

Nach dem Evangelium folgt in J ein Dialog, der den S-Hss unbekannt und
erst wieder in den Ordines des Beroldus[237] im 12. Jh. urkundlich bezeugt ist.

(Evangelium)
Dominus uobiscum. R. Et cum spiritu tuo. Kyr. Kyr. Kyr.
Pacem habete corrigite uos ad orationem. R. Ad te domine.
Dominus uobiscum. R. Et cum spiritu tuo.
(Oratio Super Sindonem)[238].

Bei Beroldus ist der Text der gleiche wie in J, mit Ausnahme des Impera-
tivs „Corrigite uos ad orationem", der wegfällt. Damit folgt „Ad te domine"
unmittelbar der Aufforderung zum Friedensgruß. Da Sinn und Beziehung

---

[232] Il rito ambrosiano 170.
[233] JUNGMANN, Missarum Sollemnia I 601.
[234] HANSSENS III,2 293.
[235] HANSSENS III,2 301.307.
[236] R. J. HESBERT, L',,Antiphonale Missarum" de l'ancien rit bénéventain (EL 52 [1938]) 36–40.
[237] BEROLDUS 51.
[238] Vgl. Tafel IV.

des „Ad te domine" verschieden gedeutet werden, sollen im Folgenden die
drei wichtigsten Interpretationen dieser Akklamation skizziert werden.

a) A. CERIANI[239] und M. MAGISTRETTI[240] setzen „Ad te domine" in Beziehung zu „Pacem habete" und erklären beides von Röm 5,1 her: „Iusti-
ficati ergo ex fide, pacem habeamus ad Deum per Dominum nostrum Iesum
Christum". „Ad te domine" ist von daher als Weiterführung und Korrelat
des „Pacem habete" zu verstehen. Gemeint ist der Friede mit Gott, während
„Offerte vobis pacem" nach dem Paternoster zum Frieden mit dem Nächsten aufrufen soll.

Demgegenüber ist zu sagen, daß es der Liturgie hier nicht um den Frieden
mit Gott nach der Glaubensrechtfertigung geht, wie ihn Paulus in Röm 5,1
verstanden haben will[241]. Bevor die Gemeinde in die Opferhandlung eintritt
und ihre Gaben darbringt, wird sie in allen frühchristlichen Kirchen des
Ostens und Westens[242] zum Frieden und zur Versöhnung mit dem Bruder
aufgerufen[243]. Während Rom schon früh den Friedensgruß vor die Kommunion verlegte[244], hielten im Westen die mozarabische, gallikanische und
mailändische Liturgie an der ursprünglichen Stellung fest. Zu einem unbekannten – sicher nicht allzu frühen – Zeitpunkt glich sich auch Mailand der
römischen Liturgie an und übernahm Friedensgruß und -kuß vor der Kommunion[245]. Der erste Friedensgruß wurde jedoch beibehalten, freilich ohne
das osculum pacis.

b) Als Aufforderung zum Frieden mit dem Bruder schließt „Pacem habete"
die Akklamation „Ad te domine" als Antwort aus. E. MONETA CAGLIO weist
in seinem Artikel „Ad te Domine!"[246] auf den Friedensgruß „Offerte vobis
pacem" nach dem Paternoster hin, der auch zunächst ohne Antwort blieb.
Erst im 14. Jh. wurde „Deo gratias" hinzugefügt[247].

Als ein Beweis für die Beziehungslosigkeit zwischen „Pacem habete" und
„Ad te domine" dient Moneta der Zusatz des „Corrigite vos ad orationem"
in J[248]. Nach ihm besteht aber auch kein Zusammenhang zwischen „Ad te
domine" und „Corrigite vos ad orationem". Jeder der drei Sätze ist selb-
ständig und unabhängig von den beiden anderen. „Pacem habete" folgt im

---

[239] Notitia liturgiae ambrosianae, abgedruckt im Missale Ambrosianum Duplex 414.

[240] La liturgia della Chiesa milanese nel secolo IV (Mailand 1899) 89–90.

[241] P. ALTHAUS, Der Brief an die Römer (NTD 6 [⁹1959]) 43.

[242] Für Rom bezeugt durch Justin (Apol. I 65, 2f. [QUASTEN 16]) und die Apostolischen Konstitutionen (VIII 11,8f. [QUASTEN 210]).

[243] Vgl. Mt 5,23f.

[244] Zuerst belegt 416 im Brief des Papstes Innozenz I. an Bischof Decentius von Gubbio
(PL 20,553). Für die nordafrikanische Kirche bestätigt bereits Augustinus diesen
Brauch (Sermo 227, PL 38,1101).

[245] Während der Gruß „Pacem habete" als bekannt vorausgesetzt wird, bezeugen alle
S-Hss die Aufforderung nach dem Paternoster „Offerte vobis pacem". J läßt die
Rubrik vorausgehen „Dicit diaconus hoc".

[246] A 12 (1936) 207–213.

[247] Ad te Domine! 209.

[248] Damit will er jedoch nicht den Gebrauch des Verses in der alten mailändischen
Liturgie behaupten. Der Zusatz in der Hs, die eine „Mischung von Ambrosiani-

Anschluß an die Fürbittlitanei; „Corrigite vos ad orationem" ist die Aufforderung, sich zu dem abschließenden Gebet zu erheben; mit „Ad te domine" wird die SS eingeleitet.

Das Fehlen des „Corrigite vos ad orationem" stört daher nach Moneta keinen Sinnzusammenhang, da er „Ad te domine" auf die folgende Oration bezieht. Zum Vergleich weist er auf die häufige und gleichbedeutende Akklamation „Σοὶ Κύριε" im byzantinischen Ritus. Dort sieht er eine adäquate Parallele zum mailändischen Dialog an der gleichen Stelle der Eucharistiefeier: der Fürbittlitanei zur Entlassung der Katechumenen in Byzanz korrespondiert das dreimalige Kyrie in Mailand; der diakonalen Mahnung sich zu verneigen, die mailändische Aufforderung „Corrigite vos ad orationem"; der byzantinischen Akklamation „Σοὶ Κύριε" in Mailand „Ad te domine" und der byzantinischen Oration die mailändische SS. Die Akklamation „Σοὶ Κύριε" steht in der byzantinischen Liturgie immer unmittelbar vor einer Oration. Sie hat die korrespondierende Funktion zum Amen, mit dem die Gemeinde der Oration zustimmt. In Analogie zu „Σοὶ Κύριε" versteht Moneta daher auch das mailändische „Ad te domine" als „preluzio all'orazione" [249], als Ermächtigung des Priesters für das Gebet im Namen der Gemeinde.

Mit Recht stellt Moneta die Beziehungslosigkeit zwischen „Pacem habete" und „Ad te domine" heraus, indem er auf den Text in J und die Parallele im orientalischen „Σοὶ Κύριε" aufmerksam macht. Doch lassen folgende Bedenken auch seine Interpretation als nicht akzeptabel erscheinen.

Der Satz „Corrigite vos ad orationem" in J beweist zwar die Beziehungslosigkeit zwischen „Pacem habete" und „Ad te domine", doch ist er selbst nicht isoliert, sondern durch die Rubrik „R." mit „Ad te domine" verbunden.

Einem unmittelbaren Bezug von „Ad te domine" auf die folgende SS steht das von Moneta unerwähnte „Dominus vobiscum" entgegen. Gerade in diesem kurzen Dialog ist das zu sehen, was Moneta „preluzio all'orazione" nennt. In Entsprechung zum römischen „Oremus" steht er prinzipiell vor jeder Oration, sei es in der Eucharistiefeier oder im Stundengebet [250].

In der Parallelisierung des Dialogs mit der orientalischen Liturgie bezieht Moneta auch „Corrigite vos ad orationem" mit ein, das er für einen Ausdruck des 10. Jhs. hält [251]. Für die byzantinische Liturgie, die er zum Vergleich heranzieht, nennt er leider keine Quelle. Da der byzantinischen Liturgie des 9. Jhs. [252] „Σοὶ Κύριε" noch völlig unbekannt ist, wird Moneta vermutlich mit der heutigen Chrysostomusliturgie [253] vergleichen, die das achtmalige „Σοὶ Κύριε" aufweist, von dem Moneta spricht [254]. Eine Erklärung des mai-

---

schem und Römischem" darstellt, bezeugt gerade „la mentalità diffusa nel sec X",
die zwischen „Pacem habete" und „Ad te domine" keine Verbindung sah (Ad
te Domine! 209).

[249] Ad te Domine! 210.
[250] Vgl. S. 75.
[251] Vgl. Anm. 248.
[252] BRIGHTMAN I 309–344.
[253] BRIGHTMAN I 352–399.
[254] Ad te domine! 210.

ländischen Dialogs aus einer späteren Quelle ist aber wohl nicht sachgerecht und nicht haltbar.

c) Eine dritte Interpretation setzt zum Verständnis des Dialogs die Aufforderung des „Corrigite vos ad orationem" voraus.

Als erster erkannte B. Capelle[255] den Zusammenhang des „Ad te domine" mit „Corrigite vos ad orationem". Durch Moneta auf die orientalische Liturgie gewiesen, legt Capelle für seine Untersuchung die syrische Jakobusliturgie zugrunde. Er stellt den mailändischen Dialog dem syrischen Dialog nach den Fürbitten, zu Beginn der Gläubigenmesse[256], gegenüber. Es folgt der Text des Dialogs mit der lateinischen Parallelisierung Capelles im Zusammenhang mit dem vorausgehenden Abschluß der Fürbitten, da dort ein erstes „Σοὶ Κύριε" festzustellen ist:

Τῆς παναγίας ... (Gedächtnis Marias und aller Heiligen)
... μνημονεύσαντες ἑαυτοὺς καὶ ἀλλήλους καὶ πᾶσαν τὴν ζωὴν ἡμῶν Χριστῷ τῷ Θεῷ παραθώμεθα
R. Σοὶ Κύριε
ἐν Χριστῷ ᾽Ιησοῦ τῷ κυρίῳ ἡμῶν μεθ᾽ οὗ εὐλογητὸς εἶ
σὺν τῷ παναγίῳ καὶ ἀγαθῷ καὶ ζωοποιῷ σου πνεύματι νῦν καὶ
ἀεὶ καὶ εἰς τοὺς αἰῶνας τῶν αἰώνων
R. ᾽Αμήν

Εἰρήνη πᾶσιν	Pacem habete
R. Καὶ τῷ πνεύματι σοῦ	
Τὰς κεφαλὰς ἡμῶν τῷ Κυρίῳ κλίνωμεν	Corrigite vos ad orationem
R. Σοὶ Κύριε	R. Ad te domine
(Oratio)	(Oratio Super Sindonem)

In Verkennung der Funktion des mailändischen „Pacem habete" schreibt Capelle: „Le grec se situe exactement à la même place de la messe que le latin: au commencement de l'offertoire, après les prières communes qui ouvrent la messe des fidèles, avant le baiser de paix." Für die Jakobusliturgie stimmt diese Lokalisierung des Dialogs „vor dem Friedensgruß", der erst nach dem großen Einzug und nach dem Credo geboten wird[257]. In Mailand aber ist in dem Dialog selbst, vor dem Credo, der Friedensgruß bereits enthalten, denn bedeutungsmäßig entspricht „Pacem habete" nicht dem „Εἰρήνη πᾶσιν", sondern dem Friedensgruß „᾽Αγαπήσωμεν ἀλλήλους ἐν φιλήματι ἁγίῳ" nach dem Credo, während das häufige „Εἰρήνη πᾶσιν (Καὶ τῷ πνεύματι σοῦ)" dem lateinischen „Dominus vobiscum (Et cum spiritu tuo)" gleichkommt.

Der gleiche Anschluß des „Σοὶ κύριε" zu Beginn des Dialogs an „. . . Χριστῷ τῷ Θεῷ παραθώμεθα" findet sich zur Danksagung nach der Kom-

---

[255] L'„Ad te domine" de la messe ambrosienne (RHE 33 [1937] 327–331), zitiert nach dem Abdruck in: Travaux Liturgiques III 475–479.
[256] Brightman I 40.
[257] Εἰρήνη πᾶσιν R. Καὶ τῷ πνεύματι σοῦ. ᾽Αγαπήσωμεν ἀλλήλους ἐν φιλήματι ἁγίῳ. Τὰς κεφαλὰς ἡμῶν τῷ Κυρίῳ κλίνωμεν. (Oratio). (Brightman I 43 f.).

munion, und die diakonale Aufforderung, das Haupt zu verneigen, wiederholt sich in gleicher Formulierung nach dem Paternoster. In jedem Fall
steht „Σοὶ Κύριε" grammatikalisch und sinngemäß im Anschluß an das
Vorhergehende, also an „ . . . Χριστῷ τῷ Θεῷ παραθώμεθα" und „Τὰς
κεφαλὰς ἡμῶν τῷ Κυρίῳ κλίνωμεν". Die Gemeinde greift die Aufforderung
des Priesters bzw. des Diakons auf und bestätigt sie durch ihren Ruf. Im
Anschluß an den Dialog nach dem Paternoster kommentiert der Priester
diese Akklamation des Volkes und führt aus: „Σοὶ ἐκλίναμεν οἱ δοῦλοί σου
Κύριε τοὺς ἑαυτῶν αὐχένας ἐνώπιον τοῦ ἁγίου σου θυσιαστηρίου . . . "[258].

Mit Capelle vertritt P. BORELLA[259] die klassische Bedeutung von „corrigere" und versteht „corrigite" im Sinn des „levate" und nicht des „humi-
liate". Als einzig weitere Belegstelle des „corrigere" im liturgischen Latein
des Mittelalters weist Borella auf ein ambrosianisches Sonntagstransitorium:
„Declinant anni nostri et dies ad finem: quia tempus est, corrigamus nos ad
laudem Christi: lampades sint accensae, quia excelsus judex venit judicare
gentes"[260]. Auch hier ist ein „sich erheben" gemeint.

Nach der Interpretation Borellas richtet sich der Diakon an die Gemeinde
mit der Aufforderung, sich nach den Fürbitten zu dem abschließenden
Priestergebet zu erheben[261]. Da es jedoch unwahrscheinlich ist, daß die Gemeinde zum vorhergehenden Friedensgruß und -kuß gekniet hat, wird der
Imperativ nicht wörtlich (also physisch), sondern im übertragenen Sinn zu
verstehen sein. So interpretiert CAPELLE die Aufforderung, wenn er „Corrigite vos ad orationem" sinngemäß dem „Sursum corda" gleichsetzt als einem
„commentaire spirituel de l'attitude dressée"[262]. Entsprechend vergleicht er
„Ad te domine" mit „Habemus ad dominum": „L'une et l'autre remplissent
la même fonction: exprimer l'acquiescement chaleureux des fidèles à l'invitation du pontife, et déclarer la valeur religieuse de ,Corrigite vos' et de
,Sursum'"[263].

Offen bleibt die Frage, warum „Corrigite vos ad orationem", das offensichtlich zum Verständnis des „Ad te domine" notwendig ist, nach J nicht
mehr bezeugt ist. Bereits Beroldus (12. Jh.) kennt den Aufruf nicht mehr[264].

Die Eliminierung der Akklamation wird vor allem auf den Funktionsverlust
des „Pacem habete" als Aufforderung zum Friedenskuß zurückzuführen
sein. Auch nach der Verlegung des Friedenskusses vor die Kommunion rief
der Diakon weiterhin der Gemeinde das „Pacem habete" zu, schloß aber
sofort „Corrigite vos ad orationem" an, da die Handlung der Pax fortfiel.
Die Beziehungslosigkeit beider Imperative führte zum Wegfall des zweiten.

---

[258] BRIGHTMAN I 60.
[259] RIGHETTI III 586; Il rito ambrosiano 162.
[260] MA II 410.
[261] RIGHETTI III 586.
[262] L'„Ad te domine" 479.
[263] L'„Ad te domine" 479.
[264] „Et archiepiscopus aut presbyter revertitur ante altare, et iterum salutat: diaconus
statim dicit ,Pacem habete' et respondet clerus ,Ad te Domine'. Tunc archiepiscopus aut presbyter et diaconus osculantur altare, et iterum salutat et dicit orationem
supra sindonem" (BEROLDUS 51).

Zu dieser Vermutung veranlaßt nicht zuletzt die Beobachtung, daß in der
Hs „Pacem habete" und „Corrigite vos ad orationem" durch keine Inter-
punktion getrennt sind. Der Diakon sprach noch beide Formeln, allerdings
ohne Unterbrechung. Im Laufe der Zeit wurde „Corrigite vos ad orationem"
eliminiert, so daß die Akklamation „R. Ad te domine" sich unmittelbar an
„Pacem habete" anschloß und die Funktion einer Antwort auf den Friedensgruß erhalten konnte.

5. Memento Vivorum

In allen mailändischen Hss ist das Gedächtnis der Lebenden bereits mit
dem alkuinschen Zusatz „pro quibus tibi offerimus vel" überliefert. Die Namensnennung folgt in den S-Hss nach „tuarum", angedeutet durch „il". Der
J-Redaktor hat diese Rubrik ausgelassen, da sich die Erwähnung bestimmter
Gläubigen bereits an das vorausgehende Te igitur anschließt: „ . . . cultoribus: Necnon et pro famulis tuis il(lis)"[265].

Offensichtlich stellt dieser Embolismus eine – wenn auch wesentlich
kürzere – Doublette des folgenden Memento dar, die der J-Redaktor durch
die Auslassung des „il" nach „tuarum" etwas zu mildern suchte. Damit kann
auf eine Quelle gewiesen sein, die statt des Memento als Rahmengebet für
das Gedächtnis nur eine kurze Einleitung durch „Necnon . . . " im Anschluß
an das Te igitur gekannt haben muß. Der kurze Satz macht jedoch die
Fixierung einer bestimmten Quelle oder auch nur eines bestimmten Liturgie-
bereiches unmöglich. Dennoch postuliert er die Existenz einer solchen
Quelle. Dieses Postulat impliziert zugleich die Voraussetzung, daß der unbekannten Quelle das Memento fehlte. Dieser Annahme steht zwar die Tatsache
entgegen, daß keine mailändische Hs ohne Memento bekannt ist, andererseits erhält sie Rückhalt durch die in letzter Zeit wiederholt vertretene These,
das Memento sei erst nachträglich zwischen Te igitur und Communicantes
getreten. Es ist daher notwendig, kurz auf die Problematik Te igitur –
Memento – Communicantes einzugehen.

Anlaß zur Diskussion gab 1920 I. SCHUSTER[266], der den Bezug des „Communicantes" zum folgenden Heiligengedächtnis in Frage stellte und es mit
„tibi offerimus" des Te igitur verband. Obwohl J. A. JUNGMANN diese tatsächlich noch wenig ausgearbeitete These als unannehmbar zurückwies[267],
wurde der Gedanke wieder aufgegriffen und vor allem von L. EIZENHÖFER
überzeugend dargeboten[268]. Eizenhöfer geht von der Beobachtung A. STUI-
BERS[269] aus, daß der herkömmliche Bezug des „Communicantes" auf die
Prädikate des Memento „offerunt" und „reddunt" nicht zu vereinbaren sei

---

[265] Vgl. Tafel VI.
[266] Liber Sacramentorum II (Rom/Turin 1920) 63–68.
[267] Missarum Sollemnia II (1948) 207 Anm. 1. Ebenso lehnt er die Beweisführung
      Eizenhöfers ab (5. Aufl. [1962] 213 Anm. 1).
[268] „Te igitur" und „Communicantes" im römischen Meßkanon (SE 8 [1956] 14–75).
[269] Die Diptychon-Formel für die nomina offerentium im römischen Meßkanon
      (EL 68 [1954] 129).

mit dem Subjekt des abschließenden Relativsatzes „quorum . . . muniamur auxilio". Der Hauptakzent der Ausführungen Eizenhöfers liegt in dem Aufzeigen der Begriffsbedeutung von „communio" und „communicare" im kirchlichen Sprachgebrauch der ersten Jahrhunderte. Über den Empfang der Eucharistie hinaus bezeichnet der Begriff die rechtmäßige Teilhabe an der kirchlichen Gemeinschaft[270]. Der Brief, den Papst Hormisdas (514–523) kurz vor Beendigung des Acacianischen Schismas 519 an den Patriarchen Johannes II. von Konstantinopel richtete, läßt nicht daran zweifeln, daß die gemeinsame Teilnahme am Herrenmahl Ausdruck der Zugehörigkeit zur kirchlichen Gemeinschaft ist[271]: „Hortemur itaque, frater . . . ut ab omni te haereticorum contagione Acacium cum sequacibus suis condemnando disiungens una nobiscum dominici corporis participatione pascaris"[272]. Eizenhöfer führt dazu aus: „Hormisdas hätte auch schreiben können: ‚una nobiscum communices', wie er kurz vorher ebenfalls an Johannes geschrieben hatte ‚ut . . . unam communionem, sicut oramus, habere possimus'[273] . . . Johannes kommuniziert in Konstantinopel ‚una cum papa Hormisda' in Rom"[274].

Nach Jungmann stellt das Communicantes eine geschichtliche Weiterführung des Memento dar[275]. Danach ergibt sich durch den Anschluß des Partizips an die vorausgehenden Prädikate folgende Konstruktion: „qui . . . tibi offerunt . . . reddunt uota sua . . . communicantes et memoriam uenerantes . . . omnium sanctorum tuorum quorum meritis . . . concedas ut . . . muniamur". Die erwähnten Gläubigen sind es folglich, die in Gemeinschaft mit den Heiligen stehen („communicantes" und „memoriam uenerantes" sind in der gleichen teilhabenden Bedeutung verstanden) und die das Festgeheimnis feiern („sed et diem celebrantes": beim Hinzutreten des Festembolismus muß „communicantes" absolut übersetzt werden[276]).

---

[270] „(Haeretici) praecisi a compagine Ecclesiae Christi, et partem tenentes, totum amittentes, nolunt communicare orbi terrarum, qua diffusa est gloria Christi. Nos autem Catholici in omni terra sumus, quia omni terrae communicamus quacumque gloria Christi diffusa est" (Augustinus, In Ps 56,13 [PL 63,669]). Auf die enge Verbindung beider Bedeutungen weist vor allem L. Hertling in seiner Untersuchung über „Communio und Primat" (Miscellanea hist. pont. 7 [1943] 1–48).

[271] Dabei ist die physische Entfernung und zeitliche Differenz unwesentlich, wie Hormisdas in einem weiteren Brief an Johannes nach der Wiedervereinigung betont: „neque enim refert, quam longinquis locorum spatiis diuidamur, quando iam deo auctore una fidei cohabitatione coniungimur, nunc enim misericordia procurante diuina in unius corporis uultum dissipata olim Christi membra conueniunt" (Collectio Avellana 169,1 f. [CSEL 35,624,20]).

[272] Collectio Avellana 150,6 (CSEL 35,599,13).

[273] Collectio Avellana 145,7 (CSEL 35,590,23–24).

[274] „Te igitur" und „Communicantes" im römischen Meßkanon 42.

[275] Missarum Sollemnia II 213.

[276] Missarum Sollemnia II 223. B. Botte sieht in jedem Fall die bestmögliche Interpretation in einem absoluten Verständnis des „communicantes": „être en communion avec l'Église catholique" (Le canon de la messe romaine [Löwen 1935] 55). Dazu gibt er zwei Belege aus Cyprian („communicationem non communi-

Offen bleibt bei der These Jungmanns, wie der plötzliche Subjektwechsel zum „wir" des abschließenden „muniamur" zu erklären ist. Eine sinngerechte Übersetzung der Partizipien fordert daher die 1. Person Plural als Subjektträger. Dies ergibt sich nicht nur aus „muniamur", sondern auch aus dem Kontext des Kanon, in dem stets die 1. Person Plural – teilweise ist die Gemeinde ausdrücklich mitgenannt – handelndes Subjekt ist. Allein das Memento hebt bestimmte Gläubige und die „circumstantes" heraus. Dieses Faktum weist auf den diakonalen Ursprung nicht nur der Namensnennung, sondern auch der Rahmenformel. Dem steht nicht entgegen, daß das Memento schon alt ist[277] und vielleicht schon bald vom Priester gesprochen wurde. Endgültig zum Priestergebet wurde das Gebet jedoch erst in der karolingischen Liturgiereform durch die Einfügung des „pro quibus tibi offerimus vel". Mit dieser Einbeziehung des Priesters auch in das grammatikalische Subjekt wurde das „offerunt" der Gläubigen weder aufgehoben noch abgeschwächt[278]. Es liegt eine ähnliche Nebeneinanderstellung vor wie bei „Hanc igitur oblationem servitutis nostrae sed et cunctae familiae tuae" im Gebet nach dem Communicantes.

Die Bedeutung, die nach der These Eizenhöfers ursprünglich die Erwähnung der Gemeinschaft mit dem Papst als Ausdruck des rechtmäßigen Stehens in der kirchlichen Glaubensgemeinschaft besaß, trat im Laufe der Zeit in den Hintergrund. „Communicantes" verlor die unmittelbare Beziehung zur Nennung des Papstes, „una cum" wurde gleichbedeutend mit „pro" (zugunsten), und die Namensnennung erhielt fürbittenden Charakter. Folgerichtig konnte sich das Memento anschließen, nun in gleicher fürbittender Weise vom Priester gesprochen[279].

---

cantium ratam ducunt" [In laps. 33, CSEL 2,261–262] und „communicatio non communicantium offeratur" [Ep 59,13, CSEL 3,682]). In der Kanonübersetzung von BOTTE-MOHRMANN lautet der Beginn des Gebetes: „Unis dans une même communion" (L'Ordinaire de la Messe [Löwen 1953] 76). In der Anmerkung zur Stelle wird jedoch „communicantes" mit der folgenden Heiligenliste verbunden: „Il s'agit de la communion des saints". Mit dem Hinweis auf Röm 12,13 übersetzt B. CAPELLE: „communiant aux saints par la mémoire que nous en faisons" (Problèmes du „Communicantes" de la messe [Travaux Liturgiques II] 272). Die Beziehung auf die folgende Heiligenliste ist jedoch bereits durch die eingeschalteten Festembolismen fragwürdig, wenn nicht unhaltbar.

[277] Bereits Hieronymus erwähnt die Namensverlesung durch den Diakon: „Publice diaconus in ecclesiis recitet offerentium nomina" (In Ezech. 6 [PL 25,175]).

[278] „Das zur Überleitung benützte ‚vel' bedeutet nicht notwendig eine Abschwächung des folgenden ‚qui tibi offerunt' zu einem nur möglichen Fall, da es um die betreffende Zeit meist im Sinne von ‚et' gebraucht wird" (JUNGMANN, Missarum Sollemnia II 210 Anm. 46).

[279] Deutlich ist dies im Stowe-Missale zu erkennen, in dem sich an das Te igitur das Memento mit „etiam" anschließt, also ein ähnliches Gedenken voraussetzt: „una cum beatissimo famulo tuo N papa nostro episcopo sedis apostolicae et omnibus ortodoxis atque apostolice fidei cultoribus et abbate nostro N episcopo ... Hic recitantur nomina uiuorum Memento etiam domine famulorum tuorum N ... " (CeS 10f.). Zu erwähnen ist auch das „memorare etiam" im mozarabischen Post

Eine Quelle jedoch, die in J ihre Spuren hinterlassen hat, ließ dem Te igitur statt der römischen Rahmenformel des Memento ein kurzes Gedenken mit Namensnennung folgen. Grammatikalisch ist der Embolismus zu beziehen auf „in primis quae tibi offerimus pro . . . necnon et pro famulis tuis il(lis)". Der Vorteil dieser kurzen Formel ist, daß die grammatikalische Stütze des „offerimus" für die Partizipien des Communicantes und damit das kontinuierliche Subjekt der Kanongebete erhalten bleibt.

6. Memento Mortuorum

Auch im Gedächtnis für die Verstorbenen hebt sich J von den S-Hss ab. Während diese um das Gedenken „famulorum famularumque tuarum" bitten, heißt es in J: „Memento etiam domine et eorum nomina". Zu beiden Lesarten schreibt M. Andrieu: „La forme ‚Memento etiam domine et eorum nomina' . . . est certainement antérieur à celle du ms Ott et de notre missel (Memento etiam domine famulorum famularumque tuarum). Celle-ci est probablement due à Alcuin"[280]. Ob die Formel „famulorum famularumque tuarum" auf Alkuin selbst zurückgeht oder nicht – fest steht, daß sie ebenso wie der Zusatz im Memento Vivorum „„pro quibus tibi offerimus vel'", erstmals im Ottobonianus 313 aus der ersten Hälfte des 9. Jhs. bezeugt ist, wie die kritische Textausgabe des Kanon von L. Eizenhöfer deutlich werden läßt[281]. Dagegen bieten „ceteri" die Form „et eorum nomina". Die „ceteri" sind alle voralkuinschen Hss, in denen sich überhaupt das Memento Mortuorum findet.

Wenn das Totengedächtnis auch erst spät in den gewöhnlichen Meßkanon aufgenommen wurde, ist es an sich schon lange bekannt[282]. Das Hadrianum bietet im Formular für einen verstorbenen Bischof zwei Orationen „Super dipticia" und „Item post lectionem"[283]. In der ersten Oration liest GrHC „et eorum nomina", GrHO dagegen auch hier „famulorum tuorum". Die ursprüngliche Lesart „et eorum nomina" läßt sich noch bis in das 11. Jh. weiterverfolgen[284].

Pridie „Credimus domine sancte Pater eterne" (MoS 1440, MoO 321), in dem einige Gebete des römischen Kanon anklingen.

[280] Andrieu II 280.

[281] Canon Missae Romanae (REDSS 1 [1954]) 39,107–108.

[282] Vgl. Jungmann, Missarum Sollemnia II 298f. Auch die gallikanische Liturgie kannte die Rahmenformel. In GaV lautet der zweite Teil der Post Nomina für den 1. Adventsonntag: „ . . . et eorum nomina, qui nos praecesserunt cum signo fidei et dormiunt in somno pacis; ipsis et omnibus in Christo quiescentibus locum refrigerii lucis et pacis ut indulgeas depraecamur: per" (32). In GaG beginnt mit „Istis et omnibus in Christo quiescentibus, domine, locum refrigerii, lucis et pacis, ut indulgeas dipraecamur . . . " die Post Nomina der ersten Missa dominicalis (479).

[283] GrH 224,4.5.

[284] So im Micrologus, der sich eng an den Ordo VII anschließt, den er als „romana authoritas" bezeichnet (Andrieu II 290), und im Missale des Londoner Bischofs Robert von Jumièges (ed. H. A. Wilson [HBS 11 (1896)] 46), das wie J nach „pacis" ein „il" einfügt.

Obwohl sich „nomina" vermutlich aus der Rubrik „N" entwickelt hat[285], erfolgte die namentliche Nennung erst nach „pacis". J gibt an dieser Stelle die Rubrik „il" an. Das Missale von Bobbio fügt ein: „commemoratio defunctorum"[286]. Ausführlicher sind die Anweisungen des Ordo VII: „Hic orationes duae dicuntur, una super dypticios, altera post lectionem nominum et hoc cottidianis vel in agendis tantummodo diebus ‚Memento etiam domine et eorum nominum . . . pacis'. Et recitantur. Deinde postquam recitata fuerint, dicit: ‚ipsis . . . "[287]. Ebenso werden im Paduanus 47, der bereits das Memento in den Meßkanon aufgenommen hat, nicht in jeder Eucharistiefeier Namen verstorbener Gläubigen genannt: „Si fuerint nomina defunctorum recitentur dicente diacono"[288].

J folgt offenkundig einer anderen und sicher älteren Tradition als der S-Redaktor. Fraglich ist, ob das vorkarolingische mailändische Sakramentar überhaupt das Totenmemento als festen Bestandteil des Meßordo kannte. Armio brachte es ursprünglich noch nicht. Erst eine spätere Hand trug es nach. Es ist also nicht unwahrscheinlich, daß das Totenmemento erst in der karolingischen Liturgiereform in dem mailändischen Kanon Aufnahme gefunden hat, korrigiert in den S-Hss, nach alter Version in J[289].

---

[285] ANDRIEU II 280. Einige Hss des Ordo VII haben „nomina" zu „nominum" korrigiert. Andere schreiben nur „et eorum".

[286] GaB 16.

[287] ANDRIEU II 301.

[288] GrP 885.

[289] Man wird hier eine Erwähnung der mailändischen „Expositio Missae" vermissen, deren Zeugnis des mailändischen Kanon lange vor dem der Sakramentarhandschriften liegen soll. Die Expositio – in drei Hss des 10. und 11. Jhs. erhalten – wird von A. WILMART in seiner auszugsweisen Edition der Hs von Montpellier (Une exposition de la messe ambrosienne [JLw 2 (1922)] 47–67) um 800 datiert. Als Begründung für seine Datierung geht Wilmart von der Ähnlichkeit mit den karolingischen Meßerklärungen „Dominus vobiscum" und „Primum in ordine" aus, aus der er folgert: „Elle ne peut donc être, elle aussi, qu'un produit des temps carolingiens" (Une exposition 66). Da nun Erzbischof Odelbert (805–814) in Verbindung mit der fränkischen Kirche stand, ist nichts natürlicher – so schließt Wilmart – als daß er, oder vielleicht schon sein Vorgänger Petrus (784–805), die Expositio verfaßt habe. Zu dieser keineswegs überzeugenden Beweisführung kommt jedoch die sachliche Fundierung einer Frühdatierung durch P. BORELLA. Sie stützt sich vor allem auf das Fehlen der Herrscherfürbitte und des „catholicae et" im Te igitur (Il „Canon Missae" ambrosiano 229f.) und auf das Fehlen des alkuinschen „pro quibus tibi offerimus vel" im Memento der Lebenden (a.a.O. 235).

Mit der Annahme einer „priorità della Expositio a questi (sc. carolingi) influssi" (a.a.O. 235) geht Borella jedoch zu weit. Die angeführten Argumente ex silentio weisen zwar der Expositio eine Sonderstellung unter den mailändischen Kanonzeugnissen zu, können aber, da keine positiven Kriterien hinzukommen, aus folgenden Gründen eine so frühe Datierung nicht halten.

1. Wenn man den negativen Kriterien ein solches Gewicht beilegt, daß diese als Beweis einer Frühdatierung genügen, gerät man gerade in dem Fall der mailändischen Expositio in die Gefahr eines Zirkels. Für Borella entsteht z. B. ein Dilemma dadurch, daß er einerseits dazu geneigt ist, die Expositio Erzb. Odelbert

7. Commixtio

Der Ort der Brechung ist in Mailand nach der Doxologie des Kanon, vor dem Paternoster. Damit gibt Mailand den vorgregorianischen Brauch

zuzuschreiben (Il „Canon Missae" ambrosiano 229 f.), andererseits das (nicht in der Expositio aufgenommene) Credo der Messe für eine Einführung des Vorgängers Odelberts, Petrus, hält (Il rito ambrosiano 170). Konsequenterweise wäre die Expositio vor Petrus anzusetzen (argumentum ex silentio). Damit aber ist wiederum die Annahme unvereinbar, das (aufgenommene) Gloria der Messe sei karolingischen, d. h. also späteren Ursprungs (Il rito ambrosiano 152).

2. Wenn zu Beginn des 9. Jhs. dem Memento Vivorum „pro quibus tibi offerimus vel" eingefügt wurde, ist damit nicht gesagt, daß von da ab jede Hs auch tatsächlich den Zusatz hat und jede Hs ohne ihn voralkuinisch sein muß. Erst seit dem 10. Jh. setzt sich die Einschaltung allgemein durch (JUNGMANN, Missarum Sollemnia II 209), fehlt aber gerade in vielen Meßerklärungen (EBNER 404). Das gleiche gilt für den Schluß des Te igitur. So ist der Gründonnerstagskanon in E (10./11. Jh.) erweitert durch „Te igitur" und „Memento". Das Memento enthält den alkuinschen Zusatz „pro – vel", während man im Te igitur noch liest: „orthodoxis atque apostolicę fidei cultoribus". Die gleiche Formulierung findet sich z. B. auch in der Missa Illyrica des 11. Jhs. (MARTENE 1, cap. 4, IV [I, 513 c]).

3. Gegen eine Datierung um 800 spricht auch das Totengedächtnis. Es lautet: „Hic mortuorum mentionem facere debet sacerdos hoc modo: Memento domine famulorum famularumque tuarum ill(orum) et illa(rum) et eorum qui se nostris licet indignis precibus commendauerunt et quorum quarumque" (hier bricht der Text ab). In der vorangestellten Rubrik fallen zwei Worte auf: „debet" und „sacerdos". Dem „debet" steht für eine Frühdatierung nicht nur das Fehlen des Memento in G entgegen und das Memento in A und B, die keine Rubrik „il" und damit keine namentliche Nennung aufweisen. Soweit das Memento in die älteren römischen Hss aufgenommen und ihm eine Rubrik beigefügt ist, wird immer wieder betont, daß die Namen nicht an Sonn- und Feiertagen vorgelesen werden sollen (vgl. JUNGMANN, Missarum Sollemnia II 296 f.). In der Rubrik des Gregorianum von Padua heißt es: „Si fuerint nomina defunctorum" (GrP 885). Diese Rubrik in GrP erhellt weiterhin, daß der Diakon nicht nur die Namen las, sondern auch das Gebet selbst: „Si fuerint nomina defunctorum recitentur dicente diacono: Memento". Ein Sakramentar aus Lorsch (Vat. Pal. 495), von EBNER in das ausgehende 10. Jh. datiert (Iter Italicum 247), bringt die gleiche Rubrik mit folgender Änderung: „Si fuerint nomina defunctorum, recitentur; dicet sacerdos Memento etiam domine et eorum nominum qui nos . . . pacis. Deinde, cum recitati fuerint, dicet item sacerdos: Ipsis . . . " (EBNER 248). Erst jetzt obliegt dem Priester die Oration. Derartige Bestimmungen sind – soviel mir bekannt ist – um 800 noch nicht belegt.

Der Text der Expositio ist leider nicht vollständig. Das wenige aber hebt sich von dem römischen Totenmemento erheblich ab. Wie oben (S. 85) gesagt wurde, ist die Formulierung „famulorum famularumque tuarum" statt „et eorum nomina" erst in GrHO erwähnt – in der gleichen Hs also, die erstmals für das Gedächtnis der Lebenden „pro quibus tibi offerimus vel" aufweist. Damit wäre bereits eine Priorität der Expositio vor den Kanontexten der Sakramentarhandschriften widerlegt, da der Terminus post quem in beiden Fällen bei GrHO liegt – wenn nicht Zweifel bestünden, ob es sich hier überhaupt um ein ursprüngliches Totenmemento handelt! Betrachtet man den Text, erinnert er – nicht nur wegen des eingangs fehlenden „etiam" – an ein Oblationsgebet, zumindest an ein Memento

wieder[290], den auch das Stowe-Missale bezeugt[291]. Während jedoch in
Stowe die Mischung erst nach dem Paternoster und dem Friedensgruß erfolgt,
ist in Mailand wie in Rom die Mischung mit der Brechung verbunden. Der
Priester spricht leise die Mischungsformel, während er die Partikel in den
Kelch gleiten läßt, wie aus einer der wenigen Rubriken in J hervorgeht:
„Dum mittis particulam oblatae in calicem dic secretae hoc" (J 674).

Eine eigenartige Variante gegenüber den S-Hss stellt der Text der
Mischungsformel in J dar: „Commixtio consecrati. Corporis. et sanguinis
domini nostri Iesu Christi. Nobis edentibus et sumentibus ⟨proficiat⟩ in
uita⟨m⟩ aeternam. amen". Bis einschließlich „sumentibus" stimmt der
Wortlaut mit der S-Formel überein, die jedoch fortfährt: „ . . . proficiat ad
uitam et gaudium sempiternum". Man hat den Eindruck, als ob in dem Text
von J durch Kontamination das Prädikat eliminiert wurde, wie ein Vergleich
mit Mischungsformeln anderer Hss zeigt. Nach Jungmann[292] stellt die mailändische Formel „Commixtio consecrati . . . " eine Abschwächung der seit
dem 8. Jh. üblichen römischen Formel dar: „Fiat commixtio et consecratio
corporis et sanguinis DNIC accipientibus nobis in uitam aeternam. Amen"[293].

---

privaten Charakters. Das Totenmemento in F bringt nach „pacis" folgende Einschaltung: „praecipue deprecor eorum qui nobis familiaritate et consanguinitate
coniuncti fuerunt, et eorum qui se nostris licet indignis precibus commendauerunt
et quorum quarumque elemosinas recepimus et omnium quorum nomina hoc
libello inscripta tenentur: ipsis . . . ". Der Text der Expositio ist hier wörtlich enthalten. Zum Vergleich der Terminologie weise ich ferner auf zwei Oblationsgebete
der mailändischen Sakramentarhandschriften hin: „Omps semp ds placabilis"
(J 644) und „Suscipe sancta trinitas" (J 645). Im ersten heißt es: „oblatio quam
ego indignus offero pro omnibus familiaribus meis qui se commendauerunt meis
indignis orationibus . . . ", im zweiten: „quam tibi offerimus . . . pro salute et incolomitate famulorum famularumque tuarum ill. omnium pro quibus clementiam
tuam implorare polliciti sumus. et quorum quarumque elemosinam suscepimus
. . . ". Von den Oblationsgebeten und Apologien aber sagt Borella, daß sie „nei
secoli nono e seguente entrano nei libri franco romani, i quali, dal centro dell'
impero carolingio, preparano la loro marcia verso Roma, L'Italia e il mondo
latino" (Le „Apologiae Sacerdotis" negli antichi messali ambrosiani 27).
Über den weiteren Verlauf des Gebetes nach der Lücke läßt sich nichts sagen, mit
Ausnahme der nächsten Worte, die etwa lauteten: „elemosinas suscepimus" (bzw.
„accepimus" oder mit F „recepimus"). Da Wilmart sich auf die Frühdatierung
festgelegt hat, lehnt er diese Weiterführung mit der schwachen Begründung ab:
„les autres textes de même nature qu'on pourrait rapprocher étant fort postérieurs"
(Une exposition 65)! Er will daher fortfahren: „Memento . . . et quorum quarumque qui nos praecesserunt cum signo fidei". Abgesehen von dem stilistisch sehr
fragwürdigen „Memento . . . quorum" läßt nichts im vorausgehenden Text
darauf schließen, daß es sich um ein Totenmemento handelt. Der Anschluß an das
römische Totenmemento könnte frühestens etwa folgendermaßen geschehen: „et
quorum quarumque elemosinas suscepimus et omnium qui nos praecesserunt
cum signo fidei . . . ".

[290] Jungmann, Missarum Sollemnia II 375.
[291] CeS 17.
[292] Missarum Sollemnia II 395 Anm. 43.
[293] Missarum Sollemnia II 392.

Mit der mailändischen Formel soll das Mißverständnis vermieden werden, als geschehe erst jetzt die Konsekration. CAPELLE vermutet einen gallischen Einschlag der mailändischen Formel und weist auf die Ähnlichkeit mit dem mozarabischen Text: „Sancta sanctis et commixtio corporis et sanguinis DNIC edentibus et bibentibus sit in uitam aeternam"[294]. Die Grundform dieses vielfach variierten Textes lautete nach L. BROU: „Sancta cum sanctis et coniunctio corporis et sanguinis DNIC sit edentibus et bibentibus in uitam aeternam. Amen"[295]. Der gleichlautende Schluß in J mit den römischen und mozarabischen Formeln läßt die Möglichkeit offen, daß es sich in J tatsächlich um einen kontaminierten Text handelt. In G ist die Formel (noch?) nicht aufgenommen.

III. Sanktorale

Die Zusammenstellung des Sanktorale ist in jeder der Sakramentarhandschriften durch verschiedene Faktoren bedingt, wie Abfassungszeit, lokale Einflüsse, Vorlage, Schreiber etc. Um so weniger kann man erwarten, daß Hss, die von verschiedenen Redaktoren bearbeitet wurden, das gleiche Sanktorale haben.

Ein Vergleich, der sich auf die Unterschiede in der Präsenz bestimmter Heiligenfeste konzentriert, wäre daher wenig sinnvoll, vor allem, wenn es sich – wie in den meisten Fällen – um Feste handelt, die aus dem Gel saec VIII stammen und von der einen Hs aufgenommen wurden, von einer anderen nicht. Bei dem redaktionellen Vergleich geht es vor allem um Differenzen der Formulargestaltung. Die Fragestellung lautet daher nicht in erster Linie: Welche Formulare sind vorhanden?, sondern: Wie sind die Formulare vorhanden?

Da folglich nicht auf alle Feste und ihre Formulare näher eingegangen wird, verweise ich auf einige Literatur zum Sanktorale. Von C. MARCORA erschien 1953 eine Studie über das ambrosianische Sanktorale[296]. A. PAREDI geht in „I prefazi ambrosiani" auf mailändische Heiligenfeste ein, soweit er die Präfationen aufgenommen hat. Vor allem orientiert O. HEIMING an mehreren Orten über das Sanktorale und seine Geschichte[297].

Neben den Konkordanztabellen gibt folgende Aufstellung eine Übersicht über die Präsenz der Heiligenfeste in den Sakramentarhandschriften sowie

---

[294] Le rite de la fraction dans la messe romaine (Travaux Liturgiques II) 289.

[295] JUNGMANN, Missarum Sollemnia II 369 Anm. 29.

[296] Il santorale ambrosiano, ricerche sulla formazione dagli inizi al secolo IX (Mailand 1953).

[297] Die ältesten ungedruckten Kalender der mailändischen Kirche (Colligere Fragmenta, Festschrift A. Dold [TuA 2. Beiheft (1952)] 214–235); Ein benediktinisch-ambrosianisches Gebetbuch des frühen 11. Jahrhunderts 346–376; eine chronologische Einteilung in vorkarolingische, karolingische und nachkarolingische Heiligenfeste gibt Heiming am Schluß des Berichtes über „Il lavoro di Maria Laach intorno al breviario ambrosiano" (Archivio Ambrosiano 1 [1949]) 58.

in den Evangeliaren Busto Arsizio (Bu) und A 28 inf[298]. Im Anschluß daran wird auf Differenzen in Formularen einzelner Heiligenfeste aufmerksam gemacht, sei es in der verschiedenen Formulargestaltung, im Text der gleichen Formel oder in anderen Details.

	Bu	A28	A	B	C	D	E	F	G	H	J	P	K	L	M	N	O
November																	
10. Vigil	—	×	—	N	—	/	/		×	—					—	×	×
11. Martin	×	×	×	×	×	/	/		×	×					×	×	×
13. Antoninus	×	×	N	N	—	/	/		×	×					N	×	×
18. Romanus	×	×	×	×	×	/	/		×	×					×	×	×
22. Caecilia	—	—	×	×	×	×	/		×	×					×	×	×
23. Clemens	×	×	×	×	×	×	/		×	×					×	×	×
29. Grisanthus u. Daria	—	×	—	N	/	×	/		×	—					N	×	×
29. Vigil	×	×	×	×	/	×	/		×	×					×	×	×
30. Andreas	×	×	×	×	/	×	/		×	×	×				×	×	×
30. Bapt. S. Ambrosii	—	—	×	×	/	×	/		×	×	×				×	×	×
Dezember																	
5. Dalmatius	—	—	—	—	—	/	×	/	—	—					—	—	—
6. Vigil[299]	×	×	×	×	/	×	/		×	×	×	×			×	×	×
7. Ordinatio S. Ambrosii	×	×	×	×	/	×	/		×	×	×	×			×	×	×
7. Oct. S. Andreae	—	—	—	—	—	/	—	/	—	×	×				—	—	—
8. Zeno	—	—	N	—	/	×	/		×	—					N	×	×
9. Dep. S. Syri	—	—	N	—	/	×	/		×	×					N	×	×
21. Thomas	—	—	N	—	+	×	N		—	×	×				N	×	×
26. Stephanus	×	×	×	×	×	×	×	×	×	×	×				×	×	×
27. Johannes Ev.	×	×	×	×	×	×	×	×	×	×	×				×	×	×
28. Innocentes	×	×	×	×	×	×	×	×	×	×	×				×	×	×
29. Jacobus	×	×	×	×	×	×	×	×	×	×	×				×	×	×
31. Silvester	—	—	—	—	+	—	—		×	×	×				—	—	—
Januar																	
20. Sebastian	×	×	×	×	×	×	×	×	×	×	×				×	×	×
u. Solutor	—	—	—	—	—	—	—	—	×	×	×				—	—	—
21. Agnes	—	×	×	×	×	/	×		×	×					×	×	×

[298] Erklärung der Siglen:
  × vorhanden
  N Nachtrag
  / Lücke
  — nicht vorhanden
  + Aus dem römischen Formular in C ist nicht ersichtlich, ob es auch für Mailand gilt.

[299] In G wird im Formular der Depositio S. Ambrosii am 5. April auf Orationen des Vigilformulars verwiesen.

	Bu	A28	A	B	C	D	E	F	G	H	J	P	K	L	M	N	O
22. Vinzenz	×	×	×	×	×	×	×		×	×	×				×	×	×
24. Babilas	×	×	×	×	×	×	×		×	×	×				N	×	×
25. Conversio S. Pauli	—	—	N	—	+	—	—		—	—					—	×	—
31. Julius	—	×	—	×	—	×	×		—	—					N	×	×
Februar																	
1. Severus	×	×	—	×	—	×	—		—	—					N	×	×
2. Purificatio S. Mariae	—	×	×	×	×	×	×		×	×					×	×	×
4. Veronica	—	—	—	—	—	—	—		—	—					—	×	—
5. Agatha	×	×	×	×	×	×	×		×	×	×				×	×	×
9. Julianus	×	—	—	—	—	—	—		—	—					—	—	—
16. Faustinus u. Jovita	—	×	—	×	—	—	×		—	×					N	×	×
22. Cathedra S. Petri	—	—	N	—	+	—	—	×	×	—					—	×	×
März																	
12. Gregor	—	—	×	×	×	/	×	×	×	×	×				×	×	×
21. Benedikt	—	—	×	×	×	/	×	×	×	×	×				×	×	×
25. Annuntiatio S. Mariae	—	—	×	×	×	×	×	×	×	×	×				×	×	×
25. Tres pueri	—	—	—	—	—	×	×	—	—	—	—				—	×	—
April																	
5. Dep. S. Ambrosii	—	×	×	×	×	×	×	×	×	×	×		×		×		
24. Georg	×	×	×	×	×	×	×	×	×	×	×		×		×		
25. Markus	—	—	N	—	—	—	—	—	N	—	×	—	×		×		
28. Vitalis	×	×	×	—	+	×	×	×	—	×	—		×	N	×		
u. Valeria	—	×	×	—	—	×	×	×	—	×	—		×	N	×		
Mai																	
1. Philippus u. Jacob.	—	×	×	×	×	×	×	×	—	×	×		×		×		
3. Inventio S. Crucis	—	—	×	×	×	×	×	×	×	×	×		×		×		
8. Victor	×	×	×	×	×	×	×	×	×	×	×		×		×		
10. Transl. S. Nazarii	×	×	×	×	×	×	×	×	×	×	×		×		×		
11. Maiolus	—	—	N	—	—	—	—	—	—	—	—		×		—		
12. Pancratius	—	×	—	—	—	—	—	—	×	—	—		—		×		
14. Transl. S. Victoris	×	×	×	×	×	×	×	×	×	×	×		×		×		
Nat. SS. Felicis et Fortunati	—	×	×	×	×	×	×	×	×	×	×		×		×		
17. Transl. S. Syri	—	—	N	—	—	×	—	N	—	×	—		×		×		
25. Dep. S. Dionysii	×	×	×	×	×	×	×	×	×	×	×	×	×	×	×		×
29. Sisinnius, Mart., Alexander	×	×	×	×	×	×	×	×	—	×	×		×	×		×	

	Bu	A28	A	B	C	D	E	F	G	H	J	P	K	L	M	N	O
Juni																	
10. Barnabas	—		—	—	—	—	—	—	—	—			—	—			×
14. Cantiani	×	×	—	—	—	—	—	—	—	—	×		×	—			×
Protus u. Grisogon.	—		—	—	—	—	—	—	—	—	×		—	—			—
15. Vitus	×	×	×	×	×	×	×	×	×	×	×		×	×	×	×	×
18. Vigil	—	×	×	×	×	×	×	×	—	×	×		×	×	×		×
19. Protasius u. Gervas.	×	×	**×**	×	×	×	×	×	×	×	×		×	×	×	×	×
22. Julianus	×	×	×	×	×	×	×	×	×	×	×	×	×	×			×
23. Vigil	×	×	×	×	×	×	×	×	×	×	×	×	×	×	×	×	×
24. Johannes Bapt.	×	×	×	×	×	×	×	×	×	×	×	×	×	×			×
26. Johannes u. Paulus	×	×	×	×	+	×	×	×	×	×	×		×	×			×
28. Vigil	×	×	×	×	×	×	×	×	×	×	×	×	×	×			×
29. Peter und Paul	×	×	×	×	×	×	×	×	×	×	×	×	×	×			×
30. Nat. S. Pauli	—		—	—	+	—	—	—	—	/	—	×	—	—			—
Juli																	
2. Vigil	×	×	—	—	—	—	—	—	—	—	/	—	—	—			—
3. Transl. S. Thomae	×	×	×	×	×	×	×	×	×		/	×	×	×			×
6. Oct. Petri et Pauli	—		—	—	+	—	—	—	—		/	×	—	/			—
11. Benedikt	—		—	—	+	—	—	—	—		/	×	—	/			—
11. Vigil	×	×	—	—	—	—	—	—	—		/	—	—	/			—
12. Nabor u. Felix	×	×	×	×	×	×	×	×	×		/	×	×	/			×
16. Quiricus	×	×	×	×	×	×	×	×	×		/	×	×	/			×
17. Marcellina	—		—	—	—	—	—	×	—	×	/	—	×	/			×
19. Dep. S. Materni	—		—	—	×	—	—	—	—		/	×	—	/			—
23. Apollinaris	×	×	×	×	×	×	×	×	×	×	×	×	×	/			×
25. Jacobus	—		—	—	×	+	×	×	N	—	×	×	×	/			×
Christophorus	—		—	—	—	—	×	—	N	—	—	—	×	×			×
Christina	—		—	—	×	—	×	—	—	—	—		N	/			—
27. Vigil	×	—	×	×	×	×	×	×	×	×	×	×	×	×			×
28. Nazarius u. Celsus	×	×	×	×	×	×	×	×	×		×	×	×	×			×
August																	
1. Machabei, Dep. S. Eusebii	×	×	×	×	×	×	×	×	×				×	×	×	×	×
3. Gaudentius	—		—	—	—	—	—	—	—				—	—	×		—
6. Sixtus	×	×	×	×	×	×	×	×	×				×	×	×	×	×
7. Carpophorus u. Donatus	—		—	×	×	×	×	×	×	—			×	×	×	/	×
9. Vigil	×	×	×	×	×	×	×	×	×	×			×	×	×	/	×
10. Laurentius	×	×	×	×	×	×	×	×	×	/			×	×	×	/	×
13. Hippolyt	×	×	×	×	×	×	×	×	×	/			×	×	×	×	×
u. Cassian	×	×	—	×	×	—	×	×	/				×	×	×	×	×
14. Vigil	×	×	—	—	—	—	—	—	/				—	—	—		

	Bu	A28	A	B	C	D	E	F	G	H	J	P	K	L	M	N	O
15. Simplicianus Transl.Sisin.,	×	×	×	×	×	×	×	×	×	/		×	×	×	×		×
Mart.,Alex.	—	—	×	×	×	×	×	×	×	/		×	×	×	×		×
14. Vigil	—	—	—	—	—	+	—	—	—	/		—		×	—		—
15. Assumptio S. Mariae	—	—	×	×	+	×	×	×	×	/		×	×	×	×		×
18. Mames u. Agapitus	×	×	—	×	—	×	×	×	×	/		—		×	×		×
24. Bartholomäus	—	—	—	—	—	+	×	×	×	/		—		×	×		—
25. Genesius	×	×	×	×	×	×	×	×	×	/		×		×	×		×
26. Alexander	×	×	—	×	—	×	×	×	×	/		×		×	×		×
28. Dep. S. Augustini	—	—	×	×	×	×	×	×	×	/		×		×	×		×
28. Vigil	×	×	—	—	—	—	—	—	—	/		—		—	—		—
29. Passio Joh. Bapt.	×	×	×	×	×	×	×	×	×	/		×	×	×	×		×
September																	
7. Michael	×	×	×	×	×	×	×	×	×	×		×	×	×	×		×
8. Nativitas S. Mariae	—	—	—	—	+	×	—	N	—			×	×	×	×		×
9. Stephanus u. Zacharias	×	×	—	—	—	—	—	—	—	—		—		—	—		—
14. Exaltatio S. Crucis	—	—	×	×	+	×	—	×	×			×	×	×	×		×
Corn. u. Cypr.	×	×	**×**	×	+	×	×	×	×			×	×	×	×		×
16. Eufemia	×	×	×	×	×	×	×	×	×			×		×	×		×
17. Satyrus	—	—	—	—	—	—	×	—	×			—		×	×		×
18. Dep. S. Eustorgii	×	×	×	×	×	×	×	×	×			×		×	×		×
21. Matthäus	—	×	×	×	+	×	×	×				×	×	×	×		×
22. Mauricius	—	—	×	×	×	×	×	×				×	×	×	×		×
24. Thecla	×	×	×	×	×	×	×	×				—		×	×		×
Oktober																	
7. Markus Pp.	—	—	—	—	+	×	—	N				×	×	—	×		—
8. Pelagia	×	×	—	—	—	—	—	×	—			—		×	—		×
17. Lukas	—	—	—	—	+	×	—	N				×	×	×	×		×
22. Cosmas u. Damian	×	×	×	×	×	×	×	×				×	×	×	×		×
28. Simon u. Judas	—	—	×	×	×	×	×	×				×	×	×	×		×
Fidelis [300]	—	×	N	—	(×)	×	×	×				—	×	(×)	(×)		×
30. Saturninus	×	×	×	×	—	×	/	×				—		×	×		×
31. Vigil	—	—	N	—	—	—	/	—				—		×	×		—
November																	
1. Omnium sanctor.	—	—	N	N	—	—	/	—				—		×	×		×
4. Vitalis u. Agricola	×	×	×	×	—	×	/	×				—		×	×		×

[300] In C, K und L wird Fidelis nur im Formular, nicht aber in der Überschrift erwähnt

1. Romanus (18. November)

J	JS	S		
	SP		GeS 1471	(*Nat. unius martyris*)
SS			GeS 1467	(*Nat. unius martyris* = *S*)
		SS	GeS 127	(*Marcelli*)
	SO		GeS 1468	(*Nat. unius martyris*)
	UDo			
PC			GeS 1470	(*Nat. unius martyris* = *J S*)
		PC	GeS 131	(*Marcelli*)

Die Präfation ist eigenmailändisch[301]. Die Orationen sind in J ganz dem Martyrercommune des Gel saec VIII entnommen, in den S-Hss nur so weit, wie die Orationen sich nicht mit dem mailändischen Commune überschneiden. Da dies auf SO und PC zutrifft, wird für beide Orationen auf das Formular des hl. Marcellus im Junggelasianum (16. Januar) vorgegriffen.

Der hl. Romanus war Diakon und Martyrer aus Antiochien[302]. In Mailand wird er als Priester und Bischof verehrt. Eigenartig sind die Attribute in den J-Orationen. Wie der Aufriß des Formulars zeigt, stammen die Orationen aus dem gelasianischen Martyrercommune. Dort wird in allen Orationen allein vom Martyrer gesprochen. In Mailand tritt für Romanus ein weiterer Titel hinzu, wie die Nebeneinanderstellung der Titel in J und S deutlich werden läßt:

	J	*S*
SP	sacerdotis et confessoris tui	sacerdotis et martyris tui
SS	sacerdotis et confessoris tui atque martyris tui	(sacerdotis et martyris tui)
SO	pontifex scs et martyr tuus	= J
UD	beatissimus antistes et martyr tuus	= J
PC	sacerdotis et martyris tui	(allgemeine Oration)

In der (im übrigen mit S gleichen) SP wird Romanus als „sacerdos et confessor" gefeiert, obwohl die Oration aus dem gelasianischen Commune eines Martyrers stammt und Romanus tatsächlich auch Martyrer war. Auch in der SS ist Romanus Bekenner, wird aber noch in der gleichen Oration zum Martyrer. Die Termini der SO und UD in S sind die gleichen wie in J. Die SP bezeichnet Romanus als Priester und Martyrer wie die PC in J, entsprechend werden die Titel in der SS angeglichen (die Oration im gelasianischen Formular des hl. Marcellus spricht vom „martyr atque pontifex"). Die PC ist bereits im gelasianischen Formular ohne Namen und Titel.

---

[301] A. PAREDI, I prefazi ambrosiani 108.
[302] O. HEIMING, Die ältesten ungedruckten Kalender der mailändischen Kirche 233.

2. Caecilia (22. November)

Die eigenmailändische Präfation und Offiziumsorationen sprechen für eine vorkarolingische Verehrung, auch wenn Busto und A 28 inf keine Perikopen bieten. Die SS steht in dem gelasianischen Formular der Vigilmesse, die SO im Festformular des GeV und die PC in GeV und den Junggelasiana. Die Herkunft der SS aus dem Vigilformular des Gel saec VIII dürfte eindeutig sein durch die Wortwendung „cuius ... sollemnitatem praevenimus"[303]. Die mailändische Vorlage des Triplex bringt die Oration nicht. Vor der Secret stehen in C nur drei ambrosianische Orationen.

3. Andreas (29./30. November)

Die mailändischen Eigenformeln sind in J ausschließlich auf die Vigilmesse konzentriert. Die SS in J steht in S als SS im Festformular. Als SS der Vigilmesse geben die S-Hss die Oration an, die in J die Funktion der SO einnimmt. Als SO ist in S eine Eigenoration vermerkt.

Im Festformular entsprechen in J alle Formeln, mit Ausnahme der SP, dem Tagesformular der Gelasiana. An die Stelle der SS in J (gleich mit einer mailändischen Communeoration) tritt in S die SS der Vigilmesse in J, an Stelle der PC (gleich mit der PC aus dem Formular des hl. Johannes) eine Oration der Herbstquatember[304].

4. Taufe des hl. Ambrosius (30. November)

Auf das Fest des hl. Andreas fällt der Tauftag des hl. Ambrosius, dessen historisches Datum am 30. 11. 374 feststeht[305]. Auch das Fest des hl. Andreas wurde in S. Ambrogio gefeiert, wo sich ein Altar des Apostels befand[306]. J gibt mit B nur zwei Orationen für das Taufgedächtnis an, die übrigen S-Hss ein vollständiges Formular, dessen Präfation PAREDI zu den eigenmailändischen Präfationen zählt[307]. In den meisten S-Hss folgen die Orationen bzw. das Formular nach dem Festformular des hl. Andreas („eodem die"), nur M schließt das Formular der Vigilmesse an. J kombiniert beide Festtitel: „Sancti Andreae et baptismum sancti Ambrosii". In der Orationenfolge sind jedoch erst die Orationen für das Taufgedächtnis des hl. Ambrosius aufgezeichnet, denen die „Missa sancti Andreae" folgt.

5. Ordinatio S. Ambrosii (6./7. Dezember)

Das Festformular ist allen Hss gemeinsam. Die Formeln sind eigenmailändisch[308], mit Ausnahme der PC, die eine Parallele in Ve 636 (Preces diurnae)

---

[303] In der gleichen Version gibt GaG die Oration im Festformular.
[304] GeS 1204, GrH 163,3.
[305] A. PAREDI, I prefazi ambrosiani 113.
[306] BEROLDUS 13.
[307] A. PAREDI a.a.O.
[308] Außerhalb Mailands ist das Formular in den Sakramentaren GeM aus Monza und D 84 inf aus Bobbio anzutreffen. Im Sakramentar des Drogo kann man das Formular in dem Festformular des hl. Arnulf, Bischofs von Metz, wiedererkennen.

und GeS 994 (8. Sonntag nach Pfingsten) hat. Das Formular der Vigilmesse hat folgenden Aufbau:

J	JS	S			
SP	SS		Ve 42	(*April*)	
	SP		GrH 127,1	(*Leonis*)	
SS				(*JS = Depositio S. Ambrosii*)	(= *G*)
SO				(*JS = Depositio S. Ambrosii*)	(= *G*)
	SO		GeV 1050	(*Sabb. Sept.*)	
	UD		GeV 807	(*Felicis, 15. 1.*)	
PC			GeV 1084	(*Andreae, JS = Iohannis*)	
	PC		GrH 135,3	(*Abdon et Sennen*)	

Die Oration „Exaudi domine" ist beiden Redaktionen gemeinsam, jedoch
bringt J sie als SP, S als SS. In G fehlt zwar der erste Teil der Hs, doch geht
aus dem Verweis am Fest der Depositio des hl. Ambrosius am 5. April
(„Oratio Super Sindonem et Super Oblatam require retro in uigiliis sancti
Ambrosii") hervor, daß G in der Vigilmesse die gleiche SS und SO wie J
kennt. Die Präfation wird bei PAREDI [309] unter den mailändischen Eigenpräfationen aufgezählt. Abgesehen von der Präfationseinleitung „Sancti
confessoris tui Ambrosi merita uenerantes tuamque clementiam deprecantes" ist die Präfation jedoch fast textgleich mit einer Oration aus dem
gelasianischen Formular des hl. Felix am 14. Januar. Der Inhalt bezieht sich
nicht auf einen bestimmten Heiligen. Eine Beziehung zwischen beiden
Formeln ist nicht zu leugnen. Wenn an der mailändischen Priorität festgehalten werden soll, müßte sie daher gegenüber der gelasianischen Oration
näher begründet werden.

6. Thomas (21. Dezember)

Das Fest ist in den S-Hss nur vereinzelt anzutreffen (DNO, und als Nachtrag in A [310] E und M). Da das gelasianische Formular nicht genug Orationen
bietet, wählen die S-Hss als SS eine Oration aus der gelasianischen Andreasoktav [311], für die SP – vielleicht weil die erste gelasianische Oration „Da nobis
qs dne" [312] die Orationenreihe des Martyrercommune eröffnet [313] – greifen
sie auf das gelasianische Formular des hl. Donatus zurück [314]. J verweist für
die beiden ersten Orationen und für das Evangelium auf das Commune eines
Apostels.

---

[309] I prefazi ambrosiani 114f.
[310] Noch von erster Hand.
[311] GeV 1087 (J 843).
[312] GeV 1088.
[313] J 729.
[314] GeV 965.

7. Die Heiligen der Weihnachtszeit (26.–29. Dezember)

Die Formulare für die Feste der hll. Stephanus, Johannes, der Unschuldigen Kinder und des hl. Jacobus sind in allen Hss im wesentlichen gleich. Es handelt sich um Heilige, die – mit Ausnahme des hl. Jacobus unter dem Datum des 29. Dezember – allgemeine Verehrung besaßen. Gerade für diese Feste sind daher viele Parallelen schon in den Tagesformularen des Veronense festzustellen. Für das Fest des hl. Jacobus finden sich außer der Eigenpräfation alle Orationen in Apostelformularen des Ve (Johannes, Andreas, Peter und Paul). Parallelen allein mit dem Gel saec VIII finden sich nur für die Offiziumsorationen der drei ersten Festformulare.

8. Sebastian (20. Januar)

Das Fest des hl. Sebastian wurde in Mailand schon früh gefeiert. In J, P und H tritt in der Formularüberschrift[315] der hl. Solutor hinzu, ein Martyrer aus der Thebäischen Legion[316]. Das Formular hat Parallelen in den gelasianischen Tagesformularen. Da in Ve die Libelli von Januar bis März fehlen, kann man nur vermuten, daß auch Ve ein Teil der Orationen schon kannte. In einem Martyrerformular des Monats Juli sind die mailändischen SS und SO zusammen mit der Präfation bezeugt, die Formeln SO bis PC im Tagesformular des Gel saec VIII. Allein die SP ist eigenmailändisch. Als zweite SP bringt S die erste Oration aus dem Tagesformular des Gel saec VIII[317].

9. Agnes (21. Januar)

Auch für dieses alte Fest fehlen Formulare in Ve. Als PC übernimmt der J-Redaktor die entsprechende Oration von dem gelasianischen Fest der hl. Eufemia am 13. April, während der S-Redaktor die gregorianische Tagesformel einsetzt[318].

10. Vinzenz (22. Januar)

Das Formular ist vorkarolingisch. Die PC entspricht der Tagesformel im Gregorianum und Gel saec VIII. Als SO bringt J die Oration aus dem mailändischen Commune eines Martyrers. Der S-Redaktor gibt die Tagesoration des Gel saec VIII an.

11. Babilas (24. Januar)

J	JS	S	
SP		GeV 886	(*Marci et Marcelliani*)
SS		GeS 165	(*Praeiecti*)

---

[315] In MA II auch in den Orationen.
[316] LNSM 355.
[317] GeS 142.
[318] GrH 24,3.

J	JS	S		
	SO		GeS 166	(*Praeiecti*)
UD			GeS 167	(*Praeiecti*)
		UD	Ve 15 und 11b	(*April*)
PC			GeS 168	(*Praeiecti*)
		PC	cf. GeS 168	(*Praeiecti*)

Obwohl die Verehrung des hl. Babilas in Mailand schon weit zurückreicht[319], stimmt das Formular (mit Ausnahme der SP) mit dem Festformular des hl. Präjektus überein, der erst im Gel saec VIII ein liturgisches
Formular erhielt. Als Festdatum wird in den gelasianischen Sakramentaren
der 25. Januar angegeben, der folgende Tag nach dem Fest des hl. Babilas
und der drei Knaben.

Die PC der S-Hss stimmt nur zur Hälfte mit der gelasianischen Oration
überein, die S-Präfation ist gebildet aus dem Vere dignum 15 und der zweiten
Hälfte des Vere dignum 11 in Ve.

12. Purificatio (2. Februar)

Die Formulare beider Redaktionen stimmen mit dem Formular des Gel
saec VIII und des Gregorianum überein. Aus dem Gel saec VIII übernahm
der S-Redaktor die kurze Präfation[320], während J eine mailändische Eigenpräfation bietet. Mit den Anfangsworten „In exultatione precipuae sollemnitatis hodiernae, in qua coaeternus tibi filius tuus unigenitus in nostra natus
substantia" beginnt auch die Tagespräfation im Fuldense[321]. Im weiteren
Verlauf ist diese Präfation jedoch – nach einem kurzen Zwischensatz – gleich
mit dem zweiten Teil der mailändischen Präfation zur Weihnachtsoktav[322].
Die Präfation verbindet – entsprechend der Evangelienperikope Lc 2,22–32 –
die Festgedanken der Circumcisio und der Purificatio. Ist die Präfation mailändisch[323] und die Präfation zum Fest Purificatio im Fuldense mailändischen
Ursprungs, warum sollte nicht auch der erste Satz in GrF einer mailändischen
Quelle entnommen sein?

13. Agatha (5. Februar)

Das in beiden Redaktionen gleiche Formular ist altmailändisch. J und P
überliefern eine Vesperoration, die nur als Offiziumsoration im sog. „Beroldus novus", einer Hs des 13. Jhs., belegt ist[324].

---

[319] O. Heiming, Die ältesten ungedruckten Kalender der mailändischen Kirche 225.
[320] GeS 187.
[321] GrF 197.
[322] A 180. Die Orationen des mailändischen Oktavformulars sind gelasianisch.
[323] So Paredi, I prefazi ambrosiani 126 ff.
[324] MA II 113 Anm.

14. Gregor (12. März)

Das Fest ist in Mailand karolingischen Ursprungs. Es fehlt noch in G. Zu dem gelasianischen Formular entlehnt der S-Redaktor als SS eine Oration aus dem Formular des hl. Papstes Fabian[325], während in J das Formular nicht ergänzt ist.

15. Benedikt (21. März)

Das Fest hat in Busto und A 28 inf noch keine Perikopen. Das Formular ist als ganzes mailändisch zu nennen, d. h. in Mailand zusammengestellt. Die mailändische Herkunft wird auch dann nicht in Frage gestellt, wenn sich später vereinzelt die Orationen außerhalb Mailands belegen lassen, so im Fuldense am 11. Juli die Oration „Omps semp ds qui glorioso"[326], in GeG am gleichen Festdatum die Oration „Paternis intercessionibus"[327].

Die Heimat der Eigenpräfation in J, P, G und N wird von P. BORELLA[328] in den mailändischen Benediktinerklöstern vermutet. O. HEIMING nennt die Abtei S. Ambrogio[329]. Daß die ausführliche Präfation keine allgemeine Verbreitung fand, sondern sich auf den benediktinischen Bereich beschränkte, ist verständlich. Der S-Redaktor übernahm zwar das benediktinische Formular, zog aber die kurze gelasianische Präfation des Benediktusfestes am 11. Juli[330] vor.

In der bereits erwähnten Hs D 84 inf aus Bobbio sind SS, SO und PC übernommen. Die Präfation dagegen stimmt im ersten Teil mit der Präfation für den 11. Juli im Gellonense überein[331].

16. Annuntiatio b. Mariae (25. März)

Die Gestaltung dieses sicher karolingischen Formulars läßt die Unterschiede beider Redaktionen besonders deutlich werden. Mit Ausnahme der Präfation richtet sich der J-Redaktor nach dem Gregorianum, der S-Redaktor

---

[325] GeS 138.

[326] GrF 1133.

[327] GeG 1238.

[328] I codici ambrosiano-monastici ed un prefazio inedito per la festa di S. Benedetto 28.

[329] Die Verehrung des hl. Benedikt im Mailändischen 266.

[330] GeS 997.

[331] „UD Aeterne deus. Honorandi patris Benedicti gloriosum caelebrantes diem. in quo hoc tristem seculum deserens ad celestis patrię gaudia migrauit ęterna. Qui sancti spiritus repletus dono. monachorum gregi dignus pastor effulsit. Qui cuncta quę[m] admonuit dictis sanctis impleuit operibus et uiam quam docebat carpere. exemplis monstrabat lucidis ut monachorum plebs paterna intuens uestigia ad perpetua lucis aeternę praemia uenire mereatur. O quam sublimis apud te meriti gloriosus enituit. custodiendo terris miraculo donasti. ut uno intuitu totum mundum inspiceret. aethereos ciues cerneret cęlum. sanctas animas penetrantes uideret. et quod his. est amplius exemplum doctrina firmantibus copiosum tibi gregem adquireret. Merito itaque arduum corusci tramitis. iter adeptus. est. per quod celestem patriam semper possesurus intrauit. per Christum" (fol 274ᵛ). Vgl. GeG 1239.

7*

dagegen legt das Gel saec VIII zugrunde, dessen Formular er mit den anschließenden vier Vesperorationen übernimmt. Die PC ist jedoch dem Gregorianum entnommen und geht so mit J zusammen. G stimmt im ganzen Formular mit dem Gel saec VIII überein. Die gelasianische Präfation ist allen mailändischen Hss gemeinsam.

17. Depositio des hl. Ambrosius (5. April)

Der Todestag des hl. Ambrosius fiel auf den 4. April 597, einen Karsamstag[332]. Busto erwähnt das Fest nicht. Von den Sakramentarhandschriften geben A, B, G, J und P das Datum des 5. April an. A ordnet das Formular jedoch in das Temporale ein, nach den beiden Formularen des Donnerstags in der Osterwoche. An diesem Tag, und zwar ohne Datum, notieren A 28 inf und die übrigen S-Hss das Formular.

Die Präfation ist eigenmailändisch, das Formular trotz einiger römischer Parallelen alt. Für SS und SO verweist G auf die Vigil der Ordination[333].

18. Georg (24. April)

SS und PC in J und S, dazu die SO in S, sind mit den entsprechenden Orationen im Tagesformular des Gel saec VIII gleich. Die SO in J ist aus dem Commune eines Martyrers genommen. Am interessantesten ist das Formular in Armio. Ausgeschrieben sind allein die mailändische SP und Präfation. Die PC fehlt, für SS und SO wird auf das Commune eines Martyrers verwiesen. Die SO stimmt also mit J überein.

19. Philippus und Jacobus (1. Mai)

In Armio fehlt das Fest. In J und S sind Präfation und PC gleich. Durch ein Versehen des Kopisten fehlt in J der Formularbeginn. Über die mutmaßliche Rekonstruktion wurde in anderem Zusammenhang gehandelt[334]. In den S-Hss sind SP und SO dem gelasianischen Formular des hl. Johannes ante Portam Latinam am 6. Mai entnommen[335], während die SS mit einer gelasianischen Oration am Fest der hl. Felicitas übereinstimmt[336].

20. Inventio S. Crucis (3. Mai)

Armio gibt ganz das Formular des Gel saec VIII, ohne die mailändisch-karolingischen Varianten. Die Präfation ist allerdings nur ein Auszug aus der gelasianischen Präfation. Die Präfation der S-Hss ist länger, aber noch verkürzt gegenüber GeS 746, während J die gelasianische Präfation ungekürzt bringt, wenn auch mit Eigenlesungen. SP, SO und PC stimmen in J und S mit dem Gel saec VIII überein. Die zweite gelasianische Oration

---

[332] A. PAREDI, I prefazi ambrosiani 153 Anm. 2.
[333] Vgl. S. 96.
[334] S. 21 ff.
[335] GeS 753 f.
[336] GeV 1070.

wurde nicht übernommen, da mit dieser Oration die Votivmesse für den
Freitag beginnt[337].

21. Victor (8. Mai)

Das Formular ist offensichtlich von dem gelasianischen Formular des hl.
Sebastian beeinflußt. SS und SO stehen bereits im Sebastian-Formular des
GeV.

22. Translatio S. Nazarii (10. Mai)

J	JS	S		
SP			Ve 24	(April, JS = Simpliciani ...)
	SP		GeS 971	(Nat. S. Pauli)
	SS		GeS 964	(Primi et Feliciani)
	SO		GeS 865	(Primi et Feliciani)
	UD o			
	PC		GeS 866	(Primi et Feliciani)

Als Formular für das alte mailändische Fest wurde in karolingischer Zeit
das gelasianische Formular der hll. Primus und Felicianus am 9. Juni gewählt.
Da dieses nur drei Orationen bot, nahm der S-Redaktor als SP die Oration
„Praeueniant nos domine" aus dem Festformular des hl. Paulus am 30. Juni.
Die SP in J gleicht in einigen Wendungen der SP des Formulars am Fest des
hl. Simplicianus und der Translatio der hll. Sisinnius, Martyrius und Alexander
am 15. August[338]. Die Präfation ist eigenmailändisch. Nur sie, ohne den Zusammenhang mit einem Formular, ist in Armio unter dem Titel „Translatio
sancti Nazarii. in campo" notiert.

23. Translatio S. Victoris, Natale SS. Felicis et Fortunati (14. Mai)

Die Reihenfolge der Namen in den Orationen ist in allen Hss gleich. In
der Formularüberschrift steht jedoch in D, E, F, G die Translatio des hl.
Victor an erster Stelle. Nur die Translatio wird im Kapitular von Busto genannt. Die Präfation der S-Hss[339] feiert das Martyrium der hll. Felix und
Fortunatus. Zum Schluß wird angefügt: „Quibus etiam ad iocundissimum
hodiernae festiuitatis augetur tripudium sacratissimi Uictoris martyris translatio corporis. Quae totius plebis celebratur laetitia".

Die ersten drei Orationen sind in allen Hss gleich. SO und PC haben
Parallelen in einem Formular der hll. Petrus und Paulus im Veronense, die
SS im gelasianischen Formular des hl. Priscus. Die S-Hss bringen die genannte Eigenpräfation, während der J-Redaktor eine Präfation angibt, die
den Charakter einer allgemeinen Martyrerpräfation trägt und in den S-Hss

---

[337] J 705.
[338] J 1092.
[339] A 857; A. Paredi, I prefazi ambrosiani 161.

in das Formular der hll. Sisinnius, Martyrius und Alexander am 29. Mai aufgenommen ist. Die Namen der drei Heiligen sind in J offensichtlich nachträglich eingesetzt. Sie stehen nicht im Ablativ, den die Worte „Teque laudare . . . in sanctis tuis" erfordern, sondern im Akkusativ. Ähnliches begegnet in dem Text der PC: „sed intercedentibus sanctis tuis Uictor Felix et Fortunatus". Wenn man die falsche Form in der Präfation auf den Namenstausch zurückführen kann, wird dies dem Anschein nach nicht auf die PC zutreffen, da die gleiche Oration – freilich mit dem richtigen Kasus der Namen – in den S-Hss steht.

Armio hat nur die ersten drei Orationen mit den anderen Hss gemeinsam. Als PC gibt G eine Oration an, die ich nur im Gothicum für das Fest der hll. Jacobus und Johannes belegen konnte[340]. Da eine Präfation nicht angegeben ist, fehlen also beide Formeln, die in J einen falschen Kasus der Namen aufweisen.

24. Dionysius (25. Mai)

Armio verweist für das ganze Formular auf das Commune. In J und S liegt ein vollständiges und gleiches Formular vor, das sicher erst in karolingischer Zeit zusammengestellt wurde.

SP	GeS 973	(*Processi et Martiniani*)
SS	GeS 1017	(*Felicis, 29. Juli*)
SO	GeS 1018	(*Felicis, 29. Juli*)
UD	GeS 119	(*Felicis, 14. Januar*)
PC	GeS 1054	(*Cyriaci*)

Die Präfation wird von PAREDI[341] als eigenmailändisch betrachtet, auch wenn der erste Teil mit der Präfation des hl. Felix am 14. Januar in den Gelasiana saec VIII übereinstimmt. Im Angoulême ist die Präfation auch am Fest des hl. Silvester am 31. Dezember[342] angegeben.

25. Sisinnius, Martyrius und Alexander (29. Mai)

In G fehlt das Fest, das schon die Evangeliare bezeugen. J gibt nur die Lesungen an. Die S-Hss bieten ein volles Formular. Die Präfation brachte J am Fest der hll. Victor, Felix und Fortunatus[343].

26. Vitus (15. Juni)

Die Evangeliare geben Perikopen an. G verweist auf das Martyrercommune, während J und die S-Hss das Tagesformular aus dem Gel saec VIII übernehmen. Die SS ergänzte der S-Redaktor aus dem Formular der Dedi-

---

[340] Armio: „Repleti dne sanctorum martyrum tuorum Uictoris Felicis et Fortunati. celebritate pręcamur clementiam tuam: Ut et te semper in eorum commemoratione laudemus. et tuam misericordiam ⟨isdem⟩ iugiter intercedentibus consequamur." Vgl. GaG 44.

[341] I prefazi ambrosiani 165.

[342] GeA 79.

[343] Vgl. S. 101f.

catio S. Nicomedis am 1. Juni[344]. Die SS in J und P konnte ich in keiner anderen Quelle belegen.

27. Protasius und Gervasius (18./19. Juni)

Eine Diskrepanz besteht in J zwischen den Formularüberschriften und den Orationen. Die Überschriften sind mailändisch, d. h. sie stellen Protasius an erste Stelle. Die Orationen folgen dagegen bis einschließlich der SS am Festtag der umgekehrten, römischen Reihenfolge der Namen.

In Busto und Armio fehlt die Vigil. Man kann annehmen, daß sie noch nicht allzulange gefeiert wird bzw. ein eigenes Formular hat.

Das Vigilformular in J und S ist aus den gelasianischen Formularen für die Vigil und den Festtag komponiert. Auch die Präfation der Vigilmesse ist römischen Ursprungs. In den Gelasiana wird sie für das Fest der hll. Machabäer am 1. August verwandt. Die römische Präfation nennt keine Namen, Mailand jedoch setzt die Namen seiner Heiligen ein. Der S-Redaktor schreibt richtig „in his tamen beatissimis martyribus tuis Protasio et Geruasio". In J steht der Genitiv, offensichtlich in Unverständnis des Sinnzusammenhangs.

Das älteste Zeugnis der PC haben wir im Formular „in natale episcoporum" des Veronense. GeV übernahm die Oration für das Fest der hll. Gervasius und Protasius. Offensichtlich verstand der Kompilator in dem Satz „ut misteriorum uirtute sanctorum uita nostra firmetur" das Attribut „sanctorum" personal und setzte die Namen der Heiligen in den Genitiv „sanctorum Gerbasi et Protasi". In dieser Form übernahmen auch die Junggelasiana und mit ihnen J die Oration. Der Korrektor des GeS verbesserte zu „misteriorum tuorum uirtute satiati sanctorum Geruasii et Protasii intercessione", der S-Redaktor konstruiert im Ablativus absolutus „Protasio et Geruasio martyribus intercedentibus".

28. Julianus (22. Juni)

Armio verweist auf das Martyrercommune. In J ist das Formular erst nach dem Fest des hl. Johannes Bapt. angeführt, jedoch mit dem Datum des 22. Juni. Daß diese Stellung bereits von der Vorlage übernommen ist, ergibt sich aus dem Epistelverweis am Fest der hll. Sisinnius, Martyrius und Alexander am 29. Mai. In diesem Formular wurde eine Bemerkung mit übertragen[345], die der Schreiber der Vorlage erst dann eingesetzt haben konnte, als er das Formular (und die Epistel) für das Fest des hl. Julianus geschrieben und die falsche Reihenfolge bemerkt hatte. Zur leichteren Orientierung fügt er daher dem Epistelverweis „Require inferius in sancti Iuliani" die Lokalisierung hinzu: „istum quaternionem integrum". In J steht der Verweis am Ende der 38. Lage, das Formular des hl. Julianus zu Beginn der 40., also

---

[344] GeS 850.

[345] Daß sie übertragen und nicht vom Schreiber des J eingesetzt wurde, verdeutlicht das Schriftbild (vgl. dazu Tafel VIII).

der übernächsten Lage. Diese Differenz schließt also einen Verweis in J selbst aus[346].

29. Johannes der Täufer (23./24. Juni)

a) Orationen

Das Formular der Vigil ist ganz aus Orationen komponiert, die bereits das Veronense kennt. Aus den gemeinsamen Varianten Mailands mit Ve kann erschlossen werden, daß das Formular nicht vom Gel saec VIII beeinflußt, d. h. karolingischen Ursprungs ist. Allein die PC – wieder fehlt sie in Armio – ist keinem der römischen Tagesformulare entnommen. Eine Parallele hat sie allein in dem Formular des Gel saec VIII für den hl. Theodor am 9. November. Die Orationen des Festtags selbst sind ausnahmslos eigenmailändisch. Die zweite Messe in E und F dagegen besteht aus gelasianischen Tagesorationen.

b) Präfationen

Eine besondere Untersuchung erfordern die Präfationen der Formulare. Insgesamt sind es vier Präfationen, die in den drei Formularen (Vigil, Mane und zweite Messe in E und F) verzeichnet sind.

	J	G	ABDHKLN	E	F	
Vigil	Exhibentes		Exhibentes	Exhibentes	Exhibentes	= *GrA 279*
		Digne enim				
Mane			⎰Et in die	⎰Et in die		= *Ve 254*
	Digne enim		⎱Digne nat.	⎱Digne nat.		
		Ut hunc			Ut hunc	
Alia				Ut hunc		
Missa					⎰Et in die	= *Ve 254*
					⎱Digne nat.	

Der Präfation „Exhibentes" liegt das Vere dignum 234 des Ve zugrunde, das in gleicher Fassung auch im Gel saec VIII vorliegt. E. Bourque zählt die Präfation zu denen, die der Kompilator des Supplements vom Gel saec VIII übernahm und einer sorgfältigen Korrektur unterzog[347]. Somit gehört auch diese Präfation in ihrer überarbeiteten Form zu dem Corpus von Präfationen, die allein das Supplement und Mailand gemeinsam haben.

---

[346] Ein Lagenverweis findet sich in J noch an einer anderen Stelle. Im Formular für den Jahrestag der Dedicatio (CXI) wird für die Lesungen auf das erste Formular der Kirchweihe in der gleichen Lage verwiesen: „Apostolum et euangelium require in istum quaternionem". Da beide Formulare aufeinanderfolgen, kann hier der Verweis sowohl aus der Vorlage stammen als auch vom Schreiber des J vermerkt sein.

[347] Bourque II,2 219.

Armio hat für die Vigil die gleiche Präfation („Digne enim") wie J am Festtag. Diese kurze Präfation bildet den dritten Teil („Digne natalis . . . ") der Tagespräfation in den S-Hss. Die beiden ersten Drittel („Et in die . . . .") der S-Präfation sind wiederum einer Präfation des Ve entnommen. Mit einem weiteren Satz wird zum Schluß übergeleitet, der mit J und der Vigilpräfation in G gemeinsam ist.

Ve 254	*S (A 903)*	*J 989*
In die festiuitatis hodiernae, *qua* beatus Iohannis exhortus est, qui uocem matris domini nondum aeditus sensit et adhuc clausus utero *ad* aduentum salutis humanae profetica exultatione gestiuit; qui et genetricis sterelitatem conceptus abstersit, et patris linguam natus absoluit, solusque omnium profetarum redemptorem mundi, quem praenuntiauit ostendit, . . .	*Et* in die festiuitatis hodierne *quo* beatus *baptista* Iohannes exortus est *exultare* Qui uocem matris domini nondum editus sensit. et adhuc clausus utero aduentum salutis humane prophetica exultatione gestiuit: Qui et genetricis sterelitatem conceptus abstersit. et patris linguam natus absoluit. solusque omnium prophetarum redemptorem mundi quem prenuntiauit ostendit: Hic est enim ille cui nomen et antequam conciperetur dedisti et quem spiritu sancto priusquam nasceretur implesti: Digne *natalis eius*	
	hodie sollemnia recensemus *digne* inter natos mulierum maior apparuit: Qui deum hominemque perfectum filium tuum Iesum Christum dominum nostrum. et praedicare meruit et euidenter ostendere: quem	Digne *enim beatus baptista Iohannes cuius* hodie sollemnia recensemus inter natos mulierum maior apparuit: Qui deum hominemque perfectum filium tuum Iesum Christum dominum nostrum. *solus omnium* et praedicare meruit et uidenter ostendere: quem

Genau betrachtet, besteht die S-Präfation aus zwei Präfationen, die beide
von der Begnadung des hl. Johannes im Mutterschoß bis zu seiner Predigt
und dem Hinweis auf den von ihm Verheißenen berichten. Die Eigenständigkeit beider Präfationen zeigt u. a. der Vergleich folgender Sätze in Ve (S):
„solusque omnium profetarum redemptorem mundi quem praenuntiauit
ostendit" und J: „Qui deum hominemque perfectum filium tuum Iesum
Christum dominum nostrum. solus omnium et praedicare meruit et uidenter
ostendere". Bei der (angenommenen) Kombination beider Präfationen
wurden vom S-Redaktor die Worte „solus omnium" ausgelassen, um die
Doppelung der Termini zu vermeiden.

Die Präfation, die Armio am Festtag, ebenso F in der ersten und E in der
zweiten Messe angeben („Ut hunc"), ist wie die Präfation „Digne enim"
nur in Mailand belegt.

30. Johannes und Paulus (26. Juni)

Die Verehrung der beiden Martyrer ist vorkarolingisch, wie aus der
Perikopenangabe der Evangeliare zu schließen ist. B und G verweisen auf
das Martyrercommune. Das Formular der anderen Hss setzt sich aus Ora-
tionen der gelasianischen Tagesformulare für Vigil und Festtag zusammen.
Die (gelasianische) SS in J kennt Mailand bereits im Festformular der hll.
Protasius und Gervasius. Der S-Redaktor gibt daher als SS die gelasianische
Oration, die J als SP bringt. Für die SP wählt er eine Oration aus dem Fest-
formular des hl. Sixtus im Veronense[348].

31. Peter und Paul (28./29. Juni)

Die Orationen sind zum größten Teil Allgemeingut der mailändischen
und römischen Liturgiebücher. G und J geben als SP bzw. als erste Oration
der Vigil „Deus qui beato apostolo", die S-Hss die Oration „Familiam tuam
domine"[349] an. Wie meist hat J die Offiziumsorationen vor dem ersten
Formular, die S-Hss nach der Vigilmesse. G bietet für die Vigil keine PC.
Die Präfation ist in G mit der Präfation des Festformulars im Gel saec VIII[350],
in allen anderen Hss mit der Präfation des gelasianischen Vigilformulars
gleich. Die Präfation des Festtags hat Mailand mit dem Gothicum gemeinsam.

32. Translatio S. Thomae (3. Juli)

J gibt nur die eigenmailändische Präfation („Praefatio propria") an. Für
die Orationen verweist der Redaktor auf das Apostelcommune. Das Formular der S-Hss ist aus Orationen römischer Apostelformulare zusammengestellt.

---

[348] Ve 720.
[349] A 910, Ve 321.
[350] GeS 963.

33. Nabor und Felix (12. Juli)

Als PC des sicher vorkarolingischen Formulars übernimmt J die PC aus dem gelasianischen Formular der hll. Valentin, Vitalis und Felicula, die der S-Redaktor als PC für das Festformular der hll. Nazarius und Celsus bringen wird[351], während der S-Redaktor die Oration „Pignus uitae aeternae" aus der Aposteloktav vom 6. Juli[352] einsetzt.

34. Quiricus (16. Juli)

Der S-Redaktor hat in das mailändische Formular die Präfation aus dem Formular der hll. Marcellinus und Petrus des Gel saec VIII[353] aufgenommen. J bietet dagegen eine eigenmailändische Präfation, die auf die Passio des jugendlichen Heiligen eingeht, die er zusammen mit seiner Mutter Iulitta erlitt[354].

35. Maternus (19. Juli)

Außer J erwähnt allein das Bergomense das Fest des hl. Maternus. Der Heilige war im 3. Jh. Bischof von Mailand. Sein Name wird in der Reihe der mailändischen Bischöfe im Communicantes genannt. Während B auf das Bekennercommune verweist, gibt J das Formular der Depositio des hl. Augustinus am 28. August an. Dort ist von erster Hand der Name des hl. Maternus über den des hl. Augustinus gesetzt. Auch bei der Präfation war dies ohne Schwierigkeit möglich, da ihr Text nicht für einen bestimmten Bischof komponiert wurde.

36. Apollinaris (23. Juli)

Das Formular ist altmailändisch. Die SS in J ist in den S-Hss als zweite SP angegeben, fehlt jedoch in A und G. Die SS der S-Hss[355] ist ebenfalls eigenmailändisch. Eine römische Parallele weist allein die PC auf. Die PC in J und G entstammt den Petrus- und Paulusformularen des Veronense. Da Mailand diese Oration aus der Wochenmesse „ad poscendam angelica suffragia" kennt[356], übernimmt der S-Redaktor die PC aus dem Vigilformular der Apostel im Gel saec VIII[357].

37. Jacobus (25. Juli)

A und G haben das Fest noch nicht aufgenommen, B verweist auf das Apostelcommune. In J ist das Formular ganz dem Tagesformular des Gel saec VIII entnommen. Als SP setzen die S-Hss – vermutlich weil die Oration „Esto domine plebi tuae" die Eingangsoration der Translatio S. Thomae bildet – eine Oration des gelasianischen Laurentiusformulars ein, ohne zu beachten, daß durch diese Oration andererseits eine Doppelung mit einer Oration des mailändischen Apostelcommune entsteht[358].

---

[351] A 956.
[352] J 1021.
[353] GeS 855.

[354] Vgl. LNSM 327f.
[355] A 941.
[356] J 695.

[357] GeS 953.
[358] J 760.

38. Nazarius und Celsus (27./28. Juli)

Die Präfationen für die Vigil und das Fest sind eigenmailändisch. In der Präfation des Vigilformulars steht die Kirche im Mittelpunkt, für die das Geburtsfest der Martyrer Anlaß zur Freude ist. Die Präfation des Festtags geht auf das Martyrium des hl. Nazarius ein. Daran schließt sich ein Gedächtnis des hl. Celsus. Für die Orationen des Vigilformulars wurde das gelasianische Formular der hll. Simplicius, Faustinus und Beatrix[359] übernommen, die am 29. Juli gefeiert werden. Als SP dient eine der mailändischen Offiziumsorationen.

Das Formular des Festtags ist altmailändisch. Die SO hat eine Parallele in einem Formular für mehrere Martyrer des GeV. Die PC fehlt in G. Der J-Redaktor wiederholt die PC des Vigilformulars, während der S-Redaktor die PC des gelasianischen Formulars für die hll. Valentin, Vitalis und Felicula bringt, die der J-Redaktor bereits am Fest der hll. Nabor und Felix eingesetzt hat[360].

39. Machabäer und Eusebius (1. August)

Die PC des im übrigen altmailändischen Formulars ist dem Tagesformular des Gel saec VIII entnommen. G hat die PC aus dem Formular für die hll. Sieben Brüder am 10. Juli[361] gewählt.

40. Sixtus (6. August)

Die Orationen haben zwar Parallelen im römischen Tagesformular, vor allem in Ve, sind in der Version jedoch so eigenständig, daß sie sicher nicht vom Gel saec VIII abhängen. G ist ohne PC. Die PC in J und S ist eine mailändische Offiziumsoration. In den meisten S-Hss steht sie noch am Formularbeginn als „alia" SP.

In G fehlt ebenso eine Präfation. J hat die kurze römische Formel übernommen, die zuerst Ve aufweist. Die S-Hss haben eine eigene Präfation[362], deren erster Teil mit der Präfation des Ve (und J) korrespondiert, jedoch nicht mit ihr identisch ist.

41. Carpophorus und Donatus (7. August)

In Busto, A 28 inf und G ist das Fest noch nicht erwähnt. Die Formulare der Sakramentarhandschriften sind jedoch nicht dem gelasianischen Formular des hl. Donatus am gleichen Tag entnommen.

J	JS	S		
SP			GeS 1041	(*Felic. et Agapiti*, *JS* = *plur. martyrum*)
		SP	Ve 389	(*Felicis etc.*)
	SS		GeS 1028	(*Machabeorum*)
SO			GeS 1042	(*Felic. et Agapiti*, *JS* = *plur. martyrum*)

---

[359] GeV 950–952.
[360] Vgl. S. 107.

[361] GrH 133,3, GeS 989.
[362] A 967.

J	JS	S			
		SO	GeS 1053	(*Cyriaci*)	
UD o					
		UD o			
	PC		GeS 139	(*Fabiani*)	

Jede der beiden Redaktionen hat eine kurze Eigenpräfation, die jedoch allgemeinen Charakter trägt und nicht auf die Passio der Heiligen Bezug nimmt. Die Eigenpräfationen erstaunen um so mehr, als das Fest offensichtlich neueren Datums ist. Möglich ist, daß vor der karolingischen Aufnahme des Formulars in die Sakramentare ein Lokalkult des hl. Carpophorus vorhanden war, wie es O. HEIMING für möglich hält[363]. Zu Ehren des Heiligen, dessen Kult von Como übernommen wurde, errichtete man vor dem Comer Tor ein Kirchlein. Am 1. Bittag wurde S. Carpoforo nach S. Simpliciano[364] besucht. Zu dem Doppelfest wird das gleiche Festdatum des hl. Donatus Anlaß gegeben haben. In der Formularüberschrift wird Carpophorus an erster Stelle, in den Orationen jedoch erst an zweiter Stelle, nach Donatus, genannt. Ausnahme bildet allein die S-Präfation (J nennt keine Namen).

42. Laurentius (9./10. August)

Sowohl das Vigil- als auch das Festformular sind altmailändisch, wenn auch bei einem solch allgemein gefeierten Fest römische Parallelen nicht zu verwundern sind. Für die Präfation des Festtags finden sich zwar Anklänge in Ve 776 und – von diesem abhängig – im GeV, den Gelasiana saec VIII, besonders auch im zweiten Teil der Immolatio des Gothicums[365], doch kann die mailändische Präfation als eigenständig und ursprünglich angesehen werden[366].

43. Hippolyt und Cassian (13. August)

J	JS	S			
SP o			(*JS = Com. unius martyris*)		
		SP	GeS 1128	(*Hermetis*)	
	SS+		GeS 1073		
SO o			(*JS = Com. plurimorum martyrum*)		
		SO	GeS 1111	(*Timothei*)	
	UD o				
PC			GeS 1076	(*Tiburtii*)	
		PC+	GeS 1080		

---

[363] Die ältesten ungedruckten Kalender der mailändischen Kirche 226.
[364] Eine engere Beziehung des hl. Carpophorus zur Basilika des hl. Simplicianus wurde bereits bei der Erwähnung des Heiligen in der SP des 1. Bittages vermutet. Vgl. S. 66f.
[365] GaG 398b.   [366] A. PAREDI, I prefazi ambrosiani 179 ff.

Die Präfation ist eigenmailändisch. Die Formulare wurden in karolingischer Zeit zusammengestellt. Mit dem Gel saec VIII ist die SS in J und S und die PC in S gemeinsam. Anstelle der beiden Orationen aus dem Martyrercommune (SP und SO) in J werden in den S-Hss gelasianische Orationen vom Fest des hl. Hermes und Timotheus am 28. bzw. 22. August angegeben.

44. Depositio des hl. Simplicianus und Translatio der hll. Sisinnius, Martyrius und Alexander (15. August)

Busto und A 28 inf wissen nur von der Depositio (und sogar von deren Vigil) des hl. Simplicianus. Ein Fest der hll. Sisinnius, Martyrius und Alexander findet sich in beiden Hss nur am 29. Mai. Die Sakramentarhandschriften fügen dem Fest am 15. August ohne Ausnahme die Translatio der drei Martyrer an. In der Formularüberschrift steht die Depositio an erster Stelle. In den Orationen ist der Name des hl. Simplicianus in der gleichen Weise den Namen der Martyrer angefügt wie der Name des hl. Eusebius in den Orationen der machabäischen Brüder: „sed et sacerdos et confessor tuus". Die Evangelienperikope, die auch Busto und A 28 inf für die Depositio angeben, spricht vom „treuen und klugen Knecht", den der Herr über seine Diener setzt[367]. Sie bezieht sich also nur auf den Bischof Simplicianus. Eine textkritische Untersuchung der wesentlich differierenden Präfationen in J und S läßt ferner vermuten, daß eine Überarbeitung der Präfation stattgefunden hat. In der S-Version haben die Martyrer einen Akzent, der in J nicht vorhanden ist. Im Folgenden wird die S-Präfation der J-Präfation gegenübergestellt und zum Vergleich der Text des Ve[368] angegeben.

J 1095	*S (A 996)*	*Ve 20*
UD *per Christum dnm nrm:*	UD *Aeterne deus:*	UD
Qui non solum *angelorum* gloriosa admiratione in caelis *est* mirabilis. sed etiam	Qui non solum *martyrum* gloriosa admiratione in caelis *es* mirabilis. sed etiam *in terris*	qui non solum martyrum, sed etiam confessorum tuorum es uirtute mirabilis.
a *suis* testibus et confessoribus consona exultatione *laudatur:* *Quibus dum* ab infidelibus pro *ipsius* unigeniti *tui* nomine *acerbae im-*	a *tuis* testibus et confessoribus consona exultatione *laudaris:* *Qui licet* ab infidelibus pro *tui* unigeniti nomine *acerbas non*	Licet enim illi passione sint clari, qui manifestis acerua supplicia sus-

---

[367] Lc 12,32–44.

[368] Die gleiche Präfation wie in Ve findet sich in GaG 471, GeA 1710 und GeB 1190.

J 1095	*S (A 996)*	*Ve 20*
minerent	*susceperint*	tinuere tormentis,
persecutiones.	*passiones.*	etiam isti
occulto	occulto	tamen occultae
sanctitatis	*tamen* sanctitatis	
proposito	proposito *hosti-*	proposito castigatio-
	les uitiorum acies	nis adflicti et cru-
	mirabiliter su-	ciati spiritalis ob-
	perarunt: Inter quos	seruantiae discipli-
		nis
beatus	beatus	
sacerdos et confessor	sacerdos et confessor	
tuus Simplicianus. ut	tuus Simplicianus. ut	
ad ianuam pietatis	ad ianuam pietatis	
tuae facilius ei con-	tue facilius ei con-	
cederetur ingressus.	cederetur ingressus	
martyrum imitans ex-	martyrum imitans ex-	
empla. *eius*	empla. *eorum*	illorum
est subsecutus sacra	est subsecutus sacra	sunt
uestigia:	uestigia:	uestigia subsecuti:
quem laudant	*per Christum*	per

Gegenüber den außermailändischen Texten wird von A. Paredi die (S-)Präfation als primär erachtet, da sie gleichzeitig für den hl. Simplicianus und die Martyrer verfaßt worden sei[369]. Wenn aber eine mailändische Präfation die ursprüngliche ist, dann wohl nur die J-Präfation, eine Bekennerpräfation, die für Simplicianus geschrieben sein kann, aber nicht muß. Der Text läßt das Alter der Präfation vermuten. Ursprünglich wurde in der Kirche nur Martyrern eine Heiligenverehrung zuteil. Erst zögernd und allmählich wurden auch heiligmäßige Menschen, die „nur" Bekenner waren, mit einbezogen. In der Übergangszeit zur allgemeinen Heiligenverehrung stellt man gern die Bekenner als „Quasi-Martyrer" dar, die in ihrem Leben und Leiden den Martyrern nicht nachstanden. Als erster Nicht-Martyrer fand der hl. Martin eine allgemeine Verehrung. Von ihm heißt es in der alten Präfation: „Digne huic confessionis tuae praemia contulisti. digne ei Arrianorum subiacuit feritas. digne tanto amore martyrii. persecutoris tormenta non timuit securus: Quanta putamus erit glorificatio passionis. quando pars clamidis sic extitit praetiosa: Et quid erit pro oblatione integri corporis recepturus . . . "[370].

Was in der Martin-Präfation für einen bestimmten Menschen geschrieben wird, gilt in der Präfation „Qui non solum" allgemein für den Bekenner. Statt des hl. Simplicianus kann auch der Name eines anderen Heiligen eingesetzt werden. Der Akzent liegt zunächst nicht auf der Konfrontierung von Martyrern und Bekennern. Der Text geht von Christus aus. Er erweist sich im Himmel nicht nur durch das rühmende Staunen der Engel wunderbar,

---

[369] I prefazi ambrosiani 184f.; Testi milanesi nel sacramentario leoniano 333 ff.
[370] J 794.

sondern er wird dort auch durch den übereinstimmenden Jubel der Zeugen[371] und Bekenner gepriesen.

Die „Engel" lassen ein hohes Alter der Präfation vermuten und können jedenfalls kaum als spätere Ersetzung der „martyres" (in Ve und S) erklärt werden. In der Abwehr des Arianismus kam den Engeln eine große Bedeutung zu. Sie bezeugen die Gottheit Christi und preisen das Geheimnis der Trinität in dem dreifachen Gesang des Sanctus[372]. Der Lobgesang des Sanctus klingt auch an in den Worten: „consona exultatione laudatur"[373], die den „angeli" korrespondieren. Aber nicht nur von den Engeln, auch von den Heiligen[374] wird der Lobpreis dargebracht[375]. Die Heiligen sind ja „angelorum comites", wie es das Post Sanctus „Tu nos domine" des Gründonnerstags von den Gläubigen ausdrückt: „Tu angelorum comites esse iussisti: Si tamen inlesa et intemerata fide. caelestis militiae sacramenta seruamus"[376].

Von diesen Sinnzusammenhängen und ihrem theologischen Hintergrund ist in der S-Präfation nichts zu spüren. Die „angeli" wurden durch „martyres" ersetzt, wahrscheinlich weniger, um der römischen Präfation zu entsprechen, als vielmehr, um die drei Martyrer Sisinnius, Martyrius und Alexander mit einzubeziehen. Martyrer und Bekenner stehen nun einander gegenüber. Wenn in der J-Präfation „in caelis" im Zusammenhang mit den Engeln antiarianische Tendenz verrät, so dient die Wendung in der S-Version zusammen mit „in terris" zur Verstärkung des antithetischen Effekts in der Konfrontation der Martyrer „in caelis" und der Bekenner „in terris".

In J erfolgt erst nach dem einleitenden Satz die Abhebung der Bekenner von den Martyrern: während den Martyrern um Christi willen von den Ungläubigen harte Verfolgungen drohten, folgte der hl. Simplicianus den heiligen Spuren dessen, den die Engel preisen, also den Spuren Christi. Nach dem „verborgenen Plan der Heiligkeit" ahmte er dabei die Beispiele der Martyrer nach, damit ihm der Zugang zu Gott leichter gewährt würde.

Da sich nach der S-Version die Martyrer und Bekenner schon zu Beginn des Textes gegenüberstanden, wird im folgenden nur von den Bekennern gesprochen: sie hatten zwar nicht um Christi willen von den Ungläubigen Leiden zu erdulden, doch nach dem verborgenen Plan der Heiligkeit über-

---

[371] Die „testes" sind latinisierte „martyres" und nicht Synonyme zu „confessores". Von dem hl. Vinzenz sagt die Festpräfation: „hic nempe martyr uerus domini testis" (J 894).

[372] C. COEBERGH, Tre antiche anafore della liturgia di Milano 222.

[373] Vgl. im Sanctus: „socia exultatione concelebrant".

[374] Nach der Präfation am Fest des hl. Genesius auch von den Gläubigen: „UD ... Nos tibi ... gratias agere et in hac triumphali die consona exultatione laudare" (J 1105).

[375] In der Immolatio des Ostermittwochs im irischen Palimpsestsakramentar lautet die Überleitung zum Sanctus: „pro quo (sc. Christo) merito tibi pater in filio. filius in patre. una cum spu sco. omnium angelorum. omniumque sanctorum consonae et indeffessae modulationes ymnum perennem ... modulantur et dicunt. Scs ... " (Mon 73).

[376] J 274.

wanden sie wunderbarerweise die „feindlichen Reihen der Sünden". Zu
den Bekennern zählte der hl. Simplicianus, der – damit ihm der Zugang zu
Gott leichter gewährt würde –, „die Beispiele der Martyrer[377] nachahmend,
ihren heiligen Spuren folgte". Mit „martyrum imitans exempla" und „eorum
est subsecutus sacra uestigia" liegt eine Doppelung vor, die wohl nicht als
ursprüngliches Stilmittel, sondern als Folge einer Akzentverschiebung zu betrachten ist, die durch die Zusammenlegung der Depositio mit der Translatio der Martyrer nötig und passend schien.

45. Genesius (25. August)

Beiden Redaktoren ist allein die mailändische Präfation gemeinsam; das
Orationengut variiert. J nimmt als SP eine Oration aus dem Laurentius-
formular (in der mailändischen Version), als SS und SO mailändische Eigenorationen aus dem Festformular des hl. Apollinaris und die PC aus dem gregorianischen Formular des hl. Timotheus am 22. August. Das Formular der
S-Hss hat folgende Parallelen:

SP	GeS 1098	(*Oct. S. Laurentii*)
SS	GeS 1103	(*Agapiti*)
SO	GeS 1116	(*Dom. XIII p. Pentecosten*)[378]
PC o		

46. Alexander (26. August)

Das gleiche Formular beider Redaktionen stammt aus der karolingischen
Redaktion. Zum Teil ist es aus Orationen des Gel saec VIII komponiert. Die
SS wurde von dem mailändischen Formular des hl. Mauricius, die SO von
dem des hl. Julianus übernommen. Die PC in J und im größeren Teil der
S-Hss findet sich im Formular des hl. Rufus, das sowohl im Gel saec VIII als
auch im Hadrianum für den 27. August angegeben ist. Die PC in B und E ist
dem ambrosianischen (und gelasianischen) Commune eines Martyrers entnommen[379].

47. Depositio des hl. Augustinus (28. August)

Das Fest ist in Mailand karolingischen Ursprungs. Busto und A 28 inf
erwähnen das Fest noch nicht. Die Sakramentarhandschriften bieten jedoch
alle ein Festformular. Außer der SP entsprechen die Orationen und die Präfation dem Tagesformular des Angoulême[380]. Die SS in S ist jedoch nur im
Ve für den April belegt[381]. Der Text der Präfation ist in J z. T. verderbt.

---

[377] L fügt die Namen der hll. Sisinnius, Martyrius und Alexander ein.
[378] Der 14. Sonntag nach Pfingsten steht in GeS zwischen dem Fest des hl. Timotheus am 22. und dem Fest des hl. Bartholomäus am 24. August.
[379] J 739.
[380] GeA 1263–1266.
[381] Ve 47.

48. Passio des hl. Johannes Baptist (29. August)

Statt der „Passio" sprechen die anderen mailändischen Hss von der „Decollatio" des Heiligen. Das Formular ist mailändisch. Eine gemeinsame Parallele mit dem gelasianischen Tagesformular weist die SS auf. Die PC korrespondiert in J mit der PC, in S mit der Eingangsoration[382] des gelasianischen Tagesformulars.

49. Michael (7. September)

Das mailändische Datum der Dedicatio S. Michaelis ist der 7. September. Allein J übernimmt mit den römischen Orationen auch das römische Datum am 29. September. Die Formulare sind in beiden Redaktionen gleich, mit Ausnahme der SO, die in J mit dem ersten, in S mit dem zweiten Gabengebet[383] des Gel saec VIII übereinstimmt. Ein Teil der S-Hss hat als zweite SP die erste Oration des gelasianischen Formulars[384]. Die Präfation ist eigenmailändisch, weist also in vorkarolingische Zeit.

50. Nativitas S. Mariae (8. September)

Von den älteren S-Hss bezeugt nur D das Fest. Es fehlt in den Evangeliaren und den Sakramentaren A B E. Das Formular der übrigen Hss wurde vom Gel saec VIII übernommen. Um eine SS zu erhalten, wurde die erste SO des Gel saec VIII umgeändert.

51. Exaltatio S. Crucis, Cornelius und Cyprian (14. September)

Am 14. September sind zwei Festformulare verzeichnet. In J und G steht die Exaltatio an erster, in den übrigen Hss an zweiter Stelle. Busto, A 28 inf und E als einzige Sakramentarhandschrift erwähnen die Exaltatio nicht. Das Formular entspricht dem Formular des Gel saec VIII. Wie dieses ist es ebenfalls ohne Präfation[385]. G erwähnt zwar das Fest, bringt jedoch nur zwei Orationen mit der Angabe: „Or. ad crucem". Diese beiden Orationen bilden in J und S die SP und SS. Die zweite Oration „Deus qui unigeniti" steht mit dem Titel „Ad salutandam crucem" nach der PC in GeS. Im Hadrianum stellt sie die erste der drei Meßorationen. Als zweite „Oratio post crucem" ist sie in das Karfreitagsformular der S-Hss aufgenommen[386].

G bezeugt zwar eine Kreuzverehrung, nicht aber eine Eucharistiefeier. Vielleicht haben wir in dieser Liturgie die Anfänge eines Kreuzfestes am 14. September in Mailand.

In den S-Hss steht das Formular der hll. Cornelius und Cyprian an erster Stelle. Nur dieses Formular hat in den S-Hss Lesungen, nicht die Exaltatio. Da bereits in den Evangeliaren Lesungen angegeben sind, dürfte die Verehrung der Heiligen vorkarolingisch sein. Die Formulare beider Redaktionen

---

[382] GeV 1009.
[383] GeS 1245.
[384] GeS 1242.
[385] L verweist auf die Präfation „Qui salute humani generis in ligno" (J 708).
[386] A 459, vgl. S. 51.

stimmen bis auf die SS der S-Hss[387] mit dem Tagesformular des Ve und Gel saec VIII überein.

52. Eufemia (16. September)

Der Name der Heiligen ist untrennbar verknüpft mit dem Konzil von Chalcedon im Jahre 451, das in der ihr dedizierten Basilika stattfand. An dem Konzil hatte auch der spätere mailändische Bischof Senator als Legat in Konstantinopel teilgenommen. Schon früh wurde in Mailand eine Basilika auf den Titel der hl. Eufemia geweiht.

Das liturgische Festformular hat eine Eigenpräfation[388]. Allein die PC stimmt mit dem römischen Tagesformular überein. In J fehlen Eigenpräfation als auch Lesungen, während die Orationen mit dem S-Formular übereinstimmen. Die Verehrung der Heiligen, die in der Stadt Mailand seit jeher gepflegt wurde, wurde offensichtlich in der Benediktinerabtei nicht groß geschrieben. Das gleiche gilt für die „Kathedralheiligen" Thecla und Pelagia[389]. Von Bedeutung ist vor allem die hl. Thecla, die Titelheilige der Ecclesia Maior. Von dieser ehemaligen Salvatorkirche berichtet der Liber Notitiae, sie berge das Haupt der Heiligen[390]. Das Fest der hl. Thecla am 24. September fehlt in J ganz. Das Festformular der S-Hss besitzt, ebenso wie das Formular der hl. Eufemia, eine Eigenpräfation[391]. Der Name der hl. Eufemia im Nobis quoque ist in allen Hss bezeugt. Die Namen der hl. Thecla und der hl. Pelagia, die einen Altar in der Kirche der hl. Thecla besaß[392], fehlen jedoch in J und G und wurden erst als Nachtrag in das Bergomense aufgenommen.

53. Depositio des hl. Eustorgius (18. September)

Der Terminus „Depositio" deutet darauf hin, daß es sich um einen Bischof handelt. Eustorgius war vor Ambrosius und Dionysius im 4. Jh. Bischof von Mailand. Sein (in J und S gleiches) Festformular ist durch eine Eigenpräfation ausgezeichnet, die Orationen dagegen werden nicht alt sein. SP und SO begegnen in den Formularen des Gel saec VIII und des Hadrianum für das Fest der hll. Protus und Jacinthus am 11. September und die SS im Formular für das Fest der hll. Lucia und Geminianus am 16. September. Die PC ist jedoch mailändisch.

Ähnlich wie die Präfation eines anderen mailändischen Bischofs, des hl. Simplicianus, geht der Text der Präfation am Fest des hl. Eustorgius nicht auf die Vita des Heiligen ein. Während jedoch die Präfation des hl. Simplicianus eine allgemeine Charakterisierung des Bekenners gibt, der wie die

---

[387] Ve 394 (Felicis etc.).

[388] A 1035; Paredi, I prefazi ambrosiani 190f.

[389] Vgl. dazu O. Heiming, Das ambrosianische Sakramentar von Biasca L f.

[390] „Sancte uirginis et prime martyris est caput in altari saluatoris cathedralis mediolani" (LNSM 383).

[391] A 1055; Paredi, I prefazi ambrosiani 195 ff. Die Orationen korrespondieren jedoch mit den Formularen der hl. Juliana und der hl. Sabina des Gel saec VIII.

[392] „De sancta pellaia est altare sub altari sancte tegle" (LNSM 315).

Martyrer in der Nachfolge Christi steht und dadurch Anlaß zur Danksagung bietet, kann die Präfation des hl. Eustorgius an Martyrer- und Be-
kennerfesten verwandt werden, wie aus dem folgenden Satz hervorgeht:
„Qui ideo (nos) sollemnitatibus martyrum atque confessorum frequenter
exerces". Dabei geht es weniger um den Heiligen als um die Anliegen der
Gemeinde. An die Stelle des Dank- und Lobgebetes tritt die Bitte.

Eine nähere Untersuchung erfordert der letzte Teil der Präfation, der mit
dem zweiten Teil der Präfation eines anderen mailändischen Bischofs, des
hl. Dionysius, übereinstimmt, die ihrerseits in ihrem ersten Teil mit der Präfation des Gel saec VIII für das Fest des hl. Felix am 14. Januar und für das
Fest des hl. Silvester (31. Dezember) im Sakramentar von Angoulême
korrespondiert[393]. Da die Präfationen in J und S an beiden Festen voneinander abweichen, folgt eine Gegenüberstellung der Texte.

| *Dionysius* | *Eustorgius* |
| *J 961* | *J 1143* |

UD Aeterne deus. et confessionem sancti sacerdotis tui Dionisii memorabilem non tacere. qui nec hereticis blandimentis. nec sui status potuit diuersitatibus in-mutari: Sed in utraque discrimi-na ueritatis. adsertor firmita-tem tuae fidei non reliquid:	UD Aeterne deus. quando enim ti-bi sufficienter domine referre gratias ualeamus: Qui ideo sol-lemnitatibus martyrum atque con-fessorum frequenter exerces. ut et deuotione continua fideles tuos incites ad profectum. et fragilitatem nostram piis inter-cessoribus benignus attollas: Quae propriis non meremur operi-bus. tibi placitis suffragatori-bus impetremus:

J 961	*S (A 862)*	*J 1143*	*S (A 1040)*
Sed debite pietatis obsequium	*Et ideo* debite pietatis obsequium	Inter quos debite pietatis	Inter quos debitae pietatis obsequium sancto sacerdo-ti et confesso-ri tuo Eustorgio exhi*bentes*
exhi*bentes* quia potentiam tuam dne cuius gra-tia talis exti-tit in eius sollemnitatibus praedicamus: per Christum	exhi*bemus* quia potentiam tuam dne cuius gra-tia talis exti-tit in eius sollemnitatibus praedicamus: per Christum	quia potentiam tuam dne cuius gra-tia talis exti-tit in eius sollemnitatibus praedicamus (adquae per eum nobis indulgen-tiam credimus non negandum): per Christum	potentiam tuam dne cuius gra-tia talis exti-tit praedicamus (atque per eum nobis indulgen-tiam credimus non negandam): per Christum

---

[393] Vgl. S. 102.

Der Anschluß an die Eustorgius-Präfation („inter quos") bezieht sich auf die vorhergehenden heiligen „suffragatores". „Obsequium exhibere" wird in S nicht wie in der Dionysius-Präfation absolut gebraucht, sondern auf den hl. Dionysius bezogen. J führt die Einleitung „inter quos" nicht weiter; eine Lücke zwischen „pietatis" und „quia" ist evident. Eine Ergänzung nach S, d. h. die Übernahme der Partizipialkonstruktion „obsequium . . . exhibentes" wäre jedoch problematisch, da J wie in der Dionysius-Präfation der folgenden Satzperiode „quia" voranstellt[394]. Man könnte daher nur mit einer finiten Verbalform ergänzen, etwa: „Inter quos debite pietatis ⟨obsequium sancto sacerdoti et confessori tuo Eustorgio exhibemus⟩ quia . . . ". Die ursprüngliche Verbalform wird vermutlich jedoch „exhibentes" sein. Der textkritische Vergleich der Dionysius- und Eustorgius-Präfation in J und S kann m. E. zur Herauskristallisierung einer selbständigen Bekennerpräfation führen, deren Rekonstruktion etwa folgenden Text ergibt: „UD aeterne deus: Debitae pietatis obsequium sancto (sacerdoti et) confessori tuo illi exhibentes quia potentiam tuam domine cuius gratia talis extitit in eius sollemnitatibus praedicamus (atque per eum nobis indulgentiam credimus non negandam): per Christum". Das Partizip hängt nun wie in vielen anderen Präfationen von „iustum est nos tibi . . . gratias agere" ab. Mit „quia" wird die Begründung des „exhibere" eingeleitet: wir ehren den Heiligen, weil und indem wir an seinem Festtag Gott preisen, durch dessen Gnade allein der Gefeierte heilig war.

Die beiden Teile der Eustorgius-Präfation erweisen sich als zwei selbständige, und zwar ursprünglich allgemeine Bekennerpräfationen, die inhaltlich nicht aufeinander bezogen oder gar voneinander abhängig sind. Bei der Kombination der Eustorgius-Präfation wurde in der S-Version die Partizipialkonstruktion zu Beginn der zweiten Präfation beibehalten und dafür „quia" eliminiert, da dadurch der Zusammenhang zwischen dem Partizip und dem nun übergeordneten Verb „praedicamus" gesprengt würde. Zum Schluß fiel „in eius sollemnitatibus" fort, da bereits im ersten Teil der Präfation die Festfeier erwähnt wurde: „in sollemnitatibus martyrum atque confessorum".

Eine zweite Kombination wurde für die Dionysius-Präfation vorgenommen. Der erste Teil ist mit einer Präfation aus dem Gel saec VIII gleich[395], als zweiten Teil fügte man die Präfation „Debitae pietatis" an, jedoch ohne den Namen, den bereits der erste Teil nennt. Statt der Konjunktion „sed" in J (offensichtlich in Entsprechung der Einleitung im vorhergehenden Satz „Sed . . . ueritatis adsertor firmitatem tuae fidei non reliquid") schließt S logisch richtiger mit „et ideo" an. Da in J offenbar nichts in der zweiten Präfation geändert wurde, entstand ein torsohaftes Satzgefüge mit einer Partizipialwendung, einem Kausal- und einem Relativsatz. Das Partizip „exhibentes", das in J ohne Bezug auf ein übergeordnetes Prädikat ist, wird

---

[394] Im Text der Dionysius-Präfation habe ich „quia" durch Einklammerung eliminiert.

[395] Vgl. dazu S. 102.

in S zu einem finiten Verb umgewandelt, so daß eine vollständige Satzperiode folgt: „Et ideo ... exhibemus quia ... praedicamus".

54. Mauricius (22. September)

Weite Verbreitung fand das Fest schon früh in Gallien. Das Missale Gothicum bietet ein eigenes Formular. Von Gallien könnten fränkische Mönche den Kult mit nach Mailand gebracht haben.

J nennt den Heiligen in der Überschrift allein, ohne seine „commilitones"[396]. In den Orationen sind diese jedoch wie in S angegeben. Das Formular ist völlig ohne außermailändische Parallelen. Die Evangeliare haben das Fest noch nicht aufgenommen, die S-Hss verweisen für die Lesungen auf das Martyrercommune. J gibt als Eigenlesungen für die heilige Legion die passende Perikope an, in der dem Herrn eine Steuermünze vorgelegt wird und er die klare Weisung gibt, dem Kaiser zu geben, was des Kaisers, und Gott zu geben, was Gottes ist[397].

55. Lukas (17. Oktober)

In einem bedeutenden Teil der S-Hss ist das Fest des hl. Lukas nicht aufgenommen. Das Formular der übrigen Hss ist vom Gel saec VIII übernommen. Als Eigenheit in J ist die Angleichung des Attributs an die feminale Endung des „euangelista Lucas" zu nennen, und zwar in der Formularüberschrift, in SO und PC. In der SO steht zudem der Genitiv statt des Ablativs: „interueniente euangelistae tuae". Der nachgetragene Name steht ebenfalls im Genitiv. Die Präfation stimmt mit dem Gel saec VIII überein, deren Version erheblich von der des Supplements differiert.

56. Cosmas und Damian (22. Oktober)

Das mailändische Datum der Festfeier weicht von der römischen ab. Das Fest wird nicht wie in Rom am 27. September, sondern am 22. Oktober gefeiert. Unter diesem Datum wurde das Formular auch in J eingeordnet. Eine spätere Hand änderte „XI" in „V" um und setzte „Oct" auf das gelöschte „Noū"[398].

Das Formular ist alt. Die SP hat eine Parallele im gelasianischen Formular der hll. Marcellinus und Petrus und die PC im Formular des Gel saec VIII für die hll. Alexander und Theodulus. SS und SO sind in Ve für das Fest des hl. Sixtus angegeben. Die Präfation hat der S-Redaktor dem Gel saec VIII entnommen. Dort steht sie im Tagesformular der Heiligen am 27. September[399]. Die J-Präfation bezeugt Ve in einem Formular der hll. Petrus und Paulus. Im Paduanus ist sie – wie in J ohne Namen – im Festformular des hl. Mauricius anzutreffen.

---

[396] Umgekehrt erwähnt J am 22. Juni als einzige Hs die „socii" des hl. Julianus.
[397] Lc 20,20–26.
[398] In P wurde diese mailändische Stellung mit römischem Datum übernommen.
[399] GeS 1240.

57. Simon und Judas (28. Oktober)

Wie das Fest des hl. Matthäus am 21. September, hat in Mailand auch das Fest der hll. Apostel Simon und Judas erst in karolingischer Zeit ein Festformular erhalten. In J entspricht das Formular ganz dem des Gel saec VIII. Der S-Redaktor nahm statt der SP in J eine Oration aus der Vigil des Apostelfestes, ohne die Wendung „gloriosa natalicia praeuenimus" zu ändern. Statt der oft wiederkehrenden PC „Perceptis domine sacramentis" geben die S-Hss eine Eigenoration. Diese erwähnt die Apostel nicht und scheint aus einer Martyrervigil zu stammen („praecurrentes sanctorum martyrum passiones")[400]. Das Verb „praecurrere" begegnet auch in der SO, für die – wie für die erste Oration und für die PC im Gel saec VIII und in J – das Formular „In natale omnium apostolorum" des GeV zugrunde liegt. Mailand kennt keine Vigil des Apostelfestes, doch trägt die S-(Fest)Messe mit den Termini der Vigilfeier „praecurrentes" und „praeuenimus" in SP, SO und PC den ausgeprägten Charakter eines Vigilformulars[401].

Der J-Redaktor übernahm die PC vom Festformular des Gel saec VIII. Da dort die Namen der Apostel fehlen, setzte der Redaktor sie ein. Wie wiederholt beobachtet, richtet er sich dabei nicht nach dem geforderten Kasus. Offensichtlich übernimmt er die Formen der SP und SS, also den Akkusativ, so daß es nun heißt: „intercedentibus beatis apostolis tuis Symonem et Iudam".

Zusammen mit den Aposteln Simon und Judas feiert Mailand das Fest des hl. Fidelis, dessen Translatio im 10. Jh. von Samolaco nach Como stattfand[402]. A 28 inf erwähnt den hl. Fidelis bereits. Die in dem Evangeliar angegebene Lesung Lc 9,23–27[403] wird von E aufgegriffen und von K zusätzlich, neben den Lesungen für das Apostelfest, mit der Rubrik angegeben: „Item in sancto Fidele". Die übrigen Hss sind entweder ohne Lesungen wie J und L, oder sie berücksichtigen allein die Apostel wie A, B, D und F. A, B und J haben den hl. Fidelis auch nicht in das Formular miteinbezogen. Erst eine spätere Hand trug den Namen des hl. Fidelis in A nach. Die übrigen Hss bringen ihn im Anschluß an die Apostelnamen. In C, K und L hat sich jedoch der hl. Fidelis noch nicht in der Formularüberschrift durchsetzen können, obwohl er in den Formeln von erster Hand aufgenommen ist[404].

---

[400] A 1066.

[401] In diesem Zusammenhang ist bemerkenswert, daß der Kompilator des Triplex das ambrosianische (S-)Festformular nach dem gelasianischen Vigilformular mit der Überschrift anfügt: „Item in uigilia unde supra. missa ambrosiana". Am Festtag selbst bringt er jedoch keinen Vermerk für eine (zweite) ambrosianische Messe.

[402] O. HEIMING, Ein benediktinisch-ambrosianisches Gebetbuch des frühen 11. Jahrhunderts 357 ff.; ders. Das Sacramentarium Triplex LVII.

[403] fol 171.

[404] Im Formular des 28. Oktober ist eine der wenigen Abweichungen des Palimpsestes P von J festzustellen. Während J den hl. Fidelis nicht erwähnt, ist der Heilige in P bereits in die Überschrift aufgenommen. Dieses Faktum ist von solchem Gewicht, daß es die Frage nach der zeitlichen Relation zwischen J und P zugunsten des höheren Alters von J entschied und damit die Abhängigkeit des Palimpsestes von J (O. HEIMING, Ein „fusioniertes" Gregorianum und ein Ambrosiano-Benedictinum 269 f.).

DRITTER TEIL

DIE KAROLINGISCHE REDAKTIONSARBEIT
AM AMBROSIANISCHEN SAKRAMENTAR

A. DIE GEMEINSAME MAILÄNDISCH-KAROLINGISCHE
QUELLE VON J UND S

I. Postulat einer gemeinsamen Quelle und seine Begründung

Die Gegenüberstellung der Sakramentartraditionen J und S ergibt, daß wesentliche Unterschiede bestehen. Beide Handschriftengruppen weisen römisches wie mailändisches Eigengut auf und unterscheiden sich in der Tradierung der vorkarolingischen Liturgie wie in deren Romanisierung.

Bei aller Differenz ist jedoch das Gemeinsame nicht zu übersehen und zu unterschätzen. Wenn man auf Grund der Differenzen von zwei Redaktoren bzw. Redaktionen sprechen kann, so ist nun die Frage zu stellen, wie die Gemeinsamkeit zu erklären ist, die beide Redaktionen nicht nur in altmailändischer Tradition, sondern auch in der Romanisierung verbindet.

Angesichts der bisherigen Ergebnisse ist eine gegenseitige Abhängigkeit – gleich in welcher Richtung – auszuschließen. Weder ist J von S abhängig noch umgekehrt. Es muß vielmehr eine gemeinsame Quelle vorliegen, und zwar eine karolingische Redaktionsarbeit am ambrosianischen Sakramentar, die vor J und S anzusetzen ist. Dieses Postulat stützt sich auf folgende Beobachtungen und Fakten:

1. Gemeinsame Zusammenstellungen römischer Orationen

Nicht alle gleichen römischen Formeln, Formelgruppen und Formulare in J und S weisen ohne weiteres auf eine Verbindung zwischen den Hss, da sie unabhängig voneinander den römischen Vorlagen entnommen sein können. Von größerer Bedeutung sind daher gleiche römische Formulare und Orationenreihen in J und S, die sich nicht in gleicher Zusammensetzung und mit gleicher Funktion in den römischen Vorlagen finden.

a) Die Orationenreihe der Karwoche besteht aus 8 bzw. 7 Eingangs- und Schlußorationen der gelasianischen Formulare von Palmsonntag bis Gründonnerstag. Sie ist in Mailand „ad vesperum sive ad matutinum" zu beten[405]. Es handelt sich also nicht um eine Orationenreihe, die als solche vom Gel saec VIII übernommen wurde, sondern um eine mailändisch-karolingische

---
[405] Vgl. S. 46.

Zusammenstellung gelasianischer Orationen, die in beiden Redaktionen gleich sind, mit Ausnahme der 6. Oration in J, die in S fehlt[406]. Ähnliches gilt von der Auswahl gregorianischer „Orationes pro peccatis", die in J unter gleichem Titel der letzten Bittmesse angefügt und vom S-Redaktor in die Litaneiorationen des 3. Bittags eingereiht ist[407]. Gleich ist auch die Auswahl der 6 Lektionsorationen zur Ostervigil.

b) Im Sanktorale können vor allem Formulare mailändischer Heiliger auf eine gemeinsame Quelle schließen, die in karolingischer Zeit auf der Grundlage römischer Heiligenformulare zusammengestellt wurden. Diese beiden Redaktionen vorausgehende karolingische Redaktionsarbeit wird vor allem deutlich in Formularen, deren Orationen ursprünglich ganz oder doch überwiegend einem einzigen römischen Formular angehören, z. B.:

mailändisches Fest:	übernommene Formeln:	gelasianisches Fest:
Babilas (24. Jan.)	SS SO PC (UD in J)	Praeiectus (25. Jan.)
Transl. Nazarii (24. Mai)	SS SO PC	Primus, Felicianus (9. Juni)
Dep. Dionysii (25. Mai)	SS SO	Felix (29. Juli)
Vig. Nazarii et Celsi (27. Juli)	SS SO PC	Simplicius, Faustinus, Beatrix (29. Juli)
Dep. Eustorgii (18. Sept.)	SP SO	Protus, Iacinthus (11. Sept.)
	SS	Lucia, Geminianus (16. Sept.)

2. Gemeinsame Abweichungen von den römischen Vorlagen

Einen weiteren Anhaltspunkt für eine gemeinsame Quelle bieten gleiche Abweichungen von der gregorianischen Vorlage. Innerhalb der ersten vier Fastenwochen weicht J nur in zwei Ferialformularen von der gregorianischen Vorlage ab; beide Male zusammen mit S. Für die SS im Montagsformular der 1. Woche ist der Grund für die Wahl der gelasianischen Tagesformel nicht ersichtlich. Gerade dies ist bedeutsam für einen Rückschluß auf eine gemeinsame Vorlage, da kein zwingender Grund vorlag, der beide Redaktoren unabhängig voneinander zum gleichen Tausch der Orationen hätte veranlassen können. Dagegen läßt sich das gemeinsame gelasianische Formular am Donnerstag der 3. Woche auf das Faktum zurückführen, daß man dadurch das ehemalige Dedikationsformular für die Kirche der römischen Stationsheiligen Cosmas und Damian im Gregorianum umgehen wollte[408].

Auch für eine Präfation der Quadragesima läßt sich in J und S die gleiche Abweichung von der gregorianischen Vorlage feststellen. Am Dienstag der 1. Woche bietet der Kompilator des fränkischen Präfationale die gleiche Präfation wie Mailand am vorhergehenden Sonntag. Deswegen tauscht Mailand die Dienstagspräfation mit der römischen Präfation des gleichen Sonn-

---

[406] Vgl. Anm. 131.
[407] Vgl. S. 60.
[408] Vgl. S. 38.

tags[409], und zwar – wie die Varianten zeigen – in der Version des Supplements und nicht der des Gel saec VIII.

3. Gemeinsame Textvarianten in römischen Orationen

In den romanisierten Formularen sind gemeinsame Textvarianten beider Redaktionen gegenüber den römischen Lesarten für die Eruierung einer gemeinsamen mailändisch-karolingischen Quelle von außerordentlicher Bedeutung. Im Folgenden seien einige Formeln und Formulare mit gemeinsamen Eigenvarianten aller mailändischen Hss gegen alle römischen Zeugen genannt:

Quadragesimalferien: 67, 78, 103, 112, 115, 118, 143. 182, 188, 189, 197, 198, 246, 250, 265, 268.

Orationes solemnes: 294, 296, 297, 300, 303, 304, 305, 307.

Lektionsorationen am Karsamstag: 310, 311, 314.

Karolingische Festformulare: Annuntiatio S. Mariae (nur Präfation); Inventio S. Crucis (Orationen); Vigilformular der hll. Protasius und Gervasius, Assumptio S. Mariae; Matthäus, Michael.

II. Struktur der gefolgerten Quelle

1. Die Quelle Q als Ergebnis einer ersten mailändisch-karolingischen Redaktionsarbeit

Durch gemeinsame Abweichungen von den römischen Vorlagen, durch gleiche Zusammenstellungen römischer Formeln und gemeinsame Textvarianten in römischen Orationen läßt sich eine Beziehung zwischen den Hss feststellen, die ausschließt, daß J und S jeweils die Ergebnisse einer direkten und voneinander unabhängigen Romanisierung darstellen. Da eine gegenseitige Abhängigkeit nicht besteht, muß eine gemeinsame karolingische Quelle existieren. Diese karolingisch-mailändische Quelle nenne ich die Quelle „Q" bzw. Q-Redaktion, gleichviel, ob es einen einzigen Archetyp gab oder ob mit diesem Begriff verschiedene redaktionelle Einheiten zusammengefaßt sind, ob einer einzigen Persönlichkeit oder mehreren Reformern die Neubelebung der ambrosianischen Liturgie zu verdanken ist.

Aus dieser neuen Sicht entsteht eine Fülle von Fragen und Problemen, von denen ich nur einige nenne, um ihnen anschließend an konkreten Beispielen nachzugehen. Zunächst: Was ist unter der Quelle Q zu verstehen, und wo ist sie greifbar? In welcher Beziehung stehen J und S zur Q-Vorlage, wie stehen sie zueinander, und worin erweist sich die Eigenständigkeit der Redaktoren? Diese Fragen führen zu einer Analyse der redaktionellen Unterschiede zwischen J, S und G als selbständiger Variante. In Auswertung dieser Analyse folgen einige Rekonstruktionsversuche altmailändischer Sakramentartradition und der ersten karolingischen Redaktionsarbeit.

---

[409] Vgl. S. 38f.

2. Differenzierung der Quelle Q in redaktionelle Einheiten

Die Q-Redaktion hat bereits einen bedeutenden Teil der Romanisierungs- und Reformarbeit geleistet. Es wäre aber ein falscher Schluß, wollte man sich unter der Q-Vorlage ein vollständiges Sakramentar vorstellen, etwa im Sinn eines „Urexemplars", das allen künftigen Sakramentaren als Vorbild zu dienen hatte. Gegen eine solche Vorstellung sprechen bereits die Differenzen zwischen J und S. Der Redaktion eines endgültigen Sakramentars blieb noch genug Gestaltungsmöglichkeit, so daß derart unterschiedliche Bücher entstehen konnten wie J, G und die S-Hss.

Die Q-Redaktion kann das Werk eines einzelnen gewesen sein. Möglich, sogar wahrscheinlicher ist, daß mehrere liturgische Reformer die Grundlage für ein neues Sakramentar gelegt haben. In jedem Fall kann man als sicher annehmen, daß kein endgültig redigiertes Liturgiebuch erstellt wurde, sondern nur eine Art Vorentwurf, eine mehr oder weniger lose Zusammenstellung redaktioneller Einheiten und Elemente. Als redaktionelle Einheiten kann man z. B. die romanisierte Quadragesima, Zusammenstellungen römischer Orationen zu neuen Reihen und Formularen, das gut durchkomponierte Corpus der Wochenmessen und das des Heiligencommune betrachten. Durch diese Romanisierungsarbeiten ergaben sich naturgemäß Kollisionen mit der altmailändischen Sakramentartradition. Eine der Hauptaufgaben der weiterarbeitenden Redaktoren war es daher, die Wahrung altmailändischer Liturgie mit den Romanisierungsergebnissen der Q-Redaktion zu verbinden.

Nur auf dem Hintergrund dieser Vorgegebenheiten läßt sich die verschiedene Struktur von J und S erklären. Wenn z. B. die römische Orationenreihe der Karwoche, die sich als Zusammenstellung eines mailändischen Liturgikers erwies, in J nach dem Montagsformular eingeordnet ist, in den S-Hss dagegen in das Karfreitagsformular integriert wurde, so kann diese unterschiedliche Lokalisierung nur dadurch erklärt werden, daß die Stellung der Reihe in der Q-Vorlage nicht endgültig fixiert, sondern variabel war. Die Zusammenstellung der Reihe erfolgte von der Q-Redaktion, die Einordnung in ein systematisch aufgebautes und durchgearbeitetes Sakramentar war Sache der Redaktoren[410].

Die teilweise verschiedenen Perikopensysteme in J und S, ferner die verschiedene Adaptierung der römischen Vorlagen lassen darauf schließen, daß nicht von vornherein alle Formulare einheitlich mit Formelgut und Perikopen redigiert wurden, sondern daß sich auch hier verschiedene redaktionelle Einheiten herausschälen. So sind in den ersten 4 Fastenwochen die Ferialformulare in J vermutlich nicht zusammen mit dem römischen Perikopensystem bearbeitet und adaptiert worden. Dies zeigt folgender Vergleich der Redigierung.

Die Formulargestaltung der Quadragesimalferien in J stützt sich fast ausschließlich auf eine gregorianische Vorlage, ohne Rücksicht darauf, ob die Orationen mit den Orationen anderer Formulare kollidieren. Anders verhält

---

[410] Das schließt natürlich nicht aus, daß einer der Redaktoren die Stellung der Q-Vorlage übernahm. Vgl. S. 135.

es sich bei der Übernahme des römischen Lesesystems[411]. Hier werden alle Doppelungen mit (alt)mailändischen Lesungen sorgfältig vermieden. Wenn möglich, tritt an die Stelle der römischen Doublette die römische Perikope desjenigen Tages, mit dessen mailändischer Perikope die römische Lesung zusammenfällt.

Das Perikopensystem der Evangelien entspricht in J der Leseordnung, wie sie die älteren bei Th. KLAUSER[412] angegebenen Kapitulartypen (und das Missale Romanum) bieten. Die einzelnen Typen unterscheiden sich in der Quadragesima vor allem durch die Donnerstagsperikopen. Da der aliturgische Charakter des Fastendonnerstags erst durch Gregor II. (715–731) aufgehoben wurde, kennt der Typ II („römisch, um 735") die Donnerstage mit Ausnahme einiger Hss noch nicht. Erst die Hss der Typen Λ („rein römisch, 740") und Σ („rein römisch, 755") bieten Lesungen für die Donnerstage. Ihre Perikopenwahl – die auch J übernimmt[413] – unterscheidet sich jedoch von dem Typ Δ („römisch-fränkisch, nach 750") und damit auch vom Murbacher Comes, den R. AMIET als Quelle für die Evangelienperikopen der Quadragesimalferien in J annimmt[414].

An folgenden Tagen weicht J von dem römischen System ab, da die römische Perikope bereits an mailändischen Fastensonntagen gelesen wird:

Freitag der 3. Woche:
Rom: Jo 4,6–42 = *Mailand:* Dom. I de Samaritana
J: Lc 11,14–28 = *Rom:*   Dom. III[415]

---

[411] Bei den S-Hss ist für die Lesungen eine Untersuchung der Adaptionsweise nur bei den Episteln möglich, die für Montag bis Donnerstag von Rom übernommen wurden (vgl. O. HEIMING, Die Episteln der Montage, Dienstage, Mittwoche und Donnerstage der Mailänder Quadragesima [JLw 7 (1927) 141–144]; ders. Aliturgische Fastenferien in Mailand [ALw 2 (1952)] 51). An den Samstagen wurden die altmailändischen Episteln und die Evangelienperikopen beibehalten, die schon Busto kennt. Vom Montag bis Donnerstag der ersten vier Wochen läuft eine fortlaufende Perikopenreihe aus der Bergpredigt nach Matthäus, die man in Antiochien in der 1. Fastenwoche liest (O. HEIMING, Aliturgische Fastenferien in Mailand 49) und die nach Heiming schon vor der karolingischen Zeit im mailändischen Gottesdienst ihren Platz hatten (a. a. O. 55).

[412] Das römische Capitulare Evangeliorum. Texte und Untersuchungen zu seiner ältesten Geschichte (LQF 28 [1935]).

[413] In G ist das Perikopensystem der Quadragesimalferien das gleiche wie in J (vgl. Anm. 166; zu dem Hinweis am Fest „Mediante die festo" kommt die Notiz am 15. Sonntag nach Pfingsten, aus der hervorgeht, daß auch die Donnerstagsperikopen übereinstimmen).

[414] La tradition manuscrite du missel ambrosien 31. Der Hinweis auf Murbach ist insofern wertvoll, als ich auf diese Weise feststellen konnte, daß sich dort die altlateinische Lesung für den Oktavtag von Epiphanie und die gleichen Angaben wie in J für Lesungen und Evangelien der nachpfingstlichen Sonntage finden. Für diese Lesungen ist das Lektionar durchaus als Quelle möglich, keinesfalls aber für die Quadragesimalferien. Die Evangelienperikopen der Quadragesima im Murbacher Comes, von A. WILMART in das 8. Jh. datiert (vgl. Anm. 96), entsprechen dem von KLAUSER definierten Typ Δ.

[415] An diesem Tag wurde in J auch die Präfation mit der Präfation des 3. römischen Fastensonntags getauscht.

Mittwoch der 4. Woche:

  Rom: Jo 9,1–38   = *Mailand:* Dom. III de Ceconato
  J: Jo 6,1–14   = *Rom:*   Dom. IV

Freitag der 4. Woche:

  Rom: Jo 11,1–45 = *Mailand:* Dom. IV de Lazaro
  J: Mc 1,40–44 = *Rom:*   Dom. vacat[416]

Für diesen 4. Freitag waren die Möglichkeiten einer Perikopenwahl in der römischen Vorlage nahezu erschöpft. Das Evangelium des folgenden (5.) römischen Sonntags bildet den zweiten Teil des Evangeliums für den mailändischen Sonntag „de Abraham". Das Evangelium des vorhergehenden (4.) römischen Sonntags war bereits am Mittwoch der gleichen Woche eingesetzt, das des 3. am Freitag der 3. Woche. Die Lesungen des 1. römischen Sonntags stimmen mit denen der mailändischen „Dominica in caput Quadragesimae" überein. Es bleibt der 2. römische Sonntag. Dieser Sonntag nach dem Fastenquatember erhielt erst spät eine Lesung. Die älteren Kapitulare (Π Λ Σ) geben für die „Dominica vacat" keine Perikope an. Als Nachtrag findet sich die Perikope Mc 1,40–44 in der Hs Y[417] vom Typ Π[418]. Andere Hss geben Mt 17,10–30 an. Die Hss des Typs Δ verzeichnen ebenfalls die Markusperikope, dehnen sie aber aus bis 2,12[419].

Auch am Donnerstag der 5. Woche folgt J keiner der Perikopen, die für diesen Tag in den römischen Kapitularen zur Auswahl standen (Λ Σ : Lc 7,36–47; Δ : Jo 7,40–53). Der Grund für dieses Ausweichen wird darin liegen, daß Mailand den Bericht von der Salbung in Bethanien (Lc 7,36–47), den Λ und Σ für diesen Tag gewählt haben, am folgenden Palmsonntag nach Johannes bringen wird (Jo 11,53–12,11). Die von J an diesem Donnerstag angegebene Perikope (Mc 14,10–16) findet sich bei KLAUSER nur für den folgenden Samstag als Nachtrag im Kapitular von Rheinau (Typ Λ)[420]. Für diesen Samstag, der in Rom lange Zeit aliturgisch war, bieten Π und fast alle Hss von Λ kein Evangelium (Σ verzeichnet Jo 17,1–11, Δ Jo 6,53–71). J gibt Jo 7,43–53 an, die gleiche Perikope, die die S-Hss am Donnerstag der 5. Woche bringen[421].

Auch innerhalb J selbst sind verschiedene Perikopensysteme festzustellen. So stammen die Perikopenreihen der Quadragesimalferien und die der Sonntage nach Pfingsten nicht aus dem gleichen römischen Lektionar. Die römische Vorlage der Quadragesima kann auf den Typ Λ festgelegt werden, da Π noch keine Donnerstage der Quadragesima kennt und die

---

[416] B gibt die Überschrift „Euang. sec. Iohannem" an, die auf die römische Perikope weist. Darauf beginnt leider eine Lücke.

[417] Paris, Bibl. Nat. lat. II 959, 10. Jh.

[418] KLAUSER 20[62].

[419] KLAUSER 147[80].

[420] KLAUSER 69[98].

[421] Bei KLAUSER ist die Perikope in dieser Abgrenzung der Verse nicht vermerkt, wohl aber ist Jo 7,40–53 die offizielle Donnerstagslesung des Typs Δ (149[105]).

Perikope von Σ für den Samstag vor Palmsonntag (Jo 17,1–11) dem mailändischen Redaktor offensichtlich nicht bekannt war. Dagegen stimmen die Perikopen der nachpfingstlichen Sonntage mit den Angaben des Murbacher Comes überein, der wiederum die Evangelienperikopen der Quadragesima mit dem Typ Δ gemeinsam hat[422].

Aus dem bisher Gesagten ergibt sich, daß unter der Quelle Q kein einheitlich durchgearbeitetes Sakramentar zu verstehen ist, vielmehr eine Arbeitsgrundlage mit verschiedenen redaktionellen Einheiten.

B. REDAKTIONELLE UNTERSCHIEDE ZWISCHEN J UND S

Eine nächste Frage stellt sich nach der je eigenen Beziehung von J und S zur Q-Vorlage. Die Ausschließung eines Abhängigkeitsverhältnisses untereinander impliziert zugleich, daß keine der Redaktionen mit der von Q identisch sein kann, d. h. die erste karolingische Redaktionsarbeit darstellt. Nach dem Vergleich der Hss wird nun die Analyse dieses Vergleiches erweisen, ob sie etwas über das Abhängigkeitsverhältnis von J und S zur Quelle Q und damit über diese Quelle selbst ergibt.

I. Korrektur der Q-Vorlage durch den S-Redaktor

Nach einem unbestrittenen Gesetz der Textkritik ist die lectio difficilior älter als eine offensichtliche Interpolation und Konjektur. Die Umkehrung dieses Axioms ergibt, daß ein korrigierter Text das Ergebnis einer neuen Rezension ist. In erweiterter Anwendung auf die redaktionsgeschichtliche Untersuchung des ambrosianischen Sakramentars bedeutet dies, daß der besser redigierte S-Text zur gemeinsamen Ausgangsquelle in einem logisch entfernteren Verhältnis steht als der oft unausgeglichene J-Text, J also mehr von Q unbearbeitet und unkorrigiert übernommen hat. Im Folgenden werden einige charakteristische Korrekturen des S-Redaktors zusammengefaßt[423]. Ob diese Korrektur tatsächlich auch immer eine Verbesserung bedeutet, wird sich im Einzelfall erweisen.

---

[422] Die Perikopensysteme (in J) aus verschiedenen römischen Quellen haben jedoch gemeinsam, daß sie mit der mailändischen liturgischen Einleitungsformel beginnen (vgl. S. 28f.) und daß ihnen die eusebianischen Sektionszahlen beigefügt sind.

[423] Bei der Untersuchung der Differenzen ist natürlich zu bedenken, daß in jeder Hs eines Sakramentartyps neue Varianten und Differenzen entstehen können. Zweifellos ist es ein großer Nachteil, daß von dem Sakramentartyp J nur eine, dazu nicht völlig erhaltene Hs zur Verfügung steht, deren Zeugnis sich nur in der Tochterhandschrift P, einem Palimpsestfragment, ein geringer Rückhalt bietet.

1. Eliminierung von Orationendoubletten

a) Temporale

In den ersten vier Wochen der Quadragesima variieren in J und S die Formulare der Quadragesimalferien in 15 Orationen. Die gregorianischen Orationen sind in S meist durch gelasianische Orationen ersetzt[424]. Der Grund dafür kann darin gesehen werden, daß 12 dieser Orationen sich bereits in anderen Formularen der mailändischen Hss finden. Ebenso sind in den S-Formularen der ersten drei Kartage die drei gregorianischen Orationen, die bereits in einem anderen mailändischen Formular belegt sind, durch gelasianische Tagesformeln ersetzt[425]. Das gleiche ist bei den Präfationen der Quadragesimalferien zu beobachten[426]. In der J-Orationenreihe der Karwoche ist nur eine Oration in einem anderen mailändischen Formular belegt. Diese Oration ist nicht in die Orationenreihe der S-Hss aufgenommen[427]. Das gleiche gilt für die 1. Vesperoration des Gründonnerstags in J.

Als einziger Sonntag nach Ostern besitzt der 2. Sonntag eigenmailändische Orationen[428]. Zugleich ist allein dieses Formular in beiden Redaktionen gleich. Die übrigen Sonntagsformulare in J und S stimmen gemeinsam in Präfation und PC mit dem Tagesformular des Gel saec VIII überein. Die drei ersten Orationen weichen in J und S meist voneinander ab. Da Übereinstimmung fast nur in den gelasianischen Präfationen und PC besteht, könnte man annehmen, daß von vornherein eine verschiedene Redigierung vorliegt, die jeweils vom Gel saec VIII ausging. Doch wird dies aus folgenden Gründen nicht der Fall sein. Weder J noch S stimmen mit dem Gel saec VIII ganz überein, vor allem gehen in der SS am 1. Sonntag und in der SP am 3. und 4. Sonntag J und S gegen das Gel saec VIII zusammen. Da sämtliche Orationen in J, an deren Stelle S andere bringt, in S anderweitig bezeugt sind, spricht viel dafür, daß der S-Redaktor die Doubletten der ursprünglich einheitlichen Redigierung durch andere Orationen ersetzt hat. Eine Änderung (der S-Formulare) durch den J-Redaktor dagegen wäre nicht motivierbar. Mailändische Eigenvarianten sind sowohl in den Orationen anzutreffen, die J und S mit den gelasianischen Tagesorationen gemeinsam haben (z. B. 366, 381, 388, 389, 393, 398, 399), als auch in den Formeln, die sich in J und im Tagesformular des Gel saec VIII finden, in S aber an anderer Stelle (z. B. 363, 395, eine Variante in 365). Besonders ist dabei auf die SS des 5. Sonntags in J hinzuweisen. Die Oration „Deus a quo bona" ist auch in den gelasianisch-gregorianischen Tagesformularen anzutreffen. Textlich aber geht J eindeutig mit einer mailändischen Offiziumsoration zusammen, die B und MA II überliefern.

Die Formulare in J und S laufen also nicht nebeneinander her, sondern haben vielmehr eine gemeinsame Ausgangsbasis. Die Quelle Q bot minde-

---

[424] Vgl. Schema S. 37.
[425] Vgl. Anm. 130.
[426] Vgl. S. 38 f.
[427] Vgl. S. 46.
[428] Vgl. S. 57 f.

stens für vier Sonntage ein Formular. Ob auch für den 5. Sonntag, ist fraglich. G gibt an diesem Sonntag nur Lesungen an[429]. In J und S sind nur die
Präfation und PC des gelasianischen Tagesformulars gleich, während an den
übrigen Sonntagen mindestens eine Oration gegen das gelasianische Formular gleich ist.

b) Sanktorale

Die altmailändischen Heiligenformulare sind fast ausnahmslos in beiden
Redaktionen gleich[430]. In der karolingischen Redaktion wurden römische
Formulare nicht nur für Feste allgemein gefeierter Heiliger übernommen.
Römische Formulare und Orationen finden sich auch in Formularen mailändischer Heiliger, die zwar schon früher verehrt, aber erst in karolingischer
Zeit ein eigenes Festformular erhielten[431]. Ähnlich wie in den Formularen
der Quadragesimalferien entstanden in vielen Fällen Orationendoppelungen.
Zum größten Teil wurden diese durch den S-Redaktor beseitigt. Das Formular des hl. Romanus am 18. November z. B. hat zwar eine eigenmailändische Präfation, die Orationen, wie sie J überliefert, sind jedoch ausschließlich dem Martyrercommune des Gel saec VIII entnommen. Zwei dieser
Orationen (SS und PC) wurden auch in das mailändische Heiligencommune
aufgenommen. S übernimmt daher SS und PC von einem anderen Formular
des Gel saec VIII, dem Formular des hl. Marcellus am 16. Januar[432]. Da
diese Abweichung in S motiviert werden kann, nicht aber ein Ersatz der
beiden Marcellus-Orationen durch die Communeorationen in J, wird das
J-Formular das ursprüngliche Q-Formular sein, das der S-Redaktor seiner-
seits bearbeitete.

In ähnlicher Weise lassen sich fast alle Differenzen zwischen J und S in
den karolingischen Heiligenformularen dadurch erklären, daß Orationen-
dobletten, die sich in Q (und J) ergaben, in den S-Hss durch andere Orationen ersetzt wurden. Keine Doubletten haben allein folgende (in J und S
verschiedene) Orationen: die SS am Fest des hl. Vitus[433] und die PC am Fest
der hll. Hippolyt und Cassian[434]. Das Formular des Festes Mariä Verkündi-
gung stammt in J und S aus verschiedenen römischen Büchern[435].

Zahlreicher sind die Präfationen, deren Abweichungen in J und S nicht
durch die Vermeidung von Kollisionen in S erklärt werden können. Von
diesen Präfationen sind drei J-Präfationen nur in Mailand bezeugt (Purificatio[436], Benedikt[437] und Quiricus[438]). An ihrer Stelle gibt S eine kurze ge-

---

[429] Soweit G an den übrigen Sonntagen Orationen aufweist, stimmen diese mit J
    überein.

[430] Differenzen betreffen im allgemeinen nur die PC (dazu S. 138f.).

[431] Vgl. S. 121.

[432] Vgl. S. 94.

[433] Vgl. S. 102f. Ob der Q-Redaktor schon das gelasianische Formular übernommen
    hatte, ist fraglich. G verweist auf das Commune eines Martyrers, J und S er-
    gänzen die SS verschieden.

[434] Vgl. S. 110.

[435] Vgl. S. 99f. und S. 155.

[436] Vgl. S. 98 und S. 155.   [437] Vgl. S. 99 und S. 155f.   [438] Vgl. S. 107.

lasianische Präfation. Die Präfation für den hl. Babilas ist in J mit dem gelasianischen Formular des hl. Präjektus übernommen worden, die S-Präfation
weist hingegen auf vorkarolingische Zeit[439]. Für das Fest der hll. Carpophorus
und Donatus hat jede der beiden Redaktionen eine kurze Eigenpräfation[440].
Die Präfation am Fest der hll. Cosmas und Damian ist in S dem gelasianischen Formular der Heiligen vom 27. September entnommen. Die J-Präfation ist im Veronense für die hll. Petrus und Paulus, im Paduanus für den
hl. Mauricius bezeugt[441].

2. Wahrung mailändischer Traditionselemente

Die erste karolingische Redaktion des ambrosianischen Sakramentars hatte
in ihrem Romanisierungsbestreben manch mailändisches Traditionsgut
gefährdet, das parallel neben dem römischen und romanisierten Liturgiegut
mitgeführt oder schließlich ganz durch dieses überdeckt wurde. Die S-Redaktion versuchte nicht nur, einen Großteil entstandener Doppelungen zu eli-
minieren, sondern war auch bedacht, solche römischen Elemente wieder aus-
zuscheiden, welche die mailändische Tradition überlagerten.

a) Quadragesima

Die mailändische Quadragesima beginnt mit dem Montag der 1. Fastenwoche. Mit den römischen Formularen der Fastenferien hatte der Q-
Redaktor auch den römischen Beginn der Quadragesima mit dem Aschermittwoch und den folgenden Tagen übernommen[442]. Trotz des römischen
Fastenbeginns bleibt jedoch die mailändische Bezeichnung des folgenden
Sonntags als „Dominica in caput Quadragesimae" und des Sonntags nach
der 1. Fastenwoche als „Dominica I in Quadragesima". In der S-Redaktion
wurden der Aschermittwoch und die folgenden Tage nicht mitübernommen,
um den mailändischen Charakter der Quadragesima mit dem ihr eigenen
Beginn zu wahren.

Für die Ferialtage der Quadragesima wurden in der Q-Redaktion fast
ausnahmslos die gregorianischen Formulare übernommen[443]. Hatte bisher
noch nicht jeder Ferialtag ein eigenes Formular, so wurde jetzt des Guten
zuviel getan: auch der aliturgische Freitag wurde mit einem Formular ausgestattet. Erst in der S-Redaktion wurde das Freitagsformular wieder eliminiert. Als der Kompilator des Bergomense auch die Freitagsformulare auf-
nehmen wollte, diese ihm aber nicht in der S-Vorlage zur Verfügung
standen, entnahm er sie direkt einem Gregorianum, das ihm freilich keine
Präfationen bot[444].

---

[439] Vgl. S. 98. [440] Vgl. S. 109.

[441] Vgl. S. 118.

[442] Da die gregorianische Vorlage noch keinen Donnerstag bot, wurde das Donners-
tagsformular in Mailand zusammengestellt. Für den Donnerstag und für den
Samstag wurden Präfationen aus gelasianischen Tagesorationen gebildet (vgl.
S. 35).

[443] Vgl. S. 36 ff.

[444] Vgl. Anm. 106. Mit den römischen Freitagsformularen übernahm B auch die

Am Samstag der 2. Fastenwoche haben die S-Hss die mailändische Aschen-
weihe und zwei Orationen „super competentes"[445] und am Samstag der
5. Woche Orationen aus dem Formular „in traditione Symboli" bewahrt[446].

b) Pfingstoktav und Sonntage nach Pfingsten

Mailand kennt keine Pfingstoktav. So bieten die S-Hss auch keine Formulare für die einzelnen Tage. Nur für den folgenden Sonntag ist ein Formular aufgenommen, das im Supplement für den 1., in den Gelasiana saec
VIII für den 2. Sonntag nach Pfingsten angegeben ist[447]. Der Tag ist nicht
als Oktavtag von Pfingsten, sondern als „Dominica I post Pentecosten" bezeichnet. J bietet für jeden Wochentag der Pfingstoktav ein Formular, auch
am Donnerstag, der in den römischen Büchern noch ohne Formular war[448].
Der abschließende Sonntag trägt wie in S den Titel des 1. Sonntags nach
Pfingsten, doch werden die folgenden Sonntage „post octava Pentecosten"
gezählt[449].

Im Anschluß an den 1. Sonntag nach Pfingsten folgt in den S-Hss die
Missa canonica und vier weitere Missae cotidianae. Diese fünf mailändischen
Cotidianae wechseln – zusammen mit der Votivmesse für den Sonntag „de
Trinitate" – an den Sonntagen nach Pfingsten einander ab. J dagegen hat
einen Libellus mit Sonntagsformularen übernommen, die überwiegend aus
Orationen eines vorhadrianischen Gregorianums zusammengestellt sind[450].

3. Interpolierte Formulare und Texte

a) Die Tradition der Missa Canonica

Wie aus dem Schema der Missa canonica[451] hervorgeht, besteht die
Differenz zwischen S und J weniger in der Tradierung verschiedener Texte
als in einem Plus der J-Tradition, d. h. der Meßordo in J ist detaillierter als

---

römischen Evangelienperikopen dieser Tage, jedoch nicht in der sorgfältigen
Adaption an das mailändische Perikopensystem, die den Redaktor der Perikopen
in J auszeichnet (vgl. Anm. 416). Ferner tritt in den Perikopen, in deren ersten
Worten Jesus genannt wird, nicht wie sonst in Mailand und auch in den römischen
Perikopen in J der Hoheitstitel „dominus" hinzu („dicebat dominus Iesus discipulis suis"). Die Einleitung der Perikopen in B ist vielmehr römisch: „Dixit Iesus
discipulis suis" (Fer. VI ebd. I) und „Erat Iesus eiciens daemonium" (Fer. VI
ebd. III). Vgl. S. 28f.

[445] A 320–322.

[446] Nicht nur die Formularüberschrift erinnert an den Kompetentenritus, sondern
auch SP (A 409, GeV 287: „Deus qui humani generis ita es conditor. ut sis etiam
reformator. propitiare populis adoptiuis et nouo testamento subolem. nouae prolis
asscribe: Ut filii promissionis quod non potuerunt assequi per naturam. gaudeant
se recipisse per gratiam: per.") und die eigenmailändische SO (A 411: „Omps s.
ds. qui nos ad eternam uitam in confessionem tui nominis. baptismatis reparas
sacramento suscipe tuorum munera et uota famulorum: Ut in te sperantium et
desideria iubeas perfici et peccata deleri: per.").

[447] Vgl. S. 67f.

[448] Vgl. S. 67.

[449] Vgl. S. 68.

[450] Vgl. S. 72.

[451] Vgl. S. 74f.

in S. Das Plus in J besteht vor allem in den zahlreichen Akklamationen. Die Ausführlichkeit des Meßordo läßt an einen ursprünglichen Libellus denken, eingeleitet durch: „In Christi nomine incipit Missa canonica". Daß J eine alte vorkarolingische Vorlage wiedergibt, läßt der Vers „corrigite uos ad orationem" im Dialog nach dem Evangelium[452] vermuten. In allen späteren Quellen ist er nicht mehr bezeugt.

Der Charakter eines Meßlibellus wird in J dadurch unterstrichen, daß nicht nur Orationen, sondern auch Lesungen – ein Kapitel aus dem Galaterbrief (6,7–10) und eine Lukasperikope (17,3–10)[453] – aufgenommen sind. Wann wurden nach der J-Tradition die Perikopen verlesen, wann die Orationen gebetet? Wie bereits öfter gesagt, dienen die Orationen der Missa canonica und mit ihr die Cotidianae in den S-Hss als Formulare für die Sonntage nach Pfingsten. Da die Sonntage ein eigenes Lesesystem erhalten haben[454], wurden konsequenterweise in der Missa canonica die Perikopen ausgelassen. J läßt zwar die Cotidianae aus, da Orationen und Perikopen für die Sonntage nach Pfingsten angegeben sind, hat jedoch Orationen und Lesungen der altmailändischen Missa canonica beibehalten.

Durch den Embolismus des Te igitur entstand in J zusammen mit dem Memento ein doppeltes Gedächtnis der Lebenden[455]. Die S-Hss erwähnen nicht den Embolismus, sondern nur das Memento mit der Rubrik „il" nach „tuarum". Von allen Hss ist der alkuinische Einschub „pro quibus tibi offerimus vel" eingefügt. Dieser Zusatz ist bekanntlich zuerst in Ott 313 bezeugt. In der gleichen Hs findet sich, ebenfalls erstmals, im Totengedächtnis die Korrektur „famulorum famularumque tuarum", von ANDRIEU gleichfalls Alkuin zugeschrieben[456]. Beide Gebete sind in den S-Hss korrigiert angegeben, in J dagegen steht im Totenmemento die alte Form „et eorum nomina"; ein Hinweis mehr, daß der J-Redaktor weniger interpoliert als vielmehr tradiert; ein Hinweis zugleich, daß beide Mementogebete in J nicht aus der gleichen Quelle stammen. Lassen vielleicht die verschiedenen Versionen[457] in J und S darauf schließen, daß erst die beiden Redaktoren das Totenmemento in den Meßkanon aufgenommen haben? Gestützt würde eine solche Annahme durch Armio, in dem das Totengedächtnis noch fehlt.

b) Korrektur der Herrscherterminologie

In fünf Zusammenhängen wird in Mailand des Herrschers gedacht[458]: in beiden Fastenlitaneien, in den Orationes solemnes des Karfreitags, im Te

---

[452] Vgl. S. 77 ff.

[453] Vgl. S. 77.

[454] Busto (fol 9R) gibt nur Perikopen für zwei Sonntage, „Dom. post decollationem sancti Iohannis baptistę" (Mt 14,1) und „Dom. ante transmigratione ecclesie" (Jo 8,3). Die erste Perikope wurde von den S-Hss nicht übernommen, die Perikope des 2. genannten Sonntags beginnt in S Jo 8,1 (A 800 XX).

[455] Vgl. S. 82 ff.

[456] Vgl. S. 85.

[457] Vgl. Variantenapparat zum Text.

[458] Die Hss geben statt des Namens nur die Rubrik „il" an. In K wurde in der „Missa pro rege uel imperatore" über den „imperator" der „dux noster Filippus Maria"

igitur des Kanon, in der Votivmesse für den Kaiser bzw. die Könige und in dem Oblationsgebet „pro imperatore" in A und K.

In allen Hss ist der Kontext der Litaneigebete und des Te igitur gleich. Ein Vergleich der einzelnen Formulierungen ist hier also legitim:

Orationes solemnes:

J	S
pro christianissimis imperat*oribus* nostris il. respice . . . ad *romanum* benignus imperium	pro christianissim*o* imperat*ore* nostro il. respice . . . ad *christianum* benignus imperium

Preces quadragesimales:

J	S
pro famulis tuis il. *regibus* et famulabus tuis il. *reginis* pro famulo tuo ⌐il.⌐ *rege* et famula tua ⌐il.⌐ *regina*	pro famulo tuo il. *imperatore* et famula tua il. *imperatrice* pro famulo tuo il. *imperatore* et famula tua il. *imperatrice*

Te igitur:

	J		S		
					regibusque nostris il.
	cum coniugibus	suis il. et prole			
A	et famulo tuo	imperatore	⌐il.⌐	regibusque nostris	
	cum quoiugibus	et prole			
CEM	et famulo tuo il.	imperatore			
DO	et famulo tuo	imperatore	il.		
F	et	imperatore nostro il.			
	cum coniuge sua	et prole et omni	exercitu eorum		
H	et famulo tuo il.	imperatore nostro			
	cum coniuge sua	et prole			
K	et famulo tuo	imperatore nostro			
N	et famulis tuis			regibus uel imperatoribus	

In der Zeit vor 800 war als Herrscherterminus der „rex", meist „reges"[459] (im fränkischen Reich näherhin der „rex Francorum"), und das Epitheton

gesetzt. Über das „imperium" wurde das „regnum" und über „imperialis" „regalis" geschrieben. Philipp Maria (1412–1447) war der letzte Herzog der Visconti (O. HEIMING, Das ambrosianische Sakramentar von Biasca XLI).

[459] So bereits 1 Tim 2,2: „pro regibus"; De Sacr. IV, 4.14: „defertur oratio, petitur pro populo, pro regibus, pro caeteris" (B. BOTTE, Ambroise de Milan, Des

„romanus" üblich. Seit Karl d. Großen setzte sich allmählich die Terminologie „imperator(es)" und „christianus" durch[460]. Damit ist jedoch nicht gesagt, daß der „imperator" vorher unbekannt war[461], noch daß mit dem karolingischen Begriff des „imperator" ohne weiteres eine bestimmte Persönlichkeit gemeint sein muß. Ebenso kann der Versuch, die Erwähnung mehrerer „imperatores" mit der Konstellation einer kaiserlichen Doppelherrschaft auf einen Nenner zu bringen, oft nicht mehr als Spekulation sein. Für J jedenfalls bietet sich von der Herrscherterminologie keinerlei Hilfestellung für eine Datierung, denn stellt man die Termini in J nebeneinander, so kann man fast alle Herrschertitel finden. Es wird gebetet für den „rex" (und die „regina"), die „reges" (und die „reginae" bzw. die „coniuges" mit ihren Kindern), für die „imperatores", in der Votivmesse schließlich auch für die „principes". Wollte man die Termini „imperatores" auf eine bestimmte Situation hin konkretisieren, könnte für die Hs aus der Abtei S. Simpliciano nur die Doppelherrschaft der beiden ersten Ottonen in Betracht kommen. Zum letztenmal empfing 967 zu Lebzeiten eines Kaisers dessen Sohn ebenfalls die Kaiserkrone. Als Zwölfjähriger wurde Otto II. in Rom von Johannes XII. gekrönt. Sechs Jahre später starb sein Vater, Otto I.

Mit der Zeitspanne von 967 bis 973 wäre also die Datierung von J gegeben, doch leider stimmt die Rechnung nicht, und es wäre fruchtlos, sich nach einer weiteren Doppelherrschaft umzuschauen. Wenn die Termini in J verworren erscheinen und der Eindruck einer „oberflächlichen"[462] Arbeitsweise entsteht, so klären sich die Differenzen bei einer genaueren Quellenuntersuchung.

α) Von einer römischen Vorlage haben J und mit ihm G eine der Votivmessen „pro regibus" übernommen[463]. Entsprechend der vorkarolingisch-fränkischen Terminologie sind „reges" und „principes" genannt. Die PC erwähnt das „romanum imperium", während in der SP der Begriff bereits gegen „christianum . . . imperium" ausgewechselt ist. Dies mag aus dem gleichen Anfang der SP der „Missa pro imperatore" (B D E M) bzw. „pro rege uel imperatore" (F K N O) in den S-Hss zu erklären sein. Die Ähnlichkeit der Eingangsoration bleibt aber auch das einzig Verbindende zwischen den Formularen in J und S, die in den übrigen Formeln völlig voneinander

---

Sacraments Des mystères [Paris 1961] 108). In der mozarabischen Liturgie werden regelmäßig „reges" genannt (vgl. L. BIEHL, Das liturgische Gebet für Kaiser und Reich [Paderborn 1937] 76).

[460] Vgl. G. TELLENBACH, Römischer und christlicher Reichsgedanke in der Liturgie des frühen Mittelalters (Heidelberg 1934) 20 ff.; L. BIEHL, Das liturgische Gebet für Kaiser und Reich 74 ff.

[461] Im Stowe-Missale werden in der „Deprecatio pro populo" die Kaiser („pro piisimis imperatoribus et omni romano exercitu", 6) und im Memento die Könige genannt („pro imperio romano et omnibus regibus christianis", 11). Eine allgemeine Erwähnung des „imperator" ist zuerst in der Karfreitagsfürbitte festzustellen, z. B. in GeV und GeA: „pro . . . imperatore uel rege nostro illo".

[462] So O. HEIMING, Das ambrosianische Sakramentar von Biasca XLI und XLII.

[463] Vgl. Konkordanztabelle und Variantenapparat zu J 1270–1274.

abweichen und nicht verglichen werden können, also auch nicht in ihrer Herrscherterminologie.

β) Die Karfreitagsfürbitten sind in Mailand zweifellos römischen Ursprungs. In J findet sich die Terminologie des Gel saec VIII: „Oremus et pro christianissimis imperatoribus". Die S-Hss nennen wie das Hadrianum allein den „imperator". In dem anschließenden Gebet findet sich in S das karolingische „christianum imperium", während sich in J noch das vorkarolingische „romanum imperium" behaupten konnte[464].

γ) Der S-Redaktor hat in konsequenter Weise auch die Preces quadragesimales an die neue Terminologie adaptiert. In beiden Litaneien werden der „imperator" und die „imperatrix"[465] erwähnt. Wie J für die Votivmesse und die Karfreitagsfürbitte die römisch-fränkische Vorlage mit ihrer Terminologie unverändert übernommen hat, so wohl hier die mailändische Vorlage, d. h. zunächst Q. Wie J und Q wird auch die altmailändische Tradition für König(e) und Königin(nen) gebetet haben.

δ) Wie die Fastenlitaneien stammt mit dem Meßkanon auch das Te igitur aus mailändischer Tradition. Wie in den anderen Formulierungen wird der „famulus tuus imperator il." in den S-Hss auf karolingische Zeit weisen, genauer auf die Hand des S-Redaktors, der bestrebt war, die Formulierungen überzukorrigieren und auf einen einheitlichen Nenner zu bringen. J dagegen übernahm auch hier seine Vorlage unverändert. Wie in den Fastenlitaneien wird im Te igitur für „reges" gebetet, dazu für die „coniuges", die namentlich („il.") genannt sind. In A steht die alte Form neben der neuen: „famulo tuo imperatore ⌐il.⌐ regibusque nostris cum quoiugibus et prole". Von den übrigen S-Hss nennt allein N Könige: „famulis tuis regibus uel imperatoribus"[466]. Es handelt sich dabei um stereotype Wendungen, ohne einen Namen oder die Rubrik „il.".

Zusammenfassend ist zu sagen, daß der Modus, wie J die Herrscher erwähnt, nicht auf ein willkürliches Einsetzen der Termini zurückzuführen ist, sondern ausschließlich eine Quellenfrage ist. J übernahm die Termini über die Q-Vorlage von den römischen bzw. mailändischen Quellen. Aus mailändischer Quelle stammen die „reges", aus römisch-fränkischer Quelle die „imperatores" und das „romanum imperium" der Orationes solemnes und der Votivmesse „pro regibus". Der S-Redaktor korrigierte die Q-Vorlage und glich konsequent alle mailändischen Termini dem Sprachgebrauch der Zeit an.

c) Harmonisierung verschiedener Quellen

Genauer gesagt sind es z. T. nur Versuche einer Harmonisierung, denn nicht immer kann die Angleichung als geglückt und damit harmonisch an-

---

[464] Vgl. Variantenapparat zu J 298f.

[465] In A wurde in der 2. Litanei die Bitte zunächst ausgelassen. Nachgetragen wurde: „Pro famulo tuo il. imperatore et omni exercitu eius". Unerwähnt bleibt also die Kaiserin. O. HEIMING schließt daraus, daß der damalige Kaiser unverheiratet war (Das ambrosianische Sakramentar von Biasca XLIII).

[466] In den Preces quadragesimales und den Orationes solemnes betet N wie alle S-Hss „pro famulo tuo il. imperatore" bzw. „imperatore nostro il.".

gesprochen werden, wie z. B. im Kanon des Gründonnerstags. In die ursprünglich eigene, gallische Anaphora wurde dort in der karolingischen Reform das römische Communicantes übernommen. In J steht das (gregorianische) Communicantes getrennt von der mailändischen Oration „Tu nos domine", in S wurde „Tu nos domine" dem (gelasianischen) Communicantes ein- und untergeordnet[467].

In J folgt dem Dienstagsformular der Karwoche eine Reihe gelasianischer Orationen, die den gelasianischen Formularen von Palmsonntag bis Gründonnerstag entstammen[468]. Nach der Überschrift in J „ad uesperum siue ad matutinum" und in S „Item alie orationes que dicende sunt in autentica ad matutinum uel ad uesperum" (A 463) sind sie in Mailand für das Offizium bestimmt. Aus MA II erhellt, daß die Orationen auf die Tage von Montag bis Donnerstag aufgeteilt sind. Sie gelten also nicht mehr für den Karfreitag, in dessen Formular sie der S-Redaktor integriert und nach den Vesperorationen anfügt. Ähnlich wurden die römischen „Orationes pro peccatis", die J isoliert bringt, von den S-Hss in die mailändischen Litaneiorationen des 3. Bittags eingeordnet[469].

4. Konjekturen

Während J verderbte Stellen der Q-Vorlage oft unverbessert übernimmt, korrigiert der S-Redaktor. Der J- bzw. Q-Text ist gleichsam als Zwischenstufe zwischen dem römischen und dem S-Text zu verstehen. Durch Konjekturen des S-Redaktors können die Varianten in folgenden Formeln erklärt werden:

a) Präfation vom Mittwoch in der 3. Fastenwoche

Bekanntlich sind die Präfationen der Quadragesimalferien neben den mailändischen Hss zuerst im fränkischen Präfationale bezeugt, das bislang Alkuin zugeschrieben wurde, das nach den neuesten Untersuchungen von J. DESHUSSES aber Benedikt von Aniane rezensiert haben soll[470]. Mit den römischen Formularen der Quadragesima übernahm Mailand auch die Präfationen des Supplements. Dabei erfuhr der Text der Präfation „Tuamque misericordiam"[471] folgende Variationen:

Concedasque ut quorum corpora abstinentiae	GrA	obseruatione macerantur
	J	mereantur
	S	medicina curantur

In J (Q) trifft die Auslassung eines Wortes („obseruatione") mit der unkorrekten Tradierung des Prädikates zusammen. Der S-Redaktor konnte be-

---

[467] Vgl. S. 49, bes. S. 149 ff.

[468] Vgl. S. 46 und S. 120 f.

[469] Vgl. S. 60 und S. 121.

[470] J. DESHUSSES, Le „supplément" au sacramentaire grégorien: Alcuin ou saint Benoît d'Aniane? (ALw 9 [1965] 48–71).

[471] J 148.

greiflicherweise nichts mit dem korrupten Text der Q-Vorlage anfangen und ergänzte selbst den Satz durch eine neue Formulierung.

b) PC vom Fest der hll. Carpophorus und Donatus

Die Oration ist dem gelasianischen Formular des hl. Fabian entnommen. Dort steht sie jedoch nicht als PC, sondern als 2. Eingangsoration und lautet: „Adsit nobis . . . sancta *praecatio* beati . . . Fabiani"[472]. In der J(Q)-Redaktion lautet die Oration folgendermaßen: „Adsit nobis . . . beatissimorum . . . Donati et Carpofori sancta *preceptio*". In den S-Hss steht an der Stelle der „preceptio" der in der Terminologie der PC häufig verwandte Begriff der „*perceptio*", der hier jedoch den ursprünglichen Sinn verstellt.

Der S-Redaktor hatte offensichtlich den Q-Text vor sich, den er so nicht übernehmen wollte. In der Q-Fassung war „prae*catio*" zu „pre*ceptio*" geworden. In der S-Redaktion wurde nicht zu „praecatio" zurückkorrigiert, sondern das Präfix wurde geändert, und es entstand „*per*ceptio"[473]. Eine gleichzeitige, zufällige Umkehrung des Wortes der Ausgangsoration zu „preceptio" in J und „perceptio" in S ist unwahrscheinlich.

c) Präfation vom Vigiltag des hl. Johannes d. Täufers

Die Präfation ist in ihrer gekürzten und überarbeiteten Form erst im Supplement und in den mailändischen Hss bezeugt.

(Elisabeth) spiritum sanctum quo

GrA	matrem domini et saluatoris agnosceret accepit
J	matrem domini et saluatoris agnosceretur accepit
S	mater domini et saluatoris agnosceretur accepit

J nimmt eindeutig eine Zwischenstellung zwischen GrA und S ein. Da eine Kontaminierung der GrA- und S-Version durch den J-Redaktor nicht denkbar ist, wird der J(Q)-Text mindestens einer dieser Texttraditionen vorliegen. Welche Version auch die ursprüngliche sein mag – die des Supplements oder der S-Hss –, das eine ist festzuhalten, daß beide Textfassungen in keinem direkten Abhängigkeitsverhältnis zueinander stehen. Wenn der fränkische Kompilator die Präfation von Mailand übernommen hat, dann in der Q(J)-Version, mit dessen Varianten er mehr übereinstimmt als mit dem S-Text. Hat dagegen Mailand die Präfation dem Supplement entlehnt, dann liegt die Q(J)-Version vor dem Text, der von dem S-Redaktor korrigiert wurde.

d) Präfation vom Fest des hl. Dionysius

Die Präfation findet sich unter den von A. PAREDI als mailändisch bezeichneten Präfationen. In diesem Text ist ebenfalls eine Wendung in J fest

---

[472] GeS 139.

[473] Sonst oft im Zusammenhang mit „sacramenti" stehend, ist der Begriff hier nicht sinngemäß, da es um die Fürsprache der Heiligen geht. Vielleicht wurde der S Redaktor zu der Änderung durch andere, ähnliche Korrekturen des Präfixes veranlaßt. So wird in der PC des Eufemia-Formulars in J „preceptio sacramenti", in

zustellen, die eine Zwischenstellung zwischen S und der Präfation im Gel saec VIII für das Fest des hl. Felix am 14. Januar vermuten läßt.

GeA	inter utraque discrimina
J	in utraque discrimina
S	in utroque discrimine

Auch in diesem Fall ist zu sagen, daß der Text in J einer der beiden anderen Versionen vorausgehen wird.

Als Grund, der für die mailändische Priorität der Präfation spricht, nennt Paredi die Übereinstimmung von Präfation und Vita des hl. Dionysius[474], die nicht in gleicher Weise vom Leben des hl. Felix gelte[475]. Diese Argumentation könnte überzeugen, wenn nicht Bedenken in bezug auf den zweiten Teil der Präfation bestünden, die im Zusammenhang mit der Präfation des hl. Eustorgius näher ausgeführt wurden[476]. Beide Präfationen haben den gleichen zweiten Teil, in dem eine ursprünglich selbständige Bekennerpräfation zu vermuten ist[477]. In verschiedener Weise wurde diese Präfation der Eustorgius-Präfation und der Präfation für das Fest des hl. Dionysius angegliedert: in J (und Q?) ungeschickt und unharmonisch, in S dem grammatikalischen und logischen Zusammenhang angepaßt. Da es kaum anzunehmen ist, daß beide Redaktoren unabhängig voneinander die Kombination der Präfationen vornahmen, ergibt sich der Schluß, daß der J(Q)-Text dem besser redigierten S-Text vorausgeht. Damit erweist sich zugleich im ersten Teil der Präfation die Variante „in utroque discrimine" als Konjektur des S-Redaktors und scheidet für die Rekonstruktion eines altmailändischen Textes der Dionysius-Präfation aus, falls es einen solchen überhaupt gab, was zu bezweifeln ist[478].

---

den S-Hss dagegen sinngemäß „perceptio sacramenti" überliefert. Hier aber geht es um die falsche Überlieferung des Wortstamms.

[474] „qui nec hereticis blandimentis. nec sui status potuit diuersitatibus inmutari" (J 961).

[475] I prefazi ambrosiani 165. Allerdings läßt Paredi die gleiche Präfation am Fest des hl. Silvester (GeA 79) unerwähnt. Für den hl. Silvester ist der Text der Präfation gar nicht so unpassend. Auch er mußte gegen Häretiker auftreten. Im Pontifikalsakramentar des Ariberto rühmt die Präfation den hl. Silvester: „ . . . Hic namque sedis apostolicae pius antistes, diuini dogmatis inuentus est fidus interpres, dum totius pene orbis ipsum caput errore quassatum deficeret, hunc superna eligens prouidentia deuictae plebis ereptorem, et praecipuum trinitatis inseparabilis assertorem" (H 147).

[476] Vgl. S. 115 ff.

[477] Vgl. S. 117.

[478] In G fehlen für das Fest des hl. Dionysius nicht nur die römischen Orationen, sondern auch die Präfation. Für das ganze Formular wird auf das Commune verwiesen.

II. Formularergänzungen

1. SS in römischen Formularen

Nicht alle römischen Formulare bieten bei der Übernahme in Mailand die nötigen 4 Orationen. Formulare mit nur 3 Orationen müssen daher ergänzt werden. Gewöhnlich ist dabei die erste römische Oration als SP angegeben, während die SS durch eine formularfremde Oration ergänzt wird.

Im J-Sanktorale wird in den Formularen folgender Heiligenfeste die SS nicht ergänzt: Andreasoktav, Gregor, Natale S. Pauli, Papst Markus und Lukas[479]. Verweise auf das Heiligencommune finden sich im Formular des hl. Thomas (21. 12.) und des hl. Benedikt am 11. Juli. Ausgeschrieben ist die formularfremde SS im Formular des hl. Silvester, ebenso im Formular des hl. Vitus[480].

2. Vervollständigung mailändischer Formulare

a) Kurzformulare

Für die Formulare der Osterwoche in J wurde festgestellt, daß sie mit dem 2. S-Formular in SS, SO und Präfation gleich sind[481]. SP und PC weichen voneinander ab, es sei denn, sie stimmen gemeinsam mit einer entsprechenden römischen Tagesformel überein. Der Variantenapparat zeigt, daß Mailand im Formularkern, dem „Kurzformular", zahlreiche Eigenlesarten gegen die römischen Orationen aufweist (z. B. 340, 349, 351, 355, 356 und 360). Kein einziges Mal geht J mit einer römischen Lesart gegen S. Dagegen zeigt z. B. die PC des Montags, daß J nicht mit dem S-Text übereinstimmt. Es ergibt sich, daß allein die Kurzformulare beiden Redaktoren vorgelegen haben. SP und PC wurden in J, S und G[482] unabhängig voneinander ergänzt.

b) Ergänzung der PC

Ein großer Teil der altmailändischen Heiligenformulare weist eine karolingische PC auf. Diese ist entweder dem römischen Tagesformular oder – bei mailändischen Heiligen – einem anderen römischen Formular entnommen. In einigen Formularen wird die PC von den Redaktoren verschieden ergänzt.

Am Fest der hl. Agnes ist in S die gelasianische Tagesformel eingesetzt, in J die PC vom gelasianischen Fest der hl. Eufemia. Im Formular der mailändischen Heiligen Nabor und Felix (12. Juli) übernimmt J die PC „Protege dne qs" vom gelasianischen Formular der hll. Valentin, Felix und Felicula (in S am Fest der hll. Nazarius und Celsus), S die Oration „Pignus uitae aeternae" vom Formular der Aposteloktav am 6. Juli. Im Formular der hll. Nazarius und Celsus bleibt G ohne PC, J setzt die PC der Vigil ein, S die

---

[479] Die Formulare für das Fest des hl. Papstes Markus und des hl. Lukas sind auch in D ohne SS, während die übrigen S-Hss die Oration ergänzen.

[480] Vgl. Anm. 433.

[481] Vgl. S. 56.

[482] Vgl. Anm. 163.

oben erwähnte gelasianische Oration „Protege qs dne"[483]. Die PC vom Fest
der Passio bzw. Decollatio des hl. Johannes Bapt. entspricht in J der PC, in
S der Eingangsoration des gelasianischen Tagesformulars.

III. Formularübernahme und -komposition

1. Verschiedene römische Tagesformulare

Das Festformular der Annuntiatio S. Mariae ist in J gregorianischer, in
S dagegen gelasianischer Herkunft. Die PC in S wurde jedoch dem Gregorianum entnommen, da die gelasianische PC bereits am 6. Adventsonntag,
dem alten mailändischen Marienfest, gebetet wird[484].

2. Verschiedene Formularkomposition auf mailändischer Grundlage

a) Fastenlibellus

Mit dem Beginn der 5. Fastenwoche brechen plötzlich in beiden Redaktionen die gregorianischen Formulare für die Ferialtage ab. Die Formulare
in S, stärker in J, haben in dieser Woche ihren eigenen Charakter.

In den J-Formularen sind zwar römische Einflüsse festzustellen, doch ist
der Kern mailändisch[485]. Der römische Einfluß läßt sich in seinem Umfang
genau fixieren: SP und PC der einzelnen Formulare sind römischen Tagesformularen entnommen. Am Freitag ist das Formular wie bisher gregorianisch. Wie festgestellt, liegt den Formularen der 5. Woche ein altmailändischer Libellus mit Kurzformularen zugrunde, die in der karolingischen
Reform vervollständigt wurden. Vervollständigt nicht von den ersten Redaktoren, sondern vom J-Redaktor. Er fügt den Kurzformularen die gregorianischen bzw. gelasianischen SP und PC hinzu und hebt diese Orationen ausdrücklich durch das Sigle „GR" hervor.

Während in J deutlich die Struktur eines mailändischen Formularkerns zu
erkennen ist, zeigt sich in den S-Hss keine Tendenz, den Libellus ganz zu
übernehmen. Dies wird nicht nur dadurch deutlich, daß der S-Redaktor zwei
Präfationen des Libellus bereits in den vorhergehenden Wochen eingesetzt
hat, sondern auch in der 5. Woche selbst. Nur sporadisch greift der Redaktor
auf Formeln des Libellus zurück, den er offensichtlich kennt. Neben den
mailändischen Präfationen des Mittwochs und Donnerstags stimmen die
S-Hss mit J in den SO des Montags und Donnerstags überein. Die Orationen
des Dienstags und Mittwochs sind den Tagesformularen des Gel saec VIII,
damit teilweise auch dem Gregorianum entnommen[486]. Besondere Beachtung verdient das Samstagsformular in S. Dieser Tag trägt den Titel „in
traditione symboli". SP und SO sind daher auf die Taufvorbereitung ab-

---

[483] Vgl. S. 107f.
[484] A 86.
[485] Vgl. S. 39ff.
[486] Vgl. dazu Tabelle S. 40.

gestimmt[487]. In J fehlen sowohl der altmailändische Formulartitel wie die Orationen für die Katechumenen.

b) Altmailändische Feste mit karolingischem Formular

Nicht alle altmailändischen Feste haben auch eigenmailändische Formulare. Anders ausgedrückt: nicht jedes Formular ist schon deswegen alt, weil es an einem altmailändischen Fest angegeben ist. Als Beispiel dafür ist das Fest „Mediante die festo" zu nennen.

Soweit das Fest in anderen Teilen Oberitaliens bekannt ist, wird an ihm die Perikope Jo 7,14–31 gelesen. Eine Epistel ist in den mailändischen Sakramentarhandschriften nicht belegt. J und G geben nur das Evangelium bzw. einen Verweis der Perikope an. Der S-Redaktor stellt ein Formular aus gelasianischen Formeln zusammen[488].

In gleicher Weise, d. h. nur mit Angaben der Perikopen, ohne Formular oder einen Hinweis auf ein Formular, sind die Feste der hll. Sisinnius, Alexander und Martyrius am 29. Mai, ferner das folgende Fest der hll. Cantus, Cantianus und Cantianilla, der hll. Protus und Grisogonus, notiert. Beide Feste (ausgenommen dem Zusatz der hll. Protus und Grisogonus) sind bereits mit den gleichen Perikopen in Busto und A 28 inf vorhanden. G erwähnt keines der Feste, die S-Hss kennen mit Ausnahme von K nur das Fest der hll. Sisinnius, Alexander und Martyrius, für das sie ein Formular angeben, das nichts über den Zeitpunkt seiner Zusammenstellung aussagt. Die gelasianischen Parallelen sind über das Kirchenjahr verstreut, die PC ist ohne Parallele.

Das Fest des hl. Thomas am 21. Dezember ist nur in relativ wenigen Hss von erster Hand aufgenommen. Alt ist dagegen in Mailand das Fest der Translatio des Apostels am 3. Juli. In J ist neben den Lesungsverweisen nur die eigenmailändische Präfation mit dem Titel „Praefatio propria" notiert. Für das Formular wird auf das Apostelcommune „de unius apostoli" verwiesen[489]. Der S-Redaktor entschied sich für ein eigenes Formular, dessen Orationen aus gelasianischen Apostelformularen zusammengestellt sind.

Zusammenfassend ist zu sagen, daß die Untersuchung der redaktionellen Unterschiede zwischen J und S die S-Hss als besser redigiert erweist, da diese in vielen Fällen einen Text voraussetzen, der in J noch unbearbeitet und unkorrigiert vorliegt. An verschiedenen Beispielen wurde aufgezeigt, daß der J-Text vor dem S-Text, und damit näher zur gemeinsamen Q-Quelle steht und mehr über diese auszusagen vermag. Abschließend soll der Frage nachgegangen werden, inwieweit der Vergleich der verschiedenen Redigierung des mailändischen Sakramentars einen Rückschluß auf die gemeinsame Ausgangsbasis und deren Quellen erlaubt.

---

[487] Text der Orationen siehe Anm. 446.

[488] Vgl. S. 58f.

[489] Noch sparsamer sind die Angaben in G am Fest der Translatio des hl. Nazarius. Während J und S das Fest mit einem karolingisch-gelasianischen Formular aus- gestattet haben, sind in G außer der mailändischen Präfation weder Lesungen noch ein Formularhinweis vermerkt.

C. ERSCHLIESSUNG ALTMAILÄNDISCHER LITURGIETRADITION ALS FOLGERUNG AUS DER REDAKTIONSGESCHICHTLICHEN UND TEXTKRITISCHEN UNTERSUCHUNG

Ist von einem kontaminierten Text eine der Hauptquellen unbekannt, so kann eine Quellenscheidung des kontaminierten Textes nur vage Umrisse der unbekannten Quelle aufzeichnen. Für die mailändische Sakramentartradition bedeutet dies, daß aus den S-Hss allein nicht das altmailändische Sakramentar eruiert werden kann. Erkennt man nun J als eigenständige Redigierung an, zeigt eine Analyse der redaktionellen Differenzen, daß zwischen J und S (und G) und dem altmailändischen Sakramentar eine erste karolingische Redaktion bzw. verschiedene redaktionelle Einheiten stehen, die den späteren Redaktoren als Grundlage zur Erstellung ihres Sakramentars dienen. Mit dem Rekonstruktionsversuch der Q-Quelle werden zugleich Züge altmailändischer Liturgie und ihrer Sakramentartradition deutlich, von denen im Folgenden wenigstens einigen nachgegangen werden soll.

I. Strukturen des altmailändischen Formulars

Wiederholt wurde vom altmailändischen Kurzformular gesprochen, das aus dem Fastenlibellus in J[490] und den Formularen der Osterwoche in J und S geschlossen wurde[491].

Außer der Präfation enthält das Kurzformular die Orationen SS und SO. Das erste Gebet wird zu Beginn der Opferbereitung, die SO nach dem Credo bzw. vor der Präfation gesprochen.

1. Die SP im altmailändischen Formular

Es scheint nicht, daß die „Oratio Super Populum"[492] seit jeher einen festen Platz im mailändischen Formular gehabt hat. In den Hss herrscht keine Einheit darüber, welche der Orationen, die der SS vorausgehen, als SP bezeichnet wird. An mehreren altmailändischen Festen mit eigenen Offiziumsorationen sind diese teilweise auch von den Sakramentaren wiedergegeben. SP und SS sind an höheren Festen oft zugleich die letzten beiden, an vielen Festen die einzigen Offiziumsorationen. Sie sind daher auch durchweg von allgemeinem Charakter. Im Temporale stehen die übrigen Offiziumsorationen meist nach dem Meßformular, im Sanktorale in der Regel vor dem Formular (z. B. Stephanus, Johannes Ev., Innocentes, Jacobus)[493]. Bereits die erste dieser Orationen ist vielfach als OSP bezeichnet[494], die weiteren als

---

[490] Vgl. S. 42f.

[491] Vgl. S. 56 und S. 138.

[492] P. BORELLA vermutet, daß es sich ursprünglich um eine Benediktion mit Handauflegung handelt (Il rito ambrosiano 154).

[493] Vgl. P. BORELLA, La Messa ambrosiana (RIGHETTI III 572).

[494] Diese Beobachtung, daß Offiziumsorationen als SP bezeichnet werden, gilt ebenso für die S-Hss.

„Alia" (Johannes, Innocentes, Jacobus). Am Fest des hl. Stephanus wird der Terminus vor der letzten Oration wiederholt, also: OSP – Alia – Alia – SP – SS. Ein andermal steht vor der letzten Oration „Alia SP" (Nat. plurimorum sanctorum). Das Taufgedächtnis des hl. Ambrosius besaß ursprünglich nur zwei Orationen (in MA II als Offiziumsorationen angegeben)[495]. Die erste Oration in J ist als OSP bezeichnet, die zweite als „Alia". Es folgt die „Missa sancti Andreae. OSP". In G wird die erste Offiziumsoration am Fest der hll. Nazarius und Celsus überschrieben: „Oratio ad uesperum uel ad missa". Dieser Titel erinnert an Formularüberschriften wie „Orationes uel missa" (Jungfrauencommune) oder auch an die Orationenreihe vor dem 1. Montag der Quadragesima in J: „Orationes in Quadragesima. ad missam siue ad uesperum. uigilia. quam etiam ad matutinum".

Die Formulare des Palmsonntags und der Missa pro baptizatis in der Osternacht (S-Hss) begannen ursprünglich ohne SP, sofort mit den Lesungen[496].

Auf Formulare ohne SP weisen natürlich auch die Kurzformulare der 5. Fastenwoche in J und die Osterwoche in J und S. Am Gründonnerstag ist in J neben dem Communicantes die SP die einzige römische Formel[497]. Aufschlußreich sind auch die ambrosianischen Formulare des Triplex am 2., 3. und 4. Sonntag nach Ostern, in denen nur eine Oration vor der SO steht.

2. Altmailändische Formulare ohne PC

In den Formularen der 5. Fastenwoche und der Osterwoche ist die PC neben der SP als einzige Formel dem römischen Tagesformular entnommen. Daraus wurden altmailändische Kurzformulare ohne SP und PC geschlossen[498].

Ein direktes Fehlen der PC ist zwar nicht in J und S, wohl aber – und zwar nicht selten – in G festzustellen[499]. Darüber hinaus ist die Übereinstimmung der PC mit der römischen Tagesformel in einigen mailändischen Formularen sowie das Abweichen von J und S gerade in der PC mailändischer Formulare[500] so handgreiflich, daß sich die Frage, ob jedes altmailändische Formular stets eine eigene PC hatte, auch ohne die Annahme von Kurzformularen stellt.

---

[495] Vgl. S. 95.
[496] Vgl. S. 43 f. und S. 53.
[497] Vgl. S. 47 f.
[498] Vgl. SS. 42, 56, 138.
[499] Durch Lücken bedingt, können in G nur einige Heiligenfeste berücksichtigt werden. In 7, meist karolingischen Formularen, ist die PC die gleiche wie in J und S (Benedikt, Annuntiatio, Victor, Johannes Bapt., Michael, Cornelius und Cyprian, dazu am Herrenfest Inventio S. Crucis). Am Fest des hl. Apollinaris stimmt die PC in G nur mit J überein und an zwei Festen weicht sie von J und S ab (Felix, Fortunatus und Translatio Victoris; Fest der machabäischen Brüder). In 7 Formularen ist keine PC angegeben (Georg, Protasius und Gervasius, Vig. Johannis Bapt., Vig. Petri et Pauli, Nazarius und Celsus, Sixtus, dazu im ersten Formular des Bekennercommune).
[500] Vgl. S. 138 f.

Eine Untersuchung der PC im Sanktorale führt zu folgendem Ergebnis. In 8 mailändischen Formularen findet sich in J und S die PC des gelasianischen Tagesformulars: Caecilia, Vig. Andreae, Stephanus, Vinzenz, Agatha, Georg (in G fehlt sie ganz), Machabäer (G hat eine andere PC als J und S, und zwar GeS 989 vom Formular der Septem Fratres) und Eufemia. Im Vigilformular des hl. Laurentius und im Formular des hl. Sixtus[501] wurde als PC eine Offiziumsoration gewählt.

In mehreren Formularen ist die PC in J und S verschieden: Andreas, Agnes (S hat die gregorianische Tagesoration), Nabor und Felix, Apollinaris (G stimmt mit J überein), Nazarius und Celsus (J wiederholt die PC der Vigil, S hat die gleiche PC wie J am Fest der hll. Nabor und Felix, in G fehlt die PC) und Passio bzw. Decollatio des hl. Johannes Bapt. (J hat die PC, S die Eingangsoration des gelasianischen Tagesformulars). In den karolingischen Formularen, dazu in den altmailändischen Formularen der hll. Victor und Johannes Bapt., bezeugen alle Hss dagegen die gleiche PC. Aus diesen Untersuchungen ergibt sich der Schluß, daß im altmailändischen Sakramentar nicht selten – vor allem bei den Heiligenfesten – die PC fehlte[502].

Formulare ohne PC sind in vorgelasianischen Formularen und vor allem in gallischen Büchern nichts Ungewöhnliches. Die Formulare der Libelli im Veronense bieten häufig keine PC. In den gallischen Büchern schließen die Formulare sehr oft nach der Immolatio, so sind z. B. von 70 Formularen des Missale Gothicum 55 ohne PC bzw. „Post Eucharistiam". In GaV verschiebt sich das Verhältnis zugunsten der PC. In 7 der 11 Formulare ist sie angegeben. In GaF schließlich fehlt nur eine PC.

3. „Praefatio propria"

Die mailändische Liturgie ist außerordentlich präfationsreich[503]. Wie auch in anderen gallischen Liturgiebüchern festzustellen ist, wurden in den Formularen mailändischer Feste eher einmal weniger Orationen angegeben als die Präfation ausgelassen. Auch in der karolingischen Reform wollte man bei der Übernahme römischer Formulare nicht gern auf die Präfation verzichten. So entstanden z. B. am Donnerstag und Samstag nach Aschermittwoch aus gelasianischen Orationen neue Präfationen[504]; am Oktavtag des hl. Andreas wurde die Präfation aus dem Oktavformular des hl. Laurentius in GeV eingesetzt.

Besonders im Sanktorale fällt auf, daß im Verhältnis mehr eigenmailändische Präfationen als eigenmailändische Orationen festzustellen sind, d. h. es gibt manche mailändischen Feste, die zwar mit einer eigenmailändischen Präfation ausgezeichnet sind, deren Orationsgut jedoch karolingisch ist. Dies

---

[501] In den meisten S-Hss ist die Oration doppelt angegeben, als Offiziumsoration zu Beginn des Formulars und als PC (vgl. S. 108). In G fehlt eine PC.

[502] Darüber, wie die liturgische Praxis aussah, läßt sich den Hss nichts entnehmen.

[503] Vgl. A. Paredi, I prefazi ambrosiani (Mailand 1937). Dazu die Rezension von O. Heiming, Das mailändische Präfationale (ALw 1 [1950] 128–132).

[504] Vgl. S. 35.

läßt vermuten, daß für diese Feste im altmailändischen Sakramentar nur die Eigenpräfation ohne Zusammenhang mit Orationen angegeben war. Beweise dafür sind das Formular der Translatio S. Thomae in J, das nur die „Praefatio propria" notiert (die Orationen des S-Formulars sind karolingisch), und das Formular der Translatio S. Nazarii in G, das ebenfalls nur die mailändische Präfation, nicht aber das karolingische Formular angibt. Im Formular des hl. Georg ist in G neben der Eigenpräfation allein die mailändische SP (zugleich Offiziumsoration) ausgeschrieben. Für SS und SO wird auf das Martyrercommune [505] verwiesen, während eine PC fehlt [506]. In J und in den S-Hss kommen zu dem Formular des hl. Nazarius noch weitere altmailändische Heiligenfeste, die neben der Eigenpräfation ein karolingisches Formular aus dem Gel saec VIII haben, z. B. Romanus, Vigil der hll. Nazarius und Celsus, Depositio des hl. Eustorgius [507].

Als Ergebnis ist festzuhalten, daß das altmailändische Sakramentar nicht in der gleichen Weise vollständige Formulare besaß wie das nachkarolingische Sakramentar. Die vorkarolingische Formularstruktur, die mehr gallische Züge trug, erschien den karolingischen Redaktoren daher reformbedürftig und wurde den römischen Formularen weitgehend angeglichen.

II. Die altmailändische Quadragesima

1. Ferialtage

Die Quadragesimalferien wurden in der karolingischen Reform romanisiert. Wie sahen sie vordem aus? Folgende Überlegungen wollen versuchen, zur Lösung dieser Frage etwas beizutragen.

Nach O. HEIMING lassen die römischen Orationen und Präfationen der Quadragesimalferien darauf schließen, daß sie in vorkarolingischer Zeit aliturgisch waren [508]. Diese Vermutung wird insofern zutreffen, als es sicher kein ausgebautes Formularsystem wie in den Gelasiana und in den Gregoriana gab. Für den völligen Verzicht der Eucharistiefeier (und zwar mindestens bis um die Wende des 8./9. Jhs.) fehlen aber nicht nur eine genügende theologische Begründung und historische Belege; ein Sakramentar ohne Fastenmessen wäre auch ohne jede Parallele in den römischen und gallischen Liturgiebereichen. Der Behauptung der prinzipiell aliturgischen Fastenferien ist der Fastenlibellus in J und das Phänomen des aliturgischen Freitags entgegenzustellen.

---

[505] Formulare des Heiligencommune werden auch an den andern Festen verwandt worden sein, die nur eine Präfation besaßen. J verweist am Fest der Translatio S. Thomae auf das Apostelcommune, das jedoch in der Form, wie es die Hss überliefern, karolingischen Ursprungs ist. Nur die Präfation der ersten Messe des Apostelcommune in S weist auf vorkarolingische Zeit.

[506] Vgl. Anm. 499.

[507] Vgl. S. 121.

[508] Aliturgische Fastenferien in Mailand 54.

a) Fastenlibellus

Wenn bestritten wird, daß die altmailändischen Fastenferien aliturgisch waren, kann dies freilich nur geschehen, wenn man zugleich eine Antwort auf die Frage anbietet, welche Formulare für diese Tage zur Verfügung standen. Da vorkarolingische Zeugnisse fehlen, ist man auf Vermutungen und Rückschlüsse angewiesen.

P. Borella – der ebenfalls die These der aliturgischen Quadragesimalferien bezweifelt – vermutet, daß an den Wochentagen entweder allgemeine Sonntagsformulare oder das Formular des vorhergehenden Sonntags genommen wurde[509].

Auf Grund vorliegender Beobachtungen und Untersuchungen ist eine andere Lösung wahrscheinlicher.

Die römischen Formulare der ersten vier Wochen lassen keinen Rückschluß auf eine vorkarolingische Liturgie der altmailändischen Quadragesimalferien zu[510]. Allein die 5. Fastenwoche erlaubt einen Rückschluß auf die altmailändische Liturgie. Die Grundlage der J-Formulare bilden hier mailändische Kurzformulare, deren SP und PC von Montag bis Donnerstag dem Gregorianum und am Samstag dem Gel saec VIII entnommen sind. Diese Orationen werden von dem Redaktor dieser Formulare durch das Sigle „GR" als „gregorianisch", also römisch bezeichnet, im Gegensatz zu SS, SO und Präfation.

Für die Zusammenfassung der Formulare der 5. Fastenwoche wurde bewußt der Titel eines „Libellus" gewählt, um auszudrücken, daß diese Formulargruppe nicht an die 5. Woche gebunden sein muß. Dies ergibt sich einmal aus der Tatsache, daß in den S-Hss der (5.) Samstag „in traditione symboli" auf altmailändische Zeit weist. SP und SO sind Eigenorationen[511], während SS und PC dem gelasianischen Tagesformular entnommen und damit der SP und PC in J gleich sind. Der Samstag des Libellus ist also nicht für den Samstag vor Palmsonntag komponiert. Um den Libellus ganz zu bringen, läßt der J-Redaktor den Samstag „in traditione symboli" aus.

Ein weiteres Argument für einen Wochenlibellus ergibt sich aus den Eigenpräfationen. Die beiden mailändischen Präfationen, die der S-Redaktor am Samstag der 1. und am Dienstag der 2. Woche einsetzt, um eine Kollision zu vermeiden, entsprechen der Samstags- bzw. Dienstagspräfation des Libellus, in dem alle vier mailändischen Eigenpräfationen der Quadragesimalferien konzentriert sind. Da er die beiden Präfationen schon eingesetzt hat, gibt der S-Redaktor folglich am Dienstag und Samstag der 5. Woche eine römische Präfation an.

---

[509] Il rito ambrosiano 372.

[510] Abgesehen von Varianten, die sich bei der Übernahme ergaben, sind die Orationen absolut römischer Herkunft (vgl. Tabelle S. 37 und die folgenden Ausführungen). Ähnliches gilt für die Präfationen. Die zwei mailändischen Präfationen in S sind als Ersatz zweier römischer Präfationen dem Libellus entnommen (vgl. S. 38f. und S. 41 ff.).

[511] Text der Orationen siehe Anm. 446.

Der Libellus wird also ursprünglich nicht allein für die 5. Woche gegolten haben, sondern für alle Wochen der Quadragesima. Das entspricht dem Brauch der gallischen Liturgie. Allein die römischen Bücher, genauer das GeV, die Junggelasiana und die Gregoriana, geben jeder Feria der Quadragesima – zunächst mit Ausnahme des Donnerstags und des Samstags vor dem Palmsonntag – ein Formular. Die gallischen Bücher haben dagegen nur wenige Formulare für die Quadragesima. In GaG z. B. sind es 6 Formulare, deren erstes überschrieben ist: „Ordo missae in inicium Quadraginsimae" [512]. An dieses schließen sich 5 weitere Formulare „Item missa ieiunii". Auch die einzelnen Sonntage haben kein eigenes Formular. Den Fastenmessen folgt das Formular „in traditione symbuli" und „in Caena Domini". Mit dem Fastenlibellus für die Ferialtage, außer Freitag, ordnet sich die mailändische Quadragesima harmonisch in die gallische Liturgiefamilie ein. Zu dem Libellus kann die Orationenreihe in J (47–62: „Orationes in quadragesima. ad missam siue ad uesperum. uigilia. quam etiam ad matutinum") weitere Orationen angeboten haben.

b) Der aliturgische Freitag

In Analogie zum Karfreitag sind alle Freitage der Quadragesima in Mailand „ab immemorabili" [513] aliturgisch. Wodurch aber wird diese Annahme gesichert?

Einen altmailändischen Freitag ohne Liturgiefeier kann man nur dann annehmen, wenn man konzidiert, daß die vorkarolingischen Quadragesimalferien nicht aliturgisch waren, vielmehr eine Eucharistiefeier besaßen. Von einem aliturgischen Freitag in einer aliturgischen Woche zu sprechen wäre sinnlos. Er kann sich nur von solchen Tagen abheben, an denen die Eucharistie gefeiert wurde.

Aus den S-Hss kann man nur insofern einen aliturgischen Freitag ableiten, als man – und zwar mit Recht – vermuten kann, daß das Fehlen eines Meßformulars für den Freitag nicht eine „Erfindung" der karolingischen Redaktion sei. Der aliturgische Charakter des Freitags muß einen Grund haben, der so stark in der mailändischen Tradition verwurzelt war, daß er der durchgreifenden Romanisierung widerstehen konnte.

Von den Sakramentarhandschriften her ergibt sich ein schlüssiger Beweis des aliturgischen Freitags m. E. nur aus der 5. Woche in J. Die Freitage der ersten 4 Wochen in J heben sich von den übrigen gregorianischen Ferialformularen nicht ab. Dagegen fällt das gregorianische Freitagsformular der 5. Woche geradezu aus dem mailändischen Libellus heraus. Die gregorianischen Formeln sind in der gleichen Reihenfolge wiedergegeben wie in den Formularen der vorhergehenden Wochen (1 – 4 – 2 – 3), ebenso ist die Präfation die gleiche, die das fränkische Präfationale für den Tag angibt. Dieser Freitag in J kann daher als der überzeugendste Beweis dafür gelten, daß der aliturgische Freitag tatsächlich altmailändische Tradition darstellt.

---

[512] GaG S. 46.
[513] P. BORELLA, Il rito ambrosiano 373.

2. Palmsonntag

Die mailändische Liturgie des Palmsonntags, näherhin der Palmfeier und der 1. Messe, wird in den liturgischen Hss je verschieden dargestellt. Auch die Sakramentarhandschriften weichen voneinander ab. Man kann daher in den einzelnen Hss verschiedene Entwicklungsstufen der Palmfeier beobachten.

Die Perikope Jo 12,12–13, die J und S in der 1. Messe des Palmsonntags angeben, ist in Busto mit dem Titel „Dominica V in sancto Laurentio"[514], in A 28 inf mit dem Titel „Dominica in ramis oliuarum. mane ad sanctum Laurentium"[515] verzeichnet. In J (und damit vermutlich in Q) beginnt das Formular mit einer Akklamation, dem „Cant. ante Euangelium" und der Evangelienperikope[516]. In den S-Hss beginnt das Formular mit der SP; die Antiphon entfällt.

Im Manuale von Valtravaglia (11. Jh.) ist am Morgen des Palmsonntags der Hymnus „Magnum salutis gaudium" notiert. Anschließend folgt ohne weitere Rubrik „Cantus ,Levavi oculos meos ad montem, unde veniet auxilium mihi' Benedictio olivae atque palmarum"[517]. Eine Eucharistiefeier wird nicht erwähnt.

Ausführlicher ist hierzu das Zeugnis des Beroldus Novus aus dem 13. Jh. Nach ihm gehört der Cantus zur Messe: „ . . . canit ibi missam. Cant. Levavi etc. Evang. sec. Iohan. Turba multa. Finita Missa . . . "[518]. Von den Meßtexten werden allein Cantus und Evangelium hervorgehoben.

Im Bericht des Beroldus (12. Jh.) steht die 1. Messe ganz im Schatten des Bischofs, der mit dem Hymnus „Magnum salutis gaudium" erwartet und mit der Strophe „Rex ecce tuus humilis" in der Kirche begrüßt wird[519]. Nach dem Hymnus hält der Bischof „in gradu" eine Ansprache an das Volk. Während der Predigt wird „privatim" die 1. Messe gefeiert[520]. Es wird also weder das Evangelium vom Einzug des Herrn in Jerusalem noch die Präfation, die das Thema des Evangeliums aufgreift und zur Palmweihe überleitet, öffentlich verkündet.

In dem Bericht des Beroldus ist m. E. eine Fehlentwicklung eines Ritus festgehalten, der ursprünglich eine andere Struktur hatte[521]. Es ist hier nicht der Ort, den Ursprüngen des Ritus nachzugehen; mit Sicherheit kann man jedoch sagen, daß der hl. Ambrosius keine Palmfeier an dem Sonntag kannte, an dem zu seiner Zeit in Mailand noch die Traditio Symboli vorgenommen

---

[514] fol 3[V].
[515] fol 58[R].
[516] Vgl. S. 43.
[517] MA II 172.
[518] MA II 172[n].
[519] BEROLDUS 96.
[520] „Finito hymno, pontifex in gradu facit sermonem ad populum. *Interea* presbyter et diaconus et subdiaconus observatores *privatim* canunt ibi missam. *Finita missa et sermone*, pontifex benedicit palmas et olivas . . . " (BEROLDUS 96).
[521] Wie nicht anders zu erwarten, entfällt später diese Messe ganz. Offiziell aufgehoben wurde sie 1594 (A. CERIANI, Missale Ambrosianum Duplex 202 Anm. 1).

10*

wurde[522]. Erst zu einem späteren, uns unbekannten Zeitpunkt, wurde die Feier auf den Samstag vorverlegt, was vermutlich die Entstehung einer 1. Messe zur Palmweihe begünstigte[523].

Die Entwicklung von der liturgischen Akzentuierung der Traditio Symboli zum „Palmsonntag" mag in Mailand ähnlich gewesen sein wie in anderen gallischen Liturgien. Im Codex Forojuliensis (6. Jh.), aus dem Bereich der Liturgie von Aquileja, wird noch nichts von einer Palmfeier erwähnt. Die Feier „in traditione symboli" beendet die Katechumenenfeier, mit der Messe „prima in autentica" beginnt die Heilige Woche[524]. In GaG und GaB verbirgt sich unter dem Titel „Missa in Symbuli Traditione" ein Formular, dessen Thematik von der Salbung in Bethanien und dem Einzug in Jerusalem bestimmt ist[525]. Während im 2. Teil der Oratio Post Nomina in GaG noch derer gedacht wird, die sich auf den Empfang der Taufe vorbereiteten, fehlt in GaB schon jede Reminiszenz an die Katechumenen. Im Codex Rehdigeranus (7./8.Jh.) ist die Verbindung von Traditio und Palmfeier bereits im Perikopentitel ausgedrückt: „In simbolo super oliuo"[526].

In Mailand ist noch ein Anklang an die Traditio Symboli und die Vorbereitung der Katechumenen auf die Taufe in der Oration „Omnipotens genitor" zu sehen. In der symbolischen Deutung der ausgebreiteten Kleider, der Oliven- und Palmzweige wird auf die Reinheit des Glaubens und auf die Salbung mit dem Chrisma bei der Taufe Bezug genommen: „ubi etiam tria mysteria designantur: Per uestimenta quidem fidei integritas designatur. quod in mentes hominum credulas Christus suis gressibus incedere dignetur: In ramis oliuarum uiriditas sensuum. ueteris testamenti folia designantur. seu liquore olei unguentum chrismatis. ad purgandas animas per lauacrum designatur. per palmas uero uictoriam credentibus constitutam decernimus. Clamantes. osanna in excelsis. hoc est uiuifica nos qui es". Die Ähnlichkeit der Oration mit der vorausgehenden Präfation[527] mag den S-Redaktor dazu bewogen haben, die Oration nicht mitaufzunehmen. Nur A bringt neben der Benediktionsformel der S-Hss die gleiche Oration wie J. Die oben wiedergegebene Deutung fehlt in der verkürzten Formel im Sakramentar des Drogo von Metz[528] und im römisch-germanischen Pontifikale des 10. Jhs. Sie findet sich erst zu Anfang des 11. Jhs. in einer Hs eines mittelitalienischen Klosters[529] und im Rituale von St. Florian aus dem 12. Jh.[530].

---

[522] Ambrosius, Ep. 20.4 (PL 16,1037).

[523] Es ist möglich, daß dieser Entwicklung die sog. „Missa sicca" am Sonntag vorausging, wie mancherorten anzutreffen ist (H. J. GRÄF, Palmenweihe und Palmenprozession in der lateinischen Liturgie [Kaldenkirchen 1959] 106ff.). Zuerst ist diese Struktur im 9. Jh. aus Monte Cassino bekannt (a. a. O. 110).

[524] DE BRUYNE, Les notes liturgiques du codex Forojuliensis 214.

[525] GaG S. 53, GaB S. 59.

[526] DE BRUYNE, Les notes liturgiques du codex Forojuliensis 214.

[527] Vgl. die Gegenüberstellung S. 45 f.

[528] Der Text ist Anm. 124 wiedergegeben.

[529] H. J. GRÄF, Palmenweihe und Palmenprozession in der lateinischen Liturgie 21.

[530] FRANZ I 496 Anm.

3. Die Anaphoren des Gründonnerstags und Karsamstags

Auf den ersten Blick scheinen die Differenzen im Kanontext des Gründonnerstags zwischen J und S nicht wesentlich zu sein[531]. Neben der Auslassung der Gebete „Hanc igitur" und „Quam oblationem" hebt sich J nur durch die verschiedene Herkunft des römischen Communicantes ab, das in J nach der gregorianischen, in S nach der gelasianischen Version wiedergegeben wird. Entscheidend ist aber weniger die Quellenfrage des Communicantes – obwohl sich durch sie das Communicantes als karolingische Zutat erweist –, als das Verhältnis des Communicantes zu der ambrosianischen Oration „Tu nos domine".

In J stehen Communicantes und „Tu nos domine" als zwei voneinander unabhängige Orationen unverbunden nebeneinander. Die Selbständigkeit der Orationen wird dadurch bestätigt, daß „Tu nos domine" einen neuen Zeilenbeginn und eine eigene Initiale erhält[532].

In den S-Hss ist die Oration zwischen Festembolismus und Diptychenliste des Communicantes eingeschoben. Mit dieser Ein- und Unterordnung des „Tu nos domine" ist jedoch weder der mailändischen noch der römischen Liturgie Rechnung getragen, da die Kombination beider Gebete weder der gewöhnlichen Struktur des Communicantes entspricht, noch den Charakter eines eigenmailändischen Gebetes wahrt. Die gewöhnliche Form des Embolismus ist entweder ein Genitiv (Ostern: „diem ... resurrectionis celebrantes") oder, wie an den übrigen Festen (Weihnachten, Epiphanie, Gründonnerstag, Ascensio und Pfingsten), ein Relativsatz, der sich auf den „dies" bzw. die „nox" bezieht. Nach dem Relativsatz wird die Partizipialkonstruktion fortgeführt. An Epiphanie z. B. lautet der Embolismus: „diem ... celebrantes quo unigenitus tuus in tua tecum gloria coaeternus in ueritate carnis nostrae uisibiliter corporalis apparuit: sed et memoriam uenerantes"[533]. Am Gründonnerstag jedoch wird in den S-Hss die Satzkonstruktion durch die Oration „Tu nos domine" gesprengt, da diese zwischen dem Relativsatz und dem weiterführenden Partizip als eigenständiges Gebet eingefügt ist: „ ... diem sacratissimum celebrantes quo ... (Tu nos domine ...) Sed et memoriam uenerantes ... ". Zudem ist der stilistische Bruch, der sich durch den Subjektswechsel („ ... traditus est dominus noster Iesus Christus: Tu nos domine participes filii tui ... iussisti ... ") ergibt, offensichtlich.

Läßt man das römische Communicantes fort, bleibt (in J) als einziges Gebet zwischen der Präfation und „Qui pridie" die Oration „Tu nos domine". Der Anschluß an das Sanctus ergibt: „ ... Benedictus qui uenit in nomine domini. Osanna in excelsis: Tu nos domine participes filii tui ... ". Inhalt und Schluß des Gebetes leiten zur Konsekrationsformel über: „ ... Qui tantum munus accepimus. ut talem tibi hostiam offerre mereremur corpus scilicet et sanguinem domini nostri Iesu Christi: ... Qui formam sacrificii

---

[531] Vgl. dazu Schema S. 48.

[532] Vgl. Tafel II. Die gleiche Hand des 13. Jhs., die „Unde et memores" nach „Haec facimus" vermerkte (vgl. S. 48), fügte am Ende des Gebetes am Rand an: „Sed et memoriam uenerantes in primis gloriose semper uirginis Marie".

[533] GrH 17,4.

salutis perennis instituens. hostiam se primus obtulit. et primus docuit offerri: Qui pridie quam pro nostra et omnium salute pateretur . . . ".

In dieser Stellung und Verbindung zwischen Sanctus und „Qui pridie" erweist sich die Oration eindeutig als gallisches Post Sanctus.

Wie ich nachträglich feststellen konnte, ist diese Erkenntnis nicht neu. Ausgehend vom Gründonnerstagsformular der Metropolitanhandschrift kam A. Mocquereau [534] zu dem Schluß, daß es sich bei dem Gebet um ein Post Sanctus handele, da es unmittelbar zu „Qui pridie" überleitet. Auch Mocquereau sieht in der Integration des „Tu nos domine" als Einschaltung in das Communicantes einen mißlungenen Versuch, römische und gallische Liturgie zu harmonisieren [535]. C. Coebergh weist auf die schlechte grammatikalische Anknüpfung an das Communicantes im Text des Bergomense und fährt fort: „Tutta una preghiera a parte il cui tenore e il cui genere letterario corispondono perfettamente alle formule gallicane intitolate ‚Post Santus' " [536].

Die häufigste Einleitung des Post Sanctus in den gallischen Sakramentaren, auch im Post Sanctus des Karsamstags in den mailändischen S-Hss [537], lautet „Uere sanctus". Mit direkter Anrede wie die mailändische Oration beginnt in GaG das Post Sanctus der Ostervigil: „Tuo iussu, domine, condita sunt uniuersa . . . " [538]. Im irischen Palimpsestsakramentar steht im Post Sanctus der Totenmesse eine Bitte zu Anfang: „Te dne sce ds petimus et oramus . . . " [539].

Auch inhaltlich erweist die Oration gallischen Ursprung. Der letzte Teil („Qui formam sacrificii . . . ") scheint in der gallischen Liturgie ein gern verwandter Passus gewesen zu sein. In der Contestatio der 3. Missa dominicalis im Gothicum bildet er den Hauptteil des Textes [540]. Das Lyoner Missale überliefert den Text in der Präfation des Gründonnerstags [541]. Der Schlußsatz des Post Sanctus endlich findet sich im Post Sanctus der 3. Sonntagsmesse in MoS [542] und – fast gleichlautend – im Epiphanieformular des irischen Palimpsestsakramentars [543].

---

[534] PalMus V (1896) 63–65.

[535] „ . . . c'est tout simplement l'équivalent du Post sanctus du samedi saint, et la façon maladroite, dont on a essayé de concilier ici l'usage romain et l'usage gallican, accuserait la postériorité de l'adaption du romain au gallican" (a.a.O. 65).

[536] Tre antiche anafore della liturgia di Milano 220f.

[537] Vgl. Text unter Anm. 546.

[538] GaG 271.

[539] Mon 158.

[540] „Dignum et iustum est, inuisibilis, inaestimabilis, inmensae deus et pater domini nostri Iesu Christi, qui formam sacrificii perennis instituens hostiam se tibi primum obtulit et primus docuit offerri. Te enim, omnipotens deus, omnes angeli" (GaG 514).

[541] „UD . . . per Christum dominum nostrum uerum aeternumque Pontificem et solum sine peccati macula Sacerdotem; qui in novissima Cena formam sacrificii perennis instituens, sacerdos et victima semetipsum obtulit, et praecepit offerri; qui typico Paschati finem imponit ut dum legalis observantia mutatur, novo Sacramento compleatur. Et ideo" (Missale Lugdunensis Ecclesiae [1825] 360).

[542] „Qui sacrificandi nouam legem Sacerdos Dei uerus instituit hostiam se tibi placitam et ipse obtulit et a nobis iussit offerri" (MoS 1127 c).

[543] Mon 49.

Die ursprüngliche Funktion der Oration „Tu nos domine" als Post Sanctus schließt jedes andere Gebet zwischen Sanctus und Konsekrationsformel aus. Konkret bedeutet dies, daß es für die Rekonstruktion der altmailändischen Liturgie am Gründonnerstag nur die Alternative zwischen einer gallischen Anaphora mit einem Post Sanctus oder römischen Kanontexten gibt. Für die gallische Liturgie spricht, neben den in J und S gleichen Texten gallischen Charakters nach dem Einsetzungsbericht, die Oration „Tu nos domine" als genuin gallisch-mailändisches Post Sanctus. Alles weitere ist karolingische Zutat.

Wie der Versuch des S-Redaktors, das gallisch-mailändische Post Sanctus in das römische Communicantes zu integrieren, als unbefriedigend bezeichnet werden muß, so ist auch die Komposition des „Hanc igitur" in den S-Hss. mangelhaft. Es handelt sich dabei nicht – wie es zunächst den Anschein erwecken mag – um ein eigenmailändisches Gebet, sondern um den kompilierten Text einer gallikanischen und gelasianischen Vorlage. Dies zeigt die folgende Gegenüberstellung von A 446, GeV 371[544] und GaV 85:

GaV	S (Biasca)	GeV
Hanc igitur oblatio- nem,	Hanc igitur oblatio- nem	Hanc igitur oblatio- nem dne cunctae familiae tuae
quam tibi offeremus ob diem ieiunii cae- nae dominicae in qua DNIC filius tuus in nouo testamento sacrificandi ritum instituit dum panem ac uinum, quod Mel- chisedech in praefi- guratione futuri mi- sterii sacerdus ob- tulerat, in sacramen- to sui corporis et sanguinis transforma- uit:	quam tibi offerimus ob diem ieiunii cae- nae dominicae in qua DNIC filius tuus in nouo testamento sacrificandi ritum instituit dum panem. ac uinum quod Mel- chisedec in prefi- guratione futuri mi- sterii sacerdos op- tulerat. in sacramen- tum sui corporis et sanguinis transforma- uit *celebranda:*	quam tibi offerunt ob die ieiunii cae- nae dominicae in qua DNIC tradidit discipulis suis corporis et sanguinis sui mysteria *celebranda,*
quaesumus, domine ut placatus accipias,	Quaesumus domine placatus intende ut[545] per multa cur- ricula annorum salui et incolumes munera nostra tibi dne mere- amur offerre:	quaesumus domine placatus intende: ut per multa cur- ricula annorum salua et incolumes munera sua tibi dne mere- atur offerre:
diesque nostros . . .	Diesque nostros . . .	diesque nostros . . .

[544] Gleich mit GeS 498.   [545] Hs: ‚et'.

Die Nahtstelle der Textkombination wird durch „celebranda" deutlich. Das Gerundivum ist in den S-Hss ohne jede Beziehung, da es zu dem vorausgehenden gelasianischen Kontext gehört, der nicht übernommen wurde. Diese Beziehungslosigkeit bemerkten die Schreiber der einzelnen S-Hss. Einige interpunktieren vorher: „. celebranda quaesumus domine placatus..." (B D), andere danach: „celebranda." (AHMN). Vermutlich auf „oblationem" ist im Triplex bezogen „celebrandam.". Die jüngste der herangezogenen Hss, O, stellt die Beziehung zu „sacramentum" her durch „celebrandum.".

Die folgende Oration „Quam oblationem" ist dem gewöhnlichen Kanon entnommen, ebenso wie „Te igitur" und „Memento" in C, E und O.

Hat am Gründonnerstag J mehr den Charakter einer altmailändisch-gallischen Anaphora gewahrt, so sind es am Karsamstag die S-Hss, die ein gallisches Post Sanctus bieten[546], das die Präfation bzw. das Sanctus mit dem Einsetzungsbericht verbindet.

Auffallend ist die Ähnlichkeit des Textes mit der Präfation des Gründonnerstags. Mit der naheliegenden Frage der Priorität beschäftigen sich P. CAGIN und C. COEBERGH. Beide stimmen darin überein, daß das Post Sanctus von der Präfation des Gründonnerstags abhängt, also später zu datieren ist, doch ist die Erklärung eine je verschiedene.

Der Titel, den CAGIN seiner Untersuchung des mailändischen Gründonnerstags- und Karsamstagskanon voranstellt, gibt bereits Aufschluß über den Inhalt: „Les archaismes combinés des deux canons ambrosiens du jeudi-saint et de la nuit de Pâques"[547]. Nicht nur des Textes wegen hält er das Post Sanctus für zeitlich später als die Gründonnerstagspräfation. Da Cagin die rekonstruierte altmailändische Anaphora in eine Zeit legt, die noch kein Sanctus kannte – also in die Zeit vor Sixtus I.[548] –, muß sich nach dieser These das Post Sanctus als sekundär gegenüber der Präfation erweisen. Seine Rekonstruktion der archaischen Anaphora faßt Präfation, Einsetzungsbericht mit „Mandans quoque", „Haec facimus" und abschließende Doxologie des Gründonnerstags zusammen und lautet: „UD Qui cum deus esset in caelis ... de morte liberaret. Qui pridie quam pro nostra ... Mandans quoque ... Haec facimus ... Per quem haec omnia"[549]. Völlig außer acht läßt Cagin die Oration „Tu nos domine" des Gründonnerstags. Auf keinen

---

[546] „Uere sanctus uere benedictus dominus noster Iesus Christus filius tuus: Qui cum deus esset maiestatis. descendit de celo formam serui qui primus perierat. suscepit et sponte pati dignatus est. ut eum quem ipse fecerat liberaret: Unde et hoc paschale sacrificium tibi offerimus. pro his quos ex aqua et spiritu sancto regenerare dignatus es. dans eis remissionem omnium peccatorum. ut inuenires eos in Christo Iesu domino nostro: Pro quibus tibi domine supplices fundimus preces ut nomina eorum pariterque famuli tui imprimis scripta habeas in libro uiuentium: per Christum dominum nostrum. qui pridie quam pro nostra et omnium salute pateretur. Accipiens panem" (A 511).

[547] L'Eucharistia, canon primitif de la messe (Paris 1912) 91–106.

[548] Nach dem Liber pontificalis hat Papst Sixtus I. um 530 den Gesang des Sanctus angeordnet (DUCHESNE I 128).

[549] L'Eucharistia, canon primitif de la messe 103.

Fall würde er ihr die Funktion eines Post Sanctus zuerkennen, da er schreibt:
„ . . . j'estime que le Canon du Jeudi-Saint serait, en tant que témoin des
origines, plus précieux que celui du Samedi-Saint, précisément en ce qu'il
n'a point de Vere Sanctus"[550].

Wie Cagin weist auch COEBERGH die Ähnlichkeit und Abhängigkeit des
Post Sanctus von der Präfation des Gründonnerstags auf, die jedoch nur auf
den ersten Teil zu beschränken sei. Der zweiten Hälfte der Oration stellt
Coebergh das Hanc igitur des GeV[551] für die Ostervigil gegenüber, mit der
sich wörtliche Übereinstimmungen ergeben[552]. Das Post Sanctus ist demnach
offensichtlich eine sekundäre Komposition.

In J ist statt des Post Sanctus der S-Hss das gregorianische Communicantes der Ostervigil angegeben. Warum J das Post Sanctus nicht übernommen hat, ist nicht ersichtlich, ebensowenig, ob die Q-Vorlage sie kannte.
Jedoch ist anzunehmen, daß die Komposition des Post Sanctus vorkarolingisch ist, wenn sie auch nicht allzuweit zurückgehen mag. In der karolingischen Reform mit ihrer starken Romanisierungstendenz ist die Komposition einer Oration gallischen Charakters unwahrscheinlich.

III. Das altmailändische und karolingische Sanktorale

Wie nicht anders zu erwarten, entspricht auch das karolingische und nachkarolingische Sanktorale der Sakramentarhandschriften nicht dem altmailändischen Sakramentar. Nicht nur, weil in karolingischer Zeit römische
Heiligenfeste und -formulare hinzukommen, die Mailand vorher nicht
kannte. Auch mailändische Heiligenformulare sind zum großen Teil römisch
beeinflußt. Selbst Formulare von Heiligen, die in Mailand schon lange verehrt wurden und in den Evangeliaren eine Perikope besaßen, weisen teilweise karolingische Formulare auf. Die Auswertung des redaktionellen Ver-
gleichs kann in folgenden Ergebnissen zusammengefaßt werden.

1. Altmailändische Formulare ohne PC

Nicht alle altmailändischen Formulare besaßen eine PC. Teilweise wurde
in karolingischer Zeit die PC aus römischen Tagesformularen oder anderen
Formularen eingesetzt. In einigen Formularen ist sie in J und S verschieden
ergänzt. In G fehlt die PC in sechs von elf altmailändischen Heiligenformularen; in zwei Formularen ist sie mit J und S gleich, in einem Formular
weicht sie mit J von S ab, in zwei von J und S[553].

---

[550] a.a.O. 98.
[551] GeV 460.
[552] C. COEBERGH, Tre antiche anafore della liturgia di Milano 220.
[553] Beispiele siehe Anm. 499.

2. Formulare mit altmailändischer Präfation und karolingischem Formular

Einige Heiligenfeste besaßen zwar eine Präfation, aber kein eigenes Formular[554]. In der karolingischen Redaktion erhielten u. a. folgende Feste ein römisches Formular: Romanus, Translatio des hl. Nazarius und des hl. Thomas (J gibt noch allein die Präfation an), Vig. Nazarii et Celsi, Michael. In einigen dieser Formulare hat der S-Redaktor Orationendoubletten ausgetauscht (Romanus, Translatio Nazarii, Michael). Das Formular der Andreasvigil wurde aus mailändischen Offiziumsorationen gebildet. SO und PC haben daher allgemeinen Charakter[555].

3. Altmailändische Heiligenfeste mit karolingischem Formular und karolingischer Präfation

Einige Feste haben zwar in den Evangeliaren eigene Perikopen, doch sind Formular und Präfation karolingisch, z. B. Vitus (G verweist auf das Martyrercommune) und Johannes und Paulus (B und G geben nur einen Verweis). Ob das Formular der hll. Cornelius und Cyprian karolingisch ist, kann nicht klar entschieden werden, da Orationen und Präfation außer SS in gleicher Reihenfolge bereits im Tagesformular des Ve enthalten sind, in Mailand also auch schon vorkarolingisch sein können. Für ein karolingisches Formular spricht die Tatsache, daß die SS in J und S variiert. Die SS, die in J dem Tagesformular des Gel saec VIII entnommen ist, deckt sich mit einer Oration im Formular der hll. Protasius und Gervasius. Es ist daher möglich, daß deswegen die S-Hss auf eine Oration ausweichen, die das GeV in einem Formular mehrerer Martyrer angibt[556].

4. Karolingische Heiligenfeste

Unter den Festen, die erst in karolingischer Zeit in Mailand Einlaß fanden, sind vor allem mehrere Apostelfeste zu nennen, die Kreuzfeste und die vier großen Marienfeste.

In fast alle Sakramentare sind übernommen die Formulare der hll. Philippus und Jacobus (außer G), Jacobus (25. 7., außer A und G; B verweist auf das Apostelcommune), Matthäus, Simon und Judas. Erst allmählich und nur sporadisch fanden dagegen die Formulare der hll. Thomas, Markus, Barnabas, Bartholomäus und Lukas sowie die Feste Cathedra Petri, Conversio und Natale S. Pauli Aufnahme[557].

Von den beiden Kreuzfesten scheint das der Inventio am 3. Mai zuerst Eingang in Mailand gefunden zu haben, wenn auch Busto und A 28 inf noch keine Perikopen bieten. G gibt ganz das Formular des Gel saec VIII an, J und

---

[554] Vgl. S. 143 f.

[555] Es verwundert daher auch nicht, daß für das Fest nicht wie sonst an altmailändischen Festen Offiziumsorationen angegeben sind.

[556] GeV 1117.

[557] Vgl. dazu die Übersicht über die Präsenz der Heiligenfeste in den mailändischen Hss S. 90 ff. – Eine spätere Hand fügte in J zu Beginn des Apostelcommune eine Oration des hl. Barnabas ein (J 714, S. 282 im 1. App.).

S gehen dagegen in mehreren Eigenvarianten zusammen[558]. Statt der zweiten gelasianischen Tagesoration geben beide die PC des gelasianisch-mailändischen Formulars vom 14. September an. Wie die anderen Orationen des Formulars vom 3. Mai weist aber auch die SS mehrere mailändische Eigenvarianten auf. Das Fest Kreuzerhöhung fehlt noch in E. In G sind nur zwei Orationen (SP und SS in J und in den S-Hss) zur Kreuzverehrung vermerkt[559].

Von den vier großen Marienfesten Purificatio, Annuntiatio, Assumptio und Nativitas ist nur das Fest Purificatio S. Mariae in A 28 inf mit einer Perikope notiert. An diesem Fest bietet J eine Präfation, die sonst nicht belegt werden konnte. Der Anfang ist gleich mit dem Beginn der Tagespräfation in GrF[560]. Der S-Redaktor entschied sich für die kurze Präfation in GeA und GeS, die auch in GrF als „Alia" angefügt ist. Auch die Präfation vom Fest der Annuntiatio S. Mariae ist besonders zu erwähnen. Während die Orationen in J gregorianisch, in S dagegen, außer der PC, gelasianisch sind[561], hebt sich um so mehr die Präfation ab, die beiden Redaktionen gegen die außermailändischen Zeugen (am nächsten steht GeA) gemeinsam ist. Dies läßt vermuten, daß vom Q-Redaktor allein die Präfation vorgegeben war. In allen Hss gleich ist das Fest der Assumptio S. Mariae. Die Nativitas S. Mariae bezeugen dagegen von den S-Hss nur D, F, K und L. Da diese vier Hss untereinander nicht gleich sind, kann man schließen, daß der S-Redaktor selbst das Fest noch nicht kannte.

5. Neue Eigenformulare für mailändische Heilige

Die Charakterisierung der bisher genannten Formulargruppen und der Rückschluß auf das altmailändische Sanktorale ergaben sich aus dem Vergleich der verschiedenen Redaktionen mit den römischen Quellen. Bei der folgenden Gruppe liegt zwar nicht die gleiche Evidenz vor, doch ergibt ein Vergleich und die Untersuchung der Formulare, daß man mailändische Formularschöpfungen in der karolingischen Zeit vermuten kann.

a) Formular des hl. Benedikt am 21. März

Unter Erzbischof Petrus wurde 784 die erste und bedeutendste Benediktinerabtei Mailands, S. Ambrogio, gegründet[562]. Da Busto und A 28 inf noch keine Perikopen angeben, wird das Fest des hl. Abtes frühestens um 800 in den mailändischen Festkalender aufgenommen worden sein[563]. Dies bedeutet, daß das Formular der Sakramentarhandschriften karolingisch-

---

[558] Die gelasianische Präfation ist in den mailändischen Hss verschieden überliefert. J übernimmt sie ganz, G und die S-Hss kürzen sie in einer je anderen Form (vgl. S. 100).

[559] Vgl. S. 114.

[560] Vgl. S. 98.

[561] Vgl. S. 99 f.

[562] Vgl. S. 19.

[563] O. HEIMING, Die Verehrung des hl. Benedikt im Mailändischen 266.

mailändischen Ursprungs ist[564]. Auf eine benediktinische Hand weisen in der Formulargestaltung nicht nur die Eigenpräfation in J (P), G und N, sondern auch die Orationen, besonders in J und G. Gegenüber dem familiären „uenerabilis pater Benedictus" der SS in J, G und im Sakramentar der Abtei Fulda ist „ille uenerabilis pater" der S-Hss distanzierter. In allen Hss jedoch ist die häufig verwandte und abgewandelte PC „Perceptis ... sacramentis" mit der Wendung „pro illius uenerando agimus obitu" auf den Heimgang des Mönchsvaters abgestimmt. Obwohl nicht alle Formeln Neuschöpfungen sind, weist das Formular als Ganzes doch auf eine einheitliche Komposition, mit der die Eigenpräfation zweifellos besser harmoniert als die gelasianische Präfation des 11. Juli, die in den meisten S-Hss der Kürze wegen an die Stelle der ausführlichen Eigenpräfation tritt[565].

b) Formular für das Tauffest des hl. Ambrosius

Ein eklatantes Beispiel einer Formularneuschöpfung ist das Formular für das Tauffest des hl. Ambrosius am 30. November, also am Fest des hl. Andreas.

Busto und A 28 inf bieten noch keine Perikope für das Taufgedächtnis. Offensichtlich war auch das vorkarolingische Sakramentar ohne Meßformular. So geben auch A¹, B und J allein die beiden Orationen für die Commemoration im Offizium an (in J als „Super Populum"[566] bezeichnet), das im übrigen damals und auch später ganz dem hl. Andreas galt[567].

In karolingischer Zeit sind die Orationen „Deus qui per sanctum baptismum" und „Deus qui per undas" Ausgangspunkt für die Gestaltung eines eigenen Formulars, als dessen SP und SS sie fungieren[568]. Für den karolingischen Ursprung des Vollformulars sprechen folgende Gründe:

1. Busto und A 28 inf geben keine Perikope für die Eucharistiefeier.

2. J und B kennen allein die beiden Offiziumsorationen, ohne einen Zusammenhang mit einem Meßformular.

3. Dem Schreiber des Biasca waren von seiner Vorlage ebenfalls nur diese beiden Orationen vorgegeben. Er wußte aber bereits um ein vollständiges Formular, hatte es jedoch nicht gleich zur Hand. Das Folium blieb daher zunächst frei, bis später SO, Präfation und PC zusammen mit der Überschrift des folgenden Formulars nachgetragen wurden[569].

4. Die eigene Tradition der Orationen „Deus qui per sanctum baptismum" und „Deus qui per undas" wird auch von einer nichtmailändischen

---

[564] Vgl. S. 99.

[565] Vgl. S. 99.

[566] Vgl. S. 142.

[567] Vgl. MA II 10–16. Die Formularüberschrift in J lautet: „Sancti Andreae et baptismum sancti Ambrosii". Die Orationen für das Taufgedächtnis stehen zu Anfang des Formulars, wie an anderen altmailändischen Heiligenfesten mit Offiziumsorationen. In den meisten S-Hss folgen die Orationen (später das Meßformular) dem Festformular des hl. Andreas mit der Angabe: „Eodem die baptismum beati Ambrosii" (B).

[568] Vgl. S. 95.

[569] O. HEIMING, Das ambrosianische Sakramentar von Biasca XLIX und Tafel II.

Hs bestätigt. Die Feier des Taufgedächtnisses gelangte bis nach Bobbio und schlug sich in einem Sakramentar nieder, das nach EBNER aus dem 10./11. Jh. stammt[570] und heute mit der Siglierung D 84 inf in der Ambrosiana aufbewahrt wird. Beide Orationen stehen zu Beginn des Formulars „Eodem die baptismum sancti Ambrosii episcopi et confessoris", das dem Andreasformular folgt. SO, Präfation und PC sind nicht die des mailändischen Vollformulars, sondern entstammen einer anderen Quelle[571]. Der Kompilator der Hs kannte also offensichtlich von seiner mailändischen Vorlage nur die beiden Gebete, die J und B angeben.

c) Formulare des hl. Julianus und des hl. Mauricius

Nach der Vorlage eines mailändischen Heiligenformulars wurde vermutlich in karolingischer Zeit das Formular des hl. Mauricius komponiert. Wenn auch nicht bewiesen werden kann, daß die Formulare des hl. Mauricius und des hl. Julianus von gleicher Hand stammen, ist es doch gut denkbar, daß eines der Formulare vom andern abhängt.

Der hl. Julianus wird bereits von Busto und A 28 inf mit einer Evangelienperikope bedacht, nicht dagegen der hl. Mauricius. Von der Eigenperikope kann zwar nicht ohne weiteres auf ein Formular im altmailändischen Sakramentar geschlossen werden, doch ist zu vermuten, daß das Formular des hl. Julianus älter ist als das des hl. Mauricius[572]. Damit lassen sich die deutlichen Beziehungen der Texte als Abhängigkeit des Mauricius-Formulars von dem des hl. Julianus bestimmen.

Eine fast wörtlich identische Schlußwendung mit der SP des hl. Julianus weist die SS des hl. Mauricius auf: „ . . . gaudiorum eius effici mereamur participes: per" und „ . . . participes gaudiorum effici mereamur: per". Gedanklich gleich aufgebaut, stützt sich in der SS beider Formulare die Bitte der Gläubigen auf das Wirken Gottes an den Heiligen:

---

[570] Iter Italicum 80.

[571] Die Präfation ist aus dem gelasianischen Bekennercommune (= J 775) genommen; Secreta und PC lauten: „Sancti confessoris tui Ambrosii qs dne sollempnia recolentes. pietati[s] tuę nos reddat acceptos. ut per hęc pię oblationis officia et illum beata retributio commitetur. et nobis gratię tuę dona conciliet. per" (fol 337ᵛ) und „Propitiare dne qs supplicationibus nostris. et interueniente pro nobis beatus confessor tuus Ambrosius (!) hisdem sacramentis celestibus seruientes. ab omni culpa liberos esse concede. ut purificante nos gratia tua. isdem quibus famulamur. mysteriis emundemur. per" (fol 338ᴿ). Als „Alia" PC ist eine Oration vom Fest der Ordinatio des hl. Ambrosius (J 833) angegeben, das D 84 inf ebenfalls übernommen hat (statt „diem b. Ambrosii sacerdotii electione consecrasti" ist für das Taufgedächtnis umgeändert: „diem b. Ambrosii lauacrum (!) consecrasti").

[572] Für ein vorkarolingisches Eigenformular des hl. Julianus spricht die Tatsache, daß die PC zugleich Offiziumsoration ist (also auch keinen Charakter einer PC hat) und möglicherweise erst durch die Supplementierung des karolingischen Redaktors die Funktion einer PC erhielt. Dagegen spricht, daß Armio wie an den Festen der hll. Vitus, Dionysius, Johannes und Paulus, also an Festen mit altmailändischer Perikope und karolingischem Formular, auf das Commune verweist und daß J das Formular in einer chronologisch falschen Reihenfolge erst nach Johannes d. Täufer einreiht (vgl. S. 103).

Julianus	*Mauricius*
Praesta qs omps et misericors deus ut sicut beatum Iulianum coniugali toro sociatum. uirginitatis cultu decibiliter decorasti: ita (et) nos . . . abluas et corda nostra claritate tuae gratiae inradiare digneris: per.	Praesta qs omps et misericors deus ut sicut legio sancta pro tui nominis confessione meruit uictoriae palmam ita et nos . . . participes gaudiorum effici mereamur: per.

Noch deutlicher tritt die Ähnlichkeit bei der SO hervor:

Julianus	*Mauricius*
Accepta tibi sint qs dne munera quae in die sollemnitatis beati martyris tui Iuliani deferimus: ut eo[573] maiestati tuae sint placita. sicut illius effusio sanguinis apud te extitit pretiosa: per.	Munera qs dne quae in beati Mauricii festa deferimus: ita sint tibi semper accepta: sicut eius effusio sanguinis in conspectu gloriae tuae facta est praeciosa: per.

Aus diesen Beispielen ergibt sich, daß die Liturgieerneuerung und Belebung des ambrosianischen Sakramentars nicht auf Übernahme von römischen Formularen, auf Zusammenstellung neuer Formulare aus vorgegebenen Orationen und auf Vervollständigung mailändischer Formulare beschränkt ist, sondern auch neues Formelgut schuf.

6. Heiligencommune

Aus der Untersuchung der karolingischen Redaktionsarbeit am mailändischen Sanktorale ergibt sich, daß es nicht wenige Heilige gab, die zwar in vorkarolingischer Zeit verehrt wurden, wie die Eigenperikope und teilweise auch die Eigenpräfation bezeugen, für deren Fest jedoch keine eigenen Orationen überliefert sind. Mit der Frage, welche Meßformulare an diesen Festen verwandt wurden, ist die andere Frage verbunden, ob es ein vorkarolingisches Heiligencommune gab.

Die Untersuchung der mailändischen Communeformulare auf römische Parallelen zeigt, daß dem mailändischen Kompilator das Heiligencommune bekannt war, das der Kompilator des Supplements zum Hadrianum auf der Grundlage gregorianischer Heiligenformulare zusammengestellt hatte. Damit erweist sich das mailändische Heiligencommune in der Form, wie wir es kennen, als Ergebnis karolingischer Redaktionsarbeit, was jedoch nicht die römische Herkunft aller Formulare und Orationen impliziert.

---

[573] Hs: ea.

Für ein vorkarolingisches Heiligencommune sprechen folgende Gründe:

a) Manche Sakramentare geben statt eines Formulars oder auch nur statt der Orationen einen Verweis auf das Heiligencommune. Solche Verweise für das ganze Formular finden sich – soviel mir bekannt ist – nur in Mailand. In den meisten Fällen werden sie aus dem altmailändischen Sakramentar mit übernommen sein, da die liturgische Verehrung der Heiligen durch die vorkarolingischen Perikopenbücher oder auch durch eigenmailändische Präfationen bezeugt ist. Als Beleg für diese Annahme sei auf das Formular des hl. Georg in G verwiesen, das neben der Eigenpräfation und der eigenen SP einen Verweis für SS und SO auf das Martyrercommune gibt[574]. Da nicht auf die PC verwiesen wird, stammt dieser Hinweis m.E. aus dem altmailändischen Sakramentar. Ein karolingisches Formular hätte auch auf die PC verwiesen.

In der folgenden Tabelle sind alle Heiligenfeste angegeben, an denen in J oder in anderen Hss anstelle eines Vollformulars ein Verweis auf das Heiligencommune oder nur Lesungen angegeben sind.

	Bu	A28 inf	Ver- weis	Lesung	Nachtrag der Lesung	Formular	Nachtrag des For- mulars	fehlt
Antoninus	×	×	J			HNO	ABM	C
Dep. S. Syri	—	—	J			DHNO	AM	BC
Faustinus, Iovita	—	×	J	BENO	M			AD
Pancratius	—	×	G					ceteri
Dep.S.Dionysii	×	×	G					ceteri
Sis.,Mart.,Alex.	×	×		J		S		
Cantiani	×	×		J		KO		ceteri
Vitus	×	×	G			ceteri		
Julianus	×	×	G			ceteri		
Johannes,Paulus	×	×	BG			ceteri		
Maternus	—	—	JB					ceteri
Jacobus	—	—	B			JDEFKN		AG
Christina	—	—	B			DFKLN		JAEFGN
Saturninus	×	×		S				J
Vitalis,Agricola	×	×		S				J

Dazu kommen die Formulare der Translatio des hl. Thomas in J und des hl. Nazarius in G, die zwar eine Eigenpräfation, aber kein volles Eigenformular besitzen.

b) Für ein vorkarolingisches Commune spricht ferner, daß einem Teil der Eigenperikopen in Busto und A 28 inf keine altmailändischen Formulare entsprechen. Mehrere dieser Heiligenfeste erhielten karolingische Formu-

---

[574] Vgl. S. 100.

lare[575]. Im vorkarolingischen Sakramentar muß ein entsprechendes Formular aus dem Heiligencommune verwandt worden sein. Wie aus der Übersicht der Verweise hervorgeht, kennen auch in karolingischer Zeit nicht von Anfang an alle Sakramentare für jedes Heiligenfest ein Eigenformular[576].

c) Eine Analyse der Communeformulare selbst, die in J und S weitgehend übereinstimmen, läßt darauf schließen, daß schon im vorkarolingischen Sakramentar einige Commmuneformulare vorhanden waren.

Beide Apostelformulare sind karolingischen Ursprungs. Im Supplement wurden die Communeformulare aus den gregorianischen Formularen vom Fest des hl. Andreas bzw. der hll. Philippus und Jacobus gebildet. In J ist das erste Formular ohne Präfation, die S-Hss geben eine Eigenpräfation[577]. Die Präfation der 2. Messe ist ursprünglich für die Apostel Petrus und Paulus verfaßt[578].

Die gelasianische Martyrervigil ist nur von J aufgenommen. Im ersten Formular für einen und dem ersten für mehrere Martyrer fallen besonders die vielen eigenmailändischen Offiziumsorationen auf. Das jeweils zweite Formular gibt die drei Formeln des Supplements wieder (außer der PC J 744), hat jedoch eine mailändische Eigenpräfation. Den Präfationen der beiden anderen Formulare korrespondieren die gleichen Präfationen im Martyrercommune des GaG. Je ein Formular für einen und für mehrere Martyrer wird dem altmailändischen Sakramentar angehört haben.

Für das Bekennercommune wird das vorkarolingische Sakramentar ebenfalls ein Formular gekannt haben, wenn auch die ursprüngliche Zusammenstellung des Formulars nicht zu rekonstruieren ist.

Im Jungfrauencommune ist das zweite Formular (A, G und L geben nur dieses) eindeutig eigenmailändisch.

Zusammenfassend kann festgestellt werden, daß auf Grund der eigenmailändischen Orationen, trotz der Parallelen im Gelasianischen und vor allem im Commune des Supplements, am Corpus eines vorkarolingischen, altmailändischen Heiligencommune festgehalten werden kann, und zwar an je einem Formular eines oder mehrerer Martyrer, Bekenner und Jungfrauen. Ein altmailändisches Sakramentar ohne Heiligencommune wäre nicht nur

---

[575] Vgl. S. 154; andere Feste sind den Sakramentaren unbekannt, z. B. die Vigiltage der hll. Thomas (Translatio am 3. Juli), Nabor und Felix, Passio bzw. Decollatio Iohannis Bapt.

[576] Die Frage, ob die Evangeliare ein Commune haben oder nicht, ist an sich unabhängig von der anderen Frage, ob es ein vorkarolingisches Formularcommune gab. Doch soll zur Übersicht ein kurzer Blick auf die beiden Hss geworfen werden: In Busto gab es noch kein eigenes Corpus eines Heiligencommune. Ein Ansatz dazu könnte jedoch in der Angabe für das Fest des hl. Georg gesehen werden: „in sanctorum et in sancti Georgii" (fol 5[R]). Tatsächlich findet sich die Perikope Mt 16,24(–28) im mailändischen Commune eines Martyrers.
A 28 inf bietet indes eine reiche Auswahl an Perikopen: 1 „in nat. apostolorum", 2 „in nat. unius martyris", 5 „in nat. plurimorum martyrum", 5 „in nat. confessorum" und 3 „in nat. uirginum" (fol 177–181[R]).

[577] A 1071.

[578] Vgl. J 722 mit Ve 376.

in der gallischen Liturgie ohne Parallele. Auch das GeV kennt Formulare „in natale plurimorum sanctorum"[579], und das Ve hat in seine Libelli zahlreiche Heiligenformulare allgemeinen Charakters aufgenommen[580].

Die Untersuchung des Heiligencommune läßt nicht nur auf den Inhalt des altmailändischen Sakramentars einen Rückschluß zu. Auch für die einzelnen Phasen der karolingischen Redaktionsgeschichte des mailändischen Sakramentars ergeben sich neue Aspekte, die hier nur noch angedeutet werden können.

Wahrscheinlich wurde zunächst das Commune der Heiligen redigiert und bearbeitet und erst später das Proprium. Zum Nachweis dessen braucht man nur in J den Formeln des Commune nachzugehen, deren Nummern in der Konkordanztabelle den Formelinitien beigegeben sind, in der Hs also doppelt oder mehrfach vorkommen. Man wird feststellen, daß mehrere dieser Orationen für die Zusammenstellung neuer Formulare (z. B. Carpophorus und Donatus) verwandt wurden. Am Fest des hl. Romanus wurde das gelasianische Martyrercommune übernommen, das teilweise mit mailändischen Communecrationen übereinstimmt. In all diesen Fällen ersetzte der S-Redaktor regelmäßig die Doublette durch eine andere Oration. Das Commune lag den Bearbeitern des Sanktorale vor und hatte für den S-Redaktor den Vorrang vor den Heiligenformularen.

---

[579] LXXII ff.

[580] So kehren z. B. aus dem Formular XV im April die Orationen 42 und 43 im ersten Formular eines Martyrers wieder (J 734 und 737).

TEXT

Lücke

I

⟨VIII IDUS IANUARII · IN EPIFANIA DOMINI⟩

0 A Mt 2,⟨1⟩–12
⟨didicit⟩ / ab eis (2,7)   *f. 1*R

6 SUPER SINDONEM. Tribue quaesumus omnipotens deus: Ut sicut omnes 1
nationes ueniunt gaudentes adorare Christum regem dominum natum · ita
et haec preclara lux habitet semper in nobis: per eundem dominum.

9 SUPER OBLATA. / Pietatis tuę domine sacramentum hodierna sollem- *f. 1*V 2
nitate recolentes · pro apparitione domini nostri Iesu Christi · et pro nostrae
uocationis exordiis · sacrifi⟨ci⟩um tibi laudis offerimus: Quod propitiatus
12 suscipias deprecamur: per eundem dominum nostrum.

PRAEFATIO. UD aeternae deus · Qui te nobis super Iordanis alueum · de 3
caelis in uoce tonitrui praebuisti: Ut saluatorem caeli demonstrares · et
15 patrem luminis aeterni ostenderes: Caelos aperuisti · aerem benedixisti ·
fontem purificasti · et tuum unicum filium per speciem columbae sancto
spiritu declarasti: Susceperunt hodie fontes benedictionem tuam · et abs-
18 tulerunt maledictionem nostram · ita ut credentibus purificationem omnium
delictorum exhibeant · et deo filios generando adobtiuę faciant ad uitam
aeternam: Nam quos ad temporalem uitam carnalis natiuitas fuderat · quos
21 mors per praeuaricationem coeperat: Hos uita / aeterna recipiens ad *f. 2*R
regni caelorum gloriam reuocauit: per eundem dominum nostrum.

POST COMMUNIONEM. Caelesti lumine quaesumus domine · semper et ubique 4
24 nos preueni: Ut mysterium cuius nos participes esse uoluisti · et puro cerna-
mus intuitu · et digno percipiamus affectu: per dominum nostrum.

---

10 appar(i *a.Ras.v.* a)tione   13 UD (*Ras., wohl v.* usque)   14 c(a *aus* o)elis

---

9 Pietatis] Maiestatis *N*   Pietatis – sacramentum *Am*] ... qui gloriam tuam
mirabile sacramento *GaG*   10 recolentes *Am*] uenerantes *GaG*   11/12 quod –
deprecamur *Am*
13/14 Qui te ... in uoce *Am*] Qui ... uocem in modum *GaG*   14 caeli *Am*]
saeculi *GaG*   15 patrem *GaG*] te patrem *S*   16/17 speciem – declarasti *Am*]
columbam sci sps demonstrasti *GaG*   19 delictorum] peccatorum *O*   generando adobtiue *Am*] regenerando *GaG*   20 Nam quos ... quos *Am*] quos ... nam
quos *GaG*   21 coeperat *BCHN GaG*] ceperat *ADEMO*   21/22 recipiens –
reuocauit *Am*] a morte recipiens ad caelorum regna reuocat *GaG*
23 lumine] lumen *GeV GeA*   25 affectu *Am GrH*] effectu *Ge*

II

DOMINICA PRIMA POST EPIFANIAM

5   ORATIO SUPER POPULUM. Benedictio quaesumus domine · in tuos fideles   3
copiosa descendat: Et quam subiectis cordibus expetunt · largiter consequantur: Quoniam sicut superbis resistis · sic humilibus tuis gratiam benignus
impendis: per dominum.   6

> 5 A EPISTULA BEATI PAULI APOSTOLI AD EPHESIOS. 4,23–28
> furaba-/tur (4,28)   *f. 2*�V
> 5 B LECTIO SANCTI EUANGELII SECUNDUM LUCAM. CAPUT II⟨I⟩. 2,42–52   9
> fili. / quid (2,48)   *f. 3*ᴿ

6   ORATIO SUPER SINDONEM. Fac nos domine deus noster tuis obedire mandatis:
Quia tunc nobis prospera cuncta prouenient · si t⟨e⟩ totius uitae sequamur   12
auctorem: per.

7   ⟨SUPER OBLATA.⟩ Quaesumus domine deus noster: Ut noxiis desideriis
expeditos · deuotionem nos tibi liberam atque oblationem offerre concedas: 15
per dominum.

8   PRAEFATIO. UD domine sancte pater omnipotens aeterne deus · ut qui te
auctore subsistimus · te dispensante dirigamur: Non nostris sensibus relin-   18
quamur · sed ad tue reducti semper tramitem uerita-/tis · hec studeamus *f. 3*�V
exercere quae praecipis · ut possimus dona percipere qua⟨e⟩ promittis: per
Christum.   21

9   POST COMMUNIONEM. Quaesumus domine deus noster: Ut quos diuinis
reparare non desinis sacramentis · tuis non destituas benignus auxiliis: per.

III   24

MISSA IN OCTAUA TEOPHANIE · SECUNDUM ROMANOS

10   Deus cuius unigenitus in substantia nostrae carnis apparuit · praesta
quaesumus ut per eum quem similem nobis foris agnouimus · intus reformari   27
mereamur: per eundem.

---

11 ob(o *gel.*)edire   12 t(e *gel.*)   19 tu(a *gel.*)e   h(a *gel.*)ec   20 qua(e *gel.*)

---

3 qs dne *Am*] dne qs *Ge GaF*
11 ds nr] qs *GeV*   12 prouenient *GeA GeS*] proueniunt *Gr* / praeueniunt *GeV*
te *om. GeV*
14 noxiis *Am*] nostris *GaF*
17 ut] et te incessanter precari ut *GrA* (*J 587*)   19 ad . . . tramitem *GeS GrA GaF*]
ad . . . tramite⟨m⟩ *Ve* / . . . tramite *S*   19/20 hec . . . quae] haec . . . quod *GrA*
(*J 587*) / hoc . . . quod *GeS*   20 promittis] permittis *GeA*
28 per . . .] qui tecum *N*

10 A LECTIO ESAIAE PROPHETAE.
25,1; 26,11; 28,5; 35,1f.10; 41,18; 52,13; 12,3–5
3   dis-/rumpam (41,18)   *f. 4*R
10 B LECTIO SANCTI EUANGELII SECUNDUM IOHANNEM. CAPUT XIIII. 1,29–34
perhibui / quia (1,34)   /   *f. 4*V

6   ORATIO ⟨SUPER⟩ SINDONEM. Inlumina quaesumus domine populum tuum · 11
et splendore gratiae tuae cor eius semper acce⌐n⌐de: Ut saluatorem suum et
incessanter agnoscat · et ueraciter adpraehendat: dominum nostrum Iesum.

9   SUPER OBLATA. Hostias tibi domine pro nati tui filii apparitione deferimus · 12
suppliciter exorantes · ut sicut ipse nostrorum auctor est munerum · ipse sit
misericors et susceptor: per dominum nostrum.

12   PRAEFATIO. UD per Christum dominum nostrum: Qui a puerperio cae- 13
lesti · intulit mundo suae miracula maiestatis: Ut adorandam magis osten-
deret stellam · et transacto temporis interuallo · aquam mutaret in uinum:
15 Et suo quoque baptismate sanctificaret fluenta Iordanis · idem Iesus Christus
dominus noster: quem una tecum omnipotens pater · et cum spiritu sancto.

  POST COMMUNIONEM. Praesta quaesumus domine deus noster · ut quae 14
18 sollemni celebramus officio · purificate mentis intellegentia consequamur:
per dominum.

  AD UESPERUM. Deus inluminator omnium gentium · ⌐da⌐ populis ⟨tuis per- 15
21 petua pace gaudere · et illud lumen splendidum infunde cordibus nostris ·
quod trium magorum mentibus aspersisti: per.⟩

Lücke

24   IIII

DOMINICA IN QUINQUAGESIMA

16 A   Mt 13,⟨24⟩–43
27   ⟨ful-⟩/gebunt (13,43)   *f. 5*R

  ORATIO SUPER SINDONEM. Deus qui non despicis contritos corde · et aflictos 16
miseriis: Populum tuum ieiunii ad te deuotione clamantem · propitiatus

---

7 acce(n *ü.d.Z.*)de   10 sicut (ip *gel.*)/   20 da *ü.d.Z.*   20-22 *ergänzt*
nach Biasca 190

---

6 qs dne] dne qs *GeS GrH*   7 gratiae] gloriae *GrH*   eius] eorum *S*   8 dnm]
per eundem dnm *O* / per dnm *Ge GrH*
9 nati – apparitione *Ge*] octaua filii tui apparitionis *N*   10 sicut ipse . . . ipse
GeV GeS] s. ipse . . . ita ipse *GeA GeSC* / s. . . . ita *N*   11 per dnm] Iesus Christus
dns nr qui tecum *N Ge*
12/13 a – intulit *Am*] ad puerperii caelestis indicium haec hodie contulit *GaG* 15 idem
Am   16 et cum spu sco *J*
17 dne – nr] omps ds *GrHO*   18 purificate] purificante *GeA*
28 contritos corde *Am* (*exc. O*)] corde c. *O Ge*

exaudi: Ut quos humiliauit aduersitas · attollat tuae reparationis prosperitas: per dominum.

17   SUPER OBLATA. Ecclesiae tuae domine munera sanctifica: Et concede ·   3
ut per haec ueneranda mysteria et sanctae institutionis ieiunia · pane caelesti
refici mereamur: per.

18   PRAEFATIO. UD Aeterne deus · illuminator et redemptor animarum   6
nostrarum · qui nos per primum Adam abstinentiae lege uiolata paradiso
eiectos fortioris ieiunii remedio ad antique patrię bea⟨ti⟩tudine⟨m⟩ per
gratiam reuocasti: Nosque pia institutione docuisti · quibus obseruationibus   9
liberemur: per Christum.

19   POST COMMUNIONEM. Tuorum nos domine largitate donorum · et temporalibus attolle praesidiis · et renoua sempiternis: per.   12

V

/ FERIA IIII INFRA QUINQUAGESIMA   *f. 5*ᵛ

20   ORATIO SUPER POPULUM. Concede nobis domine praesidia militiae chri- 15
stianę sanctae inchoare ieiuniis: Ut contra spiritales nequitias pugnaturi
continentiae muniamur auxiliis: per dominum.

    20 A   LECTIO IOHELIS PROPHETA⟨E⟩. 2,12–19   18
          dicent: / Parce (2,17)   *f. 6*ᴿ
    20 B   LECTIO SANCTI EUANGELII SECUNDUM MATHEUM. CAPUT XLVI. 6,16–21
          ubi / fures (6,19)   *f. 6*ᵛ 21

21   SUPER SINDONEM. Praesta domine fidelibus tuis · ut ieiuniorum ueneranda
sollemnia · et congrua pietate suscipiant · et secura deuotione percurrant: per.

22   SUPER OBLATA. Fac nos quaesumus domine · his muneribus offerendis 24
conuenienter aptari: Quibus ipsius uenerabilis sacramenti · celebramus
exordium: ⟨per.⟩

23   PRAEFATIO. UD Qui corporale ieiunio uitia comprimis · mentem eleuas · 27
uirtute⟨m⟩ largiris et praemia: per Christum.

---

27 corporale] corporali ·

---

1 tuae reparationis *Am*] r. t. *Ge*
4 et sanctae – ieiunia *Am*   institutionis] iustificationis *O*
8 antique – beatitudinem *Am GeSC GrA*] antiquam patriam *Ge*   9/10 Nosque –
liberemur *Am GrA*] ut non solum corpus a cibis sed a delictis omnibus liberares *Ge*
10 liberemur *Am*] a peccatis omnibus 1. *GrA* (*J 91*)
15 dne *Ve Ge Gr*] omps ds *S*   16 sanctae *J*] sanctis   17 continentiae *Ve Ge
Gr*] c. salutaris *S*
22 dne] qs dne *GeV*   23 percurrant] procurant *GeV*
24 his *om. GrP*   25 celebramus *Gr*] uenturum c. *Ge*

POST COMMUNIONEM. Percepta nobis domine praebeant sacramenta sub- 24
sidium: Ut et tibi grata sint nostra ieiunia · et nobis proficiant ad medelam:
3 per dominum.

VI

FERIA V INFRA QUINQUAGESIMA

6 ORATIO SUPER POPULUM. Tuere domine populum tuum · et ab omnibus 25
peccatis clementer emunda: Quia nulla ei nocebit aduersitas · si nulla ei
dominetur / iniquitas: per. *f. 7*R

9 25 A LECTIO ESAIAE PROPHETAE. 38,1–6
25 B EUANGELIUM SECUNDUM MATHEUM. CAPUT LXV. 8,5–13
paralyticus / et (8,6) *f. 7*V

12 SUPER SINDONEM. Da quaesumus domine fidelibus tuis ieiuniis paschalibus 26
conuenienter aptari · ut suscepta sollemniter castigatio corporalis cunctis
ad fructum proficiat animarum: per.

15 SUPER OBLATA. / Sacrificium domine obseruantiae paschalis offerimus: *f. 8*R 27
Praesta quaesumus · ut tibi et mentes nostras reddat acceptas · et continentiae
promptioris nobis tribuat facultatem: per.

18 PRAEFATIO. UD Qui es salutis remedium · fac nos ⟨salutis⟩ nostrae causas 28
et deuotis semper frequentare seruitiis · et deuotius recolere principaliter
inchoatas · ut praemia consequamur aeterna: per Christum.

21 POST COMMUNIONEM. Spiritum nobis domine · tuae caritatis infunde: Ut 29
quos uno caelesti pane satiasti · tua facias pietate concordes: per.

ALIA. De multitudine misericordiae tuae domine populum tuum protege 30
24 confidentem: Et corporaliter gubernatum pietatis affectu · his muneribus
exequendis effice promptiorem: per.

---

2 grat(i *gel.*)a

---

1 sacramenta] tua s. *GeV*
7 ei *(2⁰)* *J*
15 offerimus] exerimus *GeV*   17 promptioris – facultatem] prumptiores *GeV*
18 UD – remedium *J*   nos] nos qs dne *Ge*   20 ut – aeterna *J*
21 nobis *Am (exc. DHNO) Ve GeV GrHO GaV*] in n. *DHNO GeA GeS Gr*   tuae
om. L   22 tua *Gr*] una *S (J 704) Ve Ge GaV*
23/24 populum tuum ... confidentem] p. tibi ... c. *GrP²* / p. tibi ... confitentem
Ge GrP¹   24 pietatis affectu] piae mentis effectu *GrP* / piae mentis affectum *Ge*
24/25 his muneribus exequendis] his m. adsequendis *GrP* / tuis m. assequendis *Ge*

VII

FERIA VI INFRA QUINQUAGESIMA

31 ORATIO SUPER POPULUM. Inchoata ieiunia quaesumus domine benigno 3
fauore prosequere: Ut obseruantiam quam corporaliter exercemus · mentibus
ualeamus implere sinceri⟨s⟩: per.

   31 A LECTIO ESAIAE PROPHETAE. 58,1–9   6
      / Haec dicit (58,1)   dissolue / conligationes (58,6)   *f. 8*V *9*R
   31 B LECTIO SANCTI EUANGELII SECUNDUM MATHEUM. CAPUT XXXVIIII. 5,43–6,4
      suum / oriri (5,45)   *f. 9*V   9

32 ORATIO SUPER SINDONEM. Adiuua nos deus salutaris noster · ut quae conlata / nobis honorabiliter recensemus · deuotis mentibus adsequamur: *f. 10*R
per.   12

33 SUPER OBLATA. Tribue nobis quaesumus omnipotens deus: Ut dona caelestia quae debito frequentamus obsequio · sincera professione sentiamus:
⟨per.⟩   15

34 POST COMMUNIONEM. Praepara nos quaesumus domine huius praecipuae
festiuitatis officiis · ut haec sacrificia sobriis mentibus celebremus: per.

35 ALIA. Praesta famulis tuis domine · abundantiam protectionis et gratiae: 18
Da salutis mentis et corporis · da continentiae prosperitatis augmenta · et
tibi fac semper esse deuotos: per dominum.

VIII   21

SABBATO INFRA QUINQUAGESIMA

36 ORATIO SUPER POPULUM. Obseruationis huius annua celebritate laetantes
quaesumus domine · ut paschalibus actionibus inherentes · plenis eius effec- 24
tibus gaudeamus: per.

---

11 /(sunt *gel.*) nobis   *Die Orationen 33 und 34 wurden bei der Redaktion vertauscht*
14 debit(o *a. Ras.v.* a)

---

3 qs dne *Ge Gr*] dne ecclesiae tuae *S* (*J 94*)   4/5 exercemus – sinceris *Am Ge*]
ex hibemus mentibus etiam sinceris exercere ualeamus *Gr*
13 qs *J*   14 sentiamus *Ge*] sectemur *S* (*J 98*)
19 da salutis ... da continentiae ... augmenta] da salutem ... da c. ... a. *D*¹ *GeA* /
da salutem ... da continuae ... a. *S Ve GeSC* / da salutem ... da continua ... a.
Ge V GeS   prosperitatis] protectionis *O*   20 fac semper *D*] s. f. *S* (*exc. DO*)
Ve Ge / s. f. eos *O*
23 annua] annuę *GeA*   24 effectibus] affectibus *GeA*

36 A LECTIO ESAIAE PROPHETAE. 58,9–14
    esurienti / animam (58,10)   *f. 10*ᵛ

3   36 B LECTIO SANCTI EUANGELII SECUNDUM MARCUM. CAPUT LXVII. 6,47–56
    medio / mari (6,47)   ciui-/tates (6,56)   *f. 11*ᴿ *11*ᵛ

SUPER SINDONEM. Fideles tuos deus · perpetuo dono firmentur · ut eadem 37
6 percipiendo requirant · et quaerendo sine fine percipiant: per dominum.

SUPER OBLATA. Suscipe domine · sacrificium · cuius te uoluisti dignanter 38
immolatione placari: Et praesta quaesumus · ut huius operatione mundati ·
9 beneplacitum tibi nostrae mentis offeramus affectum: per.

PRAEFATIO. UD Supplicationibus nostris adesto · et hoc sollemne ieiunium · 39
quod animis corporibusque curandis salubriter insti⟨tu⟩tum ⌐est⌐ · deuoto
12 seruitio celebremus: per Christum.

POST COMMUNIONEM. Caelestis uitae munere uegetati quaesumus domine · 40
ut quod est nobis in praesenti uita mysterium · fiat aeternitatis auxilium:
15 per · dominum.

VIIII
DOMINICA IN CAPUT QUADRAGESIME

18   ORATIO SUPER POPULUM. Deus qui ecclesiam tuam annua quadragesimale 41
⌐in⌐ obseruatione purificas: Praesta familiae tuae · / ut quod a te *f. 12*ᴿ
optinere abstinendo nititur · hoc bonis moribus exsequamur: per dominum.

21   ALIA. Concede nobis omnipotens deus · ut per annua quadragesimalis exer- 42
citia sacramenti · et ad intellegendum Christi proficiamus arcanum · et
affectus eius digna conuersatione sectemur: per.

24   42 A EPISTULA BEATI PAULI APOSTOLI AD CORINTHIOS II. 6,1–10
    arma / iustitiae (6,7)   *f. 12*ᵛ
    42 B LECTIO SANCTI EUANGELII SECUNDUM MATHEUM. CAPUT XV. 4,1–11
27   es. / mitte (4,6)   *f. 13*ᴿ

---

5 tuos] tui   8 mundati(s *gel.*)   11 est *hinzugef.*   18 quadragesimale]
quadragesimali   19 in *hinzugef.*

---

5 Fideles – ds] Fidelibus tuis dne *GeV*   perpetuo dono *GrP*] perpetua dona *Ge* /
per tua dona *GeSC GrH* (*Lietzmann:* perpetua = *error archetypi*) / perpetuis donis *S*
6 percipiendo requirant *GeS GrHO*] et p. r. *S GeA Gr* / percipiendum te quaerant *GeV*
8 et prae sta *Am Ve*] praesta *Ge*   9 affectum] effectum *D*² *N*
10 UD – adesto] Adesto dne supplicationibus nostris *S* (*J 95*) *Ge* / A. d. supplicibus
tuis *Ve*   et H *Ge*] ut *S* (*J 95*) *Ve*   11 animis *Ve Ge*] animabus *S* (*J 95*)
19 in *J*   20 moribus *Ge*] operibus *GeSC Gr*   exsequamur] exsequatur *Ge Gr*
23 affectus] effectus *GeA GeSC*

43　　SUPER SINDONEM. Familiae tuae quaesumus domine absolue peccata · mentesque purifica: Ut uenerabilis ieiunii dies congrua deuotione repetentes · quae fideliter poscimus · impetrare mereamur: per.　　　　　　　　　　3

44　　SUPER OBLATA. Da nobis quaesumus omnipotens deus · ieiuniorum · magnifici sacramenti · et digne semper tractare mysteria · et competenter honorare primor-/dia: per dominum.　　　　　　　　　　　　　　　　　　*f. 13*ᵛ　6

45　　⟨PRAEFATIO.⟩ UD per Christum dominum nostrum: In quo ieiuniorum fides alitur · spes prouehitur · caritas roboratur: Ipse est enim panis uerus et uᶠiˡuus · qui est substantia aeternitatis · esca uirtutis: Uerbum enim tuum ·　9
per quod facta sunt omnia · non solum humanarum mentium · sed ipsorum quoque panis est angelorum: Huius panis alimento · Moyses famulus tuus · quadraginta diebus ac noctibus legem suscipiens ieiunauit: Et a carnalibus　12
cibis · ut tuae suauitatis capatior esset abstinuit: Unde nec famem corporis sensit · et terrenarum est oblitus escarum: Quia illum et gloriae tuae clarificabat aspectus · et influente spiritu dei ·sermo pascebat: Hunc panem etiam　15
nobis ministrare non desinas · quem ut indeficienter esuriamus ᶠhˡortaris · Iesum Christum dominum nostrum.

46　　ORATIO POST COMMUNIONEM. Sumpsimus domine sacramenta caelestia: Prop-　18
terea deprecamur · ut quorum continua perceptione reficimur · salutari traditione laetemur: per.

X　　　　　　　　　　　21

47　　/ ORATIONES IN QUADRAGESIMA · AD MISSAM SIUE AD UESPERUM ·　　*f. 14*ᴿ
UIGILIA · QUAM ETIAM AD MATUTINUM. Da nobis quaesumus omnipotens deus ·
ut aeternae promissionis gaudia quaerere · et quaesita citius inuenire: per　24
dominum nostrum.

---

7 ieiuniorum] ieiunantium　　9 (u *a.Ras.*, i *ü.d.Z.*)uus　　12 qu(i *gel.*)adraginta
15 influent(e *aus* a)　　16 (h *ü.d.Z.*)ortaris　　18 POST COMMUNIONEM *a.roter Ras.*,
wohl v. einem Teil der folg. Überschrift　　23 MAT(U *aus* I)TINUM

---

4 ieiuniorum] ut i. *D*　　4/5 magnifici sacramenti] magnifica uotiua sacramenta *N*
8 alitur *Am* (*cf. Ga MoS*)] additur *Ge GrA*　　　　est enim] enim est *O* / est *D*
8/9 uerus et uiuus *ABCHMN*] uiuus et uerus *DEO Ge GrA*　　　9 qui est . . . esca
uirtutis *Am*] qui . . . et e. u. est *Ge GrA*　　10 per quod *Am GrA*] in quo *Ge*　　mentium] gentium *GeA*　　10/11 ipsorum quoque *Am* (*cf. Ga MoS*)] ipse *Ge GrA*
11-15 huius – pascebat *Am* (*cf. Ga MoS*)] om. *Ge GrA*　　14 est oblitus escarum] o.
esc. est *S*　　clarificabat] glorificabat *O*　　15/16 etiam nobis *Am*　　16 desinas]
desinis *GrA*　　quem ut *Am*] et ut eum *Ge GrA*　　indeficienter *Am*] indesinenter *Ge GrA*　　hortaris] horteris *GeS*　　17 Iesum – nrm *Am*] cuius carne
dum pascimur roboramur et sanguine dum potamur abluimur *Ge GrA*
24 ut] et *Ge GrH* (*J 509*)

ALIA. Adesto quaesumus domine supplicationibus nostris · et in tua miseri- 48
cordia confidentes · ab omni nos aduersitate custodi: per.

3 ALIA. Iam dies adsunt ieiunii · iam salutis tempus aduenit: Adesto culpanti- 49
bus · deus qui solus uales delere peccata · ut quod dudum deliciosa caro
deliquid · placita nunc tibi abstinentia diluas: per dominum nostrum.

6 ALIA. Aures clementiae tuae deus ad populi tui gemitum placatus inclina: 50
Summe praecantium preces · et penitentium exaudi clamores: Flenti et
confitenti familiae tuae · promissam concede indulgentiam peccatorum:
9 per dominum.

ALIA. Multa sunt domine iniquitatum nostrarum crimina pro quibus super- 51
biam nostram iuste reuer-/beras et conculcas: Sed inmensam boni- *f. 14ᵛ*
12 tatem tuam · misericors petimus · ut quibus hic conuersionis tempus patientiae largiris · caelestium gaudiorum facias possessores: per.

ALIA. Ignosce nobis domine confitentibus · parce quaesumus ueniam postu- 52
15 lantibus: Nos coram te misericors deflemus peccata · tu paenitentium lacrimis inclinatus indulgentiam piissime dona: per.

ALIA. Deus cui soli est elisos erigere · et peccata deflentium condonare: 53
18 Clementer populi tui suspiria inspice · et crimina nostra in ieiuniorum
tempore dele: per.

⟨ALIA.⟩ Deus qui sic delectaris abstinentia carnis · cum sancta inspexeris 54
21 desideria cordis: Ut tibi munda exhibeamus ieiunia · fac nos proximos semi-
nis diligere · et pro aduersantibus nobis deuote orare: per dominum.

ALIA. Tibi domine inclinamus genua cordis · ad te expandimus conscientiae 55
24 manus: In tuo deus conspectu ponimus lacrimas nostras · de tua piissima
largitate conferantur nobis gaudia sempiterna: per.

⟨ALIA.⟩ / Exaudi quaesumus domine gemitum populi tui · ne plus *f. 15ᴿ* 56
27 apud te ualeat offensio deliʳn¹quentium · quam misericordia tua semper
indulta fletibus supplicantum: per.

ALIA. Omnipotens et misericors deus · qui peccantibus indulgentiam in 57
30 confessione recipi uoluisti: Succurre lassis · miserere fessis: Ut quem catena
delictorum constringit · magnitudo tuae pietatis absoluat: per dominum.

ALIA. Omnipotens sempiterne deus · adesto propitius inuocationibus 58
33 nostris: Et quia sine te nihil potest mortalis infirmitas: Praesta auxilium
gratiae tuae · ut in exequendis mandatis tuis · et uoluntate tibi et actione
placeamus: per.

---

27 deli(n *ü.d.Z.*)quentium   28 fle(n *gel.*)tibus   30 fessis] fassis

---

18 in *B²HL*
26 qs dne] dne qs *Ve* / dne *GeA Gr*   27 misericordia *GeA Gr*] miseratio *Ve cf. GaG*
semper *Ve cf. GaG*
29/30 peccantibus ... recipi uoluisti] peccatorum ... celeri posuisti *Ge GrF*   30 lassis]
lapsis *Ge GrF*   fessis] confessis *Ge GrF*   30/31 quem catena delictorum *J*]
quos d. c. (*cf. J 687b*)   31 magnitudo] miseratio *GrF*
32 Omps semp ds *GaF*] Ds in te sperantium fortitudo *S* (*J 499*) *Ge Gr GaB*   34 ex-
equendis] sequendis *GaB*   35 placeamus] pariter placamus *GaF*

59　　ALIA. Propitiare domine supplicationibus nostris · et populum tuum perui-
gili protectione custodi: Ut nullius animam diabolus perfidie telo uulneret ·
nullius mente⟨m⟩ ueneno falsitatis occidat: per.　　　　　　　　　　　　3

60　　⟨ALIA.⟩ Adesto domine supplicibus tuis · et nihil de sua conscientia prae-
sumentibus · ineffabili miseratione succurre · ut quod non habet fiducia / meritorum · tua conferatur largitate inuicta bonorum: per do-　*f. 15*ᴠ　6
minum.

61　　ALIA. Deus qui ob animarum medelam ieiunii deuotione castigari corpora
praecepisti: Concede ut corda nostra ita pietatis tuae ualeant exercere　9
mandata · quatenus ab omnibus possimus abstinere peccatis: per.

62　　⟨ALIA.⟩ Omnipotens sempiterne deus · qui nobis in obseruatione ieiunii ·
et elemosinarum semine posuisti nostrorum remedia peccatorum: Concede　12
nobis mente et corpore semper esse deuotos: per dominum nostrum.

XI

FERIA II EBDOMADA I IN QUADRAGESIMA　　　　　　　　15

63　　ORATIO SUPER POPULUM. Conuerte nos deus salutaris noster: Et ut nobis
ieiunium quadragesimale proficiat · mentes nostras caelestibus instrue
disciplinis: per.　　　　　　　　　　　　　　　　　　　　　　　　18

　　63 A　LECTIO EZECHIELIS PROPHETAE. 34,11–16
　　　　meas / et (34,12)　　　　　　　　　　　　　　　　　　　*f. 16*ᴿ
　　63 B　LECTIO SANCTI EUANGELII SECUNDUM MATHEUM. CAPUT CCLXXIII. 25,31–46　　21
　　　　oues / quidem (25,33)　　　prae-/paratus (25,41)　　　*f. 16*ᴠ *17*ᴿ

64　　SUPER SINDONEM. Sanctifica domine quaesumus nostra ieiunia: Et cunctarum nobis indulgentiam propitius largire culparum: per dominum.　　24

65　　SUPER OBLATA. Munera domine oblata sanctifica · nosque a peccatorum
nostrorum maculis emunda: per.

---

1 dne *GaV*] misericors ds *Ge*　　　　　　populum tuum] nos in ieiunio culto uacantes
obtenente beato illo *GaV*
4 supplicibus tuis *GeV*] supplicationibus nostris *GeA GeS GrP*　　　　6 conferatur –
bonorum] consecret largitas inuicta donorum *GeV* / conferat largitas inuicta donorum *GeA GeS GrP*
8 ob] ad *GaB*　　　　castigari *Am GeSC*] castigare *Ge Ga*　　　9 concede] c. qs *Ga*
10 possimus *M* (*J 284*)] p. semper *S* (*exc. M*) *Ge* / semper p. *Ga*
13 nobis – semper] (qs *Ga*) nos opere mentis et corporis semper tibi *Ge Ga*
17 quadragesimale] corporale *GeV*　　　instrue] institue *GeV*
23 dne qs *BCDHMNO Ge GrHO*] qs dne *AE Gr*　　24 propitius *om. D*
25 Munera dne oblata *Am GeS GrP GrH*] O. d. m. *GeA GrA GaB CeS*　　　　nosque]
n. per haec *E GeS*　　26 nostrorum *om. D*¹ *GeS*

PRAEFATIO. UD Aeterne deus · qui das escam omni carni · et non solum 66
carnalibus · sed etiam spiritalibus escis / reficis: Ut non in solo pane *f. 17*V
3 uiuamus sed in omni uerbo tuo uitalem habeamus alimoniam: Nec tantum
epulando · sed etiam ieiunando pascamur: Nam ut dapibus et poculis corpora · sic ieiuniis et uirtutibus animae signantur: Magnam in hoc munere
6 salubritatem mentis ac corporis contulisti · quia ieiunium nobis uenerabile
dedicasti: Ut ad paradisum de quo non abstinendo cecidimus · ieiunando
solemnius redeamus: per Christum dominum.
9 POST COMMUNIONEM. Salutaris tui domine munere satiati · suppliciter 67
exoramus: Ut cuius laetamur gustu · renouemur effectu: per dominum
nostrum.

12 ## XII

FERIA III EBDOMADA I IN QUADRAGESIMA

ORATIO SUPER POPULUM. Respice domine familiam tuam: Et praesta ut 68
15 apud te mens nostra tuo desiderio fulgeat · quae se carnis maceratione casti-
gat: per.

68 A LECTIO ESAIAE PROPHETAE. 55,6–11
18 suam / et (55,7) *f. 18*R
68 B LECTIO SANCTI EUANGELII SECUNDUM MATHEUM. CCX. 21,10–17
templum / dei (21,12) *f. 18*V
21 SUPER SINDONEM. Ascendant ad te domine preces nostrae: Et ab ecclesia 69
tua cunctam repelle nequitiam: per.
SUPER OBLATA. Oblatis quaesumus domine placare muneribus · et a 70
24 cunctis nos defende periculis: per dominum.
PRAEFATIO. UD per Christum dominum nostrum: Qui continuatis qua- 71
dra-/ginta diebus et noctibus · hoc ieiunium non esuriens dedicauit: *f. 19*R
27 Postea enim esuriit · non tam cibum hominum quam salutem: Nec escarum
saecularium epulas concupiuit · sed animarum desiderauit potius sanctitatem: Cibus namque eius est · redemptio populorum: Cibus eius est totius

---

5 signantur] saginantur

---

1 das – carni *om. S*   et] et nos *Gr* / nos *S* / nos quidem *Ge*   3 habeamus]
habemus *D GrA*   4 et poculis *GeA Gr*] poculisque *S* / poculis *GeS*   6 ac *GeS Gr*]
et *S GeA*
9 Salutaris – munere] Salutari tuo dne *Ve* / Salutare munere dne *GeV*   suppliciter *Am*] supplices *Ve Ge Gr* (*J 513*)   10 exoramus] depraecamur *Ve GeV*
laetamur] letemur *D*   renouemur] reparemur *GeV*
23 qs dne *A² BCDEN GeS GrP GrH*] dne qs *GeA* / dne *A¹HMO GrA*
26 et] ac *O*   29 namque *Am GrA*] enim *Ge* / *om. GrF*   eius (2⁰)] namque *GrF*
totius] totus *GrA*

bonę uoluntatis effectus: Qui nos docuit operari · non solum ⟨cibum⟩ qui terrenis dapibus apparatur · sed etiam eum qui diuinarum scripturarum lectione percipitur: per quem maiestatem. 3

72 POST COMMUNIONEM. Quaesumus omnipotens deus: Ut illius salutaris capiamus effectum · cuius per haec mysteria pignus accipimus: qui tecum.

XIII 6

FERIA IIII EBDOMADA I

73 ORATIO SUPER POPULUM. Praeces nostras quaesumus domine clementer exaudi: Et contra cuncta nobis aduersantia dexteram tuae maiestatis ex- 9 tende: per.

> 73 A LECTIO LIBRI EXODI. 24,12–18
> Moyses / et (24,13) *f. 19*V 12
> 73 B LECTIO SANCTI EUANGELII SECUNDUM MATHEUM. CAPUT CXXVII. 12,38–50
> Ionas / in (12,40) dixit / autem (12,47) *f. 20*R *20*V

74 SUPER SINDONEM. Mentes nostras quaesumus domine luminae tuae clari- 15 tatis illustra: Ut uidere possimus quae agenda sunt · et quae recta sunt agere ualeamus: per.

75 SUPER OBLATA. Hostias tibi domine placationis offerimus: Ut delicta nostra 18 miseratus absoluas · et nutantia corda tu dirigas: per dominum.

76 PRAEFATIO. UD Aeterne deus: Qui in alimentum corporis humani frugum copiam producere iussisti: Et in alimentum animarum ieiunii · nobis medi- 21 cinam indidisti: Te itaque supplices inuocamus · ut tibi sit acceptabile ieiunium nostrum · et nos a cibis ieiunantes a peccatis absoluas: per Christum.

77 POST COMMUNIONEM. Tui domine perceptione sacramenti · et a nostris 24 mun-/demur occultis · et ab hostium liberemur insidiis: per domi- *f. 21*R num nostrum.

---

5 accipi(mus *gel.*)/mus

---

1 bonę *om. Ge*   effectus *Am*] affectus *Ge Gr*   1/2 non solum . . . sed etiam *GrA*] non . . . sed *S Ge*   2 eum *om. Ge*
4 Qs – ds] Praesta dne qs *GeV GaV*   salutaris] salutis *GeV GaV*   5 accipimus *GeA GaV*] accepimus *S GeV GeS Gr* (*J 518*)   qui tecum *ABEHM*] per *DNO Ge Gr* (*J 518*)
18 ut *ABDEHMNO*] ut et *FGKL* (*J 688*) *Ge GrH*   19 tu *GN Ge Gr*
20/21 alimentum . . . alimentum *Am GrA*] alimento . . . alimento *Ge*   21 producere] terram p. *GeSC C*   23 et – peccatis] ut nos a p. ieiunantes *GeA*

XIIII

FERIA V EBDOMADA I IN QUADRAGESIMA

3   ORATIO SUPER POPULUM. Deuotionem populi tui domine benignus intende: 78
Ut qui per abstinentiam macerantur in corpore · per fructum boni operis
reficiamur in mente: per.

6   78 A LECTIO EZECHIELIS PROPHETAE. 18,1–9
       accesse-/rit (18,6)   *f. 21*V
    78 B LECTIO SANCTI EUANGELII SECUNDUM MATHEUM. CAPUT CLVIII. 15,21–28
9   ait: / Non (15,26)   *f. 22*R

SUPER SINDONEM. Da quaesumus domine populis christianis · quod pro- 79
fitentur agnoscere: Ut caeleste munus diligere quod frequentant: per.

12   ORATIO SUPER OBLATA. Sacrificia domine propitius ista nos saluent · quae 80
medicinalibus sunt instituta ieiuniis: per.

PREFATIO. UD Aeterne deus · quia conpetenter atque salubriter religiosa 81
15 sunt nobis instituta ieiunia · ut corporeae iucunditatis inmoderatas coherceas
inlecebras · et terrenae delectationis insolentia ⌈refrenata⌉ · purior atque
tranquillior appetitus · ad caelestia contemplanda mysteria · fidelium red-
18 datur animarum: per Christum.

POST COMMUNIONEM. Tuorum nos domine largitate donorum · et tempo- 82
ralibus attolle praesidiis · et renoua sempiternis: per.

21   XV

/ FERIA VI EBDOMADA I   *f. 22*V

ORATIO SUPER POPULUM. Esto domine propitius plebi tuae: Et quam tibi 83
24 facis esse deuotam · benigno refoue miseratus auxilio: per.

83 A LECTIO EZECHIELIS PROPHETAE. 18,20–28
       iustitiae / eius (18,24)   *f. 23*R
27 83 B LECTIO SANCTI EUANGELII SECUNDUM IOHANNEM. CAPUT XXXVIII. 5,1–15
       aquae / motum (5,3)   tibi / tolle (5,12)   *f. 23*V *24*R

---

5 reficiamur] reficiantur   11 ut] et   16 refrenata *ü.d.Z.*

---

3 dne *Am*] qs dne *Ge Gr*
10 dne] omps ds *GrP*   quod *Am*] et quod *GeS GrP* / et quos *GeV GeA* / et
quae *GrH*
12 dne *Am Ge GrP*] dne qs *GrH*
15 nobis *om. D*   corporeae] corpore *D*   coherceas *Am*] coerceamus *Ge GrA*
(*J 208*)

84 SUPER SINDONEM. Exaudi nos misericors deus · et mentibus nostris gratiae tuae lumen ostende: per.

85 SUPER OBLATA. Suscipe quaesumus domine nostris oblata seruitiis · et tua 3 propitius dona sanctifica: per dominum.

86 PRAEFATIO. UD Aeterne deus: Qui ieiunii obseruatione et elemosinarum gratissima largi⸀ti⸀one nos docuisti · nostrorum consequi remedia peccatorum: 6 Unde tuam imploramus clementiam · ut his obseruationibus et ceteris bonorum exhibitionibus muniti · ea operemur · quibus ad aeterna gaudia consequenda · et spes nobis suppetat et facultas: per Christum. 9

87 POST COMMUNIONEM. Per huius domine operationem mysterii · et ui-/ *f. 24*ᵛ tia nostra purgentur · et iusta desideria impleantur: per.

XVI   12

SABBATO EBDOMADA I IN QUADRAGESIMA

88 ORATIO SUPER POPULUM. Deus qui tribus pueris mitigasti flammas ignium · concede propitius · ut nos famulos tuos non exurat flamma uitiorum: per. 15

 88 A EPISTULA BEATI PAULI APOSTOLI AD TESSALONICENSES I.
    5,14–23
 88 B EUANGELIUM SECUNDUM MATHEUM. CAPUT CLXXIII. 17,1–9   18
    mon-/tem (17,1)   *f. 25*ᴿ

89 SUPER SINDONEM. Preces populi tui quaesumus domine clementer exaudi: / Ut qui iuste pro peccatis nostris affligimur · pro tui nominis gloria *f. 25*ᵛ 21 misericorditer liberemur: per.

90 ⟨SUPER OBLATA.⟩ Praesentibus sacrificiis domine · ieiunia nostra sanctifica: Ut quod obseruantia nostra profitetur extrinsecus · interius operetur: per. 24

91 PRAEFATIO. UD aeterne deus · Inluminator et redemptor animarum no- strarum: Qui nos per primum Adam abstinentiae lege uiolata paradiso eiectos · fortioris ieiunii remedio ad antiquae patriae beatitudinem per gra- 27 tiam reuocasti · nosque pia institutione docuisti · quibus obseruationi⟨bu⟩s a peccatis omnibus liberemur: per Christum.

---

1 nos (*Ras.v.1–2 Buchst.*)   6 largi(ti *ü.d.Z.*)one   9 (nob *a.Ras.*)is
27 antiqu(a *aus* o)e   28 institutione(m-*Strich ausp.*)

---

4 propitius *B GeS GrHO*] potius *GeA GrHC*
8 bonorum] b. operum *GrA* (*cf. J 153*)
11 impleantur *B GrH*] compleantur *S* (*exc. B*) *Ge GrP GrA*
14 mitigasti] in camino ignis m. *GaB*   ignium] incendii *GaB*   15 propitius] qs *GeV GaB*
20 qs dne *C G*²(*J 610*) *GeA*] dne qs *Gr* / dne *S* (*exc. C O*) / qs ds *GeV* / ds *D¹O* / omps ds *GeS*   21/22 pro tui – liberemur] pietatis tuae uisitatione consolemur *GeV GeS*
27 antiquae – beatitudinem *Am GeSC Gr*] antiquam patriam *Ge*   28/29 nosque – liberemur *Am Gr*] ut non solum corpus a cibis sed a delictis omnibus liberares *GeS*
29 a peccatis omnibus *Gr*

POST COMMUNIONEM. Sanctificationibus tuis omnipotens deus · et uitia 92
nostra curentur · et remedia nobis aeterna proueniant: per.

3   XVII

DOMINICA I IN QUADRAGESIMA DE SAMARITANA

INCIPIUNT LAETANIAE. Diuinae pacis et indulgentiae munere supplicantes · 93
6 ex toto corde · et ex tota mente praecamur te domine miserere.
Pro ecclesia tua sancta catholica · quae hic et per uni-/uersum orbem *f. 26*ᴿ
diffusa est · praecamur te domine miserere.
9 Pro papa nostro *illo* · et omni clero eius · omnibusque sacerdotibus ac ministris · praecamur te domine miserere.
Pro famulis tuis *illis* regibus et famulabus tuis *illis* reginis · et omni exercitu
12 eorum · praecamur te domine miserere.
Pro pace ecclesiarum · uocatione gentium · et quiete populorum · praecamur te domine miserere.
15 Pro ciuitate hac · et conuersatione eius · omnibusque habitantibus in ea ·
praecamur te domine miserere.
Pro aerum temperię · ac fructu et fecunditate terrarum · praecamur te
18 domine miserere.
Pro uirginibus · uiduis · orphanis · captiuis ac paenitentibus · praecamur te
domine miserere.
21 Pro nauigantibus iter agentibus · in carceribus · in uinculis · in metallis · in
exiliis constitutis · praecamur te.
Pro his qui diuersis infirmitatibus detinentur · quique spiritibus uexantur
24 inmundis · praecamur te domine.
Pro his qui in sancta tua ecclesia fructus misericordiae largiuntur praecamur
te domine miserere.
27 Exaudi nos deus in omni oratione · atque depreca-/tione nostra ·   *f. 26*ⱽ
Praecamur te domine miserere.
Dicamus omnes · domine miserere · Kyrieleison Kyrieleison Kyrieleison.
30   ORATIO SUPER POPULUM. Inchoata ieiunia domine ecclesiae tuae · benigno 94
fauore prosequere: Ut obseruantiam quam corporaliter exercemus · mentibus ualeamus implere sinceris: per.

---

6 domine (e *ausp.*)   13 populoru(m-*Strich ausp.*)m   23 det(i *ü.ausp.* e)nentur

---

11 famulis – reginis] famulo tuo *il.* imperatore et famula tua *il.* imperatrice *S*   15 ciuitate *BCD¹EMNO*] plebe *AD²*   17 fructu] fructuum *S*
30 dne ecclesiae tuae *Am*] qs dne *Ge Gr* (*J 31*)   31 exercemus *Am Ge*] exhibemus *Gr*   32 ualeamus – sinceris *Am Ge*] etiam s. exercere u. *Gr*

94 A EPISTULA BEATI PAULI APOSTOLI AD EPHESIOS. 1,15–23
quod / nominatur (1,21)   *f. 27*R
94 B EUANGELIUM SECUNDUM IOHANNEM. CAPUT XXXIII. 4,5–42   3
habes / aquam (4,11)   adorabitis / patrem (4,21)   *f. 27*V *28*R
abeo / manducare (4,32)   maneret / et (4,40)   *f. 28*V *29*R

95   SUPER SINDONEM. Adesto domine supplicationibus nostris: Ut hoc sollemne   6
ieiunium quod animabus corporibusque curandis salubriter institutum est ·
deuoto seruitio celebremus: per.

96   SUPER OBLATA. Domine deus noster · in cuius spiritalibus castris militat   9
laudanda sobrietas · abstinentia fructuosa · et casti pectoris opulenta fruga-
litas: Ieiunantium uota clementer assume · et fidelibus postulatus consueta
pietate succurre: per.   12

97   PRAEFATIO. UD per Christum dominum nostrum · Qui ad insinuandum
humilitatis suae misterium · fatigatus resedit ad puteum · qui a muliere
Samaritana aquae sibi petiit porrigi potum · qui in ea creauerat fidei donum: 15
Et ita eius sitire dignatus est fidem · ut dum ab ea aquam peteret · in ea ignem
/ diuini amoris accenderet: Imploramus itaque tuam inmensam   *f. 29*V
clementiam · ut contemnentes tenebrosam profunditatem uitiorum · et   18
relinquentes noxiarum hidriam cupiditatum · et te qui fons uitae et origo
bonitatis es semper sitiamus · et ieiuniorum nostrorum obseruatione tibi
placeamus: per quem maiestatem.   21

98   POST COMMUNIONEM. Tribue nobis omnipotens deus: Ut dona caelestia quae
debito frequentamus obsequio · sincera professione sectemur: per.

XVIII   24

FERIA II EBDOMADA II IN QUADRAGESIMA

99   ORATIO SUPER POPULUM. Praesta quaesumus omnipotens deus: Ut familia
tua quae se affligendo carnem ab alimentis abstinet · sectando iustitiam a   27
culpa ieiunet: per.

99 A LECTIO DANIELIS PROPHETAE. 9,15–19
Ierusalem / et (9,16)   *f. 30*R 30
99 B LECTIO SANCTI EUANGELII SECUNDUM IOHANNEM. CAPUT LXXXVIIII. 8,21–29
non / potestis (8,22)   *f. 30*V

---

23 obsequi(o *aus* u, m *gel.*) (obsequium = *GeV 92*)

---

6 supplicationibus nostris *Am Ge*] supplicibus tuis *Ve*   ut *Am (exc. H) Ve*] et *H Ge*
(*J 39*)   7 animabus *Am*] animis *Ve Ge* (*J 39*)
10 pectoris] corporis *O*
14 qui *Gr*] et *S*   17/18 tuam immensam clementiam *EMO Gr*] i. c. t. *ABCDHN*
19 et te *GrA*] te *S GrF*
23 sectemur *Am*] sentiamus *Ge* (*J 33*)
26/27 familia – quae] qui *GeV*   27 carnem *Am (exc. E) GeV GrP*] carne *E GeA GeS*
GrH   a *om. GeV*

SUPER SINDONEM. Adesto supplicationibus nostris omnipotens deus: Et 100
quibus fiduciam sperandae pietatis indulges · consuetę misericordiae tribue
3 benignus effectu⟨m⟩: per.

SUPER OBLATA. Haec hostia domine placationis et laudis · tua nos / *f. 31*R 101
propitiatione dignos efficiat: per.

6 PRAEFATIO. UD Aeterne deus: Et pietatem tuam supplici deuotione depos- 102
cere · ut ieiunii nostri oblatione placatus · et peccatorum nobis concedas
ueniam · et nos a noxiis liberes insidiis: per Christum dominum.

9 POST COMMUNIONEM. Haec nos communio domine purget a crimine · et 103
caelestibus remediis faciat esse intentos: per.

XVIIII

12 ## FERIA III EBDOMADA II IN QUADRAGESIMA

ORATIO SUPER POPULUM. Perfice quaesumus domine · benignus in nobis 104
obseruantię sanctae subsidium: Ut quae te auctore facienda cognouimus · te
15 operante impleamus: per.

104 A LECTIO LIBRI REGUM ⟨III⟩. 17,8–16
afferret / clamauit (17,11)   *f. 31*V
18 104 B LECTIO SANCTI EUANGELII SECUNDUM MATHEUM. CAPUT CCXXVII. 23,1–12
/ In illo (*liturg. Einl.*)   humi-/liauerit (23,12)   *f. 32*R *32*V

SUPER SINDONEM. Propitiare domine supplicationibus nostris · et animarum 105
21 nostrarum medere languoribus: Ut remissione percepta · in tua semper
benedictione laetemur: per.

ORATIO SUPER OBLATA. Sanctificationem tuam nobis domine · his mysteriis 106
24 placatus operare: Quae nos et a terrenis purget uitiis · et ad caelestia dona
perducat: per.

PRAEFATIO. UD Aeterne deus: Qui ob animarum medelam ieiunii deuo- 107
27 tione castigari corpora praecepisti: Concede quaesumus · ut corda nostra
ita pietatis tuae ualeant exercere mandata · ut ad tua mereamur te opitulante
peruenire promissa: per Christum.

30 ⟨POST COMMUNIONEM.⟩ Ut sacris domine reddamur digni muneribus · fac 108
nos tuis quaesumus oboedire mandatis: per.

4/5 placationis ... propitiatione] propitiationis ... placatione *H*
9 purget] mundet *O*   10 caelestibus remediis] caelestis remedii *GrH GrA*   intentos
Am] consortes *Ge Gr* (*J 503*)
14 subsidium] praesidium *O*   quae] qui *N*
23 tuam nobis dne *Ve GeV GeA Gr*] t. d. n. *ABCHKMN*/t. qs d. n. *EF*/t. n. *D* / n. d.
GeS   24/25 purget ... perducat] purgent ... perducant *GeV*
26 UD Aeterne *Gr*   ob] ad *GaB*   27 castigari *Am GeSC GrA*] castigare *Ge Ga*
qs *GrA Ga*   28/29 ut – promissa *Gr*] quatenus ab omnibus possimus semper
abstinere peccatis *S Ge Ga* (*J 61*)
31 tuis qs *BDHMNO GeA GrP GrH*] qs tuis *AE GeS GrA*

XX

FERIA IIII EBDOMADA SECUNDA IN QUADRAGESIMA

109   ORATIO SUPER POPULUM. Populum tuum domine · propitius respice: Et ₃
quos ab escis carnalibus praecipis abstinere · a noxiis quoque uitiis cessare
concede: per.

> 109 A LECTIO LIBRI HESTER. 13,9–11.15–17   ₆
> / In diebus (*liturg. Einl.*)   *f. 33*ᴿ
> 109 B LECTIO SANCTI EUANGELII SECUNDUM MATHEUM. CAPUT CCI. 20,17–28
> et / filius (20,18)   fieri. / sit (20,26)   *f. 33*ᵛ *34*ᴿ ₉

110   ORATIO SUPER SINDONEM. Deus innocentiae restitutor et auctor · dirige ad
te tuorum corda seruorum: Ut spiritus tui feruore concepto · et in fide inueniantur stabiles · et in opere efficaces: per dominum · In unitate eiusdem.   ₁₂
111   SUPER OBLATA. Hostias domine quas tibi offerimus · propitius respice: Et
per hec sancta commercia · uincula peccatorum nostrorum absolue: per.
112   PRAEFATIO. UD per Christum dominum nostrum: Per quem humani ₁₅
generis reconciliationem mirabili dispositione operatus es: Praesta quaesumus ut sancto purificati ieiunio · et tibi toto corde simus subiecti · et inter
mundanae prauitatis insidias · te miserante perseueremus inlaesi: per quem ₁₈
maiestatem.
113   POST COMMUNIONEM. Sumptis domine sacramentis · ad redemptionis
aeternae quaesumus proficiamus augmentum: per.   ₂₁

XXI

/ FERIA V EBDOMADA II IN QUADRAGESIMA   *f. 34*ᵛ

114   ORATIO SUPER POPULUM. Praesta nobis domine quaesumus · auxilium ₂₄
gratiae tuae: Ut ieiuniis et orationibus conuenienter intenti · liberemur · ab
hostibus mentis et corporis: per.

> 114 A LECTIO HIEREMIAE PROPHETAE. 17,5–10   ₂₇
> probans / renes (17,10)   *f. 35*ᴿ
> 114 B EUANGELIUM SECUNDUM LUCAM. CAPUT CXCVI. 16,19–31
> fili. / recordare (16,25)   *f. 35*ᵛ ₃₀

---

4 praecipis(ti *gel.*)   12 oper(e *aus ausp.* a)   14 h(a *ausp.*)ec

---

3 dne] qs dne *A*
10 auctor *J*] amator
16 dispositione *Am* (*exc. O*)] dispensatione *O Gr*
20 sacramentis *Am GrP GrH*] s. qs ut *GaF* / caelestibus s. *Ge GrA*   21 qs *om. F K L M*
GaF (*J 1126*)

SUPER SINDONEM. Adesto domine famulis tuis · et perpetuam largire pacem 115
poscentibus: Ut his qui te auctorem et gubernatorem habere gloriantur ·
3 et grata restaures · et restaurata conserues: per.

SUPER OBLATA. Praesenti sacrificio · nomini tuo nos domine ieiu-/nia *f. 36*R 116
dicata sanctificent: Ut quod obseruantia nostra profitetur extrinsecus ·
6 interius operetur effectu: per dominum.

PRAEFATIO. UD Aeternae deus: Et tuam cum celebratione ieiunii pietatem 117
deuotis mentibus obsecrare · ut qui peccatis ingruentibus malorum pondere
9 praemimur · et a peccatis omnibus liberemur · et libera tibi mente famulemur: per Christum.

POST COMMUNIONEM. Gratia nos tua quaesumus domine non relinquat: 118
12 Quae et nobis opem semper adquirat tuae largitatis · et ab omnibus tueatur
aduersis: per.

XXII

15   FERIA VI EBDOMADA II IN QUADRAGESIMA

ORATIO [š] SUPER POPULUM. Da quaesumus omnipotens deus: Ut sacro nos 119
purificante ieiunio · sinceris mentibus ad sancta uentura facias peruenire: per.

18   119 A LECTIO LIBRI GENESIS. 37,6–22
             meum: / Responderunt (37,7/8)   quae-/reret (37,15)   *f. 36*V *37*R
      119 B LECTIO SANCTI EUANGELII SECUNDUM MATHEUM. 21,33–46
21   paterfa-/milias (21,33)   lapi-/dem (21,42)   *f. 37*V *38*R

SUPER SINDONEM. Da quaesumus domine populo tuo · salutem mentis et 120
corporis: Ut bonis operibus inherendo · tuae semper uirtutis mereatur pro-
24 tectione defendi: per dominum.

SUPER OBLATA. Haec in nobis sacrificia deus · et actione permaneant · et 121
operatione firme⟨n⟩tur: per.

27   PRAEFATIO. UD aeterne deus: Qui delinquentes perire non pateris · sed ut 122
ad te conuertantur et uiuant hortaris: Poscimus itaque pietatem / tuam · *f. 38*V
ut a peccatis nostris tuae seueritatis suspendas uindictam · et nobis optatam

---

1/2 perpetuam – poscentibus] perp. benignitatem largire posc. *S GrH* / opem tuam
largire posc. *Ve Ge* / perp. largire posc. ueniam *GrP*   2 auctorem – gloriantur]
auctorem et gubernatorem gloriantur habere *S* / auctore et gubernatore gloriantur
*Ve Ge GrP*² *GrH*   3 grata *Am Ge*] creata *Ve* / congregata *GeSC GrH* / congrata *GrP*
5 ut *Am GrH*] et *GeV GeA GrP*   extrinsecus] exterius *GrH*   6 effectu *Am*] effectus *GeV GeA GrP* / effectum *GrH*
7 celebratione] celebritate *N*
11 nos tua] tua nos *S*   12 adquirat tuae largitatis] t. l. a. *S*
16 omps ds *B GeA GeS Gr*] dne rex aeterne cunctorum *S* (*J 150*) *GeV*   17 mentibus]
quoque m. *GeV*   sancta *B GeS Gr*] tua s. *S GeV* (*J 150*)
22 salutem] sanitatem *B*

misericorditer tribuas ueniam: Nec iniquitatum nostrarum moles te prouocet
ad ulcionem · sed ieiunii obseruatio · et morum emendatio te flectat ad peccatorum nostrorum remissionem: per Christum.   3

123   POST COMMUNIONEM. Fac nos quaesumus domine accepto pignore salutis
aeterne sic tendere congruenter · ut ad eandem peruenire possimus: per.

XXIII   6

SABBATO EBDOMADA II IN QUADRAGESIMA

124   Da quaesumus domine · nostris effectum ieiuniis salutarem: Ut castigatio
carnis assumpta · ad nostrarum uegetationem transeat animarum: per.   9

> 124 A   AD EPHESIOS. 5,1–5
>   magis / gratiarum (5,4)   *f. 39*R
> 124 B   LECTIO SANCTI EUANGELII SECUNDUM LUCAM. CAPUT CXC. 15,11–32   12
>   autem / reuersus (15,17)   appropin-/quaret (15,25)   *f. 39*V *40*R

125   ORATIO SUPER SINDONEM. Familiam tuam quaesumus domine · continua
pietate custodi: Ut quae in sola spe gratiae caelestis innititur · caelesti etiam 15
protectione muniatur: per.
126   SUPER OBLATA. His sacrificiis domine · concede placatus: / Ut qui *f. 40*V
propriis oramus absolui delictis · non grauemur externis: per.   18
127   PRAEFATIO. UD Aeterne deus · et tuam iugiter exorare clementiam · ut
mentes nostras quas conspicis terrenis affectibus praegrauari medicinalibus
tribuas ieiuniis exonerari · et per afflictionem corporum prouenia[n]t nobis 21
robur animarum: per Christum.
128   POST COMMUNIONEM. Sacramenti tui domine diuina libatio · penetrabilia
nostri cordis infundat · et sui participes potenter efficiat: per dominum.   24

XXIIII

DOMINICA SECUNDA DE ABRAHAM

129   INCIPIUNT LAETANIAE. Dicamus omnes Kyrieleison.   27
Domine deus omnipotens patrum nostrorum · Kyrieleison.

---

17 concede placatus *a.Ras.*

---

4 qs dne *B*] dne qs *Ge Gr*   5 eandem *B*] eam *Ge Gr*
8 salutarem *Am Ve GeS GrP GrHO*] salutare *GeV GeA GrHC*   9 carnis] carnalis *Ge*}
15 quae *Am GeSC GrP GrHO GrA*] qui *Ge GrHC*   caelesti etiam *Am GrP GrHC*]
tua semper *Ge GrHO*
17 sacrificiis dne] dne s. qs *GeV*   18 delictis] peccatis *O*   externis] aeternis *GeA*
23 penetrabilia *Am GrH*] penetralia *Ge GrP*   24 sui] s. nos *O*

Respice de caelo · et de sede sancta tua · Kyrieleison.
Pro ecclesia tua sancta catholica · quam conseruare digneris: Kyrieleison.
3 Pro papa nostro *illo* · et sacerdotio eius · Kyrieleison.
Pro uniuersis episcopis · cuncto clero et populo · Kyrieleison.
Pro famulo tuo ⌐*illo*⌐ rege · et famula tua ⌐*illa*⌐ regina · et omni exercitu
6 eorum · Kyrieleison.
/ Pro ciuitate hac · omnibusque habitantibus in ea · Kyrieleison.   *f. 41*R
Pro aerum temperiae · et fecunditate terrarum · ⟨Kyrieleison.⟩
9 Libera nos qui liberasti · filios Israhel · Kyrieleison.
In manu forti · et brachio excelso: ⟨Kyrieleison.⟩
Exurge domine adiuua nos · et libera nos propter nomen tuum · Kyrieleison ·
12 Kyrieleison · Kyrieleison.

ORATIO SUPER POPULUM. Adiuua domine fragilitatem plebis tuae · ieiunii 130
sacramento: Ut ad uotiuos paschalis celebritatis effectus · et corporaliter
15 gubernata concurrat · et per tuam gratiam deuota perueniat: per.

130 A EPISTULA BEATI PAULI APOSTOLI AD TESSALONICENSES ⌐I⌐. 2,20–3,8
sicut / et (3,4)   *f. 41*V
18 130 B EUANGELIUM SECUNDUM IOHANNEM. CAPUT LXXXVIIII. 8,31–59
non / manet (8,35)   facere: / Ille (8,44)   *f. 42*R *42*V
ẹternum: / Numquid (8,52/53)   *f. 43*R

21 SUPER SINDONEM. Sanctifica domine quaesumus · nostra propitius ieiunia: 131
Et cunctarum nobis indulgentiam largire placatus culparum: per.
SUPER OBLATA. Offerimus tibi domine · munera supplicantes / ut *f. 43*V 132
24 quae subditi piis celebramus officiis · plenis affectibus exequamur: per.
PRAEFATIO. UD Aeterne deus: Tu es enim domine mitissimus pater · qui 133
ante multa tempora Abrahae in semine · Christi tui deique natique aduentum
27 clamasti: Iamiamque tenemus · quod olim patribus promittebas: Nam quod
Abrahae sancto gentium populus pollicetur uerissime in omni genti tribu et
lingua · christiana religio congregatur: O quam perfida pertinax gens

---

3 nostr(o *aus* a)   5 *il(lo) eingef.*   *il(la) ü.d.Z.*   16 I *hinzugef.*
28 genti] gente

---

3 *il.* . . . eius] *il.* et pontifice nostro *il.* . . . eorum *O*   5 famulo – regina] famulo tuo
il. imperatore *A*² / famulo tuo *il.* imperatore et famula tua *il.* imperatrice *S* (*exc. A*)
6 eorum *D*²*MN*] eius *ABCD*¹*EO*   7 ciuitate] plebe *A*   8 et] ac fructuum et
O (*cf. J 93*)
13 dne] qs dne *DNO*   14 uotiuos *E*²*NO*] optiuos *ABCDHM*   14/15 et . . . et]
ut . . . ut *D*   15 per tuam *DMN*] ad tuam *ABCEHO*
21 dne qs] qs dne *DO GrP GrHC*   propitius *Am*   22 indulgentiam largire
placatus *Am* (*exc. O*)] i. l. *O* / i. propitius l. *Ge* (*J 64*) / propitius i. l. *Gr* (*J 205*)
24 subditi] subditis *Ve*   exequamur] assequamur *D*
27 clamasti] declarasti *C*   28 in] ex *S*

Iudaeorum iniqua · qui caelestem patrem recognoscere nolunt · et in semine
gloriantur: O ingrata gens multis perculsa uicibus · qui respuunt praesentem ·
nec ualent tenere absentem: Nos uero magnis uocibus exultemus · qui et 3
locum pariter et regnum accepimus Iudaeorum: per Christum.

134 POST COMMUNIONEM. Cunctis nos domine reatibus et periculis propitiatus
absolue · quos tanti mysterii tribuis esse participes: per. 6

XXV

FERIA II EBDOMADA III IN QUADRAGESIMA

135 ORATIO SUPER POPULUM. Cordibus nostris quaesumus domine benignus 9
infunde: Ut / sicut ab escis corporalibus abstinemus · ita sensus quo- *f. 44*R
que nostros a noxiis retrahamus excessibus: per.

    135 A LECTIO LIBRI REGUM ⟨IIII⟩. 5,1–15   12
        haec / uerba (5,6)   sunt / Abana (5,12)   *f. 44*V *45*R
    135 B LECTIO SANCTI EUANGELII SECUNDUM LUCAM. CAPUT XX. 4,23–30
        quando / clausum (4,25)   *f. 45*V 15

136 SUPER SINDONEM. Subueniat nobis domine misericordia tua: Ut ab imminentibus peccatorum nostrorum periculis · te mereamur protegente saluari:
per. 18

137 SUPER OBLATA. Munus quod tibi domine nostrae seruitutis offerimus · tu
salutare nobis perfice sacramentum: per.

138 ⟨PRAEFATIO.⟩ UD Aeterne deus · et clementiam tuam cum omni suppli- 21
catione praecari: Ut per hanc ieiuniorum obseruationem crescat nostrae
deuotionis affectus · et nostras actiones religiosus exornet effectus: / *f. 46*R
Quatenus te auxiliante et ab humanis semper retrahamur excessibus · et 24
monitis inherere ualeamus te largiente caelestibus: per Christum.

139 POST COMMUNIONEM. Praesta quaesumus omnipotens et misericors deus:
Ut quae ore contigimus · pura mente capiamus: per. 27

---

1 qui] quia *O*   in *om. C*   3 qui] quia *O*   4 per Christum *A*[1]*HO*] per eundem *S*
(*exc. HO*)
5 dne] qs dne *GeV*   6 tanti mysterii] tantis mysteriis *GeV GrHO*   participes]
consortes *GeV*
9 dne] dne rorem tuae gratiae *GrP*   10 abstinemus *Am GeSC Gr*] temperamur
Ve Ge   11 noxiis . . . excessibus *Am GeSC Gr*] noxio . . . excessu *Ve Ge*
16 ut *Am Gr*] et *Ge*   17 protegente *Am Gr*] p. eripi et operante *G* / (ad)ueniente *Ge*
21 clementiam tuam *Gr*] t. c. *S*   22 obseruationem] obseruantiam *O*   23 affectus]
effectus *BO*   effectus *B D E*[2]*M N O GrA*] affectus *A E*[1]*H GrF*   24 retrahamur
B E[2]*H N O Gr*] retrahamus *A D E*[1]*M GrAO*[1]
26 qs – ds *Am GrP GrH*] nobis dne qs *Ve Ge Gr A*   27 contigimus *Ve*] contingimus
S Ge Gr (*J 553*)   pura mente] puro corde *O*

XXVI
FERIA III EBDOMADA III IN QUADRAGESIMA

3   ORATIO SUPER POPULUM. Exaudi nos omnipotens et misericors deus · et 140
continentiae salutaris propitius nobis dona concede: per.

    140 A   LECTIO LIBRI REGUM ⟨IIII⟩. 4,1–7
6   hostium: / Cum (4,4)   *f. 46*ᵛ
    140 B   LECTIO SANCTI EUANGELII SECUNDUM MATHEUM.
            CAPUT CLXXX⟨III⟩. 18,15–22
9   super / terram (18,18)   *f. 47*ᴿ

    SUPER SINDONEM. Tua nos quaesumus domine protectione defende · et ab 141
omni semper iniquitate custodi: per.

12   SUPER OBLATA. Per haec ueniat quaesumus domine sacramenta · nostrae 142
redemptionis effectus: Qui nos et ab humanis retrahat semper excessibus ·
et ad salutaria cuncta perducat: per dominum.

15   PREFATIO. UD Aeterne deus: Qui peccantium non uis animas perire sed 143
culpas · et peccantes non semper continuo iudicas · sed ad paenitentiam
pro-/uocatus expectas: Auerte quaesumus a nobis quam meremur *f. 47*ᵛ
18 iram · et quam optamus super nos effunde clementiam: Ut sacro purificati
ieiunio · electorum tuorum ascisci mereamur collegio: per Christum.

    POST COMMUNIONEM. Sacris domine mysteriis expiati · et ueniam conse- 144
21 quamur et gratiam: per.

XXVII
FERIA IIII EBDOMADA III IN QUADRAGESIMA

24   ORATIO SUPER POPULUM. Praesta nobis quaesumus domine: Ut salutaribus 145
ieiuniis eruditi · a noxiis quoque uitiis abstinentes · propitiationem tuam
facilius inpetremus: ⟨per.⟩

27   145 A   LECTIO LIBRI EXODI. 20,12–24
                perter-/riti (20,18)   *f. 48*ᴿ
    145 B   LECTIO SANCTI EUANGELII SECUNDUM MATHEUM. CAPUT CLV. 15,1–20
30   respondens. / ait (15,3)   sunt / duces (15,14)   *f. 48*ᵛ *49*ᴿ

    SUPER SINDONEM. Concede quaesumus omnipotens deus: Ut qui protectionis 146
tuae gratiam quaerimus · liberati a malis omnibus · secura tibi mente
33 seruiamus: per.

---

3 omps] miserator *GeV GrA GaF*
10 qs *J*
13 et *om. N*
15 Aeterne ds] per Christum dnm nrm *O*   17 prouocatus *Am*] prouocatos *Gr*
18 clementiam *Am GrF*] c. tuam *GrA*
24 nobis qs dne] n. dne qs *N* / qs n. dne *GeS* / qs dne *GeV*   25 quoque *Am GeS Gr*]
etiam *GeV GeA*

147   SUPER OBLATA. Suscipe quaesumus domine preces populi tui · cum oblationibus hostiarum: Et tua mysteria celebrantes · ab omnibus nos defende
periculis: per.   3

148   PRAEFATIO. UD Aeterne deus · tuamque misericordiam suppliciter / *f. 49*ᵛ
exorare · ut ieiuniorum nostrorum sacrosancta mysteria tuae sint pietati semper accepta: Concedasque ut quorum corpora abstinentiae ⟨.....⟩ mere-   6
antur · mentesque quoque uirtutibus et caelestibus institutis exornentur: per
Christum.

149   POST COMMUNIONEM. Sanctificet nos domine · qua pasti sumus mensa⟨e⟩   9
caelestis libatio: Et a cunctis erroribus expiatos · supernis promissionibus
reddat acceptos: per.

XXVIII   12

FERIA V EBDOMADA III IN QUADRAGESIMA

150   ORATIO SUPER POPULUM. Da quaesumus domine rex aeterne cunctorum ·
ut sacro nos purificante ieiunio · sinceris mentibus ad tua sancta uentura   15
facias peruenire: per.

     150 A   LECTIO HIEREMIAE PROPHETAE. 7,1–7
             dicentes / templum (7,4)   *f. 50*ᴿ   18
     150 B   EUANGELIUM SECUNDUM LUCAM. CAPUT XXVI. 4,38–43
             loqui. / quia (4,41)   *f. 50*ᵛ

151   ORATIO SUPER SINDONEM. Deus de cuius gratiae rore descendit · ut ad   21
mysteria tua purgatis sensibus accedamus: Praesta quaesumus · ut in eorum
traditione sollemniter honoranda competens deferamus obsequium: per.

152   SUPER OBLATA. Respice domine propitius · ad munera quae sacramus: Ut   24
et tibi grata sint · et nobis salutaria semper existant: per dominum.

153   PRAEFATIO. UD Aeterne deus · et tuam inmensam clementiam supplici
uoto deposcere · ut nos famulos tuos et ieiunii maceratione castigatos · et   27
ceteris bonorum operum exhibitionibus eruditos · in mandatis tuis facias
perseuerare sinceros · et ad paschalia festa peruenire inlaesos: Sicque praesentibus subsidiis consolemur · quatenus / ad aeterna gaudia pertin- *f. 51*ᴿ   30
gere mereamur: per Christum.

---

1 populi tui] famulorum tuorum *FK GrA* (*J 1304*)   2 nos *om. FK GeV GrA*
4 tuamque] tuam *O*   6 abstinentiae ? mereantur] a. medicina curantur *S* / a.
obseruatione macerantur *Gr*   7 mentesque] mentes *S Gr*
9 dne] qs dne *O*   qua] quia *G GrHC*   9/10 mensa⟨e⟩ caelestis libatio] mensa
c. *G GeA Gr* (*J 558*) / mensae c. 1. *S* / mensae c. sancta libatio *GeS*   10 a *om. GeA*
14 dne – cunctorum *Am Ge*] omps ds *Gr* (*J 119*)   15 purificante *Am Gr*] purificatos
Ge   sinceris] s. quoque *GeV GeA*   16 peruenire] p. letantes *O*
21 de *om. H GeA*   23 competens] competentes *DH*
24/25 ut et] ut *D*

POST COMMUNIONEM. Concede quaesumus omnipotens deus: Ut qui pro- 154
tectionis tuaᶠeˡ gratiam quaerimus · liberati a malis omnibus secura tibi
3 mente seruiamus: per.

XXVIIII

FERIA VI EBDOMADA III IN QUADRAGESIMA

6 ORATIO SUPER POPULUM. Ieiunia nostra quaesumus domine · benigno 155
fauore prosequere: Ut sicut ab alimentis in corpore · ita a uitiis ieiunemus in
mente: per.

9   155 A LECTIO LIBRI NUMERI. 20,2–3.5–13
      illa / dabit (20,8)   *f. 51*ᵛ
   155 B EUANGELIUM SECUNDUM LUCAM. CAPUT CXXVI. 11,14–28
12   alii / temptantes (11,16)   habitant / ibi (11,26)   *f. 52*ᴿ *52*ᵛ

SUPER SINDONEM. Praesta quaesumus omnipotens deus: Ut qui in tua pro- 156
tectione confidimus · cuncta nobis aduersantia te adiuuante superemus: per.
15 SUPER OBLA⟨TA⟩. Praepara nos quaesumus domine huius festiuitatis 157
officiis · ut hęc sacrificia sobriis mentibus celebremus: per.

PRAEFATIO. UD aeterne deus · et te suppliciter exorare · ut cum abstinentia 158
18 corporali · mens quoque nostra sensus declinet inlicitos · et quae terrena
delectatione carnalibus epulis abnegamus · humanae uoluntatis prauis inten-
tionibus amputemus · quatenus ad sancta sanctorum fideliter salubriterque
21 capienda conpetenti ieiunio ualeamus aptari: Tanto nobis certi propensius
iugiter adfutura · quanto fuerimus eorum institutio-/nibus gratiores: *f. 53*ᴿ
per Christum.
24 POST COMMUNIONEM. Huius nos domine perceptio sacramenti mundet a 159
crimine · et ad caelestia regna perducat: per.

---

1 protection(i *ü.ausp.* e, s *eingef.*)   2 tua(e *hinzugef.*)   7 (et *gel.*) ab

---

1/2 protectionis tuae] protectione tua *J*¹
6 Ieiunia – dne] Inchoata i. dne qs *GeV*   7 ut] et *GeV*   sicut] s. et *J*¹
14 superemus *B G Ge* (*J 565*)] uincamus *Gr*
15 huius] h. praecipuae *Ge* (*J 34*)
17 et te *GeSC Gr*] *om. Ge GaB*   18 quae] qui *GeA*   18/19 terrena delectatione
GeSC GrA GrF] t. felicitate *Ge GaB* / terrenae fragilitatis *GrP*   20 quatenus *GrA*
GrF] ut *Ge GrP GaB*   21/22 Tanto – gratiores *om. GrP GaB*   22 institutionibus
GrA GrF] primis i. *GeA* / primitus i. *GeS*
24 perceptio] participatio *M*

XXX

SABBATO EBDOMADA III IN QUADRAGESIMA

160   ORATIO SUPER POPULUM. Praesta quaesumus omnipotens deus: Ut populus 3
tuus qui se affligendo carnem ab alimentis abstinent · sectando iustitiam a
culpa ieiunent: per.

     160 A EPISTULA AD TESSALONICENSES I. 2,13–19   6
         Nos / autem (2,17)   *f. 53*V
     160 B EUANGELIUM SECUNDUM IOHANNEM. CAPUT LXXXVI. 8,1–11
         se / et (8,7)   *f. 54*R 9

161   ORATIO SUPER SINDONEM. Praetende domine fidelibus tuis · dexteram caelestis auxilii: Ut te toto corde perquirant · et quae digne postulant consequi
mereantur: per.   12

162   SUPER OBLATA. Concede quaesumus omnipotens deus: Ut huius sacrificii
munus oblatum · fragilitatem nostram ab omni malo purget semper et
muniet: per.   15

163   PRAEFATIO. UD Aeterne deus · Qui ieiunii quadragesimalis obseruationem
in Moyse et Helia dedicasti · et in unigenito filio tuo legis et prophetarum
nostroque omnium domino exornasti: Tuam igitur in-/mensam boni- *f. 54*V 18
tatem supplices exposcimus · ut quod ille iugi ieiuniorum compleuit conti-
nuatione · nos adimplere ualeamus illius adiuti largissima miseratione · et
adimplentes ea quae praecepit dona percipere mereamur quae promisit: 21
per quem maiestatem tuam.

164   POST COMMUNIONEM. Quaesumus omnipotens deus: Ut inter eius membra
numeremur · cuius corpori communicamus et sanguini: qui tecum.   24

---

15 muniet] muniat

3/4 populus tuus qui] qui *GeV Gr* / familia tua quae *S* (*J 99*) *GeA GeS*   4 carnem
Am GeV GrP] carne *GeA GeS GrH*   4/5 abstinent ... ieiunent *Gr*] abstinet ...
ieiunet *S Ge*   4 a om. *GeV*
10 dne fidelibus tuis *GrP GrH*] (qs) dne famulis et famulabus tuis *il. S GrA* (*cf. J 1246*) /
(qs) dne misericordia(m) tua(m) famulis et famulabus tuis *il. G GeV*   11 ut] ut
et *GrP GrH*   11/12 consequi mereantur *A GL Gr*] assequantur *EF K M N O GeV GrAR*
18 nostroque] nostrorumque *GrF*   exornasti] dedicasti *O*   bonitatem]
clementiam *O*   21 praecepit] praecipit *H* / prȩcipis *D*   promisit *GrA*] p. idem
Iesus Christus *S*
24 corpori ... et sanguini] corpore ... et sanguine *GeA* / corpore ... et sanguinem
GeV   communicamus] communicantes *N*   qui tecum *AEH M N O*] per
B D G Ve Ge Gr (*J 568*)

XXXI

DOMINICA III · DE CECONATO

3 ORATIO SUPER POPULUM. Deus qui homini ad imaginem tuam condito · 165
ideo das temporalia ut largiaris aeterna: Ecclesiam tuam spiritali fecunditate multiplica: Ut qui sunt generatione terreni · fiant ⌐re⌐generatione
6 caelestes: per.

165 A EPISTULA BEATI PAULI APOSTOLI AD TESSALONICENSES I. 4,1–12
absti-/neatis (4,3)   *f. 55*R
9 165 B LECTIO SANCTI EUANGELII SECUNDUM IOHANNEM. CAPUT LXXXVIIII. 9,1–38
/ In illo (*liturg. Einl.*)   uncxit / oculos (9,11)   *f. 55*V *56*R
dixerunt: / Scimus (9,20)   Moy-/si (9,29)   *f. 56*V *57*R

12 SUPER SINDONEM. Deus in cuius praecipuis mirabilibus · est humana repa- 166
ratio: Solue opera diaboli · et mortifera peccati uincula disrumpe: Ut
destructa malignitate que nocuit · uincat potius misericor-/dia que *f. 57*V
15 redemit: per dominum.

SUPER OBLATA. Suscipe domine sacrificium · cuius te uoluisti dignanter 167
immolationi placari: Et praesta quaesumus · ut huius operatione mundati ·
18 beneplacitum tibi nostrae mentis offeramus affectum: per.

PRAEFATIO. Uere quia dignum et iustum est · aequum et salutare: Nos tibi 168
domine excelse celorum qui resides arce gratias referre · et totis sensibus
21 confiteri: Quoniam per te infirmis mundi cecitate detersa · uerum lumen
emicuit: Quod inter multarum tuarum uirtutum miracula · cecum a natiuitate uidere iussisti: In quo genus humanum originali caligine maculatum ·
24 futuri forma expressum est: Nam illa Siloae natatoria ad quam ille mittitur
cecus · nil aliud nisi fons sacer signatus est: Ubi non tantum corpor⟨e⟩a
lumina · sed totus homo saluatus est: per Christum.

27 POST COMMUNIONEM. Sacre nobis quaesumus domine mensę libatio · et pie 169
conuersationis augmentum · et tuae propitiationis continuum praestet
auxilium: per.

---

5 (re *ü.d.Z.*)generatione   14 qu(a *gel.*)e (*1⁰ 2⁰*)   15 red(e *aus* i)mit   17 im-
molationi] immolatione   20 c(a *gel.*)elorum   21 infirm(i *aus* u *rad.*)s   c(a *gel.*)e-
citate   22 c(a *gel.*)ecum   25 c(a *gel.*)ecus   corpor(e *gel.*)a   27 Sacr(a *gel.*)e
pi(a *gel.*)e

---

3 qui homini . . . condito *Am Gr*] qui . . . condito *Ge*   4 fecunditate] iocunditate
GeV 225
14 uincat potius *AE²MNO*] uincat *BCDEGH Ge GaV* (*J 391*)
167 cf. *J 38*
19 Uere – est *J*   20 excelse *D¹*] excelsa *S*   23 iussisti] uoluisti *O*
27 mensę libatio] obseruationis ieiunia *Gr* (*J 175*)   28 propitiationis *D Ge Gr*]
protectionis *S* (*exc. D*)

XXXII

/ FERIA II EBDOMADA III⟨I⟩ IN QUADRAGESIMA   *f. 58*R

170   ORATIO SUPER POPULUM. Praesta quaesumus omnipotens deus: Ut ob-   3
seruationes sacras annue deuotione recolentes · et corpore tibi placeamus et
mente: per.

> 170 A   LECTIO LIBRI REGUM ⟨III⟩. 3,16–28   6
> genue-/ram (3,21)   iudicasset / rex (3,28)   *f. 58*V *59*R
> 170 B   LECTIO SANCTI EUANGELII SECUNDUM IOHANNEM. CAPUT XX. 2,13–25
> excitabis / illud (2,20)   *f. 59*V   9

171   ORATIO SUPER SINDONEM. Deprecationem nostram quaesumus domine benignus exaudi: Et quibus supplicandi praestas affectu⟨m⟩ · tribue defensionis
auxilium: per.   12

172   SUPER OBLATA. Oblatum tibi domine sacrificium · uiuificet nos semper et
muniat: per.

173   PRAEFATIO. UD aeterne deus · et tuam suppliciter misericordiam implo-   15
rare · ut exercitatio ueneranda ieiunii salutaris: Nos a peccatorum nostrorum
maculis purgatos reddat · et ad supernorum ciuium societatem perducat ·
ut et hic deuotorum actuum / summamus augmentum · et illic aeterne *f. 60*R   18
beatitudinis percipiamus emolumentum: per Christum.

174   POST COMMUNIONEM. Sumptis domine salutaribus sacramentis · ad redemptionis aeterne quaesumus proficiamur augmentum: per.   21

XXXIII

FERIA III EBDOMADA IIII IN QUADRAGESIMA

175   ORATIO SUPER POPULUM. Sacra nobis quaesumus domine obseruationis   24
ieiunia · et piae conuersationis augmentum · et tuae propitia[tia]tionis continuum praeste⌜n⌝t auxilium: per.

---

2 III(I *gel.*)   4 deuotion(e *aus* i, s *gel.*)   21 proficiamur] proficiamus
26 praeste(n *ü.d.Z.*)t

---

3 omps ds] dne *GeV*   4 annue deuotione] a. deuotionis *J*[1] / annua d. *S Ge Gr*
11 affectum] effectum *H*
18 ut et] ut *GrA*
20 salutaribus *GrH*] caelestibus *Ge GrA* (*J 543*) / *om. S GrP GaF* (*J 113*)   21 qs *om.*
FKLM (*J 1126*)
24/25 Sacra ... obseruationis ieiunia] Sacrae ... o. i. *Ge Gr* / Sacrae ... mensae
libatio *S* (*J 169*)   25 propitiationis *D Ge Gr*] protectionis *S* (*exc. D*)

175 A   LECTIO LIBRI EXODI. 32,7–14
    magna⟨m⟩: / Moyses (32,10/11)   *f. 60*ᵛ

3   175 B   LECTIO SANCTI EUANGELII SECUNDUM IOHANNEM. CAPUT LXXV. 7,14–31
    uo-/luerit (7,17)   cognouerunt / principes (7,26)   *f. 61*ᴿ *61*ᵛ

SUPER SINDONEM. Miserere domine populo tuo: Et continuis tribulationi- 176
6 bus laborantem propitius respirare concede: per.

SUPER OBLATA. Haec hostia domine quaesumus · emundet nostra delicta: 177
Et sacrificium celebrandum · subditorum tibi corpora mentesque sancti-
9 ficet: per.

PREFATIO. UD Aeterne deus · per mediatorem dei et hominum Iesum 178
Christum dominum nostrum · qui mediante die festo ascendit in templum
12 docere · qui de caelo descendit mundum ab ignorantiae tenebris liberare:
Cuius descensus genus humanum doctrina salutari instruit · mors a perpetua
morte redimit · / ascensio ad caelestia regna perducit: Per quem te *f. 62*ᴿ
15 summe pater poscimus · ut eius institutione edocti · salutaris parsimoniae
deuotione purificati · ad tua perueniamus promissa securi: per quem maiestatem.

18 POST COMMUNIONEM. Huius nos domine perceptio sacramenti mundet a 179
crimine · et ad caelestia regna perducat: per.

XXXIIII

21   FERIA IIII EBDOMADA IIII IN QUADRAGESIMA

ORATIO SUPER POPULUM. Deus qui et iustis praemia meritorum · et pecca- 180
toribus per ieiunium ueniam praebes · miserere supplicibus tuis · ut reatus
24 nostri confessio · indulgentiam ualeat percipere delictorum: per.

180 A   LECTIO ESAIAE PROPHETAE. 1,16–19
    dealbabuntur / et (1,18)   *f. 62*ᵛ
27   180 B   LECTIO SANCTI EUANGELII SECUNDUM IOHANNEM. CAPUT XLVI. 6,1–14
    inter / tantos (6,9)   *f. 63*ᴿ

---

11 (media *gel.*)mediante   22 SUPER (s *ausp.*)

---

5 populo tuo] populi tui *Ve*   6 laborantem] laboranti *B E O*
8 corpora] corda *N*   sanctificet] purificet *O*
12 descendit] descenderat *GrF*   13 salutari] salutaris *DF*¹   13/14 instruit . . .
redimit . . . perducit] i. . . . redemit . . . p. *Gr* / instruxit . . . redemit . . . perduxit *S* /
instituit . . . redemit resurrectio ad uitam reparauit . . . perduxit *C 948*   16 pro-
missa] dona *H*   per quem *Gr C948*] per eundem Christum *S*
18 perceptio] participatio *M*
22 Ds *Am Gr*] Omps semp ds *Ge*   23 ueniam *Am Gr*] erroris sui u. *Ge*   tuis
Am Gr] parce peccantibus *GeV GeS* / parce precantibus *GeA*

181   SUPER SINDONEM. Pateant aures misericordiae tuae domine · precibus supplicantium: Et ut petentibus desiderata concedas · fac eos quae tibi sunt placita
custodire: per dominum.   3

182   SUPER OBLATA. Supplices te rogamus domine · ut his sacrificiis peccata
nostra mundentur · quia tunc nobis tribuis / et mentis et corporis sani- *f. 63*V
tatem: per.   6

183   PRAEFATIO. UD per Christum dominum nostrum · Qui inluminatione suę
fidei tenebras expulit mundi: Et genus humanum quod primae matris uterus
profuderat caecum · incarnationis suae mysterio reddidit inluminatum ·   9
fecitque filios adoptionis · qui tenebantur uinculis iustae damnationis: Per
ipsum te petimus · ut tales in eius inueniamur iustissima examinatione ·
quales facti sumus in lauacri salutaris felicissima regeneratione: Ut eius   12
incarnationis medicamine imbuti sacrosancti lauacri ablutione loti · parsimoniae deuotione ornati · ad aeterna gaudia perueniamus inlaesi: per quem
maiestatem tuam.   15

184   POST COMMUNIONEM. Sacramenta quae sumpsimus domine deus noster · et
spiritalibus nos repleant alimentis · et corporalibus tueantur auxiliis: per.

XXXV   18

FERIA V EBDOMADA IIII IN QUADRAGESIMA

185   ORATIO SUPER [O] POPULUM. Praesta quaesumus omnipotens deus: Ut
quos uotiua ieiunia castigant · ipsa quoque deuotio sancta laetificet: Ut   21
/ terrenis affectibus mitigatis · facilius caelestia capiamus: per.   *f. 64*R

     185 A   LECTIO LIBRI REGUM ⟨IIII⟩. 4,25–38
             prae-/cesserat (4,31)   *f. 64*V   24
    185 B   LECTIO SANCTI EUANGELII SECUNDUM LUCAM. CAPUT LXVII. 7,11–16
             uoca-/tur (7,11)   *f. 65*R

186   SUPER SINDONEM. Populi tui deus institutor et rector · peccata quibus   27
impugnatur expelle: Ut semper tibi placitus · et tuo munimine sit securus: per.

---

5 (*Buchst.gel.*) nobis

---

2 et ut] ut et *GeV GaF*   eos – sunt *GeA GeS GrP GrH*] tibi eos qs *S GeV GrA GaF*
3 custodire *J*] postulare
4 te rogamus dne *Am*] dne te r. *Ge Gr*   5 mundentur] purgentur *O*   tunc
Am] t. ueram *Ge Gr*   mentis] mentibus *D E*
9 mysterio] mysterium *E*   12 salutaris *om. O*   13/14 parsimoniae – ornati *om. M*
16 dne ds nr] qs dne *FL GeV GrA* (*J 389*) / dne *GaV*   17 repleant] instruant *FL*
GrA (*J 389*) / expient *GeV GaV*
21 uotiua ieiunia *Gr*] i. u. *S Ge*
28 impugnatur *Am GeS GrHO*] impugnantur *Ve GeV GeA Gr*   tibi] et t. *Ve*
placitus *Am Ve GeA GeS GrHO*] placatus *GeV Gr*

SUPER OBLATA. Purifica nos misericors deus: Ut ecclesiae tuae preces quae 187
tibi gratae sunt pia munera deferentes · fiant ex pietate mentis gratiores: per.

3 ⟨PRAEFATIO.⟩ UD aeterne deus · cuius bonitas hominem condidit / *f. 65*ᵛ 188
iustitia damnauit · misericordia redemit: Te humiliter exhoramus · ut sicut
per inlicitos appetitus a beata regione cecidimus · sic ad aeternam patriam
6 per abstinentiam redeamus: Sicque moderetur tua miseratione nostra fragilitas · ut et transitoriis · subsidiis nostra substentetur mortalitas · et per
bonorum operum incrementa beata adquiratur · inmortalitas: per Christum.

9 POST COMMUNIONEM. Caelestia dona capientibus quaesumus domine · non 189
ad iudicium peruenire patiaris · quae fidelibus tuis ad remedium prouidisti:
per.

12   XXXVI

          FERIA VI EBDOMADA IIII IN QUADRAGESIMA

ORATIO SUPER POPULUM. Deus qui ineffabilibus mundum renouas sacra- 190
15 mentis: Praesta quaesumus · ut ecclesia tua aeternis proficiat instiʳtuˡtis · et
temporalibus non destituatur auxiliis: per.

190 A LECTIO LIBRI REGUM ⟨III⟩. 17,17–24
18   inter-/ficeres (17,18)   *f. 66*ᴿ
190 B SECUNDUM MARCUM. CAPUT XVIII. 1,40–44
         mundare: / Et (1,41/42)   *f. 66*ᵛ

21 SUPER SINDONEM. Da nobis quaesumus omnipotens deus: Ut qui infirmi- 191
tatis nostrae conscii de tua uirtute confidimus · sub tua semper pietate gaudeamus: per.

24 SUPER OBLATA. Munera nos domine quaesumus oblata purificent · et te 192
iugiter nobis faciant esse placatum: per.

PREFATIO. UD Aeterne deus · et te creatorem omnium de praeteritis fructi- 193
27 bus glorificare · et de uenturis suppliciter exorare: Ut cum de perceptis non
inuenimur ingrati · de percipiendis non iudicemur indigni: Sed exhibita

---

15 insti(tu *v.d.Ƶ.*)tis

---

2 gratae] grata *E GrP*   fiant *om. GrP*   ex pietate mentis *H*] expiatę m. *O* /
ex p. mentibus *A¹ D N* / ex pietatis mentibus *B E* / expiatis mentibus *A² M Ve Ge GrH*
(*J 266*) / expiatae sint mentibus *GrP*
3 aeterne ds] per Christum dnm nrm *D*   5 cecidimus *Am*] decidimus *Gr*
9 capientibus] capientes *A B O*   10 peruenire] prouenire *Ve*   quae *Am*]
quod *Ve Ge GrH*
16 auxiliis] subsidiis *B*
21 nobis *Am*
25 iugiter nobis] n. i. *Ge Gr* (*J 591*)
26/27 et te – exorare *Am Gr*] glorificantes et de praeteritis creatorem et de uenturis
fructibus exorantes *Ve Ge*   26 creatorem] c. suum *A¹* / rectorem *A²*   27/28 non
inuenimur *E² N O Ve Ge GrA*] i. *A B C E¹ H M GrF* / inueniamur *D*

13*

totiens sollemni deuotione ieiunia cum subsidiis corporalibus profectum quoque capiamus animarum: per Christum.

194   POST COMMUNIONEM. Haec nos quaesumus domine participatio sacramenti ·   3
et a propriis reatibus indesinenter expiet · et ab / omnibus tueatur *f. 67*R
aduersis: per.

XXXVII   6

SABBATO EBDOMADA IIII IN QUADRAGESIMA

195   ORATIO SUPER POPULUM. Fiat quaesumus domine per gratiam tuam · fructuosus nostrae deuotionis affectus: Quia tunc nobis proderunt suscepta   9
ieiunia · si tuae sint placita pietati: per.

    195 A LECTIO ESAIA⟨E⟩ PROPHETAE. 55,1–11
       dominum / dum (55,6)   *f. 67*V 12
    195 B SECUNDUM IOHANNEM. CAPUT LXXXVI. 8,12–20
       est / testimonium (8,14)   *f. 68*R

196   SUPER SINDONEM. Deus qui sperantibus in te · misereri potius eligis quam 15
irasci: Da nobis digne flere mala quae fecimus · ut tuae consolationis gratiam
inuenire mereamur: per.

197   SUPER OBLATA. Oblationibus nostris quaesumus domine · placare susceptis: 18
Et ad te nostra⌜s⌝ etiam rebelles · compelle propitius uoluntates: per.

198   PRAEFATIO. UD Aeterne deus · misericordiae dator · et totius b⟨oni⟩-
tatis auctor · qui ieiuniis orationibus elimo⟨sinis⟩ peccatorum remedia · et 21
uirtutum omnium tri⟨buis⟩ / incrementa: Te humili deuotione preca- *f. 68*V
mur · ut qui ad haec agenda saluberrimam dedisti doctrinam · ad complen-
dum indefessam tribuas efficatiam · ut oboedienter tua exsequentes praecepta 24
feliciter tua capiamus promissa: per Christum.

199   POST COMMUNIONEM. Tua nos quaesumus domine sancta purificent · et
operationi suę perficiant esse placatos: per dominum.
                                                                                27

---

19 nostra(s *eingef.*)   20 misericordi(æ *aus* a)   20-22 *Schaden im Pergament*
27 placat(o *aus* u)s

---

1 totiens *Am GeS Gr*] potius *Ve* / totius *GeA*   sollemni . . . ieiunia *Gr*] s. . . . ieiunii *Ve*
Ge / sollemnis . . . ieiunii *S GeSC*   cum – corporalibus *om. GrF*   quoque *Am GrA*
4 a *J*   expiet] expediat *Ge Gr*
8 qs – tuam] tua gratia dne *GeS*   qs dne *O GeV GeA GrP*] dne qs *S (exc. O) GrH*
10 placita] beneplacita *GeS*
16 mala *Am Gr*
18 nostris *Am*   19 ad te *A*1*E M N O Ge GrH*] a te *A*2*B* / ante (!) *D*
21 ieiuniis *Am GrA*] in i. ac *GrF*   orationibus *Am*] o. et *Gr*   23 ad complen-
dum *A B N O Gr*] ut ad c. *E* / ad complendam *D M*   24 tribuas *Am GrAR*] tribuis
GrA O GrF   praecepta] mandata *N*   25 feliciter] fideliter *B*
26 sancta] quae sumpsimus s. *GeV*   27 operationi suę *A B N GrHO*] operationis s.
D E M Ve GeA GeS GrHC / operationi s. remedio nos *GeV*   esse placatos
*A*2*D E N Ge GrHC*] esse placitos *A*1*B M O GrHO* / nos pacatos *Ve*

XXXVIII

DOMINICA IIII DE LAZARO

ORATIO SUPER POPULUM. Da cordibus ecclesiae tuae domine quaesumus · **200** desideria terrenę condicionis abscidere · et caelestis uitę spiritum sensibus eius largus infunde: Nec pręualeat auctor ille qui perdidit · sed uincat potius qui redemit: Ut a uetustatis lege mundata proficiat · et ad aeternam perueniat tuo munere nouitatem: per eundem.

200 A EPISTULA BEATI PAULI APOSTOLI AD EFFESIOS. 5,15–21
    est / luxuria (5,18)   *f. 69*R
200 B EUANGELIUM SECUNDUM IOHANNEM. 11,1–45
    nunc / quaerebant (11,8)   suo: / Marta (11,19/20)   *f. 69*V *70*R
    se-/cuti (11,31)   Pater / gratias (11,41)   *f. 70*V *71*R

SUPER SINDONEM. Deus qui licet salutem hominum semper operaris · nunc **201** tamen populum tuum gratia abundantiore laetificas: Respice propitius ad electionem tuam · ut paternę protectionis auxilium · et regenerandos muniat et renatos: per.

SUPER OBLATA. Dicate domine quaesumus · capiamus oblationis affectum: **202** Ut terrenae uetustatis conuersatione mundati · caelestis uitae profectibus innouemur: per.

PRAEFATIO. UD per Christum dominum nostrum · Qui eminenti gloria **203** maiestatis · plurima in terris mirabilia peregit / Inter quae summae *f. 71*V pietatis uirtute · quatriduanum Lazarum a nexu funeris liberauit: Iam enim teterrimo squalore subactus · in atra telluris humatus uoragine · uinctus institis qui⸢e⸣scebat: Cuius mortem prius per soporis requiem · postmodum aperta uoce dominus discipulis reserauit: Quem et amicum pia dignatione commemorans · ad claustrum ipsius spe⟨l⟩ei properauit: Ibique Iudaeorum turbis astantibus · lacrimosis oculis infremuit · ac plorauit: O quale exhibitionis miraculum · ut caelorum conditor flere ante serui tumulum dignaretur: O quam magnum salutare mysterium · quod per resurrectionem Lazari figuraliter designatur: Ille tabo corporis dissolutus · ⸢ad⸣ superni regis imperium continuo surrexit ad uitam: Nos quidem primi hominis facinore consepultos · diuina Christi gratia ex inferis liberauit · et rediuiuos gaudiis reddidit sempiternis: quem laudant angeli.

---

24 qui(e *ü.d.Ƶ.*)scebat   26 spe(l *gel.*)ei   30 designa(n *gel.*)tur   ad *ü.d.Ƶ.*
31 quide(m-*Strich ausp.*, m *ü.d.Ƶ.*)

---

5 largus] largius *M*   6 uetustatis lege] uetustate legis *M*
13 licet *Am*] cum *GeV*   14 laetificas *Am*] multiplicas *GeV*   respice] concede *D*
15 auxilium *Am*] auxilio *GeV*   et *om. A*   muniat *Am*] munias *GeV*
17 dne *Am*] tibi d. *Ve*   affectum *A D E M*] effectum *B C N O Ve*   18 terrenae
Am] a t. *Ve*   19 innouemur] innouentur *C*
25 reserauit] nuntiauit *O*   29 salutare] et s. *S*   30 dissolutus] absolutus *O*
⸢ad⸣ superni] per s. *S* (⸢per⸣ s. *D*)

204   POST COMMUNIONEM. Satiati munere salutari · tuam domine misericordiam deprecamur: Ut hoc eodem sacramento quo nos tem-/poraliter   *f. 72*R uegetas · efficias perpetuę uitę participes: per.   3

XXXVIIII

FERIA II EBDOMADA V IN QUADRAGESIMA

205   ORATIO SUPER POPULUM. Sanctifica quaesumus domine nostra ieiunia · et   6 cunctarum nobis propitius · indulgentiam largire culparum: per.

> 205 A LECTIO IONAE PROPHETAE. 3,1–10
> dicens: / Homines (3,7)   *f. 72*V   9
> 205 B EUANGELIUM SECUNDUM IOHANNEM. CAPUT LXXVIIII. 7,32–39
> po-/testis (7,36)   *f. 73*R

206   SUPER SINDONEM. Deus qui ad ineffabilis obseruantiam sacramenti · famu-   12 lorum tuorum praeparas uoluntates: Donis tuis corda nostra purifica · ut quod sancta est deuotione tractandum · sinceris mentibus exequamur: per dominum.   15

207   SUPER OBLATA. Accepta tibi sit quaesumus domine · nostrae deuotionis oblatio: Quae et ieiunium nostrum te operante sanctificet · et indulgentiam nobis tuae consolationis obtineat: per.   18

208   ⟨PRAEFATIO.⟩ UD aeterne deus · Quia competenter atque salubriter · religiosa nobis sunt instituta ieiunia: Ut corporeae iucunditatis immoderatas coherceamus inlecebras · et terrenae delectationis insolentiam refrenando · 21 purior atque tranquillior appetitus · ad diuina mysteria fidelium / red- *f. 73*V datur animarum: per Christum.

209   POST COMMUNIONEM. Sacramenti tui quaesumus domine participatio salu-   24 taris · et purificationem nobis praebeat et medelam: per.   GR

---

3 parti(ci *gel.*)/cipes   14 menti(b *aus* s)us   19 s(a *aus* u)lubriter   20 cor-por(a *gel.*)eae

---

6 qs dne *A E GeA GeS Gr*] dne qs *BCDHMNO GeV* (*J 64*)   7 propitius indul-gentiam *GeA GeS Gr*] i. p. *S (exc. D) GeV* (*J 64*) / i. *D*
12 ad ineffabilis *Am*] per ineffabilem *Ge*   13 tuis *Am*] gratiae tuae *Ge*
16 qs *Am*
20 nobis sunt] sunt nobis *S (exc. D) Ge GrA* (*J 81*) / sunt *D*   corporeae] corpo-re *D*   21 coherceamus *Ge GrA*] coherceas *S* (*J 81*)   insolentiam refrenando *J*] insolentia refrenata   22 diuina *J*] caelestia contemplanda
25 praebeat] tribuat *GeS*

XL

FERIA III EBDOMADA V IN QUADRAGESIMA

3   ORATIO SUPER POPULUM. Nostra tibi quaesumus domine · sint accepta 210
ieiunia: Quae nos et expiando gratiae tuae dignos efficiant · et ad remedia
perducant aeterna: per.   GR

6   210 A   LECTIO DANIHELIS PROPHETA⟨E⟩. 14,28–42
         panes / in (14,32)   ait: / Paueant (14,42)   *f. 74*R *74*V
   210 B   SECUNDUM IOHANNEM. CAPUT LXXV. 7,1–13
9   festum / istum (7,8)   *f. 75*R

    SUPER SINDONEM. Omnipotens sempiterne deus · qui per continentiam 211
salutarem et corpori⟨bu⟩s mederis et mentibus: Maiestatem tuam supplices
12 exoramus · ut pia ieiunantium precatione placatus · et praesentia nobis subsidia tribuas et aeterna: per dominum nostrum.
    SUPER OBLATA. Tua nos quaesumus domine gratia sanctis exerceat uene- 212
15 randa ieiuniis · et caelestibus mysteriis efficiat aptiores: per dominum.
    PRAEFATIO. UD aeterne deus · qui ieiunia sacro instituto · / exequi *f. 75*V 213
praecepisti: Ut per hanc abstinentiam sicut confidimus de tua misericordia ·
18 mereamur ueniam delictorum: Concede quaesumus · ut semper auxilietur
in hoc saeculo nobis fluctuantibus · quod tua medicina dictauit: Tu enim
solus deus abluis egritudines animarum · quae peccati uitio detinentur et
21 facis abstinentiam prodesse corporibus · quam fuerat oblita praesumptio ·
cuius reatus memores · per tuam misericordiam confidimus · quia et ueniam
omnibus nobis largiris indignis · et prospera cuncta procedis: per Christum.
24   POST COMMUNIONEM. Da quaesumus omnipotens deus: Ut quae diuina sunt 214
iugiter exsequentes · donis mereamur caelestibus propinquare: per.   GR

XLI

27 ### FERIA IIII EBDOMADA V IN QUADRAGESIMA

    ORATIO SUPER POPULUM. Adesto supplicationibus nostris omnipotens deus: 215
Et quibus fiduciam sperandae pietatis indulges · consuete misericordiae tribue
30 benignus effectum: per.   GR

---

6 *Hs.* LĒCTIO   27 V(I *gel.*)

---

4 et expiando] exp. *O*   gratiae tuae] gratia tua *NO GrHO* / *om. M*   5 perducant
aeterna] a. p. *DE*
11 supplices *Gr*] suppliciter *Ge*   12 precatione *Ge*] deprecatione *Gr*   13 tribuas
et aeterna] praebeas et aeterna *Ge* / praebeas et futura *Gr*
14 qs dne] dne qs *Ge* / dne *GaG*   sanctis] et s. *Ge GaG*
18/19 Concede – dictauit *J*   20 detinentur] irrogantur *S*   21 corporibus
quam] quibus *S*   oblita] obligata *S*   22/23 cuius – procedis *J*
25 exsequentes] ambientes *GeV*   mereamur] semper m. *GeV*

215 A   LECTIO LIBRI LEUITICI. 19,1.10-19
         nomen / dei (19,12)   *f. 76*R
215 B   EUANGELIUM SECUNDUM IOHANNEM. CAPUT XCII. 10,22–38   3
         Iesus: / Loquor (10,25)   uos / dicitis (10,36)   *f. 76*V *77*R

216   SUPER SINDONEM. Famulis tuis omnipotens deus · gratiam benigna pietate
largire: Ut salutaribus ieiuniis eruditi · a noxiis uitiis abstinentes · tuam quam   6
poscimus misericordiam impetremus: per.

217   SUPER OBLATA. Domine deus qui nos per ieiunia castigando sanas · et
ignoscendo conseruas: Praesta supplicibus tuis · ut et tranquillitatis optatae   9
consolatione laetemur · et ad correptionis effectum · dono tuae pacis utamur:
per dominum.

218   PREFATIO. UD Aeterne deus: Per haec sacrosancta mysteria · quae in   12
nostro ieiunio iubente te sollemniter celebramus · tribue quaesumus propitiatus · ut uberior tuae pietatis gratia redundet in nobis: Ut sicut speramus
animabus simul et corporibus · tribuas aeternę uitę salutem: per Christum   15
dominum.

219   POST COMMUNIONEM. / Caelestis doni benedictione percepta · sup- *f. 77*V
plices te deus omnipotens deprecamur: Ut hoc idem nobis et sacramenti   18
causa sit et salutis: per.   *GRE*

XLII

FERIA V EBDOMADA V IN QUADRAGESIMA   21

220   ORATIO SUPER POPULUM. Esto quaesumus domine · propitius plebi tuae: Ut
quae tibi non placent respuentes · tuorum potius repleantur dilectionibus
maᵣnᵗdatorum: per.   *GRE*   24

220 A   LECTIO DANIHELIS PROPHETAE. 9,4–10.13–14
         domine : / Nobis (9,8)   *f. 78*R
220 B   LECTIO SANCTI EUANGELII SECUNDUM MARCUM. CAPUT CLX. 14,10–16   27
         baiulans / sequimini (14,13)   *f. 78*V

---

24 ma(n *ü.d.Z.*)datorum

---

6 noxiis] n. quoque *S GeS Gr* (*J 145*) / n. etiam *GeV GeA*
8 Dne *J*] Omps semp   per ieiunia] *om. S* / et *Ve GeV GrA C*   9 praesta] p. qs *S*
et tranquillitatis *Ve*] et t. huius *GeV C* / et tranquillitatibus huius *GrA* / sanitatis *S*
10 consolatione] consolationis *GeV GrA*   laetemur] fruamur *S*   ad – effectum *Am Ve*   correptionis] correctionis *Ve*   dono tuae pacis utamur] donum
t. p. u. *Ve* / dono (dona *GeV*) t. pietatis semper u. *GeV GrA C* / tuam mereamur consequi medicinam *S*
13 propitiatus] propitius *E O*
18 ds omps] dne *GeV*   nobis] n. semper *Ve GeV* / *om. GaF*
22 qs dne] qs *GeS* / dne *GeA*   ut] ut de die in diem *Ve*   23 potius] propitius
B GrHC   repleantur] repleatur *A¹ GrH*   dilectionibus *Am* (*exc. O*) *Ve GeS*]
delectationibus *O GeV GeA GeSC GrH*

SUPER SINDONEM. Beneficiis domine · populus fidelis semper exultet: Ut te 221
instruente dispositus · et conuersatione tibi placeat · et quae piis desideriis
3 postulat ⌜as⌝sequatur: per dominum.

SUPER OBLATA. Supplices te domine deprecamur: Ut per haec dona sacri- 222
ficii singularis · et ablutio peccatorum · et tua nobis sanctificatio praebeatur:
6 per.

PRAEFATIO. UD Aeterne deus: Qui ideo conditionis ⟨humanae⟩ propensis 223
precibus exoraris · ut sicut tu corripis filios ad paternam reuerentiam tardi-
9 ores · ita nos solita pietate praeuenias · ut et supplices tuos fieri tribuas · et
supplicantibus optata concedas: per Christum.

POST COMMUNIONEM. Quod[od] ore sumpsimus domine · pura mente ca- 224
12 pia-/mus: Et de munere temporali · fiat nobis remedium sempiternum: *f. 79*ᴿ
per.

XLIII

15   FERIA VI EBDOMADA V IN QUADRAGESIMA

ORATIO SUPER POPULUM. Cordibus nostris domine benignus infunde: Ut 225
peccata nostra castigatione uoluntaria cohibentes · temporaliter potius
18 maceremur · quam suppliciis deputemur aeternis: per.

225 A LECTIO HIEREMIAE PROPHETAE. 17,13–18
           eos / diem (17,18)   *f. 79*ⱽ
21   225 B EUANGELIUM SECUNDUM IOHANNEM. CAPUT XCIIII. 11,47–54

ORATIO SUPER SINDONEM. / Concede quaesumus omnipotens deus: *f. 80*ᴿ 226
Ut qui protectionis tuae gratiam quaerimus · liberati a malis omnibus secura
24 tibi mente seruiamus: per.

SUPER OBLATA. Praesta nobis misericors deus: Ut digne tuis seruire semper 227
altaribus mereamur · et eorum perpetua participatione saluari: per.

27   PRAEFATIO. UD Aeterne deus · cuius nos misericordia praeuenit ut bene 228
agamus · subsequitur ne frustra agamus: Accendit intentionem qua ad bona
opera peragenda inardescamus: Tribuit efficatiam qua haec ad perfectum
30 perducere ualeamus: Tuam ergo clementiam indefessis uocibus obsecramus:
Ut nos ieiunii uictimis a peccatis mundatos · ad celebrandam unigeniti filii
tui domini nostri passionem facias esse deuotos: per quem maiestatem.

---

3 (as *v.d.Z.*)sequatur   11 Gᴿ *a.Rd gel.*   18 maceremu(r *aus* s)

---

1 Beneficiis dne] B. tuis dne qs *Ve*   2/3 piis – postulat] uotis expetit salubriter *Ve*
4 te *Am*   sacrificii] suffragii *M*   5 ablutio] abolitio *Ve*
7 propensis] propensius *C*   9 praeuenias] praeueniamus *B*
11 pura] qs *Ve* / *om. S Ge Gr GaG*   mente] mentibus *GaG*   12 et – temporali]
ut de corpore et sanguine dni nri Iesu Chr. *S* (*J 679*)
29 peragenda *om. GrF*   30 perducere] deducere *E*   ergo] igitur *O*   uocibus]
precibus *O*   31 celebrandam] celebrandum *DN*

229 POST COMMUNIONEM. Sumpti sacrificii domine perpetua nos tuitio non relinquat · et noxia semper a nobis cuncta depellat: per.

XLIIII 3

SABBATO EBDOMADA V IN QUADRAGESIMA

230 ORATIO SUPER POPULUM. Da nobis obseruantiam domine legitimam · et deuotionem perfectam: Ut cum refrenatione carnalis ali-/moniae · *f. 80*�V 6 sancta tibi conuersatione placeamus: per. *GR*

    230 A LECTIO HIEREMIAE PROPHETAE. 18,18–23
        omne / consilium (18,23)   *f. 81*ᴿ 9
    230 B LECTIO SANCTI EUANGELII SECUNDUM IOHANNEM. 7,43–53
        Numquid / et (7,52)   *f. 81*�V

231 SUPER SINDONEM. Tribue quaesumus omnipotens deus: Ut sacro nos puri- 12 ficante ieiunio sinceris quam mentibus postulamus · tuis beneficiis indulgentiam consequi mereamur: per.

232 SUPER OBLATA. Praetende fidelibus tuis · per haec sacrificia dexteram 15 caelestis auxilii: Ut te toto corde perquirant · et quae digne postulant assequantur: per.

233 PRAEFATIO. UD Aeterne deus: Qui misisti nobis de caelo · dominum 18 nostrum Iesum Christum filium tuum: Ut qui per escam praesumptam de paradiso fuerant deiecti · per eius ieiunium in paradisum reuertendi facultatem acciperent: Et quadraginta dierum totidemque noctium celebrato 21 ieiunio temptatorem hominum excluderet · et se redemptorem omnium credentium demonstraret: Quem una tecum.

234 POST COMMUNIONEM. Adesto domine fidelibus tuis: Et quos caelestibus 24 reficis sacramentis · aeternis conserua praesidiis: per. *GR*

---

21 celebrat(i *gel.*)o

---

1 Sumpti sacrificii] Sumptis sacrificiis *GrP*   2 relinquat] derelinquat *B*
5 et *Am*
15 fidelibus tuis] dne f. t. *GrP GrH* / (qs) dne famulis et famulabus tuis *il. S GrA* (*cf. J 1246*) / dne misericordia(m) tua(m) famulis et famulabus tuis *G GeV*   per haec sacrificia *J*   16 te] et te *GrP GrH*   assequantur *EFKMNO GeV GrAR*] consequi mereantur *AGL Gr*
18 nobis *om. D*   20 fuerant deiecti] d. f. *A¹BCDHN* / eiecti f. *A²EM* / proiecti f. *O*
23 demonstraret] d. idem Iesus Chr. dns nr *S*
25 reficis *Am Ge*] institues *Ve GaG*   aeternis – praesidiis *DM*] ab aeternis conserua periculis *ABCNO* / a terrenis conserua periculis *E Ve Ge GaG*

XLV

DOMINICA IN RAMIS OLIUARUM

3 Dominus uobiscum. *R.* | Et cum spiritu tuo. *f. 82*R 235
CANTUS ANTE EUANGELIUM. Leuaui oculos meos ad montes (*Ps 120,1*).

235 A EUANGELIUM SECUNDUM IOHANNEM. CAPUT C. 12,12–13

6 SUPER SINDONEM. Da nobis quaesumus domine · tua digne tractare 236
mysteria: Ut miserationibus tuis congruo respondeamus obsequio · et fiduciali[b]us impetranda poscamus: per.

9 SUPER OBLATA. Efficiatur domine haec hostia · sollemnibus grata ieiuniis: 237
Ut et tibi fiat acceptior · purificatis eam mentibus immolemus: per.

PREFATIO. UD aeterne deus: Qui filium tuum dominum nostrum Iesum 238
12 Christum in hunc mundum pro nostra salute misisti · ut se humiliaret ad nos ·
et nos reuocaret ad te: Qui etiam dum Ierusalem ueniret adimplere scripturas · credentium ei turba fidelissima deuotione · uestimenta sua cum ramis
15 oliuarum in uia sternebant: Praesta quaesumus · ut et nos illi fidei uiam
praeparemus · de / qua remoto lapide offensionis et petra scandali · *f. 82*V
frondea opera et iustitiae ramos uestigiis eius sternamus · et usque ad palmam
18 uictoriae pertingere mereamur: per eundem dominum nostrum Iesum
Christum filium tuum · per quem maiestatem.

POST COMMUNIONEM. Spiritum in nobis domine tuae caritatis infunde: Ut 239
21 quos uno caelesti pane satiasti · tua facias pietate concordes: per dominum
nostrum.

ORATIO SUPER OLIUAS. Omnipotens genitor · qui unigenitum tuum ab 240
24 Hyericho Monteque Oliueti ad Ierusalem direxisti: Cui mirabiliter occurrens
turba uestimenta sua sternentes · alii ramos de arboribus caedentes oliuarum ·

---

13 adimplere(t *gel.*)

---

6 tua *om. N*   7 ut *Am*] ut et *Ve*   congruo . . . obsequio *Am*] congrua . . . obsequia *Ve*   respondeamus] tibi r. *D E N*   fiducialibus *A*¹*B D E*¹*M N O*] fiducialius *A*²*C E*² *Ve*   8 impetranda *Am*] speranda *Ve*
9 dne – hostia *Am*] haec hostia dne qs *Ge GaB*   10 ut et *Ge*] et ut *S GeSC GaB*
eam . . . immolemus *Am*] . . . immoletur *Ge GaB*
11 UD aeterne *Am*   11/12 dnm – salute *Am*] Iesum Chr. dnm nrm pro salute nostra in hunc mundum *GeM ORV*   13/14 qui . . . ei turba *Am (exc. C)*] cui . . . t. *C* /
qui . . . populi t. *GeM* / cui . . . populorum t. *ORV*   13 adimplere *Am (exc. A)*]
adimpleret *J*¹ / ad te impleret *A* / ut adimpleret *GeM ORV*   15 oliuarum *Am*]
palmarum *GeM ORV*   sternebant] sternebat *C*   et nos *Am*   17 frondea
Am] frondeat *GeM* / frondeant *ORV*   17/18 opera – pertingere *Am*] apud te opera
nostra iustitiae ramis (ramos *GeM*) ut eius uestigia sequi *GeM ORV*   18 per eundem *Am GeM*] qui tecum *ORV*   19 per – maiestatem *J*
20 in nobis *Am (exc. FGKL)* *GeA GeS GrP*] n. *FGKL Ve GeV GrH GaV*   21 tua *Am*
(exc. FGHKL) *Gr*] una *FGHKL Ve Ge GaV*
24/25 mirabiliter occurrens turba *Metz*] m. occurrentes t. *A* / t. m. occurrit *ORV*
25 uestimenta *A Metz*] alii u. *ORV*

alii palmas in manibus suis deferentes · ubi etiam tria mysteria designantur:
Per uestimenta quidem fidei integritas designatur · quod in mentes hominum
credulas Christus suis gressibus incedere dignetur: In ramis oliuarum uiridi- 3
tas sensuum · ueteris testamenti folia designantur · seu liquore olei unguentum chrismatis · ad purgandas animas per lauacrum designatur · per palmas / uero uictoriam credentibus constitutam decernimus · Claman- *f. 83*R 6
tes · osanna in excelsis · hoc est uiuifica nos qui es: Pro qua re adnixis precibus
omnipotens sempiterne deus · clementiam maiestatis tuae humiliter deprecamur: Ut haec germina arborum + benedicere + et sanctificare digneris · 9
et loca ad quae deportata fuerint · sanctificata efficiantur: Ut omnis iniquitas · seu inlusio daemonum abscedat · et tua nos semper dextera protegere
dignetur: per eundem dominum nostrum. 12

241   MISSA · POSTQUAM UENIUNT AD ECCLESIAM · ORATIO SUPER POPULUM. Populum
tuum domine quaesumus · ad te toto corde conuerte: Quia quos defendis
etiam delinquentes · maiori pietate tueris sincera mente deuotos: per. 15

241 A   EPISTULA BEATI PAULI APOSTOLI AD TESSALONICENSES II. 2,15–3,5
confirmet / in (2,17) *f. 83*V
241 B   LECTIO SANCTI EUANGELII SECUNDUM IOHANNEM. CAPUT XCVI. 11,55–12,11 18
ex / discumbentibus (12,2) *f. 84*R

242   ORATIO SUPER SINDONEM. Ascendant ad te domine supplicum preces: Ut
qui diu pro nostris offensionibus castigati sumus · misera-/tionis tuae *f. 84*V 21
ueniam sentiamus: per.

243   [P] SUPER OBLATA. Ipsa maiestati tuae domine fidelis populi commendet
oblatio · quae per filium tuum reconciliauit inimicos: per eundem. 24

244   PRAEFATIO. UD per Christum dominum nostrum: Qui ad hoc humanam
formam assumere uoluisti · ut quicquid prophetales seu sanctae clamauere
scripturae · Bethlee⟨mi⟩tica rura · seu Ierosolimam adueniens consumares: 27
Dignum est ut sicut puerili uoce turba praeeunte laudatio insonabat · ita

---

7 adn(i *über* e)xis   11 daemon(i *gel.*)um

---

2 quod *A*] et *Franz*   3 dignetur *A*] designatur *Franz*   oliuarum *A*] palmarum
seu o. *Franz*   3/4 uiriditas sensuum *A*] uirides sensus *Franz*   4 testamenti *A*]
legis *Franz*   liquore *A*] liquor *Franz*   unguentum *A*] in u. *Franz*   5 per
lauacrum *om. Franz*   6 uero *om. Franz*   clamantes *A*] clamantibus *Franz*
7 uiuifica *A*] sanctifica *Franz*   es *A*] es benedictus *Franz*   7/8 pro – tuae *A*] te
obnixis precibus *ORV*   9 benedicere et] *om. A* / ita *ORV*   10 et loca ad quae *A*]
ut haec l. ubi *ORV*   ut *A*] quo *ORV*
13/14 Populum tuum . . . conuerte] Da . . . p. t. . . . conuerti *Ve*   15 maiori *Am*
GrF] maiore *Ve Ge*   mente] tibi m. *Ve*
20 supplicum] supplicantium *D*
23 fidelis populi] f. populus *GeV* / fideles populos *A B E GeA GeS GrF* / populos fideles
D G M N O (*J 39*²)   24 per eundem *A B E N O*] per dnm *GeS* / qui tecum *D G M*
(*J 392*) *GrF* / Iesum Christum dnm nrm qui tecum *GeV GeA*
25-27 Qui . . . consumares *D*¹ *M*] Quem . . . c. *N* / Quem . . . consummaret *A B C D*² *E O*

omni amore repleti domino Christo modulatis uocibus decantemus: Sternentes denique uestimenta · Christo domino itinere occurramus: Aligeri nobiscum ·
3 ter sanctum hymnum honorifice proclamemus dicentes · sanctus.

POST COMMUNIONEM. Sanctificent nos domine sumpta mysteria · et paschalis 245
obseruantiae sufficientem nobis tribuant facultatem: per.

6   XLVI

            FERIA II EBDOMADA VI IN QUADRAGESIMA

ORATIO SUPER POPULUM. Da quaesumus omnipotens deus: Ut qui in tot 246
9 aduersis ex nostra infirmitate deficimus · intercedente pro nobis unigeniti
filii tui passione respiremus: ⌜qui tecum uiuit.⌝ GR

   246 A / LECTIO ESAIAE PROPHETAE. 50,5–10   f. 85ᴿ
12 246 B SECUNDUM LUCAM. CAPUT CCLVIIII. 21,34–36
        curis / huius (21,34)   f. 85ᵛ

ORATIO SUPER SINDONEM. Adiuua nos deus salutaris noster: Et ad beneficia 247
15 recolenda quibus instaurare dignatus es · tribue uenire gaudentes: per.
SUPER OBLATA. Haec sacrificia nos omnipotens deus potenti uirtute mun- 248
datos · ad suum faciant puriores uenire principium: per dominum nostrum.
18 PRAEFATIO. UD per Christum dominum nostrum: Cuius nos humanitas 249
colligit · humilitas erigit · traditio absoluit · poena redimit · crux saluificat ·
sanguis emaculat caro saginat · per quem te sum⟨m⟩e pater cum ieiuniorum
21 obsequii⌜s⌝ obsecramus · ut ad eius celebrandam passionem purificatis mentibus accedamus: per quem.
POST COMMUNIONEM. Praebeant nobis domine · diuinum tua sancta feruo- 250
24 rem quo eorum pariter affectu delectemur et fructu: per.

                                    XLVII

    / FERIA III EBDOMADA VI IN QUADRAGESIMA   f. 86ᴿ

27 ORATIO SUPER POPULUM. Omnipotens sempiterne deus · da nobis ita domi- 251
nicae passionis sacramenta peragere · ut indulgentiam percipere mereamur:
per. GR

---

10 passione(m-*Strich ausp.u.gel.*)   qui tecum uiuit *a.Hd*   21 obsequii(s *eingef.*)

---

2 itinere] in i. *S* (*exc. N*) / *om. N*   3 honorifice *om. O*
4 Sanctificent – mysteria *Am GeV*] Sanctifica nos qs dne his muneribus offerendis
GeA GeS GrF   5 tribuant *A B D E M GeV*] tribuat *C N O* / tribue *GeA GeS GrF*
9 pro nobis *Am*   10 qui tecum *Am* (*exc. A*)] per *A Ge Gr*
15 quibus] q. nos *Ge Gr*
19 redimit *A²B E GrA MoS*] redemit *A¹D M N O GrF MoO*   21 obsecramus
A B Gr] postulamus *D E M N O*
23 dne] dne qs *GeV GeA*   diuinum] diuina *GeV*   24 affectu *Am*] et actu *Ge Gr*

251 A   LECTIO HIEREMIAE PROPHETAE. 11,18–20
251 B   LECTIO SANCTI EUANGELII SECUNDUM IOHANNEM. CAPUT XCIII. 13,1–32
      omnia / dedit (13,3)   domine / bene (13,13)   *f. 86*ᵛ *87*ᴿ   3
      Iesus: / Innuit (13,23/24)   *f. 87*ᵛ

252   ⟨SUPER SINDONEM.⟩ Tua nos misericordia deus · et ab omni subreptione
uetustatis expurget · et capaces sanctae nouitatis efficiat: per dominum.   6

253   SUPER OBLATA. Sacrificia nos quaesumus domine propensius ista restaurent / quae medicinalibus sunt instituta ieiuniis: per.   *f. 88*ᴿ

254   ⟨PRAEFATIO.⟩ UD per Christum dominum ⌐nostrum¬: Cuius salutiferae   9
passionis et gloriosae resurrectionis dies appropinquare noscuntur · In quibus
et antiqui hostis superbia triumphatur · et nostrae redemptionis misterium
celebratur: Unde poscimus tuam inmensam clementiam · ut sicut in eo solo   12
consistit totius nostrae saluationis summa · ita per eum tibi sit ieiuniorum et
actuum nostrorum semper uictima grata: per quem maiestatem.

255   ⟨POST COMMUNIONEM.⟩ Sanctificationibus tuis omnipotens deus et uit⌐i¬a   15
nostra curentur · et remedia nobis sempiterna proueniant: per.

XLVIII

256   ITEM ORATIONES AD UESPERUM · SIUE AD MATUTINUM. Purifica quaesumus   18
domine familiam tuam · et ab omnibus contagiis prauitatis emunda: Ut red-
empta uasa sui domini passione non spiritus inmundus rursus inficiat · sed
saluatio sempiterna possideat: per eundem.   21

257   ⟨ALIA.⟩ Reminiscere miserationum tuarum domine · et famulos tuos
aeterna protectione sanctifica: Pro quibus Iesus Christus filius tuus per suum
cruorem nobis instituit paschale mysterium: per.   24

258   ALIA. / Omnipotens sempiterne deus · qui Christi tui beata passione *f. 88*ᵛ
nos reparas: Conserua in nobis opera misericordiae tuae et ⌐in¬ huius celebritate mysterii · perpetua deuotione uiuamus: per eundem.   27

259   ALIA. Praesta quaesumus omnipotens et misericors deus: Ut sicut in condemnationem filii tui salus omnium fuit piaculum perfidorum · ita per
misericordiam tuam communis sit cultus iste credentium: per eundem.   30

---

2 xcɪɪɪ]cxɪɪɪ   4 *die letzten Worte d. Evangeliums a.Ras.v.* O. Sup. Sind.   9 nostrum
ü.d.Z.   15 uit(i *ü.d.Z.*)a   26 et] ut   in *ü.d.Z.*   27 mysterii(s *gel.*)

---

7 nos – restaurent *Gr*] dne propitius ista nos saluent *S Ge* (*J 80*)
11 antiqui] de a. *GrF*   13 totius *om.* M
16 sempiterna *Gr* (*J 593*)] aeterna *S* (*J 92*) *Ge*
23 Iesus *om. GeV*   24 per *Ge*] qui tecum *S*
25 Omps – ds] UD *Ve*   beata] beati *D*
28 condemnationem *E M N*] condemnatione *A D O M A II Ge*   29 fuit] sit *O*

ALIA. Respice domine quaesumus · super hanc familiam tuam: Pro qua 260
dominus noster Iesus Christus non dubitauit manibus tradi nocentium · et
3 crucis subire tormentum: qui tecum uiuit.

ALIA. Omnipotens sempiterne deus · da quaesumus uniuersis famulis tuis 261
plenius atque perfectius omnia festa paschalis introire misteria · ut incunc-
6 tanter pia corda cognoscant · quantum debeant de confirmata in Christo
renascentium glorificatione gaudere: per eundem.

⟨ALIA.⟩ Concede credentibus misericors deus · saluum nobis de Christi 262
9 passione remedium · ut humanae fragilitatis praeteritae culpae laqueos
aeternae suffragio plebis absoluat: per eundem.

ALIA. / Omnipotens sempiterne deus · qui uitam humani generis *f. 89*R 263
12 pro nobis filio tuo moriente saluasti: Praesta quaesumus · ut in hac populi tui
deuotione fructus proueniat gaudiorum: per eundem.

XLVIIII

15 FERIA IIII EBDOMADA VI IN QUADRAGESIMA

ORATIO SUPER POPULUM. Praesta quaesumus omnipotens deus: Ut qui 264
nostris excessibus incessanter affligimur · per unigeniti tui passionem libere-
18 mur: qui tecum uiuit et regnat.   GR

264 A   LECTIO ESAIAE PROPHETAE. 62,11; 63,1–3.5.7
domini / recordabor (62,7)   *f. 89*V
21   264 B   EUANGELIUM SECUNDUM MATHEUM. CAPUT CCLXXIIII. 26,1–5

SUPER SINDONEM. Deus qui pro nobis filium tuum crucis patibulum subire 265
uoluisti · ut inimici a nobis expelleres potestatem: Concede nobis famulis tuis ·
24 ut resurrectionis eius gratiam consequamur: per eundem.

SUPER OBLATA. Purifica nos misericors deus: Ut ecclesiae tuae preces · 266
quae tibi gratę sunt pia munera deferentes · fiant expiatis mentibus grati-
27 ores: per.

---

2 du(b *aus* t)itauit   5 festa (= *GeS*)] festi   9 l(a *aus* o)queos

---

1 qs] ds *O* / propitius *GaV* / *om. GaG*   tuam] t. propitius *GaG*   3 qui tecum *Am*
GrHO] per. qui tecum *MAII* / per *Ge GrP GrHC Ga*
4 Omps – tuis *Ge GaB*] Da uniuersis famulis tuis qs dne *S* (*J 325*)   5 festi paschalis
Ge GaB] p. festiuitatis *S* (*J 325*)   7 renascentium *Ge GaB*] credentium *S* (*J 325*)
10 aeternae] aeterno *GeS*   suffragio] suffragium *GaB*   plebis *GeA GaB*] plebs
GeV GeS / pietatis *S*
12 qs *om. GaV*   hac *om. GeS*
17 unigeniti] u. filii *A*²*D*   18 qui tecum *Am* (*exc. H*) *GrP GrHO*] per *H Ge GrHC*
24 eius *Am*   per] qui tecum *D M*
26 gratę] grata *E*   expiatis mentibus *A*²*M Ve Ge Gr*] ex pietate m. *A*¹*D N* / ex
pietatis *B E* / ex pietate mentis *H* (*J 187*) / expiatę mentis *O*

267 PRAEFATIO. UD per Christum dominum nostrum: Qui innocens pro impiis uoluit pati · et pro sceleratis indebite condempnari: Cuius mors delicta nostra detersit · et resur-/rectio iustificationem nobis exhibuit · per quem *f. 90*R 3 tuam pietatem supplices exoramus · ut sic nos hodie a peccatis emacules · ut cras uenerabili⟨s⟩ caene dapibus saties: Hodie acceptes confessionem nostrorum peccaminum · et cras tᶠrᶦibuas spiritalium incrementa donorum: Hodie 6 ieiuniorum nostrorum uota suscipias · et cras nos ⟨ad⟩ sacratissimae caenae conuiuium introducas: per quem maiestatem.

268 POST COMMUNIONEM. Largire sensibus nostris omnipotens deus: Ut per 9 temporalem filii tui mortem · quam mysteria ueneranda testantur · uitam nobis dedisse perpetuam confidamus: qui tecum.

L 12

ORATIONES ET PRAECES IN CAENA DOMINI

269 SUPER POPULUM. Deus a quo et Iudas reatus sui poenam suscepit · et confessionis suae latro ueniam sumpsit · concede nobis tuae propitiationis effec- 15 tum: Ut sicut in passione sua Iesus Christus dominus noster diuersa utrisque intulit stipendia meritorum · ita nobis ablato uetustatis errore · resurrectionis suae gratiam largiatur: qui tecum uiuit. 18

269 A EPISTULA BEATI PAULI APOSTOLI AD CORINTHIOS I. 11,20–34
est / dominicam (11,20) calice / bibat (11,28) *f. 90*V *91*R

269 B PASSIO DOMINI NOSTRI IESU CHRISTI SECUNDUM MATHEUM. 21
CAPUT CCLXXVIII. 26,17–75
unus / uestrum (26,21) patie-/mini (26,31) *f. 91*V *92*R
dormientes: / Et (26,40) Rabbi: / Et (26,49) *f. 92*V *93*R 24
sacerdotum / ubi (26,57) illi / dixerunt (26,66) *f. 93*V *94*R

270 SUPER SINDONEM. Conserua in nobis omnipotens deus tanti pignoris sacramentum · ut qui annua reuolutione celebramus / in passione domini *f. 94*V 27 nostri ueneranda mysteria · ab omnibus peccatorum sordibus emundemur: per ⌜eundem⌝.

---

4 no(s *a.Ras., wohl v.* bis) 5 uenerabili(s *gel.*) n(o *gel.*)r̄orū 6 t(r *ü.d.Z.*)ibuas 29 eundem *hinzugef.*

---

5 acceptes] acceptas *DE*¹ 6 peccaminum] peccatorum *O* 8 introducas *D*¹ *EHN GrA*] i. per eundem Christum *ABD*² *MO*
9 Largire] L. qs *GeA* 9/10 per temporalem] t. *DHO (cf. J 288)* 11 qui tecum *Am*] per *Ge Gr (cf. J 288)*
14 et Iudas] I. proditor *AD GeA* sui *Am Ge GrH*] s. proditor *GrP Ga* suscepit *AD*
15 ueniam *J*] praemium nobis] n. dne *O* tuae propitiationis *Am Ge Gr*] pie petitionis *Ga* 16 in *om. GeV GeA* 17 stipendia *Am GeA GeS Gr*] suspendia *GeV Ga* nobis *Am Ge Gr*] a n. *Ga* resurrectionis] et r. *GaV* 18 qui *Am GeV GrP GrHO*] per *GeA GeS GrHC Ga*

SUPER OBLATA. Concede nobis omnipotens deus: Ut sicut temporali cena 271
tuae passionis reficimur · ita satiari mereamur aeterna: qui uiuis et regnas
3 cum patre.

PRAEFATIO. UD Aeterne deus · per Christum dominum nostrum · Qui cum 272
deus esset in caelis ad delenda hominum peccata descendit in terras: Et qui
6 humanum genus uenerat liberare · tamquam obnixius debitor · inlicito
praetio dominus a seruo distrahitur: Et qui angelos iudicat · in hominis est
iudicio constitutus: Ut hominem quem ipse fecerat · de morte liberaret: Et
9 ideo cum angelis · et archangelis.

Communicantes et diem sacratissimum celebrantes · quo dominus noster 273
Iesus Christus pro nobis est traditus · sed et memoriam uenerantes.

12 Tu nos domine participes filii tui · tu consortes regni tui · tu incolas para- 274
disi · tu angelorum comites esse iussisti: Si tamen inlesa et intemerata fide ·
caelestis militiae sacramenta seruamus aud / quid desperare de tua *f. 95*R
15 misericordia possumus · qui tantum munus accepimus · ut talem tibi hostiam
offerre meremur · corpus scilicet et sanguinem domini nostri Iesu Christi qui
se pro mundi redemptione pie illi ac uenerandae tradidit passioni: Qui
18 formam sacrificii salutis perennis instituens · hostiam se primus obtulit · et
primus docuit offerri:

Qui pridie quam pro nostra et omnium salute pateretur · Accipiens panem · 275
21 eleuauit oculos ad caelos ad te deum patrem suum omnipotentem tibi gratias
agens: + Benedixit · fregit deditque discipulis suis dicens ad eos: Accipite
et manducate ex hoc omnes · hoc est enim corpus meum: Simili modo postea-
24 quam caenatum est · accipiens calicem eleuauit oculos ad caelos · ad te deum
patrem suum omnipotentem · item tibi gratias agens: + Benedixit · tradidit
discipulis suis dicens ad eos: Accipite et bibite ex eo omnes: Hic est enim
27 calix sanguinis mei noui et eterni testamenti mysterium fidei: Qui pro uobis
effundetur in remissionem peccatorum:

---

6 obnixius] obnoxius   19 offerri (Sed et memoriam uenerantes in primis gloriose
semper uirginis Marie *a.Rd a.Hd*)

2/3 qui – patre *D*
4 Aeterne ds] *om. A D | Initium ab* Uere quia dignum *B C H N O | ab* aequum et salu-
tare *E M*   6 humanum] hominum *C*   7/8 est iudicio] iuditio ipse est *N*   8 de]
a *O*
10/11 dns – traditus *Gr*] (pro nobis *A²*) traditus est dns (nr *A H O Ge GaV*) Iesus Chr.
S Ge GaV   11 sed – uenerantes *Ge Gr GaV*
14 seruamus *A D² H M N O*] seruemus *B C D¹ E*   aud *B D E H M*] aut *A C N O*   16 meremur *C*] mereremur *S* (*exc. C*)   17-19 qui – offerri *Am GaG*] qui in novissima Cena
formam sacrificii perennis instituens sacerdos et victima semetipsum obtulit et praecepit offerri *Lyon* / Qui sacrificandi nouam legem Sacerdos Dei uerus instituit hostiam
se tibi placitam (et ipse *MoS*) obtulit et a nobis iussit offerri *Mon MoS*   18 salutis *om.*
GaG   primus *Am*] tibi primum *GaG*   19 offerri] o. Te enim omps ds omnes angeli
GaG / o. Sed et memoriam *etc. S*
20 nostra et *Am*   pateretur] p. (hoc est *A C D E H N O*) hodierna die discumbens
(stans *GaV*) in medio discipulorum suorum et (et *om. O² GaV*) *S GaV*   23 posteaquam *D M* (*J 666*)] postquam *A B C E H N O*   24 oculos] o. suos *D*   ad caelos *om. A*
27 uobis] uobis et pro multis *S*

---

276   Mandans / quoque et dicens ad eos: Haec quotienscumque feceritis · *f. 95*ᵛ
        in meam commemorationem facietis: Mortem meam praedicabitis · resur-
        rectionem meam annuntiabitis · aduentum meum sperabitis · donec iterum   3
        de caelis ueniam ad uos:
277   Haec facimus haec celebramus · tua domine praecepta seruantes: Et ad
        communionem inuiolabilem · hoc ipsum quod corpus domini summimus ·   6
        mortem dominicam nuntiamus: Tuum uero est omnipotens pater mittere
        nunc nobis unigenitum filium tuum · quem non querentibus sponte misisti:
        Qui cum sis ipse inmensus et inestimabilis · deum quoque ex te immensum et 9
        inestimabilem genuisti: Ut cuius passione[m] redemptionem humani generis
        tribuisti · eius nunc corpus tribuas ad salutem: per eundem Christum domi-
        num nostrum: 12
278   Per quem haec omnia domine semper bona creas: + Sanctificas · + Uiui-
        ficas · + Benedicis: Et nobis famulis tuis largiter prestas ad augmentum fidei ·
        ad remissionem omnium peccatorum nostrorum: Et est tibi deo patri omni- 15
        potenti · / ex ipso · et per ipsum · et in ipso · omnis honor · uirtus · laus · *f. 96*ᴿ
        gloria · imperium · perpetuitas · et potestas: per infinita saecula saecula ·
        Amen.   18
279   Ipsius praeceptum est domine quod agimus · cuius nunc te praesentia
        postulamus: Da sacrificio auctorem suum · impleatur fides rei[s] · in subli-
        mitate mysterii: Ut sicut ueritatem caelestis sacrificium exsequimur · sic   21
        ueritatem dominici corporis et sanguinis hauriamus: per eundem Christum
        dominum nostrum dicentes:
280   Pater noster qui es in caelis sanctificetur nomen tuum: 24
281   Libera nos quaesumus domine ab omnibus malis praeteritis praesentibus.
282   Pax et communicatio domini nostri Iesu sit semper uobiscum.
        Et cum spiritu tuo.   27
        Offerte uobis pacem.

---

10 genuisti(s *gel.*)   12 nostrum (Unde et memores *a.Rd m.Zeichen a.Hd*)   21 sacri-
ficium] sacrificii   26 *Hs.* cōmmunicatio   (d *aus* n)omini

---

5 Haec] Haec enim *A²*   10 passionem *A D*] passione *B C E H M N O GaG 5:* Haec
facimus dne ... commemorantes et celebrantes passionem unici filii tui ... / *GaG*
31a: Hoc ergo facimus dne haec praecepta seruamus haec sacri corporis passionem ...
praedicamus ... / *GaG 57a:* Haec nos dne instituta et praecepta retenentes ... /
GaG 154a: Haec igitur praecepta seruantes ... / *Mone 55:* Recolentes igitur et seruantes praeccepta unigeniti ...
15 ad remissionem *F G K L (J 673)*] et r. *S (exc. F G K L)*   omnium *om. N*   16 laus]
1. et *A L¹*   17 potestas *B C E¹ H M O*] p. in unitate sps sci *A D E² F G K L N (J 673)*
saecula saecula] s. saeculorum *S (J 673)*
19 cuius] in c. *C O*   20 impleatur *D H*] ut i. *Ä B C E M N O*   21/22 caelestis –
hauriamus *Am*] nunc sacramenti caelestis exsequimur ipsi ueritati dominici corporis ac
sanguinis haereamus *GaG*
26 et – Iesu *Am*] dni *Ge Gr*

POST COMMUNIONEM. Domine deus noster · concede propitius: Ut qui 283
unigeniti tui sumpsimus corpus et sanguinem · ab infidelis discipuli reddamur
3 caecitate diuisi: Qui Christum dominum nostrum · uerum deum hominemque fatemur et colimus: qui tecum uiuit et regnat.

/ ORATIONES AD UESPERUM. Deus qui ob animarum medelam · ieiunii *f. 96*ᵛ 284
6 deuotione castigari corpora praecipisti: Concede ut corda nostra ita pietatis
tuae ualeant exercere mandata · quatenus ab omnibus possimus abstinere
delictis: per dominum.

9 ALIA. Praesta quaesumus omnipotens deus sic nos ab epulis abstinere car- 285
nalibus · ut a uitiis irruentibus pariter ieiunemus: per dominum nostrum.

ALIA. Parce nobis omnipotens deus: Nec nos sicut meremur affligas · sed 286
12 ad bonum potius tua pietate conuertas: per.

⟨ALIA.⟩ Disrumpe quaesumus domine nostrorum uincula peccatorum: Et 287·
ne dominentur in nobis · potenti pietate succurre: per.

15 ## LI

FERIA VI IN PARASCEUE

288 A LECTIO ESAIȨ PROPHETAE. 49,25–50,2
18 omnis / caro (49,26) *f. 97*ᴿ
288 B PASSIO DOMINI [DŇI] NOSTRI IESU CHRISTI SECUNDUM MA̓THEUM.
CAPUT CCCXVII. 27,1–56
21 sacerdotum / et (27,3)   respon-/dit (27,14) *f. 97*ᵛ *98*ᴿ
tumul-/tus (27,24)   angaria-/uerunt (27,32) *f. 98*ᵛ *99*ᴿ
autem / et (27,44)   eo / erant (27,54) *f. 99*ᵛ *100*ᴿ

24 ORATIO POST EUANGELIUM. Largire sensibus nostris summe reparator omni- 288
potens deus: Ut temporalem filii tui mortem per opera sancta[ᴦmᴴ] uitam
perpetuam esse credamus: per ᴦeundemᴴ.

27 ITEM ORATIO SUPER CRUCE. Deus qui humano generi ad imitandum humili- 289
tatis exemplum · saluatorem nostrum et carnem sumere et crucem subire
fecisti: Concede nobis propitius · ut patientiae ipsius documenta · et resur-
30 rectionis eius consortia mereamur: per eundem.

---

25 sancta(m *hinzugef.*)   26 eundem *ü.d.Z.*   27 CRUCE(M-*Strich gel.*)

---

3 deum] dnm *E* / om. *N*
5 ob] ad *GaB*   6 castigari *Am GeSC*] castigare *Ge Ga*   concede] c. qs *Ga*   7 possimus *M* (*J 61*)] p. semper *S* (*exc. M*) *Ge* / semper p. *Ga*   8 delictis *J*] peccatis
9 abstinere carnalibus *Am*] c. a. *GeS Gr*
11 omps] misericors *E*   12 pietate *ABCENO MAII*] bonitate *DM*
14 in *J*
25 temporalem *ADEMN MAII*] per t. *CO* (*cf. J 268*)
27 Ds *Am GeV*] Omps semp ds *GeA GeS Gr*   28 et carnem *Am Ge*] c. *Gr*   sumere]
suscipere *MAII*   29 concede nobis *Am GeA GeS*] c. *GeV Gr*   ut *Am*] ut et *GeV*
GeS Gr / et *GeA*   29/30 ut . . . mereamur] ut ad . . . pertingere m. *MAII*   29 documenta *Am*] habere d. *GeA Gr* / habere documentum *GeV GeS*   30 eius *Am* (*exc. MAII*)
Ge] om. *MAII Gr*   mereamur: per *Am GeS Gr*] m. Christi dni nri: qui tecum *GeV GeA*

290 ALIA ORATIO SUPER CRUCE. Inmensa pietas dei: Quae latronem ad confessionem eadem die · de cruce in paradisum transtulisti: Transfer a nobis iniquitates nostras · et heredes nos caelestium bonorum esse concede: per. 3

290 A / ITEM AD UESPERUM SEQUENTIA SANCTI EUANGELII SECUNDUM *f. 100*V
MATHEUM. CAPUT CCCXXX⟨X⟩VIII. 27,57–61

291 INCIPI⟨UNT⟩ ORATIO⟨NES⟩ FERIAE VI · MANE IN PARAS⟨C⟩EUEN. Deus qui pro 6
redemptione nostra · effudisti sanguinem Christi: Solue opera diaboli · et omnes laqueos disrumpe peccati: Ut creaturam ⌈mysterii⌉ regenerationis · nulla polluant contagia uetustatis: per eundem. 9

292 Oremus *dicit diaconus* flectamus genua · *Postquam orauerit* leuate uos. Oremus dilectissimi nobis · in primis pro ecclesia sancta dei: Ut eam deus et dominus noster pacificare mul-/tiplicare et custodire dignetur toto *f. 101*R 12 orbe terrarum subiciens ei principatus et potestates: Detque nobis tranquillitatem et quietam uitam degentibus glorificare deum patrem omnipotentem.

293 *Dicit diaconus* · flectamus genua · *Et postquam orauerint* · leuate uos. 15
Omnipotens sempiterne deus · qui gloriam tuam omnibus in Christo gentibus reuelasti · custodi opera misericordiae tuae: Ut ecclesia tua toto orbe diffusa · stabili fide in confessione tui nominis perseueret: per eundem. 18

294 Oremus et pro beatissimo papa nostro *illo*: Ut deus et dominus noster qui elegit eum in ordine pontificatus · saluum atque incolumem custodiat ecclesiae suae sanctae · ad regendam plebem et populum sanctum dei. 21

295 Omnipotens sempiterne deus · cuius aeterno iudicio uniuersa fundantur: Respice propitius ad preces nostras · et electum nobis antistitem tua pietate conserua: Ut christiana plebs quae tali gubernatur auctore · sub tanto pon- 24 tifice credulitatis / suae meritis augeatur: per. *f. 101*V

---

1 pieta(s dei *a.Ras.*)   6 *Nach der Überschrift eine Zeile Ras.v.roter Schrift vgl. S. 51f.*
8 mysterii *ü.d.Z.*   13 tranquillitatem] tranquillam

---

1 Inmensa pietas dei *ABEMN MAII*] I. p. ds *D* / Inmensae pietatis ds *C O*   quae]
qui *S*   ad *EMN*] per *ABCDO*   3 per] qui tecum *MAII*
7 effudisti *J*] accepisti   Christi] Iesu C. *Ga*   8 mysterii *J*
11 in primis *om. M Gr*   12 multiplicare *Am GaV*] adunare *Ge* / *om. Gr*   12/13 toto
orbe *Am GeS Gr GaV*] per uniuersam orbem *GeV GeA*
15 *Dicit* – uos *J*] . . . *Presbyteri vero vicissim dicunt orationes . . . tunc diaconus dicat:* Flectamus genua. *Tunc prosternant omnes se in terram, et debent dicere unusquisque in corde suo secrete:*
Flecto genua mea ad Patrem D. N. I. C. ex quo omnis paternitas in caelis et in terra nominatur. *Et postquam orauerint, dicat diaconus:* Levate vos. *MAII*ⁿ / Oremus. *Et dicit diaconus* Flectamus genua. *Postquam orauerint dicit.* Leuate *GeS* / Oremus. *Et adnunciat diaconus* flectamus genua *et iterum dicit* leuate *GeA*   18 stabili] stabilis *A*¹*D O*
19 beatissimo papa *Am GeS Gr GaV*] famulo dei papa nro sedis apostolicae *il.* et pro antestite *GeV GeA*   et dns nr *Am Gr*] omps *Ge GaV*   20 ordine] ordinem *Gr*
pontificatus *Am*] episcopatus *Ge Gr GaV*   atque *Am Gr*] et *Ge GaV*   21 regendam plebem et *Am*] regendum *Ge Gr GaV*
22 aeterno *om. Gr*   23 electum *Am Gr GaV*] e. a te *Ge*   25 suae *om. O*

Oremus et pro omnibus episcopis presbyteris · diaconibus · subdiaconibus · 296
acholitis exorcistis · lectoribus · ostiariis · confessoribus uirginibus uiduis
3 orphanis · et pro omni populo sancto dei:

Omnipotens sempiterne deus · cuius spiritu totum corpus ecclesię sancti- 297
ficatur et regitur: Exaudi nos pro uniuersis ordinibus supplicantes · ut gratiae
6 tuae munere ab omnibus tibi gradibus fideliter et munde seruiatur: per.

Oremus et pro christianissimis imperatoribus nostris *illis*: Ut deus omni- 298
potens subditas illis faciat omnes barbaras nationes · ad nostram perpetuam
9 pacem.

Omnipotens sempiterne deus: In cuius manu[s] sunt omnium potestates 299
et omnia iura regnorum · respice ad Romanum benignus imperium: Ut
12 gentes quae in sua feritate confidunt · potentiae tuae dextera comprimantur:
per.

Oremus et pro cathecuminis nostris: Ut deus omnipotens adaperiat aures 300
15 praecordiorum eorum · ianuamque misericordiae: Ut per lauacrum regenerationis / accepta remissione omnium peccatorum · et ipsi inueniantur *f. 102*R
in Christo Iesu domino nostro:

18 Omnipotens sempiterne deus · qui ecclesiam tuam noua semper prole 301
fecundas: Auge fidem et intellectum cathecuminis nostris · ut renati fonte
baptismatis · adoptionis tuae filiis aggregentur: per.

21 Oremus dilectissimi nobis deum patrem omnipotentem · ut cunctis mun- 302
dum purget erroribus: Morbos auferat · famem depellat · aperiat carceres ·
uincula dissoluat · peregrinantibus reditum · infirmantibus sanitatem · naui-
24 gantibus portum salutis indulgeat:

Omnipotens et misericors deus: Moestorum consolatio · et laborantium 303
fortitudo: Perueniant ad te preces · de quacumque tribulatione clamantium:

---

1 ep̄(i *aus* s)s   18 prole(s *gel.*)

---

1 subdiaconibus *om. GaV*   3 orphanis *Am*
6 tibi gradibus *om. GeV*   et munde *Am*   seruiatur] seruetur *M*
7 christianissimis imperatoribus nris *GeS GeG¹ GeB*] chr. i. *GaV¹* / chr. i. n. uel rege
nro *GeR* / christianissimo imperatore nro *S GeG² Gr* / christianissimo imperatore uel
rege nro *GeV GeA* / chr. regibus *GaV²*   il. *Am GeV GeA*   omps *Am GeV GeA*]
et dns nr *GeS GeG GeB GeR Gr GaV*
10/11 in – regnorum *Am Gr GaV*] qui regnis omnibus aeterna potestate dominaris *Ge*
10 manus *A D E M MA II GrP GrHC*] manu *B N O GrHO* / manum *GaV*   omnium]
o. temporum *GaV*   11 respice *Am Gr*] r. propitius *Ge GaV*   Romanum *GrHC GaV*]
romanum siue Francorum *GeV GeA* / Romanorum *GeS GeB* / Romanorum siue Francorum *GeG* / Romanorum atque Francorum *GeR* / christianum *S GrP GrHO* / christianorum *GeSC*   ut] et *GeS GeB*   12 potentiae tuae dextera *Am GeS GeB Gr GaV*] p.
t. dextere *GeR* / dexterae t. potentia *GeV GeG GeA*
14 omps *Am*] et dns nr *Ge Gr GaV*   15 eorum *Am GeSC*] ipsorum *GeV GeA Gr GaV* /
om. GeS   16 remissione] remissionem *D GeV GeA*   et ipsi *Am Gr GaV*] digni *Ge*
21 nobis *om. MA II*   21/22 mundum purget] mundet *N*   23 uincula *D N Ge*
GrHO] uincla *A B E M O MA II GeSC GrHC GaV*
25 et misericors *Am GeS GaV*] sempiterne *GeV GeA Gr*   consolatio] consolator *A*   et
laborantium *Am*] 1. *Ge Gr GaV*

Ut omnes sibi in necessitatibus suis · misericordiam tuam gaudeant adfuisse: per.

304 Oremus et pro hereticis scismaticis: Ut deus et dominus noster eruat eos 3 ab erroribus uniuersis · atque ad sanctam matrem ecclesiam catholicam · atque apos-/tolicam reuocare dignetur: *f. 102*ᵛ

305 Omnipotens sempiterne deus: Qui saluas ⌈omnes⌉ et neminem uis perire · 6 respice ad animas diabolica fraude deceptas: Ut omni heretica prauitate deposita · errantium corda resipiscant · et ad ueritatis tuae redeant unitatem: per. 9

306 Oremus et pro perfidis Iudaeis: Ut deus et dominus noster auferat uelamen de cordibus eorum · et ut ipsi cognoscant Iesum Christum dominum nostrum.

307 *In ista oratione non dicitur* flectamus genua. 12
Omnipotens sempiterne deus: Qui etiam Iudaicam perfidiam · a tua misericordia non repellis: Exaudi preces nostras · quas pro illius populi obcecatione deferimus: Ut agnita ueritatis tuae luce quae Christus est · a suis tenebris 15 eruantur: per eundem.

308 Oremus et pro paganis: Ut deus omnipotens auferat iniquitatem a cordibus eorum: Et relictis idolis suis conuertantur ad deum uerum · et unicum 18 filium eius Iesum Christum deum ac dominum nostrum · cum quo uiuit et regnat cum spiritu sancto: per omnia saecula saeculorum:

309 / Omnipotens sempiterne deus: Qui non mortem peccatorum · sed *f. 103*ᴿ 21 uitam semper inquiris: Suscipe propitius orationem nostram · et libera eos ab idolorum cultura: Et aggrega ecclesiae tuae sanctae · ad laudem et gloriam nominis tui: per. 24

LII

SABBATO IN UIGILIIS PASCHAE

310 A lectio sancti euangelii secundum matheum. caput cccli. 27,62–66 27

310 orationes post euangelium. Omnipotens sempiterne deus · qui in omnium operum tuorum / dispensatione es mirabilis: Intellegant *f. 103*ᵛ

---

1 adfuisse (*Buchst.gel.*) 6 omnes *ü.d.Z.*

---

3 scismaticis *Am*] et sc. *Ge Gr GaV* et dns *Am GeV GeA*] ac dns *GeS Gr GaV* 4 atque *Am*] et *Ge Gr GaV*

7/8 prauitate deposita] peruersitate depulsa *GeV GeA* 8 unitatem *Am Gr*] firmitatem *Ge GaV*

11 de] a *O GrHO* et ut *ABDEM*] ut et *NO Ge Gr GaV* cognoscant *Am Ge GaV*] agnoscant *Gr* Iesum Chr. *Am (exc. EN) GeA GrHO GrP*] Chr. Iesum *GeV GrHC GaV* / Christum *GeS* / Iesum *EN*

12 *In* – genua *J*] *Hic stent rursum MAII* 14 repellis] depellis *O* exaudi] exaudias *DM* quas *Am Gr GaV*] quas tibi *Ge*

17 iniquitatem *Am (exc. E) GeV GeA Gr*] iniquitates *GeS* / iniqua *GaV* / uelamen *E* a *Am (exc. E) GeV GeA Gr*] de *E GeS GaV* 18 et relictis] r. *A* uerum *Am Ge GaV*] uiuum et uerum *GeSC Gr* 19 deum ac *Am GeS*] deum et *GrHC* / *om. GeV GeA GrHO* deum – nrm *om. GaV* 19/20 cum – sco *Am Gr GaV*] ds in unitate sps sci *GeV GeS* / *om. GeA* 28 in *om. MAII* 29 es mirabilis *Am*] m. es *Ge GrA*

redempti tui non fuisse excellentius quod initio factus est mundus · quam
quod in fine saeculorum pascha nostrum immolatus est Christus : qui tecum
3 et cum spiritu sancto uiuit et regnat in saecula saeculorum.

ITEM ORATIONES PER SINGULAS LECTIONES. Deus incommutabilis uirtus · 311
lumen aeternum : Respice propitius ad totius ecclesiae mirabile sacramentum ·
6 et opus salutis humane perpetuȩ dispositionis effectu tranquillus operare :
Totusque mundus experiatur · et uideat deiecta erigi · uetera innouari : Et
per ipsum redire omnia in integrum · a quo sumpsere principium : qui tecum
9 uiuit et regnat.

ITEM ALIA DE HABRAHAM. Deus fidelium · pater summe : Qui in toto orbe 312
terrarum promissionis tuae filios · diffusa adoptione multiplicas : Et per
12 paschale sacramentum Abraham puerum tuum · uniuersarum sicut iurasti
gentium efficis patrem : Da populis tuis digne ad gratiam tuae uocationis
intrare : per.

15 ALIA. / Omnipotens sempiterne deus : Multiplica in honorem nomi- *f. 104*R 313
nis tui quod patrum fidei spopondisti · et promissionis tuae filios sacra adoptione dilata : Ut quod priores sancti non dubitauerunt futurum · ecclesia tua
18 magna iam ex parte cognoscat impletum : per dominum.

ALIA. Deus celsitudo humilium · et fortitudo rectorum : Qui per sanctum 314
Moysen puerum tuum · ita erudire populum tuum sacri carminis tui decan-
21 tatione uoluisti · ut illa legis iteratio fieret etiam nostra directio : Excita in
omnem iustificandarum gentium plenitudinem potentia⟨m⟩ tua⟨m⟩ · et
da laetitiam mitigando terrorem · ut omnium peccatis tua remissione deletis ·
24 quod denuntiatum est in ultionem transeat in salutem : per.

ALIA. Omnipotens sempiterne deus · spes unica mundi : Qui prophetarum 315
tuorum praeconio · praesentium temporum declarasti mysteria : Auge populi
27 tui uota placatus · quia in nullo fidelium nisi ex tua inspiratione proueniunt ·
quarumlibet in-/crementa uirtutum : ⟨per.⟩   *f. 104*V

---

6 (e *a.Ras.*)ffectu   22 potentia(m-*Strich ausp.u.gel.*)

---

1 quod initio *Am* (*exc. EH*) *GeV GeS GrAR*] quod in initio *E GeA GrAO* / quam in
inicio *H*
5 lumen] et 1. *GrH GrP*   ad totius *om. GeS*   ecclesiae *Am GrP GrH*] e. tuae *Ge
GrA*   mirabile] mutabile *A*   6 tranquillus] tranquillitatem *MAII*   7 et uideat] ut u.*FO*
uetera innouari *A O*] ueterata i. *BDEFMN MAII* / inueterata nouari *Ge GrA*
8 redire] reddere *MAII*   principium] initium *M MAII*   qui] per *S Ge* / dnm
nrm *GrA*
10 in toto (*exc. A*) *Ge*] toto *A GrA*   11 adoptione] adoptionis gratia *GeS*
15 honorem *Am GrA*] honore *Ge*   16 tuae *Am*   18 cognoscat] agnoscat *GeA*
20 populum tuum *Am*] populos tuos *Ge GrA*   tui *om. E*   decantatione]
decantationem *B D*   22 iustificandarum *Am*] iustificatarum *Ge GrA*   23 remissione
Ge GrA] miseratione *S*

316 ALIA. Omnipotens sempiterne deus: Respice propitius ad deuotionem populi renascentis · qui sicut ceruus aquarum expectat fontem: Et concede propitius ut fidei ipsius sitis · baptismatis mysterio animam corpusque sancti- 3 ficet: per dominum [dn̄m].

ITEM AD MISSA IN ECCLESIA AESTIUA. *In primis dicat archiepiscopus ter* Christus dominus resurrexit 6

317 Deus qui hanc sacratissimam noctem · gloria dominicae resurrectionis illustras: Conserua in noua familiae tuae progeniae · adoptionis spiritum quem dedisti: Ut corpore et mente renouata · puram tibi exhibeat seruitu- 9 tem: per eundem.

317 A LECTIO ACTUUM APOSTOLORUM. 2,29–38
sede-/re (2,30) *f. 105*R 12
317 B EPISTULA BEATI PAULI APOSTOLI AD EPHESIOS. 4,1–6
hu-/militate (4,2) *f. 105*V
317 C LECTIO SANCTI EUANGELII SECUNDUM MATHEUM. CAPUT CCCLII. 28,1–7 15
eun-/tes (28,7) *f. 106*R

318 ORATIO SUPER SINDONEM. Deus qui sollemnitate paschali · caelestia · mundo remedia benignus operaris: Annuae festiuitatis huius nobis dona prose- 18 quere · ut per obseruantiam temporalem · ad uitam perueniamus aeternam: per.

319 ⟨SUPER OBLATA.⟩ Deus cuius munere honoranda · baptismatis sunt im- 21 pleta mysteria: Concede populo tuo originalis delicti errore mundato · post sacratissimum fontem terram tuae promissionis intrare: Ut dulcia sacra- mentorum tuorum · iam nunc alimenta percipiant: per. 24

320 ⟨PRAEFATIO.⟩ UD aequum et salutare: Nos te quidem domine omni tem- pore benedicere · sed in hac potissimum nocte gloriosius praedicare · cum pascha nostrum immolatus est Christus: Ipse est enim uerus agnus · qui 27 abstulit peccata mundi · qui mortem nostram moriendo destruxit · et uitam

---

18 operar(i *gel.*)is

---

2 populi] p. tui *A*   qui] quia *F*   aquarum expectat *Am Ge*] a. expetit *GrHO GrA* / a. tuarum expetit *GeSC GrHC*   fontem] fontes *D*
7 gloria] gloriosae *GeV GaB*   8 noua . . . progeniae *Am*] nouam . . . progeniem *Ge Gr Ga*   adoptionis spm] sanctificationis spm *GaV* / sanctificationis graciam *GaG* (*J 456*)   9 renouata . . . exhibeat *Am*] renouati . . . exhibeant *Ge Gr* / . . . exhibeant *GaB*
17 qui] qui in *O*   18 annuae *Am* (*exc. E*) *GaG*] annua *E Ge*   nobis *Am*   19 per – temporalem *Am GaG*] obseruantia temporalis *Ge*   peruveniamus aeternam *Am* (*exc. N*)] (nobis *GeSC GaG*) proficiat sempiternam *Ge GaG* / proueniamus a. *N*
21/22 munere honoranda . . . impleta mysteria *Am*] munera adoranda . . . ad-impleta misteriis *GaB*   24 iam nunc *om. Ga*   percipiant *GaB GaV*] percipiat *S*
25/26 nos . . . dne . . . benedicere *Am*   26 hac potissimum nocte *Am GeSC GrHO GrP²*] h. potissima n. *GrP¹* / h. potissimam noctem *GaV* / h. potentissimam noctem *GeV GaB* / hanc potissimam noctem *GeA GeS GrHC*   gloriosius *D¹ Ge Gr Ga*] profusius exultantibus animis *S*   27 ipse *D Ge Gr Ga*] ille *S* (*exc. D*)   est enim uerus *Am*] enim uerus est *Ge Gr Ga*

nobis resurgendo reparauit: Propterea profusis paschalibus gaudiis · to-
/tus in orbe terrarum mundus exultat: Sed et supernae uirtute⌐s⌐ *f. 106ᵛ*
3 atque angelicae concinunt potestates · hymnum gloriae tuae sine fine dicentes · sanctus.

Communicantes et noctem sacratissimam celebrantes resurrectionis domini 321
6 nostri Iesu Christi secundum carnem · sed et memoriam uenerantes · In
primis gloriosae semper uirginis Mariae genetricis eiusdem dei et domini
nostri Iesu Christi · sed et beatorum apostolorum.

9 POST COMMUNIONEM. Cibi salutaris ac poculi dona libantes quaesumus 322
domine: Ut qui paschale mysterium sumpsimus · prodesse nobis in perpetuum
gaudeamus: per.

12 ORATIONES AD UESPERUM. Perueniant ad te domine supplicum preces: Ut 323
quibus tuam clementiam nosse tribuisti · hanc eis facias iugiter non deesse:
per.

15 ALIA. Da misericors deus: Ut in resurrectione domini nostri Iesu Christi · 324
percipiamus ueraciter portionem: per ⌐eundem⌐.

ORATIONES AD MATUTINUM. Da uniuersis famulis tuis quaesumus domine · 325
18 plenius atque perfectius omnia paschalis festiuitatis introire mysteria: Ut
incunctanter pia corda cognos-/cant · quantum debeant confirmata *f. 107ᴿ*
in Christo credentium glorificatione gaudere: per eundem.

21 ⟨ALIA.⟩ Paschalia nobis domine gaudia quaesumus · futurae salutis 326
aeternitate confirma: per dominum.

LIII

24 ### MANE DIE DOMINICO SANCTO PASCHAE

ORATIO SUPER POPULUM. Deus qui ad aeternam uitam · in Christi resur- 327
rectione nos reparas: Da populo tuo fidei speique constantiam · ut non dubi-
27 temus implenda · quae te nouimus auctore promissa: per eundem.

---

2 uirtute(s *ü.d.Z.*) 16 eundem *a.Hd*

---

1 nobis *Am*] nostram *GaV* / om. *Ge Gr GaB* 1-3 propterea – potestates *Am GeV GeA
Ga*] et ideo *GeS Gr* 1 propterea profusis paschalibus *Ge Ga*] unde prof. pa. *D* /
unde prof. *S (exc. D)* 3 atque] et *S*
5 noctem] diem *S GaB* 6 secundum carnem *Am Ge Gr*] filii tui *GaB* / om. *CeS*
7 eiusdem om. *CeS* 8 beatorum] beatissimorum *CeS*
10 in perpetuum] imperpetuum *ABE*
12 Perueniant *ABCEFMN MAII*] Praeueniant *DLO*
15 Da] Praesta nobis omps et *GrH* 16 percipiamus *Am GrH GaG*] inueniamus et
nos *Ge* per] qui tecum *M*
17 Da – dne *Am*] Omps semp ds da qs uniuersis famulis tuis *Ge GaB (J 261)* 18 paschalis festiuitatis *Am*] festi p. *Ge GaB (J 261)* 19 confirmata *J*] de c. 20 credentium *Am*] renascentium *Ge GaB (J 261)*
22 dnm *BCFMO MAII*] eundem *AE* / Christum *DL* / eundem Christum *N*
25 resurrectione] resurrectionem *DL*

327 A LECTIO ACTUUM APOSTOLORUM. 1,1–8
bap-/tizauit (1,5)   *f. 107*ᵛ
327 B EPISTULA BEATI PAULI AD CORINTHIOS I. 15,3–10
sum. / et (15,10)   *f. 108*ᴿ   3
327 C LECTIO SANCTI EUANGELII [SCI] SECUNDUM IOHANNEM.
⟨CAPUT⟩ CCXI. 20,11–18   6
discipu-/lis (20,18)   *f. 108*ᵛ

328   SUPER SINDONEM. Deus qui per unigenitum tuum · aeternitatis nobis aditum
deuicta morte reserasti: Erige ad te fidelium corda · ut a terrenis cupidita- 9
tibus liberati · ad caelestia desideria transeamus: per eundem.

329   SUPER OBLATA. Quaesumus domine ut iam non teneamur obnoxii · damnationis humanae sententia: Cuius nos uinculis · haec hostia paschalis ab- 12
soluit: per.

330   PRAEFATIO. Uere quia dignum et iustum est · aequum et salutare: Nos tibi
sancte deus omnipotens gratias agere · nos deuotas laudes referre: Pater 15
inclite · omnium auctor et conditor: Quia cum dominus esset maiestatis
Christus Iesus filius tuus · ob liberationem humani generis crucem subire
dignatus est: Quem dudum Abraham praefigurabat in filio · turba Mosaica 18
immaculati agni immolatione signabat: Ipse est enim quem sacra tuba
cecinerat prophetarum · qui omnium peccata portaret · aboleret et crimina:
Hoc est illud pascha Christi nobilitatum cruore · in quo fidelis populus 21
praecipua deuotione resultat: O myste-/rium gratia plenum · o *f. 109*ᴿ
ineffabile diuini muneris sacramentum: O sollemnitatum omnium honoranda sollemnitas: In qua ut seruos · redimeret · mortalibus se praebuit occi- 24
dendum: Quam utique beata mors · quae mortis nodos resoluit: Iam nunc
sentiat se tartareus princeps atritum · et nos de profundi labe eductos · ad
caeleste regnum conscendisse gratulemur: Et ideo cum. 27

331   POST COMMUNIONEM. Perpetuo deus ecclesiam tuam · pio fauore tuere: Ut
paschalibus resuscitata mysteriis · ad resurrectionis perueniat claritatem: per.

332   ORATIO AD UESPERUM. Deus qui per unigenitum tuum · aeternitatis nobis 30
aditum deuicta morte reserasti: Perfice desiderium nostrum · ex tua inspiratione conceptum: Ut in quo renati sumus · in ipso consortium resurrectionis
habeamus: per eundem dominum nostrum. 33

---

12 sententia *(Buchst.gel.)*

---

8 Ds] Omps semp ds *GaG*
11 dne *Am GaV*] omps ds *Ge*   ut *Am C1527*   11/12 damnationis humanae sententia *Am*] s. h. d. *C 1527* / damnacione h. sentenciae *GaV* / sententiae damnationis h. *Ge*
12 hostia *Am GaV*] redemptio *Ge C1527*   absoluit] absoluat *ACL*
14 Uere – est *om. AD*   16 dns] ds *A*   21 Christi *om. E*   24 seruos] seruus *L*
27 gratulemur] gratuletur *DF*
30 Ds] Omps semp ds *GaG*   32 in quo] quo *MAII*

LIIII

FERIA SECUNDA IN ALBIS

3 ORATIO SUPER POPULUM. Da misericors deus: Ut in resurrectione domini 333
nostri Iesu Christi · percipiamus ueraciter portionem: per.

333 A	LECTIO ACTUUM APOSTOLORUM. 8,26–39	
6	/ In diebus (*liturg. Einl.*) eius / quis (8,33)	*f. 109ᵛ 110ᴿ*
333 B	AD ROMANOS. 6,3–4	
	baptismum / in (6,4)	*f. 110ᵛ*
9 333 C	LECTIO SANCTI EUANGELII SECUNDUM LUCAM.	
	CAPUT CCCXXXVIII⟨I⟩. 24,13–35	
	principes / nostri (24,20)	*f. 111ᴿ*
12	nobiscum. / quoniam (24,29)	*f. 111ᵛ*

ORATIO SUPER SINDONEM. Perfice domine benignus in nobis · paschalium 334
munerum uotiua commercia: Ut a terrenis affectibus · ad caeleste desiderium
15 transferamur: per.

⟨SUPER OBLATA.⟩ Plebis tuae domine munera placatus admitte: Ut quae 335
mysteriis paschalibus exhibet · in tuae / remunerationis ueritate *f. 112ᴿ*
18 percipiat: per.

⟨PRAEFATIO.⟩ UD per Christum dominum nostrum · qui semper in nobis 336
paschale perficiat sacramentum: Ut per initiata remedia · continuis educare
21 non desistat augmentis: Unde profusis gaudiis · totus in orbe terrarum mundus exultat: Sed et supernę uirtutes et angelice concinunt potestates · ymnum
gloriae tuae perpetim sine fine dicentes · Sanctus Sanctus Sanctus.

24 POST COMMUNIONEM. Spiritum nobis domine tuae caritatis infunde: Ut 337
quos sacramentis paschalibus satiasti · tua facias pietate concordes: per.

LV

FERIA III IN ALBIS

27

ORATIO SUPER POPULUM. Deus ecclesiae tuae redemptor atque perfector: 338
Fac quaesumus ut apostolorum precibus paschalibus sacramentis dona
30 capiamus · quorum nobis tribuisti magisterio praedicare: ⌈per.⌉

---

30 per *hinzugef.*

---

333 cf. J 324
13 dne *Am GrF*] dne qs *Ve GeV*   14 affectibus] a. liberati *MAII*
21 desistat] desinat *C*   23 perpetim *om. F*
24 nobis *Ve GeV GeSC GrHO GrP¹*] in n. *S GeA GeS GrHC GrP²*   tuae *om. S (exc. D F²)*
25 sacramentis paschalibus *Am GeA GeS Gr*] uno caelesti pane *Ve GeV GaV*   tua *Am
GeS Gr*] una *Ve GeV GaV* / *om. GeA*
29 paschalibus sacramentis] paschalis sacramenti *Ge*   30 tribuisti] ea t. *Ge*   praedicare *GeV*] praedicari *GeA GeS*

338 A EPISTULA BEATI PAULI APOSTOLI AD GALATAS. 3,27–29
est / seruus (3,28) *f. 112*^V

338 B SECUNDUM MATHEUM. CAPUT CCCLIIII. 28,8–15
suadebi-/mus (28,14) *f. 113*^R

339 SUPER SINDONEM. Exaudi nos misericors deus: Et redemptionis nostrae subsidia · deuota nos effice semper mente tractare: per dominum.

340 SUPER OBLATA. Sacrificia domine · paschalibus gaudiis immolamus: Quibus ecclesia tua mirabiliter pascitur et nutritur: per.

341 PRAEFATIO. UD aeterne deus · tuam magnificentiam deprecantes: Ut qui alligans fortem nostri generis inimicum · uasa eius diripere non desistis · ad consortium nos Christi tui facias uenire uincentes: per eundem Christum.

342 POST COMMUNIONEM. Concede quaesumus omnipotens deus: Ut paschalis perceptio sacramenti · continua in nostris mentibus perseueret: per dominum.

LVI

FERIA IIII IN ALBIS

343 ORATIO SUPER POPULUM. Deus qui ad caeleste regnum non nisi renatis ex aqua et spiritu sancto pandis introitum: Auge semper super famulos tuos gratiae tuae dona · ut qui ab / omnibus sunt purgati peccatis · a *f. 113*^V nullis fraudentur promissis: per.

343 A EPISTULA BEATI PAULI APOSTOLI AD CORINTHIOS I. 10,1–4
343 B LECTIO SANCTI EUANGELII SECUNDUM IOHANNEM. CAPUT CCXVIIII. 21,1–14
num-/quid (21,5) eis. / et (21,13) *f. 114*^R *114*^V

344 ORATIO SUPER SINDONEM. Tuere domine familiam tuam · paschali mysterio gloriantem: Ut cuius salutarem fidei ueneratur originem · iugiter instituta custodiat: per.

345 SUPER OBLATA. Accipe domine preces nomini tuo dicatas · cum oblationibus supplicantium: Et quod mysteriis paschalibus fideliter execuntur · in tuae remunerationis ueritate percipiant: per dominum.

346 PRAEFATIO. UD *usque* aeterne deus: Quia refulsit in aeternum dies nostrae resurrectionis · et gloriae domini nostri Iesu Christi: Qui idem sacerdos et hostia dignanter existens · non solum qui sanctificet populum · sed ipsos quoque dicatos maiestati tuae commendet: Unde profusis gaudiis · totus in orbe terrarum mundus exultat: Sed et supernae uirtutes et angelicae concinunt potestates · ymnum gloriae tuae perpetim sine fine dicentes: Sanctus Sanctus Sanctus.

---

7 Sacrificia dne] Omps semp ds qui resurgens a mortuis s. *GaB* 8 tua *Am GeV GeA Ga*] om. *GeS Gr* pascitur *Am*] et p. *GeA GrHO* / renascitur *GeV* / et renascitur *Ga* / et nascitur *GeS GrP GrHC*
11 uincentes] gaudentes *D*
13 perceptio] perfectio *GaV* (*cf. J 460*)
23 dne familiam tuam *FN*] qs dne f. t. *D* / f. t. qs dne *ABCEL*
27 execuntur] exsequimur *C* 28 remunerationis] remunerationibus *D*
31 existens] extitit *S* 32 commendet] commendat *F*

POST COMMUNIONEM. Exaudi domine praeces nostras: Ut redemptionis 347 / nostrae sacrosancta commercia · et uitae nobis conferant praesentis *f. 115ᴿ*
3 auxilium · et gaudia aeterna concilient: per.

LVII

FERIA V IN ALBIS

6 ORATIO SUPER POPULUM. Deus qui nobis ad celebrandum paschale sacra- 348 mentum liberiores animos praestitisti · doce nos et metuere quod irasceris · et amare quod praecipis: per.

9 348 A EPISTULA BEATI PAULI APOSTOLI AD CORINTHIOS I. 10,16–17
348 B LECTIO SANCTI EUANGELII SECUNDUM IOHANNEM. CAPUT LXV. 6,51–58
man-/ducaueritis (6,53) *f. 115ⱽ*

12 SUPER SINDONEM. Deus qui ad aeternam uitam · in Christi resurrectione nos 349 reparas: Erige nos ad consedentem in dextera tua nostrae salutis auctorem: Ut qui propter nos iudicandus aduenit · pro nobis iudicaturus mitis adueniat
15 dominus noster: qui tecum uiuit.

SUPER OBLATA. Suscipe quaesumus domine munera populorum tuorum 350 propitius ut confessione tui nominis et baptis-/mate renouati · sempi- *f. 116ᴿ*
18 ternam beatitudinem consequantur: per dominum.

PRAEFATIO. UD per Christum dominum nostrum: Qui oblationem sui cor- 351 poris · remotis sacrificiis carnalibus uictimarum · se ipsum tibi pro salute
21 nostra offerens idem sacerdos et sacer agnus exhibuit: Unde profusis gaudiis · totus in orbe terrarum mundus exultat: Sed et superne uirtutes et angelicae concinunt potestates · ymnum gloriae tuae perpetim sine cessatione dicentes:
24 Sanctus · Sanctus · Sanctus.

POST COMMUNIONEM. Praesta quaesumus omnipotens deus: Ut diuino 352 munere satiati · et sacris mysteriis innouemur et moribus: per.

---

3 aeterna *J*] sempiterna
7 quod *DFL²N Ge GrH MAII*] quos *A¹E¹* / quo *A²BE²HL¹ GeSC GrP*
14 iudicandus] iudicandos *GeA*   aduenit] uenit *H*   mitis *Am*   15 dns nr *ABCDL MAII*] om. *EFHN Ge GrHC* / Iesus Chr. *GeSC GrHO* / I. Chr. filius tuus dns *GrP* qui tecum *Am (exc. L) GrHO*] per *L Ge GrHC* / om. *GrP*
16 qs dne *ABCDL GeA GeS Gr*] dne qs *EFN* / dne propitius *GeV GaB*   16/17 populorum – propitius *Am GeA GeS Gr*] famulorum tuorum *GeV* / et uota famulorum *GaB*
17 confessione] in c. *BD*
19 oblationem *Am*] oblatione *Ge GrA*   corporis om. *D GeV*   20 carnalibus *Am*] carnalium *Ge GrA*   20/21 salute nostra] nobis *Ve*   21 offerens] o. immolandum *Ve*   unde . . . *Am*] quem laudant . . . *GeV* / per quem . . . *Ve GeA GeS GrA*

LVIII

FERIA VI IN ALBIS

353   ORATIO SUPER POPULUM. Omnipotens sempiterne deus · qui paschale   3
sacramentum in reconciliationis humanae foedere contulisti: Da mentibus
nostris ut quod professione celebramus · imitemur affectu: per.

> 353 A   EPISTULA BEATI PAULI APOSTOLI AD EPHESIOS. 4,29–32   6
> contris-/tare (4,30)   *f. 116*ᵛ
> 353 B   SECUNDUM MATHEUM. CAPUT CCCLV. 28, 16–20

354   SUPER SINDONEM. Da nobis quaesumus domine paschalia gaudia: Ut quae   9
laetanter exequimur · perpetua uirtute nos tueantur et saluent: per dominum
nostrum.

355   SUPER OBLATA. Accipe domine fidelium preces · cum oblationibus hostia-   12
/rum: Ut per haec piae deuotionis officia · ad caelestem gloriam *f. 117*ᴿ
transeamus: per.

356   PRAEFATIO. UD aeterne deus: Poscentes · ut cuius muneris mysticum   15
pignus accepimus · manifesta dona comprehendere ualeamus: Et quae nobis
fideliter speranda paschale contulit sacramentum · attingere mereamur
resurrectionis dominicae firmitate: per eundem Christum dominum.   18

357   POST COMMUNIONEM. Respice quaesumus domine populum tuum: Et quem
aeternis dignatus es renouare mysteriis · a temporalibus culpis dignanter
absolue: per.   21

LVIIII

DIE SABBATI IN ALBAS

358   ORATIO SUPER POPULUM. Adesto quaesumus domine familiae tuae et dig-   24
nanter impende: Ut quibus fidei gratiam contulisti · et coronam largiᵣaᵗris
aeternam: per.

---

25 largi(a *ü.d.Ƶ.*)ris

---

5 affectu *BEFHLN GeA GrH*] affectum *A D* / effectu *GeS GrP*
9 qs dne] dne qs *S*   paschalia gaudia ut] ut p. g. *N*
12 Accipe *Am*] Suscipe *Ge Gr*
15 poscentes *Am*] nos te suppliciter obsecrare et Iesum Chr. dnm nrm *Ge*   ut *Am GeS*
mysticum *Am*   16 et] ut *GeA*   17 fideliter] feliciter *GeV*   paschale . . . sacra-
mentum] paschali . . . sacramento *GeS*   18 firmitate *Am (exc. D N)*] firmitatem *D N Ge*
per eundem *Am*] et ideo *GeV GeA* / per quem *GeSC*
19 Respice . . . populum tuum] Christianam . . . respice plebem *GeV* (*J 379*)   qs dne]
dne qs *N*
24 familiae tuae] t. adesto f. *GeV*   et dignanter] d. *GeA*

358 A EPISTULA BEATI PAULI APOSTOLI AD TIMOTHEUM I. 2,1–7
    hominibus: / Pro (2,1/2)   *f. 117*ᵛ

3 358 B SECUNDUM IOHANNEM. CAPUT CCVIIII. 20,1–9
    ue-/nerunt (20,3)   *f. 118*ᴿ

    SUPER SINDONEM. Omnipotens sempiterne deus · quem docente spiritu 359
6 sancto paterno nomine inuocare praesummimus: Effice in nobis filiorum
corda fidelium · ut hereditatem promissa⟨m⟩ mereamur ingredi per debitam
seruitutem: per.

9   SUPER OBLATA. Accipe domine fidelium preces · cum oblationibus / *f. 118*ᵛ 360
supplicantium: Ut paschalibus initiata mysteriis · ad aeternitatis nobis proficiant haec dona suffragium: per.

12   PRAEFATIO. UD per Christum dominum nostrum: Qui secundum promis- 361
sionis tuae incommutabilem ueritatem caelestis pontifex factus in aeternum ·
salus omnium sacerdotum · peccati remissione non eguit · sed potius pec-
15 catum mundi idem uerus agnus abstersit: Unde profusis gaudiis · totus in
orbe terrarum mundus exultat: Sed et supernae uirtutes et angelicae concinunt potestates · ymnum gloriae tuae perpetim sine fine dicentes · Sanctus
18 Sanctus Sanctus.

    POST COMMUNIONEM. Redemptionis nostrae munere uegetati quaesumus 362
domine ut per hoc perpetuae salutis auxilium · fides semper uero percipiat:
21 per.

LX

DOMINICA IN ALBIS DEPOSITIS

24   ORATIO SUPER POPULUM. Concede quaesumus omnipotens deus: Ut qui 363
festa paschalia uenerando egimus · per haec pertingere ad gaudia aeterna
mereamur: per.

27 363 A LECTIO EPISTOLAE BEATI IOHANNIS APOSTOLI I. 5,4–10
    / Karissimi (*liturg. Einl.*)   *f. 119*ᴿ
  363 B LECTIO SANCTI EUANGELII SECUNDUM IOHANNEM. CAPUT CCXIII. 20,19–31
30   uobis: / Sicut (20,21)   Tho-/mas (20,28)   *f. 119*ᵛ *120*ᴿ

---

20 uero] uera

---

5 docente] docentem *D*   6/7 filiorum corda fidelium] fid. c. fil. *GL*¹   8 serui-
tutem] senectutem *G*
9 Accipe – preces *Am*] Suscipe (qs *GeA*) dne (qs *GeS Gr*) preces populi tui *Ge Gr GaB*
10 supplicantium *Am*] hostiarum *Ge Gr GaB*   10/11 proficiant – suffragium *Am*] medelam te operante proficiant *Ge Gr GaB*
13 tuae *G*] suae *S Ge GrA*   14 salus *G*] solus *S Ge GrA*   remissione] remissionem *A*¹*DF*   peccatum] peccata *GeA*   15 unde ... *G*] per quem ... *S GeS
GrA* / et ideo ... *GeV GeA*
20 per hoc] hoc *S Ge Gr* / hoc nobis *Ve*   uero percipiat *J*] uera perficiat
25 pertingere *Am* (*exc. G*)] contingere *G GeS GrH*

364   SUPER SINDONEM. Deus innocentiae restitutor et amator · dirige ad te tuorum corda famulorum: Ut quos de infidelitatis tenebris liberasti · numquam a lucae tuae ueritatis discedant: per dominum.   **3**

365   SUPER OBLATA. Suscipe munera quaesumus domine · exultantis ecclesiae: Et cui causam tanti gaudii contulisti · perpetuum fructum concede laetitiae: per.   **6**

366   PRAEFATIO. UD aeterne deus · suppliciter exorantes: Ne nos ad illum sinas redire actum · cui iure dominatur inimicus · sed in hac potius facias absolutione persistere · per quam diabolus extitit filio tuo uincente captiuus: Et **9** ideo cum angelis.

367   POST COMMUNIONEM. Exuberet quaesumus domine mentibus nostris · paschalis / gratia sacramenti: Ut donis suis · ipsa nos dignos effi- *f. 120*ᵛ **12** ciat: per dominum nostrum.

LXI

368   ITEM DIUERSAS ORATIONES IN PASCHA QUAE PERTINE⟨N⟩T AD MISSAM SIUE **15** AD UESPERUM UIGILIA MATUTINUM SEU IN ALBIS. Deus qui nos exultantibus animis pascha tuum celebrare tribuisti: Fac nos quaesumus et temporalibus gaudere subsidiis · et aeternitatis effectibus gratulari: per dominum.   **18**

369   ALIA. Deus qui pro salute mundi sacrificium paschale fecisti · propitiare supplicationibus nostris · ut interpellans pro nobis pontifex summus · per id quod nostri est similis reconciliet · per id quod tibi est aequalis absoluat: per **21** eundem dominum.

370   ALIA. Concede quaesumus omnipotens deus: Ut ueterem hominem cum actibus suis deponentes · illius conuersationem uiuamus · ad cuius nos sub- **24** stantiam paschalibus remediis transtulisti: per eundem.

---

1 innocentiae restitutor *Am Ge*] et reparator i. *Gr*   2 famulorum *Am Ge*] seruorum *Gr*   ut quos *Am Ge*] ut *GeSC Gr*   liberasti *Am Ge*] liberati *GeSC Gr*   3 luce tuae ueritatis *J*] t. u. l. *S Ge* / t. uirtutis l. *Gr*
4 Suscipe – dne *G Ge Gr*] Accipe dne munera *S*   5 contulisti *Am (exc. G)*] praestitisti *G Ge Gr*   perpetuum *G Ge Gr*] perpetuae *S*   laetitiae] letitiam *L*
7 suppliciter exorantes *Am (exc. G)*] s. obsecrantes *G Ge* / et te s. obsecrare *GrA*
8 facias *Am GeSC GrA*] perficias *Ge*   9/10 et ideo *Am GrA*] per Christum *GeS* / per quem *GeA*
12 ipsa] ipsi *GeV*
20 summus *GeS*] s. nos *GeSC Gr* / s. quos *GeV GeA*   21 reconciliet] reconciliatur *GeV*
21/22 per eundem] per dnm *GeS GrHC* / Iesus Chr. (filius tuus *GrHO*) dns nr qui tecum *GeV GrHO*
23/24 hominem cum actibus suis] c. s. actionibus h. *GeA* / c. s. rationibus h. *GrH*
24 conuersationem *GeA*] conuersatione *GrH*

ALIA. Repelle quaesumus domine conscriptum peccati lege cyrographum · 371
quod in nobis paschale mysterio / per resurrectionem filii tui uacuisti: *f. 121*R
3 per eundem.

ALIA. Deus qui ad aeternam uitam in Christi resurrectione nos reparas · 372
imple pietatis tuae ineffabile sacramentum: Ut cum in maiestate sua idem
6 dominus saluator noster aduenerit · quos fecisti baptismo regenerari · facias
beata immortalitate uestiri: per eundem.

ALIA. Deus humani generis conditor et redemptor · da quaesumus ut 373
9 reparationis nostrae collata subsidia · te iugiter inspirante sectemur: per.

ALIA. Gaudeat quaesumus domine plebs fidelis: Et cum propriae recolit 374
saluationis exordia · eius promoueatur augmentis: per.

12 ALIA. Fac omnipotens deus · ut qui paschalibus remediis innouati · simili- 375
tudinem terreni parentis euasimus ad formam caelestis transferamus auctoris: per eundem.

15 ALIA. Paschalibus nos quaesumus domine remediis dignanter inpende · ut 376
desideria terrena[e] respuentes discamus inhiare caelestia: per dominum.

ALIA. / Conserua in nobis quaesumus domine misericordiam tuam · *f. 121*V 377
18 ut quos ab erroris liberasti caligine · ueritatis tuae firmos inherere facias docu-
mentis: per.

ALIA. Solita quaesumus domine quos saluasti pietate custodi · ut quia tua 378
21 passione sunt redempti · tua resurrectione laetentur: qui cum patre.

ALIA. Christianam quaesumus domine respice plebem · et quam aeternis 379
dignatus es renouare mysteriis · a temporalibus culpis dignanter absolue:
24 per dominum.

LXII

DOMINICA SECUNDA POST ALBAS

27 ORATIO SUPER POPULUM. Misericors domine · fidelium tuorum consolator 380
et doctor: Auge in ecclesia tua desideria quae dedisti · et de intellegenda
altitudine promissionum · sperantium in te corda confirma: Ut omnes adop-
30 tionis filii · lumen quod nondum ostendis fidei oculis · incunctanter intue-
antur · et patienter expectent: per.

---

2 paschale] paschali   uacuisti] uacuasti   13 transferamus ($= E^1$ *GeV*)] transferamur   15 nos] nobis

---

1 Repelle *C*] Depelle *GeA GrH*   qs dne *Ge.*] dne *GrH C*   2 filii tui *GrHO*] t.f. *GeA GrHC C*
5/6 idem dns *J*
10 qs *J*
12 Fac *D¹EN Ge GrH*] Fac qs *S* (*exc. EN*)   14 per eundem *Ge GrHC*] qui tecum
S GrHO
16 desideria terrena] t. d. *Ge*
17 in nobis *GeV GeA*] nobis *GeS*   qs dne *GeV GeA*] dne *GeS*   18 ut] et *Ge*   firmos]
firmius *Ge*   documentis] documento *Ge*
20 quia *Ge*] qui *S GeSC*   21 qui cum *GeSC*] qui uiuis *S* / per dnm *Ge*
22 Christianam . . . respice plebem *Ge*] Respice . . . populum tuum *S Gr* (*J 357*)

380 A LECTIO EPISTULAE BEATI PETRI APOSTOLI ⟨I⟩. 2,21–25
      Qui / peccatum (2,22)   *f. 122*R
380 B EUANGELIUM SECUNDUM IOHANNEM.   3
      Altera die uidit Iohannes Iesum uenientem ad se et ait: Ecce agnus dei.
      Et reliqua. Require illud in octaua epiphaniae. (1,29–34)

381 ORATIO SUPER SINDONEM. Deus qui in filii tui humilitate[m] iacentem mun- 6
dum erexisti · fidelibus tuis perpetuam concede laetitiam: Ut quos ⌐a⌐ perpetuae mortis eripuisti casibus · gaudiis facias perfrui sempiternis: per eundem.

382 SUPER OBLATA. Deus qui nos per huius sacrificii ueneranda commercia · 9
unius summae diuinitatis participes effecisti: Praesta quaesumus · ut sicut
tuam cognoscimus ueritatem · sic eam dignis moribus assequamur: per.

383 PRAEFATIO. / UD Aeterne deus: Qui omnia mundi elementa fecisti · *f. 122*V 12
et uarias disposuisti temporum uices: Atque homini ad tuam imaginem
condito · uniuersa simul animantia rerumque miracula subiecisti: Cui licet
origo terrena sit · tamen regeneratione baptismatis cęlestis ei uita confertur: 15
Nam deuicto mortis auctore · immortalitatis est gratiam consecutus: Et
praeuaricationis errore quassato · uiam repperit ueritatis: per Christum.

384 POST COMMUNIONEM. Praesta nobis omnipotens deus: Ut uiuificationis tuae 18
gratiam consequentes · in tuo semper munere gloriemur: per.

LXIII

DOMINICA III POST ALBAS   21

385 ORATIO SUPER POPULUM. Deus qui fidelium mentes · unius efficis uoluntatis: Da populis tuis id amare quod praecipis · id desiderare quod promittis:
Ut inter mundanas uarietates · ibi nostra fixa sint corda · ubi uera sunt 24
gaudia: per.

385 A LECTIO EPISTULAE BEATI PETRI APOSTOLI ⟨I⟩. 2,11–19
      conuersationem / uestram (2,12)   *f. 123*R 27
385 B LECTIO SANCTI EUANGELII SECUNDUM IOHANNEM. CAPUT CXLVIIII. 16,16–22
      patrem: / Dixerunt (16,16/17)   *f. 123*V

386 SUPER SINDONEM. Deus qui credentes in te fonte baptismatis innouasti · 30
hanc renatis in Christo concede custodiam: Ut nullius erroris incursu ·
gratiam tuae bene-/dictionis amittant: per eundem.   *f. 124*R

---

7 a *ü.d.Z.*

---

6 humilitatem *GeV GaV*] humilitate *S GeA GeS Gr*   7 concede laetitiam *Am GeSC*]
1. c. *Ge Gr GaV*   a *DFL*   8 perfrui sempiternis *Am GeSC*] s. p. *Ge Gr GaV*
10 effecisti] effecis *GeA*   11 cognoscimus] cognouimus *GeV*
15 regeneratione] generatione *C*
18 omps *EHN Ge Gr GaV*] omps et misericors *ABCDFL*
24 sint] sunt *HL*[1]
31 nullius *J*] nullo

ORATIO SUPER OBLATA. Respice domine propitius · ad munera quae sacra-   387
mus: Ut et tibi gra⌐ta⌐ sint · et nobis salutaria semper existant: per dominum.

3   PRAEFATIO. UD per Christum dominum nostrum · Qui humanis misertus   388
erroribus · per uirginem nasci dignatus est: Et per passionem mortis · a perpetua nos morte liberauit · ac resurrectione sua · aeternam nobis contulit
6 uitam idem Iesus Christus dominus noster: quem una tecum omnipotens.

POST COMMUNIONEM. Sacramenta quae sumpsimus quaesumus domine ·   389
et spiritalibus nos instruant alimentis · et corporalibus tueantur auxiliis:
9 per dominum.

LXIIII

IN MEDIANTE DIE FESTO

12   389 A EUANGELIUM SECUNDUM IOHANNEM.
Die festo mediante. ascendit Iesus in templum et docebat. *Et reliqua.*
Require retro feria III ebdomada IIII in quadragesima. (7,14–31)

LXV

DOMINICA QUARTA POST ALBAS

ORATIO SUPER POPULUM. Deus qui erranti populo ut in uiam possit redire   390
18 ueritatis tuae lumen ostendis: Da cunctis his qui christiana professione cessentur · et illa / respuere quae huic inimica sunt nomini · et ea quae *f. 124*V
sunt apta sectari: per dominum.

21   390 A LECTIO EPISTULAE [B] BEATI IACOBI APOSTOLI. 1,17–21
390 B LECTIO SANCTI EUANGELII SECUNDUM IOHANNEM. CAPUT CXLVII. 16,5–14
uestrum / sed (16,6/7)   *f. 125*R

24   SUPER SINDONEM. Deus in cuius praecipuis mirabilibus · est humana repa-   391
ratio: Solue opera diaboli · et mortifera peccati uincula disrumpe: Ut destructa malignitate quae nocuit · uincat mise-/ricordia quae redemit: *f. 125*V
27 per.

---

2 gra(ta *ü.d.Z.*, *1.Hd:* gr̄a)

2 ut et] ut *D*
3/4 humanis – erroribus *om. GrA*   3 misertus *Am*] miseratus *Ge GrP GaV* (?)   4 per
uirginem *Am Ge GaV*] de uirgine *Gr*   mortis] et mortem *GrA*   5 liberauit]
redemit *DF*   ac] et *GrA*   5/6 contulit – nr] uitam contulit *GrA*   6 idem
– nr *Am* (*exc. EL*[1])   quem una *Am*] quem laudant *GeV GaV* / per quem *GeS GrA* / per
Christum *GeA* / et ideo *GrP*
7 qs dne *Ge GrP GrA*] dne qs *S* (*exc. MO*) / dne *GaV* / dne ds nr *MO GrH* (*J 184*)
8 et (*1*[0]) *AELMNO Ge Gr GaV*] ut et *BDFH FrA*   instruant *Am* (*exc. MO*) *GrA*]
expient *GeV GeSC GrP* / excipiant *GeA GeS* / excipient *GaV* / repleant *MO GrH* (*J 184*)
alimentis] sacramentis *GrP*[1]
17 erranti populo ut . . . possit *L*] e. p. ut . . . possint *S* (*exc. L*) / errantes . . . posse
Ve / errantes ut . . . possint *Ge* / errantibus ut . . . possint *GeSC Gr*   uiam . . . redire
Am] uia . . . r. *Ve GeV* / uiam . . . r. iustitiae *GeA GeS Gr*   18 tuae *om. Ve*   his *Am*
26 uincat *BCDE*[1]*GH Ge GaV*] u. potius *AE*[2]*MNO* (*J 166*)

15*

392   SUPER OBLATA. Ipsa maiestati tuae domine populos fideles commendet oblatio · quae per filium tuum reconciliauit inimicos: qui tecum uiuit et regnat.   3

393   PRAEFATIO. UD Aeterne deus: Postulantes ut tempora quibus post resurrectionem dominus noster Iesus Christus cum suis discipulis corporaliter habitauit · pia deuotione tractemus: quem una tecum.   6

394   POST COMMUNIONEM. Adesto domine deus noster · ut per haec quae fideliter sumpsimus · et purgemur a uitiis · et a periculis omnibus exuamur: per.

LXVI   9

DOMINICA QUINTA POST ALBAS

395   ORATIO SUPER POPULUM. Deus qui misericordiae tuae ianuam fidelibus tuis patere uoluisti · respice in nos et miserere nostri: Ut qui uoluntatis tuae uiam 12 donante te sequimur · a uitae numquam tramite declinemus: per.

    395 A LECTIO EPISTULAE BEATI IACOBI APOSTOLI. 1,22–27
         compara-/bitur (1,23)   *f. 126*R 15
    395 B SECUNDUM IOHANNEM. CAPUT CL. 16,23–30
         die / in (16,26)   *f. 126*V

396   SUPER SINDONEM. Deus a quo bona cuncta procedunt · largire nobis ut 18 cogitemus te inspirante quae recta sunt · et eadem semper te gubernante faciamus: per.

397   SUPER OBLATA. Benedictionem nobis domine conferat salutarem haec 21 sacrosancta semper oblatio · ut quod agit mysterio · uirtute perficiat: per.

398   PRAEFATIO. UD Aeterne deus: Et maiestatem tuam indefessis praecibus exorare · ut mentes nostras bonis operibus semper informes: Quia sic erimus 24

---

2 oblatio(ne *gel.*)   8 purgemu(r *aus* s)   18 nobis/ (supplicibus [=*Ge Gr*] *a.Rd a.Hd u.gel.*)

---

1 populos fideles *D G M N O*] f. p. *A B F GeA GeS* / fidelis populus *GeV*   2 qui tecum *D G M*] Iesum Chr. dnm nrm qui tecum *GeV GeA* / per eundem *A B E N O* (*J 243*) / per dnm *GeS*
4 postulantes *Am* (*exc. G*)] de tuo munere p. *G Ge GrP* / deuoto munere p. *GaV* / et tui misericordiam muneris postulare *GrA*   resurrectionem] r. suam *GeSC GrA*
5 suis discipulis *G H*] d. s. *A B C D E F L N GeA GeSC GaV* / d. *GeV GeS Gr*   6 quem una *Am*] quem laudant *GaV* / per dnm *GeV GeA* / per quam *GrP*
7 Adesto] A. nobis *G GeSC*
11 tuae *GeM*   tuis *GeM*   13 numquam tramite declinemus] n. t. deuiemus *S* / n. semitis deuiemur *Ge* (*exc. GeM*) / semitis n. deuiemur *GeM*
18 nobis *B MA II*] supplicibus *Ge Gr*   19 eadem – gubernante *B MA II*] te g. e. *Ge Gr*
21 nobis dne] d. n. *Ge Gr GaV* / tuam d. n. *S*   21/22 haec sacrosancta *J*] sacra *GeV GeS*
22 agit] ait *L*   mysterio] misterium *GaV*
23/24 et – exorare *Am GrA*   24 ut *Am Gr*] in *GeA* / tu *GeV GeS*

praeclari muneris prompta sinceritate cul-/tores · si ad meliora *f. 127*ᴿ
iugiter transeuntes · paschale misterium studeamus habere perpetuum: per
3 ⌈Christum⌉.

POST COMMUNIONEM. Tribue nobis quaesumus domine caelestis mensae 399
uirtutis societatem · et desiderare quae recta sunt · et desiderata perci-
6 pere: per.

LXVII

MISSA IN UIGILIIS ASCENSIONE DOMINI

9 ORATIO SUPER POPULUM. Praesta quaesumus omnipotens pater ut nostrę 400
mentis intentio · quo sollemnitatis hodiernę gloriosus auctor ingressus est
semper intendat · et quo fide pergit · conuersatione perueniat: per.

12 400 A LECTIO ACTUUM APOSTOLORUM. 2,41–47
communia: / Possessiones (2,44/45)   *f. 127*ⱽ
400 B LECTIO SANCTI EUANGELII SECUNDUM MARCUM.
15 CAPUT CCXXX⟨IIII⟩. 16,14–20
post-/quam (16,19)   *f. 128*ᴿ

SUPER SINDONEM. Tribue quaesumus omnipotens deus · ut munere festiui- 401
18 tatis hodierne · illuc filiorum tuorum dirigatur intentio · in quo tuo unigenitus tecum est substantia: per ⌈eundem⌉.

SUPER OBLATA. Suscipe domine munera quae pro filii tui gloriosa ascen- 402
21 sione deferimus: Et concede propitius · ut a praesentibus periculis liberemur · et ad uitam perueniamus aeternam: per eundem.

PRAEFATIO. UD aeterne deus: In hac praecipue die quo Iesus Christus 403
24 filius tuus dominus noster diuino consummato fine mysterii · dispositionis
antiqui munus expleuit: Ut scilicet et diabolum quem caelestis operis inimicum per hominem subiugarat elideret · et humana⟨m⟩ reduceret ad
27 superna dona substantia⟨m⟩: Et ideo.

POST COMMUNIONEM. Tribue quaesumus domine ut per haec sacra quae 404
sumpsimus · illuc tendat nostrae deuotionis affectus · quo tecum est nostra
30 substantia: per.

---

3 Christum *ü.d.Z. a.*Hd   9 nostr(ę *aus* i)   19 eundem *hinzugef.*   23 praecipu(e
aus a)   25 antiqui] antiquae

---

4 qs *Am*   mensae *Ve Ge Gr*] m. ac *S*   5 uirtutis societatem *Am Gr*] uirtute satiatis *Ve Ge*
9 pater *Am Ge*] ds *Ve GrP*
17/18 Tribue – ut . . . illuc] Omps semp ds tribue nobis . . . ut i. *Ve*   18/19 in – est]
quod in tuo unigenitus (!) tecum est nostra *GeV* / quo in tuo unigenito tecum est
nostra *S Ve GeS*   19 substantia] directa s. *B D*²*F L*²
23 in hac . . . die quo *Ge*] in hac die quo *Ve* / et in hac . . . die quo *GrA* / et in hac . . .
die qua *GeSC* / in hoc . . . die quo *S*   24 diuino *Ge*] diuini *S Ve GeSC GrA*   25/26 diabolum quem . . . per hominem subiugarat *Am (exc. N)*] quem . . . p. h. s. *N* / d. . . .
p. h. quem s. *Ve Ge GrA*   25 inimicum] inimicus *GeV*
28/29 per – sumpsimus *Am Ge*   28 sacra] sancta *D*   29 nostrae *Am Ge*] christianae
n. *Ve* / christianae *Gr*   30 per] qui uiuis *B E L*²

LXVIII

/ ITEM MISSA IN ASCENSIONE DOMINI *f. 128*^{V}

405 ORATIO SUPER POPULUM. Deus qui ecclesiam tuam euangelicae doctrinae 3
exhortatione quae sursum sunt iubes sapere · et ad eandem se altitudinem
ad quam mundi saluator ascendit erigere: Da populis tuis intellectu capere ·
quod multi uiderunt conspectu: Ut in secundo mediatoris aduentu · ditentur 6
donis qui promissis crediderunt: per eundem.

  405 A EPISTULA BEATI PAULI APOSTOLI AD EPHESIOS. 4,7–12
    aedifica-/tionem (4,12)   *f. 129*^{R} 9
   405 B EUANGELIUM SECUNDUM LUCAM. CAPUT CCCXL. 24,36–53
    scrip-/turas (24,45)   *f. 129*^{V}

406 SUPER SINDONEM. Concede quaesumus omnipotens deus: Ut qui hodierna 12
die unigenitum tuum redemptorem nostrum ad caelos ascendisse credimus ·
ipsi quoque mente in caelestibus habitemus: per eundem.

407 SUPER OBLATA. Sacrificium domine · supplices pro filii tui uenerabili nunc 15
ascensione deferimus: Praesta quaesumus · ut et nos per ipsum his commerciis sacrosanctis ad caelestia consurgamus: qui tecum uiuit.

408 PRAEFATIO. / UD per Christum dominum nostrum: Qui post *f. 130*^{R} 18
resurrectionem saeculis omnibus gloriosam · discipulis suis uisu conspicuus ·
tactuque palpabilis · usque in quadragesimum diem manifestus apparuit:
Ipsisque cernentibus est eleuatus in caelum: In id proficientibus intra has 21
moras primitiuas · ut et cercius fieret quod credidissent · et plenius discerent
quod docerent: per eundem Christum.

409 POST COMMUNIONEM. Deus cuius filius in alta caelorum potenter ascendens · 24
captiuitatem nostram sua duxit uirtute captiuam: Tribue quaesumus · ut
dona quae suis participibus contulit · largiatur et nobis: qui tecum uiuit
et regnat. 27

410 ORATIO AD UESPERUM. Adesto domine supplicationibus nostris: Ut sicut
humani generis saluatorem considere tecum in tua maiestate confidimus · ita

---

---

4 eandem *Am*] eam *GaG*   5 ascendit *Am*] conscendit *GaG*   populis – capere *Am*]
supplicibus tuis subsequi intellectu[m] *GaG*
14 per *L Ge Gr*] qui tecum *S (exc. L)*
15 supplices pro filii tui *Am*] p. f. t. s. *Ge* / p. f. t. *GaG*   uenerabili nunc *Am Ge*] in
caelis hodie *GaG*   16/17 et – consurgamus *Am Ge*] ad tuam gloriam per ipsum his
commerciis uenerandis surgamus *GaG*   16 et nos] nos *A*   17 qui tecum *J*] per
20 tactuque *Am*] tantoque *Ve*   21-23 in id – docerent *om. G*   21/22 intra –
primitiuas *Am*] per has moras aeclesiae primitiuis *Ve*   22 primitiuas] primitiuis
C (= Ve)   23 per] et ideo *G*
26 participibus] partibus *H*   qui tecum *Am GeSC*] Iesus Chr. dns nr qui tecum
GrHO / per *Ge GrHC*
28 Adesto – nostris] Praesta nobis omps et mis. ds *GaG*   29 considere *BL GrP*^{1}]
consedere *A D F MA II Ve Ge GrP*^{2} *GrH GaG* / conscendere *E*

usque ad consummationem saeculi manere nobiscum quemadmodum es pollicitus sentiamus: qui tecum.

3   ALIA. Da quaesumus omnipotens deus: Illuc subsequi tuorum membra 411 fidelium · quo caput nostrum principium praecessit: per.

LXVIIII

6   / DOMINICA POST ASCENSA DOMINI   *f. 130*ᵛ

ORATIO [C] SUPER POPULU⟨M⟩. Implorantes domine misericordiam tuam · 412 populos fideles propitius intuere: Ut qui praeter te alium non nouerunt · tuis
9 beneficiis gratulentur: per.

   412 A LECTIO EPISTULAE BEATI PETRI APOSTOLI ⟨I⟩. 4,7–11
   412 B LECTIO SANCTI EUANGELII SECUNDUM IOHANNEM. CAPUT CLIII. 17,1–26
12   ei / potestatem (17,2)   mihi. / ut (17,11)   *f. 131*ᴿ *131*ᵛ
      sumus: / Ego (17,22/23)   *f. 132*ᴿ

SUPER SINDONEM. Sancti nominis tui domine · timorem pariter et amorem 413
15 fac nos habere perpetuum: Quia numquam tua gubernatione destituis · quos in soliditate tuae dilectionis instituis: per dominum nostrum.

SUPER OBLATA. Oblatio nos domine tuo nomini dicanda purificet · et de 414
18 die in diem ad cęlestis uitę transferat actionem: per.

⟨PRAEFATIO.⟩ UD Aeterne deus · poscentes ut sensibus nostris clementer 415 infundas · ne terrenis affectionibus inhęrendo · oculos ad caelestia non
21 leuemus: Ne in infimis uoluptatibus occupati · mentes non ualeamus attol-
/lere · quo noster saluator ascendit: Ne diabolica sectando uestigia · *f. 132*ᵛ a Christi consortio recedamus: Quia nemo potest summi uerique regi⟨s⟩
24 celsitudine delectari · nisi qui pestifera destructa subuersaque tyranni iura calcauerit: per eundem Christum.

POST COMMUNIONEM. Repleti domine muneribus sacris · da quaesumus ut 416
27 in gratiarum semper actione maneamus: per dominum.

1 es *Ve*] est *S Ge Gr GaG*   2 qui tecum *Am GrP*² *GrHO*] per *Ve Ge GrP*¹ *GrHC GaG*
3 illuc] illo *Ve*   4 principium *Ge*] principiumque *S Ve* / principio *GeSC*   per *Ve Ge*] qui tecum *S*
8 populos fideles *Am*] f. p. *Ge*   ut *Am GeSC*   tuis *Am*] t. semper *Ge*   9 gratulentur *J*] glorientur
15 tua *ACFH Ge GrA*] a tua *BDEGLN*   destituis *Am GeSC GrA*] destitues *Ge*
16 instituis *Am GeA GeSC GrA*] institues *GeV GeS*
17 dicanda] dicata *F*
19 poscentes *Am*   clementer *Am*] dignanter *Ve*   20 affectionibus] affectibus *A D*
21 in *Am*   uoluptatibus] uoluntatibus *A*   25 calcauerit] calcauit *Ve*
26 da *om. GeA GrH*   27 gratiarum] g. tuarum *GeA GeSC GrH*

LXX

MISSA IN LAETANIA MAIORE

417   ORATIO SUPER POPULUM. Praesta quaesumus omnipotens deus · ut qui in   3
afflictione nostra de tua pietate confidimus · contra aduersa omnia tua
semper protectione muniamur: per.

> 417 A   LECTIO EPISTULAE BEATI IACOBI APOSTOLI. 5,16–20   6
> con-/uerti (5,20)   *f. 133*R
>
> 417 B   EUANGELIUM SECUNDUM LUCAM. CAPUT [C]CXXIIII. 11,5–13
> dabit / illi (11,11)   *f. 133*V 9

418   SUPER SINDONEM. Mentem familiae tuae quaesumus domine intercedente
beato Carpofolo martire tuo · et munere conpunctionis aperi · et largitate
pietatis exaudi: per.   12

419   SUPER OBLATA. Ieiunantium domine quaesumus supplicum uota propitius
intuere: Et munera praesentia sanctificans perceptionem eorum occulta
cordis nostri remedia tuae clarifica pietatis: Ut opera carnalia nec fluxa non 15
teneant · quos institutor ieiunii Christus reparauit redemptor: per eundem.

420   ⟨PRAEFATIO.⟩ UD aeterne deus: Te in obseruatione ieiunii quaerere · qui
es panis uerus et uiuus qui de caelo descendis · te itaque humiliantes ieiunio 18
corpora mente famulantes deuota · per huius sacrificii immolationem rogamus · ut humiliationem ieiunii huius · quam pro nostris reatibus / in *f. 134*R
hac triduana obseruatione persoluimus · ita intuearis placatus · ut a delictis 21
ieiunantes absoluas · quos incontinentia uotorum in prauitatis transgressionem inmersit: per Christum.

---

13 qs (intercedente *gel.*)   15 remedia] remedio (= *GeR GeM*)   20 (i *ausp.*)huius
21 del(i *ü.ausp.* e)ctis

---

11 Carpofolo martire tuo] Laurentio m. t. *S GeSC GrH* / Laurentio m. *GeS* / illo *GeA*
13 supplicum] supplicantium *L*   14 praesentia] praesentium *GeR*   perceptionem
Am GeA GeB] per p. *GaG* / per praeceptione *GeR* / per(*Ras.*)ceptione *GeM*   eorum *Am*
GeA] earum *GeB GeR GeM GaG*   15 remedia tuae clarifica pietatis *GeA GeB GaG*]
remedio t. c. p. *GeR GeM* / r. tua effice pietate *S*   nec] et *S*   16 quos] quae *GeM*
institutor ieiunii] instituto ieiunio *N*   ieiunii] ieiuniorum *GeB*   per *GeB GeR*
GaG] qui tecum *S GeM*
17 te *GeR GeM GaG*] nos te *S*   obseruatione] obseruationem *EF*   18 qui de caelo
descendis *GeM²*] qui de c. descendens *GeR GeM¹* / de c. descendens *S GaG*   18/19 humiliantes . . . corpora *Am*] h. . . . corporibus *GeM* / humiliatis . . . corporibus *GeR GaG*
18 ieiunio] ieiuniis *GeM*   19 mente] menteque *S*   famulantes] famulante *GeM*
per huius sacrificii immolationem *Am*] p. hanc s. i. *GeM* / p. hoc s. immolacione
GaG / p. hoc sacrificium immolationis *GeR*   20 humiliationem *Am GaG*] humilia-
tione *GeR GeM*   pro *Am GaG*   21/22 ita intuearis . . . ut . . . absoluas] intuearis . . .
et . . . absoluens *S*   22 uotorum *GeM*] uorarum *GaG* / ciborum *S* / uoluptatum *GeR*
transgressionem] transgressione *GeR GaG*   23 per Christum *GeR GaG*] et
ideo *GeM* / eosdem continentia (reuoces *AEF* / reuocet *BCDHLN*) ad salutem: quem
laudant *S*

POST COMMUNIONEM. Miserere iam quaesumus domine intercedente beata 421
et gloriosa semperque uirgine dei genetrice Maria populo tuo · et continuis
3 tribulationibus laborantem · caeleri propitiatione laetifica: per.

LXXI

ITEM ALIA MISSA DE LAETANIA

6 ORATIO SUPER POPULUM. Deus qui culpas delinquentium districte feriendo 422
percutis · fletus quoque lugentium non recuses: Ut qui pondus tuae animad-
uersionis cognouimus · etiam pietatis gratiam sentiamus: per.

9 422 A LECTIO EPISTULAE BEATI PETRI APOSTOLI ⟨I⟩.
Karissimi omnes unanimes in oratione estote. *Et reliqua. Require in antea*
dominica V post octaua pentecosten. (3,8–15)
12 422 B EUANGELIUM SECUNDUM LUCAM.
In illo tempore dicebat Iesus discipulis suis. Estote ergo misericordes. sicut
et pater uester misericors est. *Et reliqua. Require in antea dominica IIII post*
15 *octaua pentecosten.* (6,36–42)

ORATIO [SĪ] ⟨SUPER⟩ SINDONEM. Parce domine parce populo tuo · et nullis 423
iam / patiaris aduersitatibus fatigari · quos praetioso filii tui sanguine *f. 134*V
18 redimisti: qui tecum uiuit.

SUPER OBLATA. Haec munera quaesumus domine et uincula nostrae 424
prauitatis absoluant · et tuae nobis misericordiae dona concilient: per.

21 ⟨PRAEFATIO.⟩ UD aeterne deus et maiestatem tuam suppliciter exorare · 425
ut non nos nostrae malitiae · sed indulgentiae tuae praeueniat semper affectus: Qui nos a noxiis uoluptatibus indesinenter expediat et a mundanis cladi-
24 bus dignanter eripiat: per Christum dominum nostrum.

POST COMMUNIONEM. Uota nostra quaesumus domine pio fauore prose- 426
quere · ut dum dona tua in tribulatione percepimus · de consolatione nostra
27 in tuo amore crescamus: per.

---

16 SĪ SĪN *a.roter Ras.*

1/2 intercedente – Maria *Am GeA*
8 sentiamus *A E N Ge Gr*] consequamur *BCDFHL*
16 dne *Am (exc. G)*] dne qs *G Ge Gr* (*J 620*)   18 qui *Am (exc. G) GrHO*] per *G Ge*
GrP GrHC (*J 620*)
19 munera] hostia *GeV*   qs dne *Am GeA*] dne qs *GeV GeS Gr*   20 prauitatis
Am GrH] iniquitatis *Ge GrP*
21 et – exorare *Am GrA GrF C*   22 nos *J GrF*   nostrae malitiae *Am GrA GrF C*]
in nobis nostra malitia *Ge GrP GaF*   praeueniat *Ge Gr GaF*] p. nos *S (exc. L)* / perueniat nos *L* / proueniat *GeSC C*   affectus] effectus *GeSC C*   23 qui nos a
Ge Gr C] qui nos et a *N* / qui et a *S (exc. N)* / qui *GaF*   uoluptatibus] uoluntatibus *Ge*
25 pio] pro *GeS*   26 percepimus *D H GeA GrP²*] percipimus *A BCEFL N GeS GrP¹*
GrH

LXXII

ITEM ALIA MISSA DE LĘTANIA

427   ORATIO SUPER POPULUM. Deus qui culpas nostras piis uerberibus percutis · 3
ut ⟨nos⟩ a nostris iniquitatibus emundes: Da nobis et de uerbere tuo proficere · et de tua citius consolatione gaudere: per.

427 A LECTIO LIBRI SAPIENTIAE. Eccli 36,1–10   6
tuarum: / Et (36,1/2)   *f. 135*ᴿ
427 B EUANGELIUM SECUNDUM MATHEUM.
In illo tempore dicebat Iesus discipulis suis: Cum ieiunatis. nolite fieri sicut 9
hipocrite tristes. *Et reliqua. Require retro in quarta feria infra quinquagesima.*
(6,16–21)

428   ORATIO SUPER SINDONEM. Adesto domine supplicationibus nostris · et 12
sperantes in tua misericordia · intercedente beato Petro apostolo tuo caelesti protege benignus auxilio: per dominum.
429   SUPER OBLATA. / Haec hostia quaesumus domine · et ab occultis *f. 135*ᵛ 15
ecclesiam tuam reatibus semper expediat · et manifestis conuenienter expurget: per dominum nostrum.
430   PRAEFATIO. UD aeterne deus · ut quia tui est operis · si[c] quod tibi placi- 18
tum est · aut cogitemus · aut agamus · tu nobis semper et intellegendi quae
recta sunt · et exsequendi tribuas facultatem: per Christum.
431   POST COMMUNIONEM. Muniat quaesumus domine fideles tuos sumpta 21
uiuificatio sacramenti · ut a uitiis omnibus expeditos in sancta faciat deuotione currentes: per.

LXXIII   24

ITEM ALIA MISSA

432   ORATIO SUPER POPULUM. Parce domine parce peccatis nostris · et quamuis
incessabiliter delinquentibus continua poena debeatur · praesta quaesumus · 27
ut quod aʳdˀ perpetuum meremur exitʳiˀum transeat ad correctionis auxilium:
per.

---

28 a(d *ü.d.Z.*)   exit(i *ü.d.Z.*)um

---

13 intercedente – tuo *Gr*] intercedentibus omnibus apostolis tuis *S* / *om. Ve Ge*
15 qs dne *Am*] dne qs *Ge*
18 quod] quid *GrF C*   19 est *om. GrF C*   cogitemus] cogitamus *GrA GaF*   aga-
mus] agimus *GaF*   tu – semper et] idcirco poscimus ut nobis semper *GrF*   intelle-
gendi] intellegi *GaF*
22 ut] et *Ge*   faciat *GeV*] f. esse *GeA*
28 ad perpetuum *GeV*] p. *GeA GrF*

SUPER SINDONEM. Domine deus qui ad hoc irasceris ut subuenias · ad hoc 433
minaris ut parcas · lapsis manum porrige · et laborantibus multiplici misera-
3 tione succurre: Et qui per te redempti sunt ad spem uitae aeternae · tua
moderatione seruentur: per.

SUPER OBLATA. / Sacrificia domine tibi cum ecclesiis praecibus im- *f. 136*R 434
6 molanda: Quaesumus corda nostra purificent · et indulgentiae tuae nobis
dona concilient · et de aduersis prospera sentire perficiant: per.

POST COMMUNIONEM. Uitia cordis humani haec domine quaesumus medi- 435
9 cina compescat · qui mortalitatis nostrae uenit curare languores: per.

LXXIIII

ITEM ALIA MISSA

12 ORATIO SUPER POPULUM. Omnipotens et misericors deus · qui peccantium 436
non uis animas perire sed culpas: Contine quam meremur iram · et quam
praecamur effunde clementiam · ut de merore in gaudium · per tuam miseri-
15 cordiam transferamur: per.

SUPER SINDONEM. Parce domine parce supplicibus · da propitiationis auxi- 437
lium · qui praestas etiam per ipsa flagella remedium ne haec tua correptio
18 domine sit neglegentibus maior causa poenarum · sed fiat eruditio paterna
correptis: per.

SUPER OBLATA. Sacrificia nos domine caelebranda purificent · et caelestibus 438
21 imbuant institutis: per.

POST COMMUNIONEM. Sit nobis quaesumus domine medicina mentis et cor- 439
poris / quod de sancti altaris tui benedictione percepimus: Ut nullis *f. 136*V
24 aduersitatibus perfruamur · qui tanti remedii participatione munimur: per.

LXXV

ITEM ALIA MISSA DE LAETANIA ·
27 ### UEL DE QUACUMQUE TRIBULATIONE

Ineffabilem misericordiam tuam domine nobis clementer ostende: Ut 440
simul nos et a peccatis exuas · et a poenis quas pro his meremur eripias: per
30 dominum nostrum.

---

5 ecclesiis (= *GaB*)] ecclesiae   16 (au *a.Ras.*)xilium   20 caele(s *ü.d.Z. gel.*)stibus

---

2 miseratione] pietate *H*   3 et qui *Am (exc. CD) GeV*] ut qui *CD GeA GrF*
3/4 tua moderatione *om. GrF*   4 per *F Ge GrF*] qui uiuis *S (exc. F)*
9 qui] quae *S Ge GrF*
14 effunde *Ge*] super nos e. *GrF*
22 qs dne *Ge GrF*] dne qs *S GaG*   medicina] medicamentum *GrF*   23 percepimus] percipimus *GeV GaG*   24 perfruamur *Ge*] fatigemur *S* / quatiamur *GrF* / oppremamur *GaG*
28 Ineffabilem – tuam] Ineffabili misericordia tua *GrF*

441　　SUPER SINDONEM. Parce domine parce peccantibus · et ut ad propitiationem tuam possimus accedere · spiritum nobis tribue corrigendi: per dominum.

442　　SUPER OBLATA. Quaesumus domine nostris placare muneribus · quoniam tu eadem tribuis ut placeris: per.

443　　⟨PRAEFATIO.⟩ UD aeterne deus · qui castigando sanas · et refouendo erudis: Dum uis saluos esse correptos · quam perire neglectos: Qui famulos tuos ideo corporaliter uerberas · ut mente proficiant: Patenter ostendens quod sit pietatis tuae praeclara saluatio · dum praestas ut operetur nobis / f. 137R etiam ipsa infirmitas medicinam · qui fragilitatem nostram non solum misericorditer donis temporalibus consolaris · ut nos ad aeterna prouehas · sed etiam ipsis aduersitatibus saeculi benignus erudis · ut ad caelestia regna perducas: per Christum.

444　　POST COMMUNIONEM. Praesta domine quaesumus ut terrenis affectibus expiati · ad superni plenitudinem sacramenti cuius libauimus sancta tendamus: per.

LXXVI

445　　ALIAS ORATIONES PRO PECCATIS. Afflictionem familiae tuae quaesumus domine intende placatus · ut indulta uenia peccatorum · de tuis semper beneficiis gloriemur: per.

446　　ALIA. Praesta populo tuo domine quaesumus consolationis auxilium · et diuturnis calamitatibus laborantem propitius respira⌈re⌉ concede: per.

447　　ALIA. Quaesumus omnipotens deus · ut qui nostris fatigamur offensis · et merito nostrae iniquitatis affligimur pietatis tuae gratiam consequi mereamur: per.

448　　ALIA. Deus qui nos conspicis in tot perturbationibus non posse subsistere · afflictorum gemitum propi-/[pi]tius respice et mala omnia quae　f. 137V meremur auerte: per.

449　　⟨ALIA.⟩ Clamantium ad te domine preces dignanter exaudi: Ut sicut Nineuitis in afflictione positis pepercisti · ita et nobis in praesenti tribulatione succurre: per.

---

21 laborantē(s *gel.*)　　respira(re *ü.d.Z.*)

---

5 qui *J*] qui nos (*J 567*)　　　6 erudis *GeA 1719*] benignus e. *Ve GeA2223 GeS Gr* (*J 567*) / educas *C*　　uis *GeA GrF2042 C¹*] mauis *Ve C²* / magis uis *GeS GrA GrF1613* (*J 567*) correptos *Ve GeA GrF2042*] correctos *GeS GrA GrF1613* (*J 567*)　　　　　neglectos] deiectos *GrA*　　7 patenter *GeA1719 GrF C*] potenter *Ve GeA2223 GrA*　　　quod *GeA GrA C*] quam *Ve* / quae *GrF*　　9 medicinam] salutem *GrAO*
14 expiati *G GrA*] expiatis *Ge*
18 peccatorum] delictorum *C*　　　　19 gloriemur *ABCDEF*] glorientur *MAII¹* / glorietur *MNO MAII²*
21 calamitatibus] aduersitatibus *GeA*　　propitius *om. Ve*
28 dne *Am GeA*] qs dne *Gr*　　ut *Am GrH GrA*] et *GeA GrP GrF*　　29 et *om. GrF*
30 succurre *GeA Gr*] succurras *S*

⟨ALIA.⟩ Auxiliare domine quaerentibus misericordiam tuam · et da 450
ueniam confitentibus · parce supplicibus: Ut qui nostris meritis flagellamur ·
3 tua miseratione saluemur: per.

ALIA. Deus qui culpa offenderis · poenitentia placaris · praeces populi 451
supplicantis propitius respice et flagella tuae iracundiae quae pro peccatis
6 nostris meremur auerte: per.

ALIA. Praesta quaesumus omnipotens deus · ut qui offensa nostra ⟨per⟩ 452
flagella cognoscimus · tuae consolationis gratiam sentiamus: per.

9 ⟨ALIA.⟩ Ne despicias omnipotens deus populum tuum in afflictione cla- 453
mantem · sed propter gloriam nominis tui tribulationibus succurre placatus: per.

12 ALIA. Deus refugium pauperum spes humilium salusque miserorum sup- 454
plicationes populi tui clementer exaudi: Ut quos iustitia uerberum fecit
/ afflictos abundantia remediorum faciat consolatos: per.   f. 138ᴿ

15 ⟨ALIA.⟩ Aures tuae pietatis quaesumus domine precibus nostris inclina · 455
ut qui peccatorum nostrorum flagellis percutimur · miserationis tuae gratia
liberemur: per.

18   LXXVII

              IN UIGILIIS PENTECOSTEN MISSA

ORATIO SUPER POPULUM. Deus cuius spiritu totum corpus ecclesiae multi- 456
21 plicatur et regitur: Conserua in noua familiae tuę progeniae · sanctificationis
gratiam quam dedisti: Ut corpore et mente renouati · in unitate fidei feruentes tibi domino seruire mereamur: per.

24   456 A EPISTULA BEATI PAULI APOSTOLI AD CORINTHIOS ⟨I⟩. 2,10–15
              doc-/trina (2,13)   f. 138ⱽ
      456 B LECTIO SANCTI EUANGELII SECUNDUM IOHANNEM. CAPUT CXLV. 15,26–16,14
27   nemo / ex (16,5)   f. 139ᴿ

---

10 tribulationibus] tribulantibus

---

4 populi *Am (exc. E) GeA GrP GrHC*] p. tui *E GrHO GrF*
7 offensa nostra *GeA GrP GrHC*] offensam nostram *S GrHO GrF*   8 flagella] flagel-
lam *D*
9 afflictione] afflictionem *D GeA*
12 refugium] refrigerium *E*   supplicationes *A Ge Gr*] supplicationem *S (exc. A)*
15 tuae pietatis] tuas *GHMO*   16 miserationis tuae] tua *GHMO*
21 noua ... progenie *Am GaB*] nouam ... progeniem *Ge Gr GaG GaV*   21/22 sanctificationis gratiam *Am GeV GeS GaG*] s. spm *GaV GaB* / adoptionis spm *GeA Gr (ℐ 317)*
22/23 renouati ... mereamur *AG*]r. ... mereantur *BEFHL Ge* / renouata ... mereantur *N* / reuocati ... mereantur *D*   23 dno *Am*] dne *Ge*   per *F Ge*] per. in
unitate *S (exc. F) GeSC*

457 SUPER SINDONEM. Praesta quaesumus omnipotens deus: Ut qui tuae maiestatis effectu per filii tui mirabile sacramentum · cooperante sancto spiritu
sunt renati · caelestis uitae fiant conuer-/satione perpetui: per *f. 139ᵛ* 3
eundem · in unitate eiusdem.

458 SUPER OBLATA. Uirtute sancti spiritus domine munera nostra continge:
Ut quod sollemnitate praesenti suo nomine dedicauit · et intellegibile nobis 6
faciat ⌜et⌝ aeternum: per dominum · in unitate.

459 ⟨PRAEFATIO.⟩ UD per Christum dominum nostrum: Per quem te supplices rogamus et petimus: Ut sicut nobis aeterne securitatis aditum passione 9
domini nostri Iesu Christi et sancti spiritus illuminatione reserasti · sic etiam
tranquilitate⟨m⟩ uitae praesentis · per quam tanti doni participes deuotio
quieta proficiat · et neglegentiae terror illatus ad fidei transferatur augmen- 12
tum: per eundem Christum dominum nostrum: per quem.

460 POST COMMUNIONEM. Concede quaesumus omnipotens deus: Ut paschalis
perfectio sacramenti mentibus nostris continua perseueret: per. 15

461 ORATIO AD UESPERUM. Deus qui credentium in te primitias · tui spiritus
aduentu mirifico decorasti: Da nobis de tua maiestate praesumere · non de
nostris meritis superbire: per · in unitate. 18

462 ⟨ALIA.⟩ Domine deus omnipotens · qui primitias spiritus tui dedisti credentibus: Da nobis eundem spiritum diuinae / uirtutis interpretem · *f. 140ᴿ*
et aeternę sanctificationis auctorem: per · in unitate[m] eiusdem spiritus. 21

LXXVIII

DOMINICA IN SANCTO PENTECOSTEN

463 ORATIO SUPER POPULUM. Deus qui discipulis tuis spiritum sanctum para- 24
clytum · in ignis feruore tui amoris mittere dignatus es: Da populis tuis in
unitate fidei esse feruentes · ut in tua semper dilectione permanentes · et in
fide inueniantur stabiles · et in opere efficaces: per · in unitate eiusdem. 27

---

5 sp̄(s *a.Ras.v.* u)　　7 et *ü.d.Z.*　　　24 paracl(y *aus* i *a.Hd*)tum

---

2 sco spu *ADGHL*] spu sco *BCEFN*
5 sci sps] sps sci *EFN*　　6 sollemnitate] sollemnitatem *D GeV*　　praesenti] quinqua-
ginsime *GaB*　　suo nomine *ADGHN GeV GaB*] suo nomini *BEFL* / tuo nomini *GeS*
7 in unitate *Am (exc. F)*] *om. F Ge GaB* / in eiusdem *GeSC*
8/9 per Chr. – petimus *Am*] clementiam tuam suppliciter exorantes *Ve*　　9 passione]
p. eiusdem *G*　　10 sci sps *AGHN Ve*] sps sci *BCDEFL*　　illuminatione *BDEFGL*
Ve] illustratione *ACHN*　　11 tranquillitate *G*] tranquillitatem *S Ve*　　praesentis
G] p. indulgeas *S Ve*　　participes *Am (exc. C)*] particeps *C Ve*　　12 et] ut *CEF*
15 perfectio *Am (exc. C) GeV GaV*] perceptio *C GeA GeS Gr (J 342)*　　mentibus] in
m. *C*　　mentibus – continua *Am GeV GaV*] continua in nostris mentibus *GeA GeS Gr*
(J 342)
19 sps *om. F*　　21 et *om. F*
27 inueniantur] inueniamur *D*　　per *Am (exc. B) Ge*] qui uiuis *B* / qui cum patre
GrP　　in unitate *Am GeSC*

463 A AD CORINTHIOS SECUNDA. 1 Cor 12,1–11
scientiae / secundum (12,8)   *f. 140*V

3   463 B LECTIO SANCTI EUANGELII SECUNDUM IOHANNEM. CAPUT CXXVIII. 14, 15–27
ma-/nifestabo (14,21)   *f. 141*R

SUPER SINDONEM. Omnipotens sempiterne deus · qui paschale sacramentum 464
6 quinquaginta dierum uoluisti mysterio contineri: Praesta ut gentium facta
dispersio diuisione linguarum · ad unam confessionem tui nominis caelesti
munere congregetur: per.

9   SUPER OBLATA. Praesta quaesumus omnipotens deus · ut secundum promis- 465
sionem / filii tui domini nostri Iesu Christi · spiritus sanctus et huius *f. 141*V
nobis sacrificii copios⌜i¹⌝us reuelet arcanum · et omnem propitius reseret
12 ueritatem: per eundem · in unitate.

PRAEFATIO. UD Nos in hac praecipua festiuitate gaudere · qua sacratis- 466
simum pascha quinquaginta dierum mysteriis tegitur · et mysticus numerus
15 adimpletur: Et dispersio linguarum quae dudum per superbiam in con-
fusione fuerat facta · nunc per sanctum spiritum adunatur: Hodie enim de
caelis repente sonum audientes apostoli · unius fidei symbolum exceperunt ·
18 et linguis uariis euangelii tui gloriam · cunctis gentibus tradiderunt: per
Christum dominum.

INFRACTIONE. Communicantes et diem sacratissimum pentecosten cele- 467
21 brantes quo spiritu⟨s⟩ sanctus apostolis innumeris linguis apparuit · sed et
memoriam.

POST COMMUNIONEM. Haec nobis domine · munera sumpta proficiant: Ut 468
24 illo iugiter ferueamus spiritu · quem apostolis tuis ineffabiliter infudisti: per
dominum · una cum eodem.

ITEM ALIAS ORATIONES AD UESPERUM. / Deus qui hodierna die corda *f. 142*R 469
27 fidelium sancti spiritus illustratione docuisti: Da nobis in eodem spiritu recta
sapere · et de eius semper consolatione gaudere: per dominum · una cum
eodem.

---

11 copios(i *ü.d.Z.*)us   arc(h *gel.*)an(u *aus* i)m   16 *Umstellungszeichen über* fuerat
und facta   18 cunctis (gentis *gel.*)   27 sanct(i *a.Ras. a.Hd*)

---

7 dispersio] dispersione *N¹ GeS*   diuisione] diuisio *GeS*
9 qs – ds] dne qs *S*   11 copiosius *om. A¹F*   reuelet] reuelaret *G*
13 nos – qua *Am*] te laudare hoc precipue die quo *GaB* / in hoc praecipue die in quo
GaG   qua *A² BCHL*] quo *A¹DEFN* / quia *G*   14/15 mysticus – adimpletur *Am*] per
sua uestigia recursantibus dierum spaciis colleguntur *GaG* / per sua uistigia resurgantur
dierum spaciis colligitur *GaB*   15/16 dudum per superbiam . . . nunc *Am*
16 fuerat facta] facta f. *J² S Ga*   scm spm *AF*] spm scm *S (exc. AF) Ga*   enim]
namque *GaB*   18 cunctis *Am*
21 apostolis – apparuit] apostolos plebemque credentium praesentia suae maiestatis
impleuit *Ve GeV*   apparuit *Gr GeS*] a. plebemque credentium sua maiestate impleuit *S*
24 illo] in illo *F*   25 una cum] in unitate *G*
28 una cum] in unitate *S GeSC GrP² GrHO*

470   ALIA. Deus qui sacramento festiuitatis hodiernę uniuersam ecclesiam tuam in omni gente et natione sanctificas · in totam mundi latitudinem · spiritus tui dona diffunde · ut quod inter ipsa euangelicae praedicationis exordia ·   3 operata est diuina dignatio nunc quoque per credentium corda diffunde: per dominum.

471   ALIA. Omnipotens sempiterne ⌐deus⌐ · deduc nos ad societatem caelestium   6 gaudiorum ut spiritu sancto renatos · regnum tuum facias introire atque eo perueniat humilitas gregis quo praecessit celsitudo pastoris: per · una.

472   ⟨ALIA.⟩ Concede misericors deus · ut sicut nomine patris et filii diuini   9 generis intellegimus ueritatem · sic in spiritu sancto totius cognoscamus substantiam trinitatis: per eundem dominum nostrum · una.

LXXVIIII   12

FERIA SECUNDA

473   ORATIO SUPER POPULUM. / Deus qui apostolis tuis sanctum dedisti *f. 142*V spiritum · concede plebi tuae pie petitionis effectum · ut quibus dedisti 15 fidem · largiaris et pacem: per · in unitate.

    473 A   LECTIO ACTUUM APOSTOLORUM. 10,34.42–48
    473 B   / LECTIO SANCTI EUANGELII SECUNDUM IOHANNEM.   *f. 143*R 18
        CAPUT XXIIII. 3,16–21

474   SUPER SINDONEM. Da quaesumus ecclesiae tuae misericors deus · ut sancto spiritu congregata · hostili nullatenus incursione turbetur: per dominum · 21 in unitate.

475   SUPER OBLATA. / Propitius domine quaesumus haec dona sanc- *f. 143*V tifica · et hostiae spiritalis oblatione suscepta · nosmetipsos tibi perfice munus 24 aeternum: per dominum.

476   POST COMMUNIONEM. Adesto domine quaesumus populo tuo · et quem mysteriis caelestibus imbuisti · ab hostium furore defende: per.   27

---

6 deus *ü.d.Z.*   13 SECUN(*Abk.-Strich ausp.*)DA

---

3 tui *Am GrH*] t. sancti *Ge GrP*   diffunde *Ge Gr*] multiplica *S*   4 diffunde *GeV*] diffundat *S*
7 spu sco] sco spu *F*   8 humilitas] humilitatis *DL*²   una *ABL MAII*] in unitate *DF* / om. *E Ge Gr*
9 Concede] C. nobis *Ge GrP*   nomine *Ge*] in n. *GeSC GrP*   11 per eundem dnm] per dnm *Ge* / qui uiuis *GrP*   una *J*
15 pie *GrHO*   16 in unitate *GeSC GrHO*
22 in unitate *GrHO*²
24 oblatione *Ve Gr*] obseruatione *GeS*
27 imbuisti] satiasti *GeV*   furore] incursione *GeV*

LXXX

FERIA TERTIA

3   ORATIO SUPER POPULUM. Adsit nobis · domine · quaesumus uirtus spiritus   477
sancti · quae et corda nostra clementer expurget · et ab omnibus tueatur
aduersis: per · in unitate eiusdem.

6   477 A   LECTIO ACTUUM APOSTOLORUM. 8,14–17
     477 B   LECTIO SANCTI EUANGELII SECUNDUM IOHANNEM.
       CAPUT ⟨LXXX⟩VIIII. 10,1–10
9   la-/tro (10,1)   *f. 144*R

   SUPER SINDONEM. Mentibus nostris domine spiritum sanctum benignus in-   478
funde cuius et sapientia conditi sumus · et prouidentia gubernamur: per ·
12 in unitate eiusdem.

   SUPER OBLATA. Purificet nos quaesumus domine muneris praesentis ob-   479
latio / et idoneos sacra participatione perficiat: per.   *f. 144*V

15   POST COMMUNIONEM. Mentes nostras quaesumus domine spiritus sanctus   480
diuinis reparet sacramentis · quia ipse est remissio omnium peccatorum: per
dominum · una cum eodem.

18   LXXXI

FERIA QUARTA

   ORATIO SUPER POPULUM. Mentes nostras quaesumus domine paraclitus qui   481
21 a te procedit illuminet · et inducat in omnem sicut tuus promisit filius ueritatem: per dominum · una cum eodem.

     481 A   LECTIO ACTUUM APOSTOLORUM. 2,14–21
24   an-/cillas (2,18)   *f. 145*R
     481 B   LECTIO SANCTI EUANGELII SECUNDUM IOHANNEM. CAPUT LX. 6,44–51
       moriatur: / Ego (6,50/51)   *f. 145*V

27   SUPER SINDONEM. Praesta quaesumus omnipotens et misericors deus · ut   482
spiritus sanctus adueniens · templum nos gloriae suae dignanter habitando
perficiat: per · una cum eodem.

---

13 *Umstellungszeichen über* quaesumus *und* domine

---

4 quae *GeS GrP² GrHO*] qui *Ve GeV GrP¹ GrHC*   5 aduersis] inimicis *Ve*   in – eiusdem *GrHO*
12 in – eiusdem *GeSC GrHO*
13 qs dne *G Ve GeV*] dne qs *J² GeS Gr*   14 et idoneos] et dignos *G Ge GrP² GrA*
/ ut dignos *Ve GrP¹ GrH*
16 reparet *GeS Gr*] praeparet *Ve GeV*   17 una – eodem *J*
20 paraclitus] p. sps *GaG* / sps p. *GeV*   21 a] de *GaG*   inducat –
ueritatem] ad omne opus bonum perducat sicut nobis promisit filius ueritatis *GaG*
22 per] qui tecum *Gr*   una – eodem *J*
29 una – eodem] in unitate *GeSC GrHO*

483   SUPER OBLATA. Accipe quaesumus domine munus oblatum · et dignanter
operare · ut quod mysteriis agimus · piis affectibus celebremus: per dominum.

484   PRAEFATIO. UD aeterne deus: Quia post illos laetitiae dies quos in honore
domini a mortuis resurgentis · et in caelos ascendentis exegimus · postque
perceptum sancti spiritus donum · necessaria nobis ieiunia sancta prouisa
sunt · ut pura conuersatione uiuentibus · quae diuinitus sunt ecclesiae collata   6
permaneant: per Christum.

485   POST COMMUNIONEM. Sumentes domine caelestia sacramenta quaesumus
clementiam tuam · ut quod temporaliter gerimus · aeternis gaudiis conse-   9
quamur: per.

LXXXII

FERIA QUINTA   12

486   ORATIO SUPER POPULUM. Praesta quaesumus domine · ut a nostris mentibus
carnales ammoueat / spiritus sanctus affectus · et spiritalia nobis dona *f. 146*R
potenter infundat: per · una cum eodem.   15

   486 A LECTIO ACTUUM APOSTOLORUM. 8,5–8
   486 B LECTIO SANCTI EUANGELII SECUNDUM LUCAM. CAPUT LXXXVI. 9,1–6
          ciuita-/te (9,5)   *f. 146*V   18

487   SUPER SINDONEM. Sancti spiritus domine corda nostra mundet infusio ·
et sui roris intima aspersione fecundet: per · una cum eodem.

488   SUPER OBLATA. Hostias populi tui quaesumus domine miseratus intende: 21
Et ut tibi reddantur acceptae · conscientias nostras sancti spiritus salutaris
emundet aduentus: per dominum nostrum · in unitate[m] eiusdem.

489   PRAEFATIO. UD aeterne deus: Qui sacramentum paschale consumans · 24
quibus per unigeniti tui consortium filios adoptionis esse uoluisti: Per spiritum sanctum largiris dona gratiarum et sui coheredibus redemptoris · iam
nunc supernae pignus hereditatis impendis: Ut tanto se certius ad eum con- 27
fidant esse uenturos · quanto se sciunt ab eo redemptos · et sancti spiritus in-
fusione ditatos: Et ideo.

---

2 (q *aus* t)uod   12 *Hs.* FĒRIA   17 SECUNDUM (*Ras.v.1–2 Buchst.*)

---

1 Accipe] Suscipe *S*   2 mysteriis agimus] passionis mysterio gerimus *S*   affectibus
Am] effectibus *Ve GeS Gr*   celebremus] consequamur *S*
3 quia post *GeSC*] qui apud *GrA* / post *GeV GrP*   illos *GeSC GrA*] i. enim *Ge GrP*
4 postque *GeSC Gr*] postquam *Ge*   5 necessaria *Gr*] n. etenim *Ge* / necessario *GeSC*
ieiunia] haec i. *GrP*   7 per Chr. *Ge*] per eundem Chr. *GeSC*
14 carnales *GeS GrP*] et c. *GeV*   15 una – eodem *J*
20 intima aspersione] ubertate *GeV*   una – eodem *J*
23 in – eiusdem *GeSC*
25 uoluisti] tribuisti *Ge GrA*   25/26 spm scm *GrA*] scm spm *Ge*   28/29 se – ideo
GeSC GrA] in eius participationem proficerint. Propterea *GeV*

POST COMMUNIONEM. Sacrificiis domine cęlestibus sumptis quaesumus uitia 490
nostra purgentur · ut muneribus tuis possimus / semper aptari: per.   *f. 147*R

3   LXXXIII

                                   FERIA VI

ORATIO SUPER POPULUM. Domine deus uirtutum qui conlapsa reparas · 491
6 et repa⟨ra⟩ta conseruas: Auge populos in tui nominis sanctificatione reno-
uandos · ut omnes qui diluuntur sacro baptismate · tua semper inspiratione
dirigantur: per.

9   491 A LECTIO ACTUUM APOSTOLORUM. 2,22–28
                 derelinques / animam (2,27)   *f. 147*V
     491 B LECTIO SANCTI EUANGELII SECUNDUM LUCAM. CAPUT XXXV⟨I⟩. 5,17–26
12   respondens / dixit (5,22)   *f. 148*R

ORATIO SUPER SINDONEM. Deus qui te rectis ac sinceris manere pectoribus 492
asseris: Da nobis tua gratia tales existere · in quibus habitare digneris: per.
15   SUPER OBLATA. Sacrificia domine tuis oblata conspectibus ignis ille diuinus 493
assummat · qui discipulorum Christi tui per sanctum spiritum corda suc-
ceⁿdit: per eundem · in unitate.
18   POST COMMUNIONEM. Sumpsimus domine · sacri dona mysterii humiliter 494
deprecantes: Ut quae in tui commemoratione nos facere praecepisti · in
nostrae proficiant infirmitatis auxilium: per.

21   LXXXIIII

                      / DIE SABBATI   *f. 148*V

ORATIO SUPER POPULUM. Praesta quaesumus omnipotens deus · sic nos ab 495
24 epulis carnalibus abstinere · ut a uitiis ingruentibus pariter ieiunemus: per.

     495 A LECTIO ACTUUM APOSTOLORUM. 13,44–52
                 ciuitates. / et (13,50)   *f. 149*R
27   495 B LECTIO SANCTI EUANGELII SECUNDUM LUCAM. CAPUT XXVI. 4,38–43
                 quia / et (4,43)   *f. 149*V

---

16 succe(n *ü.d.Z.*)dit   18 mysterii(s *gel.*)

---

1 Sacrificiis – qs *J*] Sacris caelestibus dne
13 te rectis *Am GeV GeS GrP*] te in r. *GeSC* / erectis *GeA*
17 in unitate *J*
19 commemoratione] commemorationem *Ve*
24 carnalibus abstinere *GeS Gr*] a. c. *S*   ingruentibus] irruentibus *S GeS GrH*

16*

496   ⟨SUPER SINDONEM.⟩ Omnipotens et misericors deus · ad cuius beatitudinem sempiternam non fragilitate carnis · sed alacritate mentis ascenditur:
Fac nos atria supernae ciuitatis ambire et tua indulgentia fideliter introire: per   3
dominum nostrum.

497   SUPER OBLATA. Ut accepta tibi sint domine nostra ieiunia · praesta nobis
quaesumus huius munere sacramenti purificatum tibi pectus offerre: per.   6

498   POST COMMUNIONEM. Laetificet nos quaesumus domine sacramenti tui
ueneranda sollemnitas · pariterque mentes nostras et corpora spiritali sanctificatione fecundet · et castis gaudiis semper exerceat: per.   9

LXXXV

DOMINICA PRIMA POST PENTECOSTEN

499   ORATIO SUPER POPULUM. Deus in te sperantium fortitudo · adesto propitius   12
inuocationibus nostris: Et quia sine te nihil potest mortalis infirmitas ·
praesta auxilium gratiae tuae · ut in exequendis mandatis tuis · et uoluntate
tibi et actione placeamus: per.   15

    499 A   EPISTULA BEATI PAULI APOSTOLI AD ROMANOS. 5,1–5
        / Fratres (*liturg. Einl.*)   *f. 150*R
    499 B   SECUNDUM IOHANNEM. CAPUT XXIIII. 3,1–15   18
        itera-/to (3,4)   credit / in (3,15)   *f. 150*V *151*R

500   ⟨SUPER SINDONEM.⟩ Deprecationem nostram quaesumus domine · benignus
exaudi: Et quibus supplicandi praestas affectum · tribue defensionis auxi-   21
lium: per.

501   SUPER OBLATA. Hostias nostras domine tibi dicatas · placatus assume: Et ad
perpetuum nobis tribue prouenire subsidium: per.   24

502   PRAEFATIO. UD Aeternae deus: Qui cum unigenito ⌜filio⌝ tuo et sancto
spiritu · unus es deus · unus es dominus: Non in unius singularitate personae ·
sed in unius trinitate substantiae: Quod enim de tua gloria te reuelante cre-   27

---

25 filio *ü.d.Z.*

---

1 et misericors] sempiterne *D*   3 ambire] et te inspirante semper a. *B Ve Ge* / te
inspirante semper abire *D*   tua indulgentia] tuam indulgentiam *D*   fideliter
introire] fidenter intrare *Ve*
5 tibi sint *GeS GrH*] sint *GeV*   nobis *GeS GrH*] nos *GeV*
7 sacramenti tui] s. *Ve Ge* / huius s. *GeSC* / sacramenta *B*   8 spiritali *B Ge*] et sp.*Ve*
12 Ds – fortitudo] Omps semp ds *GaF* (*J 58*)   propitius *om. D*   14 exequendis]
sequendis *GaB*   15 placeamus] pariter placamus *GaF*
21 affectum] effectum *H*
23 dne tibi *FGH GeV GeS Gr*] tibi dne *ABCDEKLN Ve GeA*   placatus] benignus
Ve GeA   24 prouenire] peruenire *A GeV*
25/26 sco spu *Ge GrA*] spu sco *S* (*J 684*) *GeSC MoS*   26/27 ds – substantiae] ds in
personarum trinitate et unus es dns in trinitate *MoS*   27 te reuelante *AG*] r.
te *S* (*exc. AG*) *Ge GrA* / r. *MoS*

dimus · hoc de filio tuo · hoc de spiritu sancto · sine differentiae discretione sentimus: Ut in confessione uere sempiternaeque deitatis · et in personis
3 proprietas · et in essentia unitas · et in maiestate adoretur aequalitas: quam laudant angeli.

POST COMMUNIONEM. Haec nos communio domine purget a crimine et cae- 503
6 lestibus remediis faciat esse consortes: per.

LXXXVI

DOMINICA I POST OCTAUA PENTECOSTEN

9 ORATIO SUPER POPULUM. / Praeces nostras quaesumus domine ⌐cle- *f. 151*ᵛ 504
menter exaudi⌐ · atque a peccatorum uinculis absolutos · ab omni nos aduersitate custodi: per.

12 504 A LECTIO EPISTULE BEATI IOHANNIS APOSTOLI ⟨I⟩. 4,8–21
in / hoc (4,17) *f. 152*ᴿ
504 B LECTIO SANCTI EUANGELII SECUNDUM LUCAM.
15 In illo tempore. dixit dominus Iesus phariseis: Homo quidam erat diues et
induebatur purpura et bysso. *Et reliqua. Require illud retro in quadragesima*
feria V ebdomada secunda. (16,19–31)

18 ORATIO SUPER SINDONEM. Tuere domine quaesumus populum tuum · et ab 505
omnibus peccatis clementer emunda: per.

SUPER OBLATA. Exaudi domine praeces nostras · et ut digna sint munera 506
21 quae oculis tuae maiestatis / offerimus subsidium nobis tuae pietatis *f. 152*ᵛ
impende: per dominum.

PRAEFATIO. UD aeterne deus: Qui ecclesiae tuae filios sicut erudire non 507
24 cessas · ita non desinis adiuuare · ut et scientiam recta faciendi · et possibili-
tatem capiant exsequendi: per Christum dominum nostrum.

---

5 *Ista dominica debet esse dominica IIII a.Rd a.Hd*   8 I POST OCTAUA *a.Ras.*
9/10 clementer exaudi *ü.d.Z̧.*   12 (I *a.Ras.*)OHANNIS   21 maiestatis (*Ras.v.3–4*
Buchst.)/

---

1 hoc (2⁰)] h. etiam *MoS*   differentiae discretione *A¹G GrA*] differentia discretionis
S (*exc. D G*) *GeS* / differentia discretione *D GeV* / ulla discretione *MoS*   3 in essentia]
essentiae *GeV*   essentia – maiestate] m. unitas et in deitate *MoS*   quam] quem
D GeV GrA
5/6 caelestibus remediis *Am Ge GrP¹ GrHC*] caelestis remedii *GrP² GrHO GrA*   6 con-
sortes] intentos *M O* (*J 103*)
18 qs *J*
506 cf. J 903
23 qui] quia *Ve*   24 desinis *Am GeSC GrA*] desines *Ve* / desinas *Ge*   et scientiam
recta (rectam *E*) faciendi *Am*] et s. te miserante recte f. *GrA* / recte facienda cognoscant *Ve* / recte faciendi (uoluntatem *GeS*) cognoscant *Ge*   25 exsequendi]
exequi *B*

508   POST COMMUNIONEM. Tantis domine repleti muneribus · praesta quaesumus ·
ut et salutaria dona capiamus · et a tua laude numquam cessemus: per do-
minum.   3

LXXXVII

DOMINICA II POST OCTAUA PENTECOSTEN

509   ORATIO SUPER POPULUM. Da nobis quaesumus omnipotens deus · et aeternae
promissionis gaudia quaerere · et quaesita citius inuenire: per.

> 509 A   LECTIO EPISTULAE BEATI IOHANNIS APOSTOLI ⟨I⟩. 3,13–18
> posuit / et (3,16)   *f. 153*R   6
> 509 B   SECUNDUM LUCAM. CAPUT CLXXXI. 14,16–24
> seruus: / Domine (14,22)   *f. 153*V

510   SUPER SINDONEM. Adesto quaesumus domine supplicationibus nostris · et   12
in tua misericordia confidentes · ab omni nos aduersitate custodi: per.
511   SUPER OBLATA. Oblatum tibi domine sacrificium · uiuificet nos semper et
muniat: per dominum.   15
512   PRAEFATIO. UD aeterne deus: Cuius hoc mirificum opus salutare myste-
rium fuit · ut perditi dudum atque prostrati de diabolo et mortis aculeo · ad
hanc gloriam uocaremur · qua nunc genus electum · sacerdotiumque regale ·   18
populus adquisitionis et sancta gens uocaremur: Agentes igitur indefessas
gratias sanctamque munificentiam tuam praedicantes maiestati tuae · haec
sacra deferimus · quae nobis ipse salutis nostrae auctor Christus instituit: per   21
quem maiestatem.
513   POST COMMUNIONEM. / Salutaris tui domine munere satiati supplices *f. 154*R
exoramus: Ut cuius laetamur gustu · renouemur effectu: per.   24

LXXXVIII

DOMINICA III POST OCTAUA PENTECOSTEN

514   ORATIO SUPER POPULUM. Absolue quaesumus domine nostrorum uincula   27
peccatorum · et quicquid pro eis meremur propitiatus auerte: per.

---

2 (num *gel.*)/ numquam   5 II (*Ras.v.4–5 Buchst.*)   *debet esse dominica VII* (?)
a.Rd a.Hd   27 *Ista dominica debet esse VIII a.Rd. a.Hd*

1/2 praesta – capiamus] ut salutaria semper dona c. p. qs *Ve*   2 ut et *Am GeSC Gr*]
ut *Ge*   salutaria dona *FHN Ge Gr*] d. s. *ABCDEKL*   et a] ut a *Ve*   a tua
laude] ad tuam laudem *D*   laude numquam *Am* (*exc. C*)] n. l. *C Ve Ge GrA*
16 opus] o. ac *Ge GrA*   18 qua] quia *GeV*   19 sancta gens *Ge*] g. s. *GeSC GrA*
20 munificentiam tuam *GeSC GrA*] m. *Ge*   21/22 per quem *GeA GeS*] quem laudant
GeV / per Christum *GrA*
513 cf. J 67   23 supplices *Ve Ge Gr*] suppliciter *S* (*J 67*)
27 qs dne] dne qs *Gr*   28 propitiatus *GrP*] *om. GrH*

514 A LECTIO EPISTULAE BEATI PETRI APOSTOLI ⟨I⟩. 5,6–11
514 B SECUNDUM LUCAM. CAPUT CLXXXVI. 15,1–10
3   illum: / Et (15,1/2)   per-/dideram (15,10)   *f. 154*V *155*R

⟨SUPER SINDONEM.⟩ Tempora nostra quaesumus domine pio fauore pro- 515
sequere: Et quibus cursum tribuis largiorem · praesta continuum benignus
6 auxilium: per.
    SUPER OBLATA. Hostias nostras domine tibi dicatas placatus assume · et 516
ad perpetuum nobis tribue prouenire sub⟨si⟩dium: per dominum.
9   PRAEFATIO. UD aeterne deus · et omnipotentiam tuam iugiter implorare · 517
ut quibus annua celebritatis huius uota multiplices · plenam diuini cultus
gratiam largiaris · et per augmenta corporea · profectum tribuas animarum:
12 per Christum.
    POST COMMUNIONEM. Praesta quaesumus omnipotens deus · ut illius salu- 518
taris capiamus effectum · cuius per haec mysteria pignus accepimus: per.

15   LXXXVIIII

        EBDOMADA IIII POST OCTAUA PENTECOSTEN

    ORATIO SUPER POPULUM. Ascendant ad te domine praeces nostrae: Et ab 519
18 ecclesia tua cunctam repelle nequitiam: per.

519 A AD ROMANOS. 8,18–23
        futuram / gloriam (8,18)   *f. 155*V
21 519 B LECTIO SANCTI EUANGELII SECUNDUM LUCAM. CAPUT LVI. 6,36–42
        fueritis. / remetietur (6,38)   *f. 156*R

    SUPER SINDONEM. Praeces nostras quaesumus domine clementer exaudi · 520
24 et contra cuncta nobis aduersantia · dexteram tuae maiestatis extende: per.
    ⟨SUPER OBLATA.⟩ Oblatis quaesumus domine placare muneribus · et a 521
cunctis nos defende periculis: per.
27   PRAEFATIO. UD aeterne deus: Quoniam illa festa remeant quibus nostrae 522
mortalitati procuratur inmortale commercium · ac temporali uitae subro-
gatur aeternitas: Et de peccati poena peccata / mundantur: Mirisque *f. 156*V

---

29 peccat(i *a.Ras.*)   peccata *a.Ras.*

---

516 cf. J 501
9 et *J*   implorare *J*] implorantes   10 multiplices *J*] multiplicas   11 tribuas
J] clementer t.
13 Praesta *GeV GaV*   qs – ds *Am GeS GrH*] dne qs *GeV GaV*   salutaris]
salutis *GeV GaV*   14 accepimus] accipimus *GeA GaV* (*J 72*)   per *DNO Ge*
Gr GaV] qui tecum *ABEHM* (*J 72*)
521 cf. J 70
27 quoniam illa *Gr*] illa quippe *B Ge* / illa *GeSC*   remeant *GrF*] remaneant *B Ge*
GrA / recolentes *GeSC*   29 et de *GeSC Gr*] de *B Ge*

modis conficitur de perditione saluatio · ut status conditionis humanae qui
per felicitatis insolentiam uenit ad tristitiam · humilis et modestus ad aeterna
gaudia redeat per merorem: per Christum.   3

523   POST COMMUNIONEM. Tui domine perceptione sacramenti · et a nostris
mundemur occultis · et ab hostium liberemur insidiis: per.

XC   6

DOMINICA V POST OCTAUA PENTECOSTEN

524   ORATIO SUPER POPULUM. Fac nos quaesumus domine deus noster in tua
deuotione gaudere · quia perpetua est et plena felicitas · si tibi bonorum   9
omnium seruiamus auctori: per.

   524 A LECTIO EPISTULAE BEATI PETRI APOSTOLI ⟨I⟩. 3,8–15
   malo. / et (3,10)   *f. 157*R   12
   524 B LECTIO SANCTI EUANGELII SECUNDUM LUCAM. CAPUT XXVIIII. 5,1–11
   respondens / Symon (5,5)   *f. 157*V

525   SUPER SYNDONEM. Da nobis domine quaesumus · ut et mundi cursus paci-   15
fice nobis tuo ordine dirigatur · et ecclesia tua tranquilla deuotione laetetur:
per.

526   SUPER OBLATA. / Oblata quaesumus domine munera nostra sanctifi-*f. 158*R 18
ca · nosque a peccatorum nostrorum maculis emunda: ⟨per.⟩

527   PRAEFATIO. UD Aeterne deus: Et omnipotentiam tuam iugiter implorare ·
ut nobis et praesentis uitae subsidium · et aeternae tribuas praemium sempi-   21
ternum: Quo sic mutabilia bona capiamus · ut per haec ad incommutabilia
dona peruenire ualeamus: Sic temporalis laetitiae tempora transeunt · ut eis
gaudia sempiterna succedant: per Christum.   24

528   POST COMMUNIONEM. Supplices te rogamus omnipotens deus · ut quos tuis
reficis sacramentis · tibi etiam placitis moribus dignanter seruire concedas:
per.   27

---

8 *Ista dominica debet esse dominica VIIII a.Rd a.Hd*   9 si(t *gel.*)   23 tempo(ra tran
a.Ras.)seunt   26 (de *gel.*)seruire

9/10 tibi bonorum omnium] b. o. t. *B MAII* / b. o. *GeA Gr*
15 qs *Ge Gr*] ds nr *Ve*   pacifice *GeSC GrP² GrA GrF*] pacifico *Ve Ge GrP¹ GrH*
18 Oblata qs dne munera nra] O. dne m. *GeA GrA GaB CeS* / M. dne o. *S* (*J* 65) *GeS*
GrP GrH
23 transeunt] transeant *Gr*
26 tibi etiam] et t. e. *A* / et t. *GeV*   dignanter *Ge Gr*] *om. S*   seruire concedas]
deseruire c. *J¹ S GeA GeS Gr* / informes *GeV*

XCI

DOMINICA VI POST OCTAUA PENTECOSTEN

3 ORATIO SUPER POPULUM. Praetende nobis domine · misericordiam tuam · 529
ut quae uotis expetimus · conuersatione tibi placita consequamur: per.

529 A APOSTOLUS AD ROMANOS. 6,3–11
6 quomo-/do (6,4) *f. 158*V
529 B LECTIO SANCTI EUANGELII SECUNDUM MATHEUM. CAPUT XXV[I]. 5,20–24
Audistis / quia (5,21) *f. 159*R

9 SUPER SINDONEM. Deus qui conspicis quia ex nulla nostra actione confidi- 530
mus: Concede quaesumus · ut contra aduersa omnia protectione tua muniamur: per.

12 SUPER OBLATA. Muneribus nostris quaesumus domine praecibusque sus- 531
ceptis · et caelestibus nos munda mysteriis · et clementer exaudi: per dominum.

15 PRAEFATIO. UD aeter^{r}ne^1 deus · maiestatem tuam suppliciter deprae- 532
cantes · ut opem tuam petentibus dignanter impendas · et desiderantibus
/ benignus tribuas profutura: per Christum. *f. 159*V

18 POST COMMUNIONEM. Quaesumus omnipotens deus · ut qui caelestia ali- 533
menta percepimus · per haec contra omnia aduersa muniamur: per.

XCII

21 ## DOMINICA VII POST OCTAUA PENTECOSTEN

ORATIO SUPER POPULUM. Mentes nostras quaesumus domine lumine tuae 534
claritatis illustra · ut uidere possimus quae agenda sunt · et quae recta sunt
24 agere ualeamus: per.

534 A AD ROMANOS. 6,19–23
534 B SECUNDUM MARCUM. 8,1–9
27 non / haberent (8,1) *f. 160*R

---

2 ff. *Von a.Hd wurden a.Rd die Gesangsteile eingetragen:* INTROITUS. Dominus fortitudo.
RESPONSORIUM. Conuertere. UERSUS. Domine refugium. ALLELUIA. Lauda anima. OFFER-
TORIUM. Perfi(e *gel.*)ce gressus. AD COMMUNIONEM. Circuibo.   7 *Ista dominica debet*
esse XIII a.Rd a.Hd   15 aeter(ne *ü.d.Z.*)   21 ff. *Von a.Hd wurden a.Rd die Gesangsteile*
eingetragen: INTROITUS. Omnes gentes. RESPONSORIUM. Beata gens. UERSUS. Uerbo domini. OFFERTORIUM. Sicut in olocaustum. COMMUNIO. Inclina aurem. ALLELUIA. Iubilate.

---

10 qs] propitius *Ge Gr*   protectione tua] doctoris gentium omnium p. *Ge Gr*
12 qs *om. Ve GeV*
17 profutura *K Ge*] profuturam *EFO Gr*

535   SUPER SINDONEM. Esto domine propitius plebi tuae · et quam tibi facis esse deuotam · benigno refoue miseratus / auxilio: per dominum.   *f. 160*V

536   SUPER OBLATA. Hostias tibi domine placationis offerimus · ut et delicta no-   3 stra miseratus absoluas · et nutantia dirigas corda: per.

537   ⟨PRAEFATIO.⟩ UD per Christum dominum nostrum uerum aeternumque pontificem · et solum sine peccati macula sacerdotem: Cuius sanguine om-   6 nium fidelium corda mundantur: Cuius institutione placationis tibi hostias · non solum pro delictis populi · sed etiam pro nostris offensionibus immo- lamus: Tuam poscentes clementiam · ut omne peccatum quod carnis fragi-   9 litate contraximus · ipso pro nobis summo antistite interpellante soluatur: per quem.

538   POST COMMUNIONEM. Per huius domine operationem mysterii · quaesumus ·   12 et uitia nostra purgentur · et iusta desideria impleantur: per.

XCIII

DOMINICA VIII POST OCTAUA PENTECOSTEN   15

539   ORATIO SUPER POPULUM. Exaudi nos misericors deus · et mentibus nostris gratiae tuae lumen ostende: per.

    539 A   AD ROMANOS. 8,12–17   18
           uixe-/ritis (8,13)   *f. 161*R
    539 B   LECTIO SANCTI EUANGELII SECUNDUM MATHEUM. CAPUT LVII. 7,15–21
           mittetur: / Igitur (7,19/20)   *f. 161*V   21

540   SUPER SINDONEM. Adesto quaesumus domine supplicationibus nostris · ut esse te largiente mereamur · et inter prospera humiles · et inter aduersa securi: per.   24

541   SUPER OBLATA. Suscipe quaesumus domine nostris munera oblata seruitiis · et tua propitius dona sanctifica: per.

---

1 Esto (te *gel.*)   15ff. *Von a.Hd wurden a.Rd die Gesangsteile eingetragen:* INTROITUS. Sus(s *aus* c)cepimus deus misericordiam. RESPONSORIUM. Esto mihi in deum protec- torem. UERSUS. Deus in te speraui domine · non confundar. ALLELUIA. Exultate deo. OFFERTORIUM. Populum umilem. COMMUNIO. Gustate.

---

3 ut et *Ge Gr*] ut *S* (*J 75*)   4 dirigas corda] c. d. *S* (*exc. N*) / c. tu d. *N Ge Gr* corda *om. GeA*
5 per – nrm *Am* (*exc. A G*) *GeSC GrA MoS*] aeterne ds *A G GeS GrF* / *om. GeA*   6 peccati *om. A*¹*FG*   omnium *om. GrF*   7 fidelium *om. MoS*   cuius institutione *Gr*   hostias] hostiam *MoS*   9 tuam – clementiam *G Gr*   10 contraximus *GeSC Gr*] contrahimur *GeA* / contrahitur *S MoS*   ipso pro nobis summo] i. s. p. n. *Gr* / s. p. n. *S* (*exc. F*) *Ge* / s. p. *F*   ipso – soluatur] summo interpellante pro nobis antistite absoluatur *MoS*   interpellante *Am Ge*] interueniente *Gr*   soluatur] saluatur *GeS*   11 per quem] per eundem *O* / per Christum *AG* / quem una tecum *D*
538 cf. J 87   12 qs *J*
22 supplicationibus] precibus *H*
25 munera *J*   26 propitius] potius *GeA GrHC*

PRAEFATIO. UD aeterne deus · et tibi uouere contriti sacrificium cordis · 542
tibi libare humiliati uictimam pectoris: A quo omne bonum summimus ·
3 omnem iucunditate⟨m⟩ haurimus: Praecamur itaque ut tibi conscientia
nostra famuletur: Et ut in te de die in diem meliorata proficiat · tuae gratiae
intemerata subdatur: Nostris nos domine quaesumus euacua malis · tuisque
6 reple per omnia bonis: Ut percepta gratia quam nostra non exigunt merita ·
a cunctis aduersitatibus liberati · in bonis omnibus confirmati · / ƒ. 162ᴿ
supernis ciuibus mereamur coniungi: per Christum.

POST COMMUNIONEM. Sumptis domine caelestibus sacramentis · ad redemp- 543
tionis aeternae quaesumus proficiamus augmentum: per.

XCIIII

DOMINICA VIIII POST OCTAUA PENTECOSTEN

ORATIO SUPER POPULUM. Quaesumus omnipotens deus uota humilium 544
respice · et ad defensionem nostram dexteram tuae maiestatis extende: per.

15 544 A EPISTULA BEATI PAULI APOSTOLI AD CORINTHIOS I. 10,6–13
se / existimat (10,12) ƒ. 162ᵛ
544 B SECUNDUM LUCAM. CAPUT CXC. 16,1–9
18 alio / dixit (16,7) ƒ. 163ᴿ

⟨SUPER SINDONEM.⟩ Actiones nostras quaesumus domine et aspirando 545
praeueni · et adiuuando prosequere: Ut cuncta nostra operatio · et a te
21 semper incipiat · et per te coepta finiatur: per dominum.

SUPER OB[B]LATA. Haec hostia domine placationis et laudis · tua nos pro- 546
pitiatione dignos efficiat: per.

24 PRAEFATIO. UD aeterne deus · et tuam misericordiam totis nisibus exorare · 547
ne pro nostra nos iniquitate condemnes · ne sicut meremur delinquentibus
irascaris · sed fragilitati nostrae inuicta bonitate subuenias: per Christum
27 dominum.

---

3 hauri(a *gel.*)mus   12 ff. *Von a.Hd wurden a.Rd die Gesangsteile eingetragen:* INTROITUS.
Ecce deus adiuuat. RESPONSORIUM. Domine dominus noster. UERSUS. Quoniam eleuata.
ALLELUIA. Domine deus salutis. OFFERTORIUM. A⟨d⟩ te domine leuaui animam.
COMMUNIO. Acceptabis sacrificium.

---

1 et tibi *GeSC GrA*] tibi *Ge*   2 libare *Ge Gr*] litare *GeSC*   humiliati *GeSC GrF*]
humilitati *GeA GrA* / humilitatis *GeS*   summimus *GrA*] ut simus s. *GeS GrF* / ut
sitimus *GeA*   3 haurimus *GrA*] ut bibamus h. *Ge GrF*   praecamur itaque ut *Gr*
4 famuletur] famulatur *GrA* / in quantum (a te *Ge*) corrigitur f. *Ge GrF*
9 caelestibus *Ge GrA*] *om. S GrP GrH GaF*   10 qs *om. M GaF*
14 et] atque *Ge Gr*
21 coepta] accepta *GeA*
546 cf. Ϳ 101
25 condemnes] c. sed pro tua pietate in (uiam rectam *S Ge* / uia recta *Gr*) semper disponas *S Ge Gr*   ne sicut *Am Ge*] nec s. *GeSC Gr*   26 bonitate *Ge Gr*] tua b. *S*

548   POST COMMUNIONEM. A cunctis nos domine reatibus et periculis propi-
/tius absolue · quos tanti misterii tribuis esse participes: per.   *f. 163*ᵛ

XCV   3

DOMINICA X POST OCTAUA PENTECOSTEN

549   ORATIO SUPER POPULUM. Adesto supplicationibus nostris omnipotens deus ·
et quibus fiduciam sperandae pietatis indulges · consuetae misericordiae   6
tribue benignus effectum: per.

> 549 A   EPISTULA BEATI PAULI APOSTOLI AD CORINTHIOS I. 12,2–11
>   lingua-/rum (12,10)   *f. 164*ᴿ   9
> 549 B   LECTIO SANCTI EUANGELII SECUNDUM LUCAM. CAPUT CCXXXVI. 19,41–47

550   ORATIO SUPER SINDONEM. Propitiare domine supplicationibus nostris · et
animarum nostrarum medere languoribus · ut remissi-/one percepta ·*f. 164*ᵛ   12
in tua semper benedictione laetemur: per.

551   ⟨SUPER OBLATA.⟩ Sanctificationem tuam nobis domine his mysteriis placatus operare · quae nos et a terrenis purget uitiis · et ad caelestia dona per-   15
ducat: per.

552   PRAEFATIO. UD aeterne deus · et tuam misericordiam exorare · ut te
annuente ualeamus quae mala sunt declinare · et quae bona sunt conse-   18
quenter explere: Et quia nos fecisti ad tua sacramenta pertinere · tu clementer in nobis eorum munus operare: per Christum.

553   POST COMMUNIONEM. Praesta quaesumus omnipotens deus · ut quae ore   21
contingimus · pura mente capiamus: per.

XCVI

DOMINICA XI POST OCTAUA PENTECOSTEN   24

554   ORATIO SUPER POPULUM. Deus innocentiae restitutor et amator · dirige ad
te tuorum corda seruorum: Ut spiritus tui feruore concepto · et in fide
inueniantur stabiles · et in opere efficaces: per.   27

---

4 ff. *Von a.Hd wurden a.Rd die Gesangsteile eingetragen:* INTROITUS. Dum clamarem ad
dominum exaudiuit. PSALMUS. Exaudi deus orationem. RESPONSORIUM. Custodi me
domine ut pupillam. UERSUS. De uultu. ALLELUIA. Adtendite populus meus. OFFER-
TORIUM. Ad te domine leuaui animam. COMMUNIO. Acceptabis.   4 *debet esse XVI*
dominica a.Rd a.Hd

---

1 A *J*   dne] qs dne *Ge*   propitius] propitiatus *Ge Gr* (*J 134*)   2 tanti
misterii] tantis mysteriis *GeV GrHO*   participes] consortes *GeV*
551 cf. J 106
18/19 consequenter explere *GrF*] e. c. *GrA*
21 qs omps ds] qs o. et misericors ds *S* (*J 139*) *GrP GrH* / nobis dne qs *Ve Ge GrA*
22 contingimus] contigimus *Ve GeA*

554 A   AD CORINTHIOS I. 15,1–10
          praedica-/uerim (15,2)   *f. 165*R
3   554 B   LECTIO SANCTI EUANGELII SECUNDUM LUCAM. CAPUT CCXXIIII. 18,9–14
          pharisaeus / stans (18,11)   *f. 165*V

SUPER SINDONEM. Da quaesumus domine populo tuo salutem mentis et 555
6 corporis · ut bonis operibus inhaerendo · tuae semper uirtutis mereatur
protectione defendi: per.

SUPER OBLATA. Hostias domine quas tibi offerimus propitius respice · et 556
9 per haec sancta commercia · uincula peccatorum nostrorum absolue: per
dominum.

PREFATIO. UD aeterne deus · et tibi debitam seruitutem per ministerii 557
12 huius impletionem persoluere · quia non solum peccantibus ueniam tribuis ·
sed etiam praemia petentibus impertiris: Et quod perpeti malis operibus
promeremur: Magnifica pietate / depellis · ut nos ad tuae reuerentiae *f. 166*R
15 cultum · et terrore cogas et amore perducas: per Christum.

POST COMMUNIONEM. Sanctificet nos domine qua pasti sumus mensa cae- 558
lestis · et a cunctis erroribus expiatos · supernis promissioni⟨bu⟩s reddat
18 acceptos: per dominum.

XCVII

DOMINICA XII POST OCTAUA PENTECOSTEN

21   ORATIO SUPER POPULUM. Familiam tuam quaesumus domine continua 559
pietate custodi: Ut quae in sola spe gratiae caelestis innititur · tua semper
protectione muniatur: per.

24   559 A   AD CORINTHIOS II. 3,4–9
          abundat / ministerium (3,9)   *f. 166*V
      559 B   EUANGELIUM SECUNDUM MARCUM. CAPUT LXXIIII. 7,31–37

27   SUPER SINDONEM. Tua nos domine protectione defende · et ab omni semper 560
iniquitate custodi: per.

SUPER OBLATA. Haec in nobis sacrificia deus · et actione permaneant et 561
30 operatione firmentur: per.

PREFATIO. UD aeterne deus · cuius primum tuae pietatis / indi- *f. 167*R 562
cium est · si tibi nos facias toto corde subiectos · et spiritum in nobis tantae
33 deuotionis infundas · ut propitius largiaris consequenter auxilium: per
Christum dominum nostrum.

---

555 cf. J 120
11 et tibi *Gr*] tibi *Ge*   13 petentibus *GeA Gr*] poenitentibus *GeS*   15 perducas]
perducis *GrA*
16 mensa caelestis *G GeA Gr*] mensae c. libatio *S (J 149)* / mensae c. sancta libatio *GeS*   17 a *om. GeA*
22 quae *Am GeS GrP² GrHO GrA*] qui *GeA GrP¹ GrHC*   tua semper] caelesti etiam
GrHC (J 125)
31 aeterne ds *Ge GrF*] per Chr. dnm nrm *GrA*   cuius *Gr*] ut quia *Ge*   32 et spm
Gr] tu spm *Ge*   in *GrA*

563   POST COMMUNIONEM. Huius nos domine perceptio sacramenti mundet a crimine · et ad celestia regna perducat: per.

XCVIII

DOMINICA XIII POST OCTAUA PENTECOSTEN

564   ORATIO SUPER POPULUM. Concede quaesumus omnipotens deus · ut qui protectionis tuae gratiam quaerimus · liberati a malis omnibus secura tibi   6
mente seruiamus: per.

    564 A   AD GALATAS. 3,16–22
        transgressiones / posita (3,19)   *f. 167*V   9
      564 B   SECUNDUM LUCAM. CAPUT CXX. 10,23–37
        illi: / Recte (10,28)   mise-/ricordiam (10,37)   *f. 168*R *168*V

565   SUPER SINDONEM. Praesta quaesumus omnipotens deus · ut qui in tua pro- 12
tectione confidimus · cuncta nobis aduersantia te adiuuante superemus: per.
566   SUPER OBLATA. His sacrificiis domine concede placatus · ut qui propriis
oramus absolui delictis · non grauemur alienis: per dominum.   15
567   PRAEFATIO. UD *usque* aeterne deus: Qui nos castigando sanas · et refouendo
benignus erudis · dum magis uis saluos esse correctos · quam perire deiectos:
per Christum.   18
568   POST COMMUNIONEM. Quaesumus omnipotens deus · ut inter eius membra
numeremur · cuius corpori communicamus et sanguini: per eundem.

XCVIIII   21

DOMINICA XIIII POST OCTAUA PENTECOSTEN

569   ORATIO SUPER POPULUM. Omnipotens sempiterne deus · per quem coepit
esse quod non erat et factum est uisibile quod latebat · stultitiam nostri cordis 24
emunda · et quae in nobis sunt uitiorum secreta purifica · ut possimus tibi
domino pura mente seruire: per.

    569 A   AD GALATAS. 5,16–24   27
        spiritum / spiritus (5,17)   *f. 169*R
      569 B   SECUNDUM LUCAM. CAPUT CCI. 17,11–19
        steterunt / a (17,12)   *f. 169*V 30

---

6 ma(lis *hinzugef.*)/ omnibus *auf gel.* lis   17 salu(o *aus* u)s   22 *debet esse dominica* . . . (?)
a.Rd a.Hd

---

565 cf. J 156
14 sacrificiis dne] dne s. qs *GeV*   15 alienis] externis *S* (*J 126*) *Ge Gr*
17 benignus *om. GeA*   magis uis *GeS Gr*] uis *GeA* (*J 443*) / mauis *Ve*   correctos
GeS Gr] correptos *Ve GeA* (*J 443*)   deiectos *Gr*] neglectos *Ve Ge* (*J 443*)
20 communicamus] communicantes *N*   per *B D G Ve GeV GeA GrH*] qui tecum
A E H M N O (*J 164*)

SUPER SINDONEM. Depraecationem nostram quaesumus domine benignus 570
exaudi · et quibus deprecandi praestas affectum · tribue defensionis auxi-
3 lium: ⟨per.⟩

SUPER OBLATA. Munus quod tibi domine nostrae seruitutis offerimus · tu 571
salutare nobis perfice sacramentum: per.

6 ⟨PRAEFATIO.⟩ UD aeterne deus · quia tu in nostra semper faciens infirmi- 572
tate uirtutem ecclesiam tuam inter aduersa crescere tribuisti · ut cum pateretur oppressa · tunc potius exaltata praeualeret: Dum simul / et experi- *f. 170*R
9 entiam fidei declarat afflictio · et uictoriosissima semper perseuerat te adiuuante deuotio: per Christum.

POST COMMUNIONEM. Da nobis misericors deus · ut sancta tua quibus 573
12 incessanter explemur · sinceris tractemus obsequiis · et fideli semper mente
capiamus: per.

C

15 ### DOMINICA XV POST OCTAUA PENTECOSTEN

ORATIO SUPER POPULUM. Omnipotens sempiterne deus da nobis fidei spei 574
et caritatis augmentum: Et ut mereamur adsequi quod promittis · fac nos amare
18 quod praecipis: per.

   574 A AD GALATAS. 5,25–6,10
     altero: / Unusquisque (6,4/5)   *f. 170*V
21   574 B SECUNDUM LUCAM. CAPUT XLVIII. Mt 6,24–33
     caeli / quoniam (6,26)   *f. 171*R

SUPER SINDONEM. Ecclesiam tuam domine miseratio continuata mundet et 575
24 muniat: Et quia sine te non potest salua consistere · tuo semper munere
gubernetur: per.

SUPER OBLATA. Per haec ueniat quaesumus domine sacramenta nostrae 576
27 / redemptionis effectus · qui nos et ab humanis retrahat semper exces- *f. 171*V
sibus · et ad salutaria cuncta perducat: per.

---

16 ORATIO (s *gel.*)

---

2 deprecandi] supplicandi (*J 171, 500*)   affectum] effectum *H*
6 in – faciens] semper in nostra perficiens *Ve*   7 crescere] semper c. *GrF*   pateretur *GeS* (?)] putaretur *D Ve GeSC Gr*   8 exaltata praeualeret *D Ve GeS*] p.
e. *GeSC Gr*   simul et] s. *D*   9 declarat . . . perseuerat] declaret . . . perseueret *GrA*
9/10 et – deuotio *D GrA*] et per te superata uitae praesentis efficit gloriosam *Ve GeS*
(?) / et uictoriosissima perseuerat te propugnatore religio *GeSC*   9 uictoriosissima]
triumphatrix *D*
13 capiamus *J*] sumamus
18 quod] quae *HK²*
27 et *om. N*

577 PRAEFATIO. UD aeterne deus: Qui nos de donis bonorum temporalium ·
ad perceptionem prouehis aeternorum · et haec tribuis · et illa largiris · ut
et mansuris iam incipiamus inseri · et praetereuntibus non teneri: Tuum est 3
enim quod uiuimus · quia licet peccati uulnere natura nostra sit uitiata · tui
tamen est operis ut terreni generati ad caelestia renascamur: per Christum.

578 POST COMMUNIONEM. Sacramenta quae sumpsimus domine deus noster · et 6
spiritalibus nos repleant alimentis et corporalibus tueantur auxiliis: per.

CI

DOMINICA XVI POST OCTAUA PENTECOSTEN 9

579 ORATIO SUPER POPULUM. Da quaesumus omnipotens deus · ut qui infirmitatis nostrae conscii de tua uirtute confidimus · sub tua semper pietate gaudeamus: per. 12

  579 A APOSTOLUS AD EPHESIOS. 3,13–21
    Iesu / Christi (3,14)   *f. 172*R
  579 B LECTIO SANCTI EUANGELII SECUNDUM LUCAM. CAPUT LXVII. 7,11–16 15
    flere. / Et (7,13/14)   *f. 172*V

580 ⟨SUPER SINDONEM.⟩ Quaesumus omnipotens deus familiam tuam propitius
respice ut te largiente regatur in corpore · et te seruante custodiatur in 18
mente: per.

581 SUPER OBLATA. Suscipe quaesumus domine praeces populi tui cum oblationibus hostiarum: Et tua mysteria caelebrantes · ab omnibus nos defende 21
periculis: per.

582 PRAEFATIO. UD per Christum dominum nostrum: Qui aeternitate sacerdotii sui omnes tibi seruientes sanctificat sacerdotes: Quoniam mortali carne 24
circumdati · ita cottidianis peccatorum remissionibus indigemus · ut non
solum pro populo · sed etiam pro nobis eiusdem te pontificis sanguis exoret:
per quem maiestatem.   . 27

---

2 *Hs.* illay 11 nostrae (ibu *gel.*)   15 *fol. 172*R *: debet esse dominica XV a.Rd* (*gel.?*)
26 ex(o *aus* u)ret

---

2 perceptionem] pręceptionem *E* et haec *Ge Gr*] haec enim *S* largiris *Gr*]
promittis *S Ge* 4 quod *Ge Gr*] omne quod *S Ve GeA1490 GeS1337* / omne quo
GrP sit uitiata] u. s. *Ve GeA1490 GeS1337 GrP* 5 terreni generati *Ge Gr*] a
terrenis g. *GeS1337* / a terrenis *S* / a terrena g. *GeA1470 GrP* / ad terrena g. *Ve*
renascamur] renascantur *Ve*
578 cf. J 184
10 Da *GeA Gr*] Da nobis *S*
581 cf. J 147
23 per – nrm *om. GeA* qui] quia *GrA* 26 populo *Gr*] p. tuo *Ge* pontificis
Gr] p. interpellatione *GeA* / p. interpellando *GeSC* 27 per quem *GeSC Gr*] per
Christum *GeS* / et ideo *GeA*

POST COMMUNIONEM. Adesto nobis domine deus noster · et quos tanti⌐s⌐ 583
mysteriis recreasti · perpetuis defende praesidiis: per.

3   CII

/ DOMINICA XVII POST OCTAUA PENTECOSTEN f. 173ᴿ

ORATIO SUPER POPULUM. Da nobis domine quaesumus in tua uoluntate 584
6 famulatum · ut in diebus nostris et merito et numero populus tibi seruiens
augeatur: per.

584 A AD EPHESIOS. 4,1–6
9 584 B LECTIO SANCTI EUANGELII SECUNDUM LUCAM. CAPUT CLXXVII. 14,1–11
     illi / tacuerunt (14,4)   f. 173ᵛ

SUPER SINDONEM. Deus qui populum tuum de hostis callidi seruitute 585
12 liberasti · praeces eius misericorditer respice · et aduersantes ei tua uirtute
prosterne: per.
⟨SUPER OBLATA.⟩ / Sacrificiis praesentibus domine quaesumus f. 174ᴿ 586
15 intende placatus · ut et deuotioni nostrae proficiant et saluti: per.
⟨PRAEFATIO.⟩ UD aeterne deus · et te incessanter praecari · ut qui te 587
auctore subsistimus · te dispensante dirigamur: Non nostri⟨s⟩ sensibus relin-
18 quamur · sed ad tuae reducti semper tramitem ueritatis haec studeamus
exercere quod praecipis · ut possimus dona percipere quae promittis: per
Christum.
21 POST COMMUNIONEM. Sumpti sacrificii domine perpetua nos tuitio non 588
relinquat · et noxia semper a nobis cuncta reppellat: per.

                                    CIII

24   DOMINICA XVIII POST OCTAUA PENTECOSTEN

ORATIO SUPER POPULUM. Omnipotens sempiterne deus misericordiam tuam 589
ostende supplicibus ut qui de meritorum nostrorum qualitate diffidimus ·
27 non iudicium tuum sed indulgentiam sentiamus: per.

---

1 tanti(s *ü.d.Z.*)

---

1 et *Ve GeS GrP*² *GrHC*] ut *S GeA GrP*¹ *GrHO*   tantis *J*] tuis   2 defende *Ve Ge
Gr*] defendas *S*
5 in] perseuerantem in *Ge Gr*
15 ut et] ut *E*   et deuotioni ... et saluti] deuotionis ... ad salutem *CeS*
16 et – praecari *Gr*   17 non] nec *GeS*   18 ad ... tramitem *Ge GrP GrA GaF*]
ad ... tramite⟨m⟩ *Ve* / ... tramitem *GrF* / ... tramite *S*   18/19 haec ... quod
GrA] haec ... quae *S Ve GeA GrP GrF GaF* (*J 8*) / hoc ... quod *GeS*   19 dona
percipere] conprehendere *GrF*   promittis] permittis *GeA*
21 Sumpti sacrificii] Sumptis sacrificiis *GrP*   22 relinquat] derelinquat *B*   reppellat *J*] depellat (*J 229*)
26 nostrorum *J*

589 A　AD CORINTHIOS I. 1,4–8
　　　　expectantibus / reuelationem (1,7)　　　　　　　　　　　*f. 174ᵛ*

589 B　SECUNDUM MATHEUM. CAPUT CCXXIIII. 22,35–23,12　　　　　　3
　　　　quisquam / ex (22,46)　　autem / se (23,12)　　　　*f. 175ᴿ 175ᵛ*

590　SUPER SINDONEM. Da quaesumus omnipotens deus · ut ecclesia tua et
suorum firmitate membrorum · et noua semper fecunditate letetur: per.　　6

591　SUPER SINDONEM. Haec munera nos domine quaesumus oblata purificent ·
et te nobis iugiter ficiant esse placatum: per.

592　PRAEFATIO. UD aeterne deus: Quia cum laude nostra non egeas · grata　9
tibi tamen est tuorum deuotio famulorum: Nec te augent nostra praeconia ·
sed nobis proficiunt ad salutem: Quoniam sicut fontem uitae praeterire causa
moriendi est · sic eodem iugiter redundare affectus est sine fine uiuendi: Et　12
ideo cum angelis.

593　POST COMMUNIONEM. Sanctificationibus tuis omnipotens deus · et uitia
nostra curentur · et remedia nobis sempiterna proueniant: per.　　　　15

CIIII

DOMINICA XVIIII POST OCTAUA PENTECOSTEN

594　ORATIO SUPER POPULUM. Adesto quaesumus domine familiae tuae et dig-　18
nanter impende: Ut quibus fidei gratiam contulisti · et corona⟨m⟩ largiaris
aeternam: ⟨per.⟩

594 A　AD EPHESIOS. 4,23–28　　　　　　　　　　　　　　　　21
　　　　de-/ponentes (4,25)　　　　　　　　　　　　　　　*f. 176ᴿ*

594 B　LECTIO SANCTI EUANGELII SECUNDUM MATHEUM. CAPUT LXX[I]. 9,1–8
　　　　in / domum (9,6)　　　　　　　　　　　　　　　*f. 176ᵛ* 24

595　SUPER SINDONEM. Largire quaesumus domine fidelibus tuis indulgentiam
placatus et pacem · ut pariter ab omnibus mundentur offensis · et secura tibi
mente deseruiant: ⟨per.⟩　　　　　　　　　　　　　　　　　27

596　⟨SUPER OBLATA.⟩ Haec munera quaesumus domine · et uincula nostrae
prauitatis absoluant · et tua nobis dona concilient: per.

---

6 firmitate(m-*Strich gel.*)　　7 SINDONEM] OBLATA　　8 ficiant] faciant

---

5 Da] Concede *GeV*　　6 suorum . . . noua] in s. . . . in n. *GeV*
7 Haec munera] Munera *Ge Gr* (*J 192*)
10 est] esse *GrAO*　　12 affectus *Ge GrAR*] effectus *Ve GeSC GrAO GrF*　　12/13 et ideo
GeA GrA] per *Ve GeS*
593 *cf. J 255*
594 *cf. J 529*
28 munera] hostia *GeV*　　qs dne *Am GeA*] dne qs *GeV GeS Gr*　　29 prauitatis
Am GrH] iniquitatis *Ge GrP*　　tua nobis *J*] tuae n. misericordiae

PRAEFATIO. UD per Christum dominum nostrum: Qui uicit diabolum et 597
mundum · hominem paradiso restituit · et uitae ianuas credentibus patefecit:
3 per quem.

POST COMMUNIONEM. Caelestis mensae quaesumus domine sacrosancta 598
libatio · corda nostra purget semper et pascat: per.

6   CV

DOMINICA XX POST OCTAUA PENTECOSTEN

ORATIO SUPER POPULUM. Adesto domine supplicationibus nostris · et 599
9 sperantibus in tua misericordia · caelesti protege benignus auxilio: ⟨per.⟩

599 A EPISTULA BEATI PAULI APOSTOLI AD EPHESIOS. 5,15–21
       sunt: / Propterea (5,16/17)   *f. 177*R
12 599 B LECTIO SANCTI EUANGELII SECUNDUM MATHEUM. CAPUT CCXXI. 22,1–14
       et / missis (22,7)   *f. 177*V

⟨SUPER SINDONEM.⟩ Quaesumus omnipotens deus praeces nostras propitius 600
15 respice · et tuae super nos uiscera pietatis impende: per.

SUPER OBLATA. Propitius domine quaesumus haec dona sanctifica · et 601
hostię spiritalis oblatione suscepta · nosmetipsos tibi perfice munus aeter-
18 num: per.

PRAEFATIO. / UD aeterne deus · et maiestatem tuam humiliter *f. 178*R 602
implorare · ut Iesus Christus filius tuus dominus noster · sua nos gratia prote-
21 gat et conseruet: Et quia sine ipso nihil recte ualemus efficere · ipsius munere
capiamus · ut tibi semper placere possimus: per quem.

POST COMMUNIONEM. Adesto domine quaesumus populo tuo: Et quem 603
24 misteriis caelestibus imbuisti · ab hostium furore defende: per.

---

9 sperantibus (= *D*)] sperantes

---

1 per – nrm *GeSC Gr*] *om. Ge*   1/2 et – paradiso *Gr*] paradysum *Ge*   2 hominem]
hominemque *Gr*   credentibus *Gr*   3 per quem *GrA*] per Christum *GeS* / et ideo
GeA GeSC
9 misericordia *Ve Ge*] m. intercedente beato Petro apostolo tuo *Gr* (*J 428*) / intercedentibus omnibus apostolis tuis *S*
14 propitius *J*
601 cf. *J 475*
19/20 et – implorare *GrA GrF*] precantes *Ge GrP GaF* / te deprecantes *S*   19 maiestatem tuam] t. m. *GrA GrF*   20 Iesus – nr *om. S*   sua] tua *S*   20/21 protegat
et conseruet] consequatur *GaF*   21 ipso] te *S*   recte *Am* (*exc. C*) *Gr GaF*] recti *C*
GeA GeSC / *om. GeS*   efficere] facere *GrA*   21/22 munere . . . semper placere *GrA GrF*]
m. s. . . . p. *S* / s. m. . . . . p. *Ge GrP GaF*   22 per quem *GeA Gr GaF*] per Christum *S GeS*
603 cf. *J 476*

CVI

DOMINICA XXI POST OCTAUA PENTECOSTEN

604   ORATIO SUPER POPULUM. Aurem tuam quaesumus domine praecibus nostris   3
acommoda · et mentis nostrae tenebras gratia tuae pietatis illustra: per.

> 604 A   EPISTULA BEATI PAULI APOSTOLI AD EPHESIOS. 6,10–17
> lorica⟨m⟩ / iustitiae (6,14)   *f. 178*ᵛ   6
> 604 B   SECUNDUM IOHANNEM. CAPUT XXXVII. 4,46–53
> qua / ⌈dixit⌉ (4,53)   *f. 179*ᴿ

605   SUPER SINDONEM. Cunctas domine quaesumus semper a nobis iniquitates   9
repelle · ut per uiam salutis aeternę · secura mente curramus: per.
606   SUPER OBLATA. Pro nostrae seruitutis augmentis sacrificium tibi domine
laudis offerimus · ut quod inmeritis contulisti · propitius exsequaris: per.   12
607   PRAEFATIO. UD aeternę deus · et te suppliciter exorare · ut sic nos in bonis
tuis instruas sempiternis · ut temporalibus quoque consolari digneris · sic
praesentibus refouere · ut ad gaudia nos mansura perducas: per Christum 15
dominum.
608   POST COMMUNIONEM. Quaesumus omnipotens ⌈deus⌉ · ut et reatum nostrum
munera sacra purificent · et recte uiuendi in nobis operentur effectum: per. 18

CVII

DOMINICA XXII POST OCTAUA PENTECOSTEN

609   ORATIO SUPER POPULUM. Deus qui nos in tantis periculis constitutos humana 21
scis fragilitate non posse subsistere: Da nobis · salutem mentis et corporis ·
ut ea quae pro peccatis nostris patimur · te adiuuant⌈e⌉ uincamus: per.

> 609 A   EPISTULA BEATI PAULI APOSTOLI AD PHILIPPENSES. 1,6–11   24
> coepit / in (1,6)   *f. 179*ᵛ
> 609 B   EUANGELIUM SECUNDUM MATHEUM. CAPUT CLXXXVIII. 18,23–35
> eum. / et (18,27)   *f. 180*ᴿ 27

---

8 dixit *v.d.Z.*   14 temporali(b *a.Ras.v.* s)us   17 deus *ü.d.Z.*   21 (pro *ausp.*)
humana   22 corpor(i *a.Ras.*)s   23 adiuuant(e *eingef.*)

---

4 pietatis *J*] uisitationis
9 qs *J*   10 per *J*] ad
11 augmentis *J*] augmento
13 et te *Am Gr*] et *Ge*   ut *om. Ge*   in *J*   bonis] donis *M*   14 ut] et *GrA*   quoque *om. Ge*   consolari digneris *Am Gr*] consoleris *Ge*   15 per Christum] per quem *GeA*
18 sacra *GeA GrP GrHO*] sacrata *GeS GrHC*   in *J*
21 humana *Am (exc. C)*] pro h. *J¹C Ge Gr*   22 scis *Ge Gr*] conspicis *S* (*J 1196*)

SUPER SINDONEM. Praeces populi tui quaesumus domine clementer exaudi · 610
ut qui iuste pro peccatis nostris affligimur · pro tui nominis gloria misericor-
3 diter liberemur: per.

/ SUPER OBLATA. Deus qui nos per huius sacrificii ueneranda com- *f. 180*V 611
mercia unius summę diuinitatis participes effecisti: Praesta quaesumus · ut
6 sicut tuam cognoscimus ueritatem · sic eam dignis moribus adsequamur: per.

PRAEFATIO. UD aeterne deus · et nos clementiam tuam suppliciter exorare · 612
ut filius tuus Iesus Christus dominus noster · qui se usque in finem saeculi
9 suis promisit fidelibus adfuturum · et praesentiae corporalis mysteriis non
deserat quos redemit · et maiestatis suae beneficiis non relinquat: per quem
maiestatem.

12 POST COMMUNIONEM. Corporis sacri et praetiosi sanguinis repleti libamine 613
quaesumus domine deus noster · ut quod pia deuotione gerimus · certa
redemptione capiamus: per.

15   CVIII

DOMINICA XXIII POST OCTAUA PENTECOSTEN

ORATIO SUPER POPULUM. Protector noster aspice deus · ut qui malorum 614
18 nostrorum pondere praemimur · percepta misericordia libera tibi mente
famulemur: per.

614 A APOSTOLUS AD PHILIPPENSES. 3,17–21
21   inimi-/cos (3,18)   *f. 181*R
614 B LECTIO SANCTI EUANGELII SECUNDUM MATHEUM.
CAPUT CCXXIII[I]. 22,15–21
24   superscriptio? / Dicunt (22,20/21)   *f. 181*V

ORATIO SUPER SINDONEM. Subueniat nobis domine misericordia tua ut ab 615
imminentibus peccatorum nostrorum periculis · te mereamur protegente
27 saluari: per.

SUPER OBLATA. Suscipe domine propitiatus hostias · quibus et te placari 616
uoluisti · et nobis salutem potenti pietate restituae: per.

---

610 cf. J 89
611 cf. J 382
7 et – exorare *Ge Gr*] suppliciter implorantes *S* / om. *GaF*   et nos *S Gr*] nos *Ge* / et
GeSC   8 Iesus Chr. dns nr *GeS Gr*] dns nr Iesus Chr. *GeV* / Iesus Chr. *S GeA GaF*
10 relinquat] derelinquat *C GeA*   per quem *GeSC Gr*] per Christum *GeS* / quem
laudant *S* / et ideo *GeV GeA*
13 ut *om. Ve*
17 ut *G GeS GrHO*] et *GeA GrP GrHC*   18 nostrorum *om. GeS*
615 cf. J 136
28 propitiatus *Ge GrP*] propitius *GrA*   placari *GeSC GrA*] placare *Ge GrP*   29 restitue
GeA GeS GrP] restitui *GeV GeSC GrA*

617   PRAEFATIO. UD aeterne deus · maiestatem tuam suppliciter deprecantes:
Ut expulsis azimis uetustatis · illius agni cibo satiemur et poculo · qui et
nostram reparauit imaginem · et suam nobis gloriam repromisit · Iesus   3
Christus dominus noster: per quem maiestatem.

618   POST COMMUNIONEM. Quaesumus omnipotens deus · ut quos diuina tribuis
participatione gaudere · humanis non sinas subiacere periculis: per.   6

CVIIII

DOMINICA XXIIII POST OCTAUA PENTECOSTEN

619   ORATIO SUPER POPULUM. Miserere quaesumus domine populo tuo · et con-   9
tinuis tribulationibus laborantem · propitius respirare concede: per.

 619 A   EPISTULA BEATI PAULI APOSTOLI AD COLOSENSES. 1,9–11
  et / postulantes (1,9)   *f. 182*ᴿ   12
 619 B   LECTIO SANCTI EUANGELII SECUNDUM MATHEUM. 9,18–22

620   SUPER SINDONEM. Parce domine quaesumus parce populo tuo · et nullis
iam / patiaris aduersitatibus fatigari · quos pra˥e˥tioso filii tui san-   *f. 182*ⱽ   15
guine redemisti: per eundem.

621   SUPER OBLATA. Ut sacris domine reddamur digni muneribus · fac nos tuis
quaesumus oboedire mandatis: per.   18

622   PRAEFATIO. UD per Christum dominum nostrum: Per quem sanctum et
benedictum nomen maiestatis tuae ubique ueneratur et adoratur · praedicatur et colitur · qui est origo salutis uia uirtutis · et tuae propitiatio maie-   21
statis: per quem etiam maiestatem tuam.

623   POST COMMUNIONEM. Quaesumus omnipotens deus · ut ˥et˥ reatum nostrum
haec munera quae sumpsimus purificent · et recte uiuendi nobis operentur   24
effectum: per dominum nostrum.

CX

ITEM ORATIONES ET PRAECES IN DEDICATIONE   27

624   Magnificare domine deus noster · in hoc templo nomini tuo aedificato:
Et ita benignus appare · ut et peccata populi tui deleas · et eorum uota
clementer assumas: per.   30

---

15 pra(e *hinzugef.*)tioso 23 et *ü.d.Z.* 24 rect(e *aus* i)

---

1 tuam *GeA Gr*] t. dne *GeS* 3 reparauit imaginem *Ge*] i. r. *Gr* gloriam *Ge*]
gratiam *Gr* 3/4 Iesus – nr *om. GeS*
9 qs *J* 10 laborantem] laboranti *BO*
14 dne qs *G Ge Gr*] dne *S* (*J 423*) 16 per *G Ge GrP GrHC*] qui tecum *S GrHO* (*J 423*)
621 cf. J 108
19 et *GeS GrA*] ac *GrF* 20 et *om. Gr*
24 haec – sumpsimus] munera sacrata *GeS GrHC* / munera sacra *GeA GrP GrHO* (*J 608*)
28 dne] qs dne *E* 28/29 hoc – benignus *Am*] sanctis tuis et hoc in templo aedifica-
tionis *Ge* 29 ut et] et *A*

ALIA. Domum tuam quaesumus domine clementer ingredere: Et in tuorum 625
cordibus fidelium · perpetuam tibi construe mansionem: per.

3 ALIA. / Domum tuam quaesumus domine · continuis auge subsidiis: *f. 183*ᴿ 626
Eamque de lapidibus uiuis id est fidelibus tuis ita semper aedifica · ut eam
in perpetuum possidere digneris: per dominum nostrum.

6 ALIA. Deus qui loca nomini tuo dicata sanctificas: Effunde super hanc 627
orationis domum gratiam tuam · ut ab omnibus hic te inuocantibus · auxilium tuae misericordiae sentiatur: per.

9 ALIA. Ueniat quaesumus domine super hanc orationis domum claritas 628
misericordiae tuae: Ut ab omnibus hic inuocantibus nomen tuum · protectionis tuae auxilium sentiatur: per.

12 ALIA. Deus qui ad honorem nominis tui · templi fabricam conᵣsᵗruere 629
uoluisti: Praesta quaesumus · ut in hoc orationis domicilio congregatos ·
pietatem tuam precantes cunctos exaudias · uota suscipias · et praemia lar-
15 giaris: per.

ALIA. Populum tuum domine propitius intuere: Et in templo nomini tuo 630
aedificato tuam pietatem inuocantes · miserationis tuae potiantur auxilio: per.

18 ORATIO SUPER POPULUM. / Deus qui de uiuis et electis lapidibus · *f. 183*ᵛ 631
aeternum nomini tuo condis habitaculum: Da aedificationi huic incrementa
iustitiae · ut ab omnibus hic inuocantibus nomen tuum · protectionis tuę
21 auxilium sentiatur: per.

631 A AD TIMOTHEUM II. 2,19–22
631 B LECTIO SANCTI EUANGELII SECUNDUM LUCAM. CAPUT CCXXV. 19,1–10
24 hic / erat (19,2) *f. 184*ᴿ
631 C ALIO EUANGELIO SECUNDUM IOHANNEM.
In illo tempore. facta est dedicatio in Hierosolimis et hiemps erat. *Require*
27 *illud in quadragesima ebdomada quinta. feria IIII.* (10,22–38)

ORATIO ⟨SUPER⟩ SINDONEM. / Omnipotens sempiterne deus · qui in *f. 184*ᵛ 632
omni loco dominationis tuae · totus assistis et totus operaris: Adesto suppli-
30 cationibus nostris · et huius domus cuius es fundator esto protector: Nulla

---

2 cordi(b *aus* s)us   12 con(s *ü.d.Z.*)truere(t *gel.*)   19/20 aedificati(o *ausp.u.gel./*oni
huic incrementa iu *a.Ras.v.* ni tuo condis habitaculum)stitiae   28 s(ɪɴ *a.Ras., folgt*
Ras.v.3–4 roten Buchst.)

---

1 qs dne *Am GeB GrHC*] dne qs *GrHO C*   2 cordibus *Am GrHO*] tibi corde *C* / tibi
corda *GeB GrHC*   tibi construe *Am*] constitue *GeB GrH C*
4 id – tuis *om. K*² *MAII*
6 nomini] nomine *GeV*   7 orationis *om. D*   te inuocantibus *Am*] i. te *Ge*
8 sentiatur] sentiamus *GeB*
10 hic *om. GrH*   protectionis *Am*] defensionis *GrH*
14 precantes] inuocantes *O*
16 dne] qs dne *A*   templo] loco *MAII*
18 et] ac *GeA*   19 nomini tuo *Am* (*exc. N*)] *om. N* / maiestati tuae *GeA GrA* (*J 637*)
20 hic *om. GrH*   protectionis *Am*] defensionis *GrH*

hic nequitia contrariae potestatis obsistat · sed uirtute spiritu⟨s⟩ sancti operante · fiat hic tibi semper purum seruitium et deuota libertas: per in unitate eiusdem spiritus sancti. 3

633   SUPER OBLATA. Deus qui sacrandorum tibi auctor es munerum: Ad sanctificationem loci huius propitius adesse dignare: Ut qui haec in tui nominis honore condiderunt · protectorem te habere in omnibus mereantur: per. 6

634   ⟨PRAEFATIO.⟩ UD *usque* per Christum dominum nostrum: Qui eminentiam potestatis acceptae ecclesiae tradidit: Quam pro honore percepto · et reginam constituit et sponsam: Cuius sublimitati uniuersa subiecit · ad 9 cuius iudicium consentire iussit e caelo: Haec est mater omnium uiuentium filiorum numero facta sublimior · quae per spiritum sanctum cottidie deo filios / procreat · cuius palmitibus mundus omnis impletus est: Quae *f. 185*R 12 propagines suas · ligno baiulante suspensas erigit ad regna caelorum: Haec est ciuitas illa sublimis iugo montis erecta · perspicua cunctis et omnibus clara: Cuius conditor et inhabitator est idem dominus noster Iesus Christus 15 filius tuus: quem una.

635   POST COMMUNIONEM. Benedictionis tuae quaesumus domine · plebs tibi sacra fructus reportet et gaudium: Ut quod in huius festiuitatis die corporali 18 seruitio exhibuit · spiritaliter se retulisse cognoscat: per.

CXI

MISSA IN ANNIUERSARIO DEDICATIONIS BASILICAE 21

636   Deus qui nobis per singulos annos huius sancti templi tui consecrationis reparas diem · et sacris semper mysteriis repraesentas incolumes: Exaudi preces populi tui · et praesta ut quisquis hoc templum beneficia petiturus 24 ingreditur · cuncta se impetrasse laetetur: per.

APOSTOLUM *et* EUANGELIUM *require in istum quaternionem.*

637   ORATIO SUPER SINDONEM. Deus qui de uiuis et electis lapidibus · aeternum 27 maiestatis tuae condis habitaculum: Auxilia-/re populo supplicanti · *f. 185*V ut quod ecclesiae tuae corporalibus proficit spatiis · spiritalibus amplificetur augmentis: per. 30

---

1 se(d *aus* r)   6 cond(i *aus* n)derunt   22 templ(i *aus* ū)   27 de − electis *a.*
Ras.v. ecclam tuā spon (*vgl. S. 265,6*)

---

1 hic] huic *B*² *E*
5/6 tui nominis honore *Am*] honorem t. n. *Ge*
24 quisquis *GrA*] si quis *S GeA GeM GrF GaB*
27 et] ac *GeA*   28 maiestatis tuae] maiestati t. *GeA Gr* / nomini tuo *S* (*J 631*)

SUPER OBLATA. Annue quaesumus domine precibus nostris · ut quicumque 638
intra templi huius cuius anniuersarium dedicationis diem celebramus ambi-
3 tum continemur · plena tibi atque perfecta corporis et animae deuotione
placeamus: Ut dum haec praesentia uota reddimus · ad aeterna praemia te
adiuuante uenire mereamur: per.

6 POST COMMUNIONEM. Deus qui ecclesiam tuam sponsam uocare dignatus es: 639
Ut quae haberet gratiam ⌈per⌉ fidei deuotionem · haberet etiam ex nomine
pietatem: Da ut omnis haec plebs nomini tuo seruiens · huius uocabuli con-
9 sortio digna esse mereatur: Et ecclesia tua · in templo cuius anniuersarius
dedicationis dies celebratur tibi collecta · te timeat te diligat · teque sequatur:
Ut dum iugiter per uestigia tua graditur · ad caelestia promissa te deducente
12 peruenire mereatur: qui uiuis et regnas.

CXII

/ORATIO ANTE ALTARE. Rogo te altissime deus sabaoth pater sanc- *f. 186*ᴿ 640
15 tae · ut me tonica castitatis digneris accingere · et meos lumbos balteo tui
timoris ambire · renes cordis mei tuae caritatis igni urere · ut pro peccatis
meis possim intercedere · et adstantibus ueniam peccatorum promereri · et
18 pacificas singulorum hostias immolare · me quoque audacter accedentem non
sinas perire · sed dignare lauare · ornare · et leniter suscipere: per Iesum
Christum filium.

21 ALIA EXCUSATIO ANTE ALTARE. Indignum me domine sacris tuis esse 641
fateor · qui innumeris cottidie peccatis fuscor · quid ergo te blandis uerbis

---

4 aeterna(m-*Strich ausp.u.gel.*) 7 per *ü.d.Z.*

---

1 Annue – nostris *Gr*] Annua festiuitas cultu[m] supplices dne deprecamur *A* / Annuo
festiuitatis cultu[m] supplices te dne deprecamur *G* / Annue festiuitatis cultui supplices
te dne deprecamur *GeM* / Annue festiuitatis cultum dno nro fratres dilectissimi summa
nrorum precibus supplicatione poscamus *GeA*   2 anniuersarium – celebramus
Gr] natalis est hodie *A G Ge*   2/3 ambitum continemur *Gr*] ambitu c. *GeA* / c. ambitu *GeM* / ambitu continetur *A G*   4/5 te adiuuante *Gr*   5 uenire] peruenire *A*
7 quae] qui *B*² *GrF*   fidei deuotionem] fidem deuotionis *GeM*   haberet *Ge Gr*]
habet *S*   9 digna] uocata *GeM*   9/10 anniuersarius – celebratur *Gr*] natalis
est hodie *C Ge*   10 teque *J*] te   11 ut *GeM Gr*] et *C GeA*   deducente *J*] ducente
12 qui uiuis *GrA*] per *C Ge GrF*
14 altissime ds sabaoth *Am GeM*] ds s. a. *CeS Eligius*   15 et meos lumbos] lumbos-
que meos *Eligius*   16 timoris] amoris *Eligius*   renes *Am GeM*] ac r. *CeS Eligius*
17 adstantibus *Am GeM*] adstantis populi *CeS Eligius*   ueniam peccatorum *Am
GeM*] p. u. *CeS Eligius*   et (2°) *Am GeM*] ac *CeS Eligius*   18 me quoque] et me *GeM*
audacter accedentem *A B K*¹ *GeM*] tibi audaciter ac. *CeS Eligius* / aud. ac. ad altare
tuum *D*¹ / ad tuum altare aud. ac. *F* / aud. ac. ad scm altare tuum *D*²*L* / aud. ac. ad
tuum scm altare *K*²*MNO*   19 leniter *AKM GeM CeS Eligius*] clementer
BDFLNO   suscipere] s. digneris *L*
21 tuis *D Eligius*] t. altaribus *B* / om. *GeM*   esse] e. peccatis *D*   22 quid ergo *GeM*]
quid ego *B Eligius* / quod ergo *D*

rogare praesumo · quem inprobis saepissime factis offendo: Tu enim mihi medicinam ingeris egro · ego sanitati meae contraria ago · legem tuam sacris inditam paginis lego · sanam uero disciplinam infelix neglego · ad tuum 3 quidem altare quasi deuotus accedo · sed a praeceptis tuis contumaci corde recedo · da ergo / mihi cor conpunctum quod ueraciter odio habeat *f. 186ᵛ* peccatum · meum est si donaueris delicta deflere · tuum est ea ut nube cito 6 delere · ut licet palmam a misericordia inimico fraudante ad ueniam saltem perueniam te miserante: per.

CXIII 9

642   ORATIO ANTE SECRETA · PRO SE IPSO. Omnipotens sempiterne deus placabilis et acceptabilis sit tibi haec oblatio quam ego indignus pro me misero pec- catore et pro delictis innumerabilibus meis tibi offero ut ueniam et remis- 12 sionem peccatorum meorum mihi concedas · et iniquitates meas ne respexeris · sed sola misericordia tua mihi prosit indigno: per.

643   ALIA. Suscipe quaesumus domine propitius hanc oblationem quam tibi 15 offero ego licet indignus et peccator famulus tuus pro uniuersis culpis et peccatis et cunctis sceleribus meis [ac] diluendis ad honorem sanctum nominis tui deus. 18

644   PRO ALIIS. Omnipotens sempiterne deus placabilis et acceptabilis sit tibi haec oblatio quam ego indignus offero pro / omnibus familiaribus *f. 187ᴿ* meis qui se commendauerunt meis indignis orationibus ut tuam misericor- 21 diam clementiamque consequi mereantur: per.

645   ITEM OFFERSIONES QUANDO PRESBYTER OFFERT. Suscipe sancta trinitas hanc oblationem quam tibi offerimus pro regimine et custodia atque unitate 24

---

5 hab(u *gel.*, e *aus* i)at   7 a misericordia] amiserim

---

2 egro *om. Eligius*   3 uero] uere *GeM*   neglego] neglexi *D*   4/5 sed – recedo *om. D*   4 a] de *GeM*   5 mihi] m. dne *Eligius*   quod . . . habeat *B GeM*] quod . . . habet *D* / quo . . . habeam *Eligius*   6 ea ut nube *D*] ea ut nubem *B GeM* / etiam nubem eam *Eligius*   7 ut] et *GeM*   licet] qui hanc *Eligius*   a misericordia] amiserim *B GeM Eligius* / a mira *D*   ueniam] te *GeM*   8 perueniam] perti- neam *Eligius*   te] te dno *Eligius*
11 misero *A D²F K M GeM*] *om. B D¹G H L N O*   12 pro delictis] d. *B H K O*   innumera- bilibus meis *A K GeM*] m. i. *S (exc. A K)*   tibi *A D F G K L GeM*] tuae pietati *B H M N O*   13 peccatorum *A G¹ GeM*] omnium p. *S (exc. A)*   14 misericordia tua *P A F K GeM*] t. m. *B D G H L M N O*   mihi *om. B¹G*
16 et peccator] p. *A*   17 ac diluendis] delendis *A*   18 ds] ds: per Christum *A*   20/21 familiaribus meis *A K¹*] f. m. et *K²* / f. m. *il.* et *D G L* / f. m. *il.* et *il.* et *F* / amicis et f. m. cognatis et notis meis seu mihi affinitate et consanguinitate coniunctis et *H* / amicis meis et f. m. cognatis et notis seu afinitati coniunctis et *M* / amicis et f. m. cognatis et notis seu affinitate et consanguinitate michi coniunctis et *N*   21 commendauerunt meis indignis orationibus *A D F G K*] m. i. o. c. *H L M N*
23 Suscipe *A H K*] Et s. *D F G L M N O*   24 offerimus] o. ad honorem omnium scorum *M*

catholicae fidei pro ueneratione quoque omnium simul sanctorum tuorum
pro salute et incolomitate famulorum famularumque tuarum · *illorum* omni-
3 um pro quibus clementiam tuam implorare polliciti sumus · et quorum
quarumque elemosinam suscepimus et omnium fidelium christianorum ut te
miserante remissionem omnium peccatorum et aeternae beatitudinis praemia
6 in laudibus tuis fideliter perseuerando percipere mereantur · ad gloriam et
honorem nominis tui[s] deus misericordissime rerum conditor.

⟨ALIA.⟩ Et suscipe hanc oblationem pro emundatione mea ut mundes et 646
9 purges me ab uniuersis peccatorum maculis quatenus tibi digne ministrare
merear deus et clementissime domine + Benedictio / dei patris + Et *f. 187ᵛ*
filii et spiritus sancti · + Copiosa descendat super hanc nostram oblationem ·
12 accepta tibi sit haec oblatio domine sanctissime pater omnipotens aeterne
deus.

ALIA. Suscipe domine propitius munera ha⟨e⟩c quae tibi offerimus ad 647
15 laudem et gloriam et magnum honorem nominis tui deus · pro incolumitate
famuli tui *illius* ut omnia eius peccata clementer ignoscas.

PRO UNIUERSA ECCLESIA. Accepta tibi sit domine haec oblatio quam tibi 648
18 offero pro ecclesia tua sancta catholica quam Christi filii tui sanguine
redemisti: per.

PRO INFIRMO. Suscipe clementissime pater propitius munera ha⟨e⟩c quae 649
21 tibi offero ad honorem nominis tui deus pro famulo tuo · *illo* ut medelam
tuam non solum in corpore sed etiam in anima sentiat · quatenus de salute
eius tibi domino gratias referamus: per.

---

22 tu(a *aus angef.* o)m

---

1 catholicae fidei] f. c. ac pacis eclesiastice pro ueneranda quoque natiuitate passione
resurrectione et ascensione dni nri Iesu Chr. et aduentu sps sci *A* pro – tuorum]
et *G* omnium] beatae dei genetricis Mariae (atque omnium *AF*/ omniumque
DHKLMN) *S* simul *om. FH* 2 pro *AD²FGKN*] et pro *D¹HLM* salute]
s. quoque *AF* famularumque tuarum *il.*] tuorum omnium confratrum nostrorum plebiumque commissarumque mihi et *H* *il.*] *il.* et *il. FMN* omnium *D²K¹*] et omnium *S (exc. A)* / et omnibus *A* 3/4 polliciti sumus . . . susce-
pimus] pollicitus sum . . . suscepi *A* 4 quarumque *om. H* elemosinam *ADGL*]
elemosinas *FHKMN* et omnium] omniumque *HN* christianorum] chr. tam
uiuorum quam defunctorum *F²K²* 6 laudibus tuis *K*] t. l. *S (exc. K)* 7 misericordissime rerum conditor] m. r. c.: per *A* / m. r. c.: per Christum *DFLM* / m. r.
c.: per eundem *K¹* / m. r. c.: qui uiuis *K²* / m. r. c. qui in trinitate perfecta uiuis
N / per Christum *GH*
8 suscipe *DKO*] s. sca trinitas *H* 11 et sps sci +] + et sps sci *DHK*
14 Suscipe] Et s. *A* munera haec *ADGHKN*] h. m. *LM* / m. *F* 15 laudem –
magnum *AFHK*] gloriam et *DGLMN* pro *DKLM*] et pro *AFG* / pro salute
et *HN* 16 omnia . . . peccata *AFGHL*] omnibus . . . peccatis *DKMN* ignoscas
ADGKLN] ignoscis *M* / i. misericordissime rerum conditor *FH*
20 munera haec] h. m. *FL* 21 offero] offerimus *M* honorem] h. et gloriam *HN*
22/23 quatenus – referamus *K*

650   ALIA. Domine deus omnipotens suscipere digneris hoc sacrificium laudis
quod tibi ego indignus tuus famulus offero ad honorem et gloriam nominis
tui pro famulo tuo / *illo* ut ex tua pietate et sanitatem illi retribuas et *f. 188*ᴿ   3
indulgentiam peccatorum percipere mereatur ut et hoc sacrificium et elemosinae illius ascendant in conspectum tuum cum odore suauitatis: per.

651   PRO DEFUNCTO. Suscipe domine sanctae pater omnipotens aeterne deus   6
propitius munera ha⟨e⟩c quae tibi offerimus pro spiritu et anima famuli tui
illius quam de hoc saeculo migrare iusisti · ut per tuam modo inmensam pietatem liberare eum a gehennae digneris ignibus tortoribusque inferni et ab   9
omnibus angustiis quibus ipsius anima[m] cruciatur · ut receptus inter
agmina beatorum spirituum loca nesciat inferorum: per.

652   ALIA. Domine deus omnipotens suscipere digneris hoc sacrificium laudis   12
hanc oblationem quam tibi ego indignus offero ad honorem et gloriam nominis tui pro famulo tuo *illo* qui defunctus est · ut dones ei requiem sempiternam · ut hoc sacrificium et elemosinae illius ascendant in conspectum tuum   15
cum odore[m] suauitatis · amen.

CXIIII

/ IN CHRISTI NOMINE INCIPIT MISSA CANONICA *f. 188*ⱽ   18

653   Dominus uobiscum.   *R.* Et cum spiritu tuo.
Gloria in excelsis deo · Et in terra pax hominibus bonae uoluntatis · Laudamus te · Benedicimus te · Adoramus te · Glorificamus te · G[g]ratias agimus   21
tibi propter magnam gloriam tuam: Domine deus rex caelestis deus pater
omnipotens · Domine fili unigenite Iesu Christe · Domine deus agnus dei ·
Filius patris · Qui tollis peccata mundi miserere nobis: Qui tollis peccata   24
mundi · Suscipe depraecationem nostram · Qui sedes ad dexteram patris
miserere nobis · Quoniam tu solus sanctus · Tu solus dominus · Tu solus
altissimus Iesu Christe · Cum sancto spiritu in gloria dei patris · amen.   27
/ Kyrieleison · Kyrieleison · Kyrieleison.   *f. 189*ᴿ

---

28 *a.Rd. a.Hd* hoc cibo participo qui participatur

---

6 DEFUNCTO] DEFUNCTIS *A*   7 munera haec] h. m. *HN*   spiritu(ibus) et *A K M*] *om.*
D F G H L N   8 modo *G K M*] tantumm. *A* / *om. D F H L N*   9 eum *K*] eam
D F G H L M N / eos *A*   gehennae *K M*] gehenna *S* (*exc. K M*)
652 fast identisch mit J 650 (= *K*)
21 glorificamus te *Am GaB*] g. te magnificamus te *CeS* / g. te hymnum dicimus tibi
GrAO   22 tibi *om. GrA*   gloriam] misericordiam *CeS*   dne ds] dne *CeS*   23 fili]
filii dei *CeS*   Christe *Am GaB*] Chr. altissime *GrAO* / Chr. sce sps dei et omnes dicimus
Amen *CeS*   23/24 ds – patris] filii dei patris agne dei *CeS*   24 tollis – tollis] suscepisti *GrAO*   peccata (*I*⁰)] peccatum *CeS*   24/25 qui – mundi *om. CeS*   25 deprae-
cationem] orationes *CeS*   patris] dei p. *CeS*   27 altissimus – Christe] dns tu
solus gloriosus *CeS*   cum – spu] c. spu sco *CeS* / *om. GrAO*

Dominus uobiscum.   ℞. Et cum spiritu tuo.   654
ORATIO SUPER POPULUM. Ecclesiae tuae domine uoces placatus admitte: Ut
3 destructis aduersantibus uniuersis · secura tibi seruiat libertate[m]: per.
Dominus uobiscum.   ℞. Et cum spiritu tuo.

654 A EPISTULA BEATI PAULI APOSTOLI AD GALATAS. 6,7–10
6   654 B LECTIO SANCTI EUANGELII SECUNDUM LUCAM. 17,3–10
sep-/ties (17,4)   *f. 189*ᵛ

Dominus uobiscum.   ℞. Et cum spiritu tuo.   655
9 Kyrieleison · Kyrieleison · Kyrieleison.
Pacem habete corrigite uos ad orationem. ℞. Ad te domine.
Dominus uobiscum.   ℞. Et cum spiritu tuo.   656
12 SUPER SINDONEM. Porrige dexteram quaesumus domine · plebi tuae miseri-
/cordiam postulanti: Per quam et terrores declinet humanos · et *f. 190*ᴿ
solacia uitae immortalis accipiat et sempiterna gaudia comprehendat: per.
15   Dominus uobiscum.   ℞. Et cum spiritu tuo.   657
SEQUITUR SYMBOLUM. Credo in unum deum · Patrem omnipotentem creatorem caeli et terrae · Uisibilium omnium et inuisibilium: Et in unum domi-
18 num Iesum Christum filium dei unigenitum · Ex patre natum ante omnia
saecula · Deum de deo lumen de lumine · Deum uerum de deo uero · Genitum non factum consubstantiale⟨m⟩ patri per quem omnia facta sunt · Qui
21 propter nos homines et propter nostram salutem · descendit de caelis · Et
incarnatus est de spiritu sancto et Maria uirgine · Et homo factus est · Crucifixus etiam pro nobis sub Pontio Pilato · Passus et sepultus est · Et resurrexit
24 tertia die secundum scripturas · Ascendit ad caelos sedet ad dexteram patris ·
Et iterum uenturus est cum gloria iudicare uiuos et mortuos · Cuius regni non

---

14 immortal(i *a.Ras.*)s   19 uer(u *aus* o)m

---

2 uoces] preces *GeV GrA*   ut] et *GeV*   3 destructis aduersantibus] destitutis
aduersitatibus *Dold GeV GrA*   libertate] catholica l. *Ex*
10 corrigite – orationem *om. Be*
12 dexteram *Am (exc. A) Ve*] d. tuam *A D*¹ *Ge GrH Ga*   tuae *Am Ve*¹] tuae in die
ieiuniorum suorum (tua⟨m⟩ *GaV*) *Ga* / tuam *Ve*² *Ge GrH*   13 per – humanos] et
intercedente beato Martino terrores inminentes declinemus *Ga*   terrores *Am (exc. C)*
Ve] errores *C Ge GrH*   14 immortalis *Am (exc. A) GaV*] inmortalitatis *A D*² *GaG* /
mortalis *Ve Ge GrH*   accipiat . . . comprehendat *Am Ve Ge GrH*] accipiamus . . .
conpraehendamus *Ga*
16 creatorem *J*] factorem   17 dnm] dnm nrm *CeS*   18 ex patre natum *Am*]
n. ex p. *CeS* / et ex p. n. *GrAO* / de p. n. *Ge GrF*   19 deum de deo *Am Gr*] *om. Ge CeS*
genitum *Am GrAO*] natum *Ge GrF CeS*   20 patri] patris *Ge*   20-25 qui . . .
descendit . . . incarnatus est . . . homo factus est · crucifixus . . . passus et sepultus est et
resurrexit . . . (et *GrAO*) ascendit . . . sedet . . . uenturus est . . . *Am GrAO*] qui . . .
d. . . . i. est . . . h. natus est c. . . . p. et s. et r. . . . et a. . . . et sedit . . . u. *CeS* / (qui
Ge) . . . descendentem . . . incarnatum . . . humanatum. crucifixum . . . (et *GeV GrF*)
passum et sepultum et resurgentem . . . et ascendentem . . . et sedentem . . . uenturum
Ge GrF   21 caelis] caelo *CeS*   22 et Maria *Am (exc. HN) Ge GrF CeS*] ex M.
HN GrAO   23 etiam] autem *CeS*   24 ad caelos *Am*] in c. *GrF CeS* / in caelis *Ge* /
in caelum *GrAO*   patris] dei p. *CeS*

erit finis · Et in spiritum sanctum dominum / et uiuificantem · Qui ex *f. 190*ᵛ
patre filioque procedit · Qui cum patre et filio simul adoratur et conglorificatur · Qui locutus est per prophetas · Et unam sanctam catholicam et   3
apostolicam ecclesiam · Confiteor unum baptisma · In remissionem peccatorum · Et expecto resurrectionem mortuorum · Et uitam futuri saeculi ·
amen.   6

658   Dominus uobiscum.   *R.* Et cum spiritu tuo.

⟨super oblata.⟩ Adesto domine supplicationibus nostris: Et his muneribus
praesentiam tuae maiestatis intersere · ut quod nostro seruitio geritur · te   9
potius operante firmetur: per ⌐omnia saecula saeculorum · amen⌐.

659   Dominus uobiscum.   ⌐*R.*⌐ Et cum spiritu tuo.
Sursum corda.   *R.* Habemus a⟨d⟩ dominum.   12
Gratias agamus domino deo nostro.   ⌐*R.*⌐ Dignum et iustum est.

/ UD Uere quia dignum et iustum est · aequum et salutare: Nos tibi *f. 191*ᴿ
semper hic et ubique gratias agere · domine sancte pater omnipotens aeternę   15
deus · per Christum dominum nostrum: Per quem maiestatem tuam laudant
angeli · uenerantur archangeli: Throni · dominationes · uirtutes · principatus et potestates adorant: Quem cherubim et seraphim · socia exultatione · 18
concelebrant: Cum quibus et nostras uoces · ut admitti iubeas deprecamur ·.
supplici confessione dicentes: Sanctus sanctus sanctus dominus deus sabaoth ·
pleni sunt celi et terra gloria tua osanna in excelsis · benedictus qui uenit in 21
nomine domini osanna in excelsis.

661   / Te igitur clementissime pater ⌐per⌐ dominum nostrum Iesum *f. 191*ᵛ
Christum filium tuum · / Supplices rogamus et petimus · uti accepta *f. 192*ᴿ 24

---

4 peccatorum/ (*Ras. v. 7–8 Buchst., wohl v.* peccatorum)   10 omnia – amen *a. Hd*
11 *R. ü. d. Z*.   13 *R. ü. d. Z*.
660 Zwischen dem Dialog und der Präfation hat eine spätere Hand auf dem freigebliebenen
Seitenrest die römische Präfation eingefügt: Uere dignum et iustum est · aequum et salutare · Nos tibi semper et ubique gratias agere · domine sancte pater omnipotens
aeterne deus · per Christum dominum nostrum · Per quem maiestatem tuam laudant
angeli · Adorant dominationes · tremunt potestates · Caeli celorumque uirtutes · Ac
beata seraphim socia exultacione concelebrant · Cum quibus et nostras uoces ut admitti iubeas deprecamur · Supplici confessione dicentes: Sanctus sanctus sanctus
dominus deus.   23 per *ü. d. Z*.

---

1 in spm scm *Am Gr*] spm scm *CeS* / in spu sco *Ge*   uiuificantem *Am GrAO*] uiuifica-
torem *Ge GrF CeS*   1-2 qui . . . procedit qui . . . (co *CeS*)adoratur et conglorificatur
Am GrA CeS²] procedentem qui . . . a. et glorificatur *GeA* / procedentem (qui *GeV*) . . .
adoratum et conglorificatum *GeV GrF* / procedentem . . . coadorandum et conglorifi-
candum *CeS¹*   2 filioque *Am GrA*] *om. Ge GrF CeS¹*   simul *om. CeS¹*   3 et unam
Am Gr CeS] in u. *Ge*   3/4 et apostolicam *om. GeA*   5 et expecto *Am Gr*] spero *Ge CeS*
8 Adesto – nostris *Am GaF*] Respice qs dne praeces nostras *Ve*   muneribus *Am Ve*]
populi tui oblationibus precibusque susceptis *GaF*   10 firmetur *Am*] formetur *Ve*
14 quia *Am*   salutare] s. est *GaF CeS*   15 hic *Am CeS*
23/24 dnm – tuum *Am*] Iesum Chr. filium tuum dnm nrm *Ge Gr Ga CeS*   24 roga-
mus] te r. *CeS*

habeas et benedicas + Haec dona + Haec munera + Haec sancta sacrificia
illibata: In primis quae tibi offerimus pro ecclesia tua sancta catholica ·
3 Quam pacificare · custodire · Adunare et regere digneris · toto orbe terrarum:
Una cum famulo tuo papa nostro *illo* · Seu et antistite nostro *illo* · Regibusque
nostris *illis* · cum coniugibus suis *illis* · et prole · Sed et omnibus orthodoxis ·
6 atque catholicae et apostolicae fidei cultoribus: Necnon et pro famulis tuis
illis.

Memento domine famulorum famularumque tuarum · Et omnium cir- 662
9 cumastantium · quorum tibi fides cognita est et nota deuotio · Pro quibus
tibi offerimus uel qui tibi offerunt hoc sacrificium laudis · Pro se suisque
omnibus · Pro redemptione animarum suarum · Pro spe salutis et incolomi-
12 tatis suę reddunt tibi uota sua aeterno deo uiuo et uero.

Communicantes et memoriam uenerantes: In primis gloriosae semper 663
uirginis Mariae genetricis dei ac domini nostri Iesu Christi · Sed et beatissi-
15 /morum apostolorum et martirum tuorum ·   *f. 192*ᵛ

---

6 (*braunes* N *auf rotem* N)ecnon   8 tuaru(m-*Strich ausp.*)m   11-15 *Da durch die*
Benutzung der Text unleserlich wurde, ist er z. T. nachgezogen u. im 13. Jh. m.Zeichen a.unt.Rd
nochmals geschrieben worden: pro spe salutis et incolumitatis sue redunt tibi uota sua
eterno deo uiuo et uero · Comunicantes et memoriam uenerantes · in primis gloriose
semperque uirginis Marie genitricis dei ac domini nostri Iesu Christi · sed et beatisi-
morum apostolorum et martirum tuorum (*vgl. Tafel VI*).

---

4 famulo *Am Ge GrP GrHO*] beatissimo f. *GeA*² *GrHC CeS* / deuotissimo f. *GaB*
4/5 famulo – sed et *om. GaF*   4 tuo papa nro *il.* (seu *J*) et antistite nro *il.* (episcopo
GeV) *Ge GrHO*] tuo papa nro *il. GrP GrHC* / tuo *il.* papae nostro sedis apostolice et antestite nostro *GaB* / tuo *N* papa nostro episcopo sedis apostolicae *CeS* / (tuo papa nostro
*C*²) et sacerdote tuo pontifice nro *il.* (et omni clero eius *F*) *ACDEFMO* / tuo *il.* papa
nostro seu antistite nro *il. K* / et sacerdote tuo papa romano seu et pontifice nro *il.*
et omni clero eius *H* / et sacerdote tuo papa nro *il.* et pontifice nro et omni clero
eius *N* / tuo et sacerdote tuo papa nostro *il. Ex*   4/5 regibusque – prole *J*] et
famulo tuo imperatore ⌈*il.*⌉ regibusque nostris cum quoiugibus et prole *A* / et famulis
tuis regibus uel imperatoribus *N* / et famulo tuo (*il. CEM*) imperatore (*il. D* / nro *K*)
CDEKM / et famulo tuo *il.* imperatore nro cum coniuge sua et prole *H* / et imperatore nro *il.* cum coniuge sua et prole et omni exercitu eorum *F* / *om. Ex Ge Gr Ga CeS*
5 sed *Am*   5/6 et omnibus – cultoribus *om. Ge GrP GrHC*   6 catholicae et apostolicae *Am* (*exc. E Ex*) *GrHO*] apostolicae *E Ex GeSC GaF CeS* / catolice *GeV*² *GaB*
cultoribus] c. et abbate nostro *N.* episcopo *CeS*   6/7 necnon – *il. J*
8 Memento] M. etiam *CeS* / M. ds rege nro cum omne populo Memento *GeV*² / M.
dne famulo tuo rege nro *il.* Memento *GeA*   famulorum] f. tuorum *N. CeS*   famularumque tuarum] tuorum *il. K*   tuarum *Ge Gr Ga CeS*] tuorum *in hoc loco recitari*
debent nomina uiuorum Ex / tuarum *hic nomina uiuorum memorentur si uolueris, sed non do-*
minica die, nisi caeteris diebus ORII/ tuarum *il. ACEFMO* / tuarum *il.* et *il. HN* / tuarum
il. et omnium illorum qui se in nris oracionibus commendauerunt et qui nobis suas
largiti sunt elemosinas *D* 9/10 pro – uel *Am* (*exc. Ex*) *GrHO* 12 reddunt tibi *Am*] t. r.
13 et] sed et *Ga*   semper] semperque *H Ex*   14 dei ac *Am* (*exc. F*)] dei et *F Ge*
Gr Ga CeS   beatissimorum *Am* (*exc. O*) *GaB*] beatorum *O Ge Gr GaF CeS*
15 et martirum *Am*] ac m.

	Cornelii	Kalemari	
Petri	Cornelii	Kalemari	
Et Pauli	Cypriani	Materni	
Andreae	Clementis	Eustorgii	3
Iacobi	Grisogoni	Dionisii	
Iohannis	Iohannis	Ambrosii	
Thomae	Et Pauli	Simpliciani	6
Iacobi	Cosme	Martini	
Philippi	Et Damiani	Eusebii	
Bartholomei	Apollinaris	Hilarii	9
Mathei	Uitalis	Iulii	
Symonis	Nazarii	Benedicti	
Et Tahddei (!)	Celsi	Sisinnii	12
Xisti	Protasii	Martirii	
Laurenti	Geruasii	Atque Alexandri	
Ypoliti	Uictoris		15
Uincenti	Naboris		
	Felicis		

Et omnium sanctorum tuorum · Quorum meritis precibus⌜que⌝ concedas · 18
ut in omnibus protectionis tuę muniamur auxilio: per Christum dominum
nostrum.

664 | Hanc igitur oblationem seruitutis nostrae · Sed et cunctae *f. 193*ᴿ 21
familiae ⌜tuę⌝ · quaesumus domine ut placatus susscipias · diesque nostros in
tua pace disponas · Atque ab aeterna nos damnatione eripi · et in electorum
tuorum iubeas grege numerari: per Christum dominum nostrum.   24

665 Quam oblationem quam pietati tuae offerimus: Tu deus in omnibus
quaesumus · + Benedictam + Asscriptam + Ratam rationabilem · accepta-
bilemque facere digneris: Quae nobis · corpus et sanguis fiat · dilectissimi 27
filii tui · domini autem dei nostri Iesu Christi.

---

3 A(n *aus angef.* a)ndreae   9 (B *a.Ras.*)artholomei   18 precibus(que *ü.d.Z.*)
22 tuę *ü.d.Z.*

---

2 Et *Am CeS*   13a-3b Xisti – Clementis *Am*] Lini Cleti Clementis Sixti Corneli
Cypriani Laurentii   9b-10c Apollinaris – Iulii *Am*] (Dionisii Rustici et Eleutherii
GeV[1] *GeA*) Helarii Martini (Ambrosi *GaB*) Agustini Gregorii Hieronimi Benedicti
Ge GaB / Helarii Martini *GaF* / om. *Gr CeS*   12b Celsi *ACDEL*[1] *Ex*] et C. *BFHKL*[2]
MNO   14b Geruasii] et G. *HM* / et G. Sisinnii Martyrii Alexandri *F*[2]   10c Iulii
EFK] et Iulii   11c-14c Benedicti – Alexandri] (Agustini *F*[2]) atque Benedicti *A 445*
B[2]*FM* / Agostini Benedicti Grecori *DL* / Augustini Benedicti *N* / Benedicti atque
Satyri *HO* / om. *ACEK Ex Ge Gr Ga CeS*   18 meritis precibusque] praecibus *Ex*
22 tuę] t. quam tibi offerimus in honorem *etc.* . . . . *Ga CeS*   suscipias *Am GaB*[2]
GaF] s. eumque *etc.* . . . . *CeS* / accipias *Ge Gr GaB*[1]   diesque] dies quoque *CeS*
23 nos damnatione *Am*] d. *K*[1] *Ex* / d. nos *Ge Gr Ga CeS*   eripi] eripe *GeV GaB* / eripias *GaF CeS*
25 quam – offerimus *Am*   27 digneris] dignare *ORII GaF CeS*   quae *Am* (*exc.*
CO) *Ga CeS*] ut *CO Ge Gr GaB*[2] *ORII*   28 autem dei *Am* (*exc. A*[1]*C*) *Ga*] ac dei *C* /
dei *GeV GeS GrP GrHC* / om. *A*[1] *GeA GrHO GaB*[2] *CeS*[2] *ORII*

Qui pridie quam pro nostra et omnium salute pateretur · Accipiens panem 666
eleuauit oculos ad caelos · ad te deum patrem suum omnipotentem: Tibi
3 gratias agens · + Benedixit fregit · Deditque discipulis suis dicens ad eos:
Accipite et manducate ex hoc omnes · hoc est enim corpus meum · Simili
modo posteaquam caenatum est · Accipiens calicem eleuauit oculos ad
6 caelos · Ad te deum patrem suum omnipotentem · Item tibi gratias agens · +
Bene-/dixit · tradidit discipulis suis dicens ad eos · Accipite · et *f. 193*V
bibite ex eo omnes: Hic est enim calix sanguinis mei · Noui et aeterni testa-
9 menti · Mysterium fidei: Qui pro uobis et pro multis effundetur · In remissionem peccatorum:

Mandans quoque et dicens ad eos · Haec quotienscumque feceritis · in 667
12 meam commemorationem facietis: Mortem meam praedicabitis: Resurrectionem meam annuntiabitis: Aduentum meum sperabitis · Donec iterum
de caelis ueniam ad uos:

15 Unde et memores sumus domine nos tui serui · sed ⟨et⟩ plebs tua sancta · 668
domini nostri Iesu Christi passionis · necnon et ab inferis mirabilis resurrectionis · Sed et in caelos gloriosissimae ascensionis: Offerimus praeclare
18 maiestati[s] tuae de tuis donis ac datis + Hostiam puram · + Hostiam sanctam · + Hostiam immaculatam · Hunc panem sanctum uitae aeternę · et
calicem salutis perpetuae:

21 Supra quae propitio ac sereno uultu tuo respicere digneris: / Et *f. 194*R 669
accepta habere · sicuti accepta habere dignatus es munera iusti pueri tui
Abel ·+ et sacrificium patriarchae ⌐nostri Habrahę⌐ · et quod tibi obtulit
24 sum⟨m⟩us sacerdos tuus Melchisedech · sanctum sacrificium · inmaculatam
hostiam.

---

9 effunde(n *gel.*)tur   18 (d *aus* t)atis   23 nostri (*Spiritus asper statt* H)abrahę
ü.d.Z.

---

1 pro – salute *Am cf. Mon*   1/2 Accipiens – oculos *Am*] accepit panem in scas ac
uenerabiles manus suas eleuatis oculis (suis *GaB*² *GaF CeS*) *Ge Gr Ga CeS*   2 ad caelos *Am*] ad caelum *GaF CeS* / in caelos *GrP GaB* / in caelum *Ge GrH*   tibi *om. GaB*
3 agens] egit *GaF CeS*   deditque *Am*] dedit   ad eos *Am* (eis *N*)   4 ex hoc
omnes *om. GaF*   5 accipiens *Am Ge Gr*] accepit *GaB* / accipit *GaF CeS*   5/6 calicem – omnipotentem *Am*] et hunc praeclarum calicem in scas ac uenerabiles manus
suas   6 caelos] caelum *Ex*   7 tradidit *Am cf. Mon*] dedit   ad eos *Am*   8 eo
Am Ge Gr GaB] hoc *GaF CeS*   sanguinis] sancti s. *GaB*¹ *CeS cf. Mon*   9 effun-
detur] effunditur *GaB cf. Mon*
11 Mandans – eos *Am*   ad eos] eos *BC*¹   12 meam commemorationem *Am*]
mei memoriam   facietis] faciatis *GaB*¹ *CeS*   mortem *Am*] passionem *CeS*   14 de
caelis ueniam ad uos *Am*] u. ad uos de c. *CeS*
15 sumus *om. GeA*   16 dni – Christi *Am*] Chr. filii tui dni dei nri tam beatae   mirabilis *Am*   17 sed et] sed *H*   gloriosissimae *Am*] gloriosae   18 maiestatis *A*¹*D*¹ *M*
GaB] maiestati   19 hunc *Am*
21 tuo *Am* (*exc. EN*)   respicere digneris *Am Ge Gr*] aspicere dignare *Ga CeS*   22 accepta ... accepta *Am Ge Gr*] acceptu ... acceptu *GaF* / acceptum ... acceptum *GaB*/
acceptu ... accepto *CeS*   iusti pueri tui *Am* (*exc. K*)] i. t. p. *K* / p. t. i. *Ge Gr Ga CeS*

670　　Supplices te rogamus omnipotens deus · iube haec perferri per manus
sancti angeli tui · In sublimi altare tuum · Ante conspectum tremendae
maiestatis tuae: Ut quotquot ex hoc altari sanctificationis · Sacrosanctum　3
corpus et sanguinem domini nostri Iesu Christi sumpserimus · omni benedictione caelesti et gratia repleamur: per Christum dominum nostrum.

671　　Memento etiam domine · et eorum nomina qui nos praecesserunt cum　6
signo fidei et dormiunt in somno pacis · *illorum* · Istis et omnibus in Christo
quiescentibus locum refrigerii lucis et pacis ut indulgeas deprecamur: per
eundem Christum dominum nostrum.　　　　　　　　　　　　　　　　9

672　　Nobis quoque minimis et peccatoribus famulis tuis · de multitudine
misericordiae tuae sperantibus / partem aliquam et societatem　*f. 194*^v
donare digneris · cum tuis sanctis apostolis et martiribus ·　　　　　　　12

Cum Iohanne	Agne	Eufumia
Et Iohanne	Caecilia	Lucia
Stephano	Felicitate	Iustina
Andrea	Perpetua	Sabina
Petro	Anastasia	Et cum omnibus sanctis tuis ·
M[m]a^rr¹cellino	Agatha	

Intra quorum nos consortium · non aestimator meriti · Sed ueniae quaesumus
largitor admitte: per Christum dominum nostrum.

---

2 sublimi(tate *gel.*)　　　7 omnibus (*Ras.v.2–3 Buchst.*)　　　18 M[m]a(r *ü.d.Z.*)cellino

---

1 rogamus] r. et petimus *GaF CeS*　2 sancti *Am GrHO Ga CeS*　　sublimi altare tuum]
sublime a. t. *S GeV GeS Gr* / sublimi altari tuo *GeA GaF CeS* / sublimi altario tuo *GaB*
ante conspectum tremendae *Am*] in conspectu diuinae　　3 hoc altari sanctificationis
B D¹ E F G H K L¹ Ex GaF CeS] h. a. sanctificatione *D²* / hac altare sanctificatione *L²* /
hac altaris sanctificatione *A M* / haltaris hac sanctificatione *N* / h. a. participationis
GaB / hac altaris participatione *Ge Gr*　　4 corpus – Christi *Am*] filii tui corpus et
sanguinem　　5 caelesti *om. CeS*
6 Memento] *Hic mortuorum mentionem facere debet sacerdos hoc modo:* Memento *Ex*　etiam
om. Ex　et eorum nomina *GeM GrP GrHC 224,4 ORII Ga CeS*] famulorum tuorum (*il.
K GrHO) B K GrHO 224,4* / famulorum famularumque tuarum (*il. D E F L M / il.* et *il. H N
GrHO) S (exc. B K) GrHO 1,28* / famulorum famularumque tuarum *ill.* et *ill.* et eorum
qui se nris licet indignis precibus commendauerunt et quorum quarumque . . . *Ex*
7 il.] *Et recitantur. Deinde postquam recitata fuerint dicit ORII* / *Item post lectionem GrH
224,5* / *om. S GeM GrP GrHO 1,28 Ga CeS*　istis *GrH 224,5 GaG*] ipsis (dne *B D H K N
ORII GaF) S GrP GrHO 1,28 ORII GaB GaV GaF CeS* / illis dne *GeM*　　in Christo]
in te *EM*　8 et] ac *A E H L M*　9 eundem *J*
10 minimis et *Am GeM*　　11 misericordiae tuae *Am*] miserationum tuarum　　et
societatem *Am GeA GeSC GrP² GrH GaF CeS*] societatis *GeV GeS GeM GrP¹ ORII GaB*
12 digneris] dignare *CeS*　　　apostolis] angelis ap. *H*　　14a et Iohanne *Am*
16a-16c Andrea – Sabina *Am*] Matthia Barnaba Ignatio Alexandro Marcellino Petro
Felicitate Perpetua Agatha Lucia Agne Caecilia Anastasia　　16c Sabina *B¹ E G K*] S.
Tecla Pelagia *A B² F M N* / S. Tecla Pelagia Marcellina Margareta *D* / S. Tecla Pelagia
Brigida Marcellina et Candida *H* / S. Tecla Pelagia et Margarita *L*　　19 meriti]
meritis *GeV GaB CeS*　　ueniae] ueniam *GeV GaB CeS*

Per quem haec omnia domine semper bona creas · + Sanctificas + Uiuificas 673
+ Benedicis: Et nobis famulis tuis largiter praestas · Ad augmentum fidei ·
3 Ad remissionem omnium peccatorum nostrorum · Et est tibi deo patri omnipotenti · Ex ipso et per ipsum et in ipso · Omnis honor uirtus laus gloria ·
Imperium perpetuitas et potestas · In unitate spiritus sancti: Per infinita
6 saecula saeculorum · amen.

Dum mittis particulam | oblatae in calicem dic secretae hoc. Commixtio *f. 195*R 674
consecrati · Corporis · et sanguinis domini nostri Iesu Christi · Nobis edenti-
9 bus et sumentibus ⟨proficiat⟩ in uita⟨m⟩ aeternam · amen.

Oremus · Praeceptis salutaribus moniti · et diuina institutione formati 675
audemus dicere:

12 Pater noster qui es in caelis · sanctificetur nomen tuum: Adueniat regnum 676
tuum · fiat uoluntas tua sicut in caelo et in terra: Panem nostrum cotti-
dianum da nobis hodie · et dimitte nobis debita nostra · sicut et nos dimitti-
15 mus debitoribus nostris: Et ne nos inducas in temptationem. *R.* Sed libera
nos a malo.

Libera nos quaesumus domine ab omnibus malis · praeteritis praesentibus 677
18 et futuris · Et intercedente pro nobis beata Maria genetrice dei ac domini
nostri Iesu Christi · Et sanctis apostolis tuis · Petro et Paulo atque Andrea ·
Et sanctis confessori^rbu¹s tuis Ambrosio et Simpliciano | atque Bene- *f. 195*V
21 dicto · una cum omnibus sanctis tuis: Da propitius pacem in diebus nostris ·
ut ope misericordiae tuae adiuti · Et a peccato simus semper liberi · et ab
omni perturbatione securi · Praesta per eum cum quo beatus uiuis et regnas
24 deus · in unitate spiritus sancti: per omnia saecula saeculorum · amen.

---

20 confessori(bu *ü.d.Z.*)s

---

2 nobis – praestas *Am*] p. n.   3 ad remissionem] et r. *C*   4 laus] l. et *L*¹
7/8 Commixtio consecrati *Am*] Fiat com. et consecratio *ORII* / Com. *CeS* / Sancta
sanctis et com. *MoS*   8/9 nobis edentibus et sumentibus *Am (exc. E)*] e. et s. *EM*¹ /
e. et bibentibus sit *MoS* / accipientibus nobis *ORII* / sit nobis salus *CeS*   9 in uitam
aeternam *ORII MoS*] ad u. aet. *M* / in u. perpetuam *CeS* / ad u. et gaudium sempiternam *S (exc. M)*
10 Oremus] POST CONFRACTORIUM *H*   Praeceptis – moniti] Diuino magisterio
edocti *CeS*   formati] adiuti *N*
16 malo] m. Amen *L GeSC GrHO*
18 et futuris] ac f. *AL*²   et intercedente] i. *H*   pro nobis *Am (exc. Ex) GeV GaB CeS*]
om. *Ex GeA GeS Gr*   18/19 beata – Christi *Am*] b. et gloriosa semper (semperque *GeV*
GrHO GaB) uirgine dei genetrice Maria *Ge Gr GaB* / om. *CeS*   19 sanctis] beatis *CeS*
atque Andrea *Am GeV GeA GeSC GrP GrHO*] om. *GeS GrHC GaB* / Patricio *CeS*
20 et – Benedicto] et beato Ambrosio confessore tuo atque pontifice *S* / nec non et
beatissimis confessoribus tuis Ambrosio Simpliciano atque Martino ... et beato Benedicto confessore tuo *Ebner 85* / nec non et (cum) beatissimis confessoribus tuis Ambrosio Simpliciano atque Martino *Ebner 106f.* / om. *Ge Gr GaB CeS*   21 una – tuis
Am] om. *Ge GrH GaB CeS* / cum omnibus sanctis *GeSC*   pacem] p. tuam *GaB CeS*
22 peccato] peccatis *GeV GrP*   semper liberi *Am GeSC GrHO CeS*] l. s. *Ge GrP GaB*
GrHC   23 praesta ... *Am*] per dnm ... *Ge Gr CeS* / om. *GaB*

678   Pax et communicatio domini nostri Iesu Christi sit semper uobiscum.
R. Et cum spiritu tuo.
Dicit diaconus hoc. Offerte uobis pacem.   3
679   ORATIO POST COMMUNIONEM. Dominus uobiscum. *R*. Et cum spiritu tuo.
Quod ore sumpsimus domine · mente capiamus: Ut de corpore et sanguine
domini nostri Iesu Christi fiat nobis remedium sempiternum: per eundem.   6
680   Dominus uobiscum.   *R*. Et cum spiritu tuo.
Kyrieleison · Kyrieleison · Kyrieleison.
Benedicat et exaudiat nos deus.   *R*. Amen.   9
Diaconus. Procedamus cum pace.   *R*. In nomine Christi.

CXV

DIE DOMINICA MISSA DE SANCTA TRINITATE   12

681   ORATIO SUPER POPULUM. Domine deus pater omnipotens famulos tuae
maiestati subiectos · per unicum filium tuum in uirtute sancti spiritus benedic et protege: Ut ab omni hoste / securi · in tua iugiter laude laeten- *f. 196*R   15
tur: per eundem · in unitate eiusdem spiritus sancti.

      681 A   AD CORINTHIOS II. 13,13
      681 B   SECUNDUM IOHANNEM. 15,26–16,4   18

682   SUPER SINDONEM. Omnipotens sempiterne deus · qui dedisti famulis tuis in
confessione uere fidei aeternae trinitatis gloriam agnoscere · et in potentia
maiestatis adorare unitatem: Quaesumus ut eiusdem fidei firmita-/te ·*f. 196*V   21
ab omnibus muniamur aduersis: qui uiuis.
683   ⟨SUPER OBLATA.⟩ Sanctifica quaesumus domine deus per tui nomini⌜s⌝
inuocationem huius oblationis hostiam: Et per eam nosmetipsos tibi perfice   24
munus aeternum: per.

---

23 nomini(s *ü.d.Z.*)

---

1 Pax – Christi *Am*] Pax dni *Ge Gr* / Pax et caritas dni nri Iesu Chr. et communicatio
sanctorum omnium *CeS*   uobiscum] nobiscum *CeS*   3 *Dicit diaconus hoc J*]
Diac. uel presbyter dicit E | *Deinde dicit diac. F*
5 dne] dne qs *Ve*   mente] mentibus *GaG*   5/6 ut – Christi *Am*] et de munere
temporali
13 famulos] nos f. *GrF*   tuae] tuos *A*¹   15 ut *om. GeSB*   hoste] aduersitate
GrF   laetentur] laetemur *NC*² *GrF*
21 ut *om. F K*²*L*   22 muniamur *Am GeM*] semper m. *C Gr GeSB*   qui *B D E H K L M N*¹]
per *A F G N*² *C Gr Ge*
23 dne *om. N*   ds *om. L*   nominis *Am Alc GeM*] sancti n. *C GrF GeSB*   24 in-
uocationem] i. uirtutem *GeM*   per *Am C Ge*] cooperante spu sco per *Gr*

PRAEFATIO. UD Aeterne deus: Qui cum unigenito tuo filio et cum spiritu 684
sancto · unus es deus · unus es dominus: Non in unius singularitate personae ·
3 sed in unius trinitate substantiae: Quod enim de tua gloria reuelante te credimus · hoc de filio tuo hoc de spiritu sancto sine differentia discretionis
sentimus: Ut in confessione uerae sempiternaeque deitatis · et in personis
6 proprietas et in essentia unitas · et in maiestate adoretur aequalitas: quam
laudant.

⟨POST COMMUNIONEM.⟩ Proficiat nobis ad salutem corporis et animae 685
9 domine deus huius sacramenti susceptio · et sempiternę sanctae trinitatis
confessio: qui uiuis et regnas.

CXVI

12 ## FERIA II MISSA PRO PECCATIS

ORATIO SUPER POPULUM. Exaudi domine quaesumus supplicum praeces · 686
et confitentium tibi parce peccatis: Ut et pariter nobis indulgentiam tribuas
15 benignus et pacem: per.

686 A / EPISTULA BEATI PAULI APOSTOLI AD ROMANOS. 7,22–25   *f. 197*R
686 B   EUANGELIUM.
18   Petite et dabitur uobis. *Require in antea in missa pro uno uiuo.* (Lc 11,9–13)

ORATIO SUPER SINDONEM. Deus cui proprium est semper misereri et parcere · 687
suscipe deprecationem nostram: Et quos delictorum catena constringit
21 miseratio tuae pietatis absoluat: per dominum.

SUPER OBLATA. Hostias tibi ⌐domine⌐ placationis offerimus: Ut et delicta 688
nostra miseratus absoluas · et nutantia corda dirigas: per.

---

19 pro(pr *a.Ras.*)ium   22 domine *ü.d.Z.*

---

1 tuo filio *J*] f. t.   cum *J*   1/2 spu sco *Am C GrF Alc GeSC GeM MoS*] sco spu
GrA GeV GeS GeSB   2/3 ds – substantiae] ds in personarum trinitate et unus es dns
in trinitate *MoS*   3 reuelante te] te r. *AG* (*J 502*) / r. *MoS*   4 de spu] etiam de
spu *MoS*   differentia discretionis *Am (exc. D G) C Alc GeS GeSB GeM*] differentiae
discretione *A*¹*G GrF GrA* (*J 502*) / differentia discretione *D GeV* / ulla discretione *MoS*
5 uerae sempiternaeque] sempiternae *Alc*   6 essentia – maiestate] m. unitas et in
deitate *MoS*   quam *Am (exc. A D G) C GrF GrAR GeSC GeSBC GeM*] quem *A D G Alc
GrAO GeV GeSB* / per Christum *GeS*
9 susceptio *Am Alc Ge*] perceptio *C GrF*   sempiternę *Am Alc GeM*] sempiterna *C
GrF GeSB*   sanctae *om. Alc*   10 confessio] eiusdemque indiuiduae unitatis c. *GrF*
qui *Am (exc. A G)*] per *A G C Gr Ge*
13 dne qs *B E F H K L M N Alc*] qs dne *A D G C Gr (exc. Alc) GeA* (*J 1191*)   14 ut et *J*] ut
19 semper misereri *Am Alc*] m. s. *C Gr (exc. Alc) GeA* (*J 1192*)   20 et *Am C Gr (exc.
Alc)*] ut *Alc GeA* (*cf. J 57*)
23 dirigas *B D² E F H K L M N GeSB GeM*] tu d. *A D*¹*G C Gr (exc. GrF) GeV GeA* (*J 1193*) /
ad te d. *GrF*

689 INFRACTIONE. Hanc igitur oblationem domine quam tibi offerimus pro peccatis atque offensionibus nostris · ut omnium delictorum nostrorum remissionem consequi mereamur: per Christum. 3

690 POST COMMUNIONEM. / Praesta nobis aeternę saluator: Ut perci- *f. 197ᵛ* pientes hoc munere ueniam peccatorum · deinceps peccata uitemus: per.

CXVII 6

FERIA III MISSA AD POSCENDAM ANGELICA SUFFRAGIA

691 Plebem tuam quaesumus domine · perpetua pietate custodi: Ut secura semper et necessariis adiuta subsidiis · spirituum tibimet placitorum pia 9 semper ueneratione laetetur: per.

> 691 A LECTIO LIBRI APOCALIPSIS IOHANNIS APOSTOLI. 19,9–10
> 691 B SECUNDUM IOHANNEM. 5,1–4 12
> descendisset / in (5,4) *f. 198ᴿ*

692 SUPER SINDONEM. Perpetuum nobis domine tuae miserationis · praesta subsidium · quibus et angelica praestiti⟨sti⟩ suffragia non deesse: per 15 dominum.

693 SUPER OBLATA. Hostias tibi domine laudis offerimus suppliciter deprecantes: Ut easdem angelico pro nobis interueniente suffragio et placatus 18 accipias · et ad salutem nostram peruenire concedas: per.

694 PRAEFATIO. UD Aeterne deus: Quamuis enim illius sublimis angelicae substantiae sit habitatio semper in caelis · tuorum tamen fidelium praesumit 21 affectus · pro tuae reuerentia potestatis · per haec piae deuotionis officia · quoddam retinere pignus in terris · asstantium in conspectu tuo iugiter ministrorum: per Christum. 24

695 POST COMMUNIONEM. Repleti domine benedictione caelesti · suppliciter imploramus: Ut quod fragili caelebramus officio · sanctorum angelorum nobis prodesse sentiamus auxilio: ⌈per.⌉

14-17 praesta – supp(liciter) *a.Ras.*, *wohl v.* suppliciter deprecantes · ut easdem angelico pro nobis interueniente suffragio et placatus accipias · et ad salutem nostram peruenire concedas: per. 27 per *ü.d.Z.*

---

1 oblationem dne] o. *J*¹*G*   2 peccatis] p. nostris *GrF*   nostris] n. qs dne *N*
3 mereamur] mereatur *Alc*   per Christum *Am (exc. G)*] diesque *G* / qs placatus
*K*² / qs dne ut placatus *C Gr*
4 nobis] n. qs dne *C*   aeternę saluator] omps ds *GeV GeA*   5 hoc] paschali *GeV GeA*
peccatorum] delictorum *GrF*
18 angelico pro nobis] p. n. a. *LM*   19 peruenire *AEG GrF*] prouenire
20 angelicae] gloriosaeque *Ve*   22 affectus] affectum *DL*   potestatis] maiestatis *O*
piae] pia *GrF*
25 dne *om. Ve*   26 quod] quae *Ve*   sanctorum angelorum *Am*] s. archangelorum
C Gr / per beatos apostolos tuos *Ve*

CXVIII

FERIA IIII MISSA DE SAPIENTIA

3 ORATIO SUPER POPULUM. Deus qui misisti filium tuum · et ostendisti crea- 696
turae creatorem: Respice propitius super nos famulos / tuos · et *f. 198ᵛ*
praepara agiae sophiae dignam · in cordibus nostris habitationem: per
6 eundem.

696 A LECTIO EPISTULAE BEATI IACOBI APOSTOLI. 1,3–6
696 B SECUNDUM IOHANNEM. 17,1–3

9 SUPER SINDONEM. Deus qui per coaeternam tibi sapientiam hominem cum 697
non esset condidisti · perditumque misericorditer reformasti: Praesta quaesumus ut eandem pectora nostra te inspirante tota mente amemus · et ad te
12 toto corde curramus: per.

SUPER OBLATA. / Sanctificetur quaesumus domine deus · huius *f. 199ᴿ* 698
nostrae oblationis munus · tua cooperante sapientia: Ut tibi placere possit
15 ad laudem · et nobis proficere ad salutem: per.

PRAEFATIO. UD aeterne deus · Qui tui nominis agnitionem et tuae poten- 699
tiae gloriam · nobis in coaeterna tibi sapientia reuelare uoluisti: Ut tuam
18 confitentes maiestatem · et tuis inherentes mandatis · tecum uitam habeamus
aeternam: per Christum.

POST COMMUNIONEM. Infunde quaesumus domine deus per haec quae 700
21 sumpsimus · tuae cordibus nostris lumen sapientiae: Ut te ueraciter agnos-
camus · et fideliter diligamus: per.

CXVIIII

24 ### FERIA V MISSA PRO CARITATE

ORATIO SUPER POPULUM. Deus uita fidelium gloria humilium · beatitudo 701
iustorum · propitius accipe supplicum preces: Ut animae quae promis-
27 siones tuas sitiunt · de tuę sempeɪ ᴄaritatis abunʳdanˡtia repleantur: per.

701 A EPISTULA BEATI PAULI APOSTOLI AD CORINTHIOS I. 13,4–8
sunt: / Non (13,5) *f. 199ᵛ*
30 701 B SECUNDUM IOHANNEM. 13,33–35

---

27 abun(dan *ü.d.Ʒ.*)tia

---

11 eandem *Am*] eadem *A¹C Gr*   pectora nostra *om. B O*   te inspirante *Am*] i. te *C Gr*
13 ds *om. DL M*   14 munus] manus *G*
17 coaeterna – sapientia] coaeternam – sapientiam *A*
20 dne ds *Am*] dne *C Gr*   haec *Am*] h. sancta *C Gr*
25 beatitudo] et b. *A*   26 accipe] respice *H* / suscipe *GeV*   27 tuę . . . caritatis
abundantia] tua . . . c. ə. *A K¹* / tua . . . a. *GeV*

702 SUPER SINDONEM. Omnipotens sempiterne deus: Qui iustitiam tuae legis in cordibus credentium digito tuo scribis · da nobis fidei spei et caritatis augmentum: Et ut mereamur assequi quod promittis · fac nos amare quod 3 praecipis: per dominum.

703 SUPER OBLATA. Mitte domine quaesumus spiritum sanctum · qui et haec munera praesentia nostra tuum nobis efficiat sacramentum et ad hoc perci- 6 piendum nostra corda purificet: per · in unitate.

704 ⟨POST COMMUNIONEM.⟩ Spiritum nobis domine tuae caritatis infunde: Ut quos uno caelesti pane satiasti · una facias / pietate concordes: per *f. 200*R 9 dominum · in unitate[m] eiusdem.

CXX

FERIA VI MISSA SANCTAE CRUCIS 12

705 ORATIO SUPER POPULUM. Deus cui cunctae oboediunt creaturae et omnia in uerbo fecisti in sapientia · supplices quaesumus ineffabilem misericordiam tuam · ut quos per lignum sanctae ⌐crucis¬ filii tui pio cruore es dignatus 15 redimere · tu qui es lignum uitae paradisique reparator · omnibus in te credentibus diri serpentis uenena extinguas · et per gratiam sancti spiritus poculum salutis semper infundas: per eundem. 18

705 A AD PHILIPPENSES. 2,8–11
705 B EUANGELIUM SECUNDUM MATHEUM. 20,17–19
condemp-/nabunt (20,18) *f. 200*V 21

706 SUPER SINDONEM. Deus qui unigeniti filii tui praetioso sanguine · uiuificę crucis uexillum sanctificare uoluisti: Concede quaesumus eos qui eiusdem sanctae crucis gaudent honore tua quoque ubique protectione gaudere: per 24 eundem.

---

2 digito(*Ras.v.2 Buchst.*) tu(o *aus* i) 3 fa(*Buchst.gel.*)c 15 crucis *ü.d.Z.*

---

1 Omps semp ds *Am C Gr*] Ds *GeV GaG* iustitiam tuae *Am (exc. A D) C Gr*] i. tuam *A D GeV* / iustitiae *GaG* legis] elegis *GeV* 2 spei et caritatis] spei c. *D*¹ / speique c. *D*² / et spei caritatisque *GeV 1324* 3 quod (2⁰)] quae *H K*¹*M Alc* 4 praecipis] praecipisti *GeV 1324*
5 qui et] ut qui *L* / qui *O* 6 nostra *A*¹*G GrF Ve*] om. *S C Alc*
8 nobis] in n. *D H N O GeA* tuae om. *L* 10 in unitate *Am Alc*
13 cunctae ... creaturae] cuncta ... creatura *GeV* omnia] qui o. *GrF* 13/14 in uerbo – sapientia] fecisti u. tuae sapientiae *GrF* in uerbo] in u. tuo *G GeV GeS* / u. *E*¹ / u. tuo *S C GeA* / uerbi tui *Alc* 14 in sapientia] s. *G Alc GeSC* misericordiam *Am (exc. G) C*] clementiam *G Gr Ge* 16 in te credentibus] intercedentibus *GeV GeA* 17 diri *Am (exc. G) C GeA*] dira *G Gr GeV GeS* extinguas *Am (exc. G) C GrF*] extingue *G Alc Ge* / excludas *GeSC* sci sps *Am C Gr*] sps sci *G Ge* 18 infundas *Am C GrF GeSC*] infunde *G Alc Ge* per eundem *Am (exc. H O) C GrF GeSC*] per dnm *H O GeA GeS* per ... *A G M*] per ... in unitate *S (exc. A M) C GeSC*
22 qui] qui in *K*¹ tui om. *N* 23 sanctificare] sanctificari *Alc* / om. *L* eos] ut *C*
24 quoque] qu. facias *C*

SUPER OBLATA. Haec oblatio domine ab omnibus nos purget offensis · 707
quae in ara crucis etiam totius mundi tulit offensam: per.

3 ⟨PRAEFATIO.⟩ UD Aeterne deus · Qui salutem humani generis · in ligno 708
crucis constituisti: Ut unde mors oriebatur · inde uita resurgeret: Et qui in
ligno ⌐uincebat per lignum¬ quoque uinceretur: per Christum.

6 POST COMMUNIONEM. Adesto domine deus noster: Et quos sanctae crucis 709
laetari fecisti honore · eius quoque perpetuis defende subsidiis: per.

CXXI

9 ## SABBATO MISSA SANCTAE MARIAE

ORATIO SUPER POPULUM. Omnipotens deus famulos tuos dextera potentiae 710
tuę a cunctis protege periculis: Et beata Maria semper uirgine intercedente ·
12 fac eos praesenti gaudere prosperitate et futura: per.

710 A LECTIO LIBRI SAPIENTIĘ. Eccli 24,14–16
fu-/turum (24,14)   *f. 201*R
15   710 B EUANGELIUM SECUNDUM ⟨LUCAM⟩.
Intrauit dominus Iesus in quoddam castellum. *Require in antea. in assumptione sanctae Mariae.* (10,38–42)

18 SUPER SINDONEM. Concede nobis famulis tuis quaesumus domine deus · 711
perpetua mentis et corporis prosperitate gaudere: Et gloriosa beatae Mariae
semper uirginis intercessione a praesenti liberari tristitia · et futura perfrui
21 laetitia: per dominum.

SUPER OBLATA. Tua domine propitiatione et beatae Mariae semper uirginis 712
intercessione · ad praesentem atque perpetuam haec oblatio nobis proficiat
24 prosperitatem: per.

POST COMMUNIONEM. Sumptis domine salutis nostrae praesidiis · da quae- 713
sumus eius patrociniis nos ubique protegi · in cuius ueneratione haec tuae
27 optulimus maiestati: per.

---

5 uincebat per lignum *a.Rd a.Hd*   6 cruc(*Buchst.gel.*)is   20 (s *gel.*) uirginis

---

2 offensam] offensas *Alc*
4/5 in ligno . . . per lignum] per lignum . . . per l. *C* / in ligno . . . in ligno *S Gr*
6 Adesto *G*] A. nobis *S C Alc* / A. nobis qs *GrF*   et] ut *B D*   7 fecisti] facis *GrF*
fecisti honore] h. f. *Alc*
10 Omps] Omps semp *A G*   12 eos *Am C GeSB*] nos *Gr*   futura *Am C GeSB*] aeterna *Gr*
18 nobis – tuis *Am (exc. A G) Gr*] nos famulos tuos *A G C GeSB*   19 prosperitate *Am*
Alc] sanitate *C GrF GeSB*
22 propitiatione] protectione *G*   23 praesentem atque perpetuam *Am*] perp. a.
praes. *C Gr GeSB*   nobis *om. A*
25 praesidiis *Am (exc. G)*] subsidiis *G C Gr GeSB*   26 eius] beatę Marię *C*   patrociniis nos ubique *Am*] n. p. u. *Gr GeSB* / p. u. n. *C*

CXXII

ORATIONES ET PRECES IN NATALI / UNIUS APOSTOLI *f. 201*ᵛ

715　ORATIO SUPER POPULUM. Deus qui es omnium sanctorum tuorum splendor mirabilis: Quique hunc diem beati apostoli tui *illius* martyrio consecrasti: Da ecclesiae tuae de natalicia tanti ⟨pontificis tui⟩ festiuitate laetari · ut apud misericordiam tuam et exemplis eius adiuuemur et meritis: per.　　　6

715 A　EPISTULA BEATI PAULI APOSTOLI AD EPHESIOS. 1,3–14
eius / quod (1,9)　　　　　　　　　　　　　　　　*f. 202*ᴿ
715 B　EUANGELIUM SECUNDUM MATHEUM. CAPUT LXXV⟨IIII⟩. 10,1–8　　9
tra-/didit (10,4)　　　　　　　　　　　　　　　　*f. 202*ᵛ

716　⟨SUPER SINDONEM.⟩ Quaesumus omnipotens deus · beatus *ille* apostolus tuus · pro nobis imploret auxilium: Ut a nostris reatibus absoluti · a cunctis　12 etiam periculis exuamur: per.

717　SUPER OBLATA. Sacrandum tibi domine munus offerimus: Quo[d] beati *illius* apostoli · sollemnia recolentes · purificationem quoque nostris mentibus　15 imploremus: per.

718　POST COMMUNIONEM. Perceptis domine sacramentis · suppliciter exoramus: Ut intercedente beato *illo* apostolo tuo · quae pro illius ueneranda gerimus　18 sollemnitate · nobis proficiant ad medelam: per.

---

2 *Durch Beschädigung des Foliums blieb die Überschrift nur bis* IN N *erhalten; a.u.Rd wurde v.a.Hd ergänzt:* IN NATALI　　714 *(am oberen Rd a.Hd)* Deus qui nos beati Barnabe apostoli tui meritis et intercessione letificas · concede propitius · ut qui eius beneficia possimus · dona tuae gratiae consequamur: per.　5 ecclesi(ae *aus* a)　tu(ae *aus* a)　pontificis tui *gel.*

---

3 Ds - es] Dne ds *GaG*　　omnium *om. GrH*　　tuorum *om. GaG*　　4 quique *Am Ge*] qui *GrH GaG*　　5 de natalicia – festiuitate laetari *Am*] de n. tantae festiuitatis 1. *Ge* / de eius n. semper gaudere *GrH* / digne de tanto gaudere apostulo *GaG*　　natalicia *Am (exc. O) GeV GeS GrHC*] natalitio *O GeA GrHO*　　6 et exemplis *Am GeV GeA*] exemplis *GrH* / et exemplum *GaG* / *om. GeS*　　adiuuemur et meritis *Am*] iuuemur et m. *GaG* / et m. ad. *GeV GeA* / protegamur et m. *GrH* / et m. ad. et precibus *GeS*
11 beatus *Am*] ut b. *Ge Gr*　　11/12 *il.* apostolus tuus] ap. tuus *il. O*　　12 tuus *Am GeS*] tuum *GrHO GrA* / *om. GeA GrP GrHC*
14 Sacrandum] Sacrandorum *L*　　quod *A O GrH*] per quod *N* / quo *S (exc. A N O) Ve Ge GrP GrA*　　15 *il.* apostoli *GN*] *il.* ap. tui *D* / ap. *il. CFLO* / ap. tui *il. ABEKM*　　16 imploremus *B D² EFGKMNO*] imploramus *ACD¹L Ve Ge Gr*
17 suppliciter] supplices *Ve*　　exoramus *AG GeA GeS Gr*] rogamus *GeV* / te rogamus *S (exc. A) (J 1013) Ve*　　19 sollemnitate *A G GrA*] passione　　medelam *A G Ve Ge Gr*] salutem *S (exc. A) (J 1013)*

CXXIII

ITEM IN NATALE PLURIMORUM APOSTOLORUM

3 ORATIO SUPER POPULUM. Protector in te sperantium deus · familiam tuam 719
propitius respice: Et per beatus apostolos tuos *illos* | et *illos* · a cunctis *f. 203*R
eam aduersitatibus potentię tuę brachio defende: per.

6 719 A AD EPHESIOS. 2,19–22
719 B SECUNDUM IOHANNEM. CAPUT CXXXV. 15,12–16

SUPER SINDONEM. | Deus qui nos annua apostolorum tuorum sol- *f. 203*V 720
9 lemnitate laetificas: Praesta quaesumus · ut quorum gaudemus meritis ·
instruamur exemplis: per.

SUPER OBLATA. Munera domine quae pro beatorum apostolorum tuorum 721
12 *illius* et *illius* · sollennitate deferimus · propitius suscipe · et mala omnia quae
meremur auerte: per.

PRAEFATIO. UD omnipotens aeterne deus suppliciter exorantes: Ut gregem 722
15 tuum pastor aeterne non deseras · sed per beatos apostolos tuos *illum* et *illum*
continua protectione custodias: Et isdem rectoribus dirigatur · quos operis
tui uicarios eidem contulisti praeesse pastores: per Christum dominum.

18 POST COMMUNIONEM. Quaesumus domine salutaribus repleti mysteriis: Ut 723
quorum sollemnia celebramus · eorum orationibus adiuuemur: per dominum.

CXXIIII

MISSA IN UIGILIIS UNIUS MARTYRIS

21

ORATIO SUPER POPULUM. Tuere nos misericors deus: Et beati *illius* martyris 724
cuius natalicia preuenimus · semper guberna praesidiis: per.

24 724 A APOSTOLUS AD CORINTHIOS II. 1,3–7
tribulatione / nostra (1,4)   *f. 204*R
724 B LECTIO SANCTI EUANGELII SECUNDUM MATHEUM. CAPUT XCVI. 10,34–42
27 suam / perdet (10,39)   *f. 204*V

---

4 beatus] beatos   23 p *aus* p(re *ü.d.Z.*)uenimus

---

4 tuos *om. Alc*   *illos* et *illos*] *il.* et *il. A B E F G K O* | *il. ill. L* | *il. C M* | *N. Alc* | *om.*
D GrF   5 eam *Am (exc. A D) GrF*] etiam *A Alc* | *om. D*   aduersitatibus] aduersan-
tibus   brachio defende *Am GrF*] nos b. defendas *Alc*
8 tuorum *G*] t. *il. A C M N GrA O* | t. *il.* et *il. B D E F K L O GrA R*   9 quorum] scorum *A*[1]
11 beatorum *Am*   12 *il.* et *il. B D E F G K L O*] *il. A C M N GrA*
14 omps *J*   suppliciter exorantes *Am Ve GeV GrF*] te dne s. exorare *GeS GeA GrP GrH*
15 sed] et *Ve GeV*   *il.* et *il. A B D E F G K L O*] *il. C M N* | *om. Ve Ge Gr*   16 et
Am] ut *Ve Ge Gr*   rectoribus] cultoribus *O*   dirigatur *Am GrF*] dirigantur *Ve
GeV* | gubernetur *GeA GeS GrP GrH (J 1020)*   17 praeesse] esse *F*   per Christum *Am*
(exc. A D) Ve GeV] et ideo *A D GeA GeS Gr*
18/19 salutaribus . . . ut quorum] ut s. . . . qu. *GeV*   18 ut *om. GaF*   19 quorum . . .
eorum *Am Gr*] qu. . . . *GeV* | cuius . . . eius *GeA GeS* | cuius . . . *GaF*   sollemnia]
sollemnitatem *GaF*   orationibus] precibus *K*

725 SUPER SINDONEM. Quaesumus omnipotens deus: Ut nostra deuotio quae
natalitia beati *illius* martyris antecedit · patrocinia nobis eius accumulet: per.

726 SUPER OBLATA. Magnifica domine beati *illius* sollemnia recensemus · quae 3
promptis cordibus ambientes · oblatis muneribus et suscipimus et prehimus:
per.

727 PRAEFATIO. UD aeterne deus · Gloriosi *illius* martyris pia certamina prae- 6
currendo · cuius honorabilis annua recursione solemnitas et perpetua semper
et noua est: Quia et in conspectu tuae maiestatis permanet mors tuorum
praeciosa iustorum · et restaurantur / incrementa laetitiae · cum *f. 205*R 9
felicitatis aeterne recoluntur exordia: per Christum.

728 POST COMMUNIONEM. Sancta tua domine · de beati *illius* martyris praetiosa
passione et sollemnitate quam preimus nos refouent: Quibus et iugiter 12
saciamur · et semper desideramus expleri: per.

CXXV

ORATIONES ET PRAECES IN NATALE UNIUS MARTYRIS 15

729 ORATIO SUPER POPULUM. Da nobis quaesumus domine beati martyris tui
illius · passione gloriari: Ut eius semper et patrociniis confidamus · et fidem
congrua deuotione sectemur: per. 18

730 ALIA. Beati martiris tui *illius* domine sollemnia recensemus: Ut eius auxilio
tua beneficia capiamus · pro quo tibi laudes offerimus: per.

731 ALIA. Praesta quaesumus omnipotens deus: Ut beati martyris tui · *illius* 21
sine cessatione uenerantes natalicia · et fideli muniamur auxilio · et magnifico proficiamur exemplo: per.

732 ⟨ALIA.⟩ Beati martyris tui *illius* nos quaesumus domine precibus adiu- 24
uemur: Et eius digna sollemnia celebrantes · tuo nomini[s] fac nos semper
esse deuotos: per.

733 ALIA. Ut tibi domine placere possimus · beati martiris / tui *illius* · *f. 205*V 27
praecibus adiuuemur: per.

---

23 proficiamur (= *GrA*)] proficiamus

---

2 martyris *GeV*] m. uel confessoris *GeS* / confessoris uel m. *GeA*   accumulet *GeV*
GeS] accomuletur *GeA*
6 martyris] m. confessoris *GeS* / confessoris uel m. *GeA*   praecurrendo] uenerando praeuenire *GrA*   9 restaurantur] restaurata *GeV*   laetitiae] iustitiae *GrA*
11 de beati *GeS*] b. *GeV GeA*   12 sollemnitate *GeSC*] solemnia *Ge*   refouent *Ge*]
refoueant *GeSC*
17 passione *Am*] passionibus *Ve* / solemnitatibus *Ge*   patrociniis] patrocinio *O*
confidamus *Am (exc. O) Ve*] protegamur *O* / subleuemur *Ge*
19 *il.* dne] dne *il. L* / dne *E*   20 laudes *Am*] hostias laudis *Ve Ge*   offerimus]
referimus *L*
21 Praesta – ds *Am*] Tuorum nos dne qs precibus tuere sanctorum *Ge*   21/22 ut . . .
uenerantes natalicia *Am*] ut festa . . . u. *Ge*   22 fideli] fidei *L MA II*
24 nos qs *G Ge*] qs *S*   25 fac nos *Am (exc. L) Ge*] f. eos *L* / f. *GeSC*

ALIA. Exaudi domine preces nostras · et beati martyris tui *illius* · nos tuere   734
ubique praesidio: ⟨per.⟩

3   ITEM AD MISSAM · ORATIO SUPER POPULUM. Propitiare domine populo tuo: 735
Et quos in frequentatione beati martyris tui *illius* tribuis interesse · protectione
perpetua semper facias esse securos: per.

6   735 A EPISTULA BEATI PAULI APOSTOLI AD TIMOTHEUM II. 3,10–15
       735 B / LECTIO SANCTI EUANGELII SECUNDUM MATHEUM.   *f. 206*R
             CAPUT XCII[II]. 10,26–32

9   ORATIO SUPER SINDONEM. Beati martyris tui *illius* nos quaesumus domine ·   736
gloriosa merita prosequantur: Quae fragilitatem nostram · et praecibus
tueantur et meritis: per.

12   SUPER OBLATA. Suscipe quaesumus domine propitius munera · quae   737
in / beati martiris *illius* · commemoratione deferimus: Ut cuius honore *f. 206*V
sunt grata · eius nobis fiant intercessione perpetua: per dominum.

15   PRAEFATIO. UD *usque* aeterne deus · quia tibi festa sollemnitas agitur · tibi   738
dies sacrata celebratur: Quam beati martiris tui *illius* sanguis in ueritatis
tuae testificatione profusus · magnifico nominis tui honore signauit: Et ideo
18   cum angelis.

POST COMMUNIONEM. Sumpsimus domine in sancti martyris tui · *illius* sol-   739
lemnitate caelestia sacramenta · cuius suffragiis quaesumus largiaris: Ut
21   quod temporaliter gerimus · aeternis gaudiis consequamur: per dominum.

ITEM ALIA MISSA · ORATIO SUPER POPULUM. Beati martyris tui *illius* · nos   740
quaesumus domine · praeclara commitetur oratio: Et misericordiam tuam
24   nobis indesinenter imploret: ⟨per.⟩

---

3 *a.lk.Rd späterer Zusatz d. Antiphon* Iustus non conturbabitur · quia dominus firmat manum eius tota die miseretur et comodat et semen eius . . . in eternum dicit dominus.
5 f(a *aus* i)cias   9 *a.r.Rd späterer Zusatz d. Antiphon* In uirtute tua domine letabitur
iustus · et super salutare tuum exultauit ueementer.

---

1 beati – *il. Am*] sanctorum martyrum *Ve*   tui *om. C*   1/2 nos tuere ubique
praesidio *Am* (*exc. BHK*)] nos t. u. praesidiis *HK* / nos t. praesidiis *Ve* / precibus adiuuemur *B*
3 Propitiare *Am*] Adesto *Ve GeB* (*J 768*)   4/5 quos in frequentatione . . . tribuis . . .
securos *Am*] quem . . . tribuis (tribuas *GeB*) frequentationibus . . . securum *Ve GeB*
4 frequentatione] confrequentatione *D*   5 semper – esse *Am*] fac *Ve GeB*   secu-
ros] deuotos *L*
10 prosequantur] prosequatur *DL*
12 Suscipe – propitius] Respice dne *Ve Ge*   propitius *om. N*   13 martiris] m. tui *S*
il. *om. N*
15 quia tibi *Am*] tibi enim *Ve Ge GrA GaG* / tibi enim dne *GaB*   17 honore] amore *O*
et ideo *Am Ve*] per Christum
19 in *Am*   sancti martyris tui *il. Am* (*exc. G*)] s. il. m. tui *G C 2867* / s. il. m. *GeA
GeS* / s. Fabiani *GeV* / sanctorum tuorum *Ve Gr CeS*   sollemnitate *Am Ge*]
sollemnia celebrantes *Ve Gr CeS*   20 cuius – largiaris *Am Ve Ge*] praesta qs *Gr CeS*
22 il. *om. L*   23 qs dne *Am GeA GeS* (*cf. J 982*)] dne *Ve GeV Gr*   24 nobis]
pro n. *A*

740 A AD TIMOTHEUM II. 2,4–10
    Laborantem / agricolam (2,6)   *f. 207*R

740 B SECUNDUM MATHEUM. CAPUT CLXXI. 16,24–28   3
    dico / uobis (16,28)   *f. 207*V

741   SUPER SINDONEM. Praesta quaesumus omnipotens deus: Ut qui beati *illius*
martyris tui natalicia colimus · intercessione eius in tui nominis amore 6
roboremur: per.

742   SUPER [SIND] OBLATA. Muneribus nostris quaesumus domine precibusque
susceptis · et caelestibus nos munda mysteriis · et clementer exaudi: per 9
dominum.

743   PRAEFATIO. UD *usque* aeterne deus · per cuius potentiam beatus martyr
tuus *ille* · tyrannicam acerbitatem timere neglexit · Sed ita passionis suae 12
certamina pro tuo nomine alacris suscipere non dubitauit · ut dominicae
passionis unigeniti tui cruore in sui sanguinis effusione sequipeda efficeretur ·
per quem maiestatem tuam · laudant.   15

744   POST COMMUNIONEM. Protegat nos domine cum tui perceptione sacramenti
beatus martyr tuus intercedendo pro nobis · ut confessionis eius semper
expiemur auxilio: per.   18

CXXVI

/ ITEM MISSA IN NATALE PLURIMORUM SANCTORUM *f. 208*R

745   Protector fidelium deus · et sanctarum lumen animarum: Supplicum 21
tuorum preces dignanter exaudi · ut spiritalium uirtutum amore flagrantes ·
beatissimorum martyrum tuorum consortio copulemur: per.

746   ALIA. Deus uita et fortitudo iustorum · da nobis in tua gratia amare quae 24
recta sunt: Ut te custode seruati · ab omnibus uitae huius saeculi periculis
liberemur: per dominum.

747   ALIA. Praesta quaesumus omnipotens deus · ut non desinant sancti tui pro 27
nostris tibi supplicare peccatis · a quibus te uoluisti pro peccatoribus exorari: per.

---

9 clemen(t *gel.*)/ter   20 *a.Rd* Alexandri *a.Hd*   22 amor(e *aus* i, m-*Strich gel.*)

5/6 *il.* martyris tui *A G L*] m. tui *il. B C D E F K M N M A II* / m. tui *O*   7 roboremur]
roboremus *B K*
8 qs *om. Ve GeV*   9 susceptis] s. (et *A*) intercedente beato martire tuo *il. A²M*
14 unigeniti tui cruore] per u. t. c. *A* / per u. t. cruorem *S* (*exc. A*)   15 per quem]
per Christum *E*
17 tuus] t. *il. S*   intercedendo pro nobis *Am* (*exc. D*)] p. n. i. *Ge* (*J 1025*) / intercedente p. n. *D* / i. ille *GaF*   ut – semper *Am GaF*] ut et conuersationis eius *Ge*
(*J 1025*)   18 expiemur auxilio *Am*] experiamur auxilium *GaF* / experiamur insignia *Ge* (*J 1025*)
23 tuorum] t. *il. A B C D L M M A II* / t. *il.* et *il. E F K O*

ALIA. Deus qui sanctorum martirum tuorum · nobis intercessione succurris: 748
Da quaesumus ut eorum exultemus meritis · et patrocinio protegamur: per.

3 ⟨ALIA.⟩ Laetificet nos quaesumus domine beatissimorum martyrum 749
tuorum *illius* · et *illius* · gloriosa sollemnitas · ut qui tibi / placuerunt *f. 208*ᵛ
suis meritis · pro nobis implorent auxilium: per dominum.

6 ALIA. Misericordiam tuam quaesumus domine nobis clementer intende · 750
et sanctorum martyrum tuorum *illius* et *illius* · nobis placare praesidiis: per.

ALIA · SUPER POPULUM. Deus qui glorificaris in concilio sanctorum martirum 751
9 tuorum · respice ad preces humilitatis nostrae: Et quorum sollemnia caelebramus · eorum precibus adiuuari mereamur: ⌐per.¬

751 A ⟨EPISTULA⟩ APOSTOLI AD HEBREOS. 10,32–38
12 facientes / reportetis (10,36)   *f. 209*ᴿ
751 B LECTIO SANCTI EUANGELII SECUNDUM MATHEUM. CAPUT XXIIII. 5,1–12

⟨SUPER SINDONEM.⟩ / Deus qui nos in sanctorum sollemnitate laeti- *f. 209*ᵛ 752
15 ficas · et imitatione excitas ad profectum: Tribue ut quos ueneramur meritis
martyrum · pie conuersationis sequamur exemplis: per.

SUPER OBLATA. Suscipe quaesumus domine · et sanctifica hoc sacrificium 753
18 populi tui: Ut quod in honore beatissimorum martyrum tuorum offertur
ad gloriam · nobis prosit ad ueniam: per dominum.

PRAEFATIO. UD *usque* omnipotens aeterne deus · Quia te benedicunt omnes 754
21 sancti tui · teque collaudant: Qui magnum illud unigeniti tui nomen ·
⌐quod est super omne nomen:¬ Coram principibus et potestatibus uoce libera
confitentes · praetiosum tibi sanguinem gloriosa morte fundere fecisti:
24 Et ideo.

---

1 sanctorum (*Ras.v.5–6 Buchst.*)   8 con(c *a.Ras.v.* s)ilio   10 per *ü.d.Ƶ.*   21 colla(u
aus n)dant   22 quod – nomen *ü.d.Ƶ.*   princi(p *aus* b)ibus

---

1 tuorum] t. *il. A*
4 *il.* et *il. EKO*] *il. ABCDFLM MAII*
6 nobis *om. D MAII*   intende] impende *C²MO MAII*   7 *il.* et *il. EKO*] *il.*
ABCDFL MAII / *om. M*   nobis *om. L*
8 glorificaris] gloriaris *C*   9 tuorum *D M*] t. *il. ABCFLN MAII* / t. *il.* et *il. EKO*
10 adiuuari mereamur] adiuuemur *MAII*
14 in *Am*] annua *Ge Gr* / *om. Ve*   sanctorum *Am (exc. A)*] s. tuorum *A Ve*   sollem-
nitate] et s. *Ve*   15 et – profectum *Am Ve*   excitas *Am*] suscitas *Ve*   tribue
A] t. qs *S (exc. A)* / presta *Ve* / da *GeA* / da qs *GeS Gr*   15/16 meritis martyrum *Am*]
officio etiam *Ve Ge Gr*   16 exemplis *Am*] exemplo *Ve Ge Gr*
18 tuorum] t. *il. ABCDFLMN* / t. *il.* et *il. EGKO*
20 *usque* omps *J*   20/21 Quia – collaudant *Am*] te conlaudant et benedicunt (te
GeA / omnes *GaG*) sancti tui *GeA GaG* / confitebuntur tibi dne omnia opera tua et
sancti benedicant te *GaF*   21 tui *om. O*   qui] quia *GeA*   magnum] summum *GaF*
nomen] nomine *GaF*   22 quod – nomen *Am GaG*   principibus *Am*] regibus
GeA Ga   potestatibus *Am GaF*] p. huius saeculi *GeA GaG*   23 confitentes *Am*]
protestantes *GaF* / c. de persecutoribus tuis et diabulo triumphantes (triumpharunt
et *GaG*) *GeA GaG*   fundere fecisti *Am*] fuderunt . . . *GeA Ga*

755   ⟨POST COMMUNIONEM.⟩ Et nataliciis sanctorum domine et sacramenti
munere uegetati quaesumus · ut bonis quibus per tuam nunc fouemur ·
perfruamur aeternis: per.   3

756   ITEM ALIA MISSA · ORATIO SUPER POPULUM. Omnium uirtutum deus · bono-
rumque largitor: Da quaesumus · ut beatissimorum martyrum tuorum
illius et *illius* · semper nobis sint et honoranda sollemnia et de-/si-   *f. 210*ᴿ 6
derata praesidia: per.

    756 A   APOSTOLUS AD HEBREOS. 11,33–39
    756 B   LECTIO SANCTI EUANGELII SECUNDUM MATHEUM. CAPUT LXXXVI. 10,16–22   9
            Ecce / ego (10,16)   *f. 210*ⱽ

757   SUPER SINDONEM. Deus qui nos concedis sanctorum martyrum tuorum ·
illius et *illius* · natalicia colere: Da nobis in aeterna beatitudine · de eorum 12
societate gaudere: per.

758   SUPER OBLATA. Munera tibi domine nostrae deuotionis offerimus: Quae
et pro tuorum tibi grata sint honore iustorum / et nobis salutaria te *f. 211*ᴿ 15
miserante redda⟨n⟩tur: per.

759   PRAEFATIO. UD per Christum dominum nostrum: Cuius praetiosus sanguis
non solum pro nostrae captiuitatis redemptione effusus est · sed etiam 18
martyres suos in sui testimonii uictoria imitatores efficere est dignatus: Tu
namquae omnipotens deus eisdem martyribus fidei tuae constantiam · Ut
diabolum uincerent contulisti: Et nos quoque famulos tuos ope misericordiae 21
tuae condonatos · martyrum tuorum *illius* et *illius* · quibus hodie laetamur
triumphis · quaesumus consortes efficias: per eundem dominum nostrum.

760   POST COMMUNIONEM. Da quaesumus domine deus noster: Ut sicut in tuorum 24
commemoratione sanctorum temporali gratulamur officio · ita perpetuo
laetemur aspectu[m]: per.

14/15 quae (e *aus* i)t   20 namqu(ae *aus* a)

---

6 *il.* et *il. EKO*] *il. ABCDFLMN*   sint *Am*] adsint *Ve*
12 *il.* et *il. EKO*] *il. ABCDFLMN GrA*   beatitudine *Am GrA*] laetitia *Ge Gr*
(*J 1069*)
15 iustorum *BCDELMN Ge Gr*] sanctorum *AFKO* (*J 1071, 1184*)   15/16 te – red-
dantur] semper existant *N*
19 est dignatus] d. e. *C L* / d. *N*   21 diabolum *A G*] hostem antiquum *S (exc. A G)*
22 *il.* et *il. AEGKO*] *il. BCDFLMN*   quibus *A¹GLM*] quorum *A²BCDEFKNO*
23 eundem] quem una tecum *A*
24 in *Am (exc. A)*   26 laetemur] laetamur *A*

CXXVII

ORATIONES ET PRECES IN NATALE CONFESSORUM

3 Beatus sacerdos et confessor tuus *ille* quaesumus domine · / sua nos *f. 211*ᵛ 761
intercessione apud te commendet: Ut tibi placito fulti suffragio · quam precamur indulgentiam peccatorum consequi mereamur: per.

6 ALIA. Adesto domine precibus nostris · quas in sancti confessoris tui *illius* 762
commemoratione deferimus: Ut qui nostrae iustitiae fiduciam non habemus ·
eius qui tibi placuit precibus adiuuemur: per.

9 ALIA. Concede quaesumus domine beati sacerdotis et confessoris tui *illius* · 763
nos deprecatione muniri: Ut et temporaliter his patrociniis foueamur · et
spiritaliter praeparemur aeternis: per.

12 ALIA. Plebs tua domine laetetur tuorum honore semper sanctorum: Ut 764
eorum percipiat intercessione uotiua subsidia · quorum patrociniis gloriatur: per.

15 ALIA. Da quaesumus omnipotens deus · ut beati *illius* confessoris tui atque 765
pontificis ueneranda sollemnitas · et deuotionem nobis augeat et salutem: per.

ALIA. Beatus sacerdos et confessor tuus *ille* quaesumus domine sua nos inter- 766
18 cessione laetificet · et pie faciat in sua sollemnitate gaudere: per.

ORATIO SUPER POPULUM. / Exaudi domine preces nostras · quas in *f. 212*ᴿ 767
sancti confessoris tui *illius* commemoratione deferimus: In conspectu tuo qui
21 tibi digne meruit famulari · clarus semper existat: Supplicationem nostram
adiuuet · quod ipse prestare digneris: qui cum patre et spiritu sancto uiuis.

---

4 *Hs.* cõmendet   19 *a.u.Rd* . . . custodiuit in saeculum ueritatem domini fecit
iudi(c *aus* t)ium iniuriam patientibus et escam dedit exurie⟨n⟩tibus *a.Hd*

---

3 sua *Am*] pia *GaG*   4 apud te *Am*   ut *Am*] et *GaG*   placito *Am*] placido *GaG*
quam precamur *Am* (*exc. O*)] q. non meremur *GaG* / om. *O*   5 peccatorum –
mereamur *Am*] consequamur *GaG*
6 precibus *Am* (*exc. A H N*) *Ve Ge GaG*] supplicationibus *A H N* (*J 973*) *Gr*   sancti –
il. Am GeA GeS] sanctorum tuorum *Ve Gr* / sanctorum t. martyrum *il.* et *il. GaG*   con-
fessoris] sacerdotis et c. *M*   8 precibus *Am* (*exc. H N*) *GeA GeS*] meritis *Ve GeV*
Gr GaG / meritis et intercessionibus *H N* (*J 973*)
10 deprecatione] precatione *B*¹*G*   ut et] ut *A E*
12 honore semper *B K*] s. h. *Ve* / h. *A G*   ut *Am*] et *Ve*   13 gloriatur] gloriantur *A* / gratulantur *Ve*
15 qs] nobis *Ve GaG*   omps] o. et misericors *GaG*   *il.* om. *O*   15/16 atque pontificis *Am* (*exc. D*)
17 Beatus . . . qs dne *Am*] Sanctus dne . . . *Ge GaF*   *il.* om. *D*¹*L*   18 pie – sua
Am] pia faciat *Ge GaF*
20 commemoratione *Am GaG GaB*] solemnitate *Ge GrP GaF*   in conspectu tuo
Am] ut in c. t. et *GaG* / et presta ut sicut ille in c. t. *GaB* / ut *Ge GrP GaF*   21 tibi om.
MA II   existat *A G GaG*] extetit *GaB* / existens *S* (*exc. A G*)   21/22 supplicationem – uiuis *Am*] et supplicatio nos adiuuet tibi grata iustorum: per *GaG* / ita eius nos
supplicatio in bonis actibus adiuuit: per *GaB*

767 A   EPISTULA BEATI PAULI APOSTOLI AD TIMOTHEUM I. 6,12–16
767 B   LECTIO SANCTI EUANGELII SECUNDUM MATHEUM. CAPUT CCLXIII. 24,42–47
      uester / uenturus (24,42)   *f. 212*ᵛ   3

768   SUPER SINDONEM. Adesto domine populo tuo · et quos in frequentatione
beati sacerdotis et confessoris tui *illius* · tribuis interesse · protectione perpetua
semper facias esse securos: per dominum.   6

769   SUPER OBLATA. Suscipe quaesumus domine · et sanctifica nos sacrificium
populi tui · ut quod in honore beati sacerdotis et confessoris tui *illius* · offertur ad gloriam · nobis prosit ad ueniam: per.   9

770   ⟨PRAEFATIO.⟩ UD *usque* omnipotens aeternae deus · qui glorificaris in confessione beati sacerdotis et confessoris tui *illius* · et non solum excellentioribus
praemiis merita / gloriosa prosequeris · sed sacro ministerio compe- *f. 213*ᴿ 12
tentibus seruitiis exequentem · gaudium domini sui tribuis benignus intrare:
Ut qui in modico uitae praesentis excursu fidelis apparuit · supra multa bona
utique semper mansura beatitudine disponatur: per Christum dominum.   15

771   POST COMMUNIONEM. Ut nobis domine tua sacrificia dent salutem · beatus
confessor tuus *ille* quaesumus precator accedat: per.

772   ITEM ALIA MISSA · ORATIO SUPER POPULUM. Libera quaesumus domine a 18
peccatis et hostibus · tibi populum supplicantem: Et in beati sacerdotis et
confessoris tui *illius* · doctrinis uiuentes · nullis affligantur aduersis: per dominum.   21

772 A   AD EBREOS. 7,23–27
      innocens / impullutus (7,26)   *f. 213*ᵛ
772 B   ⟨SECUNDUM⟩ MATHEUM. CAPUT CCLXVIIII. 25,14–23   24
      eius: / Euge (25,21)   *f. 214*ᴿ

773   SUPER SINDONEM. Da nobis quaesumus omnipotens deus · ut qui beati
sacerdotis et confessoris tui *illius* · sollemnia colimus · eius apud te interces- 27
sionibus adiuuemur: per.

---

16 *a.r.Rd Antiphon* (?) *gel.*   20 null(i *aus* u)s   28 adiuuemu(r *aus* s)

---

4 Adesto *A G Ve GeB*] Propitiare *Am* (*J 735*) . . . *cf. J 735*
8 beati – *il. L*] beatissimorum martyrum tuorum *il.* (et *il. E G K O*) *S* (*exc. L*) (*J 753*)
10 *usque* omps *J*] *usque GrA*   10/11 confessione – *il. Am*] c. sanctorum *GaG* / tuorum c. sanctorum *Ge GrA*   12 praemiis *Am*] p. martyrum tuorum *Ge GrA GaG*   sed
Am] sed etiam *Ge GrA GaG*   sacro ministerio *GL GeS GrA*] sacrum ministerium *S*
(*exc. L*) *GeSC GaG* / sacra mysteria *GeA*   13 exequentem *Am*] exsequentes *GeS*
GrA GaG / exsequendis *GeA*   14 modico *Am*] m. hoc est in paruo *GaG*   15 semper *Am*] in sempiternum *GaG*
16 dne tua] tua dne tua *A¹* / tua dne *A² GaG*   sacrificia] remedia *GaG*   17 con-
fessor] sacerdos et c. *D*   *il.* qs *om. GaF*   precator] protector *L*
18 qs dne *Am*] dne qs *Ve Ge GrH*   19/20 et in – doctrinis *Am*] ut in sancta conuersatione *Ve Ge GrH*   20 affligantur *Am* (*exc. O*) *Ve*] affligamur *O* / afficiantur *GeS*
GrH / efficiantur *GeV* / inficiatur *GeA*
26 nobis *Am*

SUPER OBLATA. Hostias tibi domine pro commemoratione beati sacerdotis 774
et confessoris tui *illius* · offerimus suppliciter deprecantes: Ut sicut illi prae-
3 buisti sacrae fidei claritatem sic nobis indulgentiam largiaris et pacem: per.

⟨PRAEFATIO.⟩ UD aeterne deus · qui in omnium sanctorum tuorum pro- 775
fectione es laude colendus: Et hunc diem beati confessoris tui *illius* sacro
6 transitu consecrasti: Da ecclesiae tuae quaesumus de tanto gaudere patrono ·
et illam sequi pia deuotione doctrinam · qua dilec-/tus tuus tibi *f. 214*V
greges pane eruditionis pauit: Ut adiuuare nos apud misericordiam tuam ·
9 et exemplis eius sentiamus et meritis: per Christum.

POST COMMUNIONEM. Deus fidelium remunerator animarum: Praesta ut 776
⌐et¬ per sancta quae sumpsimus · et beati sacerdotis et confessoris tui *illius*
12 cuius uenerandam caelebramus festiuitatem precibus · indulgentiam consequamur: per.

CXXVIII

15 ## ORATIO UEL MISSA IN NATALE UIRGINUM

SUPER POPULUM. Deus qui nos hodie beatae et sanctae uirginis martyrisque 777
annua sollemnitate laetificas: Concede propitius · ut adiuuemur meritis ·
18 cuius castitatis irradiamur exemplis: per.

ALIA. Deus qui inter cetera potentiae tuae miracula etiam in fragili sexu 778
uictoriam castitatis et martyrii contulisti: Da quaesumus ut beatae et sanctae
21 uirginis martyrisque tuae *illius* · adiuuemur meritis · cuius beatitudinis irradiamur exemplis: per.

778 A EPISTULA BEATI PAULI APOSTOLI AD CORINTHIOS I. 7,25–31
24   consecutus / a (7,25)   *f. 215*R
778 B LECTIO SANCTI EUANGELII SECUNDUM MATHEUM. CAPUT CXL. 13,44–52
    uadit. / et (13,44)   *f. 215*V

---

11 et *v.d.Z.*

---

2 et confessoris *om. N*   3 claritatem *Am*] largitatem *Ge GrP*   indulgentiam
om. GeV
4 profectione] perfectione *Ge C*   5 et hunc diem] qui h. d. *GeSC C* / *om. Ge*
5/6 sacro transitu] t. s. *Ge C*   7 pia *J*   deuotione doctrinam *GeA*] deuotionem
doctriṇę *GeS C*   8 adiuuare *GeS*] adiuuari *GeA GeSC C*
10 remunerator] lumen *O*   praesta] p. qs *A*   11 et per – sumpsimus et *Am*]
celebritate praesenti *GaG* / *om. Ge*   beati – il. *Am*] sci confessoris tui et episcopi
il. *GaG* / sanctorum tuorum il. quorum *GeA*   12 cuius – festiuitatem] sit nobis
ueneranda sollempnitas et placitorum tibi *GaG*   uenerandam . . . festiuitatem]
ueneranda . . . festiuitate *D*   precibus] eorum p. *GeA*
16 sanctae] s. il. *S Ge GrP*   martyrisque] m. tue *A GeSC*   17 ut] ut eius *S Ge GrP*
19 fragili sexu *Am (exc. C) Ge*] s. f. *C Gr*   20 castitatis et *Am Ge*   21 uirginis martyrisque tuae] m. u. *O*

779 ⟨SUPER SINDONEM.⟩ Deus qui nos per beatam martyrem tuam *illam* ad
cognitionem tui nominis uenire tribuisti: Da nobis per eius gloriam passionis
sempiternam tuam gratiam / amplectere · et proficiendo eius sollem- *f. 216*R 3
nitatem caelebrare: per dominum nostrum.

780 SUPER OBLATA. Hostias tibi domine beatae *illius* martyris tuae dicatas
meritis benignus assume · et ad perpetuum nobis tribuę peruenire subsi- 6
dium: per.

781 ⟨PRAEFATIO.⟩ UD Maxime hodiae beatę et sacratissimae uirginis martyrisque tuae ⌐*illius*¬ · festiuitate laudare et bene⟨dice⟩re debemus per ipsum 9
deum nostrum pro cuius caritatis ardore ista et omnes sanctae uirgines a
beata Maria exemplum uirginitatis accipientes praesentis saeculi uoluptates
omnes ac delicias neclexerunt ut ipsum filium tuum inuiolabilem sponsum 12
cum ornatis lampadibus · ⌐ei¬ et obuiantes meruissent abire · In cuius regni
gloria cum coronis uirginitatis et palmis florentibus sicut sol sine fine fulgebunt: per Christum. 15

782 POST COMMUNIONEM. Adiuuent nos quaesumus domine et haec mysteria
sancta quae sumpsimus · et beatę *illius* intercessio ueneranda: per.

783 ITEM ALIA MISSA · ORATIO SUPER POPULUM. Foueat nos quaesumus domine 18
beata uirgo et martyra tua / *illa* in sua iucunda sollemnitate · et *f. 216*V
pietati tuę commendare non desinat: per.

783 A AD CORINTHIOS II. 10,17–11,7 21
783 B SECUNDUM MATHEUM. / CAPUT CCLXVIII. 25,1–13 *f. 217*R
et / relique (25,11) *f. 217*V

784 ⟨SUPER SINDONEM.⟩ Beata martir tua *illa* nos quaesumus domine · in suo 24
natalicio fidelium tuorum munere suffragetur: Et quae tibi placuit sui martirii certamine · a te nobis iugiter quae tuis electis olim promisisti imploret
reddere beneficia: per. 27

785 SUPER OBLATA. Annue quaesumus omnipotens deus: Ut haec sacrificia
populi tui quae tibi offerimus · interueniente suffragio beatę uirginis et
martyris tuae *illius* donis caelestibus propitiatus immisceas: per. 30

---

3 amplectere (= *A*¹ *G*)] amplecti   9 *illius* ü.d.Z.   10 caritat(i *aus ausp.* e)s
12 neclexerunt *a.Ras.*   13 ei *ü.d.Z.*   abire] habere   24 martir(a *gel.*)
30 caelesti(b *aus* s)us

5/6 tibi – benignus] nostras dne tibi dicatas placatus *GeV GrA*   6 peruenire *A O*
GeV] prouenire *S (exc. A O) Ve GeA GeS Gr*
8-10 Maxime – nostrum *om. GrP*   8 beatę] in b. *Ge*   9/10 ipsum deum] Christum dnm *Ge*   11 uirginitatis *Ge*] castitatis *GrP*   12 omnes *om. GrP*   ipsum *Ge*]
eum *GrP*¹ / eundem *GrP*²   13 et *J*   15 Christum *GeA*] quem *GeS GrP*
16 et haec] haec *GeV GrP*¹
18 qs *om. GeV*   19 beata . . . in sua iucunda sollemnitate *Am*] sanctae . . . i.
solemnitas *Ge*   martyra *A*¹] martyr   20 commendare *Am GeV*] nos c. *GeG*
24 Beata] B. et *D*   nos] nobis *C*   27 reddere] redderet *D*

PRAEFATIO. UD per Christum dominum nostrum · pro cuius amore et 786
suae continentiae puritate beata martyr tua *illa* respuit diuitias saeculares ·
3 et dignitatem uiri mortalis · ut in caelestibus consequeretur praemia castitatis · ubi in perpetuo fructus permanet uirginalis: Lampades denique
ardentes ipse uirgines demonstrant · quarum spiritus semper ad te deum
6 uigilat patrem omnipotentem · et dominum Iesum Christum filium tuum:
Cui ue-/nienti o⟨b⟩uiae ecclesiae in choro innumerabilium uirginum ·*f. 218*R
hymnum diuinis laudibus decantant · dicentes · Sanctus Sanctus Sanctus.

9 POST COMMUNIONEM. Gratia tua quaesumus domine · nos semper exerceat: 787
Ut et diuinis instauret nostra corda mysteriis · et sanctae martyris tuae *illius*
commemoratione lętificet: per.

12 CXXVIIII

III IDUS NOUEMBRIS NATALE SANCTI MARTINI CONFESSORIS

Omnipotens sempiterne deus · sollemnitatem diei huius propitius intuere: 788
15 Et ecclesiam tuam intercessione beati Martini pontificis atque confessoris
tui · continua ⟨fa⟩c celebritate gaudere: Omniumque in te credentium ·
uota perficias: per.

18 ALIA. Deus qui conspicis · quia ex nulla nostra uirtute subsistimus · concede 789
propitius ut intercessione beati Martini confessoris tui · contra omnia aduersa
muniamur: per.

21 ALIA. Deum cuius cultui deputatur · quicquid sanctis eius / honoris *f. 218*V 790
impenditur · intenta oratione poscimus: Ut hunc diem quem sancti et praecipui uiri Martini episcopi inlustrat excessio celebrem nobis et posteris in-
24 dulgeat: Tribuatque ut cuius ueneratores sumus et imitatores esse mereamur: per.

---

2 martyr(a *gel.*)   16 (fa *gel.*)c

---

5 ipse *AEFG*] ipsas *BCDKLMNO*   deum *om. O*   6 Christum *om. G*   filium
tuum *om. L*   7 cui] qui *AG*   o⟨b⟩uiae *AG*] obuiam *S* (*exc. A*)
9 Gratia – nos *Am*] Haec (Sic *C2906*) nos dne gratia tua qs *Ge C2906* (*J 808*)
10 ut et *Am GeSC C2906*] ut *Ge*   il. *om. M*
14 ds *BHMN MAII GeA GeS*] ds fortitudo certantium et palma martyrum (m. p.
GeV GrP GaF) *ACDEFGL* (*J 954*) *GeV GrP GaF*   diei huius *BHMN MAII GeA
GeS*] hodierni d. *ACDEFGL* (*J 954*) *GeV GaF* / hodiernae d. *GrP*   15/16 intercessione – omniumque *BHMN MAII GeA GeS*] continua fac celebritate laetari et intercessionibus (intercessione *GeV GrP GaF*) ... omnium *ACDEFGL* (*J 954*) *GeV GrP GaF*
16 in te credentium] intercedencium *GeV*   17 perficias *G M¹ GeA GeS GrP GaF*]
perfice *S* / proficias *GeV*
19 propitius] p. per haec pia oblationis officia *ADG*
21 cultui] uultui *C*   25 per *C*] p. dnm nrm Iesum Chr. filium suum cum quo
beatus uiuit *BHMN MAII*

791   ORATIO SUPER POPULUM. Exaudi domine populum tuum · tota tibi mente subiectum: Et beati Martini sacerdotis tui atque pontificis supplicatione custodi: Ut corpore et corde protectus · quod pie credidit appetat · et quod   3 iuste sperat obtineat: per.

> 791 A APOSTOLUS AD TIMOTHEUM I. 3,16–4,8
> percipiendum / cum (4,3)   *f. 219*R   6
> 791 B LECTIO SANCTI EUANGELII SECUNDUM IOHANNEM. CAPUT XC. 10,11–18
> ego / agnosco (10,15)   *f. 219*V

792   ORATIO SUPER SINDONEM. Adesto quaesumus domine plebi tuę: Et inter-   9 cessione beati sacerdotis et confessoris tui Martini · confidenter tribue consequi · quod sperare donasti: per.

793   SUPER OBLATA. Beati sacerdotis et confessoris tui Martini quaesumus do-   12 mine · nobis pia non desit intercessio: Quae et munera nostra conciliet · et tuam nobis indulgentiam semper obtineat: per.

794   PRAEFATIO. Uere quia dignum et iustum est · aequum et salutare: Nos te   15 omnipotens domine in beati sacerdotis et confessoris tui Martini · laudibus honorare: Qui sancti / spiritus tui dono repletus · Ita in ipso tyrocinio *f. 220*R fidei perfectus inuentus est · ut Christum texisset in paupere: Et ueste[m]   18 ⌜quam⌝ egenus acceperat · mundi dominum induisset: O felix largitas · quam diuinitas operatur: O clamidis gloriosa diuisio · quae militem texit et regem: Inęstimabile donum est · quod uestire meruit deitatem: Digne huic confes-   21 sionis tuae praemia contulisti · digne ei Arrianorum subiacuit feritas · digne tanto amore martyrii · persecutoris tormenta non timuit securus: Quanta putamus erit glorificatio passionis · quando pars clamidis sic extitit prae-   24 tiosa: Et quid erit pro oblatione integri corporis recepturus · qui pro quanti-

---

2 sacerdot(i *aus* e)s   3 appet(a *ü.gel.* i)t   9 tu(ę *aus* i)   19 quam *ü.d.Z.*

---

1 Exaudi] Audi *Ve*   2/3 et . . . supplicatione custodi *Am Ge*] et apostolicam tuiti-onem supplici decerne propitiatus *Ve* / om. *GrH*   2 sacerdotis – atque *Am*] om. *GeS* 3 corde] mente *GrH*   credidit *Am (exc. O) GeS*] credit *O Ve GeA GeSC GrH* 3/4 appetat – obtineat] tua gratia consequatur *GrH*   3 et quod] quod *Ve* 12/13 qs dne nobis *Am Ge*] n. dne *Ve Gr*   13 intercessio *Am*] oratio *Ve Ge Gr* 15 Uere – iustum est *J*   15/16 nos – in *Am*] omps ds te in *GaB* / te in *GeS* / in *GeA* / nos te dne ds nr in *GaG*   16 beati – Martini *Am*] b. M. pontificis atque confessoris tui *Ge* / laudibus sancti M. *GaG* / M. tui *GaB*   17 honorare *Am*] honorari *Ga* / adorare *Ge*   repletus *Am*] succensus *Ge Ga*   ita] ita et *A*   18 inuentus est om. *GaG* 18/19 uestem . . . dnm induisset *HMN*] ueste . . . dnm i. *ABCO* / uestem . . . dns i. *GeS Ga* / uestem . . . dns inbuisset *GeA*   19-22 o felix – contulisti *Am Ga*] om. *Ge* 19 quam *Am*] qua *GaG* / in qua *GaB*   21 meruit deitatem *Am*] deum m. deitatis *Ga* 22 praemia contulisti *Am*] praemium commisisti *Ga*   ei *Am Ge*] om. *Ga*   subiacuit feritas *Am Ge*] non s. feritate *Ga*   23 martyrii *Am Ge*] Martinus *Ga*   securus om. *Ge* quanta] quanto *AB*   23/24 quanta – glorificatio *Am Ge*] quia tanta est g. *GaB* / quia tanta erat gloriacio *GaG*   24/25 quando – recepturus *Am Ge*] om. *Ga*   praetiosa *Am*] gloriosa *Ge*   25 et quid *Am*] quid   qui pro *Am Ge*] ut per *Ga*

tate uestis exiguae · et uestire deum meruit et uidere: O animi imitanda
benignitas · o uirtutum ueneranda potentia: Sic egit suscepti pontificatus
3 officium · ut per formam probabilis uitae obseruantia exigeret disciplinam:
Sic apostolica uirtute sperantibus contulit medicinam · ut alios supplicationibus · alios uisu saluaret: Haec tua est domine uir-/tus et gloria: *f. 220*ᵛ
6 per Christum dominum.

POST COMMUNIONEM. Sumentes domine gaudia sempiterna de partici- 795
patione sacramenti · et de festiuitate beati Martini confessoris tui · suppli-
9 citer deprecamur: Ut quae sedula seruitute te donante gerimus · dignis sensibus tuo munere tractemus: per.

CXXX

12   DIE XIII MENSE NOUEMBRIS SANCTI ANTONINI

Omnia de uno martyre.

CXXXI

15   DIE XVIII MENSE NOUEMBRIS SANCTI ROMANI

ORATIO SUPER POPULUM. Plebs tua ⌐domine¬ beati sacerdotis et confessoris 796
tui Romani te glorificatione magnificet · et eodem semper praecante te mere-
18 amur habere rectorem: per.

796 A EPISTULA BEATI PAULI APOSTOLI AD CORINTHIOS I. 14,2–19
pro-/phetat (14,5)   orem / lingua (14,14)   *f. 221*ᴿ *221*ᵛ
21   796 B SECUNDUM LUCAM. CAPUT CI. 9,44–49; Mc 9,39; Lc 9,50–51
me / receperit (9,48)   *f. 222*ᴿ

---

16 domine *ü.d.Z.*   16/17 et confessoris tui *a.Ras.*

---

1 exiguae] exiguit *GaB*   deum] Christum *GaB*   1-5 o animi – saluaret *Am Ga*]
om. Ge   1 animi *Am GaG*] anime *GaB*   3 obseruantia ... disciplinam] obseruantiam ... disciplinae *S Ga*   4/5 alios ... alios *Am GaG*] alius ... alius *GaB*   5 est
om. GaG   uirtus et gloria *Am*] ueneranda potestas qui cum lingua non suppetit
meritis exoreris *Ge* / ueneranda potencia cui cum lingua non suppleat (supplet *GaG*)
meritis exorat (exorare operibus sci Martini te opetulante mereamur imitari *GaG*) *Ga*
7 dne *om. GaF*   8 et de festiuitate *Am*] et f. *GaF* / festiuitatis *Ge*   9 te donante
Am] d. te *Ge Gr* / docuisti te *GaF*   dignis] digni *GaF*   sensibus] mentibus *GeA*
10 tuo munere] tua munera *S*   tractemus *Am*] capiamus *Ge Gr GaF*
16/17 beati sacerdotis et confessoris tui Romani] b. s. et martyris t. R. *S* / sci martyris
tui *il. Ge*   17 praecante] deprecante *GeS*   mereamur *Am*] mereatur *Ge*

797   SUPER SINDONEM. Deus qui sanctam nobis diei huius sollemnitatem pro
commemoratione beati sacerdotis et confessoris tui atque martyris tui
Romani · uel passione fecisti · adesto familię tuae praecibus: Et da ut cuius   3
hodie festa et martyrium caelebramus · eius apud te meritis et intercessionibus
adiuuemur: per.

798   SUPER OBLATA. Praesentia munera quaesumus domine ita serena pietate   6
intuere · ⌜ut⌝ et sancti spiritus perfundantur benedictione · et in nostris cordibus eam dilectionem ualidam operentur · / per quam pontifex *f. 222*ᵛ
sanctus et martyr tuus Romanus omnia corporis tormenta deuicit: per.   9

799   PRAEFATIO. UD Aeterne deus: Et in hoc praecipue die triumphalem
hostiam offerre · in quo beatissimus antistes et martyr tuus Romanus · fideli
pro plebe immolandus extitit: Qui sanctam salutis dum non permittit ini-   12
mico adiri domum · ipse templum tibi dicatur et uictima: O felix hostia
gemino inlustrata decore · in quo pastor immolatur et agnus · sacerdos et
innocens: O beata prelia · quae tanto non cessere terrori: O felix lingua   15
Christi nobilitata praeconio · interpres animi · cordis ministra: Quae te deo
loquente numquam defuit: Sed hoc mirabile donum munus tuum est domine · ut mutis loquela⟨m⟩ · percitum claudis gradum · surdis fruendam   18
reddas audientiam: per eundem Christum.

800   POST COMMUNIONEM. Sumpsimus domine in sancti sacerdotis et martyris tui
Romani sollemnitate caelestia sacramenta · cuius suffragiis largiaris · ut   21
quod / temporaliter gerimus · aeternis gaudiis consequamur: per.   *f.223*ᴿ

CXXXII

DIE XXII MENSE NOUEMBRIS SANCTAE CAECILIAE   24

801   ORATIO [s̄]. Deus cui beata Caecilia ita deuotione placuit castitatis · ut
coniugem suum Ualerianum adfinemque Tiburtium · tibi fecerit consecrari:
Nam et angelo deferente · micantium odoriferas florum coronas · palmam-   27
que martyrii perceperunt: Tribue quaesumus · ut ea intercedente pro nobis ·
beneficia tui muneris percipere mereamur: per.

---

7 ut *ü.d.Z. a.*Hd   15 pr(a *gel.*)elia

---

1 diei huius *J*] h. d.   2/3 sacerdotis – Romani] martyris tui *il. S Ge* / martyrum
tuorum *il.* et *il. GaG*   4 et martyrium *J*   apud te *J*
7 ut et] ut *S Ge*   perfundantur] perfundamur *C*   8 operentur *Am*] infundant *Ge*
17 hoc] et hoc *O*   donum *om. O*   18 gradum] gressum *O*   19 eundem *om. M N*
20 in *Am*   sacerdotis et *J*] *om. S*   21 sollemnitate *Am Ge*] sollemnia celebrantes
Ve Gr CeS   cuius – largiaris] c. . . . qs 1. *S* (*J 739*) *Ve Ge* / praesta qs *Gr CeS*
25 cui] cuius *H*   deuotione – castitatis *Am*] c. d. complacuit *Ge*   26 adfinemque *Am*] a. suum *Ge*   28 tribue *Am*

⟨ALIA.⟩ Beatae Caeciliae martyris tuae · nos quaesumus domine festiuitas 802
sancta commendet: Quae ita ad palmam uenire martyrii uoluit · ut et de
3 societate placeret · qua Ualerianum et Tyburcium consecrationibus · per
angelum suum · tua misericordia coronauit: per.

⟨ALIA.⟩ Concede quaesumus omnipotens deus: Ut hac festiuitate beatae 803
6 martyris tuae Ceciliae · qua ad caelestia meruit euocari praemia coniunctis
sibi Tiburtio et Ualeriano · sicut credimus et speramus eorum suffragiis
adiuuemur: per.

9 ORATIO SUPER POPULUM. Deus qui nos famulos tuos in beatae martyris 804
tuȩ / Caeciliae uictoria Ualeriani simul et Tiburtii gaudere fecisti *f. 223*V
triumphis: Tribue quaesumus maiestatis tuae misericordiam · ut sicut eos
12 tyrannorum superata feritate laetari fecisti · ita et populus tuus tua semper
exultet bonitate: per.

804 A EPISTOLA.
15 De uirginibus praeceptum domini non habeo. (1 Cor 7,25)
804 B EUANGELIUM.
Simile est regnum caelorum decem uirginibus. *Require in uirginum.* (Mt
18 25,1–13)

⟨SUPER SINDONEM.⟩ Sanctae martyris tuae Caecilie domine · supplicationi- 805
bus tribue nos foueri: Ut cuius uenerabilem sollemnitatem praeuenimus
21 obsequio · eius intercessionibus commendemur et meritis: per.

SUPER OBLATA. Tribue quaesumus uirtutum caelestium deus: Ut sacri- 806
ficia pro sanctae Caeciliae sollemnitate delata · desiderium nos temporale
24 doceant habere contemptum · et ambire dona faciant caelestium gaudiorum:
per.

⟨PRAEFATIO.⟩ UD per Christum dominum nostrum: Per quem sancta 807
27 Caecilia dono repleta · ut martyrii palmam assumeret · ipsum mundum est
cum thalamis execrata: Testis est qua[m]propter Ualeriani coniugis · et
Tiburtii prouocata confessio: Quos angelica manu · odori-/feris flori-*f. 224*R
30 bus coronasti: Uiros uirgo duxit ad gloriam · mundus agnouit · quantum
ualeat deuotio castitatis: Quae ita promeruit · ut martyres efficerentur · et
iter regis gloriae · cum angelis gradere⟨n⟩tur: Huius te domine largiente
33 gaudia cᵉleᵇbramus ut ea fide qua mundi caligo detersa est · ad aeternitatis
tuae deprecamur praemia peruenire: Et ideo cum.

---

20 fouer(i *a.Ras.*)   33 ce(le *ü.d.Z̧.*)bramus   ut] et

---

2 uenire martyrii] m. u. *S*   3 placeret] gauderet *O*
5 hac] in hac *N*
20 sollemnitatem] ⟨diem⟩ annuo *Ve*   praeuenimus *Am GeA GeS GaG*] peruenimus
GeV / frequentamus *Ve*   21 eius] e. et *Ve*   et meritis *om. GeV*
22 Tribue *Am*   qs . . . ds *Am Ve GeS*] Qs . . . dne *GeV* / Ds . . . qs *GeA*   23 desiderium nos temporale *Am Ge*] desideriorum n. temporalium *Ve GeSC*
27 dono *A¹BCHO*] caelesti d. *A²DMN*   32 gloriae *om. N*   graderetur *H¹M*]
graderentur   33 ut] et *S*

808   POST COMMUNIONEM. Haec nos domine gratia tua quaesumus semper
exerceat: Ut et diuinis instauret nostra corda mysteriis · et sanctae Caecilię
martyris tuae commemoratione letificet: per.   3

CXXXIII

VIIII KALENDAS DECEMBRIS SANCTI CLEMENTIS MARTYRIS

809   ORATIO SUPER POPULUM. Pontificis et martyris tui Clementis quaesumus 6
domine · in conspectu diuinae maiestatis tuae pro nobis ascendat oratio:
Cui beatam societatem · ⟨cum⟩ tuis donare iussisti apostolis et martyribus:
per.   9

    809 A   EPISTULA.
    Benedictus deus et pater domini nostri Iesu Christi. pater misericordiarum.
    (Eph 1,3)   12
    809 B   EUANGELIUM.
    Si quis uenit ad me. et non odit patrem. *Require in unius martyris.* (Lc 14,26)

810   ORATIO SUPER SINDONEM. Beati sacerdotis et martyris tui Clementis nata- 15
licia ueneranda · quaesumus domine ecclesia tua deuota susci-/piat: *f. 224*V
Et magnę glorificationis · efficiatur amore deuotior: per.

811   ⟨ALIA.⟩ Praesta quaesumus omnipotens deus: Ut beati sacerdotis et 18
martyris tui Clementis adiuuemur auxilio · cui in deserto populus ut crederet admirabilem contulisti potentiam: Ut sitientibus ex tumulis quod eis
terra negabat natura fontium liquoris produceret: per.   21

812   SUPER SINDONEM. Omnipotens sempiterne deus · qui in omnium sanctorum
tuorum es uirtute mirabilis: Da nobis in beati Clementis annua sollemnitate
laetari · qui filii tui martyr et pontifex · quod misterio gessit · testimonio 24
comprobauit · et quod ore praedicauit confirmauit exemplo: per eundem.

813   ⟨SUPER OBLATA.⟩ Intercessio sancti Clementis · misericordiae tuae domine
munera nostra conciliet: Ut quod merita nostra non ualent · eius deprecatio 27
nobis indulgentiam obtineat: per.

---

2 et (c *ausp.u.gel.*) sanctae   8 (cum *gel.*) tuis   21 liquoris] liquores

---

1 Haec – qs] Gratia tua qs dne nos *EFGKL* (*J 787*)   2 ut et *Am GeSC*] ut *Ge*
6 Clementis *om. D*   7 conspectum] conspectu *MAII*
15 Beati] Natalem b. *GeV* / In natale b. *GeA*   16 ueneranda *om. MAII*   ecclesia]
et e. *D*   deuota] deuote *MAII*   17 magnę glorificationis efficiatur *Am*] fiat m.
g. *EFHK* (*J 996*) *Ve Ge*
18/19 et martyris *om. A*   20 quod] quos *S*
24 misterio] ministerio *Ve*   25 ore praedicauit *Am*] p. o. *Ve Ge*   confirmauit]
firmauit *Ve*
27 ualent *Am Ge*] supplent *Ve*   27/28 eius – obtineat] sanctorum tuorum depraecatione pensetur *Ve*   28 obtineat *Am*] ualeat obtinere *Ge*

⟨PRAEFATIO.⟩ UD Aeterne deus: Qui sanctis tuis ad tyrannorum super- 814
andas feritates · admirabilem te credimus donare constantiam: Nam cum
3 iniquissimus persecutor beatum Clementem poenis afficere a diabolo coge-
retur · non ei tormentum intulit sed triumphum: / Iactatur ergo *f. 225*R
martyr tuus in fluctibus · ut mergeretur iniquissima sententia: Ex hoc ergo
6 peruenit ad praemium · unde Petrus magister eius peruenit ad regnum:
Amborum Christus in fluctibus approbat mentes: Clementem ad palmam
gloriae de profundo reuocat · Petrum ad caelestia regna in eodem elemento
9 ne mergeretur eleuauit · idem Iesus Christus dominus noster: per quem
maiestatem tuam.

POST COMMUNIONEM. Purificet nos domine quaesumus · et diuini perceptio 815
12 sacramenti · et gloriosae confessionis oratio: per.

CXXXIIII

III KALENDAS DECEMBRIS UIGILIAE SANCTI
15 ANDREAE APOSTOLI

ORATIO SUPER POPULUM. Apostolicis nos quaesumus attolle praesidiis: 816
Ut quorum sollemnia praeuenimus · eorum precibus adiuuemur: per.

18 816 A LECTIO LIBRI SAPIENTIAE. Prov 10,6; Eccli 44,26–27; 45,2–4.6–9
ostendit / illi (45,3) *f. 225*V
816 B EUANGELIUM SECUNDUM IOHANNEM. CAPUT XVI. 1,35–42
21 Christus: / Et (1,41/42) *f. 226*R

SUPER SINDONEM. Da tuorum quaesumus domine habitator aeterne sanc- 817
torum: Ut beati apostoli tui Andreae praetiosa natalicia · non solum mini-
24 sterio corporali · sed etiam et mentis ueneremur affectu: per.

SUPER OBLATA. Da nobis quaesumus domine deus noster · beati apostoli 818
tui Andreae intercessionibus · subleuari: Ut per quos ecclesiae tuae superni
27 muneris rudimenta donasti · per eos subsidia perpetuae salutis impendas: per.

PRAEFATIO. UD per Christum dominum nostrum: Per quem beatus 819
apostolus Andreas tantum caelesti[a] gratia eminet praecipuus · quantum
30 etiam beati Petri apostoli germanitate demonstratur esse praeclarus: Ut quos
una genetrix edidit mundo · una ⟨re⟩generatione per crucis patibulum con-
locarentur in caelo: Et ideo cum angelis.

---

3 affic(e *aus* i)re   14 UI(R̄ *gel.*)G(L̄ *a.Hd*)   22 D(r *gel.*)a

---

5 iniquissima] nequissima *O*   6 magister *om.* *N*   8 gloriae *DHO*] uictoriae
ABCMN
11 dne qs *Am* (*exc. MO*) Ge GrP] qs dne *MO GrA GaF*   12 gloriosae confessionis
oratio *Am*] gloriosa sanctorum tuorum o. *Gr GaF* / gloriosa deprecatio scae Sabinae *Ge*
16 nos] dne nos *S* / nos dne *Ge*
24 ueneremur] ueneramur *AD*   affectu] effectu *D MAII*
26 quos] quem *M*
29 apostolus] a. tuus *HNO*   31 generatione *B*] regeneratione   32 et ideo] per
eundem *M* / per Christum *N*

820   POST COMMUNIONEM. Beati Andreae apostoli supplicatione domine quaesumus · plebs tua benedictione⟨m⟩ percipiat: Ut et de eius meritis fideliter
glorietur · et sempiternis / ualeat consortiis sotiata laetari: per.   *f. 226*ᵛ   3

CXXXV

PRIDIE KALENDAS DECEMBRIS SANCTI ANDREAE
ET BAPTISMUM SANCTI AMBROSII   6

821   ORATIO SUPER POPULUM. Deus qui per sanctum baptismum beatum Ambrosium: Tui nominis confessorem esse signasti: Praesta quaesumus · ut eius
meritis protegamur · cuius festiuitate annua deuotione laetamur: per.   9
822   ALIA. Deus qui per undas regenerationis beatum confessorem tuum Ambrosium · a contagione uetusti criminis diluisti: Ablutum purificationis
lauacro doctorem praecipuum · atque catholicę fidei propugnatorem efficere   12
dignatus es: Praesta quaesumus ut ipso pro nobis intercedente · uitiorum
possimus abluere maculas · et tibi domino sinceris mentibus deseruire: per.
823   MISSA SANCTI ANDREAE · ORATIO SUPER POPULUM. Deus qui hunc diem beati   15
apostoli tui Andreae · martyrio consecrasti: Da nobis eius festiuitate laetari ·
ut apud misericordiam tuam · et exemplis eius et meritis adiuuemur: per.

                                                                                       18
       823 A   AD CALATAS. 1,3–12
               Iesu / Christo (1,3)   *f. 227*ᴿ
          823 B   SECUNDUM MATHEUM. CAPUT XXI. 4,18–22
                  mare / Galilaę (4,18)   *f. 227*ᵛ   21

824   SUPER SINDONEM. Maiestatem tuam domine suppliciter exoramus: Ut sicut
ecclesiae tuae sanctus apostolus Andreas extitit praedicator et rector · ita
sit pro nobis perpetuus suffragator: per dominum nostrum.   24

---

10 regeneration(i *a.Ras.v.* e)s

---

1 dne qs] qs dne *S Ge*   2 ut et *B D² H M N*] ut *A D¹ O MA II Ge*   fideliter *Am*]
et feliciter *Ge*
8 signasti *Am*] fecisti *Bobbio*   9 cuius *Bobbio*] in c. *S*
11 ablutum *Bobbio*] ablutumque *S*
15 Ds qui *Am*] Ds qui es (omnium *Ge*) sanctorum tuorum splendor mirabilis qui(que
Ge) *Ge GrH* (*cf. J 715*) / Dne ds omnium scorum spl. mir. qui *GaG*   16 nobis *Am*]
ecclesiae tuae   eius *A D¹ H M N*] de e. *B D² O*   eius − laetari *Am*] de natalicia
(natalicio *GeA*) tantae festiuitatis l. *Ge* / de eius natalicia semper gaudere *GrH* / digne
de tanto gaudere apostulo *GaG*   17 et exemplis eius et meritis adiuuemur *Am*
(*exc. O*) *GeV GeA*] et ex. eius a. et m. *O* (*cf. J 715*) / et m. a. et precibus *GeS* / ex.
eius protegamur et m. *GrH* / et exemplum eius iuuemur et m. *GaG*
23 sanctus *Ve GeV*] beatus *GeA GeS Gr*   apostolus Andreas] A. a. *Ge Gr* / A. aposto-
licus *Ve*   extitit − rector] praedicator et doctor extetit *GaG*   ita *Am Ve GeV*
GaG] ita apud te *GeA GeS Gr*   24 suffragator *Am Ve GeV*] intercessor *GeA GeS Gr*

SUPER OBLATA. Sacrificium nostrum tibi domine · beati Andreae apostoli 825
tui precatio sancta conciliet: Ut in cuius honore sollemniter exhibetur · me-
3 ritis efficiatur acceptum: per.

⟨PRAEFATIO.⟩ UD aeterne deus: Adest enim nobis dies magnifici uotiua 826
mysterii · qua uenerandus Andreas germanum se beati Petri apostoli · tam
6 praedicatione Christi tui · quam confessione monstrauit: Et apostolicae
numerum dignitatis · simul passione supple-/uit et gloria: Ut id quod *f. 228*R
libera praedicauerat uoce · nec pendens taceret in cruce: Auctoremque
9 uitae perennis · tam in hac uita sequi · quam in mortis genere meruit imitari:
Ut cuius praecepto terrena in semetipso crucifixerat desideria · eius exemplo
ipse patibulo figeretur: Utrique igitur germani piscatores · ambo cruce
12 eleuantur ad caelum: Ut quos in huius uitae cursu tua gratia tot uinculis
pietatis constrinxerat · similis in regno caelorum necteret et corona: Et quibus erat una causa certaminis · una retributio esset et praemii: per Christum.
15 ⟨POST COMMUNIONEM.⟩ Beati Andreae domine quaesumus · intercessione 827
nos adiuua: Pro cuius sollemnitate percepimus · tua sancta laetantes: per.

CXXXVI

18 IN UIGILIIS ORDINATIONE SANCTI AMBROSII

ORATIO SUPER POPULUM. Exaudi domine preces nostras: Et intercessione 828
beati sacerdotis et confessoris tui Ambrosii · nos tuere ubique praesidiis: per.

21 828 A EPISTULA *require in confessorum.*
828 B EUANGELIUM SECUNDUM IOHANNEM. CAPUT L. 6,14–21
cognouis-/set (6,15)   *f. 228*V

24 SUPER SINDONEM. Sancti Ambrosii nos domine · iugiter prosequatur oratio: 829
Ut quod petitio nostra non impetrat · ipso pro nobis interueniente praestetur: per.

---

1 dne *Am (exc. CEFL)*] dne qs *CEFL Ge Gr*   apostoli *Am*   2 tui *PN*   precatio]
prędicatio *GeA*   in *Am (exc. CEFL) GeA*   meritis *CEFL Ge Gr*] eius m. *ABDHMNO*
4 Adest enim *Am (exc. N) Ve Ge*] A. *N* / quoniam a. *GrA*   nobis *om. Ve*   4/5 dies . . .
mysterii qua *Am GeSC GrA*] d. . . . mysteria quae *GeA* / d. . . . martyrii quo *Ve*
5 Andreas] A. apostolus *GrA*   beati Petri apostoli *Am (exc. O)*] b. P. *O* / b. ap. P.
Ve / gloriosi ap. tui P. *Ge GrA*   6 confessione *Am Ve*] conuersatione *Ge GrA*   6/7 et
apostolicae – gloria *Am Ve*   7-13 ut id – corona *om. Ve*   12 tua gratia *Am*] g. t.
Ge GrA   13 constrinxerat *Am*] obstrinxerat *Ge GrA*   similis *Am*] singulis *Ge* /
singulos *GeSC* / hos inmarcescibilis *GeA²GrA*   et quibus] ut qu. *Ve*
15 Andreae] A. apostoli *GeS* / A. ap. tui *GeV GeA*   dne qs *Ve Ge*] qs dne *S (J 861)*
GaG   16 percepimus – laetantes] l. sancta tua p. dona *GaG*
19/20 intercessione – Ambrosii *Am*] s. martyrum *Ve*   20 tuere ubique *Am*] t. *Ve*
25 impetrat . . . praestetur] impetret . . . praestatur *D*

830　　SUPER OBLATA. Haec in nobis sacrificia deus intercedente beatissimo confessore tuo Ambrosio · et actione permaneant · et operatione firmentur: per.

831　　PRAEFATIO. UD Aeterne deus · sancti confessoris tui Ambrosii merita 3
uenerantes · tuamque clementiam deprecantes · / ut qui donis tuis hic *f. 229*R
extitit gloriosus · apud te noster existat idoneus interuentor: per Christum.

832　　POST COMMUNIONEM. Beati sacerdotis et confessoris tui Ambrosii quae- 6
sumus domine · intercessione nos adiuua: Pro cuius sollemnitate percepimus ·
tua sancta laetantes: per.

CXXXVII 9

VII IDUS DECEMBRIS ORDINATIO SANCTI AMBROSII EPISCOPI

833　　ORATIO. Deus mundi auctor et conditor: Qui hodierne festiuitatis diem ·
beati Ambrosii sacerdotii electione consecrasti: Praesta populo tuo · ut cuius 12
annua celebritate deuotis resultat obsequiis · eius suffragiis tuae pietatis
consequatur auxilium: per.

834　　⟨ALIA.⟩ Omnipotens sempiterne ⌐deus⌐ · qui ecclesiam tuam beati sacer- 15
dotis et confessoris tui Ambrosii · et pontificatus officio et fidei munere sublimasti: Tribue supplicibus tuis · ut quicquid peccati contagione contractum
est · ipso pro nobis summo antistite · intercedente soluatur: per. 18

835　　ALIA. Aeterne omnipotens deus · qui beatum Ambrosium tui nominis confessorem · non solum huic ecclesiae · sed omnibus per mundum diffusis ecclesiis doctorem dedisti: / Praesta ut quod ille diuino affatus spiritu *f. 229*V 21
docuit · nostris iugiter stabiliatur in cordibus · et quem patronum te donante
amplectimur · eum apud tuam misericordiam defensorem habeamus: per.

```
835 A  APOSTOLUS AD EPHESIOS. 3,2–11                                      24
       potestatibus / in (3,10)                          f. 230R
   835 B  EUANGELIUM SECUNDUM IOHANNEM.
       Ego sum pastor bonus. Require in sancti Martini. (10,11–18)         27
```

---

15 deus *ü.d.Z*.　　21 diuin(o *a.Ras.*)　　27 *Hs. Ma͞rtini*　　*fol. 230*R *Federübungen á.Rd*

3/4 UD – deprecantes *Am*] Da qs omps ds *Ge*　　4 clementiam *HNO*] misericordiam
ABDM　　qui *Am GeV*] quia *GeA GeS*　　hic *Am*　　5 noster existat *Am*] nostris e.
nominibus *Ge*
6/7 qs dne *Am* (*J 861*) *GaG*] dne qs *Ve Ge* (*J 827*)　　7/8 percepimus – laetantes]
l. sancta tua p. dona *GaG*
11 hodierne . . . diem] hodierna . . . die *GeM*　　12 sacerdotii electione *Am* (*exc. O*)
GeM] sacerdotis e. *M*¹*O* / lauacrum (!) *Bobbio* / confessoris tui atque pontificis migratione *Metz*　　populo tuo *Am GeM*] qs p. tuo *Bobbio* / nobis qs *Metz* ⫶ 13 celebritate] commemoratione *Bobbio*　　deuotis] deuotionis *GeM*　　re͞sultát *Am GeM*]
praesultat *Bobbio* / exultamus *Metz*
17 tribue] t. qs *O*　　supplicibus] supplicantibus *MAII*
20 non solum – ecclesiis *Am*] ecclesiae tuae *Metz*　　21 praesta *Am*] p. qs *Metz*
22 stabiliatur *Am*] stabilitur *Metz*　　23 defensorem *Am*] defensionem *Metz*

ORATIO SUPER SINDONEM. Creator et conditor omnium deus: Qui per sum- 836
mum sacerdotem atque pontificem filium tuum dominum nostrum Iesum
3 Christum sacerdotale culmen et pontificale sceptrum super seruum tuum
beatum Ambrosium hodierno die et tempore consecrasti: Consecrationis
nostrae initia eo intercedente sanctifica · et plebem tuam benedicere dignare
6 de caelesti tuae gloriae[t] regno: per.

SUPER OBLATA. Interuentu precis et obtentu orationis · beati Ambrosii 837
sacerdotis et confessoris tui domine · his muneribus tibi oblatis · benedic-
9 tionem effunde de caelis: Quo ex eis sumentes · et omnibus careamus culpis ·
et caelestibus repleamur eduliis: per.

PRAEFATIO. UD Aeterne deus: Qui in ecclesia tua sancta catholica ita 838
12 sacerdotes disponis et ordinas · ut efficias tibi ecclesiam · non habentem
maculam neque rugam: Qui olim diei huius sollemnitate alumni tui Ambro-
/sii confessoris et sacerdotis · sublimare dignatus es cathedram: Ut *f. 230*ᵛ
15 fasce saeculari deposito · et publico honore abiecto · doctorem et iudicem
gregis tui efficeres · et pastorem ecclesię praefirmares: Pro quo precamur
subiecti · ut qui eum extemplo ouibus tuis sublimasti pontificem · et ex uoce
18 plebis gregi tuo praeelegisti pastorem · nos eius precibus explosis piaculis
efficias sanctiores: Et plebem tuam huius diei sollemnia celebrantem · efficias
iustiorem: Ut pastor cum ouibus eius sequendo uestigia simul mereamur
21 peruenire ad caelestia regna: per Christum dominum.

POST COMMUNIONEM. Repleti sumus domine muneribus tuis · quae de festi- 839
uitate beati sacerdotis tui Ambrosii percepimus: Tribue quaesumus · ut eorum
24 et mundemur effectu · et muniamur auxilio: per.

---

6 *Hs.* gła& regno   15 deposit(i *gel.*)o

---

1 omnium] o. bonorum *Bobbio*   4 hodierno] hodierna *Bobbio*
7 precis et . . . orationis] precum et . . . orationum *Metz*   8 dne *Am GeM*] dne
qs *Metz Bobbio*   tibi *om. Metz*   9 de caelis] caelestem *Metz*   quo – sumentes]
quibus eiusdem annuam celebramus commemorationem *Metz*   et omnibus *Am
GeM*] et ab o. *Bobbio* / presta ut *Metz*   10 repleamur eduliis *Am GeM*] r. *Bobbio* /
inseramur gaudiis *Metz*
12 ecclesiam] e. tuam *Bobbio*   13 sollemnitate] sollemnitatem *A M N*   15 doctorem *Am GeM*] decorem *Bobbio*   16-19 pro – sanctiores *om. Bobbio*   17 ut] et *N*
extemplo] exemplo *B*¹ *GeM Metz*   et ex uoce *Am (exc. N) GeM*] ex u. *N* / et *Metz*
18 plebis gregi tuo *Am GeM*] p. tuae g. *Metz*   19/20 et – simul *Am GeM Bobbio*]
ut eius interuentionibus suffulti *Metz*
22/23 quae de festiuitate . . . percepimus *Am GeM Metz Bobbio*] *om. Ve Ge Gr*   23 sacer-
dotis] s. et confessoris *D N Bobbio*   ut] ut eodem intercedente et *Metz*   eorum *om.*
Bobbio   24 et mundemur *A B M Ge Gr Bobbio*] emundemur *D H N O Ve* / mundemur
Metz   effectu] affectu *GeV GeS GrP*¹

CXXXVIII

EODEM DIE OCTAUA SANCTI ANDREAE

840   ORATIO SUPER POPULUM. Protegat nos domine sepius beati Andreae apostoli   3
repetita sollemnitas: Ut cuius patrocinia sine intermissione recolimus · perpetua defen-/ᵣsioneˀ sentiamus: per dominum.   *f. 231*R

841   SUPER OBLATA. Indulgentiam nobis praebeant haec munera quaesumus   6
domine largiorem · quae uenerabilis Andreae suffragiis offeruntur: per
dominum.

842   PRAEFATIO. UD per Christum dominum nostrum: Quoniam tanto iucunda   9
sunt domine beati Andreae martyris crebrius repetita sollemnia quanto
nobis sine cessatione praedicanda sunt merita: Et ideo cum angelis.

843   POST COMMUNIONEM. Adiuuet familiam tuam tibi domine supplicando ·   12
uenerandus Andreas apostolus et pius interuentor efficiat · qui tui nominis
extitit praedicator: per.

CXXXVIIII   15

DIE VIIII MENSE DECEMBRIS SANCTI SYRI EPISCOPI

Omnia de uno confessore.

CXL   18

XII KALENDAS IANUARII NATALE SANCTI THOMAE APOSTOLI

ORATIO SUPER POPULUM · *et* EPISTULA · *et* SUPER SINDONEM · *require in unius*
apostoli.   21

844 A   LECTIO SANCTI EUANGELII SECUNDUM MATHEUM. CAPUT LXXXIII. 10,7–15
ar-/gentum (10,9)   *f. 231*V

844   SUPER OBLATA. Debitum domine nostrae reddimus seruitutis suppliciter 24
exorantes: Ut suffragiis beati Thomae apostoli in nobis tua munera tuearis ·
cuius honorando confessionem laudis tibi hostias immolamus: per.

---

5 defen-/(sione *v.d.Z.*)

4/5 perpetua defensione *GeV*] perpetuam defensionem *GeA GeS*
9 per – nrm *J*   11 nobis] n. eius *GeV GrA*   et ideo *GeV*] per Christum *GrA*
12 familiam *Am Ge*] ecclesiam *Gr*   13 uenerandus *Am Ge*] beatus *Gr*   apostolus]
ap. tuus *GeV*   efficiat *Ge GrP GrHC*] efficiatur *S GrHO*
24 Debitum dne *A D E M N Ge*] D. tibi d. *O* / D. tibi d. *O* / D. *Ve*   25 beati *om. D*¹*N O*   apostoli]
ap. tui *O*   26 cuius *Am Ge*] pro c. *Ve*   honorando confessionem *Am Ge*] honoranda confessione *Ve*   laudis – immolamus *Am Ge*] hostiam tibi laudis offerimus *Ve*
tibi] tui *GeV*   hostias] hostiam *GeS*

⟨PRAEFATIO.⟩ UD aeterne deus · qui ecclesiam tuam in apostolicis tribuisti 845
consistere fundamentis: De quorum collegio beati Thomae sollemnia cele-
3 brantes · / tua domine praeconia non tacemus: per Christum.　　*f. 232*R

POST COMMUNIONEM. Conserua domine populum tuum · et quem sanctorum 846
tuorum praesidiis non desinis adiuuare · perpetuis tribue gaudere remediis:
6 per.

CXLI

DIE XXVI MENSE DECEMBRIS SANCTI STEPHANI

9 ⌐ORATIO SUPER POPULUM.¬ Omnipotens sempiterne deus · qui primitias 847
martyrum in sancti leuitae Stephani sanguine dedicasti: Tribue quaesumus ·
ut pro nobis intercessor existat · qui pro suis etiam persecutoribus suppli-
12 cauit: per.

ALIA. Deus qui beato leuitae Stephano · lapidantibus ueniam poscere tri- 848
buisti: Quaesumus ut bona pro malis reddere tuo possimus auxilio · quod
15 primi martyris docemur exemplo: per.

ALIA. Ministrantium tibi deus · eruditor et rector: Qui ecclesiae tuę pri- 849
mordia · beati leuitae Stephani ministerio · et praetioso martyrii sanguine
18 decorasti: Da quaesumus ut in excessu nostro ueniam consequentes mereamur
exemplis eius imbui · et intercessionibus adiuuari: per.

SUPER POPULUM. Praesta quaesumus omnipotens deus: Ut ecclesia tua 850
21 competenter post / natiuitatem domini nostri Iesu Christi · sollem- *f. 232*V
nitate beati Stephani gratuletur: Quem primum cognouit confessum · sui
potentiam saluatoris: qui tecum uiuit.

24 　850 A　EPISTULA BEATI PAULI APOSTOLI AD TIMOTHEUM II. 3,16–4,8
　　　　instat: / Bonum (4,6/7)　　　　　　　　　　*f. 233*R
　　　850 B　LECTIO SANCTI EUANGELII SECUNDUM MATHEUM.
27　　　　CAPUT CLXXVII[II]. 17,24–27

⟨SUPER SINDONEM.⟩ Da quaesumus omnipotens deus · ut beati proto- 851
martyris tui Stephani post na⟨ti⟩uitatem domini nostri Iesu Christi sollemnia
30 recensentes · et meritis ipsius protegamur · et precibus adiuuemur: per
eundem.

---

9 ORATIO SUPER POPULUM *hinzugef.*

---

1 ds] ds per Chr. dnm nrm *GrH*　　　　　2 Thomae] Th. apostoli *E* / Th. ap. tui *GrA*
3 tacemus] taceamus *D GeA*　　　per *Am Ve GeS GrP*¹] et ideo *GeV GeA GrP*² *GrH*
4 dne] dne qs *GrH*　　4/5 sanctorum tuorum *Am Ge*] salutaribus *Ve GrH*　　5 remediis *Am (exc. M) Ge*] suffragiis *M* / beneficiis et mentis et corporis *Ve GrH*
10 sancti *Am Ve GeV GeA*] beati *GeS Gr*　　　dedicasti] decorasti *H*　　11 existat]
adsistat *GeV GeA*　　　etiam *om. GaG*　　　　supplicauit *Am Ve Ge*] exorauit *Gr*
12 per] dnm nrm *O*
14 bona pro malis] mala pro bonis (!) *D*
28 Da *Am*] Praesta *Ge Gr*　　29 post – Christi *Am*　　30 et meritis *Am*] m. *Ge Gr*　　adiuuemur *Am*　　31 eundem *Am*

852   SUPER OBLATA. / Hoc munus populi tui domine · leuitae et proto- *f. 233ᵛ*
martyris tui Stephani deprecatione sit gratum: Ut ecclesia tua eius semper
intercessionibus adiuuetur · cuius sine cessatione instruitur disciplinis: per.   3

853   PRAEFATIO. UD Aeterne deus · qui leuitarum praeconem uocasti Ste-
phanum: Hic tibi primus dedicauit martyrii nomen: Hic tibi inchoauit
primus effundere sanguinem: Hic meruit uidere apertos caelos · filium stan-   6
tem ad dexteram patris: In terris hominem adorabat · et in caelo filium
patris esse clamabat: Hic magistri uerba referebat · quia quod Christus dixit
in cruce · hoc Stephanus docuit in sanguinis sui morte: Christus in cruce in-   9
dulgentiam seminabat · et Stephanus pro suis lapidatoribus dominum suppli-
cabat: Propterea cum angelis.

854   POST COMMUNIONEM. Gratias tibi agimus domine · multiplicatis circa nos   12
miserationibus tuis: Qui et filii tui na⟨ti⟩uitate nos saluas · et beati martyris
Stephani deprecatione sustentas: per eundem.

CXLII   15

DIE XXVII MENSE DECEMBRIS NATALE SANCTI IOHANNIS EUANGELISTAE

855   ORATIO SUPER POPULUM. / Deus qui per hos beati apostoli tui   *f. 234ᴿ*   18
Iohannes euangelistae · uerbi tui nobis archana reserasti · Praesta quaesumus · ut quod ille nostris auribus excellenter infudit · intellegentiae competentis eruditione capiamus: per eundem.   21

856   ⟨ALIA.⟩ Praesta quaesumus omnipotens deus: Ut excellentiam uerbi tui
quam euangelista Iohannes asseruit · et conuenienter intellegere ualeamus ·
et ueraciter profiteri: per eundem.   24

857   ALIA. Ecclesiam tuam domine benignus illustra: Ut apostoli tui Iohannis
euangelistę illuminata doctrinis · ad dona perueniat · quae de tua sempiterna
fidelibus retributione promisit: per.   27

---

14 *nach* eundem *längere Ras.*   19 Iohannes] Iohannis

---

1 Hoc munus *Am*] munus *Ve*   1/2 leuitae – Stephani *Am*] qs apostolica *Ve*   3 sine
cessatione *Am*] iugiter *Ve*
5 tibi primus] p. *N*   8 quia *om. C*   10 dnm] dno *H*   supplicabat]
supplicat *AB¹*
12 tibi agimus *Am*] a. t. *GaG* / a. *Ve Ge GrP*   14 eundem *Am GeSC*
18 apostoli tui *om. GaG*   19 Ioh. euangelistae] Ioh. et eu. *GeS* / Ioh. *GrHC*   nobis
om. GaG   20 intellegentiae competentis *Am Ve GeS GrH*] intellegentia c. *GeV* /
i. conpetenti *GaG* / intellegentia conpetenti *GeA*   21 eundem *Am GeSC*
23 euangelista *Am*] beatus eu. *Ge*   24 profiteri *Am GeS*] confiteri *GeV GeA*
25 dne *Ve Ge Gr*] qs dne *S*   apostoli tui *Am*] apostolicis beati *Ve* / beati *Ge Gr*
26/27 quae – promisit *Am Ve*] sempiterna *Ge Gr*   26 sempiterna *om. Ve*

857 A APOSTOLUS AD ROMANOS. 10,8–15
quomodo / ergo (10,14)   *f. 234*V

3   857 B SECUNDUM IOHANNEM. CAPUT CCXXXI⟨I⟩. 21,19–24

SUPER SINDONEM. Praesta quaesumus omnipotens deus: Ut uerbum caro 858
factum quod beatus Iohannes euangelista praedicauit · per hoc / *f. 235*R
6 sui ministerium habitet semper in nobis: qui tecum.

SUPER OBLATA. Supplicationibus apostolicis beati Iohannis euangelistae · 859
quaesumus domine ecclesiae tuae commendetur oblatio · cuius magnificis
9 praedicationibus eruditur: per.

PREFATIO. UD Aeterne deus · beati Iohannis euangelistae · merita reco- 860
lentes: Quem dominus Iesus Christus non solum peculiari semper decore
12 ornauit · sed et in cruce positus tamquam hereditario munere prosecutus ·
uicarium pro se matri filium clementer attribuit: Quem in tantum benignitas
indulta praeficit · ut et factus ex piscatore discipulus · humanae dispensa-
15 tionis modum excedens · ipsam uerbi tui sine initio deitatem · prae ceteris et
mente conspiceret · et uoce proferret: Propterea cum angelis.

POST COMMUNIONEM. Apostolica beati Iohannis euangelistae · quaesumus 861
18 domine intercessione nos adiuua: Pro cuius sollemnitate percepimus · tua
sancta laetantes: per.

CXLIII

21   DIE XXVIII MENSE DECEMBRIS NATALE INNOCENTUM

ORATIO SUPER POPULUM. Deus qui donis tuis infantum quoque tui nescia 862
sacramenti · corda praecedis: Tribue quaesumus · ut qui nostrae con-/*f. 235*V
24 scientiae fiduciam non habemus · indulgentia semper copiosa praeueniat: per.

ALIA. Annue quaesumus omnipotens deus: Ut sicut eos quorum natalicia 863
recensemus per tuam gratiam beneplacitos acta fecerunt innoxia · sic nos
27 tuę pietati[s] saluatoris humilitas praestet acceptos: qui tecum uiuit.

---

14 praeficit] praefecit

---

4 qs *om. GaG*   5/6 hoc sui ministerium] hoc sui mysterium *S* / intercessionis suae
praesidium *GaG*   6 qui tecum *Am (exc. MA II)*] per *MA II GaG*
8 dne ecclesiae tuae *Am*] e. t. d. *Ve GeV GeA*
11 dns] dns noster *O*   Christus *om. D*   14 et *om. C¹ O*   humanae] et h. *S*   16 cum
angelis] profusis *O*
17 Apostolica *Am*   17/18 qs dne *Am GaG*] dne qs *Ve Ge (J 827)*   18/19 percepimus –
laetantes] l. sancta tua p. dona *GaG*
22 donis *Am*] bonis *Ve Ge*   tui *Am Ve*] *om. Ge*   23/24 qui nostrae conscientiae fiduciam non habemus *A B M*] quod n. c. f. non h. *D E H O MA II* / (et *GeS*) n. c. f. non
habentes *Ve GeA GeS* / in nostra conscientia f. non habentes *GeV*   24 semper] s. nos
D   praeueniat] perueniat *GeV*
26 acta – innoxia *Am*] fecit aetas exitu *Ve*   27 saluatoris *Am*] salutaris *Ve*   qui
Am (exc. M MA II)] per *M MA II Ve*

864   ALIA. Annue nos quaesumus domine · eorum deprecatione sanctorum:
         Qui filium tuum humana necdum uoce profitentes · caelesti sunt pro eius
         natiuitate gratia coronati: per eundem.   3

865   ⟨ALIA.⟩ Laetetur quaesumus domine ecclesia tua · de tuorum caelebritate
         infantum: Et misericordiae tuae iugiter experiatur effectum: Quo et fragi-
         litas humana subsistat · et diuina supplicantibus redemptio non negetur: per. 6

         865 A   AD ROMANOS. 8,14–21
                 glorificemur: / Existimo (8,17/18)   f. 236R
         865 B   LECTIO SANCTI EUANGELII SECUNDUM MATHEUM. CAPUT VI. 2,13–23   9
                 tempus / quod (2,16)   f. 236V

866   SUPER SINDONEM. Tribue quaesumus omnipotens deus: Ut Innocentum
         sinceritatem possimus imitari · quorum tibi dicatam ueneramur infantiam: 12
         per.

867   SUPER OBLATA. Praesta quaesumus omnipotens deus · ut et hi martyres tui
         pro nobis / interueniant · quorum clara prior est confessio quam   f. 237R 15
         loquela: per.

868   PRAEFATIO. UD Aequum et salutare: Nos in praetiosa morte paruulorum ·
         te sanctae pater omnipotens gloriosius conlaudare: Quos propter filii tui 18
         domini nostri saluatoris infantiam · bestiali saeuitia Herodes funestus occidit:
         Inmensa clementiae tuae dona cognoscimus: Fulget namque magis sola
         gratia quam uoluntas: Et clara est prius confesᶜsioᴵ quam loquela: Ante 21
         passio · quam membra passionis existerent: Testes Christi · qui eius nondum
         fuerant agnitores: O infinita benignitas omnipotentis · cum pro suo nomine
         trucidatis · etiam nescientibus meritum gloriae perire non patitur: Propterea 24
         cum angelis.

         ---

         1 Annue] Adiuua   21 confes(sio v.d.Z.)   23 n(o aus i)mine

         ---

         1 qs dne] dne qs Ge GrP
         4 qs – tua Am] semper aeclesia tua dne Ve   de Am   5 infantum Am] sanctorum Ve
         6 supplicantibus Am (exc. N)] supplicationibus N / supplici Ve
         11 Innocentum Am] eorum Ve Ge   12 dicatam ... infantiam] decanda ... infantia GeV
         14 Praesta] Adesto dne muneribus Innocentum festiuitate sacrandis et p. A (= Ve
         1290a, Ve 1290b = J 866b)
         17/18 Nos – conlaudare Am] (Et in GeSC GrP² GrA) praetiosis enim (om. GeSC GrA)
         mortibus paruulorum Ve Ge Gr   18/19 filii tui dni Am Ve] om. Ge Gr   19 salua-
         toris] et s. Ve   20 inmensa] immensae GeSC GrA   clementiae] quippe c. C   cog-
         noscimus] praedicare GeSC GrA   fulget namque Am (exc. C) Ve Ge GrP] quia f. in eis
         C / in quibus f. GeSC GrA   20/21 magis sola gratia Ve] s. m. g. S GeS GrA / s. g.
         m. GrP   22 membra passionis (passioni GeS) existerent. testes Christi Am (exc. C) Ve
         Ge] m. passioni. exstiterunt t. Chr. GrP / m. idonea passioni. existunt t. Chr. GrP²
         GrA / m. idonea passioni. exstiterunt enim Chr. t. GeSC / m. i. passioni existerent. et
         t. fiunt Chr. C   testes] et t. sunt O   23 omnipotentis Am] om. Ve Ge GrP / o ineffa-
         bilis misericordia GeSC GrA   cum] quae GeSC GrA   24 etiam nescientibus Am Ve
         gloriae] g. suae GrP   patitur] p. sed proprio cruore perfusis et salus regenerationis
         expletur (adhibetur GrA) et imputatur corona martyrii S Ve Ge Gr   propterea]
         per Ve / per Christum Ge GrP / per eundem Chr. S / per eundem Chr. uel et ideo GeSC
         / et ideo GrA

POST COMMUNIONEM. Hodiernae sollemnitatis effectu sumpsimus domine 869
gaudia magna de paruis · suppliciter exorantes: Ut hanc abundantiam in
3 nostra quoque saluatione defendas: per.

CXLIIII
DIE XXVIIII MENSE DECEMBRIS SANCTI IACOBI

6 ORATIO SUPER POPULUM. / Deus qui huius diei uenerandam sanc- *f. 237*ᵛ 870
tamque laetitiam · beati apostoli tui Iacobi festiuitate tribuisti: Da ecclesiae
tuae deus et amare quod credidit · et praedicare quod docuit: per dominum.

9 ALIA. Praesta nobis domine quaesumus · apostoli tui Iacobi doctrinis et 871
precibus adiuuari: Ut quod praesentibus celebramus officiis · perpetuae saluationis gaudiis assequamur: per.

12 ALIA. Praesta quaesumus domine ecclesiae tuae · sub tantis gaudere princi- 872
pibus: Ut intellectu capere ualeat · quod deuotione sectatur: per.

872 A EPISTULA BEATI PAULI APOSTOLI AD GALATAS. 1,11–19
15   meae. / et (1,15)   *f. 238*ᴿ
  872 B LECTIO SANCTI EUANGELII SECUNDUM MATHEUM. CAPUT CCII. 20,20–28
      fratribus: / Iesus (20,24/25)   *f. 238*ᵛ

18 SUPER SINDONEM. Tribue quaesumus omnipotens deus: Ut cuius doctrina 873
populus tuus ad confessione⟨m⟩ deitatis tuae est inʳstiᵀtutus · eius suffragantibus meritis diuine seruiat unitati: per.

21 SUPER OBLATA. Supplicationibus beati apostoli tui Iacobi · ecclesiae tuę 874
quaesumus domine commendetur oblatio: Cuius magnificis predicationibus
eruditur: per.

24 PRAEFATIO. UD Aeterne deus · maiestatem tuam suppliciter deprecantes · 875
ut digneris nos beati Iacobi · apostolicis dignis precibus confouere: Ut cuius
uictoriis sine cessatione gaudemus · protectione perpetua muniamur: per
27 Christum.

---

12 princi(p *aus* b)ibus   13 sect(a *ü.gel.* e)tur   19 in(sti *ü.d.Z.*)tu(i *gel.*)tus
25 (cu *gel.*) cuius

---

1 sollemnitatis *Am Ve*] s. huius ecclesiae dedicationis *GeB*   effectu *Am GeB*] effectum
Ve   2/3 ut – defendas *Am Ve*] et hanc habundantia et nostram quoque saluatione
defendit *GeB*
6 Ds *Am*] Omps semp ds *Ve Ge GrH GaG*   6/7 uenerandam – laetitiam beati . . .
festiuitate tribuisti] festiuitatem fecisti ad l. b. . . . *GaG*   8 ds] qs *Ve Ge GrH* / om.
S GaG
12 Praesta] Tribue *MAII*   qs – tuae *Am*] dne qs ecclesiam tuam *Ve*   13 ut . . .
capere ualeat *Am*] et . . . c. *Ve*
18 Tribue] Praesta *MAII*   cuius] beati Iacobi c. *A*   18/19 doctrina – tuus *Am*]
doctrinis *Ve*   19 tuae *Am*] unius *Ve*   est institutus *Am*] i. e. mundus *Ve*
21 beati *Am*] apostolicis b. *Ve Ge* (*J 859, 1147*)   21/22 ecclesiae tuę qs dne *Am*] qs
e. t. dne *Ve GeV GeA* / dne . . . qs e. t. *GeS*
25 apostolicis] apostoli *S*   26 uictoriis] triumphis *EN*

876   POST COMMUNIONEM. / Pignus uitae aeterne capientes · humiliter *f. 239*R
te domine imploramus: Ut apostolicis fulti patrociniis · quod in imagine
contigimus sacramenti manifesta perceptione summamus: per.   3

CXLV

PRIDIE KALENDAS IANUARII NATALE SANCTI SILUESTRI

877   ORATIO SUPER POPULUM. Da quaesumus omnipotens deus: Ut beati Sil-   6
uestri confessoris tui atque pontificis ueneranda sollemnitas · et deuotionem
nobis augeat et salutem: per.

APOSTOLUM *et* EUANGELIUM *require in confessorum.*   9

878   ORATIO SUPER SINDONEM. Omnipotens sempiterne deus: Cui cuncta famulantur elementa intercedente pro nobis beato confessore tuo Siluestro ·
exaudi propitius orationem nostram · et tribue nobis misericordiam tuam ·   12
ut quaecumque praecipis ut agamus · ipse adiuua ut implere possimus: per.

879   SUPER OBLATA. Sancti tui nos quaesumus domine · ubique laetificent: Ut
dum eorum merita recolimus · patrocinia sentiamus: per.   15

880   POST COMMUNIONEM. Praesta quaesumus omnipotens deus: Ut de perceptis
muneribus gratias exhibentes · beneficia · potiora summamus: per.

CXLVI   18

XIII KALENDAS FEBRUARII
SANCTI SEBASTIANI ET SOLUTORIS

881   ORATIO SUPER POPULUM. Multiplica quaesumus domine benedictionem   21
tuam · super populum / tuum: Et quos sancti martyris tui Seba-   *f. 239*V
stiani · frequentibus consolaris officiis · beneficiorum tuorum largitate prosequere: Ut et donis caelestibus erudiri · et competentibus se gaudeant sub-   24
sidiis adiuuari: per.

---

23 consolari(i *gel.*)s

---

1 Pignus uitae aeterne *Am*] P. aet. u. *Ge* / Aet. p. u. *Ve*   1/2 humiliter te dne *Am*
GeS] te dne h. *GeA* / h. *Ve GeV*   3 contigimus *BC*] contingimus *A D E H M N O Ge* /
gerimus *Ve*   sacramenti *om. N*
6 qs] nobis *Ve*   omps] o. et misericors *GaG*   7 tui *om. MA II*
11 intercedente] interpellante *GaB*   confessore] sacerdote et c. *H*   13 ut] et *DH*
praecipis – possimus] nos agere prẹcipis te donante fideliter impleamus *H*
16 qs omps ds] dne qs *H*
21 qs *Am*   21/22 benedictionem tuam *Am*] benedictiones tuas *GeB*   22-24 quos
. . . gaudeant *Am*] quem . . . gaudeat *GeB*   22 sancti] in s. *MA II*   Seba-
stiani] S. et Solutoris *MA II*   23 frequentibus *Am*] praesentibus *GeB*   24 ut *Am*
erudiri – competentibus *Am*   competentibus *A B C M N O MA II GeB*] petentibus *D E H*

881 A   EPISTULA BEATI PAULI AD CORINTHIOS SECUNDA. 4,6–10
881 B   SECUNDUM MATHEUM. CAPUT XCI. 10,24–33
3   occultum. / quod (10,26)   *f. 240*R

SUPER SINDONEM. Concede quaesumus domine deus noster · ut inter aduersa 882
quae pro peccatorum debito sustinemus quod fiducia nostra non obtinet ·
6 beati martyris tui Sebastiani intercessio consequatur: per.

SUPER OBLATA. Sancto Sebastiano interueniente domine quaesumus · tibi 883
seruitus nostra complaceat: Et obsequia munerum fiant praesidia / *f. 240*V
9 deuotorum: per dominum nostrum.

PRAEFATIO. UD Aeterne deus: Quoniam beati martyris Sebastiani pro 884
confessione nominis tui uenerabilis sanguis effusus · simul et tua mirabilia
12 manifestat quod perficis in infirmitate uirtutem: Et nostris studiis det profectum et infirmis apud te praestet auxilium: per.

POST COMMUNIONEM. Sacro munere satiati supplices te domine deprecamur: 885
15 Ut quod debite seruitutis celebramus officio · intercedente beato Sebastiano
martyre tuo · saluationis tuae satiamus augmentum: per.

CXLVII

18 ## DIE XXI MENSE IANUARII SANCTAE AGNETIS

ORATIO SUPER POPULUM. Praesta quaesumus domine mentibus nostris · 886
cum exultatione profectum: Ut beatae Agnetis uirginis tuę cuius diem pas-
21 sionis annua deuotione recolimus · etiam fidei constantiam subsequamur: per.

886 A   EPISTULA BEATI PAULI APOSTOLI AD CORINTHIOS I. 7,32–40
    sancta / et (7,34)   *f. 241*R
24 886 B   EUANGELIUM.
    Simile est regnum caelorum decem uirginibus. *Require in uirginum.*
    (Mt 25,1–13)

---

1 SEC(*Abk.-Strich ausp.*)UNDA 8 praesidi(a *aus* i) 16 satiamus] sentiamus

---

4 inter] in *GeB* 5 pro peccatorum debito] pro delictorum d. *S* / pec. debitis *Ve* /
peccatis *GeB* 6 intercessio *Am*] nobis i. *Ve GeB*
7 dne qs *Am* (*exc. DFGL*)] dne *DFGL* (*J 945*) *Ve Ge*
10 beati martyris *BCHMN GeSC*] m. b. *GeS GrA* / b. m. tui *AEO* / m. tui b. *GeA*
12 quod] quo *Ve GeS* 12/13 det . . . praestet] dat . . . p. *GeA* / dat . . . praestat *S*
Ve GeS GrA
14 te *om. Ve* 15 quod] qui *GeV* beato *GeA GeS Gr*] sancto *S* 16 satiamus]
sentiamus *S Ve GeA GeS Gr* / suscipiamus *GeV*
19 qs *Am Ge* dne] omps ds *MAII* / om. *O* mentibus *Am Ge GaF*] precibus *Gr*
nostris] n. omps ds *O* 20 profectum *Am Ge GaF*] prouectum *Gr* Agnetis uirginis]
Agnes u. *AB* / Agnes martyris *GeV GeS* / Agnis martyre *GeA* 21 annua] annuae *GeV* annua deuotione recolimus] celebramus a. d. *O*

887   ORATIO SUPER SINDONEM. Da nobis quaesumus domine · ut beatae martyris
tuae Agnetis · confidenter honoremus infantiam: Que in puella-/ri *f. 241*^V
consistens etate · mortem pro tua confessione calcauit: per dominum.   3

888   SUPER OBLATA. Munera plebis tuae quaesumus domine · laetanter offerimus: Que in honore nominis tui et sanctae Agnetis · nobis remedia sempiterna dignanter impendant: per dominum nostrum.   6

889   PRAEFATIO. UD Aeterne deus: Recensemus enim diem beate Agnetis
martyrio consecratum: Que terrene generositatis oblectamenta despiciens ·
celestem meruit dignitatem: Societatis humanae uota contemnens · eterni   9
regis est sociata consortio: Et pretiosam mortem sexus fragilitate calcata ·
pro Christi confessione suscipiens · simil est eius facta conformis · ut sempi-
ternitati eius et gloriae sociaretur: per Christum.   12

890   POST COMMUNIONEM. Sanctae nos martyris tuae Agnetis precatio tibi domine
grata comitetur · et tuam nobis indulgentiam poscere non desistat: per.

CXLVIII   15

DIE XXII MENSE IANUARII SANCTI UINCENTII

891   ORATIO SUPER POPULUM. Praesta quaesumus omnipotens deus · ut sicut
interuentu beati leuitae et martyris tui Uincentii mundana prosperitate   18
laetamur · ita et deuotiores efficiamur caelestibus / institutis: per. *f. 242*^R

891 A   APOSTOLUM.
         Benedictus deus et pater domini nostri Iesu Christi. *Require in unius martyris.*   21
         (Eph 1,3–14)
891 B   LECTIO SANCTI EUANGELII SECUNDUM LUCAM. CAPUT XLVI. 6,20–36
         qui / aufert (6,29)   *f. 242*^V   24

892   SUPER SINDONEM. Auxilium quaesumus domine maiestatis tuae tribue
potestatisque subiectis: Ut quicquid actibus nostris non meremur accipere ·
beati leuitę et martyris tui Uincentii precibus assequamur: ⟨per.⟩   27

---

2 qu(e *a.gel.* ae *a.Hd*)   3 (e *a.gel.* ae *a.Hd*)tate   5 qu(e *a.gel.* ae *a.Hd*)   7 beat(e
a.gel. ae *a.Hd*)   8 qu(e *a.gel.* ae *a.Hd*)   terren(e *a.gel.* ae *a.Hd*)   9 c(a *gel.*)e-
lestem   (a *gel.*)eterni   11 sim(i *aus* u)l] simul   13 pr(e *a.gel.* ae *a.Hd*)catio
19 laet(a *a.Ras.*)mur

1/2 ut ... honoremus *HN MAII*] ut ... honorare *E* / ... honorare *ABCMO*
2 Agnetis *EMNO MAII*] Agnes *ABCH*
4 qs *om. E*   6 dignanter *om. C*
7 recensemus enim *M GeS*] recensentes e. *EN GeA* / recensentes *ABCHO GeSC* / et
GrA   Agnetis] Agnes *ABC*   8 martyrio consecratum] martyris consecratam *GeA*
consecratum] consecratam solemniter recensere *GrA*   9 societatis *HM Ge GrA*]
et s. *ABENO GeSC*   11 eius facta *Am*] f. *Ge GrA*   11/12 ut – sociaretur *Am*] et
sempiternitatis eius (et gloriae *GeS GrA* / gloria *GeA*) *Ge GrA*   12 Christum *M Ge*]
eundem Chr. *S (exc. M)* / quem *GeSC GrA*
26 actibus] de a. *MAII*   27 precibus *om. C*

SUPER OBLATA. Suscipe quaesumus domine propitius munera · quae in 893
beati / leuitę et martyris tui Uincentii commemoratione deferimus: *f. 243*R
3 Ut cuius honore sunt grata · eius nobis fiant intercessione perpetua: per.

PRAEFATIO. UD per Christum dominum nostrum: Qui martyrem suum 894
Uincentium uocauit ad gloriam · qui eum per martyrii uulnera celestem
6 uocauit ad palmam: Hic nempe martyr uerus domini testis · non dubitauit
pro Christo animam dare in morte · sciens quod non hic haberet ciuitatem
manentem · sed in celo distributam hereditatem per sortem: Non timuit tor-
9 toribus in poenis tradere membra · sciens quod caro sua glorificata resurgat ·
et propter dolorum flagella recipiat premia sempiterna: Torquetur tunditur ·
flagellatur · exuritur · sed inuictus pro sancto nomine · animus ⌜non⌝ con-
12 cutitur: Plus ardens igne caeli quam ferri · plus nectitur timore dei quam
saeculi: Plus uoluit placere deo quam foro · plus dilexit mori mundo quam
domino: Propter quod in sancta confessione triumphans · nec in persecutione
15 animam ponere dubitans · carnea / claustra relinquens · ad celeste *f. 243*V
regnum conscendens · cum sanctis omnibus exultat et gaudet: ⌜Et ideo⌝ cum
angelis et archangelis ⌜cum⌝ thronis ac dominationibus.
18 ⟨POST COMMUNIONEM.⟩ Quaesumus omnipotens deus: Ut qui celestia ali- 895
menta percepimus · intercedente beato Uincentio martyre tuo · per haec
contra omnia aduersa muniamur: per.

21 ## CXLVIIII

DIE XXIII⟨I⟩ MENSE IANUARII SANCTORUM BABILAE
ET TRIUM PARUULORUM

24 Sanctorum tuorum quaesumus domine Babilae et trium paruulorum 896
natalicia ⟨nos⟩ tueantur: Quia tanto fiduciali[b]us tuo nomini supplicamus ·
quanto frequentius martyrum benedictionibus confouemur: per.

27 896 A AD TESSALONICENSES I. 2,2–12
aliis. / Cum (2,6/7) *f. 244*R
896 B LECTIO SANCTI EUANGELII SECUNDUM MATHEUM. CAPUT CLXXVIII. 18,1–11
30 se / sicut (18,4) *f. 244*V

---

5 (ce *a.Ras.v.* cae *a.Hd*)lestem   8 c(a *gel.*)elo   10 pr(a *gel.*)emia   11 non *ü.d.Z.*
15 c(a *gel.*)elest(e *aus* i)   16 Et ideo *ü.d.Z.*   17 cum *ü.d.Z. a.Hd*   18 c(a
gel.)elestia   22 DIE – BABILAE *a.roter Ras.*

---

1 Suscipe – propitius *Am*] Respice dne *Ve Ge*   propitius *om. N*
7 morte] mortem *S*   11 sancto] Christi *N*   16/17 gaudet et ideo cum angelis . . .]
g. et ideo *H* / g. cum angelis . . . *J*[1] *S* (*exc. H*)
19 Uincentio martyre tuo *Ge Gr*] U. leuita et m. tuo *S* (*exc. H*) / leuita et m. tuo U. *H*
24/25 qs dne . . . natalicia nos *Am*] nos dne . . . n. *Ge*   25/26 tanto . . . quanto]
quanto . . . tanto *M*

897   SUPER SINDONEM. / Martyrum tuorum Babyle et trium paruulorum *f. 245*R
nos quaesumus domine · interuentio gloriosa commendet: Ut quod nostris
actibus non meremur · eorum precibus consequamur: per dominum   3
nostrum.

898   SUPER OBLATA. Suscipe domine propitius orationem nostram cum oblationibus hostiarum superinpositis: Et martyrum tuorum Babile et trium   6
paruulorum deprecatione pietati tuę perfice benignus acceptas · et illam
quae in eis flagrauit fortis dilectio · in nobis aspira propitius: per.

899   PRAEFATIO. UD Aeterne deus: Tuamque suppliciter misericordiam   9
deprecari: Ut mentibus nostris beatorum martyrum tuorum Babile et trium
paruulorum in repetita sollemnitate tribuas iugiter suauitatem quam nobis
domine petimus benignus inpertias: Et ut amemus eorum meritum pas-   12
sionis · et indulgentiam nobis semper fideles patroni martyris tui obtineant:
per Christum.

900   POST COMMUNIONEM. Uotiua domine pro beatorum martyrum tuorum   15
Babile et trium paruulorum passione dona percepimus: Quaesumus ut in
eorum precibus praesentis uitae nobis pariter et aeternae tribuas conferre
praesidium: per.
                                                                   18

CL

/ DIE II MENSE FEBRUARII PURIFICATIO   *f. 245*ᵛ
SANCTAE MARIAE
                                                                   21

901   ORATIO SUPER POPULUM. Omnipotens sempiterne deus maiestatem tuam
supplices exoramus · Ut sicut unigenitus filius tuus hodierna die cum nostrae
carnis substantia in templo est praesentatus · ita nos facias purificatis tibi   24
mentibus praesentari: ⌐per eundem.¬

---

13 martyris] martyres   25 per eundem *hinzugef.*

---

1 tuorum] t. dne *O*   2 qs dne *Am (exc. O) GeS*] dne qs *GeA* / qs *O*
5/6 orationem – hostiarum] oblationes nostras *Ve*   6 superinpositis *EHMNO Ge
GaG*] *om. ABCD Ve*   Et] quas et *ABC*   7/8 et illam – propitius *DEHMNO*]
et illam – benignus *Ge GaG* / *om. ABC Ve*
9 tuamque suppliciter] tuam *Ve GeA* / et tuam *GeS GrA*   10 deprecari] depraecantes *Ve*   10/11 nostris . . . in repetita sollemnitate *Ge*] n. in . . . r. s. *GeSC* / n. . . .
r. s. *GrA* / n. . . . *Ve*   11 tribuas *Ve Ge*] t. spiritalis laetitiae *GeSC GrA*   11/12 quam
– inpertias *Ge*] *om. Ve*   12 et ut *Ge*] qua et nos *Ve*
15/16 pro . . . passione *Ge*] *om. Ve Gr*   16/17 qs ut in eorum *GeA GeS*] qs ut eorum
(eius) *S GeV GeSC* / quae sanctorum nobis *Ve Gr*   17 praesentis *Am*] et p. *Ge* / et
p. qs *Ve Gr*   uitae nobis *Am (exc. O) Ge*] n. u. *O* / u. *Ve Gr*   tribuas *Am Ge*] tribue *Ve Gr*   17/18 conferre praesidium *Ve Ge*] c. subsidium *GrH* / benignus p. *S (exc.
HNO)* / benignus auxilium *HNO*
23 filius *om. N*   24 in templo *om. MAII*   purificatis *om. O*

901 A APOSTOLUM.
    Misit deus filium suum in similitudine⟨m⟩ carnis peccati.
3   ⌜Require dominica post natale domini.⌝ (Rom 8,3)
  901 B LECTIO SANCTI EUANGELII SECUNDUM LUCAM. CAPUT III. 2,22–32
    consue-/tudinem (2,27)   *f. 246*R

6 SUPER SINDONEM. Perfice in nobis quaesumus domine gratiam tuam · qui 902
iusti Symeonis expectationem implesti · ut sicut ille mortem non uidit priusquam Christum ⌜dominum⌝ uidere mereretur · ita et nos uitam optineamus
9 aeternam: per eundem.

    SUPER OBLATA. Exaudi domine preces nostras: Et ut digna sint munera 903
quae oculis tuae maiestatis offerimus · subsidium nobis tuae pietatis im-
12 pende: per.

    PRAEFATIO. UD Aeterne deus: In exultatione praecipue sollemnitatis 904
hodierne · in qua coaeternus tibi filius tuus in nostra natus substantia tem-
15 porali · in templum manu factum induci · et hostiam pro se uult offerri
legalem: Ut multos adoptionis tuae filios in hostiam uiuentem sanctam deo
placentem · spiritali gratia consecratos · in domum habitationis / *f. 246*V
18 gloriae tuae · non manu factam aeternam in caelis induceret · idem Iesus
Christus ⌜dominus⌝ noster: quem una tecum omnipotens pater et cum.

    POST COMMUNIONEM. Quaesumus domine deus noster · ut sacrosancta 905
21 mysteria quae pro reparationis nostrae munim⟨in⟩e contulisti · intercedente
beata semper uirgine Maria · et praesens nobis remedium esse facias et
futurum: per.

24 <center>CLI</center>

DIE V MENSE FEBRUARII SANCTAE AGATHE

    ORATIO SUPER POPULUM. Intercessionibus beatae uirginis et martyris tuae 906
27 Agathę quaesumus domine · fructum clementiae tuae sentiant supplicantes:
Cuius orationibus in sancta ecclesia tua · etiam eorum deuotae efficiantur
mentes: per.

30   906 A APOSTOLUM.
    Qui gloriatur in domino glorietur. *Require in uirginum.* (2 Cor 10,17–11,7)
  906 B LECTIO SANCTI EUANGELII SECUNDUM LUCAM. CAPUT LXXIIII. 7,36–50
33   unguento / unguebat (7,38)   diligit: / Dixit (7,47/48)   *f. 247*R *247*V

    SUPER SINDONEM. Tribue quaesumus omnipotens deus: Ut sanctae uirginis 907
et martyris tuę Agathae sollemnitate laetemur: Et tantae fidei castitatis
36 proficiamus exemplo: per.

---

3 *Require – domini a.Rd*   8 dominum *ü.d.Z.*   19 dominus *ü.d.Z.*

---

11 tuae (*1⁰*) – impende] tuorum concede sanctorum *Ve*
14 tuus] t. unigenitus *GrF*
22 semper] semperque *N*
34 Tribue *Am*] Da   omps ds] dne *GaG*   34/35 ut . . . sollemnitate *Am*] ut . . .
annua s. *Ve GaG* / ut qui . . . natalicia colimus et annua s. *Ge Gr*   35 castitatis] et c. *S*
(*exc. H*) / et caritatis *H* / om. *Ve Ge Gr GaG*

908　　SUPER OBLATA. Fiant domine tuo grata conspectui · munera supplicantis
ecclesiae: Et ut nostrae saluti proficiant adsit intercessio beatae tuae martyris Agathae: per.　　　　　　　　　　　　　　　　　　　　　　　　3

909　　PRAEFATIO. UD Nos te omnipotens aeterne deus · In hoc precipuo die digna
laude praeconii canere · In quo triumphalis hostia tuae maiestati oblata est:
Cui tantam contulisti uictoriam · ut ipsa saeua · et aspera uictricem treme-　6
rent tormenta: Cuius lampades corruscis emica⟨n⟩t fulgoribus · ⌜ut⌝ reseratas
poli[m] ingredi ⌜ualeat⌝ ianuas: O felix et inclyta uirgo · quae meruit domini
pro laude fidelis · martyrium sanguine clarificare suum: O inlustris et　9
gloriosa gemino inlustrata decore · quae inter tormenta aspera · cunctis
praelata mira-/culis · mistico pollens suffragio · apostoli tui meruit *f. 248*R
uisitatione[m] curari: Et te uerum summumque deum sacro carmine con-　12
cinere · sic nuptam Christo susceperunt ethera · sic humiliati artus gloriosa
fulgent obsequia · ubi angelorum chorus sanctitatem mentis et patriae in-
dicant liberationem: per Christum.　　　　　　　　　　　　　　　　15

910　　POST COMMUNIONEM. Exultemus pariter de percepto pane iustitiae · et de
tua⟨e⟩ domine festiuitate martyris Agathae: Quia interuentionibus tibi
placentium confidimus · nobis ad perpetuam uitam profutura quae sump-　18
simus: per.

911　　AD UESPERUM. Hunc nobis sacratissimum diem tribuen⟨te⟩ te domine
beata uirgo et martyr tua Agatha[e] semper inlustret: Ut et meritis eius 21
fruamur et gaudiis participemur aeternis: per.

CLII

DIE XVI MENSE FEBRUARII SANCTORUM FAUSTINI　　24
ET IUUITTȨ

Omnia de pluribus sanctis.

---

7 ut *ü.d.Ƶ.*　　8 ualeat *ü.d.Ƶ.*　　9 sanguine(m-*Strich gel.*)　　13 (a *gel.*)ethera
20 tribuen(te *gel.*)　　21 martyr(a *gel.*)　　22 participemur] participemus

---

2 tuae *om.* E
4 Nos - ds] Nos te omps ds *N* / Nos te *ABDEHMO* / Et te *C*　　　　precipuo *N*]
praecipue *S* (*exc. N*)　　5 quo] qua *A*　　7 cuius] cui *A*　　lampades ... emica⟨n⟩t
D²] lampas ... emicat *S*　　9 martyrium sanguine] s. m. *EN*　　11 praelata] preclara *A² O*　　mistico] et m. *S*　　13 Christo *om. EN*　　humiliati] humandi *S*
16 Exultemus *Am* (*exc. C*)] Exultamus *C Ve Ge*　　de *Am* (*exc. C*)] et de *C Ve Ge*
17 quia] qualiter *GeV*

CLIII

DIE X⟨II⟩ MENSE MARTII NATALE SANCTI GREGORII PAPE

3 ORATIO SUPER POPULUM. Concede quaesumus domine fidelibus tuis digne 912
sancti Gregorii pontificis tui celebrare mysteria · ut eius quae fideliter exse-
quuntur · et hic experiantur auxilia · et aeternis effectibus adpraehendant:
6 per.

/ APOSTOLUM *et* EUANGELIUM *require in confessorum.*　　　　　　*f. 248*ᵛ

ORATIO ⟨SUPER⟩ OBLATA. Hostias domine quas nomini tuo sacrandas 913
9 offerimus sancti Gregorii prosequatur oratio · per quam nos expiare facias et
defendi: per.

PRAEFATIO. UD eterne deus · quia sic tribuis ecclesiam tuam sancti Gre- 914
12 gorii pontificis tui commemoratione gaudere · ut eam semper illius et festiuitate laetifices · et exemplo pie conuersationis exerceas grataquae tibi supplicatione tuearis: per Christum.

15 POST COMMUNIONEM. Prestent domine quaesumus tua sancta praesidia · 915
quae interuenientibus beati Gregorii meritis · ab omnibus nos absoluant
peccatis: per.

18 ## CLIIII

DIE XXI MENSE MARTII SANCTI BENEDICTI ABBATI⟨S⟩

ORATIO SUPER POPULUM. Deus qui nos beati Benedicti confessoris tui 916
21 annua sollemnitate laetificas: Concede propitius · ut cuius natalicia colimus ·
per eius apud te exempla gradiamur: per.

APOSTOLUM *et* EUANGELIUM *require in confessorum.*

24 SUPER SINDONEM. Omnipotens sempiterne deus: Qui glorioso in beati Bene- 917
dicti ⌐abba¬tis exemplo humilitatis · triumphale nobis ostendisti iter · da

---

9 Gregori(i *aus* u)　　　expiare (= *Ve*)] expiari　　　25 (abba *v.d.Z.*)tis

---

4 eius *Am GeS*] eorum *GeA*　　5 effectibus *Ge*] affectibus *S*
8 Hostias] Has h. *GeS*　　9 offerimus] deferimus *N*　　quam] quas *GeS*　　nos] nos et
M N / et nos *GeA*　　facias *Am (exc. C D G L) Ge*] tribuis *Ve Gr* / concedas *C D G L (J 955)*
11 quia] qui *Ve*　　tuam *om. O*　　12 gaudere] proficere *Ve*　　et festiui-
tate] f. *N*　　13 conuersationis] confessionis *Ve*　　exerceas *Am Ve Ge*] e. et uerbo
praedicationis erudias *GeSC GrA*　　grataque] et grata *Ve*
15 Prestent *GeS*] P. nobis *S* / Prosint nobis *GeA*　　16 meritis] supplicationibus et m. *H*
20 tui *Am Gr*] *om. Ge*　　22 apud *Am GeS GrHC¹*] ad *GeA GrH*
24 sempiterne *Am GrF*] aeterne *GeG Bobbio*　　24/25 glorioso in ... exemplo *Am (exc.
G)*] gloriosa ... exempla *G* / per gloriosa ... exempla *GeG Bobbio GrF*　　beati Benedicti abbatis *Am (exc. MAII) Bobbio*] b. B. *GeG* / b. a. *MAII* / *om. GrF*　　25 triumphale ... iter *Am Bobbio*] t. ... aeterno (?) *GeG* / triumphum ... aeternum *GrF*
ostendisti] contulisti *F O*

quaesumus ut uiam tibi placite oboe-/dientiae · per quam uenera- *f. 249*R
bilis pater Benedictus inlesus antecedebat · nos preclaris eius meritis adiuti
sine errore subsequamur: per.   3

918   SUPER OBLATA. Paternis intercessionibus · magnifici pastoris Benedicti ·
quaesumus familiae tuae omnipotens deus · commendetur oblatio · cuius
uitalibus decoratur exemplis: per.   6

919   PRAEFATIO. UD Nos te sanctae pater omnipotens omni tempore benedicere · et in hac potentissima sollemnitate inpensius honorare: Cuius fidei
robore stabilitus athleta et confessor tuus Benedictus · ita spiritali ardore 9
flagrabat · ut abusis mundanis blandiciis · piscatorum sequeretur uestigia:
Et humani generis inimicum nequissimis conluctationibus perstrepentem ·
diuino fultus presidio · sui triumpharet certamine: Nam cum primitus artam 12
uitae semitam congressus montium cauernas latitans humanis sequestraretur
obtutibus: Adeo sanctitatis fama praefl</oruit · ut omnium ad eum ciuium
undique turba conflueret · et tot tantisque mirabilibus praedicatur insignis 15
/ ut aeterna luce coruscans · speciali lumine mundo resplendeat: O *f. 249*V
sanctae pietatis mysterium · o ineffabile caelestis gratiae sacramentum: Cum
abiecto saeculari honore · et caelum possideat · et mundum triumphet: Hic 18
est ille caelestis negotii mercator egregius · per quem ad uiam salutis multorum corda conuersa sunt · quique monachorum innumerabilium pater
existens · quos uerbis imbuerat adstruebat exemplis: Ut non solum exani- 21
matis redderet corporibus uitam · sed erroris obscuritate detersa · animas
resuscitaret multorum: per Christum.

920   POST COMMUNIONEM. Perceptis domine deus noster sacramentis salutaribus 24
humiliter deprecamur: Ut intercedente beato Benedicto abbate · quae pro
illius uenerando agimus obitu · nobis proficiant ad medelam: per.

---

11 *Hs.* nequissimi scō luctationibus   16 special(i *a.Ras.*)   19 qu(e *aus* a)m

---

1 per quam *Am Bobbio*] quam *GrF* / quamquam *GeG*   1/2 uenerabilis pater Benedictus *G GeG GrF*] u. p. *MAII Bobbio* / ille u. p. *S*   2 antecedebat *Am GeG GrF*]
antecessit *Bobbio*   meritis adiuti *Am GeG GrF*] m. *M*¹ / intercedentibus m. *Bobbio*
4 magnifici] magnificis *A N*
7 UD] UD equum et salutare *G* / per Chr. dnm nrm *N*   pater *G*] ds *N*   8 poten-
tissima] potissima *N* / om. *G*   9 Benedictus *G*] B. abbas *N*   12 sui] suo *G N*
13 cauernas *G*] caternas *N*   humanis *N*] humilis *G*   14 fama *G*] fame *N*   15 praedicatur *G*] praedicator *N*
24 ds nr *Am GeG Bobbio*   24/25 salutaribus − deprecamur *Am GeG Bobbio*] suppliciter rogamus *GeV* / supplices te rogamus *Ve* / suppliciter exoramus *GeA GeS Gr*   25 deprecamur ut] te deprecamur *GeG*   ut intercedente . . . quae] i. . . . ut quae *Bobbio*
abbate] confessore tuo *Bobbio*   26 uenerando − obitu *Am GeG Bobbio*] ueneranda gerimus passione (solemnitate *GrA*) *Ve Ge* (*exc. GeG*) *Gr*   medelam] salutem *GeG Bobbio*

CLV

DIE XXV MENSE MARTII ANNUNTIATIO SANCTAE MARIĘ

3 ORATIO SUPER POPULUM. Deus qui in beatae uirginis utero · uerbum tuum 921 angelo annuntiante carnem suscipere uoluisti: Praesta supplicibus tuis · ut qui uere eam genetricem dei credimus · eius apud te intercessionibus adiu-
6 uemur: per eundem.

/ APOSTOLUM *et* EUANGELIUM *require in dominica ante natale domini.*   *f. 250*R

SUPER SINDONEM. Deus qui hodierna die uerbum tuum · beatae uirginis 922
9 aluo · coadunare uoluisti: Fac nos ita peragere ut tibi placere ualeamus: per eundem.

. SUPER OBLATA. In mentibus nostris domine uerae fidei sacramenta con- 923
12 firma: Ut qui conceptum de uirgine deum uerum et hominem confitemur · per eius salutiferae resurrectionis potentiam · ad aeternam mereamur per-uenire laetitiam: per eundem.

15 PREFATIO. UD qui nos mirabile mysterium et inennarrabile sacramen- 924 tum · per uenerabilem Mariam seruare docuisti: In qua manet intacta castitas · pudor integer · firma constantia: Nam in hoc se matrem domini
18 fuisse cognouit · quia plus gaudii contulit quam pudoris: Laetetur ergo quod uirgo concepit · quod celi dominum clausis portauit uisceribus · quod uirgo edidit partum: O magna clementia[m] deitatis · quae uirum non cognouit et
21 mater est · et post filium editum uirgo est: Duobus enim gauisa est muneri-bus: Miratur quod peperit · laetatur quod edidit re-/demptorem *f. 250*V Iesum Christum ⌐dominum nostrum⌐: quem una tecum omnipotens.

24 POST COMMUNIONEM. Gratiam tuam domine mentibus nostris infunde: Ut 925 qui angelo nuntiante Christi filii tui incarnationem cognouimus · per pas-sionem eius et crucem · ad resurrectionis eius gloriam perducamur: per
27 eundem.

---

9 (*Buchst.gel.*)coadunare   15 inennar(r *a.Ras.*)abile   19 c(a *gel.*)eli   23 domi-num nostrum *ü.d.Z.*   26 resurrecti(one *gel.*)/onis

---

3 in beatae] de b. *GrHC* / in b. Mariae *GrF* / b. Mariae *GrHO*
8 beatae *GrHC*] in b. *GrF* / beato *GrHO*   9 coadunare *GrH*] adunare *GrF*   pera-gere *GrH*] cuncta p. *GrF*
15/16 nos mirabile . . . per uenerabilem Mariam seruare docuisti *Am Ge GaB*] per bea-tae Mariae uirginis partum ecclesiae tuae tribuisti celebrare . . . *Gr*   17 constantia] conscientia *GaB*   17/18 Nam – pudoris *Am Ge GaB*] om. *Gr*   se matrem dni fuisse *Am Ge*] m. dni sui Iesu se esse *GaB*   18 gaudii *Am GaB*] gaudio *Ge*   laetetur ergo] laetatur e. *S GaB* / laetatur enim *G Ge* / quae laetatur *Gr*   19 clausis *Am Ge GaB*] castis *Gr*   portauit] portabat *GrF*   20 o – deitatis *Am Ge GaB*] o admirandam diuinae dispensationis operationem *GeSC Gr*   cognouit *Am GeSC Gr*] agnouit *GeA* / nouit *GaB*   21 editum *Am*   22 peperit *Am Ge*] uirgo p. *Gr GaB*   edidit redemp-torem *Am GeS GaB*] e. saluatorem *GeA* / r. mundi e. *Gr*   23 Iesum – nrm] dnm nrm I. Chr. *GaB*   quem una tecum *Am (exc. O)*] quem maiestatem *O* / per quem *Ge Gr GaB*
24 dne *Am GrH GrF*] qs dne *GeA GrP*   mentibus] muneribus *N*   26 eius et cru-cem] et c. eius *N* / eius *GeA*   resurrectionis] resurrectionem *A*   eius *J*
26/27 per eundem *Am GeA GrH*] qui tecum *GrP GrF*

CLVI

DIE V MENSE APRELIS DEPOSITIO SANCTI AMBROSII

926   ORATIO SUPER POPULUM. Deus qui propter ecclesiae tuae gubernacula dis-   3
ponenda · sic eius principes sublimasti · ut minimos quo^{r}s^{1}que non deseras:
Praesta quaesumus · ut apostolicae fidei doctrina^{r}e^{1}que uestigia · uel longe
sequamur imitando · quae licet infirmo committamur officio: per.   6

    926 A   AD COLOSENSES. 3,1–4
    926 B   EUANGELIUM.
    Ego sum pastor bonus. *Require in sancti Martini.* (Jo 10,11–18)   9

927   ORATIO SUPER SYNDONEM. Sancti Ambrosii nos domine · iugiter prosequatur
oratio: Ut quod petitio nostra non impetrat · ipso pro nobis / inter-   *f. 251*^{R}
ueniente praestetur: per.   12

928   SUPER OBLATA. Haec in nobis sacrificia deus · intercedente beatissimo confessore tuo Ambrosio · et actione permaneant et operatione firme⟨n⟩tur: per.

929   PRAEFATIO. UD per Christum dominum nostrum: In cuius salutifera opor-   15
tunitatis resurrectione · magnis exultationibus atque gaudiorum laetitia ·
totius mundi orbis exultat: Quo etiam sacratissimo sinceritatis die · almi-
ficus antistes Ambrosius aetherium migrauit ad regnum: Quem infantum   18
caterua · sacri baptismatis perfusione dicata · tribunalis throno decibiliter
considentem · suis digitis parentibus insignabat: Et quia iam aetate uergentes ·
obtecta piaculis lumina gestiebant · natorum munda corda ferentium · cre-   21
duli demonstratione pariter et animo existebant: O quam digna pastoralis
actio declaratur in populis · quae gloriosius in uita fulgidis praedicationum
uisibus rutilabat: Et ideo cum angelis.   24

930   POST COMMUNIONEM. Haec nos communio domine purget a crimine:
/ Et intercedente beato sacer^{r}dote^{1} et confessore tuo Ambrosio ·   *f. 251*^{V}
caelestibus remediis faciat esse consortes: per.   27

---

4 quo(s *ü.d.Z.*)que   5 doctrina(e *hinzugef.*)que   13 (*Ras.v.2–3 roten Buchst.*)
SUPER   15 oportunitat(i *aus* e)s   16 resurrection(e *aus* i, s *gel.*)   20 (E *gel.*)Et
26 sacer(dote *ü.d.Z.*)

---

6 committamur *N G· M*] comitamur
927 cf. J 829
19 tribunalis *G² GeM*] tribunali *S*   20 digitis *G GeM*] digito *S*   21 gestiebant *G¹ GeM*]
gestabant *S*   24 uisibus] usibus *D² EF H² L² N*
27 caelestibus remediis faciat *Am Ge GrP GrHC*] caelestis remedii f. *GrHO GrA*   con-
sortes] intentos *MO (J 103)*

CLVII

DIE XXIIII MENSE MAII (!) SANCTI GEORGII

3 ORATIO SUPER POPULUM. Fac nos quaesumus domine · beati martyris tui 931
Georgii sollemnitatem multipliciter celebrare: Ut de tanto agonis certamine ·
discat populus christianus et firmam solidare patientiam · et pie exultare de
6 eius uictoria: per.

931 A EPISTULA BEATI PAULI APOSTOLI AD CORINTHIOS II. 1,8–14
sa-/pientia (1,12)   *f. 252*R
9 931 B EUANGELIUM.
Si quis uult post me uenire. *Require in unius martiris.* (Mt 16,24–28)

SUPER SINDONEM. Tuus sanctus martyr Georgius ⌜nos⌝ quaesumus domine 932
12 ubique laetificet · ut dum eius merita in presenti festiuitate recolimus patrocinia in augmentum uirtutum sentiamus: per.

SUPER OBLATA. Suscipe domine propitius munera · quae in beati martyris 933
15 tui Georgii commemoratione deferimus: Ut cuius honore sunt grata · eius
nobis fiant intercessione perpetua: per dominum.

PRAEFATIO. UD per Christum dominum nostrum: Qui ita humano generi 934
18 mystice salutis remedia contulit moriendo · ut et totius doli artificem sua
passione destrueret · et suis fidelibus exemplum suo pro nomine tribueret
moriendi: Unde et non surdus auditor · fidelissimus miles ac testis Christi
21 Georgius · dum pene tribus / exactis mensibus christianitatis pro- *f. 252*V
fessio silentio tegeretur profano · solus inter christicolas intrepidus dei filium
est confessus: Cui et tantam fidei constantiam gratia diuina concessit · ut et
24 tyrannicae potestatis praecepta contemneret · et innumerabilium non formi-
daret tormenta poenarum: O felix et inclitus domini proeliator · quem non
solum temporalis regni blanda non persuasit promissio · sed persecutore
27 deluso · simulacrorum eius in abyssum portenta deiecit · Ob hoc et gentium
regina Persarum crudeli a uiro dictata sententia · nondum baptismi gratiam
consecuta · gloriosae passionis meruit palmam: Unde nec dubitare possumus ·
30 quod rosea perfusa sanguinis unda · reseratas poli ianuas praecedens beatis-
simum Christi martyrem Georgium ingredi meruit regnumque possidere

---

4 ag(o *a.Ras.*)nis   11 nos *ü.d.Z. a.*Hd   20 Unde *a.Ras.*   25 incli(na *gel.*)tus

---

4 tanto – certamine *Am*] tanti agone certaminis *Ve GaG*   5 firmam solidare patientiam *Am GaG*] firma solidari patientia *Ve*   pie *Am*] pia *Ve GaG*   5/6 exultare
de eius *Am (exc. E)*] de eius ex. *E* / ex. *Ve GaG*
11 Tuus scs martyr *A H Ge GaG*] Scs m. t. *BCDEGLN* / Scs t. m. *F*   nos qs dne
GeA GaG] qs dne nos *S GeS*   12 dum eius *Am GeSC*] eius dum *GeA GaG* / dum *GeS*
13 augmentum *Am (exc. CH) GeA GaG*] augmento *CH GeS*
14 Suscipe dne propitius] S. qs dne p. *S (J 737)* / Respice dne *Ve Ge*   propitius
om. N
23 constantiam – concessit *om. D*

caelorum: Haec tua est domine bonae uoluntatis operatio: Qui saluas omnes
nec pateris ullum perire · et magna cum pietate mirabiliter cuncta disponis:
Et ideo cum angelis.   3

935   POST COMMUNIONEM. / Beati Georgii martyris tui domine suffragiis *f. 253*R
exoratus percepta sacramenti tui nos uirtute defende: per.

CLVIII   6

⟨DIE I MENSE MAII SANCTORUM PHILIPPI ET IACOBI APOSTOLORUM⟩

⟨ORATIO SUPER POPULUM · SUPER SINDONEM *et* SUPER OBLATA *require in*   9
apostolorum.⟩

936 A EPISTULA AD GALATAS.
       Notum uobis facio euangelium. *Require in sancti Iacobi.* (1,11–19)   12
936 B LECTIO SANCTI EUANGELII SECUNDUM IOHANNEM. CAPUT CXXVII. 14,1–13
       pa-/trem (14,9)   *f. 253*V

936   ⟨PRAEFATIO.⟩ UD Aeterne deus · quia tui est operis tuaeque uirtutis · ut   15
beatorum apostolorum Philippi et Iacobi gloriosa confessio · usque in finem
saeculi nobis capiat regni caelestis augmentum: per Christum.

937   POST COMMUNIONEM. Beatorum apostolorum Philippi et Iacobi honore con-   18
tinuo · domine plebs tua semper exultet · et his praesulibus gubernetur ·
quorum ⌜et⌝ doctrinis gaudet et meritis: per.

CLVIIII   21

DIE III MENSE MAII INUENTIO SANCTAE CRUCIS

938   ORATIO SUPER POPULUM. Deus qui in praeclara salutiferae crucis inuentione
passionis tuae miracula suscitasti: Concede ut uitalis ligni praetio · aeterne   24
uitae suffragia / consequamur: per.   *f. 254*R

938 A AD GALATAS. 5,10–12; 6,12–14
938 B SECUNDUM IOHANNEM.   27
       Erat homo ex phariseis Nichodemus nomine princeps Iudaeorum.
       Et reliqua. Require illud dominica post pentecosten. (3,1–15)

---

5 (p *aus* p, re *gel.*)cepta   20 quorum (et *ü.d.Z.*)

---

1 dne *om. A*
4 tui *om. N*   5 exoratus] exoramus *GaF*
15 tui est . . . uirtutis] tui . . . uirtutis est *GeA*   tui est . . . ut] tibi est . . . et *GeV*
16 Philippi et Iacobi *Am GeSC*] I. et Ph. *Ge*
19 dne *om. GeV*   et] ut *MAII*   20 quorum et] quorum *J¹ GeV*
23 praeclara] preclarę *D*   25 per *ADGH MAII Ge*] qui uiuis *BEFLN* / qui cum
deo *GeSC GrP*

SUPER SINDONEM. Adesto familiae tuae clementissime deus: Ut in aduersis 939
et prosperis praeces eius exaudias · et nefarias aduersariorum insidias · per
3 uexillum sanctae crucis digneris conterere · ut perenni⟨s⟩ gaudii salutem
possit / te protegente mereri: per.   *f. 254*V

SUPER OBLATA. Sacrificium domine quod immolamus placatus intende: 940
6 Ut ab omni nos exuat bellorum nequitia · et per uexillum sanctae crucis filii
tui ad conterendas potestates aduersariorumque insidias · nos in tuę protectionis securitate constituat: ⌜per eundem.⌝

9 PRAEFATIO. UD per Christum dominum nostrum: In hoc praecipuae die 941
in quo unigeniti tui a Iudaeis dudum abditum gloriosum inuentum est
uexillum: Qui protoplausti facinus quod per ligni uetiti gustum in genus
12 humanu⟨m⟩ diriuatum: Per idem lignum crucis simulque nostra adfigens
delicta delere dignatus est: Cuius typum · uirga tenuit in separatas aequoris
undas · et uiam populo Moyses praepa[pa]rauit securam: Per cuius quoque
15 umbram aspera[m] mors populis lignum deducta cucurrit: In quo pendens
redemptor factus maledictum · ut a maledicto nos eriperet legis: Cuius ligni
mysterio saluari credimus omnes: Ut cum omnibus sanctis conprehendere
18 ualeamus · quae sit latitudo · longitudo · sublimitas et profundum: Haec est
arma iustitiae in quibus confidimus · per quam nobis crucifixus est mun-
/dus · et nos crucifigimur mundo: Quo signo salutifero tela pelluntur *f. 255*R
21 inimici · cuius dolus et calliditas huius uirtute uincitur · eiusque expediti
uinculis fronte nostra uexillum hoc ferimus · per quod de torrente in uia

---

3 conte(re *a.Ras.*, *ü.d.Z̧.* re *gel.*)re   8 per eundem *ü.d.Z̧.*   11 faci(n *aus* m)us
(in gen *a.Ras.v.* genus)us   12 simulq(; *a.Ras.v.* uiq.)   14-21 (praepa)/parauit –
calli(ditas) *a.Ras.v.* (praepa)rauit securam: Per cuius ligni mysterio saluari credimus
omnes: Ut cum ... calli/(ditas)   15 lignum] ligno   20 Quo(s *gel.*)

---

7 potestates] potestatum *G*   aduersariorumque *Am* (*exc. D G*)] aduersariorum
D G Ge   tuę] tua *G*   8 constituat] constituę *G*   eundem *Am*   eundem] e.
in unitate *G*
9 per – nrm *Am* (*exc. G*)] aeterne ds *G GeSC* / om. *Ge*   9/10 in - dudum] cuius hodie
dudum a Iudaeis *S* / precipue in die ista in qua filii tui unigeniti a Iudaeis *G Ge*
11 uexillum *Am* (*exc. G*)] triumphum *G Ge*   11-15 qui – cucurrit om. *G*   11 protoplausti *D L¹ N Ge*] protoplasti *A B C E F H L² GeSC*   quod *Am*   11/12 in genus
humanum *Am*] humanoque (in *GeS*) genere *Ge*   12 diriuatum *Ge*] d. est *S*   lignum crucis *Ge*] 1. *S*   simulque *Am*] simul quo *GeS* / simul quoque *GeA*   12/13 adfigens – est *Am*] secum Christus adfixit delicta (deleuisti *GeA* / dedisti *GeS*) *Ge*   13 separatas *Ge*] separando *S* / separandis *GeSC*   14 Moyses praeparauit] Moysi p. *Ge* / per
Moysen praeparando *S*   15 lignum *GeA*] ligno *S GeS*   16 factus *Ge*] f. est *S*
GeSC / f. pro nobis *G*   a maledicto nos eriperet legis] nos a m. 1. redimeret *D* / a
m. nos redimeret l. *G*   17 mysterio *Am*] mysteriis *Ge*   18/19 haec – confidimus]
in quibus gloriamur iustitiae armis *Ge*   20-22 salutifero - ferimus] inimici pellimus
tela cunctaque iacula calliditatis salubriter trucidentes expediti compedibus hoc fronte
nra ferimus signum. huius tutela confisi callem adgredimur tenuem *Ge*

bibit saluator: Propter quod multum a terris in dextera uirtutis nostrum
exaltatur caput: Cui dant uictori caelicolae sum⟨m⟩um cuncti honorem ·
quem laudan⸀t⸀ angeli benedicunt archangeli.   3

942   POST COMMUNIONEM. Repleti alimonia caelesti et spiritali poculo recreati
quaesumus omnipotens deus: Ut ab hoste maligno defendas · quos per lignum sanctae crucis filii tui armari · et signo illo salutifero triumphare uolu-   6
isti: per eundem.

CLX

DIE VIII MENSE MAII SANCTI UICTORIS   9

943   ORATIO SUPER [S] POPULUM. Deus qui laticum ad instar gelidorum plumbi
ardorem mutasti · ne gloriosi martyris tui Uictoris corpus exureret: Tribue
quaesumus ut ipso pro nobis interueniente · a praesentibus liberemur peri-   12
culis et futuris: per.

   943 A   EPISTULA BEATI PAULI APOSTOLI AD CORINTHIOS I. 15,49–57
           pos-/sunt (15,50)   *f. 255*V   15
   943 B   SECUNDUM MATHEUM.
           Ecce ego mitto uos sicut oues in medio luporum. *Require in natale plurimorum*
           martyrum. (10,16–22)
                                                                             18

944   SUPER SINDONEM. Praesta quaesumus domine: Ut intercedente beato
Uictore martyre tuo · et a cunctis aduersitatibus muniamur in corpore · et a
prauis cogitationibus mundemur in mente: per dominum.   21

945   SUPER OBLATAM. Sancto Uictore interueniente domine · tibi seruitus nostra
complaceat: Et obsequia munerum fiant praesidia / deuotorum: *f. 256*R
per dominum.   24

946   PRAEFATIO. UD Aeterne deus: Cuius prouidentiae fultus praesidio · beatus
Uictor celeberrimus martyr · terreni sub clamide imperii Christi tui miles
agebat absconditus · non passionis timore perterritus · sed diuino arbitrio 27
subdens propriam uoluntatem: Latuit enim mundanis excubiis dignissimus

---

2 caput (quoque *ü.d.Z. gel.*)   3 laudan(t *ü.d.Z.*)   15 *Ras.v.* SEC. MT *auf der letzten*
Zeile der Ep., darüber: dnm nrm Ihm Xpm   25 *vor* PRAEF. *Ras.v.3-4 roten Buchst.*

1-3 uirtutis – archangeli] tua nostrum subiit caput. et ideo cum angelis *Ge*
6 armari – uoluisti *Am (exc. G)*] arma iustitiae pro salute mundi triumphare iussisti
G Ge GrP   7 per eundem *Am GeSC*] per dnm *Ge* / qui tecum *GrP*
10 ad instar *GL*²] i. *S*   11 ardorem] ardore *D G*   exureret] exureretur *C*   12 qs
ut *om. G*   a] ut a *G*
19 dne *Am Ge*] dne ds *GaF* / omps ds *Gr*   ut *om. AFHLN*   20 aduersitatibus]
aduersantibus *GaF*   muniamur *Am Ge GaF*] liberemur *Gr*   21 mente *Am (exc. G)*
Gr] corde *G Ge GaF*
22 dne] dne qs *M O* (*J 883*)
25 praesidio] p. deuotorum *D*

caelestis patrie miles · ut perpetui regni coruscans · angeli⌐ci⌐s obsequiis con-
sors existeret: Digne etiam regi regum · meruit famulari Christo: Quem
3 a primaeua etate · ita animi tota intentione dilexit · ut eius pro nomine cru-
delissimi imperatoris precepta contemneret · et ipsius ante tribunal extensus ·
proprias prae⌐be⌐ret impiorum manibus scapulas flagellandas: Dein flami-
6 uoma plumbi unda profusus · ita celitus diuino nutu angelica est uisitatione
defensus · ut et frigidior aqua subito ex fonte leuata saeuus ardor existeret: Et
uerberum innumerabiles plagae · salutifero curarentur unguento: Ad ulti-
9 mum uero capitali iubetur feriri sententia · ut uictoriae palmam adeptus ·
et auctor sui esset / nominis et exemplum magistri · haec tua est   *f. 256*ᵛ
domine uirtus et gloria: per Christum.

12 POST COMMUNIONEM. Percepta mysteria quaesumus domine · et eruditione 947
nos instruant et participatione restaurent · ut ad spiritalia mereamur munera
peruenire: per.

15   **CLXI**

DIE X MENSE MAII TRANSLATIO SANCTI NAZARII
MARTYRIS IN MEDIOLANIUM

18 SUPER POPULUM. Impetret quaesumus domine fidelibus tuis auxilium 948
oratio ueneranda beati Nazarii martyris · ut in cuius sunt celebritate deuoti ·
fiant eius perpetua societate participes: per.

21 948 A APOSTOLUM.
Deus qui dixit de ⟨te⟩nebris lumen splendescere. illuxit in cordibus nostris.
Require in sancti Sebastiani. (2 Cor 4,6–10)
24 948 B EUANGELIUM SECUNDUM IOHANNEM.
Stabat Iohannes et ex discipulis eius duo. *Et reliqua. Require illud in uigiliis
sancti Andreae.* (1,35–42)

27 SUPER SINDONEM. Fac nos quesumus domine sancti martyris tui Nazarii 949
semper festa sectari · cuius suffragiis protectionis tuae ⟨dona⟩ sentimus: per
dominum nostrum.

---

1 angeli(ci *ü.d.Ƶ. a.Hd*)s   3 prima(e *a.Ras.*)ua   5 pr(ae *a.Ras., 1–2 Buchst.gel.,*
be *ü.d.Ƶ.*)ret   flamiu(m-*Strich gel.*)oma   9 capital(i *aus* o)   ferir(i *aus* e)
18 *Hs.* s̄uper

---

5 praeberet] praebeat *L* / *om. E*   dein] deinde *C*   6 profusus *D*¹] perfusus *S*
7 subito *om. D*
13 instruant] instruent *D*
18 qs dne *Am Ve MoS*] dne qs *GeB GaG* / *om. GaB*   19 oratio ueneranda] pietatis o. *S*
(*J 1092*) / o. iusta *Ve GeB Ga MoS*   ut] et *Ve GeB*   sunt celebritate deuoti *Ve*]
c. d. *GeB* / c. d. s. *MoS* / sumus c. d. *GaG* / sollemnitate sumus d. *S* (*J 1092*)   20 fiant
. . . perpetua societate] f. in . . . (p. *Ve*) sorte *Ve GeB* / simus . . . sorte *GaG* / facias nos
propitius in . . . p. esse sorte *S* (*J 1092*) / in . . . fiant pace *MoS*
27/28 qs dne . . . semper *Am* (*exc. H MAII*) *Ve GeA*] dne . . . qs s. *H MAII* / dne qs . . .
s. *GeV GeS*   28 sentimus *D*] dona s. *S* (*exc. D*) *Ve GeV GeS* / dona sentiamus *GeA*

950   SUPER OBLATA. Fiat quaesumus domine hostia sacranda placabilis pretiosi
celebritate tui martyris Nazarii · quae et peccata nostra / purificet · *f. 257*R
et tuorum tibi uota conciliet famulorum: per.   3

951   PRAEFATIO. UD Nos tibi reddere grates · uis trina deus sator optime rerum:
Qui cuncta propriis animata figuris · artifici sermone facis · quique facta
conseruas: Qui dudum multum latitantem puluerem dragmam inuenis   6
accensa uerbi uirtute lucerna: Ut pateant cunctis: Tua munera saeclis:
Reddens ecclesiae secundum certaminis palmam · angelicos ut cernant
humana lumina uultus · micent et splendida tumuli membra loco: Iamiam-   9
que repertus olim absconditus agro · rutilat thesaurus euangelicis praesig-
natus figuris: En superexaltat intemerata ecclesiae fides · dum sacrum mer-
catum margaritae lucrum capessat: In qua martyr sancte tuus inclitus   12
martyr · geminam insignem Nazarius gestat coronam: Qui meruit domini
pro laude fidelis · sanguine martyrium clarificare suum: O nimium dilecta
dei membra · Christi seruata promisso: O testis flagrantissime nitore caeli   15
fulgidae · cuius inaestimabilis odor Sabeicis praepollet aro-/matibus:*f. 257*V
Quem pius Ambrosius sacrum locans ecclesiae munus · perennem repperiens
patronum · dedit et medicum · propugnatorem fidei · sacri proelii bella-   18
torem: Propterea cum angelis et archangelis.

952   POST COMMUNIONEM. Quaesumus omnipotens deus: Ut beati martyris tui
Nazarii caelestibus mysteriis caelebrata sollemnitas · indulgentiam ⌈nobis⌉   21
tuę propitiationis adquirat: per.

CLXII

DIE XIIII MENSE MAII TRANSLATIO SANCTI UICTORIS   24
ET NATALE SANCTORUM FELICIS ET FORTUNATI

953   ORATIO SUPER POPULUM. Adesto domine fidelibus tuis · nec ullis eos mentis
aut corporis patiaris subiacere periculis · quos beatorum martyrum tuorum   27
Uictoris Felicis et Fortunati · munit gloriosa confessio: per.

    953 A   AD CORINTHIOS I. 12,27–13,8
            uirtutes: / Numquid (12,29/30)   *f. 258*R   30
    953 B   LECTIO SANCTI EUANGELII SECUNDUM LUCAM.
            / CAPUT CXIIII. 10,16–20   *f. 258*V

---

6 multum . . . puluerem (= *D*)] multo . . . puluere   7 saec(u *gel.*)lis   11 super-
exaltat] superexultat   14 martyr(ium *a.Ras.*)   21 nobis *ü.d.Z.*   32 CXIIII] CXVI

---

1 qs dne *J*] dne qs   2 tui – Nazarii *Am*] martyrii *Ve GeV GeA* / mysterii *GeS*   3 tuo-
rum] sanctorum *GeV*   famulorum *om. Ve*
13 gestat] portat *C*   dni *om. E*   15 promisso] promissio *A D H L*[1]
20 Qs] Praesta qs *K* (*J 1051*)
26 ullis eos *Am*] eos u. *Ve*   27 aut *A D E G H L*[2]*N*] et *BCF Ve*   patiaris *D E G L*[1]*N*
MAII Ve] patiare *A* / sinas *BCFHL*[2]   28 munit] muniat *G*

ORATIO SUPER SINDONEM. Omnipotens sempiterne deus · fortitudo certan- 954
tium · et palma martyrum · sollemnitatem hodierni diei propitius intuere:
3 Et ecclesiam tuam continua fac celebritate laetari · et intercessione beatorum
martyrum tuorum Uictoris Felicis et Fortunati · omnium in te credentium
uota perfice: per.

6 SUPER OBLATA. Hostias domine quas nomini tuo sacrandas offerimus · 955
sanctorum martyrum tuorum Uictoris Felicis et / Fortunati prose- *f. 259*R
quatur oratio: Per quam nos expiari concede et defendi: per.

9 PRAEFATIO. UD Teque laudare mirabilem deum in sanctis tuis · Uictorem 956
Felicem et Fortunatum: Quos ante constitutionem mundi in aeternam tibi
gloriam praeparasti: Ut per eos huic mundo ueritatis tuae lumen ostenderis ·
12 quos ita spiritu[s] ueritatis armasti: Ut fortitudinem mortis · ⟨per⟩ infirmitatem carnis euincerent: Hi sunt ueri martyres · qui in ecclesiae prato sicut
rosę et lilia floruerunt: Quos pius sanguis in proelio confessionis roseo per-
15 fudit colore · et in proemio passionis niueo liliorum splendore uestiuit Iesus
Christus dominus noster: quem laudant angeli.

POST COMMUNIONEM. Recreati sacri muneris gustu quaesumus domine · non 957
18 indigne sumentibus nobis uertatur ad poenam · sed intercedentibus sanctis
tuis Uictor Felix et Fortunatus · fideliter libantibus prosit ad ueniam: per
dominum.

---

8 expiar(i *a.Ras.v.* e)   9/10 Uictorem – Fortunatum] Uictore Felice et Fortunato
11 ostenderis] ostenderes   19 Uictor – Fortunatus] Uictore Felice et Fortunato

---

1/2 fortitudo – martyrum *om.* M (*J 788*)   2 palma martyrum *Am*] m. p.   hodierni diei *ABDEFHN GeV GeA GaF*] hodiernae d. *CGL MAII GeS GrP* / d. huius M
(*J 788*)   3 laetari] gaudere M (*J 788*)   et *Am GeV GeS GrP*] ut *GeA GaF* intercessione *G Ge GrP GaF*] intercessionibus *S*   beatorum *S (exc. D)*] beatissimorum
D MAII   4/5 omnium – perfice] prosequatur oratio per quam nos expiari concedas
et defendi C (*cf. C 1713 = J 955*)   4 in te credentium] intercedencium *GeV*   in
om. GaF   5 perfice *Am (exc. G)*] perficias *G M¹ (J 788) GeA GrP GaF* / proficias *GeV GeS*
6 Hostias] Has h. *GeS*   sacrandas] consecrandas *H*   8 quam] quas *GeS*   nos]
nos et M (*J 913*) / et nos *GeA* / et nos et *G*   concede *G*] concedas *S* / tribuis *Ve Gr* /
facias *M O (J 913) Ge*
9 teque *Am*] et te *Gr*   deum *Gr*] *om. S*   12 fortitudinem *Am*] formidinem *Gr*
13 hi – martyres *Am*] de quorum collegio sunt (beati) martyres tui ... *Gr*   ecclesiae *Am*] e. tuae *Gr*   14 lilia] lilium *N*   pius *Am*] unigeniti tui *Gr*   15 in proemio
Am] ob praemium *Gr*   splendore *ADEHL² Gr*] flore *BCFKL¹N*   15/16 Iesus
– nr *om. Gr*   16 quem laudant angeli] quem una tecum *S* / per quem *Gr*
18 indigne *Am*] inde *Ve*   nobis *om. DH*

CLXIII

DIE XXV MENSE MAII SANCTI DIONISII

958　　ORATIO SUPER POPULUM. Deus qui nos sancti tui Dionisii confessione gloriosa　3
circumdas et protegis: Da nobis ex eius imita-/tione proficere et　*f. 259*ᵛ
oratione fulciri: per.

> 958 A　EPISTULA.　　　　　　　　　　　　　　　　　　　　　　　　　　　　6
> *Require in confessorum.* Gratias ago deo quia confessus. (1 Tim 6,12–16)
> 　958 B　LECTIO SANCTI EUANGELII SECUNDUM MATHEUM. CAPUT XCIIII. 10,23–42
> 　　pro-/phetę (10,41)　　　　　　　　　　　　　　　　　*f. 260*ᴿ　9

959　　SUPER SINDONEM. Sancti Dionisii domine confessio[ne] recensita · conferat
nobis pie deuotionis augmentum · quia in nomine tuo perseuerans meruit
honorari: per.　　　　　　　　　　　　　　　　　　　　　　　　　　　　12

960　　SUPER OBLATA. Hostias domine pro commemoratione beati sacerdotis et
confessor⟨is t⟩ui Dionisii offerimus · quem a tui corporis unitate nulla temptatio separauit: per.　　　　　　　　　　　　　　　　　　　　　　　　15

961　　PRAEFATIO. UD Aeterne deus · et confessionem sancti sacerdotis tui Dionisii memorabilem non tacere · qui nec hereticis blandimentis · nec sui
status potuit diuersitatibus inmutari: Sed in utraque discrimina ueritatis ·　18
adsertor firmitatem tuae fidei non reliquid: Sed debite pietatis obsequium ·
exhibente⟨s⟩ · [quia] potentiam tuam domine cuius gratia talis extitit in eius
sollemnitatibus praedicamus: per Christum.　　　　　　　　　　　　　　21

962　　POST COMMUNIONEM. Quaesumus domine deus noster · ut interueniente
sancto sacerdote / et confessore tuo Dionisio · sacrosancta mysteria　*f. 260*ᵛ
quae sumpsimus · actu subsequamur et sensu: ⟨per.⟩　　　　　　　　　24

---

3 (tui Dio *a.Ras.v.* Dionisii)nisii　　14 confessor(is t *gel.*)ui　　23 Di(o *aus* i)nisi(o
aus u)　　(sa *gel.*)sacrosancta

---

3 sancti] in s. *MAII*　　confessione] in c. *A*　　confessione gloriosa *Am GrP GrH*]
confessionibus gloriosis *GeA GeS GrA* / solempnitatibus et . . . gloria *GeV* / intercessionibus gloriosis *CeS* / caelestibus gloriosis *GaF*　　4 da nobis *Am GeA GeS GrA GaF*]
praesta n. *GeV GrP GrH* / presta qs *CeS*　　ex] et *GeA GeS GrA GaF CeS* / semper et
GeV / om. *S GrP GrH*　　5 oratione fulciri *Am GrP GrH*] orationibus fulcire *GaF* / emun-
dacione fulgere *GeV* / intercessione gaudere *GeA GeS GrA* / om. *CeS*
10 dne *om. MAII*　　confessione *ABC*¹*DK*¹*L*] confessio *C*²*EFHK*²*N MAII Ge*
11 quia *Am*] qui *Ge*　　nomine tuo *Am*] t. n. *GeS* / confessione tui nominis *GeV GeA*
13 dne *ADHLN*] tibi dne *BCEFK Ge*
16 et *om. GeA*　　17 hereticis *Am Ge*] h. prauitatibus (p. h. *GeSC*) nec saeculi *GeSC
GrA*　　nec *Am Ge*] a *GeSC GrA*　　18 potuit diuersitatibus *Am Ge*] rectitudine p. *GeSC
GrA*　　potuit] posuit *A*　　sed *Am GeSC GrA*] om. *Ge*　　in utraque discrimina] inter
u. d. *Ge GrA* / in utroque discrimine *S*　　19 firmitatem *HN Ge GrA*] ueritatem
ABCDEFKL　　tuae *om. D*　　sed] et ideo *S*　　20 exhibentes] exhibemus *S*
22 interueniente] intercedente *F*　　24 sumpsimus] frequentamus *Ve*

CLXIIII

DIE XXVIIII MENSE MAII SANCTORUM SISINNII MARTIRII
3   ET ALEXANDRI

962 A   EPISTULA AD CORINTHIOS II.
        Deo gratias qui semper triumphat nos in Christo Iesu. *Require inferius in*
6   *sancti I*⌐*u*⌐*liani. istum quaternionem integrum.* (2,14–3,3)
962 B   EUANGELIUM SECUNDUM MATHEUM. CAPUT LXXXIII. 18,12–22
        ecclesiae: / Si (18,17)   *f. 261*R

9   CLXV

DIE XIIII MENSE IUNII SANCTORUM CANTI CANTIANI
CANTIANILLE PROTI ET GRISOGONI

12   962 C   EPISTULA.
             Require in uigiliis epiphanię. Nos non spiritum mundi accepimus. (1 Cor 2,12)
     962 D   EUANGELIUM.
15   *Require inferius in sancti Protasii.* Attendite a fermento pharisęi. (Lc 12,1–9)

                               CLXVI

DIE XV MENSE IUNII SANCTI UITI

18   Da ecclesiae tuę domine quaesumus sancto Uito intercedente superbe non   963
sapere · sed tibi placita humilitate perficere: Ut proterua despiciens · quaecumque matura sunt libera / exerceat caritate[m]: per.   *f. 261*V

21   963 A   EPISTULA *require in natale unius martyris.* Adsecutus es. (2 Tim 3,10–15)
     963 B   EUANGELIUM *require retro in sancti Babile et trium paruulorum.* (Mt 18,1–11)

⟨SUPER SINDONEM.⟩ Adsit domine quaesumus gratia[m] tua[m] populo   964
24   supplicanti: Qui ad munerandum cito largiris · et ad liberandum celeri⟨ter⟩
ades: Qui per poenitentiam contemnis delicta · non usuraria largitate com-
pensas pro meritis · sed uberiora restituis quam preceris: per.

27   SUPER OBLATA. Sicut gloriae diuinae potentiae munera pro sanctis oblata   965
testantur · sic nobis effectum domine tuae saluationis impendant: ⟨per.⟩

────────────

6 *I(u ü.d.Z.)liani*   19 pro(p *gel.*)terua   24 *Hs.* liberandum   27 gloriae (= *GeV*)]
gloriam

────────────

18 qs *om. Ve*   19 tibi] in t. *Ve*   perficere *J*] proficere   19/20 quaecumque –
sunt *Am Ge*] et matura quaeque desiderans *Ve*   20 libera ... caritatem *P*] liberam
... c. *Ve* / l. ... caritate *S Ge*
28 dne *D Ge*] *om. S (exc. D)*

966　PRAEFATIO. UD Beati Uiti martyrio gloriantes · cui admirandam gratiam in tenero adhuc corpore · et necdum uirili more maturo · uirtutem fidei et patientię fortitudinem tribuisti · ut saeuitiae persecutoris non caederet con- 3 stantia puerilis: Et inter acerua supplicia nec sensu potuit teneri ne frangi aetate · ut gloriosior fieret corona martyrii: Et ideo.

967　POST COMMUNIONEM. Refecti domine benedictione sollemni[i] · quaesumus 6 ut per intercessionem sancti Uiti medicina sacramenti · et corporibus nostris · prosit et mentibus: per.

CLXVII　　9

/ XIIII KALENDAS IULII UIGILIAE SANCTORUM PRO-　f. 262ᴿ TASII ET GERUASII

968　ORATIO SUPER POPULUM. Martyrum domine Geruasii et Protasii natalicia 12 praeeuntes supplices te rogamus: Ut quos caelesti gloria sublimasti · tuis adesse concede fidelibus: per.

969　SUPER SINDONEM. Sanctorum martyrum tuorum nos domine Geruasii et 15 Protasii confessio beata communiat · et fragilitatis nostrae subsidium dignanter exoret: per.

970　SUPER OBLATA. Sacrificium domine quod pro sanctis martyribus tuis Ger- 18 uasio et Protasio praeuenit nostra deuotio · eorum merito nobis augeat te donante suffragium: per.

971　PRAEFATIO. UD qui licet in omnium sanctorum tuorum tu sis domine pro- 21 tectione mirabilis · in his tamen beatissimorum martyrum tuorum Geruasii et Protasii · speciale tuum munus agnoscimus · quod et fratres sorte nascendi

---

22/23 beatissimorum – Protasii] beatissimis martyribus tuis Geruasio et Protasio

---

1 Beati – gloriantes *om. GaG*　　admirandam *Am Ge*] ad mirificandam *GaG*　　2 uirili more *Am Ge*] puellare flore *GaG*　　maturo] maturem *GeA*　　uirtutem *Am Ge*] hanc u. *GaG*　　3 tribuisti *Am Ge*] contulisti *GaG*　　4 puerilis *Am Ge*] uirginalis *GaG* 4/5 et – martyrii *Am Ge*] quo gloriosior fierit corona martyrii quia inter acerua supplicia nec sexui potuit eripere nec aetati *GaG*　　4 et *Ge*] quae *S*　　teneri] terreri *S Ge* ne] nec *S Ge*　　5 et ideo *Am GeA*] per Christum *GeS*
7 nostris *om. GeS*
12 martyrum] m. tuorum *S Ge GrP*　　Geruasii et Protasii *C Ge*] P. et G. *S*　　14 adesse concede fidelibus *Ge GrP*] a. concedas f. *S* / concedas a. f. *C GeSC*
15 tuorum *Am*　　15/16 Geruasii et Protasii *Ge*] P. et G. *S*
18 tuis *Am*　　18/19 Geruasio et Protasio *Ge*] P. et G. *S*　　19 merito *Am (exc. F) GeSC*] merita *GeV GeS GrP* / et merita *GeA* / meritis *F*
21 qui *Am*] quia *Ve Ge GrA*　　tu sis dne *Ve Ge GrA*] sis *S*　　22/23 beatissimorum – Protasii *Am*　　23 quod et] quos et *Ve Ge GaG* / quos *S GrA*

magnifica prestitisti passione germanos · ut simul essent uenerandae genetricis et florentissime prolis ecclesiae: per Christum.

3   POST COMMUNIONEM. Da quaesumus omnipotens deus · ut misteriorum 972
uirtute sanctorum Geruasii et Protasii uita nostra firmetur: per.

CLXVIII

6 DIE XVIIII MENSE IUNII SANCTORUM PROTASII ET GERUASII

SUPER POPULUM. / Adesto domine supplicationibus nostris: *f. 262*ᵛ 973
Quas in beatissimorum martyrum tuorum Geruasii et Protasii · comme-
9 moratione deferimus: Ut qui nostrae iustitiae fiduciam non habemus · eorum
qui tibi placuerunt meritis et intercessionibus adiuuemur: per.

        973 A   AD EPHESIOS. 2,1–10
12   fidem. / et (2,8)   *f. 263*ᴿ
        973 B   SECUNDUM LUCAM. CAPUT CXLIIII. 12,1–9
          uobis. / omnis (12,8)   *f. 263*ᵛ

15 SUPER SINDONEM. Praesta quaesumus omnipotens deus: Ut nos geminata 974
laetitia hodiernae festiuitatis excipiat · quae ⌈de⌉ beatissimorum martyrum
tuorum Geruasii et Protasii glorificatione procedit: Quos eadem fides et
18 passio · fecit esse germanos: per dominum nostrum.

SUPER OBLATA. Praetende munera quaesumus domine altaribus tuis · pro 975
beatissimorum martyrum tuorum Protasii et Geruasii commemoratione
21 praeposita: Ut sicut per haec beata mysteria illis gloriam contulisti · ita nobis
indulgentiam largiaris: per.

─────────────

2 p(r *a.Ras.*)o(l *a.Ras.v.* n)is   prolis] proles   3 *Hs.* C̄OMMUNIONEM   16 de *ü.d.Ƶ.*

─────────────

1 magnifica *Am GrA*] et m. *Ve Ge GaG*   1/2 essent uenerandae genetricis et florentissime prolis *P*] e. u. g. et f. proles *S* / e. u. gloria g. et florentissima p. *GaG* / esset et ueneranda gloria g. et florentissima p. (proles *GeSC GrA*) *Ge GrA* / esset u. gloria g. et florentissima proles *Ve*   2 per Christum *Am Ve*] et ideo *Ge GrA*
3/4 misteriorum uirtute sanctorum Geruasii et Protasii *GeV GeA*] m. u. s. *Ve* / m. u. satiati *GrP GrA* / m. u. saciati s. quoque G. et P. intercessione *GeS* / m. tuorum u. satiati s. G. et P. intercessione *GeSC* / m. u. sanctorum (sanctis *C E*) Protasio et Geruasio martyribus intercedentibus *S*
7 supplicationibus *Am* (*exc. M O*) *GeA GeS Gr*] praecibus *M O* (*J 762*) *Ve GeV GaG*
8 Geruasii et Protasii *G*] P. et G. *S*   10 meritis] precibus *M O* (*J 762*)   et intercessionibus *Am*
15 Praesta *Am*   omps] o. et misericors *GaG*   16 quae de *Am GeS Gr GaG*] quae *J¹ Ve GeV GeA*   17 Geruasii et Protasii *G*] P. et G. *S*   procedit] precedit *GeA*
18 fecit] uere f. *GeS GrH* (*J 997*)
19 Praetende munera qs dne *Am*] Intende m. dne qs *Ve* / Intende dne m. qs *Ge GaG* / Intende dne m. quae *CeS*   21 praeposita *Am* (*exc. D*) *GaG*] proposita *D Ve Ge* / deferimus *CeS*   gloriam] gratiam *A*   ita *Am*

976   PRAEFATIO. UD Aeterne deus · qui militibus · tuis pro tui nominis amore
certantibus · uirtutem fidei contulisti: Inter quos et pios fratres beatum Pro-
tasium et Geruasium · aggregare dignatus es: Quos pater dudum praeces-   3
serat · adeptus martyrii palmam: Hi sunt qui uexillo caelesti signati ·
uictricia apostoli arma / sumpserunt: Et a mundanis nexibus abso-   *f. 264*R
luti · nequissimi hostis uitiorum aciem prosternentes · liberi et expediti Chri-   6
stumdominum sunt secuti: O quam felix germanitas · quae sacris inhaerendo
eloqu iis · nullo potuit interpolari contagio: O quam gloriosa certaminis
causa · ubi pariter coronantur · quos unus uterus maternus effudit: Pro   9
quorum triumphis · et fecundissima mater laetatur ecclesia: Quae per beatum Ambrosium tales meruit soboles reperire · qui sibi conferant signa
uirtutum et gloriam: per eundem Christum.   12

977   POST COMMUNIONEM. Quos donis caelestibus satiasti · sanctorum martyrum
tuorum Protasii et Geruasii domine defende praesidiis: Ut a noxiis omnibus
expediti · post salutaria tua toto corde curramus: per.   15

CLXVIIII

DIE XXIII MENSE IUNII NATALE SANCTI IOHANNIS BAPTISTAE IN UIGILIIS   18

978   ORATIO SUPER POPULUM. Omnipotens sempiterne deus · Da cordibus nostris
illam sequi tuarum rectitudinem semitarum · quam beati Iohannis baptistae
uox clamantis edocuit: per.   21

979   ALIA. / Deus qui praesentem diem honorabilem nobis · in beati   *f. 264*V
Iohannis natiuitate fecisti: Da populis tuis spiritalium gratiam gaudiorum ·
et omnium fidelium mentes dirige in uiam salutis et pacis: per.   24

980   ALIA. Deus qui beatum baptistam Iohannem tua prouidentia destinasti ·
ut perfectam plebem Christo domino praepararet: Da quaesumus · ut familia
tua huius intercessione praeconi[i]s · et a peccatis omnibus exuatur · et eum   27
quem prophetauit inueniat: qui tecum uiuit et regnat.

---

1 m(ilitibus *a.Ras. a.Hd*)   15 tot(o *aus* u)   17 XXIII(I *gel.*)

---

11 tales . . . soboles] t. . . . sobolem *A*¹*D* / talem . . . sobolem *A*²   reperire] reppe-
riri *G*   qui . . . conferant] que . . . conferat *A*²*G*²   12 eundem *om. L*
13 satiasti *Am*] satias *Ve*   14 a noxiis *Am*] n. *Ve*
20 sequi *Am*   21 uox *Am Ve*] in deserto u. *Ge Gr*
23 natiuitate] natiuitatem *GeV*   24 et pacis *Am Ve GeV GaG*] aeternae *GeA GeS Gr*
25 Ds *Am*] Omps et misericors ds *Ve Ge GrH*   baptistam Iohannem *Am Ve*] I. b. *Ge*
GrH   27 praeconiis *L*¹] praeconis   27/28 eum . . . inueniat *Am*] ad eum . . . i.
Ve / ad eum . . . peruenire mereatur *Ge GrH*   eum quem] eumque *D*   28 qui tecum
Am] per *A*¹*D*¹*L*¹ *Ve Ge GrH*

SUPER POPULUM. Uirtutum caelestium deus · qui annua beati Iohannis 981
baptistae · sollemnia frequentare concedis: Praesta quaesumus · ut per te
3 securis eadem mentibus celebremus · et eius patrocinio promerente · plenae
capiamus securitatis augmentum: per.

    981 A LECTIO HIEREMIE PROPHETAE. 1,4–10
6   omnia / quae (1,7)   *f. 265*R
      981 B LECTIO SANCTI EUANGELII SECUNDUM MATHEUM. CAPUT VII. 3,1–12
            phariseorum / et (3,7)   *f. 265*V

9 SUPER SINDONEM. Beati Iohannis baptistę nos quaesumus domine · prae- 982
clara comitetur oratio: Et quem uenturum esse praedixit · poscat nobis
habere pacatum: qui tecum uiuit.

12 SUPER OBLATA. Tua domine muneribus altaria cumulamus · illius / *f. 266*R 983
natiuitatem honore debito celebrantes · qui saluatorem mundi et cecinit
adfuturum · et adesse monstrauit: qui tecum uiuit et regnat.

15 PRAEFATIO. UD Aeterne deus: Exhibentes sollemne ieiunium · quo 984
Iohannis baptistae natalicia praeuenimus: Cuius genitor dum eum dubitat
nasciturum · sermonis amisit officium: Et eo nascente · et sermonis usum · et
18 prophetiae suscepit donum: Cuiusque genetrix senio confecta · sterelitate
multata · in eius conceptu non solum sterelitatem amisit · fecunditatem ad-
quisiuit · sed etiam spiritum sanctum quo matrem domini et saluatoris agnos-
21 ceret[ur] accepit: per quem.

    POST COMMUNIONEM. Sancti nos quaesumus domine baptistae Iohannis 985
oratio · et adsequi faciat semper mente quae gerimus · et debitae seruitutis
24 actione sectari: per.

---

3 celebr(e *aus* a)mus   20 etiam (*Ras., wohl v.* sp̄m)

---

1 Uirtutum caelestium *Am Ve*] *om. Ge GrH*   qui *Am* (*exc. C*)] qui nos *C Ve Ge GrH*
2/3 per te securis *Am*] et s. *Ve* / et deuotis *Ge GrH*   3 et eius *Am GeSC GrH*] et eorum
Ve / ut eius *Ge*
9 qs dne *Am* (*exc. L*) *GeA GeS*] dne *L Ve GeV Gr*   10 quem] eum quem *A*   nobis]
nos *DL*   11 habere pacatum *S*] h. placatum *MAII* / fauere placatum *Ve GeV GeSC*
Gr / ab eo sempiternum remedium *GeA GeS*   qui tecum *Am*] per *Ve Ge Gr*
12 illius *Am Ve Gr*] sci Iohannis *Ge* / beati Ioh. baptiste *GaB*   13/14 et cecinit – mon-
strauit] c. ad salutem *GaB*   14 qui tecum *Am*] dnm nrm *uel* qui tecum *C* / per *Ve Gr* /
Iesum Chr. *Ge*
16 Iohannis] beati I. *DL Gr*   17 nascente *Am GrA*] nato *GrF*   19 multata *Am* (*exc.*
L) *GrF*] mutata *L GrA*   20 matrem . . . agnosceretur] mater . . . a. *S* / matrem . . .
agnosceret *Gr*   21 per quem *Am GrF*] per Christum *GrA*
22 qs dne] dne qs *GrP* / dne *L*   baptistae Iohannis *Am*] I. b. *GrP*   23 mente *om. N*
24 sectari *Am GeS*] securos *GeA* / perfrui *GrP*

CLXX

ITEM ORATIONES ET PRAECES IN MISSA SANCTI IOHANNIS
BA⟨PTI⟩STAE

3

986 ORATIO SUPER POPULUM. Deus qui hunc diem ortu praeconis tui atque baptistę · consecrare dignatus es: Cum puerperium mater sterilis · et uocem
pater mutus accepit: / Concede propitius · ut illud quod saluator *f. 266*ᵛ 6
⌈noster⌉ gessit in Iordane misterio · hoc in omnibus catholicis semper caelebretur ecclesiis: per eundem.

986 A APOSTOLUM *require retro in sancti Iacobi. fratris domini.* (Gal 1,11–19) 9
986 B LECTIO SANCTI EUANGELII SECUNDUM LUCAM.
CAPUT I. 1,5–25.39–45.56–66.80
Zacharia. / quoniam (1,13) Egressus / autem (1,22) *f. 267*ᴿ *267*ᵛ 12
beata / quae (1,45) putas / puer (1,66) *f. 268*ᴿ *268*ᵛ

987 SUPER SINDONEM. Praecursoris tui Iohannis baptistae · nos quaesumus domine intercessio sancta commendet: Ut et spiritalibus mereamur eius prae- 15
dicationibus erudiri · et eo quo precipis · ipso iuuante nostra possit peruenire
fragilitas: per dominum nostrum.

988 SUPER OBLATA. Respice domine ad haec munera · quae te sacrificante 18
sacramus: Et sicut beatus Iohannes baptista factus est praecursor et prae-
parator uiae domini nostri Iesu Christi · ita et pro nostris infirmitatibus te
protegente intercessor existat: per eundem. 21

989 PRAEFATIO. UD Aeterne deus: Digne enim beatus baptista Iohannes cuius
hodie sollemnia recensemus · inter natos mulierum maior apparuit: Qui
deum hominemque perfectum filium tuum Iesum Christum dominum 24
nostrum · solus omnium et praedicare meruit · et uidenter ostendere: quem
laudant angeli.

990 POST COMMUNIONEM. Tribue quaesumus omnipotens deus · ut sicut nos 27
donis caelestibus / satias · ita et beati Iohannis baptistae naᴿtiᴸuitate *f. 269*ᴿ
defende praesidiis · ut quod ille de filii tui natiuitate praedicauit nobis prosit
ad salutem: per eundem. 30

---

4 *Hs.* ŠUPER   7 noster *ü.d.Z.*   18 sacrificante] sanctificante   28 na(ti *ü.d.Z.*)uitate

---

4 baptistę *A G*] b. Iohannis   7 misterio *B C E*¹*F G H L*] mysterium *A D E*²*K N MAII*
17 per dnm *A D H L*¹ *MAII*] qui *B* / qui uiuis *C EF K L*²*N* / quod ipse prestare *G*
18 dne] dne qs *D L*
22 enim – cuius *G*] natalis eius *S*   23 inter *G*] digne i. *S*   24/25 dnm nrm *om. D L*¹
25 solus omnium *G*   uidenter *A*¹*D L*¹] euidenter *A*²*B E F G H K L*²*N*
28 et beati *G N*] et in b. *L*¹ / in b. *S (exc. N)*   29 defende *B C E G L*] defendas *A D F H K N*

CLXXI

DIE XXII MENSE IUNII SANCTI IULIANI CUM SOCIIS SUIS

3   ORATIO SUPER POPULUM. Concede quaesumus omnipotens deus: Ut qui 991
triumphum laudabilem beati leuitae et martyris Iuliani recolimus · digna
ipsius imitatione sectando · gaudiorum eius effici mereamur participes: per.

6   991 A   AD CORINTHIOS II. 2,14–3,3
                cor-/dibus (3,2)   *f. 269*�V
     991 B   LECTIO SANCTI EUANGELII SECUNDUM LUCAM. CAPUT CLXVII. 13,18–30
9   nobis: / Et (13,25)   *f. 270*ᴿ

    SUPER SINDONEM. Praesta quaesumus omnipotens et misericors deus: Ut 992
sicut beatum Iulianum coniugali toro sociatum · uirginitatis cultu decibiliter
12 decorasti · Ita nos famulos tuos per eius intercessiones auxilium · a sordibus
piaculorum abluas · et corda nostra claritate tuae gratiae inradiare digneris:
per dominum nostrum.

15   SUPER OBLATA. Accepta tibi sint quaesumus domine munera quae in die 993
sollemnitatis beati martyris tui Iuliani deferimus: Ut ea maiestati tuae sint
placita · sicut illius / effusio sanguinis apud te extitit pretiosa: per. *f. 270*ᵛ
18   〈PRAEFATIO.〉 UD Aeterne deus: Qui tyrannica potestate depressa · ita 994
suos milites extulit ut angelicis in terris fruerentur consortiis · et diuinis ubique munire〈n〉tur auxiliis: Ad cuius stadium nobilis Iulianus martyr laetus
21 adcurrens · signifer efficitur fidei dignissimus domini proeliator: Elegit cum
coniuge membra seruare uirginea · et fortior ad luctamina properauit:
Sociauit sibi sanctorum choros quos flammeo globo consumptos · praemisit
24 coronatos ad Christum: Dehinc contemptis sacrilegis carnificum iussis acer-
bissima tormenta poenarum non metuens dei filium uoce libera protestatur:
O felix et dignissimus miles Christi · qui non solum contempsit tyrannum ·
27 sed et filium eius abstulit fecit christicolam · et ad suscipiendam martyrii
palmam secum pariter incitauit: Caeditur ferreis · uinculis honeratur · horri-
bili fedore perfusus custodie traditur: Flammeis ardoribus eructanti in-
30 mergitur cupae · ex capite cutis depellitur · seuis in theatro bestiis tra-
/ditur: Sed in his omnibus angelica propugnatione defensus · dignam *f. 271*ᴿ
ad ultimum effusio sanguinis dedit uictoriae palmam: per Christum.

---

12 tuos (*Ras.v.2–3 Buchst.*)   intercessiones] intercessionis

---

4 laudabilem *om. D*   leuitae et martyris *BCE*¹*L*¹] l. et m. tui *AL*² / m. *E*²*F*¹*HK*²
MAII / m. tui *DF*²*N*   4/5 digna ... imitatione] dignam ... imitationem *A*²*H*
5 imitatione sectando] imitationis s. uestigia *N*   mereamur] m. esse *DL*²
10 et misericors *om. H*   11 uirginitatis] et u. *A*   12 ita *ADL*¹] ita et *BCEFHKL*²*N*
MAII   13 claritate ... gratiae] claritatis ... gratia *D*
16 ea *AL*¹] eo
18 ds *D*] ds per Chr. dnm nrm   19 consortiis] consorcium *D*   21 dignissimus
om. N   27 fecit *A*¹*DL*¹] fecitque *A*²*BCEFHKL*²*N*   28 horribili] horribilis *D*
29/30 traditur ... traditur] trahitur ... trahitur *A*   31 propugnatione] protectione *S*

995   POST COMMUNIONEM. Omnipotens et misericors deus: Qui athletam tuum
Iulianum tormenta horrifica superare fecisti: Concede ut qui eius triumphi
diem annue celebramus · insuperabiles tua protectione ab hostis insidiis   3
maneamus: per.

CLXXII

DIE XXVI MENSE IUNII NATALE SANCTORUM IOHANNIS ET   6
PAULI

996   ORATIO SUPER POPULUM. Beatorum martyrum Iohannis et Pauli natalicia
ueneranda · quaesumus domine ecclesia tua deuota suscipiat · et fiat magne   9
glorificationis amore deuotior: per.

    996 A   EPISTULA BEATI PAULI APOSTOLI AD TESSALONICENSES I. 1,2–10
           spiritu / sancto (1,5)   *f. 271*V   12
    996 B   EUANGELIUM.
           Accessit ad dominum Iesum mater filiorum Zebedei. *Require retro in natale*
           sancti Iacobi. (Mt 20,20–28)   15

997   SUPER SINDONEM. Quaesumus omnipotens deus ut nos geminata laetitia
hodiernę festiuitatis excipiat: Quae de beatorum martyrum tuorum Iohannis
et Pauli glorificatione procedit · quos eadem fides et passio uere fecit esse   18
germanos: per.

998   SUPER OBLATA. Sint tibi domine quaesumus nostri munera grata ieiunii ·
quia / tunc eadem in sanctorum tuorum Iohannis et Pauli digna   *f. 272*R   21
commemoratione deferimus · si et actus illorum pariter subsequamur: per.

999   PRAEFATIO. UD Beati etenim martyres tui Iohannes et Paulus quorum
festa praedicamus ueraciter impleuerunt · quod Dauitica ⌐uoce¬ canitur ·   24
ecce quam bonum et quam iucundum habitare fratres in unum: Nascendi
lege consortes · fidei societate coniuncti passionis aequalitate consimiles · in
uno semper domino gloriosi · quem pariter confessi sunt permanentes cum   27
angelis qui gloriam tuam concinnunt sine cessatione dicentes · Sanctus
Sanctus Sanctus.

---

3 a(b *a.Ras.v.* h)   20 (q *aus* n)uaesumus   24 uoce *ü.d.Z.*

---

3 hostis] hostium *D*
8 martyrum] m. tuorum *FN*   9/10 fiat magne glorificationis] m. g. efficiatur
CMO (*J 810*)
16 Qs] Praesta qs *S* (*J 974*)   omps] o. et misericors *GaG*   17 quae de *Am GeS Gr*
GaG] quae *Ve GeV GeA*   martyrum tuorum *Am GaG*] *om. Ve Ge Gr*   18 pro-
cedit] precedit *GeA*   uere fecit *GeS GrP*² *GrH*] f. *S* (*J 974*) *Ve GeV GeA GrP*¹ *GaG*
20 dne qs *Am GeS*] qs dne *Ve GeV GeA*   22 commemoratione] commemorationem *D*
et actus] actus *GeV*   illorum] eorum *KN*
27 permanentes *Am*] permanentem *Ge*   28 cessatione] fine *E*

POST COMMUNIONEM. Sumpta munera domine nostrae sanctificationi tuorum 1000
praecibus concede sanctorum: per dominum.

³ CLXXIII

IN UIGILIIS SANCTORUM PETRI ET PAULI

ORATIO [s̄]. Deus qui beato apostolo tuo Petro collatis clauibus regni cae- 1001
⁶ lestis · animas ligandi atque soluendi pontificium tradidisti: Concede quae-
sumus · ut intercessionis eius auxilio · a peccatorum nostrorum nexibus
liberemur: per.

⁹ ⟨ALIA.⟩ Deus cuius dextera beatum Petrum apostolum · ambu-/ *f. 272*^v 1002
lantem in fluctibus ne mergeretur erexit: Et coapostolum eius Paulum ·
tertio naufragantem de profundo pelagi liberauit: Exaudi propitius suppli-
¹² cationem nostram · et concede ut amborum meritis aeternę trinitatis gloriam
consequamur: per.

ALIA. Deus qui ecclesiam tuam · beati apostoli tui Petri fide et nomine con- 1003
¹⁵ secrasti: Quique beatum illi Paulum · ad praedicandam gentibus gloriam
tuam sociare dignatus es: Concede ut omnes qui ad eorum sollemnitatem
conuenerunt · spiritali remuneratione ditentur: per dominum nostrum.

¹⁸ SUPER POPULUM. Deus cui et martyrum fides · et ueneranda sanctorum uita 1004
complacuit: Quique gradientem apostolum Petrum · in elemento liquido
confirmasti: Nos quoque saeculi turbine fluctuantes · dexterae tuae protec-
²¹ tione conserua: per.

---

10 coapostol(u *a.Ras.v.* o)m   12 aetern(ę *aus* i)   16 e(st-*Strich ausp.u.gel.*)s

---

1 Sumpta munera *Am Ge*] Oblata m. nomini tuo *Ve*   nostrae sanctificationi *Am Ve*
GeSC] nostra sanctificatione *Ge*   sanctificationi] sanctificationis *D*   tuorum *Am*
(*exc. N*) *Ge*] t. ualere *N* / proficere t. *Ve*   2 praecibus] p. prodesse *H*
5 Ds] Omps semp ds *GaV GaG*   beato apostolo tuo Petro *Am* (*exc. D*) *GeV GeS*] b. P.
ap. tuo *D GeA GaB CeS* / b. P. ap. *GaV GaG* / ap. tuo *GrP* / ap. P. *GrH*   6 animas
om. *GrP GrH*   concede qs *Am*] c. *Ge Gr* / exaudi propicius praeces nras in die
ieiunii huius *GaV GaG* / suscipe propitius preces nras *GaB CeS*   7 ut – auxilio *Am*
Ge Gr] et intercessione eius qs (dne auxilium *GaB CeS*) ut *Ga CeS*   8 per] qui uiuis
B E F K O
9 beatum Petrum apostolum *Am GeA*] P. ap. *GeV* / b. P. *GeS Gr*   10 mergeretur]
mergeret *GeV*   coapostolum eius] apostolum *GeA*   11/12 exaudi – concede *Am*]
e. nos propitius et c. *GeS Gr* / c. propitius *GeV GeA*   12 aeternae trinitatis gloriam
Am (*exc. D G*)] aet. t. gratiam *D G* / aeternam t. gratiam *Ge* / aeternitatis g. *L*¹ *GeSC Gr*
13 per] qui uiuis *B E F K L*
14 beati *Am*   15 quique] quibus *D*   praedicandam *Am*] praedicandum *Ge Gr*
16 eorum sollemnitatem *Am*] apostolorum tuorum sollemnia *Ge Gr*   17 per] qui
uiuis *B F K MAII*
18 cui – uita *Am*] qui martirem fides et uenerandam uitam *MoS*   19 liquido *Am*]
utique *MoS*   20 nos quoque *Am*] petimus pietatem tuam ut non ⟨nos⟩ in ⟨h⟩uius
MoS   fluctuantes] fluctuantis *MAII*   21 conserua. per *Am*] conserues. amen *MoS*

1004 A APOSTOLUM.
Benedictus deus et pater domini nostri Iesu Christi qui benedixit nos.
Require illud retro in apostolorum. (Eph 1,3–14)
1004 B EUANGELIUM SECUNDUM MATHEUM. CAPUT CLXVI. 16,13–19
dicens: / Quem (16,13)   *f. 273*R

1005   SUPER SINDONEM. Exaudi nos deus salutaris noster: Et apostolorum tuorum   6
Petri et Pauli tuere presidiis · quorum donasti fideles esse doctrinis: per.

1006   SUPER OBLATA. Munera supplices domine · tuis altaribus adhibemus: Ut
quantum de nostro merito sumus formidantes · tantum beatorum Petri et   9
Pauli pro quorum / sollemnitatibus offeruntur · intercessione   *f. 273*V
gloriemur saluandi: per.

1007   PRAEFATIO. UD Aeterne deus · Apud quem cum beatorum apostolorum   12
continuata festiuitas · et aeterna celebritas · atque triumphi caelestis perpetuus sit natalis: Nos tamen beatae confessionis initia recolentes · frequenti
tribuas deuotione gaudere: Ut crebrior honor sacratissimae passionis   15
repensus · maiorem nobis retributionis gratiam largiatur: per Christum.

1008   POST COMMUNIONEM. Sumpto domine sacramento beatis apostolis interuenientibus deprecamur · ut quod temporaliter gerimus capiamus aeternum: 18
per.

CLXXIIII

DIE XXVIIII MENSE IUNII SANCTORUM PETRI ET PAULI   21

1009   ORATIO SUPER POPULUM. Omnipotens sempiterne deus: Da populis tuis
apostolorum tuorum Petri et Pauli · natalem plena deuotione uenerari: Ut
quorum doctrinis et confessione trinitatis unius institutus est mundus · eorum   24
suffragantibus meritis diuinae seruiat unitati: per.

1009 A EPISTULA BEATI PAULI APOSTOLI AD CORINTHIOS II. 11,16–12,9
Alioquin / uelut (11,16)   peri-/culis (11,26)   *f. 274*R *274*V   27
ad / tertium (12,2)   *f. 275*R
1009 B LECTIO SANCTI EUANGELII SECUNDUM IOHANNEM. CAPUT CCXXVII. 21,15–19
agnos / meos (21,15)   *f. 275*V   30

6/7 tuorum – Pauli *Am*] t. nos *Ve GeS Gr* / *om. GeV GeA*   7 per] qui uiuis *BCEFKL*
8/9 ut . . . sumus *om. Ve*   9 quantum] quanto *F*   beatorum *Am*] beati *Ve*
10 sollemnitatibus *Am*] sollemnibus *Ve*   11 gloriemur saluandi *Am*] confisi *Ve*
12 cum *Ve Ge*] licet *S*   apostolorum] a. Petri et Pauli *Ve*   13 et aeterna *Am (exc.*
A) Ge] aet. *A Ve*   15 tribuas *Ge*] tribuis *S Ve GeSC*   gaudere *Am Ge*] uenerari *Ve*
honor *Am Ge*] h. inpensus *Ve*   passionis *L*] passioni   16 repensus *om. Ve*   retributionis – largiatur *Am Ge*] prosit ad gratiam *Ve*
17 sacramento] s. caelesti *F*   beatis apostolis] beatissimis apostolis tuis Petro et
Paulo *F*   17/18 beatis – ut *Am Ve*] suppliciter deprecamur ut intercedentibus
beatis apostolis *Ge*   18 capiamus aeternum *Am Ve*] ad uitam c. aeternam *Ge*
23 apostolorum – Pauli *Am*] praecipuorum ap. *Ve*   tuorum *om. LN*   natalem
Am] n. diem *Ve*   24 et confessione *Am*] ad confessionem *Ve*   trinitatis *Am*] deitatis *Ve*

SUPER SINDONEM. Deus qui confitentium tibi redemptor es animarum: 1010
Quarum piscator beatus Petrus apostolus · atque ouium pastor tua praecep-
3 tione cognoscitur: Annue misericors precibus nostris · et populo tuo pietatis
tuae dona concede: qui cum patre et spiritu.

SUPER OBLATA. Munera plebis tuae quaesumus domine · beatissimorum 1011
6 ⟨apostolorum⟩ et martyrum tuorum Petri et Pauli fiant grata suffragiis: Ut
quorum triumphis tuo nomini deferuntur · ipsorum digna perficiantur et
meri-/tis: per dominum.   *f. 276*R

9 PRAEFATIO. UD Nos tibi deus semper hic et ubique in honore apostolorum 1012
Petri et Pauli gratias agere: Quos ita electio tua consecrare dignata est · Ut
beati Petri saecularem piscandi artem · in diuinum dogma conuerteret:
12 Quatenus humanum genus de profundo inferni · praeceptorum tuorum
retibus liberaret: Nam coapostoli eius Pauli · mentem cum nomine mutasti:
Et quem prius persecutorem metuebat ecclesia · nunc caelestium mandatorum
15 laetatur se habere doctorem: Paulus cecatus est ut uideret · Petrus negauit ut
crederet: Huic claues caelestis imperii · illi ad euocandas gentes diuinae legis
scientiam contulisti: Nam ille introducit · hic aperit: Ambo igitur uirtutis
18 aeternae praemia sunt adepti: Hunc dextera tua gradientem in elemento
liquido · dum mergeretur erexit: Illum autem tertio naufragantem · profunda
pelagi fecit uitare discrimina: Hic portas inferni · ille mortis uicit aculeum:
21 Et Paulus capite plectitur · quia gen-/tium caput fidei probatur: *f. 276*V
Petrus autem praemissis uestigiis · caput omnium nostrorum secutus est
Christum: quem una tecum omnipotens pater.

24 POST COMMUNIONEM. Perceptis domine sacramentis · suppliciter te rogamus: 1013
Ut intercedentibus beatissimis apostolis tuis Petro et Paulo · quae pro illorum
ueneranda gerimus passione · nobis proficiant ad salutem: per.

---

17 scientiā(e *gel.*)   19 naufra(g *aus* n)antem

---

2 praeceptione] perceptione *D*
5 qs dne *Am*] dne qs *Ve Ge*   5/6 beatissimorum – Pauli *Am*] beatorum apostolorum *Ve*
6 et martyrum *om. C*   tuorum *om. D*   ut *Am*] ut pro *Ve* / et pro *Ge*   7 deferuntur *Am Ve*] offeruntur *Ge*
9 ds *J*   hic *ADFHLN*] *om. BCEK GaG*   9/10 in – agere *Am*] gratias agere dne
sce pater omps aet. ds praecipue hodie in honorem beatissimorum apostolorum et
martyrum tuorum Petri et Pauli *GaG*   10 consecrare *Am*] sibi c. *GaG*   11 con-
uerteret] uerteret *C*   12 de profundo inferni *Am*] hac de p. istius mundi *GaG*
13 liberaret *Am*] liberares *GaG*   coapostoli . . . Pauli *Am*] cumapostolum . . . Paulum *GaG*   mutasti *Am*] commutasti *GaG*   15 doctorem] rectorem *A*   16 imperii *Am*] i. tradedisti *GaG*   illi *Am*] illum *GaG*   19 dum *Am (exc. K)*] ne *K GaG*
21 et *om. GaG*   gentium *Am*] gentibus *GaG*   probatur *Am*] conprobatur *GaG*
22 praemissis *Am*] p. in cruce *GaG*   nostrorum *A¹BKL*] nostrum *A²CDEFN GaG*
23 quem una tecum *Am*] cui merito omnes *GaG*
24 suppliciter *Am Ge Gr*] supplices *Ve*   te rogamus *Am Ve*] r. *Ge* / exoramus *Gr*
25 beatissimis – Paulo *Am*] beatis apostolis *Ve*   26 passione] solemnitate *GrA*   salutem *Am*] medelam *Ve Ge Gr*

22*

CLXXV

PRIDIE KALENDAS IULII NATALE SANCTI PAULI

1014	ORATIO SUPER POPULUM. Deus qui multitudinem gentium beati Pauli	3
apostoli praedicatione docuⁱⁱsti · da nobis quaesumus · ut cuius natalicia
colimus · eius apud te patrocinia sentiamus: per.

> 1014 A	LECTIO SANCTI EUANGELII SECUNDUM MATHEUM. CAPUT CXCVII. 19,27–29	6
> omnis / qui (19,29)	*f. 277*R

1015	SUPER OBLATA. Praeueniant nos domine quaesumus apostoli tui Pauli
desidera⟨ta⟩ commercia: Ut quorum perpetuam dignitatem sacro mynisterio	9
frequentamus in terris · et praesentia nobis subsidia postulent et aeterna: per.
1016	POST COMMUNIONEM. Perceptis domine sacramentis · subdito corde roga-
mus et petimus · ut intercedente beato Paulo apostolo tuo nobis proficiant ad	12
medela⟨m⟩ · quae pro illius gesta sunt passione: per.

CLXXVI

### PRIDIE NONAS IULII OCTAUA APOSTOLORUM	15

1017	ORATIO SUPER POPULUM. Omnipotens sempiterne deus: Qui nos beatorum
apostolorum Petri et Pauli multiplici facis celebritate gaudere: Da quae-
sumus · ut eorum saepius iterata sollemnitas nostrae sit tuitionis augmentum:	18
per.

> 1017 A	LECTIO LIBRI SAPIENTIAE. Eccli 44,10–15
> testamen-/tis (44,12)	*f. 277*V	21
> 1017 B	SECUNDUM MATHEUM. CAPUT CXLVIIII. 14,22–33
> naui-/cula (14,29)	*f. 278*R

1018	SUPER SINDONEM. Beatorum apostolorum domine Petri et Pauli desiderata	24
sollemnia recensentes: Praesta quaesumus ut eorum supplicationibus muniamur · quorum gerimur principatu[m]: per.

---

4 docu(i *ü.d.Z.*)sti	8 OBLATA *a.Ras., wohl v.* SINDONEM	15 APOSTOLORU(M-
Strich ausp.)M	26 gerimur] regimur

---

4 apostoli] a. tui *GeS*	cuius *GeS Gr*] qui eius *GeV GeA*
8 Praeueniant – tui *Am Ge*] Praesta nobis eius *GaG*	nos *Am GeSC*] nobis *Ge*	Pauli *J*
9 sacro] sacrosancto *GaG*	mynisterio *Am*] mysterio *Ge GaG*	10 et aeterna] aet. *L*
12 intercedente – tuo] intercedentibus beatis apostolis *Ve*
16/17 beatorum – Pauli *Ge*] eorum *Ve*	17 gaudere *Ge*] g. quorum nostrae fragilitati
patrocinia contulisti *Ve*	18 eorum *Ge*] illorum *Ve*	sollemnitas] sollemnia *GeA*
24 Beatorum apostolorum dne *Ge*] A. dne b. *Ve* / A. tuorum dne b. *GaG*	25 re-
censentes *Ge*] recensemus *Ve GaG*	supplicationibus *Ge*] supplicatione *Ve*	26 geri-
mur principatum] regimur p. *GeA* / regimur principatu *Ve GeS*

SUPER OBLATA. Offerimus tibi domine quaesumus preces et munera quae 1019
ut tuo sint digna conspectui apostolorum tuorum praecibus adiuuemur: per.

3   PRAEFATIO. UD *usque* aeterne deus · suppliciter exorantes: Ut gregem 1020
tuum pastor aeterne non deseras · sed per beatos apostolos tuos continua
protectione custodias: Et isdem rectoribus gubernetur · quos operis tui
6 uicarios eidem contulisti praeesse pastores: per Christum.

POST COMMUNIONEM. Pignus aeternae uitae capientes humiliter | *f. 278*ᵛ 1021
imploramus ut apostolicis fulti patrociniis · quod in imagine contingimus
9 sacramenti · manifesta perceptione sumamus: per.

CLXXVII
V IDUS IULII NATALE SANCTI BENEDICTI ABBATI⟨S⟩

12   ORATIO SUPER POPULUM. Intercessio nos quaesumus domine beati Benedicti 1022
abbatis semper commendet: Ut quod nostris meritis non ualemus · eius
patrocinio assequamur: per.

15   APOSTOLUM *et* EUANGELIUM *et* SUPER SINDONEM *require in confessorum.*

SUPER OBLATA. Sacris altaribus domine hostias superpositas · sanctus Bene- 1023
dictus quaesumus in salutem nobis prouenire deposcat: per.

18   PREFATIO. UD Aeterne deus · et gloriam tuam profusis praecibus exorare · 1024
ut qui beati Benedicti confessoris tui ueneramur festa · te opiʳtuˡlante eius
sanctitatis imitari ualeamus exempla: Et cuius meritis nequaquam possumus
21 coaequari · eius precibus mereamur adiuuari: per Christum.

POST COMMUNIONEM. Protegat nos domine cum tui perceptione sacramenti: 1025
Beatus Benedictus abbas pro nobis intercedendo · ut conuersationis eius
24 experiamur insignia: per.

---

19 opi(tu *ü.d.Z. a.Hd*)lante   21 Christum *a.Ras.*

---

1 Offerimus – qs] Suscipe dne *GrA*   dne qs *Ve GeA GrHC GrP*] dne *S* (*exc. N*)
GeS GrHO | *om. N*   2 ut] et *AB*   apostolorum] beatorum ap. *Ve* | sancto-
rum *GrA*   tuorum] t. qs *GrP GrH*
3 suppliciter exorantes *Am Ve GeV*] te dne s. exorare *GeA GeS Gr*   4 sed] et *Ve
GeV*   tuos *om. Ve GeV*   5 et *Am*] ut *Ve Ge Gr*   gubernetur *GeA GeS Gr*] diri-
gatur *S* (*J 722*) | dirigantur *Ve GeV*   6 praeesse] esse *F*   per Christum *Am*
(*exc. AD*) *Ve GeV*] et ideo *AD GeA GeS Gr*
7 Pignus aeternae uitae *Ge*] P. u. aet. *S* (*J 876*) | Aet. p. u. *Ve*   humiliter *Ve GeV*]
h. te dne *S* (*J 876*) *GeS* / te dne h. *GeA*   8 in imagine] imaginem *D GeV*   contingimus *ADEHMNO Ge*] contigimus *BC* (*J 876*) / gerimus *Ve*
12 beati *Ge GrF*] sancta b. *GaF*   13 semper *J*   14 patrocinio *Ge GrF*] patrociniis *GaF*
23 pro nobis intercedendo *Ge GrF*] i. p. n. *S* (*J 744*) / i. ille *GaF*   ut *Am GaF*] ut
et *Ge GrF*   conuersationis *Ge GrF*] confessionis *S* (*J 744*) *GaF*   24 experiamur
insignia *Ge*] e. i. et intercessionis ipsius percipiamus suffragia *GrF* / semper e. auxilium
GaF / semper expiemur auxilio *S* (*J 744*)

CLXXVIII

DIE III MENSE IULII TRANSLATIO SANCTI THOMAE APOSTOLI

Missa | de unius apostoli.   *f. 279*R   3

1026 A   EPISTULA *require in sancti Petri.* (2 Cor 11,16–12,9)
1026 B   EUANGELIUM *require retro dominica prima post pascha.* (Jo 20,19–31)

1026   PRAEFATIO PROPRIA. UD Aeterne deus · qui excellentiae suae magni-   6
tudinem ita resurgendo dignatus est ostendere · ut quorum mentes passionis
eius concusserat uisio · postmodum gloriosa resurrectio inlustraret ad fidem:
Et prius suis ostensus apostolis · Thomam adesse noluit · ut postmodum per   9
illius inquisitionem caligo infidelitatis detersa · credentium fidem eius pal-
patio roboraret: O quam ineffabile superni regis misterio · qui suum fidelem
sic trepidare fecit apostolum · ut nulla de se trepidantibus dubietas remaneret: 12
Hoc egit miro modo superna clementia · ut discipulus dubitans · dum in
magistro suo uulnera palparet carnis · testis uerae resurrectionis fieret · et in
nobis uulnera infidelitatis curaret: Qui et dum uerum corpus agnouit   15
magistri · deum esse credidit · quem continuo exclamans euocauit dicens:
Dominus meus et deus meus: quem una tecum omnipotens pater.

CLXXVIIII   18

/DIE XII MENSE IULII   *f. 279*V
SANCTORUM NABORIS ET FELICIS

1027   ORATIO SUPER POPULUM. Benedic quaesumus domine plebem tuam: Et   21
beatissimorum martyrum tuorum Naboris et Felicis deprecationibus confidentem · tribue consequi quod sperare donasti: per.

1027 A   EPISTULA BEATI PAULI APOSTOLI AD EPHESIOS. 2,13–22   24
         aedificatio / constructa (2,21)   *f. 280*R
   1027 B   LECTIO SANCTI EUANGELII SECUNDUM LUCAM. CAPUT XCVIII. 9,28–36
         est / de (9,35)   *f. 280*V   27

1028   SUPER SINDONEM. Protegat ecclesiam tuam deus oratio ueneranda · beatissimorum martyrum tuorum Naboris et Felicis: Et quorum frequentia deuotionem impendit · perpetuae poscat redemptionis effectum: per.   30

---

10 caligo] caligine   11 misterio] misterium   21 Benedic(i *gel.*)   29 tuorum
(tuorum *gel.*)

---

6 Aet. ds] per Chr. dnm nrm *S*   8 fidem] finem *F*   9 ut] et *A*   13 dum *om. N*
16 deum] et d. *N*   euocauit] et uocauit *DF*
23 quod – donasti *Am Ve*] defensionis auxilio *GeA*

SUPER OBLATA. Adesto domine supplicationibus nostris: Et intercessionibus 1029
beatissimorum martyrum tuorum Naboris et Felicis · confidentes · tribue
3 consequi quod sperare donasti: per dominum.

PRAEFATIO. UD per Christum dominum nostrum · qui ita suorum fidelium 1030
corda ignifero amore succendit · ut et mundi caducam contemnant gloriam ·
6 et per tormenta adeant ad consortium ciuium supernorum: Ob hoc et doc-
tissimi milites Christi Nabor et Felix · a summis terrarum digressi finibus
huic terrae se exules tradiderunt: Non ut cruento caesaris subiacerent
9 imperio · sed ut ad aulam regis aetherii pergerent expediti / facilius: f. 281ᴿ
Maluerunt sub clamide terrenę militię latere diutius · praestolantes desuper
uocationem caelestis imperii: Qui et accepto constanter spei clipeo · sumpta
12 fidei lorica et galea · securi incedunt in hostis aciem: Uincunt poenarum tormenta saeuissima · carcerem et uerbera · eculeum ignem et ungulas: Stri-
doribus catenarum colla subiciunt · trahuntur a noxiis manibus uinculati:
15 Ad ultimum mucrone sanguine fuso · triumphali gloria decorati · ad ciues
superos cum palma uictoriae peruenerunt: per ⌜eundem⌝ Christum dominum.
18 POST COMMUNIONEM. Protege domine quaesumus plebem tuam · et festi- 1031
uitatem martyrum tuorum Naboris et Felicis quam nobis tradis assidue ·
debitam tibi persolui precibus concede sanctorum: per.

21   CLXXX

           DIE XVI MENSE IULII SANCTI QUIRICI

ORATIO SUPER POPULUM. Adesto domine supplicationibus nostris · et beati 1032
24 Quirici martyris · intercessionibus confidentes · nec minis aduersantium ·
nec ullo perturbemur incursu: per dominum.

1032 A EPISTULA BEATI PAULI APOSTOLI AD CORINTHIOS I. 13,11–14,1
27   paruulus / sapiebam (13,11)   f. 281ᵛ
1032 B SECUNDUM LUCAM. CAPUT CCXVI. 18,15–17

---

12 lori(c a.Ras.v. g)a   16 eundem ü.d.Ƶ.   23 SUPER (s ausp.)

---

2 confidentes] confidenter S
5 mundi om. D   6 ad consortium] c. ADEF²   ciuium om. D   9 ad aulam]
aulam C   12 incedunt] incendunt A¹D¹   15 decorati] decorasti A¹D   16 eundem om. J¹D
18 dne qs] qs dne S / dne Ve Ge   18-20 festiuitatem – persolui] quam martyrum tuorum adsidua tribues festiuitate deuotam tibi semper placitam fieri Ve   18 festiuitatem Am (exc. D) GeV GeA] festiuitate D GeS   20 debitam Am GeA] debita GeV
GeS   concede Am Ve GeV] concedas GeA GeS   sanctorum] iustorum Ve
24 martyris] m. tui MAII   25 perturbemur Am Ve] conturbemur Ge

1033   SUPER SINDONEM. Omnipotens sempiterne deus · qui in sancti tui Quirici
martyris semper es meritis ubique mirabilis: Quaesumus clementiam tuam ·
ut sicut ei eminentem gloriam contulisti · sic ad consequenda⟨m⟩ miseri-   3
cordiam tuam · eius nos facias praecibus adiuuari: per.

1034   SUPER OBLATA. Quae in hoc altari proposita domine oculis tuae / f. 282ᴿ
maiestatis offerimus munera · beati Quirici martyris supplicationibus quae-   6
sumus propitiatus assume: per.

1035   PREFATIO. UD Aeterne deus · cui sincerissima deuotione fidei supplicando · beatus martyr tuus Quiricus cum matre Iolitta · triumphum pro-   9
meruit certaminis adipisci: Hic etenim diuino uallatus tutamine · licet
acerba sentiat aetate infantiae · maturum tamen pro aeternae uitae atquisi-
tione depromebat oraculum: Quique matrem ne in poenis pauido corde   12
persisteret · firmo exortationis alloquio · ut damna corporis non pauesceret ·
roborauit: Nam et igneo globo · ac bullienti caccabo · quod diuersa suppli-
ciorum genera liquefacta manebant · uultum hylari menteque intrepidus   15
inherebat · actibus · ⌈caesus⌉ uinculis inretitus · ignominia sufferens tyran-
nidem superauit: O quam gloriosa uirtus micat in sanctis · quae non aetatis
senio non generositate nobilium · nec proceritate personarum quemquam   18
elegit · sed solum fidei ac purae deuotionis effectum suscepit: per Christum
dominum nostrum.

1036   POST COMMUNIONEM. / Sumpta sacrificia tua domine · beato f. 282ⱽ   21
Quirico martyre deprecante remedium nobis caeleste concilient: per.

CLXXXI

DIE XVIIII MENSE IULII DEPOSITIO SANCTI MATERNI   24
EPISCOPI

Require in antea in missa sancti Augustini.

---

2 mirabil(is *a.Ras.*)   16 (ac *a.Ras.*)tibus   cae/sus *hinzugef.*

1/2 sancti – meritis *Am*] sanctis tuis semper es *Ve*   3 ei *om. D*   contulisti] tribuisti *N*   3/4 consequendam – tuam *Am*] consequendas misericordias tuas *Ve*
4 praecibus adiuuari] merita suffragari *N*
5/6 Quae – offerimus munera *A¹*] m. quae – o. *A²* / Quae – o. *Ve* / M. qs dne quae
oculis tuae maiestatis in hoc altari proposita o. *S (exc. A)*   5 dne] dne qs *Ve*
6 supplicationibus qs *AN*] s. *S (exc. AN) Ve*
22 martyre *DEN*] m. tuo *ABCFK*   caeleste *om. D*

CLXXXII

DIE XXIII MENSE IULII SANCTI APOLLINARIS

3 ORATIO SUPER POPULUM. Maiestatis tuae clementiam suppliciter depre- 1037
camur · omnipotens et misericors deus: Ut sicut unigeniti filii tui agnitionem ·
per beatissimi sacerdotis et martyris tui Apollinaris praedicationem popu-
6 lorum cordibus infudisti · ⌜ita⌝ ipsius opitulantibus meritis · fidei stabilitate
firmentur: per eundem.

1037 A EPISTULA *require in sancti Georgii.* (2 Cor 1,8–14)
9 1037 B LECTIO SANCTI EUANGELII SECUNDUM LUCAM. CAPUT LVI. 6,37–40
Numquid / potest (6,39) *f. 283*R

SUPER SINDONEM. Da quaesumus omnipotens sempiterne deus · beatissimi 1038
12 sacerdotis et martyris tui Apollinaris meritis · inmensae nos tuae pietatis
misericordiam consequi: Quatenus eius interuenientibus precibus · nostra
queant deleri facinora: per dominum.

15 SUPER OBLATA. Famulatus huic nostri sacrificio clementissime deus · quod 1039
in commemoratione celeberrimi sacerdotis et martyris tui Apollinaris tre-
pud⌜i⌝anter offerimus · tuae quaesumus dignanter praesentiam intersere
18 maiestatis: Ipsius ut meritis et tibi sit acceptabile · et nobis prosit ad ueniam:
per.

PREFATIO. UD per Christum dominum nostrum: Cuius potentiae septus 1040
21 praesidio Apollinaris dignissimus praesul · a principe Petro Rauennam mittitur · Iesu de nomine incredulis nuntiare: Quique dum mira uirtutum illic
signa conferret in Christo credentibus · saeuis uerberum flagellis saepe con-
24 teritur · et senile iam / corpus ab impiis horrendis cruciatibus lania- *f. 283*V
tur: Sed ne de suis uexationibus fideles trepident · in uirtute nominis Iesu
Christi · signa apostolica perfecit post tormenta: Puellam resuscita⌜ui⌝t
27 mortuam · uisum conspicuum caecis reddi⌜di⌝t · et muto restaura⌜ui⌝t lo-
quelam: Obsessam a daemonio libera⌜ui⌝t · contagionem munda⌜ui⌝t leprosi ·
dissoluta morbo sana⌜ui⌝t pestifero membra · portentum simulacri simul cum
30 templo dei⌜e⌝cit: O dignus admiratione praeconii pontifex · qui cum ponti-

---

6 ita *ü.d.Z.*   16 trep(u *ü.gel.* i)d(i *ü.d.Z.*)anter   23 Christ(o *a.Ras. a.Hd*)
26 perf(e *aus* i *a.Hd*)cit   resuscita(ui *ü.d.Z. a.Hd*)t   27 reddi(di *ü.d.Z. a.Hd*)t
restaura(ui *ü.d.Z. a.Hd*)t   28 libera(ui *ü.d.Z. a.Hd*)t   munda(ui *ü.d.Z. a.Hd*)t
29 sana(ui *ü.d.Z. a.Hd*)t   30 dei(e *ü.d.Z. a.Hd*)cit

---

5 per] et per *A*   6 fidei] fulti *D*   7 firmentur] firmetur *A*¹ *D* / firmemur *MAII*
11 sempiterne *J*   12 nos] nobis *D*   tuae *om. K*
17 qs *om. K*   18 ut *om. E*
23 conferret] confert *C*   Christo] Christum *A*   saepe *om. C*   25 trepident]
trepidant *D*   26-29 perfecit ... resuscitauit ... reddidit ... restaurauit ... liberauit ... mundauit ... sanauit] *Praesens:* *J*¹ *S*   27 muto] mutuo *A*¹*N*   30 deiecit
*C D G*¹] deicit *J*¹*A B E F G*² *K N*   dignus *G*] dignissimus *S*   admiratione] admira-
tioni *B*

ficii dignitate · apostolicam promeruit accipere potestatem: O fortissimus
athleta Christi · qui aetatis iam frigescente calore · constanter in poenis
eundem Iesum dei filium mundi predicat redemptorem: quem una tecum. 3

1041　POST COMMUNIONEM. Repleti domine benedictione caelesti suppliciter
imploramus: Ut quae fragili caelebramus officio · beati sacerdotis et martyris
tui Apollinaris · nobis prodesse sentiamus auxilio: per. 6

CLXXXIII

DIE XXV MENSE IULII SANCTI IACOBI APOSTOLI
FRATER SANCTI IOHANNIS 9

1042　ORATIO SUPER POPULUM. Esto domine plebi tuae sanctificator et custos:
Ut / apostoli tui Iacobi munita praesidiis · et conuersatione tibi *f. 284*R
placeat et secura deseruiat: per. 12

1043　SUPER SINDONEM. Sollemnitatis apostolicae multiplicatione gaudentes clementiam tuam depraecamur omnipotens deus: Ut tribuas iugiter nos eorum
et confessione benedici · et patrociniis confoueri: per. 15

1044　SUPER OBLATA. Oblationes populi tui domine quaesumus · beati apostoli
tui Iacobi passio beata conciliet: Et quae nostris non apta sunt meritis · fiant
tibi placita eius depraecatione: per dominum. 18

1045　PRAEFATIO. UD Aeterne deus · quia licet nobis salutem semper operetur
diuini celebratio sacramenti · propensius tamen confidimus adfuturam · dum
sancti apostoli tui Iacobi meritis interuenientibus exhibetur: per Christum. 21

1046　POST COMMUNIONEM. Beati apostoli tui Iacobi in cuius hodie festiuitate
corpore et sanguine tuo nos refecisti · quaesumus domine intercessione nos
adiuua · pro cuius sollemnitate percepimus tua sancta laetantes: per. 24

---

9 FRATER] FRATRIS

---

2 constanter *om. DE*　3 eundem *om. G*　Iesum] Christum *C*
4 dne *om. Ve*　5 quae *G Ve*] quod *S* (*J 695*) *GrF*　6 auxilio] auxilium *G*
10 Esto *AKN Ve Ge GrH*] Adesto *BCDEFL*　dne *N Ve Ge GrH*] dne qs *S* (*exc.*
N)　plebi] plebis *ABCDF¹N*　tuae] t. qs *N*　11 ut] et *GeV*　conuersatione]
conuersacio *GeV*　12 secura] s. mente *FK²N*
17 apta sunt *K Ve Ge*] s. a. *DEFN*　meritis] mysteriis *D*　18 placita] placitae *Ve*
eius depraecatione *Am GeS*] tuorum d. iustorum *Ve GeV GeA*
20/21 confidimus – sci] nobis c. profuturum si beati *GrA*　20 confidimus *Am GeA*
GrA] credimus *GeS*　21 apostoli] ap. tui *DF*　meritis – exhibetur] intercessionibus adiuuemur *GrA*
22/23 in – refecisti *DEFKN GeA GeS*] *om. ACHMO Ve GeV GaG* (*J 861*)　22 in
cuius *Am GeSC*] cuius *Ge*　23 qs dne] dne qs *Ve GeV*　24 percepimus – lae-
tantes] l. sancta tua p. dona *GaG*

CLXXXIIII

VI KALENDAS AUGUSTI UIGILIAE SANCTORUM NAZARII ET CELSI

3

ORATIO SUPER POPULUM. Deus humani generis conditor et redemptor: 1047
/ Qui ineffabili pietatis munere · martyrum tuorum gloriosa cer- *f. 284*V
6 tamina potentissimus largitor remuneras: Praesta quaesumus ecclesiae tuae
que sanctorum martyrum tuorum Nazarii et Celsi laetatur triumphis et a
peccatorum seruari contagiis · et quod illi te confitendo meruerunt percipere ·
9 hoc populus tuus eorum consequi mereatur suffragiis: per.

 1047 A EPISTULA *require in plurimorum sanctorum.*
 1047 B LECTIO SANCTI EUANGELII SECUNDUM LUCAM. CAPUT CCLXVIIII. 22,24–32
12   disposuit / mihi (22,29)   *f. 285*R

 SUPER SINDONEM. Praesta quaesumus domine · ut sicut populus christianus 1048
martyrum tuorum Nazarii et Celsi temporali sollemnitate congaudet · ita
15 perfruatur aeterna: Et quod uotis amantissime celebrat · compleatur
effectu[m]: per.
 ⟨SUPER OBLATA.⟩ Hostias tibi domine pro sanctorum martyrum tuorum 1049
18 Nazarii et Celsi commemoratione deferimus · suppliciter exorantes · ut indulgentiam nobis pariter conferant et salutem: per.
 PREFATIO. UD Aequum et salutare: Nos tibi domine caeli terraeque deus 1050
21 pater gratias agere · ut hic et per uniuersum mundum · ecclesia tua sancta
catholica omnium uiuentium mater: In honore nominis tui officia spiritalis
obsequii · cottidiana deuotione et annua / festiuitate multiplicet: *f. 285*V
24 Quae fidelium tuorum innumeris passionibus compta · et beatissimorum
martyrum tuorum Nazarii et Celsi sanguine decorata · a dextris sempiternae
maiestatis assistit: Quae tot nunc inlustrata · patrociniis gaudet: Magnum
27 hoc domine pietatis tuae et ineffabile sacramentum · ut de illorum potius
salute laetetur ecclesia · quos punisse mundus exultat: Atque illos magis ad-
quisisse gaudeat · quos pro ueritate certantes saeculi gaudium interemit: O

---

7 que(m-*Strich gel.*) 25 s(ē *a.Ras.v.* u, p *aus* p)iternae 27 (u *a.Ras.*)t

---

5 ineffabili] ineffabilis *D* 7 martyrum *om. D* 9 per *ADLN*] qui uiuis *BCEFK
MAII*
13 qs dne *Am GeS*] dne qs *Ve GeV GeA* 15 et] ut *GeA* quod] quos *MAII*
amantissime *Am* compleatur *Am*] comprehendat *Ve Ge*
18 suppliciter exorantes *Am*] s. obsecrantes *GeA GeS* / simpliciter obsecrantes *GeV* /
supplicantes *Ve* ut *Am Ve*] ut et *L*¹ *Ge*
21-23 ut . . . officia . . . multiplicet] quas . . . per o. . . . multiplicat *S* 21 sancta
om. N 24 innumeris] innumerabilis *D* 26 maiestatis] deitatis *N* assistit
quae *L*¹] assistens *S* gaudet *ABCDFL*²] g. quot pignora persequente mundo trans-
misit ad caelum (cęlos *L*) *EKL*¹*N*

beata mater · natorum suorum glorificata tormentis · quae non planctu · non gemitu · ad inferna deducit · sed ad caelestia et aeterna migrantes perpetua laude prosequitur: per Christum.   3

1051   POST COMMUNIONEM. Praesta quaesumus omnipotens deus · ut sanctorum tuorum Nazarii et Celsi · caelestibus mysteriis caelebrata sollemnitas · indulgentiam nobis tuae propitiationis adquirat: per.   6

CLXXXV

DIE XXVIII MENSE IULII SANCTORUM NAZARII ET CELSI

1052   ORATIO SUPER POPULUM. Exaudi domine praeces nostras: Ut populus tuus   9 qui sub tantis sanctorum martyrum tuorum Nazarii et Celsi patrociniis est constitutus · et a suis offensi-/onibus liberetur · et ab omnibus tueatur *f. 286*ᴿ aduersis: per.   12

   1052 A   EPISTULA BEATI PAULI APOSTOLI AD COLOSENSES. 1,12–23
          aliquando / alienati (1,21)   *f. 286*ⱽ
   1052 B   LECTIO SANCTI EUANGELII SECUNDUM IOHANNEM. CAPUT XVIII. 1,43–51   15
          Res-/pondit (1,50)   *f. 287*ᴿ

1053   SUPER SINDONEM. Tribue quaesumus omnipotens deus sanctorum martyrum tuorum Nazarii et Celsi desiderata commercia: Ut quorum perpetua digni-   18 tate sacra mysteria frequentamus in terris · et praesentia nobis subsidia postulent et aeterna: per.

1054   SUPER OBLATA. Suscipe quaesumus domine munera populi tui · pro mar-   21 tyrum tuorum Nazarii et Celsi festiuitate sanctorum: Et sincero nos corde perfice · benignus acceptor: per.

1055   PREFATIO. Uere quia dignum et iustum est · aequum et salutare: Nos tibi   24 summe deus gratias agere · et in hac triumphali die nostrae deuotionis pandere uota: In qua martyr sanctus roseo lustratus cruore Nazarius · caeleste meruit conscendere regnum: Qui dum per innumera tormentorum acerba   27 supplicia crudelius uexaretur · tyrannicam rabiem / fidei constantia *f. 287*ⱽ

---

1 planctu(m-*Strich ausp.*)   8 (S *gel.*)SANCTORUM   19 (e *aus* a)t   23 acceptor (= *DKL*)] acceptos   26 (cru *a.Ras.*)ore

---

1 quae] quos *S*   2 et aeterna *ACE FKN*] aet. *BDL*
4 Praesta qs *Am* (*exc. H*) *Ge*] Qs *H* (*J 952*) *Ve*
9 dne *Am*] dne qs *Ve*   10/11 qui sub . . . est constitutus *Am*] sub . . . c. *Ve*   11 tueatur *Am*] protegatur *Ve*
17 Tribue *A¹DL¹N*] T. nobis *A²BCEFKL² MAII*   17/18 Tribue – Celsi *Am*] Praesta nobis eius *GaG* / Praeueniant nobis dne qs apostoli tui *Ge* (*cf. J 1015*)
18/19 perpetua – mysteria *Am*] perpetuam dignitatem sacro (sacrosancto *GaG*) mysterio *Ge GaG* (*cf. J 1015*)
21 Suscipe *Am Ge GrP*] Accipe *Ve*   22 et sincero] s. *A*   ·   23 perfice – acceptos *Am*] fac eorum nataliciis interesse *Ve Ge GrP*
24 Uere – est *J*

superabat: Nec potuit persecutorum illatis caedere minis · quando pro se cer-
tante ipse auctor uictoriae Christus dominus dimicabat: Ducitur interea ad
3 templum idolis praelibare profanis · quorum poᶠrᵗtenta diuino fultus praesidio · mox ut ingressus est redegit in puluerem: Ob hoc liquidas maris in
undas longius a terra proiectus · angelici muneris famulatu · solida inter
6 fluctus uestigia praefigebat: O felix et inclitus domini proeliator · qui mundi
congressus principi · innumeram populi multitudinem uitae sociauit aeternae: Inter quos sacri proelii bellatorem · Celsum uidelicet fidelissimum
9 testem · dum martyrii docuit certare ad palmam · pariter meruerunt caelestis patriae peruenire ad regnum: per eundem Christum dominum nostrum.

POST COMMUNIONEM. Praesta quaesumus omnipotens deus: Ut sanctorum   1056
12 tuorum Nazarii et Celsi caelestibus mysteriis caelebrata sollemnitas · indulgentiam nobis tuae propitiationis adquirat: per.

ORATIO AD UESPERUM. / Omnipotens sempiterne deus: Da populo *f. 288*ᴿ   1057
15 tuo praesentis diei festiuitatem · sincero uenerari affectu: Et qui eam sanctorum martyrum tuorum · Nazarii et Celsi annua caelebritate deuotis
frequentant obsequiis · eorundem suffragiis caelestis regni gaudia conse-
18 quantur: per.

ALIA. A[a]eterne omnipotens deus · qui magno pietatis auxilio populo tuo   1058
sanctorum precibus prospera largiri dignaris: Concede propitius beatissi-
21 morum martyrum tuorum Nazarii et Celsi · gloriosae passionis uictoriam
caelebrare laetantes: Et quos te donante patronos defensoresque amplectimur · hos apud tuam misericordiam propagatores habeamus: per.

24   CLXXXVI

KALENDAS AUGUSTI SANCTORUM MACHABEORUM ·
ET DEPOSITIO SANCTI EUSEBII EPISCOPI

27   ORATIO SUPER POPULUM. Adesto domine supplicationibus nostris: Et inter-   1059
cessionibus beatissimorum martyrum tuorum Machabeorum · atque sacerdotis et confessoris tui Eusebii · perpetuam nobis misericordiam benignus
30 impende: per.

1059 A   EPISTULA BEATI PAULI APOSTOLI AD ROMANOS. 8, 28–39
           / Fratres (*liturg. Einl.*)   superamus. / propter (8,37)   *f. 288*ⱽ *289*ᴿ
33   1059 B   LECTIO SANCTI EUANGELII SECUNDUM MATHEUM. cxxx[i]. 12,46–50

---

3 po(r *ü.d.Ƶ.*)tenta   4 liquid(a *aus* i)s   5 angelici(s *ausp.*)   16 c(ae *aus*
a)lebritate   22 c(ae *aus* a)lebrare   amplecti(m *ü.gel.* t)ur

---

1 persecutorum] persecutor *D*   4 redegit] redigit *D*   6 fluctus] fluctibus *L*
7 principi] principem *N*   8 sacri *B²D*] et s. *S* (*exc. D*)
1056 cf. J 1051
20 dignaris] digneris *D*   21 martyrum tuorum *A D K L¹ MAII*] m. *BCEFL²*
uictoriam] gloriam *L¹*   22 caelebrare laetantes] celebrantes *D*

1060   SUPER SINDONEM. Annue nobis quaesumus omnipotens deus · ut sanctorum
martyrum tuorum Machabeorum · sed et sacerdotis et confessoris tui Eusebii
suffragiis adiuuemur: Ut sicut eis copiosa uictoria dedit triumphum · / *f. 289*V   3
ita et nobis continuum praestet auxilium: per.

1061   SUPER OBLATA. Suscipe quaesumus domine · et sanctifica hoc sacri⌐fici⌐um
populi tui: Ut quod in honore beatissimorum martyrum tuorum Machabe-   6
orum · sed et sacerdotis et confessoris tui Eusebii offertur ad gloriam · nobis
tribuas ad salutem perpetuam: per.

1062   PRAEFATIO. Uere quia dignum · et iustum est · aequum et salutare: Nos   9
te in honore nominis tui domine · sanctorum martyrum tuorum Machabeorum annua festiuitate · cum omni admiratione praeferre: Natiuitate
fratres · passione germanos · quos gloriosa mater utero concepit et mente: 12
Ut quos secundum carnem genuerat mundo · eosdem omnipotens deus
spiritu fecunditatis generaret ad gloriam: Nam qui nati fuerant carnaliter ad
mortem · religiose moriebantur ad uitam: Absciduntur linguę · cutes capi-   15
tum auferuntur: Et inter haec gloriosissimi iuuenes non dolebant quo crudelius punirentur · sed exultabant ⌐quo⌐ gloriosius interirent · ut inuicem sibi
essent et solacium et exemplum: / Post quos omnes et ipsa exultans *f. 290*R   18
sanguinis mater et fidei · nouissime subsecuta est: Non ut ultima esset · sed
ut fructus uentri⟨s⟩ sui praemitteret deo · et pignora sua secura sequeretur:
Quid illud · quanta exultatione dicendum est · quod passionis ipsorum die ·   21
de hoc mundo profectus est ad aeternam sedem testis fidei · et ueritatis confessor Eusebius: Qui etiam die quo passi sunt martyres ueterum precep-
torum · eodem die noui testamenti propugnator assumptus est: Illi disces-   24
serunt Iudaicae legis mandata seruantes · hic requieuit inseparabilis trinitatis asserens unitatem: per Christum.

1063   POST COMMUNIONEM. Praesta quaesumus omnipotens deus: Ut quorum   27
memoriam sacramenti participatione recolimus · fidem quoque proficiendo
sectemur: per.

---

3 adiu(i *gel.*)uemur   5 sacri(fici *ü.d.Z.*)um   17 quo *ü.d.Z. a.*Hd   18 (o *a.
Ras.*)mnes   25 re(q *a.Ras.*)uieuit

---

1 Annue – omps] Presta nobis omps et misericors *Ve*   1-3 ut sanctorum . . .
suffragiis – triumphum *Am*] ut scorum . . . copiosa uictoria sicut eis perpetuum dat
t. *Ve*   2 sed et] atque *MAII*   4 et *om. Ve*
6 quod *om. N*   8 tribuas – perpetuam] prosit ad ueniam *GMO* (*J 753*)
9 Uere – est *J*   9/10 nos te *G*] nos *S*   10 honore] honorem *N*   13 omnipotens
ds *GL*¹] omnipotenti deo *S*   14 spiritu *om. D*   16 gloriosissimi *om. D*   18 et
solacium *ADGL*¹] s. *BCEFKL*²*N*   19 non ut] non *N*   20 et *om. C*   21 quanta
*GL*¹] quantaque *S*   22 de hoc mundo *om. A*¹*DN*   23 die quo] quo *G* / in die quo *L*
24 die *om. N*
27 qs – ds] dne qs *Ve*

CLXXXVII

DIE VI MENSE AUGUSTI SANCTI SIXTI

ORATIO SUPER POPULUM. Beati sacerdotis et martyris tui Xysti · nos quae- 1064
sumus domine frequentantes sollemnia: Et sacerdotalis instruat te miserante
doctrina · et gloriosi / martyrii foueant ubique suffragia: per do- *f. 290*ᵛ
6 minum.

1064 A EPISTULA BEATI PAULI APOSTOLI AD TIMOTHEUM II. 1,6–13
fide / et (1,13) *f. 291*ᴿ
9 1064 B EUANGELIUM.
Ego sum pastor bonus. *Require retro in sancti Martini.* (Jo 10,11–18)

SUPER SINDONEM. Martyrum tuorum deprecatione quaesumus domine · 1065
12 nobis benignus intende · et sicut beatum sacerdotem et martyrem tuum
Xystum pati pro tuo nomine uoluisti · ita et tuis fidelibus eius fac merita
suffragari: per.

15 SUPER OBLATA. Suscipe domine munera populi tui · pro martyrum tuorum 1066
passionibus dicata sanctorum: Et quae beato Xysto in persecutione fortitudinem ministrarunt · nobis quoque praebeant inter aduersa constantiam: per.

18 ⟨PRAEFATIO.⟩ UD Aeterne deus · et in die festiuitatis hodiernae · qua 1067
beatus Xystus pariter sacerdos et martyr deuotum tibi sanguinem exultanter
effudit: Qui ad eandem gloriam promerendam doctrinaʳeꝺ suae filios inci-
21 tauit · et quos erudiebat hortatu · praeueniebat exemplo: per Christum.

POST COMMUNIONEM. Praesta quaesumus omnipotens deus · ut beatus 1068
sacerdos et martyr tuus Xystus sacris nos exerceat institutis · et pie semper
24 efficiat per suam confessionem constantes: per.

---

20 doctrin(æ *aus* a)

3/4 Beati — sacerdotalis *Am*] Sancti Sixti dne frequentata solemnitas et de sacer-
dotalibus nos *Ge*   5 doctrina et gloriosi . . . foueant . . . suffragia *Am*] doctrinis et de
gloria (gloriosis *GeSC*) . . . foueat . . . suffragiis *Ge*
11 deprecatione] deprecationem *B E K*   13 fac *G*] facias *S*
15 dne *G Ve*] qs dne *S*   15/16 populi – passionibus *Am*] pass. tuorum *Ve*   16 beato
– persecutione *Am*] illis inter persecutiones *Ve*   17 ministrarunt] ministratur *D*
quoque *Am*
18 et in *GeSC GrA*] in *Ve Ge* / nos tibi summe ds nr et in *S*   qua *Ve Ge GrA*] pandere
uota qua *S*   20 effudit] infudit *D*   suae] tuę *GeA*   incitauit *GrA*] incita-
bat *S Ve Ge*   21 per Christum] per quem *GeA*
24 efficiat] faciat *S*   per suam confessionem *S MAII (3. Oration)*] in sua confessione
S (Postcommunio)

CLXXXVIII

/ DIE VII MENSE AUGUSTI SANCTORUM CARPOFORI ET *f. 291*ᵛ DONATI

1069　ORATIO SUPER POPULUM. Deus qui nos concedis sanctorum martyrum tuorum Donati et Ca⌈r¹pofori natalitia colere · da nobis in aeterna laetitia de eorum societate gaudere: per.

1069 A　EPISTULA BEATI PAULI APOSTOLI AD ROMANOS. 5,1–7
1069 B　LECTIO SANCTI EUANGELII SECUNDUM LUCAM. CAPUT CVII. 10,1–9
　　　　septuagin-/ta (10,1)　　　　　　　　　　　　　　　*f. 292*ᴿ

1070　SUPER SINDONEM. Martyrum tuorum Donati et Carpofori nos quaesumus domine corona laetificet: Et fidei nostrae praebeat incita-/menta *f. 292*ᵛ uirtutum · et multiplici nos suffragio consoletur: per.

1071　SUPER OBLATA. Munera tibi domine nostrae deuotionis offerimus · quae et pro tuorum Donati et Carpofori tibi grata sint honore sanctorum · et nobis salutaria te miserante reddantur: per.

1072　PRAEFATIO. UD Aeterne deus: Exultant enim domine sancti tui sicut lectio diuina testatur in gloria: Quoniam qui mundo persecutori quondam suo dominantur occisi · multo magis in sedibus laetantur aeternis: per Christum.

1073　POST COMMUNIONEM. Adsit nobis domine quaesumus beatissimorum martyrum tuorum Donati et Carpofori sancta preceptio: Quae nos et a terrenis affectibus incessabiliter expediat · et caelestia desiderare perficiat: per dominum nostrum.

---

5 Ca(r *ü.d.Ƶ.*)pofori

---

5 laetitia *Ge GrP GrH*] beatitudine *S* (*J 757*) *GrA*
10/11 Martyrum – dne *Am*] Fraterna nos dne m. tuorum *Ge*　　　　10 Martyrum]
Beatorum m. *S*　　　11 et *Am*] quae et *Ge*　　　11/12 praebeat . . . consoletur *Am GeA*
GeS] praebeant . . . consolentur *GeV*　　　11 incitamenta] incrementa *GeA*
14 sanctorum *AFKO*] iustorum *BCDELMN Ge Gr* (*J 758*)
20 Adsit] Prosit *A*　　　20/21 dne qs . . . sancta preceptio] dne qs . . . (tua *DF²*) s.
perceptio *S* (*exc. C*) / qs dne . . . s. praecatio *GaF* / dne qs praecatio s. . . . . *GaG* / dne
qs s. precatio . . . *C Ge*　　　qs . . . Donati et Carpofori] qs per intercessionem – C. et D.
D / qs per intercessionem . . . D. et C. *F²*　　　21/22 nos et . . . expediat et] nos . . .
expeditus (!) *GaG*　　　22 incessabiliter *Am Ga*] incessanter *Ge*　　　desiderare] desideria *GeV*　　　perficiat] proficiat *GaF*

CLXXXVIIII

DIE X MENSE AUGUSTI SANCTI LAURENTII

3   IN UI⟨GI⟩LIIS · ORATIO SUPER POPULUM. Annue nobis quaesumus omni-   1074
potens deus · ut beati leuitae et martyris tui Laurentii ueneranda sollemnitas · et deuotionem nobis augeat et salutem: per.

6   1074 A   EPISTULA BEATI PAULI APOSTOLI AD CORINTHIOS II. 9,10–15
multipli-/cabit (9,10)   *f. 293*R
    1074 B   LECTIO SANCTI EUANGELII SECUNDUM IOHANNEM. CAPUT CXXVII. 14,10–14
9   pa-/trem (14,12)   *f. 293*V

⟨SUPER SINDONEM.⟩ Deus cuius caritatis ardore beatus Laurentius leuita et   1075
martyr · edaces incendii flammas contempto persecutore deuicit: Concede
12 ut omnes qui martirii eius merita ueneramur · protectionis tuae muniamur
auxilio: per.

SUPER OBLATA. Suscipe domine haec munera populi tui · quae tibi in beati   1076
15 martyris tui Laurentii festiuitate offerimus: Et per eadem sicut confidimus
tuae ⌜pietatis⌝ sentiamus auxilium: per.

PRAEFATIO. Uere quia dignum et iustum est · aequum et salutare: Nos tibi   1077
18 omnipotens domine gratias agere · beati Laurentii martyris tui sollemnitatem
celebrantes: Cui fidem confessionemque non abstulit ignis accensus · sed ut
clarius luceret accendit: Nam sicut aurum flammis non uritur sed probatur ·
21 sic beati martyris sancta substantia non consummitur · sed aptatur caelestibus
ornamentis: per Christum dominum nostrum.

POST COMMUNIONEM. / Indulgentiam tuam domine nobis quaesu- *f. 294*R   1078
24 mus · sancti Laurentii postulet grata precatio: Per dilectissimum filium tuum
deum dominum et saluatorem nostrum: qui tecum uiuit.

2-5 DIE – nobis *a.Ras. der Formel 1073, die doppelt geschrieben war und außer dem Titel*
POST COMMUNIONEM *gelöscht wurde.*   16 (pieta *a.Ras.v.* sen, tis sen *v.d.Z.*)tiamus
25 sa(1 *a.Ras.*)uatorem

---

3 Annue nobis *Am* (*exc. L M O*)] Da n. *Ve GeA GaG* / Da *L M O* (*J 765*) *GeV GeS Gr*   qs
omps *Am GeV GeS Gr*] omps *Ve GeA* / omps et misericors *GaG*   4 leuitae – Laurentii
Am] L. martyris tui *Ve* / L. m. tui quam preuenimus *GeV GeA*   et *om. C*
10 caritatis *C Ge Gr*] claritatis *S* (*exc. C*)   10/11 leuita et martyr *Am*   11 edaces]
ęstuantis *A*   concede] c. propitius *GeV*   12/13 muniamur auxilio *Am*] a. m. *Ge Gr*
15 et *G*] ut *S*
17 Uere quia dignum *P*   18/19 martyris – celebrantes *Am*] natalicia c. *GrA* / natalicia repetentes *Ge*   19 non abstulit ignis accensus *Am*] non a. i. ingestus *Ge* / i.
passionis ingestus non a. *GrA*   sed *Am Ge*] s. eum *GeSC GrA*   20 clarius luceret
Am] magis l. *GrA* / l. magis *Ge*   luceret] lucesceret *C*   nam *Am Ge*] quoniam *GrA*
21 beati – consummitur *Am*] b. – c. (tormentorum *GeSC*) incendiis *Ge* / beatus martyr non c. tormentorum incendiis *GrA*
23 tuam *Am*   dne nobis *Am* (*exc. N*)] n. dne *N Ge GrP GaF*   24 postulet *Am*]
p. tibi *Ge GrP GaF*   25 dnm] et dnm *MAII*

1079   ITEM ORATIONES AD UIGILIA. Deus qui refrigerium iustis · et gehennam impiis praeparasti: Cuiusque auxilio beatus Laurentius in ferrea crate distentus ·
aestuantis incendii flammas edaces contempto persecutore deuicit: Concede   3
propitius · ut eius orationibus siue meritis adiuuemur: per.

1080   ALIA. Deus [quia] te iuuante beatus Laurentius ferrea crate[s] liberatus ·
subiecto minime cessit incendio: Nam flagrantibus membris · coronam est   6
martyrii consecutus: Praesta ut omnes qui passionis eius praemia ueneramur ·
maiestatis tuae muniamur auxilio: per.

1081   ALIA. Deus mundi creator et rector · qui hunc diem in leuitae tui Laurentii   9
martyrio consecrasti: Exaudi propitius supplices tuos · et concede ut omnes
qui martyrii eius merita ueneramur · / intercessionibus eius ab   *f. 294*V
aeternis gehennae incendiis liberemur: per.   12

1082   ITEM AD MISSA · ORATIO SUPER POPULUM. Annue quaesumus omnipotens
deus · ut sicut beatus leuita et martyr tuus Laurentius ignium globos te
protegente euasit · ita fidelis populus huius aduersitatem saeculi te auxi-   15
liante euadat: ⟨per.⟩

> 1082 A AD CORINTHIOS II. 9,6–9
> 1082 B LECTIO SANCTI EUANGELII SECUNDUM IOHANNEM. CAPUT CIIII. 12,24–33   18
> animam / suam (12,25)   *f. 295*R

1083   SUPER SINDONEM. Beati martyris tui Laurentii nos quaesumus domine ·
foueant continuata praesidia: Quia non desines propitius intueri · quos pro-   21
missis auxiliis con-/cesseris adiuuari: per.   *f. 295*V

1084   SUPER OBLATA. Ut grata tibi sit quaesumus domine nostrae seruitutis oblatio · beatus leuita et martyr tuus Laurentius natalicio suo obtineat: per   24
dominum nostrum.

1085   PRAEFATIO. UD Aeterne deus · qui hodierna die leuitae tui Laurentii
fidem auream · igne ardentissimo comprobasti: Ut esset tibi hostia uiua ·   27
hostia sancta in odorem suauitatis accensa: O gloriosi certaminis uirtus · o
inconcussa constantia mentis: Stridunt membra uiuentis super craticulam
imposita · et prunis saeuientibus anhelantis: Ut et tibi hostia fieret · et ad   30
triumphum martyrii intrepidus perueniret: per Christum.

1086   POST COMMUNIONEM. Conserua in nobis domine munus tuum: Et quod te
donante pro sollemnitate beati martyris tui Laurentii percepimus · et salu-   33
tem nobis praestet et pacem: per.

---

9 Deus (qui *gel.*)   mund(i *a.Ras.*)   10 martyri(o *ü.ausp.* i)   11 intercess(i
aus a, ti *gel.*)onibus eius (eius *gel.*)   23 (*Ras.v.5–6 roten Buchst.*) SUPER   27 uiua
a.Ras.   31 intrepi(d *a.Ras.v.* t)us

---

5 quia te] quo *S*   liberatus] libratus *C²FK² MAII*   7 praemia] merita *S*
9 Ds … qui] Ds qui … es et qui *GeV*   10 exaudi – concede *Am GaG*] c. propitius *Ge*
20 qs *Am*   21 desines *A¹*] desinis   promissis *Am*] talibus *Ge Gr*
23 Ut – qs *Am*] Grata sit tibi *Ge*
26 hodierna] hodierno *N*   29 stridunt] striduunt *BK*

CXC

DIE XIII MENSE AUGUSTI SANCTORUM
3 ### YPOLITI ET CASSIANI

ORATIO SUPER POPULUM. Beati martyris tui Ypoliti · nos quaesumus domine 1087
gloriosa merita prosequantur: Quae fragilitatem nostram · et praecibus
6 tueantur et meritis: per.

1087 A AD TIMOTHEUM I. 1,12–17
        Christo / Iesu (1,12)   *f. 296*R
9 1087 B SECUNDUM LUCAM. CAPUT CCXXII. 18,31–43
         intellexerunt: / Et (18,34)   *f. 296*V

SUPER SINDONEM. Sancti martyris tui Ypoliti domine quaesumus ueneranda 1088
12 festiuitas · salutaris auxili⸢i⸣ nobis praestet augmentum: ⟨per.⟩

SUPER OBLATA. Suscipe quaesumus domine · et sanctifica hoc sacrificium 1089
populi tui · ut quod in honore beati martyris tui Ypoliti offertur / *f. 297*R
15 ad gloriam · nobis prosit ad ueniam: per.

PRAEFATIO. UD Aequum et salutare: Nos in hac sollemnitatis die beati 1090
martyris tui Ypoliti · in tui nominis gloria exultare · quia te uerum ducem
18 considerans miles tuus esse uoluit · quam dux militum comprobari: Beatum-
que Laurentium suae custodiae mancipatum · non persecutus est sed secutus: Qui cum thesauros ecclesiae discutit · inuenit thesaurum: Non quem
21 tyrannus eriperet · sed quem pietas possideret: Inuenit thesaurum · unde
uerae diuitiae peterentur: Spreuit fauorem tyranni · ut cum regis perpetui
gratia probaretur: Membris diuidi non confugit · ne nexibus deuelleretur
24 aeternis · quia solum uitae dilexit auctorem: quem una tecum omnipotens.

POST COMMUNIONEM. Sumpsimus domine pignus redemptionis aeternae · 1091
sit nobis quaesumus interueniente beato Ypolito martyre tuo uitae praesentis
27 auxilium pariter et futurae: per.

---

12 auxili(i *eingef.*)

---

5 prosequantur] prosequatur *DL*
11 martyris tui Ypoliti *Am GeA*] Yp. m. *GeV GeS*   12 nobis *om. GaF*   augmen-
tum] effectum *GrP*
16 aequum et salutare] aeterne ds *S*   nos] nosque *S*   17 in ... gloria] ad ...
gloriam *S*   23 confugit *A¹DL¹N*] refugit *A²BCEFKL²*   deuelleretur] diuelle-
retur *S*
26 qs *Ve*] dne qs *Ge Gr*

CXCI

DIE XV MENSE AUGUSTI DEPOSITIO SANCTI SIMPLICIANI
ET TRANSLATIO SANCTORUM SISINNII MARTYRII ET　　3
ALEXANDRI

1092　　ORATIO SUPER POPULUM. / Impetret quaesumus domine fidelibus *f. 297*ᵛ
tuiᵉsᵉ auxilium pietatis · oratio beatissimorum martyrum tuorum Sisinnii ·　6
Martyrii et Alexandri · sed et sacerdotis et confessoris tui Simpliciani: Ut
ᵉinᵉ quorum sollem⟨n⟩itate sumus deuoti · facias nos propitius in eorum
perpetua esse sorte participes: per.　　　　　　　　　　　　　　　　　　9

　　　1092 A　AD ROMANOS. 6,5–11
　　　1092 B　LECTIO SANCTI EUANGELII SECUNDUM LUCAM. CAPUT CLI. 12,32–44
　　　　　　Nolite / timere (12,32)　　domine. / ad (12,41)　　　*f. 298*ᴿ *298*ᵛ　12

1093　　SUPER SINDONEM. Praesta quaesumus omnipotens deus: Ut beatissimorum
martyrum tuorum Sisinnii Martyrii et Alexandri · sed et sacerdotis et confessoris tui Simpliciani · et imitatione te duce mereamur sectari · et oratione　15
tueri: per.

1094　　SUPER OBLATA. Deus qui ad deprecandum te · conscientiae perspicis non
sufficere facultatem: Cunctos martyres et confessores tuos fac pro nobis　18
exorare · qui tibi digne possint pro nostris actibus supplicare: per.

1095　　PRAEFATIO. UD per Christum dominum nostrum: Qui non solum angelorum gloriosa admiratione in caelis est mirabilis · sed etiam a suis testibus et　21
confessoribus consona exultatione laudatur: Quibus dum ab infidelibus pro
ipsius unigeniti tui nomine acerbae imminerent persecutiones · occulto
sanctitatis proposito · bea-/tus sacerdos et confessor tuus Simplicianus · *f. 299*ᴿ　24

---

5 I(mpetret *a.Ras.*?)　　fide(i *gel.*)libus　　6 tui(s *ü.d.Z. a.Hd*)　　p(ietatis *a.Ras.*
oder nachgezogen)　　b(eatis *nachgezogen*)simorum　　8 in *ü.d.Z.*　　15 imitatione(m-
Strich gel.)

---

5 qs dne *Am Ve MoS*] dne qs *GeB GaG* / om. *GaB*　　6 pietatis *Am*　　oratio *Am*] o.
iusta *Ve GeB Ga MoS*　　martyrum tuorum *om. L*　　7 ut] et *Ve GeB*　　8 sollemnitate sumus deuoti *Am*] s. celebritate d. *GaG* / sunt celebritate d. *Ve* (*J 948*) / celebritate d. sunt *MoS* / celebritate d. *GeB*　　8/9 facias – in eorum perpetua esse
sorte *Am*] fiant in eorum p. s. *Ve* / faciant in eorum s. *GeB* / simus eius s. *GaG* / in e.
fiant pace *MoS*
13 ut *om. D*　　15 imitatione] imitationem *J¹AB*　　duce] ducem *CEF¹K*
17 conscientiae] nostrae c. *S* / c. nostrae *Ve GeB*　　18 cunctos martyres et confessores
tuos *Am*] cunctos m. t. *Ve* / confessore tuo sco Albino *GeB*　　18/19 pro nobis exorare
Am] orare p. n. *Ve GeB*　　19 qui – supplicare *Am*] quos (quo *GeB*) digne possis audire *Ve GeB*
20 per – nrm] Aeterne ds *S*　　angelorum] martyrum *S*　　21/22 est . . . lau-
datur] es . . . laudaris *S*　　21 a suis] in terris a tuis *S*　　22-24 quibus – proposito]
qui licet ab infidelibus pro tui unigeniti nomine acerbas non susceperint passiones.
occulto tamen sanctitatis proposito. hostiles uitiorum acies mirabiliter superarunt.
Inter quos *S*

ut ad ianuam pietatis tuae facilius ei concederetur ingressus · martyrum imitans exempla · eius est subsecutus sacra uestigia: quem laudant angeli.

3   POST COMMUNIONEM. Quaesumus omnipotens deus: Ut beatorum martyrum 1096 tuorum Sisinnii Martyrii et Alexandri · sed et sacerdotis et confessoris tui Simpliciani deprecationibus · sacramenta sancta quae sumpsimus · ad tuae
6 nobis proficiant placationis augmentum: per dominum nostrum.

CXCII

EODEM DIE ASSUMPTIO SANCTAE DEI GENETRICIS MARIĘ

9   ORATIO SUPER POPULUM. Omnipotens sempiterne deus · qui terrenis cor- 1097 poribus uerbi tui ueritatis filii unigeniti per uenerabilem ac gloriosam semperque uirginem Mariam · ineffabile mysterium coniungere uoluisti:
12 Petimus inmensam clementiam tuam · ut quod in eius ueneratione deposci- mus · te propitiante consequi mereamur: per eundem.

    1097 A LECTIO LIBRI SAPIENTIAE. Eccli 24,11–13.15–20
15   taber-/naculo (24,12)   *f. 299*V
    1097 B LECTIO SANCTI EUANGELII SECUNDUM LUCAM. CXX[v]II. 10,38–42
           ait: / Domine (10,40)   *f. 300*R

18   SUPER SINDONEM. Concede nobis quaesumus omnipotens deus · ad beatae 1098 Mariae semper uirginis gaudia aeterna pertingere · De cuius nos ueneranda assumptione · tribuis annua sollemnitate gaudere: per dominum.

21   SUPER OBLATA. Intercessio quaesumus domine beatae Mariae semper 1099 uirginis · munera nostra commendet: Nosque in eius ueneratione · tuae maiestati reddat acceptos: per.

24   PRAEFATIO. Uere quia dignum et iustum est · aequum et salutare: Nos te 1100 in tuis sacratissimis uirginibus · exultantibus animis · laudare benedicere et praedicare: Inter quas beata dei genetrix intemerata uirgo Maria gloriosis-
27 sime fulget: Cuius assumptionis diem: omni deuotione praesenti sacrificio ce⌐le⌐bramus: per Christum.

---

28 ce(le *ü.d.Z. a.Hd*)bramus

---

1 martyrum] m. tuorum Sisinnii Martyrii et Alexandri *L*   2 eius] eorum *S* quem - angeli] per Chr. dnm *S*
3 omps ds *Am*] dne *Ge*   ut *om. D*   5 sacramenta *om. L*   sancta *om. C*   ad] et *D*
10 ueritatis − unigeniti *Am Ge*] ueritatem *GaB*   10/11 ac − coniungere *Am Ge*] Maria⟨m⟩ coniungi *GaB*   11 semperque] semper *GeV*
18 Concede nobis *Am GeS*] C. *GeA Gr*   18/19 beatae − uirginis] eorum nos *GrH* 19/20 ueneranda assumptione *Am (exc. L) Ge GrP*] a. *L* / uirtute *GrH*
23 reddat acceptos] reddatur accepta *GaF*
24 Uere − est *J*   24/25 nos − uirginibus] et te in ueneratione sacrarum uirginum *GrA* 25 sacratissimis] sacris *N*   26/27 gloriosissime fulget *Am*] gloriosissima effulsit *Ge GrP* / *om. GrA*   27/28 omni − celebramus] c. gloriose effulsit . . . *GrA*   27 omni deuotione *Ge*] (cum *L*) o. d. colendum *S* / quo exaltata est super choros angelorum ad caelestia regna *GrP*

1101   POST COMMUNIONEM. Caelesti munere satiatos · omnipotens deus tua nos
pro-/tectione custodi: Ut castimoniam et pacem mentibus nostris *f. 300*ᵛ
atque corporibus · intercedente sancta Maria propitiatus indulgeas: Et ₃
ueniente sponso filio tuo unigenito · accensis lampadibus eius digni praesto-
lemur occursum: qui tecum uiuit.

CXCIII   ₆

DIE XXV MENSE AUGUSTI SANCTI GENESII

1102   ORATIO SUPER POPULUM. Deus mundi creator et rector: Qui hunc diem
beati martyris tui Genesii martyrio consecrasti: Exaudi propitius supplices ₉
tuos · et concede ut omnes qui martyrii eius merita ueneramur · intercessionibus eius ab aeternis gehennae incendiis liberemur: per.

> 1102 A EPISTULA BEATI PAULI APOSTOLI AD PHILIPPENSES. 1,12–21   ₁₂
> carita-/te (1,16)   *f. 301*ᴿ
> 1102 B EUANGELIUM.
> Assumpsit dominus Iesus Petrum et Iacobum et Iohannem fratrem eius. ₁₅
> *Require retro sabbato primo in quadragesima.* (Mt 17,1–9)

1103   ORATIO SUPER SINDONEM. Beati martyris tui Genesii annua festiuitate
ouantes · clementiam tuam supplices exoramus omnipotens deus: Ut sicut ₁₈
ille ob tanti agonem certaminis triumphauit · ita et nos orationum illius fulti
suffragio temptationum tela superantes · brauio / laetemur aeterno: *f. 301*ᵛ
per.   ₂₁
1104   SUPER OBLATA. Famulatus huic nostri sacrificio clementissime deus · quod
in commemoratione celeberrimi martyris tui Genesii trepudianter offerimus · tuae quaesumus dignanter praesentiam intersere maiestatis: Ipsius ut ₂₄
meritis et tibi sit acceptabile · et nobis prosit ad ueniam: per dominum
nostrum.
1105   PREFATIO. Uere quia dignum et iustum est · aequum et salutare: Nos ₂₇
tibi omnipotens domine gratias agere · et in hac triumphali die consona
exultatione laudare: Qua beatus Genesius celeberrimus martyr · pro Christi
confessione nominis mortem suscipere non expauit: Hic dum terreno imperio ₃₀

---

16 *prim*(*o aus i*)

---

1 satiatos *AL GeSC*] s. qs *DEFN* / satiati *GeV GeS* / satiati qs *BK GeA*   2 ut *Am*
GeV GeSC] et *GeA GeS*   castimoniam et *Am GeSC*] castimoniae *Ge*   3 indulgeas *Am*
GeSC] indulge *Ge*   et *Am GeV GeSC*] ut *GeA GeS*   5 qui *Am*] per *Ge*
8 Ds . . . qui] Ds qui . . . es et qui *GeV*   diem *GeSC*] d. in *S* (*J 1081*) *Ge GaG*
9/10 exaudi – concede *Am GaG*] c. propitius *Ge*
19 triumphauit] triumphali redimitus exultat corona *S*
1104 cf. J 1039
27 Uere – est *J*   30 nominis *om. N*

mimicę artis placeret industria · rennuit mundanę delectationis laetitiam ·
ut esset gaudiorum caelestium perennis possessor: Nam cum unda sacri
3 dilueretur baptismatis · et intra caeli secreta suae confessionis auctorem
uidere promeruit · et sanctum spiritum in columbae specie sibi adesse cognouit: O beata fides diuino fulta praesidio · o digna conuersio deifico lustrata
6 decore: Quae ante / meruit gloriam uidere caeleste⟨m⟩ · quam *f. 302ᴿ*
pro ipsius auctoris gloria in agone certasset: Hic etiam innocentum animas
Christi pro nomine damnatas morti · et intra caelestia regna conspexit · et
9 qua esset luce collocandus agnouit: Sic nimirum coram tyranno stetit im-
mobilis · ut post uarias minas uerborumque terrores · ⌐per sui[s]⌐ sanguinis
effusionem · et nobis gloriosum se martyrem · et caelestium ciuium mon-
12 straret esse consortem: per Christum.

POST COMMUNIONEM. Diuini muneris largitate satiati quaesumus domine 1106
deus noster · ut intercedente beato Genesio martyre tuo eius semper parti-
15 cipatione uiuamus: per.

CXCIIII

DIE XXVI MENSE AUGUSTI SANCTI ALEXANDRI

18 ORATIO SUPER POPULUM. Praesta quaesumus omnipotens et misericors deus: 1107
Ut qui beati Alexandri martyris tui natalicia colimus · intercessione eius in
tui nominis amore roboremur: per.

21 1107 A EPISTULA BEATI PAULI APOSTOLI AD CORINTHIOS II. 3,17–4,5
cla-/ritatem (3,18)   *f. 302ᵛ*
1107 B EUANGELIUM SECUNDUM IOHANNEM. CAPUT CXXXIIII. 15,9–16
24 uos: / Maiorem (15,12/13)   *f. 303ᴿ*

SUPER SINDONEM. Annue quaesumus clementissime deus orationibus populi 1108
tui · et quos in celebritate beatissimi martyris tui Alexandri adesse fecisti ·
27 eius propitius precibus aeterna perfrui beatitudine concedas: per.

SUPER OBLATA. Accepta tibi sint quaesumus domine munera quae in die 1109
sollemnitatis beati martyris tui Alexandri deferimus · ut eo maiestati tuae
30 sint placita · sicut illius effusio sanguinis apud te extitit praetiosa: ⟨per.⟩

5/6 conuersio – ante *als 21.Zeile*   6/7 meruit – ipsius *a.Ras.v.* conuersio deifico
lustrata decore: quam ipsius   10 uerborumque] uerberumque   per sui[s] *ü.d.Z.*
11 et nobis gloriosum se *a.Ras.*   17 XXV(I *a.Ras.*)

---

2 caelestium *om. N*   7 ipsius] illius *D*   auctoris] auctore *N*   agone] agonem *D*
9 sic] s. enim *A*
13 muneris largitate satiati *Ve GeA GeS Gr*] s. m. l. *S GeV*   14 eius *GeS Gr*] in eius
GeA / in huius *S Ve GeV*
18 et misericors *B D E F K L N MAII*] *om. A G M O (J 741) Ge Gr*
26 et] ut *DL*   27 aeterna . . . beatitudine] aeternam . . . beatitudinem *B*
29 eo *B D K L*] ea *A H* / sic *E F N*

1110 PRAEFATIO. UD Aeterne deus · Gloriosi martyris tui Alexandri pia certamina praecurrendo · cuius honorabilis annua recursione sollemnitas · et perpetua / semper et noua est: Quia et in conspectu tuae maiestatis *f. 303*ᵛ ₃ permanet mors tuorum praetiosa iustorum · et restaurantur incrementa laetitiae · cum felicitatis aeternae recoluntur exordia: per.

1111 POST COMMUNIONEM. Caelestibus refecti sacramentis et gaudiis supplices ₆ te rogamus domine · ut beati martyris tui Alexandri cuius gloriamur triumphis protegamur auxiliis: per dominum.

CXCV ₉

DIE XXVIII MENSE AUGUSTI DEPOSITIO
SANCTI AUGUSTIN⟨I⟩ EPISCOPI

1112 ORATIO SUPER POPULUM. Misericordiam tuam domine nobis quaesumus ₁₂ interueniente beato sacerdote et confessore tuo Augustino clementer impende · et nobis peccatoribus ipsius propitiare suffragiis: per.

  1112 A EPISTULA *require de uno confessore.* ₁₅
  1112 B LECTIO SANCTI EUANGELII SECUNDUM IOHANNEM.
     CAPUT ⟨LXXX⟩VIIII. 10,1–10
     eas: / Et (10,3/4) *f. 304*ᴿ ₁₈

1113 SUPER SINDONEM. Adesto supplicationibus nostris omnipotens deus: Et quibus fiduciam sperandae pietatis indulges · intercedente beato Augustino confessore tuo atque pontifice consuete misericordiae tribue benignus effec- ₂₁ tum: per.

1114 SUPER OBLATA. Sancti confessoris tui Augustini nobis domine pia non desit oratio: Qua⟨e⟩ et munera nostra conciliet · et tuam nobis indulgentiam ₂₄ semper obtineat: per.

1115 PREFATIO. / UD Aeterne deus: Et in omni loco ac tempore omnipo- *f. 304*ᵛ tentiae tuae gloriam celebrare · per quod pietatis officium in commemo- ₂₇ ratione beati Augustini confessoris tui atque pontificis · sacrificium tibi

---

In den Orationen des Formulars CXCV wurde ü.d.Z̲. der Name Maternus hinzugef. (Vgl. CLXXXI)

---

2 praecurrendo] uenerando praeuenire *GrA*   4 restaurantur] restaurata *GeV*
5 laetitiae] iustitiae *GrA*
6 Caelestibus refecti] Sumptis caelestibus *FN*   7 te rogamus dne *Am Ge*] dne
te r. *Ve* / dne deprecamur *Gr*
24 oratio *Ve Ge Gr*] intercessio *S (cf. J 793)*   et munera] m. *D*   conciliet] tibi c. *GrF*
26 Et *om. GrF*   loco] l. dne *GrF*

laudis offerimus · et magnificentiae tuae in mortificationi ipsius adoramus:
Tua in omnibus operante uirtute · ut nullis inlecebris corporis nulla pro-
3 missa blandimentorum fallentium uir[tute] tuo ignitu⟨s⟩ spiritu uinceretur:
Quia ita eum omni genere pietatis imbueras · ut ipse tibi et ara et sacrificium
et sacerdos esset et templum: per Christum.
6   POST COMMUNIONEM. Ut nobis domine tua sacrificia dent salutem · beatus   1116
confessor tuus Augustinus pontifex quaesumus precator accedat: per
dominum.

9   CXCVI

IIII KALENDAS SEPTEMBRIS PASSIO SANCTI IOHANNIS
                         BAPTISTAE

12   ORATIO SUPER POPULUM. Protegat ecclesiam tuam deus oratio ueneranda ·   1117
beatissimi praecursoris et martyris tui Iohannis baptistae: Et cui frequentiam
deuotionis impendit · perpetuae poscat redemptionis effectum: per.

15   1117 A   EPISTULA BEATI PAULI APOSTOLI AD GALATAS. 4,13–18
                / Fratres (liturg. Einl.)   f. 305R
       1117 B   LECTIO SANCTI EUANGELII SECUNDUM MARCUM.
18   CAPUT LVIIII. ⌈Mt 14,1–2⌉ Mc 6,17–29
                dies / oportunus (6,21)   f. 305V

       SUPER SINDONEM. Perpetuis nos domine sancti Iohannis baptistae / f. 306R   1118
21 tuere praesidiis: Et quanto fragiliores sumus · tanto magis necessariis attolle
suffragiis: per.
       SUPER OBLATA. Auxilientur nobis domine beati praecursoris et martyris tui 1119
24 Iohannis baptistae · ueneranda merita passionis: Et haec nobis hostię tuę
placationis existe⟨n⟩t: per dominum.
       PRAEFATIO. Uere quia dignum et iustum est · aequum et salutare: Nos tibi   1120
27 omnipotens domine gratias agere · teque omni tempore benedicere · et in hac
praecipua festiuitate diei laudare: In quo beatus Iohannes baptista martyrii

---

1 magnificentiae tuae] magnificentiam tuam   mortificationi(s gel.)] mortificatione
2 nulla promissa] nullis promissis   18 Mt 14,1–2 a.Rd a.Hd   21 attolle(re gel.)
26 t(i a.Ras.)bi

---

1 mortificationi] mortificationis J¹ / mortificatione S Ge GrF   2 corporis om. DL
nulla promissa Ge] nullis promissis S GeSC GrF   3 fallentium] fallacium S (exc.
N) Ge GrF / fallaciis N   4 quia] qui DL   eum] cum GeA   omni genere AEFN
Ge GrF] omne genus BCDKL
6 dne tua] t. dne t. A¹ / t. dne A² GaG   sacrificia] remedia GaG   7 pontifex GeA
GrF] atque p. GeS / om. S   precator] protector DL
14 per AN MAII (cf. J 1028)] qui uiuis BCDEFKL
24 hostię] hostia S   tuę om. F   25 existet] existat A¹DFK²LN / existant A²BCEK¹
26 Uere – est J   28 praecipua] praecipui FL

est coronam adeptus · quo inter natos maior nemo extitit mulierum: Nuptias prohibendo illicitas · gloriosum martyrii triumphum capite truncatus obtinuit: Et dominum nostrum Iesum Christum mundi saluatorem · uenisse corporali presentia demonstrauit: Eius quoque descensionem praecurrens inferis nuntiauit: Et ideo cum angelis et archangelis cum thronis. 3

1121   POST COMMUNIONEM. Conferat nobis domine sancti Iohannis utrumque 6
sollemnitas: Ut et magnifica sacramenta quae sumpsimus significata ueneremur · et in nobis potius edita gaudeamus: per.

CXCVII 9

/ VI IDUS SEPTEMBRIS NATIUITAS SANCTAE MARIAE *f. 306*ᵛ

1122   ORATIO SUPER POPULUM. Adiuuet nos quaesumus domine sanctae Mariae intercessio ueneranda · cuius etiam diem quo felix est eius inchoata natiuitas 12
celebramus: per.

1123   SUPER SINDONEM. Suscipe preces populi tui quaesumus domine quibus in beatae Mariae iterata sollemnitate tuam clementiam depraecatur: Quia ad 15
tua[m] praeconia recurrit et laudem · quod uel talis orta est uel talis assumpta: per.

1124   SUPER OBLATA. Suscipe quaesumus domine hostias placationis et laudis · 18
quas tibi offerimus pro natiuitate beatae et gloriosae semperque uirginis dei genetricis Mariae · ut sanctis eius intercessionibus · cunctis nobis proficiant ad salutem: per. 21

1125   PRAEFATIO. UD aequum et salutare: Nos tibi in omnium sanctorum tuorum profectu[m] gratias agere · domine sanctae pater omnipotens aeterne deus: Et praecipue pro meritis beatae dei genetricis et perpetuae 24
uirginis Mariae gratiae plenae tuam omnipotentiam laudare benedicere et praedicare: per quem maiestatem.

---

15 soll(e *aus* i)mnitate

---

4 eius] et eius *L*
7 et *om. Ge*
11 qs *om. F*   12 intercessio ueneranda] gloriosa i. *GeV*   quo] qua *GeA* / quod *L*
est eius *DFKL*] eius est *Ge GrP*   13 celebramus] meminimus *GeV*
14/15 Suscipe – quibus ... tuam clementiam depraecatur] Accipe munera dne quae
... deferimus *Ge GrP*   15 tuam clementiam depraecatur *K*¹] t. c. deprecamur *K*² /
tua clementia d. *D* / tua clementia deprecamur *L*   quia *K Ge GrP*] qui *DL*   16 et laudem *K Ge GrP*] ad l. *DL*   quod *om. D*   est uel] est *GeA*
18 qs dne *DFKL*] dne qs *Ge*   20 ut] et *GeV*
23 profectum *DL*] profectu *K GrP* / prouectu *Ge GrA*   24 dei genetricis *DKL GeSC*
GrA] matris *Ge GrP*   24/25 et perpetuae uirginis *om. L*   25 gratiae *DL GeA GrP*]
gratia *K GeS GrA*   tuam omnipotentiam *DKL GeSC GrA*] *om. Ge GrP*   laudare]
l. et *GrA*   26 per quem *DKL GrA*] per Christum *Ge GrP*

POST COMMUNIONEM. Sumptis domine sacramentis intercedente beata 1126
/ et gloriosa semper uirgine dei genetrice Maria · ad redemptionis *f. 307*R
3 aeterne proficiamur augmentum: per dominum nostrum.

CXCVIII

XVIII KALENDAS OCTOBRIS EXULTATIO (!) SANCTAE CRUCIS

6 ORATIO SUPER POPULUM. Deus qui nos hodierna die · exaltatione sanctae 1127
crucis annua sollemnitate laetificas: Praesta ut cuius mysteria in terra cognouimus · eius redemptionis praemia mereamur: per dominum nostrum
9 Iesum.

1127 A EPISTULA BEATI PAULI APOSTOLI AD PHILIPPENSES. 2,5–11
1127 B LECTIO SANCTI EUANGELII SECUNDUM LUCAM. 11,47–54
12 aedificatis / monumenta (11,47) *f. 307*V

SUPER SYNDONEM. Deus qui unigeniti tui domini nostri Iesu Christi prae- 1128
cioso sanguine · humanum genus redimere dignatus es: Concede propitius ·
15 ut qui ad adorandam uiuificam / crucem adueniunt · a peccatorum *f. 308*R
suorum nexibus liberentur: per eundem.

SUPER OBLATA. Deuotas domine humilitatis nostrae praeces et hostias 1129
18 misericordiae tuae praecedat auxilium: Et salutem quam per Adam in
paradiso ligni clauserat temerata praesumptio · ligni rursum fides aperiat:
per.

21 POST COMMUNIONEM. Adesto familiae tuae quaesumus clemens misericors 1130
deus · et eorum in aduersis et prosperis praeces exaudias et nefas aduersariorum per auxilium sanctae crucis digneris conterere · ut portum salutis
24 tuae ualeant apprehendere: per.

---

3 proficiamur (= *D*)] proficiamus

---

1 sacramentis] celestibus s. *GrA* / s. qs ut *GaF*   2 semper *Am* (*exc. F*) *Gr GaF*] semperque *F Ge*   3 aeterne *D KL GaF*] aet. qs *S* (*J 113*) *Ge Gr*
6 exaltatione *G K N Ge*] exaltationis *A B D F L MAII GeSC*   7 mysteria *J*] mysterium
8 mereamur] consequamur *MAII GeV*
13 Christi *om. G*   15 ad adorandam] adorandam *A*¹*D GeA*
17 et hostias *om. GrP*
21 clemens] cl. et *S Ge*   22 et eorum] ut *S GeA GeSC* / *om. GeV GeS*   praeces
Ge] eius p. *S*   nefas] nefarias *D*¹*F*²*L* (*cf. J 939*)   aduersariorum] aduer-
sarium *MAII*   23 auxilium] uexillum *DFL MAII* (*cf. J 939*)   24 apprehendere]
adpraehendi *GeV*

CXCVIIII

EODEM DIE NATALE SANCTORUM CORNELII ET CIPRIANI

1131   ORATIO SUPER POPULUM. Beatorum martyrum pariterque pontificum Cor-   3
nelii et Cipriani · nos domine quaesumus festa tueantur · et eorum commendet oratio ueneranda: per.

      1131 A   AD CORINTHIOS II. 5,17–6,1   6
           illis / delicta (5,19)   *f. 308*�V
      1131 B   LECTIO SANCTI EUANGELII SECUNDUM LUCAM. CAPUT XXXVIII. 5,27–39
           faciunt / similiter (5,33)   *f. 309*ᴿ   9

1132   SUPER SINDONEM. Adesto domine supplicationibus nostris · quas in sanctorum tuorum Cornelii et Cipriani commemoratio⟨ne⟩ deferimus: Ut qui
nostrae iustitiae fiduciam non habemus · eorum qui tibi placuerunt meritis   12
adiuuemur: per dominum nostrum.

1133   ORATIO SUPER OBLATA. / Plebis tuae domine munera benignus   *f. 309*ᵛ
intende · quae maiestati tuae pro sanctorum martyrum Cornelii et Cipriani   15
sollemnitatibus sunt dicata: per.

1134   PRAEFATIO. UD Aeterne deus · Tuamque in sanctorum tuorum Cornelii
et Cipriani festiuitate praedicare uirtutem: Quos direptis terrarum partibus ·   18
greges sacros diuino pane pascentes · una fide eademque die pari nominis tui
confessione coronasti: per Christum.

1135   POST COMMUNIONEM. Sacro munere uegetatos sanctorum martyrum Cor-   21
nelii et Cipriani natalicia · nos tibi domine quaesumus commendet oratio:
per.

CC   24

XVI KALENDAS OCTOBRIS SANCTAE EUFUMIAE

1136   ORATIO SUPER POPULUM. Concede quaesumus omnipotens et misericors
deus · ut beata Eufumia quae uirginitatis pariter et martyrii promeruit pal-   27
mam · intercessionibus suis et praesentis uitae remedia nobis conferat et
aeternam salutem: per.

---

3 martyrum (tuorum *ausp.*)

---

4 dne qs] qs dne *D* / qs *GaG*   et eorum] eorum nos tibi dne *GaG*   5 ueneranda *Am*
Ge] u. adque laetificet *Ve* / *om. GaG*
10 supplicationibus] praecibus *Ve GeV GaG*   11 Cornelii et Cipriani *J*   12 meritis *Ve Ge Gr GaG*] m. et intercessionibus *S* (*J 973*)
17/18 tuamque – Cipriani *Am Ge GrA*] t. in sanctorum martyrum Cornelio simul etiam
Cypriano *Ve* / teque in scorum martyrum *GaG*   18 et *Am*] simul et *Ge GrA*   festiuitate *Am GrA*] solemnitate *GeSC* / *om. Ve Ge GaG*   direptis *Am* (*exc. BK*)] discre-
tis *Ve GeSC GaG* / diremptis *A¹BK* / directis *GeA* / diuersis *GrA*   19 diuino – die]
pascentes una eademque fide de *GaG*   pari *Am Ge GrA*] diuersis licet temporibus
consonante parique *Ve GaG*
21 uegetatos] uegetato *G GeV*   22 natalicia *om. GeA*
28 conferat et] c. *D*

SUPER SINDONEM. Deus qui beatae uirgini et martyre tuae Eufimię pro tuo 1137
nomine dimicandi fidem et constantiam praebuisti: Concede nobis suppli-
3 cantibus · ut sicut illa horrenda uicit augmenta poenarum · ita et nos saeuis-
simi hostis uitia te auxiliante / uincere ualeamus: per dominum   *f. 310*R
nostrum.

6   SUPER OBLATA. Munera quaesumus domine quae in beatae Eufumiae 1138
caelebritate deferimus · ita gratiae tuae efficiantur accepta · sicut eius tibi
placitum extitit passionis certamen: per.

9   POST COMMUNIONEM. Sanctificet nos domine quaesumus tui preceptio 1139
sacramenti et intercessio beatae martyris Eufumiae tibi reddat acceptos: per
dominum nostrum Iesum Christum.

12 CCI

XIIII KALENDAS OCTOBRIS DEPOSITIO SANCTI EUSTORGII

   ORATIO SUPER POPULUM. Beati sacerdotis et confessoris tui Eustorgii · nos 1140
15 quaesumus domine foueat praetiosa confessio · et pia iugiter intercessione
tueatur: per.

   1140 A EPISTULA.
18   Gratias ago deo quia confessus es. (1 Tim 6,12–16)
   1140 B EUANGELIUM.
      Homo peregre proficiscens. *Require in confessorum.* (Mt 25,14–23)

21   ⟨SUPER SINDONEM.⟩ Uota populi tui domine propitius intende · et cuius 1141
nos tribuis sollemnia celebrare · fac gaudere suffragiis: per dominum.
   SUPER OBLATA. Pro sancti confessoris tui Eustorgii commemoratione 1142
24 munera tibi domine quae debemus exsoluimus · Praesta quaesumus ut remedium nobis perpetuae salutis opere⟨n⟩tur: per.

---

1 martyre] martyri   15 intercession(e *aus* i)   24 muner(a *aus* e)

---

1 uirgini et martyre tuae] u. et martyri t. *ABEFKL*² / u. et martyri *MAII* / u. martyri t. *C* / uirginis et martyris t. *DL*¹*N*
6 quae *om. L*
9 preceptio *BK*] praetioso (!) *L* / perceptio *S (exc. BKL) Ve Ge Gr*   10 beatae] sancte *Ve*
15 qs *Am*   intercessione *GeS GrHC GrP*] intercessio *S GeA GeSC GrHO*   16 tuea-
tur] tueantur *A*¹*L*
21 Uota] Munera *GeV*   propitius *Am GeA GeS*] propitiatus *Ve GeV Gr*   22 sollem-
nia] annua s. *AN*   sollemnia celebrare] praeire s. *GeV*
23 tui *om. AE*   23/24 commemoratione munera tibi dne *Am*] m. t. dne c. *Ge Gr*
24 praesta *AEN Ge Gr*] et p. *BCDFKL*

1143 ⟨PRAEFATIO.⟩ UD Aeterne deus · quando enim tibi sufficienter / *f. 310*ᵛ domine referre gratias ualeamus: Qui ideo sollemnitatibus martyrum atque confessorum frequenter exerces · ut et deuotione continua fideles tuos incites 3 ad profectum · et fragilitatem nostram piis intercessoribus benignus attollas: Quae propriis non meremur operibus · tibi placitis suffragatoribus impetremus: Inter quos debite pietatis quia potentiam tuam domine cuius gratia 6 tales extitit in eius sollemnitatibus praedicamus · adquae per eum nobis indulgentiam credimus non negandum: per Christum.

1144 POST COMMUNIONEM. Quaesumus omnipotens deus · ut hodiernae munus 9 sollemnitatis acceptum · et corporibus nostris salutem prestet et mentibus: per.

CCII

XI KALENDAS OCTOBRIS SANCTI MATHEI APOSTOLI ET EUANGELISTAE

1145 ORATIO SUPER POPULUM. Praesta quaesumus omnipotens deus · ut qui 15 iugiter beati apostoli et euangelistae tui Mathei defensione munimur · nec subcumbamur uitiis · nec opprimamur aduersis: per.

1146 SUPER SINDONEM. Beati euangelistae Mathei domine praecibus adiuuemur · 18 ut quod possibilitas nostra non optinet · eius nobis intercessione donetur · ut ad gaudia pertingamus aeterna: per dominum.

1147 SUPER OBLATA. / Supplicationibus apostolicis beati Mathei do- *f. 311*ᴿ 21 mine et euangelistae quaesumus ecclesiae tuae commendetur oblatio · cuius magnificis praedicationibus eruditur: per.

1148 ⟨PRAEFATIO.⟩ UD aeterne deus: Qui ecclesiam tuam in tuis fidelibus 24 ubique pollentem · apostolicis facis constare doctrinis · praesta quaesumus ut per quos initium diuinae cognitionis accepit · per eos usque in finem saeculi capiat regni caelestis augmentum: per Christum. 27

---

5 suffrag(a *aus* o)toribus   7 tales] talis   8 Christum *a.Ras.*   17 subcumbamur (= *D N GeS*)] subcumbamus

---

1 enim *A D² E N*   2 gratias] grates *N*   ideo *F*] i. nos   4 intercessoribus] intercessionibus *D*   attollas] attollis *C*   5 quae] et quae *S*   6 quia] obsequium sco sacerdoti et confessori tuo Eustorgio exhibentes *S*   7 in eius sollemnitatibus *J* (*cf. J 961*)   8 negandum] negandam *S*
9 ut *om. L*
16 beati – Mathei *Am*] apostolica *Ge*   et euangelistae tui] eu. *L*
18 dne] qs dne *GaG*   19 ut] et *Ve*   intercessione] postulatione *Ve*   20 ut – aeterna *Am (exc. B)*] *om. B Ve Ge Gr*
21/22 dne ... ecclesiae *B D K GeS*] ... e. t. dne *Ve GeV GeA* / ... dne e. t. *A C E H M N O (J 859)*   22 et *D K*¹   commendetur] commendet *B*
24 qui] quia *GeA*   25 apostolicis] et ap. *B*   praesta qs *om. Ve*   26 per quos] quos *F*   diuinae] digne *B*   usque] utique *GrP*

POST COMMUNIONEM. Perceptis domine sacramentis · beato Matheo apostolo 1149
tuo et euangelista · interueniente deprecamur · ut quae eius celebrata sunt
3 gloria · nobis proficiant ad medelam: per dominum.

CCIII
X KALENDAS OCTOBRIS SANCTI MAURICII

6 ORATIO SUPER POPULUM. Annue quaesumus clementissimę deus orationibus 1150
populi tui et quos in celebritate beatissimorum martyrum tuorum Mauricii
uel eius commilitonum adesse fecisti · eorum propitius praecibus aeterna ·
9 perfrui beatitudine concedas: per dominum.

    1150 A EPISTOLA.
        Sancti per fidem uicerunt regna. *Require in plurimorum martyrum.*
12   (Hebr 11,33–39)
    1150 B LECTIO SANCTI EUANGELII SECUNDUM LUCAM.
      / CAPUT CCXLIII. 20,20–26   *f. 311*�V

15 SUPER SYNDONEM. Praesta quaesumus omnipotens et misericors deus · ut 1151
sicut legio sancta pro tui nominis confessione meruit uictoriae palmam · ita
et nos supplices eorum festa deuotis mentibus celebrantes · participes gau-
18 diorum effici mere⟨a⟩mur: per.

SUPER OBLATA. Munera quaesumus domine quae in beati Mauricii festa 1152
deferimus · ita si⟨n⟩t tibi semper accepta sicut eius effusio sanguinis in con-
21 spectu gloriae tuae factus est praeciosus: per dominum nostrum Iesum
Christum.

PREFATIO. / UD Aeterne deus: Cui caterua fidelium diuino   *f. 312*ᴿ 1153
24 lustrata lumine ab extremis terrae finibus ueniens · fideliter supplicauit: Et
tam corporeis bellatorum legio mucronibus circumsepta quamque spiritalibus · etiam armis uallata · ad martyrium uigili constantia properauit: Quos-
27 que pestifer tyrannus · ut eos metu perterreret · bis ad internicionem supplicii
gladio decimauit: Atque postmodum constanter eos perdurantes in fide ·
uniuersos pariter capite plecti pręcoepit: Sed hi tanto caritatis ardore ferue-
30 bant · ut eiectis armis · flexo poplite passim geniculantes · spiculatorum tela
hilari corde susciperent: Inter quos beatus Mauricius summo amore cupiens
decertando martyrii est coronam adeptus: per Christum dominum.

---

8 eor(u *a.Ras.*)m   21 factus . . . praeciosus] facta . . . praeciosa

---

2 deprecamur *Am Ge Gr*] subdito corde rogamus et petimus *Ve*   quae *A¹DEFLN*]
quae pro *A²BK Ve Ge Gr*   3 medelam] salutem *GeA*
7 et *ALN*] ut *BCDEFK MAII*   beatissimorum *om. L*   8 propitius *om. MAII*
17 gaudiorum] g. eius *F*
19 Mauricii] M. uel eius commilitonum *C²*   festa] festiuitate *A²* / festis *C²*
24 terrae *om. L*   25 tam] tamen *CL*   26 quosque] quos *S*   31 summo
amore cupiens] tuae fidei a. succensus *S*

1154   POST COMMUNIONEM. Pietati tuae domine gratias humili seruitute persoluimus · quoniam beatissimorum martyrum tuorum Mauritii uel eius commilitonum · sicut confidimus praecibus exoratus desideratum contulisti nobis   3
huius perceptionis sacramenti effectum: Ut hic et tuos cunctos tua dona
facias fidenter exposscere · et poscentibus afflu-/enter impendas: per. *f. 312*ᵛ

CCIIII   6

III KALENDAS OCTOBRIS ORATIONES ET PRECES
IN DEDICATIONE SANCTI MICHAHELIS ARCHANGELI

1155   ORATIO SUPER POPULUM. Da nobis omnipotens deus · beati archangeli   9
Michahelis honore ad summa proficere · ut cuius in terris gloriam praedicamus · eius quoque praecibus adiuuemur in caelis: per dominum nostrum.

APOSTOLUM *et* EUANGELIUM *require retro in dedicatione ecclesiae.*   12

1156   ORATIO ⟨SUPER⟩ SINDONEM. Adesto plebi tuae misericors deus: Et ut gratiae
tuae potiora beneficia percipiat · beati Michahelis archangeli fac supplicem
depraecationibus subleuari: per.   15
1157   SUPER OBLATA. Hostias tibi domine laudis offerimus · suppliciter deprecantes: Ut easdem angelico pro nobis interueniente suffragio · et placatus
accipias et ad salutem nostram peruenire concedas: per dominum nostrum.   18
1158   PREFATIO. UD Nos te omnipotens aeterne deus laudabilem in sanctis · te
mirabilem in tuis angelis praedicare: Quod templum hoc sanctis usibus
praeparatum · in beati archangeli tui Michahelis commemoratione laetatur: 21
Qui tuae maiestatis semper excubiis est propinquus · qui inter caelestis militiae secretum summus obtinet / principatum: Quem supplices per *f. 313*ᴿ
tui nominis reuerentiam postulamus · ut fragilitati nostrae magnificus suffra- 24
gator accedat: Cum quo maiestatem tuam laudant angeli uenerantur.
1159   POST COMMUNIONEM. Beati archangeli tui Michahelis interuentione suffulti ·
supplices te domine depraecamur: Ut quos honore prosequimur · contin-   27
gamus et mente: per dominum nostrum.

----

1 persoluimus] deposcimus *ABDEFKL* / dependimus *C*² / deferimus *N*   4 per-
ceptionis] percepti *S*ᵢ   ut hic et tuos cunctos] quo et t. fideles *S*   5 fidenter] fideliter *CD*
9 nobis] n. qs *A*¹*E MAII*   archangeli] a. tui *A MAII*   10 honore ad summa *Am*]
eotenus h. *Ge GrP*   11 quoque *Am*
13 et *om. GeA*   14 potiora beneficia *Am*] b. p. *Ge*   percipiat] perficiat *A K*¹
18 peruenire *EG* (*J 693*)] prouenire *S* (*exc. EG*) *Ve Ge Gr*
19 Nos – ds *GL*] aeterne ds te *BCDEFKN* / per Chr. dnm nrm te *A*   20 hoc *om. L*
24 nostrae *om. L*
26 tui *Am GeA GeS GrH*] *om. Ve GeV GrP*   interuentione *Am* (*exc. A*) *Ve GeV*] intercessione *A GeA GeS Gr*   suffulti] fulti *D*   27 te dne] dne *G* / dne te *Ve*   deprae-
camur] praecamur *Ve*   quos honore] quod ore *A*² *GeA*

CCV

NONAS OCTOBRIS NATALE SANCTI MARCI EPISCOPI

3 ORATIO SUPER POPULUM. Exaudi domine quesumus praeces nostras · et 1160
interueniente beato Marco confessore tuo atque pontifice supplicationes
nostras placatus intende: per.

6 SUPER OBLATA. Benedictio tua domine larga descendat · qui munera nostra 1161
depraecante sancto Marco confessore tuo atque pontifice tibi reddat accepta ·
et nobis sacramentum redemptionis efficiat: per dominum nostrum.

9 POST COMMUNIONEM. Da quaesumus domine fidelibus populis sanctorum 1162
tuorum semper ueneratione laetari · et eorum perpetua supplicatione
muniri: per dominum nostrum Iesum Christum.

12 ## CCVI

XVI KALENDAS NOUEMBRIS NATALE SANCTAE (!) LUCAE
EUANGELISTAE

15 ORATIO SUPER POPULUM. Interueniat pro nobis domine quaesumus sanctus 1163
tuus Lucas euange-/lista · qui crucis mortificatione⟨m⟩ iugiter in *f. 313*ᵛ
suo corpore pro tui nominis honore portauit: per.

18 SUPER OBLATA. Donis caelestibus da quaesumus domine libera mente 1164
seruire ut munera quae deferimus interueniente euangelistae tuae (!)
� ⌜Lucae⌝ · et medelam nobis operentur et gloriam: per.

21 ⟨PRAEFATIO.⟩ UD Aeterne deus: Te in confessorum meritis gloriosis ado- 1165
rare · qui eos dimicantibus contra uetusti serpentis uitia · et proprii[s] corporis blandimenta inexpugnabile uirtute rex gloriae roborasti: Ex quibus

---

6 qui] quae   19 sᵉru(i *aus* a)re   19/20 euangelistae – Lucae] euangelista tuo
Luca   20 Lucae *ü.d.Z.*   22 e(o *ü.gel.* i)s   23 inexpugnabile] inexpugnabili

---

3 dne qs *L MAII Ge Gr*] dne *D Ve*   et] ut *D*   4 supplicationes *DL Ge Gr*] praeces *Ve*   5 intende] admitte *Ve*
6 qui] quae *DL Ge* / quae et *GeSC Gr*
15/16 sanctus tuus *FKL MAII Ge*] t. s. *N* / t. *D*   16 mortificatione *D*] mortificationem   17 suo *FN Ge*] sui *DL*
18 da qs dne *DFKL GeS GrP*] da nobis qs dne *GeA* / qs dne da nobis *N*   19 ut] et *N*
21 te *Am Ge*] et te *GeSC GrA*   confessorum *Am Ge*] c. tuorum *GeSC* / sanctorum tuorum *GrA*   gloriosis *K*] gloriosius *DF* / gloriosus *L*   adorare *Am Ge*] conlaudare benedicere et praedicare *GrA*   22 eos dimicantibus *P*] eis d. *J*¹ / eos dimi-
cantes *DFKL Ge GrA*   contra *om. L*   uetusti *Am Ge*] antiqui *GrA*   uitia *Am
Ge*] machinamenta *GeSC GrA*   propriis *DKL*] propria *F GeA* / proprii *GeSC
GrA*   23 inexpugnabile uirtute *P K*¹ *GeS*] inexpugnabilem uirtutem *F* / inexpugnabili u. *D K*²*L GeA GeSC GrA*

24 Frei, Das ambrosianische Sakramentar

beatus euangelista tuus Lucas · qui assummens scutum fidei · quo inimici
iacula ignita extingueret · et galeam spem salutis · et gladium spiritum quod
est uerbum tuum fortiter obpugnantibus passionibus uitiorum restitit: Ideo-   3
que praecamur exercituum domine · qui eum post mortificationem corporis
et crucis stigma preferente remunerasti · eius triumphalibus et informemur
exemplis et meritis adiuuemur: per Christum.   6

1166   POST COMMUNIONEM. Praesta quaesumus omnipotens aeternae deus · ut id
quod de sancto altario tuo accepimus · praecibus beatae (!) euangelistę
tui Lucae sanctificet animas nostras per quod tuti esse possimus: per.   9

CCVII

/V KALENDAS OCTOBRIS NATALE SANCTORUM   *f. 314*R
                     COSMAE ET DAMIANI   12

1167   ORATIO SUPER POPULUM. Intercedentibus sanctis tuis domine Cosma et
Damiano plebi tuae praesta subsidium: Ut ab omnibus noxiis expedita ·
et hic et in aeternum sibi cuncta profutura percipiat: per.   15

   1167 A   EPISTULA.
        Legitur. Sancti per fidem deuicerunt. (Hebr 11,33–39)
   1167 B   LECTIO SANCTI EUANGELII SECUNDUM LUCAM. CAPUT CXXX. 11,23–26   18

1168   SUPER SINDONEM. Da nobis quaesumus domine fidei miseratus augmentum:
Ut quae sanctos martyres tuos Cosmam et Damianum usque ad sanguinem
retenta glorificat · nos etiam iustificet ueraciter hanc sequentes: per.   21

1169   SUPER OBLATA. Offerendorum tibi munerum deus auctor et dator:
/ Praesta ut hoc sacrificium singulare · quod sanctis tuis in passione *f. 314*V
contulit claritatem · nobis tribuat in deuotione praesidium: per dominum.   24

1170   PRAEFATIO. UD Aeterne deus: Quoniam sancti tui quod in lacrimis semi-
nauerunt · in gaudio metere nunc probantur: Et qui euntes ibant et flebant
non morte perterriti · sed ut beatae perciperent plenitudinem passionis: 27

---

2 ignit(a *aus* i)   11 V *aus* XI   OC͞T *a.Ras.v.* NO͞U   19 Da(*Buchst.gel.*)

---

1 beatus *om. L*   1/2 qui assumens scutum ... et galeam (galea *D*) spem ... et
gladium *Am Ge*] assumpto scuto ... et galea spe ... et gladio *GeSC GrA*   2 spiritum
*K*¹] *om. F* / spiritus *D K*²*L Ge* / spiritus sancti *GrA*   3 restitit] reluctatus est *GeSC*
4 qui] ut qui *GeSC*   5 et crucis] c. *GeSC*   5/6 et crucis – meritis] triumphatris (?) *D*
5 stigma *FK GeS*] stigmata *L GeA GeSC*   preferente *FK GeA*] preferentem *L GeS*
8 altario *Ge*] altari *DFKLN*   8/9 praecibus – Lucae *om. D*   9 tuti] tui *D* / t.
nos omnes famuli tui *F*   possimus] possumus *L*
14 noxiis] malis *GeA*   15 et hic – aeternum *Am GeA*] *om. GeV GeS*   sibi cuncta
Am] c. s. *Ge*
19 qs *om. Ve*   fidei] f. tuae *Ve*   21 hanc] haec *L*
22 tibi] t. dne *A*   ds *om. Ve*   dator] conditor *D*

Gloriosi sanguinis semina praetiosa mittendo uenientes · ecce nunc ueniunt in
exultatione totius ecclesiae fructum uictoriae sempiternae · et praesentibus
3 referentes praemiis et futuris: per.

˙POST COMMUNIONEM. Pasce nos domine tuorum gaudiis ubique sanctorum 1171
quia nostrae salutis augmenta sunt · quotiens illis honor impenditur · in qui-
6 bus tu mirabilis praedicaris: per.

CCVIII

V KALENDAS NOUEMBRIS NATALE APOSTOLORUM SYMONIS
9 ### ET IUDE̦

ORATIO SUPER POPULUM. Deus qui nos per beatos apostolos tuos Symonem 1172
et Iudam ad cognitionem tui nominis uenire tribuisti: Da nobis eorum glo-
12 riam sempiternam et proficiendo celebrare · et celebrando proficere: per.

SUPER SINDONEM. Omnipotens sempiterne deus · mundi creator et rector: 1173
Qui bea-/tos apostolos · Simonem et Iudam nominis tui gloria con- *f. 315*R
15 secrasti: Exaudi populum tuum cum sanctorum tuorum tibi patrocinia supplicantem · ut pacis donum proficiat ad fidei · et caritatis augmentum: per.

SUPER OBLATA. Gloriam domine sanctorum apostolorum perpetuam prae- 1174
18 currentes · quaesumus ut ea⟨n⟩dem sacris mysteriis expiati · dignius celebremus: per.

PRAEFATIO. UD Aeterne deus: Te in tuorum apostolorum glorificantes 1175
21 honore · qui et illis tribuisti beatitudinem sempiternam · et infirmitatis
nostrae talia praestitisti suffragia quae audire ⟨possis⟩ pro nobis: per
Christum.

---

11 *ü.d.2.Z̧. der Oration Ras., wohl v.* et martyrem tuum Fidelem   15 patrocinia
(= *GeS*)] patrocinio(is)

---

3 praemiis et futuris] praefoueamur auxiliis *GrP*
5 quia] qui *L*   6 mirabilis] mirabiliter *D*
10/11 Symonem et Iudam *J*   11 cognitionem] agnitionem *GeA*   eorum
gloriam *K Ge GrA*] per eius g. passionis *S* (*J 779*)   12 et proficiendo – proficere *K*
Ge GrA] tuam gratiam amplecti et proficiendo eius sollemnitatem celebrare *S* (*J 779*)
13 Omps semp *om. S*   14 Simonem et Iudam *A¹B*] S. et I. atque martyrem tuum
Fidelem *S* (*exc. B*) / *om. Ge*   gloria] gloriam *A D GeA*   15 patrocinia *GeS*] patrocinio *GeA GeSC* / patrociniis *S*   16 donum *Ge*] dono *S*   proficiat] perficiad *D*
17 sanctorum apostolorum *A¹ B GeV*] ap. *GeS* / s. ap. tuorum *GeA GrA* / s. ap. et martyrum *A²CEFKLN*/s. ap. Simonem et Iudam et martyris tui Fidelis *D*   praecurrentes *A¹BCEFKN GeV*] percurrentes *A²* *GeA* / concurrentes *DL* / recurrentes
GeS / recensentes *GeSC* / recolentes *GrA*   18 eadem *A¹DN GeS*] eandem   myste-
riis]ministeriis *BCK¹*
20 apostolorum *A¹B Ge GrA*] *om. Ve* / a. et martyrum *A²CEFKLN* / apostolos Simonem et Iudam adque martyrem tuum Fidelem *D*   21 honore] h. sanctorum *Ve* /
honorem *A D*   infirmitatis *J*] infirmitati   22 praestitisti] praeparasti *Ve*   quae –
nobis *Ve Ge*] quae te donante apprehendere ualeamus *S* / per quae tua possimus adipisci subsidia et peruenire ad praemia repromissa *GrA*

24*

1176 POST COMMUNIONEM. Perceptis domine sacramentis suppliciter rogamus ·
ut intercedentibus beatis apostolis tuis Symone[m] et Iuda[m] · quae pro
illorum gerimus passione · nobis proficiant ad medelam: per.   3

CCVIIII

MISSA IN ECCLESIA CUIUSLIBET SANCTI
CONFESSORIS UEL MARTYRIS   6

1177 ORATIO SUPER POPULUM. Propitiare quaesumus domine nobis famulis tuis ·
per huius sancti confessoris tui *illius* · qui in praesenti requiescit ecclesia
merita gloriosa · ut eius pia intercessione · ab omnibus protegamur aduersis: 9
per.

    1177 A LECTIO LIBRI SAPIENTIAE. Eccli 14,22.27–15,5
       / Beatus (14,22)   *f. 315*V 12
    1177 B SECUNDUM MATHEUM. 16,24–27
       est / in (16,27)   *f. 316*R

1178 SUPER SINDONEM. Da ęterne consolationis pater · per huius sancti confes- 15
soris tui *illius* preces · populo tuo pacem et salutem: Ut tuis tota dilectione
inhaereant praeceptis · et quae tibi placita sunt · tota perficiant uoluntate:
per.   18

1179 SUPER OBLATA. Suscipiat clementia tua domine quaesumus · de manibus
nostris munus oblatum · et per huius sancti confessoris tui *illius* orationes · ab
omnibus nos emundet peccatis: per.   21

---

1 suppliciter rogamus *Ge*] s. te r. *S* (*J 1013*) / supplices te r. *Ve GrA* / s. exoramus *GrP*
GrH   2 Symonem et Iudam *P*   3 gerimus *K*¹] ueneranda g. *S Ve Ge GrA* (*J 1013*)
medelam] salutem *S* (*J 1013*)
7 qs dne] dne qs *BCE* / dne *Alc*   8 huius – ecclesia] beatorum martyrum tuorum
Stephani Laurentii Dyonisii Bonifatii *GrF*   huius sancti confessoris tui *il. BFGLM N*]
h. s. *il. D* / h. s. martyris t. *il. C* / h. s. martyris t. *il. O* / horum martyrum tuorum
Alc / sacerdotis et c. t. Ambrosii et scorum martyrum tuorum Protasii et Geruasii atque
uirginis tuę Marcellinę *K* / c. t. (*il. E*¹, Ambrosii *E*²) et scorum mart. t. (*il. E*¹, Prot.
et Geru. *E*²) *E*   9 pia *om. C GrF*
15 pater] p. omps *EC*²   15/16 huius – *il.*] beatorum tuorum Stephani etc. (*cf. J*
1177) *GrF*   confessoris tui *il. BFGLMN*] martyris *uel* c. t. *il. C* / martyris t. *il. O* /
beatorum mart. t. *Alc* / *il. D* / sacerdotis *etc. K* / c. t. (*il. E*¹, Ambrosii *E*²) et scorum *etc. E*
17 sunt *Am C*] sint *GrF Alc*
19 clementia tua] clementiam tuam *B*   20 munus *om. GrF*   huius – *il.*] beatorum mart. t. Stephani *etc.* (*cf. J 1177*) *GrF*   confessoris tui *il. BFGLMN*] martyris
uel c. t. *il. C* / martyris t. *O* / horum beat. mart. t. *Alc* / *il. D* / sacerdotis *etc. K* / c. t.
(*il. E*¹, Ambrosio *E*²) et scorum *etc. E*   orationes] orationem *Alc*   21 emundet]
emunda *GrF*

⟨PRAEFATIO.⟩ UD *usque* aeterne deus · pia deuotione tuam laudantes cle- 1180
mentiam · qui huic sancto confessori tuo · talem contulisti gloriam · ut pro
3 tui nominis amore tota despiceret terrena · et amare⟨t⟩ caelestia: Unde et
pro eius ueneratione in loco reliquiarum illius · haec sacramenta salutis
nostrae tuae offerimus maiestati · ut tanto pro nobis intercedente patrono ·
6 dextera potentiae tuae nos ubique protegat et regat: per Christum.

POST COMMUNIONEM. Diuina domine libantes misteria quae pro huius 1181
sancti confessoris tui *illius* ueneratione tuae obtulimus maiestati · praesta
9 quaesumus · ut per ea ueniam merea-/mur peccatorum · et caelestis *f. 316ᵛ*
gratiae donis reficiamur: per dominum.

CCX

12 MISSA IN COTTIDIANIS DIEBUS PLURIMORUM SANCTORUM

Deus qui nos beatae Mariae semper uirginis · et beatorum apostolorum 1182
martyrum confessorum uirginum atque omnium simul sanctorum · continua
15 laetificas sollemnitate · praesta quaesumus · ut quos cottidiano ueneramur
officio · etiam piae conuersationis sequamur exemplo: per.

1182 A LECTIO LIBRI SAPIENTIAE. Sap 5,16–17
18 1182 B LECTIO SANCTI EUANGELII SECUNDUM IOHANNEM. 16,20–22
meminit / praessurae (16,21)   *f. 317ᴿ*

SUPER SINDONEM. Fac nos domine deus · sanctae Mariae semper uirginis 1183
21 subsidiis attolli: Et gloriosa beatorum apostolorum martyrum confessorum

---

7 (D *aus* P)iuina

---

2 huic – tuo] sanctis tuis *GrF*   confessori tuo] c. t. *il. BFGLMN* / martyri *uel* c. t.
il. C / martyri t. *il. O* / *il. D* / sacerdoti et c. t. Ambrosio sanctisque *etc.* (*cf. J 1177*)
K / c. t. (Ambrosio *E²*) et scis *etc. E*   3 despiceret . . . amare *DL*] despicere . . .
a. *G* / d. . . . amaret *BEMN C* / despicerent . . . amarent *EK GrF*   4 in – il. *om.*
GrF   5 maiestati *Am*] pietati *GrF*   6 et regat *Am*] r. ac defendat *GrF*
7 dne libantes] l. dne *L* / l. *Gr*   7/8 huius – *il.*] beatorum mart. t. Stephani *etc.*
(*cf. J 1177*) *GrF*   8 confessoris tui *il. BFGLMN*] martyris *uel* c. t. *il. C* / martyris t.
il. O / scorum mart. t. *Alc* / *il. D* / sacerdotis *etc. K* / c. t. (*il. E¹*, Ambrosii *E²*) et
scorum *etc. E*   9 qs *Am C*] qs dne *Alc* / dne qs *GrF*   ea] eam *D*
13 et] in *GeSB*   beatorum *Am Alc Ge*] b. spirituum *C* / beatarum caelestium uirtutum et scorum patriarcharum prophetarum *GrF*   14 uirginum *Am C Alc GeB*] et u.
GrF / *om. GeSB*   atque] at *O*   simul *om. L*   15 sollemnitate *Am Alc Ge*] commemoratione *C GeF*   16 sequamur] semper s. *C GeB*
20 dne ds *Am* (*exc. EF*) *Gr GeB*] qs dne ds *EF* / dne qs *C GeSB*   21 gloriosa *om. D*
beatorum *Am Alc Ge*] b. spirituum *C* / beatarum omnium caelestium *etc. GrF* (*cf.*
J 1182)

uirginum omniumque simul sanctorum protectione defendi: Ut dum eorum
pariter cottidie festa celebramus · eorum pariter cottidie ab omnibus aduersis
protegamur auxilio: per.   3

1184   SUPER OBLATA. Munera tibi domine nostrae deuotionis offerimus: Et
quae pro tuorum tibi grata sint honore sanctorum · et nobis salutaria te
miserante reddantur: per.   6

1185   POST COMMUNIONEM. Praesta nobis domine quaesumus intercedentibus
omnium sanctorum tuorum meritis · ut quae ore contingimus · puro corde
capiamus: per.   9

CCXI

MISSA IN TRIBULATIONE

1186   ORATIO SUPER POPULUM. Praesta nobis quaesumus omnipotens deus · ut   12
omnes fremitus inimici mentis puritate uincamus: Et is qui ⌜nos⌝ in sua uirtute
molitur affligere · intercessione sanctorum / tuorum nobis supplican- *f. 317*ᵛ
tibus superetur: per.   15

> 1186 A   AD CORINTHIOS II. 1,8–11
> 1186 B   SECUNDUM MATHEUM. 5,43–45

1187   SUPER SINDONEM. Da nobis quaesumus domine de tribulatione laetitiam ·   18
ut qui diu pro peccatis nostris affligimur · intercedentibus sanctis tuis clementer in tua misericordia respiremus: per.

1188   SUPER OBLATA. / Suscipe domine quaesumus preces tribulatorum *f. 318*ᴿ   21
cum oblationibus hostiarum · et tuam misericordiam deprecantes · ab omnibus defende periculis: per dominum.

12-14 (*bis* sanctorum/) *später nachgezogen. Aus* inimici (*Z. 13*) *wurde dabei* inimica.
13 nos *ü.d.Z.*   *1187 später nachgezogen*

---

1 uirginum omniumque *Am (exc. K M) Alc*] u. atque omnium *K M C* / u. et omnium
GrF / atque omnium u. *GeSB* / adque u. omnium *GeB*   1/2 eorum – cottidie *om. O*
2 festa celebramus] commemorationem agimus *GrF*   2/3 ab – auxilio] auxiliis ab
omnibus protegamur aduersis *C*
4/5 et quae *G GeSB*] quae et *B D E F N C Gr GeA* / quae *A K L M O*   5 tuorum –
sanctorum] omnium s. t. tibi sint grata honore *GrF*   sint] sunt *D G*   sanctorum
A B E F G K N O Alc] iustorum *D L M C Ge*   5/6 te – reddantur] semper existant *N*
8 omnium – meritis *Am C GrF Alc GeB GeSB*] sanctis tuis *Ve GrA GeV GeA*   tuorum
om. E   puro corde *Am C GrF Alc GeB GeSB*] pura mente *Ve GrA GeV GeA*
12 nobis *om. AFM*   ds] et misericors ds *FM*   13 inimici . . .] inimicorum . . . *D K*²
19 diu] iuste *A*   peccatis nostris] n. p. *Ge*   affligimur] afficimur *GeV*   intercedentibus – tuis *Am C*] interuenientibus – t. *Ge* / intercedente beato *il.* martyre tuo *Gr*
sanctis] omnibus s. *A*   clementer *Am C Gr*] celerius *Ge*
21 dne qs *B D E G L O C*] qs dne *A F K M N GrA Ge (J 147)*   tribulatorum *Am*
(*exc. AF*) *C*] tribulantium *AF* / populi tui *Ge* / famulorum tuorum *GrA*   22 tuam
– deprecantes *Am C*] tua mysteria celebrantes *GrA Ge*

PRAEFATIO. UD aeterne deus · teque totis sensibus deprecari · ut in an- 1189
gustiis ad te clamantes exaudias · et anxium spiritum inter extrema refoueas ·
3 animasque fidelium tuorum quas caelesti pane non deseris · terreni uictus
miseratione sustentes: per Christum.

POST COMMUNIONEM. Repleti domine participatione caelesti supplices te 1190
6 rogamus · ut quos diuino munere non relinquis perpetua gubernatione
comiteris: per.

CCXII

9 ## MISSA PRO PECCATIS

ORATIO SUPER POPULUM. Exaudi quaesumus domine supplicum preces · et 1191
confitentium tibi parce peccatis: Ut pariter nobis indulgentiam tribuas ·
12 benignus et pacem: per.

SUPER SINDONEM. Deus cui proprium est misereri semper et parcere · suscipe 1192
deprecationem nostram · et quos delictorum catena constringit · miseratio
15 tuae pietatis absoluat: per.

SUPER OBLATA. Hostias tibi domine placationis offerimus: Ut et delicta 1193
nostra miseratus absoluas · et nutantia corda / tu dirigas: per domi- f. 318ᵛ
18 num nostrum.

INFRACTIONE. Hanc igitur oblationem domine quam tibi offerimus pro 1194
peccatis atque offensionibus nostris · ut omnium delictorum nostrorum remis-
21 sionem consequi mereamur · quesumus ut placatus.

POST COMMUNIONEM. Praesta nobis aeterne saluator: Ut percipientes hoc 1195
munere ueniam peccatorum · deinceps peccata uitemus: per.

24 ## CCXIII

MISSA SACERDOTIS PROPRIA IN TEMPTATIONE CARNIS

ORATIO SUPER POPULUM. Deus qui nos in tantis periculis constitutos · hu- 1196
27 maʳnaⁱ conspicis fragilitate non posse subsistere: Da nobis salutem mentis et
corporis · ut ea quae pro peccatis nostris patimur · te adiuuante uincamus:
per.

---

4 miseration(e *aus* i)   *1191 später nachgezogen*   *1193 später nachgezogen. Dabei*
wurde aus ut et (𝖅. *16*) i ter.   26 huma(na *hinzugef.*)

---

1 deprecari] d. dne *GeB*   angustiis] a. positos *A*   3 deseris] deseras *A*¹*F*
7 comiteris *EOC*] commiteris *AL* / comiteris *D* / committeris *BFGKMN*
10 qs dne *ADGC GrF GrA Ge*] dne qs *BEFKLMN* (*J 686*) *Alc*
13 misereri semper *C Gr* (*exc. Alc*) *GeA*] s. m. *S* (*J 687*) *Alc*   14 et] ut *Alc GeA*
17 tu dirigas *AD*¹*GC Alc GrA GeV GeA*] d. *BD*²*EFKLMN GeM GeSB* (*J 688*) / ad te
d. *GrF*
1194 cf. J 689
1195 cf. J 690
26 humana *Am*] pro h. *C Gr GeA*   27 conspicis *Am*] scis *C Gr GeA* (*J 609*)

1196 A   AD ROMANOS. 7,14–25
          bonum: / Nam (7,18)   *f. 319*R
1196 B   LECTIO SANCTI EUANGELII SECUNDUM LUCAM. CAPUT CXXV. 11,9–10   3

1197   SUPER SINDONEM. Ure igni sancti spiritus renes nostros et cor nostrum domine · ut tibi castitatem et corde seruemus · et corpore placeamus: per dominum · in unitate[m] eiusdem.   6

1198   SUPER OBLATA. Disrumpe quaesumus domine uincula peccatorum nostrorum / ut sacrificare tibi hostiam laudis absoluta libertate possi-   *f. 319*V
mus: Retribue · quae ante retribuisti · et salua nos per indulgentiam · quos   9
dignatus es saluare per gratiam: per dominum.

1199   PRAEFATIO. UD Aeterne deus · salua nos domine ex ore leonis · qui cir-
cumiens quaerit de unitate ecclesiae tuae quem deuoret: Sed tu leo de tribu 12
Iuda · contere contrariae uirtutis saeuitiam rugientem · et corpore nos conserua · et corde purifica: per Christum.

1200   POST COMMUNIONEM. Domine adiutor noster et protector · adiuua nos et 15
refloreat caro nostra · uel uirtute pudicitiae · uel sanctimoniae nouitate:
Ereptosque de manu tartari · resurrectionis gaudiis iubeas praesentari: per.

1197 u. 1198 (bis nostrorum /) *später nachgezogen*   11 circu(m-*Strich ausp.*)miens
12 d(e u *a.Ras.*)nitate

---

4 nostros ...] meos ... *M*   5 castitatem et *P A*¹ *GeM*] casto *S* / caste et *C Gr GeA*
corde ... corpore] corpore ... corde *Alc*   seruemus *GeM*] seruiamus *S C Gr GeA*
corpore] mundo c. *O*
7 qs *Am C*   nostrorum ...] meorum ... *GrF*   8 sacrificare tibi hostiam]
sacrificium *BFNO*   possimus *A*¹*EKLM*² *C Gr Ge*] offerre p. *A*²*BDFM*¹*NO*
9 retribue ... retribuisti *Am (exc. L)*] r. ... tribuisti *L Gr GeM* / tribue ... tribuisti *C* /
retribuere ... tribuisti *GeA*
11 salua nos dne] s. n. *AEC GeA* / s. me *GrF* / tu enim dne salua nos *L* / tuam implorantes
clementiam ut saluare nos digneris *BDFKMNO*   11/12 qui – quaerit *BDEFK
MNO*] qui circuit quaerens *AL GeA* / saeuissime rugientis. fortissime qui circuit quaerens *C* / seuissimi qui rugiens circuit quaerens *GrF*   12 ecclesiae] sanctae e. *A D*²*L*
deuoret] transuoret *AEM*   12/13 leo de tribu Iuda *AELMC GeA*] fortissime
leo de t. I. *GrF* / piissime pater *BDFKNO*   13 contrariae uirtutis saeuitiam rugientem (rugientis *AL*) *Am*] c. suae u. nequitiam *GeA* / c. suae u. nequitiam. nosque
ab ignitis eius impugnatoribus liberatos *C* / contrariam u. eius nequitiam meque ab
ignitis eius passionibus liberatum *GrF*   et corpore nos *AEL GeA*] et nos c. *NO* / et
nos quoque c. *BDFK* / et quoque nos c. *M* / c. *C GrF*   14 corde] mente *GrF*
15 noster et protector *BDFKNO GeM*] n. et p. noster *AL* / et p. n. *EM C Alc GeA*
adiuua nos et *Am C GeM*] qs *Alc* / om. *GeA*   16 uel uirtute *Am (exc. A) GeM*] uirtute *A* / uel uigore *GeA* / uigore *C Alc*   uel sanctimoniae] et s. *Alc*   17 ereptosque]
ereptamque *AEKMOC GeM Alc* / ereptaque *BDFLN GeA*   resurrectionis gaudiis
iubeas praesentari *A*¹*L GeM*] in (ad *M*) r. g. i. p. *A*²*M* / r. gaudio i. p. *EF* / in r.
gaudio i. p. *C Alc* / in r. gaudia i. p. *GeA* / ad r. gaudia facias peruenire *BDKNO*

CCXIIII

MISSA PETI⟨TI⟩ONE LACRIMARUM

3 ORATIO. Omnipotens sempiterne deus · da capiti nostro habundantiam 1201
aquae et oculis nostris fontem lacrimarum · ut peccati macula abluti ultrices
poenarum flammas fletus ubertate uincamus: per.

6 SUPER OBLATA. Per has oblationes · quaesumus domine · ut non tantum 1202
oculis nostris infundas lacrimas · sed et cordibus nostris nimium / *f. 320*R
peccatorum luctum tribuas: per.

9 PREFATIO. UD Aeterne deus · audientes diuini sermonis sonum dicentis: 1203
Beati qui lugent nunc quoniam ipsi consolabuntur: Multum nostra flere
peccata desideramus · sed non possunt lapidei cordis nostri duritiam lacri-
12 mare con ualemus: Ideo rogamus te domine in fontem duritiae cordis nostri
primum per nostram petitionem mundaueris · et inde per donum gratiae
tuae nostris flumina lacrimarum oculis largiter deduceris: per ⌈Christum⌉.

15 POST COMMUNIONEM. Corpore et sanguine tuo domine satiati quaesumus · 1204
ut pro nostris semper peccatis conpunctionem cordis · et luctum fluminaque
multa lacrimarum nobis largiaris · quatenus caelestem · in futuro consola-
18 tionem mereamur: qui cum patre.

---

2 M͞I(S *a.Ras.*)   3 o(r̄ *a.Ras.*)   11 non possunt] propter ? (= *C*)   12 con]
non   in] ut   14 Christum *ü.d.Z.*

---

3 sempiterne] aeterne *GeA*   ds] ds respice propitius preces nras et *Alc*   3/4 nostro . . .
nostris *C Gr Ge*] meo . . . meis *S*   4 aquae et *D O C Gr Ge*] atque *E* / a. atque *F K M N*
peccati macula abluti *C Alc GeA*] a p. maculis a. *GrF* / a. p. maculis abluendo *N* / p.
maculas abluendo *E F K M O GeM* / peccatorum lacrimas abluendo *D*   5 fletus
C Alc GeA] fletuum *S (exc. D) GrF GeM* / fluctuum *D*
6 ut *om. D GeA*   non tantum] et *GrF*   7 nostris] meis *D*   infundas lacrimas
Am (exc. D N)] l. i. *DC Alc* / infundamus l. *N* / i. *Ge* / imbrem lacrimarum i. *GrF*   sed
et *DC Alc GeA*] sed *S (exc. D) GeM* / et *GrF*   cordibus nris *Am (exc. D) C*] cordi nro
Gr / in corde nro *GeM* / corda nra *GeA* / decori (= cordi ?) meo *D*   7/8 nimium
peccatorum luctum tribuas *C Gr Ge*] largum l. t. *D* / animarum p. t. l. *S (exc. D)*
10 nostra *Alc GeA*] nam *C*   11 non possunt *Alc GeA*] tamen propter *C*   lapidei
C] oculi nri lapidei et propter *Alc GeA*   nostri *om. Alc*   12 in *C GeA*] ut *Alc*   fontem
duritiae *Alc GeA*] duritium *C*   13 petitionem mundaueris] penitentiam emundes *C* /
paenitentiam emollias *Alc GeA*   et inde] exinde *C* / et postmodum *Alc GeA*   per
donum *Alc GeA*] dono *C*   14 largiter *C Alc*] largitor *GeA*   deduceris] deducas
C / infunde *GeA* / infundas *Alc*
15/18 *1.Pers.Pl.*] *1.Pers.Sing. D*   15 dne satiati qs *Am C Ge*] qs dne s. *Alc* / s. qs dne
GrF   15/16 qs ut] deprecor ut mihi *D*   16 pro *om. E*   semper *om. D*   conpunctionem cordis *D GeM*] nobis comp. c. *C Gr GeA* / corde compuncti *E F K M* /
corde conpungi *N O*   16/17 luctum – quatenus] amariter lugere fluminibusque
lacrimarum (ubertim *E K M N*) facies (facias *E*) irrigare nobis peccatoribus largiaris
et sic *E K M N O*   17 multa *F GrA Ge*] *om. D C Alc*   nobis *F GeM*] *om. D C Gr GeA*
largiaris quatenus] ap peccatorum ueniam l. et sic *GeM*   18 mereamur *D C Alc Ge*]
recipere m. *E F K M N O* / a te accipere m. *GrF*   qui cum patre] qui uiuis *D* / per
te Iesu Christe qui cum deo patre *C* / per *E F K M N O Gr Ge*

CCXV

MISSA SACERDOTIS PROPRIA

1205   ORATIO SUPER POPULUM. Deus cuius arbitrio omnium saeculorum ordo   3
decurrit: Respice propitius ad me famulum tuum quem ad ordinem presbiterii promouere dignatus es · et ut tibi mea seruitus placeat · tua in me
misericorditer dona conserua: per.   6

1206   ALIA. Deus uiuorum et saluator omnium qui non uis mortem / *f. 320*ᵛ
peccatoris · nec laetaris in perditione morientium: Te supplex depraecor · ut
concedas mihi ueniam delictorum meorum · et ut commissa defleam · et   9
postmodum non comittam: Ut cum extrema dies mihi finisque uitae aduenerit · emundatis delictis omnibus me angelus sanctitatis suscipiat: per.

> 1206 A EPISTULA BEATI PAULI APOSTOLI AD TIMOTHEUM I[I]. 4,14–16   12
> 1206 B SECUNDUM MARCUM. CAPUT CLIII. 13,33–37
>   uenerit / repente (13,36)   *f. 321*ᴿ

1207   SUPER SINDONEM. Deus misericordiae · deus caritatis · deus indulgentiae ·   15
indulge quaeso et miserere mei · sacrificium quoque quod pietatis tuae gratiae
humiliter offero · benigne dignare suscipere · et peccata quae labentibus
uitiis contraxi · pius et propitius · ac miseratus indulgeas · et locum poeni- 18
tentiae ac flumina lacrimarum concedas · ut ueniam a te merear accipere:
per.

1208   SUPER OBLATA. Deus caritatis et pacis qui pro salute generis humani crucis 21
patibulum sustulisti · et sanguinem tuum pro redemptione nostra fudisti ·

---

3 saeculorum] caelorum *GeA GeB*   4 ad me] me *AEF*   4/5 me – dignatus es *Am*
(*exc. B*) *GrF GeV*] nostrae tempus aetatis / nostri temporis aetatem *B VeC GeA GeB*
4 tuum] t. *il. FN*   ad ordinem] in o. *GrF*   5 et – placeat *Am (exc. B) GrF GeV*] (et
Ve) ut tibi seruitus nostra complaceat *BC Ve GeA GeB*   5/6 tua in me misericorditer dona conserua *Am (exc. B) GeV*] tua in nobis d. c. (concede *B*) *B Ve* / tuae in me
misericordiae d. c. *GrF* / et misericordiae tuae (in *GeA GeB*) nobis dona concede
(concedas *C*) *C GeA GeB*
7 uiuorum et *Am*] qui u. es *C GrF GeA GaB*   8 peccatoris *Am C GaB*] peccatorum
GrF GeA   supplex *Am*] suppliciter *C GrF GeA GaB*   9 meorum *Am C*   9/10 et ut
commissa . . . comittam *Am*] ut admissa . . . admittam *C GrF GeA GaB*   9 et ut] et *L*
commissa] commissam *A¹G*   10 postmodum *Am C GrF*] in p. *GeA GaB*   ut *Am*
C] et *GrF GeA GaB*   extrema dies mihi *Am*] m. e. d. *C GrF GeA GaB*   uitae *om. L*
11 emundatis] emundatum *GrF*
15 caritatis *Am*] pietatis *C GrF Ge GaB*   16 mei] mei serui tui *GrF*   16/17 sacrificium – suscipere *GL C GrF GeA GaB*] *om. ABDEFMNO GeM*   16 gratiae *Am*
(*exc. G*) *C² GeM*] gratia *C¹ GrF GeA* / gratiam *GaB* / *om. G*   17 dignare] digneris
GeA   18 pius] tu p. *D² GrF*   et propitius ac *Am (exc. O) GrF GeM GaB*]
ac p. et *OC* / ac p. *GeA*   18/19 indulgeas et locum . . . flumina . . . concedas ut
Am GeM] indulge et l. . . . f. . . . concede ut *GrF* / i. et l. . . . f. . . . concessa (conces-
sam *GaB*) *GeA GaB* / i. ut loco . . . flumine . . . concesso *C*   19 concedas] mihi c.
A²O GrF   accipere] a. delictorum *C*
21 caritatis et pacis *om. C*   22 sustulisti *Am*] pertulisti *C GrF GaB* / suscepisti *GeM*
tuum] t. sanctum *GrF*

preces meas placatus et benignus suscipe · et hoc sacrificium quod tuae
gratiae offero · sereno uultu digneris respicere · et misericordiam tuam mihi
3 concedas · ut cum de corpore me exire iusseris · pars iniqua in me non habeat
potestatem · sed angelus misericordiae tuae inter sanctos et electos tuos me
collocet · ubi lux permanet et uita regnat in saecula saeculorum:

6   PRAEFATIO. / UD per Christum dominum nostrum: Qui pro amore *f. 321*ᵛ   **1209**
humani generis factus est in similitudine carnis peccati · formam serui dominus assumpsit · et in supplicium uulnerati medicus ambulauit: Hic nobis
9 dominus et minister salutis aduocatus et iudex · sacerdos et sacrificium · per
hunc te domine sanctae pater omnipotens suppliciter exoro · ut dum reatum
conscientiae meae recognosco · et in praeceptis tuis praeuaricator extiti · et
12 per delictorum facinus corrui in ruina: Tu me domine digneris erigere quem
lapsus peccati prostrauit: Inlumina caecum · quem tetre peccatorum cali-
gines obscurauerunt: Solue compeditum quem uincula peccatorum con-
15 stringunt: Praesta per eundem sanctum et gloriosum et adorandum dominum nostrum Iesum.

INFRACTIONE. Hanc igitur oblationem seruitutis meae pater sanctę licet   **1210**
18 meis manibus offeratur · qui nec inuocationem tui nominis facere dignus sum
pre multitudine iniquitatis meae · tamen quia per sanctificatum filii tui
nomen hanc offero oblationem atque humiliter / postulo · ut sicut *f. 322*ᴿ
21 incensum in conspectu tuo ascendat in odorem suauitatis · Diesque nostros
in tua pace.

POST COMMUNIONEM. Gratias tibi ago domine deus · qui me peccatorem   **1211**
24 satiare dignatus es corpore et sanguine domini nostri Iesu Christi · et ideo

---

5 saeculorum (qui cum patre *gel.*)   8 suppli(cium *a.Ras.*)   14 constrin(git
gel.)/gunt

---

1 preces meas *Am GeM*] p. nostras *C GaB* / intercedentibus omnibus sanctis tuis p.
nostras *GrF*   et benignus] ac b. *N O GeM*   suscipe] suscipere dignare *C*   1/2 et
hoc – respicere *Am C GaB*] *om. GrF GeM*   2 misericordiam tuam] misericordia tua
GaB   3 concedas *Am GaB*] concede *GrF GeM*   cum *Am C GeM*] quomodo *GaB* /
quando *GrF*   de corpore me] de c. meo *F* / me de c. *C GrF*   in me non habeat]
non h. *F* / non h. in me *GrF*   4 misericordiae tuae *Am*] tuus *C GeM* / tuus sanctus
GrF / tuos *GaB*   tuos me *Am GrF*] me *C* / *om. GeM GaB*   5 ubi – saeculorum] per
te Iesu Christe qui cum patre *C*   saeculorum] s. Amen *B D M N*
6 per – nrm *om. Ge*   7 humani – similitudine *Am C*] hominum factus in similitudinem *GrF Ge GaB*   est *om. C*   similitudine] similitudinem *B D N O*   8 in supplicium *Am*] in specie *C GrF Ge* / speciim *GaB*   uulnerati] uulneratus *GaB*   9 mini-
ster] magister *GeA*   10 dne . . . omps *Am*   suppliciter exoro] ex. *GeM* / deprecor *GrF*
11 et in] quod in *C GeM*   extiti] perstiti *GaB*   12 ruina *G GaB*] ruinam *S C GrF Ge*
digneris erigere *Am*] erige *C GrF Ge* / erige elisum *GaB*   15 praesta] p. mihi clementissime ueniam omnium delictorum *GrF*   eundem *Am (exc. G)*   adorandum]
admirandum *C GeM*
18 manibus] indignis m. *K*   19 iniquitatis meae *P E*¹ *G*] iniquitatum mearum *S*
20 hanc *om. D*   atque *F G*
24 Christi *Am C*] Chr. filii tui *GrF*

peto omnipotens deus ut haec sancta communio non sit mihi in iudicium ·
neque ad condempnationem poene · sed sit mihi arma fidei et scutum bonae
uoluntatis ad euacuandas omnes insidias diaboli de corpore meo · et ad illud   3
conuiuium me peccatorem introire permittas · ubi lux uera est et gaudia
sempiterna iustorum: per eundem.

1212   ITEM ALIA MISSA. Omnipotens sempiterne deus: Qui me peccatorem sacris   6
altaribus astare uoluisti · et sancti nominis tui laudare potentiam: Concede
quaesumus per huius sacramenti mysterium meorum mihi ueniam peccatorum · ut tuae maiestati digne ministrare merear: per.   9

    1212 A LECTIO LIBRI SAPIENTIAE. Eccli 35,2.4.6–8
        haec / enim (35,7)   *f. 322*ᵛ
    1212 B LECTIO SANCTI EUANGELII SECUNDUM IOHANNEM. CAPUT CXXXIII. 15,7–11   12

1213   SUPER SINDONEM. Aures tuae pietatis · mitissime deus · inclina precibus
meis · et gratia sancti spiritus illumina cor meum: Ut tuis mysteriis digne
ministrare · teque aeterna caritate diligere merear: per · in unitate eiusdem.   15

1214   SUPER OBLATA. Da quaesumus clementissime pater per huius oblationis
mysterium · meorum mihi ueniam peccatorum: Ut non / ad iudi- *f. 323*ᴿ
cium · sed ad indulgentiam huius presbiteratus ordo mihi proficiat sempiter-   18
nam: per.

1215   PRAEFATIO. UD aeterne deus · qui septiformis ecclesiasticae dignitatis
gradus · septemplici dono sancti spiritus decorasti: Praesta mihi propitius   21
famulo tuo eundem in sanctitate uitae promereri spiritum paraclitum · quem
unigenitus ⌜filius⌝ tuus dominus noster Iesus Christus · tuis fidelibus mitten-
dum esse promisit: Qui meo pectori inspirare dignetur catholice ⌜fidei⌝   24
firmitatem · et sanctae caritatis tuae dulcedinem · meque terrena despicere ·
et amare caelestia doceat: per eundem Christum dominum nostrum.

1216   POST COMMUNIONEM. Summentes domine deus salutis nostrae sacramenta ·   27
praesta quaesumus · ut eorum participatio mihi famulo tuo ad perpetuam
proficiat salutem: per.

---

1 co(m-*Strich gel.*)mmunio   13 (*Buchst.gel.*)mitissime   23 filius *v.d.Z.*   24 ca-
tholi/(ce fidei *a.Ras.v.* holicae)   29 *Hs.* salutēm

1/2 communio . . . sit . . . sit] communia . . . sint . . . sint *G*   1 in] ad *NO*   2 mihi
om. A GrF   3 diaboli *om. N*   corpore] corde et c. *GrF*   3/4 ad – introire *P*]
(ad *M*) illud introire conuiuium me peccatorem *S C GrF*   4 est] es *N*   5 iustorum *om. G*
8 qs] quaeso *GrF* / propitius *C*   sacramenti] oblationis *C*
14 et] et per hanc oblationem *C*   mysteriis] ministeriis *E*
16 qs] queso *GrF*   oblationis] sacramenti *C*   18 huius presbiteratus ordo *G C*
GeM] h. sacerdotalis o. *S* / *om. GrF*   mihi *om. C*   sempiternam] sempiterna *D*
20 septiformis *A*¹*FGLM GrF GeM*] septiformes *A*²*BDEKNO C*   21 mihi] qs *M*
propitius] dne *C*   22 promereri] promoueri *M*   23 tuis *BDEGKLMO GrF*]
suis *AFN C GeM*
29 salutem] ad s. *AL*¹

CCXVI

MISSA UOTIUA

3   ORATIO SUPER POPULUM. Deus qui iustificas impium et non uis mortem   1217
peccatorum · maiestatem tuam suppliciter deprecamur · ut famulum tuum
illum de tua misericordia confidentem caelesti protegas benignus auxilio · et
6 assidua protectione conserues: Ut tibi iugiter famuletur · a nullis /   *f. 323*ᵛ
temptationibus a te separetur: per.

    1217 A   APOSTOLUS AD COLOSENSES. 1,9–11
9   1217 B   SECUNDUM LUCAM. CAPUT CXXV. 11,9–13

   SUPER SINDONEM. Famulum tuum *illum* quaesumus domine placatus in-   1218
tende · pariterque / eum et a peccatis absolue propitius et a cunctis *f. 324*ᴿ
12 eripe benignus aduersis: per.

   SUPER OBLATA. Da quaesumus omnipotens deus · ut haec salutis oblatio   1219
famulum tuum *illum* propitius a cunctis exuat reatibus · et ab omnibus
15 tueatur aduersis: per.

   PRAEFATIO. UD Aeterne deus: Qui es iustorum gloria et misericordia pec-   1220
catorum · pietatem tuam humili praece deposcimus · ut famulum tuum ·
18 *illum* benignus respicias · et pietatis tuę super eum custodiam intendas · ut
ex toto corde et ex tota mente tibi deseruiat · et sub tua protectione semper
consistat · societatem sanctorum percipiat · cum quibus inennarrabilem glo-
21 riam sine fine possideat: per ⌜Christum⌝.

   INFRACTIONE. Hanc igitur oblationem domine quam ⌜tibi⌝ offerimus pro   1221
famulo tuo *illo* · ut in praesenti saeculo salutem mentis et corporis · in futuro
24 quidem remissionem omnium peccatorum suorum consequi mereatur quesumus domine placatus suscipias.

---

6 a nullis] et nullis   21 Christum *ü.d.Z.*   22 tibi *ü.d.Z.*

---

4 deprecamur] exoramus *GeB*   famulum . . .] famulos . . . *GrF*   5 *il. om. NO*
benignus *om. N*   6 conserues] conserua *GeB*
10 Famulum . . . *Am*] Famulos . . . *C Ge*   *il. om. FKC Ge*
13 qs omps *Am*] misericors *C Gr GeA*   salutis] salutaris *S C Gr* / nobis salutaris *GeA*
14 famulum − *il. Am*   *il. om. E*   propitius a cunctis *P*] a propriis *S* / et a propriis *Gr*
GeA / et propriis *C*   exuat reatibus *Am*] (nos *C Gr*) r. indesinenter expediat *C Gr GeA*
16 et misericordia] m. *GrF*   17 humili praece] humiliter *G*   famulum . . .]
famulos . . . *C*   18 *il. om. F C*   pietatis − custodiam] potestatis tuae custodia *GeB*
super eum *om. A*¹ *G C GeB GrF*   intendas *A*²*B E G K L N*] intende *A*¹ / impendas *F M O C*
GrF GeB   19 corde . . . mente tibi] c. t. . . . m. *A*   deseruiat] seruiat *GeB*   protectione semper *L*] s. p. *S (exc. L) GrF GeB* / p. *C*   20 consistat *Am C*] c. ut quando
ei extrema dies uenerit (aduenerit *GeB*) *GrF GeB*   20/21 societatem − possideat *Am*
GrF] societate sanctorum tuorum percipiat *GeB* / *om. C*
22 dne] *om. A G GrA GeB* / seruitutis nostrae *GrF*   23 *il. om. A*   23/24 in praesenti −
quidem *B E F M N O*] *om. A G Gr GeB*   24 remissionem *om. GrA*   consequi] ueniam
c. *A*¹ *GrA* / et ueniam c. *A*²   25 dne *om. O*   placatus *A E GeB GrA*] ut p. *B F G M N O*
GrF   suscipias] accipias *M Gr*

1222   POST COMMUNIONEM. Purificent nos quaesumus domine sacramenta quae
        sumpsimus · et famulum tuum *illum* ab omni culpa liberum esse concede ·
        ut qui a conscientiae reatu constrin-/gitur · caelestis remedii pleni- *f. 324*ᵛ 3
        tudine glorietur: per.

1223   ITEM ALIA MISSA · ORATIO SUPER POPULUM. Omnipotens sempiterne deus
        miserere famulo tuo *illi* · et dirige eum secundum tuam clementiam in uiam 6
        salutis aeternẹ: Ut te donante tibi placita cupiat et tota uirtute perficiat: per.

        1223 A LECTIO ESAIAE PROPHETAE. 18,7; 19,4.19.21–22.24–25
        1223 B LECTIO SANCTI EUANGELII SECUNDUM MARCUM. CAPUT CXXXVI. 12,41–44 9
                multa: / Cum (12,41/42)   *f. 325*ᴿ

1224   SUPER SINDONEM. Famulum tuum *illum* quaesumus domine · tua semper
        protectione custodi: Ut libera tibi mente deseruiat · et ⸢te⸣ protegente a malis 12
        omnibus sit securus: per.

1225   SUPER OBLATA. Proficiat quaesumus domine haec oblatio · quam tuae
        supplices offerimus maiestati · ad salutem famuli tui *illius*: Ut tua prouidentia 15
        eius uita · inter aduersa et prospera ubique dirigatur: per.

1226   PRAEFATIO. UD Aeterne deus: Implorantes tuae maiestatis misericordiam
        ut famulum tuum *illum* · ueniam suorum largire digneris peccatorum · ut ab 18
        omnibus inimici uinculis liberatum · tuis toto corde inhaereat mandatis ·
        et te solum semper tua uirtute diligat · et ad tuae quandoque beatitudinis
        uisionem peruenire / mereatur: per Christum dominum nostrum. *f. 325*ᵛ 21

1227   POST COMMUNIONEM. Huius domine quaesumus uirtute mysterii · et a pro-
        priis mundemur occultis · et ⸢fa⸣mulum tuum *illum* · ab omnibus absolue
        peccatis: per.   24

1228   ITEM ALIA MISSA. Exaudi praeces nostras quaesumus omnipotens deus ·
        quas in conspectu pietatis tuae effundere praesumimus suppliciter deprae-
        cantes · ut famulum tuum *illum* in tua misericordia confidentem benedicas · 27
        et omnia eius peccata dimittas · tua[m]que eum protectione conserua · ut
        possit tibi dignus fieri · et ad aeternam beatitudinem ualeat peruenire: per.

---

12 te *ü.d.Z.*   18 famulum tuum *il.* (= *M*)] famulo tuo *il.*   largire] largiri
19 liberatum] liberatus   23 (fa *ü.d.Z.*)mulum

---

1 qs dne *Am* (*exc. G*) *GrF*] dne qs *GrA GeB GeM* / dne *G C GeA*   2 famulum ...
Am GrA GeM] famulos ... *C GeA* (*GeB?*) / famulos famulasque ... *GrF*   *il. om. C*
3 qui a *G¹ Gr GeM*] qui *S C GeA GeB*   caelestis *Am C GrA GeM*] de c. *GrF GeA GeB*
6 *il. om. GrA GeM*
11 *il.* qs dne *Am* (*exc. E*) *GrF*] qs dne *EL¹ GrA GeM* / qs dne *il. GeSB*
14 dne *om. GeSB*   15 famuli ...] famulorum ... *C*   *il. om. C GrA GeM*   16 uita] uia *C*
17 implorantes tuae] implorantesque *GeM* / implorans t. *C*   18 famulo tuo *il.* ...]
mihi famulo tuo ... *C*   ueniam ... peccatorum] mole p. grauato u. ... delictorum *C*   19 mandatis] prẹceptis *K*   20 semper *om. C*   tua *J*] tota
22 dne qs] qs dne *E O*   23 mundemur occultis] emundemur o. *GeB* / nos munda
delictis *GeM*   *il. om. E*
25 praeces nras qs omps ds] qs omps ds p. nras *C GrF GeB*   26 suppliciter] preces s.
GeB   27 *il. om. C*   confidentem] confitentem *GeB*   28 conserua *GeB*] conserues *C GrF*   29 tibi *C*] tua gratia *GrF*   aeternam] sempiternam *GeB*

1228 A LECTIO EPISTULAE BEATI IOHANNIS APOSTOLI I. 1,8–9
1228 B SECUNDUM IOHANNEM. CAPUT XXIIII. 3,16–17

3   mundum / ut (3,17)   *f. 326*R

SUPER SINDONEM. Adesto domine supplicationibus nostris · et hanc famuli 1229
tui *illius* oblationem benignus assume: Ut qui auxilium tuae miserationis
6 implorat · et sanctificationis gratiam percipiat · et quae pie praecatur obtineat: per.

SUPER OBLATA. Gra⌐ta⌐¹ tibi sit domine haec oblatio famuli tui *illius* · quam 1230
9 tibi offerimus in honore *illius* beati martyris tui: Quaesumus · ut eidem proficiat ad salutem: per.

POST COMMUNIONEM. Sumentes domine perpetuae sacramenta salutis · tuam 1231
12 deprecamur clementiam · ut per ea famulum tuum *illum* ab omni aduersitate
protegas: per.

CCXVII

15 MISSA PRO TEMPTATIONIBUS INIMICORUM INUISIBILIUM
UEL COGITATIONIBUS CORDIUM INMUNDIS

ORATIO SUPER POPULUM. Omnipotens mitissime deus · respice propitius 1232
18 praeces nostras: Et libera cor famuli tui *illius* de malarum temptatione cogi-
tationum · ut sancti spiritus dignum fieri habitaculum mereatur: per dominum · in unitate.

21 EPISTULA *et* EUANGELIUM *require retro in salute unius uiui.*

ORATIO SUPER SINDONEM. Deus qui illuminas omnem hominem uenientem 1233
in hunc mundum · illumina quaesumus cor famuli tui *illius* / gratiae *f. 326*V
24 tuae splendore: Ut digne maiestatem tuam cogitare · et diligere ualeat: per.

---

8 Gra(ta *ü.d.Z.*)   9 *Umstellungszeichen über illius und* beati

---

4 hanc *om. GeA*   5 *il. GrA GeA*] *N. GrF* / *om. C GeM*   oblationem *Gr GeM*] confessionem *C* / deuotione *GeA*   assume] intende *GeA*   6 percipiat] referat *GeA*
pie *om. GeA*   praecatur *Gr GeM*] precamur *C GeA*
8 tibi sit *GrF Ge*] s. t. *GrA GaB*   famuli tui *il.*] plebis tuae *GaB*   9 honore *GrAO*
GeA GaB] honorem *GrAR GrF GeM*   *il.* beati martyris tui] b. *il.* m. tui *J*² *GrA*
GeM / b. m. tui *il. GeA GeB* / b. Bonifatii m. tui *GrF* / nominis tui *GaB*   qs ut
eidem] qs eidem *GeB* / cunctis *GaB*
11 perpetuae] perpetua *AL*   12 deprecamur] deprecantes *GeSB*   *il. AGL*
GeSB] *N. GrF* / *om. GrA GeM*
18 cor – *il.*....] corda nra ... *Alc*   19 mereatur] inueniatur *GrF GrA*   20 in unitate *DF GKN GeM*
23 cor – *il.*....] corda nra ... *Alc*   24 digne] digna *Alc* / digna ac placita *GrF*   maiestatem tuam *Am GeM*] maiestati tuae *Gr*   et diligere] semper et te sincere d. *GrF*

1234   SUPER OBLATA. H[osti]as tibi domine offerimus oblationes · pro salute
famuli tui *illius*: Quatenus animam illius · sancti spiritus gratia illuminare
digneris: per ⌜in unitate⌝.   3

1235   PREFATIO. UD Aeterne deus humiliter tuam depraecantes clementiam:
Ut gratiam sancti spiritus · animae famuli tui *illius* clementer infundere
digneris: Ut te perfecte diligere · et digne laudare mereatur: per Christum.   6

1236   POST COMMUNIONEM. Per hoc quaesumus domine sacrificium quod tuae obtulimus pietati · ut ab omnibus cor famuli tui *illius* emundes temptationibus:
per.   9

CCXVIII

MISSA PRO TRIBULANTIBUS UEL PRESSURA SUSTINENTIBUS

1237   Deus qui contritorum non despicis gemitum · et merentium non spernis   12
affectum · adesto precibus nostris quas tibi pro tribulatione famuli tui *illius*
effundimus clementer suscipias · tribuasque ut quicquid contra eum diabo-
licae atque humanae moliuntur aduersitates · ad nihilum redigas · et consilio   15
pietatis tuae · allidas · ut nullis aduersitatibus / laesus · sed ereptus *f. 327*R
de omni tribulatione et angustia laetus tibi in ecclesia tua sancta gratias
referat: per.   18

    1237 A   EPISTULA BEATI PAULI APOSTOLI AD CORINTHIOS II. 1,3–11
             habuimus / ut (1,9)   *f. 327*V
    1237 B   SECUNDUM IOHANNEM. 16,20–22   21

1238   SUPER SINDONEM. Omnipotens sempiterne deus · qui facturam tuam pio
semper gubernas affectu · inclina aurem tuam supplicationibus nostris · et
famulum tuum nimia tribulatione laborantem placito intuere obtutu: per.   24

---

3 in unitate *eingef.*   6 (x *ausp.*) per   *1237 1.P.Pl. ü.d.Z. a.Hd*   13 tui (nostra
ü.d.Z. gel.)   24 famulum tuum] me *ü.d.Z. a.Hd*

---

1 Hostias *P A*¹] Has   dne] dne ds *Gr*   2 famuli – *il.* . . .] nostra . . . *Alc*   sci sps]
sps sci *G GeM*   gratia] gratiam *A*¹*G*   3 in unitate *AGMNO*
4 depraecantes] deprecamur *M*   5 gratiam] gratia *AMN*   animae – *il.* . . .]
animis nris . . . *Alc*   6 digne] te d. *Alc*
8 ut ab] ab *A*²*D*² *Gr*   cor – *il.*] corda nra *Alc*   emundes] emunda *GrF*
13 famuli . . .] famule . . . *K*² / famulorum . . . *F*²*K*¹ / famulorum famularumque . . .
GrF / nostra . . . *J*²*B*²*D*   14 clementer] qs cl. *B*¹*DELMNO* / qs ut eas cl. *K* / qs
cl. ut eas *B*² / easque cl. *C* / et tribue qs ut eas cl. *F* / implorantes ut eas cl. *GrF*
suscipias] suscipiens *C*   tribuasque *Am* (*exc.* *F*)] tribuas *C* / concedasque *F* / solo-
que bonitatis tuae intuitu tribuas *GrF*   15/16 redigas . . . allidas] redigatur . . .
allidatur *C*   16 pietatis tuae] t. p. *E GrF*   ut] quatenus *F*   16/17 ereptus –
sancta] de omni tribulatione et angustia ereptus laetus in eclesia tua sca tibi *C*   17 tua
om. DF
23 et] ut *F*   24 famulum . . .] famulos . . . *AB*²*F*² / nos famulos . . . *D* / famulos(am)
. . . *K*²   tuum] t. *il. BEF*¹*K*¹*LMNO C*   placito *PADLMO*] placido *BEFKN C*

SUPER OBLATA. Deus qui tribulatos corde sanas et mẹstificatos / *f. 328*ᴿ 1239
actu iustificas · ad hanc propitius hostiam dignanter adtende · quam tibi
3 pro serui tui *illius* offerimus liberatione · tu et haec benignus accepta et illius
pro quo offerimus sana discrimina tribulationis eius adtende miseriam · et
angustiarum illius submoue pressuram · ut exutus omnibus quibus patitur
6 malis · in tuis semper delectetur exultare deliciis: per Christum filium tuum
dominum.

INFRACTIONE. Hanc igitur oblationem quam tibi offerimus domine pro 1240
9 liberatione et consolatione famuli tui *illius* sereno uultu accepta · ut non eum
fraus humana deiciat non tua deitas ex iudicio puniat · non castigatus iustitia
usquequaque dimergat · non iniquitas propria · non aduersitas grauet
12 aliena · si quid tibi deliquit ignosce · si quid offendit hominibus tu dimitte:
Submoue ab eo cruciatus mentis simul et corporis · ut te compunctus requirat
a te tactus · non doleat per te sustentatus aduersa despiciat · et a te correctus
15 te diligenter exquirat diesque nostros in tua.

POST COMMUNIONEM. / Dimitte deus peccata nostra et tribue nobis *f. 328*ⱽ 1241
misericordiam tuam qua[e] oris nostri aloquio deprecamur ⟨ut⟩ famuli tui
18 *illius* humilitatem adtendas · uincula soluas · delicta deleas tribulationem
inspicias · aduersitatem repellas · effectumque petitionis nostrae largiens
clementer exaudias: per.

21   CCXVIIII

ITEM ALIA MISSA PRO TRIBULANTE

Deus qui omnem animam confitentem tibi · magis uis emendare quam 1242
24 perdere: Auerte a famulo tuo *illo* iram indignationis tuae · et dimitte omnia
peccata sua: per.

---

3 serui tui *illius*] me famulo tuo *ü.d.Z. a.Hd*   et illius] et nostrarum *ü.d.Z. a.Hd*
4 tribulation(is) em *ü.d.Z.*)   eius] nostram *ü.d.Z. a.Hd*   mis(t *gel.*)eriam
5 illius] nostrarum *ü.d.Z. a.Hd*   exut(us) i *ü.d.Z. a.Hd*)   pati(tur) untur *ü.d.Z.*
a.Hd)   6 delecte(tur) mur *ü.d.Z. a.Hd*)   9 famuli tui *illius*] nostra *ü.d.Z. a.Hd*
10 d(e *aus* i)iciat   castigatus] castigantis

---

3 serui . . .] seruorum . . . *F* / seruorum, famulae . . . *K*² / seruorum et ancillarum . . .
GrF / nostra . . . *B*²*D*   serui] famuli *M*   5 quibus] quae *S* (*exc. D*) *C GrF* / quo *D*
8 oblationem – offerimus dne *P*] obl. dne . . . off. *B K M O C*   9 famuli . . .] famulae
. . . *K*² / famulorum . . . *B*²   12 hominibus] homines *B K O C* / omnes *M*   14 susten-
tatus] sustentus *C*
16 ds] dne *GrF*   17 qua oris nri aloquio deprecamur ut] quam nri o. a. d. ut *C*² / qua
o. nri a. deprecatus *GrF* / ut *S C*¹   famuli . . .] famulae . . . *K*² / famulorum . . . *F*² /
famulorum famularumque . . . *GrF* / nostram . . . *B*²   18 il. om. *E*   19 effec-
tumque] affectumque *C*
23 confitentem *E*] confitentium *A B D F MAII C*   24 a *om. E*   famulo – il. . . .] nobis . . . *S*   dimitte] d. nobis *C*

1243   SUPER SINDONEM. Tribulationem famuli tui *illius* quaesumus domine placatus intende et iram tuae indignationis quam iuste meretur propitiatus auerte: per.   3

1244   SUPER OBLATA. Quaesumus domine nostris placere muneribus · et quicquid illud est quod iram tuam aduersus famulum tuum *illum* excitauit · horum intuitu clemens suspende: per.   6

1245   POST COMMUNIONEM. Sumpti sacrificii libamen domine caelestis irae uindictam a famulo tuo *illo* suspendat · et noxia semper ab eo cuncta depellat: per.   9

CCXX

MISSA PRO SALUTE UIUORUM

1246   / Praetende domine famulis et famulabus tuis *illis* · dexteram *f. 329*R 12
caelestis auxilii: Ut te toto corde perquirant · et quae digne postulant assequantur: per.

APOSTOLUM *et* EUANGELIUM *require retro in salute unius uiui.*   15

1247   SUPER SINDONEM. Fac quaesumus domine famulos et famulas tuas toto corde semper ad te concurrere · et tibi subdita mente seruire: Tuamque misericordiam suppliciter implorare · et tuis iugiter beneficiis gratulari: per. 18

1248   SUPER OBLATA. Propitiare domine supplicationibus nostris: Et has oblationes · famulorum famularumque tuarum · quas tibi pro incolomitate eorum offerimus · benignus assume: Et ut nullius sit irritum uotum · nullius uacua 21
postulatio · presta quaesumus · ut quod fideliter petimus · efficaciter consequamur: per.

---

4 placere] placare   5 (es *ausp.*) est   19 supplicationi(b *a.Ras.v.* s)us   22 (fe *gel.*/ fidel *a.Ras.v.* liciter)iter

---

1 famuli tui *il.* . . . *PDFK*] nostram . . . *C Gr GeA*   1/2 placatus intende *DFK*] propitius respice *C Gr GeA*
6 horum intuitu] hoc in tuis miserationibus *DFK*   clemens] clementer *K*
7/8 libamen – suspendat *DFK GeM*] dne perpetua nos tuitio non relinquat *B GrF GeV GeA Ve (J 229)*   7 libamen – irae] dne l. qs celestem *GeM*   8 ab eo *om. GeM*
12 dne *ELM Gr Ge*] qs dne *AFGKNO*   13 (et *il. KLN*)
*AE*¹*KLN Gr*] famulis t. *il. E*²*FO* / famulis t. *M* / misericordia(m *Ge*) tua(m *Ge*)
f. et f. tuis *G Ge*   13 assequantur] consequi mereantur *AGL GrAO (J 161)*
16 famulos et famulas . . . *AE*¹*GKMN*] famulos . . . *E*²*FLO C GeV GeA GeB* / nos famulos . . . *GrF* / famulis et famulabus . . . *GeM*   tuas *G*] tuas(os) *il. AEFMO* /
tuas(os) *il.* et *il. KLN*   17 corde semper ad te *Am C GeM*] s. ad te c. *GrF GeV GeA GeB*   et tibi *Am C GeM*] tibi *GrF GeV GeA GeB*   tuamque *Am C GeM*] tuam *GrF GeV GeA GeB*   18 implorare *Am C GeV GeM*] exorare *GrF GeA GeB*
19 dne *om. G GeV*   19-21 oblationes – offerimus] populi tui o. *GeA*   20 famulorum famularumque . . . .] famulorum . . . (*il. F*)*FO C*   tuarum *G GrA Ge*] t. *il. AEKM GrF* / t. *il.* et *il. LN*   21 et ut *Am C GrA GeM*] ut *GeV GeA GeB* / et *GrF*   22 qs *om. GeA*   consequamur] consequi mereantur *K*

⟨PRAEFATIO.⟩ UD Aeterne deus · Implorantes tuae maiestatis miseri- 1249
cordiam ut famulis uel famulabus tuis *illis* ueniam suorum largiri digneris
3 peccatorum: Ut ab omnibus inimici uinculis liberati · tuis toto corde in-
hereant mandatis · et te solum semper tua uirtute diligant · et ad tuae quan-
doque beatitudinis / uisionem peruenire mereantur: per Christum. *f. 329ᵛ*
6 INFRACTIONE. Hanc igitur oblationem famulorum famularumque tuarum 1250
quam tibi offerimus ob deuotionem mentis eorum · pius ac propitius clementi
uultu suscipias: Tibi supplicantes libens protege dignanter exaudi · et
9 aeterna eos protectione conserua: Ut semper in tua religione laetantes · in-
stanter in sanctae trinitatis confessione et fide catholica perseuerent · diesque nostros.
12 POST COMMUNIONEM. Da famulis et famulabus tuis quaesumus domine in 1251
tua fide et sinceritate constantiam: Ut in caritate diuina firmati · nullis
temptationibus ab eius integritate uellantur: per.

15 CCXXI

ITEM ALIA MISSA PRO FAMILIARIBUS AMICIS

ORATIO SUPER POPULUM. Deus qui caritatis dona per gratiam sancti spiritus · 1252
18 tuorum cordibus fidelium infudisti: Da famulis tuis · pro quibus tuam deprecamur clementiam salutem mentis et corporis · ut te tota uirtute diligant ·
et quae tibi placita sunt tota dilectione perficiant: per · in unitate.

21 1252 A EPISTULA BEATI PAULI APOSTOLI AD ROMANOS. 8,26–27
/ Fratres (*liturg. Einl.*) *f. 330ᴿ*
1252 B SECUNDUM IOHANNEM. 17,1.24–26

---

14 e(ius] orum *ü.d.Z. a.Hd*)   18 cor(dibus *hinzugef.* / fidelium infudisti *a.Ras.*)

---

1 implorantes tuae] implorantesque *GeM* / implorans t. *C*   2 famulis – *il....*]
famulo tuo *il.... S Gr GeM* (*J 1226*) / mihi famulo tuo ... *C*   2/3 ueniam ...
peccatorum] mole p. grauato u.... delictorum *C*   4 mandatis] preceptis *K*
semper *om. C*   tua *J*] tota
6 oblationem *EG Gr*] o. dne *AFKNOC Ge*   famulorum famularumque ... *Am*
(*exc. FO*) *Gr GeV GeB*] famulorum ... *FO C GeA*   tuorum(arum) *G C GrA Ge*]
t. *il. AEFO GrF* / t. *il.* et *il. KN*   7 offerimus] offerunt *GeA*   eorum] suae *GeA*
8 tibi] tibique *GeA*   8/9 et aeterna – conserua *om. E*   et aeterna] aet. *A G*
10 confessione et] c. *GeV GeB* / *om. GeA*
12 Da ... qs dne in *EFM Gr Ge*] Da qs dne ... in *ABGKLNO C* (*J 1269*)   famulis et famulabus ... *AE¹GKLMN Gr GeV GeB GeM*] famulis ... *BE²FO C GeA*
tuis *G C GrA Ge*] t. *il. ABEFKMO GrF* / t. *il.* et *il. LN*   14 uellantur *E C Gr Ge*]
euellantur *ABFGKLMNO* (*J 1269*)
18 infudisti] infundis *GrF*   famulis ... *A¹BDFGO Gr GeM*] f. et famulabus ...
A²EKLMN tuis *ABEGO GrA GeM*] t. *il. DFKM GrF* / t. *il.* et *il. LN*   pro *AGL*
Gr GeM] omnibus uidelicet consanguineis nris et his qui se in nris orationibus commendauerunt et quorum (quarumque *K*) elemosinas accepimus seu cunctis fidelibus
pro *BD²EFKMNO*   19 ut *Am GrA*] ut et *GrF GeM*   uirtute] corde *L*   20 in
unitate *K GrF*

25*

1253　　SUPER SINDONEM. Deus qui supplicum tuorum uota · per caritatis officia
suscipere dignaris: Da famulis tuis *illis* et *illis* · in tua proficere dilectione · et
in tua laetari protectione: Ut tibi secura mente deseruiant · et in tua pace　3
semper asistere mereantur: per.

1254　　SUPER OBLATA. Miserere quaesumus domine deus famulis tuis · pro quibus
hoc / sacrificium laudis tuae offerimus maiestati: Ut per haec sancta *f. 330*ᵛ　6
supernae benedictionis gratiam obtineant · et gloriam aeternae beatitudinis
adquirant: per dominum nostrum.

1255　　PRAEFATIO. UD Aeterne deus · clementiam tuam pronis mentibus obse-　9
crantes · ut famulos tuos quos sanctae dilectionis nobis familiaritate adiunxisti · tibi facias toto corde subiectos: Ut tuae caritatis spiritu repleti a terrenis
mundentur cupiditatibus · et caelesti beatitudine te donante digni efficiantur:　12
per Christum dominum nostrum.

1256　　POST COMMUNIONEM. Diuina libantes mysteria quaesumus domine: Ut haec
sacramenta salutaria · illis proficiant ad prosperitatem et pacem · pro quorum　15
dilectione haec tuae obtulimus maiestati: per.

CCXXII

MISSA COMMUNIS　　　　　　　　　18

1257　　ORATIO SUPER POPULUM. Sanctorum tuorum intercessionibus quaesumus
domine et nos protege et famulis et famulabus tuis quorum commemorationem agimus · uel quorum elemosinas recepimus · seu etiam his qui nobis　21
familia-/ritate iuncti sunt · misericordiam tuam ubique praetende:　　*f. 331*ᴿ
Ut ab omnibus impugnationibus defensi · tua opitulatione saluentur: Et ani-

---

1 supplic(i *gel.*)um　　7 benedictionis *a.Ras., wohl v.* beatitudinis　　22 familia(ritate
a.Ras.v. ribus)

---

2 famulis . . .] f. et famulabus . . . *KMN GrAO*　　tuis *il.* et *il. GN GrA*] t. *il. ADFK
LM GrF* / t. *BEO*　　in *ADGL Gr*] omnibus (scilicet *BF* / uidelicet *EKMNO*) consanguineis nris et omnibus fidelibus in *BEFKMNO*
5 ds *om. GrF*　　famulis . . . *ABFGO Gr GeM*] f. et famulabus . . . *DEKLMN*　　tuis
BEGM GrA GeM] t. *il. ADFKLNO GrF*　　pro *ADGL Gr GeM*] omnibus uidelicet
(scilicet *E*) consanguineis nris et his qui se in nris orationibus commendauerunt et quorum (quarumque *K*) elemosinas accepimus seu cunctis fidelibus pro *BEFKMNO*
7 benedictionis *D GrF*] beatitudinis *S (exc. D) GrA GeM*　　beatitudinis *ADGL Gr
GeM*] felicitatis *BEFKMNO*
9 mentibus] uisceribus *O*　　10 tuos] t. *il. L* / et famulas tuas *il. N*　　adiunxisti
BEFKMNO] coniunxisti *AL GrF GrAO GeM* / iunxisti *GrAR*
15 sacramenta salutaria] sal. sacr. *S Gr GeM*
19 tuorum] t. *il. KO*　　20 et nos] nos *KO*　　et famulabus *GO GrA GeM*] ac f. *C
GrF* / *om. K*　　21 recepimus *GK Gr GeM*] accepimus *O* / percepimus *C*　　nobis]
in n. *G*　　22 familiaritate] f. et consanguinitate *KO*

mas famulorum famularumque tuarum omnium uidelicet fidelium catholicorum orthodoxorum quorum commemorationem agimus · et quorum corpora
3 in ⟨hoc monasterio⟩ requiescunt · uel quorum nomina ante sanctum altare tuum scripta adesse uidentur · electorum tuorum iungere digneris consortio: per.

1257 A EPISTULA BEATI PAULI APOSTOLI AD GALATAS. 6,7–10
6 1257 B LECTIO SANCTI EUANGELII SECUNDUM LUCAM. 12,32–34
pusillus / grex (12,32)   *f. 331*ᵛ

SUPER SINDONEM. Maiestatem tuam clementissime pater suppliciter exora-   1258
9 mus · et mente deuota postulamus pro fratribus et sororibus nostris · uel pro
his qui propria crimina uel facinora ante tuam maiestatem confessi fuerunt ·
uel pro his qui se in nostris orationibus commendauerunt tam pro uiuis quam
12 et pro salutis debito mortis quorum elemosinas suscepimus · et quorum ad
memorandum nomina conscripsimus · uel quorum nomina ante sanctum
altare tuum adscripta esse uidentur · concede propitius · ut haec sacra obla-
15 tio mortuis prosit ad ueniam · et uiuis proficiat ad medelam · et fidelibus tuis
pro quibus oblatio offertur indulgentia[e] tuae pietatis succurrat: ⟨per.⟩
/ SUPER OBLATA. Oblationibus nostris quaesumus domine propi- *f. 332*ᴿ 1259
18 tiatus intende quas tibi offerimus in honore sanctorum tuorum martyrum
et confessorum · uel quorum hodie natalicia celebra⟨n⟩tur · ⟨ut⟩ ueniam
delictorum nostrorum consequi mereamur: Et pro incolomitate famulorum
21 famularumque tuarum · qui nobis elemosinarum subsidia praerogantes
donauerunt · tam pro uiuis quam et pro defunctis · seu iter agentibus · uel
ubicumque commorantibus quorum nomina tibi soli deo cognita sunt · ut
24 sacrificii praesentis oblatio mortuis prosit ad ueniam · uiuis proficiat ad salutis
medelam: per.
PREFATIO. UD te laudare et benedicere in mirabilibus tuis · et in confes-   1260
27 sione sanctorum tuorum martyrum et confessorum uel quorum hodie festa
celebra⟨n⟩tur · petimus domine inmensam clementiam tuam · ut delictorum

---

3 hoc monasterio *gel.*   13 (memo/r *a.Ras.*)andum

---

1 famularumque tuarum] tuorum *O* / *om. K*   2 quorum commemorationem agimus *om. K O*   2/3 et – in ⟨hoc monasterio⟩ requiescunt *C Gr*] et – in hoc uenerabili
loco r. *G* / et – in hac praesenti ecclesia r. *K O* / *om. GeM*   3/4 uel – uidentur *om. K O*
4 scripta] ascripta *C*   adesse *G Gr*] esse *C GeM*
8/9 suppliciter – postulamus] exoramus *GaB*   9 uel] et *GrF*   9/10 uel – his] seo
omnibus benefactoribus nris uel *GaB*   11 uel] et *GrF*   12 pro salutis] s. *GaB*
mortis *GeM*] m. et *GrF* / mortuis *GaB*   elemosinas] e. ad erogandum *GrF* / e. ero-
gantium *GeM* / e. erogandas *GaB*   12/13 et quorum ad memorandum nomina] et
qu. n. ad m. *GrF* / et qu. animas ad m. n. *GeM* / uel qu. animas ad memorando *GaB*
13 ante *GeM*] supra hoc *GrF* / super *GaB*   14 altare – esse] altario scripta adest *GaB*
concede propitius *GaB*] c. dne p. *GrF* / *om. GeM*   15 medelam] salutem *GaB*   fidelibus tuis] ceteris f. *GrF*   16 oblatio offertur *GeM*] offertur *GrF* / oblacionem offerimus *GaB*   pietatis] maiestatis *GeM*
27 tuorum – confessorum] martyrum t. *D*   confessorum] c. uirginum *F*   28 celebratur *F²*] celebrantur *DF¹KLN* / celebramus *M*

nostrorum ueniam consequi mereamur et famuli uel famulae tuae qui nobis
elemosinas suas condonauerunt · tam uiui quam defuncti seu iter agentes uel
domi resedentes · et ubi-/cumque commorantes mereantur ab omni- *f. 332*ᵛ   3
bus absolui peccatis · et inter electos tuos participare conuiuiis: per Christum
dominum nostrum.

1261   POST COMMUNIONEM. Haec sacrificia quae sumpsimus domine per inter-   6
cessionem sanctorum tuorum martyrum uel confessorum nobis proficiant
ad salutem · et famulis uel famulabus tuis quorum elemosinae caritatis in
amorem tui nominis spiritaliter conlate sunt · tam uiuis quam et defunctis   9
seu iter agentibus uel domi resedentibus · et ubicumque commorantibus
proficiant in augmentis · ut quibus dedisti baptismi sacramentum donare
digneris consortium regni caelestis: per.   12

CCXXIII

MISSA PRO ABBATE UEL CONGREGATIONE

1262   Omnipotens sempiterne deus · qui facis mirabilia magna solus: Praetende   15
super famulum tuum *illum* abbatem uel cunctam congregationem illi commissam · spiritum gratiae salutaris: Et ut in ueritate tibi complaceant · perpetuum eis rorem tuae benedictionis infunde: per.   18

1263   SUPER SYNDONEM. / Tu famulis tuis quesumus domine bonos mores *f. 333*ᴿ
placatus institue · tu in eis quod tibi placitum sit dignanter infunde · ut et
digni sint · et tua ualeant beneficia promereri: per dominum.   21

1264   SUPER OBLATA. Hostias domine famulorum tuorum quaesumus placatus
intende: Et quas in honorem nominis tui deuota mente pro eis celebramus ·
proficere sibi sentiant ad medelam: per.   24

1265   POST COMMUNIONEM. Quos caelesti recreas munere · perpetuo domine comitare praesidio · et quos fouere non desinis · dignos fieri sempiterna redemptione concede: per.   27

---

2 agent(es *a.Ras.v.* ib.)   8 famulab(u *über* i)s

---

1 consequi mereamur] consequamur *D*
16 famulum tuum *il.* abbatem uel (super *GrA*) cunctam congregationem illi commissam *GrA*] f. t. a. nostrum et super cunctam congr. sci Bonifatii *GrF* / famulos tuos
uel super cunctam congr. illi com. *GeA*² / famulos tuos *C GeV GeA*¹ *GeB*
21 digni] d. tibi *GrF*
22 qs *J*   23 quas *om. GrF*   honorem *Gr*] honore *C Ge*   nominis – mente] tui n.
quod deuota m. *GrF*   pro eis *GrA*   celebramus *Gr*] celebrant *C GeV GeB* / cele-
brent *GeA*   24 sibi sentiant] nobis sentiamus *GrF*

CCXXIIII

MISSA PRO PONTIFICE

3   ORATIO SUPER POPULUM. Omnipotens et misericors deus · spes fidelium ·   1266
fiducia supplicantium · confer in nobis munera tua et subditum tibi sacerdotem tuere famulum tuum *illum* episcopum · ut qui peccatorum meritis
6 adgrauatur · praesidio gratiae tuae subleuetur: per.

  1266 A LECTIO EPISTULAE BEATI IACOBI APOSTOLI. 1,17–18
      transmutatio / nec (1,17)   *f. 333*�V
9 1266 B LECTIO SANCTI EUANGELII SECUNDUM MATHEUM. 11,28–30

     SUPER SINDONEM. Deus qui non propriis suffragantibus meritis · sed sola 1267
ineffabili gratia⟨e⟩ largitate · ⟨me⟩ familiae tuae praeesse iussisti: Tribue
12 tibi digne persoluere ministerium sacerdotalis officii uel episcop⟨at⟩um · et
ecclesiasticis conuenienter seruire ministeriis · plebemque comissam · te in
omnibus protegente gubernare concede: per.
15   SUPER OBLATA. Suscipe domine munera quae tibi offerimus pro famulo tuo 1268
illo episcopo et propitius in eodem tua dona custodi: per.
     ⌐AD COMPLENDUM.⌐ Da quaesumus domine famulo tuo *illi* episcopo in tua 1269
18 fide et sin-/ceritate constantiam · ut in caritate diuina formatus · nullis *f. 334*ᴿ
temptationibus a tua integritate euellatur: per.

---

4 fiducia(m-*Strich ausp.*)   17 (ALI *gel.*)A(D C̄ *a.Hd*)

---

4 confer] conserua *F*   5 tuere – episcopum] (e. *F* / et e. *K*² / il. e. *D M* / il. *O*)
dexterae tuae t. potentia *D F K M N O*
10/11 qui . . . ⟨me⟩ familiae tuae *C Ge*] qui . . . famulum tuum f. t. *GrF* / qui famulum
tuum *il.* . . . f. t. *D F N O* / qui famulum et sacerdotem tuum (*il. M* / episcopum *K*²)
. . . f. t. *K M*   11 ineffabili *M GrF Ge*] ineffabilis *D F K N O C*   iussisti *Am Ge*]
uoluisti *C GrF*   12 digne] dne d. *GeA*   uel episcop⟨at⟩um *J*   13 ministeriis
D F K M C Ge] mysteriis *N O GrF*
15 dne *GeV GaF*] dne qs *Ve* / qs dne *O* / qs dne propitius *D F K M N*   15/16 quae –
episcopo] famuli tui *il. Ve*   15 tibi *D GeV GaF*] ad honorem nominis tui *F K M N O*
famulo *D F GeV GaV*] f. et sacerdote *K M N O*   tuo *om. M*   16 *il.* episcopo *D M*]
e. *K*² / il. *F K*¹*N O GeV GaF*   custodi] concede *D*
17 Da qs dne . . . in *A B G K L N O C*] Da . . . qs dne in *E F M Gr Ge (J 1251)*   famulo
. . .] famulis . . . *B E*²*F O C GeA* / famulis et famulabus . . . *A E*¹*G K L M N Gr GeV*
GeB GeM (J 1251)   il. *A B E F K M O GrF*] il. et il. *L N* / om. *G C GrA Ge (J 1251)*
episcopo *J*   18 formatus] firmati *S Gr Ge (J 1251)*   19 tua] eius *S Gr Ge*   euella-
tur] euellantur *A B F G K L M N O* / uellantur *E C Gr Ge (J 1251)*

CCXXV

MISSA PRO REGIBUS

1270   Deus regnorum omnium · et christiani maxime protector imperii · da   3
seruis tuis regibus nostris *illis* triumphum uirtutis tuae scienter excolere: Ut
qui tua constitutione sunt principes · tuo semper munere sint potentes: per.

1271   SUPER SINDONEM. Deus in cuius manu corda sunt regum · inclina ad praeces   6
humilitatis nostrae aures misericordiae tuae: Et principibus nostris famulis
tuis *illis* · regimen tuae adpone sapientiae · ut haustis de tuo fonte consiliis ·
et tibi placeant et super omnia regna praecellant: per dominum.   9

1272   SUPER OBLATA. Suscipe domine preces et hostias ecclesiae tuae · pro salute
famuli tui *illius* supplicantis: Et in protectione fidelium populorum · antiqua
brachii tui operare miracula: Ut superatis pacis inimicis · secura tibi seruiat   12
christiana libertas: per dominum.

1273   INFRACTIONE. / Hanc igitur oblationem famuli tui *illius* · quam *f. 334*ᵛ
tibi ministerio officii sacerdotalis offerimus pro eo quod in ipso potestatem   15
imperii conferre dignatus es · propitius et benignus assume: Et exoratus
nostra obsecratione concede · ut in maiestatis tuae protectione confidens · et
aeuo augeatur et regno: per.   18

1274   POST COMMUNIONEM. Deus qui ad praedicandum aeterni regis euangelium
romanum imperium praeparasti: Praetende famulis tuis principibus nostris
arma caelestia · ut pax ecclesiarum · nulla turbetur tempestate bellorum: per.   21

---

9 praecell(a *aus* e)nt   13 dn̄m *a.Ras.v.* xp̄m   16 exor(t *gel.*)atus

---

3 Ds . . . maxime] Ds qui . . . m. es *GeM*   omnium et] et saluator o. *K*   christiani
Am C Gr] romani *GeV GeB GeM* / romani Francorumque *GeA*   maxime *om. S*
4 seruis – *il. G Gr Ge*] seruo tuo (*il. BEFNO*) imperatori nostro (*il. M*) *S* (*exc. K*) /
seruo tuo *il.* regi *uel* imperatori nro *K* / seruo tuo regi et principi nro *C*   nostris *il.*]
christianis *GrF*   scienter *om. NO*   5 qui tua . . . tuo] cuius . . . eius *Ge*   constitutione sunt principes *G Gr Ge*] institutione imperat *S* (*exc. K*) / uirtute imperat *K*
tuo – potentes *G Gr Ge*] tua semper tuitione triumphet *S*   semper] quoque *GeM*
7 et *C GeA*] ut *GeV GeB*   7/8 principibus – *il.* . . . .] principi nro famulo tuo . . . *C*
11 famuli tui *il. G GrA Ge*] f. tui *C* / famulorum tuorum *GrF*   et in *G Gr*] et *Ge*   12 ut]
et *GeV*   13 christiana *G Gr*] christianorum *C GeM* / romana *GeV* / christianorum romana *GeA GeB*
14 oblationem *G Gr*] o. dne *C Ge*   famuli tui *il. G GrA Ge*] f. tui *C* / famulorum tuorum *il. GrF*   15 in ipso *G GrA*] in ipsum *C Ge* / ipsis *GrF*   16 imperii] regiam *GrF*
propitius et] p. ac *C*   17 ut in *G GrF*] ut *C GrA Ge*
19 ad praedicandum . . . euangelium *G Gr*] praedicando . . . eu. *C GeA GeM* / praedicando . . . euangelio *GeV GeB*   regis *G Gr GeA*] regni *C GeV GeB GeM*   20 romanum *G GrA GeV GeA GeB*] Romanorum *GeM* / christianum *C GrF*   praeparasti]
dilatasti *C*   famulis tuis *G Gr*] f. t. *il. Ge* / famulo tuo principi nostro *C*   21 ut]
et *GeV GeB*   ut – bellorum *om. GeM*

CCXXVI

MISSA IN TEMPORE BELLI

3 ORATIO SUPER POPULUM. Deus regnorum omnium reg[n]umque dominator · 1275
qui nos et percutiendo sanas et ignoscendo conseruas: Praetende nobis
misericordiam tuam · ut tranquillitate pacis tua potestate firmata ad remedia
6 correctionis utamur: per.

    1275 A LECTIO HIEREMIĘ PROPHETAE. Lam 3,22.24–26.31–32.40–41.56–57
    Pars / mea (3,24)   *f. 335*R
9   1275 B SECUNDUM MATHEUM.
    In illo tempore. egressus dominus Iesus de templo ibat. *Require in domi-*
    nica ⟨I⟩ *de aduentu.* (24,1)

12 SUPER SINDONEM. Deus qui conteris bella et inpugnatores in te sperantium 1276
potentia tuae defensionis expugnas auxiliare implorantibus misericordiam
tuam: Ut omnium gentium feritate compressa · indefessa te gratiarum actione
15 laudemus: per.

    SUPER OBLATA. Sacrificium domine quod immolamus intende / *f. 335*V 1277
ut ab omni nos exuat bellorum nequitia · et in tuae protectionis securitate
18 constituat: per.

    POST COMMUNIONEM. Sacrosancti corporis et sanguinis domini nostri Iesu 1278
Christi refectione uegetati · supplices te rogamus omnipotens deus · Ut hoc
21 remedio singulari ab omnium peccatorum nos contagione purifices et a periculorum munias incursione cunctorum: per eundem.

    ITEM ALIA MISSA · ORATIO SUPER POPULUM. Hostium nostrorum quaesumus 1279
24 domine elide superbiam · et dexterae tuae uirtute prosterne: per.

    SUPER SINDONEM. Omnipotens deus christiani nominis inimicos · uirtute 1280
quaesumus tuae comprime maiestatis: Ut populus tuus et fidei integritate
27 laetetur · et temporum tranquillitate semper exultet: per.

    SUPER OBLATA. Huius domine quaesumus uirtute mysterii et a nostris 1281
mundemur occultis · et ab inimicorum liberemur insidiis: per.

---

13 (i *eingef.*, m *aus* in, plor *a.Ras.*)antibus   20 ref(e *aus* a, c *a.Ras.*)tione

---

5 tranquillitate] tranquillitatem *Ge*   firmata] firmatam *GeA* / firmati *GeV*
13 potentia . . . defensionis] potentiae . . . d. *EF GeV* / potentiae . . . defensione *GeA*
14 indefessa] indefensa *F*   15 laudemus] laudamus *F* / laudemur *GeV*
16 intende *Gr Ge GaF*] i. placatus *S* (*exc. D*) / placatus i. *D*   18 constituat] consistat *F*
20 supplices] suppliciter *GeA*   omps *om. Ve*   21 remedio singulari . . . purifices]
remedium singulare . . . purificet *A D*   ab] et ab *Ve*   21/22 a – cunctorum
om. A D   periculorum *B E C Gr Ge*] bellorum *F M N O*
24 superbiam] potentiam *GrF*   dexterae] audaciam eorum d. *C*
25 Omps] Omps sempiterne *GeA GeM*   christiani *C GrF GrA199 GeM*] romani
GrH GrA198 GeV GeA GeB
28 dne] nos dne *C*   29 inimicorum] hostium *GrF*

1282   POST COMMUNIONEM. Uiuificet nos quaesumus domine participatio tui
sancta mysterii · et pariter nobis expiationem tribuat et munimen: per.

CCXXVII   3

MISSA PRO PACE

1283   ORATIO SUPER POPULUM. / Deus a quo sancta desideria recta con- *f. 336*R
silia et iusta sunt opera · da seruis tuis illam quam mundus dare non potest 6
pacem: Ut et corda nostra mandatis tuis dedita · et hostium sublata formidine tempora sint tua protectione tranquilla: per.

1284   SUPER SINDONEM. Deus conditor mundi sub cuius arbitrio omnium saecu- 9
lorum ordo decurrit: Adesto propitius inuocationibus nostris · et tranquillitatem pacis praesentibus · nostris concede temporibus: Ut in laudibus misericordiae tuae incessabili exultatione lętemur: per.   12

1285   SUPER OBLATA. Deus qui credentes in te populos nullis sinis concuti terrori-
bus · dignare preces et hostias dicatę tibi plebis suscipere: Ut pax tua pietate
concessa · christianorum fines ab omni hoste faciat esse securos: per.   15

1286   PRAEFATIO. UD Qui misericordiae tuae potenti auxilio et prospera tribuis
et a⟨d⟩uersa depellis · uniuersa obstacula quae seruis tuis aduersantur
expugna · ut remoto terrore bellorum · et libertas secura · et religio sit quie- 18
ta: per Christum dominum.

1287   POST COMMUNIONEM. Deus auctor pacis et amator · quem nosse uiuere
/ cui seruire regnare est · protege ab omnibus impugnationibus sup- *f. 336*V 21
plices tuos: Ut qui in defensione tua confidimus · nullius hostilitatis arma
timeamus: per.

CCXXVIII   24

MISSA CONTR⟨A⟩ OBLOQUENTIUM

1288   Conspirantes domine contra tuae plenitudinis firmamentum · dexterae
tuae uirtute prosterne : Ut [in]iustitiae non dominetur iniquitas · sed sub- 27
datur semper falsitas ueritati: per.

1/2 participatio tui ... mysterii *Ve Gr*] p. tua ... m. *GeV* / huius p. ... . m. *C* / p.
tuis ... mysteriis *GeA* / p. ... . m. *GeM*
5 Ds] Omps semp ds *GeA*   quo] quo solo *GeA*   recta] et r. sunt *GeV*   7 et
corda] c. *E*   nostra om. *GeV*   hostium – formidine om. *GeA*
10 inuocationibus *BEK C GrA Ge*] supplicationibus *ADFGLMNO GrF*   11 praesentibus om. *E*   nostris concede *A²BDEFKLM*] c. *A¹GNO C Gr Ge*
13 concuti] nocere *GeV GeB*   14 tua] a tua *GeV GeB*   15 christianorum] ch. romanos *GeB* / romanos *GeV*
16 UD *Am*] Ds *C GrF Ge*   potenti auxilio *BEFKMO C*] petentibus auxilia *DN* / potentis aux. *GrF GeB* / potentis auxilium *GeV*   18 et religio] r. *GeV* / et religiosa *M GeB*
22 in om. *Ge*   confidimus] fidimus *C GeV GeB*

1288 A AD CORINTHIOS II. 13,7–11
1288 B SECUNDUM MATHEUM. 5,11–12

3   / In illo (liturg. Einl.)   f. 337R

SUPER SINDONEM. Presta quaesumus domine ut mentium reproborum non 1289
curemus obloquium: Sed eadem prauitate calcata · exoramus ut nec terreri
6 nos lacerationibus patiaris iniustis · nec captiosis adulationibus implicari ·
sed potius amare quae praecipis: ⟨per.⟩
SUPER OBLATA. Oblatio domine tuis aspectibus immolanda · quaesumus 1290
9 ut et nos ab omnibus uitiis potenter absoluat · et a cunctis defendat inimicis:
per.
PREFATIO. UD Aeterne deus · qui famulos tuos informare dignaris · ut 1291
12 non tam nos exagitet inepta laceratio superborum · quam potius maneat in
nobis miseratio lacerantium: Quoniam sicut nos conuenit precauere ne
ueraciter appetamur · sic eorum qui a ueritate sunt deuii · flere debemus
15 interitum / ut uel illis correptionem suppliciter exorando subuenire f. 337V
possimus · uel nobis fructum pietatis adquirere: per Christum.
POST COMMUNIONEM. Praesta domine quaesumus · ut per haec sancta quae 1292
18 sumpsimus · dissimulatis lacerationibus improborum · eadem te gubernante
quae recta sunt cautius exᵣeᵣquamur: per.

CCXXVIIII

21   MISSA IN CONTENTIONE

Omnipotens sempiterne deus · qui superbis resistis · et gratiam praestas 1293
humilibus: Tribue quaesumus · ut non indignationem tuam prouocemus
24 elati · sed propitiationis tuae capiamus dona subiecti: per.
SUPER SINDONEM. Praesta quaesumus omnipotens deus: Ut semper rationa- 1294
bilia meditantes · quae tibi sint placita · et dictis exequamur et factis: per
27 dominum.

---

5 cu(r gel.)remus   prauitate(m-Strich ausp.u.gel.)   19 ex(e ü.d.Z.)qu(a aus i)mur

---

4 reproborum Am GrA] reprobarum C GrF Ge   5 obloquium] obprobrium O
eadem] earundem C   exoramus] excurramus FLM   terreri] terrenis K   6 pati-
aris] pateris GeV   7 quae] quod F
9 ab] in GeV
11 informare] sic i. DKN   dignaris] digneris M   12 nos om. A   12/13 maneat
in nobis] moueat Ve   13 precauere] cauere F   14 appetamur] appetamus AFK /
inpetamur Ve   a om. M   debemus] debeamus KO   15 ut] qs Ve   correp-
tionem] correptione A / correctionem D Ve
17 dne qs] qs dne F / qs omps ds M   per om. B   18 eadem] ea GrF   te om. GeV
24 elati] electi D
26 tibi] tui M   sint DKMO] sunt N C Gr Ge

1295   SUPER OBLATA. Ab omni reatu nos domine sancta quae tractamus absoluant · et eadem muniant a totius prauitatis incursu: per.

1296   POST COMMUNIONEM. Quos refecisti domine caelesti mysterio · propriis et   3
alienis quaesumus propitiatus absolue delictis: Ut diuino munere purificatis
mentibus perfruamur: per.

CCXXX   6

MISSA PRO ITER AGENTIBUS

1297   / Adesto domine supplicationibus nostris · et uiam famuli tui *illius f. 338*R
in salutis tuae prosperitate dispone: Ut inter omnes uiae et uitae huius   9
uarietatis · tuo semper protegatur auxilio: per.

    1297 A LECTIO LIBRI GENESIS. 24,7
    1297 B SECUNDUM MATHEUM. 10,7–8   12

1298   SUPER SINDONEM. Exaudi nos domine sanctae pater omnipotens aeterne
deus · et iter famuli tui *illius* interno discretionis moderamine ubique regendo
dispone: Sicque ministerium eius quod humanae humilitati prospicit pio   15
fauore prosequere · quatenus hunc a tuis praeceptis non patiaris deuiare: per.

1299   SUPER OBLATA. / Propitiare domine supplicationibus nostris · et *f. 338*V
has oblationes quas tibi offerimus pro famulo tuo *illo* · benignus assume: Et   18
uiam illius et praecedente gratia tua dirigas · et subsequente comitari digneris: Ut de actu atque incolomitate eius · secundum misericordiae tuae
praesidia gaudeamus: per.   21

1300   PRAEFATIO. UD Aeterne deus: Maiestatem tuam suppliciter exorantes: Ut
opem tuam petentibus dignanter inpendas · et desiderantibus benignus tribuas profutura: per Christum.   24

---

10 uarietatis (= *GeV GaB*)] uarietates   18/19 et uiam] ut uiam

---

1 tractamus] tractemus *M*   2 et – muniant *om. D*   et] et ad *GeV GeB*
3/4 et alienis qs *Am Gr GeM*] alienisque *C Ve* / a. qs *GeV* / a. *GeB*   4 propitiatus]
propitius *Ve*   ut] et *GeV*
8 famuli . . .] famulorum . . . *E²F²K²*   *il. om. GeM*   9 salutis – dispone]
salute et prosperitate dignare diregire *GaB*   uiae et uitae] uitae *GeV GaB* / uiae *GeB*
10 protegatur] protegantur *GaB* / protegamur *A¹L*
13/14 Exaudi – ds *DEKMNO*] Adesto dne supplicationibus nris *BFL C GrF GeM*
14 famuli . . .] famulorum . . . *E²F²K²* / nostram . . . *GrF*   15 quod – prospicit
om. O C   humilitati] humilitatis *BL* / utilitati *GrF*   16 hunc] eum *NO C* /
om. GrF
18 famulo . . .] famulis . . . *E²F²C²*   *il. om. GeB*   18/19 et uiam *EKMNO*] ut
u. *ADFL C Gr Ge*   19 et praecedente] p. *MNO GrAO* / et precedentos *D*   sub-
sequente] subsequentem misericordia *A*   comitari *A²EFKMNO C GrF GeM*]
comitare *A¹DL GrA GeV GeB*   20 eius *om. GeV*
22 exorantes] deprecantes *EFKO C Gr GeA* (*J 532*)   24 profutura *K C GeA*]
profuturam *EFO Gr*

POST COMMUNIONEM. Sumpta domine caelestia sacramenti mysteria quae- 1301
sumus ad prosperitatem itineris famuli tui *illius* proficiant · et eum ad salu-
3 taria cuncta perducant: per.

CCXXXI

MISSA PRO NAUIGANTIBUS

6 Deus qui transtulisti patres nostros per Mare Rubrum et transuexisti per 1302
aquam nimiam · laudem tui nominis decantantes · supplices deprecamur:
Ut in hac naui famulos tuos repulsis aduersitatibus portu semper aptabili
9 cursuque tranquillo tuearis: per dominum.

SUPER SINDONEM. / Propitiare domine supplicationibus nostris · et *f. 339*R 1303
mitte angelum de sumitate caelorum tuorum qui liberet nauem istam cum
12 omnibus nauigantibus in ea · perduc eam ad loca destinata · ut transactis
negotiis iterato tempore ad propria reuocare digneris cum omni gaudio et
affectu: per.

15 SUPER OBLATA. Suscipe quaesumus domine preces famulorum tuorum cum 1304
oblationibus hostiarum: Et tua mysteria celebrantes ab omnibus defende
periculis: per.

18 POST COMMUNIONEM. Sanctificati diuino mysterio · maiestatem tuam do- 1305
mine suppliciter deprecamur et petimus: Ut quos donis facis caelestibus
interesse · per lignum sanctae crucis et a peccatis abstrahas · et a periculis
21 cunctis miseratus eripias: per.

---

8 in *aus* h

---

1 caelestia] celestis *GrF*   sacramenti mysteria] sacramenta *B C*   2 famuli . . .]
famulorum . . . *E²F²K²* / nostri . . . *GrF*   *il. om. NC*
6 per Mare] Mare *B C GeB*   7 laudem . . . decantantes] ad l. . . . . decantandam *C*
tui nominis] tuo nomini *N*   8 hac naui *B D C Gr GeB*] naui *EFKMNO*   famulos
tuos *D N Gr*] f. t. *il. EFKMO* / famuli tui *il. B* / famulis tuis *C GeB*   aduersi-
tatibus] aduersantibus *M*   8/9 portu – tuearis] portum semper optabilem cursumque tranquillum largiaris *C* / portum semper aptabilem cursumque luciferum tribuas *B*
8 portu] p. salutis *M*   aptabili *GeB*] obtabili *D E F K M N Gr* / optato *O*   9 tran-
quillo] lucifere *GeB*
11 mitte] mittere digneris *M*   angelum] a. tuum *K M C*   tuorum *om. K M*
11/12 nauem – ea] famulos tuos in naui constitutos *M*   11 istam *M C*] illam *E F K* /
ipsam *D*   13 negotiis] omnibus n. *D C*   propria] propriam *M*   reuocare dig-
neris] reuocentur *M*   14 affectu] effectu *D M C*
15 famulorum tuorum (*il. F O) EFKNO C Gr GeB*] famuli tui *il. B* / populi tui *A D*
M GeV GeA (J 147)   16 defende *BEFKNO Gr GeV GeB*] nos d. *A D M GeA (J 147)*
18 Sanctificati] Sanctificato *M* / Satiati *B*   dne *om. B*   19 et petimus] ac
p. *N* / *om. D M O*   donis . . . caelestibus] diuinis . . . muneribus *D M*   facis cae-
lestibus] c. f. *B GrF*   20 a peccatis] p. *B*   periculis] naufragiis *D K M*

CCXXXII

MISSA QUOD ABSIT MORTALITATE HOMINUM

1306 ORATIO SUPER POPULUM. Deus in cuius conspectu sanctus Michahel glorio-   3
sus asistit · praesta quaesumus · ut [t]ibi ⟨pro⟩ populo tuo exorare dignetur ·
ubi gratiam tuam semper meretur habere praesentem: per.

> 1306 A LECTIO DANIHELIS PROPHETAE. 9,14–19   6
> quae / fecit (9,14)   super / populum (9,19)   *f. 339ᵛ 340ᴿ*
> 1306 B SECUNDUM LUCAM. CAPUT LXV. 7,1–10.16
> con-/uersus (7,9)   *f. 340ᵛ*   9

1307 SUPER SYNDONEM. Omnipotens et misericors deus · respice propitius super
populum tuum · maiestati tuae subiectum · et ne nos furor seuientis mortis
inueniat · dextera tuae propitiacionis custodiat: per.   12

1308 SUPER OBLATA. Subueniat nobis domine quaesumus sacrificii praesentis
operatio · quae nos et ab erroribus uniuersis · potenter absoluat et a totius
eripiat perditionis incursu: per.   15

1309 PREFATIO. UD Aeternae deus · Qui inminentem Nineuitis interitum sola
misericordia remouisti: Quibus ut propitiator existeres conuersionis potentiam praestitisti: Et huic populo tuo ante conspectum gloriae tuae prostrato ·   18
orandi tribuae puritatem: Et quem desiderat · praesta liberationis effectum:
Ut quos unigeniti tui / sanguine redemisti · non patiaris propter   *f. 341ᴿ*
misericordiam tuam mortalitatis introire supplicium: per eundem Christum.   21

1310 POST COMMUNIONEM. Tuere nos domine quaesumus tua sancta sumentes · et
ab omni propitius iniquitate defende: per.

CCXXXIII   24

MISSA PRO PESTE ANIMALIUM

1311 Deus qui laboribus hominum · etiam de mutis animalibus solacia subro-
gasti · supplices te rogamus: Ut sine quibus non alitur humana conditio ·   27
nostris facias usibus non perire: per.

---

2 HOMIN(U *aus* I)M   12 dextera(e *gel.*)   13 sacrificii (tui *gel.*)

---

4 tibi *FKNO*] ibi *BDE C* / ubi *M*   populo *EF¹M*] pro populo   5 ubi] ibi *M²*
11 tuum *ADKMC*] t. *il. BEF*   12 propitiacionis] protectionis *M*
14 operatio] oblatio *GrF*   et ab] ab *FO*
16 inminentem] inminendis *M*   17 conuersionis] conuersationis *DFM*   18 et]
oramus ut *N*   tuo *om. M*   20 ut – redemisti *om. O*   21 mortalitatis] mortalis *M*   introire supplicium] interire s. *N* / interire supplicio *K*
22 Tuere] Tui *GeV*   dne *om. GeM*   23 omni ... iniquitate defende] omnibus ...
absolue peccatis *AGL GrA GeB* (*J 1321*)
26 subrogasti] subroborasti *B*

SUPER SINDONEM. Auerte domine quaesumus a fidelibus tuis cunctos misera- 1312
tus errores · et saeuientium morborum depelle perniciem: Ut quos merito
3 flagellas deuios · foueas tua miseratione correctos: per.

SUPER OBLATA. Sacrificiis domine placatus oblatis · opem tuam nostris 1313
temporibus clementer impende: per.

6 POST COMMUNIONEM. Benedictionem tuam domine populus fidelis accipiat: 1314
Qua corpore saluatus ac mente · et congruam tibi exhibeat seruitutem · et
propitiationis tuę beneficia semper inueniat: per.

9 CCXXXIIII

/ ITEM MISSA AD PLUUIAM POSTULANDAM   f. 341ᵛ

Deus in quo uiuimus mouemur et sumus: Pluuiam nobis tribue congruen- 1315
12 tem · ut praesentibus subsidiis sufficienter adiuti sempiterna fiducialiter
appetamus: ⟨per.⟩

ALIA. Deus omnipotens et clemens · qui solus das pluuiam super terram · 1316
15 solus mittis aquas sub inferiora caelorum: Dona seruis tuis beneficium
plʳuᵛuiale · ut quod nostra facinora suspenderunt · tuo munere praerogetur:
per.

18 ⟨ALIA.⟩ Omnipotens sempiterne deus · qui saluas omnes et neminem uis 1317
perire: Aperi fontem benignitatis tuae · et terr[r]am aridam aquis fluentibus
dignanter infunde: per.

21 1317 A LECTIO EPISTULAE BEATI IACOBI APOSTOLI. 5,16–18
    1317 B SECUNDUM IOHANNEM. CAPUT CXXVII. 14,12–14
       qui / credit (14,12)   <i>f. 342</i>ᴿ

24 SUPER SINDONEM. Delicta nostra quaesumus domine miseratus absolue: Et 1318
aquarum subsidia praebe caelestium · quibus terrena conditio uegetata
subsistat: per.

---

16 pl(u *ü.d.Z.*)uiale   25 subsidia (q *gel.*)

---

1 tuis *om. N*   cunctos] cunctis *K*¹ *GeV*   2 saeuientium] seruientium *D*   3 cor-
rectos] correptos *D*
6 dne] dne qs *GrF*   6/7 accipiat . . . exhibeat] accipiant . . . exhibeant *GeM*
7 ac] et *N*   congruam] gratiam *GeA*   exhibeat *Am GrA GeM*] semper e. *C GrF
GeV GeA GeB*
12 sufficienter *om. M*   fiducialiter *Am GeM*] fiducialius *C Ve Gr GeV GeB*
14 Ds – clemens *Am C GeM*] Omps ds *GrF*   14/15 das – caelorum *Am C GeM*]
aquas emittis e caelis *GrF*   14 super terram *om. GeM*   15 dona *B G N O C GrF GeM*]
da *D E F K*   16 pluuiale *Am (exc. O) C GeM*] pluuie *O* / pluuiae salutaris *GrF*   nostra
– suspenderunt *Am C GeM*] facinore n. suspenditur *GrF*   munere *Am C GeM*] iam
gratuito m. *GrF*   praerogetur] protegetur *F*
19 fluentibus *Am GeM*] fluenti caelestis *C Gr*
24 nostra qs dne *Am(exc. A)*] dne qs *GeV* / fragilitatis nostrae dne qs *AC Gr GeB*
25 subsidia] subsidium *GrA*   26 subsistat] consistat *E*

1319   SUPER OBLATA. Oblatis domine placare muneribus et oportunum tribuę
nobis pluuiae sufficientis auxilium: per.

1320   PRAEFATIO. UD *usque* aeterne deus: Obsecrantes misericordiam tuam · ut   3
squalentes agri fęcundis imbribus irrigentur: Quibus aestuum mitigentur
ardores · saeuientium morborum restinguatur accensio · salus hominibus
iumentisque proueniat: Atque ut haec te largiente mereamur · peccata quae   6
nobis aduersantur absistant: per Christum.

1321   POST COMMUNIONEM. Tuere nos quaesumus domine tua sancta sumentes ·
et ab omnibus propitius absolue peccatis: per.   9

CCXXXV

AD POSCENDAM SERENITATEM

1322   / Ad te nos domine clamantes exaudi · et aeris serenitatem nobis *f. 342*ᵛ   12
tribue supplicantibus: Ut qui pro peccatis nostris iuste affligimur · misericordia tua praeueniente · clementiam sentiamus: per.

1323   ALIA. Da nobis quaesumus domine piae supplicationis effectum · et pesti-   15
lentiam famemque propitiatus auerte: Ut et congruam tibi exhibeamus
seruitute⟨m⟩ · et propitiationis tuae beneficia semper inueniamus: per.

1323 A   LECTIO HIEREMIAE PROPHETAE. 14,19–22   18
dare / imbres (14,22)   *f. 343*ᴿ
1323 B   SECUNDUM MATHEUM. CAPUT CLX[I]. 15,32–39

1324   SUPER SINDONEM. / Deus qui fidelium pręcibus flecteris et humilium *f. 343*ᵛ   21
confessione placaris · conuersis ad te propitiare supplicibus: Et quos fecisti
iram intellegere castigantis · fac misericordiam sentire parcentis: per.

---

5 restingua(n *gel.*)tur   17 seruitute(m-*Strich ausp.*)

1/2 tribue nobis pluuiae *Am(exc. K) GeV GeB*] n. p. t. *K* / n. t. p. *C Gr* / t. p. *GeM*
2 sufficientis] sufficienter *A GeM*
4 irrigentur] inrigantur *M*   quibus *EFGMN GeM*] qu. pariter *ABDKLO GrF*
GeB / qu. pariter et *C*   mitigentur] mitentur *A*¹ / mutentur *A*²   5 saeuientium]
et s. *C*   restinguatur] restringatur *GrF*   accensio *Am C GeB*] accessio *G GrF GeM*
salus] salusque *GrF*   7 absistant *BEFGLNO GeM*] absistat *D* / relaxa *AKC GrF*
GeB / expugna *M*
8 qs dne *EF GrF GeM*] dne qs *ABDGKLM O C GrA GeV GeA GeB*   9 omnibus ...
absolue peccatis] omni ... iniquitate defende *KM GeA (J 1310)*
12 nos dne] dne nos *O C*   13/14 misericordia tua] misericordiam tuam *G M*
16 ut et] ut *G*
21 flecteris *om. GeM*   23 castigantis *Am (exc. G) GeV*] castigatos *G C GeM*   par-
centis] pręceptis *D*

SUPER OBLATA. Praeueniat nos quaesumus domine gratia tua semper · et 1325
subsequatur: Et has oblationes quas pro peccatis nostris nomini tuo conse-
3 crandas deferimus · benignus assume: Ut per intercessionem sanctorum
tuorum · cunctis nobis proficiant ad salutem: per.

PREFATIO. UD *usque* aeterne deus · qui in mysterio aquarum salutis tuae 1326
6 nobis sacramenta sanxisti · Exaudi propitius orationem populi tui · et per
has salutiferas oblationes · iube terrores inundantium cessare pluuiarum ·
flagellumque huius elementi ad effectum tui conuerte mysterii: Ut qui se
9 regenerantibus aquis gaudent renatos · gaudeant his castigantibus esse correctos: per Christum.

POST COMMUNIONEM. Plebs tua domine capiat sacrae benedictionis aug- 1327
12 mentum: Et copiosis beneficiorum tuorum subleuetur auxiliis · quae tantis
intercessionum depre-/cationibus adiuuatur: per.   *f. 344*R

CCXXXVI

15   MISSA PRO STERELITATE TERRAE

Sempiternae pietatis tuae domine abundantiam supplices imploramus · 1328
ut nos beneficiis quibus non meremur anticipent benefacere cognoscaris in-
18 dignis: per.

SUPER SINDONEM. Da nobis quaesumus domine piae supplicationis affec- 1329
tum · et pestilentiam propitiatus auerte · ut mortalium corda cognoscant ·
21 et te indignante talia flagella perducere et te miserante cessare: per.

SUPER OBLATA. Deus qui humani generis utramque substantiam presen- 1330
tium munerum et alimento uegitas et renouas sacramentum · tribue quae-
24 sumus ut eorum et corporibus nostris subsidium non desit et mentibus: per.

---

17 anticipent (= *N*)] anticipans   21 perducere] producere   23 sacramentum]
sacramento

---

3 sanctorum] omnium s. *GrAO GrF*   4 nobis *om. ADGL GeM*   proficiant] proficiat
ADLO
5 UD – ds *Am GeM*] Dne ds *C Gr*   mysterio *EGNO C Gr*] ministerio *ABDFKLM*
GeM   6 propitius *om. C Gr*   et] ut *O*   6/7 per – oblationes *om. C Gr*   8 se *om. DL*
9 gaudeant] gaudent *A*   correctos] correptos *D*
12 tuorum *om. D*   13 deprecationibus] precibus *O*
16 dne abundantiam *J*] a. dne   imploramus] exoramus *N*   17 quibus *GrF Ge*]
quae *S C*   benefacere] et per ea nobis b. *N*
19 affectum *J*] effectum   20 pestilentiam *J*] p. famemque   21 perducere]
procedere *C* / producere *S Ge* / prodire *GrF*
22 qui *om. DL*   23 alimento ... sacramentum *GeB*] a. .... sacramento *DFLO C Ve*
GrF / alimenta ... sacramento *K* / alimentum ... sacramento *M GeV*

1331 PRAEFATIO. UD Qui sempiterno consilio non desinis regere quos creasti ·
nosque delinquere manifestum est cum supernae dispositionis ignari discretorum tuorum dispensatione causamur ad tunc potius recte sentire cognos- 3
cimus quod non nostram sed tuam prouidentiam confitentes pietatem iusti-
tiam⟨que⟩ tuam / iugiter perpendimus exorandam certe quicquid *f. 344ᵛ*
iniustus malosque non deseris · multo magis quod tuus esset tribuisti clemen- 6
tem nullatenus gubernatione destituas: per Christum.

1332 POST COMMUNIONEM. Guberna quaesumus domine et temporalibus adiumentis quas dignaris aeternis informare mysteriis: per. 9

CCXXXVII

ORATIONES ET PRECES SUPER PENITENTEM CONFITENTEM
PECCATA SUA MORE SOLITO · FERIA QUARTA INFRA   12
⟨QUA⟩DRAGESIMAM

1333 Exaudi domine pręces nostras · et tibi confitentium parce peccatis: Ut quos
conscientiae reatus accusat indulgentia tuae miserationis absoluat: per. 15

1334 ALIA. Praeueniat hunc famulum tuum quaesumus domine misericordia
tua · ut omnes iniquitates eius celeri indulgentia deleantur: per.

1335 ALIA. Adesto domine supplicationibus nostris · nec sit ab hoc famulo tuo 18
clementiae tuae longinqua miseratio: Sana uulnera · eiusque remitte peccata · ut nullis a te iniquitatibus separatus · tibi domino semper ualeat adhęrere: per. 21

---

3 ad (= *M*)] ac   6 iniustus] iniustos   clementem] clementi   9 quas] quos
(quod *KN*)

---

1 quos *DLMNO C GrF*] quod *FK Ve GeB*   2 nosque] non *F*   delinquere]
derelinquere *F*   supernae] sempiternae *KM*   discretorum *Am GeB*] de secre-
torum *C Ve GrF*   3 ad *M*] at *NO* / ac *DFKLC Ve GrF GeB*   tunc] nunc *NO*
cognoscimus *DKLNO GeB*] cognoscimur *FM C Ve GrF*   4 quod *Am GeB*] cum
C Ve GrF   nostram . . . tuam prouidentiam confitentes] nostra . . . tua prouidentia
c. *DL* / nostra . . . tua prouidentia confidentes *FNO C Ve GrF GeB* / nostra . . . tua pro-
uidentes *KM*   5 exorandam] exorandum *Ve*   certe *FKNO GeB*] certi *DLC Ve
GrF* / certos *M*   quicquid] quidqui *O* / quod qui *FN C Ve GrF* / quod *DKLM*
6 quod tuus esset *O*] qu. t. esse *K¹* / qu. tuos esse *DL* / qu. tuum esse *FMN* / quos tuos
esse *Ve GrF* / quos deuotos esse *C*   tribuisti] uoluisti *N*   clementem] clementer
DL / clementi *S (exc. DL) C Ve GrF* / clemente *GeB*
8 et temporalibus *Am (exc. N) GeB*] t. *N C Ve GrF GeV*   adiumentis] augmentis *D* / alimentis *GrF*
12/13 INFRA QUADRAGESIMAM *GrAR (Index)*] IN QUADRAGESIMA *GrAO*
(Index, Text)/ INFRA QUINQUAGESIMA *GrAR (Text)*   14 pręces nostras] tuorum supplicum p. *S*   tibi confitentium *C GrA*] c. tibi *S GrF Ge*
16 hunc – tuum] huic famulo tuo *GrF*   17 ut *C Gr*] et *Ge*
18 nec] ne *FO*   ab – tuo] a famulo tuo *il.* sua confitenti peccata *FO*   19 sana] sed
s. *FO*   eiusque] eius et *FO*   20 dno semper *FO C GrAO GrF GeS*] dne s. *GrAR* /
s. dno *GeV* / s. dne *GeA*

ALIA. / Domine deus noster · qui offensione nostra non uinceris · *f. 345*R 1336
sed satisfactione placaris · respice quaesumus ad hunc famulum tuum · qui
3 se tibi peccasse grauiter confitetur: Tuum est ablutionem criminum dare · et
ueniam praestare peccantibus · qui dixisti te malle uitam · peccatorum ·
quam mortem: Concede ergo domine hoc · ut tibi paenitentiae excubias
6 celebret · et correctis actibus suis conferri sibi a te sempiterna gaudia gratuletur: per.

CCXXXVIII

9 ORATIONES AD RECONCILIANDUM PENITENTEM ·
FERIA V IN CAENA DOMINI

Adesto domine supplicationibus nostris · et me qui etiam misericordia 1337
12 tua primus indigeo · clementer exaudi: Et quem non electione meriti · sed
dono gratiae tuę constituisti operis huius ministrum · da fiduciam tui muneris
exequendi: Et ipse in nostro ministerio · quod tuae pietatis est operare: per.
15 ALIA. Praesta quaesumus domine huic famulo tuo dignum penitentiae 1338
fructum: Ut ecclesiae tuae sanctae a cuius integritate deuiarat peccando ·
admissorum reddatur ⌐innoxius⌐ / ueniam consequendo: per. *f. 345*V
18 ALIA. Deus humani generis benignissimae conditor · et misericordissimae 1339
reformator: Qui hominem inuidia diaboli ab aeternitate deiectum · unici
filii tui sanguine redemisti: Uiuifica hunc famulum tuum · quem ⌐tibi⌐
21 nullatenus mori desideras: Et qui non derelinquis deuium · assumme correc-
tum: Moueant pietatem tuam quesumus domine · huius famuli tui lacrimosa
suspiria: Tu eius medere uulneribus · tu iacenti manum porrige salutarem:
24 Ne ecclesia tua aliqua sui corporis portione uastetur · ne grex tuus detrimen-
tum sustineat: Ne de familiae tuę damno inimicus exultet · ne renatum
lauacro salutari mors secunda possideat: Tibi ergo domine supplices preces ·

---

6 celebr(e *aus* a)t   17 innoxius *hinzugef.*   20 tibi *ü.d.Z.*   24 portione(m-*Strich
ausp.*)

---

3 ablutionem] absolutionem *GeS*   4 te malle uitam] paenitentiam te malle *C
Gr Ge*   5 ut *C GrA*] ut et *Ge* / ut hoc *GrF*   paenitentiae] paenitentiam *GeV*   6 et
correctis *C Gr GeSC*] ut c. *Ge*   a] ad *GeV*   gratuletur *C Gr*] caelebretur *Ge*
11/12 misericordia tua *B C Gr GeSC*] misericordiam tuam *Ge*   12 exaudi et *B*] e. et
mihi *GrF* / e. ut *GrA Ge* / exaudiens *C GeSC*
15 famulo . . .] famulis . . . *C²*   tuo] tuo *il. B*   16 deuiarat *B Gr GeV GeA*] deuia-
uerat *C GeS*   17 reddatur – consequendo *B GrA*] ueniam consequendo reddatur
innoxius *C GrF Ge*
19 reformator] formator *GeV*   aeternitate] aet. beata *C GeSC*   20 hunc famulum . . .
B Gr GeSC] eos . . . *C* / itaque *Ge*   tuum] t. *il. B*   21 desideras] desideres *GeA*
derelinquis] derelinquisti *C GeSC*   correctum] correptum *GeA* / corruptum *GeV*
26 supplices] suppliciter *C GeSC*   preces] p. prosternimus *C GeS*

26*

tibi fletum cordis effundimus · tu parce confitenti: Ut sic in hac mortalitate
peccata sua te adiuuante defleat · qualiter in tremendi iudicii die sententiam
damnationis aeternae euadat · et nesciat quod / terret in tenebris · *f. 346*R   3
quod stridet in flammis atque ab erroris uia ad iter reuersus iustitiae · nequaquam ultra uulneribus saucietur · sed integrum sit ei atque perpetuum · et
quod gratia tua contulit et quod misericordia reformauit: per eundem.   6

CCXXXVIIII

ORATIONES AD UISITANDUM INFIRMUM

1340   Deus qui famulo tuo Ezechiae · ter quinos annos ad uitam donasti: Ita   9
et famulum tuum *illum* a lecto egritudinis · tua potentia erigat ad salutem:
per.

1341   ALIA. Respice domine famulum tuum *illum* infirmitate sui corporis labo-   12
rantem · et anima⟨m⟩ refoue quam creasti: Ut castigationibus emendatus ·
continuo se sentiat tua medicina saluatum: per.

1342   ⟨ALIA.⟩ Deus qui facturae tuae pio semper dominaris affectu · inclina   15
aurem tuam supplicationibus nostris · et famulum tuum *illum* aduersa ualitudine corporis laborantem placatus respice · et uisita in salutari tuo · ac
caelestis gratiae presta medicinam: per.   18

---

1 fle(t *aus* c)um

1-3 sic – euadat et *B GrA*] imminentibus poenis sententiaque (sententiam *GrF*) futuri
iudicii te miserante non incidat *GrF GeA* / imminentes poenas sententiamque fut. iud.
te mis. non inceda(n *C*)t *C GeSC* / imminentibus paene sentenciae quae fut. iud. te mis.
non incedat *GeV*   5 uulneribus *B GrA*] nouis u. *GrF GeV* / nobis u. *GeA*   6 eundem *B GrA*
9 annos – donasti] uitae addidisti a. *GrF*   10 famulum] hunc f. *GrF*   il. om. *GeM*
12 famulum . . .] famulam . . . *F²* / famulos . . . *K²*   il. om. *K*   infirmitate *B*] in inf.
13/14 emendatus . . . saluatum *Am*] emendata . . . s. *GrA GrF GeM* / emendata . . . sal-
uatam *C GrH*   13 emendatus] emundatus *A*   14 saluatum] sanatum *O*
15 Ds *A B D L MAI C Gr Ge CeS*] Omps semp ds *E F G K M N O*   facturae tuae . . .
dominaris] facturam tuam . . . donaris *CeS*   pio om. *MAI*   16 tuam om. *MAI*   sup-
plicationibus] supplicantibus *CeS* / precibus *L*   nostris et] nobis tibi ad *CeS*   famulum tuum *il.* . . .] famulos tuos . . . *A* / repelle ab hoc famulo tuo *il.* spiritum inmundum et libera eum *L*   il. om. *C GeV GeB*   aduersa *D¹L MAI*] ex aduersa
aduersa ualitudine] a. ualitudinem *B* / aduersam ualitudinem *GeV* / aduersitate
ualitudinem *CeS*   17 placatus *Am (exc. B) C GrA GeM²*] placitus *B GeM¹* / placidus
GeV GeB CeS / propitius *GrF*   uisita *A D L M C Gr Ge*] u. eum *B F K N MAI CeS* / u. nos
E G O (J 1347)   ac *GrA*] et *S C Ge CeS* / ut *GrF*   18 gratiae] g. tuę *F*   presta
A B D L M O C GrA Ge] ei p. *MAI* / concede *E F G K N CeS* / percipiat *GrF*   medici-
nam] medicamentum *CeS*

CCXL

MISSA PRO INFIRMO

3   Exaudi nos omnipotens et misericors deus · et uisitationem tuam sanctam 1343
conferre dignare super / famulum tuum *illum* quem diuersa uexat *f. 346*ᵛ
infirmitas · Uisita eum domine sicut uisitare dignatus es socrum Petri · pue-
6 rum centurionis Tobiam et Sarram famulos tuos per sanctum angelum tuum
Rafahel · ita ut eum domine restituas ad pristinam sanitatem · et mereatur in
atrio domus tuae dicere · castigans castigauit me dominus et morti non tradi-
9 dit me: ⟨per.⟩

     1343 A ʟᴇᴄᴛɪᴏ ᴇᴘɪsᴛᴜʟᴀᴇ ʙᴇᴀᴛɪ ɪᴀᴄᴏʙɪ ᴀᴘᴏsᴛᴏʟɪ. 5,13–16
     1343 B ʟᴇᴄᴛɪᴏ sᴀɴᴄᴛɪ ᴇᴜᴀɴɢᴇʟɪɪ sᴇᴄᴜɴᴅᴜᴍ ᴍᴀᴛʜᴇᴜᴍ. 8,14–16
12   uespere / autem (8,16)   *f. 347*ᴿ

    sᴜᴘᴇʀ sɪɴᴅᴏɴᴇᴍ. Merito omnipotens deus hanc incurrimus infirmitatem 1344
qui tuam offendimus uoluntatem · et tamen licet arguamur flagellis pro pec-
15 catis · sed fiduciam de te non amittimus confidentiae · scientes quia non
usquequaque in nos peccata insequeris · si tamen peccatorum oblatione[m]
placaris · ob hoc domine poscentium adtende propitius preces lamentantium
18 audi clamorem · impende pietatem et pone iam finem propter misericordiam
tuam concede sanitatem: per.

    sᴜᴘᴇʀ ᴏʙʟᴀᴛᴀ. Deus sub cuius nutibus uitae nostrae momenta decurrunt · 1345
21 suscipe precem et hostiam famuli tui *illius* · pro quo misericordiam tuam
egrotante imploramus · ut de cuius periculo metuimus de eius salute lꞔte-
mur: per.

24 ⟨ᴘᴏsᴛ ᴄᴏᴍᴍᴜɴɪᴏɴᴇᴍ.⟩ Deus qui humano generi et salutis remedium et 1346
uitꞔ aeternꞔ munera contulisti: Conserua famulo tuo tuarum dona uirtutum ·
et concede ut medelam tuam non solum in corpore · sed etiam in anima
27 / per haec sacrificia sentiat: per.   *f. 347*ᵛ

---

24 generi(s *gel.*)

---

3 omps et misericors *Am*] dne sce pater omps aeterne *GrF*   sanctam *om. GrF*
4 famulum] hunc f. *O GrF*   5 dne *om. GrF*   puerum] puerumque *GrF*   6 To-
biam] et T. *GrF*   famulos tuos] famulis tuis *G* / *om. O*   7 ita ut] ita et *GrF* /
ita *N*   dne restituas] restitue *GrF*   et] ut *M GrF*   mereatur] merear *GrF*
8 dicere] d. ore proprio *GrF*
15 amittimus] admittimus *B E M*   quia *A D*¹ *G GeM*] quod *B D*² *E K M O C*   16 nos]
nobis *GeM*   17 preces] precem *A GeM*   19 concede *A E M GeM*] et c. *B C* / c. ei
D K / famulum tuum *il.* c. *G* / et famulo tuo *il.* c. *O*
20 sub *Am C GeV*] *om. Gr GeB GeM*   21 precem et hostiam *Am (exc. D) C*¹] preces
et hostias *D C*²*Gr Ge*   famuli ... *Am (exc. D) C*] famulae ... *F*² / famulae, famulorum ... *K*² / famulorum ... *GrF* / famulorum famularumque ... *D GrA Ge*
24 humano generi] humani generis *A B Ge*   24/25 salutis remedium et ... munera
D E F K N O Gr] s. remedia et ... m. *A C* / s. remedii ... m. *B Ge* / s. ... remedia *G*
25 conserua] et c. *GrF*   famulo tuo *Ge*] f. t. *il. S Gr* / famulum tuum *il. G*   tuarum – uirtutum] dona ei uirtutem *G*   26 ut medelam tuam] m. t. ut *G*   anima]
animo *C GeB*   27 per haec sacrificia *J*

1347 ITEM ALIA MISSA. Omnipotens sempiterne deus qui facturae tuae pio semper dominaris affectu · inclina aurem tuam supplicationibus nostris · et famulum tuum *illum* ex aduersa ualitudine corporis laborantem placatus respice · et uisita nos in salutari tuo · et caelestis gratiae concede medicinam: ⟨per.⟩ 3

1348 SUPER SINDONEM. Uirtutum caelestium deus qui ab humanis corporibus omnem languorem et omnem infirmitatem praecepti tui potestate depellis: Adesto propitius famulo tuo ut fugatis infirmitatibus et uiribus reuocatis nomen sanctum tuum instaurata protinus sanitate benedicat: per. 6

1349 SUPER OBLATA. Omnipotens sempiterne deus qui ideo delinquentibus occa- 9 sionem tribuis corrigendi · ut non sit in eis quod puniat censura iudicii: Ob hoc te pie pater exposcimus · ut hoc accipias pro sacrificio laudis quod famulus tuus atteritur uirga correptionis sana eum quaesumus domine ab omni- 12 bus infirmitatibus quod te medicante et plenitudinem salutis reci- /piat et tuis semper sanus iussionibus pareat: per. *f. 348ᴿ*

1350 POST COMMUNIONEM. Domine sanctae pater omnipotens aeterne deus · qui 15 fragilitatem condicionis nostrae infusa uirtutis tuae dignatione confirmas · ut salutaribus remediis pietatis tuae corpora nostra et membra uegetentur · super famulum tuum propitiatus intende · ut omne necessitate corporeae in- 18 firmitatis exclusa gratia in eo pristine sanitatis perfecta reparetur: per.

1351 ITEM ALIA MISSA. Omnipotens sempiterne deus salus aeterna credentium · exaudi nos pro famulo tuo *illo* · pro quo misericordiae tuę imploramus 21

---

3 re(s *aus* c)pice   7 f(u *a.Ras.v. 3 Buchst.*)gatis   18 omne (= *Ge*)] omni   20 salu(s *a.Ras.v.* tis)

---

1 Omps – ds *P EFGKMNO MA I*] Ds *ABDL C Gr Ge CeS* (*J 1342*)   1/2 facturae tuae ... dominaris] facturam tuam ... donaris *CeS*   2 supplicationibus] supplicantibus *CeS* / precibus *L*   nostris et] nobis tibi ad *CeS*   2/3 famulum tuum *il.* ...] famulos tuos ... *A* / repelle ab hoc famulo tuo *il.* spiritum inmundum et libera eum *L*   3 *il. om. MAI C GeV GeB*   ex *om. D¹L* (*J 1342*)   corporis] corporali *MAI* placatus *Am* (*exc. B*) *C GrA GeM²*] placitus *B GeM¹* / placidus *GeV GeB CeS* / propitius *GrF*   4 uisita nos *EGO*] u. eum *BFKN MAI CeS* / u. *ADLM C Gr Ge* (*J 1342*) et *Am Ge CeS*] ac *GrA* (*J 1342*) / ut *GrF*   gratiae] g. tuę *F*   concede *EFGKN CeS*] praesta *ABDLMO MAI C GrA Ge* (*J 1342*) / percipiat *GrF*   medicinam] medicamentum *CeS*
5 Uirtutum] UD Aet. ds u. *BM*   7 propitius – uiribus] huic famulo tuo ut fugatis ab eo diabolicis uiribus seu firmitatibus *M*   famulo] huic f. *C Gr GeB* / huic seruo *BG GeV*   tuo *MC Ge*] tuo *il. BG Gr GaB*   et] ut *B*   reuocatis *Am GeV*] receptis *Gr* / reuocatis *GaB*   8 nomen – instaurata] nomine sancto tuo instaurato *GaB*   benedicat] benedicas *GaB*
11 quod] quo *C GrF*   12 tuus] t. *N. C* / t. *il. GrF*
16 uirtutis tuae] u. *C*   17 pietatis tuae *om. C*   18 super *C Gr Ge*] qs s. *ENO* / qs *K* / qs ut *FM*   famulum *Am*] hunc f. *C Gr Ge*   tuum *O Gr Ge*] t. *il. EFKMN C* corporeae] corporea *Ge*
20 sempiterne] aeterne *GrF*   aeterna *om. GrF*   credentium *om. GeM*   21 famulo ... *Am C*] famulae ... *F²* / famulis ... *K² Gr Ge*   *il. om. C GeB*   pro *om. GrF GeM*

auxilium · ut reddita sibi sanitate gratiarum tibi in ecclesia tua referat actionem: per.

3 SUPER SINDONEM. Omnipotens sempiterne deus · qui egritudines et animorum depellis et corporum · auxilii tui super infirmum famulum tuum *illum* ostende uirtutem · ut ope misericordiae tuae adiutus · ad omnia pie-
6 tatis tuae reparetur officio: per.　　1352

SUPER OBLATA. Sana domine quaesumus uulnera famuli tui *illius* · egritudines eius perime · et peccata dimitte · et hanc obla-/tionem quam *f. 348*V
9 tibi pro eo offerimus benignus suscipe · et sic eum flagella in hoc saeculo · ut post transitum sanctorum tuorum mereatur adiungi consortio: per dominum nostrum.　　1353

12 PRAEFATIO. UD per Christum dominum nostrum · qui peccata nostra portauit in corpore suo · cuius uulnere plagarum sanati sumus: Cuius tactu uis febrium mox recessit · cuius sermone confestim surdus audiuit · cuius iussu
15 mutus fari non distulit · claudus cucurrit caecus uidit · aegrotum praeualuit · surrexit de sepulchro quatriduanus: Per ipsum te ergo pater piissime postulamus · ut sacrificii huius oblationem placatus suscipias: Et peccantibus nobis
18 ueniam et languenti fratri nostro *illi* conferas salutem et ueram medicinam: per eundem Christum dominum nostrum: per quem tibi omnes angeli incessabili uoce proclamant dicentes · Sanctus Sanctus Sanctus.　　1354

21 POST COMMUNIONEM. Deus infirmitatis humanae singulare praesidium · auxilii tui super infirmum famulum tuum *illum* ostende uirtutem · ut ope clementiae tuae / adiuto salutiferam regni celestis illi tribuas medi- *f. 349*R
24 cinam: per.　　1355

---

5 ope(m *gel.*)　　6 officio] officia　　13 uulner(e *aus ausp.* a)　　15 aegrotum]
aegrotus　　16 ergo (te *gel.*)　　23 adiu(to]ti *ü.d.Z. a.Hd*)　　24 per (Et aecclesie tue
sancte represen[*Ras.v. 4–5 Buchst.*, tari *3.Hd*] merea[n]tur. per dominum *a.Rd a.Hd*)

---

1 auxilium] auxilio *GeV*　　in ecclesia tua *om. EL*　　actionem] actiones *O*
3 et animorum] et animarum *C*¹ / animarum *C*² *GeM*　　4/5 infirmum – *il.* ....]
infirmos nostros ... *C GrF Ge* / infirmos famulos tuos *il.* .... *D*　　5 adiutus(i) *D C*]
om. GrF Ge
7 dne qs *D*] qs dne *A K C GrF*　　uulnera – *il.*] febres – *il. K* / a febre famulum tuum *il. A*　　egritudines *D C GrF*] et egritudinem *A K*　　8 et peccata *D C*] p. *A K GrF*　　et hanc *om. A K*　　8/9 quam – benignus *om. A K*　　9 pro eo *om. GrF*
10 transitum] eius t. *A K*　　sanctorum tuorum] uitae praesentis s. *GrF*　　tuorum *om. A K C*　　adiungi *D*] adunari *A K C GrF*　　consortio] consortium *A*
15 caecus uidit *om. A*　　17 oblationem] oblatione *A K* / oblationis *G*　　placatus] placatione p. *N*　　18 fratri] sorori, fratribus *K*²　　*il. om. N O*　　19 eundem *om. A O* per quem *om. E N O*
22 infirmum – *il.* .... *Am*] infirmos nros ... *Gr Ge*　　famulum ...] famulam ... *F*² / famulos ... *D K*²　　*il. om. O*　　23 clementiae *J*] misericordiae　　adiuto *B O C*] adiutus(i) *A D E F G K M N Gr Ge*　　salutiferam – medicinam *Am*　　24 per *E*] (et) ecclesiae tuae sanctae repraesentari mereatur: per

CCXLI

MISSA PRO INFIRMO DE CUI⟨U⟩S SALUTE DESPERATUR

1356   Deus qui famulo tuo *illi* tuae dedisti fidei coniunctionem · concede ut per ₃
temporalem corporis incommoditatem ad supernorum ciuium pertingere
mereatur consortium: per.

1357   SUPER SINDONEM. Famulum tuum *illum* quaesumus domine ab omnibus ₆
solue peccatis · et qui membrorum iam caret officio · numquam tuae miserationis destituatur auxilio: per dominum.

1358   SUPER OBLATA. Cuncta famuli tui *illius* quaesumus domine per hanc obla- ₉
tionem purgentur delicta · ut qui tuae dispositionis flagello in hac atteritur
uita · in futuro ei requies tribuatur: per.

1359   POST COMMUNIONEM. Sacris domine muneribus uegetati quaesumus · ut ₁₂
famulum tuum *illum* · infirmitate laborantem spe futurae beatitudinis rele-
uare digneris: per.

CCXLII   15

IMPOSITIO MANUUM SUPER INFIRMUM

1360   Sanctum et uenerabile nomen gloriae tuae inuoco / excelse deus *f. 349*ᵛ
pater omnipotens · qui fecisti caelum et terram mare et omnia · quae in eis ₁₈
sunt: Deus Abraham deus Isaac et deus Iacob · ⌈deus⌉ qui in altis habitas et
humilia respicis · respice super impositionem manuum nostrarum quam fecimus super hos famulos tuos et famulas tuas: Quae munus spiritaliter operen- ₂₁
tur super eos · des eis domine sanitatem corporis · et integritate⟨m⟩ mentis ·
longanimitatem uitę · prosperitatem in ualitudine: Et ab omni inquietudine ·
inimici libera eos · qui liberasti filios Israhel de terra Aegypti · Petrum de ₂₄
custodia carceris · Paulum de uinculis · Susanna de falso crimine · Teclam
de medio spectaculo · Danihel de lacu leonum · tres pueros de camino ignis
ardentis · Ionam de profundo maris · Loth de Sodomis: Ita et miserearis eis ₂₇
domine · qui misertus es ciuitati tuae Nineue · in qua commorabantur plus

---

7 (ab *gel.*)solue   19 (deus *ü.d.Z.*) qui   21 munus] manus   22 integritate⟨m-
Strich gel.)   28 e(st-*Strich ausp.*)s

---

3 tuo *om. GeM*   *il. om. N*   5 consortium *B D E K M N O C*] societatem *A F G GeM*
6 Famulum] Da f. *A*   7 solue *B E*] absolue *J*¹ *S (exc. B E) C GeM*   et] ut *K L*
9 per] super *M*   10 qui] quia *K*   11 tribuatur *B D C*] t. aeterna *S (exc. BD) GeM*
13 *il. om. N*   infirmitate *B G M O C GeM*] in inf. *A D E F K L N*   releuare]
reuelare *A G K M*
17 et *GeM*] ac *F M MAI*   19 ds Isaac *M GeM*] et ds I. *F MAI*   deus qui *GeM*]
qui *J*¹*F M MAI*   20 fecimus *J*] facimus   21 hos – tuas ... *GeM*] hunc famulum tuum *il.* ... *F M MAI*   quae] quem *F*   22 des *GeM*] da *F M MAI*
et *J*   27 eis *om. F*   28 qui] sicut *GeM*   tuae *om. M*

quam centum uiginti milia hominum: Domine sis eis adiutor et protector
atque defensor · sicut fuisti puero tuo Dauid ad expugnandum Goliad: Et
3 aperi oculos / cordis eorum ad cognoscendam uoluntatem tuam · sicut *f. 350*R
aperuisti oculos capitis Tobi ad uidendum uisibilia · taliter ut perducas eos
ad regnum tuum caeleste: per dominum.

6 *Postea unges eum de oleo sanctificato dicendo his uerbis.* Ungo te oleo sanctificato: 1361
Ut more militis uncti · et praeparati ad luctam aerᶠiᵗas possit superare cater-
uas operante creatura olei · in nomine patris et filii et spiritus sancti: Non
9 lateat hic spiritus inmundus · nec in membris nec in medullis nec in ulla compagine membrorum huius hominis · sed operetur in eo uirtus Christi filii dei
altissimi · qui cum aeterno deo patre uiuit.

12 *Communica eum et dic.* Corpus domini nostri Iesu Christi sanguine suo tinc- 1362
tum · conseruet animam tuam in uitam aeternam.

POST COMMUNIONEM. Domine sanctae pater te fideliter deprecamur · ut acci- 1363
15 piente fratre nostro sacrosanctam hanc eucharistiam · + corporis et sanguinis
domini nostri Iesu Christi filii tui · tam corporis quam animae sit salus: per
eundem dominum.

18 ## CCXLIII

ORATIO PRO REDDITA SANITATE

/ Domine sancte pater omnipotens aeterne deus · qui bene- *f. 350*V 1364
21 dictionis tuae gratiam aegris infundendo corporibus facturam tuam multiplici
pietate custodis · ad inuocationem nominis tui benignus assiste: Ut hunc
famulum tuum *illum* liberatum aegritudine et sanitate donatum dextera tua

---

7 aer(i *ü.d.Z.*)as   possit] possis   9 (n *gel.*)ulla

---

2 tuo *om. M*   4 capitis *om. M*   Tobi] Tobis *F MAI GeM* / Tobiae *M*   taliter *om. M*
6 unges] ungis *GeM* / unguis *F* / ungues *M MAI*   de oleo *GeM*] oleo *F M MAI*   dicendo
M] primum pectus secundo manus tertio pedes dicendo *MAI* / *om. F GeM*   Ungo] Unguo *F*
7 uncti et praeparati] et p. *GeM* / unctus et praeparatus *F M MAI*   aerias *om. GeM*
cateruas] c. inimici *M*   8 operante] operare *MAI*   patris] dei p. *MAI*
non *M GeM*] ut non *F MAI*   10 dei *M GeM*] *om. F MAI*
13 aeternam *GeM*] aet. amen *BFM MAI*
14 pater] p. omps aeterne ds *GrF GeB*   14/15 accipiente fratre *Am GeM*] a. hoc f.
GaB / accipienti fratri *GrF CeS*   15 nostro] n. *il. M GrF*   hanc eucharistiam *GrF*
GeM CeS] e. *FM MAI* / *om. GeB*   + *F GeM*   corporis et sanguinis] corpus et sanguinem *MAI*   16 filii tui *om. CeS*   corporis *F M MAI GeM*] corpori *GrF* / corpus
GeB / carnis *CeS*   sit salus] sentiat salutem *M*
20 omps *om. B*   21 corporibus *C Gr Ge*] criminibus *B D E O*   21/22 multiplici pie-
tate] multiplica(s *GeV*) pietatem *B GeV*   22 tui *C Gr Ge*] tui Sigismundi regis *B D E*
L O   ut *B D E L O*] et *C Gr Ge*   23 il. *B D E L O GrA*] *om. C GrF Ge*   liberatum
aegritudine . . . donatum] liberatam egritudinem . . . donatam *GeV*   aegritudine]
ab aegr. *C*   dextera tua] dexteram tuam *GeB*

erigas · uirtute confirmes potestate tuearis · ecclesiae tuae sanctisque altaribus tuis cum omni desiderata prosperitate restituas: per.

CCXLIIII   3

RECONCILIATIO PAENITENTIS AD MORTEM

1365   Deus misericors · deus clemens · qui secundum multitudinem miserationum tuarum peccata paenitentium deles · et praeteritorum criminum cul-   6
pas uenia remissionis euacuas: Respice super hunc famulum tuum · et remissionem sibi omnium peccatorum suorum tota cordis confessione poscentem ·
deprecatus exaudi: Renoua in eo piissime pater quicquid terrena fragilitate   9
corruptum uel quicquid diabolica fraude uiolatum est · et in unitate ˹cor-
poris˺ ecclesiae tuae membrorum perfecta remissione restitue: Miserere domine gemi-/tuum · miserere lacrimarum: Et non habentem fiduciam *f. 351*ᴿ   12
nisi in tua misericordia · ad sacramentum reconciliationis admitte: per.

1366   ALIA. Maiestatem tuam domine supplices deprecamur: Ut huic famulo
tuo *illi* ˹longo˺ squalore paenitentiae macerato · miserationis tuae ueniam   15
largiri digneris: Ut nuptiali ueste recepta · ad regalem mensam unde eiectus
fuerat mereatur introire: per.

CCXLV   18

ORATIONES IN AGENDA MORTUORUM

1367   *Quando anima egreditur de corpore.* Pio recordationis affectu fratres karissimi
commemorationem facimus cari nostri *illius* · quem dominus de temptationi-   21
bus huius saeculi assumpsit · obsecrantes misericordiam dei nostri: Ut ipse
ei tribuere dignetur placitam et quietam mansionem · et remittat omnes

---

10 corporis *ü.d.Z. a.*Hd   15 longo *a.*Rd *m.*Zeichen *a.*Hd   20 *egredi(e gel.)tur*

---

1 potestate – tuae *om. O*   ecclesiae] et e. *D EL C*   1/2 sanctisque – prosperitate
C Gr Ge] p. *B O* / prosperitatem *D EL*
7 tuum] t. *il. B* / t. *N. GrF*   8 suorum *om. Ge*   tota] intima *GrF*   10 corruptum]
c. est *Ge*   et in] in *Ge*   unitate *B GrA*] unitatem *GrF GeV*   11 membrorum]
membrum *GrF Ge*   perfecta] perpetua *GeA*   12 gemituum] gemitum *GrAR*
15 *il. om. Ge*   16 largiri *B Gr*] largire *Ge*   17 introire] intrare *Ge*
20 *Quando MAI GrA] Cum B   egreditur de corpore GrA] de c. egredietur B / egressa est
de c. MAI*   Pio] Piae *GrF*   21 commemorationem] commemoratione *B GeV*
facimus *B MAI GrA*] faciamus *GrF Ge GaB*   22 huius *om. GaB*   dei] dni *GeB*
23 placitam *B Ge GaB*] placidam *MAI Gr*   et quietam] aut q. *GeB* / quietem *GeV*
et remittat *B MAI Gr*] r. *Ge GaB*   omnes] omps *GeB*

lubricae temeritatis offensas: Ut concessa uenia plenae indulgentiae quicquid in hoc saeculo proprio reatu deliquit · totum ineffabili pietate ac benig-
3 nitate sua deleat et abstergat · quod ipse praesta⟨re⟩.

    ALIA. / Deus cui omnia uiuunt · et cui non pereunt moriendo cor- *f. 351*ᵛ   1368
pora nostra · sed mutantur in melius · te supplices deprecamur · ut suscipi
6 iubeas animam famuli tui *illius* · per manus sanctorum angelorum tuorum
deducendam in sinum amici tui Abrahae patriarchae · resuscitandamque in
nouissimo magni iudicii die: Et quicquid uitiorum fallente diabolo contraxit ·
9 tu pius et misericors ablue indulgendo: per.

    ITEM ALIA. Suscipe domine animam serui tui *illius* · quam de ergastulo   1369
huius saeculi dignatus es assumere: Et libera eam de principibus tenebrarum ·
12 et de locis poenarum: Ut absoluta omnium uinculo peccatorum quietis ac
lucis aeternae beatitudine perfruatur · et inter sanctos et electos tuos in resurrectionis gloriam resuscitari mereatur: per.

15   ⟨ALIA.⟩ Non intres in iudicio cum seruo tuo domine *illo* · quoniam nullus   1370
apud te iustificabitur homo · nisi per te omnium peccatorum tribuatur remissio: Non ergo eum tua quaesumus iudicialis sen⟨ten⟩tia premat · quem
18 / tibi uera supplicatio fidei christianę commendat: Sed gratia tua *f. 352*ᴿ
illi succurrente mereatur euadere iudicium ultionis · qui dum uiueret insig-
nitus est signaculo trinitatis: per.

21   ALIA. Fac quaesumus domine hanc cum seruo tuo defuncto *illo* misericor-   1371
diam: Ut factorum suorum in poenis non recipiat uicem · qui tuam in notis
tenuit uoluntatem: Ut sicut hic eum uera fides iunxit fidelium turmis · ita
24 eum illic tua miseratio societ angelicis choris: per.

---

2 pietate(m-*Strich ausp.*)   13 beatitudin(e *aus* i)   19 merea(n *gel.*)tur   24 soci(e
aus i, t *a.Ras.*)

---

2 proprio] p. uel alieno *GrF*   proprio – deliquit *B MAI Gr*] proprius (proprior
GeB) error attulit *Ge GaB*   reatu – totum *om. GaB*   2/3 benignitate sua – abstergat *B MAI Gr*] b. sua conpensit *Ge* / benignitatem suam indulgeat *GaB*   3 quod
ipse . . . *B Gr*] per *MAI GeV* / *om. GeB GaB*
6 famuli tui] famuli(ae) tui(ae) *MAI*
10 serui tui] s. (ancillae) tui(ae) *MAI*   11 dignatus es assumere *B MAI*] uocare d.
es *Gr*   13 aeternae] aeterna *MAI*   14 gloriam *GrA*] gloria *B MAI GrF*
15 iudicio] iudicium *GrF*   seruo tuo . . .] s. (ancilla) tuo(a) . . . *MAI*   *il. GrA*]
N. GrF / *om. MAI*   15/16 nullus apud te] a. te non *MAI*   17 eum – iudicialis] qs
tua *MAI*   20 trinitatis] sanctae t. *GrF*
21 qs – hanc *om. MAI*   seruo tuo . . .] s. (ancilla) tuo(a) . . . *MAI*   defuncto
il. misericordiam *GrA*] *N.* d. m. *GrF* / *il.* dne d. m. *MAI* / m. B   22 notis *B*] uotis
MAI Gr   23 ut – eum] et quia illum *GrF*   23/24 ita eum illic] illic eum *GrF*   24 eum
om. MAI

1372   ALIA. Inclina domine aurem tuam ad preces nostras · quibus misericordiam
tuam suppliciter deprecamur: Ut animam famuli tui *illius* quam de hoc
saeculo migrare iussisti · in pacis ac lucis regione constituas · et sanctorum   3
tuorum iubeas esse consortem: per.

1373   ALIA. Absolue domine anima⟨m⟩ famuli tui *illius* ab omni uinculo delictorum: Ut in resurrectionis gloria · inter sanctos tuos resuscitatus respiret: 6
per.

1374   ALIA. Annue nobis domine · ut anima famuli tui *illius* remissionem quam
semper optauit · mereatur / percipere peccatorum: per.   *f. 352*V   9

1375   *Post haec continuatim canantur psalmi. Et postea dicantur capitula haec.* In memoria aeterna erit iustus.

Ne tradas bestiis animas confitentium tibi: 12
Praetiosa in conspectu domini mors sanctorum eius:
Non intres in iudicio cum seruo tuo domine:
Requiem aeternam dona ei domine.   15

1376   INCIPIUNT ORATIONES POST LAUATIONEM CORPORIS. Deus uitae dator et
humanorum corporum reparator · qui te a peccatoribus exorari uoluisti:
Exaudi preces quas speciali deuotione pro anima famuli tui *illius* tibi lacri-   18
mabiliter fundimus · ut liberare eam ab inferorum cruciatibus · et collocare
inter acmina sanctorum tuorum digneris: Ueste quoque caelesti et stola immortalitatis indui et paradisi amoenitate confoueri iubeas: per.   21

1377   ALIA. Deus qui humanarum animarum aeternus ᴙaᴚmator es: Animam
famuli tui *illius* quam uera dum in corpore maneret tenuit fides · / *f. 353*R
ab omni cruciatu inferorum redde extorrem: Ut segregata ab infernalibus   24
claustris · sanctorum mereatur adunari consortiis: per.

1378   ORATIONES ANTE SEPULCHRUM PRIUSQUAM SEPELLIATUR. Obsecramus misericordiam tuam aeterne omnipotens deus · qui hominem ad imaginem tuam   27
creare dignatus es: Ut spiritum et animam famuli tui *illius* · quem hodierna

---

22 (ani *gel.* /a *v.d.Z.*)mator

---

1 dne] qs dne *GeV* / dne qs *GeB*   aurem tuam] aures tuas *GeV GeB*   quibus] pro
qu. *GeV GeB*   2 suppliciter *Am GeM*] supplices *C Gr GeV GeB* (*J 1390*)   depre-
camur] exoramus *GeV GeB*   animam famuli . . .] a. famuli(ae) tui(ae) . . . *MAI* / animas famulorum famularumque . . . *GeV GeB*   2/3 quam – iussisti *om. GeV GeB*
3 et] in *MAI*   4 tuorum *om. GeV*
5 dne] qs dne *GrF*   famuli . . .] famulae . . . *F²*   *il. om. MAI*   6 gloria]
gloriam *A¹D*   sanctos] s. et electos *D MAI*   resuscitatus respiret] resuscitari
mereatur *C*
10 *haec J*
17 exorari] exorare *B*   18 preces] p. nostras *MAI*   famuli tui] famuli(ae) tui
(ae) *MAI*   19 inferorum] infernorum *GrF*   23 famuli tui . . .] famuli(ae) tui(ae)
. . . *MAI*   *il. om. B*
28 spiritum et *om. GrF*   famuli tui . . .] famuli(ae) tui(ae) . . . *MAI*   quem]
quam *GrF*

die rebus humanis eximi · et ad te accersiri iussisti blande et misericorditer
suscipias: Non ei dominentur umbrae mortis · nec tegat eum chaos · et caligo
3 tenebrarum: Sed exutus omnium criminum labe · in sinu Abrahę ⌐patriarcę⌐
collocatus locum lucis et refrigerii · se adeptum esse gaudeat: Et cum dies
iudicii aduenerit · cum sanctis et electis tuis eum resuscitare iubeas: per.

6 ⟨ALIA.⟩ Deus apud quem mortuorum spiritus uiuunt · et in quo electorum 1379
animae deposito carnis onere plena felicitate laetantur: Praesta supplicantibus nobis · ut anima famuli tui *illius* quae temporali per corpus uisionis huius
9 lumi-/nis caruit uisu · aeternae illius lucis solacio potiatur: Non eum *f. 353*ᵛ
tormentum mortis attingat · non dolor horrendae uisionis afficiat: Non
poenalis timor excruciet · non reorum proxima catena constringat: Sed con-
12 cessa sibi delictorum omnium uenia · optatae quietis consequatur gaudia
repromissa: per dominum.

ORATIO POST SEPULTUM CORPUS. Oremus fratres karissimi pro spiritu cari 1380
15 nostri *illius* · quem dominus de laqueo huius saeculi liberare dignatus est ·
cuius corpusculum hodiae sepultura⟨e⟩ traditur: Ut eum pietas domini in
sinu Abrahae · et Isa⌐a⌐c et Iacob collocare dignetur: Ut cum dies iudicii
18 aduenerit · inter sanctos et electos suos eum in parte dextera collocandum
resuscitare faciat: Praestante domino Iesu Christo qui cum patre et spiritu
sancto uiuit et regnat deus per omnia saecula saeculorum.

21 ALIA. Deus qui iustis supplicantibus semper praesto es · qui pia uota dig- 1381
naris intueri: Da famulo tuo / *illi* cuius depositioni hodie officia *f. 354*ᴿ
humanitatis exhibemus · cum sanctis atque fidelibus tuis beati muneris por-
24 cionem: per dominum.

ITEM ALIA. Debitum humani corporis sepeliendi officium fidelium more 1382
complentes · deum cui omnia uiuunt fideliter deprecemur: Ut hoc corpus
27 cari nostri *illius* a nobis in infirmitate sepultum · in ordine sanctorum suorum
resuscitet · Et eius spiritum sanctis ac fidelibus aggregari iubeat: Cum quibus
inennarrabili gloria · et perenni felicitate perfrui mereatur · Praestante do-
30 mino nostro Iesu Christo qui cum patre et spiritu sancto uiuit et regnat deus
per omnia saecula saeculorum.

---

3 patri/arcę *hinzugef.*   7 deposit(i *gel.*)o   8 uisioni(*Buchst.gel.*)s   14 spiritu
a.Ras.   17 Isa(a *ü.d.Z.*)c   collo(c *aus* r)are   20 saecul(a *aus* o)   28 (E *aus* U)t

---

1 accersiri] accessire *GrA*   4 se] sese *GrF*   5 resuscitare *B*¹] resuscitari *B*² *MAI Gr*
14/15 cari nostri . . .] cari(ae) nostri(ae) . . . *MAI*   17 et Isaac] I. *GrF*   19 resus-
citare] resuscitari *MAI Gr*   dno] dno nostro *MAI Gr*   20 et regnat *MAI*] et
gloriatur *GrF* / *om. GrA*
21 supplicantibus *B K GrA*] supplicationibus *MAI Ge*   semper *om. GeV*   uota]
munera *GeB*   dignaris] digneris *GeB*   22 famulo . . .] famulis . . . *K*²
depositioni *GrA*] depositionis *B K MAI Ge*   hodie *om. GeB*   23 humanitatis ex-
hibemus] pia praestamus *Ge*   atque fidelibus] atque electis *GeV* / et electis *GeB*
26 deprecemur] deprecamur *GeB*   27 cari nostri . . .] cari(ae) nostri(ae) . . . *MAI* /
om. GeV   a nobis *om. GeB*   in ordine] in uirtute et o. *GeV* / et in o. *GeB*   suorum
om. MAI Ge   28 resuscitet – fidelibus *om. GrF*   spiritum] animam *GeV*   ac]
et *GeV*   28/29 cum – mereatur *om. MAI*   30 regnat] gloriatur *GrF*

1383   ITEM ALIA. Temeritatis quidem est domine · ut homo hominem · mortalis
mortalem · cinis cinerem tibi domino deo nostro audeat comendare: Sed quia
terra suscipit terram · et puluis conuertitur in puluerem · donec omnis caro 3
in suam redigatur originem · inde tuam deus piissimae pater lacrimabiliter
quaesumus pietatem: Ut huius famuli tui *illius* · animam / quam *f. 354*ᵛ
de huius mundi uoragine cenulenta ducis ad patriam · Habr⟨a⟩hae amici 6
tui sinu recipias · et refrigerii rore perfundas: Sit aestuantis gehennę truci
incendio segregatus · et beatae requiei te donante coniunctus: Et si quae illi
sunt domine dignae cruciatibus culpae · tu eas gratiae mitissime lenitate 9
indulge: Nec peccati recipiat uicem · sed indulgentiae tuae piam sentiat
bonitatem: Cumque finito mundi termino supernum cunctis illuxerit regnum · omnium sanctorum coetibus aggregatus cum electis resurgat · in parte 12
dexterae coronandus: per.

1384   ALIA. Tibi domine commendamus animam famuli tui *illius* · ut defunctus
saeculo tibi uiuat: Et si qua per fragilitatem mundane conuersationis peccata 15
admisit · tu uenia misericordissimae pietatis absterge: per.

CCXLVI

MISSA IN DIE DEPOSITIONIS DEFUNCTI TERTII VIIMI UEL 18
XXXMI

1385   ORATIO SUPER POPULUM. Quaesumus domine ut famulo tuo *illi* · cuius tertium · septimum *uel* tricesimum · obitus sui diem commemora-/mus · *f. 355*ᴿ 21
sanctorum atque electorum largire consortium · et rore misericordiae tuae
perennis infunde: per.

---

7 (g *a.Ras.v.* h)ehennę   8 (d *aus* n)onante   *1384 u. 1385 (bis* commemora/mus*)*
nachgezogen   14 defunct(u *über* i)s

---

4 ds *om. GrF*   5 famuli tui . . .] famuli(ae) tui(ae) . . . *MAI   il. om. GrF*   6 de *om.*
GrF   cenulenta] coenuculenta *GrF*   7 aestuantis] ab aest. *MAI Gr*   8 segregatus . . . coniunctus] segregata . . . coniuncta *GrF*   si *om. GrF*   9 eas] eis *MAI*
gratiae . . . lenitate] gratia . . . lenitatis *GrF*   12 omnium sanctorum] nouus homo
s. o. *GrF*   electis] e. tuis *GrF*   13 dexterae] dextera *GrF*   coronandus] collocandus *MAI*
14 famuli tui . . .] famuli(ae) tui(ae) . . . *MAI*   15 si qua *MAI GrAR*] quae *GrAO GrF*
20 ut famulo *B D G C Ge*] f. *A F K M N O FrM MAI GrF*   famulo tuo *il.*] f. t. *D*
MAI GeV / famulis tuis *il. K²* / animae famuli tui *il. GrF*   20/21 tertium . . . diem] d. t.
. . . *N FrM*   tertium septimum *uel* tricesimum *K N O*] t. s. *siue* tr. *B F M* / t. *uel* s.
uel tr. *C* / t. s. tr. *FrM* / primum t. s. *uel* tr. *MAI* / septimum *A Ge* / il. *G GrF* / *om.* D
22 atque electorum *A¹ D FrM C¹ Ge*] a. e. tuorum *A² B N C² GrF* / tuorum *F G K M O*
MAI   largire] largiaris *C*   rore *A² B D G N GeV*] rorem *A¹ F K M O FrM MAI C*
GrF GeB   22/23 tuae perennis] perennem *GrF*   23 infunde] infundas *C*

SUPER OBLATA. Adesto domine supplicationibus nostris · et hanc oblationem 1386
quam tibi offerimus ob diem depositionis · tertium · septimum · xxxmum ·
3 pro anima famuli tui *illius* placatus ac benignus assume: per.

PREFATIO. *Require illam in antea in anniuersarii. (1407)*

INFRACTIONE. Hanc igitur oblationem domine quam tibi offerimus pro ani- 1387
6 ma famuli tui *illius* cuius depositionis diem tertium · septimum · *uel* xxxmum ·
celebramus quo deposito corpore animam tibi creatori reddidit quam dedisti · pro quo petimus diuinam clementiam tuam ut mortis uinculis ab-
9 solutus transitum mereatur ad uitam · diesque.

POST COMMUNIONEM. Omnipotens sempiterne deus · collocare dignare 1388
⌈corpus⌉ et animam famuli tui *illius* · cuius diem tertium septimum · *uel*
12 xxxmum · depositionis celebramus in sinibus Abrahae Isaac et Iacob ut cum
dies agnitionis tuae uenerit · inter sanctos et electos tuos eum resuscitare
praecipias: per.

15   CCXLVII

                        MISSA UNIUS DEFUNCTI

/ Omnipotens sempiterne deus · cui numquam sine spe miseri- *f. 355*ᵛ 1389
18 cordiae supplicatur · propitiare animae famuli tui *illius*: Ut qui de hac uita
in tui nominis confessione discessit · sanctorum tuorum numero facias aggregari: per.

---

11 corpus *ü.d.Z. (gel.?) a.Hd*   19 discess(it] erunt *ü.d.Z. a.Hd*)

---

1 dne] qs dne *B G*   2 ob – xxxmum *om. D*   tertium septimum xxxmum *A FrM*
GeB GeM] t. s. *uel* tr. *F K M N O* / t. s. *seu* tr. *GrF* / t. *uel* s. *uel* tr. *C* / il. *B G* / vii *uel*
xxx *GeV*   3 anima . . .] animabus . . . *K*²   placatus – assume] placidus et benignus suscipe *GrF*   placatus] placitus *G GeV GeB*
6 famuli . . .] famulorum . . . *K*²   depositionis diem] in d. die(m *G*) *B G*   tertium
septimum *uel* xxxmum *O GeB*] t. s. tr. *F FrM* / t. s. *siue* tr. *K* / *uel* diem t. *uel* s. *uel* tr.
C / vii *uel* xxx *GeV* / il. *A B G GrF* / *om. D*   7 quo] quod *A*¹ *GeV*   deposito] depositio *C*   dedisti] d. placatus intende *A K* / d. qs clementer accipias *GrF*   8 diui-
nam] inmensam *F*   absolutus] absolutum *FrM* / absolutis *D*¹ *Ve*   9 diesque *D*
J] per Christum
11 corpus et animam] c. a. et spiritum *B Ge* / a. et spm *A F K M O FrM C* / spm et a.
MAI / a. *D G N GrF*   11/12 diem – xxxmum] die tertio septimo *uel* trigesimo *N*
tertium septimum *uel* xxxmum *F K M C GeB GeM*] t. s. tr. *FrM* / primum t. s. tr. *MAI* /
s. *uel* tr. *GeV* / il. *A B G GrF* / t. s. *siue* tr. *O* / *om. D*   12 depositionis *D G C GrF*] depositionem *N* / sui depositionem *B* / *siue* depositionem *Ge* / *om. A F K M O FrM MAI*
celebramus] celebrauimus *GeV GeB*   sinibus] sinum *K*   13 resuscitare *B D G Ge*]
resuscitari
18 animae famuli . . .] animabus famulorum . . . *FrM*²   19 facias] eum f. *C*

1390   SUPER SINDONEM. Inclina domine aurem tuam ad preces nostras · quibus
misericordiam tuam supplices deprecamur: Ut animam famuli tui *illius* quam
de hoc saeculo migrare iussisti · in pacis ac lucis regione constituas · et sanc-   3
torum tuorum iubeas esse consortem: per.

1391   SUPER OBLATA. Propitiare quaesumus domine animae famuli tui *illius* · pro
qua tibi hostias placationis offerimus · et quia in hac luce in fide mansit catho-   6
lica · in futura uita ei retributio condonetur: per.

1392   PRAEFATIO. UD in cuius aduentu[m] cum geminam iusseris sistere plebem ·
iubeas et famulum tuum *illum* · a numero discernere malorum quam etiam   9
tribuas poene aeterne euadere flammas et iuste potius adipisci proemia uitae
induique iubeas deuicta mortis uigorem semper in⟨ex⟩stinctam habere
/ luminis auram · eique dignare concedere perpetuam habere prae-   *f. 356*R   12
claro in corpore uitam ubi nox nulla sua defendit atra[s] securus de salute
placidis laetetur honore semper uicturus semperque in luce futurus: per
Christum.   15

1393   INFRACTIONE. Hanc igitur oblationem quam tibi pro requie animae famuli
tui *illius* offerimus · quaesumus domine placatus accipias: Et tua pietate
concedas · ut mortalitatis nexibus absoluta · inter fideles tuos mereatur   18
habere portionem · diesque nostros.

1390 Plural ü.d.Z. a.Hd   9 quam] quem   11 mortis] morte   14 honore] in
horis

---

1 dne] qs dne *GeV* / dne qs *GeB*   aurem tuam] aures tuas *GeV GeB*   quibus] pro
qu. *GeV GeB*   2 supplices *C Gr GeV GeB*] suppliciter *S GeM* (*J 1372*)   depre-
camur] exoramus *GeV GeB*   animam famuli . . .] animas famulorum . . . *J²F² FrM²
GeV GeB*   2/3 quam – iussisti *om. GeV GeB*   4 tuorum *om. GeV*
5 qs dne] dne qs *M FrM GrAO GrF* / dne *GeB*   animae famuli . . .] animabus famulorum . . . *FrM²*   6 in fide *Am Gr*] fide *C Ge*   7 in futura] ei in f. *GeV* / et in f.
GeB GeM   uita] u. pia *GrF*   ei] eius *GrA GeV GeB*
8 UD *DEKFrM GeB*] UD per Chr. dnm nrm *ABMNO Gr*   aduentum *DK GeB*]
aduentu   sistere] resistere *GrA*   9 et famulum] f. *A Gr GeB*   famulum . . .]
famulos . . . *FrM²*   il. *om. N*   a *om. A¹ GeB*   discernere *GrA GeB*] discerni *S GrF*
quam etiam] cui e. *A²* / quem e. *BEKMNO FrM* / quem *D Gr GeB*   11 iu-
beas] eum i. *GrF*   uigorem *Gr GeB*] uictorem *S (exc. N)* / uictoriam *N*   semper
A¹BDEKO GrA GeB] semperque *A²FMNFrM GrF*   instinctam *A¹FM*] inextinctam
12 auram] aulam *FM FrM*   eique – concedere *Am*] dignare *A¹ GrA GeB* / et possidere *GrF*   habere *J*   13 ubi] ut ubi *GrF*   sua . . . atras] suas a. tenebras *GrF
GeB* / suas . . . atra tenebras *S GrA*   defendit *DE GrA*] defendet *A¹BKNO FrM
GeB* / defendat *A²FM* / diffundit *GrF*   securus] sed s. *A²FN*   14 placidis] placido *A²* / placito *F* / placitis *GeB*   honore *F*] in ore *A² GeB* / in (h)oris *S Gr*   sem-
per] semperque *M*   semper uicturus *om. N*   semperque – futurus *om. F*   14/15 per
Christum *AEFMO FrM GeB*] per eundem Chr. *BDKN GrF* / per quem *GrA*
16 animae famuli . . .] animarum famulorum . . . *FrM²*   17 placatus] ut p. *C*
18 concedas] concede *GeV*   absoluta] absolutam *KM C GeV*   18/19 tuos – ha-
bere] ministros t. h. iubeas *K* (*cf. J 1408*)   mereatur habere] h. m. *C* / h. constituas *A Ge*   19 diesque] per *GrA GeV*

POST COMMUNIONEM. Praesta quaesumus omnipotens deus: Ut animam 1394
famuli tui *illius* ab angelis lucis susceptam · in praeparatis habitaculis deduci
3 facias beatorum: per.

CCXLVIII

MISSA IN AGENDA PLURIMORUM MORTUORUM

6 Propitiare domine quaesumus animabus famulorum famularumque tua- 1395
rum *illorum* misericordia sempiter⌐na⌐ · ut mortalibus nexibus expeditas lux
eas aeterna possideat: per dominum.

9   1395 A EPISTULA BEATI PAULI APOSTOLI AD CORINTHIOS I. 15,51–57
              immutabimur: / In (15,51/52)   *f. 356*V
         1395 B LECTIO SANCTI EUANGELII SECUNDUM IOHANNEM. CAPUT LVI. 6,37–(?)
12   me / ⟨ut⟩ (6,40)   *f. 357*R

Lücke

⟨ITEM ALIA MISSA⟩

15   1396 A 1 Thess 4,⟨13⟩–18
              ⟨dormierunt⟩ / per (4,14)   *f. 357*R
         1396 B LECTIO SANCTI EUANGELII SECUNDUM IOHANNEM. CAPUT XCIIII. 11,21–27
18   cre-/didi (11,27)   *f. 357*V

SUPER SINDONEM. Maiestatem tuam domine supplices exoramus · ut animae 1396
famulorum famularumque tuarum ab omnibus quae humanitatis comiserunt
21 exutę in tuorum censeantur consorte iustorum: per.

SUPER OBLATA. Hostias quaesumus domine quas tibi offerimus pro anima- 1397
bus famulorum famularumque tuarum propitiatus intende: Ut quibus fidei
24 christianę meritum contulisti · donet et praemium: per.

1394 Plural ü.d.Z.   2 praeparat(is) o *ü.d.Z.*)   habitacul(is) o *ü.d.Z.*)   7 sem-
piter(na *ü.d.Z.*, m-*Strich später nachgetragen*)   24 donet] dones

---

1/2 animam famuli . . .] animas famulorum . . . *J*² *FrM*²   2 praeparatis habitaculis *EF FrM GrAR Ge*] praeparata habitacula *A B K M N O MAI C GrF GrAO* / prępa-
ratas habitaculas *D*
6 Propitiare *F C Gr GeM GeB*] Praeste *S (exc. F) GeV*   dne qs *GeB*] qs dne   famularumque tuarum] tuorum *B O*   7 *il. DEFGM GrF*] *il. et il. BKNO FrM MAI* /
om. A C GrA Ge   misericordia sempiterna *C Gr GeM*] misericordiam sempiternam
S GeV GeB   mortalibus *D G N FrM C Gr Ge*] mortalitatis *A BEFKMO MAI*
19 supplices *C GrF Ge*] suppliciter *D FrM*   20 tuarum *C Ge*] t. *il. D GrF* / t. *il. et il.*
FrM   ab omnibus *om. GeB*   humanitatis *GeB*] humanitatae *GeV* / humanitus *D*
FrM C GrF   21 exutę *D FrM Ge*] e. contagiis *C* / e. peccatis *GrF*   consorte *J*] sorte
22/23 offerimus pro . . . tuarum] pro . . . t. (*il. D FrM*) o. *D FrM C Gr Ge*   23 propi-
tiatus] propitius *C*   ut] et *Ge*

1398   INFRACTIONE. Hanc igitur oblationem quam tibi pro commemoratione ani-marum in pace dormientium suppliciter immolamus · quaesumus domine benignus accipias: Et tua pietate concedas · ut et nobis proficiat huius pietatis 3 affectus · et illis inpetret beatitudinem sempiternam · quam oblationem.

1399   POST COMMUNIONEM. Animabus quaesumus domine famulorum famularum-que tuarum *illorum* · oratio proficiat supplicantium: Ut eas et a peccatis 6 exuas · et tuae redemptionis facias esse participes: per.

1400   ITEM ALIA MISSA EIUSDEM. / Animabus quaesumus domine famu- *f. 358*R lorum famularumque tuarum misericordiam concede perpetuam: Ut eis 9 proficiat in aeternum · quod in te sperauerunt et crediderunt: per.

    1400 A LECTIO LIBRI MACHABEORUM ⟨II⟩. 12,43–46
    1400 B LECTIO SANCTI EUANGELII SECUNDUM IOHANNEM. 6,44–47.54   12
        docibiles / deo (6,45)   *f. 358*V

    ORATIO SUPER SINDONEM [ORATIO SUP̄ SIND] *require retro.*

1401   ORATIO SUPER OBLATA. His quaesumus domine placatus intende muneribus: 15 Et quod ad laudem tui nominis supplicantes offerimus · ad indulgentiam proficiat defuncto^rrum^1: per.

1402   INFRACTIONE. Hanc igitur oblationem quam tibi pro animabus famulorum 18 famularumque tuarum ueneranter deferimus quaesumus domine placatus intende · et tua dignatione concede ut mortis uinculo absoluti transitum mereantur ad uitam · diesque nostros.   21

1403   POST COMMUNIONEM. Supplices quaesumus domine pro animabus famu-lorum famularumque tuarum praeces effundimus: Sperantes · ut quicquid conuersatione contraxerunt humana · et clementer indulgeas · et in tuorum 24 sede laetantium constituas redemptorum: per.

---

14 SINDONEM OR(A *aus* O)TIO   17 defunct(o *aus* u, rum *ü.d.Z̧.*)

1/2 commemoratione – pace] animabus famulorum famularumque tuarum *il.* et omnium in Christo *GrF*   2 immolamus] immolantes *GeB*   3 benignus] ut pla-catus *GrF*   concedas] concede *GeV*   3/4 huius – affectus] ad medelam *GrF*   4 affec-tus] effectus *D*   beatitudinem] misericordiam *C*   quam *O C GrA GeB*] diesque *D FrM* / per *GrF GeV*
5/6 Animabus . . . famulorum famularumque tuarum *D M FrM C Gr GeV*] A. . . . famulorum tuorum *GeB* / Famulis tuis . . . *BF O* / Famulis et famulabus tuis . . . *K* 6 *il. B D K M GrF Ge*] *il.* et *il. N FrM GrA* / om. *O C*   et om. *M*   7 facias – parti-cipes *D O FrM C Gr Ge*] consortes efficias *BF K M N*
9 famularumque tuarum *C GrA Ge*] f. t. *il. M GrF* / f. t. *il.* et *il. F K N MAI* / tuorum *il.* (et *il. O*) *B D O*   10 per] qui uiuis *F M*
15 qs om. *L*   16 supplicantes] supplices *C*   17 defunctorum] omnium d. *GrF* 19 ueneranter *C GeB*] uenerantes *GeV*   20 uinculo] uinculis *C Ge Ve* (*cf. J 1387*) absoluti *GeV*] absolutẹ *C GeB* / absolutis *Ve*   21 diesque] quam oblationem *C* / per *Ge* 22 qs dne *L GrA Ge*] tibi dne *BF K M N O* / te dne *D* / dne *C GrF*   23 famularumque tuarum *C GrA GeB*] f. t. *il.* (et *il. N*) *F K L M N GrF* / tuorum (*il. B D O*) *B D O GeV* effundimus] fundimus *O*   sperantes] petentes *GrF*   24 contraxerunt] traxe-runt *O*   humana] humane *L M*   et clementer] cl. *F*1*M*

CCXLVIIII

MISSA IN ANNIUERSARIO UNIUS DEFUNCTI

3   / Suscipe domine praeces nostras · pro anima famuli tui *illius*   *f. 359*R   1404
cuius anniuersarium depositionis diem celebramus: Ut si quae in eo maculae
de terrenis contagiis adheserunt remissionis tuae misericordia deleantur: per.

6   SUPER SINDONEM. Deus indulgentiarum domine · da famulo tuo *illi* · cuius   1405
anniuersarium depositionis diem commemoramus · refrigerii sedem quietis
beatitudinem luminis claritatem: ⟨per.⟩

9   SUPER OBLATA. Propitiare domine supplicationibus nostris pro anima et   1406
spiritu famuli tui *illius* · cuius hodie annua dies agitur: Pro qua tibi offerimus
sacrificium laudis · ut eam sanctorum tuorum consortio sociare digneris: per
12   dominum nostrum.

⟨PRAEFATIO.⟩ UD per Christum dominum nostrum: Per quem salus   1407
mundi · per quem uita omnium · per quem resurrectio mortuorum · Per
15   ipsum te domine suppliciter deprecamur · ut animae famuli tui *illius* cuius
diem *illum* celebramus indulgentiam largiri digneris perpetuam · atque contagiis mortalitatis exutam · in aeternae saluationis partem / resti-   *f. 359*V
18   tuas: per quem maiestatem.

INFRACTIONE. Hanc igitur oblationem domine quam tibi offerimus pro   1408
anima famuli tui *illius* · cuius hodie annua dies agitur · quaesumus placatus
21   intende: Eamque mortalitatis nexibus absolutam inter tuos fideles ministros
habere perpetuam iubeas portionem · quam oblationem.

---

3 dne] qs dne *N*   anima famuli . . . *Am Ge*] animabus famulorum . . . *FrM*² / animabus famulorum famularumque tuarum *il*. . . . *GrF*   4 cuius – celebramus *D N FrM*]
c. hodie annua dies agitur *E* / om. *Gr Ge*   si quae in eo maculae *Am GeB*] si quę
ei m. *GrA GeM* / m. quae eis *GrF*
6 famulo . . .] famulis . . . *F*² *K*² *FrM*² *GrF*   7 anniuersarium] (primum *MAI*)
tertium septimum (*uel M*) trigesimum *M MAI*   8 beatitudinem] beatitudinis *M*
claritatem *D N FrM C GrF*] c. largiaris *GeV* / c. largiaris oramus *A F K M MAI GeB GeM*
9/10 anima et spiritu . . . *E C Gr GeB GeM*] animabus et spiritibus . . . *GeM*² / anima-
ma . . . *S* (*exc. E*) *GeV* / animabus . . . *F*² *K*² *FrM*²   10 cuius – agitur om. *M GeV*
14 omnium] hominum *M GrA GeM*   15 suppliciter] supplices *O*   deprecamur]
exoramus *F O*   animae famuli . . .] animabus famulorum . . . *K*² *FrM*²   *il. om.*
FrM   16 diem *il. D GC Gr GeV GeB*] *il.* d. *B* / d. *A GeM* / anniuersarium d. *N FrM* /
d. tertium septimum *siue* (*uel M O*) trigesimum *F K M O*   largiri digneris *D N Gr Ge*]
largiaris *S* (*exc. D N*) *C* / largire *G*   16/17 atque – restituas om. *GrF*   17 partem *Am*
(*exc. B*) *C GeV*] parte *B GrA GeB GeM*   18 per quem *D Gr*] per *A* / per Christum *G M*
GeB / per eundem Chr. *F K N O FrM C GeM* / per ipsum Chr. *B* / cum angelis *GeV*
20 anima famuli . . .] animabus famulorum . . . *K*² *FrM*² / animabus famulorum famularumque . . . *GrF*   cuius – agitur om. *GrF*   qs] qs dne *D C GeB*   21 intende]
intendas *D*   22 quam *A B O FrM C GrA GeB*] per Christum *D K GrF GeM* / diesque *E*

1409   POST COMMUNIONEM. Praesta domine quaesumus ut anima famuli tui *illius* ·
cuius anniuersarium depositionis diem celebramus · his purgata sacrificiis ·
indulgentiam pariter et requiem capiat sempiternam: per.   3

CCL

MISSA IN CIMENTERIIS

1410   Deus cuius miseratione animae fidelium requiescunt · famulis tuis *illis* et   6
illis uel omnibus hic in Christo quiescentibus da propitius ueniam peccatorum: Ut a cunctis reatibus absoluti · sine fine laetentur: per.

1411   SUPER SINDONEM. Omnipotens sempiterne deus annue precibus nostris ea   9
quae poscimus et dona omnibus quorum hic corpora requiescunt refrigerii
sedem quietis beatitudinem luminis claritatem · ut qui peccatorum suorum
pondere praegrauantur eos supplicatio / commendet ecclesiae: per. *f. 360*R   12

1412   SUPER OBLATA. Pro animabus famulorum tuorum famularumque tuarum
illorum et *illarum* et hic omnium catholicorum dormientium · hostiam domine
suscipe benignus oblatam: Ut hoc sacrificio singulari uinculis horrendę mortis   15
exuti · uitam mereantur aeternam: per dominum.

1413   INFRACTIONE. Hanc igitur oblationem quam tibi offerimus domine pro
tuorum requie famulorum et famularum *illorum* et *illarum* et omnium fidelium   18
catholicorum orthodoxorum · in hac basilica in Christo quiescentium · et
qui in circuitu huius ecclesiae requiescunt · quaesumus domine placatus

---

12 eccl(a *gel.*)esiae

---

1 dne qs] qs dne *B O C*   anima famuli . . .] animae famulorum . . . *FrM*²   2 cuius
– celebramus *B O Gr GeM*] *om. S* (*exc. B O*) *C GeB*
6 cuius] in c. *GrF*   6/7 tuis *il.* et *il. O GrA Ge*] t. *il. D F L M N* / t. *C* / famulabusque
t. *B* / et (uel *FrM*) famulabus t. *il.* (et *il. K FrM MAI*) *K FrM MAI GrF*   7 uel omnibus hic *BFKMNO FrM Gr Ge*] o. hic *DL* / o. *MAI C*   in Christo *om. GeV*   quies-
centibus] requiescentibus *M*
9 ea] et *B* / et ea *N*   10 poscimus] deposcimus *N*   omnibus] o. fidelibus *MAI*
11 quietis] quietem *GrF*   ut] et *GeV*   suorum *om. B*   12 eos] eis *GeV*   suppli-
catio] supplicantibus *DL*¹
13 tuorum famularumque tuarum *GrAO*] f. tuarum *S* (*exc. O*) *GrF* / tuorum *O C GrAR
Ge*   14 *il.* et *il. K O FrM C GrA GeB*] *il. DFLMN GrF* / et *il. GeV GeM* / *om. B*
et hic – dormientium] h. d. et omnium catholicorum *GrF*   et hic omnium *B O FrM
C GrA Ge*] et o. *DFKM* / o. *L* / omniumque *N*   catholicorum *om. GeV*   dormientium *B O FrM C GrA Ge*] atque hic d. *DFKLMN*   15 ut] et *GeV GeM*   hoc *om.*
GrF   sacrificio] sacrificium *L M*¹   16 exuti *FrM GrF GrAR GeM*] exutae *S GrAO
GeV GeB*   uitam mereantur aeternam] transitum m. ad u. *O*
18 et famularum *om. O*   et *il. om. GrF*   fidelium *om. K*   19/20 in Christo –
requiescunt] et in circuitu huius aecclesiae in Chr. quiescentium *GrF*   19 in Christo
om. C   20 huius ecclesiae *K GrA*] h. e. tuae *C Ge* / h. sanctae e. *FrM* / sanctae e. *O*
placatus] ut p. *C*

accipias: Ut per haec salutis humanae subsidia · tuorum numero redemptorum sorte perpetua censeantur: per Christum dominum.

3   POST COMMUNIONEM. Deus fidelium lumen animarum · adesto supplicatio-   **1414**
nibus nostris: Et da famulis uel famulabus tuis *illis* et *illis* uel quorum corpora
hic requiescunt · refrigerii sedem quietis beatitudinem luminis claritatem:
6   ⟨per.⟩

CCLI

MISSA PRO DEFUNCTO SACERDOTE

9   / Deus qui inter apostolicos sacerdotes famulum tuum *illum* pontifi- *f. 360*ᵛ **1415**
cali fecisti dignitate uigere · praesta quaesumus ut eorum quoque et perpetuo
aggregetur consortio: per.

12   SUPER SINDONEM. Preces nostras quaesumus domine quas in famuli tui **1416**
illius depositione deferimus propitiatus exaudi · ut qui nomini tuo ministerium fideli dependit perpetua sanctorum societate laetetur: per.

15   SUPER OBLATA. Suscipe quaesumus domine pro anima famuli et sacerdotis **1417**
tui · *illius* quas offerimus hostias ut cui pont⟨i⟩ficale donasti meritum · dones
et proemium: per.

---

14 fideli (= *Ge*)] fidele

---

1 tuorum *Am*] in t. *C Gr Ge*   2 per Christum] diesque *GrF GeV*
3 lumen animarum *om. L*   4 famulis uel famulabus tuis *il.* et *il.* uel *FrM GrA
GeM*] f. uel f. t. *il.* uel *GrF* / famulis t. *il.* (et *il. O*) *NO* / omnibus *GeV* / omnibus
fidelibus in Christo *B D F K L M C GeB*   4/5 corpora hic] hic c. *F N*   5 requiescunt]
quiescunt *GeV*   sedem quietis] sedis quietem *GrAR* / s. quietem *GeV*
9 famulum . . .] famulos . . . *F² K²*   *il. om. O*   9/10 pontificali fecisti dignitate uigere] pontificale f. dignitatem uegere *GeV* / f. u. pontificem *Ve*   pontifi-
cali] sacerdotali *GrF*   10/11 quoque – consortio] perpetua qu. sede potiatur *Ve*
10 et perpetuo *GeV GeB*] p. *S C GrF GeM*
12 Preces] Hostias *GrF*   famuli . . .] famulorum . . . *FrM²*   12/13 tui *il. D E M
M A I Ge*] tui *GrF* / tui *il.* sacerdotis *A B G FrM* / et sacerdotis tui *il. N O C*   13 depositione *A¹ B D E M M A I C GrF Ge*] d. *uel* commemoratione *A²* / commemoratione *G N O
FrM*   propitiatus exaudi *om. N*   ministerium] misterium *A O*   14 fideli *Ge*]
fidele *S C* / fideliter *GrF*
15 qs dne *Am* (*exc. B*) *GeV GeM*] dne qs *B Ve GrF* / dne *GeB*   15/16 pro – hostias] h.
pro anima famuli tui *il.* episcopi *Ve GrF*   15 anima famuli . . .] animae famulorum . . . *A² F² K² FrM²*   famuli] f. tui *GeB*   15/16 et sacerdotis tui *il. A F L
M N O FrM C Ge*] tui *il.* s. *G* / tui *il. B D E K*   16 quas . . . hostias] quam . . . hostiam
F N O FrM   offerimus] tibi o. *K L GeM*   ut] et *F N O FrM*   pontificale] sacerdotale *A* / regiminis sacerdotii *B G*   16/17 pontificale – proemium] in hoc seculo
sacerdotale donasti meritum *L*   meritum . . . proemium] p. . . . m. *GrF*   16 dones
F M N O C FrM GrF Ge Ve] concedas *B D E G K*   16/17 dones et proemium] in
celeste regnum (celesti regno *L*) scorum tuorum iubeas iungi consortio *A L*

1418   PRAEFATIO. UD Quamuis enim humano generi mortis inlata conditio
pectora nostra contristet · tamen clementiae tuae dono spe futurae inmortalitatis erigimur · ac memores salutis aeterne non timemus lucis huius sustinere   3
iacturam · quoniam beneficio gratiae tuae fidelibus uita non tollitur sed
mutatur: Atque animae · corporeo ergastulo liberati · horrent mortalia dum
inmortalia consecuntur · unde quaesumus ut famulus tuus *ille* beatorum   6
tabernaculis spirituum constitutus euasisse se carnalis glo-/rietur   *f. 361*ᴿ
angustias · diemque iudicii cum fiducia uoto gratulationis expectet: per
Christum.   9

1419   INFRACTIONE. Hanc igitur oblationem quam tibi pro depositione[m] famuli
et sacerdotis tui *illius* offerimus quaesumus domine placatus intende · pro
quo maiestati tuae supplices fundimus praeces · ut eum in numero tibi placen-   12
tium censeri facias sacerdotem: per Christum dominum nostrum · diesque.

1420   POST COMMUNIONEM. Propitiare domine supplicationibus nostris · et
anima⟨m⟩ famuli tui *illius* episcopi in uiuorum regione aeternis gaudiis   15
iubeas sociare: per dominum.

CCLII

MISSA PRO SACERDOTE SIUE ABBATE DEFUNCTO   18

1421   Deus qui famulum tuum *illum* sacerdotem atque abbatem · et sanctificasti
uocatione misericordiae · et adsumpsisti consumatione felici · suscipe propitius praeces nostras: Et praesta · ut sicut ille tecum est meritis ita a nobis non   21
recedat exemplis: per.

---

2 tu(a *aus* o)e   5 (e *aus* a)rgastulo   liberati (= *GeB*)] liberatae   7 carnalis
(= *GeB*)] carnales   13 sacerdotem] sacerdotum

---

1 Quamuis enim *D E K L M C GeB*] quamuis *A* / quoniam quamuis *Gr*   mortis *om. C*
2 contristet] mentesque c. *M*   3 sustinere]subire *M*   4/5 non tollitur sed mutatur]
m. non t. *E*   6 consecuntur] consequantur *GrA*   famulus tuus *il. D E K L GrA
GeB*] f. t. *il.* sacerdos *A* / f. et sacerdos t. *N. C* / famulum tuum *il. M* / animae famulorum famularumque tuarum *il. GrF*   famulus . . .] famuli . . . *A² K²*   beatorum]
in b. *A C*   7 tabernaculis] tabernaculas *M*   spirituum *Am C GeB*] *om. Gr*   se
om. A L   8 uoto *A¹ GrA GeB*] et uoto *S C GrF*   gratulationis] glorificationis *GrA*
10 famuli . . .] famulorum . . . *A²F²K²*   11 et sacerdotis tui *il.*] tui s. *il. F* / tui *il.*
s. *D   il. om. C*   offerimus *D K M GrF*] deferimus *A F O FrM C Ge*   12 quo *A D F K M
GrF*] qua *O FrM C Ge*   ut – numero] et eum in numerum *Ve*   13 per . . .
diesque] per . . . *A D C Ge Ve* / diesque *F K M GrF* / quam oblationem *O FrM*
14 et] ut *C*   15 animam famuli . . .] animas famulorum . . . *A²F²K² FrM²*
tui *il.* episcopi *GeV*] tui *il.* sacerdotis *S* (*exc. M*) *GrF* / et sacerdotis tui *il. MC GeM* /
tui *il. GeB*   uiuorum regione *F GrF Ge*] r. u. *A B D E G K M FrM*   16 sociare *Ge*]
sociari *S C GrF*
19 atque abbatem *om. C*   et sanctificasti *GeB GeM*] s. *C GrF* / et sanctificas *GeV*
20 uocatione] uocationem *GeB* / unctionem *GeV*   misericordiae *GrF GeB GeM*] m.
tuae *GeV* / misericordi *C*   consumatione] consummationem *GeB*   propitius
om. GeM   21 praesta] p. qs *GrF*

1421 A AD CORINTHIOS II. 5,6–10
        peregrina-/ri (5,8)   *f. 361*ᵛ

3   1421 B LECTIO SANCTI EUANGELII SECUNDUM IOHANNEM. 5,21–24

SUPER SINDONEM. Omnipotens sempiterne deus · maiestatem tuam sup-   1422
plices exoramus · ut famulo tuo *illi* abbate atque sacerdotem quem in requiem
6   tuam uocare dignatus es dones sedem honorificatam et fructum beatitu-
/dinis sempiternae ut ea quae in oculis nostris docuit et gessit   *f. 362*ᴿ
non iudicium nobis parea⟨n⟩t · sed profectum adtribua⟨n⟩t ut pro eo nunc
9   in te gaudeamus in terris · et cum eodem apud te exultare mereamur in
caelis: per.

SUPER OBLATA. Concede quaesumus omnipotens deus · ut anima famuli   1423
12   tui *illius* abbati⟨s⟩ atque sacerdotis per haec sancta misteria in tuo conspectu
semper clara consistat quae tibi fideliter ministrauit: per.

PRAEFATIO. UD Deus aeternorum deus uiuorum qui inter tristissimas seui-   1424
15   entes procellas mortis in te credentibus reseruato sanctorum consortio animarum et corporum beate aeternitatis uigorem gloriosam nobis resurrectionem passionis tuae munere prestitisti te supplices exoramus ut omni inla-
18   bentes peccati errore discusso sanctificatas indulgentia tua animas in illa
patriarcharum tuarum regione suscipias · ut illic in requiem indeptas anima
famuli tui *illius* abbati⟨s⟩ atque sacerdotis perfru-/entes spem pro-   *f. 362*ᵛ
21   misse sibi a te resurrectionis expectet · et da domine eius anima⟨m⟩ ferri
post obitum qui latroni miseratus contulisti fixo in cruce paradisum · quem
laudant angeli.

24   INFRACTIONE. Hanc igitur oblationem quam tibi pro anima famuli tui   1425
illius abbati⟨s⟩ atque sacerdotis offerimus · quaesumus domine placatus
intende · pro qua maiestati tuae supplices fundimus praeces · ut eam in
27   numero sanctorum tuorum tibi placentium facias diganter adscribi: per
Christum dominum nostrum ⌐diesque⌐.

POST COMMUNIONEM. Prosit quaesumus domine animae famuli tui *illius*   1426
30   sacerdotis misericordiae tuae imploranda clementia · ut eius in quo sperauit
et credidit · aeternum capiat te miserante consortium: per eundem dominum.

---

5 abbate atque sacerdotem] abbati atque sacerdoti   28 diesque *ü.d.Ƶ.*

---

5 tuo *il.* abbate atque sacerdotem] tuo *il.* abbatem at s. *GeB* / tuo *il.* a. at. sacerdote
GeV / tuo *il.* abbati at. sacerdoti *GrF* / et sacerdoti tuo *N.* at. abbati *C*   8 pareat . . .
adtribuat *Ge*] pariant . . . attribuant *C GrF*   8/9 eo . . . et cum *J*] quo . . . cum
9 in te *om. S*   gaudeamus *J*] gaudemus / preces fundimus *A*² *FrM*²
11 anima . . .] animae . . . *K*² *FrM*²   famuli] serui *E K*   12 tui – sacerdotis]
et s. tui *N. C*   *il.* abbatis atque *Ge*] a. at. *GrF* / *il. B E G K FrM*   13 tibi fideliter
B E G K FrM] f. t. *GrF* / f. *Ge* / t. in hoc exilio f. *C*
24 anima famuli . . .] animae famulorum . . . *K*² *FrM*²   24/25 tui – sacerdotis] s.
tui *C*   25 *il.* abbatis atque *GrF GeV*] *il. D G K FrM*   27 tibi *D K C GrF*] *om. G
FrM Ge*   27/28 per . . . diesque] per . . . *K* / diesque *D FrM GrF GeV* / per . . .
quam oblationem *G GeB*
29 *il.*] *il.* abbatis atque *GrF*   30 imploranda *J*] implorata   31 aeternum]
aeternitatis *C*   eundem *J*

CCLIII

MISSA IN NATALE SANCTORUM SIUE IN AGENDA
MORTUORUM

3

1427   Beati martyris tui *illius* quaesumus domine intercessione nos protege et anima⟨m⟩ famuli tui *illius* sacerdotis sanctorum tuorum iunge consortiis: per.

1428   SUPER SINDONEM. Adiuua nos domine deus noster beati martyris tui *illius* 6 precibus exoratos · et anima⟨m⟩ famuli tui *illius* sacerdotis in bea-/⟨titudinis sempiternae luce constitue: per.⟩

---

5 anima (= *Ge*)] animam   7 exoratos (= *D FrM*)] exoratus   anima (= *Ge*)] animam   7/8 *ergänzt nach FrM 21*

---

4 martyris tui *il. Am Ge*] m. tui Laurenti *Ve* / m. tui Bonifatii *GrF* / Galli confessoris tui *C*   qs dne *D F O FrM C GrF GeB*] dne qs *Ve GeV* / om. *K*   intercessione] intercessio *F¹ K*   5 animam famuli . . .] animas famulorum . . . *FrM²*   tui *il.* sacerdotis *D F O FrM Ge*] et s. tui *N. C* / tui *il. K GrF* / tui *il.* episcopi *Ve*   6 beati martyris tui *il. Am*] b. m. tui Bonifatii *GrF* / b. Laurenti m. tui *Ve* / b. tui *il. Ge* / omnium scorum tuorum *C*   7 animam famuli . . .] animas famulorum . . . *FrM²*   tui *il.* sacerdotis *D L O FrM Ge*] et s. tui *N. C* / tui *il.* episcopi *Ve* / tui *il. K GrF*

REGISTER

1. Formelindex

Im wesentlichen gleiche Orationen sind zusammengefaßt. Die kursiven Zahlen zeigen eine Abweichung an. Die Zahlen in der Klammer verweisen auf ähnliche Orationen, die aber im Anfang abweichen und daher eigens aufgeführt sind.

A

A cunctis nos dne reatibus et periculis . . . esse participes 548 (134)
Ab omni reatu nos dne sancta quae . . . prauitatis incursu 1295
Absolue
    dne animam famuli tui illius . . . resuscitatus respiret 1373
    qs dne nostrorum uincula peccatorum . . . propitiatus auerte 514
Accepta tibi
    sint qs dne munera quae in die . . . extitit pretiosa 993 1109
    sit dne haec oblatio quam tibi offero . . . sanguine redemisti 648
    sit qs dne nostrae deuotionis oblatio . . . consolationis obtineat 207
Accipe dne fidelium preces cum oblationibus
    hostiarum ut per haec piae deuotionis . . . gloriam transeamus 355
    supplicantium ut paschalibus . . . dona suffragium 360
Accipe dne preces nomini tuo dicatas . . . ueritate percipiant 345
Accipe qs dne munus oblatum et dignanter . . . affectibus celebremus 483
Actiones nostras qs dne et aspirando . . . coepta finiatur 545
Ad te nos dne clamantes exaudi . . . clementiam sentiamus 1322
Adesto dne
    ds noster et quos sanctae crucis . . . defende subsidiis 709
    ds noster ut per haec quae fideliter . . . omnibus exuamur 394
    famulis tuis et perpetuam largire . . . restaurata conserues 115
    fidelibus tuis et quos caelestibus . . . conserua praesidiis 234
    fidelibus tuis nec ullis eos mentis . . . gloriosa confessio 953
    populo tuo et quos in frequentatione . . . esse securos 768 (735)
    precibus nostris quas in sancti . . . precibus adiuuemur 762 (*973 1132*)
    qs populo tuo et quem misteriis . . . furore defende 476 603
Adesto dne supplicationibus nostris
    et beati Quirici martyris . . . perturbemur incursu 1032
    et hanc famuli tui illius oblationem . . . praecatur obtineat 1229
    et hanc oblationem quam tibi offerimus . . . benignus assume 1386
    et his muneribus praesentiam . . . operante firmetur 658
    et intercessionibus . . . Machabeorum . . . benignus impende 1059
    et intercessionibus . . . Naboris . . . sperare donasti 1029 (*792*)
    et me qui etiam misericordia tua . . . est operare 1337
    et sperantes in tua misericordia . . . benignus auxilio 428 599
    et uiam famuli tui illius in salutis . . . protegatur auxilio 1297
    nec sit ab hoc famulo tuo clementiae . . . ualeat adhaerere 1335
    quas in beatissimorum martyrum tuorum . . . intercessionibus adiuuemur 973 (*762* 1132)
    quas in sanctorum tuorum Cornelii . . . meritis adiuuemur 1132 (*762* 973)

Aures
    clementiae tuae ds ad populi tui gemitum...   indulgentiam peccatorum 50
    tuae pietatis mitissime ds inclina ...   diligere merear 1213
    tuae pietatis qs dne precibus nostris ...   gratia liberemur 455
Auxiliare dne quaerentibus misericordiam ...   miseratione saluemur 450
Auxilientur nobis dne beati praecursoris ...   placationis existent 1119
Auxilium qs dne maiestatis tuae tribue ...   precibus assequamur 892
Auerte dne qs a fidelibus tuis cunctos ...   miseratione correctos 1312

B

Beata martir tua illa nos qs dne ...   reddere beneficia 784
Beatae Caeciliae martyris tuae nos qs dne ...   misericordia coronauit 802
Beati
    Andreae apostoli supplicatione dne ...   sociata laetari 820
    Andreae dne qs intercessione nos ...   sancta laetantes 827 (832 861 *1046*)
    apostoli tui Iacobi in cuius hodie ...   sancta laetantes 1046 (*827 832 861*)
    archangeli tui Michahelis interuentione ...   contingamus et mente 1159
    euangelistae Mathei dne praecibus ...   pertingamus aeterna 1146
    Georgii martyris tui dne suffragiis ...   uirtute defende 935
    Iohannis baptistae nos qs dne praeclara ...   habere pacatum 982
    martyris tui Genesii annua festiuitate ...   laetemur aeterno 1103
    martyris tui illius dne sollemnia ...   laudes offerimus 730
    martyris tui illius nos qs dne gloriosa ...   tueantur et meritis 736 (1087)
    martyris tui illius nos qs dne praeclara ...   indesinenter imploret 740
    martyris tui illius nos qs dne precibus ...   esse deuotos 732
    martyris tui illius qs dne intercessione ...   iunge consortiis 1427
    martyris tui Laurentii nos qs dne ...   concesseris adiuuari 1083
    martyris tui Ypoliti nos qs dne gloriosa ...   tueantur et meritis 1087 (736)
    sacerdotis et confessoris tui Ambrosii ...   sancta laetantes 832 (827 861 *1046*)
    sacerdotis et confessoris tui Eustorgii ...   intercessione tueatur 1140
    sacerdotis et confessoris tui Martini ...   semper obtineat 793 (*1114*)
    sacerdotis et martyris tui Clementis ...   amore deuotior 810 (996)
    sacerdotis et martyris tui Xysti ...   ubique suffragia 1064
Beatorum
    apostolorum dne Petri et Pauli desiderata ...   regimur principatu 1018
    apostolorum Philippi et Iacobi honore ...   gaudet et meritis 937
    martyrum Iohannis et Pauli natalicia ...   amore deuotior 996 (810)
    martyrum pariterque pontificum Cornelii ...   oratio ueneranda 1131
Beatus sacerdos et confessor tuus ille qs dne
    sua nos intercessione apud te commendet ...   consequi mereamur 761
    sua nos intercessione laetificet ...   sollemnitate gaudere 766
Benedic qs dne plebem tuam ...   sperare donasti 1027
Benedicat et exaudiat nos ds ...   nomine Christi 680
Benedictio
    qs dne in tuos fideles copiosa ...   benignus impendis 5
    tua dne larga descendat quae munera ...   redemptionis efficiat 1161
Benedictionem
    nobis dne conferat salutarem haec ...   uirtute perficiat 397
    tuam dne populus fidelis accipiat ...   semper inueniat 1314
Benedictionis tuae qs dne plebs tibi ...   retulisse cognoscat 635
Beneficiis dne populus fidelis semper ...   postulat assequatur 221

C

Ds de cuius gratiae rore descendit ut . . .   deferamus obsequium 151
Ds ecclesiae tuae redemptor atque . . .   magisterio praedicare 338
Ds fidelium
    lumen animarum adesto supplicationibus . . .   luminis claritatem 1414
    pater summe qui in toto orbe terrarum . . .   uocationis intrare 312
    remunerator animarum praesta ut . . .   indulgentiam consequamur 776
Ds humani generis
    benignissime conditor . . .   misericordia reformauit 1339
    conditor et redemptor da qs ut . . .   inspirante sectemur 373
    conditor et redemptor qui ineffabili . . .   mereatur suffragiis 1047
Ds illuminator omnium gentium da . . .   mentibus aspirasti 15
Ds in
    cuius conspectu sanctus Michahel . . .   habere praesentem 1306
    cuius manu corda sunt regum . . .   regna praecellant 1271
    cuius praecipuis mirabilibus est . . .   quae redemit 166 391
    quo uiuimus mouemur et sumus . . .   fiducialiter appetamus 1315
    te sperantium fortitudo adesto . . .   actione placeamus 499 (58)
Ds incommutabilis uirtus lumen . . .   sumpsere principium 311
Ds indulgentiarum dne da famulo tuo illi . . .   luminis claritatem 1405
Ds infirmitatis humanae singulare . . .   repraesentari mereatur 1355
Ds innocentiae restitutor et
    amator dirige . . . corda famulorum . . .   ueritatis discedant 364
    amator dirige . . . corda seruorum . . .   opere efficaces 554 (110)
    auctor dirige . . . corda seruorum . . .   opere efficaces 110 (554)
Ds misericordiae ds caritatis ds . . .   merear accipere 1207
Ds misericors ds clemens qui . . .   reconciliationis admitte 1365
Ds mundi auctor et conditor qui . . .   consequatur auxilium 833
Ds mundi creator et rector qui hunc diem
    beati martyris tui Genesii martyrio . . .   incendiis liberemur 1102 (1081)
    in leuitae tui Laurentii martyrio . . .   incendiis liberemur 1081 (1102)
Ds omps et clemens qui solus das . . .   munere praerogetur 1316
Ds qui ad aeternam uitam in Christi resurrectione
    nos reparas da populo tuo fidei . . .   auctore promissa 327
    nos reparas erige nos ad consedentem . . .   dns noster 349
    nos reparas imple pietatis tuae . . .   immortalitate uestiri 372
Ds qui ad
    caeleste regnum non nisi renatis . . .   fraudentur promissis 343
    deprecandum te conscientiae perspicis . . .   actibus supplicare 1094
    honorem nominis tui templi fabricam . . .   praemia largiaris 629
    ineffabilis obseruantiam sacramenti . . .   mentibus exequamur 206
    praedicandum aeterni regis euangelium . . .   tempestate bellorum 1274
Ds qui apostolis tuis sanctum dedisti . . .   largiaris et pacem 473
Ds qui beatae uirgini et martyri tuae . . .   uincere ualeamus 1137
Ds qui beato
    apostolo tuo Petro collatis clauibus . . .   nexibus liberemur 1001
    leuitae Stephano lapidantibus ueniam . . .   docemur exemplo 848
Ds qui beatum baptistam Iohannem . . .   prophetauit inueniat 980
Ds qui caritatis dona per gratiam . . .   dilectione perficiant 1252
Ds qui confitentium tibi redemptor es . . .   dona concede 1010
Ds qui conspicis quia ex nulla nostra
    actione confidimus concede qs ut contra . . .   tua muniamur 530
    uirtute subsistimus concede propitius . . .   aduersa muniamur 789

Ds qui ineffabilibus mundum renouas . . .   destituatur auxiliis 190
Ds qui inter
  apostolicos sacerdotes famulum tuum . . .   aggregetur consortio 1415
  cetera potentiae tuae miracula . . .   irradiamur exemplis 778
Ds qui iustificas impium et non uis mortem . . .   te separetur 1217
Ds qui iustis supplicantibus semper . . .   muneris porcionem 1381
Ds qui laboribus hominum etiam de mutis . . .   non perire 1311
Ds qui laticum ad instar gelidorum . . .   periculis et futuris 943
Ds qui licet salutem hominum semper . . .   muniat et renatos 201
Ds qui loca nomini tuo dicata sanctificas . . .   misericordiae sentiatur 627
Ds qui misericordiae tuae ianuam . . .   tramite declinemus 395
Ds qui misisti filium tuum et ostendisti . . .   nostris habitationem 696
Ds qui multitudinem gentium beati Pauli . . .   patrocinia sentiamus 1014
Ds qui nobis
  ad celebrandum paschale sacramentum . . .   quod praecipis 348
  per singulos annos huius sancti templi . . . impetrasse laetetur 636
Ds qui non
  despicis contritos corde . . .   reparationis prosperitas 16
  propriis suffragantibus meritis . . .   gubernare concede 1267
Ds qui nos
  annua apostolorum tuorum sollemnitate . . .   instruamur exemplis 720
  beatae Mariae semper uirginis . . .   sequamur exemplo 1182
  beati Barnabe apostoli tui meritis . . .   gratiae consequamur 714
  beati Benedicti confessoris tui annua . . .   exempla gradiamur 916
  concedis sanctorum martyrum t. Donati . . .   societate gaudere 1069 (757)
  concedis sanctorum martyrum t. illorum . . . societate gaudere 757 (1069)
  conspicis in tot perturbationibus . . .   meremur auerte 448
  exultantibus animis pascha tuum . . .   effectibus gratulari 368
  famulos tuos in beatae martyris tuae . . .   exultet bonitate 804
  hodie beatae et sanctae uirginis . . .   irradiamur exemplis 777
  hodierna die exaltatione sanctae crucis . . . praemia mereamur 1127
  in sanctorum sollemnitate laetificas . . .   sequamur exemplis 752
  in tantis periculis constitutos . . .   adiuuante uincamus 609 1196
  per beatam martyrem tuam illam . . .   sollemnitatem caelebrare 779
  per beatos apostolos tuos Symonem . . .   celebrando proficere 1172
  per huius sacrificii ueneranda commercia . . . moribus assequamur 382 611
  sancti tui Dionisii confessione gloriosa . . . oratione fulciri 958
Ds qui ob animarum medelam ieiunii . . .   abstinere (delictis) peccatis 61 284
Ds qui omnem animam confitentem tibi . . .   peccata sua 1242
Ds qui per
  coaeternam tibi sapientiam hominem . . .   corde curramus 697
  os beati apostoli tui Iohannis . . .   eruditione capiamus 855
  sanctum baptismum beatum Ambrosium . . .   deuotione laetamur 821
  undas regenerationis beatum confessorem . . . mentibus deseruire 822
Ds qui per unigenitum tuum aeternitatis nobis aditum
  deuicta morte reserasti erige . . .   desideria transeamus 328
  deuicta morte reserasti perfice . . .   resurrectionis habeamus 332
Ds qui populum tuum de hostis callidi . . .   uirtute prosterne 585
Ds qui praesentem diem honorabilem nobis . . .   salutis et pacis 979
Ds qui pro
  nobis filium tuum crucis patibulum . . .   gratiam consequamur 265
  redemptione nostra effudisti sanguinem . . . contagia uetustatis 291

Dne ds qui
 ad hoc irasceris ut subuenias ... moderatione seruentur 433
 nos per ieiunia castigando sanas ... pacis utamur 217
Dne ds uirtutum qui conlapsa reparas ... inspiratione dirigantur 491
Dne sancte pater
 omps aeterne ds qui benedictionis tuae ... prosperitate restituas 1364
 omps aeterne ds qui fragilitatem ... perfecta reparetur 1350
 te fideliter deprecamur ut accipiente ... sit salus 1363
Domum tuam qs dne
 clementer ingredere et in tuorum ... construe mansionem 625
 continuis auge subsidiis eamque ... possidere digneris 626
Donis caelestibus da qs dne libera mente ... operentur et gloriam 1164

E

Ecclesiae tuae dne
 munera sanctifica et concede ut per ... refici mereamur 17
 uoces placatus admitte ut destructis ... seruiat libertate 654
Ecclesiam tuam dne
 benignus illustra ut apostoli tui ... retributione promisit 857
 miseratio continuata mundet et muniat ... munere gubernetur 575
Efficiatur dne haec hostia sollemnibus ... mentibus immolemus 237
Esto
 dne plebi tuae sanctificator et custos ... secura deseruiat 1042
 dne propitius plebi tuae et quam tibi ... miseratus auxilio 83 535
 qs dne propitius plebi tuae ut quae ... dilectionibus mandatorum 220
Et
 nataliciis sanctorum dne et sacramenti ... perfruamur aeternis 755
 suscipe hanc oblationem pro emundatione ... aeterne ds 646
Exaudi dne populum tuum tota tibi mente ... sperat obtineat 791
Exaudi dne preces nostras
 et beati martyris tui illius nos tuere ubique praesidio 734
 et intercessione beati sacerdotis ... ubique praesidiis 828
 et tibi confitentium parce peccatis ... miserationis absoluat 1333
 et ut digna sint munera quae oculis ... pietatis impende 506 903
 quas in sancti confessoris tui illius ... prestare digneris 767
 ut populus tuus qui sub tantis ... tueatur aduersis 1052
 ut redemptionis nostrae sacrosancta ... aeterna concilient 347
Exaudi dne qs praeces nostras et ... placatus intende 1160
Exaudi dne qs supplicum praeces ... benignus et pacem 686 (1191)
Exaudi nos ds salutaris noster et ... esse doctrinis 1005
Exaudi nos dne sancte pater omps ... patiaris deuiare 1298
Exaudi nos misericors ds et
 mentibus nostris gratiae tuae lumen ostende 84 539
 redemptionis nostrae subsidia ... mente tractare 339
Exaudi nos omps et misericors ds et
 continentiae salutaris propitius nobis dona concede 140
 uisitationem tuam sanctam conferre ... tradidit me 1343
Exaudi praeces nostras qs omps ds quas ... ualeat peruenire 1228
Exaudi qs dne
 gemitum populi tui ne plus apud te ... fletibus supplicantum 56
 supplicum preces et confitentium tibi ... benignus et pacem 1191 (686)

Exuberet qs dne mentibus nostris . . .   dignos efficiat 367
Exultemus pariter de percepto pane . . .   quae sumpsimus 910

F

Fac nos dne ds
  noster tuis obedire mandatis . . .   sequamur auctorem 6
  sanctae Mariae semper uirginis . . .   protegamur auxilio 1183
Fac nos qs dne
  accepto pignore salutis aeternae . . .   peruenire possimus 123
  beati martyris tui Georgii . . .   eius uictoria 931
  ds noster in tua deuotione gaudere . . .   seruiamus auctori 524
  his muneribus offerendis conuenienter . . .   celebramus exordium 22
  sancti martyris tui Nazarii semper . . .   dona sentimus 949
Fac omps ds ut qui paschalibus remediis . . .   transferamur auctoris 375
Fac qs dne
  famulos et famulas tuas toto corde . . .   beneficiis gratulari 1247
  hanc cum seruo tuo defuncto illo . . .   angelicis choris 1371
Familiae tuae qs dne absolue peccata . . .   impetrare mereamur 43
Familiam tuam qs dne continua pietate . . .   protectione muniatur 125 559
Famulatus huic nostri sacrificio . . .   prosit ad ueniam 1039 1104
Famulis tuis omps ds gratiam benigna . . .   misericordiam impetremus 216
Famulum tuum illum qs dne
  ab omnibus solue peccatis . . .   destituatur auxilio 1357
  placatus intende pariterque eum . . .   benignus aduersis 1218
  tua semper protectione custodi . . .   sit securus 1224
Fiant dne tuo grata conspectui munera . . .   martyris Agathae 908
Fiat qs dne
  hostia sacranda placabilis . . .   conciliet famulorum 950
  per gratiam tuam fructuosus nostrae . . .   placita pietati 195
Fideles tui ds perpetuo dono firmentur . . .   fine percipiant 37
Foueat nos qs dne beata uirgo et martyra . . .   non desinat 783

G

Gaudeat qs dne plebs fidelis . . .   promoueatur augmentis 374
Gloria in excelsis deo . . .   dei patris 653
Gloriam dne sanctorum apostolorum . . .   dignius celebremus 1174
Grata tibi sit dne haec oblatio . . .   proficiat ad salutem 1230
Gratia
  nos tua qs dne non relinquat . . .   tueatur aduersis 118
  tua qs dne nos semper exerceat . . .   commemoratione laetificet 787 1808
Gratiam tuam dne mentibus nostris infunde . . .   gloriam perducamur 925
Gratias tibi
  agimus dne multiplicatis circa nos . . .   deprecatione sustentas 854
  ago dne ds qui me peccatorem satiare . . .   sempiterna iustorum 1211
Guberna qs dne et temporalibus adiumentis . . . informare mysteriis 1332

H

Haec facimus haec celebramus tua dne . . .   tribuas ad salutem 277
Haec hostia
  dne placationis et laudis tua nos . . .   dignos efficiat 101 546
  dne qs emundet nostra delicta . . .   mentesque sanctificet 177
  qs dne et ab occultis ecclesiam tuam . . .   conuenienter expurget 429

Haec in nobis sacrificia ds
  et actione permaneant et   operatione firmentur 121 561
                                        (830 928)
  intercedente beatissimo confessore . . .   operatione firmentur 830 928
                                        (121 561)

Haec munera
  nos dne qs oblata purificent et te . . .   esse placatum 591 (192)
  qs dne et uincula nostrae prauitatis . . .   dona concilient 424 *596*
Haec nobis dne munera sumpta proficiant . . .   ineffabiliter infudisti 468
Haec nos
  communio dne purget a crimine . . .   esse (consortes) intentos 103 503 930
  dne gratia tua qs semper exerceat . . .   commemoratione letificet 808 (787)
  qs dne participatio sacramenti . . .   tueatur aduersis 194
Haec oblatio dne ab omnibus nos purget . . .   tulit offensam 707
Haec sacrificia
  nos omps ds potenti uirtute mundatos . . .   uenire principium 248
  quae sumpsimus dne per intercessionem . . .   regni caelestis 1261
Hanc ig. obl. dne quam tibi offerimus pro
  anima famuli tui il. cuius depositionis . . .   mereatur ad uitam 1387
  anima famuli tui il. cuius hodie annua . . .   iubeas portionem 1408
  famulo tuo illo ut in praesenti saeculo . . .   placatus suscipias 1221
  peccatis atque offensionibus nostris . . .   consequi mereamur 689 1194
Hanc ig. obl. famuli tui illius quam tibi . . .   augeatur et regno 1273
Hanc ig. obl. famulorum famularumque . . .   catholica perseuerent 1250
Hanc ig. obl. quam tibi offerimus dne pro
  liberatione et consolatione famuli tui . . .   diligenter exquirat 1240
  tuorum requie famulorum et famularum . . .   perpetua censeantur 1413
Hanc ig. obl. quam tibi pro
  anima famuli tui illius abbatis atque . . .   dignanter adscribi 1425
  animabus famulorum famularumque tuarum . . . mereantur ad uitam 1402
  commemoratione animarum in pace . . .   beatitudinem sempiternam 1398
  depositione famuli et sacerdotis tui . . .   facias sacerdotum 1419
  requie animae famuli tui illius . . .   habere portionem 1393
Hanc ig. obl. seruitutis
  meae pater sancte licet meis manibus . . .   odorem suauitatis 1210
  nostrae sed et cunctae familiae tuae . . .   grege numerari 664
Has tibi dne offerimus oblationes pro . . .   illuminare digneris 1234
His
  qs dne placatus intende muneribus . . .   proficiat defunctorum 1401
  sacrificiis dne concede placatus ut qui . . .   grauemur (alienis) externis 126 566
Hoc munus populi tui dne leuitae et . . .   instruitur disciplinis 852
Hodiernae sollemnitatis effectu sumpsimus . . .   saluatione defendas 869
Hostias dne
  famulorum tuorum qs placatus intende . . .   sentiant ad medelam 1264
  pro commemoratione beati sacerdotis . . .   temptatio separauit 960
  quas nomini tuo sacrandas offerimus . . .   facias et defendi 913 (955)
  quas nomini tuo sacrandas offerimus . . .   concede et defendi 955 (913)
  quas tibi offerimus propitius respice . . .   nostrorum absolue 111 556
Hostias nostras dne tibi dicatas placatus . . .   prouenire subsidium 501 516 (*780*)
Hostias populi tui qs dne miseratus . . .   emundet aduentus 488
Hostias qs dne quas tibi offerimus pro . . .   dones et praemium 1397

Hostias tibi dne

    beatae illius martyris tuae dicatas . . .   peruenire subsidium 780 *(501 516)*

    laudis offerimus suppliciter . . .   peruenire concedas 693 1157

    placationis offerimus ut (et) delicta . . .   tu dirigas 75 536 688 1193

    pro commemoratione beati sacerdotis . . .   largiaris et pacem 774

    pro nati tui filii apparitione . . .   misericors et susceptor 12

    pro sanctorum martyrum tuorum Nazarii . . . conferant et salutem 1049

Hostium nostrorum qs dne elide superbiam . . . uirtute prosterne 1279

Huius

    dne qs uirtute mysterii et a nostris . . .   liberemur insidiis 1281

    dne qs uirtute mysterii et a propriis . . .   absolue peccatis 1227

    nos dne perceptio sacramenti mundet . . .   regna perducat 159 179 563

Hunc nobis sacratissimum diem tribuente te . . . participemus aeternis 911

I

Iam dies adsunt ieiunii iam salutis . . .   abstinentia diluas 49

Ieiunantium dne qs supplicum uota . . .   reparauit redemptor 419

Ieiunia nostra qs dne benigno fauore . . .   ieiunemus in mente 155

Ignosce nobis dne confitentibus . . .   piissime dona 52

Illumina qs dne populum tuum et splendore . . . ueraciter adpraehendat 11

Immensa pietas dei quae latronem ad . . .   esse concede 290

Impetret qs dne fidelibus tuis auxilium

    oratio ueneranda beati Nazarii martyris . . .   societate participes 948

    pietatis oratio beatissimorum martyrum . . .   sorte participes 1092

Implorantes dne misericordiam tuam . . .   beneficiis gratulentur 412

In mentibus nostris dne uerae fidei . . .   peruenire laetitiam 923

Inchoata ieiunia

    dne ecclesiae tuae benigno fauore . . .   implere sinceris 94 (31)

    qs dne benigno fauore prosequere . . .   implere sinceris 31 (94)

Inclina dne aurem tuam ad preces nostras . . . esse consortem 1372 1390

Indignum me dne sacris tuis esse fateor . . .   te miserante 641

Indulgentiam

    nobis praebeant haec munera qs dne . . .   suffragiis offeruntur 841

    tuam dne nobis qs sancti Laurentii . . .   saluatorem nostrum 1078

Ineffabilem misericordiam tuam dne nobis . . . meremur eripias 440

Infunde qs dne ds per haec quae sumpsimus . . . fideliter diligamus 700

Intercedentibus sanctis tuis dne Cosma et . . . profutura percipiat 1167

Intercessio

    nos qs dne beati Benedicti abbatis . . .   patrocinio assequamur 1022

    qs dne beatae Mariae semper uirginis . . .   reddat acceptos 1099

    sancti Clementis misericordiae tuae . . .   indulgentiam obtineat 813

Intercessionibus beatae uirginis et . . .   efficiantur mentes 906

Interueniat pro nobis dne qs sanctus tuus . . . honore portauit 1163

Interuentu precis et obtentu orationis . . .   repleamur eduliis 837

Ipsa maiestati tuae dne

    fidelis populi commendet oblatio . . .   reconciliauit inimicos 243 (392)

    populos fideles commendet oblatio . . .   reconciliauit inimicos 392 (243)

Ipsius praeceptum est dne quod agimus . . .   sanguinis hauriamus 279

L

Laetetur qs dne ecclesia tua de tuorum . . .	non negetur 865
Laetificet nos qs dne	
beatissimorum martyrum tuorum illorum . . .	implorent auxilium 749
sacramenti tui ueneranda sollemnitas . . .	semper exerceat 498
Largire	
qs dne fidelibus tuis indulgentiam . . .	mente deseruiant 595
sensibus nostris omps ds ut per . . .	perpetuam confidamus 268
sensibus nostris summe reparator . . .	esse credamus 288
Libera	
nos qs dne ab omnibus malis . . .	perturbatione securi 281 677
qs dne a peccatis et hostibus . . .	affligantur aduersis 772

M

Magnifica dne beati illius sollemnia . . .	suscipimus et prehimus 726
Magnificare dne ds noster in hoc templo . . .	clementer assumas 624
Maiestatem tuam	
clementissime pater suppliciter exoramus . . .	pietatis succurrat 1258
dne supplices deprecamur ut huic famulo . . .	mereatur introire 1366
dne supplices exoramus ut animae . . .	consorte iustorum 1396
dne suppliciter exoramus ut sicut . . .	perpetuus suffragator 824
Maiestatis tuae clementiam suppliciter . . .	stabilitate firmentur 1037
Mandans quoque et dicens ad eos . . .	ueniam ad uos 275 667
Martyrum	
dne Geruasii et Protasii natalicia . . .	concede fidelibus 968
tuorum Babylae et trium paruulorum nos . . .	precibus consequamur 897
tuorum deprecatione qs dne nobis . . .	merita suffragari 1065
tuorum Donati et Carpofori nos qs dne . . .	suffragio consoletur 1070
Memento	
dne famulorum famularumque tuarum . . .	uiuo et uero 662
etiam dne et eorum nomina . . .	indulgeas deprecamur 671
Mentem familiae tuae qs dne intercedente . . .	pietatis exaudi 418
Mentes nostras qs dne	
lumine tuae claritatis illustra . . .	agere ualeamus 74 534
paraclitus qui a te procedit illuminet . . .	filius ueritatem 481
spiritus sanctus diuinis reparet . . .	omnium peccatorum 480
Mentibus nostris dne spiritum sanctum . . .	prouidentia gubernamur 478
Merito omps ds hanc incurrimus infirmitatem . . .	concede sanitatem 1344
Ministrantium tibi ds eruditor et rector . . .	intercessionibus adiuuari 849
Miserere	
dne populo tuo et continuis . . .	respirare concede 176 (619)
iam qs dne intercedente beata . . .	propitiatione laetifica 421
qs dne ds famulis tuis pro quibus . . .	beatitudinis adquirant 1254
qs dne populo tuo et continuis . . .	respirare concede 619 (176)
Misericordiam tuam	
dne nobis qs interueniente beato . . .	propitiare suffragiis 1112
qs dne nobis clementer intende . . .	placare praesidiis 750
Misericors dne fidelium tuorum consolator . . .	patienter expectent 380
Mitte dne qs spiritum sanctum qui . . .	corda purificet 703
Multa sunt dne iniquitatum nostrarum . . .	facias possessores 51
Multiplica qs dne benedictionem tuam . . .	subsidiis adiuuari 881

Munera
    dne oblata sanctifica nosque . . .   maculis emunda 65 (526)
    dne quae pro beatorum apostolorum . . .   mereamur auerte 721
    nos dne qs oblata purificent . . .   esse placatum 192 (591)
Munera plebis tuae qs dne
    beatissimorum apostolorum et martyrum . . .   perficiantur et meritis 1011
    laetanter offerimus quae in honore . . .   dignanter impendant 888
Munera qs dne quae in
    beatae Eufumiae celebritate deferimus . . .   passionis certamen 1138
    beati Mauricii festa deferimus . . .   est praeciosa 1152
Munera supplices dne tuis altaribus . . .   gloriemur saluandi 1006
Munera tibi dne nostrae deuotionis . . .   miserante reddantur 758 1071 1184
Muneribus nostris qs dne precibusque . . .   clementer exaudi 531 742
Muniat qs dne fideles tuos sumpta . . .   deuotione currentes 431
Munus quod tibi dne nostrae seruitutis . . .   perfice sacramentum 137 571

N

Ne despicias omps ds populum tuum . . .   succurre placatus 453
Nobis quoque minimis et peccatoribus . . .   largitor admitte 672
Non intres in iudicio cum seruo tuo . . .   signaculo trinitatis 1370
Nostra tibi qs dne sint accepta ieiunia . . .   perducant aeterna 210

O

Oblata qs dne munera nostra sanctifica . . .   maculis emunda 526 (65)
Oblatio
    dne tuis aspectibus immolanda qs ut . . .   defendat inimicis 1290
    nos dne tuo nomini dicanda purificet . . .   transferat actionem 414
Oblationes populi tui dne qs beati . . .   eius depraecatione 1044
Oblationibus nostris qs dne
    placare susceptis et ad te nostras . . .   propitius uoluntates 197
    propitiatus intende quas tibi offerimus . . .   salutis medelam 1259
Oblatis
    dne placare muneribus et oportunum . . .   sufficientis auxilium 1319
    qs dne placare muneribus et a cunctis . . .   defende periculis 70 521
Oblatum tibi dne sacrificium uiuificet nos . . .   semper et muniat 172 511
Obsecramus misericordiam tuam aeterne omps. . .   resuscitare iubeas 1378
Obseruationis huius annua celebritate . . .   affectibus gaudeamus 36
Offerendorum tibi munerum ds auctor . . .   deuotione praesidium 1169
Offerimus tibi dne
    munera supplicantes ut quae subditi . . .   affectibus exequamur 132
    qs preces et munera quae ut tuo sint . . .   praecibus adiuuemur 1019
Omps ds
    christiani nominis inimicos uirtute qs . . .   semper exultet 1280
    famulos tuos dextera potentiae tuae . . .   prosperitate et futura 710
Omps et misericors ds
    ad cuius beatitudinem sempiternam . . .   indulgentiam introire 496
    moestorum consolatio et laborantium . . .   gaudeant adfuisse 303
    qui athletam tuum Iulianum tormenta . . .   insidiis maneamus 995
    qui peccantibus indulgentiam . . .   pietatis absoluat 57
    qui peccantium non uis animas perire . . .   misericordiam transferamur 436
    respice propitius super populum tuum . . .   propitiacionis custodiat 1307
    spes fidelium fiducia supplicantium . . .   tuae subleuetur 1266

Omps genitor qui unigenitum tuum . . .   protegere dignetur 240
Omps mitissime ds respice propitius . . .   habitaculum mereatur 1232
Omps s. ds

adesto propitius inuocationibus . . .   actione placeamus 58 (499)
annue precibus nostris ea quae poscimus . . .   commendet ecclesiae 1411
collocare dignare corpus et animam . . .   resuscitare praecipias 1388
cui cuncta famulantur elementa . . .   implere possimus 878
cui numquam sine spe misericordiae . . .   facias aggregari 1389
cuius aeterno iudicio uniuersa fundantur . . .   meritis augeatur 295
cuius spiritu totum corpus ecclesiae . . .   munde seruiatur 297
da capiti nostro abundantiam aquae . . .   ubertate uincamus 1201
da cordibus nostris illam sequi . . .   clamantis edocuit 978
da nobis fidei spei et caritatis . . .   quod praecipis 574
da nobis ita dominicae passionis . . .   percipere mereamur 251
da populis tuis apostolorum tuorum Petri . . .   seruiat unitati 1009
da populo tuo praesentis diei . . .   gaudia consequantur 1057
da qs uniuersis famulis tuis plenius . . .   glorificatione gaudere 261 (*325*)
deduc nos ad societatem caelestium . . .   celsitudo pastoris 471
fortitudo certantium et palma martyrum . . .   uota perfice 954 (*788*)
in cuius manu sunt omnium potestates . . .   dextera comprimantur 299
maiestatem t. suppl. exoramus ut famulo . . .   mereamur in caelis 1422
maiestatem t. suppl. exoramus ut sicut . . .   mentibus praesentari 901
miserere famulo tuo illi et dirige . . .   uirtute perficiat 1223
misericordiam tuam ostende supplicibus . . .   indulgentiam sentiamus 589
multiplica in honorem nominis tui quod . . .   cognoscat impletum 313
mundi creator et rector qui beatos . . .   caritatis augmentum 1173
per quem coepit esse quod non erat . . .   mente seruire 569
placabilis et acceptabilis sit tibi . . .   consequi mereantur 644
placabilis et acceptabilis sit tibi . . .   prosit indigno 642
quem docente spiritu sancto paterno . . .   debitam seruitutem 359

Omps s. ds qui

aegritudines et animorum depellis . . .   reparetur officia 1352
Christi tui beata passione nos reparas . . .   deuotione uiuamus 258
dedisti famulis tuis in confessione . . .   muniamur aduersis 682
ecclesiam tuam beati sacerdotis . . .   intercedente soluatur 834
ecclesiam tuam noua semper prole . . .   filiis aggregentur 301
etiam Iudaicam perfidiam a tua . . .   tenebris eruantur 307
facis mirabilia magna solus . . .   benedictionis infunde 1262
facturae tuae pio semper dominaris . . .   concede medicinam 1347 (1342)
facturam tuam pio semper gubernas . . .   intuere obtutu 1238
gloriam tuam omnibus in Christo . . .   nominis perseueret 293
glorioso in beati Benedicti abbatis . . .   errore subsequamur 917
ideo delinquentibus occasionem tribuis . . .   iussionibus pareat 1349
in omni loco dominationis tuae . . .   deuota libertas 632
in omnium operum tuorum dispensatione . . .   est Christus 310
in omnium sanctorum tuorum es uirtute . . .   confirmauit exemplo 812
in sancti tui Quirici martyris semper . . .   praecibus adiuuari 1033
iustitiam tuae legis in cordibus . . .   quod praecipis 702
me peccatorem sacris altaribus astare . . .   ministrare merear 1212
nobis in obseruatione ieiunii . . .   esse deuotos 62
non mortem peccatorum sed uitam . . .   nominis tui 309
nos beatorum apostolorum Petri et Pauli   tuitionis augmentum 1017

nobis dne praebeant sacramenta . . .   proficiant ad medelam 24
Perceptis dne
   ds noster sacramentis salutaribus . . .   proficiant ad medelam 920
   sacramentis beato Matheo apostolo tuo . . .   proficiant ad medelam 1149
   sacramentis subdito corde rogamus . . .   sunt passione 1016
   sacramentis suppliciter exoramus ut . . .   proficiant ad medelam 718 *(1013 1176)*
   sacramentis suppliciter rogamus ut . . .   proficiant ad medelam 1176 *(718 1013)*
   sacramentis suppliciter te rogamus ut . . .   proficiant ad salutem 1013 *(718 1176)*
Perfice
   dne benignus in nobis paschalium munerum . . .   desiderium transferamur 334
   in nobis qs dne gratiam tuam qui . . .   optineamus aeternam 902
   qs dne benignus in nobis obseruantiae . . .   operante impleamus 104
Perpetuis nos dne sancti Iohannis . . .   attolle suffragiis 1118
Perpetuo ds ecclesiam tuam pio fauore . . .   perueniat claritatem 331
Perpetuum nobis dne tuae miserationis . . .   non deesse 692
Perueniant ad te dne supplicum preces . . .   non deesse 323
Pietati tuae dne gratias humili seruitute . . .   affluenter impendas 1154
Pietatis tuae dne sacramentum hodierna . . .   suscipias deprecamur 2
Pignus
   aeternae uitae capientes humiliter . . .   perceptione sumamus 1021 (876)
   uitae aeterne capientes humiliter . . .   perceptione summamus 876 (1021)
Pio recordationis affectu fratres . . .   ipse praesta 1367
Plebem tuam qs dne perpetua pietate . . .   ueneratione laetetur 691
Plebis tuae dne munera
   benignus intende quae maiestati tuae . . .   sunt dicata 1133
   placatus admitte ut quae mysteriis . . .   ueritate percipiat 335
Plebs tua dne
   beati sacerdotis et confessoris tui . . .   habere rectorem 796
   capiat sacrae benedictionis augmentum . . .   deprecationibus adiuuatur 1327
   laetetur tuorum honore semper sanctorum . . .   patrociniis gloriatur 764
Pontificis et martyris tui Clementis . . .   apostolis et martyribus 809
Populi tui ds institutor et rector . . .   sit securus 186
Populum tuum dne
   propitius intuere et in templo . . .   potiantur auxilio 630
   propitius respice et quos ab escis . . .   cessare concede 109
   qs ad te toto corde conuerte . . .   mente deuotos 241
Porrige dexteram qs dne plebi tuae . . .   gaudia comprehendat 656
Praebeant nobis dne diuinum tua sancta . . .   delectemur et fructu 250
Praeceptis salutaribus moniti . . .   audemus dicere 675
Praecursoris tui Iohannis baptistae nos . . .   peruenire fragilitas 987
Praepara nos qs dne huius
   festiuitatis officiis ut haec . . .   mentibus celebremus 157 (34)
   praecipuae festiuitatis officiis ut . . .   mentibus celebremus 34 (157)
Praesenti sacrificio nomini tuo nos dne . . .   operetur effectu 116
Praesentia munera qs dne ita serena . . .   tormenta deuicit 798
Praesentibus sacrificiis dne ieiunia . . .   interius operetur 90
Praesta dne
   fidelibus tuis ut ieiuniorum ueneranda . . .   deuotione percurrant 21
   qs ut anima famuli tui illius cuius . . .   capiat sempiternam 1409

Praesta qs omps ds ut
quorum memoriam sacramenti participatione.. proficiendo sectemur 1063
quos uotiua ieiunia castigant ipsa . . . caelestia capiamus 185
sanctorum tuorum Nazarii et Celsi . . . propitiationis adquirat 1051 1056
(952)

secundum promissionem filii tui . . . reseret ueritatem 465
semper rationabilia meditantes . . . exequamur et factis 1294
sicut interuentu beati leuitae et . . . caelestibus institutis 891
uerbum caro factum quod beatus Iohannes... semper in nobis 858
Praesta qs omps et misericors ds ut
quae ore contigimus pura mente capiamus 139 (553 *1185*)
qui beati Alexandri martyris tui . . . amore roboremur 1107 (741)
sicut beatum Iulianum coniugali toro . . . inradiare digneris 992
sicut in condemnationem filii tui . . . iste credentium 259
sicut legio sancta pro tui nominis . . . effici mereamur 1151
spiritus sanctus adueniens templum nos . . . habitando perficiat 482
Praesta qs omps pater ut nostrae mentis . . . conuersatione perueniat 400
Praestent dne qs tua sancta praesidia . . . absoluant peccatis 915
Praetende
dne famulis et famulabus tuis illis . . . postulant assequantur 1246 (*161
232*)

dne fidelibus tuis dexteram caelestis . . . consequi mereantur 161 (*232 1246*)
fidelibus tuis per haec sacrificia . . . postulant assequantur 232 (*161
1246*)

munera qs dne altaribus tuis pro . . . indulgentiam largiaris 975
nobis dne misericordiam tuam ut . . . placita consequamur 529
Praeueniant nos dne qs apostoli tui Pauli . . . postulent et aeterna 1015 (*1053*)
Praeueniat
hunc famulum tuum qs dne misericordia . . . indulgentia deleantur 1334
nos qs dne gratia tua semper . . . proficiant ad salutem 1325
Preces nostras qs dne
clementer exaudi atque a peccatorum . . . aduersitate custodi 504
clementer exaudi et contra cuncta nobis . . . maiestatis extende 73 520
quas in famuli tui illius depositione . . . societate laetetur 1416
Preces populi tui qs dne clementer exaudi . . . misericorditer liberemur 89 610
Pro
animabus famulorum tuorum famularumque...mereantur aeternam 1412
nostrae seruitutis augmentis . . . propitius exsequaris 606
sancti confessoris tui Eustorgii . . . salutis operetur 1142
Proficiat
nobis ad salutem corporis et animae . . . trinitatis confessio 685
qs dne haec oblatio quam tuae . . . ubique dirigatur 1225
Propitiare dne
populo tuo et quos in frequentatione . . . esse securos 735 (768)
qs animabus famulorum famularumque . . . aeterna possideat 1395
Propitiare dne supplicationibus nostris
et animam famuli tui illius episcopi . . . iubeas sociare 1420
et animarum nostrarum medere languoribus... benedictione laetemur 105 550
et has oblationes famulorum famularumque... efficaciter consequamur 1248
et has oblationes quas tibi offerimus . . . praesidia gaudeamus 1299
et mitte angelum de sumitate caelorum . . . gaudio et affectu 1303

beati apostoli tui Iacobi ecclesiae . . .   predicationibus eruditur 874 (859 1147)

Supplices
    qs dne pro animabus famulorum . . .   constituas redemptorum 1403
    te dne deprecamur ut per haec dona . . .   sanctificatio praebeatur 222
Supplices te rogamus
    dne ut his sacrificiis peccata nostra . . .   corporis sanitatem 182
    omps ds iube haec perferri per manus . . .   gratia repleamur 670
    omps ds ut quos tuis reficis sacramentis . . .   seruire concedas 528
Supra quae propitio ac sereno uultu tuo . . .   inmaculatam hostiam 669
Suscipe clementissime pater propitius . . .   gratias referamus 649
Suscipe dne
    animam serui tui illius quam de . . .   resuscitari mereatur 1369
    haec munera populi tui quae tibi in . . .   sentiamus auxilium 1076
    munera populi tui pro martyrum tuorum . . .   aduersa constantiam 1066
    munera quae pro filii tui gloriosa . . .   perueniamus aeternam 402
    munera quae tibi offerimus pro famulo . . .   dona custodi 1268
    preces et hostias ecclesiae tuae . . .   christiana libertas 1272
    preces nostras pro anima famuli tui . . .   misericordia deleantur 1404
    propitiatus hostias quibus et te . . .   pietate restituae 616
    propitius munera haec quae tibi . . .   clementer ignoscas 647
    propitius munera quae in beati . . .   intercessione perpetua 933 (737 893)
    propitius orationem nostram cum . . .   aspira propitius 898
    qs preces tribulatorum cum oblationibus . . .   defende periculis 1188
    sacrificium cuius te uoluisti dignanter . . .   offeramus affectum 38 167
    sancte pater omps aeterne ds propitius . . .   nesciat inferorum 651
Suscipe munera qs dne exultantis ecclesiae . . .   concede laetitiae 365
Suscipe preces populi tui qs dne quibus . . .   talis assumpta 1123
Suscipe qs dne
    et sanctifica hoc sacrificium populi . . .   prosit ad ueniam 753 769 1089 (1061)
    et sanctifica hoc sacrificium populi . . .   salutem perpetuam 1061 (753 769 1089)
    hostias placationis et laudis quas tibi . . .   proficiant ad salutem 1124
    munera populi tui pro martyrum tuorum . . .   benignus acceptos 1054
    munera populorum tuorum propitius . . .   beatitudinem consequantur 350
    nostris munera oblata seruitiis . . .   dona sanctifica 541 (85)
    nostris oblata seruitiis et tua propitius . . .   dona sanctifica 85 (541)
    preces famulorum tuorum cum oblationibus . . .   defende periculis 1304 (147 581)
    preces populi tui cum oblationibus . . .   defende periculis 147 581 (1304)
    pro anima famuli et sacerdotis tui . . .   dones et proemium 1417
    propitius hanc oblationem quam tibi . . .   tui ds 643
    propitius munera quae in beati . . .   intercessione perpetua 737 893 (933)
Suscipe sancta trinitas hanc oblationem . . .   rerum conditor 645
Suscipiat clementia tua dne qs de manibus . . .   emundet peccatis 1179

T

Tantis dne repleti muneribus praesta qs . . .   numquam cessemus 508
Te igitur clementissime pater . . .   fidei cultoribus 661
Temeritatis quidem est dne ut homo . . .   dexterae coronandus 1383
Tempora nostra qs dne pio fauore . . .   benignus auxilium 515

et tibi
    debitam seruitutem per ministerii huius . . .   amore perducas 557
    uouere contriti sacrificium cordis . . .   mereamur coniungi 542
et tuam
    cum celebratione ieiunii pietatem . . .   mente famulemur 177
    inmensam clementiam supplici uoto . . .   pertingere mereamur 153
    iugiter exorare clementiam ut mentes . . .   robur animarum 127
    misericordiam exorare ut te annuente . . .   munus operare 552
    misericordiam totis nisibus exorare . . .   bonitate subuenias 547
    suppliciter misericordiam implorare . . .   percipiamus emolumentum 173
exhibentes sollemne ieiunium quo Iohannis . . .   agnosceret accepit 984
exultant enim dne sancti tui sicut . . .   laetantur aeternis 1072
gloriosi
    illius martyris pia certamina . . .   recoluntur exordia 727 (1110)
    martyris tui Alexandri pia certamina . . .   recoluntur exordia 1110 (727)
humiliter tuam depraecantes clementiam . . .   laudare mereatur 1235
illuminator et redemptor animarum . . .   obseruationibus (omnibus)
        liberemur 18 *91*

implorantes tuae maiestatis misericordiam ut
    famulis uel famulabus tuis illis ueniam . . .   peruenire mereantur 1249 (1226)
    famulo tuo illo ueniam suorum . . .   peruenire mereatur 1226 (1249)
in
    cuius aduentu cum geminam iusseris . . .   luce futurus 1392
    cuius salutifera oportunitatis . . .   uisibus rutilabat 929
    exultatione praecipue sollemnitatis . . .   dns noster 904
    hac praecipue die quo Iesus Christus . . .   dona substantiam 403
    hoc praecipue die in quo unigeniti tui . . .   cuncti honorem 941
    quo ieiunantium fides alitur spes . . .   dnm nostrum 45
maiestatem tuam suppliciter
    deprecantes ut digneris nos beati Iacobi . . .   perpetua muniamur 875
    deprecantes ut expulsis azimis uetustatis . . .   gloriam repromisit 617
    deprecantes ut opem tuam petentibus . . .   tribuas profutura 532 (1300)
    exorantes ut opem tuam petentibus . . .   tribuas profutura 1300 (532)
maxime hodie beatae et sacratissimae . . .   fine fulgebunt 781
misericordiae dator et totius bonitatis . . .   capiamus promissa 198
nos in
    hac praecipua festiuitate gaudere . . .   gentibus tradiderunt 466
    hac sollemnitatis die beati martyris . . .   dilexit auctorem 1090
    praetiosa morte paruulorum te sancte . . .   non patitur 868
nos te
    in honore nominis tui dne sanctorum . . .   asserens unitatem 1062
    in tuis sacratissimis uirginibus . . .   sacrificio celebramus 1100
    omps aeterne ds in hoc precipuo die . . .   indicant liberationem 909
    omps aeterne ds laudabilem in sanctis . . .   suffragator accedat 1158
    omps dne in beati sacerdotis et . . .   uirtus et gloria 794
    quidem dne omni tempore benedicere . . .   resurgendo reparauit 320
    sancte pater omps omni tempore . . .   resuscitaret multorum 919
nos tibi
    ds semper hic et ubique in honore . . .   est Christum 1012
    dne caeli terraeque ds pater gratias . . .   laude prosequitur 1050
    dne excelse celorum qui resides arce . . .   saluatus est 168
    in omnium sanctorum tuorum profectu . . .   benedicere et praedicare 1125

2. Namensindex zu den Gebetstexten

Die römischen Zahlen geben Formular-, die arabischen Formelnummern an.

3. Lesungen

Mt	18,15–22	140 B		Lk	9, 1– 6	486 B
	23–35	609 B			28–36	1027 B
	19,27–29	1014 A			44–49.50–51	796 B
	20,17–19	205 B			10, 1– 9	1069 B
	17–28	109 B			16–20	953 B
	20–28	872 B (996 B)			23–37	564 B
	21,10–17	68 B			38–42	1097 B (710 B)
	33–46	119 B			11, 5–13	417 B
	22, 1–14	599 B			9–10	1196 B
	15–21	614 B			9–13	1217 B (686 B)
	35–23,12	589 B			14–28	155 B
	23, 1–12	104 B			23–26	1167 B
	24,1	1275 B			47–54	1127 B
	42–47	767 B			12, 1– 9	973 B (962 D)
	25, 1–13	783 B (804 B 886 B)			32–34	1092 B
	14–23	772 B (1140 B)			32–44	1257 B
	31–46	63 B			13,18–30	991 B
	26, 1– 5	264 B			14, 1–11	584 B
	17–75	269 B			16–24	509 B
	27, 1–56	288 B			26	809 B
	57–61	290 A			15, 1–10	514 B
	62–66	310 A			11–32	124 B
	28, 1– 7	317 C			16, 1– 9	544 B
	8–15	337 B			19–31	114 B (504 B)
	16–20	353 B			17, 3–10	654 B
Mk	1,40–44	190 B			11–19	569 B
	6,17–29	1117 B			18, 9–14	554 B
	47–56	36 B			15–17	1032 B
	7,31–37	559 B			31–43	1087 B
	8, 1– 9	534 B			19, 1–10	631 B
	9,39	796 B			41–47	549 B
	12,41–44	1223 B			20,20–26	1150 B
	13,33–37	1206 B			21,34–36	246 B
	14,10–16	220 B			22,24–32	1047 B
	16,14–20	400 B			24,13–35	333 C
Lk	1,5–25.39–45.	986 B			36–53	405 B
	56–66.80			Jo	1,29–34	10 B (380 B)
	2,22–32	901 B			35–42	816 B (948 B)
	42–52	5 B			43–51	1052 B
	4,23–30	135 B			2,13–25	170 B
	38–43	150 B 495 B			3, 1–15	499 B (938 B)
	5, 1–11	524 B			16–17	1228 B
	17–26	491 B			16–21	473 B
	27–39	1131 B			4, 5–42	94 B
	6,20–36	891 B			46–53	604 B
	24–33	574 B			5, 1– 4	691 B
	36–42	519 B (422 B)			1–15	83 B
	37–40	1037 B			21–24	1421 B
	7, 1–10.16	1306 B			6, 1–14	180 B
	11–16	185 B 579 B			14–21	828 B
	36–50	906 B			37– ?	1395 B
					44–51	481 B

Jo	6,44–47.54	1400 B	Apg	8,26–39	333 A
	51–58	348 B		10,34.42–48	473 A
	7, 1–13	210 B		13,44–52	495 A
	14–31	175 B (389 A)	Röm	5, 1– 5	499 A
	32–39	205 B		1– 7	1065 A
	43–53	230 B		6, 3– 4	333 B
	8, 1–11	160 B		3–11	529 A
	12–20	195 B		5–11	1092 A
	21–29	99 B		19–23	534 A
	31–59	130 B		7,14–25	1196 A
	9, 1–38	165 B		22–25	686 A
	10, 1–10	477 B 1112 B		8,3	901 A
	11–18	791 B (835 B		12–17	539 A
		926 B 1064 B)		14–21	865 A
	22–38	215 B (631 C)		18–23	519 A
	11, 1–45	200 B		26–27	1252 A
	21–27	1396 B		28–39	1059 A
	47–54	225 B		10, 8–15	857 A
	55–12,11	241 B	1 Kor	1, 4– 8	589 A
	12,12–13	235 A		2,10–15	456 A
	24–33	1082 B		12	962 C
	13, 1–32	251 B		7,25–31	778 A (804 A)
	33–35	701 B		32–40	886 A
	14, 1–13	936 B		10, 1– 4	343 A
	10–14	1074 B		6–13	544 A
	12–14	1317 B		16–17	348 A
	15–27	463 A		11,20–34	269 A
	15, 7–11	1212 B		12, 1–11	463 A
	9–16	1107 B		2–11	549 A
	12–16	719 B		27–13,8	953 A
	26–16,4	681 A		13, 4– 8	701 A
	26–16,14	456 B		11–14,1	1032 A
	16, 5–14	390 B		14, 2–19	796 A
	16–22	385 B		15, 1–10	554 A
	20–22	1182 B 1237 B		3–10	327 B
	23–30	395 B		49–57	943 A
	17, 1– 3	696 B		51–57	1395 A
	1–26	412 B	2 Kor	1, 3– 7	724 A
	1.24–26	1252 B		3–11	1237 A
	20, 1– 9	358 B		8–11	1186 B
	11–18	327 C		8–14	931 A (1073 B)
	19–31	363 B (1026 B)		2,14–3,3	991 A (962 A)
	21, 1–14	343 B		3, 4– 9	559 A
	15–19	1009 B		17–4,5	1107 A
	19–24	857 B		4, 6–10	881 A (948 A)
Apg	1, 1– 8	327 A		5, 6–10	1421 A
	2,14–21	481 A		17–6,1	1131 A
	22–28	491 A		6, 1–10	42 A
	29–38	317 A		9, 6– 9	1082 A
	41–47	400 A		10–15	1074 A
	8, 5– 8	486 A		10,17–11,7	783 A (906 A)
	14–17	477 A		11,16–12,9	1009 A (1026 A)

2 Kor	13, 7–11	1288 A		1 Thess	2, 2–12	896 A
	13	681 A			13–19	160 A
Gal	1, 3–12	823 A			20–3,8	130 A
	11–19	872 A (936 A 986 A)			4, 1–12	165 A
					(13)–18	1396 A
	3,16–22	564 A			5,14–23	88 A
	27–29	337 A		2 Thess	2,15–3,5	241 A
	4,13–18	1117 A		1 Tim	1,12–17	1087 A
	5,10–12	938 A			2, 1– 7	358 A
	16–24	569 A			3,16–4,8	791 A
	25–6,10	574 A			4,14–16	1206 A
	6, 7–10	654 A 1257 A			6,12–16	767 A (958 A 1140 A)
	12–14	938 A				
Eph	1, 3	809 A		2 Tim	1, 6–13	1064 A
	3–14	715 A (891 A 1004 A)			2, 4–10	740 A
					19–22	631 A
	15–23	94 A			3,10–15	735 A (963 A)
	2, 1–10	973 A			16–4,8	850 A
	13–22	1027 A		Hebr	7,23–27	772 A
	19–22	719 A			10,32–38	751 A
	3, 2–11	835 A			11,33–39	756 A (1150 A 1167 A)
	13–21	579 A				
	4, 1– 6	317 B 584 A		Jak	1, 3– 6	696 A
	7–12	405 A			17–18	1266 A
	23–28	5 A 594 A			17–21	390 A
	29–32	353 A			22–27	395 A
	5, 1– 5	124 A			5,13–16	1343 A
	15–21	200 A 599 A			16–18	1317 A
	6, 7–10	1257 A			16–20	417 A
	10–17	604 A		1 Petr	2,11–19	385 A
Phil	1, 6–11	609 A			21–25	380 A
	12–21	1102 B			3, 8–15	524 A (422 A)
	2, 5–11	1127 A			4, 7–11	412 A
	8–11	705 A			5, 6–11	514 A
	3,17–21	614 A		1 Jo	1, 8– 9	1228 A
Kol	1, 9–11	619 A 1217 A			3,13–18	509 A
	12–23	1052 A			5, 4–10	363 A
	3, 1– 4	926 A			8–21	504 A
1 Thess	1, 2–10	996 A		Apk	19, 9–10	691 A

4. Register zur Einleitung

Zahlen im Normaldruck bedeuten Seitenzahl, im Kursivdruck Zahl der Anmerkung.

KONKORDANZTABELLEN

Nr.		J	A	B	C	D	E	F	G	H	K	L	M	N	O	MAII	Ve	GeV	GeA	GeS	GrP	GrH	GrA	G	F	Varia
	I EPIPHANIA DOMINI																									
1	Tribue qs omps ds		193	197	359	D	E			H			M	N	O	87										
2	Pietatis tuae dne		194	198	360	D	E			H			M	N	O									86b		
3	UD Qui te nobis		195	199	361	D	E			H			M	N	O									86a		
4	Caelesti lumine		197	201	363	D	E			H			M	N	O			67	[122]	[114]		[97,2]				
	II DOMINICA I POST EPIPHANIAM																									
5	Benedictio qs dne		198	202	377	D	E			H			M	N	O										[147]	
	– consequantur																	[262]	[521]	[437]						
	quoniam –																[437a]									
6	Fac nos dne ds nr	1293a																[1223]	115	107	[938]	[204,37]	[201a]			
7	Qs dne ds nr ut		200	204	379	D	E			H			M	N	O											
8	UD Ut qui te auctore	587	201	205	380	D	E			H			M	N	O		[1042]		[1317]	[1176]	[855]		[286]		[154]	
9	Qs dne ds nr ut		202	206	381	D	E			H			M	N	O			[1197]	[1183]	[1051]	[593]		[172]		[145b]	
	III OCTAUA TEOPHANIAE																									
10	Ds cuius unigenitus															N		[62]	[120]	112	[64]	[18,2]				
11	Inlumina qs dne																		[123]	115		[18,7]				
	– accende		[191a]	[195a]			[DaEa]			–					Ma – Oa]		[60a]				[57a]					
12	Hostias tibi dne															N	[64]		121	113						
13	UD Qui a puerperio		[185]	[189]	[346]	D	E			H					M N O]									[87]		
14	Pra. qs dne ds nr																	[108]	[100]		[62]	[17,5]				
	– officio															*N*										
15	Ds inluminator		[190]	[194]		D	E			–					M – O]			[63]	[110]	[102]	[63]	[18,1]		[79]		
	IIII DOMINICA IN QUINQUAGESIMA																									
16	Ds qui non despicis		255	276	601	D	E			H			M	N	O			[670]	/	[890]						
17	Ecclesiae tuae dne		256	277	602	D	E			H			M	N	O			[1175]	[1611]	[1447]						
18	UD Illuminator	91	257	278	603	D	E			H			M	N	O				[360]	[316]						
19	Tuorum nos dne	82	258	279	604	D	E			H			M	N	O		[1298]	[122]	[1596]	[1433]	[191]	[42,3]	[263]			

| | | Ambrosiana | | | | | | | | | | | | | | Ve | Gelasiana | | | Gregoriana | | | | Gallica | Varia |
#	Incipit	J	A	B	C	D	E	F	G	H	K	L	M	N	O	Ve	GeV	GeA	GeS	GrP	GrH	GrA	V	B	Varia
	V FERIA IIII INFRA QUINQUAGESIMA																								
20	Concede nobis dne		[250]	[271]	[587]	[D	E			H			M	N	O]	[207]	[631]	276	251	127	35,1				
21	Pra. dne fidelibus																[1037]	277	252	128	35,2				
22	Fac nos qs dne																91	278	253	129	35,3				
23	UD Qui corporali																	279	254	[161]		261			
24	Percepta nobis																[252]	280	255	130	35,4				
	VI FERIA V INFRA QUINQUAGESIMA																								
25	Tuere dne populum															[1062]	[94]	[281]	[256]	[135]	[37,4]				
26	Da qs dne fidelibus																[86]	282	257						
27	Sacrificium dne																[266]	[266]	[242]	[133]	[37,2]				
28	UD Qui es salutis																[90]	283	258						
29	Spm nobis dne tuae	704*	[1180]	[/]		[D	E	F	G	H	K	L	M	N	O]	[1049]	[1330]	[1556]	[1395]	[134]	[37,3]		[216]		
30	De multitudine																[88]	[269]	[245]	[158]					
	VII FERIA VI INFRA QUINQUAGESIMA																								
31	Inchoata ieiunia ut –	94	[290]	[315]	[755]	[D	E			H			M	N	O]		[89]	286	261	132	37,1			*[165b]*	
32	Adiuua nos ds																95	287	262						
33	Tribue nobis qs	98	[294]	[319]	[759]	[D	E			H			M	N	O]		[92]	290	264						
34	Praepara nos qs	157															96	288	263						
35	Pra. famulis tuis		[259]	[280]	[644]	[D	E			H			M	N	O]	[659]	98	291	265						
	VIII SABBATO INFRA QUINQUAGESIMA																								
36	Obseruationis huius															*[490]*	99	292	266						
37	Fideles tui ds	167	[248]	[269]	[576]	[D	E			H			M	N	O]	[1302]	103	296	270	[120]	[32,3]				
38	Suscipe dne sacrif.		[356]	[389]	[927]	[D	E			H			M	N	O]	[226]	101	294	268						
39	UD Supplicationibus	95	[291]	[316]	[756]	[D	E			H			M	N	O]	[658]	100	293	267						
40	Caelestis uitae																102	295	269						

29 = 239 337 704

VIIII DOMINICA IN CAPITE QUADRAGESIMAE

No	Incipit	J	A	B	C	D	E	F	G	H	K	L	M	N	O	Ve	GeV	GeA	GeS	GrP	GrH	GrA	G	V	B	Varia
41	Ds qui ecclesiam																									
42	Concede nobis omps																						[173]			
43	Familiae tuae qs		260	281	645	D	E			H			M	N	O		104	297	271	136	38,1					
44	Da nobis qs omps		261	282	646	D	E			H			M	N	O			298	272							
45	UD In quo ieiunant.		262	283	647	D	E			H			M	N	O		[125]	[337]	[304]			[262]	162		141	[MoS 385]
46	Sumpsimus dne		263	284	648	D	E			H			M	N	O			[320]	[288]							

X ORATIONES IN QUADRAGESIMA AD MISSAM SIUE AD UESPERUM

No	Incipit	J	A	B	C	D	E	F	G	H	K	L	M	N	O	Ve	GeV	GeA	GeS	GrP	GrH	GrA	G	V	B	Varia
47	Da nobis qs omps	509															[305]	[277]	[140]		[38,4]					
48	Adesto qs dne	510	[204]	[208]		D	E			H			M	N	O]		[306]	[278]	[141]		[38,5]					
49	Iam dies adsunt																									
50	Aures clementiae																									
51	Multa sunt dne																									
52	Ignosce nobis dne																									
53	Ds cui soli est		[717]	[746]	[1771]	D	E	F		H		L		N]												
54	Ds qui sic delectaris																									
55	Tibi dne inclinamus																									
56	Exaudi qs dne gemitum															[522]						[201,29]	[346]			[GrF 2064]
57	Omps et misericors																[361]	[983]	[608]							[GrF 664]
58	Omps s. ds adesto																[566]	[494]	[858]			[168]			[507]	[GaF 141]
59	Propitiare dne	499	[750]	[778]	[1915]	D	E	F	G	H	K	L		N]					[505]					[261]		
60	Adesto dne																[1283]	[92a]	[86a]							
	– custodi																	[1795]	[1579]							
61	Ds qui ob animarum	107*	[301]	[326]	[786]	D	E			H			M	N	O]		[173]	[378]	[331]			[263]	[176]	[145]		
62	Omps s. ds qui nobis																[105]	[330]	[297]				[170]	[144]		

61 = 107 284

Column groups: **Ambrosiana** (J · A B C · D E F G H K L M N O) — **Ve** — **Gelasiana** (GeV GeA GeS) — **Gregoriana** (GrP GrH GrA) — **Gallica** (V B) — **Varia**

No.	Incipit	J	A	B	C	D	E	F	G	H	K	L	M	N	O	Ve	GeV	GeA	GeS	GrP	GrH	GrA	V	B	Varia
XI FERIA II EBDOMADA I IN QUADRAGESIMA																								
63	Conuerte nos ds		264	285	659'	D	E			H			M	N	O		[1170]	307	279	142	39,1				
64	Sanctifica dne	131*	265	286	660'	D	E			H			M	N	O		109	308	280 [851]	[261] [500]	[67,1]	[164]		[6]	[CeS 9]
65	Munera dne oblata	526	266	287	661'	D	E			H			M	N	O			[131]	282		39,2	262		167	GrF 406
66	UD Qui das escam		267	288	662'	D	E			H			M	N	O			311							MoS 322
67	Salutaris tui dne	513	268	289	663'	D	E			H			M	N	O	[891]	[97]	312	283	144	39,3				
XII FERIA III EBDOMADA I IN QUADRAGESIMA																								
68	Respice dne familiam		269	290	674'	D	E			H			M	N	O			315	285	146	40,1	[182]			
69	Ascendant ad te dne	519	270	291	675'	D	E			H			M	N	O			322	290	149	40,4				
70	Oblatis qs dne	521	271	292	676'	D	E			H			M	N	O			319	287	147	40,2				
71	UD Qui continuatis		272	293	677	D	E			H			M	N	O			[301]	[274]			[262]			
72	Qs omps ds ut illius	518	273	294	678'	D	E			H			M	N	O		[558]	[217]	[197]	148	40,3	[165]	[253]		[GrF 399]
XIII FERIA IIII EBDOMADA I IN QUADRAGESIMA																								
73	Praeces nras qs dne	520	274	295	690'	D	E			H			M	N	O		[1370]	323	291	150	41,1				
74	Mentes nras qs dne	534	275	296	691'	D	E			H			M	N	O				[565]	154	41,5				
75	Hostias tibi dne	688*	276	297	692'	D	E	[F	G]	H	[K	L]	M	N	O			[215]	[195]	152	41,3	[165]			
76	UD Qui in alimentum		277	298	693'	D	E			H			M	N	O			326	294			262			
77	Tui dne perceptione et a –	523	278	299	694'	D	E			H			M	N	O		[1181b]	327	295	153	41,4	[170b]		[23b]	[CeS 18b]
XIIII FERIA V EBDOMADA I IN QUADRAGESIMA																								
78	Deuotionem populi		279	300	705'	D	E			H			M	N	O			[324]	[292]	[151]	42,1				
79	Da qs dne populis		280	301	706'	D	E			H			M	N	O		[123]	[329]	[296]	[192]	42,4				
80	Sacrificia dne	253	281	302	707'	D	E			H			M	N	O		[121]	[325]	[293]	[190]	42,2				
81	UD Quia competenter	208	282	303	708'	D	E			H			M	N	O			333a	300			263			
82	Tuorum nos dne	19	[258]	[279]	[604]	[D	E			H			M	N	O]		[1298]	[328]	[1433]	[191]	42,3				

64 = 131 205   75 = 536 688 1193

			Ambrosiana														Gelasiana			Gregoriana			Gallica	Varia
#	Text	J	A	B	C	D	E	F	G	H	K	L	M	N	O	Ve	GeV	GeA	GeS	GrP	GrH	GrA	B	
	XV FERIA VI EBDOMADA I IN QUADRAGESIMA																							
83	Esto dne propitius	535		305		[D	E			H			M	N	O]			336	303	159	43,1			
84	Exaudi nos misericors	539	[285]	306	[741]	[D	E			H			M	N	O]			[1883]	[357]	163	43,4			
85	Suscipe qs dne nris	541		307														[413]		160	43,2			
86	UD Qui ieiunii quibus –															[1310b]						263		
87	Per huius dne operat.	538	[44]	308		[D	E			H			M	N	O]		[1524b]	[95]	[89]	[54]	43,3	[164]		
	XVI SABBATO EBDOMADA I IN QUADRAGESIMA																							
88	Ds qui tribus pueris	610	[244]	[265]	[571]	[D	E		G	H			M	N	O]		[1174]	[1610]	[1446]	170	44,8		[33]	
89	Preces populi tui		286	311	742'	D	E			H			M	N	O		[1173]	[255]	[1396]	167	44,5			
90	Praesentibus					[D	E			H			M	N	O]		[175]	359	315	171	44,9			
91	UD Inluminator	18	[257]	[278]	[603]	[D	E			H			M	N	O]			360	316			263		
92	Sanctificationibus	593*	288	313	744'	[D	E			H			M	N	O		[1410]	[1265]		173	44,10	[175]		GrF 433
	XVII DOMINICA I DE SAMARITANA																							
93	Diuinae pacis		289	314	754	D	E			–			M	N	O									[CeS *6*]
94	Inchoata ieiunia ut –	31	290	315	755	D	E			H			M	N	O		[89]	[286]	[261]	[132]	[37,1]			
95	Adesto dne supplic.	39	291	316	756	D	E			H			M	N	O	[226]	[100]	[293]	[267]				[*165b*]	
96	Dne ds nr in cuius		292	317	757	D	E			H			M	N	O		[190]	[407]						
97	UD Qui ad insinuandum		293	318	758	D	E			H			M	N	O									
98	Tribue nobis omps ds	33	294	319	759	D	E			H			M	N	O		[92]	[290]	[264]			[265]		[GrF 519]
	XVIII FERIA II EBDOMADA II IN QUADRAGESIMA																							
99	Pra. qs omps ds	160	295	320	770'	D	E			H			M	N	O		[1045]	370	325	177	46,1			
100	Adesto supplication.	215*	[797]	[866]	[84]	[D	E	F /		H	K /		M	N	/]			[515]	[434]	180	46,4			
101	Haec hostia dne	546	297	322	772'	D	E			H			M	N	O			373	327	178	46,2			
102	UD Et pietatem		298	323	773'	D	E			H			M	N	O							263		
103	Haec nos communio	503*	299	324	774'	D	E		[G]	H			M	N	O	*876bis*	[1002]	[899]		179	46,3	[169]	[246]	[CeS *19b*]

92 = 255 593   100 = 215 549 1113   103 = 503 930

Column groups — Ambrosiana: A B C D E F G H K L M N O · Gelasiana: GeV GeA GeS · Gregoriana: GrP GrH GrA · Gallica: G B F · Varia

Item	J	A	B	C	D	E	F	G	H	K	L	M	N	O	Ve	GeV	GeA	GeS	GrP	GrH	GrA	Gal G	Gal B	Gal F	Varia
XVIIII FERIA III EBDOMADA II IN QUADRAGESIMA																									
104 Perfice qs dne		300		785'	D	E			H			M	N	O		[85]	377	330	181	47,1					
105 Propitiare dne	550	325															[412]	[356]	184	47,4					
106 Sanctificationem	551	[798]	[867]	[85]	[D	E	F /		H	K /		M	N /]		[470]	[1525]	380	332	182	47,2	263	[176]	[145]		GrF 455
107 UD Qui ob animarum	61*	301	326	786'	D	E			H			M	N	O		173	378	331							
108 Ut sacris dne	621	304	329	789'	D	E			H			M	N	O		[1449]	[1297]		183	47,3	[176]				
XX FERIA IIII EBDOMADA II IN QUADRAGESIMA																									
109 Populum tuum dne		305	330	800'	D	E			H			M	N	O			388	339	185	48,1					
110 Ds innocentiae rest.	554				D	E													188	48,4					
– corda								[G]								[495a]	[824a]	[623a]							
111 Hostias dne quas	556	307	332	802'	D	E		[G]	H			M	N	O			385	337	186	48,2					GrF 462
112 UD Per quem humani		308	333	803'	D	E			H			M	N	O		178	383	335							
113 Sumptis dne sacram.	1126*	309	334	804'	D	E	[F]		H	[K	L]	M	N	O		[1212]	[1277]	[1136]	187	48,3	[173]			[104]	
XXI FERIA V EBDOMADA II IN QUADRAGESIMA																									
114 Pra. nobis dne qs		311	336		D	E			H			M	N	O	[638a]	[179]	[384]	[336]	[217]	49,1		[188]			
115 Adesto dne famulis		310	335		D	E			H			M	N	O	[887]	[182]	393	344	[220]	49,4					
116 Praesenti sacrificio		312	337		D	E			H			M	N	O		[180]	[386]	[315]	[218]	49,2					GrF 470
117 UD Et tuam cum	cf.614	313	338		D	E			H			M	N	O		[181]	[387]	[338]		49,3					
118 Gratia nos tua qs		314	339		D	E			H			M	N	O							264				
XXII FERIA VI EBDOMADA II IN QUADRAGESIMA																									
119 Da qs omps ds ut	150*	[344]	340	[890']	[D	E			H			M	N	O]		[206]	394	345	193	50,1					
120 Da qs dne populo	555		341														401	349	197	50,4					
121 Haec in nobis	561*	[582]	342	[1456]	[D	E	F		H		L		N]		[861]		397	347	194	50,2	264				GrF 476
122 UD Qui delinquentes		–																							
123 Fac nos qs dne		343															399	348	196	50,3					

107 = 61 284   113 = 174 543 1126   119 = 150 231   121 = 561 830 928

Column groups: Ambrosiana (J | A B C | D E F G H K L M N O MAII) · Ve · Gelasiana (GeV GeA GeS) · Gregoriana (GrP GrH GrA) · Gallica (F) · Varia

XXIII SABBATO EBDOMADA II IN QUADRAGESIMA

No	Incipit	J	A	B	C	D	E	F	G	H	K	L	M	N	O	Ve	GeV	GeA	GeS	GrP	GrH	GrA	F	Varia
124	Da qs dne nris		315	344		D	E			H			M	N	O	[1301]		403	350	198	51,1			
125	Familiam tuam qs	559	316	345		D	E		[G]	H			M	N	O		[114]	[213]	[193]	201	51,4	[165]		
126	His sacrificiis		317	346		D	E		[G]	H			M	N	O	[1329]		406	352	199	51,2			
127	UD Et tuam iugiter	566	318	347		D	E			H			M	N	O		*188*	*404*	*351*			264		GrF 482
128	Sacramenti tui		319	348		D	E			H			M	N	O			408	353	200	51,3			

XXIIII DOMINICA II DE ABRAHAM

No	Incipit	J	A	B	C	D	E	F	G	H	K	L	M	N	O	Ve	GeV	GeA	GeS	GrP	GrH	GrA	F	Varia
129	Dicamus omnes		323	352	843	D	E			–			M	N	O									
130	Adiuua dne fragil.		324	353	844	D	E			H			M	N	O		*[1132]*	*[1616]*	*[1452]*					[CeS 6]
131	Sanctifica dne qs	64*	325	354	845	D	E			H			M	N	O		[109]	[308]	[280]	[261]	[67,1]			
132	Offerimus tibi		326	355	846	D	E			H			M	N	O	[1321]								
133	UD Tu es enim dne		327	356	847	D	E			H			M	N	O									
134	Cunctis nos dne	548				D	E			H			M	N	O		[231]	415	359	204	52,3			

XXV FERIA II EBDOMADA III IN QUADRAGESIMA

No	Incipit	J	A	B	C	D	E	F	G	H	K	L	M	N	O	Ve	GeV	GeA	GeS	GrP	GrH	GrA	F	Varia
135	Cordibus nostris	615	329	358		D	E			H			M	N	O	[1307]	[115]	424	361	205	53,1			
136	Subueniat nobis		[335]	[364]		[D	E		G	H			M	N	O]		[1158]	[1546]	[1385]	208	53,4			
137	Munus quod tibi	571	331	360		D	E			H			M	N	O			426	363	206	53,2			
138	UD Et clementiam		332	361		D	E			H			M	N	O									
139	Pra. qs omps	553*	333	362		D	E			H			M	N	O	[1207]	[846]	[245]	[223]	207	53,3	265	[181]	GrF 495

XXVI FERIA III EBDOMADA III IN QUADRAGESIMA

No	Incipit	J	A	B	C	D	E	F	G	H	K	L	M	N	O	Ve	GeV	GeA	GeS	GrP	GrH	GrA	F	Varia
140	Exaudi nos omps	560	334	363		D	E			H		[437]	M	N	O		[1292]	429	366	209	54,1	[178]	[131]	
141	Tua nos qs dne		[1562]			D	E			H			M	N	O			[487]	[413]	212	54,4			
142	Per haec ueniat	576	336	365		D	E			H			M	N	O		[1383]	431	368	210	54,2			
143	UD Qui peccantium		337	366		D	E			H			M	N	O		*[1349]*	*[440]*	*[377]*		*201,22*	265		GrF 501
144	Sacris dne mysteriis		338	367		D	E			H			M	N	O	[1023]		432	369	211	54,3			

131 = 64 205   139 = 553 1185

#	Incipit	J	A	B	C	D	E	F	G	H	K	L	M	N	O	Ve	GeV	GeA	GeS	GrP	GrH	GrA	V	B	Varia
		Ambrosiana														*Ve*	*Gelasiana*			*Gregoriana*			*Gallica*		*Varia*
XXVII FERIA III EBDOMADA III IN QUADRAGESIMA																									
145	Pra. nobis qs dne	cf.216	339	368		D	E			H				M	N	O		[244]	434	371	213	55,1				
146	Concede qs omps ds	564*	340	369		D	E			H				M	N	O			[443]	[380]	216	55,4				
147	Suscipe qs dne	1304*	341	370		D	E	[F]		H	[K]			M	N	O		[1339]	436	373	214	55,2	[197]			
148	UD Tuamque miseric.		342	371		D	E			H				M	N	O							265			GrF 507
149	Sanctificet nos	558	343	372		D	E		[G]	H				M	N	O			437	374	215	55,3				
XXVIII FERIA V EBDOMADA III IN QUADRAGESIMA																									
150	Da qs dne rex	119*	344	373	890'	D	E			H				M	N	O		[206]	439	376	[193]	[50,1]		[199]		
151	Ds de cuius gratiae		345	374	891'	D	E			H				M	N	O		[212]	441	378						
152	Respice dne propitius	387	346	375	892	D	E			H				M	N	O			[448]	[383]	[222]	[57,2]		[254]		
153	UD Et tuam inmensam					D	E			H				M	N	O							265			GrF 513
154	Concede qs omps ds	146*	[340]	[369]	893'	[D	E			H				M	N	O]			443	380	[216]	[55,4]				
XXVIIII FERIA VI EBDOMADA III IN QUADRAGESIMA																									
155	Ieiunia nostra qs																[1041]	444	381	221	57,1				
156	Pra. qs omps ds ut	565		378														[469]	[398]	225	57,4				
157	Praepara nos qs dne	34		379	–				[G]								[96]	[288]	[263]						
158	UD Et te suppliciter	563*	[368]	381	[959']	[D	E]											[414]	[358]	[138]		[264]		[155]	[GrF 489]
159	Huius nos dne									H				M	N	O]			450	384	224	57,3				
XXX SABBATO EBDOMADA III IN QUADRAGESIMA																									
160	Pra. qs omps ds ut	99	[295]	[320]	[770']	[D	E			H				M	N	O]		[1045]	[370]	[325]	226	58,1	[193]			
161	Praetende dne	1246*	[1251]				[E	F	G]		[K	L	M	N	O]		[1696]			229	58,4	[165]			
162	Concede qs omps ds		351	384		D	E			H				M	N	O			[197]	[180]	227	58,2				
163	UD Qui ieiunii		352	385		D	E			H				M	N	O		[112]	[313]				266			GrF 525
164	Qs omps ds ut inter	568	353	386		D	E		[G]	H				M	N	O	[1116]				228	58,3				

146 = 154 226 564   147 = 581 1304   150 = 119 231   154 = 146 226 564   159 = 179 563   161 = 232 1246

Column groups: **Ambrosiana** (A, B, C, D, E, F, G, H, K, L, M, N, O, FrA) · **Ve** · **Gelasiana** (GeV, GeA, GeS) · **Gregoriana** (GrP, GrH, GrA, V) · **Gallica** (F) · **Varia**

#	Incipit	J	A	B	C	D	E	F	G	H	K	L	M	N	O	FrA	Ve	GeV	GeA	GeS	GrP	GrH	GrA	V	F	Varia
	XXXI DOMINICA III DE CECONATO																									
165	Ds qui homini ad ecclesiam –		354	387	925	D	E			H			M	N	O			[258] 225	[516]							[GrF 589]
166	Ds in cuius praecip.	391	355	388	926	D	E		[G]	H			M	N	O			[542]	[893]	[688]				[247]		
167	Suscipe dne sacrif.	38	356	389	927	D	E			H			M	N	O		[1302]	[101]	[294]	[268]						
168	UD Nos tibi dne		357	390	928	D	E			H			M	N	O											
169	Sacrae nobis qs	175	358	391	929	D	E			H			M	N	O			[191]	[254]	[232]	[237]	[61,1]				
	XXXII FERIA II EBDOMADA IIII IN QUADRAGESIMA																									
170	Pra. qs omps ds ut		359	392	940'	D	E			H			M	N	O			[215]	[1364]	[1219]	233	60,1	[169]			
171	Deprecationem nram	570*	360	393	941'	D	E		[G]	H			M	N	O			[998]	[895]		236	60,4	[164]			
172	Oblatum tibi dne	511	361	394	942'	D	E			H			M	N	O			[116]	[108]	[67]	[67]	60,2	[164]			
173	UD Et tuam supplic.		362	395	943'	D	E			H			M	N	O						266		266			
174	Sumptis dne	113*	[309]	[334]	[804*]	[D	E	F		H	K	L	M	N	O]			[1212]	[1277]	[1136]	[187]	60,3	[173]		[104]	GrF 539
	XXXIII FERIA III EBDOMADA IIII IN QUADRAGESIMA																									
175	Sacra nobis qs dne	169	[358]	[391]	[929]	[D	E			H			M	N	[O]			[229]	473	402	237	61,1	[165]			
176	Miserere dne populo	619	364	397	955'	D	E			H			M	N	O				478	406	240	61,4	266			
177	Haec hostia dne		366	399	957'	D	E			H			M	N	O		[449]	[173]			[95]	61,2				
178	UD Per mediatorem		[627]	[658]	[1596]	[D	E	F		H		L		N		8]				[157]						GrF 546 C 948
179	Huius nos dne	563*	368	401	959'	D	E			H			M	N	O			[450]	[384]		239	61,3				
	XXXIIII FERIA IIII EBDOMADA IIII IN QUADRAGESIMA																									
180	Ds qui et iustis		369	402	966'	D	E			H			M	N	O			239	479	407	241	62,1	[171]			
181	Pateant aures	[171]	[171]	[175]	[310]	[D	E			H			M	N	O]		[655]	[1195]	484	411	245	62,5			[151]	
182	Supplices te rogamus		371	404		D	E			H			M	N	O				481	409	243	62,3				
183	UD Qui inluminatione		372	405		D	E			H			M	N	O								267			GrF 554
184	Sacramenta quae	389*	373	406		D	E[F]			H		[L]	M	N	O			[550]	483	410	244	62,4	[167]	[230]		

171 = 500 570   174 = 113 543 1126   179 = 159 563   184 = 389 578

Concordance table. Column groups: **Ambrosiana** (A, B, C, D, E, F, G, H, K, L, M, N, O); **Ve**; **Gelasiana** (GeV, GeA, GeS, GrP); **Gregoriana** (GrH, GrA); **Gallica** (G); **Varia**.

No.	Incipit	J	A	B	C	D	E	F	G	H	K	L	M	N	O	Ve	GeV	GeA	GeS	GrP	GrH	GrA	G	Varia
XXXV	**FERIA V EBDOMADA IIII IN QUADRAGESIMA**																							
185	Pra. qs omps ds		[370]	[403]		[D	E			H			M	N	O]		[269]	[480]	[408]	[273]	63,1			
186	Populi tui ds		375	408		D	E			H			M	N	O	[379]	[238]	490	416	249	63,4			
187	Purifica nos	266	376	409		D	E			H			M	N	O	[979]	[236]	[476]	[404]	[274]	63,2	267		
188	UD Cuius bonitas ut sicut –		377	410		D	E			H			M	N	O	[912b]							[180b]	GrF 561
189	Caelestia dona		378	411		D	E			H			M	N	O	[567]	[237]	[477]	[405]	[275]	63,3			
XXXVI	**FERIA VI EBDOMADA IIII IN QUADRAGESIMA**																							
190	Ds qui ineffabilibus	579	[374]	412	977	[D	E			H			M	N	O]			491	417	250	64,1			
191	Da nobis qs omps		[390]	/	[1023]'	[D	E			/			M	N	O]			[1977]		253	64,4			
192	Munera nos dne qs	591	[367]	/	[958]	[D	E			H			M	N	O	[913]		[506]	[429]	251	64,2			
193	UD Et te creatorem																	[461]	[394]			[266]		[GrF 531]
194	Haec nos qs dne																	495	420	252	64,3			
XXXVII	**SABBATO EBDOMADA IIII IN QUADRAGESIMA**																							
195	Fiat qs dne per		380	418		D	E			/			M	N	O		[264]	[525]	[882]	254	65,1			
196	Ds qui sperantibus		379	/		D	E			H			M	N	O			[505]	[428]	257	65,4			
197	Oblationibus nris		381	419		D	E			/			M	N	O		[1355]	499	424	255	65,2	[170]		
198	UD misericordiae dator		382	420		D	E			/			M	N	O							267		GrF 574
199	Tua nos qs dne		383	421		D	E			/			M	N	O	[1037]	[509]	501	425	256	65,3			
XXXVIII	**DOMINICA IIII DE LAZARO**																							
200	Da cordibus ecclesiae		384	422	1007	D	E			/			M	N	O									
201	Ds qui licet salutem		385	423	1008	D	E			/			M	N	O	[1017]	257							
202	Dicatae dne qs		386	424	1009	D	E			/			M	N	O									
203	UD Qui eminenti		387	425	1010	D	E			/			M	N	O									
204	Satiati munere		388	426	1011	D	E			/			M	N	O	[507]								

Column groups (left → right): **Ambrosiana** (J A B C D E F G H K L M N O) · **Ve** · **Gelasiana** (GeV GeA GeS) · **Gregoriana** (GrP GrH GrA) · **Gallica** (G F) · **Varia**

#	Incipit	J	A	B	C	D	E	F	G	H	K	L	M	N	O	Ve	GeV	GeA	GeS	GrP	GrH	GrA	G	F	Varia
	XXXVIIII FERIA II EBDOMADA V IN QUADRAGESIMA																								
205	Sanctifica qs dne	64*	[265]	[286]	[660']	D	E			H			M	N	O		[109]	514	433	261	67,1				
206	Ds qui ad ineffabilis		[660]	[691]	[1716]	D	E	F					M	N	O		[69]	[250]	[228]						
207	Accepta tibi sit		391	429	1024	D	E		/				M	N	O		[111]	[310]	[281]	[143]			[164]		
208	UD Quia competenter	81	[282]	[303]	[708]	D	E			H			M	N	O			[333a]	[300]			[263]			
209	Sacramenti tui		393	431	1026'	D	E		/				M	N	O			519	431	263	67,3				
	XL FERIA III EBDOMADA V IN QUADRAGESIMA																								
210	Nostra tibi qs dne		394	432	1037'	D	E		/				M	N	O		[110]	522	438	265	68,1				
211	Omps s. ds qui																[309]				[686][166,1]		[182]		
212	Tua nos qs dne																[250]	[498]	[423]						
213	UD Qui ieiunia sacro		[303]	[328]	[788]	D	E			H			M	N	O										
214	Da qs omps ds ut		398	436	1041'	D	E		/				M	N	O		[534]	527	441	267	68,3				
	XLI FERIA IIII EBDOMADA V IN QUADRAGESIMA																								
215	Adesto supplication.	100*	[797]	[866]	[84]	D	E	F	/	H	K	/	M	N	/			[515]	[434]	272	69,4				
216	Famulis tuis omps / ut – abstinentes	145b	[339b]	[368b]		Db	Eb			Hb			Mb	Nb	Ob			[244b]	[434b]	[371b]	[213b][55,1b]	[205]			[C 3256]
217	Dne ds qui nos per		[685]	[716]	[1741]	D	E	F					M	N	O	[582]	[1421]								
218	UD Per haec sacros.		402	440	1055	D	E		/				M	N	O										
219	Caelestis doni		403	441	1056'	D	E		/				M	N	O	[255]	[347]	533	446	271	69,3			[128]	
	XLII FERIA V EBDOMADA V IN QUADRAGESIMA																								
220	Esto qs dne propitius		405	443	1068'	D	E		/				M	N	O	[664a]	[224]	[457]	[390]		70,4				
221	Beneficiis dne		406	444	1069	D	E		/				M	N	O	[436]									
222	Supplices te dne		407	445	1070	D	E		/				M	N	O	[606]									
223	UD Qui ideo condit.					D	E		/				M	N	O										
224	Quod ore sumpsimus	679	[780]	[/]	[54]	D	E	F	G	H	K	L	M	N	/	[531]	[223]	[1776]	[1567]	[894]	70,3	[179]	[10]		

205 = 64 131   215 = 100 549 1113

No.	Incipit	J	Ambrosiana A	B	C	D	E	F	G	H	K	L	M	N	O	MAII	Ve	Gelasiana GeV	GeA	GeS	Gregoriana GrP	GrH	GrA	Gallica G	V	B	Varia
	XLIII FERIA VI IN EBDOMADA V IN QUADRAGESIMA																										
225	Cordibus nris dne			447															542	453	277	71,1					
226	Concede qs omps	146*	[340]	448		[D	E]			H			M	N	O]			[443]	[380]	[216]		71,4					
227	Pra. nobis misericors			449																	278	71,2					
228	UD Cuius nos miseric.		[412]	–	[1095']	[D	E	F			K]		M	N	O]		[1043]	[892]	545	456	279	71,3	269				
229	Sumpti sacrificii	588*		450		[D		F]																			GrF 611 [GaF 146]
	XLIIII SABBATO EBDOMADA V IN QUADRAGESIMA																										
230	Da nobis obseruantiam		410	452	1093'	D	E			/			M	N	O			[138]	548	458							
231	Tribue qs omps ds	150b*	[344b]	[373b]		[DbEb]				Hb	K	L	M	N	O]			[206b]	[439b]	[376b]	[193b]	[50,1b]					
	ut – quam	1246	[1251]				[E	F	G]									[1696]			[229]	[58,4]	[193]				
232	Praetende fidelibus		[287]	[312]	[743]	[D	E]			H			M	N	O]												
233	UD Qui misisti nobis		413	455	1096	D	E			/			M	N	O												
234	Adesto dne fidelibus																[873]	[271]	556	461			[166]				
	XLV DOMINICA IN RAMIS OLIUARUM																										
235	CANT. Leuaui oculos															172											
236	Da nobis qs dne		414	457	1097	D	E			/			M	N	O		[475]	[185]	[488]	[414]							
237	Efficiatur dne haec		416	458	1098	D	E			/			M	N	O												
238	UD Qui filium tuum		417	459	1099	D	E			/			M	N	O											[153]	GeM 253 ORV 172,22
239	Spm in nobis dne	29*	418	460	1100	D	E	[F	G	H	K	L]	M	N	O		[1049]	[1330]	[1556]	[1395]	[134]	[37,3]			[216]		
240	Omps genitor qui		419																								Metz 68a
	– deferentes																										ORV 173,25a
	ubi – qui es																										Franz I. 496
	Pro qua –																										ORV 173,25b

226 = 146 154 564   229 = 588 cf. 1245   231 = 119 150   239 = 29 337 704

XLVI MISSA POSTQUAM UENIUNT AD ECCLESIAM

№		J	A	B	C	D	E	F	G	H	K	L	M	N	O	Ve	GeV	GeA	GeS	GrP	GrH	GrA	Gallica	Varia
241	Populum tuum dne qs		421	462	1117	D	E			/			M	N	O	[1073]	[338]	[376]	[329]					
242	Ascendant ad te dne		422	463	1118	D	E			/			M	N	O									
243	Ipsa maiestati tuae	392	423	464	1119'	D	E		[G]	/			M	N	O		331	560	465					
244	UD Qui ad hoc humanam		424	465	1120	D	E			/			M	N	O									
245	Sanctificent nos		425	466	1121	D	E			/			M	N	O		[261]	[544]	[455]					

XLVII FERIA II EBDOMADA VI IN QUADRAGESIMA

№		J	A	B	C	D	E	F	G	H	K	L	M	N	O	Ve	GeV	GeA	GeS	GrP	GrH	GrA	Gallica	Varia
246	Da qs omps ds ut qui		427	467	1132'	D	E			/			M	N	O			565	469	284	74,1			
247	Adiuua nos ds		426	468	1133'	D	E			/			M	N	O		[74]	[258]		287	74,4			
248	Haec sacrificia nos		428	469	1134'	D	E			/			M	N	O		[246]	[494]	[419]	285	74,2			
249	UD Cuius nos humanitas – saginat		429	470	1135'	D	E			/			M	N	O							269		GrF 634 / MoO 189a / MoS 586a
250	Praebeant nobis		430	471	1136'	D	E			/			M	N	O	[186]		[392]	[843]	286	74,3			

XLVIII FERIA III EBDOMADA VI IN QUADRAGESIMA

№		J	A	B	C	D	E	F	G	H	K	L	M	N	O	Ve	GeV	GeA	GeS	GrP	GrH	GrA	Gallica	Varia
251	Omps s. ds da nobis		431	472	1147'	D	E			/			M	N	O			572	474	288	75,1			
252	Tua nos misericordia		432	473	1148'	D	E			/			M	N	O				[473]	290	75,4			
253	Sacrificia nos qs	80	[281]	[302]	[707']	[D	E]			H			M	N	O]	[121]		[325]	[293]	288a	75,2			
254	UD Cuius salutiferae		434	475	1150'	D	E			/			M	N	O							269		GrF 641
255	Sanctificationibus	92*	[288]	[313]	[744']	[D	E]			H			M	N	O]	[1410]		[1265]	[173]	[173]	75,3	[175]		

255 = 92 593

Column groups: **J, A–O, MAII** = Ambrosiana · **Ve** · **GeV, GeA, GeS** = Gelasiana · **GrP, GrH, GrA** = Gregoriana · **Ga-G, Ga-V, Ga-B** = Gallica · **Varia**

#	Oratio	J	A	B	C	D	E	F	G	H	K	L	M	N	O	MAII	Ve	GeV	GeA	GeS	GrP	GrH	GrA	Ga-G	Ga-V	Ga-B	Varia
	ORATIONES AD UESPERUM SIUE AD MATUTINUM																										
256	Purifica qs dne		463	/		D	E						M	N	O	176	[625]	[333]	[564]	[468]							
257	Reminiscere miserat.		464	/		D	E						M	N	O	176		[334]	[578]	[478]							
258	Omps s. ds qui		465	/		D	E						M	N	O	177	[941]	[344]	[587]	[481]							
259	Pra. qs omps et mis.		466	/		D	E						M	N	O	178		[345]	[581]	[482]					[88]		
260	Respice dne qs		467			D	E	F					M	N	O	179			[590]	[485]	[295]	76,5		[216]	[113]		
261	Omps s. ds da qs	325			[515] [551] [1341]	[D	E	F				L	M	N	O]			[349]	[599]	[486]						[196]	
262	Concede credentibus		468	/		D	E						M	N	O	180		[350]	[600]	[487]						[197]	
263	Omps s. ds qui uitam		469	/		D	E						M	N	O	181		[351]	[601]	[488]				[207b]		[198]	
	XLVIIII FERIA IIII EBDOMADA VI IN QUADRAGESIMA																										
264	Pra. qs omps ds ut		436	477		D	E			H			M	N	O				580	479	291	76,1					
265	Ds qui pro nobis		437	478		D	E			H			M	N	O				586	480	292	76,2					
266	Purifica nos	187	[376]	[409]		[D	E			H			M	N	O]		[979]	[236]	[476]	[404]	293	76,3					
267	UD Qui innocens pro		439	480		D	E			H			M	N	O								270				GrF 649; MoS 568
268	Largire sensibus	cf.288	440	481		D	E			H			M	N	O				584	484	294	76,4					
	L ORATIONES ET PRAECES IN CAENA DOMINI																										
269	Ds a quo et Iudas		[461]	483		D	E			H			M	N	O			[396]	642	514	299	77,1		218	93		
270	Conserua in nobis					D																			214		
271	Concede nobis omps																										
272	UD Qui cum deus		444	488	1202	D	E			H			M	N	O			370	613	497	296	77,3			84		
273	Communicantes		445	489	1205	D	E			H			M	N	O												
274	Tu nos dne		445	489	1205	D	E			H			M	N	O												
	Qui formam –					D	E	[F	G]	H	[K	L]	M	N	O									[514b]			[Mon 49]
275	Qui pridie	666	448	491	1208	D	E	[F	G]	H	[K	L]	M	N	O			[1249]	[1761]	[1555]	[881]	[1,24]			86		[MoS 1127c]
276	Mandans quoque	667	449	491	1209	D	E	[F	G]	H	[K	L]	M	N	O												Lyon 360b

Column groups (left→right): **Ambrosiana** (J · A · B · C · D–O · MAII) — **Ve** — **Gelasiana** (GeV · GeA · GeS) — **Gregoriana** (GrP · GrH · GrA) — **Gallica** (G · V · B) — **Varia**

No.	Text	J	A	B	C	D E F G H K L M N O (Ambr.)	MAII	Ve	GeV	GeA	GeS	GrP	GrH	GrA	G	V	B	Varia
277	Haec facimus		450	492	1210	D E H M N O												
	– seruantes														[57a]			[Mone 55]
	– nuntiamus														[5a]			[GaG 154a]
278	Per quem haec	673	451	492	1216	D E [F G] H [K L] M N O												
279	Ipsius praeceptum ut sicut –		452	493	1225b	D E H M N O			[1254/5]	[1767]	[1560/1]	[888/9]	[1,30]		[31b]			[GaG 31a]
280	Pater noster	676	452	493	1225b	D E [F G] H [K L] M N O			[1257]	[1769]	[1563]	[891]	[1,31]					
281	Libera nos	677	[778]	[/]		[D E F G H K L M N /]			[1258]	[1770]	[1564]	[892]	[1,32]					
282	Pax et communicatio	678	[779]	[/]		[D E F G H K L M N /]			[1259]	[1771]	[1565]	[893]	[1,33]					
283	Dne ds nr concede		453	494	1226	D E H M N O]												
284	Ds qui ob animarum	107*	[301]	[326]	[786']	[D E] H M N O			[173]	[378]	[331]			[263]	[176]		[145]	
285	Pra. qs omps ds	495	454	495		D E – M N O	183			/	[840]	[491]	[117,5]					
286	Parce nobis omps		455	496	1229	D E – M N O	183											
287	Disrumpe qs dne		456	497	1230	D E – M N O	184											
	LI FERIA VI IN PARASCEUE																
288	Largire sensibus	cf.268	462	/	1235	D E [H] M N O	190			[584]	[484]	[294]	[76,4]					
289	Ds qui humano generi		460	501	1232	D E – M N O	189		[329]	[558]	[463]	[281]	[73,1]					
290	Inmensa pietas dei		458	499		D E – M N O	188											
	ORATIONES FERIAE VI MANE IN PARASCEUEN																
291	Ds qui pro redempt. – peccati		457	498	1231	D E – M N O	188								217	114	[282a]	[CeS 5a]
292	Oremus dilectissimi		470	/		D E – M N O	192		400	652	520	303	79,1			94		
293	Omps s. ds qui glor.		471	/		D E – M N O	192		401	654	521	304	79,2			95		
294	Or. et pro beatissimo		472	506		D E – M N O	192		402	655	522	305	79,3			96		
295	Omps s. ds cuius		473	507		D E – M N O	192		403	657	523	306	79,4			97		
296	Or. et pro omnibus		474	508		D E – M N O	193		404	658	524	307	79,5			98		
297	Omps s. ds cuius spu		475	509		D E – M N O	193		405	660	525	308	79,6			99		

284 = 61 107

	J	A	B	C	D E F G H	K L M N O	MAII	Ve	GeV	GeA	GeS	GrP	GrH	GrA	G	V	B	Varia
298 Or. et pro christian.		476	510		D E –	M N O	193		406	661	526	309	79,7			100		GeR 410 GeG 652 GeB 508
299 Omps s. ds in cuius		477	511		D E –	M N O	193		407	663	527	310	79,8			101		GeR 411 GeG 653 GeB 509
300 Or. et pro cathec.		478	512		D E –	M N O	193		408	664	528	311	79,9			102		
301 Omps s. ds qui eccl.		479	513		D E –	M N O	193		409	666	529	312	79,10			103		
302 Or. dilectissimi		480	514		D E –	M N O	193		410	667	530	313	79,11			104		
303 Omps et mis. ds		481	515		D E –	M N O	194		411	669	531	314	79,12			105		
304 Or. et pro hereticis		482	516		D E –	M N O	194		412	670	532	315	79,13			106		
305 Omps s. ds qui saluas		483	517		D E –	M N O	194		413	672	533	316	79,14			107		
306 Or. et pro perfidis		484	518		D E –	M N O	194		414	673	534	317	79,15			108		
307 Omps s. ds qui etiam		485	519		D E –	M N O	194		415	675	535	318	79,16			109		
308 Or. et pro paganis		486	520		D E –	M N O	194		416	676	536	319	79,17			110		
309 Omps s. ds qui non		487	521		D E –	M N O	194		417	678	537	320	79,18			111		
LII SABBATO IN UIGILIIS PASCHAE																		
310 Omps s. ds qui in		[507]	522	1256	D E [H]	[L] M [N] O	198		433	750	549			156				
311 Ds incommutabilis – sacramentum		488	525		D E F –	M N O	202		432	743	542			155				
312 Ds fidelium pater		489	526		D E F –	M N O	202		434	744	543			155				
313 Omps s. ds multiplica		490	527		D E F –	M N O	204		436	746	545			156				
314 Ds celsitudo humilium		491	528		D E F –	M N O	203		440	752	551	[458a]	[110,4a]					
315 Omps s. ds spes		492	529		D E F –	M N O	204		441	753	552			157				
316 Omps s. ds respice		493	530		D E F –	M N O	204		442	754	553		84,6	157				
ITEM AD MISSA IN ECCLESIA AESTIUA																		
317 Ds qui hanc sacrat. conserua – renouata	456b	[503]	[539]	[1328']	D [E F] H]	L [M N O]			454	763b	554	327	87,1		[361b]	178b	258	
318 Ds qui sollemnitate		508	544	1333	D E F H	L M N O			[474]	[801]	[597]	[337]	[89,I]		[297]	[240]		
319 Ds cuius munere concede –		[504]	[540]	[1329]	[D E F] H]	L M N O]										179b	259	

			Ambrosiana														Ve	Gelasiana			Gregoriana			Gallica			Varia
No.	Incipit	J	A	B	C	D	E	F	G	H	K	L	M	N	O	MAII		GeV	GeA	GeS	GrP	GrH	GrA	G	V	B	
320	UD Nos te quidem		510	546	1335	D	E	F		H		L	M	N	O			458	767	558	329	87,3		[286]	182	261	
321	Communicantes		[526]	[562]	1365'	[D	E	F		H		L		N]				459	768	559	330	87,4				11	CeS 11
322	Cibi salutaris		512	548	1338	D	E	F		H		L	M	N	O												
323	Perueniant ad te	333	513	549	1339	D	E	F		–		L	M	N	O	212											
324	Da misericors ds	261	514	550	1340	D	E	F		–		L	M	N	O	213		[528]	[857]	[657]		[96,9]		[304]		[196]	
325	Da uniuersis		515	551	1341	D	E	F		–		L	M	N	O	212		[349]	[599]	[486]							
326	Paschalia nobis		516	552	1342	D	E	F		–		L	M	N	O	213											
LIII MANE DIE DOMINICO SANCTO PASCHAE																											
327	Ds qui ad aeternam – reparas	372a	522	558	1361	D	E	F		H		L		N				[516a]	[840a]	[641a]	[379a]	[96,4a]		[302a]			
328	Ds qui per unigenitum – reserasti	332a	523	559	1362	D	E	F		H		L		N		215		[463a]	[764a]	[555a]	333a	88,1a		[290a]	186a	266a	C 1527
329	Qs dne ut iam non		524	560	1363	D	E	F		H		L		N				[518]	[853]	[/]					188		
330	UD Nos tibi sancte		525	561	1364	D	E	F		H		L		N													
331	Perpetuo ds eccl.		528	564	1367	D	E	F		H		L		N													
332	Ds qui per unigenitum – reserasti	328a	523a	559a	1362a	Da	Ea	Fa		Ha		La		Na		[235]		[463a]	[764a]	[555a]	333a	88,1a		[290a]	186a	266a	
LIIII FERIA II IN ALBIS																											
333	Da misericors ds	324	[514]	[550]	[1340]	[D	E	F		–		L	M	N	O]	230		[528]	[857]	[657]		[96,9]		[304]			
334	Perfice dne benignus – nobis		539	575	1386	D	E	F		H		L		N			[1019a]	[1374a]									
335	Plebis tuae dne		540	576	1387	D	E	F		H		L		N													
336	UD Qui semper in		541	577	1388	D	E	F		H		L		N													[GrF2881a]
337	Spm nobis dne tuae	29*	542	578	1389'	D	E	F		H		L		N			[1049]	[1330]	[778]	[572]	[332]	89,6		[216]			

337 = 29 239 704

No.		J	Ambrosiana A	B	C	D	E	F	G	H	K	L	M	N	O	MAII	Ve	Gelasiana GeV	GeA	GeS	Gregoriana GrP	GrH	GrA	Gallica G	V	B	Varia
	LV FERIA III IN ALBIS																										
338	Ds ecclesiae tuae																	[469]	793	588							
339	Exaudi nos misericors		551	587	1407	D	E	F		H		L		N		231		[470]	[802]	[598]	[349]	91,2			[196]	[277]	
340	Sacrificia dne		552	588	1408	D	E	F		H		L		N													
341	UD Tuam magnificentiam		553	589	1409	D	E	F		H		L		N					796	592	344	90,3			[192]		
342	Concede qs omps ds	460	554	590	1410'	D	E	F		H		L		N				[462]									
	LVI FERIA IIII IN ALBIS																										
343	Ds qui ad caeleste		[546]	[582]	[1402]	D	E	F		–		L		N				[489]	[817]	[615]							
344	Tuere dne familiam		[557]	[593]	[1422]	D	E	F		–		L		N													
345	Accipe dne preces		564	600	1429	D	E	F		H	/	L		N													
346	UD Quia refulsit		565	601	1430	D	E	F		H	/	L		N													
347	Exaudi dne preces		[579]	[615]	[1453']	D	E	F		H		L		N			[555]		[812]	[610]	[356]	92,3					
	LVII FERIA V IN ALBIS																										
348	Ds qui nobis ad		575	611	1449'	D	E	F		H		L		N		233			813	611	357	92,4					
349	Ds qui ad aeternam		576	612	1450	D	E	F		H		L		N		234			[840]	[641]	[379]	96,4					
	– reparas	372a																[516a]					[302a]			[276]	
350	Suscipe qs dne munera		[572]	[608]	[1446']	D	E	F		–		L		N				[465]	810	607	355	92,2	[236]				
351	UD Qui oblationem		578	614	1452	D	E	F		H		L		N				[476]	[795]	[590]							
	se ipsum –																										
	idem – exhibuit																										
352	Pra. qs omps ds		[506]	[542]	[1331']	D	E	F		H		L	M	N	O		[96]	[461]	[771]	[562]							[MoS 605c]
	LVIII FERIA VI IN ALBIS																										
353	Omps s. ds qui		590	621	1473'	D	E	F	G	H		L		N					816	614	360	93,1					
354	Da nobis qs dne		591	622	1474	D	E	F	G	H	/			N													
355	Accipe dne fidelium		592	623	1475	D	E	F	G	H	/			N				[497]	[946]	[750]	[342]	90,2			[272]		
356	UD Poscentes ut		593	624	1476	D	E	F	G	H	/			N					[826]	[625]							
357	Respice qs dne	379	594	625	1477'	D	E	F	G	H	/			N				[533]	820	619	363	93,3					

LVIIII DIE SABBATI IN ALBAS

No.	Incipit	J	A	B	C	D	E	F	G	H	K	L	M	N	O	MAII	Ve	GeV	GeA	GeS	GrP	GrH	GrA	Gal G	Gal V	Gal B	Varia
358	Adesto qs dne	594	[596]	[627]	[1479']	D	E	F	G	–	/			N				[529]	[822]	[621]	[365]	[93,5]					
359	Omps s. ds quem		603	634	1494	D	E	F	G	H		L		N		237											
360	Accipe dne fidelium		604	635	1495	D	E	F	G	H		L		N				[456]	[775]	[568]	[328]	[87,2]			*[181]*	[260]	
361	UD Qui secundum		[588]	[619]	[1471']	D	E	F	G	–		L		N				[492]	[819]	[617]			[272]				
362	Redemptionis nostrae		606	637	1497'	D	E	F		H		L		N			[417]		827	627	368	94,3					

LX DOMINICA IN ALBIS DEPOSITIS

No.	Incipit	J	A	B	C	D	E	F	G	H	K	L	M	N	O	MAII	Ve	GeV	GeA	GeS	GrP	GrH	GrA	Gal G	Gal V	Gal B	Varia
363	Concede qs omps ds		[602]	[633]	[1493']	D	E	F	G	H		L		N				[495]	[823]	[622]	[366]	[94,1]					
364	Ds innocentiae		610	641	1511'	D	E	F	G	H		L		N					[824]	[623]	[380]	[96,5]					
365	Suscipe munera qs		[509]	[545]	[1334]	D	E	F	G	H		L	M	N	O			[496]									
366	UD suppliciter exor.		612	643	1513'	D	E	F	G	H		L		N						632	372	95,2					
367	Exuberet qs dne		613	644	1514'	D	E	F	G	H		L		N				[498]	835	636			272		*[185]*		

LXI ITEM DIUERSAS ORATIONES IN PASCHA

No.	Incipit	J	A	B	C	D	E	F	G	H	K	L	M	N	O	MAII	Ve	GeV	GeA	GeS	GrP	GrH	GrA	Gal G	Gal V	Gal B	Varia
368	Ds qui nos exultantib.																	[494]	[836]	[637]	[375]	[95,5]					
369	Ds qui pro salute																	[479]	839	640	378	96,3					
370	Concede qs omps ds																		844	/		96,10		*[307b]*	*[225b]*		
371	Repelle qs dne																		845	/		96,11					C 1521
372	Ds qui ad aeternam																	516	846	/		96,12					
–	reparas																										
373	Ds humani generis	349a	[576a]	[612a]	[1450a]	Da	Ea	Fa		Ha	La			Na					840a	641a	379a	96,4a		*[302a]*			
374	Gaudeat qs dne plebs																		847			96,13					
375	Fac omps ds ut qui		[589]	[620]	[1972]	D	E	F				L		N				527	848			96,14					
376	Paschalibus nobis qs																	517	850			96,16					
377	Conserua in nobis																	531	860	659							
378	Solita qs dne quos		[537]	[573]	[1384]	D	E	F			L							532	861	660							
379	Christianam qs dne	357	[594]	[625]	[1477']	D	E	F	G	H	L	/		N				533	862	661	[363]	[93,3]					

No.	Incipit	J	A	B	C	D	E	F	G	H	K	L	M	N	O	FrA	Ve	GeV	GeA	GeS	GrP	GrH	GrA	V	Varia
								Ambrosiana									**Ve**		**Gelasiana**			**Gregoriana**		**Gallica**	**Varia**
LXII DOMINICA II POST ALBAS																									
380	Misericors dne		614	645	1559	D	E	F	G	H		L		N				541	892	687	390		166	246	
381	Ds qui in filii tui		615	646	–	D	E	F	G	H		L		N				[553]	[924]	[728]	[412]		[167]	249	
382	Ds qui nos per huius	611	616	647	1560	D	E	F	/	H		L		N											
383	UD Qui omnia mundi		617	648	1561	D	E	F	/	H		L		N				545	896	691	392		166	[229]	
384	Pra. nobis omps ds		618	649	1562	D	E	F	/	H		L		N											
LXIII DOMINICA III POST ALBAS																									
385	Ds qui fidelium		619	650	–	D	E	F	/	H		L		N				[551]	[922]	[726]	[411]		[167]		
386	Ds qui credentes		[518]	[554]	[1357]	[D	E	F]	/	[–		L		N]				[490]	[838]	[639]	[377]	[96,2]			
387	Respice dne propitius	152	[346]	[357]	[892]	[D	E]		/	[H			M	N	O]				[448]	[383]	[222]	[57,2]	[274]	254	
388	UD Qui humanis		622	653	1591'	D	E	F	/	H		L		N		3		549	913	708	398		274a	250	
389	Sacramenta quae	184*	623	654	1592*	D	E	F	/	H		L	[M]	N	[O]	4		550	914	709	399	[62,4]	167	[230]	
LXV DOMINICA IIII POST ALBAS																									
390	Ds qui erranti populo	166	629	660	–	D	E	F	/	H		L		N	O]		[75]	[546]	[910]	[705]	[396]		[166]	247	
391	Ds in cuius praecip.		[355]	388	[926]	[D	E]		G	[H			M	N	O]			[542]	[893]	[688]					
392	Ipsa maiestati tuae	243	[423]	[464]	[1119']	[D	E]		G/				M	N	O]			[331]	[560]	[465]					
393	UD Postulantes ut		632	663	1635	D	E	F	G	H		L		N			[556b]	554	925	729a	413		274a	255	
394	Adesto dne ds nr ut		633	664	1636'	D	E	F	G	H		L		N				555	926	730	414		167	236	
LXVI DOMINICA V POST ALBAS																									
395	Ds qui misericordiae		[620]	[651]	[1589]	[D	E	F	–	H		L		N]		1]		557	945	749	424		167		GeM 380
396	Ds a quo bona cuncta			[1558]												2]		556	944	748					[MAII 436]
397	Benedictionem nobis		[621]	[652]	[1590]	[D	E	F	–	H		L		N]				[543]	[894]	[689]	[391]		[166]	248	
398	UD Et maiestatem		637	668	1675'	D	E	F	–	H		L		N				[564]	947	751	426		275		
399	Tribue nobis qs dne		638	669	1676'	D	E	F	–	H		L		N			[543]	560	948	752	427		167		

389 = 184 578

Column groups: **Ambrosiana** (J, A, B, C, D, E, F, G, H, K, L, M, N, O, MAII) · **Ve** · **Gelasiana** (GeV, GeA) · **Gregoriana** (GeS, GrP, GrH, GrA) · **Gallica** (G) · **Varia**

LXVII MISSA IN UIGILIIS ASCENSIONE DOMINI

		J	A	B	C	D	E	F	G	H	K	L	M	N	O	MAII	Ve	GeV	GeA	GeS	GrP	GrH	GrA	G	Varia
400	Pra. qs omps pater		639	670		D	E	F	–	H		L		N			180	573	/	766	445				
401	Tribue qs omps ds		640	671		D	E	F	–	H		L		N			170	581	/	767					
402	Suscipe dne munera		641	672	1781	D	E	F	–	H		L		N						774	441	108,2			
403	UD In hac praecipue		642	673		D	E	F	–	H		L		N			184	583	/	769			[275]		
404	Tribue qs dne ut		643	674		D	E	F	–	H		L		N			185	584	/	770	[353]	[91,6]			

LXVIII ITEM MISSA IN ASCENSIONE DOMINI

		J	A	B	C	D	E	F	G	H	K	L	M	N	O	MAII	Ve	GeV	GeA	GeS	GrP	GrH	GrA	G	Varia
405	Ds qui ecclesiam		649	680	1791	D	E	F	–	–		L		N					/					353	
406	Concede qs omps ds		[646]	[677]		[D	E	F	–	–		L	⌐	N		242				772	440	108,1			
407	Sacrificium dne		651	682	1793'	D	E	F	G	H		L		N				574	/					355	
408	UD Qui post resurrect.		652	683	1794	D	E	F	G	H		L		N			175			*775*	*442*	*108,3*			
409	Ds cuius filius in		654	685	1796'	D	E	F	G	H		L		N				578	/	780		108,7			
410	Adesto dne supplicat.		647	678		D	E	F	–	–		L		–		242	169	580	/	779	446	108,6		354	
411	Da qs omps ds illuc		648	679		D	E	F	–	–		L		–		243	183	585		771					

LXVIIII DOMINICA POST ASCENSA DOMINI

		J	A	B	C	D	E	F	G	H	K	L	M	N	O	MAII	Ve	GeV	GeA	GeS	GrP	GrH	GrA	G	Varia
412	Implorantes dne		655	686	1804	D	E	F	G	H		L		N				[192]	[410]	[354]					
413	Sancti nominis tui		656	687	1805	D	E	F	G	H		L		N				586	[993]	[870]			[168]		
414	Oblatio nos dne		657	688	1806	D	E	F	G	H		L		N				588	[995]	[872]	[509]		[168]		
415	UD Poscentes ut		658	689	1807	D	E	F	G	H		L		N			182		/						
416	Repleti dne muneribus								G								[1025]	565	[1288]	785	451	[154,3]	168		

LXX MISSA IN LAETANIA MAIORE

		J	A	B	C	D	E	F	G	H	K	L	M	N	O	MAII	Ve	GeV	GeA	GeS	GrP	GrH	GrA	G	Varia
417	Pra. qs omps ds ut		672	703	1728	D	E	F	–	H		L		N				[965]		[719]	[405]	[100,7]		339	GeR 581
418	Mentem familiae tuae		[703]	[734]	[1759]	[D	E	F	–	–		–	⌐	N				[959]		[714]	[400]	[100,1]			GeB 723
419	Ieiunantium dne qs		674	705	1730	D	E	F	–	H		L		N				986							GeM 400

No.	Incipit	J	A	B	C	Ambr. D–O	Ve	GeV	GeA	GeS	GrP	GrH	GrA	Gall. G	Gall. B	Gall. F	Varia
420	UD Te in obseruatione		675	706	1731	D E F – H L N		/						331			GeR 582 / GeB 724 / GeM 401
421	Miserere iam qs dne		[715]	[744]	[1769]	[D E F – – – –]		980			[947]	[201,18]					
LXXI ITEM ALIA MISSA DE LAETANIA																	
422	Ds qui culpas delinq.		689	720	1745	D E F – H L N			960	715	401	100,2					
423	Parce dne parce pop.	620	690	721	1746	D E F – H L N			961	716	402	100,3					
424	Haec munera qs dne	596	691	722	1747	D E F – H L N	[1050]	[1743]	966 [1542]	720 [866]	406	100,8				[136b]	GrF 922 / C 1621
425	UD Et maiestatem		692	723	1748	D E F – H L N							274				
426	Uota nra qs dne pio		693	724	1749	D E F – H L N			968	721	407	100,9					
LXXII ITEM ALIA MISSA DE LAETANIA																	
427	Ds qui culpas nras		716	745	1770	D E F – H L N			962	717	403	100,4					
428	Adesto dne supplicat.	599	[683]	[714]	[1739]	[D E F – – – L – –]	[468]		963	718	404	100,5					
429	Haec hostia qs dne		718	747	1772	D E F – H L N		[1366]	[2254]							[136a]	GrF 934 / C 1622
430	UD Ut quia tui est							[1737]	[1536]				274				
431	Muniat qs dne fideles							[1359]	[2247]								
LXXIII ITEM ALIA MISSA																	
432	Parce dne parce pec.		[673]	[704]	[1729]	[D E F – H L N]		1341	2229								GrF 2051
433	Dne ds qui ad hoc							1345	2233						[382]		GrF 2052
434	Sacrificia dne tibi		[676]	[707]	[1732]	[D E F – H L N]		1347	2235								GrF 2053
435	Uitia cordis humani							1344	2232								GrF 2054

LXXIIII ITEM ALIA MISSA

No.		J	A	B	C	Ambrosiana (D–MAII)	Ve	GeV	GeA	GeS	GrP	GrH	GrF	G	B	Varia
436	Omps et mis. ds qui							1349	2237				2056			
437	Parce dne parce supp.							1354	2242				2055			
438	Sacrificia nos dne							1362	2250				2057			
439	Sit nobis qs dne	[790]	[859]		[77]	[D E F H K M N]		1356	2244				2059	[24]		

LXXV ITEM ALIA MISSA DE LAETANIA

No.		J	A	B	C	Ambrosiana (D–MAII)	Ve	GeV	GeA	GeS	GrP	GrH	GrF	G	B	Varia
440	Ineffabilem miseric.					G		1333	2220				2040			GrA 201
441	Parce dne parce pec.						[190]	1334	2221				2048			
442	Qs dne nris placare							1335	2222				2049			[GeA1719] C 3394
443	UD Qui castigando								2223							
	– neglectos	567					[465]			[1084]			[1613]			[GrA 283]
	– medicinam												2042			
	qui fam. – medic.															[GrA 246]
	qui fragilitatem –						[1060]									GrA 245
444	Pra. dne qs ut					G		1363	2224				2043			GrA 201

LXXVI ALIAS ORATIONES PRO PECCATIS

No.		J	A	B	C	Ambrosiana (D–MAII)	Ve	GeV	GeA	GeS	GrP	GrH	GrF	G	B	Varia
445	Afflictionem familiae		704	735	1760	D E F – – – ... – [M N O] 267	[356a]		2260	[439]	941	201,6	2095			
446	Pra. populo tuo		705	736	1761	D E F – – –	[362]		2261		942	201,9	2098			
447	Qs omps ds ut qui		706	737	1762	D E F – – –			2262		943	201,10	2065			
448	Ds qui nos conspicis		707	738	1763	D E F – – –			2263		944	201,11	2119			
449	Clamantium ad te		708	739	1764	D E F – – –			2264		946	201,17	2103			
450	Auxiliare dne quaer.		709	740	1765	D E F – – –			2266		948	201,19	2105			GrA 200
451	Ds qui culpa offend. – placaris		710	741	1766	D E F – – –			2269		951	201,24	2060			
452	Pra. qs omps ds ut		711	–	–	D E F – – –	[576]		2272		954	201,27	2112	[543a]	[5a]	[CeS 5a]
453	Ne d espicias omps		712	–	–	D E F – – –			2273		955	201,28	2113			
454	Ds ref ugium pauperum		713	742	1767	D E F – – –		1350	2238		956	201,31	2076			
455	Aures tuae pietatis		714	743	1768	D E F [G H – M – O]			2275		958	201,36	2068			

LXXVII IN UIGILIIS PENTECOSTEN MISSA

		Ambrosiana															Ve	Gelasiana			Gregoriana			Gallica			Varia
Nr	Incipit	J	A	B	C	D	E	F	G	H	K	L	M	N	O	MAII		GeV	GeA	GeS	GrP	GrH	GrA	G	V	B	
456	Ds cuius spiritu conserua – renouati	317b	726	755	1842'	D	E	F	G	H		L		N				625	[763b]	800		[327b]	[87,1b]	[361b]	[178b]	[257b]	
457	Pra. qs omps ds ut		727	756	1843	D	E	F	G	H		L		N				626	/	801						309	
458	Uirtute sci sps		728	757	1844'	D	E	F	G	H		L		N													
459	UD Per quem te		729	758	1845	D	E	F	G	H		L		N			221										
460	Concede qs omps ds	342	731	760	1847	D	E	F	G	H		L		N				630	/	[796]	[592]	[344]	[90,3]		[192]		
461	Ds qui credentium		732	761	1848	D	E	F	G	–		L		–		271											
462	Dne ds omps qui		733	762	1849	D	E	F	G	–		L		–		272											
	LXXVIII DOMINICA IN SANCTO PENTECOSTEN																									
463	Ds qui discipulis		741	770	1870'	D	E	F	G	H		L		N			[191]	646	/	819		469					
464	Omps s. ds qui		742	771	1871'	D	E	F	G	H		L		N				637	/	811		467	110,6			311	
465	Pra. qs omps ds ut		743	772	1872	D	E	F	G	H		L		N													
466	UD Nos in hac praec.		744	773	1873	D	E	F	–	H		L		N			[204]	642	/	814	[463]		112,4	362			
467	Communicantes		745	774	1874'	D	E	F	–	H		L		N						810		466	112,1				
468	Haec nobis dne		746	775	1875	D	E	F	G	H		L		N				638	/								
469	Ds qui hodierna die		734	763	1850'	D	E	F	–	–		L		–		272											
470	Ds qui sacramento – dona diffunde		747	776	1876	D	E	F	–	–		L		–		273		647	/	818		468	110,7				
471	Omps s. ds deduc nos		748	777	1877'	D	E	–	–	–		L						651	/	820		470	96,8				
472	Concede mis. ds ut					D	E	F	–	–		L		–		274				821		471					
	LXXVIIII FERIA SECUNDA																									
473	Ds qui apostolis																[211]		/	822		474	113,1				
474	Da qs ecclesiae tuae																[216]		/	[833]	[484]		[116,1]				
475	Propitius dne qs	601															[214]		/	823		475	113,2				
476	Adesto dne qs populo	603																[645]	/	824		476	113,3				

№	Formula	J	Ambrosiana				Ve	Gelasiana			Gregoriana			Gallica	Varia
			A	B	C	D–O		GeV	GeA	GeS	GrP	GrH	GrA	G	
LXXX FERIA TERTIA															
477	Adsit nobis dne qs						[225]	[648]	/	825	477	114,1			
478	Mentibus nostris dne									[836]	[487]	[117,1]			
479	Purificet nos qs dne					[G]	[222]	[640]	/	826	478	114,2	[201]		
480	Mentes nras qs dne						[223]	[639]	/	827	479	114,3			
LXXXI FERIA QUARTA															
481	Mentes nras qs dne							[649]	/	828	480	115,1		[359]	
482	Pra. qs omps et mis.								/	829	481	115,2			
483	Accipe qs dne munus		[438]	[479]	[1156]	[D E H	[220]		/	830	482	115,3			
484	UD Quia post illos							658	/	831	[494]		[278]		
485	Sumentes dne caelestia					M N O]				832	483	115,4			
LXXXII FERIA QUINTA															
486	Pra. qs dne ut a							[644]	/	[817]	[472]				
487	Sci sps dne corda							[650]	/	[816]	[465]	[111,6]			
488	Hostias populi tui						[212]	[633]	/	[807]					
489	UD Qui sacramentum							[634]	/	[808]					
490	Sacrificiis dne		[740]	[769]	[1869]	[D E F – – L N]	[198]	[635]	/	[809]			[276]		
LXXXIII FERIA SEXTA															
491	Dne ds uirtutum qui		[751]	[779]	[1916]	[D E F H K L N]		[623]	/	[798]	[508]		[159]		
492	Ds qui te rectis					[D E F H K L N]		[587]	[994]	[871]					
493	Sacrificia dne tuis								/	834	485	116,2			
494	Sumpsimus dne sacri		[795]	[864]	[82]	[D E F / H K M N]	[596]		[1485]	835	486	116,3	[177]		
LXXXIIII DIE SABBATI															
495	Pra. qs omps ds sic	285	[454]	[495]		[D E M N O]	[550]	[678]	/	840	491	117,5			
496	Omps et mis. ds ad		[784]			[D]			/	[845]					
497	Ut accepta tibi dne						[207]		/	842	493	117,7			
498	Laetificet nos qs		[786]				[624]	[681]	/	[848]					

This is a liturgical concordance table. Column groups (left to right): **Ambrosiana** (J, A, B, C, D, E, F, G, H, K, L, M, N, O), **Ve**, **Gelasiana** (GeV, GeA, GeS), **Gregoriana** (GrP, GrH, GrA), **Gallica** (V, B, F), **Varia**.

No.	Incipit	J	A	B	C	D–O (Ambrosiana)	Ve	GeV	GeA	GeS	GrP	GrH	GrA	Ga V	Ga B	Ga F	Varia
	LXXXV DOMINICA PRIMA POST PENTECOSTEN																
499	Ds in te sperantium	58	750	778	1915	D E F G H K L N		[566]		[858]	[505]		168		[507]	[141]	
500	Deprecationem nram	171*	[360]	[393]	[941']	[D E] G [H K L M N O			[998]	[895]	496	118,1	[169]				
501	Hostias nras dne	516*	752	780	1917	D E F G H K L M N	[104]	[568]	680	[860]	[82]	[22,2]	[168]				
502	UD Qui cum unigenito	684	[1159]	[1258]		[D E F] G [H K L M N /				847			277				[MoS 1135]
503	Haec nos communio	930*	[584]	[885]	[1458]	[D E F] G [H L M N O	[876bis]		[1002]	[899]	498	118,3	[169]		[24b]		[CeS 19b]
	LXXXVI DOMINICA I POST OCTAUA PENTECOSTEN																
504	Praeces nras qs dne	25a	[234]	[256]		[D E] H	[1062a]	[263]	[240]			[34,1]					
505	Tuere dne qs populum	903	753	781	1918	D E F H K L		[281a]	[256a]	[135a]		[37,4a]					
506	Exaudi dne praeces		754	782	1919	D E F H K L	[160]	[204]	[186]	[105]		[27,3]					
507	UD Qui ecclesiae tuae					D E F H K L	[536]	569	/	861			278				
508	Tantis dne repleti					D E F H K L	[618]	570	/	862	507		168				
	LXXXVII DOMINICA II POST OCTAUA PENTECOSTEN																
509	Da nobis qs omps ds	47	[204]	[208]		[D E] H M N O		[305]	[277]	[140]		[38,4]					
510	Adesto qs dne	48	[361]	[394]	[942']	[D E] H M N O		[306]	[278]	[141]		[38,5]					
511	Oblatum ubi dne	172				H M N O	[589]	[116]	[108]	[67]		[60,2]	[164]				
512	UD Cuius hoc mirificum						[891]	996	873				278				
513	Salutaris tui dne	67	[268]	[289]	[663']	[D E] H M N O	[97]	[312]	[283]	[144]		[39,3]					
	LXXXVIII DOMINICA III POST OCTAUA PENTECOSTEN																
514	Absolue qs dne			[793]			[1039]				[145]	[39,4]					
515	Tempora nra qs dne					D E F G H K L N			[999]	[896]							
516	Hostias nras dne	501*	[752]	[780]	[1917]	[D E F G H K L N]	[104]	[568]	680	[860]	[82]	[22,2]	[168]				
517	UD Et omnipotentiam					[D E] H M N O	[1022a]	[917a]					278			[127a]	
518	Pra. qs omps ds ut	72	[273]	[294]	[678']	[D E] H M N O	[558]	[197]		[148]		[40,3]	[165] [253]				

500 = 171 570   501 = 516 780   503 = 103 930   516 = 501 780

Column groups: **Ambrosiana** (J, A, B, C, D E F G H K L M N O MAII) · **Ve** · **Gelasiana** (GeV, GeA, GeS) · **Gregoriana** (GrP, GrH, GrA) · **Gallica** (B, F) · **Varia**

LXXXVIIII EBDOMADA III POST OCTAUA PENTECOSTEN

No	Incipit	J	A	B	C	Ambr. sigla (D–O)	MAII	Ve	GeV	GeA	GeS	GrP	GrH	GrA	Gall B	Gall F	Varia
519	Ascendant ad te dne	69	[270]	[291]	[675']	D E H M N O				[322]	[290]	[149]	[40,4]				
520	Praeces nras qs dne	73	[274]	[295]	[690']	D E H M N O				[323]	[291]	[150]	[41,1]				
521	Oblatis qs dne plac.	70	[271]	[292]	[676']	D E H M N O				[319]	[287]	[147]	[40,2]				
522	UD Quoniam illa festa		795							1001	898			278			GrF 1560
523	Tui dne perceptione	77	[278]	[299]	[694']	D E H M N O				[327]	[295]	[153]	[41,4]				
	et a –								[1181b]					[170b]	[23b]		[CeS 18b]

XC DOMINICA V POST OCTAUA PENTECOSTEN

No	Incipit	J	A	B	C	Ambr. sigla (D–O)	MAII	Ve	GeV	GeA	GeS	GrP	GrH	GrA	Gall B	Gall F	Varia
524	Fac nos qs dne ds		[1602]				[438]			[1973]	[939]		[202,53]				
525	Da nobis dne qs ut									[1054]	[947]	[535]	[202,54]	[169]			GrF 1563
526	Oblata qs dne munera	65	[266]	[287]	[661']	D E H M N O	[633]			[131]	[851]	[500]	[39,2]	[164]	[6]		[CeS 9]
527	UD Et omnipotentiam quo –									[1022b]	[917b]			279		[127b]	GrF 1566
528	Supplices te rogamus		[328]	[357]	[848]	D E H M N O			[1371]	[118]	[110]	[68]	[33,3]	[164]			

XCII DOMINICA VI POST OCTAUA PENTECOSTEN

No	Incipit	J	A	B	C	Ambr. sigla (D–O)	MAII	Ve	GeV	GeA	GeS	GrP	GrH	GrA	Gall B	Gall F	Varia
529	Praetende nobis dne							[554]		[978]		[872]	[100,10]				
530	Ds qui conspicis									[256]	[234]	[121]	[33,1]				
531	Muneribus nris qs	742	[1092]	[1174]	[2800]	D E F G K L M N O		[1124]		[71]	[69]	[119]	[32,2]	[180]			GrF 1572
532	UD Maiestatem tuam	1300				E F K O		[762]		1057	950	851		280			
533	Qs omps ds ut qui	895	[225]	[237]	[453']	D E H M N O				[169]	[154]	[126]	[34,3]	[164]			

XCII DOMINICA VII POST OCTAUA PENTECOSTEN

No	Incipit	J	A	B	C	Ambr. sigla (D–O)	MAII	Ve	GeV	GeA	GeS	GrP	GrH	GrA	Gall B	Gall F	Varia
534	Mentes nras qs dne	74	[275]	[296]	[691]	D E H M N O				[565]	[154]		[41,5]				
535	Esto dne propitius	83	[305]							[336]	[303]	[159]	[43,1]				
536	Hostias tibi qs	75*	[276]	[297]	[692]	D E F G H K M N O			[1370]	[215]	[195]	[152]	[41,3]	[165]			GrF 1578
537	UD Uerum aeternumque		[1128]	[1210]	[2835]	D E F G K M N O				1098	979			280			[MoS 1402]
538	Per huius dne operat.	87	[44]	[308]		D E H M N O			[1524b]	[95]	[89]	[54]	[43,3]	[164]			

536 = 75 688 1193

			Ambrosiana				Ve	Gelasiana			Gregoriana			Gallica	Varia
		J	A	B	C	D–O		GeV	GeA	GeS	GrP	GrH	GrA	F	
XCIII DOMINICA VIII POST OCTAUA PENTECOSTEN															
539	Exaudi nos misericors	84	[285]	[306]	[741]	D E H M N O			[1883]		[163]	[43,4]			
540	Adesto qs dne suppl.		[296]	[321]	[771]	D E H M N O			[356]	[311]	[166]	[44,4]			
541	Suscipe qs dne nris	85		[307]					[413]	[357]	[160]	[43,2]	280		
542	UD Et tibi uouere														GrF 1584a
	– omnia bonis							1119		993					
	– subdatur														
543	Sumptis dne caelestib.	113*	[309]	[334]	[804']	D E F H K L M N O		[1212]	[1277]	[1136]	[187]	[48,3]	[173]	[104]	
XCIIII DOMINICA VIIII POST OCTAUA PENTECOSTEN															
544	Qs omps ds uota		[630]	[661]	[1633]	D E F H L N			[411]	[355]	[168]	[44,6]			[CeS 8]
545	Actiones nras qs		[297]	[322]	[772']	D E H M N O			[357]	[312]	[169]	[44,7]			
546	Haec hostia dne	101				D E H M N O			[373]	[327]	[178]	[46,2]	281		
547	UD Et tuam miseric.		[794b]	[863b]	[81b]	D E F H K M N		1128b		1002b					GrF 1590
	ne pro –														
548	A cunctis nos dne	134						[231]	[415]	[359]	[204]	[52,3]			
XCV DOMINICA X POST OCTAUA PENTECOSTEN															
549	Adesto supplication.	100*	[797]	[866]	[84]	D E F / H K / M N /		[515]	[434]		[180]	[46,4]			
550	Propitiare dne	105							[412]	[356]	[184]	[47,4]			
551	Sanctificationem	106	[798]	[867]	[85]	D E F / H K / M N /	[470]	[1525]	[380]	[332]	[182]	[47,2]			
552	UD Et tuam miseric.							1133		1007			281		GrF 1596
553	Pra. qs omps ds ut	139*	[333]	[362]		D E H M N O	[1207]	[846]	[245]	[223]	[207]	[53,3]	[181]		
XCVI DOMINICA XI POST OCTAUA PENTECOSTEN															
554	Ds innocentiae rest.	110				[G]		[495a]	[824a]	[623a]	[188]	[48,4]			
	– corda														
555	Da qs dne populo	120		[341]					[401]	[349]	[197]	[50,4]			
556	Hostias dne quas	111	[307]	[332]	[802']	D E G H M N O			[385]	[337]	[186]	[48,2]	282		
557	UD Et tibi debitam							1154		1026					GrF 1602
558	Sanctificet nos dne	149	[343]	[372]		D E G H M N O			[437]	[374]	[215]	[55,3]			

549 = 100 215 1113   543 = 113 174 1126   553 = 139 1185

(Rotated concordance table. Column groups, left to right: Ambrosiana [J | A B C | D E F G H K L M N O MAII] — Ve — Gelasiana [GeV GeA GeS] — Gregoriana [GrP GrH GrA] — Gallica [V] — Varia [GrF].)

XCVII DOMINICA XII POST OCTAUA PENTECOSTEN

No.	Incipit	J	A	B	C	D–O (Ambr.)	MAII	Ve	GeV	GeA	GeS	GrP	GrH	GrA	V	GrF
559	Familiam tuam qs	125	[316]	[345]		[D E G H M N O]				[213]	[193]	[201]	[51,4]	[165]		
560	Tua nos dne protect.	141		[1562]			[437]			[487]	[413]	[212]	[54,4]			
561	Haec in nobis	121*	[585]	[342]	[1456]	[D E F H M N O]				[397]	[347]	[194]	[50,2]			
562	UD Cuius primum								[559]		[784]			282		GrF 1607
563	Huius nos dne	159*	[368]	[381]	[959']	[D E H M N O]				[450]	[384]	[224]	[57,3]			

XCVIII DOMINICA XIII POST OCTAUA PENTECOSTEN

No.	Incipit	J	A	B	C	D–O (Ambr.)	MAII	Ve	GeV	GeA	GeS	GrP	GrH	GrA	V	GrF
564	Concede qs omps ds	146*	[340]	[369]		[D E H]				[443]	[380]	[216]	[55,4]			
565	Pra. qs omps ds ut	156		[379]		[G]				[469]	[398]	[225]	[57,4]			
566	His sacrificiis dne	126	[317]	[346]		[D E G H M N O]				[406]	[352]	[199]	[51,2]			
567	UD Qui nos castigando	443a						[465]	[1329]	[1719a]	1084			283		GrF 1613
568	Qs omps ds ut inter	164	[353]	[386]		[D E G H M N O]		[1116]	[112]	[313]		[228]	[58,3]			

XCVIIII DOMINICA XIIII POST OCTAUA PENTECOSTEN

No.	Incipit	J	A	B	C	D–O (Ambr.)	MAII	Ve	GeV	GeA	GeS	GrP	GrH	GrA	V	GrF
569	Omps s. ds per quem								[1205]			1114	628			
570	Depraecationem nram	171*	[360]	[393]	[941]	[D E G H M N O]			1247	[998]	[895]	[236]	[60,4]	[169]		
571	Munus quod tibi	137	[331]	[360]		[D E H M N O]				[426]	[363]	[206]	[53,2]			
572	UD Quia tu in nra					[D]					1117			284		GrF 1618
573	Da nobis misericors							[657]		[462]	[395]	[232]	[59,3]			

c DOMINICA XV POST OCTAUA PENTECOSTEN

No.	Incipit	J	A	B	C	D–O (Ambr.)	MAII	Ve	GeV	GeA	GeS	GrP	GrH	GrA	V	GrF
574	Omps s. ds da nobis	702b	[1177b]	–		[DbEbFbGbHbKbLbMbNbOb]		[598]	[1209]	[1273]	1132	634		173		
575	Ecclesiam tuam dne								[1218]	[1314]	[1173]			[174]		
576	Per haec ueniat qs	142	[336]	[365]		[D E H M N O]			[1383]	[431]	[368]	[210]	[54,2]			
577	UD Qui nos de donis tuum –		[397]	[435]	[1040]	[D E H M N O]			[1276]		1135			285		GrF 1624
578	Sacramenta quae	184*	[373]	[406]		[D E F H L M N O]		[869]	[1490] [1337]	[550] [483]	[859] [410]	[244]	[62,4]	[167]	[230]	

Column totals:

561 = 121 830 928   563 = 159 179   564 = 146 154 226   570 = 171 500   578 = 184 389

Liturgical concordance table (sigla: Ambrosiana A–O, Ve, Gelasiana GeV GeA GeS, Gregoriana GrP GrH GrA, Gallica F, Varia).

CI DOMINICA XVI POST OCTAUA PENTECOSTEN

No	Incipit	J	A	B	C	D E F G H K L M N O	Ve	GeV	GeA	GeS	GrP	GrH	GrA	F	Varia
579	Da qs omps ds ut	191	[390]	[428]	[1023']	[D E / M N O]			[1977]		[253]	[64,4]			
580	Qs omps ds familiam		[389]	[427]	[1022']	[D E / M N O]			[504]	[427]	[258]	[66,1]			
581	Suscipe qs dne	147*	[341]	[370]		[D E F H K M N O]		[1339]	[436]	[373]	[214]	[55,2] [197]	286		GrF 1630
582	UD Qui aeternitate								1296	1155					
583	Adesto nobis dne		[408]	[446]	[1071]	[D E / M N O]	[548]		[508]	[436]	[260]	[66,3]			

CII DOMINICA XVII POST OCTAUA PENTECOSTEN

No	Incipit	J	A	B	C	D E F G H K L M N O	Ve	GeV	GeA	GeS	GrP	GrH	GrA	F	Varia
584	Da nobis dne qs in		[533]	[569]	[1380']	[D E F – L N]	[1326]	[1138]	[509]		[268]	[68,4]			
585	Ds qui populum tuum		[54]	[54]	[/]	[D E – H L N]			[791]	[585]	[340]	[89,9]			[CeS 6]
586	Sacrificiis praesent.	8	[201]	[205]	[380]	[D E H M N O]			[460]	[393]	[231]	[59,2]	286	[145b]	GrF 1657
587	UD Et te incessanter				[450]	[D F K]		[1042]	1317	1176	[855]			[146]	
588	Sumpti sacrificii	229*				[D E H M N O]	[892]	[1043]	[545]	[456]	[279]	[71,3]			

CIII DOMINICA XVIII POST OCTAUA PENTECOSTEN

No	Incipit	J	A	B	C	D E F G H K L M N O	Ve	GeV	GeA	GeS	GrP	GrH	GrA	F	Varia
589	Omps s. ds miseric.							[539]	[1378]	[1233]	[694]	[167,1]			
590	Da qs omps ds ut		[534]	[570]	[1381]	[D E F – L N]			[814]	[612]	[358]	[92,5]			
591	Haec munera nos dne	192					[561]		[506]	[429]	[251]	[64,2]			
592	UD Quia cum laude								1344	1203			287		GrF 1663
593	Sanctificationibus	255*	[288]	[313]	[744']	[D E H M N O]			[1410]	[1265]	[173]	[75,3]	175		

CIIII DOMINICA XVIIII POST OCTAUA PENTECOSTEN

No	Incipit	J	A	B	C	D E F G H K L M N O	Ve	GeV	GeA	GeS	GrP	GrH	GrA	F	Varia
594	Adesto qs dne	358	[596]	[627]	[1479']	[D E F G – / N]		[529]	[822]	[621]	[365]	[93,5]			
595	Largire qs dne							[1238]	[1445]	[1293]	[374]	[95,4]		[176]	
596	Haec munera qs dne	424	[691]	[722]	[1747]	[D E F – H L N]		[1050]	[966]	[720]	[406]	[100,8]			
597	UD Qui uicit diabol.					[D E F – H L N]			1381	1236			288		GrF 1669
598	Caelestis mensae qs							[1043]	1382	1237					

581 = 147 1304   588 = 229   cf. 1245   593 = 92 255

588 = 229 255

CV DOMINICA XX POST OCTAUA PENTECOSTEN

No	Incipit	J	A	B	C	Ambrosiana (D–O)	Ve	GeV	GeA	GeS	GrP	GrH	GrA	V	F	Varia
599	Adesto dne supplicat.	428	[683]	[714]	[1739]	[D E F – – | –]	[468]		[963]	[718]	[404]	[100,5]				
600	Qs omps ds praeces						[1147a]	[1342a]	[1201a]	[853a]						
601	Propitius dne qs	475					[216]			[823]	[475]	[113,2]				
602	UD Et maiestatem		[799]	[868]	[86]	[D E F H K M N]				1253	[870]		288		[127c]	GrF 1675
603	Adesto dne qs populo	476					[214]	[645]	/	[824]	[476]	[113,3]				

CVI DOMINICA XXI POST OCTAUA PENTECOSTEN

No	Incipit	J	A	B	C	Ambrosiana (D–O)	Ve	GeV	GeA	GeS	GrP	GrH	GrA	V	F	Varia
604	Aurem tuam qs dne								[1586]	[1424]	[790]	[188,1]				
605	Cunctas dne qs semper								[1911]		[908]	[204,5]				
606	Pro nrae seruitutis								[1343]	[1202]	[677]	[163,2]				
607	UD Et te suppliciter					[G]			1409	1264						GrF 1680
608	Qs omps ds ut et	623	[1164]	[1263]		[D E F G H K L M N]			[1413]	[1268]	[716]	[171,3]	289			

CVII DOMINICA XXII POST OCTAUA PENTECOSTEN

No	Incipit	J	A	B	C	Ambrosiana (D–O)	Ve	GeV	GeA	GeS	GrP	GrH	GrA	V	F	Varia
609	Ds qui nos in tantis	1196	[787]	[856]	[74]	[D E F G H K M N]			[195]	[178]	[100]	[44,2]	[165]			
610	Praeces populi tui	89	[244]	[265]	[571]	[D E G H M N O]			[255]	[396]	[167]	[44,5]				
611	Ds qui nos per huius	382	[616]	[647]	[1560]	[D E F H L N]		[1173]	[553]	[1416]	[1271]	[712]	[167]	[249]		
612	UD Et nos clementiam		[173]	[177]	[312]	[D E H M N O]		[502]	[1426]	[1281]				[289]		
613	Corporis sacri					[G]	[16]	[1094]	[975]	[553]	[132,3]		[181]		[145a]	[GrF1692] [MoO329]

CVIII DOMINICA XXIII POST OCTAUA PENTECOSTEN

No	Incipit	J	A	B	C	Ambrosiana (D–O)	Ve	GeV	GeA	GeS	GrP	GrH	GrA	V	F	Varia
614	Protector noster	cf. 117b				[G]										
615	Subueniat nobis dne	136	[335]	[364]		[D E G H M N O]		[1158]	[1546]	[355]	[310]	[44,3]	[165]			
616	Suscipe dne propit.					[D E G H]		[1460]	[1385]	[385]	[208]	[53,4]				
617	UD Maiestatem tuam							[1351] [1448]	[1304] [1296]	[731]					[176]	
618	Qs omps ds ut quos		[34]	[37]	/	[D E G H M N O]		[1345]	[1204]	[678]	[163,3]				[290]	[GrF 1702]

CVIIII DOMINICA XXIIII POST OCTAUA PENTECOSTEN

	J	Ambrosiana				Ve	Gelasiana			Gregoriana			Gallica	Varia
		A	B	C	D E F G H K L M N O		GeV GeA GeS			GrP GrH GrA				
619 Miserere qs dne pop.	176	[364]	[397]	[955*]	[D E H M N O]	[449]	[478]	[406]	[240]	[61,4]				
620 Parce dne qs parce	423	[690]	[721]	[1746]	[D E F – H L N]		[961]	[716]	[402]	[100,3]				
621 Ut sacris dne	108	[304]	[329]	[789*]	[D E H M N O]		[1449]	[1297]	[183]	[47,3] [176]				
622 UD Per quem sanctum										[290]				GrF 1697
– maiestatis tuae							[1305a]							
623 Qs omps ds ut et	608						[1413] [1268]	[716] [171,3]						

Column groups: **Ambrosiana** = A B C D E F G H K L M N O · **Gelasiana** = GeV GeA GeM · **Gregoriana** = GrH GrA · **Varia**

CX ITEM ORATIONES ET PRAECES IN DEDICATIONE

No.	Incipit	J	A	B	C	D	E	F	G	H	K	L	M	N	O	MAII	GeV	GeA	GeM	GrH	GrA	Varia
624	Magnificare dne ds – appare		1139	1226	3164	1239	1151	747	229		470	562	708		698	360						
625	Domum . . . clementer		1140	1230		1242	1154	751	230		473	565	711		701	363	704a	2130a		195a		C 3153a; GeB 1461a
626	Domum . . . continuis		1141	1229	3167	1243	1155	750	231		474	566	712			362						
627	Ds qui loca nomini effunde –		1142	1236	3177	1249	1161	757	232		480		718	1189	702	361	689	2021		*197,2b*		GeB 1452
628	Ueniat qs dne super ut ab –		1143	1228	3166	1241	1153	749	233		472	564	710		700	361						
629	Ds qui ad honorem		1144	1227	3165	1240	1152	748	234		471	563	709		699	361				197,2c		
630	Populum tuum dne		1145	1237	3178	1250	1162	758	235		481	567	719	1190	703	363						
631	Ds qui de uiuis – habitaculum ut ab –	637a	1146	1231	3168	1244	1156	752	236		475	–	713	1184	–	363		2166a			186a	
632	Omps s. ds qui in		1147	1232	3169	1245	1157	753	237		476		714	1185		362				197,2c		
633	Ds qui sacrandorum – munerum		1148	1233	3170	1246	1158	754	238		477	–	715	1186	–		703	2129		197,2a		
634	UD Qui eminentiam		1149	1234	3172	1247	1159	755	239		478	–	716	1187	–							
635	Benedictionis tuae		1150	1235	3175	1248	1160	756	240		479	–	717	1188	–							

CXI MISSA IN ANNIUERSARIO DEDICATIONIS BASILICAE

No.	Incipit	J	A	B	C	D	E	F	G	H	K	L	M	N	O	MAII	GeV	GeA	GeM	GrH	GrA	Varia
636	Ds qui nobis per		1151							241							2162	859		185	GrF 1406; GaB 390
637	Ds qui de uiuis – habitaculum	631a	1146a	1231a	3168a	1244a	1156a	752a	236a		475a	570	713a	1184a		363a		2166			186	GrF 1410
638	Annue qs dne precib.		1152		3183					242								2163	860		186	GrF 1407
639	Ds qui eccl. tuam – mereatur			1240		1253	1165	761			484		722	1193	706			2165	861		186	GrF 1409

No.		J	A	B	D	E	F	G	H	K	L	M	N	O	P	GeV	GeA	GeM	GrH	GrA	Varia
							Ambrosiana									Gelasiana			Gregoriana		Varia

CXII ORATIO ANTE ALTARE

| 640 | Rogo te altissime | | 1353 | 1671 | 1597 | / | 269 | | | 6 | 4 | 540 | 705 | 251 | | | | 888 | | | Eligius 227 / CeS 3 |
| 641 | Indignum me dne | | | 1672 | 1598 | / | | | | | | | | | | | | 889 | | | Eligius 228 |

CXIII ORATIONES ANTE SECRETA

642	Omps s. ds placabilis		1355	1674	1602	/	272	466	553	7	767	541	710	252	P			890			
643	Suscipe qs dne prop.		1356			/									P						
644	Omps s. ds placabilis		1357		1607	/	275	468	555	10	769	546	714	253	P						
645	Suscipe sca trinitas		1354		1603	/	273	467	554	8	768	542	711		P						
646	Et suscipe hanc – clement. dne				1601	/			556	9				255							
647	Suscipe dne propitius		1358		1611	/	274	469	559	13	770	545	716								
648	Accepta tibi sit dne					/				14	771	547	719								
649	Suscipe clem. pater		1359		1612	/	277	470	561	15											
650	Dne ds omps suscipere									18		548									
651	Suscipe dne sce pater – digneris		1361		1613	/	278	471	562		772		720								
652	Dne ds omps suscipere					/				15											

CXIIII INCIPIT MISSA CANONICA

| | | | Ambrosiana | | | | | | Ve | Gelasiana | | | Gregoriana | | | | Gallica | | Celtica | Varia |
No.	Ref	Item	J	A	B	C	D–N	Ex		GeV	GeA	GeS	GrP	GrH	GrA	V	B	F	S	
653		Gloria in excelsis		755	809		D / F G H K L M N								322		26		4	
654		Ecclesiae tuae dne		756	/	28	D / F / H K L M N			[1510]	1746	1545		202,9	[202]					
655		Pacem habete						59	425											Be 51
656		Porrige dexteram		757	/	30	D / / F / H K L M N P	59	460	[200]		[183]								
657		Credo in unum deum		758	/		D / / F / H K L M N P			314				202,43	323	[258]	184		8	[GaG 349]
658		Adesto dne supplicat.		759	/		/ / / H K L M N	59	565		722						126a			GrF 2707
659		UD Uere quia dignum		760	/	32	D / F / H K / M N	59												
		– angeli																		
661		Te igitur clement.		762		[1203]	D [E] F / H K / M N [O]	60		1243a	1753a	1549a	875a	1,18a		8a	157a	9/10	9a	
662		Memento dne		763		[1204]	D [E] F / H K / M N [O]	60		1244	1755	1550	876	1,19			158	11	10	
663		Communicantes		764	816	[1205b]	D E F / H K L M N [O] P	60		1245	1756	1551	877	1,20			159	11	11	ORII,297
664		Hanc igitur oblationem		765	817		D E F / H K L M N	60		1246	1757	1552	878	1,21			160	12	11	
665		Quam oblationem		766	817	[1207]	D E F / H K L M N [O]	60		1247	1758	1553	879	1,22			161	13	12	
666	275	Qui pridie		767	817	[1208]	D E F G H K L M N [O] P	60		1248	1760	1554	880	1,23			162	13	12	ORII,298
667	276	Mandans quoque		768	817	[1209]	D E F G H K L M N [O]	60		1249	1761	1555	881	1,24			163	13	12	Mon 15
		– facietis																		
668		Unde et memores		769	818		D E F G H K L M N	61		1249b	1761b	1555b	881b	1,24b			163b	13b	13	
669		Supra quae propitio		770	818		D E F G H K L M N	61		1250	1762	1556	882	1,25			164	14	13	
670		Supplices te rogamus		771	818		D E F G H K L M N	61		1251	1763	1557	883	1,26			165	14	13	
671		Memento etiam dne		772	819		D E F - H K L M N	61		1252	1764	1558	884	1,27		[32b]	166	15	13	ORII,301 / GeM 882
		– pacis										–								
		Istis –																	14a	
672		Nobis quoque minimis		773	820		D E F G H K L M N	/			1765c		885	[224,4]			167	16	16	[GaG 479a]
673	278	Per quem haec omnia		774	821	[1216]	D E F G H K L M N	/		1253	1766	1559	886	[224,5]			168	17	16	GeM 883
		– praestas						/					887	1,29				18	16a	
674		Commixtio consecrati		775	822		D E F - H K L M N			1254	1767a	1560	888	1,30a			169	19a	18	ORII,102 / MoS 53
675		Praeceptis salutarib.		776	/		D E F G H K L M N	61		1256	1768	1562	890	1,31					17	
676	280	Pater noster		777	/		D E F G H K L M N			1257	1769	1563	891	1,31				20	17	
677	281	Libera nos qs dne		778	/		D E F G H K L M N	61		1258	1770	1564	892	1,32					17	
678	282	Pax et communicatio		779	/		D E F G H K L M N	61		1259	1771	1565	893	1,33				22	17	
679	224	Quod ore sumpsimus		780	/		D E F G H K L M N	61		[223]	1776	1567	894	[70,3]	[179]					
680		Benedicat				54	D E F G H K L M N	61	531											[GaG 10]

					Ambrosiana	Gregoriana				Ve		Gelasiana			Varia
No.		J	A	B	D E F G H K L M N O P	C	GrF	Alc	GrA	Ve	GeV	GeA	GeSB	GeM	
	CXV DIE DOMINICA MISSA DE SANCTA TRINITATE														
681	Dne ds pater omps		1157	1256	D E F G H K L M N /	2928	1785	445					52	1020	
682	Omps s. ds qui dedisti		1156	1255	D E F G H K L M N / P	2923	1779	445					48	1016	[GeS 847]
683	Sanctifica qs dne		1158	1257	D E F G H K L M N / P	2925	1782	445					49	1017	[MoS 1135]
684	UD Qui cum unigenito	502	1159	1258	D E F G H K L M N / P	2926	1783	445	[277]		[680]		50	1018	
685	Proficiat nobis		1160	1259	D E F G H K L M N /	2927	1784	445					51	1019	
	CXVI FERIA II MISSA PRO PECCATIS														
686	Exaudi dne qs		1161	1260	D E F G H K L M N /	3384	2069	448	197			1943		1132	
687	Ds cui proprium est		1162	1261	D E F G H K L M N /	3390	2075	448	197		1370	1945	58	1133	
688	Hostias tibi dne		1193*	1262	D E F G – K – N /	3386	[315]	448	197			2258			
689	Hanc ig.obl. dne quam	1194	–	1264	– E F G – K – – N /	3388	2072	448	197		[521]	[855]			
690	Pra. nobis aeternae		1165	1265	D E F G H K L M N /	3389	2073	448	197					1134	
	CXVII FERIA III MISSA AD POSCENDAM ANGELICA SUFFRAGIA														
691	Plebem tuam qs dne		1166	1266	D E F G H K L M N /	2943	1860	449		859		[1389]			
692	Perpetuum nobis dne		1167	1267	D E F G H K L M N O	2939	1855	449		845	[1034]	[1390]			
693	Hostias tibi dne	1157	1168	1268	D E F G H K L M N O	2940	1856	449		846b					
694	UD Quamuis enim		1169	1269	D E F G H K L M N O	2941	1857	–		[349]					
695	Repleti dne benedict.	1041	1170	1270	D E F G H K L M N O	2942	1858	449							
	CXVIII FERIA IIII MISSA DE SAPIENTIA														
696	Ds qui misisti filium		1171	1271	D E F G H K L M N O	2933	1816	451							
697	Ds qui per coaeternam		1172	1272	D E F G H K L M N O	2929	1812	450							
698	Sanctificetur qs dne		1173	1273	D E F G H K L M N O	2930	1813	451							
699	UD Qui tui nominis		1174	1274	D E F G H K L M N O	2931	1814	451							
700	Infunde qs dne ds		1175	1275	D E F G H K L M N O	2932	1815	451							

688 = 75 536 1193

			Ambrosiana												Gregoriana			Ve	GeV	Gelasiana			Varia
J	A	B	D	E	F	G	H	K	L	M	N	O	P	C	GrF	Alc	GrA			GeA	GeSB	GeM	

CXVIIII FERIA V MISSA PRO CARITATE

#	Text	J	A	B	D	E	F	G	H	K	L	M	N	O	P	C	GrF	Alc	GrA	Ve	GeV	GeA	GeSB	GeM	Varia
701	Ds uita fidelium		1176	/	D	E	F	G	H	K	L	M	N	O		2948	1805	453							
702	Omps s. ds qui iustit.		1177	/	D	E	F	G	H	K	L	M	N	O		2944	1799	452			[562] 1324				
	– scribis																								
	da nobis –	574																							[GaG 146a]
703	Mitte dne qs spm		1178		D	E	F	G	H	K	L	M	N	O		2945	1800	452	[173]	[598] [578]	[1209]	[1273]			
704	Spiritum nobis dne	239*	1180	/	D	E	F	G	H	K	L	M	N	O		2947	1808	452		[1049]	1330	[1556]			[GaV 216]

CXXX FERIA VI MISSA SANCTAE CRUCIS

#	Text	J	A	B	D	E	F	G	H	K	L	M	N	O	P	C	GrF	Alc	GrA	Ve	GeV	GeA	GeSB	GeM	Varia
705	Ds cui cunctae		1181	/	D	E	F	[G]	H	K	L	M	N	O		2950	[892]	[463]			[870]	[940]			[GeS 744]
706	Ds qui unigeniti		1182	1282	D	E	F	G	H	K	L	M	N	O		2949	1837	454							
707	Haec oblatio dne		1183	1283	D	E	F	G	H	K	L	M	N	O		2951	1838	454							
708	UD Qui salutem humani		1184	1284	D	E	F	G	H	K	L	M	N	O		2952	1839	454							
709	Adesto dne ds nr		1185	1285	D	E	F	G	H	K	L	M	N	O		2953	1840	454							

CXXXI SABBATO MISSA SANCTAE MARIAE

#	Text	J	A	B	D	E	F	G	H	K	L	M	N	O	P	C	GrF	Alc	GrA	Ve	GeV	GeA	GeSB	GeM	Varia
710	Omps ds famulos tuos		1186	1286	D	E	F	G	H	K	L	M	N	O		2958	1846	455					40		
711	Concede nobis famulis		1187	1287	D	E	F	G	H	K	L	M	N	O		2954	1842	455					37		
712	Tua dne propitiatione		1188	1288	D	E	F	G	H	K	L	M	N	O		2955	1843	455					38		
713	Sumptis dne salutis		1190	1290	D	E	F	G	H	K	L	M	N	O		2957	1845	455					39		

704 = 29 239 337

CXXII ORATIONES ET PRAECES IN NATALI UNIUS APOSTOLI

#	Oratio	Ambrosiana															Ve	Gelasiana			Gregoriana			Gallica		Varia
		J	A	B	C	D	E	F	G	H	K	L	M	N	O	MAII		GeV	GeA	GeS	GrP	GrH	GrA	G	F	
715	Ds qui es omnium	cf. 823a	1067	1146	2772	D	–	F	G		K	L	M	N	O	374		[860]	[928]	[732]		[184,7]		380		
716	Qs omps ds beatus		1069	1150	2776	D	E	F	G		K	L	M	N	O	375		[1081]	[1523]	[1366]	[771]	[183,1]	179			
717	Sacrandum tibi dne		1070	1151	2777	D	E	F	G		K	L	M	N	O		[1225]		[1525]	[1368]	[772]	[183,2]	179			
718	Perceptis dne sacr.	1013*	1072	[988]	[2092]	[D	E	F]	G		[K	L		N]			[320]	[945]	[1527]	[1370]	[773]	[183,4]	180			

CXXIII ITEM IN NATALE PLURIMORUM APOSTOLORUM

#	Oratio	Ambrosiana															Ve	Gelasiana			Gregoriana			Gallica		Varia
		J	A	B	C	D	E	F	G	H	K	L	M	N	O	MAII		GeV	GeA	GeS	GrP	GrH	GrA	G	F	
719	Protector in te		1073	1154	2780	D	E	F	G		K	L	M		O	377										GrF 1870 / Alc 457
720	Ds qui nos annua		1074	1155	2781	D	E	F	G		K	L	M	N	O	378			[927]	[731]	[415]	[102,1]	180			
721	Munera dne quae pro		1075	1156	2782	D	E	F	G		K	L	M	N	O					[733]	[416]	[102,2]	180		[92]	
722	UD Suppliciter exor.	1020	1076	1157	2783	D	E	F	G		K	L	M	N	O		[376]	[948]	[1070]	[963]	[540]	[128,3]	180			GrF 1869
723	Qs dne salutaribus		1077	1158	2784	D	E	F	G		K	L	M	N	O			[878]	[146]	[134]	[417]	[102,3]	180		[97]	

CXXIIII MISSA IN UIGILIIS UNIUS MARTYRIS

#	Oratio	Ambrosiana															Ve	Gelasiana			Gregoriana			Gallica		Varia
		J	A	B	C	D	E	F	G	H	K	L	M	N	O	MAII		GeV	GeA	GeS	GrP	GrH	GrA	G	F	
724	Tuere nos misericors																	[1076]	[1524]	[1367]						
725	Qs omps ds ut																	[969]	1634	1462						
726	Magnifica dne beati																	[971]	1635	1463						
727	UD Gloriosi illius	1110		[1083]		[D	E	F]			K	L		[N]				[972]	1636	1464	820		295			
728	Sancta tua dne																	[973]	1637	1465						

CXXV ORATIONES ET PRAECES IN NATALE UNIUS MARTYRIS

#	Oratio	Ambrosiana															Ve	Gelasiana			Gregoriana			Gallica		Varia
		J	A	B	C	D	E	F	G	H	K	L	M	N	O	MAII		GeV	GeA	GeS	GrP	GrH	GrA	G	F	
729	Da nobis qs dne		1078	1159	2785	D	E	F	G		K	L	M	–	O	379	[400]	[1088]	[1621]	[1456]						
730	Beati mart. tui il.		1079	1160	2786	D	E	F	G		K	L	M	–	O		[1235]		[1472]	[1316]						
731	Pra. qs omps ds		1080	1161	2787	D	E	F	G		K	L	M	–	O	379		[838]	[231]	[211]						
732	Beati mart. tui il.		1082	1163	2789	D	E	F	G		K	L	M	–	O	379			1645	1473						
733	Ut tibi dne placere		1084	1165	2791	D	E	F	G		K	L	M	–	O	380										

718 = 1013 1176

No.	Text	J	A	B	C	Ambrosiana D–O	MA II	Ve	GeV	GeA	GeS	GrP	GrH	GrA	Ga G	Ga B	Ga F	Varia
734	Exaudi dne preces	828	[41]	1166	2792	D – F – [H] K L M [N] O	380	[42]		[1673]	[1498]							[GeB 132]
735	Propitiare dne	768	1085	1167	2793	D E F G K L M N O	380	[742]										
736	Beati mart. tui *il.*	1087	1086	1168	2794	D E F G K L M N O	380											
	quae –							[235b]										
737	Suscipe qs dne	893*	1087	1169	2795	D E F G K L M N O		[43]	[862]	[1195]	[1062]							
738	UD Quia tibi festa		1088	1170	2796	D E F G K L M N O		[2]		[1245]	[1112]			[233a]	436	344		
739	Sumpsimus dne in	800	[1395]	1171	2797	D E F G K L M N O		[108]	[821]	1642	1470	[534]	[126,3]	[182]				C 2867 CeS 21

ITEM ALIA MISSA

No.	Text	J	A	B	C	Ambrosiana D–O	MA II	Ve	GeV	GeA	GeS	GrP	GrH	GrA	Ga G	Ga B	Ga F	Varia
740	Beati mart. tui *il.* – oratio	982a	1090	1172	2798	D E F G K L M N O	381											
741	Pra. qs omps ds ut	1107	1091	1173	2799	D E F G K L M N O	381	[240a]	[897a]	[1028a]	[923a]	[522a]	[123,3a]					
742	Muneribus nris qs	531	1092	1174	2800	D E F G K L M N O				[1471]	[1315]	[739]	[176,1]	180				
743	UD Per cuius potent.		1093	1175	2801	D E F / K L M N O		[1124]	[762]	[71]	[69]		[176,2]	180				C 2873
744	Protegat nos dne	1025	1094	1176	2802	D E F / K L M N O			[1124]		[998]						[91]	

CXXXVI ITEM MISSA IN NATALE PLURIMORUM SANCTORUM

No.	Text	J	A	B	C	Ambrosiana D–O	MA II	Ve	GeV	GeA	GeS	GrP	GrH	GrA	Ga G	Ga B	Ga F	Varia
745	Protector fidelium		1095	1177	2803	D E F / K L M – O	384											
746	Ds uita et fortitudo		1097	1179	2805	D E F / K L M – O	384											
747	Pra. qs omps ds		1098	1180	2806	D E F / K L M – O	385											
748	Ds qui scorum mart.		1100	1182	2808	D E F / K – M – O	387											
749	Laetificet nos qs		1101	1183	2809	D E F / K L M – O	386											
750	Misericordiam tuam		1102	1184	2810	D E F / K L M – O	386											
751	Ds qui glorificaris – tuorum		1104	1186	2812	D E F / K L M N O	385											
752	Ds qui nos in scorum	cf. 1182	1105	1187	2813	D E F G K L M N O	386	[385]		[190]	[173]		[97]	[26,1]	456a			
753	Suscipe qs dne	769*	1106	1188	2814	D E F G K L M N O				1694b								
754	UD Quia te benedicunt		1107	1189	2815	D E F G K L M N O		[167]	[1097]	1668	1493				456b		118b	
755	Et nataliciis scorum																	

737 = 893 933   753 = 769 1061 1089

#	Incipit	J	A	B	C	D–H	K–O MAII	Ve	GeV	GeA	GeS	GrP	GrH	GrA	G	B	F	Varia
	ITEM ALIA MISSA																	
756	Omnium uirtutum ds		1109	1191	2817	D E F /	K L M N O	[1229]		[1172]	[1041]	[588]	[139,1]	180				
757	Ds qui nos concedis	1069	1110	1192	2818	D E F /	K L M N O			[1173]	[1042]	[589]	[139,2]	181				
758	Munera tibi dne	1071*	1111	1193	2819	D E F /	K L M N O											
759	UD Cuius praetiosus		1112	1194	2820	D E F G	K L M N O											
760	Da qs dne ds nr		1113	1195	2821	D E F G	K L M N O	[278]		[1192]	[1059]	[599]	[141,3]	180				
	CXXXVII ORATIONES ET PRECES IN NATALE CONFESSORUM																	
761	Beatus sacerdos et		1114	1196	2822	D E F G	K L M – O 391								[433]			
762	Adesto dne precibus	973*	1115	1197	2823	D E F G [H]	K L M[N] O 391	[62]	[964]	1647	1475	[663]	[158,2]		[452]	[372]		
763	Concede qs dne		1116	1198	2824	D E F G	K L M – O 392											
764	Plebs tua dne laet.		1117	1206	–	– – – G	K – – – –	[799]										
765	Da qs omps ds ut ueneranda –	877*	1118	1199	2825	D E F G	K – M N O 392	[785]	[968]	[75]	[73]	[46]	[13,1]	181	[399]		[100b]	
766	Beatus sacerdos et		1119	1200	2826	D E F G	K L M N O 393		[1020]	[1307]	[1166]						[80]	
767	Exaudi dne preces – famulari		1120	[1205]	[2831]	[D– F] G	K – – [O] 392		[810a]	[140a]	[692a]	823a			463	[366]	[83a]	[GeB 132]
768	Adesto dne populo	735	1121	[1167]	[2793]	[DE F] G	[K]L[M N O]	[742]										
769	Suscipe qs dne	753*	[1106]	[1188]	[2814]	[DE F G]	[K]L[M N O]								466			
770	UD Qui glorificaris – intrare		1123	1202	2828	D E F G	K L M N O			[138]	[130]			[258]				
771	Ut nobis dne tua – salutem	1116	[1012]	[1089]	[2387]	[DE F] –	[K L N]			1651	1479		827		[402a]			
	ITEM ALIA MISSA																	
772	Libera qs dne a		1125	1204	2830	D E F G	K – M N O 392	[1208]	[267]	[528]	[442]	[202,24]						
773	Da nobis qs omps ds		1126	1208	2833	D E F G	K [L]M N O 393		[812]	[136]	[128]	[431]	[105,1]					
774	Hostias tibi dne pro		1122	1209	2834	D E F G	K – – N O		[808]	[126]	[118]	[70]						
775	UD Qui in omnium				–		–			1650	1478							
776	Ds fidelium remuner.		1129	1211	2836	D E F G	K L M N O	[814]		1704	[695]				462			C 2892

762 = 973 1132   765 = 877 1074   769 = 753 1061 1089

758 = 1071 1184

CXXXVIII ORATIONES UEL MISSA IN NATALE UIRGINUM

#		J	A	B	C	D	E	F	G	H	K	L	M	N	O	MAII	Ve	GeV	GeA	GeS	GrP	GrH	GrA	G	B	F	Varia
777	Ds qui nos hodie		1130	1212	2837	D	E	F	G		K	L	M	–	O	396			1656	1484	840						
778	Ds qui inter cetera – contulisti		1131	1213	2838	D	E	F	G		K	L	M	–	O	396			1660	1488							
779	Ds qui nos per beatam	1172	1132	1214	2839	D	E	F	G		K	–	–	N	O	396		*[942]*	*[1628]*	*[1287]*	[640a]	[153,1a]	182a *[321]*				
780	Hostias tibi dne	501*	[223]	[235]	[451']	[/	E			H			M	N	O]		[104]	[568]	1657	1485	841	[19,2]	[168]				
781	UD Maxime hodie								–			–							1658	1486	842						
782	Adiuuent nos qs dne								–					–				[828]	1659	1487	843		[323]				

ITEM ALIA MISSA

#		J	A	B	C	D	E	F	G	H	K	L	M	N	O	MAII	Ve	GeV	GeA	GeS	GrP	GrH	GrA	G	B	F	Varia
783	Foueat nos qs dne		1134	1216	2841	D	E	F	G		K	L	M	N	O	397		[856]									GeG 1346
784	Beata martir tua *il.*		1135	1222	2846	D	E	F	G		K	L	M	N	O	397											
785	Annue qs omps ds ut		1136	1223	2847	D	E	F	G		K	L	M	N	O												
786	UD Pro cuius amore		1137	1224	2848	D	E	F	G		K	L	M	N	O												
787	Gratia tua qs dne	808	1138	1225	2849	D	E	F	G		K	L	M	N	O			[1066]	[1501]	[1346]							C 2906

CXXXVIIII III ID. NOU. NAT. S. MARTINI CONF.

#		J	A	B	C	D	E	F	G	H	K	L	M	N	O	MAII	Ve	GeV	GeA	GeS	GrP	GrH	GrA	G	B	F	Varia
788	Omps s. ds sollemnit.	954	[855]	1	[1712]	[D	E	F	G]	H		[L]	M	N	–	2		[1013]	1475	1319	[822]					[106]	
789	Ds qui conspicis		[1127]	2	–	[D]			[G]	H			M	N	–	2			1474	1318	742	177,1					
790	Deum cuius cultui		/	3	2677	/				H			M	N	–	2											
791	Exaudi dne populum	1029	/	4	–	/				H			M	N	O	3	[312]		1479	1323		[201,14]					
792	Adesto qs dne plebi tribue –		1	5	2678	/				H			M	N	O	4	[246b]										
793	Beati sacerdotis et	1114	2	6	2679'	/	/			H			M	N	O		[819]		1476	1320	[40]	[12,2]		476			
794	UD Nos te omps dne		3	7	2680	/	/			H			M	N	O				1477	1321					367		
795	Sumentes dne gaudia suppliciter –		4	8	2681	/	/			H			M	N	O			[825]	[166]	[151]	[682b]	[164,4b]				[105]	

780 = 501 516

No.	Incipit	J	A	B	C	D	E	F	G	H	K	L	M	N	O	MAII	Ve	GeV	GeA	GeS	GrP	GrH	GrA	G	B	F	Varia
				Ambrosiana													Ve	Gelasiana			Gregoriana			Gallica			Varia

CXXXI DIE XVIII MENSE NOU. S. ROMANI

No.	Incipit	J	A	B	C	D	E	F	G	H	K	L	M	N	O	MAII	Ve	GeV	GeA	GeS	GrP	GrH	GrA	G	B	F	Varia
796	Plebs tua dne beati		5	9	2703	/	/			H			M	N	O	6			[1643]	[1471]							
797	Ds qui sanctam nobis		[1081]	[1162]	[2788]	[D	E	F	G		K	L	M	N	O]				[1639]	[1467]				[447]			
798	Praesentia munera		7	11	2705	/	/			H			M	N	O				[1640]	[1468]							
799	UD Et in hoc praec.		8	12	2706	/	/			H			M	N	O												
800	Sumpsimus dne in	739	[1395]	[1171]	[2797]	[DE		F	G		K	L	M	N	O]		[108]	[821]	[1642]	[1470]	[534]	[126,3]	[182]				[CeS 21]

CXXXII DIE XXII MENSE NOU. S. CAECILIAE

No.	Incipit	J	A	B	C	D	E	F	G	H	K	L	M	N	O	MAII	Ve	GeV	GeA	GeS	GrP	GrH	GrA	G	B	F	Varia
801	Ds cui beata Caecilia		10	14	-	/	/			H			M	N	O	8			1497	1343							
802	Beatae Caeciliae		11	15	2723	/	/			-			M	N	O	8											
803	Concede qs omps ds		13	17	2725	/	/			-			M	N	O	8											
804	Ds qui nos famulos		12	16	2724	/	/			-			M	N	O	9											
805	Sanctae mart. tuae		14	18	-	D	/			H			M	N	O	9	[26]	1059	1493	1339	[837]			114a		[357a]	
806	Tribue qs uirtutum		15	19	2726	D	/			H			M	N	O		1184	1065	[1584]	[1422]							
807	UD Per quem sancta		16	20	2727	D	/			H			M	N	O												
808	Haec nos dne gratia	787	17	21	2728'	D	[E	F	G]	H	[K	L]	M	N	O			1066	1501	1346							

CXXXIII VIIII KAL. DEC. S. CLEMENTIS MART.

No.	Incipit	J	A	B	C	D	E	F	G	H	K	L	M	N	O	MAII	Ve	GeV	GeA	GeS	GrP	GrH	GrA	G	B	F	Varia
809	Pontificis et mart.		18	22	2736	D	/			H			M	N	O	9	1193										
810	Beati sacerdotis	996	19	23	2737	D	[E	F		H	K]		M	N	O	9		1067	1503	[940]							
811	Pra. qs omps ds ut		20	24	2738	D	/			-			M	N	O	9	1188		1502	1347							
812	Omps s. ds qui in		21	25	-	D	/			H			M	N	O	10	1194		[1333]	[1192]							
813	Intercessio sci		22	26	2739	D	/			H			M	N	O												
814	UD Qui scis tuis		23	27	2740	D	/			H			M	N	O												
815	Purificet nos dne		24	28	2741	D	/			H			M	N	O			[1280]	[1139]	[831]			[218a]			[119]	

Grouping of columns — **Ambrosiana**: J | A B C D E F G H K L M N O P MAII · **Ve** · **Gelasiana**: GeV GeA GeS · **Gregoriana**: GrP GrH GrA · **Gallica**: G · **Varia**

#		J	A	B	C	D	E	F	G	H	K	L	M	N	O	P	MAII	Ve	GeV	GeA	GeS	GrP	GrH	GrA	G	Varia
	CXXXIIII III KAL. DEC. UIG. S. ANDREAE AP.																									
816	Apostolicis nos qs – praesidiis		25	29	/	D							M	N	O		11		[933a]	[1081a]	[957a]					
817	Da tuorum qs dne		[31]	[35]	[/]	[D]				H			M	N	O]		13									
818	Da nobis qs dne ds		26	30	/	D				H			M	N	O		12	1219		1537	1377	778	184,5			
819	UD Per quem beatus		28	32	/	D				H			M	N	O											
820	Beati Andreae ap.		29	33	/	D				H			M	N	O		12			1536	1376					
	CXXXV PRID. KAL. DEC. S. ANDREAE ET BAPTISMUM S. AMBROSII																									
821	Ds qui per scm		35	38	/	D				H			M	N	O	P	11									Bobbio 337v
822	Ds qui per undas		36	39	/	D				H			M	N	O	P	12									Bobbio 337v
	S. ANDREAE																									
823	Ds qui hunc diem	cf. 715a	30	34	/	D				H			M	N	O	P		1234	[860]	[928]	[732]		184,7		[380]	
824	Maiestatem tuam			[1148]	[2774]	D	[E	F]			K	L	M		O]	P			1080	1528	1371	774	184,1		[381]	
825	Sacrificium nrm		32	36	[1645]	D	[E	F]				[L]	M	N	O	P			1082	1531	1373	775	184,2			
826	UD Adest enim		33	36a	/	D						[L]	M	N	O	P				1533	1374			292		
827	Beati Andreae dne	832*	[153]	[158]	[276]	D	E			H			M	N	O]	P		[330]	1084	1534	1375				[45]	
	CXXXVI IN UIG. ORDINATIONE S. AMBROSII																									
828	Exaudi dne preces	734	41	41	/	D		[F]		H	[K	L]	M	N	O	P	19	[42]	[1673]	[1498]						
829	Sci Ambr. nos dne	927	[581]	[882]	[1455]	D	E	F	x	H		L]		N]		P										[GeM1126]
830	Haec in nobis	928*	[582]	[883]	[1456]	D	E	F	x	H		L		N]		P				[397]	[347]	[194]	[50,2]			[GeM1127]
831	UD Sci confessoris ut qui –		43	43	/	D							M	N	O	P			[807]	[125]	[117]					
832	Beati sacerdotis	827*	[153]	[158]	[276]	D	E			H			M	N	O]			[330]	[1084]	[1534]	[1375]				[45]	

827 = 832 861 1046

830 = 121 561 928   832 = 827 861 1046

827 = 832 861 1046

			Ambrosiana															Ve	Gelasiana			Gregoriana			Gallica	Varia		
		J	A	B	C	D	E	F	G	H	K	L	M	N	O	P	MAII		GeV	GeA	GeS	GrP	GrH	GrA	G	Metz	GeM	Bobbio
	CXXXVII VII ID. DEC. ORDINATIO S. AMBROSII EP.																											
833	Ds mundi auctor		47	47	/	D	/			H			M	N	O		19									[87]	1120	[338r]
834	Omps s. ds qui		45	45	/	D	/			–			M	–	O		18											
835	Aeterne omps ds		46	46	/	D	/			–			M	–	O	P	18									[88]		
836	Creator et conditor		48	48	/	D	/			H			M	N	O	P	20										1121	338v
837	Interuentu precis		49	49	/	D	/			H			M	N	O	P										[87]	1122	339r
838	UD Qui in ecclesia ut qui –		50	50	/	D	/			H			M	N	O	P											1123	339r
839	Repleti sumus dne		51	51	/	D	/			H			M	N	O	P			[636]	[1185]	[1120]	[994]	[566]		[171]		[87/8b] [88]	1124	339r
	CXXXVIII EODEM DIE OCT. S. ANDREAE															P												
840	Protegat nos dne																		1085	1571	1410							
841	Indulgentiam nobis																		1086	1572	1411							
842	UD Quoniam tanto																		[991]	–	–			[284]				
843	Adiuuet familiam	[1364]	[–]		[/]	[D	E]			–			M	N	O]				1087	1573	1412	[780]	[184,6]					
	CXL XII KAL. IAN. NAT. S. THOMAE AP.																											
844	Debitum dne nrae		1365	–	–					–			M	N	O	P		[767]	1089	1622	1457							
845	UD Qui ecclesiam		1366	–	–					–			M	N	O	P		[1221]	[1083]	1623	1458	[776a]	[184,3]	295				
846	Conserua dne populum		1367	–	–					–			M	N	O	P		[70]	1090	1624	1459		[202,32]					
	CXLI DIE XXVI MENSE DEC. S. STEPHANI																											
847	Omps s. ds qui		137	137	243ª	D	E			H			M	–	O	P	63	671	30	40	42	30	10,4		27a			
	– dedicasti																											
	Tribue –																								26b			
848	Ds qui beato leuitae		139	138	244	D	E			–			M	–	O		63											
849	Ministrantium tibi		138	139	245	D	E			–			M	–	O		63											
850	Pra. qs omps ds ut		140	140	246		E			–			M				63											
851	Da qs omps ds ut		142	142	248	D	E			H			M	N	O					[1507]	[1351]	[759]	[180,1]					
852	Hoc munus populi		143	143	249	D	E			H			M	N	O	P		[1275]										
853	UD Qui leuitarum		144	144	250	D	E			H			M	N	O	P												
854	Gratias tibi agimus		145	145	251	D	E			H			M	N	O	P		697	34	47	47	29			36			

Column groups: **Ambrosiana** = J, A, B, C, D, E, F, G, H, K, L, M, N, O, P, MAII — **Ve** — **Gelasiana** = GeV, GeA, GeS — **Gregoriana** = GrP, GrH, GrA — **Gallica** = G — **Varia**

CXLII DIE XXVII MENSE DEC. NAT. S. IOHANNIS EU.

#	Text	J	A	B	C	D	E	F	G	H	K	L	M	N	O	P	MAII	Ve	GeV	GeA	GeS	GrP	GrH	GrA	G	Varia
855	Ds qui per os beati		146	151	269'	D	E			H			M	N	O	P	67	1274	36	50	50		11,7		323	
856	Pra. qs omps ds		147	152	270	D	E			–			M	–	O	P	68		38	59	57					
857	Ecclesiam tuam dne		148	153	271	D	E			–			M	–	O		68	1283		51	51	32	11,1		324	
858	Pra. qs omps ds ut		150	155	273	D	E			H			M	N	O		69									
859	Supplicationibus	874*	151	156	274	D	E			H			M	N	O			1280	39	52	[1209]					
860	UD Beati Iohannis		152	157	275	D	E			H			M	N	O	P										
861	Apostolica beati	827*	153	158	276	D	E			H			M	N	O	P		[330]	[1084]	[1534]	[1375]				[45]	

CXLIII DIE XXVIII MENSE DEC. NAT. INNOCENTUM

#	Text	J	A	B	C	D	E	F	G	H	K	L	M	N	O	P	MAII	Ve	GeV	GeA	GeS	GrP	GrH	GrA	G	Varia
862	Ds qui donis tuis		154	159	287'	D	E			H			M	–	O	P	72	1284	43	61	59					
863	Annue qs omps ds		155	160	288	D	E			–			M	–	O		72	1292								
864	Adiuua nos qs dne																		44	68	66	45				
865	Laetetur qs dne		157	162	290	D	E			–			M	N	O		72	1288								
866	Tribue qs omps ds ut –		158	163	291	D	E			H			M	N	O		72	1290b								
867	Pra. qs omps ds ut		159b	164	292	D	E			H			M	N	O				45b	62b	60b					
868	UD Nos in praetiosa		160	165	293	D	E			H			M	N	O			1286		63	61	41		256		
869	Hodiernae sollemnit.		161	166	294	D	E			H			M	N	O			1287								[GeB 1103]

CXLIIII DIE XXVIIII MENSE DEC. S. IACOBI

#	Text	J	A	B	C	D	E	F	G	H	K	L	M	N	O	P	MAII	Ve	GeV	GeA	GeS	GrP	GrH	GrA	G	Varia
870	Ds qui huius diei		162	167	295	D	E			H			M		O		75	[1273]		[1252]	[1119]		[11,8]		[322]	
871	Pra. nobis dne qs		163	168	296	D	E			–			M	–	O		75	[1277]								
872	Pra. qs dne eccles.		164	169	297	D	E			–			–		O			[1238a]								
873	Tribue qs omps ds		165	170	298	D	E			H			M	N	O	P	75	[317b]								
874	Supplicationibus	859*	[151]	171	299	D	E			H			[M]	N	O	P		[1280]	[39]	[52]	[1209]					
875	UD Maiestatem tuam		168	172	300	D	E			H			M	N	O	P										
876	Pignus uitae aeternae	1021	169	173	301	D	E			H			M	N	O	P		[335]	[949]	[1109]	[983]					

859 = 874 1147   861 = 827 832 1046   874 = 859 1147

Column groups: **Ambrosiana** (J, A, B, C, D, E, F, G, H, K, L, M, N, O, P, MAII) · **Ve** · **Gelasiana** (GeV, GeA, GeS) · **Gregoriana** (GrP, GrH, GrA) · **Gallica** (G, B, F) · **Varia**

CXLV PRID. KAL. IAN. NAT. S. SILUESTRI

№	Incipit	J	A	B	C	D	E	F	G	H	K	L	M	N	O	P	MAII	Ve	GeV	GeA	GeS	GrP	GrH	GrA	G	B	F	Varia
877	Da qs omps ds ut ueneranda –	765*	[1118]	[1199]	[2825]	[D]	E	F	G				M	N	O]	P	78	[785]	[968]	75	73	46	13,1	[181]	[399]		[100b]	
878	Omps s. ds cui	–		[248]		[D]	–	–	–	H			–	[N]	–	P	79	[1653]	[1481]								[356]	
879	Sci tui nos qs dne					–	–	–		H			–	–	–	P				78	74	47	13,2	[181]	[438]			
880	Pra. qs omps ds ut					–	–	–		H			–	–	–	P				77	75	48	13,3	[181]				

CXLVI XIII KAL. FEBR. S. SEBASTIANI ET SOLUTORIS

№	Incipit	J	A	B	C	D	E	F	G	H	K	L	M	N	O	P	MAII	Ve	GeV	GeA	GeS	GrP	GrH	GrA	G	B	F	Varia
881	Multiplica qs dne		208	220	421	D	E			H			M	N	O		97	[408]	817	158	144							[GeB 149]
882	Concede qs dne ds		210	222	423	/	E			H			M	N	O		98	[409]		159	145							[GeB 1162]
883	Sco Sebastiano	945	211	223	424	[D]	E	[F	G]	H	[L]		M	N	O			[410]										
884	UD Quoniam beati		212	224	425'	/	E			H			M	N	O									258				
885	Sacro munere satiati		213	225	426'	/	E			H			M	N	O			[793]	[332]	160	146	86	23,3					

CXLVII DIE XXI MENSE IAN. S. AGNETIS

№	Incipit	J	A	B	C	D	E	F	G	H	K	L	M	N	O	P	MAII	Ve	GeV	GeA	GeS	GrP	GrH	GrA	G	B	F	Varia
886	Pra. qs dne mentibus		215	227	436'	/	E						M	–	O		100	[823]		163	148	[672]	[162,1]				[94]	
887	Da nobis qs dne ut		216	228	437	/	E			H			M	N	O		100			165	150							
888	Munera plebis tuae		217	229	438	/	E			H			M	N	O													
889	UD Recensemus enim		218	230	439'	/	E			H			M	N	O				[905]	165	150			258				
890	Sanctae nos martyris												M	N	O			[859]			[700]							

CXLVIII DIE XXII MENSE IAN. S. UINCENTII

№	Incipit	J	A	B	C	D	E	F	G	H	K	L	M	N	O	P	MAII	Ve	GeV	GeA	GeS	GrP	GrH	GrA	G	B	F	Varia
891	Pra. qs omps ds ut		220	232	448	/	E			H			M	N	O		102											
892	Auxilium qs dne		222	234	450	/	E			H			M	N	O	P	103											
893	Suscipe qs dne	737*	[1087]	[1169]	[2795]	[D]	E	F	G		K	L	M	N	O]	P		[43]	[862]	[1195]	[1062]							
894	UD Qui martyrem		224	236	452	D	E			H			M	N	O													
895	Qs omps ds ut	533	225	237	453'	D	E			H			M	N	O	P				169	154	93	25,3					

877 = 765 1074   893 = 737 933

No.	Incipit	Ambrosiana																Ve	Gelasiana			Gregoriana			Gallica	Varia
		J	A	B	C	D	E	F	G	H	K	L	M	N	O	P	MAII		GeV	GeA	GeS	GrP	GrH	GrA	G	
	CXLVIII DIE XXIII MENSE IAN. SS. BABILAE ET TRIUM PARVULORUM																									
896	Scorum tuorum qs		226	238	464	D	E			H			M	N	O	P	105		[886]	[1007]	[904]					
897	Martyrum tuorum		227	239	465	D	E			H			M	N	O		105									
898	Suscipe dne propitius		228	240	466	D	E			H			M	N	O										[445]	
899	UD Tuamque supplic.																	[381]		[186]	[165]					
	– suauitatem																	[772]		[187]	[166]			[259a]		
900	Uotiua dne pro																	[821]		[188]	[167]					
	Qs ut –		230b	242b	468b	Db	Eb			Hb			Mb	Nb	Ob				[978]	[189]	[168]	[42]	[12,3]			
	CL DIE II MENSE FEBR. PURIFICATIO S. MARIAE																									
901	Omps s. ds maiest.		233	254		D	E						M	N	O		109			202	185	104	27,2			GrF 195
902	Perfice in nobis		232	255		D	E			H			M	N	O		109						27,5			GrF 200
903	Exaudi dne preces	506	234	256		D	E			H			M	N	O					204	186	105	27,3			GrF 196
904	UD In exultatione																	[160]								GrF 197a
	– substantia									H																
905	Qs dne ds nr ut		236	258		D	E			H			M	N	O					207	188	106	27,4			GrF 199
	CLI DIE V MENSE FEBR. S. AGATHAE																									
906	Intercessionibus		237	259	507	D	E			H			M	N	O		113	[1181]		[144]	[132]					
907	Tribue qs omps ds		240	261	509	D	E			H			M	N	O		113	[1179]				[78]	[21,1]		[442]	
908	Fiant dne tuo grata		241	262	510	D	E			H			M	N	O				833	210	190					
909	UD In hoc precipuo		242	263	511	D	E			H			M	N	O	P										
910	Exultemus pariter		243	264	512'	D	E			H			M	N	O	P			834	212	192					
911	Hunc nobis sacrat.		–	–	–					–			–	–		P	113n	[1173]								
	CLIII DIE X MENSE MARTII NAT. S. GREGORII PAPAE																									
912	Concede qs dne		801	870		/	E	F	–	H			M	N	O	P	275			246	224					
913	Hostias dne quas	955	803	872	[1713]	[D]	E	F	[G]	H		[L]	M	N	O	P		[368]		247	225	[544]	[129,2]	261		
914	UD Quia sic tribuis		804	873		/	E	F	–	H			M	N	O	P				248	226					
915	Praestent dne qs		805	874		/	E	F	–	H			M	N	O	P		[402]		249	227					

Columns: **Ambrosiana** (J · A B C · D E F G H · K L M N O P · MAII) | **Ve** | **Gelasiana** (GeV GeA GeS) | **Gregoriana** (GrP GrH GrA) | **Gallica** (G B F) | **Varia**

No.	Incipit	J	A	B	C	D	E	F	G	H	K	L	M	N	O	P	MAII	Ve	GeV	GeA	GeS	GrP	GrH	GrA	G	B	F	Varia
	CLIIII DIE XXI MENSE MARTII S. BENEDICTI ABB.																											
916	Ds qui nos beati		807	876	1564	/	E	F		H			M	N	O	P	275		[1222]			[1086]	[618]	[146,1]	[180]			GeG 1237
917	Omps s. ds qui		808	877	1565	/	E	F	G	H			M	N	O	P	275											Bobbio 274r / [GrF 1133]
918	Paternis intercess.		809	878	1566	/	E	F	G	H			M	N	O	P												GeG 1238 / Bobbio 274v
919	UD Nos te sce pater								G					N		P												
920	Perceptis dne ds	cf.718*	811	880	1568	/	E	F	G	H		.	M	N	O	P		[320]	[945]	[1527]	[1370]	[773]		[183,4]	[180]			GeG 1240 / Bobbio 274v
	CLV DIE XXV MENSE MARTII ANNUNTIATIO S. MARIAE																											
921	Ds qui in beatae					/										P								31,1				GrF 264
922	Ds qui hodierna die					/										P								31,2				GrF 265
923	In mentibus nris					/																		31,3				
924	UD Qui nos mirabile		815	889		/	E	F	G	H			M	N	O					886	681	387		273				GrF 269
925	Gratiam tuam dne		816	890		/	E	F		H			M	N	O					879		385		31,4		128		GrF 273
	CLVI DIE V MENSE APR. DEP. S. AMBROSII																											
926	Ds qui propter		580	881	1454	D	E	F	G	H		L		N			221	[998]										GeM 1125
927	Sci Ambrosii nos	829	581	882	1455	D	E	F	x	H		L		N			221											1126
928	Haec in nobis	830*	582	883	1456	D	E	F	x	H		L		N														1127
929	UD In cuius salut.		583	884	1457	D	E	F	G	H		L		N		P												1128
930	Haec nos communio	103*	584	885	1458	D	E	F	G	H		L	[M]	N	[O]	P		[876 bis]	[1166]	[1035]	[584]	[137,3]		[169]		[24b]		[CeS 196b]
	CLVII DIE XXIII MENSE APR. S. GEORGII																											
931	Fac nos qs dne / ut de -		821	895	1605	D	E	F	G	H		L		N		P	277	[743b]							[396b]			
932	Tuus scs martyr		822	896	1606	D	E	F	[x]	H		L		N		P	278								[438]			
933	Suscipe de propit.	737*	[1087]	[1169]	[2795]	[D	E]	F	x		[K]	[L]	[M]	[N]	[O]	P		[43]	[862]	[1195]	[1062]					[90b]		
934	UD Qui ita humano		824	898	1608	D	E	F	G	H		L		N		P				915	710							
935	Beati Georgii mart.		825	899	1609'	D	E	F	-	H		L		N						918	713							

920 = cf. 718 1013 1176   928 = 121 561 830   930 = 103 503   933 = 737 893

Column groups: **Ambrosiana** (J, A, B, C, D, E, F, G, H, K, L, M, N, O, MAII) · **Ve** · **Gelasiana** (GeV, GeA, GeS) · **Gregoriana** (GrP, GrH, GrA) · **Gallica** (G, B, F) · **Varia**

CLVIII DIE I MENSE MAII SS. PHILIPPI ET IACOBI AP.

#		J	A	B	C	D	E	F	G	H	K	L	M	N	O	MAII	Ve	GeV	GeA	GeS	GrP	GrH	GrA	G	B	F	Varia
936	UD Quia tui est		834	903	1646'	D	E	F	–	H		L		N			[305a]	863	930	734							
937	Beatorum apostolorum		835	904	1647'	D	E	F	–	H		L		N		280		[917]	931	735							

CLVIIII DIE III MENSE MAII INUENTIO S. CRUCIS

#		J	A	B	C	D	E	F	G	H	K	L	M	N	O	MAII	Ve	GeV	GeA	GeS	GrP	GrH	GrA	G	B	F	Varia
938	Ds qui in praeclara		836	905	1662'	D	E	F	G	H		L		N		282		869	939	743	421						
939	Adesto familiae tuae	1130	837	906	1663	D	E	F		H	[K]	L		N		282		[1025]	[1321]	[1180]							
940	Sacrificium dne	cf. 1277	838	907	1664'	D	E	F	G	H		L		N				871	941	745							
941	UD In hoc praecipue																		942	746							
	– credimus omnes		839	908	1665	D	E	F	G	H		L		N													
942	Repleti alimonia		840	909	1666'	D	E	F	G	H		L		N				872	943	747	423						

CLX DIE VIII MENSE MAII S. UICTORIS

#		J	A	B	C	D	E	F	G	H	K	L	M	N	O	MAII	Ve	GeV	GeA	GeS	GrP	GrH	GrA	G	B	F	Varia
943	Ds qui laticum		844	913	1685	D	E	F	G			L		N		284											
944	Pra. qs dne ut		845	914	1686	D	E	F	G	H		L		N		285											
945	Sco Uictore interu.	883	846	915	1687	D	E	F	G	H		L	[M]	N	[O]		[409]									[107]	
946	UD Cuius prouidentiae		847	916	1688	D	E	F	G	H		L		N				[816]	[157]	[143]	[408]	[101,1]					
947	Percepta mysteria		848	917	1689	D	E	F	G	H		L		N				[817]	[158]	[144]							

CLXI DIE X MENSE MAII TRANSL. S. NAZARII MART.

#		J	A	B	C	D	E	F	G	H	K	L	M	N	O	MAII	Ve	GeV	GeA	GeS	GrP	GrH	GrA	G	B	F	Varia
948	Impetret qs dne	1092	[993]	[1059]	[2334]	[D	E	F]	–	/	[K	L		N]		287	[24]							[444]			[GeB 1173] [MoS 1027]
	– oratio																								[349b]		
949	Fac nos qs dne sci		850	919	1704	D	E	F	–	H		L		N			[726]	[1102]	[987]	[864]							
950	Fiat qs dne hostia		851	920	1705	D	E	F	–	H		L		N			[127]	[1103]	[988]	[865]							
951	UD Nos tibi reddere		852	921	1706	D	E	F	G	H		L		N													
952	Qs omps ds ut beati	1051*	853	922	1707	D	E	F	–	H	[K]	L		N			[796]	[1104]	[989]	[866]							

952 = 1051 1056

#	Incipit	J	A	B	C	D	E	F	G	H	K	L	M	N	O	P	MAII	Ve	GeV	GeA	GeS	GrP	GrH	GrA	G	F	Varia
				Ambrosiana														Ve	Gelasiana			Gregoriana			Gallica		Varia

CLXII DIE XIIII MENSE MAII TRANSL. S. UICTORIS ET NAT. SS. FELICIS ET FORTUNATI

#	Incipit	J	A	B	C	D	E	F	G	H	K	L	M	N	O	P	MAII	Ve	GeV	GeA	GeS	GrP	GrH	GrA	G	F	Varia
953	Adesto dne fidelibus		854	923	1711	D	E	F	G	H		L		N			289	[331]									
954	Omps s. ds fortitudo	788	855	924	1712	D	E	F	G	H		L	[M]	N			289		[1013]	[1289]	[1148]	[822]				[106]	
955	Hostias dne quas	913	856	925	1713	D	E	F	G	H		L	[M]	N	[O]			[368]		[247]	[225]	[544]	[129,2]	281			[GrF 1150]
956	UD Teque laudare		[867]	[936]	[1923]	[D]	[E]	[F]	–	[H]	[K]	[L]		[N]													
957	Recreati sacri		858	927	1715	D	E	F	–	H		L		N				[441]									

CLXIII DIE XXV MENSE MAII S. DIONISII

#	Incipit	J	A	B	C	D	E	F	G	H	K	L	M	N	O	P	MAII	Ve	GeV	GeA	GeS	GrP	GrH	GrA	G	F	Varia
958	Ds qui nos sci tui		859	928	1814	D	E	F	x	H	K	L		N			291		[1099]	[1092]	[973]	[736]	[175,1]	[181]		[114]	[CeS 20a]
959	Sci Dionisii dne		860	929	1815	D	E	F	x	H	K	L		N			292		[806]	[1143]	[1017]						
960	Hostias dne pro		861	930	1816	D	E	F	x	H	K	L		N		P				[1145]	[1018]						
961	UD Et confessionem		862	931	1817	D	E	F	x	H	K	L		N		P			[127]	[119]				[257]			
	– reliquid																		[1186]	[1054]							
962	Qs dne ds noster		863	932	1818	D	E	F	x	H	K	L		N		P		[325]							[105a]		

CLXVI DIE XV MENSE IUNII S. UITI

#	Incipit	J	A	B	C	D	E	F	G	H	K	L	M	N	O	P	MAII	Ve	GeV	GeA	GeS	GrP	GrH	GrA	G	F	Varia
963	Da ecclesiae tuae		869	938	1978	D	E	F	x	H	K	L		N			294	[430]	883	1003	900						
964	Adsit dne qs gratia								x							P			884	1004	901						
965	Sicut gloriam		871b	940b	1981b	D	E	F	x	H	K	L		N		P				1005	902				[110b]		
966	UD Beati Uiti mart.		872	941	1982	D	E	F	x	H	K	L		N		P			885	1006	903						
967	Refecti dne bened.		873	942	1983	D	E	F	x	H	K	L		N		P											

CLXVII XIII KAL. IULII UIG. SS. PROTASII ET GERUASII

#	Incipit	J	A	B	C	D	E	F	G	H	K	L	M	N	O	P	MAII	Ve	GeV	GeA	GeS	GrP	GrH	GrA	G	F	Varia
968	Martyrum dne		874	943	1990	D	E	F	–	H	K	L		N		P	295		889	1011	907	[829]					
969	Scorum mart. tuorum		876	945	1995	D	E	F	–		K	L		N		P	295		893	1015	910						
970	Sacrificium dne quod		877	946	1992	D	E	F	–	H	K	L		N		P			891	1013	908	[830]					
971	UD Qui licet in quod et –		878	947	1993	D	E	F	–	H	K	L		N		P		[398]		[1159]	[1031]			[282]	[413b]		
972	Da qs omps ds ut		879	948	1998	D	E	F	–	H	K	L		N		P		[1067]	895	1018	913	[860]		[178]			

CLXVIII DIE XVIIII MENSE IUNII SS. PROTASII ET GERUASII

No.	J	A	B	C	D	E	F	G	H	K	L	M	N	O	P	MAII	Ve	GeV	GeA	GeS	GrP	GrH	GrA	G	B	Varia
																		Gelasiana			Gregoriana			Gallica		
973 Adesto dne supplic.	762*	880	949	2002	/	E	F	G	H	K	L	[M]	N	[O]	P	295	[62]	[964]	[1324]	[1183]	[663]	[158,2]		[452]	[372]	
974 Pra. qs omps ds ut	997	881	950	2003	D	E	F	G	H	K	L		N		P	296	[269]	[911]	[1049]	[943]	[532]	[126,1]		[409]		
975 Praetende munera		882	951	2004	D	E	F	G	H	K	L		N		P		[1200]	[845]	[244]	[222]				[412]		
– commemoratione																										
976 UD Qui militibus		883	952	2005	D	E	F	G	H	K	L		N		P											
977 Quos donis caelestib.		884	953	2006	D	E	F	G	H	K	L		N		P		[4]									[CeS 23a]

CLXVIIII DIE XXIII MENSE IUNII NAT. S. IOHANNIS BAPT. IN UIG.

No.	J	A	B	C	D	E	F	G	H	K	L	M	N	O	P	MAII	Ve	GeV	GeA	GeS	GrP	GrH	GrA	G	B	Varia
978 Omps s. ds da cordib.		895	964		D	E	F	G	–	K	L		–		P	301	237		1040	935	530	125,5				
979 Ds qui praesentem		896	965		D	E	F	G	–	K	L		–		P	301	251	901	1033	928	526	125,1			*317a*	
980 Ds qui beatum bapt.		897	966		D	E	F	G	–	K	L		–			302	236		1044	939		125,9		371		
981 Uirtutum caelestium		890	959	2024	D	E	F	G	H	K	L		N			301	232		1043	938		125,8				
982 Beati Iohannis bapt.	cf. 740a	891	960	2025[1]	D	E	F	G	H	K	L		N			301	240	897	1028	923	522	123,3				
983 Tua dne muneribus		892	961	2026	D	E	F	G	H	K	L		N			301	238	903	1035	930	527	125,2			319	
984 UD Exhibentes		893	962	2027	D	E	F	–	H	K	L		N				*234*		*1027*	*922*						
985 Sancti nos qs dne		894	963	2028	D	E	F	–	H	K	L		N					[1470]	[1314]	[645]			279			GrF 1069

CLXX IN MISSA S. IOHANNIS BAPT.

No.	J	A	B	C	D	E	F	G	H	K	L	M	N	O	P	MAII	Ve	GeV	GeA	GeS	GrP	GrH	GrA	G	B	Varia
986 Ds qui hunc diem		900	969	2039	D	E	F	G	H	K	L		N			302										
987 Praecursoris tui		901	970	2040	D	E	F	G	H	K	L		N			303										
988 Respice dne ad haec		902	971	2041	D	E	F	G	H	K	L		N													
989 UD Digne enim beatus		903b	972b		Db	Eb	Fb	G	Hb	Kb	Lb		Nb													
990 Tribue qs omps ds		904	973	2043	D	E	F	G	H	K	L		N													

CLXXI DIE XXII MENSE IUNII S. IULIANI CUM SOCIIS SUIS

No.	J	A	B	C	D	E	F	G	H	K	L	M	N	O	P	MAII	Ve	GeV	GeA	GeS	GrP	GrH	GrA	G	B	Varia
991 Concede qs omps ds		885	954	2007	D	E	F	x	H	K	L		N			299										
992 Pra. qs omps et mis.		886	955	2008	D	E	F	x	H	K	L		N			299										
993 Accepta tibi sint	1109	887	956	2009	D	E	F	x	H	K	L		N													
994 UD Qui tyrannica		888	957	2010	D	E	F	x	H	K	L		N													
995 Omps et misericors		889	958	2011	D	E	F	x	H	K	L		N			299										

973 = 762 1132

No.	Incipit	J	A	B	C	D–O (Ambrosiana)	MAII	Ve	GeV	GeA	GeS	GrP	GrH	GrA	G	B	Varia
	CLXXII DIE XXVI MENSE IUNII NAT. SS. IOHANNIS ET PAULI																
996	Beatorum martyrum	810	906	x	[2737]	D E F x H K / [M] N [O]	305	[1193]	907	1045	940	532	126,1		409		
997	Qs omps ds ut nos	974	[881]	[950]	[2003]	[D E F G H K L N]		269	911	1049	943						
998	Sint tibi dne qs		907	x		D E F x H K / N		[386]	909	1047	941						
999	UD Beati etenim		908	x		D E F x H K / N				1051	945						
1000	Sumpta munera dne		909	x		D E F x H K / N		276	913	1052	946						
	CLXXIII IN UIG. SS. PETRI ET PAULI																
1001	Ds qui beato apostolo		915	982		D E F G – K L N [O]	306		918	1064	[217]	545	129,5		344	[4]	GaV 256 / CeS 4
1002	Ds cuius dextera		916	979		D E F G – K L –	306		[946]	[1106]	[981]	[557]	[131,1]				
1003	Ds qui ecclesiam		917	980		D E F G – K L –	306			1077	958	542	128,5				MoS 1300
1004	Ds cui et martyrum		918	981	2078	D E F G H K L –	307		936	1083	[1292]	547	129,8				
1005	Exaudi nos ds salut.		911	975	2071	D E F G H K L N		337									
1006	Munera supplices		912	976	2072	D E F G H K L N		373	924	1062	955			*280*			
1007	UD Apud quem cum		913	977	2073'	D E F G H K L N		329									
1008	Sumpto dne sacramento		914	978	2074	D E F – H K L N		340	[941]	[1438]	[1286]						
	CLXXIIII DIE XXVIII MENSE IUNII SS. PETRI ET PAULI																
1009	Omps s. ds da populis		920	984	2088	D E F G H K L N	308	317									
1010	Ds qui confitentium		921	985	2089	D E F / H K L N	308										
1011	Munera plebis tuae		922	986	2090	D E F / H K L N		281		[1666]	[1491]						
1012	UD Nos tibi ds		923	987	2091	D E F / H K L N									378		
1013	Perceptis dne sacr.	718*	924	988	2092	D E F / K L N		320	[945]	[1443]	[1291]	[773]	[183,4]	[180]			
	CLXXV PRID. KAL. IULII NAT. S. PAULI																
1014	Ds qui multitudinem	1053	[849]	[918]	[1703]	[D E F H L N]			927	1073	970	548	130,1		[382*]		
1015	Praeueniant nos dne								929	1075	971						
1016	Perceptis dne sacr.							345	930	1076	972						

1013 = 718 1176 *cf.* 920

Num	Incipit	J	Amb A	Amb B	Amb C	D	E	F	G	H	K	L	M	N	O	MAII	Ve	GeV	GeA	GeS	GrP	GrH	GrA	Gal G	Gal F	Varia
CLXXVI PRID. NON. IULII OCT. APOSTOLORUM																										
1017	Omps s. ds qui nos																346	[932]	[1079]	[966]						
1018	Beatorum apostolorum – qs ut																359		1111	985						
1019	Offerimus tibi dne		[990]	[1056]	[2307]	D	E	F			K	L					295		[1244]	982	558	131,2	[181]	376a		
1020	UD Suppliciter exor.	722	[1076]	[1157]	[2783]	D	E	F	G		K	L	M	N	O]		376	948	[1070]	[963]	[540]	[128,3]				
1021	Pignus aeternae	876	[169]	[173]	[301]	D	E			H			M	N	O]		335	949	1109	983						
CLXXVII V ID. IULII NAT. S. BENEDICTI ABB.																										
1022	Intercessio nos qs																		1121	995					[81]	GrF 1136
1023	Sacris altaribus																		1122	996	[846]					
1024	UD Et gloriam tuam																						281		[91]	GrF 1134
1025	Protegat nos dne	744	[1049]	[1176]	[2802]	D	E	F			K	L	M	N	O]				1124	998						GrF 1135
CLXXVIII DIE III MENSE IULII TRANSL. S. THOMAE AP.																										
1026	UD Qui excellentiae		928	992	2115	D	E	F			K	L		N												
CLXXVIIII DIE XII MENSE IULII SS. NABORIS ET FELICIS																										
1027	Benedic qs dne plebem		930	994	2145	D	E	F			K			N		312	[246]									
1028	Protegat ecclesiam	1117	931	995	2146	D	E	F			K			N		312			[242]							
1029	Adesto dne supplic. tribue –	792	932	996	2147	D	E	F			K			N		312	[246b]									
1030	UD Qui ita suorum		933	997	2148	D	E	F			K			N												
1031	Protege dne qs plebem		[956]	[1021]	[2185]	[D	E	F]/			[K	L]		N			[1203]	[840]	[233]	[213]						
CLXXX DIE XVI MENSE IULII S. QUIRICI																										
1032	Adesto dne supplic.		935	999	2155	D	E	F			K			N		314	[479]	[1003]	[1257]	[1124]						
1033	Omps s. ds qui in		936	1000	2156	D	E	F			K			N		314	[404]									
1034	Quae in hoc altari		937	1001	2157	D	E	F			K			N			[333]									
1035	UD Cui sincerissima																									
1036	Sumpta sacrificia		939	1003	2159	D	E	F			K			N												

CLXXXII DIE XXIII MENSE IULII S. APOLLINARIS

No.	Oratio	J	A	B	C	Ambrosiana (D E F G H K L M N O)	MAII	Ve	GeV	GeA	GeS	GrP	GrH	GrA	G	Varia
1037	Maiestatis tuae		940	1004	2160	D E F / K /	315									
1038	Da qs omps s. ds			1005	2161	D E F K / N	315									
1039	Famulatus huic nri	1104	942	1007	2163	D E F G K / N										
1040	UD Cuius potentiae		943	1008	2164	D E F G K / N										[C 2942]
1041	Repleti dne bened.	695	[1170][1270]			[D E F]G[H K L M N O]		[349]								[GrF 1858]

CLXXXIII DIE XXV MENSE IULII S. IACOBI AP.

No.	Oratio	J	A	B	C	Ambrosiana (D E F G H K L M N O)	MAII	Ve	GeV	GeA	GeS	GrP	GrH	GrA	G	Varia
1042	Esto dne plebi tuae		[925]	[989]	[2112]	[D E F – K L N]	317	[363]	[1162]	1135	1009		[129,10]			
1043	Sollemnitatis		–	x		D E F – K / N		[377]	[937]	1139	1013					
1044	Oblationes populi		–	x		D E F – K / N		[286]	[923]	1136	1010					
1045	UD Quia licet nobis		–	x		D E F – K / N				1137	1011			281		
1046	Beati apostoli tui	861*	[153]	x	[276]	D E F – [H]K / [M]N[O]		[330]	[1084]	1138	1012				45	

CLXXXIIII VI KAL. AUG. UIG. SS. NAZARII ET CELSI

No.	Oratio	J	A	B	C	Ambrosiana (D E F G H K L M N O)	MAII	Ve	GeV	GeA	GeS	GrP	GrH	GrA	G	Varia
1047	Ds humani generis		945	1010	2174	D E F / K L N	319									
1048	Pra. qs dne ut sicut		948	1013	2177	D E F / K L N	320	[1170]	[950]	[1140]	[1014]					
1049	Hostias tibi dne		949	1014	2178	D E F / K L N		[1167]	[951]	[1141]	[1015]					
1050	UD Nos tibi dne		950	1015	2179	D E F / K L N										
1051	Pra. qs omps ds ut	1056*	951	1016	2180	D E F – [H]K L N		[796]	[952]	[1142]	[1016]					

CLXXXV DIE XXVIII MENSE IULII SS. NAZARII ET CELSI

No.	Oratio	J	A	B	C	Ambrosiana (D E F G H K L M N O)	MAII	Ve	GeV	GeA	GeS	GrP	GrH	GrA	G	Varia
1052	Exaudi dne precces		952	1017	2181	D E F / K L N	320	[816]							[382*]	
1053	Tribue qs omps ds	1015	953	1018	2182	D E F / K L N	321		[929]	[1075]	[971]					
1054	Suscipe qs dne		954	1019	2183	D E F / K L N		[397]	[1118]	[223]	[203]	[834]				
1055	UD Nos tibi summe		955	1020	2184	D E F G K L N										
1056	Pra. qs omps ds ut	1051*	[951]	[1016]	[2180]	[D E F]–[H K L N]	319	[796]	[952]	[1142]	[1016]					
1057	Omps s. ds da		946	1011	2175	D E F G K L –	319									
1058	Aeterne omps ds		947	1012	2176	D E F / K L –										

1056 = 952 1051

1046 = 827 832 861   1051 = 952 1056   1056 = 952 1056

No.	Incipit	J	A	B	C	Ambrosiana (D E F G H · K L M N O P)	MA II	Ve	GeV	GeA	GeS	GrP	GrH	GrA	G	F
CLXXXVI KAL. AUG. SS. MACHABAEORUM ET DEP. S. EUSEBII																
1059	Adesto dne supplic.		957	1022	2210	D E F G · K L · N	323	[758]		[1187]	[1055]		[597]	[141,1]	[434a]	
1060	Annue nobis qs omps		958	1023	2211	D E F G · K L · N	323	[396]								
1061	Suscipe qs dne et	753*	959	1024	2212	D E F G · K L [M]N[O]P										
1062	UD Nos te in honore		960	1025	2213	D E F G · K L · N · P										
1063	Pra. qs omps ds ut		961	1026	2214	D E F · K L · N · P		[737]		1160	1032					[120]
CLXXXVII DIE VI MENSE AUG. S. SIXTI																
1064	Beati sacerdotis		963	1028	2229	D E F G · K L · N	P 326		961	1168	1037					
1065	Martyrum tuorum		965	1031	2232	D E F G · K / · N	P 327	721			[1450]	[1298]	[726]	[172,I]		
1066	Suscipe dne munera		966	1032	2233	D E F G · K / · N	P	717								
1067	UD Et in die fest.		967a	1033a	2234a	DaEaFa- · Ka/ · Na	P	712								
1068	Pra. qs omps ds ut		968	1034	2235	D E F - · K / · N	P 326	712		1170	1039			282		
CLXXXVIII DIE VII MENSE AUG. SS. CARPOFORI ET DONATI																
1069	Ds qui nos concedis	757		[1110]	[1192] [2818]	[DE F - · K L M N O]P			[1113]	[1172]	[1041]	[588]	[139,1]	[180]		
1070	Martyrum tuorum		970	1036	2244	D E F - · K / · N	P 328			[1156]	[1028]					
1071	Munera tibi dne	758*		[1111]	[1193] [2819]	[DE F - · K L M N O]				[1173]	[1042]	[589]	[139,2]	[181]		
1072	UD Exultant enim					-										
1073	Adsit nobis dne qs		973	1039	2247	D E F - · K / · N			[819]	[152]	[139]				[468]	[99]
CLXXXVIIII DIE X MENSE AUG. S. LAURENTII IN UIG.																
1074	Annue nobis qs omps ueneranda -	765*	974	1040	2264	D E F G · K [M]N[O]P	P 331	785	968	1189	[73]	[46]	[13,1]	[181]	[399]	
1075	Ds cuius caritatis		975	1041	2265	D E F · K / · N	P 330		974	1204	1069					[100b]
1076	Suscipe dne haec		976	1042	2266	D E F G · K / · N	P				607		143,4			
1077	UD Nos tibi omps		977	1043	2267	D E F G · K / · N	P		[1233]	[1101]				237		

1061 = 753 769 1089   1071 = 758 1184   1074 = 765 877

No.	Incipit	J	A	B	C	D–H	K–P	MAII	Ve	GeV	GeA	GeS	GrP	GrH	GrA	G	B	F	Varia
1078	Indulgentiam tuam		978	1044	2268	D E F /	K / N	332			[1685]	[1510]	[844]					[82b]	
	– precatio																		
1079	Ds qui refrigerium		979	1045	2292	D E F /	K / –	329											
1080	Ds te iuuante beatus		980	1046	2293	D E F /	K / –	330		975	1200	1065				395			
1081	Ds mundi creator	1102	981	1047	2294	D E F G	K / –	330											
	ITEM AD MISSA																		
1082	Annue qs omps ds		983	1049	2283	D E F /	K / N	332			[1208]	[1073]	[609]	[144,1]					
1083	Beati martyris tui		984	1050	2284	D E F /	K / N	331											
1084	Ut grata tibi sit		985	1051	2285	D E F /	K / N			[1021a]	[1308a]	[1167a]				*398b*			
	– oblatio																		
1085	UD Qui hodierna		986	1052	2286	D E F /	K / N P												
1086	Conserua in nobis		987	1053	2287	D E F /	K / N P												
	CXC DIE XIII MENSE AUG. SS. YPOLITI ET CASSIANI																		
1087	Beati martyris tui / quae –	736	[1086]	[1168]	[2794]	[D E F G	K L M N O] P		[235b]									[100a]	
1088	Sancti martyris tui	753*	989	1055	2306'	D E F /	K L N P	334	798		985	1213	1077	[643]					
1089	Suscipe qs dne et		[1106]	[1188]	[2814]	[D E F G	K L M N O]												
1090	UD Nos in hac soll.		991	1057	2308	D E F /	K L N P												
1091	Sumpsimus dne pignus					/	P		[741]		[1212]	[1076]	[611]	[144,3]					
	CXCI DIE XV AUG. DEP. S. SIMPLICIANI ET TRANSL. SS. SISINNII MARTYRII ET ALEXANDRI																		
1092	Impetret qs dne	948	993	1059	2334	D E F /	K L N P	336	[24]							[444]	[349b]		[GeB 1173] [MoS 1027]
	– oratio																		
1093	Pra. qs omps ds ut		994	1060	2335	D E F /	K L N P		[27]										
1094	Ds qui ad deprecand.		995	1061	2336	D E F /	K L N P	337	[20]	[875]	*[1710]*	[958]							
1095	UD Qui non solum		996	1062	2337	D E F /	K L N P									*[471]*			[GeB 249]
1096	Qs omps ds ut		997	1063	2338	D E F /	K L N P					[762]							[GeB 1190]

1089 = 753 769 1061

Concordance — column groups: **Ambrosiana** (J | A B C D E F G H K L M N O P MAII) · **Ve** · **Gelasiana** (GeV GeA GeS) · **Gregoriana** (GrP GrH GrA) · **Gallica** (G B F) · **Varia**

№ Oratio	J	A	B	C	D E F G H · K L M N O P	MAII	Ve	GeV	GeA	GeS	GrP	GrH	GrA	G	B	F	Varia
CXCII EODEM DIE ASSUMPTIO S. DEI GENETRICIS MARIAE																	
1097 Omps s, ds qui		998	1064		D E F / K L N P	339		994	1229	1097					[124]		
1098 Concede nobis qs		999	1065		D E F / K L N	339			1225	1092	621	[107,1]					
1099 Intercessio qs dne		1000	1066		D E F / K L N	339		[1004]	1226	1094	622						
– munera																	
1100 UD Nos te in tuis		1001	1067		D E F / K L N				1227	1095	623		283a			[102b]	
1101 Caelesti munere		1002	1068		D E F / K L N P			996	1228	1096							
CXCIII DIE XXV MENSE AUG. S. GENESII																	
1102 Ds mundi creator	1081	[981]	[1047]	[2294]	[DE F G K]			[975]	[1200]	[1065]			[395]				
1103 Beati martyris tui		[941]	[1006]	[2162]	[DE F G K N]												
1104 Famulatus huic nri	1039	[942]	[1007]	[2163]	[DE F G K N]												
1105 UD Nos tibi omps		1077	2371		D E F / K L N												
1106 Diuini muneris	[363]	[396]	[944']		[DE] D E / [DE] / [H] M N O]		[1126]	[232]	[1246]	[1113]	[633]	[151,3]					
CXCIIII DIE XXVI MENSE AUG. S. ALEXANDRI																	
1107 Pra. qs omps et	741	–	1079	–	D E F[G] K L [M] N [O]	344			[1471]	[1315]	[739]	[176,1]	[180]				
1108 Annue qs clement	1150	–	1081	–	D E F K L [M] N	344											
1109 Accepta tibi sint	993	–	1082	–	D E F / [H] K L N												
1110 UD Gloriosi martyris	727	–	1083	–	D E F / K L N			[972]	[1636]	[1464]	[820]		[295]				
1111 Caelestibus refecti		–		–	D E F / K L N		[315]	[1262]	[1127]		[735]	[174,3]					
CXCV DIE XXVIII MENSE AUG. DEP. S. AUGUSTINI EP.																	
1112 Misericordiam tuam	1008	1085	2383		D E F / K L N	345		[1652]	[1480]								
1113 Adesto suppl. nris	100*	[797]	[866]	[84]	[DE F / H K M N]				1263	[1330]	[180]	[46,4]					GrF 1255
1114 Sci confessoris tui	793	1010	1087	2385	D E F / K L N		[819]		1264	[1331]	[698]	[168,2]					GrF 1257
1115 UD Et in omni loco		1011	1088	2386	D E F / K L N		[755]		1265	[1332]			285b				GrF 1259
– uinceretur quia ita –							[745b]										
1116 Ut nobis dne tua	771	1012	1089	2387	D E F / K L N				1266	[1333]	[827]			[402a]		[86b]	GrF 1261
– salutem																	

1113 = 100 215 549

Column key (left → right): **No.** | **Incipit** | **J** | Ambrosiana **A B C** | Ambrosiana letters **D–P** | **MAII** | **Ve** | Gelasiana **GeV GeA GeS** | Gregoriana **GrP GrH GrA** | Gallica **G B F** | Varia **F**

CXCVI IIII KAL. SEPT. PASSIO S. IOHANNIS BAPT.

No.	Incipit	J	A	B	C	Ambrosiana (D–P)	MAII	Ve	GeV	GeA	GeS	GrP	GrH	GrA	G	B	Gall F	Var F
1117	Protegat ecclesiam	1028	1013	1090	2404	D E F / K L N P	346											
1118	Perpetuis nos dne		1014	1091	2405	D E F / K L N P	346	[795]	1010	1282	1141							
1119	Auxilientur nobis		1015	1092	2406	D E F / K L N P												
1120	UD Nos tibi omps		1016	1093	2407	D E F / K L N P			1012	1285	1144							
1121	Conferat nobis dne					/												

CXCVII VI ID. SEPT. NATIUITAS S. MARIAE

No.	Incipit	J	A	B	C	Ambrosiana (D–P)	MAII	Ve	GeV	GeA	GeS	GrP	GrH	GrA	G	B	Gall F	Var F
1122	Adiuuat nos qs dne		–	–	–	D – F – K L –			1016	1300	1157	652						
1123	Suscipe preces populi		–	–	–	D – F – K L –				1302	1160	653						
1124	Suscipe qs dne		–	–	–	D – F – K L – P			1017	1303	1161	654						
1125	UD Nos tibi in omnium		–	–	–	D – – K L – P				1304	1163			286				
1126	Sumptis dne sacram.	113*	[309]	[334]	[804']	D[E']D[E]F – [H]K L [M N O]P			1019	1305	1164	[187]	[48,3]	[173]				[104]

CXCVIII XVIII KAL. OCT. EXALTATIO S. CRUCIS

No.	Incipit	J	A	B	C	Ambrosiana (D–P)	MAII	Ve	GeV	GeA	GeS	GrP	GrH	GrA	G	B	Gall F	Var F
1127	Ds qui nos hodierna		1028	1106		D – F G K L N P	350		1023	1319	1178							
1128	Ds qui unigeniti tui		1029	1107		D – F G K L N P	350			1322	1181	665	159,1					
1129	Deuotas dne humilit.		1030	1108		D – F – K L – P			1024	1320	1179	[422b]						
1130	Adesto familiae tuae	939	1031	1109	[1663]	D[E]F – [H]K L [M] P	350		1025	1321	1180							

CXCVIIII EODEM DIE NAT. SS. CORNELII ET CIPRIANI

No.	Incipit	J	A	B	C	Ambrosiana (D–P)	MAII	Ve	GeV	GeA	GeS	GrP	GrH	GrA	G	B	Gall F	Var F
1131	Beatorum martyrum		1023	1101		D E F G K L N P	349	830	1026	1323	1182				406			
1132	Adesto dne supplic.	973*	[880]	[949]	[2002]	[D E F]/ [H K L M O]P		[62]	[964]	1324	1183	663	158,2			[452]	[372]	
1133	Plebis tuae dne		1025	1103		D E F / K L N P		831	1027	1325	1184							
1134	UD Tuamque in scorum		1026	1104		D E F G K L N P		832		1326	1185			287	408			
1135	Sacro munere ueget.		1027	1105		D E F G K L N P		833	1028	1327	1186							

1126 = 113 174 543   1132 = 762 973

Column sigla (left→right): **J · A B C D E F G H K L M N O P MA** (Ambrosiana) | **Ve** | **GeV GeA GeS** (Gelasiana) | **GrP GrH GrA** (Gregoriana) | **G** (Gallica) | **Varia**

CC XVI KAL. OCT. S. EUFUMIAE

Nr	Incipit	J	A	B	C	D	E	F	G	H	K	L	M	N	O	P	MA	Ve	GeV	GeA	GeS	GrP	GrH	GrA	Ga	Va
1136	Concede qs omps et		1032	1110	2471	D	E	F			K	L		N			350									
1137	Ds qui beatae uirgini		1033	1111	2472	D	E	F			K	L		N			350									
1138	Munera qs dne quae		1034	1112	2473	D	E	F			K	L		N												
1139	Sanctificet nos		1036	1114	2475'	D	E	F			K	L		N				842		1337	1196	671	161,3			

CCI XIIII KAL. OCT. DEP. S. EUSTORGII

Nr	Incipit	J	A	B	C	D	E	F	G	H	K	L	M	N	O	P	MA	Ve	GeV	GeA	GeS	GrP	GrH	GrA	Ga	Va
1140	Beati sacerdotis		1037	1115	2517	D	E	F			K	L		N					[1311]	[1170]	[656]	[157,1]				
1141	Uota populi tui		1038	1116	2518	D	E	F			K	L		N			352	[243]	[898]	[1339]	[673]	[162,2]				
1142	Pro sci conf. tui		1039	1117	2519	D	E	F			K	L		N			352		[1312]	[1171]	[657]	[157,2]				
1143	UD Quando enim tibi		1040	1118	2520	D	E	F			K	L		N												
	– qui ideo –'exerces ut																									
1144	Qs omps ds ut		1041	1119	2521	D	E	F			K	L		N				[393]		[80]						

CCII XI KAL. OCT. S. MATHEI AP. ET EU.

Nr	Incipit	J	A	B	C	D	E	F	G	H	K	L	M	N	O	P	MA	Ve	GeV	GeA	GeS	GrP	GrH	GrA	Ga	Va
1145	Pra. qs omps ds ut		1042	1122		D	E	F			K	L		N		P	352		[938]	1354	1213					
1146	Beati euangelistae		1043			D	E	F			K	L		N		P	352	[71]		1349	1208	[37]	[11,5]		[454a]	
1147	Supplicationibus	859*	[151]	1123	[274]	D	[E]			[H]	K	L	[M	N	O]	P		[1280]	[39]	1350	1209					
1148	UD Qui ecclesiam		1045	1124		D	E	F			K	L		N		P		[287]		1351	1210	[559]		287		
1149	Perceptis dne sacr.		1046	1125		D	E	F			K	L		N		P		[290]	[945]	1352	1211	[550]	[130,3]			

CCIII X KAL. OCT. S. MAURICII

Nr	Incipit	J	A	B	C	D	E	F	G	H	K	L	M	N	O	P	MA	Ve	GeV	GeA	GeS	GrP	GrH	GrA	Ga	Va
1150	Annue qs clement.	1108	1047	1126	2531	D	E	F			K	L		N		P	352									
1151	Pra. qs omps et		1048	1127	2532	D	E	F			K	L		N			353									
1152	Munera qs dne quae		1049	1128	2533	D	E	F			K	L		N												
1153	UD Cui caterua		1050	1129	2534	D	E	F			K	L		N												
1154	Pietati tuae dne		1051	1130	2535	D	E	F			K	L		N												

1147 = 859 874

Column groups: **Ambrosiana** (J · A · B · C · sigla D–P · MAII) · **Ve** · **Gelasiana** (GeV · GeA · GeS) · **Gregoriana** (GrP · GrH · GrA) · **Gallica** · **Varia**

№	Incipit	J	A	B	C	D–P	MAII	Ve	GeV	GeA	GeS	GrP	GrH	GrA	Gal	Var
	CCIIII III KAL. OCT. IN DEDICATIONE S. MICHAHELIS ARCHANGELI															
1155	Da nobis omps ds		1018	1095	2556	D E F / K L N	357		1032	1388	1243	703				
1156	Adesto plebi tuae		1019	1097		D E F G K L N	357		1036	1394	1248					
1157	Hostias tibi dne	693	[1168]	[1268]		[D E F G H K L M N O]P		845		1390	1244	701	169,2			
1158	UD Nos te omps		1021	1099	2559	D E F G K L N										
	qui – propinquus							844c								
1159	Beati archangeli		1022	1100	2560'	D E F G K L N		858	1033	1393	1247	702	169,3			
	CCV NON. OCT. NAT. S. MARCI EP.															
1160	Exaudi dne qs preces		–	–		D – – – L –	P 359	[380]	[858]	1400	1255	708	170,1			
1161	Benedictio tua dne		–	–		D – – – L –	P 359			1401	1256	[734]	[174,2]			
1162	Da qs dne fidelibus		[1387]	[1636]		D[E] – [K]L [N]	P 359			1402	1257	710	170,3			
	CCVI XVI KAL. NOU. NAT. S. LUCAE EU.															
1163	Interueniat pro nobis		–	–		D – F K L N	P 370			1419	1274					
1164	Donis caelestibus da		–	–		D – F K L N	P			1420	1275	[873]				
1165	UD Te in confessorum		–	–		D – F K L –	P			1421	1276			289		
	– spiritum															
1166	Pra. qs omps aeterne		–	–		D – F K L N	P			1422	1277					
	CCVII XI KAL. OCT. NAT. SS. COSMAE ET DAMIANI															
1167	Intercedentibus		1057	1136	2607	D E F K L N	P 371		[879]	[170]	[857]					
1168	Da nobis qs dne		1058	1137	2608	D E F K L N	P 371	[713]								
1169	Offerendorum tibi		1059	1138	2609	D E F K L N	P	[705]								
1170	UD Quoniam sci tui					D E F K L –	P	[366]	[938]		[742]	[674]	[420]			
1171	Pasce nos dne		1061	1140	2611	D E F K L N	P									
	CCVIII V KAL. NOU. NAT. AP. SYMONIS ET IUDAE															
1172	Ds qui nos per	779	[1132]	[1214]	[2839]	[D E F G K N O]P	P 371		[942]	1439	1287			321		
1173	Omps s. ds mundi		1063	1142	2626	D E F K L N	P 371			1440	1288					
1174	Gloriam dne scorum		1064	1143	2627	D E F K L N	P		[943]	1441	1289			321		
1175	UD Te in tuorum		1065	1144	2628	D E F K L N	P	[815]		1442	1290			290		
1176	Perceptis dne sacr.	1013*	[924]	[988]	[2092]	[D E F K L N]	P	[320]	[945]	1443	1291	[773]	[183,4]	321		

1176 = 718 1013 cf. 920

Column groups: J–C = *Ambrosiana*; GrF, Alc, GrA = *Gregoriana*; GeV, GeA, GeB, GeM = *Gelasiana*; Varia.

No.	Incipit	J	A	B	D	E	F	G	K	L	M	N	O	P	C	GrF	Alc	GrA	GeV	GeA	GeB	GeM	Varia
	CCVIIII MISSA IN ECCLESIA CUIUSLIBET SANCTI CONF. UEL MART.																						
1177	Propitiare qs dne	–	1241		1289	1175	767	293	495	615	732	1194	722	P	3194	1906	459						
1178	Da aeternae consol.	–	1242		1290	1176	768	294	496	616	733	1195	723	P	3195	1910	459						
1179	Suscipiat clementia	–	1243		1291	1177	769	295	497	617	734	1196	724	P	3196	1907	459						
1180	UD Pia deuotione	–	1244		1292	1178	770	296	498	618	735	1197	725	P	3197	1908							
1181	Diuina dne libantes	–	1245		1293	1179	771	297	499	619	736	1198	726	P	3198	1909	459						
	CCX MISSA IN COTTIDIANIS DIEBUS PLURIMORUM SANCTORUM																						
1182	Ds qui nos beatae	cf.752	1192	1246	1294	1166	762	280	485	606	723	1199	717		3314	1888	460		[190]	2026			[Ve 385] GeSB 41
1183	Fac nos dne ds		1191	1247	1295	1167	763	281	486	607	724	1200	718	P	3317	1891	460						44
1184	Munera tibi dne	758*	1193	1248	1296	1168	764	282	[K]	607	[M]	1201	[O]	P	3315'	1889	460	181	[1173]	2028			42
1185	Pra. nobis dne qs	139*	1194	1249	1298	1169	766	283	489	610	727	1203	721	P	3316	1890	460	181	[846] [245]	2027			[Ve 1207] GeSB 43
	CCXI MISSA IN TRIBULATIONE																						
1186	Pra. nobis qs omps		1261	1340	1359	1229	972	389	586	672	816	1303	824	P	3347				1338	2226			GrP 945
1187	Da nobis qs dne		1262	1341	1360	1230	973	390	587	673	817	1304	825	P	3348				1339	2227			
1188	Suscipe dne qs preces	cf. 147*	1263	1342	1361	1231	974	391	588	674	818	1305	826	P	3349	2099		197					[GeB429]
1189	UD Teque totis		1264	1343	1362	1232	975	392	589	675	819	1306	827	P	3350								
1190	Repleti dne partic.		1265	1344	1363	1233	976	393	590	676	820	1307	828	P	3351								
	CCXII MISSA PRO PECCATIS																						
1191	Exaudi qs dne suppl.	686	[1161]	[1260]	D	E	F	G	K	L	M	N		P	3384	2069	448	197	1943			1132	GrH 201,3
1192	Ds cui proprium est	687	[1162]	[1261]	D	E	F	G	K	L	M	N		P	3390	2075	448	197	1945				GrH 201,12
1193	Hostias tibi dne	688*	[1163]	[1262]	D	E	F	G	K	L	M	N		P	3386	[315]	448	197	1370	2258		1133	GeSB 58
1194	H. ig. obl. dne quam	689	[–]	[1264]	–	E	F	G	K	–	M	N		P	3388	2072	448	197	[521]	[855]		1134	
1195	Pra. nobis aeterne	690	[1165]	[1265]	D	E	F	G	K	L	M	N		P	3389	2073	448	197					

1185 = 139 553   1188 = cf. 147 581 1304   1193 = 75 536 688

1184 = 758 1071

Column groups: **Ambrosiana** (J, A, B, D, E, F, G, K, L, M, N, O, P) · C · **Gregoriana** (GrF, Alc, GrA) · **Gelasiana** (GeV, GeA, GeB, GeM) · **Varia**

CCXIII MISSA SACERDOTIS PROPRIA IN TEMPTATIONE CARNIS

#	Incipit	J	A	B	D	E	F	G	K	L	M	N	O	P	C	GrF	Alc	GrA	GeV	GeA	GeB	GeM	Varia
			[787]	[856]											[484]	[307]		[165]	[195]				
1196	Ds qui nos in t.	609																					
1197	Ure igni sci sps		1227	1314	1336	1197	820	–	533	639	766	1237	787	P	3371	1826		453		2294		919	
1198	Disrumpe qs dne		1228	1315	1337	1198	821	–	534	640	767	1238	788	P	3372	1827		453		2295		920	
1199	UD Salua nos dne		1229	1316	1338	1199	822	–	535	641	768	1239	789	P	3373	1828		–		2296		–	
1200	Dne adiutor nr		1231	1317	1339	1201	824	–	536	642	769	1241	791	P	3374			453		2297		921	

CCXIIII MISSA PETITTIONE LACRIMARUM

#	Incipit	J	A	B	D	E	F	G	K	L	M	N	O	P	C	GrF	Alc	GrA	GeV	GeA	GeB	GeM	Varia
1201	Omps s. ds da capiti		–	–	1350	1368	968	–	528	–	771	1344	984	P	3375	1834		454		2298		916	
1202	Per has oblationes		–	–	1352	1369	969	–	529	–	772	1345	985	P	3381	1835		454		2299		917	
1203	UD Audientes diuini		–	–	–	–	–	–	–	–	–	–	–		3382	–		454		2300		–	
1204	Corpore et sanguine		–	–	1353	1371	971	–	531	–	774	1347	987	P	3383	1836		454		2301		918	

CCXV MISSA SACERDOTIS PROPRIA

#	Incipit	J	A	B	D	E	F	G	K	L	M	N	O	P	C	GrF	Alc	GrA	GeV	GeA	GeB	GeM	Varia
			[1221]	[1291]	[1309]	[1342]	[803]		[506]	[625]	[738]	[1215]	[764]										[Ve 996]
1205	Ds cuius arbitrio		1200	1297	1319	1190	808	303		620	744	1220	770	P	3110	2162			1372	2121	1581		GaB 409
1206	Ds uiuorum et salu.		1201	1298	1320	1191	809	304		621	745	1221	771	P	3092	2170				2200		902	GaB 408
1207	Ds misericordiae		1202	1299	1321	1192	810	305		622	746	1222	772	P	3087	2167				2195		905	GaB 410
1208	Ds caritatis et pacis		1203	1300	1322	1193	811	306	525	–	747	1223	773	P	3088	2165				2197		904	GaB 411
1209	UD Qui pro amore		1204	1301	1323	1194	812	307		–	748	1224	774	P	3089	2180							
1210	H. ig. obl. seruitutis		1205	1302	1324	1195	813	308		623	749	1225	775	P									
1211	Gratias tibi ago							309							3109	2221							

ITEM ALIA MISSA

#	Incipit	J	A	B	D	E	F	G	K	L	M	N	O	P	C	GrF	Alc	GrA	GeV	GeA	GeB	GeM	Varia
1212	Omps s. ds qui me		1206	1308	1330	1185	814	310	516	629	750	1231	781	P	3082	2202						896	
1213	Aures tuae pietatis		1207	1309	1331	1186	815	311	517	630	751	1232	782	P	3104	2207						900	
1214	Da qs clementissime		1208	1310	1332	1187	816	312	518	631	752	1233	783	P	3083	2204						897	
1215	UD Qui septiformis		1209	1311	1333	1188	817	313	519	632	753	1234	784	P	3084	2174						898	
1216	Sumentes dne ds		1210	1312	1334	1189	818	314	520	633	754	1235	785	P		2206						899	

		Ambrosiana														Gregoriana			Gelasiana				Varia
		J	A	B	D	E	F	G	K	L	M	N	O	P	C	GrF	Alc	GrA	GeV	GeA	GeB	GeM	
CCXVI MISSA UOTIUA																							
1217	Ds qui iustificas		1232	1318	–	1202	830	315	559	643	785	1252	802			2280		191			1250	926	
1218	Famulum tuum *il.*		1233	1319	–	1203	831	316	560	644	786	1253	803	P	3130				[1431]	[2206]	[1603]		
1219	Da qs omps ds ut		1234	1320	–	1204	832	317	561	645	787	1254	804	P	[2684]	[1691]	[177]				[1483]		
1220	UD Qui es iustorum		1235	1321	–	1205	833	318	562	646	788	1255	805	P	3133	2230		–			1252		
1221	H. ig. obl. dne quam		1236	1322	–	1206	834	319	–	–	789	1256	806	P		2231a		191			1253		
1222	Purificent nos qs		1237	1323	–	1207	835	320	563	647	790	1257	807	P	3127	2283		192		2203	1254	929	
ITEM ALIA MISSA																							
1223	Omps s. ds miserere		1238	1324	–	1208	982	321	564	653	791	1258	808			2239		192				930	GeSB 53
1224	Famulum tuum *il.*		1239	1325	–	1209	983	322	565	654	792	1259	809			2243		192				933	GeSB 56
1225	Proficiat qs dne		1240	1326	–	1210	984	323	566	655	793	1260	810		[3415]	2240		192				931	GeSB 54
1226	UD Implorantes tuae	1249	–	1327	–	1211	985	–	567	656	794	1261	811		3095	2237		299				928	
1227	Huius dne qs uirtute					1212	986		568		795	1262	812		[1194]	2238		193		1243		927	
ITEM ALIA MISSA																							
1228	Exaudi preces nras														[1182]	2244					1249	934	
1229	Adesto dne supplic.														[1183]	2235		192					
1230	Grata tibi sit dne															2236		193		2176		935	[GaB 7]
1231	Sumentes dne perp.		1241					324		657						2242		192		2178	1239	932	GeSB 55
CCXVII MISSA PRO TEMPTATIONIBUS INIMICORUM INUISIBILIUM																							
1232	Omps mitissime ds		1242		1340	–	825	288	548	648	796	1247	797	P		2256	450	200				922	
1233	Ds qui illuminas		1243		1341	–	826	289	549	649	797	1248	798	P		2260	450	200				925	
1234	Has tibi dne offer.		1244		1342	–	827	290	550	650	798	1249	799	P		2257	450	200				923	
1235	UD Humiliter tuam		1245		1343	–	828	291	551	651	799	1250	800	P		2258	450	–				–	
1236	Per hoc qs dne		1246		1344	–	829	292	553	652	800	1251	801	P		2259	450	200				924	

	Ambrosiana														Gregoriana		Gelasiana				Varia
# / Oration	J	A	B	D	E	F	G	K	L	M	N	O	P	C	GrF	GrA	GeV	GeA	GeB	GeM	MAII264 · GrH 201,21
CCXVIII MISSA PRO TRIBULANTIBUS UEL PRESSURA SUSTINENTIBUS																					
1237 Ds qui contriorum		–	1345	1368	1234	977	–	580	668	827	1308	829	P	3352	2284						
1238 Omps s. ds qui		[686]	1346	1369	1235	978	–	581	669	828	1309	830	P	3353			[1535]				
1239 Ds qui tribulatos		–	1347	1370	1236	979	–	582	670	829	1310	831	P	3354	2285						
1240 H. ig. obl. quam tibi		–	1349	–	–	–	–	584	–	831	–	833	P	3356							
1241 Dimitte ds peccata		–	1350	/	1238	981	–	585	671	832	1312	834	P	3357	2286						
CCXVIIII ITEM ALIA MISSA PRO TRIBULANTE																					
1242 Ds qui omnem animam		[699]	[730]	[D	E	F]	–	–	–	–	–	–	P	3362	2107			1948			
1243 Tribulationem famuli			–	1365	–	–	–	–	–	–	–	–	P								
1244 Qs dne nris placare			–	1366	–	–	–	–	–	–	–	–	P								
1245 Sumpti sacrificii	229*		[450]	1367	–	–	–	–	–	–	–	–	P		[612]		[892]	[545]			967 [Ve 1043]
CCXX MISSA PRO SALUTE UIUORUM																					
1246 Praetende dne fam.	232	1251	–	–	1213	836	325	569	658	801	1263	813	P	/	2273	193	1696	1906		937	
1247 Fac qs dne famulos		1252	–	–	1214	837	326	570	659	802	1264	814	P	3399	[2288]		[1430]	[2205]	[1602]	[941]	
1248 Propitiare dne		1253	–	–	1215	838	327	571	660	803	1265	815	P	3400	2274	193	1697	[1118]	1907	938	
1249 UD Implorantes tuae	1226	–	[1327]	–	[1211]	[985]	–	[567]	[656]	[794]	[1261]	[811]	P	[3095]	[2237]	[299]	–			[928]	
1250 H. ig. obl. famulorum	–	1254	–	–	1217	840	328	573	–	–	1267	817	P	3401	2275	193	1698	[2209]	1908	–	
1251 Da famulis et fam.	1269	1255	[1328]	–	1218	841	329	574	662	805	1268	818	P	3402	2276	193	1699	[2215]	1909	939	
CCXXI ITEM ALIA MISSA PRO FAMILIARIBUS AMICIS																					
1252 Ds qui caritatis		1256	1329	1372	1219	842	330	575	663	806	1269	819			2265	193				940	
1253 Ds qui supplicum		1257	1330	1373	1220	843	331	576	664	807	1270	820			2269	194					
1254 Miserere qs dne ds		1258	1331	1374	1221	844	332	577	665	808	1271	821			2266	194				942	
1255 UD Clementiam tuam		1259	1332	–	1222	845	–	578	666	809	1272	822			2267	299				943	
1256 Diuina libantes		1260	1334	–	–	–	333	–	667	–	–	–			2268	194				944	

1245 = cf. 229 588

					Ambrosiana										Gregoriana		Gelasiana				Varia
#	Incipit	J	A	B	D	E	F	G	K	L	M	N	O	P	C	GrF	GrA	GeV	GeA	GeB	GeM	Varia
	CCXXII MISSA COMMUNIS																					
1257	Sanctorum tuorum							[437]	807				[932]	P	3323	2602	218				945	
1258	Maiestatem tuam													P		2598					951	GaB 438
1259	Oblationibus nris																					
1260	UD Te laudare et				1297																	
	– mereamur																					
1261	Haec sacrificia						765		493	609	726	1202										
	CCXXIII MISSA PRO ABBATE UEL CONGREGATIONE																					
1262	Omps s. ds qui facis														3128	2148	194	1429	2204	1601		
1263	Tu famulis tuis qs														3136	2292		1436	2213	1608		
1264	Hostias dne famul.														3131	2149	194	1432	2207	1604		
1265	Quos caelesti														3135	2151	195	1435	2210	1607		
	CCXXIIII MISSA PRO PONTIFICE																					
1266	Omps et misericors ds		–	–	1500	–	797	–	543	–	775	1209	758									
1267	Ds qui non propriis		–	–	1501	–	798	–	544	–	776	1210	759		3062	2861		774	2108	1568		
1268	Suscipe dne munera		–	–	1502	–	799a	–	545	–	777a	1211a	760a					772				
1269	Da qs dne famulo	1251	[1255]	[1328]	[1218]	[841]	[329]	[574]	[662]	[805]	[1268]	[818]		P	[3402]	[2276]	[193]	[1699]	[2215]	[1909]	[939]	Ve 943 [GaF 41]
	CCXXV MISSA PRO REGIBUS																					
1270	Ds regnorum omnium		1335	1495	1224		792	385	554		780	1242	792		3005	1939	186	1505	2311	1637	983	
1271	Ds in cuius manu						–								2992			1506	2312	1638		
1272	Suscipe dne preces						386								2993	1940	186	1507	2313	1639	984	
1273	H. ig. obl. famuli						387								2994	1941	187	1508	2314	1640		
1274	Ds qui ad praedic.						388								2995	1942	187	1509	2315	1641	985	

#	Incipit	Ambrosiana													Gregoriana			Gelasiana				Varia
		J	A	B	D	E	F	G	K	L	M	N	O	P	C	GrF	GrA	GeV	GeA	GeB	GeM	
CCXXVI MISSA IN TEMPORE BELLI																						
1275	Ds regnorum omnium		–						–	–					3018	1944	198	1479	2326	1774		
1276	Ds qui conteris			1354	–	1242	1008	–	–	–	834	1339	836		3012	1948	198	1478	2325			
1277	Sacrificium dne	cf. 940		1355	–	1243	1009	–	–	–	835	1340	837		3020	1949	198	1481	2328	1776		[GaF 74a]
1278	Sacrosancti corporis	[107]		1357	[D]	1245	1011	–	–	–	837	1342	839		3022	1951	198	1482	2330	1778		[Ve 447]
ITEM ALIA MISSA																						
1279	Hostium nrorum qs														3014	1952	199	1484	2332		989	
1280	Omps ds christiani														3029	1945	198/9	1485	2333	1781	990	GrH 217,2
1281	Huius dne qs uirtute														3015	1953	199	1486	2334	1782	991	
1282	Uiuificet nos qs														3017	1955	199	1487	2335	1783	992	[Ve 453]
CCXXVII MISSA PRO PACE																						
1283	Ds a quo sca desideria		1266	1370	1515	1263	997	/	610	677	838	1333	840		2985	1961	200	1472	[1218]	1788	968	
1284	Ds conditor mundi		1267	1371	1516	1264	998	378	611	678	839	1334	841		2988	1962	200	1473		1789		
1285	Ds qui credentes		1268	1372	1517	1265	999	379	612	679	840	1335	842		2986	1963	200	1475		1790	969	
1286	UD Qui misericordiae		–	1373	1518	1266	1000	–	613	–	841	1336	843		2990	1965	–	1477		1792		
1287	Ds auctor pacis		1269	1374	1519	1267	1001	380	614	680	842	1337	844		2987	1964	200	1476		1791	970	
CCXXVIII MISSA CONTRA OBLOQUENTIUM																						
1288	Conspirantes dne		1373	1358	1526	1246	858	382	615	690	879	1313	845		3036	1979	202	1527		1763		
1289	Pra. qs dne ut ment.		1372	1359	1525	1247	859	381	616	691	880	1314	846		3037	1978	202	1526		1762		
1290	Oblatio dne tuis		1374	1360	1527	1248	860	383	617	692	881	1315	847		3039	1981	203	1528		1765		[Ve 458]
1291	UD Qui famulos tuos		1375	1361	1528	1249	861	–	618	693	882	1316	848		3040							
1292	Pra. dne qs ut per		1376	1362	1529	1250	862	384	619	694	883	1317	849		3041	1983	203	1529		1767		
CCXXVIIII MISSA IN CONTENTIONE																						
1293	Omps s. ds qui		–		1530	–	–	–	625	–	884	1424	850		3030	1966	201	1517		1768	974	[Ve 437]
1294	Pra. qs omps ds ut		–		1531	–	–	–	626	–	885	1425	851		3035	1971	202	1521	[226]	1773	975	[GrH 202, 36]
1295	Ab omni reatu nos		–		1532	–	–	–	627	–	886	1426	852		3032	1968	202	1519		1770		
1296	Quos refecisti		–		1534	–	–	–	628	–	888	1428	854		3034	1970	202	1520		1772	976	[Ve 459]

		J	A	B	D	E	F	G	K	L	M	N	O	P	C	GrF	GrA	GeV	GeA	GeB	GeM	Varia
				Ambrosiana												Gregoriana		Gelasiana				Varia

CCXXX MISSA PRO ITER AGENTIBUS

		J	A	B	D	E	F	G	K	L	M	N	O	P	C	GrF	GrA	GeV	GeA	GeB	GeM	Varia
1297	Adesto dne supplic.		1327	1363	1535	1251	847	–	634	686	863	1298	870		3403	2314	196	1313		1807	954	GaB 400
1298	Exaudi nos dne sce			1364	1536	1252	848	–	635	687	864	1299	871		3409	2322					955	
1299	Propitiare dne		1329		1537	1253	849	–	636	688	865	1300	872		3405	2315	196	1316		1809	956	
1300	UD Maiestatem tuam	532				[1261]	[856]	–	[643]	–			[879]		[2107]	[1572]	[280]	[1057]				
1301	Sumpta dne caelestia			1369		1256	852	–	639	–	868	1302	875		3413	2325						

CCXXXI MISSA PRO NAUIGANTIBUS

		J	A	B	D	E	F	G	K	L	M	N	O	P	C	GrF	GrA	GeV	GeA	GeB	GeM	Varia
1302	Ds qui transtulisti		–	1444	1541	1258	853	–	640	–	869	1318	876		3432	2329	196		1822			
1303	Propitiare dne		–		1542	1259	854	–	641	–	870				3436							
1304	Suscipe qs dne preces	147*	[341]	1446	[D]	1260	855	–	642	–	[M]	1320	878		3433	2330	197	[1339]	[436]	1823		
1305	Sanctificati diuino		–	1447	1545	1262	857	–	644	–	873	1322	880		3435	2332	197			1825		

CCXXXII MISSA QUOD ABSIT MORTALITATE HOMINUM

		J	A	B	D	E	F	G	K	L	M	N	O	P	C	GrF	GrA	GeV	GeA	GeB	GeM	Varia
1306	Ds in cuius conspectu			1439	1464	1332	1043	–	674	–	904	1323	992		3264							
1307	Omps et mis. ds	1346		1440	1465	1333	1044	–	675	–	905				3265							
1308	Subueniat nobis			1441	1466	1334	1045	–	676	–	906	1325	995		3266	2029		1379	2279	1738		
1309	UD Qui imminentem			1442	1467	1335	1046	–	677	–	907	1326	996		3267							
1310	Tuere nos dne qs	1321	[1338]	1443	1468	1336	1047	[417]	678	[723]	908		997		3268	2031	[203]	1380	2281	[1681]	978	

CCXXXIII MISSA PRO PESTE ANIMALIUM

		J	A	B	D	E	F	G	K	L	M	N	O	P	C	GrF	GrA	GeV	GeA	GeB	GeM	Varia
1311	Ds qui laboribus		–	1465	1593	1337	–	402	679	–	909	1328	998		3275	2034	201	1393		1742	986	GrH 222
1312	Auerte dne qs		–	1466	1594	1338	–	403	680	–	910	1329	999		3280	2039	201	1397		1747		
1313	Sacrificiis dne		–	1467	1595	1339	–	404	681	–	911	1330	1000		3277	2036	201	1395		1744	987	
1314	Benedictionem tuam		–	1468	1596	1340	–	405	683	–	912	1332	1002		3279	2038	201	1396	[74]	1746	988	

1304 = 147 581 *cf.* 1188

		Ambrosiana													Gregoriana			Gelasiana				Varia
#	Incipit	J	A	B	D	E	F	G	K	L	M	N	O	P	C	GrF	GrA	GeV	GeA	GeB	GeM	Varia
	CCXXXIIII ITEM MISSA AD PLUUIAM POSTULANDAM																					
1315	Ds in quo uiuimus			1375	1561	1268	777	410	645	719	843	1274	732		3234	2006	203	1402		1676	993	Ve 1111
1316	Ds omps et clemens			1376	1562	1269	778	411	646	–	–	1275	733		3242	2005					994	
1317	Omps s. ds qui		1333		1564	1271	780	413	648	–	–	1277	735		3243	2002	203	1404		1678	995	GrH219,3
1318	Delicta nra qs dne		1335	1378	1565	1272	781	414	649	720	844	1278	736		3236	2007	203	1405		1679	996	
1319	Oblatis dne placare		1336	1379	1566	1273	782	415	650	721	845	1279	737		3237	2008	203			1680a	997	
1320	UD Obsecrantes	1310	1337	1380	1567	1274	783	416	651	722	846		738		3238a	2012a	203	1406	[2281]	1681	998	
1321	Tuere nos qs dne		1338	1381	1568	1275	784	417	[678]	723	[908]				3239	2009						
	CCXXXV AD POSCENDAM SERENITATEM																					
1322	Ad te nos dne		1339	1382	1569	1276	785	418	653	724	848	1281	739		3244	2015	204	1413		1683	999	
1323	Da nobis qs dne			1384	1572	1278	787	421	655	–	–		741		3246	[1995a]		[1399a]	[1672]			
	– auerte																					
1324	Ds qui fidelium			1385	1573	1279	788	422	656	725	849		742		3247	2016	204	1414			1000	
1325	Praeueniat nos qs		1341	1386	1574	1280	789	423	657	726	850	1285	743		3248	2014	204	1416		1685	1001	
1326	UD Qui in mysterio		1342	1387	1575	1281	790	424	658	727	851	1286	744		3251	2018	204				1002	GrH220,1
1327	Plebs tua dne capiat		1343	1388	1576	1282	791	425	659	728	852	1287	745		3252			1417		1687	1003	
	CCXXXVI MISSA PRO STERELITATE TERRAE																					
1328	Sempiternae pietatis		–	–	1556		1002	–	665	710	853	1293	746		3228	1994	205	1398		1671		
1329	Da nobis qs dne		–	–	1557		1003	–	666	711	854	1294	747		3229	1995		1399		1672		
1330	Ds qui humani gen.		–	–	1558		1004	–	667	712	855	1295	748		3230	1997	205	1400		1673		Ve 908
1331	UD Qui sempiterno		–	–	1559		1005	–	668	713	856	1296	749		3231	1998				1674		Ve 909
1332	Guberna qs dne		–	–	1560		1006	–	669	714	857	1297	750		3232	1999		1401		1675		Ve 910
	CCXXXVII ORATIONES ET PRECES SUPER PENITENTEM CONFITENTEM PECCATA																					
1333	Exaudi dne preces		[682]	[713]	[D	E	F]								1177	2379	205	78	271			GeS 246
1334	Praeueniat hunc													866	1178	2380	205	79	272			GeS 247
1335	Adesto dne supplic.						864								1179	2381	205	80	273			GeS 248
1336	Dne ds nr qui off.														1180	2382	205	81	274			GeS 249

			Ambrosiana													Gregoriana			Gelasiana				Varia
		J	A	B	D	E	F	G	K	L	M	N	O	P	MAI	C	GrF	GrA	GeV	GeA	GeB	GeM	
	CCXXXVIII ORATIONES AD RECONCILIANDUM PENITENTEM																						
1337	Adesto dne supplic.		1497													1170	654	205	356	604			GeS 490
1338	Pra. qs dne huic		1498													1171	658	206	357	605			GeS 491
1339	Ds humani generis		1499													1172	659	206	358/9	606			GeS 492
	CCXXXVIIII ORATIONES AD UISITANDUM INFIRMUM																						
1340	Ds qui famulo tuo			1495			868		701*		914	1349	883		98	3440	2366	206				1033	GrH208,1
1341	Respice dne famulum		1271	1496			875		707	[730]	920	1355	889		98	3442	2368	206				1034	GrH208,2
1342	Ds qui facturae	1347	1278	1458	1378	1289	1013	340							151	3457	2365	207	1535		1896	1032	CeS 34
	CCXL MISSA PRO INFIRMO																						
1343	Exaudi nos omps et					1288	1012	339	706	–	918	1354	888			3448	2440						
1344	Merito omps ds hanc		1276	1394	1383	1284		335	701	–	919		882										
1345	Ds sub cuius nutibus		1272	1395	1384	1285	876	336	702	–	915	1350	884	P		3449	2357	207	1541		1902	1036	
1346	Ds qui humano generi		1275	1459	1381	1290	1014	341	708	–		1356	890	P		3458	2371	207	1536		1897	1038	
	ITEM ALIA MISSA																						
1347	Omps s. ds qui	1342	1278	1458	1378	1289	1013	340	707	[730]	920	1355	889	P	151	3457	2365	207	1535		1896	1032	CeS 34
1348	Uirtutum caelestium			1460	1586c			342	719c	732c	941c	1367c		P		3459	2372	207	1537		1898		GaB 380
1349	Omps s. ds qui ideo													P		3455	2351						
1350	Dne scae pater omps					1291	1016		710		922	1358	892			3441	2373	207	1538		1899		
	ITEM ALIA MISSA																						
1351	Omps s. ds salus		1270	1393	1377	1283	874	334	700	749	913	1348	881			3447	2355	207	1539		1900	1035	
1352	Omps s. ds qui				1382											3460	2356		1540		1901	1037	
1353	Sana dne qs uulnera		[1325]		1379				[698]	/						3453	2348						
1354	UD Qui peccata nra		1273	1396	1380	1286	877	337	703	/	916	1351	885			3450			1542		1904	1039	
1355	Ds infrmitatis		1274	1397	1385	1287	878	338	705		917	1353	887			3451	2359	208				1040	

	J	A	B	D	E	F	G	K	L	M	N	O	P	MAI	C	GrF	GrA	GeV	GeA	GeB	GeM	CeS
		Ambrosiana												MAI	Gregoriana			Gelasiana				Varia
CCXLI MISSA PRO INFIRMO DE CUIUS SALUTE DESPERATUR																						
1356 Ds qui famulo tuo		1279	1389	1386	1292	879	343	711	/	928	1369	904			3466						1045	
1357 Famulum t. *il.* qs		1280	1390	1387	1293	880	344	712	750	929	1370	905			3467						1046	
1358 Cuncta famuli tui		1281	1391	1388	1294	881	345	713	751	930	1371	906			3468						1047	
1359 Sacris dne muneribus		1282	1392	1389	1295	883	346	715	752	932	1373	908			3469						1048	
CCXLII IMPOSITIO MANUM SUPER INFIRMUM																						
1360 Scm et uenerabile						870				1001				81							1041	
1361 Ungo te oleo					[1494]	871				1002				82							1042	CeS 35
1362 Corpus dni nri						872				1003				82		2447					1043	
1363 Dne sce pater te						873				1004				82						2024	1044	CeS 35
CCXLIII ORATIO PRO REDDITA SANITATE																						
1364 Dne sce pater omps		[1650]	[1493]	[1385]					[738]			[898]			3461	2360	208	1543		1905		
CCXLIV RECONCILIATIO PAENITENTIS AD MORTEM																						
1365 Ds misericors ds		1500													1184a	2443	208	364	618	1910		
– euacuas															*1176b*							
Respice –																						
1366 Maiestatem tuam		1501													1184b	2444	208	365	619	1911		

CCXLV ORATIONES IN AGENDA MORTUORUM QUANDO ANIMA EGREDITUR DE CORPORE

| | Ambrosiana | | | | | | | | | | | | | | | | Gregoriana | | Gelasiana | | | Varia |
No.	J	A	B	D	E	F	G	K	L	M	N	O	P	FrM	MAI	C	GrF	GrA	GeV	GeB	GeM	
1367 Pio recordationis			1502												85		2474	209	1607	1914	*1095*	GaB 535
1368 Ds cui omnia uiuunt			1503												85		2471	209				
1369 Suscipe dne animam			1504												85		2464	209				
1370 Non intres in iudicio															85		2470	209				
1371 Fac qs dne hanc cum			1505												86		2472	210				
1372 Inclina dne aurem	1390	[1289]	[1407]	[1413]	[1311]	[901]	[347]	[745]		[965]	[1384]	[920]	[25]		86	3517	2473	210	1686	[2005]	[1059]	GrH225,1
1373 Absolue dne animam		[1296]	[1413]	[1408]	[1308]	[1034]		[740]		[962]	[1391]	[927]	[73]		[102]	3519	2485	210				GrH225,2
1374 Annue nobis dne ut			1506												90	3518	2469	210				GrH225,3
1375 In memoria aeterna																		210				
1376 Ds uitae dator			1507														2479	211				
1377 Ds qui humanarum			1508												86		2480	211				
1378 Obsecramus miseric.			1509												86		2475	211				
1379 Ds apud quem mort.			1510												90		2476	211				
1380 Oremus frs karissimi			/														2477	211				
1381 Ds qui iustis			1512												92		2478	211	*1620*	*1925*	*1100*	
1382 Debitum humani			1513												158		2482	212	1614	1919		
– iubeat															92			212				
1383 Temeritatis quidem															93		2481	212	1623a	1932a		
1384 Tibi dne commendamus			1514												93		2483	213				

CCXLVI MISSA IN DIE DEPOSITIONIS DEFUNCTI TERTII VIIMI UEL XXXMI

| | Ambrosiana | | | | | | | | | | | | | | | | Gregoriana | | Gelasiana | | | Varia |
No.	J	A	B	D	E	F	G	K	L	M	N	O	P	FrM	MAI	C	GrF	GrA	GeV	GeB	GeM	
1385 Qs dne ut famulo	1308	1428	1395	–	1024		369	763	–	976	1406	944	38		107	3570	2490		1691	2011		
1386 Adesto dne supplic.	1309	1430	1396	–	1025		371	764	–	978	1407	945	39			3571	2491		1693	2013	1068	
1387 H. ig. obl. dne quam ut mortis –	1311 (1402b)	1432	1399	–	1027		373	766	–	–	–	947	41			3573	2493		1694	2015		
1388 Omps s. ds collocare	1312	1433	1400	–	1028		374	767	–	980	1409	948	42		107	3574	2494		1695	2016	1070	Ve 1140b

CCXLVII MISSA UNIUS DEFUNCTI

| | Ambrosiana | | | | | | | | | | | | | | | | Gregoriana | | Gelasiana | | | Varia |
No.	J	A	B	D	E	F	G	K	L	M	N	O	P	FrM	MAI	C	GrF	GrA	GeV	GeB	GeM	
1389 Omps s. ds cui	1295	1412	1407	1317			–	751	758	970	1390	926	31		107	3522	2548	213	1662	1978	1064	
1390 Inclina dne aurem	1372	[1289]	[1407]	[1413]	[1311]	[901]	[347]	[745]	/	[965]	[1384]	[920]	[25]		107	[3517]	[2473]	[210]	[1686]	[2005]	[1059]	[GrH 225,1]

№	Text	J	A	B	D	E	F	G	K	L	M	N	O	P FrM	MAI	C	GrF	GrA	GeV	GeB	GeM	Ve
		Ambrosiana															Gregoriana		Gelasiana			Varia
1391	Propitiare qs dne		1297	1414	1409	1318		–	753	/	972	1392	928	33		3523	2549	213	1663	1979	1065	
1392	UD In cuius aduentu		1298	1415	1410	1319	1021	–	754	/	973	1393	929	34			2550	301		1980		
1393	H. ig. obl. quam tibi		1299		1411	–	–	–	[805]	/	974	–	930	35		3524	2551	213	1664	1981		
1394	Pra. qs omps ds ut		1300	1417	1412	1320	1022	–	755	/	975	1394	931	36	107	3525	2552	213	1665	1982	1066	
	CCXLVIII MISSA IN AGENDA PLURIMORUM MORTUORUM																					
1395	Propitiare dne qs		1301	1418	1435	1321	917	353	774	/	986	1395	949	43	109	3529	2566	215	1666	1983	1083	*Ve 1149*
	ITEM ALIA MISSA																					
1396	Maiestatem tuam dne				1442									50		3532	2571		1672	1990		
1397	Hostias qs dne quas				1444									51		3534	2577	216	1673	1991		
1398	H. ig. obl. quam tibi				1446								959	53		3537	2573	216	1674	1992		
1399	Animabus qs dne			1425	1447				781		993	1402	956	54		3539	2580	216	1675	1993		
	ITEM ALIA MISSA EIUSDEM																					
1400	Animabus qs dne		–	1424	1448	–	1029	–	780	/	992	1401	955	–	109	3541	2585	217	1676	1994		
1401	His qs dne placatus		–	1426	1450	–	1031	–	782	761	994	1403	957	–		3543	2586	217	1677	1995		
1402	H. ig. obl. quam tibi ut mortis –		–			–		–		–		–		–		[3551]			1678	1997		
1403	Supplices qs dne	*1387b*	–	1427	1452	–	1032	–	784	762	996	1404	960	–		3548	2587	217	1679	1998		*Ve1140b*
	CCXLVIIII MISSA IN ANNIVERSARIO UNIUS DEFUNCTI																					
1404	Suscipe dne preces		1313	1429		1331	913		769	–	977	1410		56		3576	2503	215	1692	1930	1081	
1405	Ds indulgentiarum		1315	1430			914		770	–		1411		57	107	3577	2499	215	1650	2012	1078	
1406	Propitiare dne		[1310]	1436	1431	1328		377	[765]	–	983	1412	963	58		3572	2496	215	1700	1928	1079	
1407	UD Per quem salus		1317	[1431]	[1397]		[910]	[372]		–	979	1413	[946]	59			2492	301		2014	1069	
1408	H. ig. obl. dne quam eamque –			1437	1433	1330			772	–		–	965	60		3578	[2583]	215	*1664b*	1929	1080	
1409	Pra. dne qs ut		[1294]	1434		[1316]	[906]	[352]	[750]	–	[969]	[1389]	961	[30]		[3521]	2495	215		1927	1077	

No.	Incipit	J	A	B	D	E	F	G	K	L	M	N	O	P	FrM	MAI	C	GrF	GrA	GeV	GeB	GeM	Ve
								Ambrosiana										Gregoriana			Gelasiana		Varia
CCL MISSA IN CIMENTERIIS																						
1410	Ds cuius miseratione	–	–	1630	1456	–	923	–	785	763	997	1415	967	67	109		3553	2504	217	1680	1999	1089	
1411	Omps s. ds annue			1631	1457	–	924	–	786	764	998	1416	968	68	109		3554	2510		1681	2000		
1412	Pro animabus famul.			1632	1458	–	925	–	787	765	999	1417	969	69			3555	2506	217	1682	2001	1090	
1413	H. ig. obl. quam tibi	–	–	–	–	–	–	–	789	–	–	–	971	70			3556	2513	217	1683	2002		
1414	Ds fidelium lumen	–	–	1634	1459	–	927	–	790	766	1000	1418	972	71			3557	2514	218	1684	2003	1091	
CCLI MISSA PRO DEFUNCTO SACERDOTE																						
1415	Ds qui inter apost.		1283	1403	1419	1296	884		722		945	1374	909	4	106		3476	2522		1628	1939	1053	Ve 1160
1416	Preces nras qs dne		1285	1400	1420	1297		364			946	[1380]	[916]	15	106		3477	2523		1629	1940		
1417	Suscipe qs dne pro		1286		1421	1299	886	361	724	755	947	1376	911	6			3480	[2518]		1630	1941	1054	Ve 1157
1418	UD Quamuis enim beatorum –				1404	1300	887c		725	756	948	1377c	912c	7c			3482	[2501]	301		1942		
1419	H. ig. obl. quam tibi ut eum –		1287		1422	–	[894]		726		949		913	8			3483	2524		1631	1943		
1420	Propitiare dne		1288	1406	1423	1301	889	368	727		950			19			3484	2525		1632	1944	1055	Ve 1154
CCLII MISSA PRO SACERDOTE SIUE ABBATE DEFUNCTO																						
1421	Ds qui fam. t. il.		1284b	1404b				365b						16b			3499	2530		1638	1950	1056	
1422	Omps s. ds maiestatem ut pro –			1405				366	723					17			3500	2531		1639	1951		
1423	Concede qs omps ds					1298											3501	2532		1640	1952	1057	
1424	UD Ds aeternorum																						
1425	H. ig. obl. quam tibi			1405				367	732								3494	2533		1641	1954		
1426	Prosit qs dne animae			1406						757				18			3495	2534		1642	1955	1058	
CCLIII MISSA IN NATALE SANCTORUM SIUE IN AGENDA MORTUORUM																						
1427	Beati martyris tui	–	–		1390	–	896	–	791	–	–	–	938	20			3505	2557		1643	1956		Ve 1151
1428	Adiuua nos dne ds	–	–		1391	–	897	–	792	–	–	–	939	21			3506	2558		1644	1957		Ve 1155

TAFELTEIL

et tu galileus es· scrutare scripturas et uide
quia propheta a galilea nonsurgit ·et reuersi sunt
unusquisque indomum suam· SUP SINDONEM

Tribue quaesomus dns· ut sacro nos purificante ieiu
nio sinceris quam mentibus postulamus tuis be
neficiis indulgentiam consequi mereamur p dm

Praetende fidelibus tuis· phac sacrificade x
tra aeclesiae auxilii· ut te toto corde perquirant
et quae digne postulant assequantur· p PRAE

Aeterne ds· Quam sit nobis decaelo dnm
nrm ihm xpm filium tuum· utquipescam praesum
ta deparadiso fuerant deiecti penus ieiunii
inparadisum reuertendi facultate acciperent

Et quadraginta dierum totidemq· noctium cele
brato ieiunio temptatorem hominum exclude
ret· et se redemptorem omnium credentium de
monstraret· Quem una tecum· INCOO
NE

Adesto dne fidelibus tuis· et quos caelestibus
reficis sacramentis aeternis conserua praesidiis

DOM IN RAMIS OLIUARUM· dns uobiscum &

quod desperare de tua mia possumus qui tanta
munus accepimus ut eadem tibi hostia offerre
mereamur corpus salicet & sanguinem
dni xpi qui se pro mundi redemptione pre-
tium acuenerande tradidit passioni qui forma
sacrificali aluos pennis misticauit hostiam
septimus obtulit & primus docuit offerri·

Qui pridie quam pateretur sommū salutis pateretur
Accipiens panem eleuauit oculos ad celos ad te deum
patrem suum omptem + Bene-
dixit fregit dedit discipulis suis dicens
Accipite & manducate ex hoc omnes hoc eni
corpus meum· Simili modo postea quam cenatum
est accipiens & hunc preclarum calicem eleuauit oculos ad celos ad
te deum patrem suum omptem + Benedixit
gratias agens dedit discipulis suis dicens
Accipite & bibite ex eo omnes
Hic est enim calix sanguinis mei noui & eterni testamenti mysterium fidei qui pro uobis effundetur in remissione peccatorum· Mandans

in passione dni uenerande mysteriis ab
omnibus peccatorum sordibus emundemur pd
Concede nobis comple.. ut sicut temporali
cena tue passionis reficimur ita eterna · me
redemptoris premundi... quinunis regni supa pref
Redemptor pre pm dni mm · Concedas
incendia addenda hominum peccato add
condit internas · et quibus manu & tenuisue
nr liberare tamquam olim uas dictor· intus
te preeludis misericordiis extrahatur· et quinunge
tos iudicas inhominis iudicio confiteatur·
& hominem quicquid fecerit · demor reliberare
et redeo ad angelos & archangelos·

Communicantes & diem sacratissimū celebran
tes quo dni nr ihs xps pro nobis & tradidit sed
& memoriam uenerantes
Tu ordine partacipes filii tui consortes regni
tui· cum incolis paradisi euangeloru commemores
iussisti· Sic amen in leta & in eterna fide
eclesie militie sacramenta seruamus & aud

...plicare et custodire dignetur totam orbis ter
rarum subiacensem principatus potestatis
deq; nobis tranquillitate concessa una degenti
bus glorificare dm patrem omnipotentem
dicit di. aï amus flectamus genua et post
quam orauerint leuate uos

Omps sempds. qui gloria tua omnib; in
xpo gentabus reuelasti custodi opera mise
ricordie tue. ut ecclia tua toto orbe dif
fusa stabili fide in confessione tui nominis
perseueret peuenit

Oremus et pro beatissimo papa nostro . ut
ds dns nr quielegit eum ordine pontifica
tus saluu atq; incolume custodiat ecclae suae
sce. adregendam plebes populu sci di.

Omps sempds. cuius aeterno iudicio uniuer
sa fundantur. Respice propter nos super
nras ecclesii nobis anastasis tua pietate
serua. ut xpiana plebs quae catiguberna
tur auctore subtanto pontifice credulitas

ITEM ALIUS SEQUENTIA SCI EUG SCD MATHEI

Cum sero factu esset uenit quidam homo diues
abaramathia nomine Ioseph qui et ipse disci
pulus erat ihu. hic accessit adpilatu et pe
tiit corpus ihu. Tunc pilatus iussit reddi cor
pus. et accepto corpore ioseph. inuoluit illud
insindonemunda et posuit illud inmonumem
tou suo quod exciderat inpetra. et aduoluit
saxu magnum adhostiu monumenti et abiit.
Erant autem ibi maria magdalena et altera ma
ria sedentes contra sepulchrum.
INCI OR. FER VI MANE INRAMISPALM

Ds qui pro redemptione mundi effudisti sanguine
xpi solue opera diaboli. et omnes laqueos
disrumpe peccati. ut creatura regeneratio
nis nulla polluerit contagia ut culta eras genu
oremus dicidi flectamus genua quia omnes peccat eleuacion
Oremus dilectissimi nobis inprimis proec
electis facdi. ut ea dic dñr pacificare mul

ties in die peccauerit inte etseptiesindie
conuersusfuerit adtedicens paenitet me.
dimitte illi' etdixerunt apostolidño
Adauge nobisfidem' dixit auté dñs; Sihabe
retis fidem sicut granū sinapis diceretishuic
arbori moro eradicare &transplantare in
mare &oboediret uobis' quisauté uřmha
bensseruū arante autpascente quiregres
so deagro dicat illistatim transi recumbe
&nondicatei paraquodcaené etpraecinge
te &ministra mihidonec manducē&bibā
&post haec tumandicabis &bibes nūquid
grām habet seruoilli quiafecit quaesibum
perauerat' Nonputo' sicetuoscūfecernis
omnia quaepraecepta suntuobis dicatese
uiinutilessumus quoddebuimusfacerefecim'
DñS COBISCŪ ℞ ETCŪSPŪTUO· KЧⱯ KЧⱯ KЧⱯ
Pacē habete corrigite uosadoratonem ℞
Adte dñe· dñsuobiscū ℞ etcūspūtuo ꝫꝫ
Porrige dexterāquaedñe plebituaeinisen

TAFEL IV   fol 189ᵛ

KOSTAS KROMMYDAS

A Tuscan Night

A novel set in Italy and Greece

Kostas Krommydas

With the kind support of

REALIZE

Via Donizetti 3, 22060 Figino Serenza (Como), Italy

Phone: +39 0315481104

and gratitude to

Yasmin Levy for the inspiration.

"To die is nothing. It is frightful not to live."

— Victor Hugo

A Tuscan Night

Dedicated to Holly Brewster, whose incredible story taught me so much, and nurse Bronnie Ware, whose work and research have been an inspiration to me.

Kostas Krommydas

Contents

Kostas Krommydas

A Tuscan Night

Some journeys begin with a suitcase in hand. Others, after a separation. A job change can make you depart and leave nothing behind. Then, there are those journeys that occur against our will, due to war or the twists of fate, which lead us to places and feelings unknown. Some journeys remain forever etched in our souls because they caused us pain or led us to hurt those we love. Sometimes we travel when we daydream, and the dreams that remain unfulfilled turn into little nightmares that haunt our every thought. Memories, on the other hand, make us reminisce with longing about journeys once taken and now gone by, never to return. The flights of our thoughts have no casualties, living and dying in our minds. And then there are those journeys on the wings of love, marked by an uncontrollable passion, which make us forget how it is to live or fill us with pain when the feeling is unrequited.

Too late, you will realize that the best journeys are those you never took. The ones you never dared embark on, the ones you never savored.

My journey began on the day I learned I only had a few months to live. It was the most beautiful thing I ever did...

* * *

Kostas Krommydas

Aridea

Despite the strict diet I had been on these past few months, squeezing into my wedding dress was proving impossible without holding my breath. I sucked in a deep lungful of air, temporarily growing a few inches taller as my ribcage hugged my neck, and Stratos hastened to fasten the last few buttons at the back of the dress. Just before I reached the point of needing to either breathe again or pass out, Stratos got the last button done up. I gasped with relief as fresh air rushed to my lungs.

Brushing his hands together like he'd just finished painting a masterpiece, Stratos—my best friend and best man— walked around to face me. He'd barely looked at me for a full second before joining in with the squeals of admiration coming from my gathered girlfriends.

"You look gorgeous, Ismene," Stratos exclaimed. "A work of art."

I grinned and did a little twirl for my audience.

The strains of *I Will Survive* thrummed through the walls. The music was infectious, and suddenly we were all on our feet and dancing—carefully, so as not to crumple our dresses—and singing along at the top of our lungs like teenagers at a slumber party. Maria, the singer of our little band of friends, went full-on diva, holding a makeup brush like a microphone and breathing life into the impromptu party with her dance moves. I envied her ease and the way she danced.

We kept dancing until the end of the song and then broke into applause. Like a real diva, Maria walked up to me and, holding my hand, brought her cheek close to mine and gave me a quick peck, careful not to smudge the makeup that had been so carefully applied.

The only thing spoiling what was supposed to be the loveliest day of my life was the intermittent sharp pangs at my temples. I could feel them come and go like bees buzzing in and out of their hive, and no amount of champagne was keeping them away. I was anxious for everything to go smoothly. If I could have magically transported myself twenty-four hours into the future, I would have, even if it meant missing all the special moments a bride experiences on her wedding day.

"Selfieeeee!" Stratos shrieked, holding up his camera. He was the only man in our little group. Perhaps it was unusual to have a man present at this moment, but "unusual" aptly described my good friend. We crowded together, the glass of our champagne flutes clinking as we all squished into the frame.

"No one is supposed to see the bride before the wedding. It's bad luck..." mumbled Maria through pursed lips, pouting for the camera.

Everyone's features morphed into the ubiquitous duck face that never failed to crack me up.

"That's an old wives' tale," Stratos declared, and snapped a few photos. "Come on, Ismene, let me upload one. The world needs to see how beautiful you are today."

I laughed, and told him to go ahead. "Everyone is going to love it," he exclaimed, posting it to social media while I sipped the last of my champagne.

"Girls, it's time," I said, glancing at my watch. Then I saw the frown on Stratos's face and added, "Girls and *boy*! Come on, Chris won't be happy if I keep him waiting."

"He'd better get used it, he'll have to do it often enough..." mumbled Stratos. He was about to launch himself into another dance routine when my mother's entrance into the room made him freeze like a boy caught with his hand in the cookie jar.

"Come, stop now. We'll be late," my mother said with a laugh, succumbing to the jovial atmosphere in the room.

She was right. If we hit a little traffic, I could not vouch for Chris remaining on the church steps. I'd had a nightmare last night, of arriving at the church and no one being there. Not that I really believed Chris would leave me at the altar, but try telling that to a mind wracked by pre-wedding jitters.

To show everyone that it was time to go, I went to my mother and took her hand, kissed it, and said reassuringly, "We are leaving now, Mum... Is Dad ready with the car?"

"He has been ready for ages," she cried out. "If he keeps polishing it, he'll end up scraping the paint off. The pollen is driving him mad…"

"Is Magda at the church already?" I asked. My younger sister was about to give birth and was finding it challenging to move around. I just prayed she would not go into labor during the service.

"Everything is all set," my mother said calmly, giving me a look that we should get a move on.

The makeup artist corrected the tiny imperfections of my makeup while my friends and family gathered their things and bustled out of the house. Then we were out the door and walking down the few steps that led to our front garden.

Not wanting to disappoint my parents, I had agreed, with Chris's consent, to hold the wedding in the town where I had been born and where my parents still lived: Aridea. Although I had always dreamed of my wedding taking place on the beach of some beautiful island, I had readily accepted this compromise when I realized that no one was really up to the logistics a beach wedding would involve.

Chris and I had agreed to do away with most of the traditions that came with a wedding. No posing for photos at the church, no cakes or champagne at the dinner party. We were generally on the same page, and had not had the slightest disagreement during the wedding preparations— probably because he was barely involved with the planning. Although I preferred a simple and intimate ceremony with only our nearest and dearest present, I had succumbed to everyone's pressure and ended up with quite a crowd of guests.

Not that I regretted my decisions. I loved Aridea. I had lived here until I graduated high school, and my mind was filled with beautiful recollections. I may have been living in Thessaloniki for many years since then, but a part of my heart still beat among the blossoming cherry trees of this flatland. It was my sanctuary, my refuge, and luckily Chris seemed to love the place as much as I did.

As I slowly walked down the front steps of my parent's house, I thought back to the weddings I had attended as a child. I used to dream of being a bride, standing beside my Prince Charming at the altar. Chris may not be of royal descent, but it doesn't matter, because he's the man who won my heart. After many tumultuous and failed relationships, finally here was a man who I believed I could grow old with. As far as I was concerned, that was the key to wanting to marry someone: the realization that the man beside you would always be there, in good times and bad.

Looking at the world around me, I felt lucky. Most people seemed to struggle to share their lives with someone, opting to walk a lonely path, or diving into the virtual relationships now offered by social media. Stratos had once described in detail the intensity of a relationship he'd had that only existed through the camera of his mobile phone. When I'd asked him how he satisfied senses other than sight and hearing, he replied that those were the best kind of relationships – you never grew tired of them because they were there only when you wanted them, with no other commitments. He had always been quirky about everything, but I adored him.

The sound of brass instruments interrupted my reveries, played by the band set up in the garden to send me on my way to the church in style. The Macedonian tunes of my region always stirred me to the core. When my father had asked me what kind of wedding I wanted, I replied, "One like yours and my grandparents."

With everyone looking at me intently, I felt like crying, but that would have meant another pause to fix my makeup and further delay. So I pushed down the tears and walked into our front yard, where the waiting crowd gathered around me, swaying to the festive tunes played by the band.

The beat coursing down my spine, I took a few steps as everyone put their hands on their waists and formed a circle around me and my parents. Maria and Stratos gathered up my train to stop it from dragging on the grass, swaying to the music along with the rest of us. Looking around, I realized everyone was struggling to hold back tears, the same as I was. With a smile, I raised my hands and let the music carry me away.

Eyes closed, I felt every cell in my body quiver with joy under the waves of happiness the festive atmosphere was unleashing. At last, even for a few brief seconds, the thoughts and worries of the wedding preparation fled my mind. I wished I could feel like this forever. Free. This intoxicating feeling was a rarity for me, as the general pattern of my life in recent years had been a constant round of do's and don'ts, the goalposts of a predetermined existence.

Out of nowhere, something akin to a bolt of lightning struck inside my head, the pain rooting me to the spot. I stumbled and instinctively pushed my palms against my forehead. As speedily as it had arrived, the lightning left.

"What's wrong, Ismene?" my mother asked, instantly sensing something was amiss.

I shook my head, and, squeezing her hand, I replied. "Nothing, mum. Just a small headache. We should have gone easy on the champagne..."

"That's not it, sweetheart. I think it's all the stress that everything should run smoothly. Don't think about it. Enjoy the moment; it will pass before you even know it. Have some lovely memories of this day."

No matter what I achieved in life, I could never control my obsession with perfection—and my mother knew that all too well. I wanted everything to be done right, despite knowing that everyone had a different meaning for that word. I was imprisoned by stereotypes and cared little for my own desires. I hoped, though, that today's new beginning would be the launch pad to changing many of the things I wanted to change.

I did not want anyone else to notice something was wrong, so I slowly walked away from the dancing circle, my friends and family parting and forming a corridor to let me through. My mother and I made our way to the flower-bedecked car and climbed in.

As my father drove us to the church, my mother sat beside me in the back seat, holding my hand. The music pumping out of the car radio was too loud, so I reached forward to touch my father—the man I adored more than anyone in the world—on the shoulder and asked him to turn the music down. He shot me a warm smile and did as requested.

My father was the person who understood me best. He could tell what I was feeling from the sound of my voice, the way I greeted him during a phone call. We may not have seen each other frequently these past few years, but he never stopped being my refuge when things got tough, and I would often seek his advice, even for mundane matters.

When silence descended in the car, I leaned back and gazed at the landscape I so adored through the open window. The scents of spring never failed to revive all my senses. A few blossoms still clung to the cherry trees, ready for the light breeze to sweep them away. The breeze stirred their branches, and if you squinted, you would think it was snowing in the bright sunshine.

A smile formed on my lips as I recalled the impatience I'd always felt, ever since I was a child, for the moment when I would climb the trees and savor the not-yet-ripe fruit. First came cherries, then peaches. I always remembered my grandmother's words, who was no longer with us: "Squandered time can never be harvested." What my grandmother had meant was not to leave for tomorrow what you can do today. She just said it in her own unique way, as only people who have grown up close to nature can.

I had paid no heed, back then, to everyone scolding me, telling me that the fruit had been sprayed with pesticides and was still not ripe. The moment the cherries' flesh began to turn red I would gather them, determined to taste their crisp sweetness before everyone else. Practically all my clothes had been stained with cherry juice, which had led to many shouting matches with my mother. These always ended in tight hugs.

Those were the most carefree memories of my life. What had happened in the intervening years? How had such moments become rarer and rarer? That was something I had promised myself to work on. The relentless work pace I had been keeping had exhausted me, and I wanted that to change soon. Running my own law firm for the past ten years, since the age of twenty-four, was no small feat. Without realizing it, I had become a slave to my work, which, despite going remarkably well, did not offer me the simple joy of carefreeness for a single moment. The more cases I took on, the more my obligations had grown. As a result, Chris's arrival in my life had seemed nothing less than a miracle.

Only he had managed to pull me away from the endless hours spent at the office—admittedly, not without difficulty. I could not wait for our honeymoon, for it to be just the two of us in Northern Italy, to spend ten days visiting the lakes there. It was a trip I had always wanted to go on, but had never quite seemed to have the time. Until now.

I had tried to elicit some information, but Chris refused to divulge anything, just telling me that everything was set. I knew him well enough to know that he had not preoccupied himself with the details. I would have to do that so we could enjoy our holiday as much as we could. My only complaint was that he had skipped Rome, which I had always wanted to visit. Not just the city, but the film studios at Cinecittà. I had watched Zeffirelli's *Romeo and Juliet* when I was young, and been impressed by the magnificent scenery, believing that those cities truly existed somewhere. When my father explained that there was a large studio where the film had been shot, I promised myself I would visit the place that had marked me so in my teens someday.

As we neared the church, I quietly asked my father to skip the tradition of driving around the building honking. It bothered me every time they did it at other weddings and, besides, we were already late. I only agreed to let the cars following us overtake us so that they could arrive first and wait for us.

"Ready?" my mother asked with a smile.

I squeezed her hand, signaling that it was time at last.

"Do you know that mothers used to sing laments to their daughters on their wedding day back in the old days?" she said.

I could not fathom why they would do such a thing, but my mother did not let the unspoken question hang in the air.

"They sang songs that spoke of parting. Their daughter's marrying was, in essence, the first time they would leave home, and often they would not be back for a very long time. Some never returned... The mother mourns for this parting. She knows that her daughter will now have her own home and soon be a mother herself..."

My mother opened her handbag and took out a yellowing, folded page. "There were also laments sung by daughters to mothers. I sang one to your grandmother before I married your father... She had sung it to her mother when she left home many, many years ago. I later wrote it down so I would not forget it, and I promised to pass it on to you on your wedding day. I wasn't sure whether I should bring it up today; times have changed, you see. But I think I should keep my promise..."

Her eyes welled up with these last words. I smiled and nodded, showing her I truly wanted to see it. She solemnly unfolded the paper and held it out. All this time, my father had been watching us silently through the rearview mirror, and he cleared his throat to hide how moved he was. I took the paper and, in a quavering voice, began to read it.

"Rise, mother, and look at the sun,

If it is early, I may linger,

If it is late, I should go.

Think of me, beloved mother,

Think of me in summer,

Think of me in summer,

For cold water from the fountain,

Think of me in winter,

For warm bread from the oven."

As soon as I read the last words, the car stopped. We had arrived. I yearned to hold my mother tightly in my arms, but with everything going on around me, I couldn't. I carefully folded the piece of paper and returned it to her for safekeeping.

When my father held my door open, I felt as if I were about to step into a new world, like a newborn foal. Bizarrely, the words of the lament had filled me with joy. Maybe because I knew I could see my parents whenever I wanted, unlike the women of those years long gone who often did not have that choice.

Chris, standing at the top of the steps leading to the church door, gave me a look of admiration and anticipation. His parents, visibly moved, stood on either side of him. My sister, Magda, stood up from her chair, her belly like an arrow pointed in my direction. At least someone there had a stomach larger than mine...

A Tuscan Night

A photographer came and stood before us, forcing us to halt for a moment and smile for his camera. I smiled awkwardly, caught off guard, and the burst of the flash momentarily blinded me

As I walked up the steps arm-in-arm with my father, I heard a strange buzzing noise in my ears. I thought about stopping and asking for help, but didn't, assuming it would pass. Everyone moved around me soundlessly, as if I had suddenly found myself in a silent film.

When I reached Chris at the top of the stairs, I opened my mouth to tell him something was wrong but, like a speaker suddenly unplugged, the buzzing sound disappeared, and all the usual sounds returned. The first words I heard, as a wave of relief washed over me after these few seconds of turmoil, were his.

"You look beautiful," Chris whispered, giving me the bouquet and a quick kiss.

What was that strange buzzing sound that had filled my head moments ago? I forced a smile as I tried to understand what was happening to me. Lost in my own thoughts, no time to think things through, I followed Chris inside the church while everyone clapped. I was gripping his hand so tightly he turned and gave me a puzzled frown.

Something was amiss. Under any other circumstance, I would have told Chris what was happening. Present circumstances, however, left me no choice but to push myself to carry on.

We came to a stop in front of Father Nicholas, who I loved. Like cherry blossoms, his white hair showed his advanced years. Only then did I feel calmer, and my concern began to subside. I looked at my parents standing to one side, felt Stratos and Maria fiddle with my dress and my hair behind me.

My sister took her place, sitting down at a chair that had been placed for her beside the choristers. Succumbing to the emotion of the day, she discreetly wiped her nose and the tears streaming down her cheeks. I winked at her, and Magda grinned and stroked her belly, as if saying it would be my turn soon. Not that Chris and I were planning to have a baby any time soon. I wasn't sure if we ever would. I wanted to, but the only thing Chris ever said on the subject was: *We'll see.*

As soon as everyone sat down, the priest began the service. And, suddenly, the buzzing was back, a relentless nightmare invading my head. It grew so strong I struggled to understand what I was hearing. The pressure in my ears made me feel as if I were standing at the bottom of the sea. All I could hear was my own breath.

My heart pounded as I watched Father Nicholas's mouth open and close without a sound coming out. I read his lips rather than heard, "With this, Ismene is engaged..." and tried, despite my severe discomfort, to smile.

Maria placed wedding crowns on our heads and switched them between us three times, as was customary. Every time she touched my head, I felt a strange numbness course through my body. Every time the photographer's flash lit up in our faces, tiny thunderbolts of pain split my brain in half. Noiselessly, trying to stifle my mounting terror, I turned toward my father. As if sensing something was wrong, he discreetly leaned toward me.

"I'm not feeling well, Dad. Something's wrong with my ears..." I told him, unable to understand whether he had really heard me.

He whispered something. Unable to see his lips, I could not understand what he was saying. All I felt was his breath against my neck.

At the same time, Chris squeezed my hand, trying to understand what was going on. With the buzzing sound drowning out all my senses, I clumsily smiled, pretending everything was fine. How could this be happening? On my wedding day, of all days?

Every second passed with unbearable slowness. Terrified, I stared at Father Nicholas, trying to hear even a fragment of the words he was speaking. The pain in my head had disappeared, but the buzzing remained.

Chris, standing beside me, was looking at me, utterly ignorant of my condition. How could he not sense that something was wrong?

I looked behind me and saw my father nodding at me as if trying to give me courage. Had he heard anything I'd said? As long as the buzzing sound persisted, I had two options:

either interrupt the service, or be patient and, as soon as the service was over, tell Chris we needed a doctor.

I cast a fleeting glance at Stratos and Maria, but it would be impossible to explain what was happening without shouting. I looked ahead once again, at Father Nicholas before the altar, and a spark behind him. A candle, flickering as if it were trying to communicate with me. I decided to be patient and hope that this would pass. Once the wedding was over, I would investigate the cause of these symptoms.

I did not even notice that we'd gotten to the point in the ceremony where we would have to move in a circle until Chris tugged at my hand. *Isaiah's dance*—our first steps as a married couple. I tried to take the first step, but it was in vain. It was as if my feet had been nailed to the church floor.

Chris, evidently still unaware of my troubles, gave me a gentle push. Only then did I manage to move. As soon as my foot lifted off the floor, I felt the familiar pain in my head grow sharper, like a knife plunging in, deeper and deeper.

We had not taken more than a couple of steps when I felt liquid seeping from my nose. Blood. I stopped moving abruptly, realizing I was about to collapse. I freed my hand from Chris's grasp and brought my palms to the sides of my head, pressing at my skull, trying to suppress the pain.

An agonized cry scratched my throat as it escaped my lips. Chris stopped and clumsily caught me in his arms before I hit the floor. Blood trickled out my nose and off my chin, dripping down my pristine white wedding dress. Like the cherry stains on my clothes as a child, only now a brighter crimson.

My eyes shut as I let myself go in Chris's arms, stopped fighting and allowed myself to collapse into oblivion. Only then did the pain subside, giving way to a strange sense of calm, as if I were floating in the air.

I could not see a thing. Like a dream, I felt as if I were lying under the blossoming cherry trees, the spring breeze gently caressing my face. All I could hear, coming from afar, was the voice of my father, like rustling leaves: "I'm here... Everything will be all right."

Kostas Krommydas

Thessaloniki

The first thing I felt as I slowly regained my senses was someone holding my hand. I tried to open my eyes, but it seemed incredibly difficult. I felt like I needed to summon all my strength just to move my eyelids.

My mother called my name softly. It was the push I needed, and I finally forced my eyelids open. Where was I?

"Mum," I whispered.

"Ismene... How are you feeling, my love?" she said, gently touching my face.

I glanced around the sterile white room. A tube stretched from a large bottle above my head all the way down into a vein in my right arm. I was on a drip. This must be a hospital.

"Where are we, Mum? Why am I here?" I asked, unable to remember what could have led to me being hospitalized. My vision had returned by now, and I instantly spotted the tears in my mother's eyes. She pressed a button by my bed and moved closer, stroking my hair.

"Everything will be fine, my love. Everything will be fine."

Slowly but steadily, the nightmarish moments of my wedding unfolded in my mind, scene by scene. My bloodied wedding dress, carelessly flung over an armchair across the room, lay like the creased witness of what had happened. Everything was still a confused blur, and it took me a few minutes to reconstruct the sequence of events. I felt exhausted.

"What happened to me, Mum?" I asked. She was about to answer, but the sound of the door swinging open interrupted her. A nurse walked in.

"Good morning, Miss Staikos. How are you feeling?"

"Fine…" I croaked, although this was more a statement of habit rather than fact. "What's wrong with me?"

"Your doctor is on his way. He will tell you everything," the nurse said, adjusting the drip and checking the machinery by my bed, which was monotonously beeping. The young woman pressed another button, and the back of the bed slowly rose.

"Where are we? How long have I been here?" I asked my mother. She was still in the clothes she had worn at my wedding.

She looked at her phone and said, "Around two hours, honey. We first went to the hospital at Giannitsa, but your dad and Chris spoke to the doctors, and we came to Thessaloniki in an ambulance…"

My father appeared in the doorway. Seeing me awake and alert, he rushed to my bedside and kissed my forehead. He was followed by a doctor and an ashen-faced Chris. I had never seen Chris so frightened, and cold dread gripped my heart.

The doctor came and stood by the other side of my bed. He looked at me intently and asked, "How are you feeling?"

I honestly did not know how to reply. "I feel strange..." I said as I watched Chris come closer and gently touch my hand.

"What do you remember?" the doctor asked.

His question made me worry even more. I could recall everything up to the moment I saw the bloodstains on my wedding dress.

"I remember quite a few things until my nose started bleeding. Then I guess I fainted." My throat was starting to burn. "Can I have some water, please?"

My mother instantly grabbed a bottle and handed it to me. The cool liquid helped soothe the burning in my throat somewhat.

"Yes, but what happened before that?" the young doctor asked, his tone calm and even. "Any other symptoms? Or did everything happen suddenly?"

"I had terrible headaches, but not for long. They came and went," I said, and slowly brought my fingers to my forehead.

"Just yesterday, or have they happened before?"

"Yesterday they were very intense, like a needle in my head. I've had some headaches in the past but never paid much attention. One painkiller and they were gone…"

"Did you have any other symptoms? Dizziness, nausea, anything like that?"

"Throughout the whole ceremony I could hear an intense buzzing noise that seemed to fill my head."

His expression changed almost instantly from relaxed to worried. "When you say 'buzzing noise'—do you mean you couldn't hear anything else?"

"In the beginning, I could only hear the noise, then a few other sounds but with great difficulty. It was like trying to hear something through a wall of noise. It began when I arrived at the church. Then, the pain in my head became sharper, and then there was that terrible sound."

"Are you saying that, during the ceremony, you couldn't hear at all?"

"Not entirely. It was as if I had lost the larger part of my hearing…"

My mother sighed deeply. "Why didn't you say anything, love?" she cried out.

"She told me," my father said. The doctor turned to look at him. Apologetically, he added, "At one point, she whispered she could not hear well, but I thought she meant the church was too noisy. I could see you were distressed," he said, turning to me, "but I thought it was just wedding nerves. How could I know, sweetheart?"

"Doctor, what's going on?" I asked.

"It's hard to tell right now. We will have to run a series of tests before we can discuss anything. But let's be optimistic."

Before I could ask anything further, the doctor requested everyone leave the room.

Without letting go of my hand, Chris said, "Doctor, can all these tests be done here, or should we go to Athens?"

The doctor straightened, pulled out a stethoscope from his pocket, and placed it around his neck.

"I don't think the test results would be different or better. In any case, you will get a diagnosis here, and then you are free to decide how to proceed. Let me reassure you, however, that our hospital is fully equipped, as I have already told you. Now, if you don't mind, I would like to examine the patient."

Chris leaned down and kissed my forehead. "I'm here for you, my love. Everything will be fine."

He and my parents walked toward the door. My mother paused and picked up the blood-stained wedding dress, mumbling to herself, "I should get this to the dry cleaners."

"No need for it, Mum," I called out impulsively. Everyone turned to look at me, puzzled. My reply had been a reflex which I now regretted.

I tried to backtrack, but the voice of the doctor stopped me. "Please step out of the room for a moment."

My mother, stunned, picked up the dress and left the room with everyone else. Evidently troubled by what he had just heard, Chris cast me a fleeting glance before closing the door behind him, leaving me alone with the doctor and the nurse.

The doctor listened to my heartbeat, checked my eyes, and palpated my neck and the area between my shoulders. All the while he asked me about my medical history, which did not include any extraordinary events. I was generally a healthy person. This was the first time I was faced with something that might be serious. I had only been hospitalized once before, when I was ten. I had fallen off a peach tree and broken my elbow.

When I saw that the examination was over, I impatiently asked, "What do you think, Doctor?"

"The truth is that I can't see anything out of the ordinary," he began, and relief flooded through me. Then it disappeared as he continued. "But I suggest you undergo further exams starting tomorrow, so we can investigate the matter thoroughly."

"Meaning?" I asked.

"Blood tests, an MRI, a CT scan, and anything else that might be necessary."

"Great..." I mumbled, disappointed.

"It's really as a precaution. These are routine tests, Miss Staikos. You have no reason to worry at present."

But the slight tension in his jaw told me that he was definitely worried. A strange void filled me, and for a while I answered robotically some more questions about my medical history.

"All right, then," the young doctor said and straightened up. "I will be here all night if you need anything, and we will get started tomorrow morning."

He turned to go, but I stopped him. "Will you do me a favor?"

"Of course," he replied, and returned to my bedside.

"I would like to know everything before anyone else does. I mean..."

"Don't worry, I understand. I will pass on your request to the head of the clinic, who will see you tomorrow. Try to get some rest; it will be an early start."

The doctor opened the door to let my family back inside the room. Turning toward them, he added: "Let her get some rest. I will be in my office for anything you need. If she wants to get up, make sure someone is with her." He smiled at me reassuringly and left, closing the door behind him.

Chris immediately moved toward me. He sat on the edge of the bed and took my hand. "Everything will be all right, my love…"

Apparently, he had decided to pay no further heed to what I had said about the wedding dress, so I decided to let it go too. I still could not understand why I had uttered those words. My mother, standing behind him, was struggling to hold back her tears. My father had his arm around her shoulders, trying to comfort her.

"So, are we married or not?" I asked, trying to lighten the heavy mood.

Everyone smiled awkwardly, and my mother spoke first. "The service was not completed, so no. But that's the least of our concerns right now. Let's sort this out, and then we'll have the wedding and the party as they should be. With a new wedding dress."

I nodded yes, yes we would.

The pinging sound of a phone interrupted us. Annoyed, my father took out his cell phone from the breast pocket of his jacket. His eyes bulged when he saw the message. "Magdalene has gone into labor…" he said in a shaky voice. "Her water's broke. Tasos says they are taking her to a maternity unit here in Thessaloniki." He sounded like he could not even believe what he was saying.

It never rains, but it pours, my grandmother used to say. At this moment it was so fitting, I was sure that she would be saying it if she were here with us. True, my sister had been nearing her due date, but the synchronicity was nonetheless incredible. Maybe the strain of what had happened to me had brought on her labor.

"What shall we do?" my mother wondered in despair.

She did not look like she expected an answer, but I knew what needed to be done. "You should go be with Magda. I'm going to go to sleep anyway." I took Chris's hand and pulled him nearer.

My parents exchanged a quick look, clearly trying to think of a solution that would allow them to be with both their daughters at the same time. I would not want to be in their shoes. Rather than being filled with joy at the imminent arrival of their first grandchild, they stood there, at a loss.

"I will stay with Ismene. You take my car and go to the hospital, and we will talk on the phone. It's not that far, anyway," Chris suggested, squeezing my hand even more tightly.

My mother looked perturbed. Entirely understandable under the circumstances.

"Go, Mum. I'll be fine with Chris. I'm already feeling very drowsy..." I whispered, my eyelids heavy with exhaustion.

With a deep sigh, my father came and kissed my cheek. "We'll do as you say, sweetheart. We will go see if your sister is doing well, and we will be back in the morning. If you need anything, call us. Agreed?" he said, and looked at

Chris pointedly. "If anything happens, you will call us, Son…"

"Of course. Please don't worry about that…"

Still unsure, my mother kissed me without a word. She followed my father, keeping her eyes on me the whole time, until they exited the room. I was sure that if she had tried to utter a single sound, she would have been choked with tears. She did not want to break down in front of me.

"Do you need anything?" Chris asked me, protectively pulling the blanket over my legs.

"I need to use the bathroom…"

"Hang on, let me get the nurse," he said, and poked his head through the doorway to call for assistance.

I was surprised he asked for help instead of leading me to the bathroom himself. We were practically married. I raised myself to a sitting position as the nurse walked into the room. With their help, I brought my legs to the floor and tried to put on the slippers the young woman brought nearer. It was impossible to look down. Every time I tried, I could feel the room spin. Chris sensed my discomfort and pulled the slippers on my feet. I smiled and, leaning on both of them, walked to the bathroom door, dragging the drip stand behind me. The nurse walked in first and stepped aside to let me through. I leaned against the sink and felt that I was strong enough to be left alone. I gave her a look that said I would be fine on my own, and she nodded.

A Tuscan Night

As soon as I heard the click of the closing door, I looked in the mirror and gasped. I did not recognize my own face. I was very pale, and my eyes were bloodshot. The nurses had apparently tried to clean off my makeup, but hadn't done a very good job. I splashed some warm water on my face and rubbed it with a towel until all the makeup came off.

When I finished, I just stood there, staring at my reflection. What the hell had befallen me? I felt so unlucky... Where had the girl that used to run carefree across fields and through woods gone? When had she turned into this shaky, pale-faced woman in a hospital gown, a shadow of her old self, barely able to walk on her own?

I scrubbed at a dried stain of blood just under my nose and then leaned closer to the mirror, staring into my own eyes. I honestly could not remember when I had last looked at myself in this way. I usually paid attention to everything other than my eyes. I discovered that, while we look other people in the eye to understand them, we never do that to ourselves. Perhaps we feel that we know what is going on inside us well enough. Maybe we should spend more time trying to look inside our own souls, though.

The nurse's voice interrupted my ruminations. When I stepped out of the bathroom, I found Chris and the nurse standing guard beside the door. Although I was now steady on my feet, he took my hand and slowly led me to the bed, pulling the drip stand with his other hand. I felt better, although I was still drained.

"Shall we walk around for a bit?" I asked. I wanted to stretch my legs before lying down once again.

Chris seemed hesitant. Nonetheless, he put an arm around my waist, and we steadily walked out of the room.

"I'm sorry I ruined everything..." I whispered as we followed the nurse into the corridor. She left us and walked briskly toward the nurses' station.

"Don't ever say that again," he said softly. "It could have happened to anyone. Everything will be fine. Then we will have the wedding of our dreams. Now you must focus on the tests. I'm sure you'll get the all-clear."

We walked down the corridor, stealing looks through open doors at other patients lying in their beds. The wheels of the drip stand squeaked as it rolled, disturbing the silence that reigned. Another nurse walked down the corridor toward us and smiled as she moved past us.

A sudden thought hit me. "There goes our honeymoon."

Chris frowned. "That's the last thing you should be worrying about. You know I'm not fussed about travel. We can go to Northern Italy whenever we want; we have so much time ahead of us."

"Do we?"

"Stop being such a pessimist all the time!"

I stopped walking, perplexed.

A Tuscan Night

"All the time?" I asked, looking at him pointedly.

"Let's be optimistic, sweetheart. It will all work out," Chris said, and fell silent. When he started fidgeting, I took it as my cue to return to the room.

Perhaps he was right. I often looked on the dark side rather than the bright side of things. I rarely enjoyed the present, my mind permanently preoccupied with thoughts of the past and the future, as if I could somehow change what had passed and what was to come.

As I followed Chris back to my room, an elderly woman lying on her bed caught my eye through a doorway. She was fixing her hair. She sensed our presence and gave me a piercing look. Just before we moved out of her line of sight, she raised her hand in greeting. I wished I could turn around and wish her goodnight, but we were already too far down the corridor and I didn't have the energy to go back.

Soon, I was in my room, at last ready to rest body and spirit. As I lay down on the bed, I realized that my hospital gown was actually extremely uncomfortable, chafing my skin. I had no choice, though. It had all happened so fast.

The door opened once again, and the nurse came in, pushing a trolley. She asked Chris to step outside. He obeyed with a smile.

"How do you feel?" she asked, adjusting the flow of my drip.

"Much better," I replied enthusiastically, as if trying to ward off another impending disaster.

"That's great!" She jotted something down.

A strange silence followed. Neither one of us tried to dispel it. The nurse did her job while I stared at the white ceiling. I spotted a tiny crack—the only imperfection in this room. Another obsession of mine: discovering the flaws in my surroundings. The agreeable young woman gathered up her things and left with the trolley, motioning to Chris that he could return to the room.

Just before he stepped inside, I overheard him saying, "I don't know yet. They'll run some tests tomorrow. I have to go. Bye." He was holding his phone in his hand as he walked into the room. He came closer, took a pillow, and propped it against the back of the armchair beside me.

"Everything okay?" I asked, mostly to find out who he had been talking to.

"Yes. That was your parents. They're worried and want to know how you are doing. They wanted to come over, but I didn't let them," he replied, trying to arrange the pillow against which he would be resting all night. He pulled the armchair closer to the bed and leaned back. "Our almost wedding night..."

I smiled at the joke.

"Couldn't be any worse," I mumbled, disappointed.

He gently stroked my hand. "Didn't we just agree to be more positive?"

"You're right. Thank you for being here."

"I wouldn't want to be anywhere else," I heard him say softly. He kissed my hand, turned off the light, and added, "Goodnight, babe."

"Goodnight," I said, hearing the echo of my voice. I wished we could spend a few more minutes chatting, but I could tell that he was tired.

As I lay silently in the uncomfortable hospital bed, I kept going over everything I remembered from the ceremony. What was really odd was that all my symptoms had vanished. I tried to stay positive, but it was useless. I would start off thinking about something pleasant and then slowly sink into the most macabre scenarios. I began to imagine what would happen if I died, and everyone came to my funeral the following morning.

Unable to shake off these thoughts, I whispered. "Chris, are you sleeping?"

"Of course not, we only just turned off the lights," he said, shifting in the armchair.

"Should the worst happen, I want you to get on with your life..."

He sighed exasperatedly. *Here we go again,* the sigh seemed to say, and I prepared myself for a scolding. Unexpectedly, his voice was calm and soothing. "I will get on with my life with you, Ismene. For many, many years... So try to get some rest now. We have a tough day ahead."

I felt his hand fumble for mine in the darkness. As soon as I felt his touch, I gripped it with all my strength. The poor man was exhausted too. I held onto his hand and felt my eyelids grow heavy. Maybe it was time to chase away every thought that was keeping me up and get some sleep.

* * *

I could not tell how much time had passed between closing and opening my eyes. Beside me, Chris was breathing deeply and evenly, a sign that he was fast asleep. I heard the faint sounds of nurses chatting as they pushed a trolley down the hallway, the squeak of the wheels accompanying their words. I thought they would enter my room, but the sounds drifted off down the corridor.

I tried hard to go back to sleep, but failed. It wasn't that surprising; sometimes, my thoughts would keep me up all night. As if my brain, for some bizarre reason, thought that the middle of the night was the best time to handle everything I hadn't managed to get around to during the day. Even more so now, when I had to handle this unexpected event.

Perhaps it was a warning. My life had been a humdrum routine until now, the sound of the alarm clock every morning my most punctual daily appointment. A constant rush to do what needed to be done. Wake up at 6:35, bed covers hastily flung aside, hurriedly apply my makeup, maybe have a sip of coffee standing by the kitchen counter. The sound of the front door closing behind me was the start pistol for the daily race to begin. Court sessions, appointments at the office, a quick bite at lunch if there was enough time, just enough to stop me from fainting with hunger.

There were days when I could not even remember what I had eaten—or if I had eaten at all. Any snatched moment of pleasure would get lost in the stress of my daily life. When I returned home late at night, all I thought about was finding some time to eat and see Chris, whose regular pace was almost as insane as mine. I could not remember ever making it through an entire movie in the evenings when we would literally collapse, exhausted, on the couch.

All my days, even the weekends, were filled with pressure and obligations, the damned hourglass of life chasing me while I watched the grains of sand drip, drip, drip away and ignoring them, pretending there was still plenty of time left. It had all led me down a path to nowhere. Every night, thoughts like the ones I was having now came to haunt me, telling me that yet again I had failed to meet a friend for coffee, read a book in its entirety, make love and wallow in the pleasure, not rush off to deal with the next pending matter. It was all done mechanically, dutifully. My days were like the hands on a large wall clock, slowly, tortuously, relentlessly pushing the hours ahead without pause for real pleasure.

There were days when Chris and I did not exchange a single word, despite living together. Not because we had argued, but because our conflicting schedules did not allow us to have even a few shared moments. The thought that instead of getting closer, we were slowly, insidiously turning into strangers frightened me. What would happen when we had children demanding our undivided attention? And I did want children. I had always wanted children. But was that even feasible?

When Chris and I did manage to get together, to go out, all we talked about were practical matters concerning our jobs and household. I knew full well that Chris was fighting his own battles during the day. He was always close to me, but looking into his vacant gaze, I often could not tell whether he was at least a little happy with our life together. Our decision to get married was the natural culmination of living together, not the pinnacle of our love. My daily pace left me very little time to do any of the things I wanted to do. Such was the speed at which I moved through the day that I often did not recognize myself.

Time is ruthless. It does not forgive, and it does not wait. Maybe I was at fault, as I did nothing to change this routine. The years flew by, and I became increasingly trapped in the illusion of a comfortable, successful life. It was convenient.

A loud thud in the corridor brought me back to the present. Chris stirred, but slept on in the chair beside my bed. I wished I could do the same, but I felt stiff. The drip in my hand made it difficult even to turn over. I wanted to at least check what time it was, to see if it was worth trying to fall asleep again.

A Tuscan Night

Propping up on my elbow, I looked around my private room and spotted Chris's phone perched on the side table. Moving carefully, so as not to dislodge the tube attached to my arm, I stretched over and grabbed the phone. Once I was settled back against my pillows, I hit the side button to turn on the screen and check the time. Five in the morning. I could probably get a few more hours' sleep if I tried...

As I went to turn off the screen, a text notification popped up, displaying the first part of a message:

I feel terrible, you know. Call me when you are on your own...

The screen went black before I could see the name of the sender. I pressed the side button once again, but there was no name, just a phone number.

Someone turned the doorknob to enter the room. I hastily replaced the phone where I had found it, and almost cried out in pain as the drip needle jerked and then ripped free of my hand.

The nurse turned the light on and saw me sitting upright in bed. "Everything okay?" she asked.

Chris stirred at the sound of her voice.

"Yes. I just need the bathroom," I replied, figuring it was a decent enough reason for why I was sitting silently in the dark.

"Your hand is bleeding," the nurse said, walking over and picking up the drip tube carefully. Blood was already trickling down my fingers.

"I'm sorry... I must have pulled it out as I tried to get up."

While she cleaned away the blood and reattached the drip to my arm, Chris finally made his way into the land of the waking. "Good morning..." he murmured drowsily, reaching for his phone. "What time is it...?"

His expression when he read the mysterious message was strange. As if he was shaken, but determined to hide it. I had never seen that look on his face before. He stood up and put the phone in his back pocket.

"Good morning," I replied after an awkward pause.

"Do you need any help getting to the bathroom?" the nurse asked.

"I'm good," I said. "Thank you."

She nodded and adjusted my drip one last time, making sure it was secure. "I'll come to take you for your tests in about an hour." She left immediately, leaving her trolley beside me.

Chris bent down to kiss my forehead, then walked toward the bathroom, stretching his arms and rubbing his neck. He hesitated at the doorway and turned to look at me. "Did you want to go first?" he asked.

"No, go ahead," I quickly replied.

He yawed and walked inside the bathroom, closing the door behind him. The lock clicked as he turned it.

The text message I had read was spinning in my mind. Who could have sent him that message in the middle of the night? It could be anyone worried about what had happened to me. But that didn't explain his expression when he saw the text. What did it mean?

A few minutes later, Chris was stretched out in the armchair and yawning. "Let's get some more sleep," he mumbled, holding my hand. "It will be morning soon."

Easier said than done. Unlike Chris, who quickly fell asleep, I was wide awake until, about an hour later, my father's smiling face appeared at the door. He looked drained as he walked up to me and kissed me. "Good morning, Ismene," he whispered. "How are you feeling?"

My mood lifted. I opened my arms wide and hugged him, minding the drip this time. "Much better, Dad. Tell me about Magda. How did the delivery go?"

"Perfectly! As of today, I am officially a grandfather. She had a strapping boy, seven and a half pounds. She wanted to come and see you, imagine that, so soon after giving birth. She's very upset about what's happening. We'll call her in a bit so you can talk to her. Your mother is staying with her a little longer and will come here later..."

"I'm glad she's with Magda," I said. "But you, Dad, you haven't slept all night...Why don't you and Mum go home and get some rest? Take Chris's keys. I think I will be here for quite a while..."

"There will be time for sleep later," he said.

The conversation had woken up Chris by this point. He pushed out of the chair, clothing wrinkled, and offered his hand to my father. "It sounds like Magda and the baby are fine. Congratulations, George."

They shook hands, and my father beamed. "Yes, thank God! Thank you! I now look forward to your making me a grandfather next."

Chris shot me an awkward look—while I was certain I wanted children, he was still on the fence. But it was hard to think about any future children when I was lying in a hospital bed, and my fiancé had a suspicious text message in his phone. I wondered if I should ask him who the sender was. But that might make him think I had been snooping while he was asleep. We had never given each other any cause for jealousy, and I generally trusted him. I had never checked his phone before—not on purpose, at least. Aside from an incident with a woman who had come on to him strongly at work, we had never had such issues.

My father spent the next few minutes describing my nephew, who apparently was the spitting image of his father and looked nothing like Magda—as is often the case.

Since the nurse had warned me about the upcoming tests, I wasn't surprised when a group of doctors soon arrived. The doctor who had examined me the previous day stood at the edge of the group, and shot me a reassuring smile.

"All visitors, please step outside," the nurse said. My father and Chris obeyed, leaving me alone with the hospital personnel.

"How are you feeling?" the oldest-looking doctor asked me as soon as the door closed behind them.

"Much better. A little tired, but better."

"That's good. The doctor who examined you yesterday has briefed me," he replied, looking at me carefully.

"Do you know what's wrong with me?"

"No, but we intend to run a series of tests to see whether it was a random event or something more serious. Have you had any other hearing trouble since you woke up this morning?"

"No. Aside from fatigue, I feel normal. Even a small headache I had is gone. Do the buzzing noise and the trouble hearing mean something?"

"I cannot tell you with any certainty. What I can tell you is that it is uncommon to develop both symptoms at once," the doctor replied. He asked the nurse to detach the drip and me to stand up.

As I stood, he palpated my neck and asked me questions about my medical history, details that I could hardly remember. Then he asked me to lie down so they could take blood samples for the various tests. Finally, he asked me to sit in a wheelchair so the nurse could take me to the prep room.

"Don't worry. Everything will be fine," the nurse told me, opening the door.

Chris and my father were standing in the corridor outside. "They are taking me to the examination room..." I explained.

"We will be with you every step of the way," Chris said, and my father nodded.

But the nurse stopped them. "I'm sorry, you will have to wait here. We'll take good care of her, I promise."

As Chris and my father acknowledged her words, the doctors who had been in my room spilled out into the corridor. The nurse wheeled me toward the elevator, and I craned my neck back to watch as Chris and my father cornered one of the doctors, asking about the tests and my condition.

When the elevator doors opened, chilly air rushed out and gave me goosebumps. The nurse pushed the wheelchair inside, and we rode down several floors. She took me to a sitting area, dotted with patients in hospital gowns waiting for their turn. A cleaning lady at the end of the room was violently wringing a mop. The smell of chlorine filled the room, and I felt bile rise up my throat.

The nurse set a brown folder containing my medical records on the reception desk, then turned back toward me. "My colleagues will take over from here. They'll call your name shortly."

"Thank you," I said as she walked back to the elevator.

I did not understand why I had to be in a wheelchair when I could walk, but I guessed it was just protocol. I cast a fleeting eye over the other patients and felt the room grow even colder. A woman, ashen and with no hair, eyebrows, or eyelashes was nonchalantly flipping through a magazine, as casually as if she were sitting at a hair salon. How could anyone get used to this situation? On the other hand, what else could she do but hope and wait? I examined her while her eyes were glued to the pages of the magazine and wondered if I was looking at my future self.

Suddenly, I felt very uncomfortable inside that room. I wanted to get up and leave. I wished a member of my family was there with me. The sound of my name stalled my panic. I turned and saw a chubby nurse. She quickly walked up to me, placed my medical folder on my knees, and wheeled me around.

"They will be running a series of tests now," she told me. "You should remove any rings or anything metal you might be wearing. We'll look after them until you are done." When I didn't respond, she glanced pointedly at my hand.

I followed her gaze, and noticed my wedding ring for the first time. It was as if someone had slipped it onto my finger without me noticing. Was I supposed to be wearing it at all, if the wedding hadn't been completed? I tried hard to remember whether Chris had been wearing his ring, but failed.

She stowed the ring away safely and wheeled me over to a door with a sign that read 'RADIOLOGY DEPARTMENT'. From that point on, a long process began. The monotonous whirr of the equipment in the various examination rooms set my teeth on edge. When I entered a cylinder that looked like a coffin to undergo an MRI, I was seized by nerves to the point where I struggled to follow the doctors' instructions.

* * *

Relief flooded through me once the relentless battery of tests was over and I was taken back to the in-patients' floor. My parents and Chris appeared before me like guardian angels who would whisk me away from this cold and graceless process that held me hostage. As soon as the wheelchair stopped in front of them, I stood up and hugged them as if I had just returned from a long journey.

"Let's go, please..." I said, looking into their startled eyes.

"Go where, Ismene?" my mother asked.

"Home, Mum. They've run all the tests. They are done examining me."

The three people I held dearest—along with my sister— exchanged a look. Chris spoke first. "We are not leaving yet..." he murmured, glancing around. "Let's go back to your room."

The nurse still stood behind me, holding onto the wheelchair. I shot her an awkward smile, then followed them inside the room. But my father remained in the hallway, and when he entered the room, it was accompanied by the doctor who had examined me that morning.

"Well, Miss Staikos, we have completed the first round of some necessary tests. Now we wait for the results."

"So I can go," I said, confident that there was no reason to extend my hospital stay.

"After everything you have been through, I advise that you stay here a little longer. Tomorrow, when we have a clearer idea of your condition, we can discuss when you can be discharged."

"But I feel so much better," I protested.

"It is too early for us to safely say whether you can resume your normal life. Show a little patience. This is for your own good..."

The doctor's voice was strangely calm. It was evident that he was used to dealing with similar situations. Much as I wanted to go home and pretend this whole thing had never happened, I couldn't argue with a medical professional. If he thought I should stay in the hospital, then that was what I would do.

"Can I at least take a shower?" I asked.

He chuckled. "Of course! Although someone should accompany you, just in case you have a dizzy spell." He saw the frustration on my face and gently touched my shoulder. "It is only a matter of precaution, for your own safety," he added, and turned to go.

"Can I have something to eat?" I called after him.

"Your breakfast is already here." He pointed to a covered tray on the bedside table.

My mother put her arms around me. "Everything will be fine, sweetheart. I brought a change of clothes for you. Chris and I passed by your house while you were having your tests done."

"Do you want to see some photos of your nephew?" my father asked with forced cheerfulness, trying to lighten my mood.

"Yes, Dad. Let me take a shower and then I want to see him. And call Magda too!"

"I brought your phone," my mother said. "You have a lot of messages. And I've brought you this." She picked up a tracksuit. "You will take a shower, and the boys will go grab a coffee."

Chris had already changed into fresh clothes, probably when they went by our house. I hugged him and gave him a kiss. He smelled good, unlike me. I stank of hospital and blood tests. I saw that he was wearing his wedding band.

"Darling, go home and get some rest," I said with a smile. "Come back later. My parents are here now."

He placed a finger on my lips to shush me. "You won't get rid of me that easily," he joked. "Go take your shower."

I turned without protest, and my mother made to follow me. I felt everyone was being overly cautious. "Mum, I think I can manage on my own," I said.

"Don't even think about it. We'll do as the doctor said. Don't tell me you feel shy around your own mother!"

That was not the reason I did not want her in the bathroom with me. It was the fact that they all thought I could not manage on my own.

I suddenly found myself in the small bathroom, with no recollection of how I'd gotten there. It felt like I had lost a tiny portion of time. This had happened before. It was as if I were taking little leaps that landed me a few seconds ahead in the future. Should I mention it to someone? The fact that it had happened two or three times now was beginning to trouble me. Maybe it was just because of all the stress I was under.

My mother helped me out of the uncomfortable hospital gown, and I was soon standing under a stream of warm water, which instantly made me feel infinitely better.

As my mother reminisced about the long chats we used to have when she would give me my bath as a young child, I looked for the soap, wanting more than anything to scrub the hospital off my skin. My mind traveled into macabre worlds as my mother spoke of Magda and my nephew. She paused to show me the photos she had taken through the shower stall door. I did not understand why everyone thought he looked cute—all I could see was a beetroot red, swollen baby.

Just like when I was a little girl, my mother was waiting for me outside the shower cubicle holding a towel, ready to pat me down. I smiled as she wrapped me up in the towel and quickly kissed her cheek. She gave me a puzzled look and tenderly wiped the beads of water from my body. I could sense she was apprehensive and was trying hard not to show it.

I genuinely loved my mother with all my heart. Not in the typical sense of the unconditional love a child has for its mother. Both my parents were amazing people, essential presences in my life. I was so attached to them that the thought that one day I might lose them filled me with terror. I wondered how hard it might be for a parent to watch their child get sick, or, even worse, to lose a child.

There were those dark, scary thoughts assailing me once again. I sighed deeply to disperse them and pulled on the tracksuit my mother had brought me.

"How did you know to bring my favorite tracksuit?"

"It was Chris, honey," she replied. She held my hand and whispered, "He adores you, Ismene... Back at the flat, he burst into tears at the thought that this might be serious."

Paradoxically, I felt glad he had reacted that way. I had never seen him cry. The strange message on his phone in the middle of the night had worried me, but I was sure there was a reasonable explanation for it and that everything was fine. Everything except for me.

"I'm going to be okay, Mum," I said, and opened the bathroom door.

Feeling clean and fresh, we stepped into the room while I tried to dry my hair with a hand towel. A surprise was waiting for me there. My dear friends Stratos and Maria were standing by my bed, a large bouquet in his hands. Unable to hold back my tears, I fell into their arms. My parents and Chris left the room, giving us some privacy.

"Don't worry, my darling..." Stratos soothingly whispered, touching my face.

Maria, eyes moist, tightly held my hand against her chest, as if I were about to throw myself off a cliff.

"Sit down. I'm so glad you are here," I said, motioning for them to take a seat as I perched on the edge of my bed.

"How are you?" Maria asked, coming to sit beside me.

"Would you believe me if I told you I feel fine?"

"You are fine, you will be fine," Stratos exclaimed with certainty, sinking into the armchair.

"Congratulations on the nephew," Maria said.

"I can imagine there's been a lot of talk after what happened at the church…" I whispered, looking at my phone. I had not had a chance to read any of the messages my mother claimed I'd gotten.

"When word got out, it was all everyone could talk about. They all send their best wishes," Stratos replied, handing me his phone so I could see his Facebook page.

A brief glance was enough to confirm everything he was saying. Stratos's addiction to social media was well known. I often tried to tell him that he was overdoing it, posting photos of everything he was doing.

"Did I manage to go viral against my will?" I asked with an exasperated sigh.

"Come on, don't pay any attention to this. Chris told us they ran some tests and that you'll get the results tomorrow," Maria replied.

"Yes. I'm terrified… I don't think I'll be able to stand the wait," I said, looking at her.

She carried on in the same chirpy tone. "Oh, I'm sure it's nothing, you'll see. It's probably just the stress of the wedding preparations. When I was young, I used to get nosebleeds when I got upset. Bad ones, blood flowing like a river. They used to stuff me with ice cream to make me happy afterward."

We all laughed. A nurse opened the door and smiled. "Everything okay?" she asked.

"Just fine," I replied.

"I'll come take your temperature and pulse later," she said before closing the door behind her.

As soon as she was gone, Stratos spoke in a conspiratorial whisper. "Chris and your parents are very upset. Especially Chris..."

"I know, but as things stand there is not much I can do about that..."

They both fell silent for a moment. At a loss for words, I began to tell them about my morning, with the MRI and all the other examinations.

* * *

Half an hour later, the nurse returned with her trolley loaded with strange equipment, as if she were about to service a robot, not check on a human being. Stratos and Maria stood up to leave. I walked them to the door. We hugged tightly and promised to talk on the phone. Stratos hesitated, then gave me another hug. "You must believe everything will be fine," he said. "Never forget that I love you so much..."

I felt tears well up in my eyes once again. We had known each other since childhood, and when we were younger people often thought we were more than friends. I had a crush on Stratos as a young teenager, but I quickly realized he was not into girls. We then became inseparable. He was one of the few people outside the family who I loved and trusted. Chris had not liked him at first. Getting to know him better over time, he seemed to come around. Stratos had a devil-may-care demeanor, but he was a sensitive soul who was still struggling to find his way.

I was starting to feel tired and in need of some rest. I bid Stratos goodbye and walked him down the corridor to where Maria was waiting. They both lived in Aridea and had to make their way back. They had traveled all this way to see me, and I felt grateful for it.

When I returned to the room, the nurse asked me to lie down so she could take my temperature and check my pulse. "I wish something like this had happened at my wedding..." she muttered, talking to herself.

"What do you mean?" I asked.

"I wish I had never married him," she replied. She cast a furtive glance around the room and spoke in a low voice. "My ex-husband. He left me three years after our wedding, pregnant and with a toddler. He ran off to Athens with another woman. I wish something had happened on that day to spare me..."

The way she spoke was so unexpectedly funny it made me crack a smile. "If we knew what the future held, we would never make any mistakes. You have two wonderful children, though, right?" I said.

The nurse nodded. "That's true. My children are my life. I still can't stop making mistakes, though," she said ruefully.

The door opened just then, and another nurse walked in with the lunch tray. She glanced at my untouched breakfast on my bedside table. Without commenting, she picked it up and put down the new tray. The other nurse winked conspiratorially and followed her outside the room.

I felt famished. I had not eaten anything in twenty-four hours. I was about to tuck into my food when my father tiptoed into the room and sat beside me. "That looks good, pet," he said, and cut off a piece of my bread.

I loved it when he called me 'pet'. His voice sweetened, softened when he said it, and now it felt more poignant than ever. "Have you guys had anything to eat?" I asked.

He nodded. "Yes, we're fine. I told your mother to go check on Magda; she will be back later. Chris is downstairs making a few calls. He thinks we should go to Athens tomorrow, get a second opinion."

"But we haven't even gotten the first opinion yet," I protested, fork in midair. "Have the doctors said anything you are not telling me?" I asked, looking at him anxiously.

"No, sweetheart, of course not! They haven't said anything. He just thinks we should look into it and that they are better equipped in Athens."

"I don't think so, Dad. This is one of the best hospitals in the country. Any move, at present, would be pointless. "

"It's probably best we wait until tomorrow," he said. In a brighter voice, he added, "The doctors I spoke to are very optimistic. They say it's very encouraging you've had no other symptoms since last night when you woke up. Maybe it's all stress-related."

"I don't know… We'll see. I feel well in any case, just a little weak," I said, shoveling boiled chicken in my mouth.

We spoke some more about his new grandson while I finished eating. I went to the bathroom to brush my teeth, and when I stepped back into the room, I found Chris waiting for me, holding a red rose. My father awkwardly cleared his throat and left the room.

"It's beautiful," I exclaimed. "We need to find a pretty vase for this and the flowers the guys brought."

"I'll ask the nurses," Chris promised. "But I hope we'll just be taking them home with us when we leave tomorrow." He came closer and kissed me, but then pulled back. "We'll have the wedding next Sunday. I canceled our flights for the honeymoon; we'll see when we can travel next…" he said as we walked back to the bed.

I got the impression he was looking for an excuse to cancel the whole trip. "We'll find time… I so want to go," I cried out passionately. I loved to travel, even though I never had time to actually do so, and Northern Italy was a destination on my bucket list.

Suddenly, I felt slightly dizzy. I said nothing and stretched out on my bed. I was probably just tired after all the tests and the physical discomfort.

"Are you all right?" Chris asked, sensing the sudden change in my mood.

"Yes, just exhausted. I should probably get some sleep..."

"You do that, honey. I'll take your father for a walk and come back later."

"No, Chris. Go home and rest, all of you, and come back in the evening. I will be fine. I just need to sleep; I can feel my eyes closing."

"Okay, I'll tell your father to go home, although I think he'll go see his grandson. I will be around and come back in an hour. Call me if you need anything."

"I'll be fine, thank you," I said drowsily.

I felt Chris's lips brush against mine and closed my eyes, but the moment was brief. As soon as he stepped out of the room, I felt a strange sense of calm. An eerily beautiful sensation washed over me just before I lost touch with space and time. I felt light as a feather. A warm, glowing light wrapped around me like a veil, and I drifted off to sleep.

* * *

I woke up in the afternoon to find several friends and relatives waiting to see me. Some had traveled all the way from Aridea. I wasn't really in the mood for socializing, but their presence lifted my spirits and time passed quickly as they chattered away, interrupted every now and then by the nurses checking in on me.

Everyone was shocked by what had happened. My elderly relatives blamed the evil eye or, even worse, some kind of voodoo. I was taken aback by how superstitious some of them were. I had never believed in any of it, but there was no point in voicing my distaste—no one would be changing their mind. I just smiled politely and changed the subject whenever I could.

I got up often and walked up and down the corridor, chatting with my visitors. No matter how many times I passed outside the room of the woman who had greeted me the previous evening, the door remained closed. I assumed she must have left. For some strange reason, I really wanted to see her again and at least say hello.

When visiting hours were finally over, they all left. Only my mother stayed behind. She would be spending the night with me. My father and Chris had to get some rest so they could be here early the following morning. The truth is I had to push hard to convince them to leave. They wanted to be near me, as if their presence could protect me from some unfortunate turn of events.

As soon as I found myself alone for a few moments, I called my sister and heard the voice of my nephew for the first time, crying in her arms.

A Tuscan Night

I felt jealous. Chris might not be ready for children at the moment—or possibly ever—but I really wanted to have them. I believed having children was the true purpose of life: bring children into this world, raise them right, and try to make the world a better place for them. The previous generations, mine included, had not done that well in this respect. The springboard for a new generation of humans, who would live on the planet respecting what it offered and not mindlessly consuming or polluting it, had to be created. We had all learned to shove problems under the rug, and only a few tried to face them for the common good.

I was pleasantly surprised by my thoughts, discovering a silver lining to my hospitalization. I had not examined such matters in a long time. The frenetic pace of my daily life did not leave me much room for thought. My punishing work schedule had turned me into something robotic, soulless, and I had forgotten that I was a human being, full of emotions and sensations.

My mother was already fast asleep in the armchair beside my bed by the time I turned off the lights. This was her first moment of calm since the wedding, and she had succumbed to fatigue. Eyes wide open, I watched the shadows cast by the light creeping through the curtains as they danced on the ceiling. I pictured the sky somewhere far above me, a cloudless night, billions of twinkling stars.

Sleep evaded me despite my best efforts. Perhaps my afternoon nap was to blame, but I felt wide awake as if I had drunk a dozen coffees. I realized there was no point in persisting and soundlessly got up, intending to cross the corridor to the waiting area overlooking the garden. I took my phone with me to read my messages. I had not had a free moment all afternoon.

My mother did not even stir as I left the room. I wanted to squeeze her tight and wake her up.

As I stepped into the corridor, a nurse looked up from behind a desk at the nurses' station. For a moment, I feared she would ask me to turn back or not walk around unaccompanied, but she just smiled and returned to her work. Emboldened, I walked away, turning my phone on.

I leaned against the wall for a moment, staring at a screen filled with notifications. I replied briefly to those closest to me and left the rest for a later time. I had posted a photo announcing my wedding yesterday morning and now, beneath a flow of congratulations, were wishes for a speedy recovery. I considered deleting the post but instantly changed my mind.

How swiftly things change! We take so many things for granted. Today, Chris and I were supposed to be getting ready for our trip to Italy. I pictured us having coffee by Lake Como; enjoying the few carefree days this trip would grant us. Instead, here I was, in a hospital, my only view the patients' rooms.

Strolling, my eyes fixed on the bright phone screen, I reached the waiting area, where I noticed a woman turned toward the window and enjoying the sprawling city lights. The dim yellowish glow of the room and the sparkling lights outside made it all look like a Christmas shop window, jarringly out of place and season. As soon as the woman sensed my presence, she turned around. That's when I saw it was the woman who had greeted me from her room the previous day. I guessed she was about sixty, but her tiny frame was misleading. She was leaning on a walking stick, her body slightly tilted to one side.

"Isn't the view beautiful?" she asked, and turned back to the window without waiting for a reply.

"Yes, it's lovely," I said, coming to stand beside her.

We fell silent, enjoying the view and the muffled sounds of the city. I loved Thessaloniki by night. Back when I was a student, my friends and I had spent many evenings on the docks lying down, staring up at the starry skies in rapture. Beautiful, carefree moments that now felt so few and fleeting. If everything turned out well, I would take Chris there one evening. We would go lie down by the warehouses of the old port. Now, however, was the time to introduce myself.

As if she could hear my thoughts, the elderly woman extended her hand. "I'm Holly," she said.

"Ismene. Pleased to meet you," I replied, feeling her soft palm hug my hand.

"Pretty name," she said, gesturing that she needed some assistance to move to the couch behind us. I helped her sit down, and she thanked me. As soon as she appeared comfortably seated, I sat down beside her.

"You have a pretty name too."

"Thank you," she mumbled with a smile.

"You are not Greek?"

"I'm half Greek, possibly more. My father was Greek, my mother, American. We moved here when I was a child, and I have lived here ever since. So you could say I'm Greek."

"Do you live in Thessaloniki?" I asked, resting my head on the back of the couch.

"I have a house in Chalkidiki where I have lived for the past ten years. I used to live in Athens, but I decided to move up north after my mother passed away. How about you?"

"I'm from Aridea, but I live in Thessaloniki. I work here; I'm a lawyer."

"Your city is pretty too. I visited the Pozar Thermal Baths years ago; I loved them. I remember I did not want to get out of the hot springs."

"Yes, it's a beautiful place."

"So long as one finds the time to notice all the beauty. Not just of Greece, but the whole world."

I caught a hint of regret in her voice. "Your family?" I hesitatingly asked, trying not to appear too nosy.

Holly chased my hesitation away with a bright smile. "I only have my son now. He lives in the States," she replied. "I lost my husband and my older sister a few years ago. I have no other close relatives, unfortunately. Or fortunately…"

"I'm so sorry. That's a heavy loss…"

She nodded. She seemed about to say something else, but for some reason held back. After a long moment of silence, I said, "I won't ask you what you are here for…"

Holly looked me straight in the eyes, intently. Yet there was peace in her glance. I felt her bright blue eyes pierce me to the depths of my soul. I looked at her face and thought how at odds her stiff black hair looked against her pale skin. I quickly got an explanation. With one gentle movement, she gripped it at the crown and pulled it back, showing me that it was a wig.

I froze as the realization sunk in. I was initially shocked by the image of her naked scalp. Her gentle voice chased that first shock away. "Forgive me if I startled you, but I'm not one for long conversations. It's a waste of time, time I no longer have…"

I understood so much in a few seconds. She might have startled me at first, but I appreciated her courage and honesty. "I'm sorry," I said, swallowing hard.

"Don't be sorry, Ismene. The only one who should be sorry is me…" she said, and turned toward the city lights once again. The distant sound of an airplane leaving the city filled the room.

This woman, even without her hair, exuded a beguiling charm. She looked so alone yet so content at the same time.

"You are not exactly on holiday here, either," she said, turning to face me.

I smiled. "No... I had a bit of an emergency yesterday. We are looking into it."

"Perhaps I should not be telling you this, but the whole hospital knows your story. I'm sorry this happened to you on your wedding day. I still can't imagine what you and your family must be feeling."

Up until that moment, I had not realized my case had become so well-known.

"Yes. It wasn't exactly pleasant. But I feel fine now."

"I hope it's nothing, Ismene. I have a feeling everything will turn out all right in the end."

"Thank you. I hope everything goes well for you too."

She smiled ruefully. With a deep sigh, she looked out of the window once again. "I'm afraid the die is cast, for me. Let's just say I'm now journeying through my final days," she said.

I felt shaken. I had realized Holly was ill but had not thought she could be dying. "I'm sorry to hear that, Holly," I said. "Is there no hope, no treatment...?"

"I'm afraid not. All I want is to be back home, gazing at the sea while waiting for the inevitable."

"I don't mean to be indiscreet, but medicine can work miracles these days…"

"The doctors are all out of miracles now," she replied, her voice losing all its previous warmth. "If it weren't for my son's insistence, I never would have come here. And I intend to leave soon. From the very first moment, I convinced myself that the disease was not the end, but the beginning of a new life. The battle has been hard… but at least I had that chance. I have that chance. To fight."

I felt a tightness in my chest. "I really wish you all the best, from the bottom of my heart," I said.

"The best, Ismene, would have been to do the things I needed to do when the time was right."

Watching her face closely, I saw a tear trickle down her cheek. The urge to comfort her returned, stronger, and I squeezed her hand.

She looked at me through moist eyes. "Do you realize how brief our time here is? How quickly the day will come when you will regret everything you never did?"

I did not want to interrupt her. I stroked the back of her hand as if we had known each other for a very long time. Truth be told, she had instantly made me feel at ease with her, familiar.

With a sigh, she pressed one hand against her chest as if gripped by a sudden pain.

"Are you okay? Should I call a nurse?"

Holly gripped my t-shirt, suppressing whatever it was she had felt. "No, Ismene. I don't want any more medication to anesthetize me. I prefer to be in pain rather than out of touch with reality."

I waited while she recovered. When I saw that the pain had passed, I spoke again. "I wish there was something I could do to make your pain more bearable..."

"Make sure you avoid the mistakes I made in my life, the mistakes I now regret as I near the end. That's what you can do, Ismene. When your time comes, you will feel relieved knowing that up until that moment you followed your own heart and not the wishes of others."

Part of me felt stunned by what was happening. I did not even know this woman until a few moments ago, yet here we were, talking like old friends despite the years that separated us.

"Why didn't you, though?"

Holly gave me a puzzled look. I tried to phrase my question better. "Why did you not do the things you wanted to do, and now regret it?"

"It's a long story. I don't think you want to..."

I touched her shoulder, interrupting her. "I don't have anywhere else to be and, honestly, if you want to, I'd like to hear it."

Holly slowly rocked back and forth as if gathering her memories. After a pause, she spoke wistfully. "I wish I could turn back time before I come face to face with death. Ever since the day of my diagnosis, the feelings I have had about all the things I never did have been a constant torment. My first reaction was to try to respond to the guilt, rage, and fear I felt. It might surprise you, but don't think that I regret not doing anything extraordinary or significant. I regret the little things that I just let pass by, disappear from my life. Those are the things that hurt, not some grand, unfulfilled ambition."

Talking seemed to be helping her, so I encouraged her to go on as if I were someone close to her, someone she could bare her soul to. "What would you do if you could go back in time, Holly?"

Like a child that had just unwrapped a gift, she looked at me, and her eyes glistened in the dim light. She raised her walking stick, gesturing that she wanted to get up. I sprang up and stood in front of her, helping her to her feet. She was so thin I could not even feel her weight against my hands. Tugging my arm, we took a couple of steps forward and stood once again before the open window. She gave it a gentle push, and the window swung open. I imagine that, like myself, she felt the spring breeze washed the hospital smells away.

And it worked—suddenly, it was as if we had been transported to the countryside. She rested a hand on the windowsill and motioned for me to do the same. I obeyed, and then she spoke again. "How I wish I had had the strength to live a true life just for me. Not to live by what everyone else expected of me. Do you know how many dreams I once had which have remained unfulfilled?"

Holly looked at me, but it was evident that she did not expect a reply. "With the certainty of death approaching, I have had the chance to see more clearly what I truly wanted in life. The worst thing, Ismene, and I am sure the question has already crossed your mind, is that even though I had the choice, I chose to do what others wanted, what society expected." She smirked. "When you are healthy you have complete freedom to do as you please. But when you are ill, that's when you realize that you did not actually take advantage of those moments, the chances you had. It's harsh, but only when you lose your health do you realize its value. It happens every day, it will keep happening. Don't let it surprise you..."

She fell silent for a moment, and I wondered if she was in pain again.

"I'm fine..." she gasped.

I felt terrible she was suffering. At the same time, I could understand that this confession offered her some solace. More than anything, however, I drank in every word.

When I saw she felt a little better, I asked her, "What would you change, then? If you could do it all over?"

"To start with, I'd work half as hard as I did. It was always an option, but I chose to spend endless hours locked up in an office, trying to reach the goals of my father's company. I did not even see my son grow up. Sometimes, when I managed to get back home just before his bedtime, I would look at him and wonder how he could have changed so much without me realizing it. That is one of the main reasons we are so distant now, but that is another story. It is also the reason I am here now. He insisted, and I wanted to please him. I wanted to give in to him, even just this once before it was too late."

"You said he was coming tomorrow?"

"Yes. I haven't seen my son in a long time, and I haven't told him much about my condition. I have been ill for two years, but I spared him the details. I did not want him to think I was emotionally blackmailing him."

"The fact that he is coming, though, shows he loves you... Right?"

"It's not his fault, Ismene. He never had the mother he deserved. The truth is he never had a mother, just someone who made sure he never lacked anything materially." She looked at me and, her mood shifting, added, "If you are getting tired, I'll stop now..."

"No. Listening to you, Holly, is doing me a world of good. Please believe me. I just don't want you to suffer..."

She shook her head. "Fine. I'll answer your question fully, then. There are so many things I would do differently if I had the chance."

Holly pointed to the couch. She was tired. She sat down with a sigh of relief. "I wish I'd found the courage to say what I truly felt when I needed to. I bottled up my feelings for years to spare the feelings of my nearest and dearest. My parents, and then my husband. I had to compromise, and I think I never did what I was truly capable of. It is a great disappointment to know you had a talent, potential that you never dared embrace. I did not fight for the things I loved."

Angrily, she struck the floor with her walking stick. She took a moment to regain her composure and spoke again. "Do you have good friends?" she asked, giving me a penetrating look.

"Yes, I do. Not many, but I do."

"Friends are God's gift to compensate us for the family we were given. I managed to lose them too, devoting my life to work and my husband's preferences. None of my old friends know that I am dying. Everyone thinks I am enjoying my retirement in Chalkidiki. I made the mistake of not contacting them after my husband passed away. I did not dare. You know, everything I am telling you now so quickly happens so slowly in real life that you don't even become aware of it. Everything changes sneakily. That's how I lost my friends, as I sprinted through my everyday life. Some of them left this world without me getting a chance to say goodbye."

I had felt the same way a few years back when I lost a good friend in a car accident. On the day of her death, I realized I had not seen her in nearly two years. But I did not say anything about it to Holly; I felt that she was not done with recounting her regrets. Like an unstoppable torrent, the words now flowed.

"That's not all. I did something else too, something many people do. That doesn't make it any less terrible."

I gazed into her eyes, enraptured.

"I never let my soul feel happy and free. Only now do I realize that happiness is a choice. Attached to the do's and don'ts of society as I was, I settled into a life of habit. I feared change, even while my soul screamed for freedom from oppression. I wish I had tried to strive for happiness."

Every one of her words resounded inside me as clear as a bell. That was the life I had been leading, doing what I had to do and not what I wanted to do. Her voice brimmed with emotion as she interrupted my train of thought. "There is one last thing that I beg you to do..."

"What is it?"

"Travel, Ismene. See, smell, feel, and taste all the cultures of the world. If I could, I would set off now and never return. I would travel to every corner of the world. I would like to die somewhere far away, filled with sights and many different feelings. The most important thing to remember is that a journey does not end when you return home: everything you experienced will stay with you, keep you company forever."

Her last words hit home hard. I loved to travel and, unfortunately, had rarely done it. Something would always come up concerning work, and I would cancel travel plans for journeys I had been wildly anticipating. Chris, on the other hand, neither encouraged me nor refused to travel. It was one of the few conditions I had stipulated for our marriage.

Holly suddenly looked haggard. Her breathing became labored, and I realized that it was time for her to rest. Time for me to sleep too. I could feel my head getting heavier.

"I think it's time we returned to our rooms," I said, seeing her push her palm against her chest.

"I hope I didn't tire you…" she said with difficulty.

A spontaneous laugh escaped my lips. "You must be joking, Holly. That was one of the nicest conversations I've had in my entire life."

As I helped her to her feet, she said, "I was about to tell you we must do this again, but I hope you will be back home with your family tomorrow."

"We'll see," I replied, bringing my hand to my forehead. I had stood up suddenly and felt slightly dizzy.

"What's wrong?" she asked as soon as she sensed this slight change in my mood.

"Nothing, I'm fine," I replied, walking down the corridor with her, unable to tell which one of us was supporting the other.

"Anyone would think we are unwell," Holly said, deadpan. I laughed out loud.

The nurse's head appeared behind the nursing station counter. We were too noisy. We choked down the giggling fit brought on by Holly's remark.

I walked Holly to the door of her room. She gripped my hand and whispered, "I am so glad to have met you, Ismene. I hope everything goes well and you go home soon..."

"Thank you, Holly. As strange as it may sound, I hope you get well too. I hope that you manage to do some of the things you missed out on..."

"The time for that has now passed. You, on the other hand... Make sure you turn your wishes and dreams into reality." She squeezed my wrist and turned to go inside. "Goodbye," she whispered with a smile, just before the door closed behind her.

I stood staring at her door for a few seconds. I tried to understand what had just happened with Holly. In the space of an evening, I had received answers to questions I had been aware of, but which had remained hidden among my most secret thoughts and desires. Suddenly, a faint headache startled me. I shivered as I remembered what had happened at the church. It was time to rest.

I rushed back to the room and stretched out on my bed. My mother was still fast asleep. I lay on my back, eyes wide open, replaying Holly's wise words in my mind.

* * *

The following morning, my mother had only just left to get a coffee when the door to my room opened and the doctor walked in, holding a folder. His expression did not belie what kind of news he was bringing.

"Ismene, as you requested, you are the first to learn the test results..."

The doctor's voice sounded too loud in the silence that reigned in the room. A few awkward seconds followed, and I was suddenly glad that my mother wasn't here right now. If it was bad news, I wanted to hear it first. And I had a feeling it would be bad news, because the intense headaches had returned during the night. Whatever was wrong with me, it hadn't gone away on its own like I'd hoped.

Seeing him hesitate, I encouraged him. "Go ahead, Doctor. Whatever it is, I want to know."

"I am aware of that, and admire your courage. You will need it." He opened the file and ran his finger down a page. I realized he was playing for time, trying to find the right words. "Both the MRI and the CT scan show a large tumor at the base of the skull..."

I froze. "Which means? What kind of tumor is it?" I anxiously asked. Automatically, I brought my hand to my head, nervously stroking my hair. My heart was dancing in my chest, and a tremor ran through my body as if I was being electrocuted.

The doctor sighed. "Everything indicates that it's malignant. Its size shows advanced stage..."

I had thought I could handle anything. My legs began to shake. I sat on the bed and gripped the railing. "What does this mean, Doctor? In plain words, please. Can it be treated?"

"Ismene, I will be frank with you, as this is what you wanted from the start. This type of tumor cannot be cured. All we can do, using the latest medical treatments, is prolong your life by a few months."

Try as I might, my voice came out in a whisper. "Without any treatment, how much time have I got left?"

"We can't give an exact prognosis. Based on similar cases, I would venture... six to eight months. With targeted treatment, we could possibly extend that to one, one and a half, years."

"Yes, but... what would my quality of life be like?"

"I will not hide the fact that there are often strong side effects. I would not lightly recommend such a treatment if I was not convinced that it could bring results."

I summoned whatever strength I had left and said, "Do you think I should further investigate my condition? I mean, if you are sure my case is difficult..."

"I cannot deter you from further tests, but I am afraid that the diagnosis will be the same. You will lose precious time in hospital, when you could be spending it elsewhere instead. As I already mentioned, the time you have..." He cleared his throat. "However, you are free to act as you think best."

"If a member of your family was in my place, what would you advise them to do?"

The doctor shifted uneasily. After a moment's thought, he came straight to the point. "I would tell them to spend their remaining time with their loved ones—with the aid, of course, of palliative treatment for pain. I wish I had better news, Ismene, but I am telling it like it is, without hiding anything from you. Moreover, I must tell you that, in your case, there is always the danger of a stroke and epileptic fits. Also, some days you might have no symptoms at all. That can be misleading sometimes..."

It dawned on me that I could die at any moment.

"We are trying to identify the root cause of the nose bleeds and the noise in your ears. They might be two unrelated symptoms. We'll monitor your condition closely, see how it develops, and decide accordingly." He lowered his head as if he was thinking of something. Then, he looked up and asked, "May I speak as a fellow human and not as a doctor?"

I nodded, and he stepped closer. "Your situation has moved us all... I know that right now, you feel as if you've been hit by a bus. I am sure that sorrow, despair, and rage are battling inside you. Most of us think that something like this will never happen to us. In the coming days, your feelings will be mixed and overwhelming. You need time to process and then accept your new circumstances..."

"Time? I have no time..." I murmured, making him wince.

He must have felt bad, because he lowered his eyes and said, "I am so sorry. I hope you find the strength to face this head-on."

He carried on talking to me, but I could not hear a word he said. Not because I had gone deaf. I just felt like everything was collapsing on me. The room shrunk around me as if someone were crumbling it slowly in their palm. I nodded as if I were a robot with no feelings while I screamed inside, seized by a fit of rage. Why me? I wondered. Why was I so unlucky?

The doctor, realizing that I was not in a state to listen, left the room to inform my family, leaving me alone. More alone than I had ever felt before.

* * *

Leaving the hospital, I felt as if everything in the outside world had changed. Sounds, nature, even the shapes of the people walking by the sea. Everything had mutated into something entirely different. I felt jealous of everything I saw, as if all these people possessed something I no longer had.

In a state of shock, my father drove us down the highway along the coast. The overcast skies over the Thermaikos gulf complemented our feelings. At first, Chris and my parents had tried to convince me to stay in hospital and undergo more tests, but I had insisted we leave. Now, we sat in silence, everyone occupied with their thoughts.

I kept fingering my head, as if I could feel the foreign body inside it. The minutes passed, and I kept hoping this was some kind of horrible joke. I kept waiting for something unexpected to happen that would overturn the diagnosis of my fast-approaching death. I wished I could stop the thoughts tormenting me, empty my mind.

Chris was sitting in the back seat beside me, his hand resting protectively on my shoulder. The first drops of rain licked the window, and I rested my head against the back of his hand. I kept picturing myself older, wrinkly, walking along the shoreline of Thessaloniki. I kept imagining I had the time to have a family with the man I loved. It hurt so much, this knowledge that I would never experience any of the things I had dreamed of. How fragile life was... Unpredictable and priceless. Every new day was a great gift and not something that was due to me, as I had thought up until a few hours ago.

A Tuscan Night

Soon, if I made it until then, I would be turning thirty-five. I did not want to leave this world, damn it! Not yet. I loved life, even if I were no longer in control of mine. How could I forget death and live through whatever time I had left? Was it worth fighting this? I desperately wanted to cry and scream. I felt the unfairness of it all pierce me like a sword. A fire was raging inside me, and I kept shifting in my seat, trying to find a comfortable spot.

I looked at my mother. Her tears were dry, but her silence was the most eloquent mourning I had ever heard.

We had now reached the city and the car ground to a stop, stymied by the traffic. I felt myself suffocate.

"I'm stepping out to get some air," I croaked, and pushed open the car door. Ignoring my mother's cries, I stepped onto the cobbled street leading to the White Tower. I did not look back as I dashed through the open umbrellas of the other pedestrians.

The rain grew harder and soaked my face, covering the tears flowing unstoppably down my cheeks. Walking quickly, I pushed my way through the crowd without any idea of where I was heading. The mist in the distance cloaked the White Tower as if trying to swallow it up. I could hear Chris's voice in the distance. He was calling out my name, but I did not stop. I did not want to be with anyone right now, just to get away, to outrun the horrible void I felt inside me.

Halfway across a crosswalk, I felt Chris's arms grab my waist. "Ismene, have you lost your mind? What are you doing?" he shouted wildly, pulling me back onto the pavement.

I struggled to free myself, but his grip was secure and he refused to let me go. Realizing that fighting was pointless, I burst into loud sobs, pounding his chest with my fists. Nothing he said could calm me down. I could not control my rage, and my shouts soon replaced my tears, my cries desperately seeking an answer to the question that tormented me: "Why?"

Through blurry eyes, I watched people stop and watch us, puzzled, ignoring the pouring rain, trying to understand the cause of my outburst. I let myself go in his tight embrace, our clothes now drenched. I felt Chris lead me to the street where my father had pulled over and guide me into the backseat and into my mother's arms. She stroked my hair, trying to soothe me. As I rested my head on her lap, I wished I could turn back time and never be born.

* * *

Back home at our apartment in Thessaloniki, lying on a couch in the living room, I held a cup of tea my father had brought me. He sat beside me, silent. The shock was still etched on his features.

The rain slammed against the windows and flashes of lightning in the distance split the sky into a dozen pieces. If I had to die, why couldn't it be suddenly, without warning? At least then I wouldn't have all this time to contemplate my own mortality.

I did not just feel rage and sadness for myself. I thought of the pain everyone who loved me would go through. They did not deserve this. My life now had an expiry date. I don't think there can be a worse torment than this. Knowing you cannot fight. Knowing in advance that every battle you wage will be pointless. A few more months of life was not enough for me. I wanted my whole life, damn it!

I remembered Holly's words, what she had said about her illness and the decisions she had made regarding her illness. I was upset that in the mad panic that had ensued, I did not manage to say goodbye. Now I needed her advice more than ever. She knew firsthand how I felt.

Chris and my mother, both somber, came and sat on the two armchairs on either side of the couch. They had both tried to convince me to go to Athens to further investigate my condition. Chris had a friend there who insisted that we visit a doctor specializing in cases like mine without delay.

"We could go to Athens tomorrow, if you want," Chris said, nervously fiddling with his phone. "I already sent your test results, but I think we should go too."

My mother spoke before I could reply. "Please, Ismene," she said, "do it for me... Let's get a second opinion... You never know..."

I could sense that my behavior since leaving the hospital might appear as if I wanted to punish them for what was happening to me. They stared at me and seemed to be hanging on my every word. They were trying to be helpful. However, I did not want to spend what little time I had left in the waiting room of a hospital, undergoing treatments that would, in essence, prolong my torment. All the other doctors I spoke to at the hospital were in agreement about my condition being terminal.

"I don't see how going in and doing all the same tests again will change anything," I eventually said. "Let's see what the doctor in Athens says when he sees the results, and then we can reconsider. But please..." I fell silent, trying not to lose my composure. I had cried on the way here, but it had not been enough to vent my anger. Gathering all my strength, my voice breaking, I said, "I too need time, just like you do, to think and process what is happening..."

My father took my hand and said hoarsely, "You know that we all love you. We are here for you, no matter what. If they tell us there is even the slightest hope, we'll seize the chance and go wherever we need to go. We will get through this together, my love..."

Unable to withstand it any longer, my mother burst into loud sobs and ran to the bathroom.

There was no point in talking anymore. I needed to order my thoughts, and that meant I needed to be alone. "Please... I need to think and calm down for a moment," I managed to say, and saw Chris's eyes bulge as if he had not expected to hear something like that.

"Okay, honey. I'll go to the kitchen and give you some time alone with Chris," my father said, and walked out of the room. My mother emerged, red-eyed, from the bathroom, and he gestured for her to follow him.

A thunderclap shook the windows. I wanted to run outside, be struck by lightning, and be set free.

"Do you want me to leave, too?" Chris asked, the same startled expression on his face, as if he could not understand my need for silence, for a few moments of peace where I would not be discussing the same thing over and over.

I took my time before replying, so he stood up, discomfited. "I understand that it is hardest for you... but I hope you understand that we are all in pain. Especially your parents. Take your time, and I am here for anything you need."

Chris turned to go, but I was faster. I put my teacup on the table, jumped up, and hugged him.

I felt dizzy for a moment, and I held on to him. He put his arms around me. "I am right here with you, my love," he whispered in my ear, and lifted my chin up to kiss me. "Take your time, but please don't do anything foolish like before..."

I smiled at him with difficulty and slowly sank back onto the couch while he left the room. How could so many chaotic feelings all fit inside my soul? I dreaded the displays of sorrow I would see. I did not want to feel anyone's pity for me, especially those who were not close to me. At the same time, I felt the love of my family form a protective shield around me. It felt good to know there were people who truly cared. But should I not, even at this point, distance myself from them to soften the pain of loss? I did not want them to go through the trials that awaited me. To live with the false hope of a possible recovery.

I knew that our close circle of family and friends had been informed of the latest developments. My phone had not stopped ringing all morning, but now a strange calm descended.

The only person I had wanted to speak to had been my sister. My parents said she was inconsolable. I felt angry she could not fully surrender to the joy of being a new mother. We had not told her the whole truth. She knew about the tumor, but not that it was terminal. I would not be keeping this secret for long. I would wait until she returned home; there would be time enough to talk then.

I stood up carefully, fearing a new dizzy spell, and ambled to the doors leading to the balcony. The torrential rain still pounded the garden, and visibility was limited. Flashes of lightning lit up the sky, the sound of thunder reaching my ears a few seconds later. My head felt heavy.

The doctor had advised great caution. He recommended I stop driving. All I wanted was to get inside the car and ride through the storm...

I turned back, sensing someone behind me. It was Chris, holding his phone. "They called back from Athens about your test results..."

The way he said it, and the expression on his face, told the whole story. I did not need to ask any questions. I turned back to the glass doors, looking at the stormy sky. I had a few months left to live, and I had to decide quickly how I wanted to spend the time I had left.

The phone did not stop ringing all afternoon, but I felt unable to talk to anyone right then. My parents and Chris told everyone I was sleeping. I longed for the moment when I would open my eyes and discover it had all been a bad dream.

We had just finished dinner when the storm finally died out. We sat outside on the damp balcony and talked about...well, what else? We all tried to keep our cool despite our collective state of shock. Later, exhausted by the repetitive pattern of the conversation, we went back inside.

Chris and I began to get ready for bed. He looked drained, and I felt sorry for him—he had had one hell of a day too. My parents retired to the guest room, which I had intended to convert into a nursery at some point. But not anymore. So many different arrangements now had to be made to deal with the new reality. Nobody wanted to discuss these right now, but soon we would be forced too.

My parents seemed unable to accept the test results. We agreed to no longer discuss this matter and sleep on it. The following morning, rested, we would decide together what course to take. I was in no mood to have anyone tell me how to proceed in my brief future, but I agreed to at least listen to what they had to say.

When we were both sitting on the bed, Chris shifted closer and gave me a tender hug. For the first time, I felt, fleetingly, a little warmth.

"I love you, Ismene..." he whispered, stroking my hair softly.

I lifted my head up, and our lips met. I felt him pull back, but I did not let him. We kissed longer, and then I slowly stood up from the bed, closed the door, and turned off the lights, sinking the room into darkness.

"What are you doing? Come rest..." Chris whispered.

I was in no mood to talk. I took off my clothes and crept to the bed, fumbling for Chris's body. My hands clumsily found their way to his legs, and soon he was naked from the waist down. I could barely see in the dark. But I could sense awkwardness in his every move. Perhaps I had caught him by surprise. Maybe this was not a reaction he had been expecting.

He gripped my hand and whispered, "Your parents are next door. They'll hear us..."

I clamped my palm across his mouth. I straddled him, longing to feel some pleasure, to chase the black cloud inside me away. I brought my hands to my temples and rocked back and forth slowly, searching for something to silence the thoughts swirling in my head, but Chris was still awkward. All he did was put a hand across my mouth to stifle any moans.

It took me only a few seconds to realize that the release I was looking for would not happen. At least not this way. Disappointed, I stopped and wiped away the tears that streamed down my cheeks again. I turned on my side and sobbed while he tried to calm me down, covering my naked body with the sheet and telling me everything would be okay.

I don't think I managed to get any sleep. I was trapped in a strange void, interrupted by moments of confusion where I could not tell if I was awake or dreaming. I hovered for hours in that state between sleep and wakefulness, when you are just about to drift off, and everything seems light and perfect. Moments of happiness and carefreeness. And then, the sudden burst of clarity, reality waking me up and reminding me of how things actually were.

Thirst and restlessness got me out of bed. I crept out of the room, careful not to make any noise, and went straight to the kitchen. I quickly gulped a glass of water and strolled to the living room. I lifted Chris's jacket from the couch and hung it on a nearby chair so I could lie down. That's when I saw Chris's phone on one of the couch cushions. It must have slipped from his jacket when I moved it. I picked it up, intending to slip it back into one of the pockets, but the memory of the previous day's message rang inside me like an alarm.

I swayed for a few seconds, trying to decide whether I would go ahead and do something I had never done before. Then I pressed the button to turn it on, but this time there was no message on the screen. Just the original wallpaper. The phone was locked.

I turned toward the bedroom, and an obsessive voice in my head screamed at me to try to unlock the phone even though I didn't know his password. I tried a few combinations, but it quickly became clear this was a wasted effort. Disappointed, I put the phone back in the coat pocket. I tried to convince myself that I was wrong to snoop, that I had no reason to doubt the man I had always trusted. That this was all for the best.

I turned to leave the room, but like a magnet, the phone pulled me back. I knew my doubts would never leave me without proof. Although, assuming that there was something suspicious going on, what difference did finding out make? My life was on the brink of collapse; why did I even bother with messages arriving on Chris's phone?

I picked up the phone and, on a whim, keyed in the date of the first time we'd met. It was a long shot... but it worked. His phone was now an open book. Without wasting a moment, I opened the messaging app. Just like me, he had received many messages of concern and support for my health.

A small noise from another part of the house startled me. I quickly dropped the phone on the table. I sat still, ears pricked for the sound of footsteps.

When I felt satisfied that no one was up, I picked up the phone again, retraced my steps, and searched for the message of the previous day. All the texts except this one had a sender's name. This message just had a phone number. My heart beating wildly, I brought up the conversation, scrolling down to the beginning. It was the message I had read at the hospital.

I feel terrible, you know. Call me when you are on your own...

I told you not to message me. I'm in the room with her. I'll call you when I get the chance.

We are coming to see her tomorrow afternoon. Will you be there?

I don't know. Her parents are here, and they come and go.

I don't feel good... I'm afraid I'll break down and tell her everything.

Say nothing. I'll call you later, we'll talk. Don't do anything until then.

Ok. But call me soon, please.

Stop texting until then.

I felt the world cave in around me. I leaned back on the couch, my hand shaking so much I nearly dropped the phone. In disbelief, I reread the messages. The realization seeped through me like poison. I wanted to scream as the truth about who the sender was dawned on me. Maria. It had to be. Who else had visited me that could have sent these messages?

All the replies were written yesterday morning, while Chris was in the bathroom. I needed no other proof. My teeth almost cracked as I clenched my jaw. Determined to figure out exactly what was going on between them, I typed:

Are you up?

The seconds ticked by with torturous slowness as I stared at the screen, waiting for a reply. What did I expect? It was three in the morning; she would be asleep.

It suddenly dawned on me that sending the message was a mistake. If she did not reply, they would talk in the morning and realize that Chris had not texted her.

Then I saw the notification that the message had been read, and sagged in relief. Three dots flickered at the bottom of the screen, indicating she was typing a reply. Strangely, I felt even more anxious now than when I had been waiting to hear my test results.

Hey... what happened?

The message popped up on the screen, and a few seconds passed before I could think of a reply. My decision to go through Chris's messages had set me on a path from which there was no turning back—I had to see this through to the end. Determined to go for broke, I tried to think like Chris and typed:

I couldn't sleep. I miss you...

I pressed Send and wished the ground would open up and swallow me. I prayed Maria would reply with something like: "What are you talking about? Have you lost your mind?" even if it ended up making me look like a fool for playing this game. My hopes crashed with a thud that shook me to my core.

You scared me with the things you said this afternoon... I'm glad you miss me because I miss you too. I know it's wrong to say this, but I wish you were here with me instead. I have not kissed you in so many days....

No further proof was needed. My lips twisted into a bitter smile. Pain, rage, and humiliation battled inside me. No need to continue this. I turned the phone off and felt like hurling it across the room. Instead, I carefully dropped it inside his jacket pocket. I massaged my temples, which were throbbing with tension.

It seemed I would not need to find a way to get the bloodstains out of my wedding dress after all. I would never need it again. I wanted to run into our bedroom and scream at him. Only the thought of my poor parents, who did not deserve a second drama on the same day, stopped me.

I went to the kitchen sink and splashed my face with cold water. No way was I returning to the bedroom and getting into bed next to him. I looked across the bay at the lights of a ship sailing away. I wanted to open the balcony, jump into the void at a sprint, and end it all.

Then I thought of my parents and changed my mind. I could not do that to them. But I also couldn't be here anymore. Not after what Chris had done.

I pulled on a tracksuit and my trainers and huddled inside an overcoat. Opening the front door noiselessly, I stepped into the dark corridor. When I closed the door behind me, it felt like closing a chapter of my life.

I did not dare look at my reflection in the mirror as I rode the elevator down to the ground floor. I was afraid that seeing myself would make me change my mind. I chased that thought away. No. I could not take any more defeats.

As I stepped outside, I hungrily breathed in the smell of the rain and strode quickly toward the sea. I still wondered what kind of bad karma was now befalling me. I had never harmed anyone. Even as a lawyer, I refused to take on clients who might be dishonest. And yet here I was with only months to live, and now one of my best friends was having an affair with my fiancé. Our happiness had been nothing but a fantasy that existed only in my head. If it weren't for my illness, I might have tried to do something about it. But what was the point in fighting for or paying back a man who I would lose in any case, a few months down the line?

A few minutes later, I arrived at the docks. Still shaking, I walked toward the port, half-blinded by the headlights of the oncoming cars. Few people were out and about at this hour. A man stood in front of me as if trying to block my course, but I ignored him and stormed by, giving him a look that froze any attempt at flirting.

Looking out at sea, I again wondered if there was any point in allowing this torment to go on. I knew it would hurt my parents, but the idea of departing this life before I lost what little dignity I still had left was so tempting. I could feel the world collapsing around me. The sudden cold breeze made me shiver, and I raised my coat collar.

I had not walked this part of the city in years, but it felt like yesterday. The dreams I had about my life back then... To travel, to live carefreely and not imprisoned in an office, full of responsibilities that suffocated me. I was under the illusion I lived a happy life. Too late, I now discovered I had never wanted this life in the first place. I had convinced myself I was in love with Chris, but deep down I think I'd always known this was not what I had dreamt of. Now, I would never have the time to go after my dreams. What a fool I had been, believing life would go on forever...

These somber thoughts haunted me all the way to the old port. I walked toward the spot I used to visit with my friends as a student, where we would lie down on the cobblestones and gaze at the sky. I looked all around me. Not a soul to disturb the silence. Only the distant hum of the cars along the highway... and the noise inside my head, screeching at me to end it all.

The ground was still wet, but I did not care. If I couldn't bring myself to jump into the sea, then maybe pneumonia would kill me instead.

I lay down on the concrete and looked up at the sky. The tears in my eyes blurred my vision. I wiped them with the back of my hand, still looking up high. Enchanted by the spectacle, I did not feel the cold as the humidity drenched my back. The departing storm had cleared the sky, and the stars formed a vast dome of twinkling points of light.

Who was I before this vastness? How ungrateful had I been, never appreciating the time I had been given to live? So what if I died? Others had not even lived half the time I had been given, I who had had the chance to at least experience so many beautiful things. Every day counted; I now felt that. I wished I had understood it earlier.

I folded my hands behind my head to enjoy the full majesty of the universe's untamed beauty. A sense of completion washed over me, chasing away all unpleasant thoughts. I was here, and I experienced the moment with all my senses. There were limitless possibilities out there, even if my time was limited.

I decided that I was not going to give up. I would do everything I could to fully experience every single day I had left. I would go after everything I had dreamt of and never dared pursue.

I pulled off my wedding ring and weighed it in my palm. Then I flung it as far away as I could. A faint splash echoed as it landed in the water, sinking to the bottom and taking the chains that weighed me down with it. I looked back at the sky with a smile, amazed at how this view had changed not only my mood, but also my dark thoughts of ending my life. Soaking up the starlight, I realized that I owed everything I felt to just one simple thing: this magical starry night. I promised myself that from now on, I would live.

* * *

The plane was soaring up to the sky, and I looked back at the city down below. Was this the last time I would see Thessaloniki? I had not told anyone this, but I had no intention of returning any time soon. In fact, given the state of my health, chances were that I would only be returning once it was all over. I closed my eyes and again saw the faces of my parents, my sister, and Stratos at the airport. They had all tried to dissuade me from leaving, and failed. I didn't want to leave them, but the experiences I craved would not be found in Thessaloniki. That much I knew for certain.

The day following my diagnosis, I began to make arrangements, knowing that I would be leaving the country. Ten days had passed since then, and I had kept my plans to myself until two days ago when I visited my parents in Aridea. There, I announced my intentions.

My symptoms had grown milder, but the doctor had been clear: this was only temporary. Soon the symptoms would worsen, eventually proving fatal. I went back to the hospital the day before the flight, and the doctor prescribed painkillers for when my symptoms inevitably returned. The boxes of pills were still in my suitcase, unopened. I'd suffered a few intense headaches over the past week, but fortunately they did not last long—for now.

When I had announced my plans to travel, I thought my father would have a stroke. A long conversation had ensued, and I had managed to convey my need to leave, if only for a short time. That was a lie. I kept repeating how much I loved them, something I had not said in a long time.

The following day we all went on an excursion to the Pozar Thermal Baths and the surrounding area. I wanted to revisit the places I loved. The cherry fruit hanging from the trees was slowly ripening, but unfortunately, I would not be here to taste them.

As things stood, it looked like I did have the whole summer ahead of me, and I was glad. I'd always hated the cold. I made my travel plans and could not wait to set off on my adventure, praying that I would not be hospitalized again. In my misfortune, I hoped that Fate would at least let me enjoy this journey...

A few days ago, I sold the firm to one of my partners and bid goodbye to my colleagues. I will never forget their stunned expressions when I announced that I was leaving. Since I would not need my apartment any longer, I sold that as well, to—the irony!— a couple of newlyweds. All these transactions I completed in secret, and I instructed the partner who bought my firm to conclude all other outstanding arrangements in my absence.

After my discovery that Chris was having an affair with Maria, I had returned home at dawn and caught him on the phone with her. Evidently he had seen our text conversation and panicked. I remember how calm I was when I told him to pack up his things and get out. He had been so shocked he could not utter a single word. My father, who had overheard our conversation, looked like he was about to punch him. Seeing how calm I was, though, he controlled his anger, and Chris had departed, tail between his legs.

Stratos took it all very badly. He went to Maria's house and screamed at her, forcing her to call the police. I was relieved to find that he hadn't known about the affair, as I do not think I could have forgiven him if he'd known and kept it from me. But he proved a true friend, and helped me with everything I needed. In fact, when I told him about my plans to leave he encouraged me to go, telling me that if I needed anything he would drop everything and come find me.

What I really could not understand was why Chris wanted to marry me if he was in love with Maria. And Maria—did she not have a problem with him marrying another woman? It was one of the things I asked Chris before kicking him out, but I never got a clear answer.

There was something very twisted in all of this that nauseated me. I could understand, perhaps, an affair with a woman who was a stranger to me, but one of my closest friends? How could they both pretend so well? Nonetheless, the new circumstances I found myself in overshadowed this sick scenario, and as a result, I did not feel as hurt by their betrayal as perhaps I should have. Life was too short. No one knew that better than me.

Chris initially tried to reason with me, to explain that his affair had meant nothing, and begged me to forgive him. It felt immensely satisfying to reject him, and he packed his things while I was out of the house and left. He made no attempt to contact me, perhaps realizing I wouldn't have picked up if he'd called.

I heard a rumor that Maria had attempted suicide, plagued by guilt, but did not believe it. If she really wanted to die, she would have succeeded. But I felt glad she would have to live with the guilt of what she had done. That was one unexpected upside of my shortened lifespan—I would not be around to see how their miserable lives turned out.

My main concern was for my family, who would worry about me while I was abroad. There wasn't anything I could do about that. I could not stay, could not just wither away without at least trying, albeit briefly, to live my life as I wished. We agreed to speak whenever I could, and I intended to call them at some point and let them know the full extent of my plans before disappearing. For as long as I could. For as long as I could stand on my own two feet, I would travel, following Holly's advice. Our meeting at the hospital now seemed fated...

Stratos was the only one who knew everything. The affair had shaken my sense of trust and my faith in people. Especially people who went through life wearing a mask, pretending to be something other than what they really were.

A Tuscan Night

While the plane rose even higher, I bitterly regretted everything I never did. Even a summer on Paros, when I did not give in to the advances of a man I met at a conference. He had been so handsome, and I had made it clear he stood no chance because I did not want to cheat on Chris. I would return to my room at night and think of him. He had never stopped looking at me with hungry eyes for the whole weekend on the island. He had tried to stay in touch, sending me flirty text messages, until I asked him to stop. If I had known then what I know now, I would have taken him up on his offer. Were I not ill, I might have gone to meet him.

The fasten your seatbelt sign switched off, and I looked at the elderly couple sitting beside me. The man had been holding his wife's hand ever since they boarded the plane. I felt envious of them, and sorry for myself. That was the life I had wanted: to grow old with someone I loved.

I pulled down the seat table in front of me and placed my tablet on it to compose my farewell message to everyone I cared about before I disappeared. I wanted it to be like a journal, and I wanted to complete it during the early days of my escape. I hesitated for a long time, searching for the right words to begin. When I felt the turbulence, inspiration suddenly struck. Holding on to that thought, I waited for it to pass and tried to find an opening sentence so I could begin.

Kostas Krommydas

Rome

My first stop would be Rome, followed by Tuscany, neither of which I had ever visited. The original plan was to spend two nights in the Eternal City before making my way north. It was the itinerary I had planned to follow with Chris on our honeymoon, but fate had other ideas.

I would have the chance to visit, along with the usual tourist sites, the film studios of Cinecittà, making my teenage dream come true. The best part was that I had filled out an application to take part in a documentary as an extra. The participants' fees would be donated to an environmental charity. But it wasn't about the money—for me, even taking part was enough. Being on a film set was a lifelong dream of mine. Not that I had ever wanted to act—I just wanted to experience the atmosphere on a real film set. The day when my childhood dream would come true was now close.

Although the doctor had discouraged driving, my symptoms were still mild, so I ignored his recommendation and rented a car. I wanted to be free to move when and where I felt like. My only worry was hurting someone else, so I decided that, at the first sign that I was not up to driving, I would switch to another mode of transportation.

Through a travel agent friend of Stratos's in Thessaloniki, I had booked some hotels for the early days of my stay. After that, I would play it by ear. I only had what was absolutely necessary with me, intending to buy anything else I needed in Italy. My whole life was now packed in one small suitcase. I intended to spend all the money I had ever earned on this trip. I had already donated a sum to the Thessaloniki Municipal Orphanage. It felt good to help others, even if those in charge would never find out where the money in the orphanage's accounts had come from.

When we landed in Rome, I went straight to the car rental desk. I had always wanted to drive a Jeep, and my spirits lifted when I saw my requested vehicle was available. It was bigger than I had expected, but I intended to travel off the beaten track to more secluded places, so it was just perfect. At first, I had thought about renting an open-top car, but the girl at the desk convinced me that the weather was still too changeable for such a vehicle.

I flung my small suitcase into the back seat and prepared to set off. The GPS set into the dashboard informed me that getting to the center of Rome would take quite a while due to traffic. I fixed the driver's seat and side mirrors to my liking and set off for the Eternal City.

The threat of imminent death vanished in the wake of my enthusiasm for this new adventure. I felt every moment with all my senses. Trapped in my office and courtrooms, I had forgotten what it felt like to have free time without any pressing need to return to some duty. All the same, I had just left, possibly forever, the comfort and warmth of home and my family, who so wanted to look after me now. But I still thought that if by some miracle I could exceed my life expectancy, I would still spend all my time and money traveling.

The traffic soon grew to a standstill. Normally, I would have been annoyed. Instead, and even though only a few hours had passed since my journey had begun, I felt a renewed sense of purpose. How odd for someone who knows their life will end soon to believe they have suddenly found its purpose. The feeling of being alive is more intense when you are traveling. That is why I had taken with me as few belongings as I could. I had read about a woman who made a living as a travel writer, and she advised those who genuinely wished to enjoy a trip to take as little luggage with them as possible. Extra baggage diminishes the experience, she wrote. She was right. Those words were stuck in my mind while I researched my own trip. So, when I opened my closet to pick what I would pack, I discovered all the unnecessary purchases I had made during the previous years.

A few mental calculations later, I realized how many trips I could have had with the money I had spent on expensive dresses, shoes, and other useless things. My bathroom was full of unopened cosmetics and creams, the useless spoils of an incomprehensible mania to consume. So, I took with me clothes that were functional and allowed movement. I would no longer care about how I looked. I succumbed to one brief moment of vanity and added a single dress to my suitcase, although I doubted I would ever actually wear it. It was an opportunity to discover the value of feelings born of new experiences. Until that moment, I had been filling the void inside me with material goods, believing that beautiful moments came with them. What a beguiling illusion...

I set off on this adventure fully aware that it was a life raft, a way to stop myself from ending my life sooner and discovering, even belatedly, the different paths that give life meaning. I did not want to leave this world with the void still inside me, pitied by others. This decision was the oxygen I needed not to suffocate. For the first time in many years, I actually noticed everything around me. I wanted to store every single sensation deep inside me.

My itinerary was entirely up to me. A world of endless opportunity was out there, waiting for me. No one to help me until it became absolutely necessary, just myself to rely on. That was a challenge in itself, and I prayed I would live as long as I could so I could meet that challenge head-on. Deep inside me, I wanted to believe there was something after the end, something beyond this life. What would be the point of experiencing all these beautiful feelings without some continuity in eternity? This was only the beginning, but I was sure I would change my life completely if I managed to survive. I laughed sardonically every time I gave myself hope, as if I were a god. Nonetheless, that is more or less how I felt at the moment, being fully responsible for my own actions and their consequences.

The car crawled through the traffic until I finally approached the city center, where my hotel was. While waiting to reach it, I mentally organized my two days in Rome. I intended to visit as many sights as I could as soon as I arrived, and then spend the following day at Cinecittà Studios—Cinema City, as the Italians called it.

After nearly two hours of stop-and-go traffic, I had finally arrived at my hotel. I was not impressed by the building nor by my room. It had all looked more impressive on their site. I ignored my unopened luggage and left the room, intending to visit the Colosseum first, and then the famous Trevi Fountain.

After a brief chat with the hotel receptionist, I decided to leave my car at the hotel and take a taxi, which would be less hassle. I got inside the first taxi that pulled up, and my heart jumped into my throat when the driver welcomed me in very loud Italian. As soon as my heart rate returned to normal, I gave him my destination and realized the only word he had understood was 'Colosseum'. Luckily, that was the only word he really needed to understand, and off we went.

I don't think I had ever heard someone talk so fast, almost without pause for breath between sentences. The driver only stopped talking for a moment to yell at another driver who blocked our way. I seized the chance to tell him I did not understand a word he was saying. He just gave me a puzzled look and carried on talking in Italian, as if I had just told him that I was fluent in it. Unable to stand the noise any longer, I covered my ears, trying to show him that he had to stop. Only then did he grasp my discomfort and begin to speak in a softer tone.

I felt bad. I understood that he was just exuberant, and it was nothing directed at me. Perhaps it was my sudden sensitivity to loud noises, but I had really felt as if my head was about to explode. Hopefully this wasn't a sign of my symptoms starting to worsen. It was too soon for my journey to end when it had only just started.

A few silent minutes later, the Colosseum came into view. I thanked the driver and walked to the entrance he kindly showed me. The sun was shining, and a number of peddlers were selling sun shades and hats. Thousands of people were walking around, and the whole scene was reminiscent of an open-air market. People from every corner of the world had come here to enjoy this incredible sight.

I glanced at my travel guide and began to make my way through the crowd toward the arena. When I reached the entrance, I heard many of those waiting in line complaining. I moved close to a group of tourists and heard them say the arena was being evacuated—the police had received a bomb threat. No one was allowed inside.

Although I was disappointed at first, I did not give up altogether. I decided to at least view the building from the outside, and began to make my way around the perimeter, admiring the monumental construction. It was not easy. People hastily exiting the magnificent monument were joining the crowds already waiting outside, impeding any movement through the throngs. Some looked terrified. Memories of the recent explosion in Paris that had claimed the lives of innocent tourists were still raw. Bizarrely, I was not worried. Maybe because I believed it was some kind of joke and not a real threat.

Once I had escaped the crowds around the Colosseum, I consulted my travel guide again and drifted down the streets, enjoying the magnitude of the monument, one of the most famous in the world, from afar. I was getting tired, as I had gotten up very early that day, and I looked for a place to rest for a moment. All the surrounding coffee shops were full, and I wondered what to do.

Shouts were heard from the Colosseum just then. I turned around sharply to see what was happening and felt a piercing pain split my head in half. I bent over and gripped my temples, trying to ease my discomfort. The doctors had warned me and advised me not to tire myself out. Maybe I had pushed myself too far. But I did not want to miss a moment.

I stayed like this for a few minutes until the pain somewhat subsided. But it did not vanish entirely, and it became clear to me that it was time to return to the hotel and rest.

I slowly walked toward a taxi stand, but not a single taxi was around. That was when I noticed everyone was trying to leave the area in a mad scramble, and some people appeared to be on the verge of panic. The sound from the Colosseum had not been loud enough to be a bomb detonation—probably just a car backfiring—but evidently a lot of people were still worried and were getting away as quickly as possible.

Since taking a taxi was out, I would have to walk. I did not want to risk the metro, assuming it, too, would be crowded. I began to move away, leaving the noise and my headache behind. It was a reminder that, if I wanted to have enough time to do more, I would have to pace myself.

Strolling through the streets of Rome toward my hotel, I regretted not visiting this enchanting city earlier. Although I did not enjoy crowds, it was a charming city, a vast archaeological site. As my headache had now passed, I decided to find a way to get to the Trevi Fountain before returning to the hotel. An empty taxi in front of me proved to be the opportunity I had been looking for, and a short while later I stood before the famous fountain.

I stepped closer, observing the architectural details. The crowd here was sparser, dispersed around the fountain. I took another step closer and, as a reflex, fumbled in my pocket for a coin to throw into the water—the traditional wish everyone made here.

I held the coin in my palm pensively. All I wanted was to live—but to ask for a long life seemed unrealistic at this stage, so I decided to wish for something else. Something I had always thought about having, but had never gotten the chance to experience for myself.

The mere thought of my new hope brought a bitter smile to my lips. I raised my hand and flung the coin in the water. I stood and watched the tiny ripples on the surface for a moment, then meandered through the nearby streets.

A Tuscan Night

By the time I returned to my hotel room, it was already late in the afternoon. Because of the bomb scare, any movement around the city was taking longer than usual. I had not expected my first day in Italy to be so tiring. I had been traveling since dawn, and it was time to rest. I ordered room service and stretched out on my bed.

I had not turned my phone on all day and did not intend to do so now. This voluntary isolation felt strange. I had never done anything like it before, and I must confess that this disappearing act was not an unpleasant sensation. Leaving everyone and everything behind. Not having to report your whereabouts and doings to anyone.

I turned off the lights and closed my eyes. My thoughts turned to my family, but then exhaustion took over, and I never completed the thought.

* * *

My excited anticipation led me to Cinecittà Studios a few minutes before its doors opened. Although a large part of the studios was now a museum, the place was still enchanting in its present form. I could not wait to experience a day on a film set, even if it did not promise the glamor of the old movies I so adored.

The films of that time always made me feel sweetly nostalgic. Now, that feeling intensified. As a child, I used to ask my father to find a way to get us here; to help me get a part in one of those films. He used to smile and say that we would do that when I was older. How could we have known then that this was a wish I would fulfill on my own someday? On my own, under such new, awful circumstances.

At the studio reception, I informed them, as instructed during the application process, that I was not a simple visitor but an extra. The receptionist immediately called a young man who led me to a room where many people of all ages were already gathered. There, I signed a form regarding my participation without even reading it. I, a lawyer that never signed anything before going through it with a fine-tooth comb. The truth is, I didn't care what it said—if signing this paper let me be on the film set, then I was signing it.

They told me I had an hour to tour the place if I wanted to. Then, if I wanted to join the shoot, I would have to return to the same spot.

Scattered gray clouds hid the sun, but the weather was good overall. Returning inside, I walked up to a sign and read about the history of the studios. I peered closely at the stills from famous movies and read the entire text. The studios were constructed in 1937, during the fascist reign of Mussolini. The site was bombed during the Second World War and used as a refugee camp during the post-war years. After its reconstruction during the 1950s, Cinecittà became home to some of the grandest film productions, including *Romeo and Juliet*, my favorite. I was even more impressed when I saw the long list of all the movies filmed here and the stars that had crossed the same corridors I now wandered through. I had seen many of those films and had no idea that some of them had been shot here.

A Tuscan Night

As I walked on, a huge photo caught my eye: Sophia Loren and her half-parted lips filled with promise. I wandered through sets of all kinds of architectural styles and felt like a time traveler, whizzing through various time periods. Every block was a different civilization: from Antiquity to the Middle ages to the Roaring Twenties. I had always been fascinated by the way space and time were transported to the big screen. Historical figures and civilizations turning to flesh and blood through a camera lens.

I heard an announcement about upcoming events during that day, but I would not be able to attend. I had to go back. The documentary I was participating in was about some of the greatest films shot not only in Italy but around the world. I was impressed by its scope and could not wait to be a part of such a fantastic experience. Perhaps I could gain a sliver of immortality in this way, even as a woman among hundreds of others, captured in a single frame.

Hunger rumbled in my stomach, and I realized I had forgotten to eat breakfast this morning in my haste to get to the studio. I looked around and spotted a small café nestled in a corner. As I stepped inside to order food and a coffee, a film soundtrack began to play over one of the speakers. It sounded familiar, but I could not place it.

"Where's the music from?" I asked the lady serving me.

"Cleopatra," she answered. She was friendly and chatty. "A mysterious queen, renowned for her love affairs with Julius Caesar and Marc Anthony. When she found out Marc

Anthony was dead, she put her hand in a basket of venomous snakes so she could follow him into the afterlife."

Even though I was somewhat familiar with this story, I thanked her for the information anyway and turned to go. The truth was, I had always been a little obsessed with films that ended with death by poisoning. *Romeo and Juliet* also ended in almost the same way.

I sat at a bench and enjoyed my quick breakfast, letting my eyes wander over the studios. The truth was I felt a little melancholy looking at the buildings, which now seemed bereft of the glamor the art of cinema had once bestowed upon them. They were past their glory days, and most of what I saw had now become history.

It had been nearly an hour by now, and I did not want to miss what I was here for. Walking quickly, I returned to the film set, which was now brimming with people. The young man who had escorted me earlier now spotted me and approached me with a smile. "Please come to wardrobe so we can pick out your costume."

I nodded eagerly and felt a surge of excitement at the thought that I would have a costume. I followed him to the other side of the building where people milled among dozens of rows of different outfits. Watching everyone get ready was an impressive sight. As we crossed the room, the young man explained that today they would be shooting a scene from the time when the studios served as a refugee camp.

A Tuscan Night

He left me with a small group who were waiting for their costumes. There was an atmosphere of chaos, but I patiently waited for my turn. A woman came and stood beside me, examining me from head to toe. She said something in Italian and moved away. A couple of minutes later, she was back with a ragged blanket and a straw hat. I had pictured something slightly more glamorous, but they had other plans for me. The woman asked me to wrap the blanket around my shoulders and wear the hat. I did that, and it almost covered my whole body.

I snuck a look at a mirror across the room and almost burst into laughter at my reflection. I did look like a refugee, and a beleaguered one at that. It was only comical in contrast to what I had previously imagined my cinematic debut would be. Well, I would go along with everything they asked me to do—I was having fun.

A voice through a bullhorn asked all those who were dressed to return to set. It took me a few seconds to get ready and then, following their instructions, a group of us moved to a large clearing. Fires had been lit left and right, giving off thick clouds of smoke. In the distance, horses and carriages prepared to cross the set. It was an impressive sight to behold.

I listened carefully to the instructions of one of the assistants. I was in a group of about twenty people. As soon as the director called action, we had to move off into the distance pulling some burlap sacks. A man beside me lifted his cap in greeting and smiled. I returned the greeting and rearranged my blanket so my own clothes would not show.

The straw hat made me look silly, but I tried not to think about it.

I was impatient to begin, but the shoot kept getting delayed. From what I could gather, it was hard to organize so many people. At some point, they asked us to sit down, as the director would not be calling "action" for some time. I was getting tired, but I tried to be patient and kept quiet.

Unlike others, who were more vocal about their disappointment, I was disappointed to not have a slightly bigger part. Not that I wanted to have any lines. I had just hoped to join in the action, be a part of the basic plot. Instead, I was just a figure among a crowd in the vicinity, the action taking part far away from us.

Finally, they asked us to take our places, and the director's voice rang out on the set. "Action!" We pulled the sacks, the scene was cut, and then we were asked to repeat the scene.

I lost count how many times we did the same thing over and over. The clouds kept changing the light. We had to keep reshooting the scene so enough footage would have the same lighting. Up and down we marched like soldiers, repeating the same movements, and only then did I realize what people who do this for a living have to go through.

It was time for a break. We had something to eat, and I thought about asking to leave. I was already drained and did not want to exceed my limits. It was good while it lasted and I felt glad for the experience, even if I was so far away from the limelight. When I mentioned it to one of the assistants, she seemed annoyed and explained that I really could not, as we had not finished shooting the scene that included me. She reassured me that it would not take longer than an hour, so I decided to be patient. Besides, I would never have the opportunity to do something like this again.

Of course things were different from what I had imagined, but now I knew how much work went into the grandiose scenes that so impressed me. The way my scene had been set demanded coordination and for everything to be perfect. They had even mounted a camera on a drone that was flying above us. I was also impressed by the number of people working behind the cameras. I estimated at least one hundred people were working on this documentary.

One hour turned into three, and I was on the brink of exhaustion, having repeated the same monotonous scene dozens of times. The wind began to blow the smoke in our direction, making breathing hard. Finally, our scene was over. What a gift this experience had been! I felt so glad I did it.

Almost everyone pretending to be refugees left with me. I laughed heartily when they told me I could keep the hat and the blanket as a souvenir. I returned them and thanked everyone. At the exit, I signed another piece of paper about my pay. At least something good would come from my effort.

Some of the other extras suggested we go to a nearby trattoria, but I felt too tired. I bid goodbye to everyone I had met, we all took some selfies, and I set off for the hotel, making a small stop to eat a slice of fresh, delicious pizza. Now that it was over, I felt the trouble had been worth it.

When I reached my hotel room, I wavered about calling my parents. I knew that if I turned my phone on, I would give in and call them. It was not easy, but I decided not to get in touch yet. Strangely, being alone did not bother me. On the contrary, it gave me time to think about everything I had not found time to ponder in the past few years. I decided to take a long warm bath instead and check out Roman nightlife later in the evening.

My plan went awry when I stretched out on my bed after my bath, watching a movie dubbed in Italian despite not understanding a single word. I had watched the film before and vaguely remembered the plot. It was fun watching a famous actor speak with another voice. Although I must admit, the Italian actor did sound a little like George Clooney. I watched the movie and could not wait for my trip, which had begun in such a unique way, to continue.

Tuscany

When I next opened my eyes, it was morning. I spent some time making a few final arrangements at a bank, mostly concerning the money I would need for the rest of my trip.

It was already noon when I drove out of Rome. It was as if something was calling me to leave the noise of the city and the traffic behind me. Seeing the first exit looming up, I entered my destination on the GPS: Montepulciano, my base in Tuscany for the next three days. From there, I planned to go to Milan and Lake Como. Then I would follow my gut feeling. Experience living without a schedule, without any pressure.

I turned on the radio and found a station that played Italian music. It was May, and nature here was resplendent. The vibrant green of spring spread out in a multitude of shades, making most places look like a painting. The shadow of my illness had cast some of its gloom over my two days in Rome. If I wanted to enjoy whatever time I had left, I had to look ahead.

Suddenly, I began to honk with joy. For no reason, I felt life was smiling upon me. The passengers of a car in the next lane stared at me, trying to understand why I was honking. I waved hello, but they did not seem to share my enthusiasm. For the first time in a long time, I felt free. Free from all ties. I was alone, and it felt great.

I was hungry, but I had decided to wait until I arrived in Tuscany that evening. I was planning to eat at a lovely trattoria that was meant to be one of the best restaurants in the area. I was determined to avoid popular destinations as much as I could, so I had looked for some off-the-beaten-track places to stay. My boutique hotel was close to the city center, but I wanted to take advantage of more isolated locations and go on long treks.

The afternoon sun kissing my face and the breeze rushing in through the open window kept me cheerful and carefree. When a song I adored came on the radio, I turned up the volume and sang along to Eros Ramazzotti, trying to follow the lyrics with the little Italian I knew. The song was about an angel in the sun, and that's how I felt as I let my hand trail out of the window like a ship cutting through the wind.

I crossed the Italian mainland, and all I cared about in that moment was the present. How wrong I had been to believe that certain things would bring me happiness... The times I had tried to resolve my issues with the same approach over and over, each time hoping for a different result. Why had I been so preoccupied with the past and the future, and never with the present? How many moments of happiness did I miss out on, persisting with such thinking?

I realized that, as a lover, Chris had never been what I wanted. What a strange thing to realize at a moment like this. It was as if I was shedding the past like an old skin and I was marveling at the bits and pieces flying off of me.

Chris... I had convinced myself that everything was fine, even though I knew that sooner or later I would get bored with a person who did not satisfy me. It wasn't just the sex. I was yearning for something more profound. The brief moments of carnal pleasure were never enough, but I never dared ask for anything else. The most terrible mistake I made in all my relationships was never taking the lead or showing what pleased me. The few lovers preceding Chris were in control, and I made do with whatever they gave me.

My thoughts returned to the present. For the first time, I was genuinely noticing the world around me and discovering how insignificant my own existence was before the beauty that surrounded me. How selfish had I been to think the world revolved around me...

I had to learn to live in the present and accept whatever was happening. It was essential to understand, quickly, that happiness was not to be found in the things I sought to acquire. I had decided to go on this journey on my own because I had listened to my intuition. My instinct had shown me the way that would help me confront every fear and every unfulfilled desire. The decision to be alone – especially in my condition—exposes a person to many dangers, but they, in turn, activate one's deepest survival instincts. I wanted to love myself again. That could only happen if I could experience everything that happened along the way undistracted. I was ready to meet new people and leave everything that weighed me down behind. Instead of spending the rest of my life in doctors' waiting rooms or on a psychoanalyst's couch, I decided to take control and heal my soul on my own.

I wished I could make this strange thing in my head, which threatened me at every turn, disappear. I kept thinking back to my conversation with Holly that night at the hospital. Everything she had said had become a great source of strength, giving me the courage I needed to make the decision to leave. How I wished our paths would cross again someday...

An hour later, I decided to stop for some gas and a cup of coffee. I pulled into a gas station set against a beautiful backdrop of verdant countryside and stone houses in the distance. I filled the tank, parked the car in a small rest area, and called Stratos, turning the phone camera toward the panoramic view so he could see where I was. Tiny villages dotted the hillside lit by the bright sun, and Stratos squealed with delight when the image came up on his phone. He sounded thrilled to hear from me. I slowly turned my phone left and right, so Stratos could get a full view. His ecstatic cries pierced the silence, causing some bystanders to give me curious looks, probably wondering whether these were cries of delight or moans of pleasure.

We chatted for a while, and he told me that Maria had moved to Thessaloniki to escape the scandal her actions had caused in the small community of Aridea. I cared little what she and Chris were up to, so I asked him to change the subject, pulling funny faces all the while. Then he asked me if I'd had any recurring symptoms and I reassured him that all was well.

When he spoke about my parents, I could not hold back my tears. He confessed that my mother had sobbed for days after I had left, and he had stayed with her for a while. I did not want to think about this. I told him I would not be in touch for a while. I needed to put some distance between where I now was and everything connected to my old life.

Stratos was worried. He asked me to contact him immediately if I needed anything, but I explained that might not happen for some time. His eyes welled up when he heard that, and he fell silent. I joked and chatted until I managed to lift his mood. Then I told him my plans for the next few days, and he boldly confessed that he was jealous. Everyone dreams of travel, as it turns out. It's just that most never take that first step...

I hung up and saw a young woman coming toward me, holding a baby in her arms. Her free hand was stretched out in supplication, asking for spare change in a language I could not understand. Without another thought, I pulled out a twenty-euro banknote and handed it to her. She was so grateful she tried to kiss my hand.

The baby was peacefully asleep in her arms, blissfully ignorant of the difficulties that probably awaited it in life. From what I could gather, they were refugees, in transit, or stranded here. The woman thanked me once again, and moved toward the other parked cars. I was aware that this could be a scam, that the baby could not even be hers, but I didn't care. I chose to believe that the money I had given her would actually help them both. Besides, I was not going to miss twenty euros.

This small act of kindness made me feel good. It was as if a part of their relief made its way inside me, filling me with a warm glow. How nice it was to share kindness.

I took out my phone again and texted my father. He replied instantly, as if he had been waiting to hear from me, phone in hand.

Hello dad. Everything here is beautiful. On the road now. I love you both.

We miss you, love. We adore you and are waiting for you to come back. Please keep us posted. Please don't stay silent for so long.

Although my heart was breaking, I chose not to send another text message. I sent a smiley emoticon instead, and turned off my phone. For now, I wanted nothing that connected me to my old life.

Finally, it was time to sample a proper Italian coffee. Rome had been a little disappointing in this regard. I had also realized that the problem in this beautiful country was that very few people spoke even basic English, making it hard to communicate. At least I knew enough Italian to order a coffee.

When I stepped out of the shop with my coffee, I was pleased to see the woman sitting with her baby just outside, hungrily eating a sandwich. The relief of having something to eat was written all over her face, making me sure this wasn't a scam. I walked up to her and gave her another banknote. She gave me a silent look of thanks. I looked at the baby and abruptly turned to go, hiding my tears.

I was back in the driver's seat in no time, getting closer and closer to my destination. My heart still felt heavy after the encounter with mother and child. Our world, unfortunately, was neither kind nor perfect. There was so much unhappiness out there; it was easy to get swallowed up in it.

Vineyards stretched on either side of the road as far as the eye could see. Tiny vine leaves were timidly making their appearance on the branches. In summer, the grapes would follow, to give their juice and ferment into the delicious wines I intended to start sampling that very evening. Naturally, I planned to tour all the local vineyards. Stone houses and manors like fairytale castles dominated the hilltops, making the small vines appear like the citizens of a vast kingdom kneeling in silent submission.

I could not get enough of the springtime beauty that surrounded me along the route. Everything was bright green, and the scent of all kinds of tree blossoms and flowers in bloom invaded the car through the open window. Whenever a beautiful village appeared around the bend, I would think I was reaching my destination, but the GPS had other plans. Eventually, it informed me that the exit to my destination was coming up.

Montepulciano was built on one of the tallest hills in Tuscany. From afar, it looked very similar to all the magnificent villages I had seen on the way here. As I drove nearer, the buildings began to appear in greater architectural detail, and I was glad to see I had made an excellent choice. Below the village a large lake shone, mirroring the beautiful town.

The sun was about to set, and everything was shrouded in a fuzzy, lethargic light that warmed up the stones and softened the hillside. People ambled up and down the narrow streets, and the aromas emanating from various kitchens tickled my nose, reminding me that I had not eaten anything yet.

Driving slowly and carefully, I found the boutique hotel I would be staying in. I pulled up outside the entrance but could not see a parking lot. An impatient driver behind me honked, but thankfully a young man rushed outside and, in a mix of hand gestures and Italian, managed to convey to me that he would be parking my car. Thank God for the near universality of hand gestures.

I smiled, picked up my suitcase from the back seat, and handed over my car keys. I glanced up at the wooden sign hanging outside my hotel. It had been the reason I had noticed this hotel in the first place, the reason I had picked it as the first stop of my road trip.

LA VITA E BELLA

The name had sounded touristy, but when I had seen the photos of the interior, I had booked a room without any hesitation. At the entrance, a young woman offered to carry my suitcase for me, but I declined and gave her a smile. Behind the reception desk, a man who thankfully spoke

English was waiting for me. "Welcome. May I have your passports please…"

I thought at first that asking for multiple passports was just his clumsy English, but soon I realized what was happening. The only room available when I had made my booking had been the wedding suite, so they naturally thought I would not be arriving alone.

"It's just me…" I replied.

His smile faded, and he glanced awkwardly at his computer screen. "If you are alone, there has been a cancellation for another room—"

"No," I interrupted him. "I'll stay in the room I've booked, thank you."

He nodded and gave me my card key and a piece of paper containing various information about the hotel. Once the formalities were over, I asked him where the restaurant I wanted to visit was. It was nearby. He offered to book a table for me but, figuring it would not be hard to find space for just one person, I politely declined and turned to the girl who was waiting to show me to my room.

They must have found it strange that I was unaccompanied because they were giving me odd looks. Maybe no one had stayed in the wedding suite on their own before. I thought about being here with Chris, and felt sure I would have missed out on the magic of this beautiful journey if I had been distracted by someone else.

The room was vast and beautiful. The girl gave me a quick tour of the facilities and then left, closing the door behind her. My stomach was growling like an angry dragon. I pulled the drapes aside to let the afternoon sun come in and then removed my clothes to shower. My sparse packing did not allow me a lot of styling choices. Before resuming my road trip in a few days, I would have to give my laundry to be washed.

I placed my only dress on a hanger, admired my lovely room, and thought how wonderful it was to be enjoying this on my own, free to do whatever I liked. I flung my clothes on a chair, and soon I was wandering around the room naked. Then I turned the TV on, selected an Italian music station, and stepped into the oversized bathroom.

I had not enjoyed a shower so much in ages. The feel of water against my skin always soothed me, and had I not been so hungry I would have stayed under the showerhead for hours.

When I was dry, I flung on some casual clothes and returned to the lobby. The receptionist gave me directions, and I left the hotel for the restaurant. The sun was setting, and a soft breeze wove its way through the steep, narrow streets. How beautiful and orderly everything was. The architecture was breathtaking down to the tiniest detail, even though the picturesque houses were centuries old.

A car turned down the street toward me suddenly, blinding me with its bright headlights. I brought my hand up to shield my eyes and felt a searing pang pierce my head without warning. I almost screamed with pain. I leaned against a wall holding my temples, feeling as if something alien inside my head was trying to claw its way out. How briefly the calm had lasted, a respite from the pain that reminded me of the reality I was all too aware of.

I sat down on a doorstep, trying to assuage the intense headache. Perhaps I had been careless not to take my painkillers with me. I wondered whether I should turn back to get them so I could make it through the rest of the evening.

A woman stepped out of the shop across the street and asked if I was okay. I raised my hand in a gesture that all was well and slowly stood up. I brushed a finger against my upper lip—no nosebleed, thankfully. As sharply as it had arrived, the headache began to subside. I walked off with sluggish steps, hoping that the ache would be entirely gone by the time I reached the restaurant.

A small, discreet sign was the only indication that I had reached the restaurant. It looked closed, and only when the door opened did I realize there was life inside. I grabbed the door before it closed behind the departing customers. They were talking intently in Italian, sounding annoyed.

The atmosphere inside the restaurant was impressive. Just beyond the small hallway, the dining room was full of people who seemed to be enjoying their dinners around tightly-packed tables.

A middle-aged man in a full-length apron approached me with a smile. In broken English on his part and broken

Italian on mine, he communicated that not a single table was free. The man was very polite, and I realized he must be the owner, as he kept pausing to give instructions to the waiters. In an hour a table might become available, after the rush hour. A quick glance around the room confirmed that not a single chair was free. To make the torment worse, incredible smells from the kitchen filled the room.

I suppressed the urge to storm the kitchen and beg for a bite to eat. Now I understood why the departing customers had sounded annoyed. They had not found a place to sit. Disappointed, I prepared to leave, as there was no hope of a table becoming available any time soon. That's when I felt a hand gently touch my shoulder. I stepped aside, thinking it was a waiter asking me to make way. But it was an elderly woman.

"Sola?" she asked loudly.

I understood what the word meant, but could not understand why she was asking. She repeated the question, and I nodded. Yes, I was alone. *More alone than I have ever been*, I wanted to add. Instead, I just said, "Si. Sola."

The woman pointed to an empty chair at her table, where another woman and two men also sat. At any other point in my life, I would have politely declined the invitation to join them, but now I thought, *Why not?* Besides, this trip was also an excellent opportunity to meet new people and do away with the old patterns I had been following all my life.

The restaurant owner, pleased with this new development, gallantly pulled out my chair so I could join them. This was a first for me. Determined to enjoy the novelty of this experience, I greeted my fellow diners and made myself comfortable. Elena, Laura, Simone, and Ricardo would be my company in this beautiful Italian trattoria. Simone, the only one who spoke English, translated for everyone else. They were all members of the same family and were excited to hear I came from Greece, a country they visited often and loved.

The starters they had ordered arrived, and Elena picked up my plate and filled it with a little of everything. I grabbed a bruschetta and shoved it in my mouth with great pleasure. The chopped tomato, infused with garlic, olive oil, and salt, tickled my palate. The coarse sea salt crunched against my teeth, heightening the pleasure of so much texture. Seeing my blissful expression, everyone laughed.

"Would you like some wine?" Simone asked me, raising a bottle of red.

Finally, time for a drink. I held out my glass and nodded.

"This is a regional wine. It's a variety called *Vino Nobile di Montepulciano*. One of the oldest Tuscan varieties," Simone said as he poured.

Before I could even taste it, its full scent filled my nostrils. I raised my glass to them, then took a long sip. It tasted as good as it smelled.

We had nearly finished eating the starters when the restaurant owner returned to our table, holding a parcel wrapped in wax paper. Everyone began to pile up the plates to make space. Speaking rapidly, he placed the packet on the table and deftly unwrapped it to reveal a large piece of raw, crimson fillet. I struggled to follow the conversation, it was impossibly fast, but they seemed to be haggling. He was jotting numbers down on the wax paper, while everyone talked and gesticulated all at once. I could not believe they would be eating the meat raw, so I just watched and waited to see what would happen next.

The restaurant owner lifted the meat off the table and looked at us. One by one, my fellow diners said, "Si." He looked at me and waited for my response. I decided I had to follow suit and mumbled "Si," having no clue about what I had just agreed to.

"What were you talking about?" I asked timidly, once the owner was gone.

Simone laughed heartily. "We were haggling over the price of the meat, and whether we would purchase it all at a price he said, or get a smaller portion. As you can imagine, he won the haggle, but it will be worth it. You'll see when he brings it. This is their signature dish, the reason we are here tonight. They serve it with a sauce of local spices that is a local specialty."

More dishes arrived, and I really was at a loss as to what to try first. Pasta dishes had pride of place, all handmade. I had never tasted homemade pasta before. Now I could not believe I had lived so many years without it. These people knew what good food was all about. The dish that carried the day for me was the aged goat cheese. Served with a strawberry jam sauce, it tasted more like dessert than a starter. Small pieces of cinnamon crunched between my teeth, making my tongue numb with pleasure.

My fellow diners, used to these extraordinary flavors, laughed every time I moaned with pleasure. They all lived around Como, and when I told them it was my next destination, they offered to meet up. They would be returning there the following day.

In the space of a few days, I had been transported from an ordinary life at home with my family to a foreign country, eating and drinking with a group of strangers. Every trace of a headache was now gone. I wondered whether the flowing wine or the relaxing atmosphere that reigned over our table and in the restaurant had been the cure.

"And what do you do?" Simone asked.

"I'm a travel writer," I replied, without overthinking it, and raised my glass so we could finish what I guessed was our third bottle of wine.

Ricardo, who was Simone's son and underage, was not drinking. The four of us would be consuming the fourth bottle just brought to our table by the restaurant owner. A gift, he said, from someone he pointed at behind me. I turned to look, but I could not make out who he was talking about.

"This is from Felipe," Simone said, and raised his glass in thanks to the man who had sent the bottle over.

"Who is Felipe?" I asked, turning again to look.

Before he could reply, there was a stir in the crowd. People began to scrape back their chairs and turn to look in the direction behind me. Already quite tipsy, I leaned back against my chair and spotted a man in the middle of the room, holding a guitar. Everyone applauded, and he took a small bow before sitting on a stool that had been placed there for him. His long, unkempt hair, reached his shoulders. His stubble and worn clothes made him look like a man who lived on the streets.

The impression was immediately dispelled when he raised his face, which caught the light. Nothing about his appearance was random or casual. Even the buttons of his shirt—undone to the top of his chest—revealed just enough to make you want to see more than he had chosen to unveil. The noise was not dying down as people were still chatting, but the guitarist ignored the noise and began to play. I cast a joyful glance at Simone, who raised his eyebrows and nodded toward the musician. He was urging me to pay attention to what would follow.

As soon as the first strings were plucked, the whole restaurant burst into song as if they, too, were part of the evening's performance. A mood of joy overtook the room as everyone surrendered for an hour to the charismatic guitarist's music. I don't know why, but looking at him more closely, I felt there was something melancholic about him. He was enchanting everyone with his guitar and voice, but I sensed that he was not thoroughly enjoying what he was doing.

A Tuscan Night

Elena and Laura leaned over from their chairs and hugged me, singing along to some of the tunes this enigmatic man was playing. I cannot say that I was equally enamored by the songs, which sounded like Italian folk music. He was undoubtedly a skilled guitarist and excellent singer, but it was not the kind of music that moved me. I nonetheless enjoyed the happy mood that reigned during this respite from eating.

The restaurant owner eventually brought the meat over in a large dish, swimming in the renowned sauce and surrounded by caramelized onions. I was convinced I could not eat another bite... until I had a small mouthful. The meat literally melted in my mouth, despite being cooked medium-rare. I ate and drank some more but soon realized it was time to stop; otherwise, they would have to carry me back to the hotel. I would be too drunk and too stuffed with food to take a single step.

A few minutes later, the musical surprise was over. The audience enthusiastically applauded the guitarist, who stood up, took a small bow, and left. Some kept clapping, hoping for an encore, but he never returned. Maybe because he did not enjoy what he did that much. That's what his body language had told me, anyway—tiny details in the way he looked and behaved.

I wanted to pay for dinner to thank these lovely people. I pretended to need the bathroom and snuck off to pay, convinced they would not let me treat them to dinner otherwise. Twisting through the narrow spaces between the tables in my tipsy state was not easy, and I almost tripped on a small step. I could feel my cheeks burn, but I was happy. I could not remember the last time I had felt such joy.

I reached the till and the owner, seeing me take out my credit card, smiled conspiratorially. He understood what I was up to. He said something, looking toward our table, but I explained that I wanted to pay for everything. The international language of miming worked, and he let me pay.

As soon as the bill was settled, I carefully returned to our table, trying not to knock anything over, and found the guitarist sitting in my chair.

He stood up as soon as he saw me, offering me the seat. Before I could greet him, the owner arrived with another chair. In loud Italian, he announced that dinner had been my treat. Everyone protested.

Simone, looking discomfited, said, "Ismene, you are a guest in our country. We invited you to join us."

"I really wanted to, as a thank you for the lovely company," I replied, and turned to the man beside me, who was holding the back of the chair until I sat down.

"Ismene, meet Felipe," Simone introduced. I offered my hand in greeting.

The man smiled fleetingly and shook my hand. His palm was warm and firm, and I wished the handshake would last a little longer. But he dropped my hand quickly and sat in the other chair, turning to talk to the others in Italian. As soon as I sat down, Simone interrupted their conversation. "Felipe is an old friend from Como. We came here today to hear him play," he said.

I turned to look at him, but Felipe was looking at his friend. He paid no attention to me. His hair hid half his face. Looking at his profile, I could barely see his lips. While the two of them talked, delicious desserts arrived at our table and were scoffed down in no time. Even I ignored the fact my belly was about to burst and had some. The only one who didn't touch anything other than wine was the strange guitar player.

I caught whiffs of his distinct cologne every time he moved his hands. I liked the scent; it was fresh and hard to place. I noticed a small tattoo, a flying swallow, on his left wrist. This man had clearly caught my interest. Not just physically. I was intrigued by his unusual personality. The fact that he was paying no attention to me perplexed me. On the other hand, I wondered: Why would he notice a woman wearing no makeup, dressed in jeans and a worn sweater?

We drained our wine glasses, and I thought it was time to go back. I was feeling quite drunk.

"I should head off now," I said, and stood up. Bad move. Before I could find something to hold on to, I fell on Felipe, who was still sitting down.

I felt his firm grip around my waist, and I wanted to nestle against his neck and lose myself in his scent for a stolen moment. For the first time, he looked me in the eyes. Damn it, was I really very drunk or was he one of the most handsome men I had ever laid eyes on? The angles of his thin face coupled with his short beard made him look like those striking actors who had portrayed Jesus on screen. Laughing, he said something in Italian, and everyone joined in. He helped me get up, and Elena offered to walk me outside.

"Here is my card," Simone said. "If you are ever in Como, dinner is on us, Ismene. We'll go to Bellagio, where our house is. Thank you for dinner."

I concentrated hard on keeping my balance before I spoke. "I had a lovely evening, thank you all. I hope to see you in Como…"

I kissed everyone goodbye, leaving Felipe for last.

"Take care. This wine can get you badly drunk," Felipe mumbled. His English was perfect. This time he held my hand a little longer.

I could not believe I had avoided speaking to him for so long, thinking he only spoke Italian. "Thank you. It was a pleasure to meet you," I said and followed Simone, who led me outside.

At the doorway, I paused and looked back, hoping for one more glance, but Felipe was once again in deep conversation with the others. I stepped outside and instantly felt the cool breeze caress my face. I hugged Simone and promised to see him again in Como. He offered to walk me to my hotel, but I reassured him I could get there on my own.

"What did Felipe say when I stumbled and fell on him?" I asked.

Simone smiled, and seemed to hesitate. Seeing me wait for a response, he said with a sigh, "Another woman swept off her feet, and I did not even have to try."

I was stunned. I had not expected such arrogance. I hoped it was just a joke and not a general attitude.

I bid him goodnight and began to walk back. Everything looked even more beautiful in the evening. If I were not afraid of falling flat on my face, I would have started dancing in the middle of the street. I had not been this drunk in many years.

Suddenly, I found myself standing before the hotel entrance. It was as if I had been teleported there. I had no recollection of the intervening minutes or my walk. Shocked, I looked around. The street was deserted. I had no phone or watch with me, but it felt as if a long time had passed since I had left the restaurant.

Frightened, I walked into the lobby and greeted the girl at the reception desk. "What time is it?" I asked her.

Surprised, she replied, "One thirty."

I gasped. The restaurant was only a five-minute walk from the hotel, and it had taken me an hour to get back. What had I been doing during that hour? How could I not remember anything? The doctors had warned me of the possibility of some kind of epileptic seizure, but not memory loss.

I took out my keycard and rode up to my floor. Soon I was in my room. The shock had sobered me up, and I racked my brain trying to recollect even one tiny detail of that missing hour. I picked up my tablet and tried to find a likely explanation for my memory loss. I got lots of search results. Excessive alcohol consumption was one explanation. Brain tumors could also cause memory loss. Tonight, I had both.

I flung the tablet aside and decided it did not matter. It wasn't as if any of the things that were happening to me were ordinary anyway. If I was going to black out and lose time, then that was what would happen, and there wasn't anything I could do to change it.

I got up and walked to the balcony. A few lights were on among the vineyards in the valley. A sense of peace descended upon me as I stared out into the calm night. My eyes, heavy with fatigue, urged me to go straight to bed. I looked up at the sky, partially obscured by scattered clouds. Here and there, a twinkle of starlight burst through and just as swiftly disappeared, as if its energy were suddenly drained. I decided there and then to look at the night sky every evening and whisper 'thank you' for another day gifted to me. If there was some divine creator out there, I wanted my gratitude to be heard.

A Tuscan Night

I took off my clothes and stretched out on my large mattress, exhausted by the drive and the drinking.

Felipe's face had been imprinted in my memory ever since he had looked me in the eyes. But he had shown no interest, despite the yearning look I was sure I had given him.

My eyelids grew heavier. I thought of my parents, and a wave of guilt washed over me for abandoning them like this. Would it be better to return in a few days and forget about my extended road trip? I had not yet told them I did not plan to return. For the first time, I felt the need to be near them. If I weren't so tired, I would have sent them a message.

My eyes closed and, like a vision, Felipe appeared again. Now my dreams could take over from where reality had ended.

* * *

I woke up early, but decided to lounge in my room for a while. Time spent doing nothing; that was a novelty in itself. On a neighboring balcony, a red scarf flapped in the wind, yearning to fly over the red rooftops of Montepulciano. A feeling of freedom rose inside me. It was as if I were that scarf, wanting to fly away, to travel. I watched it dance in the wind for a while, then stepped back inside and returned to my bed, enjoying the sense of comfort and calm.

Last night's thoughts about returning home had vanished. They had been nothing but musings caused by too much wine and a charming yet indifferent guitarist. I had rarely been so struck by a man, despite his evident disinterest.

I shook my head to chase his image away. What use was it, when it was so evidently one-sided?

I kept trying to mentally compose a message to my parents, but the words would not come. It was not easy to find the right way to phrase my final farewell. Would I be able to stay away from them for the entire duration of my journey? I hated displays of pity. For ten days, I had been on the receiving end of such looks; looks that would accompany me for the rest of my life every time someone found out what my future held. Even if they spoke no words, the look in their eyes would be enough. I would be able to read their thoughts as they beheld the dying woman before them.

I turned on my phone, but the sight of dozens of messages made me switch it off again. I promised myself I would text my parents that evening. I was not addicted to social media, but had nonetheless caught myself wasting valuable time in front of a phone screen in the past. Boarding that plane had been a kind of rebirth. I was no longer the same person.

I got up, determined to seize the day. I took a quick shower and was soon ready for breakfast. I caught the same odd looks from the staff as I walked downstairs. They were probably still trying to understand why a solitary woman was staying in the wedding suite.

Some bread and honey and a bowl of cherries were my breakfast. The cherries brought back memories from Greece, even though looked nothing like the cherries back home. I pushed away the thought and bit into one. They were more sour than I expected but not in an unpleasant way. Then I tried many of the other things from the bountiful buffet, sampling everything that caught my eye. One of the perks of knowing you're dying is no longer having to worry about your diet.

The time to tour the area had arrived. I intended to visit one of the famous wineries. Even the receptionist had recommended a visit. I had not fully recovered from last night's drinking, but I needed a change of scenery, so I got ready, and soon I was on my way, no headaches spoiling my good mood.

The weather was great, the sun boldly highlighting the beauty of nature in spring, and after about an hour I arrived at my destination and saw a busload of tourists already waiting at the gates. I pulled into the parking lot. The moment I stepped out of the car, the tourists' chattering assaulted my ears. It was the last thing I needed. I had been under the impression that the tour would be more of a private affair. I was not in the mood for crowds. It reminded me of the throngs outside the Colosseum.

Without any hesitation, I got back inside the car. Perhaps I should leave the rest of my day to chance. There were many villages in the surrounding area. I was looking for something more authentic, without any specific idea as to what that might be. I turned the radio on and began to drive, letting fate show me the way while enjoying my road trip soundtrack.

I got back on the highway and searched for an exit to a side road that would lead to the villages. A little further down the highway, I saw a policeman motioning for me to slow down. I soon saw why. There had been an accident, a collision between two cars. I wondered how it could have happened on a straight stretch of road. I slowed down and drove past them.

From the corner of my eye, I caught sight of a familiar figure. At first, I thought I had made a mistake, but such a distinctive appearance could not have been anyone else. I could not believe my own eyes when I realized that the man arguing with the police was Felipe. I pulled onto the hard shoulder and let the other cars overtake me before stepping out of the vehicle.

When I reached them, I understood that the drivers were still arguing about whose fault the accident had been, while two tow trucks were trying to remove the cars from the highway. Felipe was the calmest. He cast me a quick glance when he sensed my presence, then turned back to the policemen. His hair was pulled back, and I could see his face clearly under the bright Tuscan sun. I looked at the other curious passersby who had also pulled over and wondered what exactly I was doing here. I was thankful others had stopped, too. Otherwise, I would have felt very embarrassed.

I was about to leave when Felipe stepped away from the group and walked toward me. I thought he had recognized me and felt butterflies in my stomach. He gave me another brief look, then walked past me and reached his car, which had been towed just behind me.

He struggled to open the dented door and pulled out a knapsack and a guitar case. He placed them on the asphalt beside the car and pulled some papers out of the glove compartment.

"Can you look after my things until I'm back?" he asked me without breaking his stride.

I was gobsmacked. It had sounded more like an order than a request. I barely had the chance to nod before Felipe walked back to the policemen, who had set up an impromptu desk on the patrol car's trunk. The tow truck had now come behind me and was trying to raise the car onto the bed of the road assistance truck, which would transport it to a nearby garage. The car looked pretty damaged.

Since this was apparently my job now, I walked over to Felipe's things and patiently stood guard while they went through the paperwork. A word was engraved on his guitar case in Italian. 'Viaggio' it said, and I tried hard to remember what it meant.

With the excitement evidently over, the bystanders returned to their cars and departed one by one. When Felipe walked away from the policemen, I realized they were done. I had not liked the way he had asked me to watch over his things. Something about his expression was patronizing.

"Thank you for staying," he said indifferently, pulling out his phone. He peered at me more closely. Finally, I was reminding him of someone.

"Weren't you at Simone's table last night?" he asked, holding the phone against his ear.

"That's me," I said. "I was driving past, and I thought you might need some help. Do you... need anything?"

Disappointed that no one seemed to be answering his call, he looked at the phone screen. "No. I'm trying to get someone to come to pick me up, but everyone is either busy or not answering."

His manner toward me bordered on rudeness. Seeing him try to make another call, I abruptly turned away, regretting my impulse to pull over in the first place. I reached my car without glancing back, got inside, and turned the engine on. I was about to drive off when Felipe suddenly jumped in front of my fender.

I slammed on the breaks and narrowly missed hitting him. He came near my window and motioned for me to roll it down. I complied, glaring at him the whole while. What was he thinking, jumping in front of a moving car like that?

He rested his elbows on the door and stuck his head inside. "I want to apologize for being so rude. I was shaken up. Thank you for looking after my things," he said.

His enticing scent tickled my nostrils, and I was again reminded of how incredibly attractive he was. And from the bold way he spoke to me, clearly he knew the effect he had on women. But I was irritated with him, and I wasn't going to fall for any of his lines.

I shot him an unimpressed look. He pulled away from the window, looking a bit shame-faced. "Sorry," he mumbled, and turned to go.

The sudden display of contrition caught me off guard. Before I knew it, I was calling after him, "Where do you need to go?"

He paused.

"I need to get to Montepulciano to see about the car. I've been calling Simone, but he is not answering."

He made to walk away again, but again I stopped him. "That's where I'm going. I can give you a lift," I offered. That was my first lie in a long time.

"I don't want to inconvenience you," he said, with a grin that lit his face up and made my breath catch in my throat.

"I don't mind if you tag along. It's not like I'll be carrying you in my arms or anything," I blurted out like a gawky teenager.

Felipe came back to the window and squinted at me as if he was trying to figure me out. "Well, you were in my arms last night, so I guess you owe me one," he teased. I opened my mouth to apologize for that, but did not get the chance.

"Okay," he said. "I'll go get my things." He walked off, and I wiped my sweaty palms on my thighs.

I quickly looked into the rearview mirror and tried to rearrange my hair. I looked like a woman coming back from the fields after a hard day's labor. How was I to know I was going to run into him like this. I kicked myself for not taking a moment to brush my hair and put on some makeup. Then I remembered I had not even brought lipstick with me.

Felipe returned to my car and flung his knapsack and his guitar in the back seat. Then he climbed in beside me and pulled on his seatbelt. Noticing I was not wearing mine, he looked at me pointedly until I buckled up.

I stepped on the gas and almost stalled the engine. His presence in the seat beside me was obviously affecting all of my senses. I caught him smiling but, when I turned toward him, he became serious once again, trying to hide his grin.

"You were lucky not to get hurt," I said, once we had safely pulled back onto the highway.

"Yes, that was close. The guy decided to switch lanes without looking in his rearview mirror. Well, you saw the outcome. At best, my car will be ready next week, and I'm supposed to be on tour," he said.

The sound of his ringtone interrupted him. He answered it, and I guessed Simone was at the other end of the line. They spoke briefly in Italian, then hung up. "Simone's family says hi," Felipe reported. "They just set off for Como."

"Great! I intend to visit them," I answered, trying to spot the right exit sign.

He spent the next few minutes on the phone trying to solve his car situation. I could understand very little of what he said, but I liked the sound of his voice. With a sigh of frustration, he hung up and turned toward me. "You hungry?" he asked.

I was not hungry, but if this was him inviting me to lunch then I did not want to miss that chance. "Yes, a little, actua—"

Before I could finish my sentence, he exclaimed, "Turn here!" and pointed to a small side street.

I almost mounted the curb in my haste, but I succeeded in making the last-second turn. I was startled, but Felipe just laughed and apologized. He pointed out the next turn well in advance. "I'll buy you lunch, as a thank you for the lift..."

I was taken aback, and almost instantly blurted out all the customary platitudes: *no, there's no need... it was nothing, it was on my way... don't even think about it.* I checked myself and said nothing. I just smiled at him and nodded my agreement and thanks.

We drove on, Felipe pointing out the way, until we reached a narrow dirt track. Only a small sign belied that something lay in that direction: *Villa Costanza.*

"Where are we going?"

He gave me a sideways glance before replying, looking straight ahead all the while with a faint smile. "You'll see," he said, his voice brimming with confidence.

I had almost forgotten how it felt to desire someone. The turmoil, the willingness to surrender, the heightened sense of the present moment without any thought for what the future might hold. It had never felt like this with Chris, and when I had felt this before, I had never given in to my impulses. But Felipe... I was glad he made any thoughts about tomorrow disappear. It was exactly what I was looking for. Something had woken up inside me the previous evening, something I thought I no longer had in me. Fate had now brought us here, in the middle of nowhere, and I was on board for the ride, wherever it took us.

"What are you doing in Tuscany?" he asked, and seemed genuinely curious. Given his disinterest last night, this was a huge improvement, and I was positively giddy about it.

Carefully navigating the bumpy country lane, I gave him the same line I had used the previous evening. "I'm a travel writer."

"Interesting. Is there anywhere I can read about your previous travels?" Felipe asked.

"I've only done Greek destinations so far. In Greek. Tuscany is my first assignment abroad. You can read it when it's done. And translated. I also spent two days in Rome, so I'll write about that too..."

A Tuscan Night

For someone with a massive tumor in her brain, I could still think on my feet. I was worried telling him the truth would spoil the mood. Who am I kidding? It would absolutely spoil the mood. How could it not?

"Should I expect to find myself somewhere in the article about Tuscany?" he asked, with a sparkle in his eyes.

"Nope, still too soon," I teased him back.

He held my eyes for a moment, and, captivated, I returned his gaze. For the first time, I felt like he was truly noticing me. His eyes were an unusual shade—neither green nor brown. He turned back to the road, then suddenly lunged at the wheel. In my dazed state, I had almost driven us into a picket fence.

"One accident per day is enough," he said, with a tinge of irony.

Too embarrassed to acknowledge I had nearly caused another accident, I flicked my hair and seized the chance. "Tell me about yourself...?"

"What would you like to know?" he asked, and angled himself in his seat so he could face me.

His coat was open, and I could see his muscled chest through the undone top button of his shirt. I averted my gaze and focused on the road, saving the fences of Tuscany in the process. I could not tell how old he was, but I had a feeling he looked younger than his years.

"Where do you live? What do you do?" I asked, spotting a building further up the lane that was probably our destination.

"I used to live in Milan. Now I live in Como, but travel all over the world with my guitar. I would like to revisit Greece," he replied, and we both fell silent.

He seemed hesitant to share much about his life. With a start, as if he had just had an idea, he said, "We'll talk more over a glass of wine at Villa Costanza." I began to wonder where he was taking me, and what Villa Costanza actually was.

At the end of the road, a small stone building rose in the middle of a vast vineyard. A few cars were parked outside. We pulled over and began to walk toward it. As we neared the place, I began to make out tables and chairs through the windows. Villa Costanza seemed to be exactly what I was hoping for: a charming and rustic dining spot. Everything was made of stone and covered in ivy and another plant that had exploded in crimson bloom. It was the kind of house I had always dreamed of owning. Someday, in another life.

A tawny dog sprinted toward us, wagging its tail. Felipe bent over to pat it. Both looked so ecstatic I guessed they knew each other well.

"Do you like it?" he asked, pointing toward the house.

Before I could tell him just how much, a middle-aged man appeared at the door. He called out Felipe's name over and over, with the dramatic enthusiasm of an opera singer. His tanned and deeply-lined face showed a man who spent many hours working under the sun. He was very slim, and wore horn-rimmed glasses that made him look like a teacher.

The two friends hugged each other warmly, and Felipe introduced him as Antonio, the owner of Villa Costanza. As soon as Felipe said my name, Antonio cried out, "Welcome, Ismene!" He hugged me, and kissed my cheeks with the Italian warmth I was growing to appreciate. Then he gave me a penetrating look over the rim of his glasses. "Melancholy eyes... I love melancholy eyes."

I loved his accent and the way Italians spoke English. It was as if every sentence was a jovial song caressing my ears. Felipe turned toward me, seeking my approval, and I smiled and nodded, trying not to betray the full extent of my excitement. Who would have thought that a day that promised a bit of dull sightseeing would end in a visit to this gorgeous place and Felipe to share it with...

"Want to visit the winery?" Antonio asked.

"Let's get something to eat first. I don't know how much time Ismene's got. We'll see after lunch," Felipe replied.

I knew my schedule was flexible. For this afternoon, for the following day, for the rest of my life... I fully intended to let fate guide me. After the knocks I had received, I felt as if destiny was at last smiling on me.

While the two of them talked about the car accident, we circled the house and stopped under a large, shady pergola. Wooden tables and benches stood beneath the trailing vines, and two small groups of tourists were enjoying their lunch.

The dog had been following us and now was busily sniffing me, the newcomer of the pack. Antonio said something sternly, and the poor animal trotted off, its tail between its legs. We sat beside a stone water well, and a young woman who was introduced as Antonio's daughter came and set our table with a smile.

"I'll go fetch some wine," Antonio said, and left us.

"This is wonderful..." I murmured as I looked around.

The backyard ended where the vineyard began, sloping away as far as the eye could see. The scent of spring was intoxicating. The buzzing of the bees hovering around the flowerbeds was one of the few sounds that could be heard. Sunbeams filtered through the thick leaves to stroke our faces.

Felipe removed his coat and looked around as well. "I've been coming here since I was a boy," he said. "Antonio's wife, Costanza, was a close friend of my mother's."

"Was?" I asked.

"Yes. Costanza passed away a few years ago. I know Antonio seems fine now, but he was devastated. She was his whole world. He somehow managed to move on..."

A Tuscan Night

"How tragic. I'm guessing she wasn't very old."

Felipe smiled bitterly. "No. She was a little older than Antonio, but that does not matter. She passed away too young. They built all this together, and she always said she wanted to enjoy it in her old age. She did not get the chance..."

Suddenly, I desperately wanted to tell him my story, to make him understand that my time, too, was limited...

Antonio arrived just then, carrying three glasses and a bottle of red wine. As soon as he placed the wine on the table, Felipe picked it up and stared at the label in surprise. "I didn't know you still had some Vino Nobile left..."

Antonio motioned to Felipe to lower his voice and whispered, "I only have three bottles left. That was one of our best years. We'll drink them today. We have not seen you in so long; we should celebrate, eh?"

"Don't say it's because of me! You are just trying to impress Ismene," Felipe said. He uncorked the wine with the solemnity and precision of a surgeon.

I did not know much about wine, but I could usually tell how good it was from its scent and the flavors. At least, I could tell if I liked it. Felipe filled three glasses, and Antonio handed one to me, after tenderly swirling the wine in the glass. I remembered we had been drinking the same label the previous evening, albeit a more recent vintage.

Before tasting it, I did what I had seen wine connoisseurs do in the past. I brought my nose to the edge of the glass and breathed in the intense aromas. The two men sat still, waiting for me to taste it. I took a sip, and the ripe flavor of wine filled my mouth. "It's wonderful," I said, raising my glass to them.

We all took a long sip, and a moan of pleasure escaped Felipe's lips. My imagination bolted in a different direction at that sound, but I reined it in.

Carola, Antonio's daughter, appeared behind him holding two plates. She laughed at our ecstatic expressions and left them on the table. When Carola was out of earshot, Antonio leaned in and whispered conspiratorially, "She is leaving me for Madrid at the end of the summer. Her boyfriend is there, and she has decided to go to him." His voice became hoarser at that last sentence. Antonio cleared his throat and looked away.

Felipe, noticing his turmoil, quickly changed the subject. "The wine we are having is a famous regional grape variety, but this particular year was one of the best. It is so highly prized that it is rare to find a bottle nowadays."

Antonio chimed in with evident pride. "We weren't making our own wine at the time, but I bought large quantities of this vintage for us. My Costanza used to love it…" He fell silent and turned toward the house, as if expecting his wife to step outside at any moment. "Eighteen years later, these are my last three bottles," he added.

Every sip of wine was special for these people. And I felt blessed to be included in this intimate circle.

Drinking and nibbling, time flowed languidly, filled with pleasure as my Italian companions laughed and joked beside me. Their teasing repartee was fast and witty, and I felt as if I were watching a movie unfold. Carola brought dish after delicious dish, and I could not get enough of seeing, tasting, and smelling such sumptuous food. Pasta and cheese held pride of place. A splendid, colorful salad was made with produce they grew in their own kitchen garden. Carola, unlike her father, spoke very little English, but I hoped she understood how grateful I was.

"What is this?" I asked, sampling another dish.

"Fresh Fettucine, with mushrooms and truffle sauce. We make the pasta ourselves," Antonio replied, and then stood up to greet a couple making their way to the tables.

I enjoyed the tasty dish and ate and drank heartily. Felipe looked at me and lifted his hand to touch the skin over my lips. He wiped it, and as he moved his hand away, I saw a red stain on his finger. I let out a small cry of fear; my first thought had been that I was having another nosebleed. My eyes bulged in horror as I saw him bring his finger to his mouth and lick it.

"Not a drop of this wine should go to waste." He laughed.

I sagged with relief. I had not even felt the liquid on my upper lip. Still shaken, I excused myself so I could go to the bathroom and splash some cold water on my face.

Felipe's smile faded. "I am sorry if I made you uncomfortable..." He lightly touched my hand.

"No, not at all. I just need the bathroom," I said. I gave his shoulder a friendly squeeze and moved off.

No matter what was happening, how relaxed or happy I felt, the threat was always there in the background, a reminder that I was living on borrowed time. I might have no symptoms today, but they were bound to return.

I stared at my reflection in the bathroom mirror, trying to decide whether I would tell him about my health issues. Despite the attraction I felt, chances were that our brief acquaintance would come to an end when we returned to Montepulciano, especially if I did reveal my secret.

I splashed some water on my face and stayed rooted to the spot, waiting for my reflection to tell me what to do. I dried my face with a paper towel and tried to fix my hair and clothes a little. If I ever got the chance to meet Felipe again, I would wear the dress I had brought with me. I breathed deeply for a couple of minutes, and then, composure regained, stepped outside, determined to enjoy every beautiful moment that came my way.

To my surprise, I found all the guests gathered in a semi-circle around our table. Felipe, still in his chair, was tuning his guitar. He nodded when he saw me as if he wished to dedicate the next song to me. The soft sound of the guitar did not resemble at all the festive folk music of the previous evening. The quality of his voice sounded different, too, as he softly sang a Spanish song. I was impressed he could sing in another language, but soon I stopped thinking altogether, swept up by the melody and the timbre of his voice.

Even though I couldn't understand the words, I could tell that this was a love song, filled with heartbreak. Antonio smiled at me and shifted on his bench to make me some space. I sat down quietly. Bent over his guitar, Felipe was lost in his performance, transported to another place in space and time. He only looked up every now and then, as if to draw my attention to the song.

"What do the lyrics say?" I asked Antonio in a whisper.

He looked at me in surprise, as if taken aback that I did not know the song. "It's a song by Yasmin Levy. Our friend here loves it. We all do, as you can see. I have not heard him sing it in years."

I turned back toward Felipe while Antonio shifted closer and, in a low voice, translated the lyrics Felipe was singing so passionately.

"All I beg of you is

For a night of love

I'm asking you to deceive me again,

For just one more night."

I kept my eyes on Felipe. His voice and body swayed with the music as if he felt the lyrics down to his very core. He seemed a different person to the man I had met yesterday. He sang, and I felt transported. A tear trickled down my cheek, and I softly wiped it away. I had never felt so moved by a melody before. Perhaps it was that nod he had given me, making me feel that this song was just for me.

The song ended, and everyone was silent. It was as if we were all frozen in time. Then all fifteen people present broke into sudden applause. Felipe raised his guitar in acknowledgment. Antonio called for an encore, and he played another song, this time something similar to what he had played the previous evening.

"Isn't he great?" Antonio asked, passing me my wine glass. I was sure he had seen my tears, but he did not comment.

"Yes! He is very talented," I agreed, taking another sip. Trying to keep my eyes on Felipe, who was still playing, I added, "He's got a fantastic voice. I'm surprised he is not more famous…"

Antonio laughed and said, "So you know nothing about Felipe, eh?"

I shook my head and leaned in eagerly. Antonio lowered his voice. "Up until two years ago, Felipe was the CEO of a large software company. He was a top engineer who managed to turn the company into one of the biggest companies in Europe. But, it was not his true destiny. Two years ago, he gave it all up. Since then, he has been touring the world with his guitar, living the life he has always wanted to live. We call him Life's Troubadour. He has been offered a record deal and bigger concert venues, but he refuses. What you see today is what he truly wants to do…"

Who would have thought Felipe had turned his life upside down so he could go after what he had always wanted to do. The only difference between us was that he would have the time to live his dream.

Loud applause interrupted my thoughts. Felipe placed his guitar against his chair, marking the end of the musical interlude that had been so special to me and everyone present. I felt blessed and grateful to be here at this moment, connected to people who I felt like I had known since forever. It had not taken long for us to become closer, setting aside the social niceties that often prevented real intimacy.

We stood up and returned to our table, where Felipe was just finishing chatting with a few of the guests.

"That was very moving," I said, as they walked away and I sat down.

"I'm glad," he said. He looked at Antonio and pointed at his empty wine glass.

"The old Vino Nobile is finished. Now we drink mine," Antonio exclaimed.

"I hope you can keep up," Felipe said with a laugh.

The truth was that I did not want to drink more after what had happened the previous evening. I did not want to push my limits again, risk another black-out. But seeing Antonio's joy, the way he proudly held up his own bottle of wine for us to try, I bit my tongue and pushed forward my empty glass.

The three of us sat around the table and watched the sun begin its descent over the vineyards. The evening chill made me shiver. When Felipe noticed, he stood up and wrapped his coat around my shoulders. His perfume lingered on the cloth and enveloped me in its delicious scent.

"Tell us about yourself, Ismene," Antonio said.

I wondered what to say. Luckily, a plausible story came to me quickly. "As you already know, I am a travel writer."

"Were you always a travel writer?" Felipe asked. He seemed keen to find out more about me.

"I used to be a lawyer, with my own small firm. But I decided to do something different."

"Where do you live in Greece?" he asked, raising his glass to his lips.

"Thessaloniki for the past few years. My parents live in a small city near the border with Skopje. That's where I grew up," I replied. I needed to change the subject, not wanting to get too personal and risk revealing everything, so I turned to Antonio. "It's beautiful here."

"It is. It would be perfect if my lovely wife were still here with me, but life does not grant everyone's wishes."

I nodded. Antonio had no idea how well I understood how he felt.

"People have forgotten how to enjoy life. They think they do, but in reality, they are just slowly dying," he said, looking at Felipe. Felipe nodded in agreement.

"Why do you say that?" I asked.

"I'll tell you something that happened a while ago. A young couple came for lunch. They were glued to their phones the whole time. At the end of the lunch, I asked them if they liked the region. Only then did they notice where they were, paused to look around them. Until that moment, they were oblivious, lost in their own worlds. When we were young, we were busy making love in the vineyards. They did not touch each other once during their stay."

I laughed at what he said about making love in the vineyards, but he was right about everything else. That was the reason I had chosen to abandon my phone and social media.

Hitting his stride now, Antonio continued. "Everyone is always busy—and they push it on their children, too. Life these days is a relentless chase to fill time with mostly-useless pursuits. If we don't burn out with exhaustion, we just end up living a supposedly happy life. Whether this is real happiness or success is a whole other story..."

He paused and looked at Felipe, who seemed enraptured. It was not just his words, but his impassioned delivery that held us captive.

"Do you know how many people suffer from the sadness inside? People who have everything they need. They visit here, and I can see it in their eyes. I feel so sorry; I want to give them a hoe and get them weeding the vines; wake them up. They are dead inside, and they don't know it." He thumped the table in frustration and drained his glass, falling silent for a moment. I opened my mouth to speak, but he was unstoppable. "*Morti*..." he spat through gritted teeth, as if casting a curse.

I leaned back in my chair and let him speak. The wine had loosened Antonio's tongue, but he was not drunk. Felipe winked at me, signaling I should just sit back and enjoy this.

"What's the most dominant phrase in the world right now?" Antonio asked, and immediately proceeded to answer it. "*I must*. It's the phrase tormenting peoples' souls. I must be handsome, I must be successful, I must be thin, I must be strong. I must have more than what life gives me so freely. I must be happy. With a husband or a wife, who maybe wants more money, or more houses, or holidays, or any other stupid thing that pops in their minds like an illusion of happiness. Instead of spending time with their children and raising them, people work harder and harder to send them to private kindergartens and expensive schools. Then a day will come when they will look at their children's photos and wonder where they were during their childhood."

His words reminded me of Holly and what she had said back at the hospital, about the time she had wasted away from her family. I drank a sip of water and focused on Antonio.

"They will barely be able to recognize their children in the photos. They were not there. Even if they were physically present, their mind was elsewhere, thinking children do not notice..."

Antonio's daughter appeared just then, and he paused and turned toward her with a warm smile. "You have no complaints though, eh? I was there for you. I am still here for you."

This sudden change in his expression made us all laugh, especially Carola, who bent down and kissed his forehead, telling him that she would still be leaving for Madrid at the end of the summer.

"You see, my friends? You spend sleepless nights, you raise them, you worry about them, and then one day some guy shows up and off they go..."

We all laughed heartily as Carola walked off, shaking her head in mock exasperation. "You are right, Antonio," I said. "But don't forget those who don't even have a choice." I was alluding to his wife and, secretly, to myself.

"That's true. We built all this to enjoy during our old age. Like I said, life does not care about what you want."

There was a catch in his voice as Antonio continued. "You know what, though? I am grateful for every second I spent with her. We made the most of the time we were given. I might still cry at night, but I feel grateful. If she could speak now, she would say the same. That's how she left—saying she was happy for the life she had had. I get many old people here. The countryside, the wine… it loosens their tongues." He pointed to the empty wine bottle. "It lowers their inhibitions, puts a crack in the dam they have put up to contain their feelings. Then the regrets come gushing out. Regret about everything they missed out on. They look back and discover that despite the wealth, the honors, or whatever else they put such stock by, the truth of the matter is that they never got to follow their true dreams."

"So what do we do?" asked Felipe, who had been listening to Antonio attentively, even though I was sure he had heard it all before.

Antonio sighed. He picked up the nearly empty bottle and ceremoniously poured the remaining wine on the ground beside him. I realized just then that he had done this with the dregs of every bottle. I was puzzled but, seeing Felipe's expectant look, I did not interrupt.

"What do we do?" Antonio repeated, shaking the last drops onto the ground. "There is never enough time, and that goes for all of us. Never. We always want something more and, anxious to gain it, we forget to enjoy what we already have. To answer your question, my dear friend, I will tell you that what we have to do is say *stop, enough, basta!* Stop, clear our heads, and decide that it is never too late to go after our true desires. There is always a little time for that. Besides, no one stays young forever. No one lives longer than they are destined to live. There is no point in knowing when that will happen. The real question is, what do we do in the meantime? One way or another, we will all die."

For the first time that afternoon, I wondered if he knew more than he let on, or whether it was just a coincidence. Every single word spoken seemed to be addressed to me. It was unlikely he had guessed anything about my health.

Unstoppable, Antonio spoke on. "Life goes by in the blink of an eye. Yet we still sit in a waiting room at the train station, waiting for the next train, having missed the previous train. It could have taken us to our destination, but we were too scared to board it. So we wait and hope."

Antonio was looking at me, his eyes aflame with the fervor of a man of strong convictions.

"Did you board the train?" I asked.

"I am still on the train, Ismene. Indeed, I am traveling first class because I learned to live a simple life and enjoy every moment. Yes, I feel lonely and, now that my Carola will leave, I might feel lonelier, but I have made peace with myself. For as long as I have people like Felipe around me, I have nothing to fear. God has blessed me with good friends. You don't need to know many people, but love those who are with you."

He placed his hand over Felipe's and squeezed it. "Want me to bring out one more?" he asked, pointing at the empty bottle.

Luckily, Felipe declined before I had to speak up. "No, my friend. We must be getting back. It will get dark soon, and I have been burdening Ismene all afternoon. We have an hour's drive ahead of us."

I smiled and said, "I am having a wonderful time here. I want you to believe that. But it would be prudent to leave soon."

Antonio stood up, and Felipe followed suit, putting his hand in his pocket to pay. An argument of sorts broke out between the two men as we returned to the building. Felipe insisted on paying while Antonio refused, gesticulating wildly. They walked inside, still bickering, leaving me alone for a moment. I breathed deeply and felt at peace.

The kindly dog approached me, wagging his tail as if he had been waiting to catch me alone before making his move. I patted him, and he seemed to be enjoying it. I knelt down, and he began to lick the nape of my neck. It was as if he could sense something terrible lurked there. He did not stop until I stood up. He pricked his ears at the sound of the others returning and ran away, keeping our brief and tender encounter a secret between us.

Felipe picked up his guitar case, and the three of us walked toward the car. A woman in a chef's outfit came toward us, waving a phone and saying something in Italian. I understood she wanted to take a photo of us, and we all three lined up, laughing heartily.

"To have something to remember you by," Antonio exclaimed, and kissed my cheek.

Then the woman asked for a photo with Felipe. I obliged. I snapped away, hoping none of the pictures would show the expression of despair that crossed Felipe's face as she hugged him too tightly. I smiled cheekily and winked, signaling to him that that was the cross attractive men had to bear. He laughed and kissed the cook on her cheek, who nearly swooned with pleasure. I stalled as much as I could, to give her time to enjoy this moment. Felipe raised his eyebrows and secretly motioned to me to hurry up as a car slowly came down the driveway.

"The dinner guests are coming now," Antonio said, and gave me a hug. "Ismene, if you are in the area again you must come and see us. You can stay here if you want, plenty of guest rooms. If you mention us in our travels, send us the article."

I couldn't figure out how to tell this hospitable man that there would not be another time, so I didn't.

"I loved it here. Thank you for one of the best days of my life, Antonio," I replied.

Flattered by my words, he took me in his arms and then looked at his friend. "The day is not over," he said, his voice laden with meaning. "The best may be yet to come. Your eyes are no longer melancholy."

I blushed, and Felipe patted Antonio's back and told him off in Italian. Then he hugged him goodbye and we got inside the car.

The dog trotted behind us while we drove off. I stopped the car at the end of the driveway and stepped outside to give him one last pat. Felipe was startled and leaned out of the window to see what was happening. He saw me hug the dog and smiled. The handsome animal now yowled as if saddened to see us go. He looked at me with his deep brown eyes as if I were his master and he was trying to keep me there. A distant whistle was heard, and the dog jumped up and ran back. Someone else was his true master.

I got back inside the car and turned on the headlights. It was getting dark. I turned toward Felipe. "Thank you. I meant every word I told your friend. I had a wonderful day."

"I had a lovely time with you too, Ismene. You made me sing something that means a lot to me. I haven't done that since Costanza passed away."

"I'm glad to hear it," I said, and faced forward, trying to stifle the shout of joy forming in my throat. "Where would you like me to take you?"

"I had better find a place to spend the night until I see what I'll do about the car. Tomorrow I have a gig at San Gimignano, a great place. I have to pass by Siena at noon and then move on. What about you?"

He'd caught me off guard. I had no schedule whatsoever. "I might spend another day at Montepulciano, then head up north."

"Nice," he mumbled, and picked up his phone.

That was what I intended to do as soon as I got back to the hotel: message my parents to tell them I had no intention of returning to Thessaloniki.

"Would you like me to drive?" he asked.

"No, it's fine." I might have drunk nearly a bottle of wine, but it had been a long time ago and the food had helped soak up the alcohol. I kept the GPS off, wanting to hear him give me directions, which he did. Any excuse I could get to hear his voice, I would take.

"That cook hugging you was so funny," I said at one point, laughing.

"She almost crushed my ribs!" He picked up his phone again, smiled, and turned the screen toward me.

I glanced away from the road for a moment to see the photo of the three of us that Antonio had just sent. "Very nice," I said.

"It is. It caught a happy moment. It's as if we do not have a care in the world, as if we are oblivious of space or time," Felipe said, still looking at the picture. He was right. Our happy mood seemed to radiate from the screen.

"So, you turned your life around two years ago?" I asked, changing the subject.

"When did he have time to tell you all this?"

"He did not say much, just that."

"It happened after Costanza died. We were all shocked, and it made me rethink my life and the choices I had made. I decided to change the way I lived. I think that Antonio was describing me today, to some extent. How I used to be…"

"And are you happy now?"

"I don't know if I would go that far. I do know, however, that ever since I started doing what I really love, I have been well."

"That's still an improvement. And what else do you do with your life?" I asked, filled with curiosity.

Felipe gave me a suspicious look, then smiled. "Didn't my crazy friend tell you anything else about me?"

I shot him a sideways glance. "Should he have?"

"I have no secrets, if that's what you mean."

I seized the opening. "We all have secrets. I don't think anyone is truly an open book."

"What are you hiding?"

I froze. "If I tell you, it won't be a secret anymore," I said with forced joviality.

I gulped hard. It was so tempting to reveal everything. But if I did that, Felipe would surely say goodbye as soon as we got to Montepulciano, saying how sorry he was and a host of other platitudes usually reserved for similar occasions. The sad truth is that revealing something so serious burdens the listener with some of the weight you are carrying. I wanted our acquaintance to remain unsullied by his pity for as long as it lasted.

His ringtone interrupted us. He spoke for a few seconds then hung up, disappointed. "There is a wedding in Montepulciano tomorrow, and all the hotels are full. I should have stayed at Antonio's. He could have driven me to rent a new car tomorrow."

"I could take you, it's no bother," I said.

"No, you've already done too much. Let's continue to Montepulciano, and I'll see what I'll do when I get there. I might be able to crash on a friend's couch."

"I can put you up for the evening, if you want. I'm staying at a massive suite with a huge couch in a separate room. I could take that, and you could take the bed..."

The words tumbled out of my mouth without any forethought. The look he gave me made me instantly regret it. I tried to find something to say to smooth things over, but he spoke first.

"That's very kind of you, Ismene," he said, and his smile made my breath catch in my throat. "Honestly, though, I can find a place to stay. I won't be spending the night on the streets."

"That's not what I meant," I protested with a laugh. "But please, I insist. The suite is far too large for me."

"In that case, I accept. But I insist on taking the couch."

"We'll see," I said, grinning as I turned back to focus on the road.

"We get off at the next exit," he said a few minutes later, softly touching my thigh to draw my attention to where he was pointing.

I felt a tingle run down my spine at the feeling of his touch. I was well and truly enchanted by Felipe, there was no point in denying it. I did not want to examine why I found him impossible to resist. Perhaps when you no longer have anything to lose, reasons why stop mattering. For the first time in my life, I had gone for broke and, to my surprise, it had brought about the desired outcome.

As soon as Montepulciano appeared before us, Felipe said, "I imagine you don't want to have dinner?"

I shook my head. I really could not have another bite after our lunchtime feast.

"Great. Here's what we'll do." He raised his left foot on the seat and hugged his knee, peering ahead. "We drop our things off at the hotel and walk to the top of the town. There is a bar there; we could have a drink and enjoy the evening. If you have no other plans, that is..."

I stared at him, unable to believe this was happening. I wanted to pinch myself. I knew I was not particularly beautiful, and the fact that this attractive man wanted to keep spending time with me was immensely flattering.

"I'm in," I said. "Not so sure about the drinking, though, I'm not sure my body can take so much alcohol in twenty-four hours…"

I pulled up outside the hotel and the same man as the previous day hurried toward us to park the car before I even had a chance to step outside. Felipe picked up his bag and his guitar and followed me inside. The receptionist gave us a curious look, evidently surprised to see Felipe after getting used to me being alone, but didn't comment as we got inside the elevator.

"Very pretty. I stayed here many years ago, and I remember I liked it," Felipe said.

"Yes, it's a lovely hotel," I replied, trying to chase away the sudden awkwardness that seized me. I would be sleeping in the same room as a man I had known for a day, something I had never done before. I wasn't expecting anything more than sleeping to happen, of course, but it was an enchanting prospect nonetheless.

We arrived at my suite, and I opened the door and stepped aside to let him go in. He was impressed, and let it show on his face. The suite was made up of two rooms: a bedroom and a living room, where the couch was. I still intended to spend the night on the couch, despite his assertions to the contrary.

"You are staying here by yourself?" he asked in disbelief, dropping his things on the floor.

"Yes. I like to have space," I replied, and pointed to the bedroom. "You'll sleep there, and I'll take the—"

"Don't even think about it, Ismene! This is your room, which means you get the bed. Besides, this couch looks really comfortable."

He said this with such conviction that I had to give in. "Whatever makes you feel at ease. But really, I have no problem with it. I can sleep anywhere."

We spent a few minutes freshening up. Soon, Felipe pointed to the door and said, "What do you say? Shall we head off to that bar?"

"Yes, of course," I said. I pulled my bag over my shoulder.

"You'd better take something with you for the cold. It gets windy up there," he advised.

I grabbed a cardigan from my closet and followed him out of the room.

"This is the wedding suite," he exclaimed, noticing the sign on the door for the first time.

"Yes. It's a long story," I said vaguely, trying to avoid having to explain.

"I like long stories," he said as we stepped into the elevator. I smiled at him, then looked away, hoping he would get the hint that this was not a story I wanted to share.

A Tuscan Night

As soon as we reached the lobby, the receptionist called me over. Leaving Felipe at the entrance, I approached the desk.

"Will the gentleman be spending the night?" the receptionist asked.

I suddenly remembered a story my mother had told me years ago, about how she had gone on a road trip with my father through the Greek countryside and gotten many disapproving looks from hotel staff when they discovered my parents were not yet married. Tradition ran deep in the countryside, including the tradition that only married couples should be sleeping in the same room.

I decided to play it safe. "Yes, he will be staying with me," I said. "He is my husband—Felipe." Seeing his disbelieving expression, I added sternly, "Is there a problem?"

He shook his head and hastily stared down at his computer screen. "Nothing wrong, ma'am. You and your... husband, enjoy your evening."

Felipe's expression was one of stifled mirth as I approached him. He must have overheard everything.

He burst out laughing as soon as we stepped onto the pavement. "I imagine me being your pretend husband is part of the long story you mentioned earlier..."

"Which way?" I asked, making it evident I did not want to talk about it.

He shook his head in amusement, and glanced over his shoulder at the receptionist staring at us through the front window. "Since we are newlyweds, perhaps I should kiss you now. Make our lie more believable…"

"We wouldn't want him doubting my story," I said, playing along.

Except it seemed he was serious. Felipe tugged at my cardigan and pulled me toward him, then cupped my face. I felt light as a feather floating on air. I could not believe this was happening. At the final chapter of my life, one of the most attractive men I had ever met was pulling me toward him, ready to kiss me. I was startled but tried to stay calm, letting him lead the way. I had not expected this, did not know how to act—all I knew was that I very much wanted this to happen.

We gazed into each other's eyes, and I really thought he would do it… but instead he let me go and took my hand. "Let's pretend we are newlyweds, but not very much in love," he said jokingly and pulled me along.

I forced a laugh to cover up the wild beating of my heart. I could not tell whether Felipe was toying with me, or if he had really had a fleeting impulse to kiss me. Maybe it was all a game to him, a way to pass his time before he was on his way the following day. But we had spent most of the day together, and he seemed to enjoy my company. Perhaps something might happen between us after all…

* * *

A Tuscan Night

A brief stroll later, we reached a beautiful square and Felipe stopped. "This is one of the nicest squares in Tuscany," he said. "The Piazza Grande."

There was something strangely alluring about the square. From where we stood, we had a panoramic view of the upper half of the square as if we were looking at a movie screen. Tugging at my hand, Felipe added, "We should grab a coffee here tomorrow morning before we part ways."

I felt my heart sink. The thought that our paths would separate the following day filled me with loneliness.

We continued upwards, our course frequently interrupted by many people who wanted to meet Felipe. He had fans here, and seemed to savor his popularity with them. A pretty Italian woman crossed the street to say hello. She cast me a look of indifference and focused on Felipe, who seemed more reserved than she did. Chatting incessantly, she kept touching his arm, and kissed him warmly on both cheeks before we walked off.

I had thought this flirtatious display would make me feel jealous, but oddly enough it did not. On the contrary, I felt flattered to be the woman Felipe was escorting.

From a window high up, the sound of an opera filled the street. It sounded familiar, but I could not place it. Felipe paused and tilted his head, listening attentively. He turned and stared at me, wide-eyed like a little boy.

"What is it?" I asked as we slowly strode up the street, accompanied by the sad strains of music spilling out from the open window.

"It's Orpheus and Eurydice," he said. "Do you know it?"

"I'm sorry, I don't."

The name was familiar, but opera had never been one of my pastimes. Not due to any lack of interest—due to the lack of someone to go with. I had suggested it to Chris once, and he had laughed, thinking that I was joking.

Speaking softly so as not to drown out the music, my handsome Italian companion began to tell me the story. "It's a very well-known opera, and has inspired many artists over the years. Orpheus was a musician. He played his lyre, mesmerizing every single creature, even the wild animals of the forests. There, strolling through the trees, he met Eurydice and fell madly in love with her. They wed soon after and lived happily together until the day one of his best friends tried to rape his beautiful wife. As she was fleeing, a snake bit her and... she died."

Felipe fell silent as we reached the end of the street. Seeing I was still interested, he picked up the story again as we turned the corner.

"Orpheus was inconsolable with grief. All he could do was express his heartache through his music. The melancholy sounds of his lyre moved the gods of Olympus, and they allowed him to visit the underworld so he could see his beloved wife. There, he began to play, enchanting Pluto, the ruler of the dead. Pluto allowed him to return to Earth with his wife under one condition: that on the way out, Orpheus would walk ahead and never turn to see if Eurydice was following him until they had left the underworld. It was a trial of faith—he had to stay strong, to believe that Eurydice was behind him, for if he turned to look, she would be lost to him forever."

Felipe paused and turned to look at me. "What do you think? Did Orpheus look back to see his beloved?"

I had probably learned about this myth in school, but that was a long time ago, and I could not remember how it ended. So I shrugged, and in response Felipe put his arm around my shoulders, and I leaned closer to hear the rest of the story.

"Orpheus accepted Pluto's challenge and set off on the path that would lead them back to the surface. Silence reigned as he walked, no sound of footsteps following behind him. He tried to have faith, but just before reaching the exit he found himself unable to stand the uncertainty any longer. Orpheus turned around to make sure Eurydice was following him. He had failed the challenge, and Eurydice disappeared, returning to the land of the dead.

"Orpheus, now a wreck, returned to Earth, plagued with the knowledge that he was the reason Eurydice could not return to the land of the living. He wandered the woods playing melancholy tunes and rejecting all the nymphs who sought to console him. He remained faithful to the only woman he had ever loved, always believing that his weakness had led him to lose her forever..."

While Felipe spoke, his hand stroked my arm gently. As soon as he finished the story, he pulled it away. We walked side by side on the pavement. I felt like I was starring in a movie from the fifties, the female lead strolling through the streets of this beautiful city.

Felipe took my hand and pulled me into an alley and up some steep steps. A sudden pain shot through my temples—not the worst headache I'd had, but still strong enough to bring me to a halt. I leaned against a stone wall. Felipe, startled, came closer. "Ismene! What's the matter?"

"It's nothing... Just my head," I said.

"Do you want us to turn back?" he asked, his arm around my back.

"No, no! It's probably all the wine yesterday and today," I lied.

Felipe placed his hands on my face and gently massaged my temples. A strange warmth spread all over my face, and I closed my eyes, feeling the tension wash away and my muscles relax. There, in the dimly lit alley, he moved his fingers over my head, slowly, tortuously, all the way down to my nape. I felt a shiver run down my spine. I was about to open my eyes, then thought twice about it. His face was near mine, and I could feel his warm breath against my lips.

I had no idea whether I was still in pain, in the grip of a new sensation that overwhelmed anything else I might have been feeling. Pleasure trumped pain, it seemed. Like a magnet, his fingers attracted all the tension inside me, gradually, and then the pain. I felt limp as I yielded to his hands. I so wanted him to kiss me there and then, to cup my face and brush his lips against mine. I had longed for his lips from the moment I first saw him.

His movements became slower and slower until they died out, and then he dropped his hands by his side and took a step back.

"Better?" he asked in a calm voice.

I breathed deeply for a moment, trying to stifle my disappointment. "Yes, thank you," I said. "I could feel your energy… You have the hands of a healer." I smiled weakly.

"Glad to be of assistance. We all have energy; we just need to learn how to channel it." He looked up at the remaining stairs. "Want to keep going?"

The truth was that I still felt a dull pain in my head, though not as sharp as before. As discreetly as I could, I checked whether I was bleeding, and then nodded. "Yes, let's go. All good."

Felipe put his arm around my waist to help me up the steep steps. Another narrow alley waited at the top. Few people were out and about, mostly locals having returned to their homes by this hour. Time seemed to move slowly here, away from the madness of the city. How easy and yet how hard to change tack, to live the life you have always wanted...

We had only taken a few steps along the alley, but I could feel my heart beating wildly. The pain, along with the steep climb, had set my pulse racing dangerously.

A short walk took us to an open wooden door. As soon as we crossed the threshold, I understood why we had gone to all this trouble. The bar was a wide-open space that gave way to a large balcony overlooking the city. It was almost full, but still spacious enough for everyone to move around freely. The low lighting and soft music, the whole décor, made the bar feel cozy and welcoming.

Felipe warmly greeted the hostess who walked toward us, shook my hand, and asked us to follow her. Stepping out onto the balcony, I noted the joy on the faces of those drinking and chatting with their friends. Most were tourists and, like me, only just discovering the beauty of this place. She led us to a corner of the balcony, to a somewhat secluded table and two large couches on either side. She lit a candle and placed it inside the glass candleholder, then asked Felipe what we were having. Despite having promised myself not to have any more, I agreed to a glass of white wine.

"Do you like it here?" he asked, sitting down across from me.

I liked that he always asked as if he sought my approval. I gazed at the spectacular view, nodded, and discovered that the headache was gone. "It's great! Well worth the walk."

Before Felipe could respond, his phone rang. With an apology, he stood up to take the call.

I knew next to nothing about his personal life. He had not mentioned anything and, wishing to be discreet, I had not asked. I wondered whether his family was also worried about him. I had messaged my father the previous day, but now I wondered whether I should at least let him know I was okay today too. I looked into my bag, then remembered I had left my phone back at the hotel. I suddenly felt as if Greece was very far away; as if I had left home months ago.

While Felipe talked, I wondered when would be the right moment to tell him my story, to tell him the truth. On the other hand, why should he care about my life? With my future so certain, my past suddenly felt insignificant. All that mattered was the present. I owed it to myself to stay focused on that.

Felipe finished his call and slumped down on the couch. "I need to do something for a moment, then I'll turn it off," he apologized, and tapped away at the phone screen. "I need to update my site about tomorrow's gig. Can you hold the candle?" he asked, passing me the candle holder.

I was puzzled, and then, when I saw him about to take a photo of me, I hesitated.

"Your face won't show," he added hastily, and asked me to raise my hand slightly to get the right backdrop. As soon as he took the photo, he stood up and sat beside me to show me. "What do you think?"

It was a good photo. At the forefront, I could see my hand holding the candle. Behind it, the dim light of the bar was foggy, giving the picture a distinctive quality, as if it had been taken after much planning and not in a few seconds.

"I see you have other talents too..." I said, smiling.

He typed something in Italian. "It is quite good, isn't it? It could even be an album cover." It did not take him long to finish posting. He put his phone back in his pocket, picked up the glass of wine that had just arrived, and gave me a look full of mischief. "Can I have the rights to this photo?"

"If you keep being such a good tour guide, you can consider the rights bought and paid for," I said, grinning.

He grinned back and took my hand in his. "I am glad I met you. Thank you for your help and your hospitality. I hope to return the favor someday."

I felt a bitter smile spread on my lips. I wanted to tell Felipe that he should hurry up or he might never get the chance. Instead, I raised my glass, clinked his, and took a sip. It suddenly dawned on me that he had turned his whole body toward me, and I was still sitting and staring straight ahead at the view as if I were ignoring him. I shifted on the couch and turned to face him, still holding on to my glass of wine. He raked his fingers through his long hair, pulling all the loose strands into a low ponytail. "Time to hear your long story..."

I smiled awkwardly. "There's not that much to add..."

I barely had time to finish my sentence when he leaned over and placed his palm over my hand. "Why are you here, Ismene?"

I was taken aback by his forthrightness. I had a sip of wine and looked him in the eyes, trying to think of what to say. "Because I want to live. Whatever time I have left, I want to live every moment of it…"

"That is an excellent reason," he exclaimed, unaware how literal I was being.

Swiftly counter-attacking before he could ask more questions, I said, "Why are you here?"

Startled, he let go of my hand and pulled a face. "To live, just like you," he said. "And to forget," he added, suddenly solemn.

"So you have one more reason to be here than I do…"

"Maybe more," he interrupted, raising his glass to his lips.

"I have an easier question now," I smiled. "*Felipe*? I've been wondering about your name ever since they introduced us yesterday."

"Ah, yes," he laughed. "My Italian name is Philippo. But I prefer the Spanish version. I had a Spanish grandmother, Adela. She used to call me Felipe…"

His eyes misted, and he had the sweetly melancholic and faraway look of someone remembering a beautiful moment.

He must have loved her, I thought, and lowered my glass between us.

We took another sip, listening to the soft jazz strains that drifted out onto the balcony. It was a balmy night. Felipe, with a nod, ordered another round, placing his empty glass on the table. There goes no drinking tonight, I thought.

"How on Earth will you manage to carry me back to the hotel?" I joked as I drained my glass. In reality, little did I care.

"We'll sleep here, worst comes to worst," he said, leaning back and looking up at the sky.

I copied him and came face to face with a sight I adored: the vastness of a starry sky. I felt his hand on my arm pulling me toward him, and, before I could grasp what was happening, I found my head resting on his shoulder, the wine glass in my other hand hovering in mid-air. I leaned forward and placed it on the table, then nestled back against his side. There was nowhere else I wanted to be.

"It's so beautiful up there," he said with a sigh.

"It's not bad down here, either." I sighed too, and rested my cheek on his chest.

Felipe smiled at my joke and ran his fingers through my hair. I felt my cheeks flush with excitement.

"The song you played today was beautiful," I whispered.

"I love that song," he said, and fell silent.

"Thank you. That was one of the most magical moments of my life," I said after a moment.

He stroked my hair and slowly began to rub the nape of my neck. "Is your head better?"

What to say, when shivers of pleasure were coursing through my body, rendering me speechless? I purred like a happy cat instead, and Felipe burst out laughing. "You are funny, Ismene. You haven't stopped making me laugh since you fell into my arms last night."

"Come on, tell me more about you," I cried out, dying with curiosity.

Felipe took a deep breath. "Well, I was born in Como forty-five years ago," he said. I gave him a sideways glance of disbelief. He barely looked forty. He nodded. "Indeed. I spent eight years in the States, studying, and I worked in Milan until a few years ago. I got married, then divorced…"

"Why?" I jumped in.

He gave me a knowing smile before replying. "Luckily, we both realized our paths had diverged. Even though we thought differently at first…"

"And now?"

"Now, I live the life I have always dreamed of."

"Meaning?"

"Look, Ismene... I don't know what Antonio's told you. For many years I was head of a software company. Software and research."

"Yes. Antonio told me you were great at it. One of the best in your field."

"Things were great, especially my bank account. I made loads of money and could never enjoy it. When Costanza died, the thought that I should change the way I lived became a firm decision. But that was not the only deciding factor. Some research I was conducting at work also played a part."

"What kind of research?" I asked, still happily nestled in his arms.

"As I told you, part of the work we did was researching future technologies and their applications. In this universe of endless knowledge and information, I realized that our generation and, perhaps, the one after us, are the last generations to see the world in its present form."

I cannot say I cared about the state of the world any longer, not when I was sure to soon depart it. His words nonetheless worried me. The people I loved would still be living in it, after all.

"What do you mean? Is the world going to end?" I asked half-jokingly.

He laughed loudly and said, "Not in the way you mean it. At least, not yet. But yes, the changes that are coming, changing how we live and feel, could be seen as a kind of catastrophe."

I tilted my head back to look at him, trying to understand what he meant. My mouth was close to his once again. Our eyes met almost in confrontation, like animals sizing up one another before they attack.

"I'll explain what I mean," he said, and shifted forward slightly. I was forced to sit up, and I turned to face him. "Here it goes," he said. "At the current rate of development, artificial intelligence will surpass human thought in a few decades and, as a result, dominate humanity. Computers are now becoming exponentially better at understanding and analyzing the world. Facebook, for example, where I just posted something about tomorrow's gig, has developed software that enables it to recognize faces better than a human could. In five to fifteen years computers will outsmart people. As we speak, social networks know way more about us than our family or even our closest friends."

I suddenly felt justified to mistrust social media. I wished Stratos could hear Felipe too—maybe it would curb his addiction to technology a little.

I looked at Felipe with admiration. I had not expected something so technical to be lurking alongside his evident artistic side.

"Want to hear more?" he asked.

I picked up my glass and asked him to carry on.

"The company where I worked was experimenting on a program that could, through a phone application, scan a retina and detect more than fifty bio-indices—in essence, diagnosing any disease. The problem is its high cost, but soon they will resolve it, and people will have easier access to the app. My last research was on another app that could detect whether someone was lying or not by analyzing facial expressions. All of this through a phone to which a large part of humanity will have access."

Felipe's face lit up with passion as he spoke. I listened, impressed despite having read about such things before, swept up by his animated explanations. "What I don't understand, though, is will these changes destroy our world?"

"Well, 'destroy' is probably too strong a term. It would be more fitting to say that what we know is now changing with incredible speed, so at some point, it will spin out of control. What frightens me the most is that we are one of the last generations to act on how they feel. I felt like I was losing that, and it made me think things over. To cut a long story short, Ismene, I think people are already becoming more or less enslaved in their effort to embrace these developments."

"So you picked up your guitar and hit the road?" I asked with a smile.

"Not just hit the road. I'm more alive than ever before," Felipe exclaimed, downing the dregs of his second glass of wine. Then, as if suddenly remembering something, he raised his hand and said, "And given that our average life span increases by three months with every passing year, barring any unexpected events I still have another forty years of feeling alive. You probably have a little more. Many of the children born in this decade will easily live past one hundred."

I felt my soul darken as he spoke. I wanted to scream and tell him I did not even have a year left to live. That sitting here with him could very well be the last beautiful moments of my life. I cupped my forehead and rubbed my temples as if I wanted to erase these tormenting thoughts, scrub them away.

"What's wrong? Is your headache back?" He tried to peer into my eyes.

Even though I tried not to think about my diagnosis, at moments like these, I would sink into the darkest despair. "Yes. I shouldn't have carried on drinking," I replied, and hoped Felipe would not ask any more questions. I did not want to tell him the truth.

"Then we should go. I'll tell you more about the kind of things I worked on another time," he said, and motioned to the waitress. He looked back at the sky and took my hand. "This," he said with a swooping gesture, "this beauty will not easily change. Don't you agree?"

I smiled and nodded, then turned away to hide the tear that trickled down my cheek.

* * *

I was silent on the way back to the hotel. My mood was somber, a sudden change that I knew must appear irrational to him. Felipe had fallen silent beside me, occasionally casting me furtive, perplexed glances. We only spoke when it was necessary. I could not chase the thoughts about my illness away. What an idiot I had been to think that a trip abroad and some wine would let me bury my head in the sand... I was on an emotional rollercoaster, my mood rising and plummeting with alarming speed.

As we walked toward the hotel entrance, he hesitated. "If you've changed your mind, I can pick up my things and stay elsewhere, it's no—"

I raised my hand and covered his mouth with my palm. "Nothing has changed, Felipe. I am glad you are staying with me tonight."

I did not pull my fingers from his lips. He gently took my hand. "Great. In any case, I have to leave early to pick up the replacement car and head off. So we'll probably never get around to that coffee we talked about..."

I wordlessly walked beside him, trying to hide my disappointment. It seemed this wonderful interlude would be coming to an end sooner than expected.

I closed my eyes, and when I opened them again, I found myself lying in a bed. It took me a few moments to understand that I was in the hotel. Once again, I had no recollection of the time spent getting to the hotel room. I sat up in bed and cradled my head, trying in vain to remember what had happened. My hair was damp. Had I just taken a shower? What time was it?

I turned on the bedside lamp to make sure I was sleeping alone. Not that I really expected anything else. It's just that the thought something different might have happened had fleetingly crossed my mind. That it had happened and I no longer remembered it. That would be a real nightmare—to have slept with Felipe and have no recollection of it.

The last thing I remembered was my hand on his lips. I looked at the clock and realized only an hour had passed since we had returned to the hotel. Cursing this new symptom, I got out of bed. I slowly opened the bedroom door and saw the couch all made up but no sign of Felipe. His clothes were in an armchair. At least he hadn't left.

I turned down a small corridor and headed to the bathroom to get some water—and nearly screamed as I bumped into Felipe, who was tiptoeing in the opposite direction. Startled, he held up a towel against his wet hair and froze.

In the dim light of the corridor, I saw with a sudden jolt that not only was he naked, he was doing nothing to hide it. I averted my eyes and looked down. To my horror, I realized that I was totally naked too. I stood in the middle of the corridor like a statue, unsure of what to do. I looked back up at Felipe and saw that his eyes were fixed on me. He slowly lowered his hands by his side, holding my gaze, unflinching, hypnotic. I could hear his sharp intake of breath. Had something happened between us during the hour I no longer remembered?

Felipe let his towel drop to the floor and pushed it aside with his foot so that nothing would stand between us. His wet body glistened in the soft light of the corridor. I could not see his expression. We stood absolutely still, making no sound as if we had both stopped breathing. We then moved at the same time, approaching each other slowly, staying very close to one another.

His breathing became faster. My heart was pounding hard against my ribcage. As if he sensed it, he touched my neck and trailed his hand down toward my breasts. His soft touch made me tremble. I surrendered. In complete control, he stepped behind me, brought his arm around my waist and his hand against my belly, his fingers feeling their way up slowly. Every centimeter his fingers traversed sent waves of pleasure and agony through me. I now wanted him more than anything in the world.

He pulled me gently against him, my body nestling into his. I instantly felt how much he wanted me too. I stretched out my hand to touch him, but he gripped my wrist, showing me that I had to obey his orders. Still keeping my hand away, his lips touched my neck. If I were not resting against him, I would have crumbled with desire.

Like dancers united in a mystical dance, he led me to the bedroom, slow steps while he passionately kissed my neck and shoulders. His damp hair brushed against my burning skin, cooling the fever burning up inside me for a moment. His hands continued their journey all over my body, stroking every inch of my skin. He pushed against me, strong and hungry and tender.

A Tuscan Night

The intensity of pleasure travels through my every pore, my whole being. My body has already surrendered, even before I become his. I already feel like I belong to him and I like it. I yearn to give myself to him. To let him do whatever he wants.

So many new feelings stirred inside me when he turned me around to face him, and his lips touched mine. His hand against my chest, he gently pushed me down onto the bed, on my back, and I barely had time to touch his hair as I fell away. He kneeled on the mattress and leaned over me, bringing my ankle to his mouth. I leaned back and closed my eyes, trying to bear this unfamiliar sensation of his teeth sensuously biting my toes. I whispered his name as if begging him to stop, my body unable to stand the intensity any longer. With his strong hands, he brought me back and, gripping the sheets, I let him between my legs.

The first wave of ecstasy washed over me unhurried, like a river of desire that had been swelling up since the moment I first saw him and now burst its banks. Struggling to keep me there, he gave me wave after wave of pleasure, while my hands gently pulled his hair. He rose slowly, bringing his body closer. I had never felt more ready for anyone before. Maybe because I could sense how much he wanted me.

When his body finally entered mine, he stayed this way, looking into my eyes through my tangled hair. He moved faster and faster, and I marked his back with my nails, unable to control myself. He brought his hands around my back and pushed me on top. Without separating, I straddled him and sat on him, now setting the pace. For the first time in my life, I was the one leading our bodies in this dance. Furiously, my whole body swayed on his. I bit my lips as I felt another wave of ecstasy pulse through me.

A soft cry escaped my lips as I tried to prolong the orgasm and stop time. All this time it was as if my body was the only protagonist in this show, Felipe the only spectator, his gaze burning my skin everywhere it fell.

His hands, drenched in our sweat, were slippery now, unable to control our frenetic rhythm.

I leaned toward him and kissed him, drowning my cries, which burst uncontrollably, voicing every memory of absolute joy, in his mouth. I did not know whether I was in the present, the future, or the past. Time had ceased to exist.

The threat of death had been exorcised, giving its place to life. On my knees, all my resistance and inhibitions extinguished, I gave myself to him any way I could, desiring his climax even more than mine. He tried to pull away but, determined, I gripped him with my nails, like a vulture snatching its prey, forcing him to stay there, to feel his pleasure to its dying moments. His moans resonated inside me, filling every void. I possessed his climax as if it was just what I had been missing, while my body, snug against this, shook with tremor after tremor. His hands in my hair pulled me closer with every motion, slowly, tortuously, bringing me to the ultimate heights, both of us scaling the same peak.

A Tuscan Night

We collapsed on the bed, trying to catch our breath, and I felt him hug me tightly as if he, too, did not want to lose a second of what we had just shared, the intensity of the experience. We kissed and kissed as if we were ready to start all over.

My breaths came ragged, irregular. I was both present and absent. From that first touch, I had surrendered to my instincts, which were now in charge. Lying against Felipe, I was filled with a beautiful lightness, a sensation that made my body feel as if it were a light breeze crossing the room but always returning to this bed.

His hands do not stop exploring my body greedily for a single moment, and my whole being is in constant motion despite the lightheadedness. The sheets nearly drain every last drop of sweat from our glistening bodies. He lies down on his back and pulls me close. I rest my cheek on his chest; our breaths synchronize and slow down as our bodies gently touch. Not a word breaks the silence. I don't know what he felt, but I can't get over this new sensation that our union has left on my body and soul, which now returns as a memory, over and over, as we simply lie in each other's arms. Time ticks by slowly, and with every tick we descend into a hazy lull. Our limbs grow heavy. I pull a sheet over us and nestle down, gently stroking his hair. My eyes start to close. I struggle to keep them open, but I fail.

The weight on the mattress beside me as I woke up reassured me that I had not been dreaming. Felipe sat on the bed beside me, looking down at me. He was fully dressed. He must have got up a while ago.

"You are beautiful when you sleep," he whispered, and gave me a kiss.

"You too, when you are awake," I said, entwining my fingers with his.

"I didn't want to wake you up," he said, looking contrite.

"Must you leave?" I asked, sensing that now was the dreaded time to part.

He nodded and stroked my cheek. He was tenderly affectionate. We had spoken so little ever since coming into the hotel room. But even now, it was clear neither one of us wanted to analyze this. He stood up and pulled me upright. There I stood, naked, and he looked into my eyes. "Thank you for everything," he said.

He kissed me and turned to go, but I held on to his hand. "I-I've never felt this way before," I stammered.

He looked at me again, and a few seconds later said, "Maybe someday we'll…"

I covered Felipe's mouth with my hand. The less we said, the easier it would be to part. Steadfast, he turned away and went to collect his things. I pulled up a sheet around my body and followed him. I leaned against the wall and watched him walk to the door. He opened it and then turned to look at me. A current of desire passed between us, but neither one of us moved.

A Tuscan Night

As soon as the door closed behind him, I felt that the most beautiful moment of my life had just been ripped away. I wanted to run after him, ask him to come back, but I did not. Exhausted, I went back to the bedroom and pulled the curtains open. The beautiful light of a new day flooded the room.

* * *

A maelstrom of feelings raged inside me as I sat down to breakfast. On the one hand, I wanted to remember, to relive the memory of everything I had felt with Felipe. On the other hand, I tried to get a grip on the terrible loneliness that seized me the moment the door closed behind him. Felipe had managed to stir feelings I did not know I was capable of having. In just a single day, he had succeeded where people who had been beside me for years had failed. Only a few days had passed since I had left my family and friends, yet I had experienced emotions that could fill years. Was I just lucky, or was my thirst for life now that my days on this Earth were in their final countdown pushing me to go after every moment, to let nothing pass me by?

In a trance, I nibbled at the food before me and tried to think of what I would do next. The room was booked for one more night, but now I was seriously thinking of moving on. I did not believe I would be able to return to that bed, now that Felipe's presence, his scent, would be everywhere.

I pushed my chair back to get up, and then froze. I could not believe my eyes. From the other side of the room, Felipe was walking toward me with a plate laden with food. I did not know whether to scream with joy or burst into tears. I kept my cool and greeted him with a smile.

"I heard breakfast here is great, and this was my chance to try it," he said, and sat down across the table from me.

I was speechless. I just kept smiling, trying to disguise my awkwardness. Felipe dug into his food with gusto and a wide grin.

"I'm glad you are here," I muttered.

"I still have some free time, and I wanted to see you again."

"I'm glad you did. Everything okay with the car?"

He grunted, sipping his coffee. "You know what a nightmare insurance companies can be. I have to somehow get to Siena and pick up a car there. It sounds like a nightmare. I'll get a taxi and to hell with it."

I fell silent, a wild thought crossing my mind.

"Are you all right?" he asked.

"I have an idea, but you must promise to refuse if you don't like it."

He laughed heartily. "Do I look like a man who would do something he did not like?"

I shook my head and said, "I decided to leave the hotel today. I would be happy to take you to Siena and save you the trouble. I was planning to visit it anyway, so you are on my way."

Felipe gave me a look of disbelief. "If you were honestly planning to leave, I would like to go to Siena with you. But please don't do it because you think I have no alternative. It would be easy to get there. I just have to get going soon, to have enough time ahead to sort things out."

I had no intention of missing out on the chance to spend more time with him. "I'll go pack," I said, determined to continue my journey with this man for as long as I could.

Felipe took my hand as I stood up and whispered, "Thank you."

If only he knew how thankful I felt at that moment...

* * *

I don't think I have ever packed so quickly in my life. Like a child who has just been told she would be going on an excursion instead of to school, I was ready and in the car with Felipe in no time. He said he would drive so I could enjoy the view. We left Montepulciano behind us and, looking out the window at the cobbled streets, I thought that I would like to return if I could have the chance. Maybe even spend my life here. The harmony of the landscape seemed to affect its people. But it was probably the last time I would see this place where I had spent some of the most beautiful moments of my life.

While he talked about the route we would be taking, I noticed my phone in my bag. I picked it up and decided to turn it on and communicate with my family, who were sure to be worried. I had no intention of calling them, just to text that I was fine, and then turn it off again.

Felipe was singing an Italian song softly, and I looked at him with a smile. His voice was incredible. I wanted to hear the song he had sung the previous day at Antonio's, but I did not ask, knowing that it meant more to him than I could fathom. His phone interrupted him, so he reluctantly stopped singing and fished a Bluetooth headset from his pocket. While he talked, I seized the chance to text my parents.

As soon as I turned my phone on, dozens of notifications appeared on my screen—from my sister, Stratos, friends. Mostly though, it was missed calls and messages from my parents. I scrolled through them and realized they were distraught. My father wrote that if he did not hear from me by that evening, he would contact the police. Frowning, I began to type, but before I could complete a word, my mother was calling me. She had obviously just seen that their messages had been read.

The photo of my mother holding me in her arms as a child flashed on the screen. It was the photo I had picked for her number. Suddenly, the distance between my present and my past shrunk. I could not answer the phone while Felipe spoke. She would hear his voice and start asking questions. When the call went to voicemail, I began to type hurriedly.

Felipe sensed my agitation and looked at me with an apologetic smile. I smiled back awkwardly and kept typing. My hand was shaking. I loved my parents and did not wish to cause them any suffering, but I could not do otherwise.

Good morning to you both. I am well, and I want you to know that I love you. Please don't worry about me. Everything is fine. I will call you soon. Kisses xxx

Turning my back to the window, I brought the phone up to take a selfie with the Tuscan landscape behind me. I brought my other hand to my lips as if I were blowing a kiss and quickly took the photo. It was not the most flattering photo ever, but at least they would see me and the backdrop. I just wanted to reassure them. I pressed Send, and as soon as I saw the message had been delivered, I turned the phone off.

I brushed a tear away, and Felipe noticed. "Ismene, is everything okay?"

"Yes, fine," I said, and turned away. He gently squeezed my knee with compassion, even though he did not know the cause of those tears. I did not want to spoil the mood, so I turned the radio on and fumbled with the dials.

"May I?" Felipe asked, after my attempts to find some good music failed.

He tuned in and turned up the volume. A pleasant jazz melody filled the car, the perfect music for this moment. Felipe, drumming the beat on the wheel, drove on, casting me sideways glances. For a moment, all painful thoughts were swept away, and we sat in companionable silence, letting the music carry us away. When the radio DJ began to speak, he turned the volume down. "Before you drop me off in Siena, I'll take you to a great restaurant. You can put it in your article."

I rubbed my belly and said, "If I keep eating like this, I'll turn into a little pig…"

"I think you are exaggerating. Try to enjoy your trip, never mind that. And if you find a restaurant you really love, you can always come back and eat there on a different vacation."

The things I really wanted to say I kept locked in my mind. What was the point in revealing I would probably never come back? Everything was so beautiful; I wanted nothing to spoil the mood. Besides, our time together had only been granted a bit of extra time, so I did not intend to waste the few hours I still had with him. The universe had given me an unexpected gift, and I did not intend to squander it in pessimistic and unpleasant conversation.

"Yesterday was great…" he mumbled. I could not tell if he meant our trip to Antonio's, or what had happened in my bedroom.

I nodded. Both had been unprecedented experiences for me. "If Antonio had not said it, I never would have thought you used to work in an office," I said, watching him closely.

"What do you mean?" he asked, with an exaggerated frown.

"I mean, you look like you were born for the life you lead now. I can't imagine you in a suit and tie, with short hair."

"I looked fine like that too," he joked.

"Come on... You know what I mean, I can't picture you as a different person to the man I met."

"And what did you meet?" he asked, a twinkle in his eyes.

"You have a very charming presence, and I think you know it. I didn't think you would notice me."

"I haven't felt like I did last night in a long time, Ismene..."

"I have never felt like that before, ever..." I whispered.

Felipe burst out laughing.

"Don't laugh, it's true," I said earnestly.

I brushed his hair away from his face so I could see him better. Keeping his eyes on the road, he took my hand and kissed it. Oh God, it was happening again. A single touch and I was aflame. The swallow tattoo on his wrist was calling me to kiss it.

Trying to escape my own feelings, I asked, "Don't you ever think about going back to your old job?"

"No. Everything in my past stays in the past. I am happy now. I'm at peace with myself, and that is the most important thing for a person, believe me. To find peace, a sense of balance. There is no time for unnecessary, useless things in life. We need to feel, not just survive."

Surviving, in my case, would be more than enough. "Still, it's not easy to just walk away from everything, like you did…"

"No. Luckily, it happened suddenly, without the option of going back. But it was not easy."

"What happened? What made you decide?"

"Well, I never felt truly happy. I told you some of it yesterday. That played a big part in this decision. I just kept postponing it for years. The divorce also played a part."

I had not asked him anything about his ex-wife, and did not intend to do so now. I just let him continue.

"The final straw, which made me leave there and then, was one of the projects my company was working on. The creation of an android."

"What kind of android?" I asked, perplexed.

Felipe shouted out something in Italian at another driver, who had been veering over the center line. Then he turned to me and said, "Something that would serve as a prototype for the creation of a realistic, intelligent sexual partner."

"What?" I exclaimed, and peered at him closely, trying to tell whether he was joking or not.

"Yes. A version where AI works through interaction with its human partner. The android can listen and learn, incorporating all the new information in its knowledge date base. Do you understand what that means?"

"I think I do. The owner would be able to shape the personality of the android through what he or she teaches it."

"Exactly!"

"But how could that happen? Artificial intelligence does not include empathy," I said, softly stroking his thigh.

"Not yet, luckily. It is our last defense. When a feeling comes from something as intense..." He fell silent for a moment, staring at me. "As intense as what we felt, it is impossible to copy, much less reproduce."

"So why would people turn to something as cold as an android?" I asked, flattered by what he had just said.

Felipe smiled sweetly at me. "Remember what Antonio said? Depression, right now—the sadness inside, as he called it—is the number one sickness of humanity. Most of the people around us suffer from loneliness but are incapable of forming a meaningful relationship. This weakness, this inability, is what technology will exploit, to create the illusion of companionship for those people. Think of this creation that will laugh and joke with its owner, have sex with its owner whenever they want..."

He picked up his phone and showed it to me. "In a few decades, these devices will be smarter than us. There is also the prospect of transferring some of their functions into human bodies through implants. Besides, algorithms already process important information about our life and know so much about us. I told you the rest yesterday, if you remember..."

I nodded silently, not wanting to interrupt his flow.

"Personal data, Ismene, is the investment of the future."

"But how will something so revolutionary happen— something that will, in essence, make human nature redundant?"

Felipe smiled and said with certainty, "It's all a matter of familiarity. History shows that man can adapt quickly, both to good and bad."

"You are right... I still can't get my head around this robot thing, though," I said, thoroughly enjoying our lively discussion.

"Do you know what I told the managing director when he asked me why I considered the robot sex partner project immoral?" he asked. Without waiting for a reply, he spoke a phrase in Italian and then translated it for me. "Sex with a robot is not a mutual experience in any case." He burst into a contagious laugh, and I laughed with him. "As you can understand, that was the final straw for both sides."

"And then?" I asked.

"Then the universe decided for me," he whispered, and pointed to the vista around us.

"Did you have the swallow tattoo already, or did you get it after you quit?"

He gave me an intense look, as if I had just uncovered one of his secrets. "I got it the day I left my job. That same afternoon," he said, then turned suddenly and pointed out the window excitedly. "Do you want to see where I plan to spend my old age?"

Admittedly, there was a quirky side to the man. The speed at which his thoughts traveled was alarming and seductive at the same time.

"I'm not in a hurry to get anywhere," I replied with certainty.

"Very well then," he exclaimed, and took the next off-ramp.

As soon as we were off the highway, he began to sing softly again, occasionally glancing in my direction. Here the landscape was different. No vineyards and, as we drove on, greener and more untamed. He had been full of surprises since the previous evening, and I could not wait for the next one.

After a while, he turned to me and asked, "Ready?"

I had no idea what he meant, but I nodded. He stepped on the gas, and we surged upwards to the top of a small hill. He slowed down when we neared the top. "Close your eyes and don't open them until I tell you," he cried out like a boy.

I obeyed, lowering my head. Soon, I felt the car pull over, and the engine switch off. He did not have to tell me to look. The prolonged silence was the signal, and I opened my eyes. A valley stretched out before us, all the way down to a lake. A little further up the road stood a stone house, surrounded by massive oak trees. In a nearby paddock, two black horses grazed quietly.

I gasped. "How beautiful," I whispered, hesitant to break the silence.

Felipe got out of the car and walked ahead, motioning for me to follow him. I walked up to him, and he took my hand, his eyes still on the beautiful vista before us. "This is Lake Montemartino," he said.

"What a pretty name…"

"Here old man Felipe will spend his retirement, fishing and drinking wine…"

I wanted to tell him that old woman Ismene would have loved to do the same, but the prospect of him managing to do so was enough for me.

Seeing that the house was inhabited, I asked, "How will you manage it, though? I see the house is lived in…"

He squeezed my hand and said, "The house and the land around it belong to me. I bought it last year, but asked the owners to stay on until I needed it. This way, the house is maintained, and when I come here, it will feel alive. Shuttered houses slowly die…"

A Tuscan Night

"May you live for many years and enjoy this house. I wish it with all my heart…" My voice broke, and I turned away.

Felipe pulled me into a hug. "Someday you need to talk about whatever it is you are keeping inside you," he whispered in my ear. He stroked my hair and kissed my forehead tenderly.

It was clear that Felipe had understood I was hiding something. Perhaps now was the time to reveal my secret. There was no point in keeping it inside me any longer. In a few hours, our paths would separate. I summoned all my courage and took a step back. "There's something I need to tell you…"

He did not get a chance to reply as a car honked cheerfully behind us. The image of my father honking on my wedding day came to me like a flash. Startled, we both turned around.

Felipe broke into a smile, spread his arms widely, and walked toward the car. My emotional state meant I could barely smile at the man who was now walking toward me with Felipe. It appeared he was the current resident and previous owner of the house Felipe had bought. A typical Italian too, he was shouting with joy at our visit. He insisted we follow him to the house, but Felipe explained that we were in a hurry. The two men chatted for a moment, and then we were back in the car and on our way to Siena, the image of the house by Lake Montemartino forever etched in my memory.

"You were about to tell me something," Felipe said, once we were back on the highway.

I already regretted having said anything, so I avoided the subject altogether. "I was just going to thank you for everything."

"Really? I should be the one thanking you. You have been driving me around since yesterday; you shared your room with me...." He gave me a grin full of mischief.

I smiled back at him. I enjoyed moments like these when his face lit up like a small child. How attractive to see a man like him connect to his inner child with such ease, setting all pretense at seriousness aside... I thought about winding Stratos up and sending him a photo of Felipe. I wouldn't be surprised if he caught the first flight to Italy to meet him in person.

"Honestly, will you tell me what you were about to say back there?" he asked again, looking into my eyes.

I pretended to think hard and shook my head. "I can't remember if I was going to say anything else, really..." I replied, shocked at how adept I was becoming at lying.

Whether he believed me or not, he turned his eyes back to the road ahead and drove on, humming a low tune.

A few miles down the road we stopped for gas, and he paid despite my protestations, saying it was the least he could do. We had a cup of coffee and talked about what changes he would make to the house once he moved in permanently. Neither one of us dug up our past. A few minutes later, we were back on the highway, resuming our impromptu road trip.

"What are you going to do after Siena?" he asked.

His question caught me off guard. Everything I had been doing since the previous day had revolved around him. "I don't know. Head off to Como or Lugano. I'll decide later; I'm not on a schedule."

"I've been thinking..." he said in a low voice after a brief pause, and I wondered what he was building up to. "If you have no schedule, as you say, why don't you come with me to San Gimignano after Siena? Watch my performance tonight, since you liked watching me play. And tomorrow, you can head off wherever you like..."

Trying to hide my joy, I pretended to think about it. "It's not such a bad idea. I've wanted to visit all these places anyway. But how will we do it? I mean, what about the car?"

"I'll pick up a car in Siena and drop it off at Como when my own car arrives. I also need to pick up some plectrums, but I can arrange to have them delivered. You can follow me after Siena. I have three more gigs in the meantime," he replied firmly.

"Now I have a suggestion to make," I said.

Felipe smiled as if he knew what I was about to say. "Why do I think I'll like this?" he said. We had only known each other for two days, and it was as if he could read my mind.

"Why pick up a car at Siena? I can drive you to your gig tonight."

"Yes, but then you will move on, and I have three more gigs in the area."

"I could be your chauffeur, then. For as long as you like," I said, admiring myself for finding the courage to blurt it out. I guess when time starts running out you start cutting straight to the chase.

Felipe's look of mischief returned, and he said, "If you think you are the only one who is nuts here, you are mistaken. It's a deal. On one condition."

I looked at him expectantly, as if I would be negotiating any terms.

"I'll cover all expenses from this point on."

If only he knew how little I cared about money at this point. The chances of me managing to spend all my savings before my time on Earth ran out were slim. "Okay, we'll see," I said, my heart still beating wildly at this unexpected turn of events.

"There is nothing to see. Otherwise, the deal is off," he teased, and pulled me close to hug me.

I leaned against him, and he drove on, softly singing an Italian song. We were both acting as if we had been a couple for a long time.

A Tuscan Night

During a pause in the singing, I asked him what the song was about. "It's about a woman of many secrets who travels in Tuscany," he said teasingly, but then turned serious and spoke softly. "It's a song about a young man who has lost his lover. He seeks her and talks to the moon, asking where she has gone…"

It was as if I were really on my honeymoon with the man I loved. I let the full weight of my body rest against him, carefully, so he could keep driving, and savored every second. He stroked my hair with his free hand, and I wondered whether I was lucky or unlucky. I felt happy, but was it worth the sadness I would have to endure when we inevitably parted ways?

His voice and the gentle motion of the car lulled me, not into sleepiness, but a kind of trance. I found myself ordering my thoughts. My first thought was that I was sitting beside a man who was caressing me as we crossed beautiful Tuscany. Feeling safe, protected, I thought back to Holly and Antonio's words.

Inside me, the illusion of the supposedly happy life I had been leading slowly shattered. I remembered how I had always gone along with the wishes of my parents and those around me, despite wanting something different. I had never wanted to be a lawyer, yet not only did I become one, but I practiced law for many years, giving it my all. I was not living a life. I was just running around busily fulfilling expectations. Even during times supposedly given to relaxation, or holidays, I was following pre-conceived notions that were not necessarily mine. Every time someone asked me how I was, I would reply 'busy.' I felt guilty whenever I found some time for myself, as if it was time stolen from the happiness of those around me. And I needed those moments so badly...

If I had not fallen ill, I would surely have ended up on a psychiatrist's couch. I realized this in the days following my diagnosis, when all my obligations suddenly melted away before the enormity of my test results. What had seemed important suddenly became small and insignificant. Now, I looked back and wondered how many years I had lost. I was not naïve enough to think that my whole life could have been like these past three days. But it only turned to this the moment I began to claim life for myself. I now understood that you can only find happiness if you go after it. A loud voice inside me was telling me that the time for feelings of guilt was now over. The faces of my family were fading away. Not because I did not love them or care about them, but because I had decided to put myself, my wishes, first.

Felipe interrupted my thoughts, turning the volume up so he could listen to a song. How wonderful to be interrupted by something like this and not yet another obligation...

* * *

As we sped along the highway toward Siena, Felipe suggested that, since we did not have to pick up the car anymore, we should stop somewhere and then drive straight to our destination of San Gimignano. Although I had wanted to see Siena, the truth was that after my stay in

Rome I had not missed the hustle and bustle of a big city. I would happily give it a miss now if it meant more time with Felipe—and besides, I could always visit it later. It wasn't like I had a schedule to stick to.

His phone pinged with a message. He cast it a quick glance and ignored it but I chuckled as I remembered an earlier call he had made to the insurance company. I loved hearing him speak in his language, even if I missed most of what he was saying. I had, of course, started to pick up a little Italian. He had spoken with a series of representatives to no avail, and it had made him angry. Greeks and Italians are very similar, but I think Italians are more demonstrative. The way he spoke, accompanied by wild gesticulating, made for a fascinating sight, and it was all I could do to keep my laughter down every time he hung up and swore. In his lilting Italian, it sounded more like he was making a wish than venting. I did not even need to ask what he was saying, swearwords being the first bits of a foreign language one usually picks up. I laughed even harder when he apologized for losing his temper. It was as if he were giving a show just for me, a show I enjoyed more than anything.

For the first time in my life, I did not wish to be anywhere else. Maybe my actions were selfish toward my family, but they had their whole life ahead of them. Ever since I had set foot in Italy, I had forgotten I was dying. This would not have happened if I had stayed in Greece, trying to prolong my life with painful treatments, imprisoned in hospital rooms. From the moment I had become certain that there was no cure, the way forward had seemed simple enough.

Even if I died this very moment, I would have experienced something intense, though fleeting. I had promised myself to savor every second. The universe seemed to be on my side, trying to fulfill my wish as if it regretted the misfortune it had left on my doorstep. Now, it was making up for it with these wonderful gifts.

We stopped at a small restaurant off the highway and ate quickly, so we could arrive at our destination while it was still daytime. The waitress offered us wine, but we declined, knowing a night of heavy drinking probably lay ahead.

A short while later, we were approaching our destination. Felipe eased off the gas and assumed the part of the tour guide as we glided toward the town.

"This is San Gimignano, Ismene. It is one of the best-preserved medieval towns in Tuscany. It is famous for its fourteen towers and the walls that encircle the city. Some call it the Tuscan Manhattan, but I don't think it suits it. "

He was right. This city was so uniquely beautiful; I could not understand the comparison.

"We will have to park outside the city walls. No cars are allowed into the city," he said.

I did not mind walking, especially after sitting in a car all day. Hoping we would spend this night together as well, I asked, "What about accommodation?"

A Tuscan Night

Felipe gave me a look full of meaning. "Tonight, I will be your host. Did you forget our deal?"

I did not say anything. His intentions were clear. Not that mine were some well-kept secret...

We parked outside the city and walked up a cobbled street and under a wide archway. The sun shone brightly in the sky, but Felipe told me rain was forecast for the evening—a thunderstorm. Walking up the narrow alleys, I saw a poster for that night's performance on a noticeboard. Felipe looked mesmerizing in the blown-up photograph, having been captured playing his guitar while oblivious to the world around him, his hair blowing back against the light.

We walked on slowly until we reached a square. "This is the Piazza Duomo," Felipe said, resting his guitar on the cobbles for a moment. He turned around and pointed to a building. "We'll be staying at this hotel. The venue I'm playing is on the ground floor."

Although these small cities were all similar, I could not get enough of the harmonious architecture. It was as if the centuries these buildings survived had made their forms even more elegant.

As soon as we entered our hotel room, Felipe dropped his things off and said, "I have to go make some arrangements, and then I'll return. Write my phone number down in case you need anything."

"No need. You go take care of what you must and come back when you are ready. I'll go for a walk around the shops. We both have keys."

"Okay, then. I'll take the couch like last night," he shouted out jokingly as he closed the door behind him.

Before I could turn around, I heard the door open again and saw Felipe rush toward me to give me a kiss. He vanished just as quickly as he had appeared, leaving me standing there, eyes half-closed, grinning.

This evening, I intended to make more of an effort with my appearance. The desire to please, to seduce, had been stirred inside me. I took out the black dress I had brought with me. It was a creased mess. I took it down to reception and asked them to iron it for me.

While they dealt with that, I stepped outside and wandered through the city in search of a pair of shoes that would match the dress. I did not have high hopes, but the selection turned out to be excellent, and I quickly made my purchase. The pair of black high heel sandals were perfect for what I had in mind. A red shawl I had seen in another shop window would complete my outfit. Passing a cosmetics store, I bought a few things I needed to show him that I was not the unkempt woman he had met. I added a dark green scarf to the items I bought, a gift for Felipe, and walked back to the hotel, ignoring the headache that was forming at my temples and discovering many pretty hidden corners of San Gimignano.

A Tuscan Night

I returned to the room and found Felipe fast asleep on the bed. I hung the gift bag on the door for him to see when he woke up, and tidied away my things as quietly as I could. Then I snuck into the bed beside him. I don't know if he woke up, but he instantly turned around and hugged me, his chest snug against my back and his arms around me. I felt the warmth of not only his body but his very soul course through me. For one brief, beautiful moment, I felt that nothing could ever hurt me.

* * *

As expected, Felipe got up before me and left for the sound check. That's what the message he had left on his pillow said, anyway. He had asked reception to give me a wakeup call in case I overslept, but it proved unnecessary. I woke up and got ready with plenty of time to spare. This evening, I wanted to show Felipe my polished feminine side. I had taken a painkiller before my nap, because the headache had been growing stronger. I felt much better now.

When I entered the venue he would be playing, a musician with an accordion was already there, filling the bar room with a soft melody. The place was not full yet, but it would not take long. Many people were coming up behind me. I stood at the entrance and looked at my reflection in the large mirror. My black dress matched my shoes perfectly. My lipstick, though discreet, emphasized my lips to perfection. They would not go unnoticed. I had pulled my hair back into a tight knot, and I tugged at my shawl to reveal my naked shoulders. Filled with confidence, I walked into the bar.

The manager took me to one of the tables by the stage that Felipe had booked. It felt odd to sit alone while the tables around me filled with groups of people. I shifted my chair, so I could have a better view of the stage, enjoying the sounds of the accordion. A waiter brought over a bottle of wine. Felipe must have already ordered for me. I could not see him anywhere, but I could sense he was looking at me, hidden somewhere. What would he think of the way I looked? He had met me bare-faced and scruffily dressed and, tonight, I wanted to impress him.

The evening was in its early stages, and I decided to drink sensibly. The intense, peppery flavor of the wine tingled my tongue and nicely complemented a plate filled with delicacies that soon arrived.

Suddenly, a flash of lightning lit up the room. The roll of thunder soon followed, shaking the large windows. No one seemed perturbed. On the contrary, the clap of thunder seemed to act as a call to everyone to raise their glasses and take a long gulp—a salutation to the forces of nature.

I began to feel nervous as the minutes ticked by and Felipe still did not appear. I decided to take a selfie and send it to Stratos. I was feeling pretty, and I wanted to share it with my good friend. I turned my phone on and took the photo as discreetly as I could.

I laughed when I took a closer look. I had not done my hair up in years. Although the lighting was dim, the photo was good enough to show Stratos that I was fine. 'I love you' I typed, and pressed Send. Then I turned the phone off, not wanting to deal with the backlog of messages and missed calls that flashed on the screen. I was pleased I had managed to keep my old life at bay for as long as I had.

My thoughts were interrupted by applause for the young accordionist, who took a deep bow and moved backstage. The stage sunk into darkness. All I managed to see was a silhouette taking its place on a chair. Everyone fell silent and, in the dark, the sound of a guitar filled the room.

Slowly, like a wave licking the sand, Felipe passionately played the first strains of a tune I did not recognize. He seemed to be improvising, but it was beautiful in any case. As the song neared its end, a spotlight gradually began to shed its light on Felipe, and the audience burst into applause. I clapped along, feeling proud of him.

Felipe stood up, took a bow, and sat back down on his chair. He picked up the microphone and said something in Italian. The people at the table beside me raised their glasses, and I imitated them, taking a long sip. I could tell from his happy expression that he was saying something nice. Although I tried to catch his eye, I failed. He acted as if I wasn't there— or maybe he couldn't see me because of the lighting. He said a few more words, then picked up his guitar and began to play something that seemed to excite everyone around him. When he started to sing, everyone joined in, like a choir.

The evening proceeded in this beautiful way for about half an hour, and everyone in the bar seemed to have merged into one happy group of friends enjoying the music and the wine. Felipe, however, had not even cast a look in my direction, and I worried something was wrong.

Suddenly hearing my name through the speakers, I saw him turn in my direction and point at me. The sudden switch from dejection to jubilation was accompanied by a sharp pang in my head, making it difficult for me to follow what was happening. He spoke softly and returned to his guitar, now playing his favorite song. The noise in my head grew louder, and I could barely hear him sing the first verses. I tried to concentrate, to enjoy this beautiful song, but everything began to fade away. I could no longer make out any distinct sounds except when the volume occasionally grew louder. I watched his lips, I could tell he was singing, and I wanted to cry with joy and anger. I struggled against it, but the noise in my head was drowning out everything around me.

Cursing my bad luck, I leaned back in my chair and tried to let my eyes do the work, to absorb as much as I could, hoping my hearing would soon return. How handsome Felipe looked on stage... He wore tight black trousers, and the scarf I had given him was around his neck. I was glad he had found it hanging in the room.

I wanted to get up and run on stage to kiss him. I discreetly observed the hungry looks women in the audience were giving him and felt good that he was mine, even briefly. Besides, this beautiful adventure would not last long. Even if my health had been excellent, I was sure that a few days later he would be telling me everything was fleeting. I envied the passion he put into everything. Especially now, performing his favorite song, he seemed to be in absolute unity with the universe.

He looked at me and smiled when the song ended, and I tried to hold back my tears. Then, he stood up and left the stage, and the accordionist returned. Standing upright, he began to play and I, of course, could not hear what the tune was. All around me, I saw couples leave their tables and dance to the song he was playing. I watched their steps, the way they moved, and guessed he must be playing a slow tango. Feeling incredibly isolated, I pretended I could hear and swayed slightly in my chair to the rhythm I was imagining.

When I felt Felipe's hands on my shoulders, his intense energy again flowed through me, sending shivers down my spine. Gently, he lifted me up and turned me around to face him. He looked into my eyes and said something. Although I couldn't hear the words, I understood he was saying he loved the way I looked tonight.

All around us, everyone danced in the gaps between the tables. The dimly lit space looked like the set of some old movie. A room full of people swaying to the sounds of an accordion I could barely hear. Felipe seemed to be asking me something—Oh God, please make this torment go away—and I just nodded.

He pulled me closer, and I tried to follow the dance steps. I hugged him tightly and let him lead my body, trying not to step on his toes. I had never imagined that I could feel so complete, even without my hearing. It was as if I could hear the tune through his body. Forgetting all about the noise in my head, I searched for his lips. Without breaking his stride, he responded instantly and kissed me.

Another flash of lightning lit up the room, but all I felt this time were his hands, which hungrily stroked my back while we danced, making me want him all the more. Only when he stopped moving and pressed a kiss to my cheek did I realize the song had ended. The final irony came just then... The moment I completely relaxed, I felt my hearing slowly return, and the noise in my head fade away...

"Are you having a good time?" was the first thing I heard him say.

With tears in my eyes, I nodded, trying to tame my mixed feelings. "I'm having a wonderful time, Felipe. Thank you..." I managed to say.

"I have to play some more now. Why are you crying?"

"So I don't scream with joy," I said.

He smiled, satisfied, and walked away to return to the stage.

I may not have clearly heard most of what had happened, but I no longer cared. The laughter at the table beside me rang out so loud it was as if I were hearing people laugh for the first time in my life. They turned toward me before I sat down and raised their glasses. I needed that drink badly. I raised my glass in return and took a long gulp.

A Tuscan Night

The evening proceeded smoothly from then on. Felipe finished his set and joined me at my table, where we watched a band take the stage after him. The audience had cheered wildly at the end and called for an encore, but he had politely declined. I felt much better. My symptoms had vanished, allowing me to enjoy every detail of the evening, such as the words Felipe whispered in my ear, sending shivers down my spine. Outside, the rain hammered the windows, and anyone entering the bar was drenched.

"What do you say? Shall we go?" he asked, while the crowd was up on its feet again, dancing.

It was very late, so I agreed, and followed him when he stood up to go.

"Won't you take your guitar?' I asked when we reached the exit.

"No, I'll get it tomorrow morning," he said. "I don't want it to get soaked."

We stepped onto the sidewalk, where a torrent of rain was coming down, forming small rivers along the cobbled street.

Trying to shelter from the rain, I walked behind Felipe and was surprised to see him move away from the entrance of the hotel.

"Where are we going?" I asked when he came to hold his jacket over my head to shield me from the rain.

"Have I ever let you down?" he asked.

"No," I replied, feeling the rain soak my shawl and my shoulders.

Smiling, Felipe tugged my hand, and we hurried across the street. Walking on cobblestones in high heels was no easy feat, but I leaned against his arm and managed not to trip. We eventually stopped at the foot of a large tower. The storm lashed ferociously as lightning split the sky.

"I'm afraid you'll have to take those off," Felipe said, pointing at my feet.

"Where are you taking me, you madman," I exclaimed, as I bent down to remove my heels.

Felipe looked around suspiciously, then put his hand in a crack in the wall. He withdrew a key and unlocked the large wooden door at the base of the tower. Giggling conspiratorially, we snuck inside, and he locked the door behind us. Thick darkness filled the hallway once the door closed.

"I can't see anything," I whispered, fumbling for him. A flash of lightning briefly lit up the room, and I saw him standing opposite. I took a step toward him.

Felipe kissed me gently and whispered, "Now we climb up the stairs. Many stairs."

"I would not have expected anything less from you," I said, laughing.

A Tuscan Night

Burning with curiosity, I wondered where he was taking me. At least we were finally out of the rain.

When our eyes got used to the dark, he took my hand, and we carefully began to climb up the stairs. In pitch-black corners, he put his arm around my waist, and we walked up more slowly. Thankfully, some light crept in through the windows as we moved further up so I could see where I was stepping. Barefoot as I was, I had to be doubly careful.

After a long climb, interspersed with a few pauses to rest, we reached the end of the stairs. Out of breath, we found ourselves in a room at the top of the tower.

"We are at the top of the city. Torre Grossa is the highest spot..." Felipe said, trying to catch his breath

I loved that he sought ways to impress me. On the walls around us hung ancient portraits of men and women in Renaissance garb. They looked ominous when lit up by the flashes of lightning. I felt as if they were watching us.

Taking a few deep breaths, Felipe opened the iron gate to reveal a small balcony. A strong gust of rain-filled wind gushed inside, soaking our still-damp bodies from head-to-toe.

"We probably won't be able to step outside," he shouted over the pandemonium. The wind howled, the rain drowned us in sheets of water, and the tower shook with every crack of thunder.

This was evidently what he'd wanted to show me up here—
the view of the city from the highest point. The weather had
given him pause, but I was long past the fear of a little rain.
Ignoring the tempest raging outside, I flung my bag to the
floor, walked past Felipe, and stepped onto the small
balcony. Rain lashed my face and body, but not painfully—
it felt like a cleansing, as if the water were washing away all
my sorrows and leaving me free and unburdened.

As soon as my hands gripped the thick iron railing, Felipe
came to stand behind me. We would be drenched in no
time. Not that either of us cared—especially not when he
wrapped his arms around me and began to trail kisses
along the column of my neck.

The storm soaked our bodies as he kissed me languorously,
slowly lifting up my dress. The night was wildly beautiful.
We became one with the elements as our bodies joined the
untamed forces of nature.

It was so late by the time we made it back to the hotel that
it was practically morning. We talked for hours, curled up
together in the big bed, until we fell silent and caressed
each other until sleep overtook us.

We slept in, missing breakfast, and gathered up our meager
belongings so we could resume our journey. We agreed to
spend the next few days together, visiting the places where
Felipe was due to perform. I had to try hard to hide how
excited I was at this prospect.

A Tuscan Night

Even now, sitting in the car right next to him, I could not believe it was all happening. I had to touch him to convince myself I wasn't dreaming.

Our time together in the tower had been another new experience for me. It was incredible to suddenly discover that what I thought I'd known about lovemaking was actually very little. I wanted to know if he also felt that what we had was unique, but I did not dare ask outright.

My black dress had ended up in the bin after everything it had gone through the previous evening. We had gone back inside the tower only when the thunder came dangerously close and there, in the dark, completed what had begun in the midst of the raging storm.

We made a quick stop for some breakfast and then drove in the direction of Florence—his next gig was in a small town near the city. Felipe seemed very happy today, and did not hide it. Whenever we fell silent, he would sing or whistle along to a song on the radio. At one point, he turned the volume down and gave me a sideways glance. "Do you know I really like you?" he said.

Honestly, I had not expected anything so direct. Lovers usually say beautiful things in the throes of passion.

"Thank you," I said, flattered. "I did not know, and I'm glad you told me. It would be a cliché to say I like you too, and besides, I think you already know that..."

"Yes, I sensed something like that," he laughed, and I pinched his thigh playfully. "I must confess, though, that, although I was blown away by the way you looked last night, I like you better as I met you. When you were not hiding your true self."

All that effort for nothing, I thought, but what he had just said was one of the best compliments I had ever received. "My true self?" I blurted out to hide my blush.

"I can't exactly put it into words. There is something about you that I feel but can't quite describe," Felipe said.

I did not want to press him for details. Besides, he liked me without makeup or fancy clothes, and that was even more flattering.

I looked out the open window, enjoying the landscape and all the new sights before me. The sun had chased away the clouds, but the smell of the earth drying after the rain was still strong. Thankfully I had had no new symptoms after our visit to the tower, but I always feared a return of my hearing troubles.

I turned my face toward him and looked at him intently until he sensed it and turned to look at me. "Felipe, what would you do if you found out you only had a few months left to live?" I asked.

He laughed at first. Then, keeping his eyes on the road, he said, "Are you asking me what I would do when it would be too late to regret the things I didn't do?"

"It's never too late for anything," I replied with certainty. I did not know whether I would be revealing my secret now.

I just wanted to find out more about what Felipe thought about it.

"I think when you find out you are dying, your life does flash before your eyes, like a movie. I wonder what it would be like to be a spectator of the movie of my life. Which scenes would I love, let's say, and more importantly, which scenes would fill me with regret? But why are you asking me?"

He gave me a piercing look, and I almost blurted out everything. But I took a deep breath and held his gaze without flinching. "Before coming to Italy, I read about a survey. They asked people who were dying what they regretted. Most of the answers were surprisingly similar. Most people did not regret the things they had done. They regretted the things they would not have time to do, or had chosen not to do, or had never dared do. I've been thinking about it a lot since then, and I thought I'd ask you what you thought. But we can drop the subject if it..."

He covered my mouth with his hand to shush me. "I like the subject, and I will tell you."

I kissed his fingers, and he pulled his hand away. "I think that in those moments you come up against yourself. You remember your dreams, those you had as a child and others you made growing up. You add them up, and you sift through them: dreams you chased in one pile; dreams that always remained a thought, a wish, dreams you never dared chase, in another. I think that, before deciding what I would do next, I would examine everything I did not do. I would confront my own self, think about the times I ignored my own wishes, about the times I could not even look myself in the mirror, afraid to face the look in my eyes, the despair at a day spent without attaining even a single desire I had had in the morning when I woke up. Like the promise I never kept to work less, to find more time to devote to things that gave my life meaning and which I kept ignoring, swept up in the rat race."

"But isn't that what you did when you left your job?" I asked.

"I'm answering the question as if you had asked me three years ago," he laughed. His laughter was contagious. "Shall I carry on?"

I nodded, as happy as a child. Listening to him was a delight. He switched on the turn signal and swapped lanes, slowing down. "It must be harrowing to suddenly realize that all those years passed in the blink of an eye and that you spent every day doing exactly the same things while everything around you changed. How you missed unique opportunities, or even worse, you lost people who will never return. This sense of 'never' must become the most painful 'why' about the moments you missed out on. The things you could have shared with them, everything you did not get to say. The 'I love you' and 'thank you' you forgot to tell them, as habit sneakily took over and made you take everything for granted."

I could barely hold back my tears. It was like listening to myself. Felipe spoke on, with renewed passion. "Even those feelings which you never voiced because you fell silent when all you wanted to do was rise up, object, disagree. Have a fight, refuse, stand tall and say everything you knew needed to be said, defend yourself when you were right, support your own point of view, set your own boundaries and say 'enough is enough!' But in the end, you never said anything, abandoning yourself to a supposed kindness that was nothing more than well-camouflaged passivity."

"Sure. But what if you don't have the time, the chance to put all of that into practice?" I said.

He laughed as if I had just given him a cheap excuse. "Time... Time is a beguiling guide in the course of life. You can tell yourself there is plenty of time and lock away your thoughts, feelings, people, choices you never dared make because you were afraid of hurting others inside you, always putting 'others' and 'what if' before everything. But then the moment comes when you wonder whether you spent your life living for yourself or for everyone else."

There was no need to say anything. I leaned back against the headrest and let Felipe speak, enjoying the fervor, the passion that colored not only his speech but his every movement.

"You come face to face with yourself once again. Your mind tricks you, smiles and urges you not to think about things because you might feel regret. But what can you do now so that one day that list of moments missed becomes smaller? Your beautiful moments will become the sweetest memories of your life, but everything you did not experience will never be given to you. It will haunt you, forever return to hurt you as chances you did not seize. Until you realize the mistake you made in missing out or forgetting about them…"

Like an echo, his last words played in my mind over and over.

* * *

The next few days passed in a blur. Felipe played two more gigs, and we ended up in Florence where we spent one night. Although it was a beautiful city, I preferred more out of the way destinations, where I could define my existence with greater ease. Every day spent with Felipe was a revelation. This man had come into my life to make my final moments not just bearable, but magical. Moments of unspeakable joy and moments of agony whenever I thought of the inevitable outcome.

I already felt very far away from home, and I thought I knew why. More than anything, people understand distance through time and place. Felipe and I were always together, but, nonetheless, there were moments when I felt utterly alone, but without any undesirable psychological side effects. It was the kind of loneliness that arises from the space a person allows us, rather than that caused by a person's endless and tiring presence. When you experience that feeling of completion that this kind of seclusion brings, time feels longer because you have a chance to talk with yourself, hear your own thoughts, and choose the direction you want to go in.

A Tuscan Night

I put this into practice during these last few days together, especially when we drove without saying much. Our contact during those times was just a touch, our hands meeting, or Felipe leaning his body against mine. I might have been following his schedule, but I knew that I was free to go at any moment, without the need for a reason or an explanation.

My connection with Felipe made me feel every detail of the world around me. Traveling alone may be an intense experience, but when you share that experience, like I was, you recognize precisely where you are, and the distance separating you from your dreams or nightmares. You know when you will reach your next destination as the journey becomes a way to experience that magical sense of sharing with another person.

* * *

I hold onto every sensation. I am here because I chose it; I made it happen. As we near our next destination, I leave my previous incarnation behind and feel like a snake shedding its old skin. I drop all my baggage behind me. I hope to discover more of my own essence through love and the journey itself. When I boarded the plane in Thessaloniki, I never imagined I would fall in love, head over heels. How wonderful to feel alive again, even if you know you are dying... My course is marked not only by the changing scenery and the miles crossed. It is marked by the vastness I discover on every level. Now I feel a part of that vastness. Locked inside my own little world for so many years, I needed something as defining as this to reanimate me. Suddenly and abruptly, I felt the starry sky I loved shrink. I was no longer a tiny dot in infinity. I grew in substance and space, thanks to my decision to leave. And thanks to Felipe.

Another important thing I realized this past week is that I don't belong anywhere. I don't belong to anyone. Not to my birthplace. Not to my country. Not even to Felipe. I belong to the places I visit with my body and soul, and I soak up every moment like a sponge. Home is where I decide to be—be it the passenger seat on our journey, or the beautiful places we visit, or the people we meet, or even the places where we become one. I have discovered my limits and broken through them. The ripples of my decisions might have affected those around me, but I had reached a point where I had no other choice. Had I not followed this instinct, I would already be dead.

Como

Today was the day we would arrive in Como—the same place where I was supposed to have my honeymoon with Chris. It may have taken me a while, but here I was.

I was feeling particularly happy because I had not experienced any symptoms in days. No headaches, no loss of hearing. I knew this was probably temporary, as the doctor had warned me. Until the next onset, however, I moved forward. I chased away all my fears and enjoyed everything. *Que sera sera* was my motto.

We had already talked with Simone, and soon we would all be dining together in Bellagio. Felipe and I would be staying at his house in Como. I had decided to reveal everything to him once we were there. I had to tell him the truth this evening, no matter what. I was frightened that he might get angry, think I had been deceiving him all this time. In any case, he had to know. It was unfair to him and selfish of me to keep him in the dark.

It had not taken me long to find out that Felipe was a deeply sensitive man. I had been moved to find out that the money he made from his gigs went to a foundation. The owner of a venue where he had appeared a couple of nights ago had let it slip, telling me that all the other venue owners paid Felipe's fee into the account of a foundation for orphans.

I had not mentioned anything to Felipe, but my admiration for him had grown even more. I understood that he had amassed a fortune while he worked, and all he cared about was doing what brought him joy. Seeing a man like him act this way was a potent aphrodisiac. A man who was not only seductive, but charitable. That was the sign of a true man's strength. It takes a lot of guts to be generous. Especially when it is done in secret.

Felipe's warm voice interrupted my reminiscences. "Ismene, we're arriving shortly. I think I'll show you Como from up high, and then we can pass through the city center before heading to Bellagio. Do you need anything?"

I needed nothing other than to be with him. Besides, he planned to show me around the beautiful city of Como the following day. I had always dreamed of visiting this place. It had been a deeply held wish of mine, but despite Greece being so close to Italy, I had never managed to visit.

On the hills surrounding Como, Felipe parked the car in a clearing and asked me to step outside. I followed him, and he led me to a spot overlooking a large part of the lake and the spectacular city.

"This is my Como," he said, like a king surveying his kingdom.

The sun was just setting behind the mountains, and from where we stood, we could see the city reflected in the dark waters of the lake. The scent of roses blossoming filled the air around us. I moved closer, and he took me in his arms.

"It's so beautiful..." I whispered, enjoying the panoramic view. Boats disturbed the still surface of the lake, and the languid hum of their engines could be heard in the distance. I was startled to see a plane suddenly dive toward the water, but Felipe explained with a laugh that it was a hydroplane landing on the other side.

"I'm going to tour Europe this summer," he said, and stopped suddenly, as if the words had slipped out of his mouth involuntarily.

I looked at him, waiting for him to complete his thought, but he seemed to regret bringing it up. "Before we get back inside the car, there is something we need to discuss," he said, gazing at the horizon.

I had never seen him so serious. I suddenly felt anxious. The seconds before he spoke again felt like centuries. I was convinced our journey together was coming to its end. No matter what he said, I would be grateful for everything I had had the chance to experience with him. Besides, the prospect of a shared life was shattered by the few months I had left to live. It would be unfair to let him carry on nurturing whatever feelings he had for me. If nothing else, he had to know. It appeared, however, that the matter might resolve itself now and spare me this difficult conversation.

Felipe took another deep breath and looked at the lake. My heart was beating fast, and my palms began to sweat.

Turning toward me, he said, "Would you like to taste the best ice cream in the world?"

Relief flooded through me, and I threw myself into his arms. "Felipe, you gave me such a fright!"

He laughed, clearly proud that he had managed to prank me, and asked, "Are you ready for the best Italian ice cream?"

"Yes, I am." I rose on my toes to give him a kiss. My heartbeat returned to normal. I was not ready to part with him yet.

We took one last look at the view, then returned to the car and drove toward the city center. Felipe played tour guide, pointing out the sights as well as places that meant something to him, areas where he had grown up. When we reached the pier, I was startled by the crowds. We had to stop frequently to let people cross as we tried to navigate our way through the narrow streets. Florence now seemed empty by comparison.

A short while later, we passed outside a store and Felipe began to honk as we slowly drove by. The cries of a man behind the cashier of the ice cream parlor reached us. The moment he spotted Felipe, he dashed outside, waving his arms wildly at the sight of his friend.

We found a spot to park further down. Beaming like a little boy, Felipe stepped outside the car and waited for me so we could walk to the store together. Everyone turned to look at us as his friend dashed down the street to hug Felipe, exclaiming wildly. His speech was peppered with many of the Italian curses I was now fluent in. I was becoming used to the enthusiasm with which most of the Italians I had met expressed themselves.

Felipe introduced me to his friend Michele, and we stepped inside the store to pick our ice cream. While the two men caught up, I joined the crowd jostling around the display and stared in awe at the variety of flavors before me. Felipe took a cup of vanilla ice cream his friend had handed to him and gave me his spoon to try. It was truly delicious; creamy and buttery. "I'll have the same," I cried out, still licking my lips.

As soon as Michele handed me my ice cream, we moved outside the store, which was full of customers. Michele would not accept any money. Everywhere we went, it seemed, people were happy to treat us.

"Their ice cream is handmade; that's why it's so popular," Felipe said. "They have their own dairy farm and only use their own milk. They run out of ice cream every day, especially this gorgeous vanilla flavor. Every evening they make ice cream for the following day, and it's first come, first served."

A few minutes later, Michele came toward us and asked if we liked it. I did not need to reply, as the look on my face said it all. It was the tastiest ice cream I had ever eaten.

"It's perfect! You must give me the recipe," I joked.

Michele laughed and said, "Real gelato has no artificial colors or flavorings, no margarine, palm oils, or preservatives. The secret is Italian cream. You need fresh milk, cream, fresh eggs, sugar, vanilla, and citrus peel. And, most important of all, lots of love..."

Felipe, who was literally licking his cup, exclaimed, "All those ingredients are useless without a good ice cream maker."

Michele replied in Italian, making some kind of sexual pun that had Felipe doubling over with laughter.

We spent some more time with Michele and agreed to pass by again the following day. Then we set off for the village of Bellagio, taking along a specially packed box of ice cream for Simone's family. This time Felipe would not take no for an answer and paid for it, leaving a bill on the counter.

* * *

We arrived in Bellagio just as it was getting dark. This was a stroke of good luck, as it allowed me to enjoy the drive in the soft light of dusk. The vivid multitude of colors in the landscape and the buildings around us merged to paint an unforgettable picture. Everything was well-kept and shiny, like someone had just passed by before us and cleaned it. As we drove along the narrow streets, I had a sense that I could stretch out my hand and greet people in their homes through the open windows.

Watching the pink and red lights reflected in the waters of the lake, I said with admiration, "I had not expected it to be so pretty..."

"It's one of the most beautiful lakes in the world, Ismene, and one of the largest in Italy. It reaches the border with Switzerland, and I have often sailed across it in the past. You must explore it by boat at some point. There are so many more things to see from the water, beautiful views that you can't discover on land," Felipe said, his attention on the narrow road and the cars coming down the opposite direction. "We'll be there in a moment," he added, then turned to face the street again.

I could not wait to see Simone and his family again. If they had not asked me to join them that evening in Montepulciano, I might have never met Felipe. Thanks to them I had experienced some of the most beautiful moments of my life.

When Felipe turned into an uphill lane, I could instantly spot where we were going. Only one house stood at the end of the path, lit up like a Christmas tree. As soon as we pulled into their driveway, Simone and his family all stepped out of the house to welcome us.

I was literally at a loss, trying to greet everyone. Simone held me in his arms like an old friend and would not let me go. Felipe teased him about letting me go, making Simone laugh and squeeze me tighter. The whole Montepulciano gang was there. Elena, along with Ricardo—Simone's son—and Laura. We hovered in the garden for a moment, talking about the previous days. They all seemed happy to have me with them, and when Simone suggested we head inside for dinner, Felipe told me to look at the beautiful view over the lake. It was almost nighttime, and the sparkling lights of the villages across the water and the boats on the lake were astounding.

"That's the view I'll soon have, but with fewer lights," Felipe whispered, referring to the house he had bought on Lake Montemartino.

I felt a pang of envy once again in the knowledge that I would not be there with him. I would not get to spend peaceful moments in that house by the lake.

Simone opened one of the car doors and pulled out Felipe's guitar case. "You'll sing a song for us later, won't you?" he asked Felipe, who smiled like a man accepting his fate.

The moment we set foot in the house, I sensed a lovely evening lay ahead. Laura and Elena had laid out a buffet of food on a long, plank-wood table. Many different scents filled the large dining room, urging me to identify each and every one of them. Slow jazz perfectly accompanied the scene before me. Not everyone spoke English, but we had no trouble understanding each other.

First and foremost, they filled every glass except Ricardo's with red wine. Ricardo sulkily raised the glass of water that had been placed before him. As soon as we sat down, our host raised his glass in a toast. "Welcome to our home! Felipe, you know how much we love you. Ismene, it looks like we will get to love you too, very much...."

We laughed and drank, and Elena, as head chef, began to fill our plates with food. "I hope you like a home-cooked meal,

Ismene..." she said in Italian, which Simone translated for me into English.

"I love it!" Beautiful memories of similar moments I had enjoyed with my parents at big family dinners flooded my mind.

"Everything okay?" Felipe asked, who sensed that my thoughts had drifted far away.

"Yes, just great," I said, and took a bite of my favorite dish: bruschetta with fresh tomato and basil. Helena had added finely-chopped fresh basil picked from one of their flower pots, and it improved the already delicious flavor. Laura had lightly toasted the fresh bread. I could live on just this dish. But that would be impossible when I was surrounded by other dishes that also made my mouth water.

I motioned to Felipe to try one, hoping that later he would not be able to detect the discreet scent of garlic which always flavored Italian bruschetta. With a smile, he picked up a large slice and gulped it down to make me feel at ease. Just then, I felt the need to thank everyone, so I cleared my throat to get their attention.

"I just wanted to say how blessed I feel to be here with you. I set off on a journey all on my own, and I have not felt lonely for a single moment since I've been here."

Felipe was attentively watching me from across the table. I took a deep breath, and my voice shook as I looked at him. "I may be here this evening thanks to Simone and his family, but I really want to thank you, from the bottom of my heart, for everything we have shared..."

Simone, who was a great josher, shouted something in Italian and everyone burst out laughing, sweeping me along even if I did not understand what he had said. He did it at the right moment, though, just before I became too emotional.

The sound of a phone ringing interrupted us as Ricardo hurriedly picked up his phone to answer it.

Simone served me some salad and said, "Sharing a meal is a gift. It is wonderful when people can meet, just like us now, and enjoy their food in the company of good friends. Even science agrees with this. It is good not only for communication, but for our health as well. It has been proven that people who share meals have better health and live longer. It is better to sit down and eat with a stranger than on your own."

"Ah, now I understand why you invited me to join you back then. You were worried I might get sick." I laughed while Simone translated my words for everyone else, who laughed along.

Laura, who was generally quiet, said something in Italian and everyone nodded emphatically. I looked at Felipe questioningly, and he translated for me. "Unfortunately, a lot of people eat to get full, and not to savor what they are eating."

That was also true. In our rush to get through the day, all we care about is filling our belly as quickly as possible so we can get back to what we have to do.

Ricardo came behind my chair and hugged me goodbye. He was going out to meet some friends. I kissed him and asked Felipe to tell him I was happy to have seen him. He left, and we resumed our feast, eating, drinking, and joking around the table.

My mind drifted to everything I had left behind me. I had not given any sign of life for two days. The last time I had briefly spoken to my mother on the phone, she had burst into sobs, begging me to return to them. She had tried not to cry, but could not hold back her tears for long.

What she could not understand was that I had no choice but to continue on my journey. I felt that turning back would expedite my departure from this world. With difficulty, I asked them not to worry about me and let me live my life as I wished. But was I acting too selfishly? My family was still my family, and perhaps I was being too cold, too abrupt with the people who had raised me with so much love. My sister, Stratos, my other friends, what would they think of me? How much understanding would they show toward my decision to go away? I do not know if the tumor was to blame, but my mood swings were often intense and wild. I experienced everything at full blast.

We carried on eating, talking about Simone's work and a project his architectural firm had taken on in Rome. Both he and Laura seemed passionate about their jobs. That is a real blessing for anyone: to love their work.

"When are you returning to Greece?" Simone asked loudly, changing the subject.

I was shaken for a moment, unsure of what to reply. As if reading my innermost thoughts, Felipe jumped to my rescue. "Let's not talk about goodbyes now… She will leave when the time comes. Right?" he said, raising his glass.

"Right," I agreed, and instantly wondered when that time would come. Hopefully not any time soon.

We all clinked glasses, but I had hardly any wine left in my glass. Tilting my head back, I tried to get to the last few drops. I barely had time to return my glass to the table when a sharp pain pierced my skull. I squeezed my eyes tightly shut and tried not to scream. No matter how hard I tried, though, the pain became sharper and sharper and would not go away.

Everyone could tell something was wrong, and Felipe immediately stood up and came around the table. With great difficulty, I opened my eyes and saw the frightened faces gathered around me. Trying to help me, Felipe asked me to go lie down on the couch.

"Should we call a doctor?" Simone said, standing over me too.

"No, no. It will pass," I replied, knowing there was nothing a doctor could do. I turned to Felipe. "I have some pills in the car, in my handbag... Could you get them for me?" I asked weakly. Felipe ran outside.

Elena brought me a glass of water, and I wet my lips. The pain refused to subside, but at least it had stopped getting worse. It felt as if a piece of my skull was trying to detach itself.

Felipe quickly returned with my box of painkillers. He gave me one, and I swallowed it with a sip of water, hoping it would take effect soon. I felt terrible about spoiling such a lovely evening. I was sure that in the future I would be ruining many such beautiful moments whether I wanted to or not.

"I'm so sorry..." I stammered. They all protested loudly, telling me not to preoccupy myself with such things.

Felipe sat on the edge of the couch, and I rested my head on his lap. He began to stroke my forehead and my hair. Although his hands were soothing, they were not diminishing the intensity of the pain. I closed my eyes and breathed deeply, as Simone had just encouraged me to do.

Lying there, I waited for the painkiller to work, and felt grateful that no other symptoms had accompanied the headache. What a fool I had been to think my illness had forgotten me. It had come back to remind me that nothing had changed in the worst possible way.

All the happy moments I had experienced grew dimmer. I was certain in that moment that my grace period was at an end. Things would only get worse from this point onwards, and no one deserved to share such agony with me. Especially Felipe and all these wonderful people who had just met me.

Suddenly, I wanted to be with my parents so badly. To see them and hug them. It was as if the pain had opened the floodgates to the most beautiful memories from my past.

A few minutes later, I began to feel better, and I sat up. "I think I overdid it with the wine..." I mumbled to excuse my state.

"Wouldn't it better to go see a doctor? Go to the hospital?" Simone insisted with genuine concern.

"No, I'm already feeling much better," I said.

Felipe didn't seem to believe me, and extended his hand to help me to my feet. "Let's go outside, get some air," he said.

The others did not follow us, and soon we were alone in the garden. The cool breeze did soothe me, but I think that the strong painkiller I had just taken was starting to work.

We walked around the garden, and Felipe looked out at the lake and said, "Ismene, I understand if you don't want to tell me... But shouldn't we go see someone? I feel like you know what's wrong, but you won't tell me. You have every right to, of course, but don't forget that you are not alone."

I froze in my tracks. I had thought it would be easy to explain what was wrong with me. I was wrong. I was a coward after all. I did not dare tell him the truth. The thought of running away, hiding, suddenly seemed very appealing. "I have suffered from strong headaches since I was a child, and sometimes, I get migraines. The wine can make it worse. That's all."

Felipe looked at me as if he were trying to decide whether I was lying to him. I had gotten very good at lying these past few days. I hated myself for doing this to the man who had treated me with such kindness, had so generously made me feel things I had never felt before...

It was not just about the physical side, which had been an unsurpassable experience in any case. It was the way we had become closer. We had not even exchanged phone numbers, he did not even know my last name, simply because we did not care. He never asked, and I never offered.

"I would not have kept filling your glass if I had known," he whispered, and kissed me tenderly.

For the first time since we had gotten together, I did not respond to his kiss. Strangely, the pain vanished just as abruptly as it had appeared. The intense attack had left only one thought behind, which was now tormenting me. A harsh voice in my head screamed that the time had come to leave him. I could not burden him with a weight he had been unaware of from the start. I regretted not telling him the truth earlier on. Everything would be different now.

"Guys, are you okay?" Simone's voice rang out behind us.

I turned around to answer him. "Yes, much better. Again, I'm sorry for the trouble…"

"Please, don't apologize," he said. "If you are feeling better, come back inside. We are eating the ice cream you brought us."

Felipe motioned for me to follow him, but I grabbed his hand. "You go ahead, I'll come to join you in a moment…"

Felipe hesitated, but he followed Simone back inside the house, casting me suspicious glances as if he could sense I was about to do something he wouldn't like. A tear trickled down my cheek when I realized I was alone in the garden. I stood there, staring at the lake. Then I looked up at the starry sky. How much beauty and how much sadness could a single moment hold? Like a sped-up movie, all the beautiful moments Felipe and I had shared flashed before my eyes.

The sound of his guitar flowed out of the house and into the quiet night. He was playing what had now become our song. I tried to keep my composure, but the tears flowed fast. I began to sob, already mourning what I was about to do. The thought of saying goodbye to them was unbearable. How could I explain my decision without revealing the truth and thereby burdening them with it?

Slowly, I walked toward the car and opened the trunk. My handbag and suitcase were there. Making sure no one could see me, I took out Felipe's bag and left it on a ledge. The lyrics of the song, which I now knew well, stabbed me like a knife. I gently closed the trunk with shaky hands, trying not to make any noise, and got inside the car.

I released the handbrake and let the car slowly roll down the slope toward the gate. I rolled down the window, not wanting to miss a single strain of his beautiful song. My hand gripped the key and refused to turn the engine on. The noise would not only alert them to my leaving, it would drown out Felipe's music.

All I could hear as I slowly moved away was the chorus, Felipe passionately singing as if beckoning me to return to him.

All I beg of you is

For a night of love

I'm asking you to deceive me again

Kostas Krommydas

Lugano

The sun's rays creeping through the curtains signaled the start
of a new day. I felt as if I were in a large refrigerator rather
than a hotel room, and it had nothing to do with the actual
temperature. I had barely slept during the night. How could I,
after fleeing Simone's house the previous day? I had driven for
most of the night, trying to put as much distance between us
as I could, wanting to give myself some time to think. I
struggled to make it to Lugano, and booked a room in the first
hotel I came across. My eyes were still red from crying.

I rose languidly and opened the curtains. At least I had a great
view. A large park sprawled out beneath my window. In the
distance, the lake glimmered. How I wished Felipe were here
with me...

Despondent, I returned to my bed. I picked up my phone and
switched it on. Of course, I had no hope he would have called,
as I had never given him my number. Notifications
immediately began to flash on my screen. I looked at the time
and guessed my parents must be up. I dithered about calling
them, and decided not to. This would not be the best time, so
I left it for later.

I brought up a message sent by my father and waited for the
video to load. I burst into sobs again when I saw Magda and
my mother with my new nephew. With tears in their eyes,

they showed me the baby and urged him to ask me to come back. I'm sure that if the baby could speak, he would have. I could not bear to watch it to the end, and I switched the phone off. I dried my tears and looked out at the dull sky. I wanted to continue my trip but could not find the strength to do so. Not right then.

With great effort, I got up, and a few minutes later I was walking toward the lake. I had lost my appetite for everything. I wandered the streets like a lost soul, and an hour later, I found myself at the lake, like a ghost looking for a way out. None of the sights before me were registering. I was there in body only.

What would Felipe think about the way I had left the previous evening? How would everyone else feel about what I had done? He would probably think I was only looking for a good time, a fling, and nothing more. I was saddened by the fact that everything we had experienced together would now seem so cheap. Had my flight hurt him, or did he also think that our time together was up? I was obviously not the first such fling he had ever had. Oh God, how had I messed up so badly? I had upended so many peoples' lives as if I were the only person in the world to fall terminally ill.

Without thinking about it, I stepped onto a boat taking tourists on a morning tour of the lake. I sat in a corner while we sailed, hoping that the breeze would blow away all the demons haunting me. I did not have a single photo of Felipe to remember him by. He was now but a memory.

A Tuscan Night

* * *

I returned to my room just before lunchtime. Everything that had happened was tearing me up inside. I wanted to do something to vent my bitterness, my sorrow. I had begun writing a letter on the plane, a message to be read when I was no longer here. I had not made much progress with it, and I wanted to do so now. I kept thinking that it would be good, through my misfortune, to urge others to live their life as they had imagined it. If what I wrote changed the life of a single person, I would have achieved my goal. I was not interested in publishing it while I was alive. It could be released after the end.

I sat at a desk in the room and switched on my laptop. I found a playlist of old Italian songs online and pressed Play. My fingers touched the keyboard, and all the thoughts I had kept inside me began to spill out. I was finally ready to share them. Especially with Felipe, so he could read it someday, perhaps, and understand why I had left. It helped me to know that I was doing it for him.

I wrote and rewrote for hours. I named the document *A Journal*, leaned back, placed my laptop on my knees, and began to read what I had written.

I did not start putting my thoughts into written words to exorcise my impending death. It is genuinely funny to think that death is something we can manage to avoid. Knowing that you are about to die is hard, indeed. But I write these words in the hope that, if only for a moment, I will manage to speak to the hearts of those who want to enjoy life, and yet keep filling their minds with meaningless and insignificant things, attributing them a higher value than they are worth. Sooner or later, we will all tread the path that will take us to the afterlife. The fact that I know in advance when this will happen gives me the right, to a small extent, to speak to you about my death, while lauding the gift of life. For there is no more precious gift. It is the most important thing to remember and the easiest thing to forget when swept up in the whirlwind of our everyday lives.

One of the most important emotions we forget to feel while we are alive is gratitude. Gratitude is a strong feeling which shrinks inside us as we sink into the rhythm of everyday life.

It is vital to get out there and travel, to take respite in other lands, meet new people, and experience new feelings. We should not care so much that we failed to lose weight or that someone scratched our car. All of that is so insignificant, and you do not need to be at death's door to realize that. Look at the sky, look at the stars, and feel the enormity of the universe wash over you. And simply think how lucky you are to be breathing, to be alive, living the life you have chosen. Plans for the future are good, but not when they make us forget to live in the present. The present is the only thing we have.

While I write these words, my fingers may lose their mobility on the keyboard, and I may never complete what I started. I know that every passing day could be my last one. In all likelihood, I will not be here this time next year. I will only be in the memories others have of me. So I decided to live every day without stinginess and complaining about everything I did not get to have. Every night I wish to wake up the following morning and live for one more day. I beg the universe for just another day, nothing more...

My illness has forced me to get out there and travel. It led me to fall in love, passionately, for the first time in my life. To feel new things, feelings I could write thousands of words about. It is an unavoidable fact that everything ends someday, that the value of what is gone is determined by the traces left behind. If I had not fallen ill, I probably would have never experienced any of it. It took a little less than ten days to realize how many beautiful and simple things can happen; things I had ignored until that time.

I rebelled and decided to live as I wanted. I rebelled late in life, but I did it nevertheless. Perhaps I had acted selfishly toward those who love me, but I had no choice. I tried, I try every day, not to hurt them. Not to let them suffer by participating in my own fate. The highest value in our life lies in the people we choose to be close too. They are our lighthouse and our haven. They may be few, but what matters is that they exist and are willing to be generous toward us.

Unfortunately, all most people care about is increasing their bank balance. How many of the goods I amassed can I take with me? Sharing is the ultimate act of generosity. It took me a long while to understand this, and I intend to give many of the things I amassed to those who really need them. Money should be used to purchase experiences, not unnecessary material goods.

To travel is the most beautiful thing in the world... To see nature up close in all its glory. I only took two photos on my trip. What is the point of capturing happiness in a frame to be viewed by everybody else when we cannot even enjoy it ourselves unhindered? The most beautiful sensation is to enjoy all pleasures to the max: love, food, music, and so much more... I lived to work when it should have been the other way around. I pushed myself to do what others believed led to a fulfilled life. Now I follow my heart. I learned to say "I love you" to my nearest and dearest and really mean it. What a gift to them and us...

Most people do not know when they will die, so they waste their time being miserable, complaining, forgetting to savor the simple things. But that is where true happiness lies: in all the beauty that is given to us to experience.

I chose, even at the end of my path on this Earth, to live. And now I move with that choice as my guiding light, and I know it was the best decision I ever made.

So, in closing, I would like to give you these words of advice: Follow your heart, and your heart only. Learn to hear what it has to say.

As soon as I finished reading, I turned and gazed out the window. Was I following my heart? I did not know the answer. Reason had indeed not guided any of my steps these days.

A Tuscan Night

I turned off my computer. My eyes were getting tired. I needed to decide if I would continue my journey.

Kostas Krommydas

Lugano-Munich-Geneva

I drove on Europe's highways for three days like a ghost. I drove all the way to Munich, where a friend lived, but I did not dare call her. I was too afraid to face anyone at the moment.

My car devoured miles of asphalt as I grappled with a serious dilemma: carry on traveling, or go home? I was not really noticing the world around me. I would just enter a destination on the GPS and follow the blue arrow that indicated my course. As if the new location would give me the answers I was looking for. I drove almost all day, and in the evenings I slumped, exhausted, on some hotel bed. Then I would repeat the same thing the following day.

I ate just enough to sustain myself, and reached Geneva at the end of the third day. There, beside Lake Lehman, I made up my mind. I did not know what the right thing to do was, so I decided to follow whatever feeling dominated. I convinced myself that Felipe had moved on with his life and I should do the same. Even though, deep inside me, I knew I would soon regret it.

Kostas Krommydas

Aridea

Around twenty days had passed since my return to Aridea. I kept trying to find things to distract myself while thinking of Felipe all the while. I kept checking his social media accounts, trying to sense what he was feeling. He only posted about his work, though. Only the day after my sudden flight from Simone's house did he post a photo of the sunset without writing a caption. I kept checking his posts, as if I really expected to see some mention of me, something like "please come back," but he had probably moved on.

I found a video from a street performance of his and watched it countless times. Mixed feelings raged inside me. Sometimes, I thought about seeking him out, if only to apologize. Other times, I felt I had done the right thing by leaving. The truth would cast a shadow over the beautiful moments we had shared. I was sure that's what would happen when I told him I only had a few months left to live.

I dreamed of him every night and would wake up with a start, feeling the pain of his absence. How that man had managed to occupy such a large space in my thoughts was inexplicable to me. In the space of a few days, he had made me feel things I did not know could exist. It wasn't just the moments of ecstasy, but something much more profound. He had managed to penetrate the deepest corners of my soul, which no one had ever managed to reach. His whole outlook on life could easily become a book to help others find the meaning of their lives.

I called my parents before returning to Greece. I told them that I would not stand any displays of pity and that I did not intend to see a doctor unless it became absolutely necessary. That had been our deal, and up until now, they had abided by it.

I spent most of my days since my return to my parents' house reading many of the books that had been on my to-read list for a very long time. I spent a lot of time with my nephew, as my sister had practically moved into the house with us. It was lovely to see him grow. The most beautiful moments of my days were when he would fall asleep in my arms.

I went out with Stratos a few times, but generally, I spent most of my time at home with my parents. I wanted to get enough of them, make up for all the times we had missed out on in previous years.

I told no one about Felipe. I said very little about my trip, and avoided talking about my time in Italy. The strangest thing was that, except a few mild headaches, I was symptom-free. It was as if the beast lay asleep in its lair, waiting for the right moment to wake up and strike.

One day, I was walking back home, carrying a basket full of ripe cherries to wash and eat on the balcony. I intended to walk to the hot springs at sunset and have a swim when the crowds thinned. I had not done it in years, and I missed the feeling of the warm water against my skin.

A Tuscan Night

From the corner of my eye, I saw a car drive past me and spotted Maria in the driver's seat. A bitter smile spread across my lips as I kept on walking home.

"Ismene!" I heard someone call.

Turning around, I saw Maria close the car door and stride toward me. Her eyes were moist, and she stood facing me and trying to find the right words. "I'm sorry," she managed to say, before breaking down in tears. Without looking into my eyes, she fell against me, sniveling like a small child and almost knocking my basket out of my hands.

I was stunned and perplexed by her reaction. She kept repeating how sorry she was, and I stood still without uttering a single word. I had no intention of getting angry with her unless she made me drop the basket of delicious cherries I had gathered with such great effort.

When she calmed down, I gently pushed her back and looked into her eyes. "You don't need to apologize, Maria. It might surprise you, but I'm not mad at you or Chris. I rid myself of that burden early on, and I suggest you both do the same. As you well know, life is too short. Here today, gone tomorrow."

She wiped her tears away and stared at me in disbelief. Maybe she had expected me to start screaming in the middle of the road, like most women who had been cheated on would do. But no. My reaction was entirely honest. I was not mocking her or taking the higher ground. I had managed to chase away the ghosts of my past, and they included Maria and Chris. I now saw someone small and helpless before me, a child asking for punishment or forgiveness.

"Chris and I broke up," she said.

I raised my hand to interrupt her. "Maria, it's your life, and you can do with it what you like. Now, if you don't mind, I need to go. I honestly wish you the best."

Without waiting for her reply, I turned and walked away, leaving her speechless. I crossed the road a little further down and saw that she was still rooted to the spot, like a statue. Perhaps she was still struggling to believe I harbored no ill-feeling toward her.

Forgiveness had taken on a new meaning for me. I had learned to forgive, something I had not known or understood fully until that moment. I did it for myself more than anything else. I refused to bother with revenge because I did not want to imitate the behavior that had hurt me. I did not care about whether others deserved my forgiveness. I strongly felt that I deserved to fill my soul with peace, not hatred.

When you long to punish those who have betrayed you, repaying the evil done to you becomes the purpose of your life. That just prolongs the darkness. Like a woodworm, it eats away at your soul without you even realizing it. Hatred wears out the person who feels it, not the one who receives it. It is a trap that is all too easy to get caught up in, a damaging feeling that catches you in its net and stops you from getting on with your life. You enter a state of permanent anxiety where you want to harm those who hurt you on the one hand, but also need to protect yourself from them on the other. Hatred always haunts the one who feels it the most.

I no longer wanted to live in fear of anyone or anything. So I decided to forgive, since life tends to return your actions to you. Perhaps I would not be alive to suffer the consequences of my actions, but my family and those who loved me would. Besides, I now believed that, sooner or later, those who do harm will get what they deserve. Life takes care of that. Of course, forgiveness does not allow us to change the past, but it helps us shape a better future.

The truth of the matter is that most people are not bad. Some just became trapped in the cycle of hatred that is so prevalent in our world. They did not stop its course, but simply became its ambassadors. Let us break this cycle and stop filling our hearts with bitterness. There is no point in condemning those who hate or who cannot forgive. You don't forgive someone so they can feel better, but to stop suffering yourself and move on.

Perhaps, in the end, we will discover that what happened to us was not a misfortune but a divine gift, so we can figure out what kind of person we want to be, as the people who hurt us are those who never managed to see our true self. Becoming like them and shrinking to fit their own narrow world is not worth it. If you refuse to do that you will undoubtedly feel stronger—just like I have in the recent past. Hatred is contagious, and if we allow it to take root it will lead us to hurt people in turn, even if we are good people at heart. But we will have become its servants.

At the end of the day, let us wonder: Why should my soul mirror theirs? Is that what I want? To look into their eyes and see my own reflection?

Love is the highest virtue. It is what makes life worthwhile. While you are alive, you should wallow in it and not allow the spider of hatred to catch you in its web.

I arrived home and placed the basket of cherries under the garden tap. My father stepped out onto the balcony, and I motioned for him to come downstairs. My parents were the only people I ever shared cherries with. The whole process was ceremonial and solitary for me.

As soon as we sat at a table under a canopy of vines, my father said, "I see you still remember your way around..."

He was referring to the cherry tree whose fruit I had just picked. I smiled as I munched on the cherries and put my legs up on a chair in front of me. Encouraged, he said, "I know what the answer will be, but I would like us to visit the doctor in Thessaloniki one of these days. Your mother spoke to him, and he said—"

"Why would we do that?" I interjected, as calmly as I could. I could tell he felt ill at ease, so I took his hand. "Dad, I don't think there is any point..."

He sighed deeply and said, "As you've had no symptoms, maybe he should take another look, love. Maybe something has changed, and he could advise us…"

"Nothing has changed. Besides, don't forget the deal we made before I came back," I said. I saw his face darken, and felt a pang. Rushing to reassure him, I added, "Let's think about it again in a few days…"

He gave me a tight smile, as if he refused to accept what I was saying. I was not insensitive; I could understand what my parents were feeling. However, my mind was made up in this matter.

"You've come back from Italy a different person, Ismene…"

"How so?" I asked him with a smile.

"It's as if something happened which changed you. I don't know what, but I feel that you found something that you were missing."

This time he looked at me with a knowing look, although he knew nothing about Felipe. I could have told them everything, but I did not see the point. Felipe was a beautiful secret I would take to the grave with me.

"I just had time to think, Dad. To think, and to live," I said, grabbing a handful of cherries.

On the balcony, my mother called out that food was ready, but my mouth was full of cherries, and the timing made us both laugh, dispelling the awkwardness of our conversation. There would only be the three of us today, so I told her we were coming up and motioned to my father to follow me. Meals were always lovely because we spoke of past happy times which I had almost forgotten.

As soon as we stepped into the kitchen, the scent of freshly chopped tomatoes inevitably reminded me of my trip to Tuscany. Felipe's face appeared alive before me, and I froze for a moment, seized with regrets. Oh God, why did I ever leave?

Thessaloniki

The heat inside the hospital waiting room was unbearable. The pressure from my parents to come here had been equally so. For more than a month, I had had no symptoms other than the usual headaches any healthy person might get. My appetite had waned, and I had lost some weight, something none of the diets I had gone on in the past had ever achieved.

So my parents had managed to convince me to come to Thessaloniki. Shortly, we would be seeing the doctor who had initially diagnosed me. We were informed that the air conditioning was not working; the suffocating heat coupled with the stench of chlorine turned my stomach. I did not have the fondest memories of this place already, and I began to feel uncomfortable for the first time in a long while. Back in Aridea, I had managed to ground myself, despite the moments of longing caused by Felipe's absence. But here...

My parents sat on the couch across the room, worry etched on their faces. My sister had wanted to be here, too, but I had managed to dissuade her with great difficulty. The main reason I had accepted to come here was to give them another chance to finally accept there was no hope and to give up on their illusions. My parents often spoke of the distant future, as if I would be there to see it. I knew my diagnosis was difficult to accept, and that this brief respite from the symptoms had nurtured their hopes that something may have changed or that the initial diagnosis was wrong. My mother kept repeating this, hoping for a miracle. Miracles only happened in movies, however, and in the novels I had been voraciously reading since my return. Reading calmed me down and made me forget. The only thing that bothered me was that most had a happy ending, as if they were not recording reality but an idealized version of life.

Surprisingly, I did not feel stressed. I did not believe my condition had changed. It was the calm before the storm.

A nurse called out my name, and, like synchronized dancers, we all three stood up. My appointment could not have come a moment sooner. The stench of chlorine and the heat made me feel like vomiting.

"It stinks in here," I whispered to my mother. She gave me a puzzled look, as if she had no idea what I was talking about.

I felt increasingly nauseated as we walked to the doctor's office, as if I had food poisoning. I thought we would never get there. In a panic, I looked around and spotted the bathroom.

"Give me a second..." I gasped.

My parents did not have a chance to react. Gagging, I ran down the corridor and sprinted into a stall. In the nick of time, I emptied the contents of my stomach into the toilet. I could hear my mother calling me behind the closed door. I could not even speak, hunched over as I was, waiting for the next wave of nausea to pass. The fear in my mother's voice forced me to open the door. I leaned against the door frame, everything spinning. When I finally began to feel better, I stood up, and she helped me to a sink to wash my face.

"What's wrong, Ismene?" my mother asked, concerned.

I took a few deep breaths. "I don't know, Mum. Probably the heat and the smell made me gag. I'm better now."

I straightened my hair in the mirror, and we left the bathroom. I felt better, as if I had managed to rid my body of what was causing me discomfort. My father and the doctor were waiting outside. I explained what had happened, and the doctor led us to his office. We had already spoken on the phone, and he knew the basics. He had not seemed surprised by my absence of symptoms nor given an opinion. He just suggested we talk in person.

The doctor asked me to follow him to an adjoining room, leaving my parents behind.

"Do you throw up often?" he asked me as soon as the door was closed.

"No, today was the first time. I think it's the heat. I felt some discomfort a few days ago, now that I think about it, but nothing major. Temporary nausea, as if I had eaten something that had gone off."

"You mentioned some hearing trouble when we spoke."

"Yes, but the last time was in Italy, about a month and a half ago. You told me that they were not connected to the tumor, though, is that right?"

"Yes and no. You did not give us the chance to look into it more thoroughly. It is very likely that the symptoms are connected. But, if I recall correctly, you did not want to look into therapy and further tests."

"There is something else I must tell you, although that too hasn't happened in a long time. When I was in Italy, I suffered from time gaps..."

"What do you mean, 'time gaps'?" he asked with a puzzled frown.

"I had gaps in the day, times during which I could not remember what had happened. It felt as if I were propelled from one time to the next without remembering what had happened in the meantime."

The doctor seemed very perplexed. "How often did this happen, and for how long?"

I tried to recall the incidents. "At least two or three times. The gap was for about an hour. As if I had been sleepwalking..."

"This is very strange and unusual. That is why I insist we look into your case more thoroughly," he asked, twirling a pen with his fingers.

I had no intention of becoming a guinea pig, so I cheerfully said, "I don't think that would change anything. My decision stands. I came here because my parents insisted, and I don't expect a miracle to happen."

"Ismene, listen to me. The fact that you are not experiencing any symptoms right now does not mean you are cured. Other people with similar conditions suffer greatly, faced with symptoms that make their everyday life difficult and painful. I told you how difficult your condition was from the start. In any case, I would like to run some tests so we can compare them with the initial results and see how things are going. Tell me if you have noticed any other changes, something unusual or different. Mood swings are also common..."

The truth was that my emotions were often like a rollercoaster. I changed my mind frequently, in every direction.

"No, nothing. Other than what I told you on the phone, everything else is pretty much the same," I said, but then I caught myself. There was something else that was not working regularly. I had had an irregular menstrual cycle in the past, so I had paid no notice to the fact that I had not had my period since before the wedding. "I'm late. But I was never really regular."

He looked at me questioningly. I was sure we were both having the exact same thought. The moments of passion with Felipe flashed through my mind. We had used no protection, at my insistence. I made the link for the first time, and I must confess my initial reaction was pure terror.

"Ismene, I should not be asking, but given the special circumstance, I will. But you don't have to answer if you don't want to."

"The answer is yes," I interrupted him, guessing that he was asking me whether I had had sexual relations in the time that had lapsed since our last meeting.

"Did you use birth control?"

I shook my head.

"Then, we need to run one more blood test..."

Instinctively, I put my hand on my stomach.

"Doctor, what will happen in case I'm..." I stammered, but I could not say the final word.

"Let's take things one step at a time. A serious tumor such as yours has been known to cause many anomalies, so let's not jump to any conclusions. Maybe the absence of symptoms could be due to this."

"To what?" I asked, although I fully understood what he meant.

The doctor took a step closer and lowered his voice. "This is not my area of expertise, but pregnancy can cause many changes to a woman's body..."

"Meaning?" I whispered anxiously.

The doctor shook his head, indicating that these changes would not change the outcome of my diagnosis. His words then confirmed it. "It is not so powerful as to change the current situation. But the absence of symptoms could be due to it, and therefore will be temporary," he said, shattering every hope I had for a little more time.

He then examined me, asking me various questions about the time since he had last seen me. He called the nurse, who took a blood sample which would tell me more about my tumor markers as well as my possible pregnancy. As soon as the nurse left, I asked the doctor not to share the results with anyone else, and he reassured me he would make sure of that. While we talked about such details, I tried to process this new possibility. Just when I had thought I had gained a sense of balance, everything was changing.

No way would I be sharing any of this with my parents at present. Why offer them a snippet of joy which would then be followed by sorrow? We got in the car to return to our hotel. I had not been back in Thessaloniki since my diagnosis, and when I caught a glimpse of the sea, I realized how much I had missed it.

"Can you drop me off close to the White Tower? I want to take a walk. Then I'll come to meet you for lunch somewhere."

My mother turned around and looked at me. She was about to say something, but my father stopped her, looking at me through the rearview mirror. "Sure, love. Go have a walk, we'll wait for you. Call us if you need anything."

The truth was that I did not just want to go for a walk; I wanted to find out if I really was pregnant or not. I had no intention of waiting for the blood test results.

"What else did the doctor say? You didn't say much when you came out," my father said with feigned indifference.

"Nothing new. We'll just wait for the test results," I said abruptly. All I wanted was to get to a pharmacy without being seen. I took out my phone and kept my eyes on the screen, pretending that I was typing something, to avoid any further conversations.

Most of the roads were jammed, and my impatience was mounting. I wanted to know what was happening as soon as possible. When we were close to the White Tower, I saw a pharmacy sign down a narrow side street. The car was crawling at a snail's pace, and my patience ran out.

"I'll get off here, you guys go on. I'll get there faster on foot, and you can get out of this traffic jam."

Before my parents had a chance to reply, I opened the door and jumped out. I waved goodbye and walked into the narrow street. A few minutes later, I walked out, a pregnancy test kit in my hand. My heart was beating wildly. I walked into a café further down the street, ordered an orange juice, and headed for the bathrooms.

A Tuscan Night

I hastily read the instructions and tried to curb my impatience and follow them. When that process was over, I stared at the stick to see whether the positive sign would appear. I prayed it wouldn't. I did not think I could handle something so enormous right now. I brought my hand up close to my eyes and held my breath. With painstaking slowness, two pink lines began to appear in the tiny window.

Positive.

My hand began to shake, and I sighed, trying to come to terms with the result. I stepped outside the stall and stood in front of a large mirror. I could not discern a dominant feeling inside me. Everything was a jumble, testing what little strength I had left once more. I was sweating profusely, from the heat and the stress.

I splashed cold water on my face and stood with my profile to the mirror, as if I expected to see my belly swollen. I could not accept that another life was beginning to grow inside me. A life which, unfortunately, would have the same fate as me. If I wasn't destined to see winter, there was no way I had enough time left to carry a child to term.

I gulped down my juice, then left the café and set off for the coast. A woman coming down the street stared at me, and I realized I was talking to myself. The words 'this cannot be happening' were echoing in my mind and unconsciously escaping my lips. The most beautiful moment in a woman's life had turned into yet another nightmare for me, as the course events would take was predetermined.

Strolling through the crowds, I felt momentarily alive again. I had not felt so vibrant since Italy. The warm breeze and the sun seemed to be filling me with energy. I wondered how my mood could swing so suddenly, so forcefully. At present, I did not want to make any decisions. I would wait for the blood test results to be certain, but there was no reason to tell anyone. Under different circumstances, the news would have filled my parents with joy. A pregnancy would have filled me, who so desperately wanted a child, with joy. To leave something behind, to exist in some way even after my death.

A woman pushing a stroller walked past me, a baby snuggled happily under an umbrella. Tears welled in my eyes as I watched them.

I would not let a baby grow inside me only to have it die just before it had the chance to experience life. That much, I was sure of.

I walked on until I reached Aristotelous Street. The heat and the humidity wore me out, so I turned right and started walking toward the hotel.

The following day, while I waited for my test results, I asked my parents to return to Aridea without me. I wanted to spend some time in the city and look into my pregnancy more thoroughly. My mother was adamant she would not be leaving, but I reminded her of our deal and finally managed to persuade her to go back. Besides, I was not planning on staying for long. Just long enough to get some answers.

It was a chance to see my old colleagues who had taken over my law firm. I swung by around noon and was genuinely happy to see them. Up until my almost-wedding, we used to spend most of our days together but, after the diagnosis and then my sudden trip to Italy, we lost touch. I remembered the panicked rush to get everything done while I still owned the firm. Even if a miracle happened, even if I were cured, I would never return to that way of life. It had taken me less than two months to reevaluate my life and taste an existence I had never imagined to be possible.

As I was back in the city, I took the opportunity to meet some of my old friends too. Every single one of them tried to hide it, but when I looked into their eyes, I could see the pity one feels for the dying. An old colleague and friend of mine began to tell me Chris's news, but I stopped her. That part of my life now seemed so distant that I often wondered whether it had actually happened.

It was late at night when I took a taxi to the hotel. I looked at my phone and realized I had run out of battery. Luckily, I had spoken to my parents that afternoon, or I was sure they would mount a search party for me.

Every evening before going to bed, I would check whether Felipe had posted something. His posts were infrequent and, as far as I could tell, he had not played anywhere in a long time. Was it because of me? Was it arrogant to think I had had such an impact on his life? Perhaps I should write to him at some point, reveal the whole truth, which he deserved to know, even if I had never found the courage to tell him face to face.

Back in my hotel room, I plugged in my phone to charge and then navigated straight to his profile. Nothing new. I wished sometimes he would reach out and find me, but how could he? I did not have a profile picture, and he did not even know my last name.

I stroked my stomach, still emotionally refusing to accept what reason said. The best thing to do would be to terminate this pregnancy as soon as possible.

With these thoughts swirling through my mind, my eyelids grew heavy with exhaustion, and I surrendered. Soon, all was quiet.

* * *

Early the next morning, I was out on the streets again, on my way to my ob-gyn. I had known him for many years, trusted him, and he had agreed to see me at such short notice. I asked him for complete confidentiality, and soon I would be discussing my condition with him.

He greeted me warmly with a hug. He had sent me a deeply moving message when he had found out I was ill and, caught in the whirlwind of those days, I had never replied.

"Please, sit..." he said, pointing to an armchair beside his desk.

We chatted about my nephew and my trip to Italy without going into any details. Then I told him my news. He seemed very surprised to hear about my pregnancy. He asked me to step into the examination room for an ultrasound. I watched him struggle with the equipment, trying to locate something on the screen, until at some point he turned and looked at me.

"I can't give you a definite answer, Ismene," he said. "Based on the dates you have given me, we might need a few more days before we can be certain. We should wait for your blood test results and repeat the ultrasound in about a week."

"Does that mean I'm not pregnant?" I anxiously asked.

"No. Maybe we just can't see the embryo yet, but we should be able to very soon. The blood test results will give us the answer, and then we'll look into everything else."

We returned to his office, and I fell silent while he spoke. He explained various technical matters to do with the timing of the steps that could be taken, but he avoided voicing an opinion on whether I should terminate the pregnancy or not. It was a decision I would have to make, as no one could guarantee that, if I decided to keep the baby, I would live long enough to give birth. He had never been faced with a situation like this before, and he, too, seemed troubled.

"So I have no choice other than to terminate the pregnancy? What consequences will a termination have for me, though?" I asked in despair.

He fell silent for a few seconds, but then replied. "If there are no complications and everything goes smoothly, there should be no problem. My personal experience of the matter is that it is mainly the emotional state of a woman that is affected by abortion. Especially when they realize that something alive was removed from them. Some see it as murder. Others, as just a step that cancels out a pregnancy. In both cases, the procedure is a traumatic experience for a large number of women."

"I read somewhere that many women suffered from depression or other mental health problems after something like this."

"That can happen, yes."

"I see..." I whispered, trying to order my thoughts.

He left his desk and came to sit beside me. "Ismene, your case is different from those I have mentioned. Perhaps if you and your partner were to come in and see me, we could talk it over and consider possible courses of action..."

His words pierced me like a dagger. I had no intention of giving him any more information—especially not about Felipe. What he had already said had helped me make up my mind.

I told him, in the utmost secrecy, that if the tests came back positive I wanted to terminate the pregnancy. I knew that sharing this would only create difficulties and unhappiness for my family. It would also give rise to a host of questions I had no wish to answer. Hopefully, ending this pregnancy as soon as possible would minimize my pain and sadness.

I thanked the doctor, and we agreed to speak the following day when I would have the test results back.

It was fairly early in the day, and the warm weather made a stroll by the sea appealing. I found it hard to be with friends, to talk. I longed for seclusion and tranquility. A thought crossed my mind, and I grabbed it like a lifeline. I would make it happen, if only for today.

* * *

The closest beach was a spot outside Thessaloniki on the way to Chalkidiki. Under other circumstances, I would have stayed there longer, but I decided to take a taxi there and return the same way in the evening. I wanted to find things to do that would stop me from thinking. I avoided talking to the driver and, wearing earphones, I initially called my parents and then Stratos, who I agreed to meet the following afternoon when I would be back. I found some time to speak with my sister, who was slowly resuming her everyday life after maternity leave. Then I played some music while we inched our way away from the city.

About an hour later, the taxi dropped me off, and I stopped to buy a bathing suit and a towel at a little souvenir stand before hitting the beach.

A few minutes later, I was lying on a lounger under an umbrella at the edge of the beach. Luckily, it was not too crowded and relatively quiet. Chris and I used to come here whenever we felt like a quick swim, but other than that memory, nothing else in this place reminded me of him. Perhaps because most of the time we were each in our own little world.

Sitting on the lounger, I enjoyed the sea view, pushing all the thoughts that tormented me aside. A soft breeze caused a momentary stir, forcing me to cover my eyes to protect them from a gust of swirling sand. Soon enough, calm returned. I closed my eyes and let the cries of little children and the sound of the waves lull me. I thought of the beautiful house Felipe had bought by the lake. Its image had been seared in my mind, and I remembered it in exquisite detail. Felipe was present in the memory, enjoying everything he had ever dreamed of.

My mood was sinking again, and to combat it I decided to go for a swim. My first swim of the year. Thinking that it could also be my last one, I dove into the cool waters and swam as far as I could. Panting, I stopped and realized I was far from the shore. I looked down, unable to discern the bottom of the sea from this spot.

After my initial diagnosis, I often toyed with the idea of ending my life. The thought would flash through my mind, and I would quickly push it away. Now, I wondered how it would feel if I dove down as far as possible, swam until I had no more oxygen in my lungs, so I could not return to the surface. Even now, I thought about which would be the least painful way for others to manage my loss. The idea that there might be nothing after death frightened me. Inside me lived the memories of people who were no longer here, like my grandmother. I still remembered her hugs, her smile. She might no longer be with me, but her memory and her legacy remained.

How did I want people to remember me once I was gone? Was there something that would remind them of me? In a few years, would it be as if I had never even existed? I had read somewhere that a person ceases entirely to exist when no one thinks of them anymore. When no image of the person travels through the mind of anyone else. However, I feel that the love we have given and received is never lost. Those who receive our love will give it to others, and that is an infinite process to which we have also contributed. We cannot love someone only when they are alive. This continues afterward, as what we love most is the memories a person has left us with. None of the people we have loved and lost have ever been forgotten. It is as if they never passed away, as if our paths simply parted at some point. Memories keep a relationship alive. Of course, the intensity wanes, but the relationship takes on another form that makes it eternal. I hoped my loved ones would close their eyes and remember the love I had given them.

That was another reason I had left Italy: to return to my family. I also wanted Felipe to only remember the beautiful moments we had shared. In time, the memory of those moments would dominate the memory of my abrupt departure.

Lying on my back, moving just enough to stay afloat, I chased away the thought of a final dive. I still had love to give, and I had to make the most of the time I had left to do it.

Aridea

The test results confirmed that I was pregnant, and also that my cancer markers had barely increased. When I received the results in the morning, the doctor seemed surprised, but mentioned that it was not an impossibility. It did not mean that things were improving. Once again, he stressed that the pregnancy had played a part. Sometimes it alters a woman's body to protect the life growing inside it. He avoided going into any more detail, telling me that I was the one who had to make the decision about terminating the pregnancy.

When I asked him directly whether I would have enough time to give birth, all he said was that this would be a small miracle. Chances were that the initial diagnosis would still stand, a diagnosis which narrowed down the time I had left. There was always the risk of a sudden stroke or epileptic fit that could prove fatal. If I decided to keep the baby, I would not just have my survival to worry about, but the survival of the baby, this new life being created that did not deserve to die with me.

Wasting no time, I called my ob-gyn as soon as I left the hospital and made an appointment the following week to return to Thessaloniki and have an abortion. Even though it went against my views, the circumstances at present led me to a different decision. If I had been healthy, I would have kept the baby at all costs, even if it meant I had to raise it by myself. Once the abortion was done and over with, I would tell the rest of the news to my parents, shattering their hopes about some kind of remission.

I had not taken the bus in years—not since I was a first-year at law school, and I would return to Aridea on the weekends for my mother's food and help with my laundry. A young man sat beside me. He spent most of his time bent over a phone screen. He typed with incredible speed. I don't think his eyes left the screen for more than five minutes. He had the aisle seat, and even when we arrived, he shifted to let me get off first so he could have a few more seconds with his phone. I wanted to shake him and tell him to enjoy life while he still had the chance. But I didn't, as he would probably think I was crazy.

Stratos was waiting for me at the bus terminal in Aridea. He was the only one who did not look at me with the evident pity others failed to mask. He was not burying his head in the sand, but he could set the fact of my impending death aside and act as if nothing were wrong. We agreed to go to the Pozar Thermal Baths so we could talk. I needed to share what had happened, what was happening now. The burden of so many secrets was growing too heavy for me, and I knew Stratos would keep them to himself.

We found a secluded spot at the baths, and I cut straight to the chase and told him the entire story, starting with the day I set foot in Rome and ending with what had happened that morning.

A Tuscan Night

When I finished my story, my good friend gaped at me. He looked at me as if he could not believe what he was hearing. He had not said a word while I spoke, and only seemed to find his voice when the waitress finally came to take our order.

"If I had heard this story from anyone other than you, I would not have believed them, Ismene. I would think it was some kind of joke," he said.

"It's all true..."

"What are you going to do?" he whispered, casting furtive looks around us.

"About what?" I sighed.

"Well, the pregnancy, to start with."

I looked at him for a moment as I struggled to find the right words. Then, with great difficulty, I said, "I've scheduled an abortion for next week. As I told you, I will probably never even get to give birth..."

"I think you made the right choice," he said. The certainty in his voice gave me courage.

"Even if a miracle happened, and I managed to give birth, the baby would still have no parents."

"No parents? What are you talking about? The dad is doing just fine," he stressed, looking at me intently.

"There is no point in talking more about this; I've already made up my mind."

"He never tried to find you?" Stratos asked in disbelief.

"I told you, we never exchanged phone numbers while I was in Italy. He didn't ask what my last name was. All he knows is that I live in Thessaloniki and that I'm a travel writer. I don't think he ever really believed that last bit, but he never tried to find out more. It's not that he wasn't interested, he just let me share what I wanted to share. Some of the things people talk about when they meet we never even got around to. We lived in this dream world..."

"I gathered that from everything you said," Stratos said, hesitantly, as if he was trying to find the right words for what he wanted to say. "I think you made all the right decisions, Ismene. Only you know how you feel now, and in every moment. I do think, though, that you will have to tell him something soon. You shared such intimate and intense moments; an explanation about why you left him so suddenly would make him feel better. I think you must have been special to him, too. If you leave him without an explanation, it will turn everything into a shallow fling."

Stratos was right. That had been my dilemma ever since I had left Italy. Now the time had come to do something about it. I would not tell Felipe anything about the pregnancy, but he had to understand why I had left.

"Can I see him?" Stratos asked, with a cheeky grin which lightened my mood.

I took my phone and found Felipe's profile. "Here," I said, and passed the phone to him.

Stratos took the phone and whistled. "He is very handsome, very unique..." he murmured admiringly, and began to scroll through Felipe's account.

I was sure that if Felipe could see who viewed his profile, he would discover I was his most ardent fan.

"You are kidding me," Stratos exclaimed, staring at the screen.

"What?" I asked, puzzled.

"If I understand correctly, he is coming to Thessaloniki for a concert. Next month!" Stratos pointed at the screen excitedly.

My eyes bulged when I saw the picture of the candle that I had held in the bar at Montepulciano. Felipe had posted that photo back then to announce the following day's performance. I grabbed my phone, nearly dropping it to the ground in my haste. I read the post over and over, my heart beating like a drum. The post ended with this sentence:

For just one more night...

He had posted this about an hour ago, announcing a short European tour that would open in Thessaloniki in nineteen days. I leaned back in my chair, dropping my phone on the table. Everything I had decided suddenly collapsed. He was coming where he knew I lived, with my hand holding the candle as his poster. It was as if he were trying to get my attention.

I stood up and walked along the riverbank. Stratos got up to follow me, but I motioned for him to stay. I needed to be alone.

Once I was far enough away, I turned my back to Stratos and dissolved into tears. I did not want to believe it, but it was clear that Felipe was coming here looking for me. Like Stratos had just said, he deserved to know why I had left. As for the pregnancy, it would be best if he never found out. There was no reason to cause him any further upset with this unexpected situation. I would be keeping my appointment with the ob-gyn the following week, and when Felipe arrived, I would have to find the strength to meet him. I wondered what he would say when he suddenly saw me before him.

The thermal baths were crowded, and the happy cries of children playing filled the air. I turned toward Stratos, who was patiently waiting for me. His words had helped. No matter what, I did not want those happy days in Italy to become the whim of a woman who just wanted to spend some time with a charming man.

My parents were expecting me, and I had to prepare for what I would say. I hated lying, but I had become the greatest liar these past months. To spare them unnecessary pain, but still. "Stratos, I'll need you to go back to Aridea. Let's go," I said, holding out my hand.

Stratos took it. He grabbed my shoulders and looked into my eyes, stopping me in my tracks. "I want you to know that I am here for you, no matter what. I also need to tell you that I am very proud to have you as a friend. You are strong, and I don't think many people would have faced life like you have after what happened to you. Whatever you decide, I will support you..."

Moved, I gave him a hug. I was so lucky to have Stratos, even now. I regretted not telling him everything earlier. His advice might have helped me view things with a clearer head. If Stratos had known about Felipe from the start, he would never have let me leave him. I was always myself around Stratos, no concessions, no compromises. Things were always simple and generous. For me, that is the true meaning of friendship.

* * *

For the first time since my diagnosis, I could not wait for the time to pass. I did not care if that also meant I was running out of time. I just wanted the day when I would see Felipe to finally come.

Before that day, however, my appointment with the ob-gyn loomed. The hours passed by with torturous slowness. The endless week was finally coming to an end, and I would be going to Thessaloniki the following day for my scheduled appointment. The procedure frightened me a little, but it had to be done without delay. According to the doctor, if we allowed the pregnancy to proceed any longer, an abortion would be difficult. He stressed that he did not want me to exceed the twelve-week mark under any circumstances.

I was stunned that I still had no bothersome symptoms from the tumor other than the usual headaches. My eyesight blurred once or twice, but returned when I blinked, and my days passed with a semblance of normality.

The heat was becoming unbearable, even at night. As I got ready, I could hear a swallow singing in the cherry trees at the back of the house. Today was my birthday, and Stratos, my sister, my brother-in-law, and my nephew were here. My mother was making dinner, and we would be eating soon. How bizarre to know in advance that you are about to celebrate your last birthday...

I had asked for a family dinner, feeling that I should celebrate every day I was still alive, more so a day like today when my mother had given me the gift of life. Even though I knew everyone would get emotional, I had asked to host a small gathering at home. It would give me the opportunity to tell them some of the things I wanted to say. To express my gratitude for the love all of them had given me during the previous years.

I was preparing to go downstairs when I heard my phone ping. I had to look for the phone in my room, as my relationship with it had been distant of late. It was a message from someone who was not in my contacts. A photo, which I had to press once again to accept. I had never opened a mail or a link from a stranger in the past. Now, I had nothing to lose. I pressed it.

A Tuscan Night

A shiver ran down my spine when the photo from Tuscany appeared on the screen: Felipe, Antonio, and me, standing outside his restaurant in Tuscany. Beneath the picture, just two words in English: Happy Birthday.

Overcoming my initial shock, I tried to see the sender, but the information was blank. I brought the photo back up again. I touched the screen as if I wanted to feel Felipe's skin under my thumb. All the memories of that beautiful day rushed back. Who had sent the photo, and why? Why now, why in this bizarre way? It could not have come from anyone other than Felipe. Why had he sent it, and how did he get my number? How did he know today was my birthday?

Although I knew it would not work, I tried to call the anonymous sender. When that failed, I typed a question mark and pressed Send—but that did not go through either.

The voice of my mother interrupted my thoughts. I tried to think about this calmly, but it was impossible. My heart beat wildly as I tried to understand what this could mean. I took a few deep breaths, gripped the phone in my hand, and went downstairs.

Before I reached the landing, everyone began to sing Happy Birthday to me. My mother stood in the middle, holding a cake, visibly moved, and everyone sang softly all around her. When the song came to an end, I blew out the single candle. My nephew in Magda's arms seemed to be enjoying this the most, waving his arms enthusiastically. Perhaps because he was the only one unaware of the tragic fate that awaited me.

"Thank you," I whispered, and hugged them one by one.

"I'll take the cake inside," my mother said shakily, but I immediately understood she was moving away so I would not see her cry. My father followed her while Magda and Tasos, her husband, tried to put my nephew back in his stroller.

Stratos stayed behind and wrapped me in his arms like a little bird. "Ismene..." he said, before I covered his mouth with my hand.

"You don't need to say anything, Stratos. I know how you all feel," I said, and pulled him aside, showing him the message on my phone. "Look at what I just received..."

He looked at the screen with a puzzled frown, trying to understand what was happening.

"I'll explain later. But it came without a sender's name or number," I whispered, taking the phone back, and we walked together to the dining room.

My mother entered the dining room just then, holding a large baking pan, which she placed on the table. My father appeared behind her, carrying two large serving dishes. As soon as we all sat down, I turned to Stratos, who was still looking puzzled. We raised our wine glasses in toast, and then began to eat.

I was not feeling hungry, but I made an effort to please my mother, who had spent all day slaving in the kitchen. Everyone made an effort to talk about various topics, although I knew full well that their thoughts were on me. My end would shatter them, but I hoped they would regain some sense of normality in time. It would be hardest for my parents, but I hoped that the presence of Magda and their grandson would help them get over it. To the extent, that is, that a parent can ever get over the untimely death of their child.

Still feeling shaken by the message I had just received, I looked at them and, as soon as I saw they had finished eating, I spoke. "There are some things I would like to say…"

Suddenly, all that could be heard in the room was the soft music my father had put on. As if they had all been expecting this, they turned toward me. My nephew had just fallen asleep, so I lowered my voice. "Don't think that I don't understand what you are going through. I know how you feel. I wanted to celebrate my birthday today to thank you…"

I saw the tears well up in the eyes of my family, and my voice broke. I took a couple of deep breaths, and Stratos squeezed my hand, giving me the strength to continue.

"I am very grateful I had you and still have you in my life. My illness is made more bearable knowing I have received and given love. In Italy, I realized how brief our time on this Earth is. Although I had initially decided never to return, your love motivated me to come back. I wanted to be here with you to share as many beautiful moments as we could. Like tonight..."

I paused and took a sip of water before continuing. "What matters, in the end, is not how long you have lived, but what you did with the time you were given. The quality of our life cannot be measured in months or years, but in moments. Life does not belong to us. It is a gift we must share with those who we love and who love us back... It took me a long time to understand it, but even at this late stage, I managed to experience what it means to be truly alive, to be aware of everything around you with all your senses. This is what I now do, what I keep doing until my dying breath..."

I was not expecting a response from anyone. Everyone watched me, numb, overwhelmed by their own feelings.

"I love you. I love each one of you separately and all of you together. I am glad I got to look into your eyes and tell you that I love you. Despite the difficulty of my condition, I am grateful I had the chance to say it. So many people out there never got the chance to feel it or to experience the things that will make them happy. I may have taken my time getting there, but it is never too late...."

The mood in the room was somber, so I raised my glass and tried to dispel it. "And that is all I had to say on this matter," I cheerfully exclaimed. "To life, and all its beautiful gifts."

I raised my glass, and everyone followed suit, wiping the tears from their eyes. The cries of my nephew, who had just woken up, forced us all to turn toward him, distracting everyone and dissipating any gloom that still lingered in the room after my speech. We all laughed when Magda passed the baby to Tasos and asked him to change his diaper. It was evident that diaper changing was not his favorite activity.

We lingered around the table some more, and when everyone stood up to clear it, I motioned to Stratos to follow me to the balcony. The swallow still warbled and trilled among the trees. The low hum of a water pump in the nearby fields sounded in the distance. I loved that sound. It reminded me of all the carefree summers of my childhood.

I took out my phone and handed it to Stratos, who stood beside me. "Can you tell who sent it?" I whispered, glancing back toward the dining room.

He took the phone and a few seconds later said, "The sender's identity is hidden. But really, do you have any doubts about who could have sent this? He'll be here in less than ten days. Do you think this is a coincidence?"

I looked up at the sky, trying to decide. Not about whether I would go meet Felipe; that was settled in my mind. What I was uncertain of now was the appointment with the ob-gyn. It was Felipe's child as well as mine. That meant something to me, even if I was just now realizing it.

"I made up my mind," I exclaimed loudly, grabbing Stratos's arm. Suddenly, I realized that I had made all my recent decisions after a glance at the stars.

Kostas Krommydas

Thessaloniki

Ten days later, I was standing in line outside the concert venue waiting to get in. I tried hard to stay calm. When my turn to show my ticket came, the attendant looked at me in surprise. "Are you okay?" he asked, and only then did I realize how badly my hands were shaking.

With a sigh, I smiled and tried to steady my nerves. I accepted the concert program he handed me and walked quickly ahead, feeling his eyes on my back, until I turned behind one of the stone walls and joined the crowd.

The stage had been set close to the warehouses of the old port of Thessaloniki, an area I was very familiar with. A little further down the docks stood the spot where I had decided to go traveling that fateful evening. I walked toward the wooden stands and climbed up as high as I could, heading for the first empty seat I spotted. I could not explain it, but I was scared to sit too close to the stage. I was impressed to see so many people had come to hear him play. If the long line behind me was anything to go by, the concert must have sold out.

I looked to the east, isolating a sweet melody that crept through the loud crowd. The soft light of dusk ceded its place to darkness and the stars. I loved this time of day...

Although I tried hard to calm down, I failed. I could feel Felipe's eyes on me, even if I could not see him anywhere. I sensed that he was looking for me through a crack in the backdrop. Two tickets had arrived at my house in Aridea a few days ago. I had not believed they were from anyone else for a single moment.

The gentle applause of the audience made me look to the side of the stage, where a young woman walked up some steps and sat down behind a piano. Two violinists appeared on the other side of the softly-lit stage. There, in the middle, stood Felipe's guitar. Resting on a chair, it patiently waited for its owner, in sharp contrast to me and my wildly beating heart. I flicked through the program and discovered that some other musicians and singers would be appearing with him. The photo of my hand holding the candle held pride of place on the page, the hallmark of this performance.

I was still undecided about whether I would go find him at the end of the concert. Looking him in the eyes after all this time seemed daunting at moments. On the other hand, the birthday message and the tickets Felipe had sent were his way of telling me he wanted to see me. I still wondered how Felipe had tracked me down, but perhaps it had been easy for someone with his background in computers.

I had come to the concert alone. I did not think I could bear having anyone with me, not even Stratos, who had offered to accompany me but instantly understood when I told him I wanted to come on my own. I had been suffering from brief dizzy spells lately so I could not drive. My good friend had given me a lift from Aridea, and I would be meeting him back at our hotel.

The first strains of music rang out from the piano, and the audience fell silent and focused on the stage. It might not be completely dark yet, but the concert was just starting. As the music swelled, I began to reminisce about my wonderful time in Tuscany. I watched the pianist, but my mind was wandering through the villages and the landscapes I had visited in spring. Felipe was there in every memory, smiling or playing his guitar.

My hand went up to my belly instinctively, wanting to feel something of the new life growing inside me. Although the decision to have an abortion had seemed straightforward at first, I struggled with it as the days went by. This uncertainty had led me to push my ob-gyn appointment to next week. Tonight would determine how that appointment would go.

Twenty-five minutes had passed when the stage suddenly sunk into darkness. Then, the melody of Felipe's guitar filled the air. The lights came back on, and there he was, sitting down cradling his guitar. Leaning over the guitar, his hair covering his face, he played the first piece with passion. Only at the end of the song did he look up and push his hair back, revealing his glowing face. I had forgotten how handsome he was.

The warm applause forced him to stand up and take a bow, thanking the audience. That's when I noticed the scarf I had given him around his neck. He shielded his eyes from the blinding spotlight and leaned toward the microphone. "Good evening, everyone. I'm delighted to be playing in Greece for the first time," he said in impeccable English, and paused for a moment, his eyes scanning the seats as if he were looking for something.

I shivered when he turned in my direction, but he probably could not see me up here, sitting among so many people. I lowered my head instinctively, trying to hide behind the girl in front of me.

"I hope you are ready to let the music carry you to my country and around the world," he exclaimed and, without missing a beat, hugged his guitar and began to play one of his favorite pieces.

I could barely hold back my tears, feeling every note that jumped from his fingers inside me. It was if I was there all alone, enjoying him and his music in all their splendor. I looked at him without anything coming between us, wanting to convince myself that tonight he was playing just for me. Once more, listening to Felipe's music, I lost all sense of time. I sang along to the few verses I knew as he played song after song.

At the intermission, I felt as if I were waking up from a lovely dream. A brief pause, and then the concert continued with performances by some other musicians until Felipe joined them on stage and they played a piece that had the audience on its feet, dancing to the wild rhythm. They seemed to love this evening. At the end of this frenzied portion, the crowd gave a standing ovation.

At some point, the other musicians left, and Felipe stood on the stage alone. A spotlight shone just on him. He reached for the microphone and breathed deeply, trying to recover from the previous song. He thanked everyone in Italian, and then switched to English. "The next song is one of my favorite songs. I love not just the music and the great lyrics, but everything it reminds me of..."

He fell silent for a moment, as if his voice was about to break, and I felt a knot in my throat. I knew the song he would play. "This is for Ismene," he whispered, pointing to the audience.

I could have died here in this moment and been happy. It could easily have happened, as I felt ready to faint with emotion. I could not hold back my tears. The moment Felipe touched his guitar strings, however, a strange sense of calm washed over me.

Just as he was about to sing the first verse, however, a woman's voice was heard singing into another microphone, startling not only me and the audience but Felipe himself. A spotlight shone on a woman at the edge of the stage who, holding the microphone, carried on singing this amazing song.

My jaw dropped when I realized it was Yasmin Levy—the original recording artist of the song. Felipe's reaction showed that this was a surprise from his beloved friend. She slowly walked toward him on stage, and Felipe stopped playing when she was only a few paces away and kneeled before her, at a loss. The audience, who knew the singer well, sprang to their feet and cheered both wildly. Yasmin stopped singing, helped Felipe to his feet, and hugged him.

Felipe kissed her in greeting and, turning to the audience, shouted out her name. Like a young boy, he took a few steps back, as if he wanted to make sure this was truly happening. She brought the microphone close to her mouth and, pointing at his guitar to indicate he should accompany her, began to sing the first verse of the song.

For my own reasons, I loved hearing Felipe perform this song, but Yasmin's voice was unsurpassable. Knowing the lyrics, I instantly understood that only a woman could convey the full meaning of the words. It was so great to see both of them on stage. I had heard the song many times live when performed by Felipe, and had watched Yasmin perform it countless times online. I had loved the song as much as he did.

A strange silence followed the end of the song for a few seconds, until another wave of applause and whistles rose from the audience. Yasmin explained that this was a surprise for Felipe, who thanked her for coming and then suggested they perform another song together. Everyone shouted in agreement, and she accepted after Felipe called all the other musicians on stage to join them. They briefly convened, and then began to play.

* * *

The concert was over, but few people were making their way toward the exit. It was as if they did not want to spoil the mood of this amazing evening. There they stood, in the hope that this incredible duo would appear again. Wave after wave of applause had already kept the performers on stage longer than initially scheduled.

I stood up, still undecided as to what I would do. Would it be so hard to just go backstage, find Felipe, and apologize for leaving? But how would I find the courage to do something like that? Especially now that Yasmin Levy had surprised him with her appearance; surely they were backstage together right now.

The way he had kissed her on stage had made me think for a moment that his feelings toward her were more than the feelings of a friend. But I pushed these unpleasant thoughts aside and tried to make up my mind. Soon, I concluded that it would be best to go see him, even for a moment. If I found time and courage, I would explain why I had left so abruptly, without even saying goodbye.

I walked down the steps with everybody else. I was dragging my feet as I still wavered. That's when I glanced at the stage and saw Felipe looking in my direction. It was too far away to be sure that he was looking at me, but his fixed gaze convinced me that he had spotted me. He turned briefly to one side, where someone spoke to him, and then turned again toward me with a smile, as if calling me to him.

When I got to the dressing rooms, all my worries had disappeared. I felt calm thanks to Felipe. He had not taken his eyes off me for a single moment. I approached him and waited patiently while he signed autographs for his many fans. Most of them were women, who would then hug him while posing for a photo. From time to time, he would look my way and smile. It filled me with so much strength and joy...

I sat on a low wall, watching all these people who could not wait to see him up close. Yasmin Levy did not appear to be around, and many fans were looking for her. Then I heard one of the concert organizers say that she had left straight after the concert. I was glad to hear this; one less obstacle to overcome.

Felipe signed the last autograph and slowly approached me. He stopped across from me and opened his arms wide. I fell into his arms without a second thought and squeezed him with all my strength, breathing in the intoxicating scent of his body. Without saying a word, we stayed in each other's arms while he stroked my hair. The audience may have left, but all the stagehands were milling around packing up. Felipe, breaking the awkwardness of the moment, spoke first. "I missed you, you know..."

It was the last thing I had expected to hear. I wanted to tell him how much I had missed him too, but I decided to start with the most important thing. "I'm sorry," I said solemnly, looking into his eyes.

"What for?" he asked.

"For leaving like that, without even saying—"

He put his hand over my mouth to shush me. I loved it when he did that. His lips would usually touch mine afterward, but now circumstances had changed.

"There's no need to apologize about anything, Ismene. We're here now, and that's what matters."

A man approached us and asked Felipe something. Felipe replied, then turned to me when the man moved away. "I'm free. Would you like to go for a walk and talk?"

I was at a loss. I had not expected this either. "Yes. If you're free, that would be great," I said, without any idea where we would be going.

"I don't have anything planned until tomorrow afternoon, when I'll have to catch my flight. Do you want to walk to the port?"

I nodded, and we left the concert venue and walked toward the docks. Felipe put his arm around my shoulders and hugged me, walking slowly.

"That was a lovely surprise from your friend," I said, trying to tame the intensity of my feelings.

"Yes. I really had not expected that. Unfortunately, Yasmin could only stay for a few hours before rushing off to Athens, where she is performing tomorrow. I hope you liked the song I dedicated to you, even if I was not the one singing it tonight..."

"Although I fell in love with that song when I heard you sing it, tonight was entirely different. I felt every verse stir unexpected familiarity as she sang it..."

"Of course! It's a song that was written to be sung by a woman. Every time I sing it, it's a bit like cheating..." he said jovially.

"If you want my opinion, I prefer it when you sing it..." I murmured, my mood lifting.

"Oh, I hope so," he whispered in my ear, and pulled me closer.

I put my arm around his waist. It was as if not a moment had passed since our last evening at Simone's home in Bellagio.

"I saw you are playing in Barcelona tomorrow..."

"Yes, we fly out tomorrow afternoon, and then we head off to Portugal by bus," he said. As if he had just remembered something, he stopped and gave me a piercing look. "Everyone back home sends you their love, especially Simone, who really liked you..."

"That's a relief. I thought none of them would ever want to see me again after the way I left."

"No, don't worry about it. I explained a few things," he said.

"What do you mean?"

He did not answer, and we strolled in silence until we reached the sea. In unison, as if we had agreed, we moved toward an empty bench. As soon as we reached it, he let me sit down first and then settled beside me, looking out at the Thermaic Gulf.

Hardly anyone was around, and the dock was quiet. For a few seconds, neither of us spoke, and we enjoyed the peaceful night. The Thermaic always exerted a strange pull on me in every kind of weather. Inside, though, I was preparing to tell him everything I had to say.

I turned to face Felipe, forcing him to do the same. We gazed into each other's eyes, and I almost leaned in and kissed him. Instead, I took his hand and said, "I want to say I am truly sorry, even though you say I don't need to. My behavior was unacceptable—not just toward you, but also toward Simone and his family."

"I told you, you don't need to do this," he said, but I did not allow him to speak on.

"Please, I need to do this... You were all so kind to me. Now, the time has come to tell you something which I should have told you from the start."

"You don't have to, Ismene..." he whispered, taking me by surprise.

"I need you to understand why I acted the way I did..."

"You don't need to say a word. I know enough about you and the state of your health..."

I was shell-shocked. I could not believe he knew about my illness. "Are you saying you know that I am dying?" I asked in a shaky voice.

Felipe shifted closer and nodded. "Yes. After you left, I tried to understand why you did that, and I found out..."

"How? Who told you?"

"I got your full name from the hotel at Montepulciano. From then on, it was easy to find out more about you. People's comments online, also some local press, revealed the full story. Then, a not-entirely-legal look around the computers of the hospital you'd stayed in. It took less than a day, and I learned a lot. That's when I understood, Ismene..."

I had forgotten how easy it was for anyone to find out personal information about you. The tragic events of my wedding were widely known, but I had not expected Felipe to dig so deep.

"How are you now?" he asked, before I said a word.

"My condition is pretty stable. I mostly suffer from headaches and dizzy spells, but nothing too serious yet..."

He gently stroked my cheek and said, "I really wanted to talk to you, but I did not know why you left. At first, I just assumed you probably got bored and wanted to carry on traveling."

This time I was the one to interrupt abruptly. "Are you crazy? You are the best thing that ever happened to me! I can still feel your body against mine. I left because I could not face telling you the truth, ruining everything we had shared. I knew that everything would change if I told you I was dying. The fairytale would then turn into displays of pity and compassion..."

Felipe opened his mouth to speak, but I did not let him. "What was the point in telling you the truth then, when I had not been honest from the start, especially after all those unforgettable moments with you? Every time I lied to you I was in torment... That's why I ran away. Not a day has passed that I have not regretted it, that I have not beaten myself up about it. I kept pushing myself to write to you, but you did it first. And I am so glad you did, because now I know that the experience was probably mutual..."

"It was. I don't blame you for leaving, Ismene. On the contrary, I admire you even more for it. If you knew me better, you would realize I would never let you go. Those days with you were the best days of my life too."

My vision blurred with unshed tears. I gulped, trying to stop them from running down my cheeks, but they spilled unchecked. I leaned away, but Felipe pulled me tenderly against him. He held me like this until I regained my composure, then pulled back and looked at me. "Come with me," he said.

"Where?" I frowned, trying to understand what he meant.

"Barcelona tomorrow, and then the rest of the tour."

For a split second, I thought I was hallucinating. When I had looked at the program I'd felt a pang of envy and had thought how great being on the road with Felipe would be.

"I would love to, Felipe, I really would, but at any moment I might…"

"If I understand correctly, things are stable at the moment. Why not live the life you want?"

"Because I don't want to ruin yours," I replied, and he cupped my face in his hands.

"Ismene, if this is what you truly want, come with me and don't think about anything else. None of us have any time to waste, especially you. I think that if I leave tomorrow and you stay behind, you will instantly regret it. I want you with me. What can I do to make you believe that?"

It was no accident I had fallen in love with this man. I desperately wanted to say that I would go with him, but then I thought of my family, who knew nothing about Felipe. I could not disappear again without telling them where I was going, or who I was going with.

There was something else he needed to know, too. I intended to keep no more secrets from him. He had the right to know, and might even help me make the right decision. I looked up at the sky and saw the bright stars once again.

"There's something else you must know," I said, turning to look at him. "I'm pregnant."

A Tuscan Night

His eyes instantly brimmed with tears, as did mine. But they were tears of joy, not sorrow, and I knew that regardless of what path we chose to walk down, we would do it together from now on.

Kostas Krommydas

The following summer

Felipe's soft singing reached my ears like a lullaby as I sat on the balcony of our home, gazing at the horizon. He had just managed to put our son to sleep. I was amazed by how easily he could do that. I would rock our son and walk around for at least half an hour, failing to calm him down. As soon as I would lower him into his crib, even if he had fallen asleep in my arms, he would start screaming as if he did not want to be parted from me. Maybe his instincts were telling him to get as much of me as he could while he still had the chance...

For the past few weeks, my headaches and dizzy spells did not allow me to do much, so I avoided holding him in my arms, fearing I would accidentally hurt him. It caused me great pain, but his safety was my first concern. I watched him grow every day, unable to believe that this was really happening, that I wasn't dreaming.

The previous year had not been easy for me, but I would go through it all again for the unique experience at the end. I only hoped a way could be found so that my absence would not affect him so that he could grow up normally.

Seated in the comfortable armchair, I enjoyed the calm haven Felipe's voice had spun around me. I wanted to make him promise me he would move on. I needed to know he would not spend the rest of his life alone. Him and my son, who would have no memory of me other than a few photos.

We had come to Felipe's house at Lake Montemartino straight from the maternity ward. Almost three months had passed since then, and I felt so grateful, not only to have disproven every prediction about when I would die, but also because I had managed to bring this beautiful creature into the world after a complicated pregnancy. Every passing day was a victory for me. My love for Felipe and the arrival of my son kept me alive, hanging on by the skin of my teeth. I tried to give both as much love as they gave me, in the time I had left.

It comforted me to know that a piece of me would live on, especially for Felipe, who had given up everything to be near us. Everything around me took on new meaning in the knowledge that I was leaving a new life behind me. We all agreed not to talk about my death anymore and only focus on the positive.

My parents and Stratos would be arriving the following day and staying with us for a while. They had come to Milan for the birth, and I could not wait to see them again. I could still remember the looks on their faces when I told them everything, before following Felipe to Barcelona and on the rest of the tour. What a wonderful trip that had been...

My parents had initially thought I was joking, and it took me a while to convince them that I was telling the truth. They disagreed with my decision, but I explained I wanted to be with him more than anything in the world. Their joy when they found out they would be grandparents again was indescribable. The birth of our child gave a different perspective on life to those close to us. Especially Felipe, who enjoyed every moment spent with his son, but without ever forgetting me. His devotion gave me courage. I knew that my son would at least have a father who would always care for him and stand by him.

Before we left Barcelona, I showed Felipe what I had written in Lugano. I could tell he was deeply touched. I asked him to publish it when I set off on my final journey, and not only did he agree, but he encouraged me to keep writing. I did so, chronicling my life starting from the moment of my almost-wedding. It seemed the appropriate place to start, for what I had been doing before that day is not what I would describe as truly living.

Felipe noiselessly closed the front door and tiptoed onto the balcony. He lit some of the lanterns and then came close to me. A look of satisfaction from successfully putting our son down for the night lit up his face. He pulled up another armchair beside me and sat down, squeezing my hand. This was our favorite moment of the day. Then, as if stung by a bee, he jumped up. "I forgot the wine!"

I smiled, watching him creep back inside the house like a cat burglar. There was a child-like side to Felipe that I loved. He quickly returned, holding a bottle of wine and two glasses. I never drank more than a few sips, as I could not tolerate wine anymore. I was on strong painkillers for the headaches, and the combination with alcohol did not help. I only did it so Felipe, who loved this little tradition of ours, would have the company. It was such a beautiful moment; everything was done like a ritual. When he was by my side, the serenity of the landscape would penetrate my soul and make me feel good. I wanted this to be the last thing I saw before I died.

"I must tell you something," I said, as he poured the wine. "I feel like I don't have much time left..."

He tried to say something, but I didn't let him. "I would give anything to be here with you and watch him grow. I want to see him blow out his first birthday candle, take his first steps, hear his first words..."

Felipe was determined to stop me this time. "Ismene, you must not think of this now. We agreed to live one day at a time and see where it takes us. When we decided to keep the baby, no one thought we would get this far. Look at us now! A year has passed, and you are still here... We are all three here. Do you think it's easy, knowing that I could lose you at any moment?"

He turned toward the lake to hide his tears. I put down my glass, got up, and stood before him, pulling my leg over the armrest. I gently lowered myself onto his lap, looking into his eyes. I leaned closer and kissed him while he stroked my back, making me shiver. We became lost in our own world for a little while, and only stopped when a sound came from inside. We instantly realized it must have been the breeze. We listened carefully for a moment to make sure the baby had not woken up, but luckily everything resumed its former tranquility.

A Tuscan Night

I looked at Felipe and gently said, "Everything that has happened is a miracle. If it weren't for my illness, we never would have met... I never told you this, but on my first day in Rome, I made a wish at the Trevi Fountain."

He smiled and asked, "Did your wish come true?"

"Yes, so now I can tell you without jinxing it. You'd think I'd wish to survive the tumor, but I asked for something else."

Silently, Felipe waited for me to go on.

"I wished I could have a child someday. I had almost forgotten that was what I'd asked for."

"And your wish came true, Ismene. Sometimes it's good to believe in miracles," he said, squeezing my hand.

"I'm not ungrateful. I feel grateful for everything that has happened. I just wish for a little more time with you. I would like to speak to our son as he grows up, although I am sure you will cover the gap of my absence and not let him forget me," I said.

Felipe seemed to be thinking about something. Before I could ask, he spoke with newfound enthusiasm. "I have an idea, and I think you'll love it."

The joy on his face was so great that I wished this moment would last forever. I snuggled down in his arms and listened, speechless, as he described his idea. When he finished, we looked at each other with tears in our eyes.

"Only you would think of something so beautiful. We start tomorrow. Besides, you never know...." I managed to say with a shaky voice, and leaned against his chest. I closed my eyes and wished this moment would never end.

A Tuscan Night

Two years later

Felipe sat in the living room of the lake house, Ismene's laptop resting on his thighs. Outside, the heavy rain lashed at the balcony doors, making him lower his glasses and look outside every now and then to make sure everything was okay. Scattered flashes of lightning lit up the turbulent waters of Lake Montemartino, while Christmas lights and decorations blinked everywhere, as the festive season was near.

A glass with some dregs of red wine rested beside him on a side table. It was past midnight, and he had just finished reading again everything Ismene had written during the last months of her life. He could not get enough of reading the passages about him. Especially everything about the time they first met and drove through Tuscany. It was as if it had happened to someone else. He felt good knowing how much meaning their meeting had given to both their lives, even if it had not lasted long. A reminder of the harsh truth: the best things in life are undoubtedly unpredictable and do not last forever.

He emptied his glass and leaned over to set it on the coffee table, accidentally knocking a heavy book over, which fell on the wooden floor with a loud thud. He froze and shut his eyes. The cries of his son in the upstairs bedroom made Felipe spring up, hastily dropping the laptop onto the couch. He quickly entered the room, and the boy's tears soon dried up in the presence of his father.

On the laptop screen, the subheading beneath the word "journal" stood out against the white page:

All I ever wanted to say...

Nine years later

The land around Felipe's home was in full bloom, just like it had been during Ismene's first trip to Tuscany. Spring flowers filled the air with the scent of their blossom. People milled about, some sitting down, others coming and going, carrying platters laden food. The mood and the music were festive, and a group of small children danced to Italian songs.

At a large table under an oak tree, Simone and his family sat with Antonio and his daughter and son-in-law. The remaining seats were taken up by more of Felipe's friends and Ismene's friends and family—including, of course, Ismene's beloved Stratos. The sun shone on the calm waters of the lake, and everything sparkled in the bright light of spring which chased all the shadows away.

Felipe suddenly appeared at the front door. As soon as they saw him, the music stopped, and everyone began to sing Happy Birthday to his son, who was turning eleven that day.

A young boy stood out among the group of children playing, trying to hide his embarrassment. Angelo was tall for his age and looked like his father. The singing continued, and he approached the table where Felipe had put down the cake. Eleven candles flickered until he blew them out, and everyone applauded the young man, calling out "Bravo," and well wishes.

Angelo surrendered to everyone's hugs and kisses with a smile. Despite his shyness, he seemed to be enjoying the moment, and with a rapid movement, he dipped his finger in the cake to try it first. Ismene's mother, seeing the other children ready to follow suit, picked up the cake, to their great disappointment, and moved away. She raised it high above her head to save it from the swarm of her grandson's friends, who followed her like a flock of geese to the back door of the house.

When the excitement died out, Felipe motioned to Angelo to come near him and kneeled to hug him. "Happy birthday, son..."

Angelo kissed his cheek and softly said in his ear, "I'm waiting for my gift, Papa..."

Felipe winked and stood up, looking around at everyone. They all understood he had something to say. Even Ismene's mother stopped slicing the cake and moved closer. Felipe nodded at Simone, who stood up and filled everyone's glasses with red wine, handing the last drink to him. Felipe looked around with a smile, and when everyone quietened down, he raised his glass. "I want to thank you all for being here to celebrate Angelo's birthday with us. As you well know, on this day every year we also think of Ismene..." He looked at Antonio and completed his sentence with a smile. "Not that she ever leaves my thoughts..."

Everyone smiled back. Felipe pulled his son closer. "Today is also an important day because Angelo will receive a gift from his mother, who, in the time she spent with him, adored him and loved him more than anything in the world. Ten years might have passed, but today it will be as if she is here, just for him," he said, and his voice broke with these last words. Trying to hide it, he raised his glass. "To my beloved Angelo, to Ismene, and to life, which always goes on."

He took a long sip along with everyone else and then, mimicking Antonio's gesture, spilled the rest of the wine on the ground. Everyone followed suit. The music began to play again, and for a while everyone exchanged wishes with Felipe and the young boy, who was patiently waiting for everyone to hurry up so he could finally receive his mother's gift after all these years.

Soon Felipe gave in to the boy's pleadings and took him by the hand, leaving everyone back in the garden, and led him inside the house. They climbed the stairs to the second floor. In the small den, a large box wrapped in a ribbon stood in the place of an old TV set. To see what was inside the box, Angelo would need to undo the red ribbon.

Excited, he clumsily tugged at it, his patience running out. Felipe helped him open the top of the box, and they lifted it together to reveal the latest model of a large TV set. A cry of joy rang out, as this was a gift Angelo had been wanting for years.

Angelo hugged his father, and thanked him. "Did Mama get me this gift?" he asked.

Felipe smiled, and led him to the couch opposite the TV. He picked up the remote, and the boy sat down next to him.

"Your real gift, son, is not the TV, but something inside it," Felipe replied.

"What?" Angelo asked, jumping up and down on his seat, his innocent face beaming.

"I've told you everything about your mother. The only thing you do not know is what will happen today. We wanted it to be a surprise," he said. The befuddlement on his son's face made Felipe speak faster to put an end to the child's torment. "We made something a few months after you were born. Your Greek is good, so you will understand, and any questions you have you can ask me later."

Felipe turned on the TV, and navigated to the video file he and Ismene had prepared all those years ago. A card appeared on the screen with the following words:

FOR ANGELO

"Ready?" Felipe asked, forcing the boy to cry out 'yes' so loudly they must have heard him all the way to the back of the garden.

Felipe pressed Play. Ismene's smiling face appeared on the screen. She was a little pale, but the joy which radiated from her eyes overshadowed everything else. She was sitting down with the lake behind her, and when Felipe turned up the volume, the sound of songbirds filled the room. Angelo stared at the screen, recognizing his mother from the photos he had seen.

Ismene, hesitant at first, glanced at someone behind the camera, nodded as if she had just been given the go-ahead, and began to speak.

"Hello, Angelo, my son, my angel... It must be strange to see your mother talking to you after all these years, when she is no longer alive. Oh, I wish you knew how I would love to be there, celebrating your birthday with you. Not only this birthday, but as many birthdays as I could. Unfortunately, I will not be there. Not in flesh, anyway. But you must not let that make you sad. I got to know you in the little time I spent with you. I got to see you smile, and that was a miracle. Your birth was a miracle, even if I cannot be there with you now..."

Ismene paused for a moment, trying to check her emotions. With a nod, she signaled to Felipe to keep recording and turned back to the camera. Angelo, visibly moved by what he was seeing and hearing, slipped his hand into his father's palm. On the screen, Ismene took a deep breath and spoke again.

"Speaking to you now, and knowing you will watch this in ten years, is not easy. Your father and I thought that now, when you are older, you will be able to better understand some things. That is why I hope he has not revealed anything before today. Right now, he is behind the camera, encouraging me, and I hope that when you watch this video, he will be beside you, holding your hand."

As if he believed that his mother could magically see them, Angelo lifted their joined hands toward the screen.

"Look at me—I haven't even wished you a happy birthday yet, son. I hope you will always be healthy and happy. Life is a wonderful gift, and I imagine your father and your godfather, Antonio, have already told you these things. I know that you might be angry with everything that happened and took me away from you, but I imagine you also know that if things had been any different, you would not be here today. I don't have a lot to say—just that life is beautiful, and you must make the most of every single day. It took me a while to understand that, and if I had not fallen ill, I might never have. That doesn't mean that we must wait for something bad to happen to discover the meaning of life. I'm sure you listen to your father and the advice he gives you. I learned a lot from him, and I hope you do too…"

Ismene fell silent for a moment, looking at the lake, and then spoke again.

"I wish I could speak to you in person. It feels good to know that at least you can see me and hear me. I already miss everything we will not live together. I would love to watch every step of yours, scold you when you do something naughty, as I am sure you will, and then squeeze you tightly, sorry that I told you off."

Angelo smiled at the funny way Ismene had spoken to him and continued watching, fully absorbed.

"I want to wish you a happy birthday again, and tell you that we will meet again in seven years when you will turn eighteen. I also want to share one of my secrets with you... When you are upset and don't know what to do, look at the stars. That's what I always did and, magically, they always showed me the way. And when you do, I want you to focus on one of them, because that will be me, always watching over you..."

Once more Ismene paused, visibly moved. She was struggling to carry on, and turned to the camera with tears in her eyes.

"I love you, Angelo, don't ever forget that. Be patient, and we will speak again in a few years. Happy birthday, my little angel..." She brought her palm to her mouth in a kiss, then she stretched out her hand toward the lens as if trying to touch his lips.

The video came to an end, and Antonio looked at his father, who had teared up. He remained calm, his eyes sparkling.

"Did you like it, Angelo?" Felipe asked with a tremor in his voice.

"Yes, Papa, very much," Angelo replied. "Can I see the other video now?"

Felipe smiled and shook his finger at him. "Don't be impatient. You must turn eighteen to watch it. Otherwise, you won't understand much of what Mama is saying."

"Did you make another video with Mama for after that, too?" Angelo asked, surprising his father.

"Yes. There is another video for the day you get married."

"What if I never get married?" Angelo asked, trying to find a way to watch the other videos there and then.

Felipe, sensing that this could go on for a long time, rose from the couch. "Then we will see it when you fall in love like I fell in love with your mother."

"But I love Christina, and I want to marry her," Angelo protested, not giving up easily.

His father smiled and said, "If you still love her when you are a grown-up, then we can watch it. Shall we go back to the others?"

"Papa, can I watch this video once more?" he asked, bringing his palms together in supplication.

Felipe bent over and gave him a kiss. He patted his head before he left the room. "Yes, of course! As many times as you want. I'll wait for you downstairs," he said.

Angelo pressed Play, and Ismene's face reappeared on the screen. As if she had transmitted her joy to him, he smiled back at her, wanting to see her again. Felipe began to walk down the stairs, still hearing Ismene's voice as she spoke to their son. He had been anxious about how Angelo would take it, but his reaction had gladdened him. Besides, Ismene was always around them in some way.

A Tuscan Night

As soon as Felipe reached the ground floor, he looked at the picture hanging from the wall. It was the photo he and Ismene had taken during their first visit to Antonio's Villa Costanza. Then he opened his guitar case, carefully took out his guitar, and stepped outside.

Simone spotted him first, picked up a chair, and placed it in the center of the garden. While Felipe tuned his guitar, everyone quietened down, knowing what was coming next. Antonio brought him a glass of wine, and Felipe took a sip and returned the glass to his friend. Bending over his guitar, he began to play the first strains of their favorite song. Softly, he sang, and only when he arrived at the chorus did he turn to look at the sky, singing his heartbreak.

All I beg of you is

For a night of love

I'm asking you to deceive me again

For just one more night.

Kostas Krommydas

About the author

When Kostas Krommydas decided to write his first novel, he took the publishing world of his native Greece by storm. A few years later, he is an award winning author of five bestselling novels, acclaimed actor, teacher and passionate storyteller. His novels have been among the top 10 at the prestigious Public Book Awards (Greece) and his novel "Ouranoessa" has won first place (2017). He has also received the coveted WISH writer's award in 2013 as an emerging author. When not working on his next novel at the family beach house in Athens, you will find him acting on theatre, film, and TV; teaching public speaking; interacting with his numerous fans; and writing guest articles for popular Greek newspapers, magazines, and websites. If you want to find out more about Costas, visit his website, http://kostaskrommydas.gr/ or check out his books on Amazon: Author.to/KostasKrommydas

Kostas Krommydas

More books by the author

Cave of Silence

A Love So Strong, It Ripples Through the Ages.

Dimitri, a young actor, is enjoying the lucky break of his life—a part in an international production shot on an idyllic Greek island and a romance with Anita, his beautiful co-star. When his uncle dies, he has one last wish: that Dimitri scatters his ashes on the island of his birthplace. At first, Dimitri welcomes this opportunity to shed some light on his family's history—a history clouded in secrecy. But why does his mother beg him to hide his identity once there?

Dimitri discovers that the past casts long shadows onto the present when his visit sparks a chain of events that gradually reveal the island's dark secrets; secrets kept hidden for far too long. Based on true events, the *Cave Of Silence* moves seamlessly between past and present to spin a tale of love, passion, betrayal, and cruelty. Dimitris and Anita may be done with the past. But is the past done with them?

Kostas Krommydas

Athora

A Mystery Romance set on the Greek Islands.

A tourist is found dead in Istanbul, the victim of what appears to be a ritual killing. An elderly man is murdered in the same manner, in his house by Lake Como. The priest of a small, isolated Greek island lies dead in the sanctuary, his body ritualistically mutilated. Fotini Meliou is visiting her family on the island of Athora for a few days, before starting a new life in the US. She is looking forward to a brief respite and, perhaps, becoming better acquainted with the seductive Gabriel, whom she has just met. It is not the summer vacation she expects it to be. A massive weather bomb is gathering over the Aegean, threatening to unleash the most violent weather the area has ever seen. When the storm breaks out, the struggle begins. A race against the elements and a race against time: the killer is still on the island, claiming yet another victim. Locals, a boatload of newly arrived refugees, foreign residents, and stranded tourists are now trapped on an island that has lost contact with the outside world. As the storm wreaks havoc on the island, how will they manage to survive?

Dominion of the Moon

Award Winner, Public Readers' Choice Awards 2017

In the final stages of WWII, archaeologist Andreas Stais follows the signs that could lead him to unearth the face of the goddess who has been haunting his dreams for years, all the while searching for the woman who, over a brief encounter, has come to dominate his waking hours. In present day Greece, another Andreas, an Interpol officer, leaves New York and returns to his grandparents' island to bid farewell to his beloved grandmother.

Once there, he will come face to face with long-buried family secrets and the enigmatic Iro. When gods and demons pull the threads, no one can escape their fate. Pagan rituals under the glare of the full moon and vows of silence tied to a sacred ring, join men and gods in a common path.

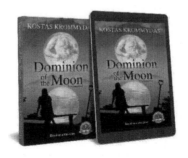

Kostas Krommydas

Lake of Memories

Based on a true story

In Paris, a dying woman is searching for the child that was snatched from her at birth over twenty years ago. In Athens, a brilliant dancer is swirling in ecstasy before an enraptured audience. In the first row, a young photographer is watching her for the first time, mesmerized. He knows she is stealing his heart with every swirl and turn, yet is unable to break the spell. And on the Greek island of the Apocalypse, Patmos, a man is about to receive a priceless manuscript from a mysterious benefactor. Destiny has thrown these people together, spinning their stories into a brilliant tapestry of romance, crime, and timeless love. How many memories can the past hold? Is a mother's love strong enough to find the way? Based on a true story, Krommydas' award-winning book firmly established him as one of the top Greek authors of his generation.

A Tuscan Night

Very soon, more novels from Kostas Krommydas will be available on Kindle. Sign up to receive our newsletter or follow Kostas on facebook, and we will let you know as soon as they are uploaded!

Want to contact Kostas? Eager for updates?

Want an e-book autograph?

Follow him on

https://www.linkedin.com/in/kostas-krommydas

https://www.instagram.com/krommydaskostas/

https://www.facebook.com/Krommydascostas/

https://twitter.com/KostasKrommydas

Amazon author page:

Author.to/KostasKrommydas

Kostas Krommydas

If you wish to report a typo or have reviewed this book on Amazon please email onioncostas@gmail.com with the word "review" on the subject line, to receive a free 1680x1050 desktop background.

Translation: Maria Christou

Editing: Michelle Proulx

Cover Design: Eleni Oikonomou

Cover Images: Shutterstock, Trevillion

ISBN: 9781708045999

Thank you for taking the time to read *A Tuscan Night.* If you enjoyed it, please tell your friends or post a short review. Word of mouth is an author's best friend and much appreciated!